MARTHA GRIMES

# Gewagtes Spiel

# Die Frau im Pelzmantel

*Gewagtes Spiel*

In der ruhigen, idyllischen Landschaft von Lincolnshire am Rande der Nordsee ereignen sich gleich zwei mysteriöse Morde. Eine egozentrische Schauspielerin mit Starallüren, wird tot am Strand aufgefunden. Und wenig später treibt die Leiche eines erdrosselten Dienstmädchens in den Kanälen. Die Spuren beider Fälle führen nach Fengate, dem Landsitz eines reichen Kunstsammlers, und schnell fällt der Verdacht auf Lady Kennington, die auf einer Party dort zu Gast war. Verzweifelt wendet sich die mutmaßliche Täterin an ihren alten Freund Inspektor Jury. Doch während dieser seine heimliche Liebe zu verteidigen sucht, wird die Last der Gegenbeweise immer erdrückender …

*Die Frau im Pelzmantel*

Inspektor Jury wird in einem Londoner Doppeldeckerbus auf eine ungewöhnlich attraktive blonde Frau in einem Pelzmantel aufmerksam. Als sie ausstiegt, folgt Jury ihr bis zum Eingangstor des dunklen Fulham Parks, verliert dort jedoch ihre Spur. Am nächsten Tag wird die Leiche einer schönen Frau im Pelzmantel entdeckt. Jury identifiziert sie zunächst als die Unbekannte, doch dann beschleichen ihn Zweifel. Als er die vermeintlich Tote wenig später wieder trifft, ist die Verwirrung komplett. Die Frau bestreitet entschieden, an dem fraglichen Abend im Fulham Park gewesen zu sein – doch wer ist dann die Frau im Bus gewesen, und was hat es mit ihrer mysteriösen Doppelgängerin auf sich?

*Autorin*

Martha Grimes wurde in Pittsburgh geboren und studierte an der University of Maryland. Sie unterrichtete lange Zeit kreatives Schreiben an der John Hopkins University und lebt heute abwechselnd in Washington, D.C., und in Santa Fe, New Mexico.

*Von Martha Grimes außerdem bei Goldmann lieferbar:*

Das Hotel am See. Roman (43761) · Das Mädchen ohne Namen. Roman (45618) Blinder Eifer. Roman (44271) · Fremde Federn. Roman (43386) · Inspektor Jury besucht alte Damen. Roman (45138) · Die Treppe zum Meer. Roman (45253) · Die Trauer trägt Schwarz. Roman (45960) · Was am See geschah. Roman (45848) Mordserfolg. Roman (geb. 31008)

# Martha Grimes

## Gewagtes Spiel

## Die Frau im Pelzmantel

Zwei Romane
in einem Band

GOLDMANN

Die Originalausgabe von »Gewagtes Spiel« erschien 1997
unter dem Titel »The Case Has Altered« bei Henry Holt, New York.

Die Originalausgabe von »Die Frau im Pelzmantel«erschien 1998
unter dem Titel »The Stargazey« bei Henry Holt, New York.

FSC
Mix
Produktgruppe aus vorbildlich
bewirtschafteten Wäldern und
anderen kontrollierten Herkünften

Zert.-Nr. SGS-COC-1940
www.fsc.org
© 1996 Forest Stewardship Council

Verlagsgruppe Random House FSC-DEU-0100
Das für dieses Buch verwendete FSC-zertifizierte Papier
*Holmen Book Cream* liefert Holmen Paper, Hallstavik, Schweden.

Einmalige Sonderausgabe Juni 2008
*Gewagtes Spiel*

*Die Frau im Pelzmantel*

Umschlaggestaltung: Design Team München
Umschlagmotiv: buchcover.com/doublepointpictures
Druck und Einband: GGP Media GmbH, Pößneck
Printed in Germany
ISBN: 978-3-442-13430-4

www.goldmann-verlag.de

# Gewagtes Spiel

Roman

Deutsch von Sigrid Ruschmeier

I

# Dorcas will

# 1

Dorcas haßte die Fens.

Ein Niemandsland, wenn man einmal am Pub vorbei war, dessen Fensterscheiben kalt hinter ihr glänzten wie eine Reihe goldener Fingerabdrücke. Ansonsten kam nur Licht von den Autos, die ab und zu über die A17 fuhren. Die endlose Monotonie der Fens war schon bei Tage schlimm, aber bei Nacht wurde es richtig gespenstisch. Immer wieder blickte Dorcas sich um, sah aber nichts als eine ungeheuer weite schwarze Ebene und die winzigen Lichter des Pub.

Es war kurz nach elf Uhr an einem kühlen Februarabend. Mitte Februar, um genau zu sein. Dorcas wanderte über das Wyndham Fen, dessen klitschiger Boden von dem unaufhörlichen Regen noch matschiger war. Sie hätte die Pumps nicht anziehen sollen. Die Absätze waren vier Zentimeter hoch! Doch ihre Beine sahen einfach besser damit aus. Sie war überzeugt, daß es hier Treibsand gab, obwohl die Leute immer behaupteten, die Fens seien Marschland und man müsse nicht befürchten, verschlungen zu werden, selbst wenn der Untergrund morastig und weich sei. Aber man weiß ja nie, dachte sie.

Das Pub lag nun ein ganzes Stück hinter ihr, gewiß achthundert Meter, die Lichter sah man immer noch. Sie wirkten so weit weg wie Sterne, und zwischen ihr und dem Rand des schwarzen, leeren Horizonts lag das Nichts. Dorcas haßte das Wyndham Fen vor allem wegen der Touristen, die ins Pub kamen und dumme Fragen stellten. Manchmal machte sie sich einen Spaß daraus, ihnen dumme Antworten zu geben und zu beobachten, wie sich auf ihren Gesichtern Verwirrung ausbreitete. Lächerlich, wie die Leute geradezu begierig Geld ausgaben, um ein Fen zu erleben, wie es vor Hunderten von Jahren ausgesehen hatte. Herr im Himmel, war der Anblick nicht jetzt schon gräßlich genug? Mußte man auch noch dem nachtrauern, was früher war? Ihre Mutter, die hockte ja auch ständig über alten Fotos von Skegness und solchen Käffern, wo sie immer Urlaub machten.

Die dunkle Silhouette des Besucherzentrums trieb auf dem unsteten Boden wie ein Schiff. Die Fens verliehen allem ringsum etwas seltsam Lebendiges – die Dinge wirkten größer, die Bäume wuchsen höher, auch der spitze Turm einer Kirche bohrte sich höher hinauf, und die Baumstümpfe schwollen an. Wenn es hell wurde, gewannen die Dinge ihre natürliche Gestalt zurück, aber selbst im Tageslicht konnte die überwältigende Fläche der Fens das, was in der Ferne auftauchte, noch ferner erscheinen lassen und gleichzeitig das Nahe noch näher. Als könne man sich zu keiner Zeit, weder tags noch nachts, auf das verlassen, was man mit eigenen Augen sah.

Ihre Schuhe versanken in dem schwammigen Boden. Unter dem Gras war Torf. Aus irgendeinem Grund hatte sie immer das Gefühl, daß der Boden nicht trug. Als treibe sie auf einem schwankenden Floß durch den Nebel.

Das Besucherzentrum war das einzige Gebäude hier, also auch die einzige Zufluchtsmöglichkeit. Trotzdem, was für ein komischer Treffpunkt, dachte sie. Sie hätten sich doch genausogut irgendwo anders treffen können, wo es warm und hell war. Hier kam nur Licht von ihrer Taschenlampe, deren schmaler Strahl den Boden traf. Aber sie machte sie bald aus. Als sie nach rechts schaute, wo der hölzerne Promenadensteg sich über die Kanäle wand, fiel ihr ein, wie sehr sie Wasser haßte. Schon immer gehaßt hatte, seit man sie als kleines Gör mal in der Wanne allein gelassen hatte und sie fast ertrunken wäre. Ihre winzigen Hände hatten an dem glatten Emaille keinen Halt gefunden – selbst jetzt noch wurde ihr bei dem bloßen Gedanken daran übel. Als sie mit ihrer Familie dann jeden Sommer nach Skegness fuhr, näherte sie sich dem Meer nie weiter als bis zur Hälfte des Strandes. Dort ließ sie sich mit ihrem geheimen Schatz an Filmillustrierten und Liebesromanen nieder. Die Schutzumschläge ersetzte sie durch andere, und als *Jane Eyre, Adam Bede* oder *David Copperfield* verkleidet, bildeten sie eine unterhaltsame Lektüre. Mum und Da dachten, sie läse die englischen Klassiker. »Na, tuste was für deine Bildung, Dorcas? Brav, aber werd nicht zu schlau! Sonst kriegst du keinen Job, der dich ernährt. Haha«, sagte ihr Vater immer. Gewöhnlich nicht gerade ein Spaßvogel, ihr Da, aber wenigstens nervte er nicht dauernd wie die Väter ihrer Freundinnen.

*David Copperfield* hatte sie in der zehnten Klasse sogar fast ganz gelesen. Ihre Mitschüler hatten sich vor allem auf die Worte gestürzt, die der maulfaule Fuhrmann Barkis dem Copperfieldschen Dienstmädchen Peggotty als Heiratsantrag zukommen läßt: »Barkis will.« Den Satz riefen sie nun Dorcas, die schon mit dreizehn kein unbescholtenes Blatt mehr gewesen war, in einer revidierten Fassung hinterher: »Dorcas will! Dorcas will!« Sie tat so, als sei ihr das völlig schnuppe, aber der Spott tat weh, und ihr Ruf wurde immer schlimmer. Daß sie tatsächlich »wollte«, lag daran, daß sie nicht hübsch war, nur ihre »Willigkeit« machte sie attraktiv. Es hatte sich in der Schule wie ein Lauffeuer verbreitet. Dorcas haßte Charles Dickens.

Seit mehr als zwanzig Jahren nun kämpfte sie insgeheim mit ihrem Aussehen. Auf nichts, aber auch gar nichts, konnte sie stolz sein. Außer vielleicht auf ihre Zähne, aber erzählte ein Mann einer Frau, daß er ihre Zähne liebte? Höchst unwahrscheinlich. Ihr Haar war rostrot und drahtig wie die Topfkratzer, die sie zum Abwaschen benutzte. Nur die reichlich sprießenden Sommersprossen verliehen ihrem Gesicht etwas Farbe. Und ihre Figur glich das Gesicht auch nicht aus. Wenn sie auf dem warmen Sand von Skegness lag, wurde ihr peinlich bewußt, daß ihr Lycrabadeanzug eng wie ein Hüfthalter saß und man die Furchen und Wülste um ihre Taille sah.

Zumindest konnte Da ihr nicht vorwerfen, daß sie faul war. Sie hatte immerhin zwei Jobs, den im Haus und den im Pub. Wenn er natürlich gewußt hätte, warum, na, da hätte er aber ganz schön geguckt. Sie hatte bereits ihr »Weggeh«-Outfit erstanden: ein goldbraunes Waschseidenkostüm. Da wirkten ihre Augen ein wenig honigfarben, nicht einfach nur braun, ja schlimmer als braun, schlickbraun, schlammbraun.

Als sie über den Weg stakste – sie hätte diese Schuhe nie anziehen dürfen –, wurde ihr die Bürde ihres unscheinbaren Äußeren ein wenig leichter, denn letztendlich hatte es ihr nicht geschadet, es war unwichtig. Sie hatte jemanden gefunden, der ihre innere Schönheit sah. Die besaß sie reichlich, davon war sie immer überzeugt gewesen.

Sie ging die paar Stufen des Besucherzentrums hinauf. Ihre Füße taten höllisch weh. Oben angekommen, zog sie die Pumps aus und schlug den Schmutz ab. Mit den in Händen baumelnden Schuhen stand sie da, schaute hinaus auf das Wyndham Fen und seufzte. Sehr geschichtsträchtig. Sie konnte allerdings keinerlei Begeisterung dafür aufbringen. Damals in der zehnten Klasse hatten sie sich einen stinklangweiligen Vortrag über die Trockenlegung der Fens anhören müssen und tausend öde Einzelheiten über die flachen Ebenen. Interessierte das denn wirklich jemanden außer den Leuten, die hier Kilometer um Kilometer Tulpen und Narzissen anbauten?

Da stierte sie nun hinaus auf das dunkle Wyndham Fen, wie es vor hundert Jahren ausgesehen hatte. Oder vor tausend? Wie konnte ein Mensch die vielen Daten und Ereignisse behalten? Die Fens waren alle trockengelegt worden – von wem, wußte sie nicht so genau, vielleicht von den Wikingern? Nein, das war zu lange her. Von diesem dämlichen Holländer, Vanderbilt? Nein, das war der amerikanische Milliardär. Vander ... Van der – was? Egal, eines schönen Tages hatte er die Idee, daß man die Fens trockenlegen und in fruchtbares Ackerland verwandeln könnte. Gut und schön, wenn man Bauer war, freute einen das vielleicht, dabei war es doch der stupideste Job der Welt. Aber bitte, manche Leute mochten ihn. Als dann fast ganz Lincolnshire urbar gemacht worden war, hatte jemand anderes – der National Trust? – die Idee, es wäre ganz nett, wenn wenigstens eins der Fens wieder so aussähe wie früher. Warum, war ihr schleierhaft. Also setzten sie die Gegend hier um das Besucherzentrum wieder unter Wasser. Überfluteten es oder so. Dorcas stand da, ließ die Schuhe noch immer in den Händen baumeln und dachte, mein Gott, all die Arbeit für nichts und wieder nichts. Idiotisch, das war ja noch größere Zeitverschwendung als die zehnte Klasse. Man kann das Rad der Geschichte nicht zurückdrehen.

Das war für Dorcas ein tiefsinniger Gedanke, sie freute sich, denn sie dachte eigentlich nicht gern. Sie wollte ihn sich merken und wiederholen, wenn sie beide miteinander redeten. Er würde angenehm überrascht sein, wenn er feststellte, daß er eine Frau heiratete, die gut kochen konnte, gut im Bett und eine tiefsinnige Denkerin war. Traumverloren summte sie in der kalten Februarluft vor sich hin und wünschte, sie hätte noch einen tiefsinnigen Gedanken. Vielleicht sollte sie *David Copperfield* noch mal lesen.

Sie schlang die Arme um sich. Nun ärgerte sie sich, weil sie nicht den Mantel, sondern den dicken Pullover angezogen hatte, der hübscher war als das alte schwarze Ding. Sie zitterte, diesmal nicht vor Kälte. Aber sie würde nicht an die tote Frau denken. Nein, sie würde nicht an sie denken, ihren Namen nicht nennen, nicht einmal insgeheim, nur für sich. Sie würde sie verdrängen. Wenn die Frau namenlos blieb, verlor sie ihre Macht, einem Angst einzujagen und alles zu zerstören. Die Polizei würde das in die Hand nehmen oder auch nicht, je nachdem. Sie hatten mit allen im Haus gesprochen, mit ihr auch, bis es ihr zum Hals raushing.

Unter dem Vordach des Besucherzentrums zog Dorcas die Schultern ein, kuschelte sich in den weiten Pullover und schaute in das dunkle Gewirr von Bäumen, hohem Gras und Kanälen. Das alte Fen. Besten Dank, sie sparte sich ihr Geld lieber für die Aussteuer oder ein gutes Kochbuch.

Da hörte sie ein Geräusch hinter sich, ein Brett knarzte. Und dann schlangen sich die Arme um ihre Taille. Wie romantisch, war ihr erster Gedanke. Irgendwas stimmt hier nicht, ihr zweiter, und für einen dritten hatte sie keine Zeit mehr, denn sie spürte, wie ihr der Lebensatem ausgepreßt wurde. Nicht von zwei Händen, sondern von einem weichen, seidigen Tuch, das sich um ihre Kehle schloß. Ein paar Augenblicke lang versuchte sie mit aller Kraft, es wegzuziehen. Sie öffnete den Mund, um zu schreien. Aber es kam keine Stimme.

Dorcas will *nicht*. Nein, Dorcas . . .

## 2

Chief Inspector Arthur Bannen von der Kriminalpolizei in Lincolnshire war Anfang Siebzig, sah aber fünfzehn Jahre jünger aus. Sein Alter war so rätselhaft wie alles übrige an ihm. Wenn es ihm mißfiel, daß Scotland Yard hier in Lincolnshire aufkreuzte, zeigte er es jedenfalls nicht. Er sprach so leise und ruhig, daß man sich fragte, ob ihn überhaupt etwas aufregen oder erschüttern konnte. Seine Worte waren immer von einem feinen Lächeln begleitet, das manchmal etwas schmerzlich wirkte, als täte es ihm weh, wenn sein Gesprächspartner nicht ganz seiner Meinung war. Im Moment war er damit beschäftigt, ein Blatt Papier wie ein Akkordeon zu falten, wie eine Landkarte.

»Wir haben Sie nicht um Hilfe gebeten, Mr. Jury«, sagte er schließlich sehr freundlich und schnippelte dabei mit einer Schere an dem gefältelten Blatt herum. Seine Füße ruhten auf der Schreibtischkante, als sei er fürchterlich lethargisch. Ist aber vermutlich alles, nur nicht lethargisch, dachte Jury.

»Ich weiß, daß Sie meine Hilfe nicht brauchen. Ich bitte Sie um Ihre.«

Sie redeten über den Mord an einer Frau, die auf einem kleinen Landgut namens Fengate etwa sechzig Kilometer entfernt zu Gast gewesen war.

Bannen zerschnitt das Papier mit großer Sorgfalt, und als er sich Jury wieder zuwandte, fand er den offenbar weniger interessant und konzentrierte sich erneut auf die Schnippelei. »Aha. Aber wie kann ich Ihnen helfen?« Begeistert klang er nicht.

»Soweit ich weiß, spielt Lady Kennington in dem Ganzen nur eine – untergeordnete Rolle.«

»Wenn Sie damit meinen, sie sei nur eine Randfigur, oder anders ausgedrückt, sie gehöre nicht zum inneren Kreis, dann muß ich Ihnen leider sagen: Doch, sie gehört definitiv dazu.« Bannen lächelte ein wenig, als teile er das nun nicht ungern mit, und schnitt winzige Dreiecke aus dem Papier.

»Soll das heißen, daß sie zu den Verdächtigen gehört?«

Bannens Augen hatten einen sanften, kühlen Grauton, die Farbe des Brackwassers in den Entwässerungsgräben, an denen Jury auf dem Weg von London vorbeigekommen war. »Alle, die zu der Zeit dort waren, sind verdächtig.«

»Ich würde wohl eher das Wort ›Zeugen‹ benutzen.«

»Benutzen Sie, was Sie wollen«, beschied ihm Bannen liebenswürdig und schnippelte weiter Muster ins Papier. »Aber sie hatte die Gelegenheit – sie und die Dunn waren draußen, während die anderen sich im Haus aufhielten –, und sie hatte mit der Ermordeten eine Auseinandersetzung. Des weiteren war Ihre Freundin Lady Kennington allem Anschein nach die letzte, die das Opfer lebend gesehen hat, und hat, nachdem sie von der Dunn fortgegangen ist, mutterseelenallein einen Spaziergang gemacht.« Er hielt inne und dachte nach. »Behauptet sie jedenfalls.« Er schaute Jury ruhig an und schnippte ein paarmal mit der Schere. Es sah aus, als wenn ein Krokodil zuschnappte. »Wenn Sie also ich wären, Superintendent, würden Sie dann nicht sagen, daß Jennifer Kennington ›zum Kreis der Verdächtigen gehört‹?« Er schüttelte bedächtig den Kopf. »Ich glaube schon.« Schnipp, schnapp.

Er träumte, daß Jenny über das Fen ging; Menschen schlossen sich ihr an und bildeten eine Prozession. In der Kathedrale von Lincoln war Gottesdienst. Er hörte das leise Klingeln eines Weihrauchgefäßes.

Es war das Telefon neben seinem Ohr. Jury tastete danach, es fiel herunter. Als er versuchte, den Schlaf abzuschütteln, hatte er ein Gefühl, als verschlucke er einen riesigen Luftschwall. Seine Brust tat weh, er spürte ein Stechen. Ein Herzanfall? In einem Bed & Breakfast in Lincoln? Wenn er schon den Abgang machen mußte, dann lieber in seiner eigenen Bude in Islington, Mrs. Wassermann und Carole-anne mit tränenfeuchten Augen an seinem Bett. Endlich kriegte er den Hörer zu fassen. »Ja, bitte?«

»Bannen. Dachte schon, Sie nehmen gar nicht mehr ab. Schlafen Sie noch? Ich bin schon seit Stunden auf.«

Jury biß die Zähne zusammen. »Um so besser für Sie. Aber was ficht die Kripo in Lincolnshire um sechs Uhr morgens an?«

»Wenn Sie sich ein bißchen sputen, zeige ich Ihnen was Interessantes.«

»Und wo bitte?« Jury rieb sich die Augen. Es fühlte sich an, als wäre Glasstaub darin.

»Im Wyndham Fen.«

»Wo ist das?«

»Ich kann Sie in zwanzig Minuten abholen. Seien Sie bis dahin fertig.«

»Worauf Sie sich verlassen können.« Der Satz ging ins Leere, denn Bannen hatte schon aufgelegt.

Die Zeiger des Nachttischweckers weigerten sich beharrlich, zu einer zivileren Zeit vorzurücken. Es war zehn nach sechs an einem Februarmorgen und dunkel wie im Grab.

Damit hatte Jury nicht gerechnet. Sie fuhren sechzig Kilometer nach Südosten, nach Spalding. »Das Gelände gehört dem National Trust«, hatte Bannen ihm mitgeteilt und mehr eigentlich nicht.

Das Wyndham Fen war um halb acht morgens in graues Schweigen gehüllt, ab und zu schrie eine Eule, die hohen Schilfgräser in den schmalen Kanälen rasselten wie Säbel. Kristallene Spinnweben hingen an dem Geländer der hölzernen Promenade; die Schafe draußen auf den fernen Weiden waren mit Rauhreif bedeckt und sahen aus, als trügen sie Mäntel aus Glas. Morgens waren die Fens wahrscheinlich am malerischsten, Wyndham Fen gewiß. Wenn da nicht die Leiche gelegen hätte.

Sie schwamm mit dem Gesicht nach oben in einem Kanal und hatte einen blauen Hautwulst rings um den Hals, der die Art ihres Todes verriet – die Frau war erdrosselt worden. Wie sie so still dahertrieb, umgeben von Riedgras und Wasserfeder, mußte Jury an das Burne-Jones-Gemälde von Ophelia denken. Aber im Gegensatz zu der wunderschönen Ophelia war diese junge Frau wenig ansehnlich. Ihr Gesicht war geschwollen und dunkel blutunterlaufen; Augen und Zunge quollen hervor. Selbst bevor sie so entstellt wurde, konnte sie nicht hübsch gewesen sein. Ihr Gesicht war sicher schwammig gewesen und ihr plumper Körper wenig reizvoll. Vielleicht wäre sie ja später im Leben erblüht, doch nun gab es für sie kein späteres Leben mehr.

Bannen ging über den schmalen Steg, der den Kanal überspannte, und beriet sich mit einem seiner Männer. Ein Dutzend Polizeiautos und etliche -kleinbusse hatten neben dem schmalen Gebäude geparkt, das als Touristenzentrum diente, in dem man Broschüren und Informationsblättchen über die Fens unters Volk streute. Über das stachelige gefrorene Gras und die Schotterstraße hinaus schwärmten die Polizisten aus. Es war kalt; Jury zitterte. Für einen Februarmorgen in den Fens von Lincolnshire war er nicht gerüstet.

Er konnte den Blick nicht von dem im Wasser treibenden Mädchen wenden. Bannen kam mit dem Pathologen zurück, der sich an seiner Tasche zu schaffen machte. Wahrscheinlich stand er nicht in Diensten der Polizei, sondern war schlichter Landarzt.

Bannen schaukelte auf den Absätzen. »Dorcas Reese«, sagte er, blies die Wangen auf und stieß die Luft aus.

»Kannten Sie sie?«

»Flüchtig. Sie war Hausmädchen und Beiköchin in Fengate.«

Jury starrte ihn erschrocken an.

Bannen runzelte die Stirn, als der Pathologe die Bergung der Leiche aus dem Wasser dirigierte. »An Ort und Stelle können Sie sie nicht untersuchen, oder?« Auf den schiefen Blick des Arztes hin fügte er stöhnend hinzu: »Schon gut.« Diese Provinzler.

Jury war bestürzt. »Soll das heißen, daß dies der zweite Todesfall in Verbindung mit dem Haus ist?«

»Hm. Ja, wird wohl so sein.« Bannen beobachtete, wie das Wasser nun glatt über die Stelle floß, wo Dorcas Reese gelegen hatte. Wasserschlauch und Wasserfeder mit ihren zarten, fühlerähnlichen Stielen bewegten sich sacht. »Wir hätten sie am Fundort erst noch genauer ansehen sollen«, sagte er mißbilligend, als sei es heutzutage wirklich schwierig, gute Hilfskräfte zu finden, und dann vieldeutig: »Seltsam, was?« Sie hoben die Leiche auf die Trage, damit der Arzt sie untersuchen konnte. Bannen ging um sie herum, betrachtete sie genau und wechselte ein paar Worte mit dem Mann.

Wieder bei Jury angekommen, sagte er: »Er meint, es war ein Stoffstreifen, vielleicht ein Schal. Sie ist erdrosselt worden. Außer daß man sie in den Kanal geworfen hat – vielleicht ist sie auch nach ihrem Tod hineingefallen –, hat man offenbar keinen Versuch gemacht, sie zu verstecken.«

Jury schaute hinter sich zu dem Besucherzentrum. »Ist das jetzt offen? Mitte Februar? Wenn es wärmer ist, sind ja sicher viele Touristen hier.«

»Ja, es hat geöffnet, das heißt, *hätte*, wenn wir es nicht dichtmachen würden.« Bannen schaute in die Ferne. »Das Fen ist ungefähr in der Mitte zwischen Fengate und«, er drehte sich um, »dem Pub, in dem sie abends manchmal gearbeitet hat. Dort drüben, gleich an der A17. Heißt The Case Has Altered. Seltsamer Name ... Das Blatt hat sich gewendet.« Nachdenklich fuhr er sich mit dem Daumen über die Stirn.

»Sie wirken nicht sonderlich überrascht.«

Bannen drehte sich um und schaute Jury aus seinen kühlen grauen Augen an. Er lächelte ein wenig. »O doch. Ich *bin* überrascht. Doch, doch. Ich bin überrascht, daß sie *erwürgt* worden ist. Verna Dunn ist erschossen worden.«

»Vom selben Täter, meinen Sie!«

Bannen musterte Jury eingehend. »Wir sind in Lincolnshire, nicht in London. Daß sich hier binnen zweier Wochen zwei Morde ereignen, denen beide Male Frauen aus einem Haus zum Opfer fallen –« Er schüttelte den Kopf. »Schwer vorstellbar, daß sich zwei Mörder in den Fens herumtreiben.« Er fuhr sich mit dem Finger unter den Kragen, als sei der zu eng. »Normalerweise ist die Methode gleich. Wenn man unter dem Zwang steht zu töten, dann doch sicher auf solche Art und Weise, daß man sich von einer bestimmten Angst befreit ... Finden Sie das lustig?«

»Sie klingen wie ein Psychiater, Chief Inspector. Ich halte eigentlich nicht soviel davon, Mordfälle durch Psychologisiererei zu lösen. Letztendlich ist alles nur mühsame Plackerei –« Jury ertappte sich dabei, daß er wie Chief Superintendent Racer klang. (»Dem anderen einen Schritt voraus sein, Jury, das ist die Arbeit des Kriminologen. Es ist Knochenarbeit, Jury, nicht Ihr Rätselraten ins Blaue hinein ...«) Dabei hatte er gar keinen Grund, sich gegenüber diesem Detective Chief Inspector so herablassend aufzuführen. Er kannte ihn ja kaum, und der Mann hatte offensichtlich Fälle genau auf dem Wege, den er andeutete, schon gelöst – sonst würde er ja nicht so reden.

Aber Bannen war nicht beleidigt. Vielleicht fand er, daß es über Wichtigeres nachzudenken galt. Den Blick auf das Wyndham Fen gerichtet, sagte er: »Früher war mal alles so wie hier.« Er schaute zu Boden auf das nasse Schilfgras und die silbernen Spinnwebschleier, die sich darüber spannten, und fuhr mit dem Fuß zwischen die hohen Halme. Eine Feldmaus huschte davon. »Ich fahre jetzt zum Wash, um mich noch einmal dort umzuschauen. Sie würden doch sicher gern mitkommen.«

Die Einladung überraschte Jury. »Ja. Aber ja doch.« Er überlegte, ob Bannen nicht in Wirklichkeit doch Hilfe von Scotland Yard wollte. Am Wash war der erste Mord geschehen.

»Am Rand dieses Teils des Fens verläuft ein Fußgängerweg. Den hat sie wahrscheinlich genommen. Er führt direkt an Fengate vorbei.« Er schaute nach oben. Mauersegler und Schwalben stoben aus einem Baum. Sie zeichneten ein schwarzes Muster in den heller werdenden Himmel. Doch ehe man sie recht bemerkt hatte, waren sie auch schon verschwunden. »Ein Schwarm Schwalben macht mich immer traurig, richtig hoffnungslos.« Dann redete Bannen wieder über den Fußgängerweg. »Am anderen Ende kommt er am Case Has Altered vorbei. Die Owens waren überrascht, daß sie nebenbei noch Nachtdienst geschoben hat.« Er lächelte über seine Formulierung und kratzte sich am Hals, als billige er dieser Wendung ebensoviel tiefes Nachdenken zu wie allem anderen, das ihm an diesem Tag schon untergekommen war.

Vom Entwässerungsgraben gingen sie über die Promenade zurück zu dem kleinen Parkplatz.

»Mein Sergeant hatte eine unliebsame Begegnung mit einem Hund und liegt nun mit einer grauslichen Allergie darnieder. Er ist heftig allergisch gegen die Viecher«, sagte Bannen.

Jury lächelte. »Da würde sich Ihr Sergeant mit meinem prächtig verstehen.«

»Ach? Ist er auch allergisch gegen Hundehaare?«

»Gegen alles.«

»Sie sehen die Schwierigkeit«, sagte Bannen mit der für ihn offenbar charakteristischen Geste. Er rieb sich mit dem Daumennagel über die Stirn, als habe er die letzten beiden Wochen mit der Betrachtung dieser Schwierigkeit verbracht.

Den Eindruck hatte Jury jedenfalls ganz und gar. Sie standen am Watt und schauten über den Teil der Küste von Lincolnshire und Norfolk, der Wash heißt. Die Fußwege gingen nur bis zum Deich. Jury und Bannen waren weitergelaufen, auf den Deich und wieder hinunter. Im Gegensatz zu weiter draußen bestehe hier nicht die Gefahr von Treibsand, hatte Bannen gemeint. Das Watt sei wie ein zweiter Küstenstreifen aus Schlamm und Schlick und erstrecke sich bis zu der Sandfläche, die eine Schutzbarriere zwischen Land und Meer bilde.

Dennoch gab es eine Anzahl von »Gefahrenzonen«, ein Vermächtnis des Krieges.

»Minen«, sagte Bannen. »Der Wash ist voll davon.« Er zog den Kragen seiner Windjacke enger. »Wir dachten ja, hier fände die Invasion statt.« Er nickte in Richtung Meer. »Hier gab's Geschützstellungen, Riesendinger, wie Bohrinseln, Batterien schwerster Geschütze. Sind immer noch einige da.«

Jury schaute ihn prüfend an. »›Wir‹? Sie waren doch nicht im Krieg. Da waren Sie doch noch ein Kind.«

Bannen lächelte. »Natürlich. Aber ich war gerade alt genug, um am Ende noch reinzugeraten. Wir waren alle noch Jungs.« Sie schwiegen. Dann sagte Bannen: »Schwierig. Unser Pathologe datiert Verna Dunns Tod auf zwischen zehn Uhr abends des ersten und ein Uhr nachts des zweiten. Das war ein Sonntag. Sie wurde aber erst nachmittags gefunden. Da hat die Leiche wahrscheinlich die ganze Zeit hier in dem Schmodder gelegen. In Kälte und Wind. Brutal.« Es klang, als habe Verna Dunn es noch lebend durchleiden müssen. »Und wenn der Sand sich anders bewegt hätte, wäre sie nicht einmal gefunden worden. Der Sand bewegt sich nämlich, und wir finden immer noch Schiffswracks und

-rümpfe. Drüben am Strand von Goodwin sind sie auf den Propeller von einer Swordfish gestoßen. War all die Jahre im Sand verborgen.«

»Meinen Sie, daß ihr Mörder das beabsichtigt hat? Daß er die Leiche hier begraben wollte?«

»Zu der Ansicht neige ich, ja. Aber es ist doch sehr riskant. Für die Springflut ist es eigentlich noch ein bißchen früh – die ist nämlich zweimal so hoch –, und die Deiche hinter uns«, Bannen zeigte mit dem Daumen hin, »die stehen unter anderem wegen der Springflut hier. Sie kommt zweimal im Monat, bei Neumond und Vollmond, und in der Nacht war der Mond dreiviertel voll.«

Jury hob hilflos die Hände. »Da komme ich nicht mehr mit.«

»Man muß nur auf den Gezeitenplan schauen. Das habe ich jedenfalls getan. Der Mörder hat vielleicht mit Flut gerechnet, und bei Springflut sogar mit einer doppelt hohen. Mit der Flut und dem Treibsand. Aber er muß sich *ver*rechnet haben. Die Flut war noch nicht ganz drin, als die Leiche gefunden wurde.« Er rieb sich mit dem Daumennagel über die Stirn. »Mord ist gar nicht so einfach, meinen Sie nicht auch? Man sollte sich nicht auf den Mond verlassen.«

Obwohl Jury so deprimiert war, hätte er beinahe gelacht. »Irgendwie kann ich mir das bei Jenny Kennington schlecht vorstellen. Und Sie scheinen zu vergessen, wenn man sich auf den Mond verläßt, muß man tüchtig rechnen. Spontan läuft da nichts.«

Bannen lächelte ein wenig. »Richtig, das ist mir durchaus bewußt.«

»Wer hat die Leiche gefunden?«

»Die Küstenwache. Wenn die sie nicht gefunden hätte, wer weiß, wann sie dann entdeckt worden wäre. Ich meine, wir sind hier nicht in Skegness. Dieses Gebiet ist, wie gesagt, im Krieg heftig vermint worden, und viele Minen sind nicht mehr genau zu orten. Auch nicht die Granaten. Die Gefahrenzonen sind deutlich ausgeschildert. Am Wash bummelt man nicht zum Zeitvertreib herum. Die Stelle hier hat sich jemand mit voller Absicht ausgesucht.« Bannen schwieg einen Moment. »Ich habe den möglichen Zeitpunkt des Todes noch ein bißchen mehr eingegrenzt. Ich glaube, alles deutet darauf hin, daß sie zwischen halb elf am Samstag abend und halb eins Sonntag nacht erschossen worden ist. Der Gärtner hat gesagt, er habe kurz vor eins gesehen, daß ihr Auto am Ende der Einfahrt geparkt war. Und wer auch immer am Steuer saß, er brauchte mindestens fünfzehn Minuten, um von hier aus zurückzufahren. In Fengate hat niemand gehört, wie das Auto wieder gekommen ist.« Bannen seufzte.

»Und es hat auch niemand angerufen, als sie nicht mit Jenny Kennington ins Haus zurückgekehrt ist?« Jury runzelte die Stirn.

»Ach, sie hätten sicher angerufen, wenn sie nicht gedacht hätten, die Dunn hätte sich plötzlich entschlossen wegzufahren, vielleicht sogar zurück nach London. Weil sie nicht mit der Kennington zurückkam, haben alle geglaubt, sie sei abgefahren. Offenbar war das typisch für sie. Angeblich war sie sehr sprunghaft, sehr impulsiv. Dabei lag sie in Wirklichkeit hier.« Bannen bückte sich und hob eine Handvoll Schlick auf. »Sie können sich ja ausmalen, wie schwer es ist, in dem Zeugs hier was zu finden. Meine Männer sind auf allen vieren rumgekrochen, sie müssen gut vierhundert Meter untersucht haben. Das gesamte Gebiet kann man unmöglich abchecken, schauen Sie es sich doch nur an. Hier könnte eine Kugel einen Kilometer weit fliegen.«

Jury folgte seinem Blick über den im schwachen Sonnenlicht glitzernden Schlick. »Wohl wahr. Und der Wind macht es auch nicht gerade leichter, was?«

»Infernalische, gespenstisch heulende Winde.« Bannen klopfte sich die zähe Masse von den Händen und schob sie in die Manteltaschen. »Eine Patronenhülse haben wir halb vergraben gefunden, eine Kugel im Opfer.« Er schaute hinter sich. »Von einem Kleinkalibergewehr.«

»Sonst nichts?«

»Die Hülse, die Waffe, das Auto...? Das ist doch eine ganze Menge, würde ich sagen.«

»Das heißt, Sie haben die zu der Kugel passende Waffe gefunden?« Jury wurde mit jedem Moment nervöser. Sie hatten wirklich eine Menge.

»Sie gehört Max Owen. Dem Besitzer von Fengate. Und dort war Jenny Kennington, wie gesagt, zu Gast.«

Jury schaute weg, aufs Meer hinaus, und schwieg.

»Im Umkreis von Fengate gibt's Knarren im Dutzend billiger. Wir haben vier eingesammelt. Owens, Parkers, Emerys – Peter Emery fungiert als Verwalter für einen Major Parker. Emery ist blind, aber das heißt ja noch lange nicht, daß nicht jemand anderes sein Gewehr benutzt haben kann. Ja, die haben wir alle einkassiert. Ach, und sogar Jack Price hatte eins. Er ist Künstler, Bildhauer oder so was. Wozu braucht der einen Ballermann? Und wie sie es alle geschafft haben, Waffenscheine zu kriegen, ist mir ein Rätsel. Sie wissen ja, wie schwer das ist. Und außer Emery sind alle gute Schützen, besonders Parker.«

»Sie haben die Frauen nicht erwähnt. Ich kann mir nicht recht vorstellen, wie Jenny Kennington auch nur einen Schuß abfeuert. Ich glaube nicht, daß sie je in ihrem Leben eine Knarre in Händen gehalten hat.«

»Da irren Sie sich leider. Hin und wieder ist sie mit ihrem Gatten zur Jagd gegangen, und Price war dabei.« Bannen beobachtete Jurys wechselndes Mienenspiel. »Sie wußten nicht, daß sie diesen Price kannte?«

Als Antwort brachte Jury nur ein äußerst knappes Kopfschütteln zustande.

Bannen schürzte die Lippen und stieß den Atem in einem tonlosen Pfeifen aus. Dann sagte er leise: »Sie glaubten wohl, sie besser zu kennen, als es tatsächlich der Fall ist.«

»Offensichtlich.« Die Jenny, die er in seiner Vorstellung vor sich sah, platzte in schrecklicher Bedrängnis mit allem heraus.

Aber warum hatte sie nicht alles erzählt? Weil er doch auch nur ein Bulle war?

»... Reifenspuren.«

Jury kriegte gerade noch mit, daß Bannen von dem Porsche sprach.

»Ich habe die Dinge ein wenig eingegrenzt. Verna Dunns Porsche hatte ein unverwechselbares Profil. Der Wagen mit vermutlich der Dunn und einem Beifahrer – alle dachten natürlich, daß es Jennifer Kennington war, aber sie streitet es ab –, egal, der Wagen ist gegen zwanzig nach zehn weggefahren. Da haben die Owens und Parker ein Auto gehört. Price war schon in seiner Bude – er nennt es Studio – und hat nichts gehört.«

Jury verkroch sich tiefer in seinen Mantel. Ach, wenn sie doch hier weggehen würden. Das Wasser war bleigrau und sah auch genauso schwer aus. Jury hatte ein Gefühl in der Brust, das ihn an Beschreibungen von Herzanfällen erinnerte beziehungsweise daran, wie sie sich ankündigten. Der unbändige Wind, der Sand, der Schlick und der Schlamm gemahnten ihn nur an seine Machtlosigkeit. Aber er versuchte weiterhin verbissen, Bannen – oder sich selbst – davon zu überzeugen, daß Jenny Kennington die falsche Verdächtige war. »Sie vermuten, daß Verna Dunn mit jemandem zusammen wegfuhr. Aber Sie wissen es nicht.«

»Wenn keiner mit drin war, wie ist der Porsche dann zurück nach Fengate gekommen?«

Die Frage war rhetorisch. Natürlich hatte Bannen recht. Um die feindselige Atmosphäre zu entspannen, sagte Jury: »Und jetzt ist diese Reese tot. Wie wollen sie Jennifer Kennington damit in Verbindung bringen?«

»Am Montag, nachdem Verna Dunn ermordet worden war, ist sie nach Stratford-upon-Avon zurückgefahren – das war der dritte. Von hier nach Stratford dauert es nur zwei Stunden.«

Jury entging nicht, was er damit andeuten wollte. Doch er hatte keine Antwort darauf.

»Genug gesehen?«

Bis ans Ende meiner Tage, dachte Jury und schaute über den Wash zur Nordsee hinaus. Am Horizont stand reglos ein schwarzes Schiff.

»Sie sehen die Schwierigkeit«, sagte Bannen wieder und fuhr sich mit dem Daumen über die Stirn.

## 3

Die drei Kilometer zwischen dem Wash und Fengate waren so leer wie eine Karte des Jenseits. Keine Wälder, keine Hecken, Hügel oder Gestrüpp. Nur ganz in der Ferne sah Jury ein Haus, vor dem sich hohe, schlanke Bäume erhoben, die wie gerade Pfähle aussahen. Aber selbst sie wirkten wie eine Fata Morgana, die in derselben Distanz verbleibt, einerlei, wie rasch man sich auf sie zubewegt. Jury fühlte sich, als sei er ein Läufer, der immer auf derselben Stelle tritt. Sie fuhren, schienen aber nichts näher zu kommen, wie wenn sie ein Trugbild erhaschen wollten.

Er konnte sich nicht vorstellen, in einer solchen Gegend zu leben. Die statische, traumähnliche Szenerie wurde noch verstärkt durch das Licht, das alles beinahe durchscheinend wirken ließ – als befinde sich die Lichtquelle hinter Milchglas. »Ist es hier überall so? So platt und flach? Das scheint ja nie aufzuhören.« Endlich waren sie an dem Farmhaus mit den bleistiftdünnen Bäumen vorbeigefahren. Doch kein Trugbild.

»Lincolnshire?« Bannen sah ihn an. »O nein, nein. Weiter nördlich haben wir ja die Wolds. Viele Leute mögen Südlincolnshire nicht, sie finden es kahl. Zu eintönig.«

Wirklich kahl. Verstecken konnte man sich nirgends.

»Fengate ist in seinem eigenen kleinen Wäldchen verborgen. War mal ein veritabler Forst.« Bannen holte tief Luft. »Aber unsere Wälder haben wir verloren. Das Land wurde als Ackerland gebraucht. Die Fens wurden trockengelegt, damit sie kultiviert werden konnten. Gut, man mußte das Land urbar machen, damit die Menschen sich ernähren konnten, aber allmählich fragt man sich doch, ob die Fens nicht direktemang zu Tode kultiviert werden. Die Farmer sind die neue Aristokratie. Das Land gehört ihnen, und das gibt ihnen Macht. Sie sehen ja den Boden, tief schwarz und unglaublich fruchtbar. In Cambridgeshire spricht man von den Black Fens.« Wieder holte er tief Luft. »Mit Pferden pflügen sie die Felder nicht mehr um; heutzutage geht alles mit dem Mähdrescher.«

Jury lächelte. »Als High-Tech und den letzten Schrei würde ich die ja nun auch nicht bezeichnen. Sie sind ja richtig romantisch.«

»Hm. Ja, ja doch.« Bannen schien es einerlei zu sein, ob Jury ihn romantisch oder sonstwas fand.

Sie fuhren an ein paar vereinzelten Cottages vorbei und bogen dann in eine der schmaleren Landstraßen ein. »Ich kann mir nicht vorstellen, daß Dorcas Reese die ganze Strecke bis zum Case Has Altered gelaufen ist. Ich fand nicht, daß sie sehr sportlich aussah.«

»Sie hat bestimmt den Fußweg genommen. Da ist es anderthalb Kilometer kürzer.«

Und wie Bannen gesagt hatte, erreichten sie ein kleines Wäldchen und eine unbefestigte, aber ebene Straße, die hindurchführte.

Fengate war ein großes quadratisches, architektonisch wenig beeindruckendes Haus mit einer glatten Fassade, aus keiner erkennbaren Periode. Ohne zierende Firste und Türmchen, wirkte es behäbig und stabil; in einem Bildband über die englische Bauernschaft hätte es sich gut gemacht. Bannen hatte es schon angedeutet: wie das Heim eines dieser »aristokratischen« Farmer sah es aus. Seitlich dahinter befand sich ein großes Nebengebäude, das früher als Scheune oder Garage gedient haben mochte. Nach den bunten Blumenkästen und der gelben Tür zu urteilen, war es nun zu einer Wohnung umgebaut.

Bannen hielt in einer Einfahrt, die rund um ein Beet mit früh blühenden Narzissen führte. Ein älterer Mann, der Gärtner wahrscheinlich, harkte darin herum. Auf Bannens Zuruf kam er zur Fahrerseite, beugte sich herunter und legte zum Gruß die Finger an die Mütze.

»Sind Mr. und Mrs. Owen da, Mr. Suggins?«

»Nein, Sir, er is nich hier. Mußte nach London, hat er gesagt«, antwortete Mr. Suggins mit bekümmerter Miene. Was diese Landbesitzer heutzutage aber auch immer zu tun hatten! Als Bannen Jury vorstellte – »Scotland Yard CID, Abteilung Verbrechensbekämpfung« –, trat Mr. Suggins rasch vom Fenster zurück. Scotland Yard! Das war ein anderes Kaliber.

»Würden Sie ihr – Mrs. Owen meine ich – sagen, daß ich ein paar Worte mit ihr wechseln möchte?« Bannen und Jury stiegen aus. Mr. Suggins, unschlüssig, was er mit dem Überraschungsbesuch von der Kripo aus Lincoln und London anstellen sollte, zog die Mütze ab und geleitete sie die Vordertreppe hinauf. Rang oder Förmlichkeiten nun mißachtend, ging er vor ihnen durch die Haustür.

In dem großen Eingangsflur verabschiedete er sich mit der Versicherung, er werde Mrs. Owen suchen und ihnen erst mal »die Frau« schicken. Dabei wedelte er mit der Mütze.

»Wer ist ›die Frau‹?« fragte Jury.

»Die Köchin. Die Dienstälteste hier, nehme ich an. Nicht, daß es allzuviel Personal gibt, das Haus ist ja nicht sehr groß. Sie haben eine Köchin, ein Hausmädchen, eine Küchenhilfe – hm, das war Dorcas, die als beides fungierte –, dann Suggins, der sich um den Garten kümmert, und noch einen Burschen, der Suggins zur Hand geht. Der Gärtner sieht aus, als ob er die Gicht hätte, würde ich sagen. Max Owen ist so reich, daß er sich ein Dutzend Bedienstete leisten könnte, wenn er wollte. Schauen Sie sich die mal an.« Bannen deutete mit dem Kopf auf eine kunstvoll lackierte Truhe mit gewölbtem Deckel. Oder war es ein Schrankkoffer? »Die würde mich mehrere Monatsgehälter kosten.«

»Verstehen Sie was von Antiquitäten?«

»Nein. Max Owen hat mich darauf aufmerksam gemacht. Er ist sich nicht sicher, wieviel sie wert ist, weil er der Lackierung nicht traut. Muß sie schätzen lassen, meint er.« Bannen schüttelte den Kopf. »Stellen Sie sich doch nur vor, Sie blättern mal so eben neun- bis zehntausend Pfund für ein Möbel hin, und das Teil hat nicht mal praktischen Nährwert.« Trübsinnig betrachtete Bannen die Truhe und überlegte offenbar, was er für eine solche Summe kaufen würde. »Dafür könnte ich mir gleich mehrere Wohnzimmergarnituren anschaffen. Sie nicht?«

Jury lächelte. Er betrachtete die Heime der Reichen, von denen er etliche gesehen hatte, nicht unter dem Gesichtspunkt, was er mit dem Reichtum anfangen würde. O ja, mehr Geld konnte auch er gebrauchen, aber das Eigentum anderer interessierte ihn nur insofern, als es etwas über seine Besitzer aussagte. Wie weit würden sie gehen, um es zu bekommen oder zu behalten?

Irgendwo knallte eine Tür, und Jury hörte ein Geräusch, das nach Geschirrklappern auf einem Tablett klang. Wer auch immer es trug, der Gang von einem Teil des Hauses in den anderen gestaltete sich recht lautstark.

Mrs. Suggins – vermutete Jury – kam ins Zimmer geweht wie eine steife Brise, ihre weiße Schürze knisterte. Sie trug ein großes Silbertablett, das sie auf einem Rosenholztisch absetzte, und bot ihnen Kaffee an. Als beide begeistert annahmen, goß sie ihnen eine Tasse ein. Sie war klein, hatte aber muskulöse Arme, die von all den schwerbeladenen Tabletts zeugten, die sie je geschleppt hatte, dem jahrelangen Schlagen, Rühren und Pressen all der Buttercremetorten, Puddings und Kartoffeln. Ihr graues Haar war mit allerlei Haarnadeln streng nach hinten zu einem Knoten zusammengesteckt. Und die gesunde Röte auf ihren Wangen kam wahrscheinlich von dem ewigen Dampf in der Küche. Mrs. Suggins schien ihn geradezu zu verströmen.

Sie begrüßte Chief Inspector Bannen ruhig und selbstbewußt und betonte, daß sie reichlich Zucker mitgebracht hatte. »Mr. Bannen hier, das ist ein Süßer.« Sie lächelte beinahe besitzergreifend, als sie ihm Zuckerdose und -zange reichte und zusah, wie er vier Stücke in die Tasse plumpsen ließ. Mrs. Suggins gehörte zu jener wunderbaren Spezies Küchenpersonal, die überzeugt ist, daß jeder Besuch, jedes Ereignis ein Startsignal für die Küche ist, die Ärmel hochzukrempeln, die Schürze umzubinden und sich ans Werk zu machen. Als ihr nun aber einfiel, daß Mr. Bannen ja wohl nicht nur wegen eines gutgesüßten Kaffees, sondern wegen ihrer Herrschaften hier war, sagte sie: »Suggins sucht überall nach Mrs. Owen, aber wir haben keine Ahnung, wo sie sich herumtreibt.« Resolut warf sie sich in Positur, schnalzte mit der Zunge und schüttelte den Kopf, als sei Mrs. Owen ein störrisches Haustier oder ein Kind. »Der Chef ist in London, und ich bin als einzige hier, außer Suggins natürlich. Mr. Price ist in Spalding. Jetzt erzählen Sie mir nicht, daß schon wieder was passiert ist.«

»Doch, leider ja. Ihr Küchenmädchen, Mrs. Suggins. Dorcas Reese –«

Als wüßte sie, was jetzt kam, trat Mrs. Suggins einen Schritt zurück.

»Ich muß Ihnen leider mitteilen, daß Dorcas heute am frühen Morgen in einem Kanal im Wyndham Fen gefunden worden ist. Leider ... hm, leider ist sie tot.« Bannen geriet ein wenig ins Stottern.

Das lag wohl an der Wirkung der resoluten Mrs. Suggins. Sie war der Typ gütige, aber strenge Kinderfrau. Mit Dummheiten und Lügenmärchen brauchte man ihr gar nicht erst zu kommen. Nun sah sie aus, als habe man ihr eine Ohrfeige verpaßt. Sie errötete, faßte sich an die Wange, riß die Augen auf. »Tot? Dorcas?«

Sie mußte sich auf die Sofalehne stützen. »Dorcas?« wiederholte sie. Sie schaute Bannen an, als hoffe sie, er werde es dementieren.

Bannen trank seinen Kaffee, schaute sie über den Rand der Tasse hinweg an und sah seinerseits aus, als wolle er die letzten Worte am liebsten zurücknehmen. Konnte er aber nicht. Er wartete, bis sich die Köchin ein wenig gefaßt hatte, und fragte dann: »Haben Sie Dorcas gestern hier um die Abendessenszeit gesehen?«

»Ja, natürlich.« Zurück zum Geschäftlichen. Hier war ein Haushalt zu führen. »Sie hat das Gemüse geputzt und geschnitten, wie immer. Dann haben wir gegessen, und sie hat serviert.«

»Hat Dorcas Ihnen erzählt, ob sie zum Case Has Altered gehen wollte?«

»Nein. Aber da geht sie normalerweise immer hin. Meiner Meinung nach zu oft.« Ganz die tadelnde Erzieherin, richtete sie sich wieder auf und faltete die Hände über ihrer ausladenden Vorderfront. »Ich habe Dorcas zuletzt – na, so um neun rum gesehen. Ich habe mich noch mit ihr gestritten, weil sie den Abwasch machen sollte. Das Abendessen hätte nicht mehr lange gedauert. Es war also eher gegen halb zehn. Das Spülen ist eigentlich Dorcas' Aufgabe, aber –« Wieder wurde Mrs. Suggins knallrot im Gesicht und faßte sich an die Wange. »Tot? Das will mir nicht so schnell in den Schädel. Egal, weil Dorcas unbedingt wegwollte, habe ich abgewaschen. Es waren ja nur drei Leute.«

»Die Owens und Mr. Price?«

Sie nickte. »Als ich fertig war, bin ich ins Bett gegangen. Ich hatte mir vorgenommen, früh schlafen zu gehen.« Und weil sie Bannens nächste und übernächste Frage schon vorhersah, fuhr sie fort: »Aber Sie brauchen mich gar nicht zu fragen, was sie gemacht haben. Das ist zwecklos, denn ich habe keine Ahnung. Und nein, ich habe auch keine Ahnung, wer Dorcas nicht mochte; weder wer sie nicht mochte, noch wer sie mochte. Dorcas war so fade. Sie hatte einfach keinen Pep, keinen Schwung. Wissen Sie, sie quengelte immer rum. Vor lauter Selbstmitleid, glaube ich.«

»Was ist mit Männern? Hatte sie einen festen Freund?«

»Dorcas?« Die Köchin stieß ein trockenes Lachen aus. »Da lief nicht viel. Ich sag's schrecklich ungern, aber Dorcas war nicht der Typ, der Männer anzog. Nein, zu reizlos, überhaupt nicht hübsch. Klar, sie hat über Männer gesprochen, ein bißchen mannstoll war sie ja, aber ich hab nie so richtig hingehört. Außer –«

»Was?« drängte Bannen.

»Also, in letzter Zeit, da war sie richtig guter Stimmung, bis sich das plötzlich änderte und sie wieder griesgrämig wurde, vielleicht sogar deprimiert. Da habe ich schon überlegt, ob nicht ein Mann im Spiel war.« Mrs. Suggins schüttelte den Kopf. »Ach, aber daß das arme Mädchen ermordet worden sein soll. Unbegreiflich!«

»Ich habe nicht gesagt, daß sie ermordet worden ist«, sagte Bannen mit seinem schiefen Lächeln.

Mrs. Suggins schaute ihn verblüfft an.

»Vielen Dank, Mrs. Suggins. Wenn Sie jetzt auch noch mal nach Mrs. Owen schauen würden, wäre ich Ihnen sehr dankbar.«

Die Köchin seufzte und wandte sich zum Gehen. »Ich tue mein Bestes. Aber wenn Suggins sie bis jetzt nicht aufgestöbert hat, finden wir nicht heraus, wo sie sich herumtreibt.«

Als sie gegangen war, zog Bannen ein kleines Notizbuch aus der Tasche und blätterte die Seiten durch. »Ich möchte in der Zentrale anrufen. Wenn Sie mich bitte entschuldigen . . .«

Jury nahm es als Aufforderung, daß er ungestört sein wollte, und ging in den Flur.

Während Bannen telefonierte, schaute Jury sich die Bronzebüsten in den Alkoven an, einen Sheraton-Sekretär und eine große halbrunde, mahagonifurnierte Anrichte.

Direkt gegenüber der Tür, durch die er gekommen war, befand sich noch eine mit breiten Doppelflügeln. Sie stand offen. Der Raum war in Dunkelheit getaucht, denn die Vorhänge waren zugezogen. Jury nahm an, daß es sich um eine Art Galerie handelte, die linke Wand hing voller Bilder. Aber das Interessanteste war die Kollektion scheinbar zufällig herumstehender lebensgroßer Statuen. Sie waren aus Marmor, wie man sie normalerweise in Gärten, am Ende von Spaliergängen oder Säulenalleen fand. Ihre marmorne Garderobe reichte von einem bloßen Tuch um die Hüften bis zu einem bodenlangen Kleid plus Kopfschmuck. Entweder hatte Owen diese bescheiden lächelnden Damen höchstpersönlich gesammelt oder mit dem Haus geerbt.

Durch Ritzen in den Vorhängen sickerte soviel Tageslicht, daß Jury Details bemerkte, die garantiert nicht im Sinne des Erfinders waren: Als er von einer Statue zur anderen ging, sah er nämlich hier eine dünne silberne Gliederkette um den Hals der einen und dort ein silbernes Armband um das Handgelenk der anderen. In die Marmorlocken einer dritten war ein blaues Band geschlungen, eine langstielige blaue Blume (eine Hyazinthe?) ergänzte das steinerne Bouquet der vierten. Jury bezweifelte, daß diese Verzierungen Max Owens Werk waren.

»O Gott! Sie sollten doch erst nächste Woche kommen!«

Beim Klang der Stimme fuhr er herum.

Die Frau schritt durch die Lichtstreifen, die durch die schmalen Öffnungen der Gardinen fielen, und nahm ein Schmuckstück nach dem anderen ab. Dabei ließ sie Jury nicht aus den Augen, als würde er etwas anstellen, wenn sie ihn nicht im Blick behielt. Als sie einer Dame den silbernen Armreif abnahm, sagte sie: »Ich weiß, es ist albern, aber manchmal habe ich das Gefühl, man sollte sie dafür entschädigen, daß sie so viele Stunden im Dunkel leben müssen. Max mag nicht, daß die Gardinen offen sind, weil das Fenster nach Osten zeigt, und die Morgensonne den Gemälden schaden könnte. Um ehrlich zu sein, ich glaube, Max hat vergessen, was er mit den Bildern und den Damen vorhatte.« Nachdem sie alle Schmuckstücke entfernt hatte, ging sie zu der letzten Statue und nahm ein paar Münzen aus deren ausgestreckter

Hand. »Für den Waschsalon. Unsere Waschmaschine tut's nicht.« Sie blieb stehen und musterte Jurys Gesicht. »Sie sind gar nicht Mr. Pergilion, oder?« fragte sie ihn mit mißtrauischem Unterton, als hätte Jury sich für jemand anderen ausgegeben.

»Nein, Mr. Pergilion bin ich nicht.«

An einer Fortführung des Gesprächs war sie indes nicht interessiert. Statt dessen ging sie zurück, ließ die Münzen in die Hand einer Statue fallen, schlang einer anderen das Band wieder locker ins Haar, streifte einer dritten den Armreifen über und legte die Hyazinthe wieder zu den Marmorblumen. Als tue sie damit kund, daß Jury sie, bitte schön, so nehmen solle, wie sie war.

»Aber jemand bin ich doch«, lächelte er.

Das schien ihre Neugier nicht zu erregen; sie wollte nur darüber reden, wer er nicht war. »Mr. Pergilion ist der Gutachter. Max läßt seine Gemälde und Möbel alle naselang von irgendwelchen Experten schätzen. Er überlegt, ob er ein paar Stücke veräußern soll. Warum, weiß ich absolut nicht. Mehr Geld brauchen wir nicht. Es ist bloß ein Vorwand, um jemanden herzubestellen, mit dem er über die Sammlung reden kann. Das macht er oft. Meine rudimentären Kenntnisse sind da längst erschöpft.« Sie zeigte auf einen zerbrechlich wirkenden Schreibtisch und sagte: »Den zum Beispiel möchte Max geschätzt haben. Ich mag ihn sehr. Es ist ein Regency-Sekretär.« Er war aus Satinholz, hatte hohe, schmale Beine und kleine, mit Vögeln und Blumen bemalte Türen. »Der ist ein paar tausend wert, aber noch viel mehr, wenn der Maler berühmt gewesen ist. Max will, glaube ich, den Namen des Malers herausfinden.«

Eigentlich hatte sie die silberne Halskette zurückhängen wollen, hielt sie aber jetzt um die Finger geschlungen und vertiefte sich, ihrer Miene nach zu urteilen, in irgendeine schwierige Überlegung. Die Kette sah aus wie ein Rosenkranz und Grace Owen in dem taubenblauen Kleid mit dem weichen weißen Spitzenkragen, dem glatten Haar und dem unerschütterlichen Gesichtsausdruck wie eine meditierende Nonne. Sie ging zu den Fenstern. »Immer wenn Max nach London fährt, ziehe ich die Gardinen auf. Deshalb bin ich hier.« Als müsse sie rechtfertigen, daß sie sich in ihren eigenen vier Wänden aufhielt. Sie zog an der Schnur des Vorhangs neben sich. »Ich finde es traurig, wenn man immer im Schatten stehen muß.« Sie ging weiter an der Wand entlang und öffnete der Reihe nach alle Gardinen. Bis sie vor Jury stehenblieb. »Ich bin Grace Owen.« Sie streckte ihm die Hand entgegen.

Im Licht und aus der Nähe war Grace Owen noch schöner.

»Richard Jury.« Er nahm ihre Hand, sie war kühl wie Marmor. Dann zückte er seinen Ausweis. »Scotland Yard, CID.«

Ihr Lächeln verschwand. Was ihn seltsam traurig stimmte. »Dann untersucht Scotland Yard Vernas Tod?«

Jury verneinte. »Ich bin nur mit Chief Inspector Bannens Erlaubnis hier. Es ist nicht mein Fall. Ich bin nur zufällig ein guter Freund der Dame, die hier bei Ihnen zu Gast war, als es passierte. Lady Kennington?«

»Jennifer Kennington, ja. Diese schreckliche Sache mit Verna hat sie – sehr mitgenommen, fürchte ich.« Nachdenklich betrachtete sie Jury, als überlege sie, auf welcher Seite er stünde. »Aber jetzt ist sie wieder in Stratford. Es ist ja schon zwei Wochen her, daß –« Sie zog ein Papiertaschentuch aus der Rocktasche und rieb an einem Flecken auf dem Arm einer Statue herum. »Der Inspector hat mit allen geredet; was gibt's da noch herauszufinden?«

»Was passiert ist.«

Wieder schien sie mit ihrem Blick die Situation abzutasten. »Hat Jennifer es Ihnen nicht erzählt?«

Beinahe hätte Jury auch noch angefangen, am Arm der Statue zu reiben. »Wir haben – also, ich habe sie noch nicht gesehen, ich meine – hm, viel zu tun, Sie wissen schon.«

Nein – besagte ihr Blick –, sie wußte es nicht. Nur, daß dieser

Kripofreund sich nicht einmal die Mühe gemacht hatte, Jenny zu fragen, was passiert war... Nein, jetzt ging es mit ihm durch, dieses Schuldgefühl war ja wohl auf seinem eigenen Mist gewachsen.

Grace Owen sagte nichts; sie feuchtete das Papiertaschentuch mit der Zunge an und rieb wieder an dem Arm herum. Es war auf eigenartige Weise erotisch. »Wenn Sie wollen, erzähle ich Ihnen, was ich weiß.« Sie steckte das Tuch in die Tasche und ging zum Fenster. »Sie waren beide nach draußen gegangen, zu dem Wäldchen –« Sie hielt inne. »Ist er das nicht? Der Inspector von der Kripo in Lincoln?«

Jury stellte sich zu ihr ans Fenster. Bannen stand bei den Bäumen und redete mit dem Gärtner.

»Warum ist er denn nun wieder hier?« fragte sie.

Plötzlich fiel Jury ein, daß er ihr nichts von Dorcas Reese erzählt hatte. »Er ist hier, weil er leider eine schlechte Nachricht hat.« Nachdem er das gesagt hatte, mußte er wohl oder übel fortfahren. »Eine Frau, eine Angestellte von Ihnen namens Dorcas Reese, ist in einem Kanal auf dem Gelände des National Trust gefunden worden. Ich glaube, es heißt Wyndham Fen. Sie ist tot.«

»Was?« Sie schlug die Hände vors Gesicht. »Das arme Mädchen! Aber wie? Was ist passiert?«

Jury zögerte. Es stand ihm nicht zu, Einzelheiten zu berichten. »Wir wissen es nicht genau. Der Pathologe ist noch nicht fertig. Chief Inspector Bannen ist hier, um mit Ihnen und Ihrem Mann zu sprechen.«

»Na, da wird er mir wohl wieder jede Menge Fragen stellen wollen.«

Jury nickte, erleichtert, weil »jede Menge Fragen« sie nicht zu beunruhigen schienen.

Sie stopfte das Tuch tiefer in ihre Tasche und sagte: »Ich gehe wohl besser und rede mit ihm.«

Auf dem Weg zur Tür warf Jury noch einmal einen Blick auf

den Regency-Schreibtisch. Er lächelte ein wenig und überlegte. »Sind die anderen Sachen, die Ihr Mann geschätzt haben möchte, auch so schön?«

»Was?« Verwirrt riß sie sich von dem Gedanken an den Tod ihrer Angestellten los und sagte: »O ja. Ich weiß nicht, was er alles verkaufen will. In Wirklichkeit verkauft er natürlich nichts. Es geht nur um das Ritual. Das braucht er, wenn ihm langweilig wird.« An der Tür zeigte sie auf einen Sekretär. »Hier ist noch einer. Sie mögen wohl Antiquitäten? Alte Teppiche und so was? Im Wohnzimmer liegt ein Isfahan, der von ›zweifelhafter Herkunft‹ ist, wie mein Mann sich ausdrücken würde.«

»Ich kenne mich überhaupt nicht damit aus. Aber ich habe einen Freund in Northants, der ist Gutachter.«

»Erzählen Sie das nicht meinem Mann, oder er bestellt ihn in Null Komma nichts hierher.«

»Wirklich?«

»Einmal hat er sogar damit gedroht, die kalten Damen zu verkaufen.«

»Wen?«

»Die hier.« Sie warf einen Blick zurück auf die Marmorstatuen. »Ich nenne sie ›die kalten Damen‹.«

# 4

Der Tag war kühl und grau in grau, was Melrose Plant perfekt in den Kram paßte, denn er mußte nachgrübeln. So sehr er sich auch darauf freute, Richard Jury zu sehen, er wußte einfach nicht, wie er das Thema Jenny Kennington anschneiden sollte.

Seit zwanzig Minuten wanderte er nun durch den Park von Ardry End und zerbrach sich den Kopf über Jurys Anruf. Überrascht stellte er fest, daß er sich weit von seinem Haus unter einer

Gruppe Ahornbäumen in dem Wald befand, der teils zu Ardry End und teils zu Watermeadows gehörte. Schwer zu erkennen, wo das eine aufhörte und das andere begann. Er blieb stehen, schaute durch die Bäume in Richtung Watermeadows und dachte an Miss Fludd. Die letzten paar Tage war er hauptsächlich mit dieser Sache in Lincolnshire beschäftigt gewesen, doch Miss Fludd war in einem seiner Gehirnkämmerchen eingesperrt, das sie gelegentlich öffnete, um zu sehen, ob er Zeit habe. Wenn nicht, schloß sie die Tür leise wieder.

Er ließ den Kopf hängen. Schüttelte ihn.

Da knallte ein Schuß.

Melrose fuhr herum. Verdammt und zugenäht, flitzte durch die Kiefern dort drüben nicht eine dunkelgekleidete Gestalt? Wer das war, wußte er nur allzugut. Mr. Momaday, Ardry Ends selbsternannter Jagdaufseher. Eigentlich war der Mann angeheuert worden, um das bißchen Gartenarbeit zu erledigen, aber er bestand darauf, sich Aufseher zu nennen. Mit dem »Sehen« war es allerdings nicht weit her, nach den unkrautüberwucherten Blumenbeeten und Staudenrabatten zu urteilen. Statt dessen patrouillierte er wie ein gottverdammter Nazi durch die Anlagen und feuerte Salven auf Waldmurmeltiere, Kaninchen und Fasane ab – was immer ihm vor die Flinte kam. Melrose hatte ihn gebeten, damit aufzuhören. Vom Schießen als Sport hielt er nichts, und die Speisekammer in Ardry End war so wohlgefüllt, daß sie es nicht nötig hatten, sich als Jäger und Sammler zu betätigen. Aber das Anwesen war so groß, und Melrose durchstreifte so selten seine weiten Fluren, daß Momaday wußte, er konnte durch die Gegend ballern, ohne daß es jemand mitbekam.

Zum Glück für die Ardry Endsche Fauna war Momaday ein schlechter Schütze. Melrose war überzeugt, daß der Mann nur dann ein Eichhörnchen oder ein Kaninchen erlegen würde, wenn die arme Kreatur Selbstmord begehen wollte und ihm absichtlich vor die Büchse lief. »Hey, Momaday, schieß! Du tätest mir einen großen Gefallen, Mann!« Nur dann würde er, der sich offenbar in der Rolle des Killers gefiel, einen Braten erbeuten.

Melrose seufzte und wanderte weiter. Er bezweifelte heftig, daß man Probleme beim Wandern an der frischen Luft besser löste als bei Portwein im Sessel vor dem Kamin. Aber da das Thema schon eine Tortur war, verschonte man am besten auch den Körper nicht, und ein frostiger, sonnenloser Tag bot schließlich die geeignetste Atmosphäre für trübe Gedanken. Die dem Anlaß entsprechende Kleidung, festes Schuhwerk und Barbourjacke, waren ein Muß. Ein zusätzlicher Pluspunkt wäre das abgeknickte Gewehr über dem Arm gewesen. Aber Mr. Momaday hatte das einzige Schießeisen fleißig in Gebrauch.

Melrose blieb stehen und betrachtete eine winzige weiße Blume, ein klitzekleines Glöckchen von Blume. Ein Schneeglöckchen? Der Name paßte. Etwas später fuhr er mit dem Finger an einer Ranke entlang, die ihre tentakelähnlichen Wurzeln an einem Baum hochtrieb. Efeu? War es ja meistens, also beließ er es dabei und brütete wieder über Jurys bevorstehenden Besuch nach.

Da hörte er, wie jemand in der dämmrigen Ferne seinen Namen brüllte: »Melrose!« Agatha! Sie kam wie üblich zum Tee. In ihrer Geschicklichkeit, Informationen auszuschnüffeln, durfte man seine Tante nicht unterschätzen. Das hatte er schon vor langer Zeit gelernt. Doch sein Butler Ruthven war gegen Hinterlist, Drohungen und Lügen gefeit, und bei ihm war Melrose' augenblicklicher Aufenthaltsort wohlverwahrt. Hatte sie Momadays Hilfe in Anspruch genommen?

Wieder knallte ein Schuß.

Eines Tages würde dieser Kerl noch jemanden erschießen.

Was für eine hübsche Vorstellung!

Nachdem Ruthven das Zeichen gegeben hatte, daß die Luft rein war (wozu der alte Dinnergong betätigt wurde), nahm Melrose wieder im Salon bei Portwein und Walnüssen Platz. Er hatte ja sowieso schon bedauert, daß er sich absentiert hatte. Agatha hatte währenddessen mehr als eine Nachricht hinterlassen. Er ignorierte alle.

Sein momentanes Interesse galt ausschließlich Richard Jurys Besuch und dem Thema Jenny Kennington. Er fühlte sich wegen des Treffens in Stonington richtiggehend schuldig, obwohl es so harmlos gewesen war. Außerdem hatte er Polly Praed, die er jahrelang nicht gesehen hatte, ziemlich abrupt abgefertigt. Er seufzte. War er so einer geworden? Machte er jeder gutaussehenden Frau schöne Augen, flatterte von einer zur anderen wie eine Biene oder ein Schmetterling? Grämlich zupfte er an der Papierserviette neben dem Walnußschälchen. Schließlich griff er zum Füllfederhalter, faltete die Serviette auseinander und schrieb eine Namensliste:

Vivian Rivington –
Polly Praed –
Ellen Taylor –
Jenny Kennington –
Miss Fludd (Nancy) –

Er klopfte mit dem Füller auf die Unterlage, überlegte einen Augenblick und fügte dann »Bea Slocum« hinzu. Die Feder blieb hängen, als er Klammern um Jennys Namen malte. Sie gehörte nicht auf seine Liste. Auch Bea Slocum nicht, recht bedacht. Er hatte ihren Namen ja auch sehr klein geschrieben. Sie war viel zu jung für ihn. Nach einem letzten Blick auf Jennys Namen strich er ihn widerstrebend durch.

Rechts auf die Serviette schrieb er »Bemerkungen«. Das war doch immer noch am besten. Eine Liste anlegen und das Für und Wider notieren. Angeblich half einem das, den Kopf klar zu kriegen und die Dinge in der richtigen Perspektive zu sehen. Nun stützte er aber erst mal den Kopf auf die Hand und überlegte angestrengt, was er für (oder gegen) Vivian aufschreiben sollte. Ihm fiel nur Graf Dracula ein, ihr Verlobter. Dann versiegte seine Vorstellungskraft. Er war jedoch so konzentriert, daß er die sich nähernden Schritte nicht hörte und von Ruthvens Stimme überrascht wurde.

»Superintendent Jury, Sir«, sagte Ruthven von der Tür her.

Bei Jurys Eintritt blickte Melrose auf. Obwohl er immer noch nicht wußte, was er sagen sollte, war er entzückt, ihn zu sehen. »Richard!« Sie schüttelten sich die Hände. »Ja... wie geht's Ihnen denn bloß?«

»So lala.«

»Herrgott, ich habe Sie ja ewig nicht gesehen.«

Jury zog eine Braue in die Höhe. »Zwei Wochen?«

»Äh, hm, es kommt mir so lang vor. Ruthven soll Ihnen was zu trinken holen. Setzen Sie sich.«

Jury bat Ruthven um einen Whisky und setzte sich Melrose gegenüber.

Woraufhin Melrose Ruthven bat, die Karaffe zu füllen, damit sie ihn nicht weiter bemühen müßten. Er lehnte sich zurück und gab sich der Hoffnung hin, daß das Thema Jenny nicht angesprochen werden würde. Idiotisch. Wie sollte man es denn vermeiden? Sie war die Hauptverdächtige in einem Mordfall!

Aber Jury schien sich mehr für die Papierserviette zu interessieren, die Melrose auf dem Tisch hatte liegenlassen, nachdem er Kondenswassertröpfchen damit aufgewischt hatte. »Nanu, was ist denn das?«

»Eine Liste.« Seine Hand schoß vor, aber Jury war schneller.

»Ich glaube, ich kenne ein paar von diesen Damen«, sagte Jury, ohne eine Miene zu verziehen. »Miss Fludd allerdings nicht. Die kenne ich nicht.«

Gott sei Dank, wenigstens dieses Thema war unverfänglich. Melrose atmete tief durch. »Eine Nachbarin. Sie erinnern sich doch an Watermeadows –« Er brach ab. Watermeadows war mit einer besonders unglücklichen Episode in Jurys Leben verknüpft. Herr im Himmel, mit Jury über Frauen zu reden war wie ein Minenfeld zu durchqueren. Jurys Frauen stießen immer grauenhafte Dinge zu.

Sein Gesichtsausdruck verriet allerdings nichts. »Eine Nachbarin, die Sie nicht sehr gut kennen, nehme ich mal an. Weil Sie ›Miss‹ geschrieben haben.« Jury lächelte. »Und hier steht Bea Slocum, hm. Interessant, darüber nachzuspekulieren, was diese Frauen gemeinsam haben.«

Liebe Güte, gab es Schlimmeres, als etwas sehr Persönliches aufzuschreiben, und dann kam jemand daher und las es? Melrose war heilfroh, daß er die Rubrik »Bemerkungen« noch nicht ausgefüllt hatte.

Ruthven eilte mit dem Whisky herbei. Jury dankte ihm und fuhr dann erbarmungslos fort: »Sind das wohl die Frauen Ihres Lebens?« Sein Lächeln war gemein.

»Was? Natürlich nicht!« Schnaubend wies Melrose diese Idee weit von sich.

»So. Na ja, da ich sie auch kenne, muß es eine Liste der Frauen *meines* Lebens sein. Mit Ausnahme von Miss Fludd natürlich.« Er hielt die Serviette hoch. »Nancy. So heißt sie?«

Nun schlug Melrose einen überheblichen Ton an. »Ach bitte, Richard, ist das der Grund Ihres Besuches? Dafür haben Sie den weiten Weg von Lincolnshire auf sich genommen?«

»Nein. Aber schauen Sie, Sie haben unter ›Bemerkungen‹ noch gar nichts hingeschrieben. Verdienen diese Frauen keine Bemerkungen?«

Melrose täuschte ein lässiges Lächeln vor. Wenn Jury wollte, konnte er wie Alleskleber an einem Thema haftenbleiben. Offenbar wollte er Melrose so lange über die Serviettenliste ausquetschen, bis er eine akzeptable Erklärung bekam. So behandelte der Herr Inspector verwirrte, schuldige Verdächtige. »Ach was.« Gelassen simulierte er den Selbstsicheren und tat Jurys Frage mit einer Handbewegung ab. »Soweit bin ich ja noch gar nicht.«

»Na, dann aber mal los!«

»Womit?«

»Mit ein paar Bemerkungen.« Jury nahm einen Tintenkuli aus der Tasche und knipste in höchst aufreizender Weise mehrere Male damit herum.

Melrose räusperte sich. Warum war er so ein langsamer Denker? Warum konnte er nicht einfach ein paar Ideen aus dem Ärmel schütteln? »Ich habe nur gerade ihre Namen als Zeuginnen aufgeschrieben. Bei der einen oder anderen Gelegenheit sind sie alle einmal Zeuginnen gewesen. Ich habe darüber nachgegrübelt, welche am besten wäre. Sie wissen schon – am zuverlässigsten.« Na, war das nicht fix? Er war hochzufrieden mit sich.

»Warum haben Sie Jenny durchgestrichen?«

Melrose betrachtete die flackernden Flammen im Kamin. Er zuckte mit den Schultern. »Hm, ich war nicht sicher, ob sie Zeugin ist.«

»Sind Sie doch. Sonst hätten Sie sie nicht suchen müssen.«

Er wußte, Jury wollte es nur aus ihm rauskitzeln, er mit seinem Pokergesicht. Kein Wunder, daß Verdächtige danach lechzten, ein Geständnis abzulegen. Aber er schien guter Laune und für einen Scherz zu haben zu sein. »Als wir uns das letztemal gesehen haben –« Nun brachte er es noch selbst aufs Tapet, das fatale Treffen in Stonington. Verflixt, aber jetzt waren die Worte heraus »– waren Sie gerade aus New Mexico zurück.« Er behielt den Kopf gesenkt und zog mit dem nassen Glas Kreise auf den kleinen Rosenholztisch. Ruinierte den Lack. »Ich meine, seitdem haben wir nicht mehr zusammengesessen und nett miteinander geplaudert...«, fügte er wenig überzeugend hinzu.

Jury nickte nur. Dann sagte er: »Ich habe mich nie bei Ihnen bedankt. Macalvie hat mir erzählt, Sie seien eine große Hilfe gewesen. Und Wiggins wußte es, weiß Gott, auch zu schätzen.«

Melrose war überrascht. »Wiggins hat mich nicht gebraucht«, lachte er. »Er fühlte sich pudelwohl in dem Krankenhaus. Diese Schwester –« Er schnipste mit den Fingern. »Wie hieß sie noch gleich?«

»Lillywhite«, erwiderte Jury und trank einen Schluck Whisky. Wieder verirrte sich sein Blick auf die Serviette. Wenn er doch aufhören würde, sie anzustarren!

»Schwester Lillywhite. Genau. Er hat sie durch ganz London gejagt, damit sie die Bücher für ihn besorgte.«

»Tut er immer noch. Offenbar hat sie für seine Gesundheit ›Wunder gewirkt‹ – so drückt er sich jedenfalls aus. Und für seinen Seelenzustand. Meiner Meinung nach war beides sowieso immer völlig in Ordnung.«

Eine Weile lang sprachen sie über den Fall, der Jury nach New Mexico geführt hatte. So lange, bis sie das Thema mehr als erschöpft hatten. Melrose nahm sein Zigarettenetui heraus und bot Jury eine an. Der lehnte ab.

»Herzlichen Dank. Falls Sie sich erinnern wollen, ich habe aufgehört.«

»Stimmt. Doch ich habe nicht geglaubt, daß Sie es durchhalten. Alle Achtung.«

»Bisher erst achtzehn und ein Drittel Tage, aber es merkt ja eh keiner.«

»Ich bezweifle, daß ich achtzehn Minuten schaffen würde. Eher würde ich den hier aufgeben.« Er hob das Whiskyglas.

Jury lachte. »Man braucht einen Verbündeten dabei; jemanden, der auch versucht aufzuhören. Immer, wenn ich meine, ich bringe es keine Minute länger, rufe ich Des an.«

»Wer ist Des?«

»Eine junge Dame am Flughafen Heathrow. Sie arbeitet an einem der Zigarettenstände dort. Ein teuflisches Ambiente, wenn man aufhören will. Wir haben darüber geredet, und als ich ihr erzählt habe, daß ich mindestens so lange aushalten würde wie sie, haben wir einen Pakt geschlossen. Ja, so könnte man es nennen. Wie wir uns als Kinder gelobt haben, uns nie zu verpetzen.«

»Ach, mir hat nie jemand getraut, keiner meiner kleinen Freunde.«

Jury lachte. »Kein Wunder.«

»Ich mußte immer Knete rausrücken. Es war die reinste Erpressung.« Sie lachten beide, und Melrose betrachtete seine Zigarettenglut. »Aber ein Pakt ist eine gute Idee. Mit wem könnte ich einen schließen? Mit Marshall Trueblood? Nein, ich kann mir nicht vorstellen, daß Trueblood seine Zuckerstangensobranies aufgibt.«

»Die gehören zu seinem Image.«

»Image?«

»Zu seinem Spiel. Seiner Rolle.«

»Für Trueblood gibt's doch gar nichts anderes als sein Image. Aber sei's drum, was wollen Sie eigentlich von mir? Bei was für einer gräßlichen Verschwörung soll ich mitmischen? Was für einen feinen Plan haben Sie im Kopf?«

Jury glitt tiefer in den weichen Ledersessel, in dem er hier immer am liebsten saß, balancierte sein Glas auf den Knien und betrachtete die Zimmerdecke. »Erinnern Sie sich an den Lake District? Die Holdsworths?«

»Oha! Da gehe ich nie wieder hin!«

»Erzählen Sie mir nicht, es hätte Ihnen keinen Spaß gemacht. Ich weiß nämlich genau, daß das Gegenteil der Fall war.«

Melrose druckste herum und spielte den Spaß erheblich herunter. »Wenn ich wieder den Bibliothekar mimen soll, vergessen Sie es.«

»Nein, nichts dergleichen.«

»Dem Herrn sei Dank.«

»Diesmal sollen Sie Gutachter sein.«

Über den Rand seines Glases schaute Melrose Jury finster an. »Was?«

»Sie wissen schon. Ein Typ, der zu den Leuten geht und ihnen erzählt, was ihr alter Plunder wert ist.« Jury trank seinen Whisky aus und hielt Melrose das Glas hin. »Bitte, Sie sind der Gastgeber.«

»Ich habe keine Ahnung, was der alte Plunder von irgend jemandem wert ist.« Melrose ging mit den Gläsern zum Sideboard, wo Ruthven die Karaffe hingestellt hatte. Er goß zwei Fingerbreit Whisky in Jurys Glas und gab es ihm. »Ich weiß ja nicht mal, was *mein* alter Plunder wert ist.« Dann schenkte er sich selbst ein und ging zu seinem Sessel zurück.

»Sie sollen bloß den Antiquitätentaxator mimen. Zum Teufel, eine solche Aufgabe erledigen Sie alter Falschspieler doch mit Bravour. Das haben Sie bei der Bibliothekarsnummer hinlänglich bewiesen.«

»Himmelherrgott, da ging es um Bücher! Bü-cher! Natürlich weiß ich was über Bücher. Aber über Antiquitäten? Null Komma nichts! Schicken Sie Trueblood.«

Das ignorierte Jury. »Ich brauche jemandem im Haus. In Fengate. In der Nähe von Spalding.«

»In der Nähe von Spalding? Na, dann sieht die Sache doch gleich ganz anders aus! Wo zum Teufel ist Spalding?«

»In Südlincolnshire. Kleinholland.«

»Klein- was? Egal, diese Leute mit ihren ungeschätzten Antiquitäten sind sicher nicht erpicht darauf, daß ein Wildfremder bei ihnen wohnt.« Nachdem Melrose Jurys Idee abgeschmettert hatte, kippte er erst mal einen ordentlichen Schluck Whisky. »Pensionsgast! Ich werd nicht mehr! Das klingt ja nach einer Starrolle. Und jeden Morgen schlurfe ich dann in meiner braunen Strickjacke mit den durchgescheuerten Ellenbogen zum Frühstück herein.« Dann überlegte er. »Ist dort nicht irgendwo Tattershall? Sie wissen schon, die Burg, die – wie hieß er noch? Lord Curzon? – so mochte und für deren Restaurierung er so viel Geld gestiftet hat?«

»Jetzt seien Sie nicht albern.«

»Ich? Sie sind albern, von mir zu erwarten, daß ich mich ... als Truebloodianer ausgebe.«

»Ich habe gar nicht vorgeschlagen, daß Sie sich als irgendwas ausgeben. Sie sollen als der gute alte Melrose Plant gehen. Sie müßten nur ein bißchen mehr über Antiquitäten wissen.« Jury lächelte kurz und fröhlich.

»Aber der ›gute alte Melrose Plant‹ weiß *nichts*.«

»Na schön, dann sind Sie eben kein Experte, und es stimmt vielleicht, daß Sie nicht genug wissen, um Max Owen zu täuschen.«

Erleichtert lehnte sich Melrose zurück. »Sehr erfreut, daß Sie zur Vernunft kommen.«

»Aber Sie könnten bei Trueblood ein paar Nachhilfestunden nehmen.«

Melrose schoß hoch. »Nachhilfe bei Trueblood? Har har har!« Er lachte und schlug sich auf die Oberschenkel, als amüsiere er sich königlich. »O har har har har!«

Jury ignorierte diesen Heiterkeitsausbruch. »Es würde gar nicht soviel Zeit in Anspruch nehmen. Ich weiß nämlich, welche Stücke zur Debatte stehen – zumindest, welche Owen im Moment schätzen lassen will. Sie sehen also, daß es nicht darum geht, daß Sie *alles* wissen.«

»Es geht darum, daß mich stört, daß ich *nichts* weiß. Schicken Sie Diane Demorney. Die perfekte Kandidatin. In ihrem wohlsortierten Spatzenhirn steckt ein Bröckchen Wissen über so ungefähr alles auf diesem Planeten. Von Stendhal bis Baseball. Sie könnte diesem Mann den Kopf verdrehen. Wie heißt er?«

»Max Owen. Und es sind schon zwei Menschen ermordet worden.«

Melrose ließ den Whisky in seinem Glas kreisen. »Wirklich? Und wer arbeitet an dem Fall?«

»Detective Chief Inspector Bannen. DCI Arthur Bannen. Nicht der typische Dorfbulle. Absolut nicht auf den Kopf gefallen.«

»Dann durchschaut er mich im Nu.«

»Natürlich nicht. Er hat keine Ahnung vom Wert eines antiken Regency-Sekretärs.«

»Ich würde ja nicht mal einen erkennen, geschweige denn wissen, was er wert ist!« Melrose schnaubte. Dann sagte er: »Zwei Morde ...« Er verschwendete ein paar ernsthafte Gedanken daran und gab auf. »Wenn ich noch einmal den Punkt von vorhin aufgreifen darf – die Familie will ja sicher nicht noch zu allem Überfluß, daß ein Fremder bei ihnen logiert. Wer sagt ihnen denn, daß ich nicht der Fen-Mörder bin und sie im Schlaf erdrossele?«

»Ich glaube, sie wären über Ihren Besuch entzückt. Grace, weil sie sehr freundlich ist, ihr Gatte, weil er eine Schwäche für Titel hat.«

Wieder fuhr Melrose hoch. »Wie bitte? Ich habe keinen Titel.«

»Was ist mit dem Grafen?«

»Exgraf! Ex!« Melrose stand auf. Schwankte zart. »E-x! Ex und hopp! Ich bin ein Brontosaurier des Grafenstandes.«

»Sie haben aber noch ein paar alte Visitenkarten mit dem Wappen drauf«, lächelte Jury. »Und ich habe selbst schon erlebt, daß sie die benutzt haben. Es ist also beileibe nicht so, daß es völlig neu für Sie wäre, mit Ihrer Grafenwürde oder Gräflichkeit um sich zu werfen, wenn es Ihnen paßt. Einmal Graf, immer Graf. Wie wenn man katholisch ist.«

»Sie reden offenbar von sich selbst. In den letzten Jahren bin ich immer nur dann wieder Graf geworden, wenn es *Ihnen* paßte, mein Wertester.«

Wieder hielt Jury ihm sein Glas entgegen. »Da Sie gerade stehen.«

Wutentbrannt ging Melrose zu der Kristallkaraffe. Er kippte eine ordentliche Portion in die Gläser. »Und jedesmal – herzlich wenig – habe ich es getan, um Ihnen zu helfen. Das letztemal war in Dartmoor. Oder? Hier, bitte.« Er gab Jury das Glas. »Aber daß ich –«

»Sie sollen mir wieder helfen. Und Jenny –«

»– noch dazu Antiquitätenfachmann!«

»– Kennington.«

Melrose schwieg. Als Jury ihn liebevoll anschaute, setzte er sich wieder in seinen Ohrensessel, starrte ins Feuer und sagte schließlich: »Jenny? Bitte seien Sie zur Abwechslung einmal ernst.«

»Bin ich ja. Jenny ist Zeugin.«

Melrose stieß ein kurzes, bellendes Lachen aus. »Das ist mir nicht entgangen. Ich habe ja schließlich Himmel und Hölle in Bewegung gesetzt, um –« Am liebsten hätte er sich die Zunge abgebissen. Jetzt hatte er schon wieder die Rede darauf gebracht.

»Und Hauptverdächtige.«

*»Was?«* Melrose beugte sich vor.

»Nach Meinung von DCI Bannen. Er hat es zumindest stark angedeutet.« Jury erzählte Melrose von dem Mord an Verna Dunn. »Die Exfrau, mit einem Kleinkalibergewehr erschossen.«

Melrose schämte sich ein wenig, weil er eher neugierig als beunruhigt reagierte. »Was in drei Teufels Namen bringt es denn, die *Ex*gattin umzubringen?«

»Besonders in Anbetracht des erneuten Mordes an einer der Angestellten, einer Küchenhilfe.«

Melrose stellte sein Glas ab. »In Fengate?«

Jury erzählte ihm, was geschehen war.

»Sind mit dem zweiten Mord nicht alle Motive für den Mord an der Exfrau hinfällig?«

Jury zuckte die Achseln. »Kommt darauf an. Wir kennen weder das Motiv für den einen noch für den anderen Mord. Aber gewisse Tatumstände bei dem ersten. Die beiden Frauen, Jenny und die Dunn, waren draußen und haben sich gestritten. Da wurde Verna Dunn das letztemal lebend gesehen.«

»Gütiger Himmel ... hm, aber wenn man bedenkt, daß auch die Küchenhilfe ermordet worden ist – Ihr DCI Bannen meint offenbar, es sei ein und derselbe Täter.«

»Eben.«

»Na dann ...« Melrose schaute wieder ins Feuer. »Jenny ist jetzt aber nicht dort, oder?«

Jury verneinte. »Sie ist wieder in Stratford.«

»Wenn Bannen meint, es sei derselbe Mörder, dann ist sie doch aus dem Schneider.« Er nahm sein Glas.

»Nur wenn klar ist, wo sie in der Nacht des vierzehnten war. Von Stratford nach Fengate sind es bloß wenige Stunden, zwei, allerhöchstens drei.«

»Mein Gott, Sie klingen ja wie der Staatsanwalt persönlich.«

»Ohne Motiv ist es absurd. Ich glaube nur ... daß DCI Bannen eine Menge weiß, was er mir nicht sagt. Es fällt mir trotzdem schwer zu glauben ...« Wieder glitt Jury tiefer in den Ledersessel, den Blick zur Decke gerichtet.

Trotz des unseligen Gesprächsthemas fand Melrose es wunderbar, hier zu sitzen und mit Jury zu plaudern, als sei die Uhr zurückgestellt. War sie aber nicht, und er wollte es auch vom Herzen haben. »Hören Sie, Richard. An dem Tag in Stonington –«

»Was ist damit?«

»Sie sind so schnell abgefahren ... Hm, ich hatte immer ein mieses Gefühl deswegen. Ich meine, ich bin da reingeplatzt –«

»Aber Sie waren doch nur dort, weil ich Sie gebeten hatte, mir bei der Suche nach ihr zu helfen. Nur deshalb. Wie können Sie da sagen, Sie wären reingeplatzt? Reichlich grob ausgedrückt, muß ich sagen.« Jury lächelte, trank seinen Whisky, nahm die Serviette von der Sessellehne und hielt sie hoch. »Das ist doch wohl hoffentlich nicht der Grund, warum Sie sie ausgestrichen haben. Meine Güte, das wäre ja eine Entscheidung von großer Tragweite.«

»Was für eine Entscheidung?«

»Wenn Sie hier etwas ganz anderes aufgelistet hätten, meine ich. Wie zum Beispiel die Frauen, die Sie lieben. Oder heiraten wollen.«

»*Wie bitte? Was?*« geiferte Melrose los. »Heiraten? *Ich?* Wen zum Teufel sollte ich denn heiraten?« Wieder das bellende Lachen.

Jury wedelte mit der Serviette. »Na, eine von den Damen hier.«

»Seien Sie nicht albern!« Dann schwieg Melrose. »Ich wollte nur nicht, daß Sie meinen, daß ich –« Was denn überhaupt? »Lady Kennington und ich ... wir passen nicht sonderlich zusammen.«

»Komisch. Ich hätte das Gegenteil vermutet.«

»Da irren Sie sich eben. Ich finde sie, hm, ein bißchen ... trocken. Wissen Sie, was ich meine?«

Jury schüttelte den Kopf. »Nein. Dröge?«

»Natürlich nicht!« versetzte Melrose ärgerlich.

»Kühl? Oder trocken wie einen Martini à la Diane Demorney? Das ist doch immer das Ultimative an Trockenheit für Sie.«

»Jenny ist überhaupt nicht mein Typ.« Melrose quälte sich weiter redlich ab. »Verstehen Sie, ich kritisiere sie ja nicht. Aber die Menschen sind verschieden. Die einen kommen besser mit ... ich kann mir zum Beispiel nicht vorstellen, daß Sie und Ellen Taylor aufeinander abfahren.«

»Ich schon.« Wieder trank Jury einen Schluck. »Um ehrlich zu sein, ich kann mir vorstellen, daß ich auf alle diese Frauen ›abfahre‹. Außer natürlich auf Miss Fludd, die ich nicht kenne.«

»Ich meine, relativ gesehen. Ach, Mist –«

Jurys Lachen war aufrichtig und herzlich. »Sie sind ein schrecklicher Lügner. Aber die Episode in Stonington, die ist doch längst vergessen.«

Das vermochte Melrose kaum zu glauben. »Bestimmt?«

»Aber ja doch. Ich meine, wie kann ich Ihnen denn die Geschichte noch verübeln, wenn Sie mir nun diesen gewaltigen Gefallen tun, den gräflichen Antiquitätenexperten zu spielen und Unterricht bei Marshall Trueblood zu nehmen? Wenn Sie das tun, dann müssen Sie doch ein großartiger Freund sein.« Jury grinste.

»Erpressung!«

»Wer wen? Ich? Sie glauben doch wohl nicht, daß ich mich dazu herablassen –«

Melrose kniff die Augen zusammen und betrachtete ihn. »Sie lassen sich zu allem herab.«

»Gut, ich gebe gern zu, daß ich an dem Tag in Stonington sehr durcheinander war – stinkwütend, wie ich mich erinnere. Ich bin bis nach Salisbury gefahren und dann in Old Sarum rumgelatscht, in diesem gottverlassenen Ruinenfeld, wo wir ermittelt haben. Da habe ich einen Burschen getroffen, der dort arbeitet. Er hat mich an Othellos vorschnelles Urteil über Desdemona erinnert. Mehr als ein Taschentuch hat Othello nicht gesehen.« Er lächelte Melrose an. »Man kann doch nicht bloß nach einem Taschentuch gehen! Oder einer Serviette!« Jury wedelte damit hin und her und ließ gleichzeitig den Blick von einer Ecke der Zimmerdecke zur anderen wandern. »Und eins vergessen wir dabei ganz und gar, meinen Sie nicht?«

»Was?«

»Daß es ohnehin nicht unsere Entscheidung ist, sondern ihre. Ob sie Sie oder mich attraktiv findet oder sogar Max Owen, das ist allein ihre Entscheidung. Wir sind ganz schöne Machos, wenn wir meinen, es wäre anders.«

Melrose spürte, wie ihm eine große Last von der Seele fiel, er atmete leichter. Denn es traf zu. Ihrer beider Entscheidung war es nicht. Er hob sein Glas. »Vertragen wir uns wieder?«

Jury hob seins. »Meiner Ansicht haben wir uns die ganze Zeit vertragen. Aber eins muß ich Ihnen sagen.«

Jury sagte das mit so strenger Miene, daß es Melrose ängstlich durchzuckte. »Und was bitte?«

»Für einen Grafen haben Sie einen Haufen Spinnweben da oben an der Decke.«

# 5

»Ein Tropfen hiervon, und ich bin putzmunter«, sagte Wiggins und klopfte rhythmisch mit dem Löffel gegen die Tasse.

Jury schaute von den rosafarbenen Nachrichtenzettelchen auf seiner Schreibtischunterlage auf und fragte sich, was um alles in der Welt seinen Sergeant in diesen optimistischen Zustand versetzt hatte. In den langen Jahren ihrer Zusammenarbeit war der Sergeant nie »putzmunter« gewesen. Er wurde ja richtig selbstgefällig. Wiggins konnte unerträglich selbstgefällig sein. Sollte er ruhig, Jury würde seinerseits keinerlei Optimismus aufbringen. Er sah, daß Wiggins etwas in einem Glas vermengte, etwas Dickflüssiges, Bernsteingelbes, Heilkräftiges. Er rührte langsam und nachdenklich.

Und wartete darauf, daß Jury einen Kommentar abgab. Aber Jury war nicht in der Stimmung dazu. Während er weiter seine Zettel durchblätterte, spürte er, wie sich Wiggins' Blick in dieses wohlbedachte Schweigen bohrte. Denn natürlich sollte die frohe Botschaft – die gewichtig wie auf einer Karte mit Kupfertiefdruck oder einem goldgeränderten Telegramm präsentiert wurde – einen erstaunten Schnaufer hervorrufen, zumindest eine fragend hochgezogene Braue.

Als Wiggins in beiderlei Hinsicht enttäuscht wurde, hörte er auf zu rühren und schlug mit dem Löffel nun auf den Rand des Glases. Und komischerweise klang es wie ein Weihrauchgefäß, wie Glokkengeläut oder klirrende Regentropfen. Jury hätte es nun nicht mehr überrascht, wenn plötzlich Weihrauchdüfte durch die Luft gezogen wären. Wiggins kurierte seine Zipperlein ja zumeist mit Ritualen und blinder Gläubigkeit. Er seufzte. Heftig. Da gab Jury endlich nach. »Und was hat Sie in eine so lebensbejahende Stimmung versetzt?«

Wiggins verzog den Mund zu einem nachsichtigen Lächeln.

»Lebensbejahend? Nein, nein, durch Vera ist mir nur klargeworden, daß ich mir manchmal selbst im Wege stehe.«

*Vera?* Jury schaute Wiggins an. »Vera?«

»Vera Lillywhite.«

Jury runzelte die Stirn. *Schwester* Lillywhite? »Meinen Sie Schwester Lillywhite?«

»Auch sie hat einen Vornamen«, beschied Wiggins ihm fast beleidigt.

»Ja, aber den benutzt man nie.« Hatte sich die Beziehung intensiviert?

Während Wiggins die bernsteinfarbene Flüssigkeit in die Tasse goß, in die er kurz zuvor ein fedriges Gefussel hatte fallen lassen, bestätigte er Jury, daß er und Vera sich mittlerweile recht gut kannten. Soweit sich Jury erinnerte, war Schwester Lillywhite eine füllige, ziemlich hübsche Frau mit einem unerschütterlich heiteren Naturell. Das brauchte man aber auch, wenn man es mit Wiggins' vielen Gebrechen aufnehmen wollte. Sich um Wiggins zu kümmern war kein Kinderspiel. Jedes einzelne seiner eingebildeten Leiden war geringfügig, aber alle zusammen schaukelten sie sich gegenseitig hoch, so daß ein aufkommender Schnupfen zu einem Anfall von Wechselfieber zu eskalieren drohte. Wiggins behauptete, unter allen möglichen mittelalterlichen Krankheiten zu leiden, die Jury mit dem Verschwinden der Pest für ausgerottet gehalten hatte.

»O Gertrud, Gertrud, wenn die Leiden kommen / so kommen einzeln sie wie Späher nicht / nein, scharenweise«, deklamierte Jury und sagte dann auf Wiggins' bösen Blick: »Ich habe nur Claudius zitiert. Sie wissen schon, Hamlets Claudius. Aber da geht es um Sorgen. ›Wenn die Sorgen kommen.‹« Doch Shakespeare erinnerte ihn nur an Stratford-upon-Avon und Jenny Kennington. Was ihn erheblich verdroß.

Da sagte Wiggins: »Ist ja auch einerlei, Vera hat mich von vielen Medikamenten runtergebracht –«

Ach, nein! Und was ist dann in den beiden Flaschen? Und die orangefarbene Brühe in der Tasse?

»– zu einer gesunden Lebensweise angeregt. Vera hält viel von der ganzheitlichen Medizin, davon, den ganzen Menschen zu behandeln.«

»Haben Sie vorher nur Teile behandelt?«

Wiggins schraubte eine der Flaschen auf und goß etwas in das Glas. Es sprudelte. Wahrscheinlich Bromo-Seltzer. Seit dem Ausflug nach Baltimore war Wiggins süchtig danach.

»Ich versuche ernst zu sein, Sir.«

»Entschuldigung.« Jury beobachtete, wie er den Verschluß wieder auf die Flasche schraubte, die Bewegungen seiner Finger waren aufreizend geschmeidig und elegant. Ein Mann ohne Frauenprobleme. Jury wurde noch deprimierter.

»Ich dachte, Sie freuten sich. Schließlich haben Sie genauso darunter gelitten wie ich.«

Niemand konnte so leiden wie Wiggins. Jury war richtig gerührt, weil Wiggins wenigstens die Möglichkeit erwog, daß andere auch ihr Päckchen an ihm zu tragen hatten. »Ganzheitlich, hm. Wie zum Beispiel die Medizin aus Rote-Bete-Blättern und so was?«

»Sie denken an ›homöopathisch‹.«

Eher an »psychopathisch«, als er zusah, wie es aus Wiggins' Glas blubberte und sprudelte.

»Homöopathisch ist das hier.« Wiggins hielt ein Röhrchen hoch. »Es ist ein natürliches Medikament.«

Jury deutete mit dem Kopf auf den gelblich-trüben Trank. »Und was ist das?«

»Aprikosenaft mit Seetang.« Wiggins erhob die Tasse, als proste er dem Büro zu oder segne es, und leerte es dann in einem Zug. Mit einem »Aaaah!« setzte er es ab wie ein alter Seebär, der sich gerade einen Schluck höchstprozentigen Rum hinter die Binde gekippt hat.

Jury mußte zugeben, daß es schon eine gute Therapie war, Wiggins bloß zuzuhören. Es lenkte ihn ab, denn die meiste Zeit verspürte er das Bedürfnis, Wiggins zu erdrosseln, und die Energie, die da hineinfloß, hätte er sonst damit vergeudet, über Jenny Kennington nachzugrübeln.

Heute morgen hatte er eine Nachricht von ihr bekommen. Nein, nicht persönlich, sondern durch Carole-anne Palutski ausgerichtet, was ein himmelweiter Unterschied, sprich so gut wie überhaupt keine Nachricht war. Was Jenny tatsächlich und was sie laut Carole-anne gesagt hatte, war so verschieden wie Tag und Nacht.

Als Jury morgens seine Wohnungstür geöffnet hatte, hatte der Hund Stone davorgesessen, mit einem rosafarbenen Zettel im Maul, der aussah wie eine zweite Zunge.

Das war Carole-annes neue Art, Jury die telefonischen Nachrichten zu übermitteln, von denen sie hoffte, sie würden verlorengehen, vollgesabbert oder gefressen werden, bevor Jury die Möglichkeit hatte, sie zu lesen. Diese Behandlung widerfuhr den Nachrichten von Frauen, die Carole-anne nicht kannte und daher nicht begutachten konnte (und nicht für gut befunden hätte, wenn sie sie gekannt hätte). Was Frauen betraf, hatte Jury sich nicht über den Umkreis seiner Wohnung in Islington hinauszubewegen.

Der karamelfarbene Labrador wohnte auf dem Stockwerk zwischen Jury und Carole-anne. Jenny hatte offensichtlich gestern abend oder heute früh angerufen, als Jury nicht, Carole-anne aber sehr wohl dagewesen war, das heißt in seiner, Jurys, Wohnung. Statt es aufzuschreiben und den Zettel neben das Telefon zu legen, was jeder normale Mensch getan hätte, hatte sie ihn mit in ihre Wohnung genommen und ausgeschmückt, bis er vollkommen unleserlich wurde, und dann dem Hund zum Überbringen gegeben. Fluchend hatte Jury versucht, ihre winzige Handschrift zu dechiffrieren. Kurz nach dem Hund kam auch Carole-anne die Treppe heruntergerannt, etwas Leuchtendblau-Rotgoldenes flitzte vorbei. Sie mußte zur Arbeit. »Tut mir leid, Super, hab's eilig«, rief sie, als er versuchte, sie wegen der Nachricht anzuhalten.

Unglaublich wütend hatte Jury Wasser aufgesetzt und sich mit zusammengekniffenen Augen und Lesebrille bemüht, ihr einen Sinn zu entnehmen.

Fürchte Politik Linx Komma Max Oben Fenchel

dann Blablabla – unmöglich zu entziffern – dann

Strandfoto haftet.

Der Rest bestand aus schwarzen Tintenklecksen. Warte, bis ich dich allein erwische, Carole-anne!

Noch einmal las er es durch. »Fürchte Politik« verstand er. »Fürchte linke Politik?« Quatsch. Dann: »Kommen Sie...?« Auch Quatsch. »Polizei«, das war's. Die Kripo aus Lincolnshire. »Max Oben Fenchel«. Jury kratzte sich am Kopf. Max Owen! Genau. Es ergab aber immer noch keinen Sinn. »Fenchel«. Fen... Ach, verdammt noch mal! »Fengate«! Wenn Carole-anne jetzt hier gewesen wäre, hätte er sie übers Knie gelegt.

Dabei hatte sie die übrigen Anrufe von gestern abend klar und eindeutig und in Druckschrift weitergegeben: INSPECTOR SAM LASKO HAT ANGERUFEN und DIE REINIGUNG HAT ANGERUFEN WEGEN IHRES RUIN PULLOVERS.

Da Jury schon wußte, daß die Reinigung versehentlich Farbe auf seinen Pullover gespritzt hatte, verstand er RUIN. Unter Stones aufmerksamem Blick versuchte er weiter, einzelne Worte in der Nachricht von Jenny zusammenzublinzeln. Er wußte, warum Carole-anne nun halbe Romane verfaßte: Neulich hatte er sich beschwert, daß sie eine Nachricht von Jenny in »NADA« übersetzt hatte. Darum schrieb sie jetzt alles hin, was ihr nur einfiel, in dieser Winzschrift voller Fehler. Zum Glück pfiff der Kessel, bevor er irre oder blind wurde.

Stone folgte Jury in die Küche, wo dieser eine Handvoll Teeblätter in die Teekanne warf und »Strandfoto, Strandfoto« vor sich hin murmelte. Dann hatte er eine Erleuchtung. »Stratford!« Mein Gott. Wer außer Carole-anne wäre auf diese Interpretation gekommen? »Strandfoto haftet.« Jury hielt die Kanne hoch und fragte Stone: »Soll ich uns ein Täßchen eingießen?«

Der Hund schien zu nicken.

Vielleicht hätte Jury Stone die Nachricht aufschreiben lassen sollen.

Obwohl er fürchtete, daß er verstanden hatte, was »haftet« bedeutete.

Wiggins' Stimme riß ihn aus seinen Gedanken. »Sie sollten mal was von Veras Mitteln ausprobieren, Sir. Seit ein, zwei Wochen spüre ich fast überhaupt keine Symptome mehr. Als machte ich Urlaub am Meer.« Und als inhaliere er die Luft am Strand von Brighton, atmete er tief durch.

Jury schüttelte den Kopf. Er merkte Wiggins noch nicht an, daß Schwester Lillywhites Zaubermittelchen ihre Wirkung taten. Doch Hauptsache, sein Sergeant verspürte sie. Vielleicht bedeutete ja Veränderung ohnehin nur Umstellung. Wenn man sich aus der Abhängigkeit von Bromo-Seltzer und schwarzen Keksen befreite, wurde man eben nach Aprikosensaft und Seetang süchtig. Er und Wiggins waren nun einmal Suchtcharaktere. Jetzt hatte er seit einem Monat nicht mehr geraucht. (Na gut, drei Wochen, nein, neunzehn Tage – ach, wen wollte er hier für dumm verkaufen? Er wußte es bis auf die Stunde genau.) Und wonach war er nun süchtig? Nach Lethargie vielleicht? Jede Bewegung fiel ihm schwer.

Beim Klingeln des Telefons fuhr er dann doch zusammen.

»Fiona«, sagte Wiggins, als er den Hörer wieder auflegte. »Sie sollen zum Chef kommen. Wenn er zurück vom Club ist.«

»Und wann, bitte schön, ist das?«

Wiggins zuckte die Achseln.

Fiona Clingmore saß hinter ihrem Schreibtisch und wartete mit Engelsgeduld, daß sie das, was ihr im Gesicht pappte, in Madonna verwandelte. Es sah aus wie dicke Schichten Frischhaltefolie oder eine durchsichtige Plastikmaske aus dem Scherzartikelgeschäft. Ein Gesicht unter Eis, bewegungslos eingefroren.

»Hallo, Fiona. Hallo, Cyril.« Jury nickte dem kupferfarbenen Kater Cyril zu, der, den Schwanz um die Pfoten geschlungen, in königlicher Pracht dasaß. Auch er geduldig, als sei er in Eis konserviert. In puncto Aussehen schlägt Cyril uns alle, dachte Jury. »Was ist das für ein Zeug?«

Fiona begann von der Stirn abwärts die Maske abzuziehen. Da ihr das Zeug noch um den Mund klebte, konnte sie außer »Om boh mau aalah« nichts sagen. Statt dessen hielt sie ein blaßgelbes Glas mit der Aufschrift »Pearlift« hoch. Als sie sich dann von der jugendspendenden Chemie befreit hatte, sagte sie: »Das ist ein Lifting. Wenn man es regelmäßig anwendet – das heißt zweimal die Woche –, macht es einen um Jahre jünger. Sehen Sie?« Sie drehte den Kopf hin und her.

Sie sah aus wie immer. »Sehr schön.«

»Eine neue Entdeckung. Es sind zerstoßene Austernschalen drin, die angeblich die Poren zusammenziehen. Wunderbar festigend.«

»Stimmt, ich war schon immer erstaunt, wie faltenfrei Austern sind.«

Fiona rümpfte die Nase und zog Lippenstift und Eyeliner aus ihrem Kulturbeutel. »Sie haben gut lachen. Sie sind ein Mann. Ekelhaft, daß so viele Männer mit dem Alter immer besser aussehen. Sean Connery zum Beispiel. Aber Frauen – für die geht's nur bergab. Nennen Sie mir eine Frau, eine einzige, die im Alter besser aussieht.« Während Cyril auf ihren Schreibtisch sprang und sich an den Kulturbeutel heranpirschte, malte sie sich die Augen an.

»Mrs. Wassermann?«

Fiona legte den Eyeliner hin. »Meinen Sie das Omachen, das bei Ihnen im Haus wohnt? Wie alt ist sie denn?«

»Na, so um die fünfundsiebzig.«

Fiona runzelte die Stirn. »Und wie alt war sie, als Sie sie kennengelernt haben?«

»Weiß ich nicht. Sechzig? Fünfundsechzig?« Jury zuckte die Schultern.

»Meine Güte, das zählt doch nicht.«

»Warum nicht? Sie sieht besser aus als damals. Sie haben gesagt, daß –«

»Ach, hören Sie auf. Kommen Sie, ich will Ihnen was zeigen.«

Jury folgte Fiona in Racers Büro. Cyril folgte Jury.

Jurys Blick fiel zuerst auf einen Drahtkäfig, der aussah wie ein Luftfrachtbehälter für Tiere. »Alle Wetter, was ist denn das?«

»Ich zeig's Ihnen«, sagte Fiona und zog den Spielzeugkojoten auf, den Jury aus Santa Fe mitgebracht hatte und der (aus einem Jury unerfindlichen Grund) auf Chief Superintendent Racers Schreibtischauflage saß – des »Chefs«, wie Wiggins ihn zu nennen beliebte.

Als Fiona den Kojoten ganz aufgezogen hatte, setzte sie ihn auf den Boden. Er flitzte geradewegs auf den Käfig zu.

Man brauchte nicht viel Grips, um zu begreifen, daß Cyril dem Tierchen stante pede hinterherjagen sollte.

Cyril gähnte.

»Natürlich ödet er den Kater jetzt schon an«, sagte Fiona.

Jury untersuchte den Käfig, in dem ein Schüsselchen mit etwas Öligem stand. Hering aus der Dose? Jury langte mit der Hand hinein und die Tür des Käfigs fiel ihm aufs Handgelenk. Aha, wieder mal eine von Racers Cyril-Fallen. Jury schüttelte den Kopf.

»Und was dann? Ruft er bei British Airways an und schickt den Kater nach Sibirien?«

»Fassen Sie das? Er hält Cyril für so dumm, daß er auf so etwas hereinfällt! Den Sinn und Zweck begreife ich auch nicht.«

Jury inspizierte den Kojoten. »Was hat er denn hier? Einen Magneten?«

Fiona nickte. »Und am Käfig ist noch einer befestigt. Deshalb geht der Kojote –«

»Hände weg von den Sardinen, Jury«, ertönte die Stimme von Chief Superintendent Racer, der in dem Moment durch die Tür kam. »Wenn Sie mittagessen wollen, weiter unten in der Straße ist eine Imbißbude.«

Beim Anblick Racers zuckte Cyril mit dem Schwanz und schaute sich um. Mobilisiert seine Kräfte, dachte Jury. Wie der Blitz war der Kater aus dem Büro.

»Sie wollten mich sehen?« Jury machte es sich in dem Stuhl auf der Bittstellerseite des großen Schreibtischs bequem.

Racer lächelte aalglatt. »Nicht unbedingt.« Das Lächeln verschwand. »Himmelherrgott, was ist mit dieser Danny-Wu-Sache? Wie Sie ganz genau wissen, dient das Restaurant nur dem Drogenhandel. Sie sind seit Monaten daran!«

»Jahren«, korrigierte Jury ihn.

»Wann sehe ich mal ein Ergebnis?«

»Wenn Sie es dem Rauschgiftdezernat übergeben, vermute ich.«

»Auf die Schwelle dieses Schlitzaugenwirts hat sich eine Leiche verirrt. Das ist Mord, Mann!«

»Hat nicht unbedingt mit Mr. Wu zu tun. Wir befinden uns in einer ziemlichen Sackgasse«, stöhnte Jury.

»Das Problem mit Ihnen ist, Sie wollen es auf dem Tablett serviert bekommen. Sie brauchen ein bißchen mehr Ausdauer und Beharrlichkeit.« Racer winkte ihn aus dem Büro. Aus seinem Leben? Da konnte er lange winken.

Als Jury in sein Zimmer zurückkam, schaute Wiggins vom Telefon hoch und formte ein paar Worte mit dem Mund, die Jury nicht verstand; sein Herz machte einen Hüpfer. In der Hoffnung, Jennys Stimme zu hören, riß er den Hörer an sich.

»Ich versuche die ganze Zeit, Sie zu erreichen. Wo sind Sie gewesen?« Sam Lasko klang einen Hauch beleidigt.

»In Lincolnshire, wenn Sie's genau wissen wollen.« Jury fuhr mit der Hand über die Nachrichtenzettel. Ja, hier waren zwei von Lasko. »Ich habe Ihre Nachricht erst heute gesehen.«

»Ich hätte gedacht, daß Sie mich von sich aus kontaktieren.«

»Sie hat mich angerufen, aber ich erreiche sie nicht.« Er dachte nicht daran, »sie« mit Namen zu nennen. Es war eh klar, von wem die Rede war.

»Dieser Beamte aus Lincs –«

»Arthur Bannen?«

»Genau. Ihnen ist bekannt, daß dort noch ein Mord geschehen ist?«

»Ja. Deshalb wollte ich ja wissen, ob Jenny in Stratford war.«

»Wann?«

»Zum Zeitpunkt des zweiten Mordes.«

Lasko schwieg. »Soweit wir wissen, ja. Sie sagt, sie sei Dienstag zurückgekommen.«

Das »Soweit wir wissen« machte Jury nervös. »Am vierten.«

»Ja. Ich hab so das Gefühl, daß DCI Bannen, der Cop da in Lincoln, sie verhaften will.«

»Ich glaube, das Gefühl hat sie auch.«

»Ich dachte, Sie hätten nicht mit ihr gesprochen.«

»Habe ich auch nicht – ach, zum Kuckuck!«

Sie redeten noch eine Weile über Verfahrensfragen, dann legte Lasko auf.

Jury knallte den Hörer etwas heftiger auf als nötig. Wiggins zuckte zusammen. Das war so gar nicht typisch für Jury. »Dann geht's um Lady Kennington, Sir? Was im Busche?«

»Kann man wohl sagen.« Jury rieb sich das Gesicht.

»Dann fahren Sie nach Stratford?«

Jury warf ihm einen wütenden Blick zu. »Ich kann nicht immer alles stehen und liegen lassen und nach Stratford rasen. Freundin hin oder her!« Wieder betrachtete er den Haufen rosaroter Zettel, als seien sie mit Runen beschriftet, und überlegte, warum er das gesagt hatte.

Wiggins erschrak. Hatten Jurys Freunde in Zukunft mit einer solchen Behandlung zu rechnen?

Böse, weil Jenny ihn nicht um Hilfe gebeten hatte, blieb Jury sitzen. Aber ging es nicht in Carole-annes Nachricht genau darum? Nein. »Fürchte, die Polizei aus Lincs kommt«, war eher informativ als panisch. Da war Jury Carole-annes Version schon lieber: »Fürchte mich. Kommen Sie.«

## 6

Carole-anne Palutski stand beziehungsweise lehnte in Jurys Tür und sah zu, wie er kleine bunte Glasstücke außen an eine Schachtel preßte, die teilweise mit türkisfarbenen Mosaiksteinchen bedeckt und etwa so groß wie Carole-annes Kulturbeutel war.

»Soll ich da rein, wenn ich verbrannt worden bin?« fragte sie.

»Sie passen nirgendwo rein, Liebste, nicht einmal Ihre Asche. In kein Gefängnis, in keine Urne.«

Carole-anne bückte sich, um sein über die Schachtel gebeugtes Gesicht zu sehen. »Soll das eins von Ihren Komplimenten sein?«

»Unterscheiden die sich denn so sehr von denen anderer Leute?« Jury pustete ein saphirblaues Glasstück ab – Carole-annes Augenfarbe – und schob es in den feuchten Tonmantel.

Ein paar Augenblicke schwieg sie. Dann konnte sie nicht mehr an sich halten: »Was machen Sie da?«

»Ich drücke Glasscherben an eine Schachtel.«

Ungeduldiges Stöhnen. »Das seh ich ja wohl selber, oder?« Sie war in ein drachenbesticktes chinesisches Gewand aus türkisfarbener Seide gehüllt, in dem sie schon den ganzen Morgen umhergeflattert war.

»Es ist für eine Freundin«, sagte Jury.

»Ja, gibt's denn so was? Sie sind Superintendent bei der Kripo!« Sie gähnte.

Das Gähnen war getürkt. War ihr doch egal, was Jury seiner »Freundin« schenkte. Er drückte ein bernsteinfarbenes Stückchen fest. »Ich, der Superintendent von Scotland Yard, habe in letzter Zeit wenig Glück beim Superintendieren. Wenn natürlich meine Nachrichten ordnungsgemäß –«

Carole-anne, die sich immer wieder anders in Positur stellte, knotete prompt das Band enger, wenn ihre Seidenrobe vorn auseinanderzufallen drohte. »Ach nee, sind wir immer noch dabei?« Wieder gähnte sie.

»Allerdings.« Sie traute sich wahrscheinlich wegen des Streits um Jennys Nachricht nicht ganz herein. Er stelle sich wirklich ein bißchen sehr an, behauptete sie hartnäckig und nicht ganz zu Unrecht und fürchtete wohl, daß er immer noch ein bißchen grantig war. »Fenchel? Blödsinn! So heißt das Haus, wo Sie warn. Warum sollte ich denn ›Fenchel‹ schreiben?« Sie hatte den Text entschlüsselt, und natürlich war es ebensosehr eine Nachricht von Carole-anne wie von Jenny. Das unleserliche Gekritzel war zum Großteil das, was Carole-anne zu Jenny gesagt hatte. »Also sag ich zu ihr: ›Na, ein Privatleben hat er ja wohl kaum, und wenn ich nicht dafür sorgte, daß er ab und zu mit ins Pub geht und so . . .‹« (Gott allein wußte, auf welche Eskapaden Jurys die Worte »und so« anspielten.) Worauf er geantwortet hatte, wenn sie weiterhin die Nachrichten derart verhackstückte, die von seinen Freund*innen* kämen, sei sein Privatleben bald »vollständig ruin, Carole-anne, vollständig ruin«.

Nun lehnte sie also am Türrahmen wie die Lady von Shalott. Normalerweise lag sie bäuchlings auf seiner Couch und las Illustrierte. Das störte ihn nicht. Im Gegenteil, es gefiel ihm. Besser als zu einem kalten Herdfeuer nach Hause zu kommen. (Wenn er denn eins hätte.)

Sie griff sein angebliches Versagen als Kriminalpolizist auf und meinte: »Vielleicht liegt es daran, daß Sie Ihre Zeit damit verplempern, für eine Freundin zu basteln. Wer weiß, was das für eine ist.«

Oha! »Es handelt sich um eine liebe Freundin.«

»JK?«

Obwohl sie die Fassade aus kühlem Desinteresse aufrechterhielt, war der ängstliche Unterton unüberhörbar.

»Nein.«

Als keine weiteren Verlautbarungen erfolgten, seufzte sie und stellte sich wieder anders hin: Arme hinter dem Rücken, gegen den Türknauf gelehnt. Die Robe fiel bis auf die Hälfte der Oberschenkel auseinander. Sie hob ihr Antlitz, als erblicke sie durch die Decke, was sich im Himmel alles so tat.

Die Pose (und er wußte, es war eine) erinnerte ihn an die Kalenderzeichnungen von Mädchen aus den Vierzigern und Fünfzigern – die üppigen Rundungen der Oberschenkel, Brust und Hüften. Aber Carole-annes waren sehr echt. Und sehr gegenwärtig!

»Schade, daß Stan nicht da ist.« Sie entrang sich noch einen Seufzer und schaute weiter gen Himmel.

Stan Keeler war ihr Gegengift zu Jurys »Freundin«. Er hatte Carole-annes strengen Kriterien genügt und die Mietwohnung über Jury ergattert, denn er war hübsch, ernsthaft, talentiert und ungebunden. Im Gegensatz zu Jury, der bunte Steine in feuchten Ton preßte, war er ohne »Freundinnen«.

»Solange er seine Gitarre nicht dabeihat.«

Hier bot sich Carole-anne der Vorwand, zum Angriff überzugehen und ein bißchen von dem Dampf abzulassen, der wegen des Schmuckkästleins zu entweichen drohte. »Was? Soll das heißen, Sie mögen Stans Musik nicht? Na, jetzt werden Sie aber wirklich alt.«

Jury lächelte ein Stückchen blauen Stein an. »Er spielt göttlich, solange er es im Nine-One-Nine tut und nicht über meinem Kopf. Wenn Stan ein Riff raushaut, habe ich das Gefühl, als würde ich von der IRA mit Uzis geweckt.«

Als habe er außerdem gerade zugegeben, daß er weder Stan noch seine Riffs mochte, sagte Carole-anne vorwurfsvoll: »Sie haben ihn doch gefunden.«

»Aber nicht gesucht.« Er hatte Stan Keeler vor etlichen Jahren im Nine-One-Nine kennengelernt, dem Club, in dem Stan regelmäßig spielte. Ein Wahnsinnsgitarrist. »Und wenn ich mich recht entsinne, haben Sie ihm die Wohnung vermietet.«

Carole-anne ließ nicht locker. »Wahrscheinlich mögen Sie nicht mal Stone.«

Stone war Stan Keelers Hund. »Warum sollte ich Stone nicht mögen? Er hat mehr Köpfchen als wir beide zusammen.«

Stan war eine Undergroundsensation, ein Kultmusiker, und sich seiner Talente durchaus bewußt. Doch Ruhm interessierte ihn nicht im geringsten. Er war einer der besessensten Künstler, die Jury je kennengelernt hatte. Vielleicht lief deshalb nichts zwischen Stan und Carole-anne. Na ja, soweit Jury wußte.

»Also, was machen Sie mit der Schachtel, wenn sie fertig ist?«

»Ich bringe sie nach Heathrow. Dort arbeitet sie.« Carole-anne sank sichtbar in sich zusammen. Er sollte wirklich aufhören, sie immer so auf den Arm zu nehmen. »Wenn Sie wollen, können Sie mitkommen.«

»Ich glaube, ich trinke erst mal einen Tee. Sie auch?« Sie wartete die Antwort nicht ab, sondern ging durch sein Wohnzimmer in die winzige Küche. Dann hörte er Geschirr klappern und Wasser laufen.

Er hatte vergessen, daß Carole-anne eine Heidenangst vor Flughäfen hatte. Sie flog nie, ging nie auch nur in die Nähe eines Flughafens. Woher ihre Angst kam, wußte er nicht, aber er hielt sie für echt. Sie hatte ihm einmal eine Geschichte erzählt, die sie auf einem Flughafen miterlebt hatte. Es ging um eine Mutter und ein Kind, die bitterlich weinten, und Carole-anne hatte daraus geschlossen, daß der kleine Junge und seine Mutter voneinander getrennt wurden. Es habe ausgesehen, als sei die Trennung erzwungen, als wollten sie sie beide nicht. Der kleine Junge habe seiner Mutter die Tränen aus dem Gesicht gewischt. Noch Tage danach sei ihr übel gewesen, hatte Carole-anne erzählt. Sie sei ja kaum wieder aus dem Bett gekommen.

Jury war überzeugt, daß das Kind kein Junge, sondern ein Mädchen, und zwar das Mädchen Carole-anne gewesen war. Denn sie hatte noch nie von ihrer Familie geredet, nur beiläufig manchmal Onkel und Cousinen erwähnt, jedoch keine Mutter und keinen Vater. Diesbezüglichen Fragen wich sie geschickt aus, als sei sie darin wohlgeübt.

So bildschön und forsch Carole-anne auch war, für Jury war sie der Inbegriff von Traurigkeit. Denselben Ausdruck sah er manchmal auf den Gesichtern von Zeugen in dem Moment, in dem sie die Schutzmaske fallen ließen. Obwohl er wußte, wie schwer es war, sich offen den Fragen der Polizei zu stellen, wartete er es immer ab, denn dann bekam er meist die ehrlichsten Antworten. Erst dann wurden die Menschen real, als hätten sie sich von der Leine befreit, die sie zurückhielt, oder dem Joch, das sie niederdrückte.

Jury wurde aus seinen Gedanken gerissen. Carole-anne hielt ihm den Becher mit Tee hin. »Danke.« Er trank und sagte: »Also gut, wie wär's mit dem Angel? Es macht gleich auf. Bis Sie angezogen sind, auf alle Fälle. Mein schönes Fräulein, darf ich's wagen ...?«

Wie sich plötzlich die Dinge zu ihren Gunsten veränderten,

verschlug ihr den Atem. »Aber – ich dachte, Sie wollten nach Heathrow.«

Mit einer ungeduldigen Geste wischte Jury Heathrow vom Tisch. »Da kann ich immer noch hin. Das hat keine Eile.«

Carole-anne strahlte, gelinde ausgedrückt. Ihr kupferrotes Haar, die rosige Haut glänzten und schimmerten in dem Sonnenlicht, das durch Jurys Fenster kam. Auch sie eine Sonne. Er erinnerte sich an Santa Fé und lächelte. »Sie gehören in den Südwesten, Carole-anne.«

Sie runzelte die Stirn und band ihr Gewand ein weiteres Mal zu. »In so 'n Kaff wie Torquay, meinen Sie?«

Jury lachte. »Nein, nach New Mexico oder Colorado. In *den* Südwesten. Sie erinnern mich an die untergehende Sonne in den Sandias.«

Die Runzeln vertieften sich. »Soll *das* jetzt eins von Ihren Komplimenten sein?«

Womit das Gespräch wieder da angelangt war, wo es begonnen hatte.

## 7

Nun, da Richard Jury Trueblood offiziell beauftragt hatte, Plant Nachhilfestunden in Antiquitätenkunde zu geben, würde das Leben mit ihm unerträglich werden. Melrose stand auf der Schwelle zu Truebloods Laden und wartete, daß ihm auf sein Klopfen Einlaß gewährt wurde. An der Tür hing ein kleines Pappschild mit einer Uhr, auf der man die Zeiger exakt auf die Zeit einstellen konnte, zu der man zurückzukehren gedachte. In Wirklichkeit, wußte Melrose, war der Herr nicht etwa aushäusig, sondern saß drinnen und traf Unterrichtsvorbereitungen.

Trueblood war entzückt. Melrose zu unterrichten bot *die* Gelegenheit für allerlei kleine Scherze und Verwirrspiele, wie zum Beispiel vorzugeben, er habe den Louis-quinze-Sessel für ein paar müde Pfund in der Portobello Road aufgegabelt. Seit Melrose und er Graf Franco Giopinnos Memoiren verfaßt und das Notizbuch an Vivian geschickt hatten, hatte er nicht mehr solchen Spaß gehabt. Und da das Wochenendmenschen-Quiz ausgereizt war, weil Miss Fludd auf der Bildfläche, in Watermeadows, erschienen und offensichtlich kein Wochenendmensch war, vergnügte Trueblood sich nun mit Melrose' Lektionen. Und mit der Affäre Ardry gegen Crisp.

Lady Ardry war wegen eines auf dem Bürgersteig befindlichen Nachttopfes und eines Jack-Russell-Terriers zu Schaden gekommen und hatte gegen Ada Crisp eine Klage angestrengt. Nun verbrachte sie einen Gutteil ihrer Zeit mit ihren Anwälten in Sidbury – einem ganzen Stab, wenn man sie reden hörte. Sie behauptete, Miss Crisps Sammelsurium auf dem Trottoir sei nicht nur eine Zumutung für das Auge, sondern auch eine Gefahr für Leib und Leben. Man brauche sich ja nur anzuschauen, was ihr widerfahren sei. Sie war mit dem Fuß in einem Nachttopf hängengeblieben, und Adas Terrier hatte sie angesprungen und ihr beinahe den Fuß vom Knöchel gerissen. »Fast zerfetzt« war ihre Version der Begebenheit.

Da Melrose warten mußte, drehte er sich um und betrachtete Miss Crisps Gebrauchtmöbelladen. Normalerweise war der Bürgersteig vor ihrer Tür vollgestellt mit allerlei Krimskrams – blumengemusterten Krügen und Porzellannachttöpfen, fröhlich bemalten Bettgestellen und Holzstühlen. Bei Miss Crisp fand auch der alleräIteste Trödel noch einen Platz an der Sonne. Heute war der Bürgersteig leer und verlassen, richtig trostlos.

»Ihre Tante«, hatte Trueblood vor ein paar Tagen ausgerufen, »ist die prozeßgeilste Tussi, die ich je erlebt habe. Erst gegen den Fleischer Jurvis und jetzt in Sachen Nachttopf!« Vor fünf Jahren hatte Agathas Morris Minor es geschafft, auf den Bürgersteig zu rollen und das Gipsschwein des Metzgers zu Fall zu bringen. Das Schwein war schuld, hatte sie behauptet und den Prozeß sogar gewonnen, weil das Gericht offenbar eingeschlafen war. Jurvis war allerdings nicht so dumm, der Verfügung nachzukommen, das Schwein fürderhin vom Bürgersteig fernzuhalten. Es gab ja keine Präzedenzfälle. »Das Schwein versaut den Bürgersteig noch immer«, rief Trueblood Agatha stets gern in Erinnerung.

Jetzt aber hatte sie die Gelegenheit, Miss Crisp zu verfolgen, eine nette, schüchterne kleine Person, die sich über all das natürlich sehr aufregte. Sie glaubte einfach nicht (Melrose auch nicht), daß der Terrier jemanden aus dem Dorf attackiert hatte, obwohl sich alle Hunde und Katzen in Long Piddleton Agatha schon einmal in mehr oder weniger feindlicher Absicht genähert hatten. Tiere schienen ja immer schon von weitem zu riechen, wenn Menschen sie nicht mochten. Agatha wollte nun sogar durch ihre Klage erreichen, daß der Hund eingeschläfert wurde, und sie verfolgte Miss Crisp genauso gnadenlos wie damals den Fleischer. Der Mann hatte fast einen Zusammenbruch erlitten. Ada Crisps Seelenzustand war noch besorgniserregender.

All dies ging Melrose durch den Kopf, während er auf der Schwelle wartete. Endlich öffnete sich die Tür. Trueblood begrüßte ihn überschwenglich und schlug ihm mit der Frage »Hausaufgaben gemacht?« so herzlich auf den Rücken, daß er in den Laden taumelte.

»Ach, hören Sie bloß auf!« rief Melrose und schlenderte nach hinten, wo Trueblood ein altes Schülerpult hingestellt hatte. Sogar das Tintenfäßchen war aufgefüllt, und ein Federkiel stand bereit.

Für Februar war die Sonne schon stark, aber sie gelangte nicht durchs Erkerfenster, weil es von einem gewaltigen bauchigen Bücherschrank und einer georgianischen Konsole mit protzigem Adlerunterteil verstellt war. Das Licht aus Porzellanlampen, niedrig hängenden Lüstern und Wandleuchten schuf eine verschwommene, mysteriös erhellte Welt von Kredenzen, Teetischen, Schreibpulten und Bücherschränken, Fauteuils und blankpolierten Sekretären mit üppigen Schnitzereien, riesigen geschliffenen Spiegeln und vergoldetem Holz. Ada Crisps Gebrauchtmöbelladen war direkt gegenüber von Truebloods Antiquitätengeschäft auf der anderen Straßenseite, und wenn man vom einen zum anderen schaute, so war es, als verwandele sich eine schlampige Cockney-Frau in die elegante Dame von Welt.

Die hintere Tür des Ladens war zur Gasse hin offen. Hier parkte der Wagen, den Trueblood für Kundenlieferungen und zum Transportieren der bei Landauktionen erstandenen Schätze benutzte. Durch die offene Autotür sah Melrose die schnörkelige Lehne eines Rosenholzsofas und ein Tischbein. Trueblood kletterte in das Gefährt und zog den Tisch an die Türöffnung.

»Schauen Sie sich den an. Ist der nicht herrlich? Ein Burgundertisch.«

Melrose studierte die in das Obstbaumholz eingelassenen kunstvollen Holzintarsien. Ein Prachtexemplar.

»Außen wunderschön und innen eine Überraschung.« Er schob die Platte hoch. »Kistenteufelchen-Schubladen.«

In der Erinnerung daran, daß sie einmal eine Leiche in einem seiner Sekretäre gefunden hatten, sagte Melrose: »An Ihren Überraschungen in Möbeln bin ich weniger interessiert.«

Trueblood sprang aus dem Wagen, und sie gingen zurück ins Haus.

»Und, haben Sie Max Owen angerufen?« Melrose fürchtete sich beinahe vor der Antwort.

Trueblood ließ sich in seinen Schreibtischsessel sinken und bedeutete Melrose durch eine Handbewegung, auch Platz zu nehmen.

»Nein, nicht an das Kinderpult. Vielen Dank.« Schon völlig entnervt setzte Melrose sich in einen Ohrensessel. »Haben Sie ihn angerufen?«

»Ja. Ich habe ihm erzählt, ein Bekannter von ihm habe erwähnt, daß er einen Burgundertisch suche. So einen, wie wir ihn gerade angeschaut haben.«

Melrose' Miene verfinsterte sich. »Wer hat Ihnen denn erzählt, daß er einen sucht?«

Trueblood lehnte sich im Sessel zurück, er sah gequält aus und klang auch so. »Niemand, alter Kämpe. Aber schließlich mußte ich ja einen Grund für meinen Anruf nennen. Dann haben wir eine Weile geplaudert. Wir Leute aus der Branche können stundenlang miteinander reden –«

»Ist mir auch schon aufgefallen.«

»Und er fragte mich, ob ich was über den Tisch wüßte und wo er herkäme und ob ich Bescheid wüßte über ein paar Stücke aus seinem Besitz. Über einen bestimmten Regency-Sekretär zum Beispiel. Und als ich ja, natürlich, gesagt habe, wollte er wissen, ob ich Zeit hätte, nach Lincolnshire zu kommen und einen Blick auf seinen Kram zu werfen. Da habe ich ihm erzählt, ich müßte nach Barcelona –«

»Wozu denn das?«

»Muß ich doch gar nicht. Ich hab's ihm nur erzählt. Und daß ich genau den richtigen Mann für diesen Gutachterjob kenne.«

Melrose schaute ihn erschreckt an. »Hören Sie, ich hoffe, Sie waren bei dem Lebenslauf, den Sie mir verpaßt haben, vorsichtig. Ich bin kein dämlicher Graf Dracula oder Wochenenditaliener.«

Trueblood stieß einen angewiderten Laut aus. »Natürlich nicht. Vertrauen Sie mir nicht?«

»Nein.«

»Keine Bange. Ich habe gesagt, Sie wohnen in London. Außerdem sind Sie kein Profi, sondern Amateur. Das hat den Vorteil, daß Sie bei Sotheby's oder Christie's nicht unbedingt bekannt sind, weil Sie sich immer sehr bedeckt halten. Sie sind ja nicht des Geldes, sondern des Vergnügens wegen dabei. Das für den Fall, daß er Ihren Namen erwähnt, wenn er dort ist. Aber es besteht eigentlich kein Grund, daß er Erkundigungen über Sie einzieht, weil er sich schon über mich informiert hat. Ich habe ihm erzählt, Sie akzeptieren nur eine Aufwandsentschädigung, wenn Sie zu seiner Zufriedenheit beweisen, ob das Teil, um das es ihm geht, echt ist oder nicht.« Trueblood holte tief Luft und dachte nach. »Da Sie Privatier sind, haben Sie jede Menge Zeit für diese Art von Untersuchungen; es ist Ihr Hobby, und Sie gehen nicht zum Kaufen zu den Auktionen, sondern weil Sie anderen gern dabei zusehen, wie sie kaufen. Und Sie waren derjenige, der entdeckt hat, daß der elisabethanische Vorratsschrank, der vor fünf Jahren bei Christie's versteigert wurde, mit Elisabeth soviel zu tun hatte wie –«

»Halt, halt! Ich weiß ja nicht mal, was das für ein Schrank war!«

Trueblood stöhnte. »Er hat ja auch nie existiert! Aber Max Owen wird sich schwerlich erinnern. Wie kann er sich an etwas erinnern, das es nie gab? Das ist doch der Witz!«

Angesichts dieser Logik wurde Melrose' Miene um einiges finsterer.

Trueblood langte nach ein paar schweren Büchern, die er auf seinem Schreibtisch aufgestapelt hatte, nahm eines heraus und blätterte es durch. Als er die Farbabbildung gefunden hatte, die er suchte, legte er sie Melrose zur gefälligen Betrachtung vor. »So sieht er aus.« Melrose studierte den Schrank eine Weile, dann schlug Trueblood das Buch zu und gab es ihm. »Hausaufgaben.«

»Bis ich das, was in diesen Büchern steht, intus habe, vergehen Monate, ja, Jahre«, stöhnte Melrose. »Schauen Sie doch, wie schwer sie sind. Haben Sie nichts für den Laien?«

Trueblood ignorierte den Protest und zog einen kleinen Zettel unter der Schreibtischauflage hervor. »Alles halb so wild. Sie können ja auch immer noch schauen, was Theo Wrenn Browne in seinem Sortiment führt, der alte Gauner. Unser Freund Jury – wirklich ein cleverer Bursche – hat mir eine Liste mit den Teilen hiergelassen, die Max Owen begutachtet haben möchte. Seine

Frau hat sie Jury gezeigt, und er hat sie aufgeschrieben. Es sind nur fünf Stücke. Fünf Stücke können Sie doch lernen.«

Melrose hob die Hand. »Danke, ich habe die Liste auch.«

»Das heißt natürlich nicht, daß, bis Sie dorthin fahren –«

»– nicht fünfundzwanzig daraus geworden sind. Prost Mahlzeit. Sind von den Sachen Fotos in dem Buch?« Mißmutig betrachtete er die Liste, aber es verschaffte ihm doch eine gewisse Erleichterung, daß es wirklich nur fünf waren. Doch wie er selbst schon gesagt hatte, Max Owen konnte ihn jederzeit mit einem zweifelhaften Queen-Anne-Sofa oder einem mittelprächtigen Hepplewhite-Sessel überraschen.

»Eventuell habe ich nicht von allen fünfen eine Abbildung. Ach, und dann gibt es noch einen Teppich. Isfahan.« Trueblood zog ein weiteres Buch heraus und blätterte es durch.

Worauf Melrose wieder stöhnte: »Über Teppiche weiß ich noch weniger als über Möbel.«

»Hier irgendwo ist er drin. Keine Bange, ich finde ihn schon noch.« Er schlug das Buch zu. »Ich bin völlig ausgedörrt. Los, gehen wir was trinken.«

Im Jack and Hammer schaute Joanna Lewes von einem kleinen Stoß Manuskriptseiten auf. Joanna verfaßte ihre ungeheuer populären Romane mit Trollopescher Effizienz, indem sie sich zwang, zweihundertundfünfzig Worte in fünfzehn Minuten zu Papier zu bringen. Sie wartete ja auch auf die Warholschen fünfzehn Minuten Ruhm. Sie begrüßte Melrose und Trueblood und schrieb weiter.

Trueblood holte die Getränke, während Melrose ihr über die Schulter schaute. »*Liebe in London?* Das ist doch schon vor ein paar Jahren erschienen.«

»Natürlich«, seufzte Joanna. »Aber das hier ist die revidierte Fassung. Ich bin nämlich zu der Auffassung gelangt, daß Matt und Valerie beim erstenmal sexuell zu kurz gekommen sind.«

Melrose setzte sich. »Joanna, wenn es schon veröffentlicht worden ist, warum sollte Ihr Verleger es dann noch einmal ins Programm nehmen? Ich dachte immer, Verleger können kalkulieren und verlegen ein Buch nur einmal.«

»Dann denken Sie aber mal an Robert Graves und John Fowles. *Strich drunter* ist revidiert und erneut publiziert worden. *Der Magus* auch.«

»Aber wenn Sie es schon beim erstenmal für Schund gehalten haben, ist es dann jetzt nicht doppelt gemoppelter Schund?«

Sie lachte. »Natürlich. Doch wen schert's? Und so wie die Verleger sind, die erinnern sich nicht mal daran, daß sie *Liebe in London* schon einmal gemacht haben.« Sie knallte eine weitere Seite auf den Stoß. »Es ist doch immer wieder ein perverses Vergnügen zu beobachten, wie sich Narren wie Narren verhalten. Theo gibt zum Beispiel eine Stehparty. Fanden Sie die Einladung nicht auch wunderbar?«

Trueblood kam und setzte die Gläser ab, Old Peculier für Melrose, einen Campari-Limone für sich. »Cremefarbenes Büttenpapier und Prägedruck. Gute Güte! Und dabei ist es doch immer noch am besten, sich einfach vors Pub zu stellen und die Einladungen über die Straße zu brüllen.«

Joanna richtete den Papierstoß auf Kante und erhob sich. »Tut mir leid. Ich hab noch ein bißchen was zu tun. In der letzten Stunde habe ich siebenhundertundfünfzig Worte zu wenig geschrieben. Ciao.«

»Zum Kuckuck, da kommt Diane. Hoffentlich nicht zu uns. Ich kann sie heute nicht ertragen.«

»Sieht ganz so aus, als ob Sie es müßten, alter Knabe.«

Melrose stöhnte.

Die arktische Miss Demorney, die nun das Pub betrat, war ein Mensch, dem es (da waren sie beide einhellig einer Meinung) an jeglichem Gefühl mangelte, das das Blut des Normalsterblichen erwärmte. Um den eiskalten Eindruck zu verstärken, kleidete sie sich gern weiß. Selbst ihre Wohnzimmereinrichtung – weißes Leder, weiße Wände, weiße Katze – betonte noch den Gletschereffekt.

Mit der Gelassenheit derjenigen, die stets auf die willfährigen Dienste anderer vertrauen kann, lächelte Diane Demorney Dick Scroggs an, der schon die Eiswürfel in ihr Martiniglas warf. Sie brachte immer ihren eigenen Wodka mit und hatte Dick angewiesen, ihr Martiniglas stets gekühlt zu halten. Trotzdem bezahlte sie ihm den vollen Preis. Diane war vieles, aber geizig nicht.

Geflissentlich eilte Trueblood von dannen, um ihr ihren Wodka-Martini zu holen, während sie sich einen Stuhl nahm, eine Zigarette in die lange weiße Spitze steckte und sagte: »Ich habe nur Zeit für einen Drink.«

In Anbetracht der Stärke dieses einen Drinks wird es länger dauern, dachte Melrose.

»Ich fahre nämlich nach London. Ah, danke schön«, sagte sie, als Trueblood ihr das Glas brachte. Sie rauchte und ließ die Olive ein bißchen ziehen. »Von Ihnen hat wahrscheinlich keiner Lust mitzukommen?«

»Da müssen wir Sie leider gräßlich enttäuschen, Diane«, sagte Trueblood. »Wir haben keine Zeit.«

Obwohl Melrose tatsächlich nicht den geringsten Wunsch verspürte, Diane zu begleiten, mißfiel es ihm, daß Trueblood für ihn antwortete. Er bezweifelte auch, daß sie Gesellschaft wollte. Sie wollte einen Chauffeur. Sie haßte Fahren, obwohl sie einen wundervollen Rolls-Royce besaß. Niemand wußte, wie Diane zu ihrem Geld gekommen war – wahrscheinlich von den diversen Exgatten gestiftet –, sie klagte aber bisweilen, sie sei knapp bei Kasse. Dabei warf sie mit ihrem Geld nach der Devise um sich: Eins ist gut, zwei sind besser, und kaufte sich noch einen Bentley.

Nun genoß sie ihren Wodka-Martini, stützte das Kinn in die Hand und sagte: »Also ehrlich, Melrose, Ihre Tante . . .«

War er nun plötzlich schuld an dieser Verwandtschaft?

»Zerrt Ada Crisp vor den Kadi, lieber Himmel. Hat sie völlig den Verstand verloren?«

»Eigentlich nicht. Aber es freut mich, daß Sie auf Adas Seite stehen.«

Dianes glatte Augenbrauen hoben sich. »Ich stehe auf niemandes Seite. Es geht darum, daß Ada kein Geld hat.«

»Das ist aber mitfühlend von Ihnen«, sagte Trueblood.

Diane bedachte ihn mit einem eigentümlichen Blick. Ein solches Kompliment war sie nicht gewöhnt. »Sie ist mittellos, arm wie eine Kirchenmaus, und ich habe Agatha schon gesagt, wenn sie den Prozeß gewinnt, steht sie am Ende mit einem Haufen verstaubter alter Bettgestelle und Tischen ohne Beine da. Ada Crisp hat nur wertlosen Plunder in ihrem Laden. Theo wäre natürlich überglücklich, wenn er das Haus kaufen und expandieren könnte. Deshalb stachelt er Agatha an. Er hat ihr den Kontakt zu den Anwälten in Sidbury vermittelt.« Sie lehnte sich zurück und gähnte. »Ach, mir ist dieses ganze Theater viel zu anstrengend.« Sie warf den Kopf zurück und blies einen dünnen blauen Rauchfaden zur Decke. »Wenn doch endlich einmal etwas Amüsantes passierte.«

»Wir könnten alle in den Blue Parrot gehen«, schlug Trueblood vor.

»Marshall, das ist doch nicht amüsant.«

Lieber Himmel, wenn sie den Kneipier des Blue Parrot nicht amüsant fand, dann hatte sie wirklich wenig zu lachen.

»Und außerdem«, fuhr sie fort, »ist der Blue Parrot absolut vorsintflutlich. Rustikal.«

Melrose hatte noch nie gehört, daß die Vorsintflut als rustikal bezeichnet wurde. »Diane, ganz Long Piddleton ist rustikal.«

»Nein, nein, nein«, sagte Trueblood. »›Urig‹ ist das rechte Wort.«

Diane verzog angewidert das Gesicht, drehte sich um und

winkte in Richtung Dick Scroggs. Als er endlich von seinem wöchentlichen Klatschblatt aufschaute, beschrieb sie eine kreisförmige Bewegung mit dem Finger. Sie wollte eine Runde ausgeben. Bisweilen wunderte sich Melrose über Diane. Ihre Großzügigkeit stand in krassem Gegensatz zu der restlichen Person – kühl berechnend, egozentrisch, Spatzenhirn. Diane wirkte immer nur sehr gebildet, weil sie irgendein obskures beziehungsweise nur Kennern bekanntes Faktum zu beinahe jedem Thema unter der Sonne beizusteuern wußte. Als Dick Scroggs die Getränke brachte und Trueblood nach seinem Portemonnaie langte, schüttelte sie den glänzenden Schopf, zog ihren Koffer von Handtasche auf und das Scheckheft heraus. Sie trug nicht gern Bargeld mit sich herum. Sie bezahlte sogar Briefmarken mit Scheck.

Als die Transaktion erledigt war, hob sie das Glas, sagte »Prosit« und seufzte. »Ach, wenn doch endlich mal wieder etwas Amüsantes passierte.« Sie zog die Stirn kraus. »Was ist mit Vivians Graf...« Angestrengt versuchte sie, sich an den Namen zu erinnern.

»Dracula«, sagte Trueblood.

»Er heißt Franco Giopinno«, sagte Melrose.

»Ist mir nicht zu Ohren gekommen, daß er Vivian besucht?«

»Man munkelt es«, sagte Trueblood, »aber ich kann es mir nicht vorstellen.«

Sie trank noch einen Schluck. »Wissen Sie, ich denke oft über Dracula nach...«

»Komisch«, sagte Trueblood. »Ich denke kaum jemals an den Burschen.«

»Gut, aber können Sie sich das vorstellen? Als Nahrung nur Blut?« Sie nahm ihr Glas. »Keine Aperitifs, keine Krabbencocktails als Vorspeise, sondern einen Eimer Blut als Hauptgang und keine Nachspeise. Wie absolut grauenhaft.«

»Er sieht aber ganz normal aus«, sagte Melrose. »Er ist sogar hübsch. Wirkt ein bißchen melancholisch.«

Trueblood staunte. »Sie haben mir nie erzählt, daß Sie ihn gesehen haben.«

»Ist ja auch schon ein Weilchen her. Ich habe ihn kennengelernt, als er mit Vivian zusammen in Stratford war.«

»Ich hoffe, Sie haben Ihr Kruzifix getragen«, sagte Trueblood.

»Aber ist sie nicht seit anno Tobak mit ihm verlobt? Da muß sie doch noch – nichts für ungut – blutjung gewesen sein«, witzelte Diane.

»Ja, ja. Ehrlich gesagt, ich wäre gar nicht überrascht, wenn Vivian ihn hierherbestellt hat, um ihm den Laufpaß zu geben. Hier wäre es leichter als dort, wo er von einem Haufen waschechter Italiener umgeben ist«, sagte Trueblood.

Wieder bedachte Diane ihn mit einem eigentümlichen Blick. »Was meinen Sie damit? Ach, auch einerlei.« Diane begab sich nicht gern auf unbekanntes Terrain. »Ist er reich?«

»Vermutlich. Er klingt jedenfalls reich.«

Dianes Porzellanstirn furchte sich, wodurch sie ein ganz passables Bild eines Menschen abgab, der nachdachte. »Aber wenn sie heiraten, müßten sie doch in – wo lebt er?«

»In Venedig«, sagte Melrose.

»Wenn Sie das Leben nennen wollen«, sagte Trueblood und steckte sich eine leuchtend pinkfarbene Sobranie an.

»Er will bestimmt in Venedig wohnen und italienisch parlieren«, Dianes vollkommen geformte schwarze Augenbrauen trafen sich zu einem kleinen Runzeln.

»Ja, da haben Venezianer ihren Spaß dran«, sagte Trueblood.

»Aber vielleicht ist es unserer Vivian doch ein bißchen zu mühsam.« Sie trank einen Schluck. »Es wäre für *jeden* ganz schön mühsam.«

Jeden? dachte Melrose. Wer mochte das wohl sein?

Die Glocke über der Tür von Wrenn's Nest Bookshoppe bimmelte ärgerlich, als Melrose eintrat. Der Laden selbst war geradezu unangenehm putzig, freigelegte Balken, niedrige Türstürze mit albernen »Achten Sie auf Ihren Kopf«-Schildern, ein wackeliges Treppchen hoch zur Galerie. Weil Theo Wrenn Browne diversen Nebenerwerbszweigen nachging – der Leihbücherei, dem Handel mit Plüschtieren, die in einem großen Kasten neben der Treppe lagen, und nun sogar noch mit T-Shirts – war die Bude gerammelt voll. Und deshalb (behauptete Browne) brauche er ja auch mehr Platz, und den biete eben Ada Crisps Gebrauchtwarenladen.

Im Augenblick war der Herr mit der Nebenerwerbstätigkeit Buchausleihe beschäftigt. Er hatte es schon beinahe geschafft, Long Piddletons Einzimmerbücherei die Kunden abzuluchsen. Weil er praktisch alle Titel, besonders die Bestseller, sofort nach Erscheinen bekam, florierte sein Geschäft, obwohl er zehn Pence pro Tag kassierte. Bei Büchern waren die Leute komisch, fand Melrose, wenn sie ein neues wirklich lesen wollten, pfiffen sie auf die Kosten.

Ein kleines Mädchen mit strohblondem Haar und niedlicher Piepsstimme brachte ein ausgeliehenes Buch zurück. Sie hätte das Herz selbst des niederträchtigsten Gauners zum Schmelzen gebracht. Theo Wrenn Brownes nicht. Er schimpfte sie aus, weil das Buch beschädigt war. Die Delinquentin behauptete, ihr kleiner Bruder Jon sei der Übeltäter. Jedenfalls war eine Seite zerschnitten, und Browne wollte Schadenersatz oder ihr die Leiherlaubnis entziehen. Und es natürlich ihrer Mutter erzählen.

Melrose war schon häufiger in eine solche geradezu Dickenssche Szene geraten, in eine Auseinandersetzung zwischen Browne und einem unglücklichen Kind. Wäre das Mädchen in Begleitung eines Elternteils, würde er nicht wagen, es so zu behandeln.

Nach einem kurzen Nicken in Richtung Melrose fuhr Browne fort, Sally – so hieß sie offenbar – zu peinigen. »Das ist das einzige Exemplar, das ich von *Patrick* habe, Sally. Und wie sollen wir das Problem nun lösen?«

Diese Art, Kindern Fragen zu stellen, die sie unmöglich beantworten können, verabscheute Melrose zutiefst.

»Das war Jon, er kann ja nichts dafür«, antwortete Sally, die sich in die Hand kniff, als bringe dieser Akt der Selbstkasteiung alles andere zum Verschwinden.

Warum ihr nicht die Tränen aus den Augen kullerten, wußte Melrose nicht. Vielleicht hielt sie sie mit aller Kraft zurück, um eine noch schlimmere Demütigung zu vermeiden.

»Na, dann kann Jon ja vielleicht vorbeikommen und mir auf meine Frage antworten.«

»Kann er nicht, er ist erst zwei.«

»Sally«, sagte Melrose.

Obwohl er leise gesprochen hatte, wich Sally zurück. Nun war sie von zwei Erwachsenen flankiert, doppelt in Gefahr. »Sally, ist *Patrick* eins von deinen Lieblingsbüchern?«

Sie war so durcheinander, daß sie keine Antwort auf diese Frage wußte. »Ich ... weiß nicht.«

Melrose nahm Theo Wrenn Browne das Buch aus der Hand. Er betrachtete den Umschlag. *Patrick, das blaue Schwein.* Als hätte Patrick einen Farbeimer umgestoßen, troff die leuchtendblaue Farbe nur so von ihm herab. Melrose blätterte die Seiten um und stieß anerkennende Laute aus. Da wurde Sally neugierig und, hoffte er, weniger ängstlich.

Browne indes wurde eindeutig ärgerlich. Er steckte sich die Pfeife mit einem gemeinen kleinen Stoß in den Mund und nahm sie dann wieder heraus. »Was möchten Sie, Mr. Plant? Ja wohl nicht das Schweinebuch, oder?«

»Bücher über Antiquitäten, Mr. Browne. Sally, vielleicht interessiert dich, daß sich ein Bekannter von mir blau angestrichen hat und dann durch die Straßen und um die ganzen Häuser in der Nachbarschaft gelaufen ist.«

Sally riß den Mund auf. Sie vergaß ihre prekäre Situation, kam näher und sagte: »Nein, das kann er doch nicht.«

»O doch. Er heißt Ashley Cripps. Kennst du ihn?«

Sally nestelte an einer hellblonden Locke und zog nachdenklich daran. »Nein. Warum hat er das gemacht?«

Nun fuhr Browne dazwischen: »Meine Bücher über Antiquitäten sind da durch den Bogengang. Ich habe eine sehr gute Auswahl.«

»Danke schön. Ashley Cripps wollte die Leute erschrecken.«

»Was hat er denn alles angestrichen?« fragte Sally, die sich nun sogar schon in Reichweite traute.

»Alles!«

Sally schnappte nach Luft.

»Er sah aber nicht halb so hübsch aus wie Patrick hier.« Melrose schlug das Buch zu. »Nun denn, Mr. Browne, wieviel?«

»Was? Was meinen Sie? Das Schweinebuch?«

»Ja.« Melrose zückte sein Portemonnaie.

»Aber das wollen Sie doch gar nicht. Es ist beschädigt.«

»Wieviel?«

Als Browne ihm den Preis genannt hatte, zog Melrose die Scheine aus der Geldbörse und gab Sally das Buch. Sie war vollkommen sprachlos und konnte die Lippen nur noch zu einem kleinen O spitzen, während sie abwechselnd Melrose und *Patrick* anschaute. Dann fing sie an zu kichern, schlug sich aber sofort auf den Mund. Vergeblich. »Ich male Jon blau an!« Fröhlich glucksend rannte sie aus der Tür.

Theo Wrenn Browne, um seine tägliche Dosis Gemeinheit betrogen, zeigte mit einem knochigen Finger in den angrenzenden Raum. »Dort hinten, Mr. Plant. Wie schon gesagt, durch den Türbogen.«

Es gab drei Regale mit Büchern über verschiedene Themen – Glas, Silber, Teppiche, Porzellan, Stilmöbel. Melrose seufzte, nahm eines auf gut Glück heraus, öffnete es, verlor angesichts des enzyklopädischen Wissens, das dessen Lektüre schon voraussetzte, prompt den Mut und stellte es zurück. Das nächste, eines über Orientteppiche, legte er auf den Boden neben einen kleinen Melkschemel. Ein weiteres schob er wegen seines bloßen Umfangs gleich wieder zurück und entschied sich für ein beträchtlich schlankeres über Silber. Das nächste wanderte nur wegen des Titels auf den Stapel: *Mordsdeal!*. Ein letztes kam obendrauf, weil es so viele Abbildungen hatte.

Dann setzte Melrose sich auf den Melkschemel neben seinen bescheidenen Bücherstoß und nahm *Mordsdeal!* zur Hand. Es schien von größtem Unterhaltungswert zu sein. Er drehte es um und betrachtete das lächelnde Paar auf dem Rückumschlag: Bebe und Bob Nutting. Sie hatten es zusammen geschrieben. Er schlug es irgendwo auf und sah ein sehr grobgerastertes Foto von Bebe Nutting, neben einer Kuh stehend. Das war doch mal eine erfrischende Abwechslung in einem Antiquitätenführer. Er durfte nicht vergessen, es Trueblood zu zeigen. Auf der anderen Seite des Viehs stand sein neuer Besitzer, ein Mr. Hiram Stuck, der es in der Überzeugung käuflich erworben hatte, daß die Kuh ein direkter Abkömmling »der durch das Volkslied bekannten Missus O'Leary war. Hier sind die Papiere«. Melrose freute sich über das anatomische Wunder. Mr. Stuck gehörte zu den von Bebe und Bob interviewten Menschen, die auf die Tricks von Schwindlern hereingefallen waren.

Die Kuh war das einzige angeblich wertvolle *lebende* Wesen mit einer (wenn auch zweifelhaften) Herkunftsbescheinigung. Die Owens würden ihn hoffentlich nicht auf einen Rundgang durch die Ställe mitnehmen, damit er das Vieh schätzte. Ansonsten ging es in dem Buch um die üblichen Dinge, Silber, Limoges-Porzellan, Sofas, Vasen und dergleichen.

Eine Weile blieb Melrose auf dem Melkschemel sitzen, las und amüsierte sich. Dann suchte er sich zwei andere Bücher aus dem Stapel heraus, eins über Teppiche und einen Preisführer, und trug sie zusammen mit *Mordsdeal!* in den vorderen Teil des Ladens.

Theo Wrenn Browne reparierte einen Bucheinband und telefonierte dabei leise. Demonstrativ drehte er sich weg, senkte seine Stimme noch mehr und legte dann auf. »Das wär's, Mr. Plant?« Er nahm Melrose die drei Bücher aus der Hand.

»Ja, wunderbar.«

Browne schnaufte kurz und tat empört. »Also wirklich, Mr. Plant, ich glaube nicht, daß diese Herrschaften sehr hilfreich sind«, sagte er mit einem herablassenden Blick auf die glückstrahlenden Nuttings.

»Man kann ja nie wissen. Haben Sie es denn gelesen?«

»Ja. Ein dämliches Buch, aber manche Leute mögen so was ja.« Er rümpfte die Nase.

»Hm, hm.« Melrose warf ein paar Scheine auf die Theke, sah zu, wie Browne einen Text in den Computer tippte, der beinahe so lang war wie ein Buch, und hörte dann zu, wie das Gerät summte und piepte.

»Ich hoffe, es stört Sie nicht, wenn ich das sage –«

Melrose wußte schon, daß es ihn störte.

»– aber Sie tun Sally Finch keinen Gefallen, wenn Sie sie für schlechtes Betragen belohnen.«

»Aber Sally war es doch gar nicht. Es war Jon! Haben Sie nicht zugehört?«

Theo Wrenn Browne bedachte Melrose mit einem vernichtenden Blick und packte die Bücher in eine Tüte.

# 8

»Lincolnshire«, sagte Melrose, ohne auch nur von seinem Buch aufzuschauen.

»Lincolnshire? Warum denn das? Du kennst doch gar niemanden in Lincolnshire.« Agatha nahm sich noch ein Scone.

Melrose lächelte. Nicht zu ihr hinüber. Sie würdigte er keines Blickes, sondern amüsierte sich über einen Bericht von einem Antiquitäten- und Trödelmarkt in Twinjump, Idaho, in *Mordsdeal!*. Auf dem Boden neben seinem Sessel lagen die beiden dicken Bände, die Trueblood ihm zusätzlich zu dem Preisführer aufgehalst hatte. Letzteren hatte er gestern den ganzen Abend und heute morgen studiert. Er wollte sich auf seinen Trip nach Lincolnshire am nächsten Tag gut vorbereiten und hatte sich vollgestopft, bis ihm der Schädel brummte. Nun hatte er leichtere Lektüre verdient, und *Mordsdeal!* war genau das richtige.

*Dribble's*, den Preisführer, hatte er äußerst hilfreich gefunden und sich getestet, indem er seine eigenen Sachen schätzte. Das Schäferpärchen aus Staffordshireporzellan auf seinem Kaminsims wurde zu seiner Überraschung ziemlich hoch bewertet. Dabei sahen sie todlangweilig aus. Sein Blick wanderte nun zu der chinesischen Vase. Laut *Dribble's* war eine ähnliche mit 3000 Pfund veranschlagt. Er fühlte sich viel reicher als sonst. Im Beisein von Agatha dann allerdings sofort viel ärmer.

Während sie tiefer in das Glas fuhr, um sich einen Löffel Orangenmarmelade auf ihr Scone zu häufen, sagte sie noch einmal: »Ich habe gesagt, du kennst doch gar niemanden in Lincolnshire.«

Melrose seufzte. Sie wiederholte immer alles in denselben Worten, damit auch bloß keines ignoriert wurde. Dabei war sie selbst unendlich ignorierbar. »Ich will die Fens sehen, die Tulpen.« Er blätterte eine Seite um und erblickte das Bild eines gewaltigen Kronleuchters, der sogar Versailles zur Ehre gereicht hätte.

»In Lincolnshire Tulpen?«

»Jawohl, in Lincolnshire. Südlincolnshire zumindest ist berühmt wegen seiner Tulpen und sonstigen Blumen. Da gibt's meilenweit Blumenfelder.«

»Aber im Februar doch keine Tulpen.«

»Nein, trotzdem sind die Fens in dieser Jahreszeit bestimmt herrlich. Kahl und düster ...«

»Ich finde, das klingt eher abstoßend. Du hast wirklich einen komischen Geschmack.« Der Löffel klirrte im Glas. Ruthven servierte vorsichtshalber jetzt immer das ganze Glas Chivers grobgeschnittene Orangenmarmelade, denn sie beschwerte sich jedesmal, daß nicht genug da sei. »Ich verspüre jedenfalls nicht die geringste Lust, dorthin zu fahren.«

Danke schön, lieber Gott. Melrose verdrehte die Augen gen Himmel. Er hatte ihr sein Reiseziel ganz gegen seine sonstige Gewohnheit voreilig verraten. Aber er wollte nur das Gespräch von Ada Crisp und dem Jack-Russell-Terrier wegbringen. Er betrachtete den Fuß, das heißt, den Knöchel seiner Tante, der mit einem Klebeverband versehen war und auf einem Fußschemel mit Petit-point-Stickerei ruhte.

»Jetzt kann ich ohnehin nicht weg. Ich muß ja dauernd zu meinen Anwälten«, fuhr sie fort.

Ein ganzer Stoßtrupp? Wie viele waren denn in Marsch gesetzt, um gegen einen Terrier einen Prozeß anzustrengen? »Welcher Anwalt vertritt dich vor Gericht?« Er schlug *Mordsdeal!* zu und die Beine übereinander. Vielleicht konnte er dieser Posse ja doch ein gewisses Maß an Unterhaltung abringen.

»Ich bitte dich, Melrose. Es wird ja wohl kaum zum Prozeß kommen. Das meint Theo auch.«

Melrose zuckte zusammen. Wenn sie Theo Wrenn Brownes Namen noch einmal erwähnte, mußte er sich den Gin bringen lassen. »Du hast Browne doch immer verabscheut. Wieso ist er plötzlich dein Busenfreund?«

Diesen Einwand wedelte sie weg. »Wir hatten unsere Differenzen, ja.«

»Genau. Er war ein ›saudummer Esel‹ und du eine ›neugierige alte Schwätzerin‹. Darin bestanden die Differenzen.«

»Du spinnst dir wie üblich mal wieder was zusammen.« Sie

wischte sich ein paar Scone-Krümel vom Schoß. »Spielt ja auch keine Rolle. Theo hat mir geraten, mich auf eine außergerichtliche Einigung einzulassen.«

Zum erstenmal wurde Melrose nun regelrecht bange um Ada Crisps Schicksal. Wenn diese Natter Theo Wrenn Browne mitmischte, dann wußte allein Gott, wohin das alles führen sollte. »Und wie würde diese Einigung aussehen? Ada Crisp hat kein Geld. Sie müßte sich für bankrott erklären.«

»Sie hat den Laden –«

»Aha! Daher weht der Wind. Mr. Browne will sie aus dem Laden kriegen, egal wie!«

Sie zerschnitt noch ein Scone. »Mach dich nicht lächerlich, Melrose. Theo ist lediglich ein unparteiischer Beobachter.«

»Unparteiischer Beobachter wäre Theo Wrenn Browne wahrscheinlich nur bei Tiny Tims Weihnachtsfeier. Oder wenn die Lusitania sinkt. Er will, und zwar seit langem, daß sie den Laden räumt und er expandieren kann. Erzähl mir nicht, daß er nicht etwas ganz anderes im Schilde führt.« Melrose schlug sein Buch auf und zu. Nach einem Moment Nachdenken sagte er: »Dir ist hoffentlich klar, daß es doch zum Prozeß kommen kann.« (Nur wenn das Gericht total plemplem war.) »Vielleicht wollen sie ja einen Präzedenzfall schaffen.« Er lächelte. »Und wenn du verlierst, na, dann mußt du die Kosten tragen. Hoffentlich bist du darauf vorbereitet. Könnte teuer werden.« Er blätterte weiter.

»Verlieren? Ich verlieren?« Agatha war so schockiert, daß sie das marmeladentriefende Scone völlig vergaß. »Ich habe angenommen, du wärest auf meiner Seite.«

»Ich bin auf der Seite der Wahrheit«, sagte er bombastisch und setzte mit »und der Gerechtigkeit!« noch einen drauf.

»Das *ist* meine Seite!« Sie biß in ihr Scone.

»Agatha, hat dein Anwalt dich nicht gefragt, wie dein Fuß überhaupt in den Nachttopf geraten ist?« Melrose mußte all seine Selbstbeherrschung aufbieten, um nicht laut loszulachen.

»Selbstverständlich.«

Er hob die Brauen. »Und?«

»Was meinst du mit ›und‹? Du hast doch gesehen, was passiert ist. Du warst direkt gegenüber, auf der anderen Straßenseite. Du wolltest in den Jack and Hammer, wo du, möchte ich hinzufügen, sowieso zuviel Zeit verbringst.«

»Ich habe nur gesehen, wie du dem Hund einen Mordstritt in die Flanke verpaßt hast.« Nun bediente er sich sogar schon der munteren Diktion der Nuttings. »*Das* habe ich gesehen.«

»Du hast gesehen, wie ich hingefallen bin.« Mit ihrem Wurstfinger zeigte sie auf ihn. »Willst du mir die Schuld an dem Vorfall in die Schuhe schieben?«

Melrose hob beschwichtigend die Hände. »Nichts sei mir ferner als das. Aber es würde mich gar nicht überraschen, wenn Ada Crisp eine solche Sichtweise der Dinge einnehmen würde. Ada fühlt sich vielleicht geschädigt, weil du ihr Eigentum zerschlagen hast.«

»Ich habe meinen Fuß ja gar nicht mehr da rausgekriegt. Was sollte ich denn machen? Für den Rest meines Lebens mit einem Fuß im Nachttopf herumlaufen?«

Mit der Vorstellung spielte Melrose einen Augenblick und sagte dann: »Beschwer dich aber hinterher nicht, ich hätte dich nicht gewarnt.«

»Meine Güte!« rief sie und kratzte den Rest Marmelade aus dem Glas. »Es war doch nur ein alter Nachttopf.«

»Na, hoffentlich täuschst du dich da mal nicht.« Mit diesen Worten widmete er sich wieder seinem Buch. Die Abbildungen in der Mitte zeigten eine Meißener Schüssel, die die Schwestern Spicer aus Twinjump ihrem Köter immer zum Fressen auf den Boden stellten. Und die sie, auch nachdem sie deren Wert erfahren hatten, weiterhin demselben Zweck zuführten. (»Für unseren Alfie ist uns nichts zu schade.«) Melrose hätte den Damen am liebsten applaudiert. »Trueblood hat sich den Pott nämlich angeschaut. Das heißt, die Scherben. Er meint, es erinnert ihn an die Meißener Schale in seinem Laden.«

»Trueblood ... das ist doch ein dekadenter Lackaffe!« platzte sie heraus.

»Mag sein. Aber ein dekadenter Lackaffe *und* Antiquitätenexperte, und das sollte dir doch zu denken geben, wenn die Anklage ins Rollen kommt. Trueblood ist garantiert ein erstklassiger Zeuge.« Über den einszwanzig mal einszwanzig großen Perser (*Dribble's*: Kirman, 2000 Pfund) hinweg schenkte er ihr ein schwaches, mitleidiges Lächeln. Allmählich erwärmte er sich für das Thema Ardry gegen Crisp.

Er dachte darüber nach, wie Richard Jury Theo Wrenn Browne vor Jahren die Hölle heiß gemacht hatte, als Browne drohte, Ada vor den Kadi zu bringen. Mit der Behauptung, das Gerümpel, das sie draußen auf den Bürgersteig stelle, sei eine Gefahr für Leib und Leben und ein Verkehrshindernis. Ihr guten Götter, seit Jahren liefen die Fußgänger behutsam um Petit-point-Schemel, uralte Steckenpferde und Porzellangeschirr herum. Und nie hatte es jemanden gestört. Es war einfach Adas Kram. Jury hatte Browne mit einem Exemplar von *Bleakhaus* unter dem Arm Horrorstories über das traurige Ende von Hausbesitzern erzählt, die versucht hatten, Mieter per Gerichtsbeschluß zur Räumung zu zwingen.

»Und?« sagte Agatha und hielt einen Rosinenkeks in die Höhe.

»Was ›und?‹« fragte Melrose erstaunt.

»Was hat er gesagt? Trueblood.«

Wenn sie den Mann auch verachtete, seine Meinung in diesem Fall zu ignorieren, konnte sie teuer zu stehen kommen. Melrose betrachtete einen hübschen Jagdtisch, den er immer gemocht hatte (*Dribble's*: vielleicht 500 Pfund?), und sagte: »Weiß ich nicht mehr. Tut mir leid.«

Er wollte nicht für Trueblood sprechen. Das konnte der selbst viel besser. Und Melrose wußte, daß Trueblood mit Vergnügen mitmachen würde, denn der suchte ja nach neuen Betätigungsfeldern für seine überbordenden Energien.

Nachdem Agatha die Orangenmarmelade reinlich aus dem Glas gekratzt und den Scones-Teller leergeputzt hatte, lehnte sie sich zurück und richtete ihr Äußeres wieder her. Sie nestelte an ihrem Blusenkragen, zupfte den Chiffonschal zurecht, rieb an dem Halbedelstein des Rings.

Melrose sah ihr dabei zu.

Brosche, Schal, Ring. Aus dem Army and Navy Store: zehn Pfund zwanzig. Höchstens.

II

# Die kalten Damen

# 9

Von der A17 war er in eine der gottverlassenen kleinen Nebenstraßen abgebogen, kaum mehr als eine Runzel auf dem Angesicht der Fens. Kurz hinter Market Deeping mußte er die falsche Abfahrt genommen haben. Zum Schluß war er immer im Kreis um das winzige Dorf Cowbit gekurvt. Dabei war er an einem frisch gestrichenen Cottage vorbeigekommen, auf dessen Türbalken in schwarzer Schönschreibschrift »The Red Last« stand. Er hatte angehalten, eine Weile im Auto gesessen und überlegt, was es bedeutete. War wahrscheinlich einmal ein Pub gewesen. Ulkiger Name, The Red Last.

Nach einigen weiteren Schleifen gelangte er endlich wieder auf die A17. Vor und um sich herum sah er das Marschland, das sich gen Süden und Osten bis Cambridgeshire und die Black Fens erstreckte. Zu beiden Seiten der Fahrbahn war der Boden hartgefroren, kreuz und quer verliefen Kanäle und Entwässerungsgräben. Da die Fens in Lincolnshire auch manchmal als »Kleinholland« bezeichnet wurden, vermutete Melrose, daß diese kalten braunen Ackerflächen bald ein einziges Farbenmeer sein würden. Wenn es bei Frühjahrsbeginn in leuchtendroten, tiefvioletten und gelben Tönen im Sonnenlicht schimmerte wie Buntglasfenster, mußte es herrlich sein.

Gott sei Dank, da war ein Wegweiser. Die Strecke nach Spalding war klar und einfach. Aber 200 Meter zuvor hatte er das einladende Schild eines Pub vorüberfliegen sehen und bremste vorsichtig ab, weil er wußte, wie schnell Truebloods Lieferwagen fuhr – hundertzwanzig Stundenkilometer, nicht übel. Er machte eine volle Kehrtwendung und fuhr zurück. Er wußte ja schon, daß er für Fengate Anweisungen brauchte, und wo bekam man die besser als in der Dorfkneipe? Er parkte, faltete die Straßenkarte zusammen und steckte sie in die Tasche. Auf dem Weg in die Gaststube ließ er sich die Teile, die Max Owen bewertet haben wollte, noch einmal durch den Kopf gehen. Er durfte auch keinesfalls vergessen, daß Owen wissen wollte, ob sie echt oder unecht waren und wo sie herkamen.

Sein Mut sank. Doch die Aussicht auf das gemütliche Treiben im Pub, die Gäste mit ihren Gläsern und Flaschen, das Stimmengewirr, einen netten Wirt hinter einem langen Mahagonitresen, munterte ihn auf. Bei seinem Eintritt mußte er indes feststellen, daß das Gespräch der Leute verebbte und dann ganz abbrach. Warum verstummten die Leute? Klar, weil der Anblick jedes x-beliebigen Fremden in ihrer Mitte tausendmal interessanter war als das immer gleiche alte Gequatsche.

Die Gaststube war blau vom Qualm, hier wurde seit Stunden geraucht. Melrose nahm sein Pint Old Peculier und schlenderte zur Dartscheibe, deren zerstochene konzentrische Ringe von der Beliebtheit des Spiels zeugten. Er überlegte, ob er es noch konnte. Damals, mit fünfzehn, sechzehn hatte er es zu wahren Meisterehren gebracht. Oder bildete er es sich jetzt nur ein? Gehörte auch das zu seiner frei erfundenen Vergangenheit? Er beugte den Kopf und betrachtete die dünne Schaumschicht in seinem Glas. Das Unbehagen, das ihn immer befiel, wenn er an diese lange zurückliegenden Zeiten dachte, machte sich wieder bemerkbar. Er wurde müde, wußte aber, daß das nur Abwehr war.

Während er sein Bier trank, überdachte er, wie er den Owens gegenübertreten wollte. Trueblood hatte ihn überredet, diesen Burgundertisch mitzubringen, damit seine Maskerade noch perfekter war. Er schaute an sich herunter. Er hatte sich für den Country-Look entschieden, für einen Wollpullover mit Ellenbogenflicken und seine Barbourjacke, überzeugt, daß sich darin und nicht etwa in Anzug und Weste der wahre Ästhet zeigte. Außerdem trug er eine sehr ähnliche Kappe wie die Männer am Tresen, die nun in ein freundliches Streitgespräch verwickelt waren. Waren es alte Fen-Männer? Abkömmlinge derjenigen, die im sechzehnten Jahrhundert einen großen Aufstand angezettelt hatten, weil die Gegend trockengelegt werden sollte?

Vielleicht war es eine gute Idee, sich der Gruppe an der Bar zuzugesellen und eine Runde auszugeben. Das hatte sich noch immer als wirkungsvoller Eisbrecher erwiesen. In Anbetracht des Doppelmords in der Nachbarschaft sollte hier allerdings nicht mehr viel Eis zu brechen sein. Er gab dem Mann hinter dem Tresen, der wahrscheinlich auch der Besitzer war, durch Gesten zu verstehen, jedem etwas zu trinken zu geben. Zu dem Grüppchen ziemlich ungehobelt aussehender Männer gewandt, sagte er: »Tag, meine Herrn« und zu der einzigen Frau mit einer leichten Verbeugung: »Und meine Dame.«

Sie murmelten einen Gruß und nickten.

»Sie sind wohl aus London«, nuschelte einer, als ihm sein Glas hingestellt wurde.

»Liebe Güte, nein!« Hoffentlich kam seine Verachtung für London und die Londoner rüber. »Ich bin aus Northants.« Das war eine gute, solide Gegend. Einen Burschen aus Northamptonshire brauchte man nicht zu beneiden. Aber ihre Blicke verrieten trotzdem Mißtrauen. Doch kaum hatte der Wirt die Getränke serviert, hellten sich die Mienen auf.

Die Frau, die einen tief über ihr spülwasserfarbenes Haar gezogenen Hut mit Plastikbeeren an der Krempe trug, sagte: »Da wolln Se wohl nach Spalding.«

»Nicht ganz. In ein kleines Dorf mit Namen Algarkirk.« Er war froh, daß er sich hier noch auf sicherem Boden bewegte und wenigstens sein Reiseziel nicht erfinden mußte. Als eher vorsichtiger Taktierer wußte Melrose, daß sein Country-Outfit und das joviale Bierausgeben ein absolut durchsichtiges Manöver waren.

»Muß eine Lieferung zu einem Haus namens Fengate bringen. Ein Möbelstück. Ich hab's draußen im Wagen.« Eifrig darauf bedacht, den Eindruck zu erwecken, daß er seine Brötchen im Transportgewerbe verdiente, deutete er mit dem Kopf in Richtung Parkplatz. Aber als der Rauch aus den diversen Zigaretten kräuselnd nach oben stieg und eine unter der Decke schwebende Wolke bildete, war ihm klar, daß seine Bemerkung sie kaltließ.

»Na, da sind Se doch goldrichtig. Das hier is Algarkirk.«

Warum interessierte es sie gar nicht, daß er direktemang zum Schauplatz des Verbrechens fuhr? Warum erzählten sie ihm nicht von ihren spektakulären Morden? Er hob das Glas. »Prost!«

Während sie sich nun doch über dieses und jenes, das Wetter, die nächste Blumenparade und die Futtermittelpreise unterhielten, beschloß Melrose, das Haus, das er in der Nähe von Cowbit gesehen hatte, zur Sprache zu bringen. Er fing mit dem Namen an. »›The Red Last.‹ Merkwürdig, was? War es früher mal ein Pub?«

Ein junger Mann namens Malcolm sagte: »Na ja, es hat was mit Schuhen zu tun.«

Einmütiges Nicken. Dann sagte ein anderer: »Ay, trotzdem ein komischer Name für ein Pub. Hab noch nie so einen gehört. Du, Ian?« Sein Kumpel schüttelte den Kopf.

»Es ist das Ding, das sie benutzen«, sagte Malcolm, stolz, daß er mindestens so gebildet wie der Fremde war, »dieses hölzerne Ding, das die Form eines Fußes hat. Ein Leisten.«

Ein paar scherzhafte Bemerkungen über die diversen hier anwesenden Füße folgten, bis Ian, der es vermutlich leid war, daß immer nur seine Freunde im Rampenlicht standen, sagte: »Sie suchen also Fengate House? Na, da ist doch der Mord passiert.«

Wird ja auch langsam Zeit, dachte Melrose und wandte sich an die Frau mit dem Beerenhut. »Ein Mord?« fragte er erstaunt.

Die Frau umschloß ihre Gurgel mit den Händen und stieß

etliche schaurige, erstickte Laute aus. »Wurde draußen im Fen gefunden. Hatte nur 'n Morgenmantel an.« Sie senkte die Stimme. »Sittlichkeitsverbrechen, heißt es.«

Empört über diese falsche Darstellung, sagte einer der Männer: »Von wegen Sittlichkeitsverbrechen, und sie hatte auch mehr als einen Morgenmantel an. Die eine is erschossen und die andere erdrosselt worden, die und Dorcas.«

»Herr im Himmel«, sagte Melrose. »Wollen Sie damit sagen, daß hier zwei Menschen ermordet worden sind?«

Alle nickten und freuten sich wie die Schneekönige, daß sie diesen Bier spendierenden Fremden vielleicht so lange bei Laune halten konnten, bis die Kneipe für den Nachmittag dichtmachte. »Ay, die warn beide aus Fengate. Die eine war die arme Dorcas, und sie hat hier auch gearbeitet, stimmt das nicht, Dave?« Der Mann sprach den Wirt an. Der nickte lächelnd und ging ans andere Ende des Tresens, um einen Gast zu bedienen. Der alte Mann berichtete weiter. »Die andere war hier zu Besuch, sie is zuerst gestorben.« Ah, wie genüßlich er das sagte! »Erschossen ham se se gefunden.«

Seine Kumpels nickten feierlich.

»Ja, und Dorcas, das arme Mädchen«, sagte die Frau, obwohl es nicht sehr mitleidig klang. »War erst zwanzig, die Dorcas. Warum wollte die jemand umbringen? Die hat doch keiner Fliege was zuleide getan.«

Nun stritten sie sich erst einmal über Dorcas' Alter. Ergebnislos. Jeder schien eine andere Zahl zwischen neunzehn und achtundzwanzig zu favorisieren, bis Dave zurückkam und dem Streit ein Ende machte, indem er ihnen erklärte, daß Dorcas zweiundzwanzig gewesen sei. Seinem Urteil beugten sich alle Anwesenden sofort, er genoß eindeutig ihre Achtung, was alle Themen betraf, von Malz bis Mord.

Als Melrose klar wurde, daß er selbst mehr über die Morde wußte als die Ortsansässigen, lächelte er und sagte, er müsse jetzt los. (Er vergaß aber nicht, noch eine letzte Runde für seine neuen Freunde auszugeben.) Weil er befürchtete, sie würden wieder in Streit geraten, wenn er sie nach dem Weg nach Fengate House fragte, wandte er sich an Dave.

Dave rief einen hochgewachsenen Mann, der am anderen Ende des Raums seine Zeit damit vertrödelte, mit Dartpfeilen auf die Scheibe zu zielen. »Jack, hier will jemand wissen, wie man nach Fengate kommt!«

Melrose sah zu, wie Jack herbeischlenderte. Als er an dem Tisch vorbeikam, an dem er offenbar gesessen hatte, nahm er sein Glas und trank es aus. »Sie sind fast da, es ist am anderen Ende von Algarkirk.« Er deutete mit dem Kopf in Richtung Westen. »Fahren Sie einen guten Kilometer, und Sie sind da.«

»Stimmt das? Ich meine, daß es so leicht zu finden ist? Ich habe einen miserablen Ortssinn.«

Jack lachte. »Na, ich muß es ja wissen, schließlich wohne ich dort. Es ist da draußen auf der anderen Seite des Windy Fen. Hier, ich zeichne es Ihnen auf.« Er holte einen Bleistiftstummel aus der Tasche, nahm eine Papierserviette aus einem Ständer, und in Blitzesschnelle hatte er eine Straße gezeichnet mit Bäumen, Kreisverkehr und einem winzigen Haus am Ende, sogar mit Säulen versehen. Dann nahm er sein leeres Glas und ließ es in seinen langen Fingern baumeln.

Elegante Finger, dachte Melrose. Ob er Maler war oder Pianist?

»Müssen Sie geschäftlich nach Fengate?« Sein Ton war nicht sonderlich neugierig.

»Ja, ich habe eine Lieferung für die Owens. Einen antiken Burgundertisch.« Mittlerweile genoß es Melrose regelrecht, sich den Namen von der Zunge rollen zu lassen.

»Mir können Sie alles erzählen, ich bin von keiner Sachkenntnis getrübt, was Max' Zeugs betrifft.« Lächelnd streckte er Melrose die Hand entgegen. »Ich heiße übrigens Jack Price.«

Auch Melrose streckte die Hand aus. »Melrose Plant.«

Price schüttelte den Kopf und fragte: »Sind Sie Händler? Oder bloß Spediteur?«

»Weder noch. Ich werde manchmal gebeten, ein Stück zu begutachten.« Das hätte er so nicht sagen sollen, es klang ja, als habe er immer das letzte Wort. Er räusperte sich, nur allzu bewußt, daß er beim Schätzen nicht mal das erste Wort hatte. »Ich meine, ich bin kein Profi, mitnichten. Ich interessiere mich für diese Dinge als Laie.«

»Was haben Sie noch gleich mitgebracht?«

»Einen Burgundertisch. Ziemlich selten.« Zu spät fiel ihm ein, daß er sich jeder Meinung enthalten sollte. Einerlei, denn wenn das Ding nicht selten war, würde Jack Price seinen Irrtum nicht bemerken, sein Interesse war reine Höflichkeit.

»Klingt eindrucksvoll. Klingt, als wenn Max dafür über Leichen gehen würde.«

Da horchte Melrose dann doch auf. Einen solchen Kommentar über jemanden abzugeben, der in einem Haus wohnte, das mit zwei Morden in Verbindung stand, fand er ziemlich gedankenlos.

»Max Owen ist mein Onkel.« Price ließ das leere Glas weiter in seiner Hand baumeln.

Als Melrose den Wirt durch eine Handbewegung gebeten hatte, es mitzunehmen, bedankte sich Price bei Melrose und bot ihm ein Zigarillo an.

Der dünne Zigarillo paßte perfekt zu dem Mann. Er hätte eine Gestalt aus einem Goya-Gemälde sein können mit den Augen, die so dunkelbraun waren, daß sie fast schwarz wirkten, dem halblangen dunklen Haar, das ihm seitlich ins Gesicht fiel, als er den Zigarillo über ein Streichholz hielt. Im Schein der Flamme funkelten Punkte in seiner Iris auf. Wenn er doch bloß noch ein bißchen was ausplaudern würde! Aber er setzte sich nur hin und rauchte sein Zigarillo.

»Die Owens lassen den Tisch zur Ansicht kommen. Da sie

sowieso Sachen in ihrem Haus geschätzt haben wollen, habe ich mich als Lieferant erboten.«

»Max, Grace nicht.«

»Wie bitte?«

»Grace Owen hat nichts damit zu tun. Max begeistert sich für den alten Kram, Grace nicht.« Price klopfte die Asche ab. »Von den Mordfällen hier haben Sie ja wahrscheinlich gehört. Es ging durch die Presse. War auch in den Londoner Zeitungen. Max ist in Antiquitäten- und Kunstkreisen ziemlich bekannt.«

»Nein, ich kann mich nicht erinnern, daß ich davon gelesen habe.« Melrose deutete mit dem Kopf in Richtung Tresen. »Aber die Herrschaften dort drüben haben gerade darüber geredet.«

»Es ist ein paar Wochen her. Bei einer Wochenendparty wurde eine Frau, die zu Gast war, tot aufgefunden. Lag erschossen draußen am Wash, wissen Sie, an der Küste, nicht sehr weit von hier. Die Kripo hat uns alle gründlich in die Mangel genommen.«

»Haben sie den Mörder schon gefunden?« Hoffentlich traf er den richtigen Ton überraschten Interesses.

»Nein. Das Opfer war Max' Exfrau.«

Kaum hatte Price ein neues Bier in der Hand, trank er es fast bis auf den letzten Schluck. Dann setzte er das Glas auf den Tresen und streckte zwei Finger hoch. Er wirkte sehr trinkfest, als könne er sich stundenlang abfüllen, ohne daß man es ihm anmerkte. Er klopfte an Melrose' Glas. »Trinken Sie noch eins mit?«

»Besser nicht. Sonst müssen Sie mich noch auf den Tisch geschnallt ins Haus befördern.« Die Exfrau. Melrose war erstaunt, daß ein Mann das Interesse oder die Energie besaß, mehr als einmal zu heiraten. Für ihn, der nie geheiratet hatte, wäre es eine bittere Erfahrung zu entdecken, daß er einen Fehler gemacht hatte. Er konnte sich gar nicht vorstellen, wie jemand dieses Risiko nochmal eingehen wollte. Aber er war ja auch furchtbar altmodisch.

Price nannte den Namen des Opfers unaufgefordert. »Verna

Dunn. Ehrlich gesagt verstehe ich, daß Max sie loswerden wollte. Ziemlich unerträglich.«

Auch »sie loswerden wollte« schien Melrose unter diesen Umständen nicht die geschickteste Weise, sich auszudrücken. Stirnrunzelnd sagte er: »Irgendwie kommt mir der Name bekannt vor.« Weil Jury ihn genannt hatte, deshalb.

»Hm, hm, sie war Schauspielerin. Ein bißchen verblüht, aber immer noch hübscher als viele der jüngeren Frauen, die man heutzutage zu Gesicht bekommt. Gut war sie nie, ich habe ein paar ihrer Filme gesehen.« Er studierte das Ende seines Zigarillo. »Für Grace war es bestimmt verdammt provozierend, die Exgattin am Wochenende unterhalten zu müssen. Besonders so eine.« Jack Price stieß einen Laut aus, dem nicht zu entnehmen war, ob er ein Lachen verschluckte oder seiner Empörung Ausdruck verlieh.

Melrose merkte es sich. Ebenso Jacks Miene. Vom Hals aufwärts hatte sich Röte ausgebreitet, was natürlich auch an den mehr als drei Bieren liegen konnte. Er hatte offensichtlich schon getrunken, bevor Melrose auf der Bildfläche erschienen war.

Jack Price klopfte sich auf der Suche nach Streichhölzern die Taschen ab. Sein Zigarillo war ausgegangen. Melrose zückte sein Feuerzeug. »Ein verläßliches altes Zippo. Die hab ich immer gemocht«, lächelte Price.

Wieder fielen Melrose seine Hände auf. »Sind Sie Maler?«

»Nein. Bildhauer.«

»Ach, tatsächlich? Und ist Ihr Studio hier? In Fengate?«

»Hm, hm.« Er drehte den Zigarillo im Mund. »Hab die alte Scheune umbauen lassen. Richtig schön geworden. Die Owens sind großzügige Leute.«

Na ja, wenn er sich nun über die positiven Seiten seiner Wohltäter auszulassen gedachte, erfuhr Melrose wahrscheinlich nicht mehr viel. »Es war sehr nett. Aber in Fengate wartet jemand auf diesen Tisch, und ich bin sowieso schon später, als ich sein wollte. Soll ich Sie mitnehmen?«

Price schüttelte den Kopf. »Nein, danke. Ich gehe immer zu Fuß.«

Das, dachte Melrose, mußte er sich ebenfalls gut merken.

## 10

In Fengate sah Melrose als erstes einen älteren Mann mit aufgerollten Hemdsärmeln, breitkrempigem Schlapphut und abgeknickter Knarre über dem Arm. Etwa auch ein Momaday? Dahinter lag ein kleiner Wald, eine der wenigen Baumgruppen, die er auf seiner langen Fahrt über die Fens erblickt hatte. Als der Mann mit dem Schießeisen des Lieferwagens ansichtig wurde, der die deutliche Aufschrift TRUEBLOOD'S ANTIQUES trug, schien er schon sagen zu wollen: »Eingang für Lieferanten um die Ecke. Fahren Sie mal ruhig mit dem Wagen nach hinten zur Küche. Die Köchin gibt Ihnen was zu essen.« Aber dann wanderte sein Blick von Fahrzeug zu (aussteigendem) Fahrer, und er überlegte sich das mit der Hintertür noch mal.

Qualität, dachte Melrose, läßt sich nicht verleugnen. Es liegt einem eben doch im Blut...

Aber offenbar nicht ausreichend. Sein Gegenüber beäugte ihn ganz wie ein Portier den anfahrenden Lieferanten. »Ich habe eine Lieferung für Mr. Owen!« rief Melrose frohgemut.

Der Mann murmelte etwas in seinen Bart und ging, Melrose weiterwinkend, den gepflasterten Weg zur Tür voraus. Dann ließ er den Lieferanten mit der Aufforderung zu schauen, ob seine Schuhsohlen schmutzig sein, stehen und verschwand in einem anderen Teil des Hauses. War »Füße abputzen!« die typische Ermahnung für Lieferanten, die stets verdächtigt wurden, sie hätten schmutzige Schuhe, weil sie soviel durch Sümpfe, Morast und Dung wateten? Wo sollte er jetzt hingehen? Zunächst einmal stand er in einem Eingangsflur mit einem schwarzweiß gemusterten Boden. Offenbar befanden sich hier die überzähligen Stücke aus Max Owens Kollektion: Bronze- und Marmorbüsten in Nischen und Gemälde, Drucke und Reproduktionen an den Wänden. Melrose fand die Sammlung höchst willkürlich. Neben einem Matisse hing ein Landseer, ein Maler, den er nie begriffen hatte. Es handelte sich um eine Familienszene, unter anderem mit der jungen Königin Victoria, einem Herrn, den Melrose für ihren teuren Albert hielt, und einer Menge Hunde und toter Vögel. Einer der Sprößlinge sah aus, als sei er im Begriff, ein Federvieh zu rupfen. Melrose schüttelte den Kopf. Ohne Rücksicht auf Verluste schmissen die Viktorianer immer alles wild durcheinander. Das Bild hing über einer bauchigen Kredenz, auf der sich etliche Meißener oder Limoges-Porzellanfigurinen tummelten. Porzellan hatte er in Ardry End zuhauf, darüber wußte er ein wenig.

Zu seiner Rechten stand eine zweiflügelige Tür einen Spaltbreit offen. Er gab ihr einen vorsichtigen Schubs, trat ein und mußte erst einmal seine Augen an die relative Dunkelheit gewöhnen. Die Samtvorhänge waren nicht ganz geschlossen. Durch die schmalen Öffnungen drangen Lichtstrahlen.

Der Raum war nicht breit, dafür aber sehr lang. In Abständen waren einige lebensgroße Marmorstatuen aufgestellt. Alles Frauen, das heißt, alle weiblichen Geschlechts, denn einige waren Figuren noch recht junger Mädchen. Neben der Tür stand eine mit einer Haube und einem gefältelten Mieder. Sie war als einzige richtig viktorianisch gekleidet und streckte die Hände aus, als wolle sie Vögel füttern. Die meisten anderen waren im klassischen Stil gehalten, kaum verhüllt, bekränzt und alterslos. Sie standen nicht in Nischen wie die Büsten in der Eingangshalle und auch nicht in einer bestimmten Beziehung zueinander. Wenn er einmal durch diese Galerie (das war sie offenbar) laufen wollte, mußte er um die Figuren herumgehen. An einer der Statuen in der Mitte, die von einem Streifen Sonnenlicht berührt wurde, meinte er das Funkeln einer goldenen oder silbernen Kette zu entdecken. Bei näherer Inspektion stellte er fest, daß er recht hatte. Jemand hatte ihr eine silberne Kette um den Hals gelegt. Nun schaute er sich die Damen in seiner Nähe genauer an. Auch sie waren mit Blumen, silbernen Halsketten oder Armbändern an ausgestreckten Armen geschmückt. Direkt neben ihm trug eine ein elfenbeinfarbenes Samtband um den Hals. Melrose lächelte. Die Person, die sich diesen Scherz erlaubte, würde er gern kennenlernen. Jury hatte gar keine Owenschen Kinder erwähnt.

Aber nicht nur acht, neun Statuen schmückten diese Galerie, an den Wänden hingen noch mehr und bessere Bilder, als die, die Melrose im Flur gesehen hatte, und überall standen Möbel, manche zierlich, manche protzig. Anrichten, Kleiderschränke, Kredenzen, eine Louis-quatorze-Kommode, üppig mit Vogel- und Blumenmustern verzierte japanische Lacktische. Ein wunderhübsches kleines Queen-Anne-Sofa neben einer weiteren bauchigen Kredenz, eventuell das Pendant zu der im Eingang. Bei den vielen Porträts handelte es sich wohl um Owensche Ahnen, oder aber sie waren irgendwo ersteigert. Auf einem Gemälde befestigten zwei kleine Mädchen Lampions in einem Garten. Beim Nähertreten erspähte Melrose den Namen des Künstlers: John Singer Sargent. Es war eine sehr feine Kopie, das Original kannte er aus der Tate Gallery.

Die ganze Kollektion war erstaunlich. Ihre willkürliche Zusammenstellung verriet eher den kunstbegeisterten Laien als den Experten, vielleicht würde es ja nicht so knifflig werden, wie er dachte. In einer Glasvitrine schimmerten verschiedene Glasgegenstände. War der Pokal nicht so ähnlich wie einer, den ihm Trueblood mal im Laden gezeigt hatte? Die Vitrine war nicht verschlossen, er öffnete sie und nahm das Gefäß heraus. Es war am Rand hübsch graviert, eine ländliche Szene mit einem Knaben und einem Mägdelein und ein paar Tieren, und alle jagten sie einander, wie das auf alten Gläsern und Urnen so üblich ist. Er hörte ein Räuspern.

»Ahem!«

Als er sich umdrehte, dachte er den Bruchteil einer Sekunde, eine der Statuen habe sich bewegt. Nein, am anderen Ende des Raumes stand eine Frau aus Fleisch und Blut. Ob das Hüsteln ihn warnen sollte, falls er das Glas stehlen wolle, solle er es lieber dann tun, wenn sie ihn nicht beobachtete?

»Mr. Plant? Ich bitte vielmals um Entschuldigung, daß ich Sie habe warten lassen. Ich habe mit der Kripo telefoniert. Sie wissen ja, wie die sind. Ich bin Grace Owen. Hier gab es einen Mord. Nein, zwei Morde.« Die Zahl zwei schien ihr fast peinlich zu sein, als befürchte sie, man halte sie für sensationslüstern.

Sie wirkte richtig erleichtert, daß er nicht erschrak, sondern ihr mitteilte, daß er schon Bescheid wisse. »Die Gäste dort im Pub«, er deutete mit dem Kopf in die Richtung, in der es lag, »haben es mir erzählt. Sie kennen es ja sicher. Es heißt Case Has Altered.« John Price erwähnte er nicht. Er wußte nicht, warum.

»Ja, sicher.« Sie lächelte, hörte aber abrupt wieder auf, als sei unter diesen Umständen ein Lächeln unangemessen. »Dann wissen Sie wahrscheinlich auch, daß die geschiedene Frau meines Mannes ermordet worden ist. Und eine Angestellte von uns, eine junge Frau. Das war erst vor ein paar Tagen.«

Melrose nickte. Grace Owen, ihre Stimme ebenso wie ihr Gesichtsausdruck, wirkten so aufrichtig, so . . . klar. Kristallklar, wie dieses Kelchglas. Er sah von ihr zu dem Corpus delicti, sagte: »O Verzeihung« und stellte es wieder an seinen Platz.

Sie lächelte. »Eins von Max' Lieblingsstücken.«

Zum Kuckuck, dachte Melrose, gleich beim ersten Mal voll danebengegriffen. Ein Pokal war nicht auf Jurys Liste. Warum hatte er nicht besser aufgepaßt, als Trueblood ihn in Glaskunde unterwiesen hatte? Er fragte sich, welche Überraschungen sein laienhaftes Auge sonst noch erwarteten.

»Mr. Trueblood hat sich über den unglaublichen Umfang Ihres Wissens sehr schmeichelhaft geäußert. Und sind Sie nicht auch ein Freund des Beamten von Scotland Yard, der hier war?«

Er schluckte. Natürlich, Jury hatte ihr ja erzählt, er kenne einen sehr fähigen Gutachter. Dazu mußte er stehen. Es machte seine Rolle nur einfach so verdammt fragwürdig. Weiter blöde grinsend, hoffte er, sie würde nicht nach Herkunft und Alter des Glases fragen.

»Sie brauchen aber auch eine breite Palette an Kenntnissen. Max scheint«, sie breitete die Arme aus, »alles zu mögen.«

War Max großherzig oder nur unkritisch? Er wußte es nicht. Vielleicht war er auch einfach nur steinreich und konnte sich kaufen, was er wollte.

Sie stand immer noch ein Stück von ihm entfernt, wegen der schlechten Lichtverhältnisse war ihr Gesicht schwer zu erkennen. Aber er sah, daß es hübsch war.

»Das hier nennt er hochtrabend die Skulpturenhalle, wobei er meines Erachtens ein wenig übertreibt.« Sie schlang den Arm um die Taille der Dame mit dem Samthalsband, die ihr so unheimlich ähnelte, als hätte sie dafür Modell gesessen, das heißt, gestanden. Dann fuhr sie fort: »Ich nenne sie ›die kalten Damen‹. Arme Dinger.« Sie tätschelte der kalten Dame die Schulter. »Das ist Gwendolyn.« Sie strich ihr über den Arm. »Ich habe ihnen Namen gegeben. Ihre Persönlichkeiten sind alle ganz verschieden. Mein Mann hält mich für verrückt.« Was ihr einerlei zu sein schien. »Er ist übrigens in London. Das hätte ich Ihnen gleich sagen sollen. Aber er weiß natürlich, daß Sie kommen, und wird bald zurück sein, spätestens zum Dinner. Er freut sich schon sehr darauf, mit Ihnen zu reden. Wie lange bleiben Sie? Ich frage nur, weil meine Köchin mir keine Ruhe läßt, bis sie es weiß. Sie können natürlich so lange bleiben, wie Sie mögen.« Sie nahm Gwendolyn das Samthalsband ab.

»Sie meinen – hier?«

»Natürlich hier. Das ist doch selbstverständlich.« Sie steckte das Band in die Tasche ihres grauen Kleides. »Es ist schön, wenn jemand Neues hier ist . . .« Nun ging sie zu dem hohen Fenster, das ihr am nächsten war, und zog an der Schnur, um die Vorhänge ganz zu schließen. »Max hat immer Angst, daß seine Bilder und die alte Tapete im Licht verblassen. Ich glaube, die Tapete ist von William Morris.« Sie schloß der Reihe nach alle Vorhänge, bis sie zu dem Fenster neben ihm kam. Das spärliche Licht beleuchtete ihr Gesicht, die Wangenknochen, das helle Haar, die bernsteinfarbenen Augen. Offenbar sprach sie immer mühelos aus, was sie gerade dachte. Sie erinnerte ihn an Miss Fludd.

Obwohl er noch kein klares Bild von Max Owen hatte, kam er zumindest schon zu dem Schluß, daß einem Mann, der bei einer solchen Ehefrau am Licht sparte, mit Skepsis zu begegnen sei.

»Gehen wir in ein anderes Zimmer, ja? Hier ist es einfach zu kalt.« Sie schloß auch den letzten Vorhang, und erst jetzt bemerkte er, daß die Statuen, unabhängig von ihrem Standort, alle in dieselbe Richtung gedreht waren, blind dem Licht zugewandt.

Er wurde sehr traurig.

Der Teppich in dem Zimmer, in das sie ihn führte, war aus Turkestan und vermutlich ein Vermögen wert. Zumindest hielt er ihn für einen Turkestan. Teppiche waren schrecklich verwirrend, erst recht nach seiner intensiven Lektüre. Dieser war bestimmt dreieinhalb mal sechs Meter. Die kräftigen Farbwirbel trugen ebenso zur Wärme in dem Raum bei wie der knisternde Kamin. Es mußte die Bibliothek sein, sie war kleiner, heller, und nicht nur das Feuer und der Teppich strahlten Behaglichkeit aus, sondern auch die vielen Bücher an den Wänden.

In der Mitte befand sich ein Flügel mit geschlossenem Deckel, auf dem Fotos standen, Atelieraufnahmen und Schnappschüsse in Holz- oder Silberrahmen. Eines ganz vorn schaute er sich genau an. Der junge Mann hatte Zaumzeug in der Hand, eine Pferdedecke über die Schulter geworfen und besaß eine unverkennbare Ähnlichkeit mit Grace Owen. Er hatte ihren offenen, liebenswürdigen Ausdruck. Er mußte ein Verwandter sein.

Grace sah, wie er das Foto betrachtete, und sagte: »Das ist mein Sohn Toby. Er ist tot.«

»Oh... das tut mir leid.« Das hatte Jury ihm nicht erzählt, vielleicht wußte er es gar nicht.

Sie nickte, sah das Foto auch noch einen Augenblick an und fragte ihn dann, ob er Tee oder Kaffee... oder vielleicht etwas Alkoholisches wolle.

»Kaffee wäre schön.«

Neben dem Spiegel über dem Kamin hing zwar eine Glocke, aber sie benutzte sie nicht, sondern ging selbst. Melrose begab sich vom Flügel zum Fenster, das den Blick auf die Fens freigab. Auf dieser Seite waren keine Bäume. Er fand es sehr einsam und trostlos.

Als Grace wiederkam, sagte sie: »Annie bringt den Kaffee. Sie ist unsere Köchin.« Sie stellte sich neben ihn ans Fenster. »Trist, was? Die schwermütigste Landschaft, die ich kenne. Sogar noch schwermütiger als die Hochmoore in North Yorkshire. Als ich das erstemal über eine von diesen Straßen gefahren bin, die hoch zum Fluß hinauf und dann darüberführt, und man auf das weite Land herabsieht, dachte ich, die Welt sei auf den Kopf gestellt. An manchen Stellen sind wir sogar unter dem Meeresspiegel. Wo jetzt die Fens sind, war einmal das Meer. Früher haben sie das Wasser ›Landvogt‹ genannt. Der Landvogt der Fens, da kommt er, kündigt sich nicht einmal an und vertreibt uns mit Sack und Pack.« Sie lächelte.

Eine Weile schwiegen sie und schauten hinaus. Weit draußen ballten sich Wolken zusammen. Vorboten eines Sturms?

»Sind Sie das ganze Jahr über in London?«

Melrose wurde aus seiner schwebenden Stimmung gerissen. Er war plötzlich müde, bestimmt wieder, weil ihm die Bürde seines falschen Spiels zu schwer wurde. Er hatte ein Gefühl, als bringe es Unglück, Grace Owen zu belügen. »Ähm, ich habe ein Haus in Northants. In Long Piddleton.« Er sagte nicht, daß das Haus größer als Fengate und ein georgianischer Prachtbau inmitten von mehr als hundert Morgen grüner Wäldereien war. »Von daher kenne ich auch Marshall Trueblood. Dort hat er sein Geschäft.« Ein wenig besorgt fragte er: »Sind Sie schon mal in seinem Laden gewesen?« Plötzlich hatte er die alberne Vorstellung, daß Mrs. Withersby Putzeimer und Scheuerlappen im Jack and Hammer beiseite stellte, Grace am Arm nahm und hinterhältig auf ihn zeigte. »Vor dem da nem Se sich besser in acht, das is ein ganz Gerissener, der versucht bestimmt, Sie auszutricksen.« Er schüttelte die Vision ab. Nein, sie war nie in Long Pidd gewesen. »Max auch nicht. Der Händler – Trueblood? Heißt er so? – hat offenbar gehört, daß Max einen Gutachter sucht. Ich glaube, unser Mann von Scotland Yard hat es ihm erzählt.«

Melrose lächelte, als sie Jury als »ihren« vereinnahmte. »Ich lebe die meiste Zeit in Northants, nicht in London.« Am besten spielte er sich soweit wie möglich selbst. Da mußte er weniger Lügen im Kopf behalten.

»Aber das ist nicht Ihr Beruf?«

Auf diese Frage reagierte Melrose sehr eigenartig. Ihm war, als sei alles darin eingeschlossen, die Umstände, denen sowohl ihre als auch seine Gegenwart hier in diesem Haus zuzuschreiben waren, das Haus selbst, die Morde, die sich unweit von hier ereignet hatten, vielleicht sogar der Tod ihres Sohnes und die Landschaft, die Fens. Als sei Melrose der Gutachter des Teufels und besäße die Macht, diese Dinge herbeizuführen. Wie der Leibhaftige selbst war er auf der Schwelle aufgetaucht. Oder der Landvogt der Fens ohne Vorwarnung. Wieder schüttelte er sich. Wieso wurde er auf einmal so melodramatisch? Er fühlte sich ja sogar richtig schuldig. Er war doch nur hier, weil er Jury helfen wollte. Und Jenny.

»Nein«, antwortete er. »Es ist nicht mein Beruf. Ich bin Dilettant, der mit Begeisterung das Unechte und Gefälschte aufspürt. Absolut kein Profi. Ich sammle nicht mal selbst.« Um ihrem nachdenklichen Blick auszuweichen, deutete er mit dem Kopf auf die Bilder an der Wand, an der als einziger keine Bücher standen. »Ich muß sagen, die gefallen mir besser als die im Flur.« Mit diesem Urteil ging er kein Risiko ein.

Grace lächelte. »Wir haben alle unseren blinden Fleck.«

Hoffentlich war das nur eine nachsichtige Bemerkung zu den Geschmacksverirrungen ihres Mannes und nicht seinen.

Da öffnete sich die Tür, und eine untersetzte Frau in den Sechzigern brachte ein Tablett mit Kaffee und Keksen. Sie hatte eine weiße Schürze umgeschlungen und sah auch ansonsten wie eine typische Köchin aus, so daß Melrose unwillkürlich an frischgebackenes Brot und Scones denken mußte. Sie hatte das Haar glatt nach hinten zu einem Knoten gekämmt. Es war braun wie das Marschland, während ihre Augen dunkler, torffarben waren. Sie hielt sich gerade und steif, doch ihre Hände waren sehr lebendig. Flink stellte sie die Tassen hin, legte die Löffel klirrend auf die Untertassen und zog geschickt eine Kaffeemütze ab. All ihre Lebendigkeit war in die Hände gegangen, die den Eindruck vermittelten, als ringe sie sie ununterbrochen oder fasse sich mit erstauntem Blick ins Gesicht oder wedele heftig mit einem Fächer, als sei sie sehr nervös. Dennoch hatte Melrose absolut nicht den Eindruck, als sei sie flatterig. Auf Grace' freundliches Dankeschön verbeugte sie sich kurz und knapp und ging.

Beim Ausschenken sagte Grace: »Annie ist eine wunderbare Köchin. Wenn sie auch jetzt ein bißchen viel Gewese darum macht, daß noch mehr Aufgaben auf ihren Schultern lasten.«

Melrose lächelte. »Sie sieht aus wie eine treu ergebene Angestellte.«

Grace lachte. »Um Ihnen die Wahrheit zu sagen: Da habe ich meine Zweifel. Ich glaube, sie ist nur ihrem eigenen Suggins-Kodex treu, den wir nicht begreifen. Sahne?«

»Nein danke.«

»Ich meine, wir leben ja alle nach irgendeiner seltsamen Vorstellung von Anstand. Oder sogar Ehre. Finden Sie nicht? Zukker?«

Auch den lehnte er ab. Wieder lächelte sie versonnen. Dankend nahm er den Kaffee entgegen. Sie ging mit ihrer Tasse zum Fenster und trank, während sie hinausschaute. Eine Weile lang schien sie weit weg zu sein. Er trank schweigend. Sollten ihre Gedanken ihrem eigenen Weg folgen. Dann kam sie wieder auf das Hier und Jetzt zu sprechen. Ihrem veränderten Gesichtsausdruck nach zu urteilen, nahm sie dies weniger in Anspruch.

»Verzeihung«, sagte sie. »Ich habe vor mich hin geträumt.« Sie ließ sich aufs Sofa sinken, richtete sich dann wieder auf und glitt mit der Hand über den Teppich zu ihren Füßen. »Der gehört auch dazu.« Sie schaute hoch zu Melrose. »Der Teppich, meine ich. Dazu möchte Max eine Meinung hören. Der Mann von Christie's hat gesagt, es sei kein echter Turkestan. Nur eine Reproduktion. Oder Imitation.«

Froh, daß er zumindest den Stil richtig identifiziert hatte, beugte er sich darüber und betrachtete ihn genauer. »So? Das finde ich eher unwahrscheinlich.« Er setzte sich die Brille auf, weil er hoffte, damit klüger auszusehen, als er sich fühlte, erhob sich und schlug eine Ecke des Teppichs zurück. »Tausende Knoten und sehr dicht gewebt. Das Muster auf der Rückseite ist genauso deutlich wie auf der Vorderseite. Mir kommt er echt vor. Und Sie dürfen auch die Größe nicht außer acht lassen. Er ist enorm, viel zu groß, als daß sich das Reproduzieren lohnen würde.« Stimmte das? Zwar mochte ein Pfund Gummibärchen nur wenig mehr als ein halbes kosten, eine Kiste Wein weniger als zwölf einzelne Flaschen. Aber galt das Prinzip, größer ist billiger, auch für Turkestanteppiche? Erhöhte sich der Wert nicht proportional zu der Fläche, mit jedem kostbaren Quadratzentimeter? Egal, jetzt hatte er es gesagt und blieb auch besser dabei.

Grace musterte den Teppich skeptisch. »Aber der Mann von Christie's war angeblich ein Fachmann . . .« Sie errötete, vielleicht weil sie fürchtete, sie habe ihn beleidigt.

Fröhlich sagte Melrose: »Ach, Experten machen auch Fehler. Ich jedenfalls habe in meinem Leben schon so manchen gemacht!« Warum holte Max Owen all diese Leute zum Gutachten hierher, fiel ihm plötzlich ein. »Sagen Sie, warum läßt Ihr Mann die Sachen so oft schätzen?«

»Er will ein paar verkaufen. Am liebsten versteigern lassen. Aber der Mann von Christie's . . .« Sie zuckte die Achseln.

»Und was ist mit Sotheby's?« Melrose hoffte, der Mann von Sotheby's war anderer Meinung als der von Christie's. Mit den Burschen aus den weltbesten Auktionshäusern zu konkurrieren paßte ihm überhaupt nicht. Ach, zum Teufel. In jeder Branche wurde geblufft, hochgestapelt und geheuchelt. Alle machten fröhlich mit, bis man Wandteppiche von Bayeux nicht mehr von Omas Häkeltopflappen unterscheiden konnte. Hoffentlich fragte sie ihn nicht nach der Herkunft der russischen Bernsteinkette unter dem Glas dort. Stammte die etwa noch von den Romanows? Er hatte nie anderen als Agathas Schmuck näher betrachtet, und das auch nur, weil er sehen wollte, ob er von seiner Mutter war. Über Möbel wußte er ja auch nur deshalb etwas, weil er versucht hatte herauszubekommen, was Agatha aus Ardry End hatte mitgehen lassen. Sogar Tische und Stühle waren plötzlich verschwunden.

»Ich habe Ihren Neffen kennengelernt, Mr. Price. Als ich im Pub war, um nach dem Weg zu fragen. Und was zu trinken«, fügte er hinzu, damit er nicht tugendhafter als Mr. Price wirkte.

»Jack? Der Case gehört zu seinen Lieblingskneipen. Er ist der Neffe meines Mannes. Er hat dort hinten ein Studio, na ja, eher eine umgebaute Scheune. Aber ihm gefällt sie, da hat er einen Ort nur für sich. Er schläft auch dort. Manchmal sehen wir ihn tagelang nicht. Und manchmal, glaube ich, kampiert er auch im Freien. Draußen in den Fens.«

»Ist die Kripo bei den Morden schon irgendwie weitergekommen?«

Mit ihren golden leuchtenden Augen betrachtete sie ihn über den Rand ihrer Tasse hinweg. »Wenn ja, haben sie es uns jedenfalls nicht mitgeteilt. Die arme Dorcas.« Vorsichtig stellte Grace ihre Tasse auf die Untertasse. Es klirrte, weil ihre Hand zitterte. »Drüben im Windy Fen wurde ihre Leiche entdeckt. Eigentlich heißt es ›Wyndham Fen‹, aber wir sagen immer ›Windy‹. Das Gelände von dort bis zum Case Has Altered ist Eigentum des National Trust. Wir betrachten das Pub als unsere Nordgrenze.«

Melrose hatte keine Lust, über die Fens zu reden, und unterbrach sie. »Wann ist denn das alles passiert?«

Einen Moment dachte sie nach. »Verna ist – sie war die erste Frau meines Mannes – vor zwei Wochen ermordet worden. Ihre Leiche hat man am Nachmittag danach am Wash gefunden. Was dieser Kripobeamte aus Lincolnshire bisher ermittelt hat, weiß ich nicht. Dorcas – das war erst vor ein paar Tagen.« Beim Geräusch eines ankommmenden Autos erhob sie sich sofort. »In der Nacht vom vierzehnten auf den fünfzehnten. Da kommt Max!«

## 11

Auf Max Owen war er nicht vorbereitet. Melrose hatte sich ihn als pingeligen, arroganten Kunstliebhaber vorgestellt, als stolzen Mann vielleicht. Wer seinen Besitztümern eine solche Bedeutung beimaß, mußte doch so sein. Weit gefehlt. Melrose mußte feststellen, daß er voreingenommen gewesen war, weil Max und seine Kollektion eine Hürde darstellten, die er überspringen mußte, wie einen Baum, der ihm den Weg versperrte.

Melrose' irrationale Antipathie gegen den Mann war gewachsen mit jeder todlangweiligen Stunde in Truebloods Geschäft, in der er sich die Einzelheiten jeder bollerigen Truhe, jedes säbelbeinigen Stuhls, jeder Kredenz und jedes Notenständers einzuprägen versucht hatte. Als Trueblood einmal stundenlang über eine schwarze Japanlackkiste salbadert hatte (»Bei Japanlack ist immer höchste Vorsicht geboten!«), war Melrose sogar eingeschlafen. Woraufhin Trueblood ihn wahrhaftig wachgerüttelt und gezwungen hatte, die wichtigen Punkte zu wiederholen wie ein Prüfling. Des Probanden Beschwerde, daß er sich all das unter gar keinen Umständen merken könne, hatte Trueblood mit dem Argument zu entkräften versucht, daß er nur über fünf Stücke wirklich Bescheid wissen müsse. Und natürlich über den Teppich. Bei allem übrigen könne er bluffen.

»Wie Diane. Sie hat das Bluffen zur hohen Kunst entwickelt.«

»Wenn es irgend jemanden gibt, dem ich nicht ähnlich werden möchte, dann Diane Demorney!«

Als Owen nun in der Tür stand, löste sich das Bild, das Melrose sich von ihm gemacht hatte, in Wohlgefallen auf. Er war das ganze Gegenteil von hochnäsig, ja, beinahe jungenhaft schüchtern. Das machte auch den Großteil seines Charmes aus. Er *war* charmant, wenn auch nicht besonders hübsch. Er hatte ein langes, zu mageres Gesicht und große Augen von undefinierbarer Farbe. Melrose hatte ihn sich stets in maßgeschneiderter Garderobe vorgestellt, doch nun sah er, daß ihn Kleidung nicht interessierte. Sein biederer Anzug war aus dunkelgrauem Kammgarn, die Krawatte hatte ein langweiliges Schottenkaro. Melrose hatte einen extravaganteren Mann erwartet – einen mit quittegelber Weste, dem man nicht trauen konnte.

Auf Grace' Worte, der Kaffee sei kalt, erwiderte Max, das mache gar nichts. Aber sie hätte sich natürlich doch um frischen gekümmert, wenn Annie ihm nicht mit einer neuen Kanne auf dem Fuße gefolgt wäre. Die Köchin verschwand so schnell, wie sie gekommen war.

Max nahm auf dem klobigen viktorianischen Polstersofa Platz, lehnte sich zurück und streckte die Beine aus, als sei er an das Sofa gewöhnt und säße oft darin. Melrose hätte ein solches Möbelstück schwerlich bequem gefunden, aber dann dachte er, daß Owen wie Trueblood viel sensibler auf Möbel – »Dinge« – reagierte als er, Melrose. Sie fühlten sich mit Dingen wohl, für die er kein Gespür hatte.

»Tut mir leid, daß ich nicht hier war, um Sie zu begrüßen. Ich bin den ganzen Tag im Chiswick House gewesen. Sie verscherbeln das gesamte Inventar. Sie können sich vorstellen, daß ein paar schöne Stücke dabei waren.« Er trank seinen Kaffee und schaute Melrose mit aufmunterndem Blick an, als erwarte er eine Antwort.

In Anbetracht seines Hobbys mußte Melrose von diesem Verkauf etwas wissen. »Trueblood hat mir davon erzählt. Ich wäre mit ihm hingefahren, wenn ich nicht hierhergewollt hätte.«

»Ich kenne Ihren Freund Trueblood gar nicht. Aber ich hätte ihn sowieso nicht herausgefunden. Es waren ganze Heerscharen dort. Ein fürchterlicher Trubel.«

»Trueblood war hinter ein paar geschnitzten Kästen her. Sechzehntes Jahrhundert. Ob er sie wohl bekommen hat?« Ein solch kleiner Ankauf wäre ja sicher unbemerkt über die Bühne gegangen, und er hatte sich auch so vage ausgedrückt, daß Max Owen ihm hoffentlich keine weiteren Fragen stellte.

Der runzelte die Stirn. »Ich kann mich gar nicht erinnern, sie in dem Katalog gesehen zu haben. Egal, ich habe den Carlton-House-Schreibtisch abgeschleppt.«

»Hilfe, haben wir denn noch Platz?« Grace lachte kläglich.

Melrose war froh, daß sie sich einschaltete, denn Owen wollte ihn bestimmt über den Schreibtisch ausfragen. Er setzte sich auf die harte Sitzbank und hoffte, er würde nun nicht die Aufmerksamkeit auf dieses kunstvoll gedrechselte Teil lenken, weil er keine Ahnung hatte, wo es herkam. Aber irgendwo mußte er ja sitzen. Er hätte den Lederohrensessel nehmen sollen, der war Chippendale und damit basta.

Grace goß ihnen Kaffee nach und sagte: »Ich habe Mr. Plant von –«

»Sagen Sie nur Melrose. Danke«, lächelte Melrose.

Max setzte sich auf. »Soweit ich weiß, sind Sie adlig. Darf ich fragen, wie Sie heißen?«

»Ja, Earl of Caverness. Aber mir ist der Familienname lieber.«

»Warum?«

Ach, Mist. Gehörte Owen zu den Typen, die alles immer genau wissen wollten und kein Ohr für Zwischentöne hatten? »Titel sind lästig.«

»Ich hätte aber gern einen.« Max lehnte sich zurück.

»Na, dann tun Sie etwas partout nicht Außergewöhnliches, und Sie kriegen einen.«

Sie lachten, und Grace redete weiter: »Ich habe ihm von ... dem, was passiert ist, erzählt. Mr. Plant ist ein Freund von Jennifer Kennington.«

»Ach! Sie hatte doch auch einen Titel, den sie abgelegt hat. Aber durch Heirat, da zählt er vermutlich nicht viel. Sie mochte ihn auch nicht.«

Wieder korrigierte Melrose Grace Owen. »Sie ist nur eine Bekannte. Ich habe sie in Stratford mal kurz kennengelernt.« Er hatte Grace darüber informiert, um die Folgen eines eventuellen Versprechers zu vermeiden, aus dem ersichtlich geworden wäre, daß er sie kannte.

»Was für ein Zufall.« War in Owens Gesicht etwas, die Spur eines Lächelns, das verriet, das könne doch kein Zufall sein?

»Und über Dorcas haben wir geredet«, fuhr Grace fort. »Es ist erst drei Tage her«, fügte sie traurig hinzu.

Max antwortete nicht, sondern schaute aus dem hohen Fenster. Der Abend setzte ein, und es wurde dunkel. Nebel bedeckte die Einfahrt und das Blumenbeet, und der Wald sah undurchdringlich aus. »Das arme Mädchen«, sagte er

Sie fielen in Schweigen. Melrose hoffte, sie würden weiterreden. Interessiert konnte er sich zeigen, bei einem Doppelmord durfte man schon neugierig sein, einerlei, warum man hier war. Aber er war noch nicht lange genug bei ihnen, um beharrlicher nachbohren zu können.

Max fuhr fort: »Die Stelle, wo Dorcas gefunden worden ist, liegt im Wyndham Fen. So wie dort war es früher einmal überall in Südlincolnshire. Das ist echtes Fenland.«

»Max, du klingst ja, als betrauertest du den Verlust der Fens mehr als den Verlust von Dorcas.«

»Ich habe sie nicht gut genug gekannt, um sie zu betrauern, Liebste.« Er hielt ihr die leere Tasse entgegen.

Dieses ungeschminkte Eingeständnis war wohltuend. Warum sollte er auch um eine Angestellte trauern, mit der er kaum Kontakt gehabt hatte? »Das haben sie auch im Pub gesagt. Einer der alten Stammgäste meinte sogar, man solle es gar nicht mehr ›Fens‹ nennen. ›Das sind keine Fens mehr.‹«

Max lachte. »Das kann ich mir denken. Manchmal glaube ich, wir sind genauso gefährdet wie die Landschaft.«

»Für Sie ist das doch bestimmt schrecklich«, sagte Melrose. »Die ganze Zeit die Polizei im Haus, die Ihnen Löcher in den Bauch fragt.«

»Mir ist die ganze Sache völlig unbegreiflich«, sagte Grace. »Was um alles in der Welt will Verna spätabends am Wash? Schließlich gehen die Leute nicht zum Joggen ins Watt.« Nachdenklich ergänzte sie: »Zwei Morde in zwei Wochen.«

Max stellte seine Tasse ab. »›Mutmaßliche‹ Morde solltest du sagen.«

»Na, der mutmaßliche Schuß aus dem mutmaßlichen Gewehr hat aber ganz schön mutmaßliches Blutvergießen verursacht.«

Melrose lachte. Witzig fand er es aber nicht. Er sammelte eifrig Eindrücke. Grace zum Beispiel schien nichts gegen die Anwesenheit der Exfrau in Fengate gehabt zu haben. Lebendig *oder* tot.

»Jennifer Kennington war die letzte, die Verna lebend gesehen hat.« Ruhig trank sie ihren Kaffee.

Nein, der letzte, der sie lebend gesehen hat, war ihr Mörder, dachte Melrose. »Ich kann gar nicht glauben, daß Lady Kennington verdächtig ist. Ich fand sie so . . . sanft.« Von Regency-Sekretären und Turkestanteppichen waren sie meilenweit entfernt. Den Owens schien es nicht aufzufallen, so sehr waren sie mit den seltsamen Morden in Fengate beschäftigt.

Grace nickte. »Sie haben recht. Andererseits finde ich, daß es zutrifft: Man weiß nie, wozu Menschen unter bestimmten Bedingungen fähig sind. Aber was könnte sie für ein Motiv haben? Sie kannten sich ja nicht einmal.«

»Du meinst, soweit wir wissen, kannten sie sich nicht.«

Melrose spürte eine kalte, stechende Furcht. Sie zogen allen Ernstes in Betracht, daß Jenny es getan haben könnte.

»Max wäre ein besserer Kandidat als Hauptverdächtiger«, lachte Grace. »Oder ich . . . ja, sogar Jack. Das heißt, bei allen könnte man es sich besser vorstellen als bei Jennifer Kennington.« Sie seufzte.

Er hätte sich gern erkundigt, an was für Motive sie dabei dachte, aber die Frage mußte warten.

»Grace! Du weißt nicht, was du da redest!« sagte Max mit liebevollem Unterton. Dann wandte er sich an Melrose. »Dieser Beamte von New Scotland Yard, er ist ein Freund von Mr. Trueblood.« Er schwieg und suchte etwas in seiner Tasche. Dann zog er eine Karte heraus. »Superintendent Richard Jury, alle Achtung. Ganz schön hoch oben, ein Superintendent.« Er schaute Melrose fragend an. »Aber Sie kennen ihn doch auch, nicht wahr? Hat er Sie nicht empfohlen? Grace? War's nicht so?«

Als Grace nickte, sagte Melrose: »Ich kenne ihn flüchtig, ja.« Ihm wurde immer blümeranter. Er wurde aus Max Owen nicht schlau. Er kam nicht dahinter, ob er ihm Fangfragen stellte oder nur ganz harmlos mit ihm plauderte, und beschloß, nun doch lieber das Gespräch auf Owens Sammlung zu bringen. »Wo sind denn die Stücke, die ich mir ansehen sollte?«

Grace kam ihrem Mann zuvor und klopfte mit dem Fuß auf den Teppich. »Hier, der Teppich. Mr. Plant sagt, er ist echt.«

»Nur meiner Meinung nach«, beeilte sich Melrose zu sagen. Er schenkte Max Owen ein bescheidenes Lächeln. Aber der glaubte gern, daß die Meinung seines Gastes auch »echt« sei.

»Also hatten Christie's und der alte Parker unrecht.«

»Wenn sie Ihnen etwas anderes erzählt haben, ja.«

»Parker ist ein Freund von Max«, sagte Grace, »der mit Vorliebe alles, was Max kauft, anzweifelt. Er weiß viel, ja, aber ich habe den Verdacht, daß er in Wirklichkeit neidisch ist.«

Mit einem Blick zu dem anderen Zimmer sagte Max Owen: »Kommen Sie mit hier hinein, Mr. Plant. Da ist noch ein Teppich, zu dem ich gern ein Urteil hören würde.« Während er auf die Tür zuging, sagte er zu Grace, die zurückblieb: »Bring uns den Schnaps, Liebes, ja?«

Bravo! dachte Melrose und schlenderte hinter Owen her, während Grace zum Sideboard ging und eine Karaffe aus geschliffenem Glas holte. Wenn ich jetzt Teppiche begutachten soll, dann nichts wie her mit der Pulle!

Im Nebenzimmer betrachteten Max und Melrose einen Teppich mit einem eleganten Wirbelmuster in Blau- und Rottönen. Grace holte aus einer der vielen Vitrinen mit Gläsern zwei heraus. An Gläsern würde es den Owens nie mangeln.

»Es ist ein Nain. Sie wissen schon, diese sehr feinen Teppiche aus Persien. Aber Parker bestreitet es, er behauptet, das Muster haue nicht hin. Das hier sei ein Isfahan.«

Melrose setzte eine nachdenkliche Miene auf. Ach, wenn doch Grace, die so wunderbar ohne Arg und Falsch war, nicht dabei wäre. Angesichts ihrer Aufrichtigkeit fiel es ihm extrem schwer, diese Nummer durchzuziehen. Er räusperte sich. »Kommt darauf an, was man mit Isfahan meint, würde ich sagen.«

Max Owen war ein wenig verblüfft. »Hm, darüber sind sich die Leute ja wohl einig.«

Melrose erlaubte sich ein Lächeln und ein betrübtes zartes Kopfschütteln. »Mr. Owen, in dieser Branche gibt es herzlich wenig, worüber die Leute sich einig sind.«

Nun lächelte Max auch. »Da Sie sich mit Teppichen auszukennen scheinen, können Sie mir vielleicht Ihre Meinung über die im ersten Stock verraten.«

Zum Kuckuck, dachte Melrose. Aber das mußte ja passieren, natürlich. Max Owen würde sich doch nicht an Jurys Liste halten!

»Dann rede ich mit Annie über das Abendessen.« Grace stellte die Kaffeetassen auf das Tablett und ging damit hinaus. »Gegen acht? Bleibt euch dann Zeit genug?« rief sie im Weggehen.

»Nein, aber acht geht trotzdem in Ordnung«, sagte Max. »Ich habe einen Bärenhunger. Und Durst!« Er nahm sein Glas und gab auch Melrose eins, wobei er seiner Hoffnung Ausdruck verlieh, Mr. Plant sei die Marke genehm. In diesem Stadium war Mr. Plant, dem ein Teppichstapel im ersten Stock dräute, jede Marke genehm. Max ging zu einer offenen Kredenz. (Zumindest hielt Melrose sie dafür. »Nennen Sie so was um Himmels willen nicht ›Büfett‹«, hatte Trueblood ihn ermahnt.) Er setzte einen tiefblauen Aschenbecher, der nach Muranoglas aussah, zwischen sie auf einen alten Überseekoffer, war aber in Gedanken so bei seinen Antiquitäten, daß er das Rauchen ganz vergaß, falls er es vorgehabt hatte. »Ich habe Suggins gesagt, er soll den Burgundertisch, den Sie mitgebracht haben, oben in mein Arbeitszimmer stellen. Die Stücke, über die ich gern Gewißheit hätte, sind hier.« Max gab Melrose ein dickes Becherglas. »Zum Beispiel der Sekretär.«

Wenn es etwas gab, worüber Melrose Bescheid wußte, dann über Sekretäre mit Schreibplatten. Davon war er zumindest überzeugt gewesen, bis sein Blick auf Owens fiel. Er war nämlich vollkommen anders als der, den er vor einigen Jahren in Truebloods Laden gesehen hatte. Und in den hier hätte man garantiert keine Leiche stopfen können. Er war schwarz lackiert, hatte Goldverzierungen, und wenn man die Vorderseite im Winkel von fünfundvierzig Grad herunterzog, bildete sie die Schreibfläche. Auf Owens Kommentare hin nickte er abwechselnd mit dem Kopf und runzelte die Stirn. Er verstand so gut wie nichts von Max' Antiquitätenhändlerjargon, ihm schwirrte der Kopf von Halbmondtischen, Jagdtischen, Toilettentischen. Und es war geradezu erstaunlich, was der Mann alles über Einlegearbeiten und Auslegeware, gewölbte Randleisten und japanische Lackarbeiten zum besten gab. Warum zum Teufel brauchte er noch andere Meinungen? Melrose unterdrückte ein Gähnen, er hatte das Gefühl, daß er genauso stumm und steif wurde wie der Sekretär. Als Max endlich zum Ende gekommen war, gab es keinen Quadratmillimeter Vergoldung, keine messingbeschlagene Ecke, kein Arkanthusblattmuster, mit dem er, Melrose, nun nicht intime Bekanntschaft geschlossen hatte.

Max klappte die Schreibfläche auf und zu und fragte: »Was meinen Sie?«

Melrose schaute nun ernsthaft nachdenklich drein, stützte das Kinn in die Hand, trommelte sich mit den Fingern auf die Wangen und sagte: »Ich glaube, Sie haben absolut recht.«

Max Owen war hochzufrieden. »Sogar was die verborgene Schublade, das Geheimfach, betrifft? Der Bursche von Sotheby's hat gesagt, so etwas hätte er bei echten noch nie gesehen.«

Hatte er eine Geheimschublade verpaßt? »Meinen Sie Tim Strangeways?« Trueblood hatte ihm dringend empfohlen, den Namen Strangeways zu erwähnen, falls Max sich über die Leute von Sotheby's auslassen sollte. Jetzt griente Melrose noch zufriedener als Max. Schon war Strangeways in seine Schranken verwiesen.

Max lachte. »Gut.« Dann wandte er sich einem anderen kommodenähnlichen Teil zu und hiel Melrose einen Vortrag über Schloßmöbel.

Melrose' Aufnahmefähigkeit verwandelte sich in die eines Vierjährigen. Länger als fünf Minuten hintereinander konnte er seine Gedanken nun nicht mehr bei diesem Kram halten. (Und einen Antiquitätenstand in der Campden Passage zu eröffnen konnte er sich ein für allemal abschminken.) Paß gefälligst auf, ermahnte er sich.

»... ein besonders gelungenes Exemplar.«

Eifrig studierte Melrose die Beine. Er bückte sich, fuhr mit der Hand an einem hinauf und hinunter, erhob sich, zog eine der Schubladen heraus, fuhr mit der Hand über die Verzahnungen, schloß die Schublade und seufzte. »Ich weiß nicht recht.« Irgendwann mußte er die Echtheit eines dieser Kunstwerke schließlich anzweifeln, da konnte er auch bei diesem anfangen. Es war ja nicht einmal auf der Liste gewesen.

Nun bat Max ihn, einen anderen, viel kleineren Teppich vor den Fenstern zu prüfen. He, nicht noch einen Teppich! Melrose war mittlerweile in einem Stadium, in dem er nicht einmal mehr wußte, welcher Typ Perser in seinem eigenen Salon lag. Trueblood war total vernarrt in ihn und behauptete, er sei ein unschätzbar wertvoller ... ein wertvoller was? Und da sollte er nun einen nach Owens Meinung antiken Fareghan inspizieren. Er war wunderschön, hellblauer Grund mit einem Muster aus ineinanderverschlungenen Medaillons.

»Mein Freund Parker sagt, für einen echten Fareghan ist das Muster falsch.«

Melrose schmunzelte. »Na, das Muster ist garantiert nicht falsch. Aber Ihr Freund Parker ...?«

Max lachte lauthals los, und Melrose war nun klar, daß die beiden Kunstfreunde in heftiger Konkurrenz zueinander standen und Owen keinen Experten suchte, sondern jemanden, der ihn in seinen Einschätzungen bestärkte. Gern zu Diensten, dachte Melrose.

Max ging zu der Whiskykaraffe, goß sich noch einen ein und

hielt das Gefäß stumm fragend hoch. Melrose schüttelte den Kopf. Da setzte Max den Stöpsel wieder auf und fragte: »Kannten Sie sie gut?«

Melrose war völlig überrumpelt. Er schützte Begriffsstutzigkeit vor. »Wen?«

»Jennifer Kennington.«

»Nein. Wie ich schon gesagt habe, ich habe sie nur einmal gesehen. In Stratford-upon-Avon. Ich glaube, sie wohnt dort.«

Max nickte. Er blieb stehen, ließ den Whisky in seinem Glas kreisen und schaute unverwandt in den Nebel vor den Fenstern. »Sie brauchte Kapital für ein Pub oder Restaurant, das sie eröffnen wollte. Ich bin der Kapitalgeber.« Den Blick noch immer in die Dunkelheit draußen gerichtet, trank er einen Schluck. »Das Wochenende auf dem Land ist für sie wirklich sehr unglücklich verlaufen.«

Seiner Miene nach zu schließen, für Max auch.

Major Linus Parker, der Freund der Owens, kam in letzter Sekunde zum Abendessen. Ihm war lieber, wenn die Leute ihn einfach »Parker« nannten. Rang und Titel waren ihm lästig. Dafür hatte Melrose vollstes Verständnis. Parker war groß, über sechzig Jahre alt, und sein Haus (das er »Toad Hall« getauft hatte, weil er den Kröterich in *Wind in den Weiden* so mochte) lag unweit des öffentlichen Fußwegs, auf halber Strecke zwischen Fengate und dem Pub.

»Es war beinahe schon komisch, als die Polizei hier war«, erzählte Parker. »›Und wo waren Sie zum Zeitpunkt des Mordes, Sir?‹« imitierte er sie mit tiefer Stimme und übertriebenem Lincolnshire-Akzent. »Ich habe ja nicht geglaubt, daß sie wirklich solche Sätze sagen. Es klang fast wie eine Parodie.«

»Aber so reden sie«, sagte Max Owen. »Und haben Sie über Ihren jeweiligen Aufenthaltsort genau Rechenschaft abgelegt?«

»Ich war ja bis elf hier.«

»Danach, meine ich.«

»Ah, jetzt haben Sie mich aber erwischt. Ich bin nach Hause gelaufen.«

Jack Price, der während des Essens meist geschwiegen hatte, sagte: »Und ich bin zurück ins Studio gegangen.«

»Und Grace ins Bett und ich in mein Arbeitszimmer. Schade, keiner von uns hat ein Alibi.«

»Ich bin sofort eingeschlafen«, sagte Grace.

»Ho, ho, versuchen Sie das mal unserem Chief Inspector zu verklickern.«

»Habe ich ja«, sagte Grace. »Aber Max, du hast doch ein Alibi. Du hast gesagt, daß Suggins dir zwischen halb zwölf und zwölf was zu trinken gebracht hat.«

Max nickte. »Stimmt. Da scheint mein weiteres Schicksal also in den Händen unseres Gärtners zu liegen, der ab und zu selbst gern einen süppelt.«

»Womit seine Zeugenaussage von zweifelhaftem Wert ist«, sagte Parker.

»Mr. Plant ist ein Freund von Lady Kennington«, sagte Max.

»Na, eher ein Bekannter«, sagte Melrose.

»Das sagen Sie.« Max schaute Melrose mit einem so bedeutungsvollen Blick an, daß diesem extrem unbehaglich wurde und er weiter den Stiel seines Weinglases in Händen drehte. »Jenny war mit Verna zusammen, sie scheint die letzte gewesen zu sein, die sie lebend gesehen hat. Zu dem Schluß ist offenbar die Kripo in Lincs gekommen.« Na, wie reagierte Melrose darauf?

Gar nicht, er schwieg.

»Verna hat ziemlich viel Geld mit einer Boutique in der Pont Street verdient. Aber nicht genug, um das Stück zu finanzieren, in dem sie die Starrolle spielen wollte. Sie hatte gehofft, ich würde ihr helfen.« Max zuckte die Schultern. »Ich fand schon, die Sache lohnte sich. Verna war keine schlechte Schauspielerin.«

Über diesen Punkt folgte eine lebhafte Debatte.

Melrose zog die Stirn in Falten. Nun redeten sie des langen und breiten über Verna Dunn, die Exfrau Max Owens, während sie kein Wort über das Dienstmädchen Dorcas verloren. »Was ist denn mit dem zweiten Mord? An Ihrem Hausmädchen?«

Sowohl Grace als auch Max wirkten auf einmal traurig, ja sogar ein wenig beschämt. »Da haben Sie recht. Man sollte doch meinen, daß wir mehr an Dorcas denken. Es ist erst drei Tage her«, sagte Max.

»Das liegt daran, daß Verna so glamourös war. Viele Leute fanden sie sogar schön. Und in gewisser Weise war sie ja auch berühmt«, meinte Price.

»Ja, und Dorcas war so sehr das Gegenteil ... ich meine, nichts von alledem.« Grace senkte den Blick auf ihren Dessertteller. »Die arme Dorcas.« Sie nahm ihre Gabel.

Melrose aß ein Stück Kuchen, das reichlich in Cognac getränkt und mit Datteln und Nüssen garniert war. Einen Moment lang ließ er sich die leckere feuchte Masse auf der Zunge zergehen, dann sagte er: »Diese junge Frau, Dorcas, hatte doch sicher einen Freund?«

»Dorcas?« Price klang überrascht. »Das bezweifle ich, sie sah nicht besonders gut aus.«

»Meines Wissens war das noch nie ein Hindernis«, sagte Melrose. Price mochte ja viel über Schönheit wissen, aber mit seiner Menschenkenntnis schien es nicht so weit her zu sein.

»Meinen Sie, sie ist von einem Liebhaber ermordet worden?« fragte Parker.

Grace zuckte die Achseln. »Verdächtigt die Polizei nicht immer die unmittelbare Verwandtschaft und Bekanntschaft?«

»Das stimmt«, sagte Max Owen und konzentrierte sich auf seinen Nachtisch.

Parker leerte sein Whiskyglas, das er mit zu Tisch gebracht hatte, und schaute in die Runde. »Wie kann man denn Lady Kennington *dieses* Mordes verdächtigen?«

»Ich weiß es nicht, aber ich bin überrascht, daß Bannen sie zurück nach Stratford hat fahren lassen«, sagte Price.

»Mußte er ja«, erwiderte Max. »Sie konnten sie nicht länger festhalten. Und sie hatte kein Motiv.«

»Aber das«, sagte Grace, »trifft doch auf uns alle zu, oder?« Sie rückte mit ihrem Stuhl vom Tisch ab. »Von uns hat niemand ein erkennbares Motiv.«

Melrose lag buchstäblich tief in den Federn und faltete die Hände ordentlich über dem Plumeau, wie er das gewiß auch als Kind getan hatte. In aller Muße betrachtete er die helle Zimmerdecke und beobachtete, wie sich das blasse Licht und die feinziselierten Schatten bewegten, die von den Lampen draußen in der Einfahrt kamen. Dann ließ er seinen Blick über die buckligen Formen der Möbel schweifen und war erleichtert, daß er weder ihre Herkunft angeben noch ihren Wert feststellen mußte. Neben seinem Bett stand ein uraltes Schaukelpferd, sicher von einer Versteigerung hier irgendwo auf dem Land. Die Mähne war räudig und das Auge stumpf, weil die Farbe abgerubbelt war. So ein Pferd hatte er doch bestimmt als kleiner Junge besessen. Diesen nostalgischen Überlegungen hingegeben, wäre er beinahe sanft entschlummert, aber da fielen ihm Dorcas Reese, Jenny und Verna Dunn wieder ein, und er drehte sich auf die Seite und legte die Hand unter den Kopf. Jetzt würde er nicht mehr einschlafen. Jetzt war er mit jeder Faser seines Körpers hellwach.

Er zog das Kissen weg, das er sich gerade erst unter dem Kopf zurechtgeschoben hatte, und warf es auf den Boden. Nun würde er wach liegen, wenn es ihm nicht schleunigst gelänge, an etwas anderes zu denken. Schäfchen zählen. Das hatte sogar ein-, zweimal gewirkt. Plötzlich erstand das Bild Agathas vor ihm. Sie fuhr mit der Hand zum Kuchenteller, zum Mund, zum Kuchenteller. Ein Petits fours ... zwei Petits fours ...

Er schnarchte, bevor er bei zehn angelangt war.

# 12

Der Morgen begann um sieben. Glück für Robert Browning, Pech für Melrose. Plötzlich war er wach, jeder Muskel war verkrampft.

Er wußte nicht, wovon. Einem strapaziösen Traum? Einer Erbse unter der Matratze? Triefäugig stand er auf, wusch sich, zog sich an und suchte das Eßzimmer auf. Es war niemand da, aber er hörte Geklapper und ein leises, halb gesungenes, halb gesprochenes Lied aus der Küche. Er steckte den Kopf durch die Tür.

Mrs. Suggins, von der das Klappern und die holperige Melodie kamen, verstummte, hörte auf zu rühren und schaute ihn überrascht an. Schnell wischte sie sich die Hände an der Schürze ab und sagte: »Oh, Sir, ich rühre gerade das Porridge und habe noch nicht einmal mit den Eiern angefangen. Was möchten Sie denn gern?«

»Nichts, nur eine Tasse Tee. Normalerweise bin ich nicht so früh auf.« Das war die Untertreibung des Jahres. Er war nie vor halb zehn unten. Er hielt seinen Schlaf so heilig wie Trueblood Dinge. Macbeth mit seinem »Schlaf, der wirre Sorgenknäu'l entwirrt«, sprach ihm voll aus der Seele.

Natürlich hatte Mrs. Suggins eine Kanne Tee fertig. Sie goß ihm einen Becher voll ein und stellte Milch und Zucker in seine Reichweite. »So, bitte schön.« Sie lächelte zu ihm hoch. Sie war klein und eine Bilderbuchköchin. Rundes Gesicht, rundliche Figur, wie ein paar zusammengeklebte Klöße. Munter verkündete sie: »Sie können frühstücken, wann Sie möchten, Sir.«

Melrose bedankte sich. »Um wieviel Uhr frühstücken die Owens?«

»Meistens zwischen acht und neun. Manchmal zusammen, manchmal nicht. Das Frühstück ist schwierig, ich muß alles warm halten, und zudem essen sie gern verschiedene Dinge. Und dabei habe ich keine Hilfe.«

Böse klang sie nicht, es waren die obligatorischen Klagen. (Martha, seine Köchin, beschwerte sich auch gelegentlich über mangelnde Hilfe.) Aber hier bot sich eine Gelegenheit, mit der Melrose nicht gerechnet hatte. »Soweit ich weiß, hat die junge Frau, die Ihnen geholfen hat, einen . . . Unfall gehabt.«

»Unfall? Heißt das plötzlich Unfall?« Annie Suggins musterte ihn vom Scheitel bis zur Sohle, als wolle sie sagen: »Ach, die Reichen, was sind sie immer so zimperlich.« Dann aber klopfte sie den Holzlöffel am Topfrand ab und entschied sich für ein paar offene Worte. »Mord, das war es. Schrecklich, so ein junges Mädchen!« Sie knallte den Deckel auf den Topf, bückte sich und öffnete die Tür des großen Herds.

Ein Duft entströmte, bei dem Melrose es sich noch einmal überlegte, ob er nur Tee trinken wollte. »Ja, schrecklich«, sagte er. »Hat sie lange hier gearbeitet?«

»Ungefähr zwei Jahre. Ordentlich zugepackt hat sie, die Dorcas. Sie hat das Gemüse geputzt. Alles geschrappt und geschält, aber jedesmal, wenn ich sie habe kochen lassen, kam nur Brei dabei heraus.« Annie schüttelte sich richtig, nicht, weil sie die ermordete Dorcas vor sich sah, sondern die verkochten Karotten. »Ich habe noch nie jemanden erlebt, der so schlecht kochte.« Annie war offensichtlich eine vernünftige, praktisch denkende Frau. Die nackten Tatsachen sprach sie aus, auch wenn Dorcas tot war.

Melrose trank seinen Tee und hoffte, sie würde weiterreden. Was sie auch tat, nachdem sie die heiße Pfanne vom Ofen auf den Tisch befördert hatte. Als sie den Deckel hob, um den Inhalt zu überprüfen, bekam er wieder einen Schwall des Duftes in die Nase. Himmlisch. Es sah aus wie Hähnchen oder Gans.

Annie klärte ihn auf. »Das ist Fasan, schottischer, um die Wahrheit zu sagen.« (Als sei man in Gefahr, bei Fasanen die Unwahrheit zu sagen.) »Mit Aprikosen und Datteln.«

Melrose schnupperte noch einmal. »Herrlich, da kann man die Morde ja glatt vergessen.«

Annie lachte. »Das will ich nicht hoffen, Sir, wo das eine solche Tragödie ist. Obwohl ich manchmal den Eindruck habe, daß alle vergessen, daß auch Dorcas ermordet worden ist.«

Der Meinung war Melrose ja auch. »War sie hier aus der Gegend?«

Ein kurzes Nicken. »Aus Spalding, wenn Sie das noch als die Gegend hier bezeichnen wollen. Eine anständige, gutbürgerliche Familie, obwohl der Vater einen guten Whisky zu schätzen weiß.« Sie hörte auf, einen kleinen Berg Teig zu klopfen, und stemmte die Hände in die Hüften. »Ich glaube nicht, daß das Mädchen im Leben sehr glücklich gewesen ist. Die nicht. Ich meine nicht, daß sie schlecht behandelt wurde, aber sie war einfach nicht besonders hübsch, und das ist für ein Mädchen doch immer noch ein Nachteil.« Mit traurigem Gesicht hielt sie einen Moment inne und begann dann wieder auf den Teig einzuschlagen. Sie klopfte und knetete ihn zu einem seidenglatten Hügel.

Melrose nahm sich noch Tee aus der Kanne. Er trank ihn genüßlich, während er durch die Küche wanderte und sich richtig freute, daß sie, obwohl er Gast war, seine Gegenwart hier kein bißchen komisch fand. Was hatte ein Antiquitätengutachter in ihrer Küche zu suchen? hätte sie sich ja fragen können. Doch nein, sie nahm seine Anwesenheit als etwas völlig Selbstverständliches, und er durfte zuschauen, wie sie den Teig traktierte und nun einer äußerst merkwürdigen Behandlung unterzog: Sie zog einen Riesenfladen aus und ließ ihn dann wie einen Pizzaboden auf der Faust in der Luft kreiseln. »Burt!« rief sie dabei nach hinten. »Jetzt geh mal raus und guck nach der Henne!«

»Burt« war Suggins, ihr Mann, der Gärtner. Er schlurfte durch die Tür zur Anrichtekammer, dem Reich des Butlers, wenn Annie denn einen zur Seite gehabt hätte, und dann durch eine Tür nach draußen. Wahrscheinlich zum Hühnerstall. Melrose mochte sich das Schicksal der Henne gar nicht ausdenken, als die Tür zuschlug und noch einige Sekunden nachzitterte.

»Das ist Mr. Suggins, der da gerade rausgegangen ist«, sagte sie, als hätten sie beide gerade einer Gegenüberstellung beigewohnt. »Und wenn Sie mich fragen, einen Gärtner, der so viel über Blumen weiß, haben sie hier noch nie gehabt.« Sie widmete sich wieder dem Herd und dem Topf auf der hinteren Flamme, in dem eine Puddingschüssel stand, die mit einem Tuch abgedeckt war. Aus dem köchelnden Wasser stiegen Dampfwolken. Sie stellte die ebenfalls dampfende Schüssel auf den Tisch, nahm das Tuch ab und legte es zur Seite. Dann spitzte sie die Lippen, faßte sich an die Wange und betrachtete die seidenglatte Teigkugel. Schließlich nahm sie aus einer Reihe winziger Glücksbringer zwei zur Hand.

Nun wurde er neugierig. »Was ist denn das?«

»Der Klüngelkrempel, der in den Christmaspudding gehört.« Sie nahm ein Figürchen und drehte und schob es seitlich tief in den Teig hinein.

»Christmaspudding im Februar?«

»Ach, lassen Sie das mal meine Sorge sein. Mrs. Owen, die ißt so gern Pudding. Manchmal glaube ich, das Mädchen ist nie richtig erwachsen geworden.« Sie warf Melrose einen gönnerhaften Blick zu. Sollte heißen: Werden die Reichen selten.

Melrose gefiel der mütterliche Ton, in dem sie über Grace sprach. Und es stimmte, Grace Owen besaß die Spontaneität eines Kindes. »Das mit ihrem Sohn ist sehr traurig.«

Annie hörte auf, die silbernen Glücksbringer zu zählen, und schaute zur Tür, ob jemand hereinkam. »Ach ja. Er war erst zwanzig. Und so ein netter Junge.« Dann stach sie wieder ganz geschäftsmäßig weitere Glücksbringer in den Pudding. Obwohl ihr Essen so hervorragend schmeckte, hatte Melrose den Eindruck, daß sie ganz entschieden auf feindlichem Fuße damit stand. Zuerst hatte sie den Teig vehement geknetet, und jetzt preßte sie diese winzigen Dinger so energisch hinein, als seien es Reißbrettstifte.

Da sie eine so ehrliche, offene, unkomplizierte Frau zu sein schien, glaubte Melrose, er könne nun zu dem anderen Mord übergehen, ohne daß sie mißtrauisch wurde. Sie selbst hatte ja auch von Verna Dunn gesprochen. Angesichts Annies wirbelwindartiger Bewegungen vom Teigbrett zum Kühlschrank (dem sie Butter und Milch entnahm), von der Küchentür (von wo aus sie Suggins zurief, er solle sich mit der Henne beeilen) zum Ofen (wo sie klappernd den Topf von der Flamme zog) und dann zurück zum Pudding, überraschte es Melrose, daß sie überhaupt einem Gespräch folgen konnte.

»Es muß ja schrecklich für Sie gewesen sein, als sich herausstellte, daß Miss ... Dunn? Hieß sie so? Als sich herausstellte, daß sie ermordet worden war«, sagte er. Und fügte »Danke« hinzu, als sie ihm den dritten Becher Tee einschenkte. »Zwei Morde, erschütternd.«

Um Annie Suggins zu erschüttern, bedurfte es mehr als zweier Morde. »Was sie aber auch da draußen am Wash wollte, geht über mein Begreifen.« Sie hieb einen weiteren Glücksbringer in den Teig. »Und jetzt heißt es, sie wären zu zweit da hingefahren.«

»Zu zweit?«

»Sie und diese Lady Kennington.« Annie beugte sich über den Pudding und flüsterte: »Sie war die letzte, die Verna lebend gesehen hat. Kein Wunder, daß der Beamte aus Lincolnshire meint, sie hätte was damit zu tun. Ist doch logisch. Sie steckt ernsthaft in der Klemme.« Sie runzelte die Stirn, seufzte, stemmte wieder die Hände in die Hüften. »Schwer, ohne zusätzliche Hilfe. Dorcas hat auch im Pub gearbeitet, im Case. Dem Dorfpub.«

»Sie hatte zwei Jobs? Da wollte sie wohl vorwärtskommen?«

»Die nicht!« lachte Annie. »Vorwärtskommen wollte die nicht. Sie hat zwar behauptet, sie spart für was. Aber das ›Was‹ muß ein Mann gewesen sein.« Sie schwieg und betrachtete ihr Werk. »Einerlei, eine Weile lang ging es ihr dort richtig gut. Sie war nicht mehr so verdrießlich wie sonst. Das dauerte aber nicht lange. Hier in der Küche ist sie immer mit Jammermiene rumgelaufen und hat gesagt, sie hätte nicht hören sollen. Sie mußte ja auch ihre Nase dauernd überall reinstecken.«

Melrose vergaß, die erhobene Tasse zum Mund zu führen. »Ihre Nase überall reinstecken? Wie meinen Sie das, Mrs. Suggins?«

Während Annie nun eifrig in die Töpfe guckte und geräuschvoll mit den Rührlöffeln an die Ränder schlug, erzählte sie: »Also, ich will ja nicht schlecht über das Mädchen reden, aber ich mußte ihr mehr als einmal sagen, ihre Nase nicht immer in anderer Leuts Angelegenheiten zu stecken. Ein paarmal hab ich sie erwischt, wie sie an einer Tür gelauscht hat. Also, so was! Da war aber Schluß bei mir!«

»›Ich hätte nicht hören sollen.‹ Das hat sie gesagt?«

»Jawohl. Und ›Ich hätte es nicht tun sollen‹. Das hat sie auch gesagt: ›Ich hätte es nicht tun sollen. Ich hätte nicht hören sollen.‹«

Melrose runzelte die Stirn. »Was meinte sie denn damit?«

»Ehrlich gesagt, ich weiß es nicht. Dorcas hatte ihre kleinen Geheimnisse, da bin ich sicher.« Annie seufzte. »Eine Weile lang dachte ich, sie sei vernarrt in Mr. Price. Er geht ja beinahe jeden Abend ins Pub, wenn er eigentlich im Bett liegen sollte. Wo er doch immer in aller Herrgottsfrühe aufsteht. Latscht in den Fens rum und sucht vergrabene Bäume wie andere vergrabene Schätze. Ts, ts.«

Daß Dorcas Reese in Price verliebt war, überraschte ihn nicht allzusehr, lenkte aber seine Aufmerksamkeit auf Price' Junggesellendasein und seine Abhängigkeit von den Owens. Er schien jedoch mit seinen Lebensumständen vollauf zufrieden zu sein. Kein Wunder, Max Owen war ja wie ein Mäzen in feudalen Zeiten.

»Ich begreife es nicht«, sagte Annie und packte den Teig in eine weitere Puddingschüssel. »Wie diese armen Frauen zu Tode gekommen sind. Das muß doch ein kranker Mensch gewesen sein.«

Kopfschüttelnd stellte sie die Schüssel in einen Topf mit heißem Wasser. Da kam Suggins mit einem halben Dutzend Eiern herein. »Möchten Sie ein gekochtes Ei, Sir? Die Owens mögen lieber Rührei.«

»Nein, nein, Rührei ist wunderbar.« Er schwieg. Er hatte gestern abend beim Essen kein klares Bild vom Kommen und Gehen der einzelnen Personen am Mordabend gewonnen. Außer Price waren offenbar alle im Wohnzimmer geblieben. Aber selbst wenn, die Zeit wäre zu kurz gewesen, um zum Wash zu fahren. Es hätte passieren müssen, nachdem sie zum Schlafen auseinandergegangen waren. »Major Parker war ja wohl auch an dem Abend hier?«

Kaum hatte er Parker erwähnt, sang sie wahre Lobeshymnen. Überraschenderweise über seine Kochkünste. »Eins kann ich Ihnen sagen, erst wenn Sie sein Filet Wellington gekostet haben, wissen Sie, wie es schmecken muß.« Melrose sah auf der Küchenuhr, daß die Frühstückszeit näherrückte. Auch der Wohlgeruch des über der Flamme brutzelnden Specks verriet, daß es nun nicht mehr lange dauern konnte. Melrose war dem Hungertode nahe.

»Also ich, ich war ja noch bis spät hier und habe die Mischung für die Mincepies fertig gemacht. Die Pasteten mache ich normalerweise immer am Abend vorher. Als ich in der Küche war, hat Suggins Mr. Owen noch Whisky gebracht. Und Mr. Owen hat mit ihm über eine neue Antiquitätenlieferung geredet. Burt hat also ein Alibi, ich nicht.« Die Sache mit den Alibis fand Annie so lustig, daß sie lachte, bis ihr die Tränen in den Wimpern hingen. Sie wischte sie mit dem Schürzenzipfel ab. »Tut mir leid, Sir. Darüber sollte ich keine Witzchen machen. Aber es ist alles nicht so einfach. Das verstehen Sie ja sicher.«

»Ja, durchaus«, sagte Melrose verständnisvoll, aber doch ernsthaft skeptisch, ob es für Annie »nicht so einfach« war. Bisher war er davon ausgegangen, daß nur Jenny – und zu einem bestimmten Zeitpunkt Jack Price – nicht ausreichend über ihren Verbleib

Auskunft geben konnte. Das war jedoch nicht der Fall. Jetzt sah es aus, als habe als einziger Max Owen nicht zum Wash und wieder zurückfahren können. Parker war kurz nach elf gegangen, Grace ins Bett, Price in sein Studio. Und keiner der drei konnte es beweisen. »Wissen Sie, Annie, allem Anschein nach hat niemand ein verläßliches Alibi.« Er lachte.

»Komisch war, daß Burt Miss Dunns Auto am Ende der Einfahrt gefunden hat, und zwar ein Stück vom Haus entfernt. Sie aber haben gehört, wie gegen zehn ein Auto angelassen wurde und wegfuhr. Und als Burt das Auto nach Mitternacht gesehen hat, hat er natürlich angenommen, daß Miss Dunn zurückgekommen ist.« Sie seufzte. »Alles sehr seltsam.« Als müßte sie ihre Fassungslosigkeit abreagieren, versetzte Annie dem Pudding mit einem silbernen Glücksbringer einen gemeinen kleinen Stich.

Der Transport von der Küche zum Sideboard hatte dem Rührei mit Schinken nicht geschadet. Melrose häufte sich eine üppige Portion von beidem auf. Er hatte mittlerweile sein altes Harris-Tweed-Jackett angezogen (wie es sich für einen Landaufenthalt geziemte), und als er ins Eßzimmer gekommen war, saß Grace Owen schon mit einer Tasse Tee und einer dünnen Scheibe Toast am Tisch. Sie las die Lokalzeitung.

Vom Sideboard, auf dem die Köstlichkeiten in silbernen Schüsseln in Reih und Glied standen, sagte Melrose: »Liebe Güte, wie können Sie diesen Champignons widerstehen? Und dem Rührei?«

»Das könnten Sie auch, wenn Sie eine Frau im mittleren Alter wären und seit Jahren Annies Frühstück essen würden. Für mich gibt's immer nur eins: Frühstück, Lunch oder Abendessen. Alles drei kann ich mir nicht leisten.«

Melrose warf einen Blick auf die Zeitung. »Aha, Sie sind ja immer noch in den Schlagzeilen.« Er sah ein Foto von Wyndham Fen und einem weißen Polizeibus.

Grace verzehrte ihren Toast, tippte auf das Fahrzeug und sagte:

»Peter hat erzählt, sie hätten dort einen Wagen hingestellt, die Polizei bezeichnet ihn als Tatortbus oder so was.«

»Peter?«

»Peter Emery. Ach so, den kennen Sie ja nicht. Peter ist der Verwalter von Linus Parker. Das heißt, er war es. Er wohnt in einem Cottage auf Linus' Grundstück. Linus besitzt hier große Ländereien. Das Cottage ist nicht weit entfernt von dem Weg in Richtung Case. Wo Sie gestern waren.«

»Ja, da habe ich auch erfahren, daß das Mädchen, Dorcas, dort gearbeitet hat. Und heute morgen war ich so früh auf, daß ich mit Annie Suggins einen Tee getrunken habe.«

»Ich weiß.« Grace lächelte ihn über den Rand ihrer Tasse hinweg an. »Annie ist ganz begeistert von Ihnen. ›Das is ja mal 'n echter Gentleman. Überhaupt nicht hochnäsig, wenn er mit unsereinem redet.‹«

Melrose lachte. »Geredet hat eher Mrs. Suggins.«

»Über was?«

Melrose zuckte zusammen. Ihr Tonfall hatte sich geändert, war drängender geworden. »Über die Morde natürlich«, sagte er, als verstehe sich das doch für Annie ganz von selbst. »Finden Sie es denn nicht logisch, daß die Angestellten die Gelegenheit nutzen, einen Fremden mit der Geschichte zu unterhalten?«

Seufzend stimmte sie ihm zu und blätterte die Zeitung um.

»Und dieser Peter Emery war früher Parkers Verwalter?«

Sie nickte. »Leider ist er blind. Vor etlichen Jahren hatte er einen schrecklichen Unfall. Und dabei ist er noch jung. Na ja, fünf- oder sechsundvierzig. Das nenne ich schon noch jung.«

»Blind? Grauenhaft!«

»Ja. Es tut einem richtig weh, wenn man sieht, wie ein Mann, der vorher praktisch im Freien gelebt hat, jetzt mehr oder weniger auf das Haus beschränkt ist.« Sie goß Melrose noch Kaffee und sich Tee ein. »Linus hat ihm ein sehr hübsches Cottage ein wenig vom Fußweg entfernt überlassen, unweit seines eigenen Hauses.

Peter hat erzählt, daß Inspector Bannen auch bei ihm war. Viel konnte er ihm ja nicht berichten, das war ja klar.«

Diese Information verdaute Melrose mit seinen Champignons und dachte über Dorcas Reese nach. Für ihn war nichts so klar.

## 13

»Aus der Werkstatt von Muckross Abbey«, sagte Max Owen mit einem Kopfnicken Richtung des ausladenden Sekretärs in der Ecke. Das Frühstück war beendet, und Melrose und Max befanden sich in der Bibliothek. »Der Mann von Bonham's meint, es ist ein schönes, guterhaltenes Exemplar.«

Der Mann von Bonham's? Gott, reichte es denn nicht, daß er sich mit den Herren von Christie's und Sotheby's herumschlagen mußte? Bonham's, Bonham's. Der Groschen bewegte sich, fiel aber nicht.

Der Tisch war kunstvoll mit Elfenbeinintarsien, Gemälden von Ruinen und geschnitzten Efeuranken an den Beinen geschmückt. Ein solches Möbelstück hatte Melrose noch nie zu Gesicht bekommen. Aber was sollte es, von Muckross Abbey hatte er ja auch noch nie etwas gehört. Die Arme vor der Brust verschränkt und das Kinn in die Hand gestützt, gab er die einzige ihm mögliche Antwort. Er nickte, sagte »hm« und hoffte, seine Miene war weise. »Hm«, wiederholte er und nickte auch noch einmal. »Die Werkstatt von Muckross Abbey, ja, definitiv.« Es klang mehr nach einem Abenteuer von Sherlock Holmes (»Der Hund von Muckross Abbey«) als nach einer Möbelwerkstatt.

Auf Jurys Liste war nichts dergleichen. Verdammt. Fehlte nur, daß es so weiterging. In diesem Raum, von dessen Westfenster aus Melrose das entsprechende Fenster der Skulpturengalerie sehen konnte, befanden sich wenigstens ein Dutzend Stücke, die geradezu danach schrien, bewundert zu werden. Aber nicht von ihm, vielen herzlichen Dank. Jetzt rieb er sich mit der Hand über die Stirn.

»Ist was?«

»Nein, nein. Ich habe nur schon wieder Kopfschmerzen. Ärgerlich, zu dumm.«

»Tut mir leid. Wollen Sie ein Aspirin?«

Melrose lehnte dankend ab. Nein, kein Aspirin, vielleicht einen von Diane Demorneys tödlichen Martinis. Er nahm sich ein wenig Zeit, ein bedrohlich aussehendes Teil zu studieren, das vielleicht der eine Viertelmillion Pfund wertvolle Aufsatzsekretär war, von dem Trueblood gesprochen hatte. Hoffte er wenigstens, weil er dann etwas darüber wüßte. Meine Güte, was hatte Owen hier für unglaublich teure Sachen herumstehen. War dem nicht doch eine spartanische Lebensweise vorzuziehen? Brrr! Halt an! meldete sich sein anderes Ich. Runter von dem hohen Roß! Du wohnst doch auch nicht gerade in einer möblierten Bude, oder?

Mit hängenden Armen schlenderte er zu dem Aufsatzsekretär, hockte sich davor (ganz der Mann, der wußte, wonach er suchen mußte) und fuhr mit dem Finger über die Fuge, wo Ober- und Unterteil aufeinanderlagen. »Ein Prunkstück!«

»Worauf Sie sich verlassen können.« Max stellte sich neben ihn. »Wieviel ist es wert? Raten Sie.«

Melrose antwortete nicht sofort, sondern ging um das Möbel herum, blieb hin und wieder stehen, grummelte und nickte. »Das Unterteil scheint aus derselben Periode zu sein, da würde ich doch sagen, es ist das Original. Meinen Sie nicht auch?« Als Max nickte, sagte Melrose: »Wenn ich es haben wollte, würde ich – hm, vielleicht zweihundertfünfzig, zweihundertfünfundsiebzig hinblättern.«

Max strahlte. »Auf den Punkt getroffen! Zweihundertfünfundachtzigtausend Pfund.«

Melrose gelang ein bescheidenes kleines Murmeln. Wieviel einfacher war doch alles, wenn man vorher Bescheid wußte.

»Wenn Sie ihn schon eine Weile haben«, sagte er, »ist der Wert mittlerweile vielleicht um weitere fünfzigtausend gestiegen.« Er blieb stehen und betrachtete den Aufsatzsekretär, als sei er wie benommen vor Bewunderung, während er in Wirklichkeit überlegte, wie er Max dazu bringen konnte, von dem Abend zu erzählen, an dem Verna Dunn ermordet worden war. Aber ihm fiel nichts ein. Mit der Köchin zu plauschen war einfacher gewesen. Um sein Gedächtnis auf Vordermann zu bringen, zog er ein kleines ledernes Notizbuch heraus – alle hatten doch ein Ledernotizbuch, das sie zu Rate zogen – und überflog seine Preisliste. Aber Max war schon bei etwas anderem.

»Schauen Sie sich das doch bitte mal an.«

Melrose tat, wie ihm geheißen. Die kleine Bronzestatue sagte ihm nichts. Bronzen? Hatte ihm Trueblood etwas über Bronzen erzählt? »Ungewöhnlich«, sagte er und zog ehrlich erstaunt die Stirn in Falten.

»Erinnern Sie sich an den Adam-Verkauf? Da müssen Sie doch gewesen sein. Bonham's hat seine Sache großartig gemacht, finden Sie nicht?«

»Ja, phantastisch.«

»Was haben Sie gekauft?« fragte Max. »Was Interessantes?«

Melrose öffnete den Mund, um etwas zu sagen – Hilfe, was nur? Doch Max redete glücklicherweise gleich weiter. »Diese kleinen Plaketten sind herrlich. Und nicht einmal teuer. Da können sich wenigstens auch mal weniger begüterte Leute eine Renaissancebronze leisten.«

(Aber ja doch. Mrs. Withersby hatte ja schon des öfteren erwähnt, daß sie einen Teil des Salärs für ihre Putzarbeiten zum Erwerb einer solchen beiseite lege.) »Es ist immer schön, wenn man etwas findet, das nicht völlig außerhalb der eigenen finanziellen Möglichkeiten liegt.«

»Das Dumme ist nur, daß sie höllisch schwer zu datieren sind. Die Zahl der Nachgüsse muß Legion gewesen sein.«

»Die Nachgüsse.« Das Wort gefiel Melrose. »Ja, die Nachgüsse. Die schaffen immer Probleme.«

Daß Max schon bei der nächsten Trophäe war, merkte er erst, als dessen Stimme vom anderen Ende des Zimmers kam. »Das ist Grace' Lieblingsstück.«

Wenn es das Lieblingsstück von jemandem war, dann sollte es, verdammt noch mal, auf der Liste sein! Mist – Melrose atmete tief durch – Fehlanzeige. Lieblingsstücke hatten ihre Tücken, denn ihr echter Wert verlor sich oft irgendwo im Morast der Gefühle. Die Leute liebten sie nicht wegen ihres tatsächlichen Werts, sondern aus nur ihnen eigenen sentimentalen Gründen. An Max' dümmlicher Miene merkte Melrose, daß dieses Teil schwer zu schätzen war. Es sah aus wie ein Lesepult, hatte aber zwei einander gegenüberliegende, verstellbare Platten. »Ein Lesepult?«

»Also ich tippe auf einen Notenständer für zwei Personen.« Max freute sich diebisch, daß er das herausgefunden hatte.

Das Ding machte nicht viel her, und Melrose hatte keinen blassen Schimmer, wieviel es wert war. Also behalf er sich mit den üblichen Floskeln. »Feine Patinierung. Sieht nach der originalen aus.« Die Chancen, daß er damit durchkam, standen fünfzig zu fünfzig. Max nickte, also bewegte sich Melrose innerhalb der richtigen fünfzig Prozent. Er runzelte nachdenklich die Stirn. »Elegant. Die Kerzenständer sind recht hübsch.« Er berührte einen der einstmals zum Lesen der Noten unerläßlichen Kerzenhalter. In der Mitte des dreifüßigen Stativs war eine kleine quadratische Schachtel befestigt. »Was könnte das sein?« Ein wenig Ignoranz sollte er schon zeigen, und in diesem Fall fiel es ihm auch gar nicht schwer.

»Eine kleine Schublade, in der das Kolophonium aufbewahrt wurde. Dadurch bin ich überhaupt nur darauf gekommen, daß es ein Notenständer ist.« Max ging weiter zu einem ziemlich klotzigen Sekretär, sicher keine Rarität. Zu gewöhnlich für diese Sammlung, hätte Melrose gedacht. Aber Max war augenscheinlich anderer Meinung, er behandelte ihn wie sein Hätschelkind. »Maulbeerbaum. Das sieht man hier an der Seite, wo das neue Holz eingesetzt worden ist, keine sehr gute Imitation.«

Melrose, der die ganze Zeit so getan hatte, als schriebe er emsig mit, steckte nun Stift und Notizbuch weg. »Sie haben ein sehr besonderes Gefühl für diese Dinge«, sagte er und schaute sich die Einlegearbeit genauer an.

Einen Moment dachte Max nach. »Weil sie alle eine Geschichte haben. Ich meine, manchen war ich jahrelang auf der Spur. Ich weiß, wo sie herkommen.« Er ging zu dem lackierten Regency-Sekretär. »Dieser hier zum Beispiel. Den habe ich zum erstenmal vor zwanzig Jahren im Schaufenster eines kleinen, dunklen Ladens in der Old Kent Road gesehen. Ich glaube, auf dem Weg zu einem Begräbnis, wessen, weiß ich nicht mehr.« Er überlegte angestrengt. »Auf dem Weg nach – Brighton vielleicht.« Sie blieben neben dem Petit-point-Sofa stehen, und Max sagte: »Setzen Sie sich doch«, mit einer Miene, als wolle er nun eine lange Geschichte erzählen. »Ein netter alter Herr. Ganz offensichtlich nicht nur wegen des Geldes im Geschäft. Aber wenn ich es recht bedenke, sind viele Händler, die ich kenne, nicht nur wegen des Geldes dabei.«

Da hatte Melrose seine Zweifel.

»Ich glaube, daß viele eine besondere Liebe zur Vergangenheit, ein Gespür dafür haben«, fuhr Max fort. Dann klopfte er auf seine Jackettasche, zog ein Päckchen Silk Cuts heraus und bot Melrose eine an.

Ach, da konnten sie gemeinsam sündigen. Melrose freute sich, daß überhaupt noch jemand rauchte, und zog sein altes Chromzippo aus der Tasche. Das hatte Trueblood aufgespürt, er meinte, es passe besser zu einem exzentrischen Antiquitätengutachter als Melrose' goldenes Feuerzeug. Melrose mochte, wie es aufklackte, wie sich das winzige Rädchen an dem Feuerstein rieb und wie es klackte, wenn man den Deckel wieder schloß.

Max zog den Murano-Aschenbecher heran und stellte ihn zwischen sie. Dann nahm er auf dem Sofa Platz, schlug die Beine bequem übereinander und strich sich mit der Hand über seine seidenen Socken. »Als der alte Bursche sah, wie begeistert ich von dem Möbel war, nannte er einen niedrigeren Preis, als er von jemand anderem verlangt hätte. Da war ich sicher. Aber es war immer noch zuviel für mich. Damals hatte ich keinen roten Heller, jedenfalls nicht genug, um teure Antiquitäten zu kaufen. Wir redeten eine Zeitlang über das Teil, und er zeigte mir Fotos. Ich weiß nicht, wie alt sie waren, aber es stand ursprünglich in Madrid, im Palast Philipp II. von Spanien. Der Händler hatte Dokumente, die es bewiesen. Egal, direkt nachdem ich meinen ersten großen Gewinn auf dem Aktienmarkt gemacht hatte, ging ich in den Laden, doch das Stück war verkauft. Ich fragte den Händler, an wen, und er sagte, er dürfe diese Information nicht weitergeben, aber ich könne ihm ein Bier spendieren, und wenn er betrunken genug sei, werde er es mir verraten.« Max lächelte in der Erinnerung daran. »Er nannte mir den Namen einer Frau, die in Stow-on-the-Wold ein Einrichtungsgeschäft besaß. Dort fuhr ich hin ... als ich eigentlich zu ...« Er runzelte die Stirn, »der Taufe irgendeines Kindes sollte. War es das von Schwesterchen?« Er schüttelte den Kopf. »Ich ging also in den Laden, und da stand der Sekretär, in alter Pracht. Aber sie wollte ihn nicht verkaufen, behauptete, sie hätte ihn als Blickfang für das Schlafzimmer eines Kunden gekauft – für ein Schlafzimmer! Mein Gott!«

Melrose lauschte Max' Worten mit einer gewissen Freude, ja, sogar Ehrfurcht. Er fand es faszinierend, daß Max sich zwar kaum an eine Taufe, Hochzeit oder Beerdigung erinnerte, aber gleichzeitig an jedes Detail im Zusammenhang mit diesem bezaubernden Möbelstück. An alles, was in den siebzehn oder achtzehn Jahren geschehen war, bis er dessen Eigentümer wurde. Als entfache es in ihm alle die zärtlichen oder wehmütigen Gefühle, die man normalerweise für geliebte Familienerbstücke oder -fotos hegt, sogar –

und vielleicht war das der Punkt – für die Familie selbst. Melrose war überzeugt, daß Owen ähnliche Geschichten über das Petitpoint-Sofa, den schweren alten Maulbeerholzsekretär, den phantastischen Kredenztisch, die Tische aus lackiertem Pappmaché und Metall, die Renaissancebronzen zu erzählen hatte. Wenn Melrose Max Owen wirklich für einen besitzgierigen, reichen Müßiggänger gehalten hätte, dann hätte er spätestens jetzt sein Urteil revidieren müssen.

Er stand auf, um sich den Kredenztisch noch einmal anzusehen. »Sie haben wirklich nicht vor, Sotheby's die Sachen hier zur Versteigerung zu geben?«

Max' Gesichtsausdruck, sein offener Blick und das breite Lächeln hatten etwas bezaubernd Kindliches. Er studierte das glühende Ende seiner Zigarette, und dann kicherte er, als sei das alles ein kapitaler Scherz. »Wo denken Sie hin?«

»Warum wollten Sie sie dann taxiert haben?« Melrose hoffte, er redete sich nicht um seinen Job.

»Ach, wahrscheinlich wollte ich das gar nicht. Ich wollte einen Zuhörer. Nein, eigentlich auch keinen Zuhörer, sondern einen klugen Burschen zum Reden.«

Als er nun Melrose anlächelte, empfand dieser plötzlich ein Schuldgefühl, als sei er in eine Liebesszene gestolpert, ein geheimes Stelldichein.

Max redete weiter. »In unmittelbarer Nähe habe ich nur Parker. Grace natürlich auch, aber ich langweile sie mit meinen Geschichten schon zu Tode. Obgleich sie bereit ist, endlos zuzuhören. Sie mag diese klassischen Statuen. Die habe ich damals in meinen Anfängen ersteigert. Warum, weiß ich auch nicht so genau. Grace nennt sie die ›kalten Damen‹. Ist das nicht wunderbar?« Errötend hielt Max inne. »Sie finden mich wahrscheinlich entsetzlich oberflächlich, da rede ich hier über Sekretäre und Toilettentische, obwohl gerade zwei Morde geschehen sind.«

Apropos Morde, wollte Melrose sagen. Aber er verstand Max

gut. »Hm, Ihr ›Zeugs‹, wie Sie es nennen, ist vielleicht Ihr Ruhepunkt, Ihr Zentrum.« Keine Frage, dieser Mann ging völlig in seinen Besitztümern auf, nicht weniger und nicht mehr als Kinder, die Dinge ja sogar mit magischen Kräften ausstatten. »Zauberhaft«, murmelte er.

Max schaute ihn fragend an.

»Ach . . . ich habe nur gerade darüber nachgedacht, was wir als Kinder für eine Beziehung zu unseren Sachen gehabt haben. Als wir jung waren.«

»Mag sein, wir waren besessen von ihnen«, sagte Max. »Vielleicht glaubten wir, sie teilten Freude und Leid mit uns. Oder sie sind selber wie Kinder.« Er zündete sich mit Melrose' Zippo noch eine Zigarette an, knipste den Deckel auf und wieder zu und wieder auf. »Wir haben keine«, sagte er, als erkläre er sich selbst etwas. »Grace hatte einen Sohn.« Und als sei er mit dieser Tatsache nie ganz zurechtgekommen, zog er die Stirn in Falten und knipste den Feuerzeugdeckel immer wieder auf und zu. »Sie hat jung – mit neunzehn, zwanzig – geheiratet, und Toby wurde ein paar Jahre später geboren. Er ist mit zwanzig gestorben.« Max lehnte sich bekümmert zurück. »Erst zwanzig. Er hatte einen Reitunfall. Er ist vom Pferd gefallen –« Mit dem Kopf deutete er auf einen unbestimmten Punkt vor ihnen in der fernen Landschaft. »Dort draußen. Für die meisten Reiter hätte es gar keine ernsten Folgen gehabt, aber Toby war Bluter. Er starb an inneren Blutungen.« Max schüttelte den Kopf. »Grace wollte nie, daß er ritt. Aber was soll man machen? Man kann doch einen Jungen nicht wie ein Wickelkind behandeln und ihm alles verbieten. Er ritt gern, obwohl ihm der Umgang mit den Pferden nicht leichtfiel. Schon als kleiner Junge ist er mit zur Jagd geritten. Da wohnten sie in Leicester. Das ist gar nicht weit von hier. Grace behauptet, er hätte nie richtig auf dem Pferd gesessen. Trotzdem . . .« Hilflos zuckte Max mit den Achseln, er schaffte es nicht, seinen oder Grace' Kummer in Worte zu fassen. Dann schwieg er.

»Das tut mir leid«, sagte Melrose, auch er hilflos.

»Wissen Sie, ich glaube, deshalb mag sie die Galerie so sehr. Durch die Fenster kann sie auf das Wäldchen schauen. Vielleicht sieht sie ihn dort, ich weiß nicht. Da draußen im Nebel.« Er stand auf, die Zigarette im Mund, als habe er sie vergessen, und bückte sich, um das lackierte Oberteil des Sekretärs zu betrachten. Mit dem Daumennagel kratzte er an einer Stelle. Dann richtete er sich wieder auf, erinnerte sich an die Zigarette und drückte sie im Aschenbecher aus. »Das Pferd war von mir. Ich hatte es ihm zu seinem neunzehnten Geburtstag gekauft. Von Parker, der damals noch ein paar Pferde hielt. Es war das Tier, das ich ihm geschenkt hatte.«

»Aber offenbar hatte er doch mit jedem Pferd Probleme – nicht nur mit dem, das Sie ihm geschenkt haben.«

»Ja.« Max steckte die Hände tief in die Taschen und sagte: »Trotzdem frage ich mich immer, ob sie mich nicht doch irgendwie dafür verantwortlich macht. Nicht ein unergründliches Schicksal, sondern mich.«

»Sie kommt mir aber nicht vor wie ein Mensch, der immer einen Sündenbock braucht«, sagte Melrose.

»Nein.« Max drehte sich um und lächelte ihn an. »Da haben Sie recht.« Und nach einer kleinen Pause fügte er hinzu: »Das arme Mädchen.«

Genau das hatte Grace zum Tod von Dorcas Reese gesagt.

Plötzlich kam Bewegung in Max, und er forderte Melrose auf, mit ihm in die Galerie zu kommen. Ach verdammt, dachte Melrose, doch wohl hoffentlich nicht zum Bilderschätzen.

Nein, das nicht. Max wollte nur über sie reden, er wollte, daß ein neues Paar Augen sie anschaute. Melrose folgte Max bei seinem Gang an einer kleinen Picasso-Skizze vorbei, ein paar sehr schönen Landschaften und einem annehmbaren (aber gewöhnlichen) Landseer, dann an etlichen Porträts. Vor einem Bild blieben sie länger stehen. Es handelte sich um die reizende Studie der zwei

Mädchen in dem Garten, die Lampions anzündeten. Sie war Melrose ja schon gestern aufgefallen.

»John Singer Sargent«, sagte Max. »Natürlich nicht das Original. Das ist in der Tate. Es ist aber eine hervorragende Kopie. Der Kopist hat nichts von dem Licht verloren.«

Zarte gelbe Lichtkegel schienen von unten aus den helleuchtenden Papierlaternen auf die Gesichter der beiden Mädchen. Melrose sagte: »Ich kenne nur die sehr formalen Porträts von Sargent. Diese Art Studien nicht.«

»Nelken, Lilien, Lilien, Rosen«, heißt es. Dann rezitierte Max:

»Habt ihr gesehn, wo Flora ist?
Nelken, Lilien, Lilien, Rosen...

Mir gefällt es. Welche ist Flora, was meinen Sie?«

Melrose lächelte. »Oder Lilly? Oder Rose?«

Den Blick noch auf das Bild gerichtet, sagte Max: »Grace war auf meine erste Frau nicht eifersüchtig. Ich hatte das Gefühl, daß dieser Kripobeamte aus Lincoln meinte, Grace hätte sie hassen müssen. Grace haßte sie nicht, ich glaube, sie hatte sie sogar gern um sich.«

Konnte er es wagen? Melrose versuchte beiläufig zu klingen. »Und die anderen?«

Max schaute ihn an. »Parker? Jack?«

Melrose zuckte die Achseln. »Ich dachte nur...« Er beendete den Satz nicht.

Aber Max schien die Frage gar nicht seltsam zu finden. »Sie haben Verna natürlich beide gekannt. Sie hat ja mehrere Jahre hier gelebt.«

»Aber haben sie sie gemocht?«

Max lachte. »Herrgott, nein. Keiner von beiden. Verna war eine eigenartige, böse Frau. Es war leicht, sie zu hassen, wenn man einmal begriffen hatte, was für ein Mensch sie war.«

»Na ja«, sagte Melrose, »irgend jemand hat es offenbar begriffen.«

## 14

Peter Emerys Cottage sah aus wie aus dem Märchenbuch: weißgekalkte Steinwände, ein gepflasterter Weg von dem weißen Gatter zur hellblau gestrichenen Haustür. In den hübschen Blumenkästen zeigten sich schon grüne Sprossen. Neben der Tür stand kieloben ein altes, flaches Boot, das, nach dem Farbeimer daneben zu urteilen, einen neuen Anstrich bekommen sollte. Mehrere Angelruten lehnten an der Wand.

Melrose klopfte an die Tür, worauf ein zehn-, elfjähriges Mädchen öffnete. Sie hatte leuchtend karottenrotes Haar, eine mattschimmernde Haut und Augen, die die Ciderfarbe des Himmels gerade vor dem Sonnenaufgang besaßen. Ebenfalls ein Märchenkind.

Nicht ganz. »Wir brauchen nichts. Alle beide nicht.« Sie schlug ihm die blaue Tür vor der Nase zu.

Melrose starrte darauf. Dann schaute er hinter und um sich. Vielleicht entdeckte er ja etwas, das Meinungsforscher, Zeitungswerber, Wahlkämpfer, Bettler oder Hare-Krishna-Jünger in solchen Scharen zu dieser Tür trieb, daß sich die Bewohner des Hauses von Bitten zu kaufen, unterschreiben oder spenden belästigt fühlen mußten. Er klopfte noch einmal. Von diesem feuerköpfigen kleinen Satansbraten ließ er sich doch nicht abwimmeln. Das Gesicht erschien wieder am Fenster, ein Augenpaar lugte über die Blumenkästen und verschwand.

Melrose klopfte mit dem Fuß auf den Boden. Nach unmenschlich langer Zeit öffnete sich die Tür erneut.

»Ich habe doch gesagt –«

»– daß ihr nichts kauft, alle beide nicht. Ich will euch auch für nichts werben, du kannst deinen Hund zurückpfeifen.« Der schaute zwischen ihren Beinen hindurch. Er war klein, und sein borstiges graues Fell sah aus wie eine Rüstung. Er fletschte die Zähne, als wollte er knurren, brachte aber nur ein Bogartsches Grinsen, trocken wie Gin, zustande und gab keinen Laut von sich. Zähne hatte er reichlich. Das Mädchen bedachte offenbar das Gehörte und schien die Tür wieder zuschlagen zu wollen. Da drückte Melrose mit der Hand dagegen und setzte den Fuß dazwischen. Sie war vielleicht couragierter, aber er war größer. »Darf ich?« Sarkastisch wollte er eigentlich nicht werden.

Der Hund fing hektisch an im Kreise zu laufen und stürzte sich dann stumm, aber mit immer noch gebleckten Zähnen auf Melrose. Der wehrte das Tier mit dem Fuß ab und hielt die Tür weiter mit der Hand auf. »Hör doch mal zu! Ich bin ein Freund der Owens. Die kennst du doch, die in Fengate wohnen. Mrs. Owen hat mir gesagt, ich solle mal bei euch reinschauen. Ich bin auf einem Spaziergang.« Als sie die Tür losließ, wäre er beinahe kopfüber in den düsteren kleinen Flur gefallen. Er richtete sich auf und schaute in die ciderfarbenen, braun-, gold- und wutgesprenkelten Augen. »Ich verstehe gar nicht, warum du so böse auf mich bist. Ich hab dir doch gar nichts getan.«

»Wollen Sie aber vielleicht. Sie sind von der Polizei.«

»Aber nicht doch! Ich bin ja nur hierhergekommen, weil ich ein wenig mit deinem Vater reden will.« Der arme Mann.

»Er kann nicht mit Ihnen reden. Er ist blind.«

»Das tut mir entsetzlich leid, aber ich habe noch nie gehört, daß man nicht reden kann, wenn man blind ist.«

»Und es ist auch nicht mein Vater, sondern mein Onkel.«

Aus dem Wohnungsinnern erklang eine tiefe Stimme. »Zel, wer ist denn da?«

»Niemand!« schrie sie zurück.

Melrose wurde nun seinerseits laut. »Das möchte ich bestreiten.«

In der Tür erschien der zu der maskulinen Stimme gehörige Mensch. Er mußte sich bücken, um nicht oben am Rahmen anzustoßen, so groß war er. Groß, muskulös und schön, wie einer Reklame für Hochgebirgstrecking entsprungen. Die Angeln und das Boot gehörten bestimmt ihm.

»Ich habe ihm gesagt, du hättest keine Zeit.«

»Nun benimm dich mal, Mädchen.«

Melrose war überzeugt, daß er warten konnte, bis er schwarz wurde, ehe Zel sich auf ihre guten Manieren besann. In all den Jahren, in denen er sich gelegentlich mit der Jugend (unter achtzehn) hatte auseinandersetzen müssen, hatte er eines begriffen: Er war unfähig dazu. Aber dann fiel ihm Sally ein, und er erlebte einen kurzen triumphierenden Moment, bis ihm ebenfalls einfiel, daß er sie vor der harten Strafe Theo Wrenn Brownes hatte retten und ihr zusätzlich noch ein Buch kaufen müssen. Bei Jury war es meist andersherum: die lieben Kleinen schenkten *ihm* etwas. Jury holte aus einem Gummibärchen, das ihm von so einer halben Portion geschenkt wurde, wer weiß was heraus, während er, Melrose, den ganzen Süßwarenladen versprechen mußte, um Informationen zu bekommen. Jurys Erfolge in dieser Hinsicht waren Melrose ein ewiges Ärgernis. Und meist hatte sogar er, Melrose, das Gör weichgeklopft (glaubte er jedenfalls gern), und dann kam Jury und erntete die Früchte. Unheimlich, was er für ein Händchen hatte, sich in ihre kleinen Herzen und Köpfe zu schmeicheln. Melrose kam normalerweise nicht über das Stadium »Wir kaufen nichts!« hinaus.

Peter Emery war aus der Küche getreten; Melrose erblickte nun einen schneeweißen Aga-Herd. Er hätte nicht gemerkt, daß Emery blind war, denn dieser lenkte seinen leeren Blick in Richtung der Stimme und sogar hinunter zu dem Hund, der jetzt kläffte. Er bat Zel, Kaffee zu kochen. »Zel, die kocht den besten Kaffee in Lincolnshire.« Sie strahlte beim Lob ihres Onkels. »Und bring ein paar von den Keksen mit, die du gebacken hast. Sie ist eine erstklassige Köchin, und ich liebe gutes Essen. Sie hängt ja auch ewig und drei Tage in Major Parkers Haus rum. Da hat sie kochen gelernt.« Dann fügte er hinzu: »Aber wenn Sie lieber Tee möchten, ich glaube, das Wasser kocht gleich.«

»Nein, nein, Kaffee ist wunderbar«, sagte Melrose. Und als habe Peter Emery nicht nur seine anderen Sinne verfeinert, sondern die verlorene Sehkraft auch durch das zweite Gesicht ersetzt, pfiff prompt der Kessel.

Gehorsam, ja, beinahe fröhlich ging Zel in die Küche. Und nachdem Melrose sein einleitendes Verslein hergesagt hatte, daß er bei den Owens zu Gast sei, um Max Owens Kollektion anzuschauen, ließen sie sich zu einem richtigen Gespräch nieder. Das heißt, die meiste Zeit sprach Peter. Melrose begnügte sich mit der Zuhörerrolle. Deshalb war er schließlich hier.

Peter hatte fast sein ganzes Leben in Lincolnshire verbracht, außer ein paar Jahren in Schottland, wo sein Onkel Verwalter auf einem großen Gut in Perthshire am Fuße des Glenolyn gewesen war. Das Anwesen umfaßte Hunderte Morgen mit Moorhühnern, Rot- und Schwarzwild. Man konnte Pirschjagden und Treibjagden veranstalten und in glasklaren Flüssen angeln. Der Onkel hatte ihn fischen und jagen gelehrt. Bevor »das hier« passierte – ungehalten stach er sich fast in die Augen – war er einer der besten Schützen der Grafschaft gewesen: »Verdammt ärgerlich.« Dann fuhr er fort: »Die meisten Leute finden das Land hier, die Fens, eintönig, weil weit und breit alles platt ist. Ich bin immer wieder erstaunt, daß die Leute so oft nur *eine* Vorstellung von Schönheit haben. Nur in den dämlichen Alpen wissen sie die Berge zu schätzen. Warum haben sie keinen Blick dafür, wie geheimnisvoll der Nebel urplötzlich runterkommt, oft so dicht wie eine Mauer?«

Wahrscheinlich hatte Peter Emery selten Zuhörer, wenn er in seinen Erinnerungen schwelgte. Melrose schwieg und ließ ihn reden. »Mein Vater hat so manche Überschwemmung erlebt. Ich kann mich an eine erinnern, da war ich vielleicht fünf oder sechs. Da brach der Deich drüben am Bungy Fen. Obwohl sie alles taten, um ihn zu halten, er brach, und im Handumdrehen stand das ganze Land vier Meter unter Wasser. So weit das Auge reichte, sah man Wasser, ein riesiges Meer. Unser Getreide, die ganze Gerstenernte meines Vaters, schwamm munter davon, sogar die alte Vogelscheuche aus dem Feld tanzte auf den Fluten. Da trudelte sie daher – war das ein Anblick! Wir hatten ja einen Stechkahn, aber der blieb hängen, und mein Daddy setzte uns in einen großen Zinnwaschzuber. Ich als Kind fand das natürlich toll. Der Stechkahn ging schließlich auf Grund, so daß wir ihn wiederbekamen. Der da draußen«, er deutete mit dem Kopf dorthin, »das ist er. Ich habe ihn die ganzen Jahre behalten.« Er beugte sich vor und sagte fast aggressiv: »Lassen Sie sich eins gesagt sein: Man darf sich den Naturgewalten nicht beugen. Die Natur ist hart, also muß man selbst noch härter sein.«

Melrose hörte gespannt zu, fasziniert von diesem immer noch jungen, aktiven Mann, der seine Blindheit als »verdammt ärgerlich« bezeichnete und in seiner Hybris Gott und die Natur herausforderte. Vor seinem inneren Auge sah Melrose Emery wie in einer Shakespeare-Tragödie blind über die Heide stürmen.

Zel riß ihn aus dieser hochdramatischen Phantasie. Durch wundersame Wandlung nun ganz sanft, servierte sie den Kaffee. Er war exzellent, und das Shortbread dazu zerschmolz ihm im Mund und lenkte seine Gedanken von Shakespeare zu Proust. »Oh!« rief er. »Das ist das beste Shortbread, das ich je gegessen habe!« Und er übertrieb nicht. Aber das Rezept könne er nicht haben, kokettierte Zel, das sei geheim.

Nachdem sie mit dem Kaffee und den Keksen schon gewaltig Eindruck geschunden hatte, wollte sie noch einen draufsetzen – sozusagen als Chefin, die den Laden hier schmiß. Sie holte Besen und Lappen und begann die Bücherregale abzustauben.

Peter erzählte weiter von der Farm seines Vaters. Er allerdings habe die Landwirtschaft nie sehr gemocht, sagte er, nur zur Jagd sei er schon immer gern gegangen. Melrose teilte diese Begeisterung keineswegs. In eisiger Morgendämmerung den Fasanen im Feld aufzulauern, stundenlang in einem alten Stechkahn auf dem Bauch zu liegen und zu warten, daß Vögel aus dem Wasser stoben und gen Himmel flatterten – das war seine Sache nicht.

Dennoch zögerte er, das Gespräch auf die Morde zu bringen, solange das Mädchen noch in Hörweite war. Er fragte, ob er wohl noch ein Shortbread haben könne. Sie ging es holen.

»Wenn Sie die Owens kennen –«, begann Melrose.

»Ja doch, ich kenne sie«, sagte Peter. »Großartige Menschen.«

»Kannten Sie dann auch ... kannten Sie auch diese Dunn?«

»Selbstverständlich«, sagte Emery brüsk und stand auf, um sich am Feuer zu schaffen zu machen, das aber schon so gut zog, daß die Flammen hochschlugen. Vollkommen sicher langte er nach dem Schüreisen und hob damit ein Scheit an, das zerbröckelte und Funken sprühte. Dann stellte er das Schüreisen wieder weg, kehrte zu seinem Sessel zurück und schwieg.

Schweigen zu interpretieren war schwierig, wenn man nicht von der Kripo war, aber Melrose tat sein Bestes. Mit einem gekünstelten Lachen sagte er: »Klingt ja nicht, als hätten Sie sie sonderlich gemocht.«

»Ay, da haben Sie recht.«

»Sie waren auch nicht der einzige.«

»Das will ich meinen. Hat dauernd Ärger gemacht, die Frau.«

Zel kam mit dem Shortbread, und sie verstummten beide.

»Wenn der Keksbäcker Ihrer Majestät der Königin von diesem Shortbread Wind kriegt, mußt du das Geheimnis preisgeben.«

Zel nahm das Kompliment errötend entgegen und fuhr mit dem Hausputz fort, als wollte sie deutlich machen, daß sie ihre Tage nicht mit müßigem Geplauder vor dem Kamin vergeudete. Melrose kam kaum mit: Zel wischte Staub, Zel fegte unsichtbaren Schmutz aus der Cottagetür – damit er, bitte schön, kapierte, daß er den mit hereingetragen hatte –, Zel rückte Dinge auf den Regalen zurecht, Zel erzählte dem Hund Bob, er bekomme gleich sein Abendessen (und belehrte ihn gleichzeitig über gesunde Ernährung).

Es war auf angenehme Weise ermüdend. Nachdem sie ihre diversen Pflichten erledigt hatte, pflanzte sie sich zwischen die beiden Sessel und lehnte sich schwer auf Melrose' Lehne. Nun hatte sie ein Ruhepäuschen verdient. Sie beschäftigte sich hingebungsvoll damit, kleine Fetzen von der Lokalzeitung abzureißen, die sie zu winzigen Kugeln rollte und in ihrer Pullovertasche verschwinden ließ. Diesem Zeitvertreib frönte sie während der zehn Minuten, in denen Melrose und Peter sich über Jagen und Schießen und altmodisches Punten unterhielten. Fünf Minuten länger, und Melrose' Bereitschaft darüber zu reden wäre erschöpft gewesen.

Da er aber in seiner Eigenschaft als Antiquitätenexperte sein Verweilen im Cottage nicht ewig rechtfertigen konnte, beschloß er, das Thema Dorcas Reese auf später zu verschieben. Er sagte, er müsse gehen, schließlich warte in Fengate Arbeit auf ihn. »Die Owens werden sich schon wundern, wo ich abgeblieben bin.«

Emery wollte sich erheben, aber Zel schob ihn zurück in den Sessel. Was wohl mehr dem Bedürfnis entsprang, Melrose zur Tür zu begleiten, als ihrem Onkel den Weg abzunehmen.

Sie rannte zur Tür, Bob war ihr dicht auf den Fersen. Draußen auf dem Weg schaute sie zum Himmel. Im Westen war eine blauschwarze Wolkenbank heraufgezogen.

»Regen«, sagte sie. »Sie werden naß.« Sie kippelte auf den Absätzen, legte die Hände auf den Rücken und schlug sie leise aufeinander, ganz in der Pose eines alten Menschen, der gewichtige Gedanken hegt. »Wo wollen Sie hin?«

»Nirgendwo Bestimmtes.« In Wirklichkeit wollte er zu dem Kanal im Wyndham Fen, wo Dorcas Reese' Leiche gefunden worden war. »Willst du mitkommen?«

»Nein. Über den Weg geh ich nicht.« Resolut verschränkte sie die Arme vor der Brust und starrte ihn herausfordernd an, als sei sie zu jeder Diskussion bereit. Aber so eilig hatte sie es dann doch nicht, ihn loszuwerden. Sie gingen langsam über den gepflasterten Weg, von dem aus man nun den Rand des Wäldchens in Fengate sehen konnte. »Man weiß ja nie, was da draußen ist.« Sie kratzte sich am Ellenbogen. Bob starrte Melrose wieder mit diesem stumm knurrenden Gesicht an. »Der Weg geht dort hinten bei den Owens vorbei und quer über das Windy Fen.« Sie schwieg. Dann sagte sie betont gleichgültig: »Da ist Dorcas umgebracht worden.«

»Hast du sie gekannt?«

Zel holte eine von den winzigen Zeitungspapierkugeln aus der Tasche, inspizierte sie, steckte sie in den Mund und tat die Frage mit einem Achselzucken ab. »Ich hab sie häufiger gesehen. Haben Sie denn überhaupt schon mal von Black Shuck gehört?« Sie spuckte das Papierbällchen auf Bob, der gähnte und sein komisches graues Fell schüttelte.

»Black Shuck? Leider nicht. Wer ist denn das?«

»Black Shuck ist ein Geisterhund. Er schleicht sich an Menschen ran und bringt sie um. Vielleicht frißt er sie auch.« Noch ein Spuckeball flog in Bobs Richtung, der Melrose mit einem weiteren stummen Knurren bedachte, als sei er selbst der Geisterhund.

Melrose ahnte, daß er etwas sagen mußte. Zel wartete darauf, daß er sie von der greulichen Phantasie von Black Shuck befreite. Aber wie alle Erwachsenen (außer Jury vielleicht) wußte er nicht, was er sagen sollte.

Plötzlich stieß sie hervor: »Es war jemand, der immer über den Weg geht.« Und wechselte sofort das Thema. »Können Sie Ihre Zehen berühren?« Sie machte es ihm vor und bewegte sich auf und ab, auf und ab.

»Natürlich.«

»Aber mit den Handflächen?« Wieder ging sie herunter, Arme ausgestreckt, Hände nach außen; ihr langes Haar ergoß sich in einem Schwall über ihren Kopf. Nun sah es nicht nur rotgolden aus, sondern als stehe es in Flammen.

»Wahrscheinlich ja, aber warum sollte ich es probieren? Hör zu –«

Aber sie hörte nicht zu. Sie war zu emsig bemüht, ihre Hände flach auf den Boden zu pressen. Eine solch elektrisierende Energie hatte Melrose noch nie erlebt. Ob sie an eine Steckdose angeschlossen war? Bob beobachtete sie und schlug mit dem Schwanz auf den Steinweg wie ein Dirigent mit dem Taktstock. »Sind Sie verheiratet?«

»Nein. Leider nicht.«

»Wollen Sie heiraten?«

»Wann immer du willst.«

Sie blieb stehen und zog eine Grimasse. »Ich bin nicht alt genug. Ich werd erst zehn. Onkel Peter hat einmal beinahe geheiratet, aber sie ist in einen Fluß gefallen.«

Fast hätte Melrose darüber gelacht, wie sie von dieser Tragödie berichtete. »Das ist ja furchtbar, schrecklich.«

»Und dabei war sie richtig schön.« Sie ließ einen Spuckeball auf ihrer Handfläche tanzen. »Das war oben in Schottland.«

»Oh, das tut mir aber leid.« Melrose seufzte. »Paß auf, war nett mit dir, aber ich muß weiter. Es ist schon gleich zwei. Auf Wiedersehen! Es war sehr schön, dich kennenzulernen«, sagte er zu ihrem gesenkten Kopf. »Ich muß los.«

Er war noch keine zwei Schritte gelaufen, da hörte er ihre Stimme. »Dorcas, die ist immer zu Mr. Parker gegangen. Er wohnt dort hinten.«

Das interessierte ihn, wie sie ganz genau wußte. Sie hatte entdeckt, daß sie ihn ewig festhalten konnte, wenn sie ihm die Informationen häppchenweise gab. Er ging die paar Schritte zurück. »Warum denn das? Wozu?«

Taub und stumm fing sie nun an, Übungen für eine schlanke Taille zu veranstalten, die Bob nicht nachmachen konnte, weil er keine Taille hatte. Die Hände auf den Hüften, drehte sie sich hin und her. Bob rannte im Kreis herum.

Melrose gab eine mögliche Antwort auf seine Frage selbst. »Hat sie vielleicht für ihn gearbeitet?« Schwer vorstellbar, da sie schon die beiden Jobs in Fengate und im Pub hatte. »Oder gekocht?«

Zel flog das feurige Haar ins Gesicht, während sie sich unaufhörlich hin- und herbewegte. »Nein. Hat – sie – nicht«, sagte sie nachdrücklich.

»Na, hör mal, das weißt du doch gar nicht so genau. Warum bist du so sicher, daß sie nicht doch ab und an für ihn gekocht hat? Schließlich hat sie Mrs. Suggins in der Küche geholfen. Und Major Parker lebt allein, da war er vielleicht sogar über die Gesellschaft froh.« Plötzlich mußte Melrose an Ruthven und dessen Frau Martha denken, und er stellte sich Ardry End ohne sie vor. Es gelang ihm nicht.

»Na ja, die Gesellschaft wollte er vielleicht, aber nicht ihre Kocherei.« Zel blieb so lange ruhig stehen, daß sie noch hinzufügen konnte: »Dorcas konnte nicht gut kochen. Sie war auch nur Beiköchin, und selbst das konnte sie nicht gut. Sie hat die Sachen immer verkocht. Bäh! Da kann ich ja schon besser kochen als Dorcas. Sagt jedenfalls Major Parker. Und er ist der beste Koch weit und breit. Er geht kaum raus zum Essen, weil ihm nicht schmeckt, was andere Leute kochen. Nur das, was Mrs. Suggins macht.«

Bob, der ihnen mit beunruhigender Aufmerksamkeit zuhörte, bleckte zu Melrose' hellem Entzücken wieder seine gelben Zähne. »Glaubt dein Hund eigentlich, daß ich Zahnarzt bin? Egal«, fuhr Melrose fort, als Bob losflitzte, um einen Hasen zu jagen, »woher willst du wissen, was sie bei Major Parker wollte?«

»Ich weiß es eben. Mr. Parker würde nämlich niemanden dafür bezahlen, daß er für ihn kocht. Die Owens schon. Und Mr. Parker findet, daß Mrs. Suggins gleich nach ihm kommt.«

Erfreut nahm Melrose zur Kenntnis, daß Annie Suggins recht

hatte, was den kulinarischen Aspekt der Persönlichkeit Parkers betraf.

Zel setzte ihre gymnastischen Übungen fort und sagte: »Ich wette, Sie können außer Eiern nichts kochen.«

»Natürlich kann ich kochen. Ich war mal Küchenjunge bei Simpson's-in-the-Strand. Warum –?«

»Waren Sie nicht!« rief sie laut durch die kühle Luft. »Ich werde Köchin.«

»Köchin? Wahrhaftig, das ist ja ein viel edleres Berufsziel als Lehrerin oder Ärztin. Ich komme bestimmt zum Essen zu dir.«

»Wenn ich Sie einlade! Mr. Parker kann Pflaumeneis.«

Das allein schon machte Parker zum beliebtesten Menschen in Lincolnshire. »Ha, ich kann Christmaspudding. Mit silbernen Glücksbringern.«

Da blieb sie stocksteif stehen. »Sie?«

Melrose schilderte ihr des langen und breiten die morgendliche Vorstellung in der Owenschen Küche. Nur spielte er und nicht Annie Suggins die Hauptrolle.

Zel war beeindruckt. Nicht lange. Sie fing an zu hopsen. »Den kann Mr. Parker auch. Und Pflaumeneis.«

»Das hast du schon erwähnt. Da hast du ... Dorcas also nachspioniert.«

Sie blieb stehen und schaute ihn an. Er kapierte aber auch gar nichts. »Ich hab ihr nicht nachspioniert, ich hab sie gesehen.«

»Aha. Gesehen. Und was ist dann passiert?«

»Nichts. Wahrscheinlich ist sie wieder weggegangen. Ins Pub. Da gehen alle hin, die über diesen Weg laufen. Der führt fast bis zur Hintertür des Pub.«

»Hast du sie nur einmal gesehen?«

»Nein, oft.«

Das konnte von zwei- bis zweihundertmal alles bedeuten.

»Mr. Parker ist reich. Wenn man reich ist, kann man alles machen.«

»Kann man nicht«, widersprach Melrose ihr.

»Woher wollen Sie das denn wissen?«

»Weil ich reich bin.«

Das verschlug ihr erst mal die Sprache. »Können Sie sich Autos und Schweine und Häuser kaufen, wenn Sie wollen?«

»Ja, wenn ich auch nicht sonderlich scharf auf Schweine bin. Aber vielleicht setzt sich ja mein Verwalter dafür ein.«

Sie schnappte nach Luft. »Sie haben einen Verwalter? Wie Onkel Peter?«

»Nein, meiner ist ganz anders, das kannst du mir glauben. Meiner streunt durch die Gegend und schießt auf alles, was sich bewegt.«

»Ist er ein guter Schütze?«

»Nein. Und das ist auch besser so.«

»Onkel Peter war früher der beste Schütze hier. Er konnte einer Schlange ein Auge ausschießen.«

»Eine bewundernswerte Leistung!« Melrose enthielt sich eines weiteren Kommentars, weil er sich einen Stein aus der Schuhsohle polken mußte.

Da sagte Zel: »Wyatt Earp konnte das auch. Haben Sie schon mal von dem gehört?«

»Gelegentlich. Es ist eine richtige Schande, daß dein Onkel das Augenlicht verloren hat. Was Schlimmeres kann einem Mann ja wohl nicht passieren.«

Er nahm ihr Schweigen als Zeichen des Einverständnisses. Da lag er falsch.

»Stimmt nicht. Man könnte gefangengenommen und gefoltert werden, bis man was verrät.«

»So? Malst du dir denn ein solches Schicksal für dich aus?«

»Nei-ein!«

Das langgezogene »Ei« schlang sich wie ein Lasso um seinen Hals. Melrose fand es hinreißend, wie sie eine Silbe zu zweien zerdehnte. Die Antwort klang aber zu sicher, als daß sie als

Dementi hätte gelten können. »Na, dann können wir ja froh sein, daß wir keine Informationen besitzen, die jemand anderes will.« Er warf ihr einen Seitenblick zu.

Ihr Mund wurde hart und dünn wie ein Strich. »Ich weiß nichts, weswegen mich jemand foltern könnte. Was mit Ihnen ist – keine Ahnung.«

»Mach dir keine allzu großen Hoffnungen.«

»Was ist die schlimmste Folter, die Sie sich vorstellen können?«

Wie blutrünstig Kinder immer waren. »Zusehen zu müssen, wie Bob sich die Zähne mit Zahnseide saubermacht.« Melrose suchte die Umgebung ab. »Wo ist er? Ich will nicht, daß er sich mir gleich mit seinem quittegelben Grinsen in den Weg stellt.« Aber wie jedermann hätte auch Bob Schwierigkeiten gehabt, sich in dieser Landschaft zu verstecken.

Zel fiel nun in einen seitlichen Hopserlauf. Ihr glänzendes Haar flog mit jeder Bewegung hoch.

Erstaunt schüttelte Melrose den Kopf. Wie Kinder sich doch immer Bewegungen in einer Weise hingeben konnten, die sich für Erwachsene verbat. In der kurzen Zeit, die er Zel jetzt kannte, hatte sie etliche Register gezogen – Köchin, Krankenschwester, Hausfrau, griesgrämige Erwachsene. Jetzt kam sie bei ihrem zehnjährigen Selbst an.

Nachdenklich sagte er: »Zel. Das ist ja ein ganz ungewöhnlicher Name.«

Kein Kommentar, sie hopste weiter.

»Ist es ein Spitzname?«

»Nein.«

»Kommt er in der Familie vor?«

»Nein!«

»Ist er etwa aus der Bibel?«

»Nein!« rief sie nun von einer alten Steinmauer her, die einmal ein Stück Land begrenzt hatte. Ihre Antwort hing wie gefroren in der Luft.

Die Fens erstreckten sich unter einem Himmel, der so dicht auf den Boden hinunterzureichen schien, daß der Eindruck entstand, man könne die Erdkrümmung sehen. Der Weg verlief schnurgerade und verlor sich in der Ferne. Melrose bildete sich ein, er sähe eine Silhouette von Dächern und Schornsteinen, zu denen auch das Case Has Altered hätte gehören können.

»Gleich dahinten ist Windy Fen!« schrie Zel und zeigte auf ein paar undeutlich sich abzeichnende Bäume und Büsche, hinter denen eine Straße verlief – die A17, auf der er ja gekommen war und auf der nun ganz klein die Autos fuhren. Schnaufend kam Zel zurück. »Weiter kann ich nicht mitkommen, jetzt müssen Sie allein weiter. Ich will nicht dem Geisterhund begegnen.«

Melrose schaute auf die Uhr. »Es ist doch erst kurz nach zwei. Kommt er denn heraus, bevor es dunkel wird? Ist ja auch egal, jetzt ist er sowieso in den Highlands.« Er schwieg. »Paß auf, soll ich nicht doch lieber ein kleines Stück mit dir zurücklaufen?«

»Da verirren Sie sich vielleicht, und ich müßte Sie suchen.« Um ihren Gleichmut zu demonstrieren, rannte sie schnell weg. Ihr leuchtendes Haar wehte hinter ihr her wie der Schweif eines Kometen. Dreimal blieb sie stehen, schaute zurück und winkte.

Ihre kleine Gestalt schien mit dem Land zu verschmelzen. Melrose fühlte sich richtig allein gelassen. Aus einem unerfindlichen Grund hatte er das Gefühl, daß er und dieses Kind eine gemeinsame geheime Geschichte, eine gemeinsame Vergangenheit hatten. Ihm war, als kenne er Zel schon lange.

Wyndham Fen war meilenweites Feuchtgebiet unter Obhut des National Trust. Einstmals waren Lincolnshire und Cambridgeshire ein enormer See mit der Insel von Ely gewesen. Ein See, Sumpf und Schilffelder. Die Mündungsgebiete des Great Ouse, der Flüsse Nene und Wellend zeugten noch davon. Die Römer hatten wahrscheinlich Schiffe gebraucht, um sich in dieser Region fortzubewegen.

Melrose entdeckte die hölzerne Promenade, auf der Besucher über die Kanäle wandern und weit über das Land schauen konnten. Ein starker Wind ließ die hohen Schilfgräser rasseln wie Säbel. Aufgescheucht flogen Schwärme von Vögeln auf, deren Namen er nicht kannte. Ein einziges blaues Schwirren. Besengras schaukelte sanft im Wasser, wo Dorcas Reese wahrscheinlich gelegen hatte, ein solch armseliger, unbedeutender kleiner Mensch, daß die Leute stockten, wenn sie sich ihr Gesicht in Erinnerung rufen wollten.

Melrose schaute in Richtung des Weges und versuchte die Entfernung abzuschätzen. Es war gewiß allgemein bekannt, daß Dorcas regelmäßig zum Case Has Altered ging. Hatte sie hier jemanden treffen wollen? Er sah das kleine, ein paar hundert Meter entfernte Gebäude, das Besucherzentrum. An jenem Abend hatte es geregnet, war ihm berichtet worden – sollte sie dort Zuflucht gesucht haben?

Es war so still, daß Melrose hörte, wie etwas ins Wasser platschte. Eine Eule schrie. Über einer Krüppelweide vernahm er Flügelgeflatter. Eine Reihe Stockenten flog hoch. Er beobachtete sie am Himmel. Dann lag das Fen wieder in tiefer Stille.

## 15

Im Wohnzimmer stand ein Mann und starrte mit einer Haltung, als sei er tief in Gedanken versunken, aus dem hohen Fenster. Bei Melrose' Eintreten drehte er sich um. Der geistesabwesende Gesichtsausdruck verschwand und wich einem noch weniger verbindlichen. Er räusperte sich, legte die zur Faust geballte Hand an den Mund und sagte: »Sie müssen Owens Gast sein, der Antiquitätengutachter.«

Melrose wünschte, die Leute würden endlich aufhören, ihn als solchen zu bezeichnen, und ihn einfach beim Namen nennen. Aber er lächelte und streckte die Hand aus: »Ja, ich heiße Melrose Plant.«

»Bannen. Kriminalpolizei Lincolnshire, CID.«

Er wirkte sehr sanft, was wahrscheinlich seine Wirkung auf Zeugen nicht verfehlte. Aber diese Fassade täuschte Melrose nach seiner langen Bekanntschaft mit Scotland Yard CID nicht mehr. Auch Jury konnte sanft auftreten, manchmal sogar so sehr, daß er selbst dahinter verschwand. Dann vermochte er Zeugen, einerlei welcher Couleur, ein Spiegelbild ihrer selbst zu geben. Und Melrose war überzeugt, daß dieser Chief Inspector auch zu dieser Sorte Kripobeamten gehörte. Als wolle Bannen jedweden Eindruck von Cleverneß gleich unterlaufen, hob er den Kopf und rieb sich unbeholfen den Nacken. Es war eine schwerfällige Geste, als mache ein Bauer Pause, um sich die Mütze zurechtzuschieben oder den Schweiß von der Stirn zu wischen.

Bannens dünne Lippen verzogen sich zu einem halben Lächeln. Für Melrose nur ein halbes. »Sie wissen sicher Bescheid, Mr. Plant. Schreckliche Sache.« Er schob die Hände tief in die Hosentaschen.

Dieser Meinung war auch Melrose. Er fand es irritierend, daß Bannen ganz allein hier war. Als sei es das Normalste der Welt, daß man einen hochrangigen Kriminalbeamten im Wohnzimmer stehenließ. »Aber Sie klären es sicher ganz fix auf«, sagte Melrose. Wie banal. Ihm war aber auch zu unbehaglich, hier herumzustehen.

»Das will ich hoffen.«

»Eine der Beteiligten kenne ich flüchtig. Jennifer Kennington.« Das wollte er gleich zu Protokoll geben. Der Mann sollte gar nicht erst auf die Idee kommen, er wolle etwas verbergen. »Schwer vorstellbar, daß sie mit all dem hier was zu tun hat.«

»Ja«, nickte Bannen. Natürlich wußte der Chief Inspector bereits, daß Melrose mit Jenny Kennington bekannt war. Ob er dem irgendwelche Bedeutung beimaß, war allerdings nicht ersichtlich. »Und kannten Sie auch eines der Opfer, Mr. Plant?«

»Nein. Nein. Glauben Sie denn, daß die beiden Morde miteinander in Verbindung stehen?« Noch eine banale Frage.

»Ja, würde ich doch sagen.« Er stieß die Luft aus. »Der Tod Verna Dunns hat in den Klatschgazetten ganz schöne Wellen geschlagen. Da sie früher Schauspielerin war, hat sich die Presse natürlich begierig darauf gestürzt. Ich glaube, sie war ziemlich bekannt, in der Londoner Gesellschaft sogar prominent.« Er rieb sich mit dem Daumennagel über die Stirn, als wolle er die Furchen wegstreichen.

Melrose wartete darauf, daß er weitersprach. Vergeblich. Weil er die angespannte Situation entkrampfen und zudem etwas erfahren wollte, sagte er: »Aber es ist doch schwer, in dem Ganzen ein Motiv zu entdecken. Ich meine, offenbar hat keiner eins.« Als Bannen ihn nur mit diesem sanften, aber beunruhigenden Blick anschaute, fuhr Melrose aus reiner Nervosität fort: »Zumindest niemand in diesem Haus. Sie haben sich anscheinend alle so gut verstanden.«

Bannen lächelte. »Aber Sie kennen sie doch gar nicht. Außer ... Jennifer Kennington, meine ich.«

Melrose schüttelte den Kopf. Die Pause vor dem Namen mißfiel ihm ungemein. Er wußte, hier lief etwas gewaltig falsch, aber er fühlte sich völlig außerstande, etwas dagegen zu tun.

Die beiden Räume, das Wohnzimmer und die Galerie, hatten Erker, deren Seitenfenster schräg zueinander standen, so daß man vom einen Raum in den anderen schauen konnte. Bannen hatte im Wohnzimmer gestanden und gewartet – worauf? Melrose hatte das merkwürdige Gefühl, wenn er jetzt in die Galerie ging, würde er sehen, wie der Beamte und Grace Owen sich aus ihren jeweiligen Fenstern gegenseitig anstarrten. Der Winkel, in dem Grace den Kopf hielt, verriet ihm, daß sie nicht geradeaus, sondern nach rechts – hierher – blickte.

Sie hörte nicht, wie er eintrat, so konzentriert sah sie hinaus. Sie hatte nur den Vorhang dieses Seitenfensters geöffnet, auf ihren Rock und die Statue dahinter ergoß sich blasses, kaltes Licht. Ansonsten lag der Raum wie üblich in tiefer Dunkelheit. Die Galerie, ohnehin immer kühler als die anderen Räume, war der reinste Eiskeller. Auch Melrose' Hände waren klamm.

Eigentlich wollte er etwas sagen, er öffnete auch den Mund, aber dann schwieg er und zog sich in die Ecke zurück, wo seltsam anonym das Bild von Sargents beiden kleinen Mädchen hing. Melrose dachte an Zel.

Das Schweigen lastete schwer. Man hörte nur das Ticken der Standuhr. Zu einer anderen Zeit hätte er das als tröstlich empfunden, wie Herzklopfen. Jetzt klang es nur gnadenlos, wie die Mahnung, daß die Zeit verrann.

Melrose hörte eine Tür ins Schloß fallen. Nach dem dumpfen Knallen der uralten, schweren Balken zu urteilen, mußte es die Haustür gewesen sein. Grace Owen beugte sich ein wenig vor und zog die Gardine zur Seite, wohl, um besser erkennen zu können, wer das Haus verlassen hatte. Melrose sah durch den Teil des Fensters, den er überblicken konnte, die Umrisse des Kripobeamten. Er lief am Eingang des Wäldchens herum, mal war er in Melrose' Gesichtsfeld, mal außerhalb. Nun drehte er sich um und schien direkt ins Fenster zu schauen. Grace trat einen Schritt zurück, und absurderweise versuchte auch Melrose, sich in seiner dunklen Ecke unsichtbar zu machen. Aber wahrscheinlich konnte der Inspector Grace gar nicht sehen, das Licht war noch schwächer geworden. Bannen stand nur da und drehte den Kopf in alle Richtungen.

Dann glaubte Melrose, aus der Ferne ein Auto kommen zu hören, und so wie es beim Schalten klang, war es Max Owens teurer Sportwagen. Grace mußte ihn beobachtet haben, doch sie machte keine Anstalten, hinauszugehen und ihren Mann zu begrüßen.

Melrose lief nach oben in sein Zimmer, um Stift und Papier zu suchen, damit er Jury noch eine Nachricht schicken konnte. Nein, besser, er rief ihn an. Sein Gesicht war heiß. Bestimmt aus Scham über seinen Voyeurismus. Er, der doch ein so ausgeprägtes Bedürfnis nach Privatheit hatte, wußte absolut nicht, was ihn gedrängt hatte, aus dem Schatten der Galerie heraus zu spionieren. Der Schreibtisch in seinem Zimmer war direkt vor dem Fenster, das rechts oberhalb des Galeriefensters lag. Er sah, daß Max Owen nicht sofort ins Haus gegangen, sondern draußen stehengeblieben war. Wahrscheinlich hatte Bannen ihn angehalten. Sie redeten miteinander. Das heißt, Bannen redete. Max hörte nur zu. Das Gespräch dauerte kaum fünf Minuten, dann drehte Bannen sich um und ging über den Kies zu seinem Auto.

Max sah zu, wie der Polizist wegfuhr.

Was war passiert? Max Owen stand da und schaute nun ganz allein in den bleichen, leeren Tag hinaus.

## 16

Pete Apted, Kronanwalt Ihrer Majestät, warf schwungvoll einen Apfelbutzen Richtung Papierkorb und beobachtete, wie er einen Bogen beschrieb, von dem Metallrand abprallte und zu Boden kullerte.

»Sie stecken doch nicht schon wieder im Schlamassel, Superintendent?« Er lächelte. Mit dem »schon wieder« spielte er auf die traurige Episode vor ein paar Jahren an, als Jury des Mordes an seiner Geliebten verdächtigt worden war. Es war nicht zum Prozeß gekommen. Jury hatte den Großteil der Wahrheit entdeckt, Apted den Rest. Das hatte Jury damals überhaupt nicht gepaßt, und er zuckte seitdem jedesmal zusammen, wenn er an Pete Apted dachte.

Diesmal nicht. Nun schöpfte er bei dem Gedanken an ihn Hoffnung. Apted war einer der angesehensten Strafverteidiger Londons. Wenn er gewollt hätte, wäre er sicher längst Parlamentsabgeordneter.

»Nein, nein. Aber vielleicht eine Freundin von mir.«

»Haben Sie schon einen Anwalt, der die Akten vorbereitet? Normalerweise –«

»Bisher niemand. Ich dachte, Sie könnten mir jemanden empfehlen.«

Als Apted die Hände hinter dem Kopf wegzog, die Füße vom Schreibtisch nahm und sich vorbeugte, quietschte der Stuhl. Der Schreibtisch war nicht groß, auch das übrige Mobiliar war mitnichten luxuriös. Im Zimmer herrschte eine angenehm unprätentiöse Atmosphäre. Den langen Vorhängen hätte eine Reinigung und den Porträts einmal Staubwischen nicht geschadet. An die grimmigen Männer in den Seidenroben der Kronanwälte erinnerte sich Jury besonders. Sie schauten ihn an, als könnten sie es gar nicht abwarten, ihn vor die Schranken des Gerichts zu zerren.

»Du liebe Güte, Superintendent, Sie kennen doch bestimmt mehr Anwälte als ich.«

»Nein. Aber es geht um... ich wollte wissen, ob Sie Zeit haben.«

»Ich habe nie Zeit.« Apted trommelte mit den Fingern einen Akkord auf einem Aktenstapel.

Jury lächelte gezwungen. »Und wenn doch?«

Apteds Lächeln wurde freundlicher. Quietschend lehnte er sich in seinem Drehstuhl zurück und stemmte wieder die Füße gegen den Schreibtisch. »Okay, worum geht's?«

»Erinnern Sie sich an die Dame, Lady Kennington, die Sie beauftragt hat, mir zu helfen?«

Apted schaute kurz weg, dann Jury wieder an und sagte: »Kennington. Jane... nein, Jennifer. Jane hieß die andere

Dame.« Rasch wandte er den Blick wieder ab und räusperte sich. »Verzeihung.«

Apted war knallhart, dachte Jury, aber nicht unsensibel. Er wußte, daß die Angelegenheit damals extrem schmerzhaft für ihn gewesen war. »Schon gut. Also, Jenny Kennington steckt im Schlamassel. In Lincolnshire ist ein Doppelmord –«

»Habe davon gelesen, von der Schauspielerin Verna Dunn. Ich habe sie einmal gesehen. Steht der andere Mord damit in Verbindung?«

»Ja. Das heißt, ich glaube es.«

Pete Apted stöberte in der braunen Tüte auf seinem Schreibtisch und förderte noch einen Apfel zutage. »Das ›Glauben‹ sollten Sie sich schenken.« Er biß in den Apfel und sagte: »Sie reden hier über Recht und Gesetz.« Er schluckte und drehte den Apfel herum, damit er wieder hineinbeißen konnte. »Wir urteilen nach dem äußeren Schein, einer wie der andere.« Knackende Kaugeräusche erfüllten das Zimmer.

»Nun, allem Anschein nach ist Jennifer Kennington schuldig.«

»Über diese Art Anschein rede ich nicht. Ich rede über den, der sich mir bietet, wenn ich die sogenannten Fakten gnadenlos durchgeforstet habe.«

»Ich verstehe nicht, was Sie meinen. Und Sie scheinen ganz anders zu denken als früher. Wenn ich mich recht erinnere, haben Sie damals zu mir gesagt: ›Wenn es wie eine Ente watschelt und wie eine Ente quakt –«

»Ist es auch eine«, beendete Apted den Satz für Jury.

»Ja, und diesmal sieht es wahrhaftig nach einer Ente aus. Jenny – Lady Kennington – war diejenige, die am ehesten eine Gelegenheit hatte. Und vielleicht auch das stärkste Motiv.« Er berichtete Apted, was die Gäste nach dem Dinner am Abend des ersten Februar gemacht hatten, und mußte zugeben, daß er nie überzeugt gewesen war, daß Jenny und Verna Dunn einander nicht gekannt hatten.

Pete Apted hörte auf zu kauen und entsorgte den Apfelrest mit der Bemerkung: »Ja, sieht ziemlich nach Watschelente aus, würde ich sagen. Wem gehört die Knarre?«

»Max Owen. Sie stand aber in einem Abstellraum neben der Küche, wo sie jeder hätte wegnehmen können.«

»Dann lassen Sie mich raten. Die Kripo in Lincs hat das ›jeder‹ auf Jennifer Kennington eingeengt.«

»So sieht's aus.«

»Kann sie schießen?« knurrte Apted.

»Ich glaube nicht, aber der Beamte, dieser Chief Inspector Bannen, glaubt, ja.«

Apted überlegte einen Moment. »Das zweite Opfer?«

»Ein Dienstmädchen aus Fengate. Erdrosselt. Stranguliert.«

Apted schüttelte den Kopf. »Das machen Frauen normalerweise nicht. Was ist da mit einem Motiv?«

»Null.«

»Gelegenheit?«

»Auch null. Zu der Zeit war sie in Stratford-upon-Avon.«

Apted schob den Stuhl weiter nach hinten. »Behauptet sie. Weit ist die Entfernung ja nicht.« Er schaute Jury an. »Zwei Morde? Inoffiziell, glauben Sie, sie war es?«

»Wenn ja, glauben Sie, ich würde es Ihnen erzählen?« konterte Jury trocken. »Sie haben mir einmal gesagt, Sie könnten niemanden vertreten, von dem Sie wissen, daß er schuldig ist. Also, hochoffiziell: Nein, sie war's nicht. Natürlich war sie es nicht.«

Apteds Augenbrauen schossen in die Höhe. »›Natürlich‹? Wo gibt's denn so was in unserem Metier? Das müßten Sie doch besser wissen.«

»Ich kenne Jenny Kennington.«

»Jane Holdsworth kannten Sie auch.«

Jury fuhr zurück, als hätte ihm jemand einen Kinnhaken verpaßt. »Danke, daß Sie mich daran erinnern.«

Apted kaute an seinem Mundwinkel. »Verzeihung. Aber Sie sollten doch wissen, daß man niemals hundertprozentig von der Unschuld eines Menschen ausgehen kann.«

»Da bin ich anderer Meinung.«

»Ihr gutes Recht.«

»Dann übernehmen Sie den Fall?«

»Das habe ich nicht gesagt. Aber ich werde mit ihr reden.«

Zum erstenmal in den letzten vierundzwanzig Stunden durchströmte Jury eine kolossale Erleichterung.

»Und besorgen Sie ihr, verdammt noch mal, einen Anwalt, der mir zuarbeitet. Und jetzt erzählen Sie mir, was Sie wissen.«

»Alles?«

»Nein, nur die Hälfte, und dann rate ich den Rest.« Apted nahm sich einen Schreibblock.

Jury berichtete. Es dauerte eine gute halbe Stunde und endete mit dem Anruf von Plant am Abend zuvor – den dieser nur widerwillig getätigt hatte.

»Ich glaube, meine Tage als Antiquitätengutachter sind gezählt«, hatte er gemeint. »Ich fahre zurück nach Northants.«

Seit Plant ihn angerufen und ihm erzählt hatte, daß Jenny doch ein ihnen bisher nicht bekanntes Motiv haben mochte, befürchtete er, daß Bannen Jenny nun vor Gericht bringen würde. Pete Apteds Stimme riß ihn aus seinen fruchtlosen Überlegungen. Die ersten Worte kriegte er nicht mit. Verdammt, er sollte besser aufpassen. Apted wiederholte sich nicht gern.

»– hat dieser Kripobeamte aus Lincs sie circa sechsunddreißig Stunden nach dem Mord an Verna Dunn nach Stratford-upon-Avon zurückfahren lassen. Wo sie sich auch befand, als der zweite Mord geschah.« Er schaute auf. »Sie behauptet, sie war in Stratford?«

»Ja.«

»Stratford ist ungefähr einhundertzwanzig Kilometer von Fengate –«

»Einhundertzehn. Nicht mehr als zwei bis drei Stunden.«

Apted nickte und fragte dann: »Aber warum haben sie sie überhaupt nach Stratford zurückfahren lassen?«

»Keine ausreichenden Beweise, um sie dazubehalten, schon gar keine, um sie zu verhaften. Zu der Zeit auch kein Motiv.«

»Das mögliche Motiv wurde erst danach bekannt.«

Jury nickte. »Was genau es ist, weiß ich nicht, aber die beiden Frauen haben sich offenbar schon seit Jahren gekannt.«

»Also hat sie gelogen.«

Bei dieser eiskalten Feststellung zuckte Jury zusammen. »Sie hatte bestimmt Angst. Schließlich...«

»Vor dem Mord?«

»Wie bitte?«

»Sie sagen, Jennifer Kennington hatte Angst, bevor die Dunn ermordet wurde.«

Jury runzelte die Stirn. »Nein, habe ich –«

»Haben Sie doch.« Apted betrachtete die Zimmerdecke, als folge er einer Szene, die sich in Fengate abspielte. »Lady Kennington betritt das Zimmer, in dem die Owens und ihre Gäste zu den Cocktails versammelt sind. Sagt sie: ›Meine Güte, Ms. Dunn, ich habe Sie ja seit Jahren nicht gesehen!‹ Oder in Anbetracht der alten Beziehung sogar: ›Hallo, du ekelhaftes Biest.‹ Nein, sie tut so, als habe sie sie nie gesehen. Damit sagen Sie, daß sie schon vor dem Mord Angst hatte.«

»Vielleicht auch nicht.«

»Stimmt, kann sein. ›Angst‹ erklärt ihr Schweigen nicht hinreichend. Sie kann auch geschwiegen haben, *weil* sie plante, die Dunn umzubringen. Wie diesem –« Apted sah auf den Block. »Chief Inspector Bannen offenbar auch bewußt ist.«

Jury schwieg.

Apted auch. Er knabberte an dem Bleistift, als wäre es ein Maiskolben. Dann warf er ihn auf den Schreibtisch und sagte: »Trotzdem erscheint mir ein vorausgegangener Streit, wenn es denn einen gegeben hat und einerlei, wie erbittert er war, als Motiv ein bißchen dünne.« Er schüttelte den Kopf. Dann griff er wieder zu dem Bleistift und wirbelte ihn wie einen kleinen Taktstock zwischen den Fingern herum. »Und wer ist Ihr Verbündeter bei den Owens, der Ihnen die Informationen liefert?«

»Melrose Plant. Er kann gut...« Jury versuchte Plants Aktivitäten zu schildern, ohne daß es zu hinterhältig wirkte.

»Aha, hat sich inkognito in das Leben anderer Menschen geschmuggelt. Will er einen neuen Job, wenn der hier beendet ist?«

»Plant?« Jury lächelte. »Das bezweifle ich.«

»Charly Moss könnte einen guten Spion gebrauchen.«

»Wer ist Charly Moss?«

»Lady Kenningtons Anwalt – in spe.« Apted schrieb den Namen auf einen Block, riß die Seite ab und gab sie Jury.

»Dann übernehmen Sie also gemeinsam mit Moss?«

»Hab ich das gesagt? Worüber haben sich die Kennington und die Dunn gestritten?«

»Das scheint niemand zu wissen. Sie waren schon draußen, als sie damit angefangen haben.«

»Aha. Warum waren sie draußen? Sie haben gesagt, es war nach dem Abendessen, gegen zweiundzwanzig Uhr. Mußten sie die Gesellschaft verlassen, damit sie sich ankeifen konnten?«

»Das weiß auch keiner. Sie wollten beide eine rauchen, hat Jenny gesagt. Die Owens rauchen, glaube ich, nicht. Und als sie draußen waren, haben sie angefangen, sich zu streiten. Kurz danach, fünfzehn oder zwanzig Minuten später, hörten die Leute drinnen, wie ein Auto wegfuhr.«

Apted runzelte die Stirn. »Warum ist sie nicht sofort wieder hereingekommen?«

»Keine Ahnung. Sie sagt, sie hätte einen kleinen Spaziergang machen wollen. Um den Kopf klar zu kriegen.«

Ein paar Sekunden schaute Apted ihn an. »Hat sie ein Schwein zum Trüffelsuchen mitgenommen?«

»Schon gut, ich weiß auch, daß ein solches Verhalten ein bißchen seltsam ist.«

Apted schaute ihn scharf an.

Da fuhr Jury fort: »Ich denke immer über die Ehefrau nach. Grace. Schließlich muß es nicht vorsätzlich geplant gewesen sein. Vielleicht war es ja eine Affekthandlung. Und ob es jemand sah oder nicht, spielte keine Rolle.«

Apted gab einen Laut von sich, der ausdrückte, wie sehr er das glaubte. »Die folgenden Ereignisse zeigen doch, daß der Täter sehr wohl darauf geachtet hat, ob er gesehen wurde oder nicht. Ein Rendezvous am dämlichen Wash, meine Güte!« Er schnaufte. »Neigt Grace Owen zu Affekthandlungen?«

»Keine Ahnung. Auf mich wirkte sie sehr ausgeglichen. In gewisser Weise kindlich.«

Apted stand auf und schob die Hände tief in die Hosentaschen. Er ging zum Fenster, blieb dort stehen und schaute schweigend hinaus.

Das dünne Nieseln hatte aufgehört, der graue Schleier des Tages war verschwunden. Und obwohl die Sonne nur schwach war, übergoß sie das Fenster mit ihrem Schimmer, so daß Pete Apted in einem silbernen Netzgewebe stand.

Wieder war Jury überrascht, wie jung der Mann aussah. Sein Büro hatte Jury damals schon amüsiert, weil es soviel mehr wie die Kanzlei eines viel älteren und schrulligen Anwalts aussah. Die strengen alten Männer auf den Ölgemälden rechts und links an den Wänden hätten Apted bestimmt alle als abtrünnigen Heißsporn betrachtet.

Alles in dem Raum, die Vorhänge, die Stühle, das Ledersofa, war so edel, alt und verstaubt, daß man unwillkürlich dachte, Pete Apted habe es nur für eine Weile von einem seiner porträtierten Vorgänger geborgt. Jury wartete darauf, daß er weitersprach, und als das nicht geschah, sagte er: »Aber was ist mit Dorcas Reese?«

Apted schüttelte sich, als habe er gedöst. »Das zweite Opfer. Hätte ich beinahe vergessen.«

»Das scheint allen so zu gehen.« Jury erzählte ihm, was er über Dorcas wußte und was Annie Suggins Melrose erzählt hatte. »Sie war kein sehr intelligentes Mädchen. Die Köchin sagt, sie war schrecklich naseweis, schnüffelte in Schubladen und lauschte an Türen. Sie hat zu der Köchin, Annie Suggins, gesagt – das heißt, wenn nicht direkt gesagt, so hat Annie es doch gehört: ›Ich hätte es nicht tun sollen, ich hätte nicht hören sollen.‹ Das ist vielleicht nicht der genaue Wortlaut, aber . . .«

Apted setzte sich wieder auf seinen Stuhl und studierte eine Weile seine Schreibtischauflage. Dann schaute er hoch. »Dann vermuten Sie als Motiv für diesen Mord, daß Dorcas Reese etwas gehört hat, das sie gefährlich machte. Etwas, das mit dem Mord an Verna Dunn in Zusammenhang steht?«

»Ein anderes Motiv fällt mir nicht ein, wenn ich annehme, daß der Mörder Verna Dunns auch Dorcas umgebracht hat. Andererseits wirkt Dorcas nicht gerade so, als hätte sie jemanden bedrohen können. Sie war offenbar so farblos, daß die Leute sie gar nicht wahrnahmen.«

»Ach, ich weiß nicht. ›Farblose‹ Typen haben es so an sich, sich durchzusetzen, wenn die Gelegenheit günstig ist. Es gibt auch immer noch so was wie Erpressung. Hat das noch niemand als Motiv in Erwägung gezogen?«

»Bannen bestimmt. Aber nichts deutet darauf hin.«

Apted zuckte die Achseln. »Vielleicht hatte sie ja noch nicht kassiert. Aber eins kann ich Ihnen erzählen: Wenn es nur die Beweise gibt, die Sie mir genannt haben, klingt das ganz so, als sei das Belastungsmaterial der Kripo in Lincolnshire nicht gerade hieb- und stichfest. Zum Beispiel das Gewehr. Sie sind hinausgegangen, um zu rauchen. Wo hat Lady Kennington die Waffe getragen? In ihrem Zigarettenetui?« Apted runzelte die Stirn, legte die Fingerspitzen aneinander und das Kinn darauf. »Das

Auto fährt weg, das Auto kommt zurück, Lady Kennington kommt zurück. Ergo kommt Lady Kennington im Auto zurück. Ist das ein Beweis?« Er lehnte sich zurück und begann, seine Krawatte vom Ende her aufzurollen. »Nach einer Ente sieht mir das immer weniger aus, Superintendent.«

III

# The Red Last

# 17

Der Herr im Himmel wußte, was ihn kurz nach sechs aus dem Schlaf gerissen hatte. Jedenfalls hatte er nicht die Absicht, es zu einer Gewohnheit werden zu lassen. Er zog sich die Decke über den Kopf und schloß die Augen.

Und da sah er wieder, das heißt, hörte er wieder, wie Chief Inspector Bannen kam und sagte, die Kripo in Lincolnshire sei im Begriff, Jenny Kennington zu verhaften. Das Motiv scheine nun ziemlich klar.

»Keiner von Ihnen wußte, daß sie verwandt waren? Daß sie Cousinen waren?« hatte Bannen zum Erstaunen Max Owens gesagt und ihnen erzählt, was nun endlich ans Tageslicht gekommen war. Jenny Kennington war seit langem zutiefst mit Verna Dunn verfeindet! Das konnte als Motiv gelten!

»Wirklich gegen sie sprach«, hatte Max Owen gesagt, »daß sie es verschwiegen hat, daß sie gelogen hat.«

Das war aber noch nicht alles. Der Gerichtsmediziner hatte zur allgemeinen Überraschung herausgefunden, daß Dorcas Reese *nicht* schwanger war!

»Nicht schwanger? Wer hat denn behauptet, daß sie es war?« hatte Max gefragt.

Offenbar hatte Dorcas es sowohl einer Freundin als auch einer Tante erzählt. Letztere putzte bei Linus Parker und hatte vor der Polizei ausgesagt, daß Dorcas es ihr zwar mitgeteilt, nicht aber den Namen des Vaters genannt hatte. Nach Auskunft der Tante war sie ob ihres Zustandes ganz zuversichtlich, ja, sogar richtig zufrieden gewesen. Und überzeugt, daß sie noch diesen Monat heiraten werde. Madeline Reese hatte es der Polizei nicht früher erzählt, weil sie die Eltern nicht noch zusätzlich belasten wollte und meinte, daß es doch nichts mehr genützt hätte.

Chief Inspector Bannen hatte zugegeben, daß er mit dieser Entdeckung noch nichts Rechtes anzufangen wisse. Womöglich hatte Dorcas die Geschichte erzählt, um den Mann dazu zu bringen, sie zu heiraten. Aber im Hause Owen hatte sie sich niemandem anvertraut. Auch nicht Annie Suggins. Auf die entsprechende Frage hatte die Köchin nämlich geantwortet, sie könne sich absolut nicht vorstellen, daß Dorcas, unreif wie sie war, angesichts einer Schwangerschaft »zuversichtlich« gewesen sei.

Als Melrose sich das nun alles durch den Kopf gehen ließ, wußte er, daß er jeglicher Hoffnung auf Schlaf entsagen mußte. Besonders schwierig war es gewesen, Jury die Neuigkeiten über Jenny zu erzählen, aber Jury klang, als habe er es kommen sehen, wenn auch nicht so dicke.

Melrose stand seufzend auf und zog sich an. Aber als er nach unten kam, hörte er kein freundliches Gesumme und Gebrumme aus der Küche wie am Morgen zuvor. Sie war kalt und verlassen, doch die Fenster gaben den Blick frei auf einen noch so jungfräulichen Tag, daß man meinen konnte, die ganze Landschaft erwache in diesem Moment zum Leben. Er suchte sich den Tee, brühte sich eine Tasse und ging hinaus.

Er war nicht der einzige Frühaufsteher. Dreißig Meter vom Weg entfernt standen ein großer Mann – aha, Jack Price –, zwei weitere Männer, Farmer oder Landarbeiter, und zwei riesige Ackergäule. In dem noch dichten Bodennebel wirkte es, als schwebten dort geisterhafte Gestalten von Fenmännern. Melrose war froh, daß er Gummistiefel angezogen hatte, so konnte er über den Torfboden zu ihnen laufen. Was um Himmels willen machten sie hier? Pflügten sie etwa zu dieser unchristlichen Zeit? Jack Price redete mit Händen und Füßen auf einen Farmer ein. Das Pferdegespann hinter ihnen war so kräftig, daß es die Hölle hätte unterpflügen können. Melrose stapfte zu Price hinüber.

»Morgen«, sagte er. Gott allein wußte, daß es Morgen war, Viertel vor sieben und hier schon diese Versammlung. Für die Farmer entsprach es vermutlich der Mittagszeit. Melrose schüttelte sich. Was für ein Leben! Sie aßen wahrscheinlich um sechzehn Uhr zu Abend.

Jack Price, in seiner üblichen Kluft, Kappe, Regenjacke und Gummistiefel, nickte ihm zu und sagte, ohne die erloschene Zigarre aus dem Mund zu nehmen: »Beinahe wäre der Pflug zerbrochen.« Dabei zeigte er auf einen der Männer, der sich an der Gebißstange im Maul des einen Pferdes zu schaffen machte. »Eine Mooreiche. Schon mal eine gesehen?«

»Weder gesehen noch davon gehört. Was ist das?«

»Ein Baum.« Jack warf den Zigarrenstummel weg. »Ein besonders großer, steckt womöglich fünfundzwanzig Meter tief im Boden. Ist in dem Torf begraben und konserviert worden und bestimmt über viertausend Jahre alt. Das hier ist vielleicht nur ein Stück. Herrliches Feuerholz. Aah –«

Melrose sah, daß die Gäule und die Männer den Baumstamm beziehungsweise -stumpf mit einem mächtigen Ruck an die Oberfläche befördert hatten. »Lieber Himmel, der ist ja so dick wie ein Mammutbaum.«

»Ich liebe dieses Holz. Jetzt ist es weich und muß trocknen, aber die größeren Stücke benutze ich gern für meine Arbeit. Als man die Fens trockengelegt hat, haben hier die Sumpfeichenstämme rumgelegen wie Streichhölzer. Im neunzehnten Jahrhundert hat man die Geweihe von ausgestorbenem Rotwild und Skelette von Rundkopfdelphinen gefunden. Bei Flut überschwemmte das Wasser das Land wochenlang. Parker erzählt immer gern, daß sein Großvater die Stiefel stets neben dem Bett stehen hatte, weil der Boden jederzeit ein paar Zentimeter unter Wasser stehen konnte. Große Teile dieser Region liegen immer noch unter dem Meeresspiegel.« Jack nahm eine neue Zigarre aus der Tasche, biß die Spitze ab und entzündete sie mit einem Flammenwerfer von Feuerzeug. »Dick«, er deutete mit dem Kopf in Richtung der Männer, »sagt immer: ›Wenn die Natur gewollt hätte, daß die Fens hier trockenes Land sein sollten, dann hätte sie sie von vorneherein trocken gemacht.‹ Natürlich sind die ›verdammten Holländer‹ die Buhmänner. Kommen an und bauen die ganzen Kanäle, damit das Wasser ins Meer fließt. Wenn man Dick reden hört, meint man, die Trockenlegung sei erst letzte Woche erfolgt. In gewisser Weise beneide ich ihn. Es wäre schön, wenn die Vergangenheit so nah und zugänglich wäre.«

»Kommt drauf an, was für eine Vergangenheit man hat, würde ich mal meinen.« Sie standen neben einer kleinen, verfallenen Brücke, die sich etwa zwei Meter über einen schmalen Kanal spannte. Sie schien keinen rechten Nutzen zu besitzen, man hätte mit einem Satz über das Wasser springen können. Vielleicht hatte man sie lediglich aus ästhetischen Gründen gebaut. Sie stand unter Weiden, deren Blätter über das verrottende Holz streiften, daneben wuchsen Schilf, Wasserampfer und Felberich.

Romantisch sah die Brücke aus, wie die Szene insgesamt. Vielleicht lag es an der archaischen Arbeit, den sich abplackenden Pferden, die die Eiche aus ihrem nassen Bett zogen, Jack Price mit Stiefeln und Mütze und dem Stumpen im Mund, dem sehnigen alten Farmer und seinem kräftigen Sohn, dem in der Frühmorgenluft weiß dampfenden Atem der Gäule. Als sei ein Gemälde von Constable lebendig geworden. Melrose betrachtete das kreidige Wasser des Kanals und fragte Jack, in welchen Fluß es mündete.

»Höchstwahrscheinlich in den Welland. Dort drüben, wo das Schilf wächst, ist Sumpf entstanden. War früher offenes Gewässer. Nach dem Schilfsumpf wachsen Wälder, oder es wird zu Marschland. Allein an dieser Stelle sind Flora und Fauna so reich, daß sich Forscher jahrelang damit beschäftigen könnten.«

»Fließen die Flüsse denn alle in den Wash?«

»Ja, nehme ich doch an.«

Vorsichtig fragte Melrose: »Sind Sie nicht furchtbar neugierig zu erfahren, was Verna Dunn am Wash wollte?«

Jack lächelte. »Über Verna, das gerissene kleine Luder, versuche ich mir nicht allzusehr den Kopf zu zerbrechen. Aber ja, ich finde es schon sehr eigenartig. Sie war kaum der Typ, der solche Orte aufsucht, um mit der Natur Zwiesprache zu halten oder heroische Gedanken zu wälzen. Ich kann es mir nicht vorstellen. Außer –«

Er schwieg, und Melrose wollte ihm schon das nächste Stichwort geben, da entschuldigte Jack sich und ging dorthin, wo die Bergungsaktion stattfand. Ein paar Minuten lang redete er mit den beiden Männern und gestikulierte in Richtung der Pferde. Melrose überlegte, ob sie auch zum Reiten benutzt wurden. Trotz seiner Herkunft kannte Melrose sich bei Pferden nicht aus, ein passionierter Reiter war er nie gewesen. Was die Leute, die ihn unbedingt immer mit zur Jagd nehmen wollten, stets ärgerte. Dabei schauderte es ihn schon bei dem bloßen Gedanken daran.

Als Jack Price zurückkam, sich neben ihn stellte und seine Zigarre anzündete, sagte Melrose: »Wir haben über die Leiche am Wash geredet. Sie haben gesagt, Sie könnten sich keinen Grund vorstellen außer –«

»Ich meine, wer auch immer sie an den Wash gelockt hat, wollte sie von Fengate weglotsen. Dann hätte einer von uns als der Schuldige dastehen können.«

»Richtig.« Das erklärte in Melrose' Augen aber immer noch nicht den mörderischen Treffpunkt am Wash. »Wie lange leben Sie schon bei den Owens?«

Jack nahm die Zigarre aus dem Mund und prüfte, ob sie noch an war. »Schon lange. Es fällt mir schwer, Max ›Onkel‹ zu nennen, weil wir nur fünfzehn oder sechzehn Jahre auseinander sind. Er hat mich aufgenommen, als meine Mutter, seine Schwester, starb. Da war ich noch ein Teenager. Meinen Vater, einen nichtsnutzigen Trunkenbold, habe ich nicht mehr gesehen. Zehn Jahre später ist er auch gestorben. Bei Max wohne ich also schon sehr lange.« Er lächelte und paffte an seiner Zigarre. »Um dieses Arrangement würde mich jeder Künstler beneiden, der sich mit einem bürgerlichen Job über Wasser halten muß. Ich habe nicht nur ein Studio, sondern bin dort auch völlig für mich. Ich könnte tagelang da drin arbeiten, und keiner würde mich stören. Wenn ich arbeite, gehen sie davon aus, daß ich allein sein will, und Suggins stellt mir ein Tablett mit Essen vor die Tür. Es ist so gut wie in einer Künstlerkolonie, nein, besser. Einfach wunderbar. Ich sitze praktisch am gedeckten Tisch, wenn ich will sogar mit ein paar Flaschen Wein in einem kerzenbeleuchteten Speisezimmer. Die Owens sind einfach großartige Menschen. Das war Max schon immer, aber Grace auch. Stellen Sie sich doch nur vor, da muß die frisch vermählte Gattin als Teil des Ehevertrags einen erwachsenen Neffen mit in Kauf nehmen.«

»Nicht das übliche, stimmt. Aber Sie waren, wie Sie sich ausdrücken, auch ›Teil des Vertrags‹, als Max Verna Dunn geheiratet hat. Und ich kann mich des Eindrucks nicht erwehren, daß sie keine Grace war.«

Jack Price lachte. »Da trügt Sie Ihr Eindruck nicht. Mit Verna gab es ständig Probleme. Daß Max es so lange mit ihr ausgehalten hat, beweist nur, wie unverwüstlich er ist – na, eigentlich, wie nett er ist.«

Obwohl Melrose befürchtete, daß seine Fragen für jemanden, der hier nur als Antiquitätengutachter fungierte, langsam etwas weit gingen, fuhr er fort: »Außerdem habe ich den Eindruck, daß die Dame ein bißchen, hm, nicht gerade sehr tugendhaft war. Hat sie es auch mal bei Ihnen versucht?«

Wieder lachte Price. »Natürlich. Ich glaube, der einzige Mann hier, den sie ausgelassen hat, ist der alte Suggins.«

Melrose hätte Jack Price gern direkt gefragt, ob er Verna Dunns Gunst erwidert habe, aber er unterließ es diskret. Die Sonne war mittlerweile so hell, daß sie die Riedgräser mit Glanz überzog und sich in dem glatten Wasser des Kanals widerspiegelte. Bis auf die Männer und die Pferde, die mit aller Kraft an dem schweren Baumstamm zerrten, war das flache Land, so weit Melrose schaute, menschenleer. Als hörte hier die Zivilisation auf.

Melrose versuchte es anders herum, mit der Tatsache, die in Fengate mittlerweile allgemein bekannt war. »Komisch, die angebliche Schwangerschaft dieses Mädchens, finden Sie nicht auch?«

Jack Price trat zur Seite, als werde ihm nun unbehaglich. »Also, ich war überrascht, obwohl mir das einige Leute nicht abnehmen würden.« Er deutete mit dem Kopf über den Weg hinaus. »Die Stammgäste im Case meinen bestimmt, daß ich für die Rolle des Vaters vorgesprochen habe. Die Kleine hinterm Tresen allemal.«

»Na, dann haben sie Sie doch sicher auch für eine andere Rolle vorgeschlagen, die des Mörders.«

»Aber ja doch. Das Gerücht schwirrte vermutlich sowieso rum. Dorcas war bestimmt in mich verliebt. Und bestimmt hatte sie einen Mann, den großen Unbekannten. Und da glaube ich, bin ich als Kandidat genauso geeignet wie jeder andere. Entschuldigung, offenbar kommen sie dort nicht so recht voran.« Er ging wieder zu den Männern und den Pferden.

Melrose mußte an eine archäologische Fundstätte denken.

»Gehen Sie zur Jagd?« fragte er, als Price zu ihm zurückkam.

Der reagierte verblüfft. Dann antwortete er lachend: »Selten. Ich mache mir nicht viel daraus. Wenn Sie aber wissen wollen, ob ich eine Knarre laden, anlegen und abfeuern kann, dann lautet die Antwort: Ja. Doch habe ich geladen, auf Verna angelegt und gefeuert? Nein.«

»Ach, das wollte ich eigentlich –«

»Doch, das wollten Sie schon wissen.«

Melrose war klar, er hatte eine Frage zuviel gestellt. Um zu demonstrieren, wie harmlos er war, fügte er hinzu: »Verzeihung, ich wollte nicht neugierig sein. Egal, ich fahre heute sowieso zurück nach North –, nein, nach London. Ich habe hier getan, was ich konnte, und bei Christie's ist eine Versteigerung, an der ich interessiert bin.«

Einen Moment lang schwieg Jack und beobachtete die beiden Männer mit dem Baumstamm. Dann sagte er: »Und Jenny ist eine Freundin von Ihnen?«

Melrose stutzte bei dieser Wendung des Gesprächs, besonders weil Jack einen vorher nicht erkennbaren vertraulichen Ton angeschlagen hatte. »Genau genommen keine Freundin. Eher eine Bekannte. Warum?«

»Für sie sieht's nicht allzu rosig aus, was?«

Wieder war Melrose überrascht, weil Jacks Stimme eindeutig niedergeschlagen klang. »Nein, wahrlich nicht.«

Jack nahm den Zigarrenstummel aus dem Mund und warf ihn in das nasse Gras zu seinen Füßen. »Schade, daß Sie schon abfahren.« Dann ging er zu der Mooreiche. Und Melrose stand da und fragte sich, ein wie guter Freund Jack Price gewesen war.

Melrose wußte nicht, ob Max Owens Freund Parker ihnen weiterhelfen konnte, ja nicht einmal, ob er bereit war, mit ihm über den Fall zu sprechen. Aber da Zel gesagt hatte, daß Dorcas Reese in dem Haus verkehrt hatte, und zwar häufiger, fand er, er könne genausogut noch versuchen, es herauszufinden, bevor er nach Northants zurückkehrte.

Nach seinem Telefongespräch mit Jury am Abend zuvor hatte er seine letzten Pseudonotizen über die Möbel gemacht und den Owens gesagt, er werde heute wieder fahren, wolle aber vorher Major Parkers freundliche Einladung zum Lunch wahrnehmen. Sie Glücklicher, hatte Max gewitzelt. Obwohl Bannens Besuch ihn sichtlich verstört hatte, hatte er ein Lächeln zustande gebracht und Melrose versichert, daß er seinen Lunch bei dem wohl besten

Koch in South Lincolnshire einnehmen werde. Sie (und besonders ihre Köchin Mrs. Suggins) nähmen es immer als Kompliment, daß Parker überhaupt zu ihnen zum Essen kam.

Mit aufgerollten Hemdsärmeln und mehlbestäubten Unterarmen sah Parker aus, als trete er gleich als Koch in einem Theaterstück auf. Er schien es gar nicht ungewöhnlich zu finden, daß er sich als Herr eines mächtigen Landguts mit Küchenschürze präsentierte. Seine Begrüßung hatte nichts Theatralisches, sie war freundlich und kam so von Herzen, daß Plant sich ein wenig schämte, weil er nicht nur wegen des Mittagessens hier war.

Parker führte Melrose von der hohen, kalten Eingangshalle durch einen Raum, der dreimal so groß wie Grace' »Galerie«, jedoch völlig anders eingerichtet war. Das Inventar auf dem folgenden langen Gang zu dem Raum, wo sie sich niederlassen wollten, war zwar sicher sehr wertvoll (Melrose als Gutachter mußte es ja wissen), aber kunterbunt durcheinandergewürfelt. Nichts harmonierte miteinander. In einem der Salons (es gab mehrere) versuchte sich eine Mahagonianrichte, deren Holz so dunkel war, daß es wie verbrannt aussah, neben einem klassizistischen Kanapee zu behaupten.

Als könne Parker Gedanken lesen, sagte er: »Hier erleben Sie nun, wie schrecklich Möbel aussehen können, wenn man sie einfach nur zusammenschmeißt. Max, der hat das Talent zum Arrangieren, wie Sie sicher gemerkt haben.«

»Absolut«, sagte Melrose und dachte, daß Parker natürlich das »Arrangement« seiner Preziosen im Vergleich zu Owens als chaotisch betrachten mußte. Melrose' Blick blieb an einem möglicherweise echten Botticelli haften, der aber richtig verdächtig aussah, weil er so achtlos neben das Gemälde eines Niederländers gehängt war.

Schließlich kamen sie in ein kleines, gemütliches Zimmer, in dem ein Feuer loderte. Auf dem Tisch standen Gläser und zwei

Karaffen. »Whisky genehm? Ich habe auch Sherry, aber ich bin nicht der Meinung wie diese etepeteten Richter der feinen Küche, die behaupten, daß Whisky die Geschmacksnerven beeinträchtigt. Whisky hat noch nie was beeinträchtigt, wenn Sie mich fragen.« Er schenkte zwei schwere Gläser voll.

»Vielleicht das eine oder andere Leben. Danke.« Melrose nahm das Glas.

»Ja, das schon. Trotzdem Prost.«

Melrose holte sein Zigarettenetui heraus und hielt es hoch. »Darf ich?«

Parker lachte. »Ich fühle mich langsam wie ein Paria, wenn ich die Zigaretten zücke. Ach bitte, geben Sie mir auch eine. Meine sind in der Küche bei der *tagine*. Wenn Sie sich fragen, was das ist – es ist Eintopf, marokkanischer Eintopf.« Er nahm eine Zigarette und ließ sich Feuer geben. »Nicht, daß ich protzen will. Aber ich liebe einfach den fremden Klang dieser Gerichte. Ich meine, *tagine* klingt doch, als ob es um Klassen besser schmeckte als ›Rindfleischeintopf‹, finden Sie nicht?« Als er in Richtung Küche zeigte, flog ein wenig Mehl durch die Luft. Er nahm ein Taschentuch und wischte sich den Arm ab. »Beim Kochen veranstalte ich immer eine schreckliche Schweinerei. Hoffentlich sind Sie schön hungrig; mir jedenfalls knurrt der Magen. Ich esse zuviel und trinke zuviel. Von dem hier.« Er hob das Glas. »Aber in meinem Alter bleiben einem ja sonst nicht mehr viele Freuden.«

Melrose lächelte und machte es sich in seinem Sessel bequem. Parker war vielleicht am Kinn und um den Bauch ein bißchen rundlich, aber keineswegs fett, nicht einmal korpulent. Alles, was zuviel war, konnte er bequem auf mehr als ein Meter achtzig Körpergröße verteilen. Er war nicht hübsch, aber ungewöhnlich attraktiv. Für Frauen zumindest, dachte Melrose. Warum? Nichts war außerordentlich, im Gegenteil: zu kleine Augen, zu wenig Haar, beginnende Hinterkopfglatze, eine etwas zu breite Nase und ein hundsgewöhnlicher Schnurrbart über eher dünnen Lippen.

Aber man würde diese Mängel vermutlich gar nicht bemerken, wenn man nicht, wie Melrose jetzt, versuchte, Parkers Attraktivität zu entschlüsseln.

Er redete über sein Haus und die Ländereien. »Wissen Sie, ich bin Landwirt, das heißt, ich *war* Landwirt. Ich habe aufgehört, weil es einfach zu schwer war, und da ich mein gutes Auskommen habe, würde man mich ohnehin als nicht viel mehr denn als Gutsherr bezeichnen. Das Land liegt jetzt brach. Dieses altehrwürdige Gebäude ist seit Ewigkeiten im Besitz meiner Familie. Die Leitungen klopfen und rumoren, und die Heizung ist ungefähr so effektiv, als würden Pfadfinder Stöckchen aneinanderreiben. Aber weg kriegt mich keiner von hier.«

Parker kratzte sich an der Stirn und schob sich dann das weiche, dünner werdende Haar in einer jungenhaften Geste nach vorn. Er wirkte wie jemand, der seit Jahrhunderten wartete, daß ein Mensch wie Melrose des Weges kam, damit er endlich zum Leben erwachte. Und da mußte die Ursache für seine Anziehungskraft liegen, dachte Melrose: Er machte den Eindruck, als sei die Gesellschaft, in der er sich gerade befand, die einzige, die ihm auch vollauf zusage. Er vergeudete seine Zeit nicht mit Small talk; er stürzte sich gleich in ein Gespräch über das Leben im besonderen und allgemeinen. Im Gegensatz zu vielen Menschen, die einem nie ihre volle Aufmerksamkeit schenken, weil ihre Gedanken abschweifen, konzentrierte Parker sich hundertprozentig auf sein Gegenüber. Er schuf eine Atmosphäre von Intensität und hatte keine Angst, offen über sich selbst zu reden, was seine Gesprächspartner veranlaßte, dasselbe zu tun. Das war die Quelle der Behaglichkeit, die Parker unbewußt und wie selbstverständlich verbreitete. Man fühlte sich zu Hause und schenkte dem Hausherrn sein Vertrauen, ohne es zu beabsichtigen, ja, vielleicht sogar, ohne es zu merken. Melrose fragte sich, wie viele Menschen sich dem Mann anvertraut hatten und wie viele Geheimnisse er kannte.

»Dann kennen Sie Max Owen schon lange.«

»Ja, seine erste Frau kannte ich auch.«

Parkers undurchdringliches Lächeln deutete an, daß er wußte, warum Melrose eigentlich hier war. Melrose rückte beklommen in seinem Sessel hin und her, als versuche er die Angst, für jedermann durchschaubar zu sein, abzuschütteln. »Ich muß gestehen, daß ich mir über den Tod dieser Frau Gedanken mache. Es ist sehr eigenartig, finden Sie nicht?«

»Um Ihnen die Wahrheit zu sagen, ich bin nicht überrascht, daß sie endlich jemand um die Ecke gebracht hat. Egal, wie man's sieht, sie war ein manipulatives Biest. Das sind schöne Frauen ja oft, finden Sie nicht? Und wenn Geld und Schönheit zusammenkommen und sie doppelt verwöhnt sind, haben sie die Mittel, sich alles zu erlauben.«

»Ich dachte, sie wäre hierhergekommen, um Geld aufzutreiben. Bei Max Owen.«

»Für das Theaterstück, meinen Sie? Ja, vielleicht, aber ich bezweifle es. Verna hatte einfach ihren Spaß daran, anderen Unannehmlichkeiten zu bereiten.« Parker trank den letzten Schluck Whisky aus seinem Glas und schenkte sich noch ein wenig ein.

Melrose lehnte einen zweiten dankend ab und überlegte, ob auch Parker sich hatte manipulieren lassen. Er wagte ein »Allen oder nur Max?«

Parker schaute einen Moment lang in sein Glas und antwortete dann vage: »Die Frau war schrecklich. Meiner Meinung nach hätte jeder einzelne von uns soweit kommen können. Mich überrascht nur, wer es schließlich getan hat.«

»Lady Kennington? Das ist aber doch noch gar nicht bewiesen.« Für einen unbeteiligten Beobachter sagte er das ein wenig zu erregt.

»Sie ist eine Freundin von Ihnen, hat Max gesagt.«

»Keine Freundin. Eher eine Bekannte. Ich habe sie einmal in Stratford-upon-Avon kennengelernt.«

»Eine nette Frau«, brummte Parker. Dann schwieg er. »Ungewöhnlich nett, würde ich sagen. Ein mitfühlender Mensch. Die Spanier sagen ja auch – *sim-pática*. Da steckt das Mitfühlen drin.« Wieder schwieg er, trank von seinem Whisky und sagte: »Kommen Sie, jetzt essen wir unseren Eintopf. Er ist sehr lecker.«

Es stimmte. Ein so köstliches Mahl hatte Melrose selten verzehrt. »Von Ihren Kochkünsten habe ich schon gehört. Sie haben einen großen Fan.«

»Oh? Wen?«

»Das kleine Mädchen, die Nichte des Verwalters. Zel.«

Parker lachte. »Ah, das ist ein Racker, das kann ich Ihnen sagen!«

»Sie behauptet, Sie seien der beste Koch in Lincolnshire. Ihre Spezialität sei Pflaumeneis.«

»Was mehr über ihren Geschmack als meine Kochkünste aussagt.« Parker goß ihnen Wein nach und stellte die Flasche wieder in einen steinernen Kühler. »Zel kommt ziemlich oft hierher. Sie hilft mir kochen und stellt sich für ihr Alter bemerkenswert gut an. Sie sagt, sie will Köchin werden.«

Melrose lächelte. »Das sagt ja einiges über Ihren Einfluß aus.«

Parker errötete ein wenig, schien aber erfreut. »Zel gehört zu den Kindern, bei denen es einem leid tut, selbst keine zu haben. Der Wein ist nicht übel.« Er goß wieder ein.

Melrose schaute auf das Etikett. »Sollte er auch. Trinken Sie jeden Tag zum Lunch Grand Cru?«

»O nein. Manchmal peinige ich mich mit einem Premier Cru. Wenn der Lunch weniger formidabel ist.«

»Der hier ist aber formidabel.« Melrose zerbrach ein duftiges Brötchen, bestrich es mit Butter und sagte: »Schade um Zels Onkel. Wie ist das passiert?«

»Ein Jagdunfall. Haben Sie seinen alten Stechkahn gesehen? Damit ist er gern morgens in aller Herrgottsfrühe zum Jagen gefahren, auf Rebhühner oder Kiebitze. Irgendein hirnverbrannter Idiot, der unbedingt in dem Nebel herumballern mußte, hat Peter versehentlich angeschossen. Hat es nicht mal gemerkt, so daß Peter halb tot liegengeblieben ist, bis ihn ein paar Angler gefunden haben. Diese verdammten Narren mit ihren Schießeisen sind eine wirkliche Gefahr. Ich sage auch immer Max' Gärtner, er soll aufhören, auf alles, was sich bewegt, zu schießen.« Parker seufzte. »Entsetzlich, wenn das einem Mann passiert, der sein ganzes Leben draußen verbracht hat. Aber Peter ist ein Unglücksrabe, glaube ich. Wenn was Schlimmes passiert, dann immer ihm. Vielleicht hat er Ihnen erzählt, daß er als junger Mann jahrelang auf diesem Jagdgut in Perthshire gearbeitet hat. Als sein Onkel in Rente gegangen ist, hat er die Verwaltung des Anwesens übernommen – ein Riesending. Er war sicher der jüngste Gutsverwalter, den es je gegeben hat, ein toller Job. Und er wollte eine junge Dame, ein schottisches Mädchen, heiraten, aber sie ist von einer Brücke gestürzt und ertrunken. Man gab ihm die Schuld, obwohl er beteuert hat, er sei kilometerweit vom Unglücksort entfernt gewesen, der arme Kerl.«

»Das ist ja entsetzlich.«

»Es kommt noch schlimmer. Der Vater des Mädchens behauptete, Peter habe sie gestoßen, weil er sie nicht heiraten wollte. Bei der gerichtsmedizinischen Untersuchung hatte sich nämlich herausgestellt, daß sie ein paar Monate schwanger war. Der alte Mordecai war ein feuerspeiender fundamentalistischer Presbyterianer.«

»Das klingt ja, als hätten Sie die Leute alle gekannt.«

Parker war überrascht. »Wirklich? Na, in gewisser Weise trifft das zu, nachdem mir Peter so oft davon erzählt hat. Der Vater strengte eine Untersuchung an, aber viel zu ermitteln gab's da nicht. Peter wurde trotzdem verhaftet, und man machte ihm einen Prozeß wegen Totschlags. Der arme Teufel konnte nicht viel zu seiner Verteidigung vorbringen – wie auch? Er leugnete ja gar nicht, daß er der Vater war. Am meisten sprach vermutlich gegen ihn, daß er – wie er selber eingestand – ein ziemlicher Frauenheld war. Er sieht ja auch immer noch fabelhaft aus. Aber nachdem er Maggie kennengelernt hatte, hatte er sich geändert. Der Staatsanwalt schaffte es jedoch, Peter als jemanden hinzustellen, der weiterhin nur darauf aus war, junge Dinger zu verführen und dann sitzenzulassen. Er wurde verurteilt. Die Strafe war gering, nur zwei Jahre, und als er eins abgesessen hatte, wurde er entlassen. Er kam wieder zurück nach Lincolnshire, und ich habe ihn für alle möglichen Arbeiten eingestellt. Aber als ich merkte, wie gut er war, habe ich ihn behalten und ihm das Cottage überlassen.«

»Was ist mit Zel? Wo sind ihre Eltern?«

»Peter behauptet, ihre Mutter war eine Hure und der Vater, sein eigener Bruder, ein Herumtreiber und Faulpelz. Sie wollten das Kind beide nicht. Da hat Peter sie aufgenommen. Wo sie jetzt sind, weiß ich nicht.«

»Nicht einfach für Zel.«

»Ja. Vielleicht kommt daher ihre extrem lebhafte Phantasie.«

Melrose lächelte. »Ja, sie glaubt, der Fußweg da draußen sei verhext. Und daran sei Black Shuck schuld.«

Parker lachte. »Ach ja, davon habe ich auch schon gehört.«

»Ein kapitaler Bursche. Zel sagt übrigens, daß das junge Mädchen, die junge Frau, Dorcas Reese, oft über diesen Weg gegangen ist.«

»Bleiben Sie ruhig bei dem ›jungen Mädchen‹. Sehr erwachsen war sie nicht, unsere Dorcas. Noch Soufflé?«

Melrose hielt ihm den Teller hin. »Bevor ich mich schlagen lasse.« Parker gab ihm noch etwas, und Melrose sagte: »Sie kannten sie sicher auch, oder?«

»Natürlich. Ich habe sie ja immer gesehen, wenn ich abends im Pub war.«

»Hat sie auch für Sie gearbeitet?« Melrose wußte nicht, wie er die Frage nach Dorcas' Besuchen hier im Haus sonst formulieren sollte. »Hat sie Ihnen vielleicht beim Kochen geholfen?«

Parker schaute ihn so perplex an, als habe er seine gesamte

Kollektion als wertlos eingestuft. »Kochen? Dorcas? Um Gottes willen, nein!« Er lachte.

Aber Melrose hörte aus dem Gelächter noch einen anderen Ton heraus. Die Fragen waren Parker unangenehm. »Eigentlich scheint niemand das Mädchen so recht gekannt zu haben. Außer vielleicht Mrs. Suggins.«

»Das ist ja auch kein Wunder.«

»Mrs. Suggins meint, sie sei ziemlich ... hm, zu neugierig gewesen.«

Parker lächelte. »Ja, Dorcas, die steckte ihre Nase überall rein. Wenn man kein eigenes Leben hat, will man vielleicht das der anderen borgen.«

»Sie muß aber doch ein eigenes Leben gehabt haben. Ein, zwei Leuten hat sie schließlich erzählt, sie sei schwanger.«

»Ach ja, das habe ich ganz vergessen. Vielleicht ist sie deshalb umgebracht worden. Von einem Burschen, der sie nicht heiraten wollte. Dorcas war der Typ Frau, die auf Biegen und Brechen heiraten will.« Parker goß ihnen noch einmal Wein nach. »Oder sie wußte, daß sie nicht schwanger war, und hat es einfach nur herumerzählt. Um, wie gesagt, zu zeigen, daß sie auch ein Leben hatte.«

»Ja, das ist sehr gut möglich. Ja. Nur, wenn sie wollte, daß alle Welt es wußte, warum hat sie es dann nicht den Leuten erzählt, die es auch weitertratschen würden? Die Tante klingt eher so, als plaudere sie nichts aus.«

»Madeline? Bei der ist jedes Geheimnis sicher. Aber nun ist das Mädchen ermordet worden, und da kommen wahrscheinlich alle Geheimnisse an den Tag.«

»Leider nicht so weit, daß sich die Sache aufklären würde.« Schläfrig vom Essen und Trinken sank Melrose zurück. »Ich überlege etwas anderes: daß sie etwas belauscht oder gesehen hat, das sie gefährlich machte.«

Schweigend überdachte Parker diese These. »Hm. Das ist einen

Gedanken wert. Meinen Sie, daß sie vielleicht etwas über den Tod von Verna Dunn wußte?«

»Könnte sein.«

Parker nahm sein Glas, ließ den Wein ein wenig kreiseln und dachte nach. »Dorcas war eine Angestellte, die direkt neben einem stehen konnte, und man merkte es nicht. Man nahm sie einfach nicht wahr.« Er trank einen Schluck Wein.

Da war es wieder, das seltsame Bild; die arme Dorcas paßte in ihrer Unscheinbarkeit so gut zu diesem flachen Land, das so schwer zu ermessen und nach weit verbreiteter Ansicht so wenig anziehend war, daß sie schlicht darin verschwand.

Auf der Rückfahrt nach Northampton konnte Melrose sich nicht mehr vorstellen, wie er auf dem Herweg nach Algarkirk jemals in den Deepings und in Cowbit gelandet war. Es mußte an seinem völligen Mangel an Orientierungsvermögen liegen. Vielleicht war er aber auch in einem seiner Dämmerzustände gewesen, wie oft nach endlosen Gesprächen mit seiner Tante. Nicht weit von Loughborough geriet er in Straßenbauarbeiten und mußte sich in eine Autoschlange einreihen, die aussah, als stehe sie schon tagelang dort. Da saß er, trommelte mit den Fingern auf das Steuerrad und wünschte, in Truebloods Lieferwagen wäre ein CD-Player eingebaut. Ein fetziger Lou-Reed-Song würde die Schlafmützen da draußen in ihren neonorangefarbenen Westen auf Trab bringen. Offenbar hatten sie Teepause. Am Straßenrand stand jedenfalls einer mit einem Plastikbecher in der Hand. Er starrte den Schriftzug auf dem Lieferwagen an, als überlege er, ob er eine Dynamitstange hineinstecken sollte. Haß auf die, die im Luxus leben, das war's.

Der stämmige Bursche kam zu ihm geschlendert. »Antiquitäten, sehr schön, hätt ich auch gern, wirklich, kann ich mir bloß nicht leisten«, sagte er.

»Na, bald kriegen Sie wenigstens den Wagen hier, wenn wir

noch lange hier stehen und den Kältetod sterben, während wir euch Jungs zusehen müssen.«

Guter Spruch, der Mann lachte. »Na, machen Sie sich nichts draus. Wenigstens müssen Sie nicht die Umleitung fahren. Wir mußten den Verkehr schon auf die kleineren Landstraßen schikken. Warn die sauer, das kann ich Ihnen sagen. Aber in zwei Tagen sind wir fertig. War jedenfalls so geplant.«

»Wie lange sind Sie denn schon zugange?«

»Zwei Wochen, glaube ich. Nein, mehr. Wir haben am Mittwoch angefangen, daran kann ich mich erinnern, weil meine Mutter da Geburtstag hatte und ich den Kuchen verpaßt habe. War die grantig. Ich bin der einzige Sohn.«

Laber, laber, dachte Melrose und schloß die Augen, während der Mann weiter über seine Mutter schwadronierte. Geburtstag! Plötzlich wurde er hellwach. O Gott, Agatha hatte entweder heute oder gestern oder morgen Geburtstag. Irgendwann in diesen Tagen. Wie alt war sie überhaupt? Einhundertundzwanzig? Natürlich hatte er nichts für sie. Er schaute auf die Uhr. Ob er es bis Northampton schaffte, bevor die Läden schlossen?

»Okay, Kumpel, gleich geht's los. War nett, mit Ihnen zu reden.« Der Bursche gab der Karre einen Klaps, als ein kleiner Lastwagen, der die Autoschlange auf der Gegenfahrbahn anführte, näher kam. Melrose ließ den Motor aufheulen und bretterte los, nicht ohne seinem neuen Spezi wie wahnsinnig zuzuwinken.

Alles klar, dachte er, während er an dem Graben oder womit immer sie sich beschäftigten, entlangfuhr. Dann schaffe ich es ja doch noch rechtzeitig bis Northampton.

Ein gemeines Lächeln breitete sich über seinem Gesicht aus, als ihm das perfekte Geschenk einfiel.

# 18

Jury saß in der Kripozentrale in Stratford-upon-Avon und wartete auf Sam Lasko. So wie die Sekretärin dessen Kommen und Gehen beschrieb, hätte man annehmen können, er sei der Geist aus »Aladdins Wunderlampe« und Jury der kleine Junge, der hier auf die Erfüllung seiner Wünsche hoffte. Da dies sein dritter Besuch war, sollte es besser auch der letzte sein, hörte Jury sie förmlich flüstern.

»Danke, ich warte hier«, hatte er vor fünfzehn Minuten gesagt. Woraufhin sie ihn mit einem Wie-Sie-wollen-Achselzucken bedacht und weiter hastig vor sich hin getippt hatte.

Sie war mittleren, wenn nicht fortgeschrittenen Alters, groß und dünn und trug einen Pullover von undefinierbarer Couleur über einer widerlich pinkfarbenen Bluse. Kaugummifarben. Alles an ihr sah aus, als sei es festgezurrt – der schmerzhaft feste Haarknoten, ihre geraden, glatten Lippen, die schmale Nase. Sie erinnerte Jury an eine Oberlehrerin, die ihren Schützlingen das Leben schwermacht und sich mißbilligend über die unbeholfenen Ovid-Übersetzungen beugt. Das schwarze Schildchen auf dem Schreibtisch enthüllte ihren Namen. »C. Just«, aha, das Fräulein »Gerecht«. Nett. Während seiner viertelstündigen Anwesenheit hatte sie – ohne ihr Klappern zu unterbrechen –, einmal aufgeschaut und gesagt, sie habe keine Ahnung, wann Inspector Lasko wieder hier sei und ob er, Jury, nicht lieber doch später noch mal wiederkommen wolle. In der Frage hatte nicht die Spur von Besorgnis gesteckt, ob ihr Besucher sich wohl fühle, sondern nur die Gereiztheit ob der bedrohlichen Präsenz von Scotland Yard. Jury störte sie bei der Arbeit. Seitdem er Miss C. Just das erstemal gesehen hatte, war ihm klar, daß sie Beamte, die einen höheren Rang als ihr Chef bekleideten, schlecht ertrug.

Endlich erschien Sam Lasko. Wie immer sah er tief bekümmert

aus. Das hatte nichts mit dem tatsächlichen Verlauf seines Lebens zu tun, sondern er hatte diese Miene über die Jahre kultiviert, um Besuchern von vornherein den Wind aus den Segeln zu nehmen und Verdächtige zu überrumpeln. Und damit Leute wie Jury ihm einen Gefallen taten! Konnte man sich einem so geplagten Mann wie D. I. Lasko verweigern? Vor Jahren hatte Jury es einmal nicht geschafft, seinem Hundeblick zu widerstehen, und prompt hatte er drei Mordfälle in Stratford am Hals gehabt.

»Dieser Herr wartet schon auf Sie«, sagte Miss Just.

Als wolle Jury melden, daß eine Katze im Baum festsaß. Zum Leidwesen der Dame grinste Lasko breit und knuffte Jury ein paarmal gegen die Schulter, als sie in sein Büro gingen.

»Sie sind sicher wegen Ihrer Freundin hier.« Lasko ließ sich schwer in einen Drehstuhl fallen, der dringend geölt werden mußte. Quietschend begann er, wie in einem Schaukelstuhl vor- und zurückzuschwingen.

»Was ist mit der bevorstehenden Verhaftung, Sammy?«

Lasko rieb sich einen Flecken von der Schuhspitze. Den Fuß hatte er gegen die Schreibtischkante gestemmt. »Ist mir auch zu Ohren gekommen.«

»Reden Sie nicht so, als sei es ein Gerücht. Stimmt es? Oder ist es nur gute PR für die Kripo in Lincolnshire? Kennen Sie diesen DCI?«

»Vor dieser Sache habe ich ihn nicht gekannt, nein. Nur von ihm gehört. Er ist sogar noch erbarmungsloser als ich.« Sam widmete sich wieder seinem Schuh.

Jury lächelte. »Alle Wetter!« Dann wurde er ernst. »Selbst wenn Jenny ein Motiv gehabt hätte, Verna Dunn umzubringen, wovon ich immer noch nicht überzeugt bin, wie kann er dann das Fehlen eines Motivs im Fall Dorcas Reese ignorieren? Ja, mehr noch, wie kann er die Möglichkeit ignorieren, daß es zwei Mörder gibt oder daß es jemand ganz anderes war?«

Lasko breitete die Arme aus. »Die beide was mit Fengate zu tun hatten? Egal, fragen Sie nicht mich, ich bin nur der Babysitter.« Er rieb sich die verquollenen Augen, die angefangen hatten zu tränen, denn auch er hatte eine stolze Palette von Unverträglichkeiten aufzuweisen. »Aber hören Sie, Bannen läßt niemanden verhaften, wenn er nicht genügend Beweise hat. Weil sie wahrscheinlich eh einen Schickimicki-Edelanwalt hätte, der sie raushauen würde, bevor er einen Piepser gesagt hätte.« Lasko nieste und putzte sich die Nase.

»Das ist totaler Unfug. Die Frau ist mit einem Gewehr erschossen worden. Wie hat Jenny es dorthin gebracht?«

Lasko zuckte mit den Schultern, öffnete und schloß Schubladen. »Vorher ins Auto gelegt? Am Tatort versteckt? Ihre Fingerabdrücke waren drauf.«

»Die Fingerabdrücke von Hinz und Kunz waren auf der verdammten Waffe, einschließlich derjenigen der Köchin. Und Verna Dunns. Totaler Unfug«, wiederholte Jury.

»Wirklich. Woher wollen Sie das wissen?«

»Man kennt einen Menschen eben.«

»Ja, das hat die Gattin des Yorkshire Ripper wahrscheinlich auch gesagt.«

»Ach, nun machen Sie mal halblang, Sammy.«

Sammy blätterte aber schon mit einer Hand Akten durch. »Schauen Sie, wenn Sie schon mal hier sind –«

»Nein«, sagte Jury und erhob sich.

Die Tür des Hauses in der Ryland Street öffnete sich genau in dem Moment, als Jury die Hand zum Messingtürklopfer hob. Jenny trat einen Schritt zurück. »Richard!«

»Hallo, Jenny.« Sie trug den braunen Mantel und den Libertyschal. Beides hatte sie angehabt, als er sie das allererstemal gesehen hatte. Vor zehn Jahren. Wie konnte soviel Zeit verstrichen und sowenig dabei herausgekommen sein? »Wollten Sie gerade gehen? Ich begleite Sie, ja?« Nie war sie greifbar. Immer entzog sie sich.

»Nur zu einem Spaziergang am Fluß.« Sie lächelte und schloß die Tür hinter sich. Dann sagte sie: »Warten Sie einen Moment, ich brauche noch etwas.« Sie ging wieder hinein, rannte die Treppe hinauf und war sofort wieder zurück.

Als sie über den Bürgersteig zur Kirche und zum Park schlenderten, fragte er sich, ob sie etwas von der bevorstehenden Verhaftung wußte. So wie sie wirkte, nicht. Er erzählte ihr von seinem Besuch bei Pete Apted; sie reagierte angstvoll.

»Wenn ich Pete Apted brauche, stecke ich wohl wirklich in der Klemme. Lieber Gott, wer bezahlt ihn denn?«

Jury schaute zur Fassade der Kirche und lächelte. »Schon mal was von Armenrecht gehört?«

»Ach ja, ganz bestimmt.« Sie lächelte kläglich.

Sie liefen an der Kirche vorbei und kamen zum Fluß, wo sie nebeneinander stehenblieben. Jenny holte eine Plastiktüte aus der Tasche und begann, den Enten Brotkrumen hinzustreuen. Auch die Schwäne von weiter draußen kamen eilig zum Ufer gepaddelt.

Jury fiel auf, daß Sammys Frage genauso berechtigt war wie Apteds. Wie konnte er so sicher sein, daß sie es nicht gewesen war? Seine Antwort, daß man es bei manchen Leuten eben weiß, war aber genauso berechtigt. Er kannte Jenny als großzügige, freundliche, loyale und bescheidene Frau. Von ihrer Vergangenheit wußte er allerdings sehr wenig, was ihn gelinde überraschte. Sie war mit James Kennington verheiratet gewesen, der, als Jury sie kennenlernte, schon tot war. Damals wollte sie gerade ihr großes Haus, Stonington, verlassen und es verkaufen, weil sie Geld brauchte.

Mehr wußte er nicht. Jenny hatte weite Bereiche, die sie für sich behielt. Was ihm ein ungutes Gefühl bereitete, das er nicht erklären konnte. Selbst jetzt bewahrte sie trotz der Gefahr, in der sie steckte, eine unnatürliche Ruhe. Sie fütterte die Enten und Schwäne mit gelassener Verachtung für das, was um sie herum geschah. Es war eine überaus friedliche Szene, Mord und Lincolnshire schienen weit weg zu sein. Wie brenzlig es um sie stand, schien sie nicht zu berühren. Vielleicht, weil sie wußte, daß sie unschuldig war. Da konnte ihr nichts passieren.

Ein herrischer Schwan schob sich zwischen eine Reihe Enten und schnappte sich einen großen Brocken Brot. »Sie wissen, daß Sie in Gefahr sind?« sagte Jury.

»Ja«, antwortete sie nur. Da stieß der gierige Schwan mit einem anderen zusammen und fing an zu zischen. Jenny warf die restlichen Bröckchen ins Wasser und stopfte die Tüte wieder in ihre Tasche. Sie wischte sich die Hände ab und sagte: »Kann ich eine Zigarette haben?«

Automatisch fuhr Jury mit der Hand in die Tasche. Dann lächelte er bedauernd. »Ich rauche nicht mehr.«

»Ach natürlich. Das habe ich ganz vergessen.« Sie schaute wieder auf den Fluß hinaus. »Ich wünschte, das schaffte ich auch.« Nach einem Moment Schweigen sagte sie: »Sie wollen wahrscheinlich wissen, was geschehen ist. Und Sie wollen wissen, was mit mir und Verna Dunn ist. Was hat Ihnen der Beamte aus Lincolnshire erzählt?« Sie hatte die Hände in den großen Manteltaschen vergraben, der Wind wehte vom Wasser her und ließ die Enden des Schals flattern.

»Ich würde lieber Ihre Version hören als Bannens. Er behauptet, Sie kannten sie schon seit Jahren.«

»Ja. Dazu komme ich gleich. An dem Abend haben wir uns nach dem Essen gestritten. Ich wollte wissen, woher sie die Unverschämtheit nahm, nach Fengate zu kommen. Sie sagte, Max helfe ihr bei der Finanzierung eines neuen Stücks, mit dem sie ihr Comeback plante. Gut, das konnte stimmen, aber ich wußte, daß sie nicht nur deshalb an dem Wochenende dort auftauchte. Sie führte etwas im Schilde. Das war der Grund. Sonst nichts.« Jenny schüttelte den Kopf. »Ich habe ihr gesagt, sie solle ihn in Ruhe lassen. Wenn sie irgendwas anzetteln würde, würde ich ihm erzählen, was für ein Mensch sie wirklich sei. Das hatte aber keine

Wirkung. Sie war schließlich mit ihm verheiratet gewesen, da kannte sie ihn besser als ich. Das war nach dem Essen am Samstag abend. Die anderen tranken Kaffee. Ich konnte sie nicht mehr ertragen, ich wollte nur so weit weg von ihr wie möglich. Aber nicht ins Haus zurück, weil sie ja dort gewesen wäre. Da habe ich sie einfach draußen stehenlassen und bin zu dem Fußweg gelaufen. Ich lief eine Weile und entschloß mich dann, im Pub noch was zu trinken. Da hörte ich, wie eine Kirchenglocke schlug, schaute auf die Uhr und sah, daß es elf war. Da war das Pub schon geschlossen, und ich bin zurückgegangen.« Traurig schaute sie zu Boden. »Das war's.«

»Wie ein Auto angelassen wurde, haben Sie nicht gehört? Das hätte so um zwanzig nach zehn gewesen sein müssen?«

»Vernas Auto?« Jenny schüttelte den Kopf. »Ich war auf dem Weg zum Pub, das habe ich Ihnen ja gesagt. Ich hatte schon mehr als die Hälfte der Strecke zurückgelegt. Es war zu weit weg, als daß ich ein Auto hätte hören können.«

»Die Owens dachten, Sie wären beide damit weggefahren.«

»Unsinn. Mitten aus einer Dinnerparty machen zwei Gäste eine kleine Spritztour im Auto?«

»Ja, aber die Owens hatten doch ohnehin schon mitbekommen, daß die guten Manieren unter dem Streit erheblich gelitten hatten. Erzählen Sie mir von Verna.«

Jenny betrachtete den kalten Abendhimmel und sagte: »Ich war mit ihr verwandt, wir waren Cousinen...« Sie schaute weg, begann von neuem. »Wir haben eine Zeitlang zusammengelebt, Verna und ihre Mutter und ich und mein Vater. Ihre Mutter war kein schlechter Mensch, nur ein wenig beschränkt. Natürlich glaubte sie nicht, was ich ihr von Verna erzählte. Mein Vater auch nicht. Es war zu haarsträubend. Selbst als Kind war sie glühend eifersüchtig. Sie hat mich gehaßt, aber ich kam irgendwie zu der Überzeugung, daß es nicht mir persönlich galt. Verna wollte immer alles haben, was anderen Menschen gehörte, koste es, was es wolle. Puppen, Haustiere, Geld, Ehemänner. Sie wollte alles in ihren Besitz bringen. Sie schien mehr eine Urgewalt zu sein als ein menschliches Wesen. Sie haßte die meisten Menschen sowieso, vielleicht alle, auf jeden Fall alle, die ihr in die Quere kamen, wenn sie etwas wollte, wie zum Beispiel die volle Zuwendung meines Vaters. Gegenüber solchen Leuten kannte sie kein Pardon. Hören Sie sich das einmal an.« Jenny zog ein schmales Lederbändchen mit einem goldenen Metallverschluß aus der Tasche. »›Sarah ist aus dem Stall verschwunden. Ich halte es nicht mehr aus, es nützt mir gar nichts, wenn ich noch weitersuche, aber ich suche weiter, weil ich weiß, wenn ich es nicht tue, sehe ich sie nie wieder. Ich weiß, daß Verna sie rausgelassen und ihr was angetan hat.‹« Jenny hielt inne und sagte: »Sarah war mein Pony.« Sie blätterte weiter und las vor: »›Ich kann Tom nicht finden.‹ Tom war mein Kater. Und dann hatte ich ja auch Puppen, ein Lieblingskleid, ein goldenes Armband. Ich fand nichts davon wieder. Und ich habe nie erfahren, was damit geschehen ist. Niemand, mein Vater nicht und schon gar nicht Vernas Mutter, glaubten, daß sie ihre Hand im Spiel hatte. Und jedesmal setzte Verna eine Miene schieren Triumphs auf. Es war unerträglich. Verstehen Sie, ich wußte ja nicht, was passiert war. Hatte sie die Tiere umgebracht? Hatte sie sie einfach irgendwo hingeschleppt und dort gelassen? Hatte sie sie Leuten gegeben und behauptet, sie seien herrenlos? Bei einem Pony wäre das schwierig gewesen.« Jenny lächelte traurig. »Das Problem war, daß Verna diesen Zwang, anderen Menschen alles kaputtzumachen, sehr geschickt verbarg. Das können verhaltensgestörte Menschen ja oft sehr gut, sie sind so glaubwürdig. Wenn sie bei Gesellschaftsspielen betrog und ich es monierte, vergoß sie bittere Tränen und war ein Bild des Jammers.«

»Das ist ja alles ganz schrecklich, Jenny. Aber ich kann mir nicht vorstellen, daß ein Staatsanwalt das Tagebuch eines Kindes als Beweismittel sehr ernst nimmt.«

»Ja, glauben Sie denn, es habe nach unserer Kindheit aufgehört?« Er war überrascht, wie schrill ihre Stimme klang. Jenny sprach sosnt immer so ruhig. »Daß es nur Kinderstreiche waren und sie doch endlich erwachsen wurde? Als ich fünfundzwanzig war, machte sie meine Verlobung kaputt. Ich liebte ihn wirklich. Und weiß bis heute nicht, was passiert ist. Ich weiß nur, daß er eines Tages einfach verschwunden war. Als ich Jahre später James heiratete, dachte ich, nun sei ich endlich vor ihr sicher. Aber sie begann anzurufen, sie rief James an und erfand Geschichten, was sie mal wieder für ein Pech hatte, und ließ sich von ihm bemitleiden. Es war natürlich viel subtiler, als ich es jetzt schildere.« Jenny nahm sich den Schal vom Haar und zog ihn an beiden Enden auseinander, als wünschte sie, es sei eine Schlinge. »Ich habe James gesagt, er solle nicht mit ihr reden und sie nie nach Stonington kommen lassen. Ob er meine Bitte verstand, weiß ich bis heute nicht – wer hätte das schon? Sie ja auch nicht.«

»Jenny, das stimmt nicht.«

Sie lächelte bitter, ungläubig, fuhr aber fort: »In Fengate habe ich sie also das erstemal nach fünfzehn Jahren wiedergesehen.«

»Und trotzdem haben Sie niemandem gesagt, daß sie Ihre Cousine war.« Kein Wunder, daß Bannen meinte, er habe genügend Belastungsmaterial.

Jenny schlang sich den Schal um den Hals und schob sich das Haar aus dem Gesicht. Der Wind hatte nieseligen Regen mitgebracht. »Nein, ich weiß nicht, warum. Sie hat's sich aber auch nicht anmerken lassen. Warum hat sie nicht gesagt: ›Jenny, mein Gott, wie lange haben wir uns nicht gesehen?‹ Ich weiß, daß sie irgendwas geplant hat. Wahrscheinlich ging es um Max Owen.«

»Aber sie war von ihm geschieden.«

»Für Verna war nie etwas endgültig.« Jenny zog ihren Mantelkragen fester um sich. »Außer dem Tod.« Sie schwieg. »Max Owen, der hatte ja ganz einfach wieder geheiratet. Seine jetzige Frau. Und mit ihr war er glücklich. Das war Verna ein Dorn im Auge. Das konnte sie nicht zulassen, wo er doch mit ihr, Verna, unglücklich gewesen war. Ich glaube, Max hat sie nie durchschaut. Sie beherrschte die Kunst meisterhaft, ihre Mitmenschen zu der Überzeugung zu bringen, daß sie selbst und nicht etwa Verna an dem Unglück schuld waren. Leute wie Max neigen dazu, die Verantwortung zu übernehmen, wenn etwas schiefgeht. Ihm wäre es schwergefallen, ihr gemeinsames Leben richtig zu analysieren. Er hätte den Hauptteil der Schuld auf sich genommen.«

»Ich verstehe aber immer noch nicht, warum Grace sie eingeladen hat.«

»Das weiß ich auch nicht. Doch wenn ich mich anstrengte, würde ich schon dahinterkommen, wie Verna das bewerkstelligt hat.«

»Wie gut kennen Sie Grace?«

»In den Jahren nach Max' Heirat mit Grace war ich ein-, zweimal in Fengate, während Max' Ehe mit Verna nie. Mein Mann war mit Max befreundet, und kurz vor James' Tod sind wir mal dort gewesen. Max hat Grace in Yorkshire kennengelernt, als Sotheby's die Wahnsinnsauktion in Castle Howard organisiert hat. Max war noch mit Verna verheiratet, und Grace' Mann war ein paar Jahre zuvor gestorben. Ungefähr ein Jahr nach der Auktion in Castle Howard haben sich die Owens scheiden lassen. Und binnen eines weiteren Jahres haben Max und Grace geheiratet. Sie wissen sicher, daß sie einen Sohn hatte.«

»Ja, er ist bei einem Reitunfall umgekommen, soweit ich weiß. Schrecklich.« Er erwähnte nicht, daß fast alle seine Informationen von Melrose Plant stammten.

»Toby war Bluter.«

»Das muß eine fürchterliche Belastung für die Owens gewesen sein. Ein Kind, das keinen Sport machen darf, eine Mutter, die ständig wachsam sein muß, weil der Tod an jeder Ecke lauert.«

»Oder Verna Dunn.«

Jury runzelte die Stirn. »Soll heißen?«

»Sie kam gelegentlich nach Fengate zu Besuch. Das hat sie mir jedenfalls erzählt, vielleicht nur, um mich zu provozieren. Ich frage mich allerdings, ob der sogenannte Unfall während einer ihrer Besuche passierte. Soweit ich weiß, gab es keinen Zeugen. Ich wollte Grace fragen, aber ich konnte es nicht über mich bringen. Ich hatte Angst vor der Antwort.«

Jury dachte über Grace Owen nach. Sie schwiegen, und er betrachtete den Fluß, wo die Enten nun im Schilf schliefen. Sachte wippten sie auf und ab. Etwas weiter weg ließen sich auch die im Mondlicht gespenstisch weißen Schwäne auf den Wellen treiben. Er überlegte, ob sie wohl das ganze Jahr über an diesem Teil des Avon lebten. Er mußte daran denken, wie Bannen ihm erzählt hatte, daß ihn der Abflug der Schwalben immer seltsam verzweifelt stimmte. Dieses kleine Eingeständnis hatte Jury gerührt, weil er Bannen selbst für einen Kripobeamten als sehr unpersönlich erlebt hatte. Als Jury nun die silbrigen Schwäne sah, überkamen ihn dieselben Gefühle.

»Die Ironie der Geschichte ist, daß der Mord an Dorcas Reese sich zu Ihren Gunsten auswirkt. Sie haben nicht nur kein Motiv, sondern Sie waren nicht einmal dort.«

Sie schwieg, schien etwas sagen zu wollen, hielt aber inne. Dann meinte sie: »Sie werden argumentieren, es sei ja nicht weit von Stratford nach Algarkirk. Trotzdem, welchen Grund könnte jemand haben, das Mädchen umzubringen?«

»Jemand kann sie als gefährlich empfunden haben. Nach Aussage von –« Er wollte Plant nicht erwähnen, das würde alles nur durcheinanderbringen. »Annie, die Köchin, hat ausgesagt, daß Dorcas sehr neugierig war. Wer weiß, vielleicht hat sie etwas belauscht.«

»Dann hätte ich genauso viele Gründe wie alle anderen auch, stimmt's?«

»Jedenfalls alle, die Bannen verhört hat.« Jury gab auf. Er war kein guter Tröster. Hiob würde es bestätigen.

Jenny schaute zu Boden und schob mit dem Fuß einen Kieselstein weg. »Glauben Sie nicht, daß ich nicht zu schätzen weiß, was Sie für mich tun.« Sie nahm seine Hand, mehr nicht.

Die Tatsache, daß sie Jack Price nicht erwähnt hatte, blieb ihm nicht verborgen. Aber er fragte nicht, zumindest jetzt nicht. Er spürte ihren Blick, vermied jedoch, sie anzuschauen, weil er befürchtete, er wäre dann nicht mehr fähig, ihr nun zu erzählen, was Lasko gesagt hatte. Dann konnte sie sich nämlich den Luxus der Ungewißheit nicht mehr erlauben. Falls sie in ihrem Kopf überhaupt noch Platz dafür hatte. Was die Glocke geschlagen hatte, mußte ihr ja eigentlich schon klar geworden sein, als er ihr gesagt hatte, daß Apted eingeschaltet war.

Sie schüttelte den Kopf. Die Panik stand ihr offen ins Gesicht geschrieben.

»Ich wollte ja nur sichergehen, daß Apted zur Verfügung steht, wenn es hart auf hart kommt wie damals bei mir. Nur eine Vorsichtsmaßnahme.« Lächerlich! Sie glaubte es keine Sekunde lang.

»Es spricht alles gegen mich, stimmt's?«

Ihr Gesicht war so weiß wie der Mond. Gern hätte Jury gesagt, nein, natürlich nicht alles. Aber er konnte es nicht. Weil es leider so nicht stimmte. Es traf zwar zu, daß Verna Dunn überall unbeliebt war, doch sonst war nichts bekanntgeworden, was ein Motiv für jemanden in Fengate hergegeben hätte. »Pete Apted verliert nie, vergessen Sie das nicht.«

Ihr kurzes Lachen erstickte in Tränen. »Ein erstes Mal gibt es immer.«

Dann herrschte langes Schweigen, sie rührten sich beide nicht.

Sie hatte – mit keinem Wort – gesagt, daß sie unschuldig war.

Und er hatte nicht gefragt.

# 19

Melrose saß in seinem eigenen Haus in seinem eigenen Sessel an seinem eigenen Kamin und blätterte in einem Bildband über die Fens. Er betrachtete ein wunderbares Foto von einem nebelumwaberten See und empfand plötzlich eine absurde Sehnsucht nach Lincolnshire, der guten Gesellschaft und den guten Gesprächen, denn an letzteren beiden mangelte es ihm nun. Er seufzte schwer, gestattete sich, ein bißchen tiefer in den Ohrensessel zu sinken und schaute sich das Bild der Black Fens von Cambridgeshire an, eine scheinbar endlose Fläche weicher schwarzer Erde. Er spürte geradezu, wie sie seidig durch seine Finger rann. Durch seinen Kopf hingegen rann Agathas Stimme. Hier und da schnappte er einen Krümel auf, er war Experte darin, ihren Redeschwall durchzusieben.

»... pflichten«, sagte sie und nahm einen Schluck Fortnum & Mason's-Special-Blend-Tee.

»Wie bitte? Das habe ich nicht mitbekommen.« (Mußte wohl durchs Sieb gefallen sein.)

»Du solltest deine Bürgerpflichten besser wahrnehmen, habe ich gesagt, du solltest mal mehr von deinen gesellschaftlichen Verpflichtungen erfüllen.«

Er starrte sie an. »Hier gibt's keine Gesellschaft, der man sich auch nur im geringsten verpflichtet fühlen könnte.« Er ließ das Fenland und nahm *Mordsdeal!* zur Hand, dieses absolut wundervolle Büchlein, obwohl (oder vielleicht weil?) die Nuttings nicht eben begnadete Schreiber waren. Was kaum ins Gewicht fiel, weil die Landauktionen in der amerikanischen Provinz, die sie schilderten, selbst unterhaltsam genug waren. Er las den Abschnitt über Tricks auf dem Antiquitätenmarkt – zumindest auf dem amerikanischen Provinzantiquitätenmarkt. Besonders amüsant war der Bericht über die Cousinen Pointer, die auf einem Dachboden ein

Vermögen in Erstausgaben entdeckt hatten. Allerdings nicht auf ihrem eigenen. Um sich in den Besitz der großen Bücherkiste zu bringen, hatten sie sich erboten, den Dachboden der Nachbarin auszuräumen. »Auszuräumen« in jeder Hinsicht. Der Bücherschatz gehörte einer mittellosen alten Dame, die gerade an der Armutsgrenze lebte. Die launigen Nuttings (er Auktionator, sie Händlerin) konnten den Hals gar nicht voll genug von diesen geschmacklosen Geschichten kriegen. Melrose auch nicht. Seine besondere Liebe galt Peregrine »Piggy« Arbuckle, zu dessen Betrügertrupp ein kleiner Junge und ein sogenannter Doktor gehörten. Wie delikat, Piggy war ein Brite, der nun in den Staaten lebte (und dort sein Unwesen trieb).

Agatha griff ein Streitgespräch auf, von dem Melrose gar nicht ahnte, daß er hineinverwickelt war. »Du weißt ganz genau, daß man Ada Crisp verbieten sollte, den Laden weiterhin zu betreiben und daß der Bürgersteig davor eine Todesfalle ist. Da liegt der allerletzte Ramsch herum! Ganz zu schweigen von dem fiesen kleinen Köter – was machst du denn da? Kannst du nicht einen Moment das Buch beiseite legen?«

Melrose stöhnte. »Piggy Arbuckle, der hatte es drauf.«

»Was?« Ihre Stirn furchte sich so ordentlich wie der schwarze Erdboden der Fens in dem Fotoband. Sie schloß die Augen, als leide sie an Migräne. »Kannst du nicht einmal vernünftig sein, Melrose?«

Er öffnete das Buch auf einer Seite mit dem Foto eines Tulpenfeldes, das Wordsworth sicher inspiriert hätte, eine weitere Folge von »Wie einsam mal wieder über Berg und Tal / Die Wolke mal wieder in der Höhe streicht ...« zu verfassen.

»Versuch nicht, das Thema zu wechseln.«

Thema? Was für ein Thema?

»Wir haben gerade darüber geredet, daß du Zeuge bist.«

»Zeuge?« Als wüßte er das nicht. »Das meinst du doch sicher nicht ernst?« Todernst! Sie redete ja über nichts anderes mehr.

Vor Ärger kniff sie die Augen fest zu, als leuchte Melrose zu hell und blende sie. Dann sagte sie: »Versuch gar nicht erst, den Unfall oder den Angriff dieses widerlichen kleinen Kläffers zu verniedlichen. Du kamst ja aus dem Pub und warst direkt auf der anderen Straßenseite.«

»Betrunken wie eine Strandhaubitze.« Dann korrigierte er sich. »Sinnlos betrunken, meine ich. Wie kommst du auf die Idee, daß ich mich erinnern kann, was ich gesehen habe?«

»Melrose! Du wirst zwangsvorgeführt, wenn du nicht kooperierst.«

»Dann wirst du dein blaues Wunder erleben.« Er lächelte.

»Nichts da!« Wie üblich zutiefst überzeugt, daß Gott und Gesetz auf ihrer Seite waren, fügte sie hinzu: »Du wirst vereidigt. Trueblood auch. Ihr beide habt vor dem Jack and Hammer gestanden und zugeschaut und garantiert blöde Bemerkungen gemacht.«

»Trueblood? Du planst auch ihn als Zeugen ein?« Melrose war erstaunt. Sie würde doch Marshall Trueblood nicht um Hilfe bitten, selbst wenn sie in solch einem Sumpf versank, wie er in seinem Fenbuch abgebildet war. »Dann mach dich auf eine Enttäuschung gefaßt. Trueblood hat nichts gesehen. Er stand mit dem Rücken zu dir.« Sie tat Melrose fast leid. Der Gedanke, daß ihre Beweisführung von ihnen abhängig war, brachte ihn zum Lachen. Eine veritable *folie à deux*. »John Grisham würde es wunderbar finden.«

»John wer?« Sie hielt einen Keks hoch. Er sah aus wie ein verbeultes Miniweltraumschiff.

»Du weißt doch, dieser Rechtsanwalt in den Staaten, der Anwaltskrimis schreibt.«

»Ach, der!« Agatha tat den Rechtsverdreher mit einer Handbewegung ab.

»›Ach-der‹ hat Millionen gemacht.« Melrose trank einen Schluck kalten Tee. Agatha hatte den heißen aus der Kanne aufgetrunken. »Wen bietet Ada zu ihrer Verteidigung auf?«

Das war Agatha doch egal. Sie zuckte mit den Schultern und nahm sich ein hübsches Dreieck Anchovistoast. »Keine Ahnung, ist mir auch einerlei. Muß vermutlich einen Pflichtverteidiger nehmen. Auf Armenrecht.«

Als Melrose den Fuß im Nachttopf nun so recht bedachte, glitt er noch tiefer in seinen Sessel. Vielleicht lohnte sich eine genauere Beschäftigung damit doch. »Wen will dein Winkeladvokat sonst noch als Zeugen bringen? Wie heißt er noch gleich?«

»Simon Bryce-Pink. Alle sagen, er ist sehr gut.«

»›Alle‹ bedeutet wahrscheinlich Theo Wrenn Browne. Wen hat er außer mir noch in der engeren Wahl?«

Sie musterte ihn skeptisch. »Ich glaube, das erzähle ich dir besser nicht. Ich kann dir nicht trauen.«

»Oh! Und warum um alles in der Welt benennst du mich dann als deinen Kronzeugen?«

»›Kronzeuge‹ habe ich nicht gesagt. Diese Auszeichnung gebührt Theo.«

Melrose wußte, sie hatte sich mit dem aalglatten Theo Wrenn Browne zusammengetan. Zusammen hatten sie das Ausmaß der Verletzung aufgebläht und vermutlich einen korrupten Arzt gefunden, der sie attestiert hatte. Und wenn sie mit den körperlichen Schäden nicht durchkamen, konnten sie immer noch die seelischen nachschieben. Nach Ardry End war sie heute mit ihrer Gehhilfe gekommen, die sie aber sofort abgeworfen hatte, um den Teetisch zu stürmen. Das Teil hatte vier kleine Räder, damit die arme Invalidin rascher durch die Gegend sausen konnte. War das nicht paradox, eine *Geh*-Hilfe auf Rädern zu konstruieren?

»Die arme Ada. Wann ist der Termin?«

»In einigen Wochen, sie sind mit der Bearbeitung ihrer Fälle sehr im Rückstand.« Sie schaute ihn an. »Warum ›arme Ada‹? Ich möchte doch meinen, du hebst dir dein Mitgefühl für deine Familienangehörigen auf. Na ja, wenn sie verliert, muß sie die Kosten tragen.«

»Bist du sicher, daß sie verliert?«

Agatha schaute ihn an, als sei er völlig von Sinnen. »Natürlich. Wieso nicht?«

Melrose wollte die Frage gerade beantworten – einerlei, ob sie nur rhetorisch gemeint war oder nicht –, da kam Ruthven (dem Himmel sei Dank) und rief ihn ans Telefon.

»Wer ist dran, Ruthven?« fragte Melrose, als er zur Tür ging.

»Der ... Fleischer, Mylord.« Ruthven lächelte verschmitzt.

»Jurvis? Warum ruft der mich an?«

Ruthvens Antwort ging in Agathas Gekreisch unter. »Sorg mal dafür, daß Jurvis das Fett von dem Lamm besser abmacht! Martha ist unfähig dazu!«

Ihr Gezeter verklang, und Melrose nahm den Hörer. »Hallo, Mr. Jurvis. Was kann ich für Sie tun?«

»Äh, hier ist Mr. Jury.«

»Richard!«

»Ich möchte, daß Sie morgen nach London kommen.«

»Hm, ja, das ginge. Obwohl ich Ihnen nicht verhehlen möchte, daß Sie mich meiner Tante entreißen. Warum denn?«

»Sie können mit mir zum Anwalt gehen.«

»Anwalt?«

»Zu Pete Apteds Kollegen, der ihm zuarbeitet. Er heißt – wo ist der Zettel?« Rascheln und Knistern in der Leitung. »Moss. Charly Moss.«

Behutsam fragte Melrose: »Haben Sie denn mit – äh, Lady Kennington gesprochen?« Er fand es immer noch schwierig, ihren Namen zu erwähnen. Wie ein Schatten stand sie zwischen ihnen.

»Warum so förmlich? Ja, ich habe Jenny getroffen. Ich bin froh, daß ich sie vor Lasko erwischt habe.«

»Das heißt, sie ist wirklich verhaftet worden?«

»Fürchte, ja. Wir haben es sowieso erwartet.« Jury stöhnte.

Melrose spürte, wie seine Beine zu Gummi wurden, er zog sich einen Stuhl heran. »Wie lautet die Anklage?«

»Mord.«

»Verdammt«, stieß Melrose aus. »In zwei Fällen?« Als Jury bejahte, fragte er: »Was hat Bannen denn bloß gefunden, um sie mit Dorcas Reese in Verbindung zu bringen?«

»Weiß ich nicht. Vielleicht hat Dorcas etwas gewußt, es scheint etwas darauf hinzudeuten. Ich bin überrascht, daß Bannen so lange mit der Anklage gewartet hat. Ich frage mich, ob er noch mehr Beweise wollte – hier noch einen kleinen Sachbeweis, dort noch einen Untersuchungsbericht – und sie jetzt hat. Ich war bei Pete Apted. Erinnern Sie sich an ihn?«

»Aber klar doch!«

»Der meine Illusionen kaputtgemacht hat«, sagte Jury in dem Versuch zu scherzen.

»Er hat nicht Ihre Illusionen zerstört, sondern Ihren Verdacht bestätigt.«

Jury schwieg. Dann sagte er: »Gut, Sie haben recht. Egal, er übernimmt ihre Verteidigung. Deshalb gehe ich, gehen wir, zu dem Anwalt. Wenn Apted mit ihm zusammenarbeitet, muß er gut sein. Ich war gestern in aller Frühe bei Apted. Der ist um sieben Uhr morgens im Büro und verspeist Äpfel. So präsent wie eh und je und genauso kompromißlos. Können wir uns also morgen früh gegen zehn im Lincoln's Inn treffen?« Jury gab Melrose die Adresse, ohne die Antwort abzuwarten. »Tut mir leid, daß ich Sie Agatha entreißen muß.«

»Das verzeihe ich Ihnen nie. Also, dann bis morgen, zehn Uhr.«

# 20

Jury behielt den Blick auf der Straße, die so gerade wie eine Landebahn war und parallel zu einem breiten Entwässerungsgraben verlief. Hinter den leeren Stoppelfeldern auf der anderen Seite mußte ein dicht mit Wasservögeln besiedelter Kanal oder ein Wehr sein. Ein Schwarm Gänse stob auf. In der Stille ringsum konnte man ihr Flügelschlagen hören.

Um zu zeigen, wie entspannt er war, gähnte Wiggins und streckte lässig einen Arm aus. Eine Hand ruhte am Steuer. »Ich glaube, ganz allgemein bin ich ein bißchen gefestigter, ich nehme die Dinge *comme ci, comme ça* und lasse sie nicht mehr so an mich herankommen«, sagte er und schaute aus dem Fenster. »Außer dieser Landschaft«, fügte er finster hinzu. Die Gänseschar war verschwunden, alles lag wieder da wie tot. »Die Viecher sind seit vielen Kilometern das einzige Lebenszeichen, das wir gesehen haben. Es ist gespenstisch. Wundert mich gar nicht, daß hier Leute ermordet werden.« Er schüttelte sich.

Jury brummelte etwas vor sich hin. Er war nicht in bester Stimmung, das hatte Wiggins schon bemerkt.

Doch er fuhr unverdrossen fort: »Ich finde den Schauplatz dieses Mordes sehr eigenartig. Daß sich zwei Leute den Wash für ein Rendezvous aussuchen, darauf würde ich nicht so ohne weiteres kommen. Bei jemandem wie Verna Dunn schon gar nicht. Warum glauben alle, Lady Kennington ist mit ihr zum Wash gefahren?«

»Alle nicht«, sagte Jury.

»Komisch. So wie Lady Kennington es darstellt, ist sie nach dem Streit mit Verna Dunn über den Fußweg zum Pub gegangen, hat auf halber Strecke gemerkt, daß er gleich schließt, auf dem Absatz kehrtgemacht und denselben Weg zurückgenommen. Er oder sie muß sich also auf Lady Kenningtons Abwesenheit vom Haus verlassen haben, um das Ding durchzuziehen. Das klingt mir alles sehr unwahrscheinlich.«

»Ich glaube nicht, daß der Mörder sich auf irgendeine Handlung von Jenny Kennington verlassen hat. Daß sie einen Spaziergang gemacht hat, ist purer Zufall. Schade ist nur, daß sie nicht bis zum Pub gekommen ist, denn dann gäbe es Leute, die ihre Geschichte bestätigen könnten.«

»Aber warum sucht sich der Mörder ausgerechnet den Wash aus?«

»Vielleicht, damit die Leiche nicht so schnell entdeckt wurde. Ein gottverlassener Ort. Bannen meint, es hat etwas mit den Gezeiten und dem Treibsand zu tun. Die Leiche wäre mit Sand bedeckt oder, noch besser, ins Meer gespült worden. Das einzige – Vorsicht, da vorn ist ein Pferdegespann.«

Wiggins seufzte. »Ja, sehen kann ich, Sir.«

Die nächsten paar Meilen fuhren sie schweigend durch dunkle, gepflügte Felder. Dann tauchte plötzlich wie eine Fata Morgana ein einsames Haus oder eine Scheune vor dem Horizont auf, der gleich einem stählernen Band vor ihnen lag. Jurys Augenlider wurden schwer. Er hatte in den letzten Tagen sehr wenig Schlaf bekommen und empfand nun dieses Land als geradezu hypnotisierend. Die Pflugschar in dem Feld dort hinten konnte zum Beispiel ebensogut ein uraltes Gerät, ein archaisches Handwerkszeug sein, das aus einem See oder Sumpf gehievt worden war. Er neigte zu Wiggins' Meinung: es war keine Gegend, in der er gern gelebt hätte. Sie lastete zu schwer auf der Seele. Um diese Landschaft, diese Nuancen von Licht und Schatten, Wind und Wetter zu mögen, mußte man schon subtilerer Gefühle fähig sein. Er legte den Kopf zurück an den Ledersitz und wünschte, er könnte eine Zigarette rauchen.

»In der Nähe von Spalding sind wir an einem dieser neuen Happy Eaters vorbeigekommen, so motelähnliche Dinger«, sagte Wiggins und riß Jury aus seinen Gedanken. »Und gleich müßte wieder einer kommen. Vielleicht können wir ja eine Teepause machen. Einer hat übrigens einen Preis für die saubersten Toiletten gewonnen.«

»Alles klar«, sagte Jury und schaute aus dem Beifahrerfenster.

Natürlich hatte Wiggins die nächste Fast-Food-Oase korrekt vorhergesagt. Nach einem Kilometer tauchte das orangefarbene Schild eines Happy Eaters auf, und prompt geriet der Sergeant ins Schwärmen. »Also, die Happy Eaters haben richtig leckere gebakkene Bohnen auf Toast. Sehen Sie, da ist einer.«

»Ein Widerspruch in sich, Wiggins. Mit Bohnen auf Toast was Leckeres zu machen ist unmöglich.«

Wiggins ließ sich nicht beirren. »Egal, ich hätte Appetit darauf.« Er fuhr langsamer, verringerte das Tempo aber nur auf ungefähr siebzig Stundenkilometer, damit Jury ihm sagen konnte, ob er links rausfahren sollte. »Ich könnte einen Tee vertragen. Was ist mit Ihnen?« Als Jury nickte, steuerte Wiggins auf die Ausfahrt zu.

Jury mußte zugeben, daß der Happy Eater das quietschsauberste Etablissement war, das er außer einer Intensivstation je gesehen hatte. Und alle Achtung, den Preis für die saubersten Toiletten verdiente es auch. Es war bis in den letzten Winkel leuchtend orange, quittegelb und smaragdgrün angemalt, ein Hoch auf die Farben der Kindheit! Man hatte tatsächlich ein Herz für Kinder: Ein Teil des Raumes war durch ein Seil abgetrennt und mit Kinderstühlen und Körben mit Bausteinen und Spielen bestückt. Zwei Kleinchen amüsierten sich, indem sie einander mit knallblauen Holzklötzen bearbeiteten. Dieser Zeitvertrieb würde sicher in einer erbitterten Schlacht eskalieren, der die Polizei, das heißt Jury, ein Ende würde bereiten müssen.

Nachdem ihnen die hübsche Kellnerin Tee und für Wiggins Bohnen auf Toast gebracht hatte und munter wieder abgezogen war, sagte Jury: »Was ist mit Jack Price? Als ich in Fengate war, habe ich ihn nicht gesehen. Plant sagt, er habe das Wohnzimmer gegen halb elf verlassen. Die Fahrt zum Wash kann nicht länger als eine Viertelstunde, vielleicht zwanzig Minuten, gedauert haben. Da hatte auch er genug Zeit für Hin- und Rückfahrt. Ja, sie könnten alle dort gewesen sein. Price nach halb elf, Parker nach elf, auch die Owens nach elf.«

»Er nicht, Sir, Max Owen nicht. Der Gärtner Suggins hat ja gesagt, er hat ihm Whisky hochgebracht.«

»Hm.« Jury trank schweigend seinen lauwarmen Tee und beobachtete die Gören mit den Bauklötzen. Dann sagte er: »Fahren wir zuerst zum Pub, und danach werde ich mir den Weg ansehen. Plant hat außerdem noch diesen Emery erwähnt, der für Major Parker arbeitet.« Jury schaute auf die Uhr. »Morgen früh treffe ich den Anwalt, wir müssen also heute abend wieder in London sein.«

Ein Anflug von Besorgnis zeichnete sich auf Wiggins' Gesicht ab. »Nachtblindheit« (was immer das war) rangierte hoch oben auf seiner Leidensliste. Wider besseren Wissens erkundigte sich Jury auch nach dieser Geißel der Menschheit. Dem Charme der Wigginsschen Belehrungen konnte er einfach nie widerstehen. »Was, zum Teufel, ist ›Nachtblindheit‹?«

»Das habe ich Ihnen doch sicher schon mal erklärt, Sir. Sie tritt ein, wenn mir die Scheinwerfer der anderen Autos lange in die Augen strahlen. Mein Sehvermögen wird eminent beeinträchtigt.« Reichlich indigniert widmete er sich wieder seinen Bohnen auf Toast.

Bloß keinen Streit, dachte Jury. »Dann fahre ich.«

Wiggins schaute ihn mißtrauisch an. »Sie sehen aber ganz schön mitgenommen aus. Nachts zu fahren ist anstrengender, als mancher denkt.«

Jury wußte, daß Wiggins scharf auf ein Motel war. Er liebte sie. »Im Falle eines Falles, Wiggins, steigen wir unterwegs in einem Motel ab.«

Begeistert informierte Wiggins ihn nun über den Zustand der

Matratzen in den Häusern der Raglan-Kette (»durchgelegen«), die Luftqualität in den Trust House Fortes (»grauenhaft stickig und feucht«) und die traurige Beschaffenheit des Frühstücks in den meisten Bed & Breakfast-Pensionen (»verbrannter Toast, ein Fingerhut voll Orangensaft«).

»Wir brauchen ein Bett, Wiggins, keinen Erlebnisurlaub.«

Das mißmutige Barfräulein im Case Has Altered bestätigte, daß sie keine Zimmer, mithin auch keine Übernachtungsmöglichkeiten hätten. Sie sollten es in Spalding versuchen. Das Mädchen hatte kurze braune Haare, einen blassen Teint und stumpfe torffarbene Augen. Ihr herzförmiges Gesicht und die Stupsnase waren aber ganz hübsch.

Jury bestellte ein Lager, Wiggins eine Pepsi light.

»Wie lange arbeiten Sie schon hier?«

Sie zuckte die Achseln. »Seit ein paar Monaten, immer mal wieder. Ich schmeiß den Laden, wenn sie nicht da sind.«

Energisch begann sie den Tresen abzuwischen. Da sie den Laden jetzt schmiß, bot sie ihre begrenzte Autorität und alle Reize auf, die ihr zur Verfügung standen. Trotz des kurzen roten Rocks und des schwarzen Pullovers war es damit nicht weit her. Sie unterbrach ihre Schrubberei und langte in den Ausschnitt des Pullovers, um einen Träger zu richten.

»Dann kannten Sie Dorcas Reese?«

Sie antwortete erst, als sie den schmuddeligen grauen Lappen wieder in Bewegung gesetzt hatte. »Und was wäre, wenn?«

»Wenn – dann könnten Sie uns helfen, Mädchen.« Jury hielt ihr seinen Ausweis unter die Nase, was sie als feindlichen Akt hätte empfinden können, wenn es nicht von seinem entwaffnenden Lächeln begleitet gewesen wäre. »Dorcas hat stundenweise hier gearbeitet, stimmt's? Wie Sie.« Die Andeutung, daß das Schicksal der einen auch die andere treffen könnte, schien geradezu in der Luft zu schweben.

Das Mädchen schluckte heftig und wurde noch blasser. »Ich mache Ihnen Ihre Getränke.«

Als sie zu den Zapfhähnen ging, betrachtete Jury ihre extravaganten Strumpfhosen. Ein Muster aus schwarzen Ranken und Blättern schlängelte sich ihren Oberschenkel hinauf und verschwand unter dem Mini. Im Nu kam sie mit dem Lager und der Pepsi zurück. Langsam war sie nicht. Sie stellte ihnen die Gläser hin, erklärte hochmütig, sie habe noch weitere Gäste zu bedienen, und trollte sich zum anderen Ende des Tresens, wo zwei Männer saßen, die schon die ganze Zeit mit ihren Gläsern gebummert hatten, um ihre Aufmerksamkeit zu erregen. Sie rief »Ian« zu, er könne sie mal.

»Ganz schön schnippisch, meinen Sie nicht auch, Sir?«

»Macht nichts. Sie will uns bestimmt nur zeigen, daß sie hier Heimvorteil hat.« Jury trank sein Lager und las den alten Zeitungsausschnitt, der an die Wand gepinnt war. Er stammte aus dem Januar 1945 und zeigte Fotos vom Ouse und Welland, die über die Ufer getreten waren und das Land, so weit das Kameraauge reichte, unter Wasser gesetzt hatten. Auf einem anderen Foto war die winzige Stadt Market Deeping abgebildet, deren Straßen sich in Flüsse verwandelt hatten. Als Jury die Unterschriften las, ertappte er sich dabei, daß er vor sich hin schmunzelte. Worüber amüsierte er sich? Eine solche Überschwemmung bedeutete doch für die Bewohner große Schwierigkeiten, wenn nicht eine Katastrophe. Vielleicht war er bloß erleichtert zu sehen, daß sich die Natur wieder einmal gegen die Menschheit durchgesetzt hatte.

Da war das Mädchen zurück. Trotzig verschränkte sie die Arme vor der Brust und studierte ihre abgebissenen Fingernägel.

»Wie heißen Sie, meine Liebe?« fragte Jury lächelnd.

»Julie. Rough«, antwortete sie barsch. Als sie sah, daß Sergeant Wiggins sein Notizbuch zückte, fügte sie hinzu: »R-o-u-g-h. Eigentlich heiße ich Julia. Sie wissen schon, wie in ›Romeo und‹.«

Der Name paßte zu dem Gesicht wie die Faust aufs Auge. Julie Rough hatte absolut nichts Tragisches.

»Alter?« fragte Wiggins.

Man sah förmlich, wie sie sich die Antwort überlegte. »Weihnachten werde ich einundzwanzig. Ich bin zwanzig, wenn Sie es genau wissen wollen.«

Achtzehn, allerhöchstens, wettete Jury. »Dann erzählen Sie uns mal, was Sie über Dorcas Reese wissen, Julie.«

Sie zuckte mit den Schultern. »Hab sie hin und wieder gesehen. Beim Einkaufen und so. Manchmal haben wir auch einen Kaffee oder Tee im Berry Patch getrunken. Das ist ein Café in Kirton.«

Am anderen Ende des Tresens standen drei Männer, ein alter und zwei jüngere, deren Gebaren sofort verriet, daß sie Einheimische waren. Fasziniert von den Fremden, rissen sie den Mund auf und gafften. Jury fragte Julie, wer sie seien.

»Die? Ach, das sind der alte Thomas und Ian und Malcolm. Die sind immer hier, die drei.«

Jury bat Wiggins, sich mal mit diesen Gästen zu unterhalten und mit Ian oder Malcolm anzufangen. Wiggins machte sich auf den Weg. Ansonsten waren nur eine grauhaarige Frau, die offenbar ein Pferdewettformular studierte, und ein Darts werfender Bursche anwesend.

»Hat Dorcas manchmal über sich selbst gesprochen?«

»Doch schon, ab und zu. Sie hat drüben in Fengate gearbeitet. Aber das wissen Sie ja sicher schon.«

»Erzählen Sie mir, was Sie darüber wissen.«

»Ich weiß, daß ihr das ganze Schnibbeln und Schälen nicht sonderlich gefiel. Aber die Dame, die mochte sie wahnsinnig gern.«

»Die Köchin?«

»Nein.« Julie verzog das Gesicht. »Mrs. Owen. Sie nannte sie Grace, aber wahrscheinlich nicht, wenn sie mit ihr persönlich sprach.«

»Was ist mit den anderen? Max Owen und Jack Price?«

»Also, über Mr. Owen hat sie nie gesprochen. Er war ja auch zu selten da, als daß sie sich großartig mit ihm hätte unterhalten können. Und Jack Price, der ist Stammgast hier, ein sehr netter Typ. Er geht hier ein und aus, wie andere Leute in ihrem Zuhause.« Sie schaute in den dunklen hinteren Teil der Gaststube. »Da sitzt er immer und gibt keinen Muckser von sich. Aber er ist sehr nett. Ein Gentleman.«

»Haben Sie beide, Sie und Dorcas, sich Geheimnisse anvertraut?«

»Nein, eher Meinungen ausgetauscht.«

Diese Spezifizierung gefiel Jury. »Über die Leute in Fengate?«

»Ja-a. Aber ich kannte sie nur vom Sehen. Ich war bloß ein paarmal da, wenn ich Dorcas zum Kino oder nach Kirton in die Disco abgeholt habe.«

Julie und Dorcas waren eindeutig enger befreundet gewesen, als sie zugab, aber das griff er erst mal nicht auf. »Sind Sie zufällig mal dieser Verna Dunn, die auch ermordet worden ist, begegnet?«

Julies heftige Vorliebe für saftigen Klatsch und Tratsch überrollte nun alle Bedenken, in die Angelegenheit verwickelt zu werden. »Ich nie, aber Dorcas ja. Sie hat gesagt, das wär doch komisch, daß Mr. Owen, wenn Grace da war, von seiner ersten Frau Besuch kriegte. Von dieser Verna, die sich hat umbringen lassen.« Nachdem sie sich nun zur Zusammenarbeit mit der Kripo genötigt sah, war sie eifrig darauf bedacht, daß Jury ihr weiter zuhörte. Sie senkte die Stimme. »Wissen Sie, es wurde auch geredet. Über Dorcas. Es ging das Gerücht, daß sie – na, Sie wissen schon – was Kleines erwartete.«

»Daß sie schwanger war, meinen Sie.« Er senkte die Stimme auf ihre Lautstärke. Er kannte die Resultate der gerichtsmedizinischen Untersuchung zwar von Plant, beließ Julie aber in dem Glauben, daß ihre Freundin schwanger gewesen sei.

Die drei Stammgäste am anderen Ende des Tresens waren von

Wiggins und seinem Notizbuch sehr fasziniert, doch den Hauptteil des Gesprächs schien er zu bestreiten. Vermutlich verschrieb er ihnen was.

Julie errötete. Für eine junge Frau, die als erfahren gelten wollte, wenn nicht sogar freizügig und sexy, wurde sie reichlich schnell verlegen.

»Hat Dorcas es Ihnen selbst erzählt?« Sie nickte und wischte gedankenverloren mit dem Lappen über den Tresen. »Hat sie jemals erwähnt, was für ein Mann dazugehörte?« fragte Jury. Und als sie die Stirn runzelte, fügte er hinzu: »Es ist wichtig. Denken Sie nach, Julie.«

»Denken« war für Julie offenbar etwas völlig Neues und eine sehr körperliche Betätigung. Sie verschränkte wieder die Arme, kratzte sich an den Ellenbogen, schielte zur Decke, bleckte mehrere Male ihre kleinen Mausezähne und schürzte die Lippen, als mache sie Fionas Übungen für die Gesichtsmuskulatur. Eins mußte Jury ihr lassen: Im Gegensatz zu den meisten Menschen nahm Julie das Denken verdammt ernst. Nun kaute sie an ihrer Unterlippe und sagte dann: »Sie ist mit einem Typ gegangen, aber sie hat es total geheimgehalten. Mir hat sie jedenfalls nie gesagt, wie er heißt. Hat mich gewundert. Egal, sie hat gesagt, sie ginge mit ihm nach London.«

»Nach London? Wohnte ihr Freund in London?«

»Nein, nein. Ich glaube, er war hier aus der Gegend. Dorcas bildete sich wer weiß was darauf ein.«

»Hat sie wirklich keinen Namen genannt? Oder den Mann mal beschrieben?«

Julie schüttelte den Kopf. Wiggins war mit den drei Herren fertig, kam zurück und bestellte noch eine Pepsi light, weil es ihn im Hals kratzte. Mit dem Kopf auf seine Zuhörer deutend, sagte er: »Das kommt von dem ganzen Rauch. Den haben sie mir ja direkt ins Gesicht geblasen.« Bekümmert schüttelte er das Haupt. Julie goß ihm noch einmal ein.

»Wieviel hat Dorcas hier verdient?« fragte Jury Julie und hoffte, daß Wiggins ihn in seinem Rhythmus nicht weiter unterbrach.

»Soviel wie ich, nehme ich doch an. Vier Pfund die Stunde. Sie war nur stundenweise hier. Sie hatte ja auch noch den Job in Fengate. Sie muß zu ihrem festen Gehalt so um die vierzig oder fünfzig Pfund dazuverdient haben. Bei den Owens kriegte sie ja auch Zimmer und Verpflegung, was eine Menge ausmacht. Besonders bei dem, was sie gegessen hat. Ich klatsche ja eigentlich nicht...« Sie kicherte und zog ihren Pullover glatt. Ob sie ihre Figur besser zur Geltung bringen oder verbergen wollte, hätte Jury nicht sagen können. »Wir wollten beide abnehmen.«

»War Dorcas bei den Männern genauso beliebt wie Sie?«

Julie kicherte wieder. »Also, woher wollen Sie denn wissen, daß ich beliebt bin? Aber Dorcas, nein, überhaupt nicht. Sie war unscheinbar wie eine graue Maus. Die schaute kaum jemand an. Deshalb war ich ja auch so überrascht, daß sie den Typen hatte. Wer auch immer es war.« Wieder kicherte sie, beugte sich über den Tresen und bedeutete Jury mit gekrümmtem Finger, näher zu kommen. Ganz leise sagte sie: »Also, das behalten Sie aber streng für sich...«

»Die Parole lautet Schweigen, Miss«, meldete Wiggins sich trocken zu Wort.

»Sie wollte nach London, um – na, Sie wissen schon, was machen zu lassen.«

Jury erriet korrekt, daß »Sie wissen schon, was« eine Abtreibung war.

Nachdem Julie ihrer Freundin nun den Gnadenstoß gegeben hatte, richtete sie sich wieder auf und zupfte noch einmal an ihrem Pullover. »Hier in der Gegend hätte sie es nie machen lassen, das wär im Nu rumgegangen.«

»Aber Abtreibungen sind teuer. Selbst wenn sie doppelt verdiente, mußte sie schon eine hübsche Summe für den Arzt sparen. Hat sie Geld zurückgelegt?«

Julie lachte. »Die doch nicht. Ich hab ein paarmal gehört, daß sie gesagt hat, sie käm mit ihrem Geld kaum von einem Zahltag zum anderen aus. Sie wär froh, daß sie ihren Lohn zu verschiedenen Zeiten kriegte, sonst wäre sie an fünf Tagen der Woche blank.« Julies matte braune Augen leuchteten auf. »Ich weiß, was Sie jetzt denken. Sie überlegen, wo sie das Geld herhatte? Vielleicht von ihm?«

Jury lächelte. »Sie können ja Gedanken lesen, Julie. Haben Sie denn eine Ahnung, wer es sein könnte?«

Wie aus der Pistole geschossen, sagte Julie: »Von einem bin ich überzeugt. Der, an den manche denken, ist es nicht. Dieser Mr. Price.« Nachdrücklich schüttelte sie den Kopf. »Was finge er mit so einer wie Dorcas an?«

»Ist das hier die allgemein vorherrschende Meinung?«

»Ja, weil sie mal scharf auf ihn war. Er ist mit ihr immer zurück nach Fengate gegangen. Spricht ja auch nichts dagegen, oder? Sie wohnten ja beide dort. Das bedeutet doch nicht, daß sie . . . na, Sie wissen schon. Er war nett zu ihr. Er ist auch nett zu mir, aber das heißt noch lange nicht, daß er, na, Sie wissen schon was will.«

»Nein, was denn? Die Polizei muß alles ganz genau wissen, Miss«, sagte Wiggins.

Julie verdrehte die Augen und schüttelte verwundert den Kopf. Sexuell lebten diese Kripobeamten ja wirklich noch im Mittelalter. »Dorcas hatte sicher ihre Fehler, aber sie war großzügig. Was Besseres kann man eigentlich gar nicht von einem Menschen sa –« Julie schaute zur Tür, durch die ein eisiger Luftschwall, ein großer, schlanker Mann und eine große Frau gekommen waren. Sie redeten einen Moment miteinander und trennten sich dann. Die Frau setzte sich an die Bar. Sie kam Jury bekannt vor, aber er wußte nicht, woher. Julie begann, wie wild den Tresen abzuwischen, während sie Jury von unten her anschaute und mit einem winzigen Nicken in Richtung des Mannes deutete, der sich an einen Tisch gesetzt hatte. Mit zusammengepreßten Lippen flüsterte sie: »Das ist er. Jack Price. Ich mache ihm nur schnell sein Pint. Er trinkt immer dasselbe, ein Pint Ridley's.«

Jury leerte sein Glas, erhob sich und sagte, er werde Price das Bier bringen. Er dankte ihr für ihre Hilfe, gab ihr seine Visitenkarte und bat sie anzurufen, wenn ihr noch etwas einfiele. Als sie das Bier gezapft hatte, nahm Jury es, und er und Wiggins gingen zu Price' Tisch, während Julie die Frau bediente.

Der Mann, über den Julie sich so schmeichelhaft ausgelassen hatte, schaute zu Jury und Wiggins hoch. Auf seinem Gesicht lag eine stumme Frage. Jedenfalls meinte Jury das durch die Rauchschwaden hindurch zu erkennen.

»Mr. Price? Ich bin Richard Jury, das ist Sergeant Wiggins. Wir sind von Scotland Yard CID.«

Price nickte, kaum überrascht, als Jury seinen Ausweis zeigte und schwieg. Mehr überraschte ihn wohl, daß Jury ihm sein Bier auf den Tisch stellte. »Darf ich?« Jury zog sich einen Stuhl heran und setzte sich. Um mit seiner Mitschreiberei nicht so zu stören, zog Wiggins sich ein Stück zurück. In der dunklen Ecke wirkte sein ohnehin fahles Gesicht leichenblaß.

»Nein«, erwiderte Price, und sein ironisches Lächeln besagte, daß er wohl kaum noch Gelegenheit zum Widerspruch hatte, da sie ohnehin schon Platz genommen hatten. »Danke für das Bier. Immerhin, alle Achtung... die Kripo in Lincolnshire schaltet Scotland Yard ein. Der leitende Ermittlungsbeamte – Bannen? – kommt mir nicht gerade vor wie jemand, der um Hilfe bittet.«

»Richtig. Hat er auch nicht. Er läßt mich nur ein bißchen rumschauen. Sie sind also keinesfalls verpflichtet, mir etwas zu erzählen.«

Price wollte antworten, fing aber an, heftig zu husten. »Der kommt übrigens nicht vom Rauchen, sondern von der verdammten Hausstauballergie. Ich frage mich nur, wie das im Frühjahr werden soll, wenn der Raps blüht.« Er schob Jury das Players-Päckchen hin. »Wollen Sie eine?«

»Nein, danke. Ich habe aufgehört. Und Wiggins hat nie angefangen.«

Ganz der Gentleman, drückte Price seine Zigarette aus. »Es muß doch die Hölle für Sie sein, wenn Sie den Qualm riechen.«

»Nein, nein, rauchen Sie nur. Ich muß ja lernen, damit zu leben.«

Als würden die Schatten lebendig, trat Wiggins zwischen sie. Wörtlich und im übertragenen Sinne. Er zog seinen Stuhl näher zum Tisch und sagte: »Es sind die Sporen, Sir. Die kommen überallhin. Sie durchdringen alles, sie sind in der Luft. Also, aus irgendeinem Grunde macht mir Raps ja nicht zu schaffen. Aber ich bin so ungefähr gegen alles andere allergisch.« Wiggins zog einen kleinen Umschlag aus der Innentasche und schüttelte ein paar weiße Pillen heraus. »Hier, hier habe ich, was Sie brauchen. Bei mir wirkt es jedesmal. Es ist neu, heißt ›Allergon‹. Ein paar davon, und Sie sind wieder quietschfidel.«

Jury verdrehte die Augen. Wiggins hatte seine Spezialmittelchen zur Hand wie andere ihre Mordwerkzeuge. Er wartete, bis Wiggins die Medizin verabreicht hatte, und brachte dann das eigentliche Thema zur Sprache. »Sie wußten, daß Lady Kennington und Verna Dunn einander nicht fremd waren?«

Jack Price schob ein kleines Aschehäufchen zu einer Pyramide zusammen. »Ja.«

»Und Sie haben es Chief Inspector Bannen nicht erzählt. Warum nicht?«

»Weil Jenny es ihm nicht erzählt hat. Darum.« Price modellierte an der Aschenpyramide herum. »Wenn sie nicht wollte, daß es jemand erfuhr . . .« Er zuckte die Achseln.

Jack Price schien mehr von Jenny zu wissen als Jury. »Kam Ihnen das Ganze denn nicht äußerst eigenartig vor? Zwei Frauen, die verwandt, wenn auch sicher nicht befreundet sind, Cousinen – und sie halten es geheim?«

»Es kam mir eigenartig vor, ja. Das heißt, bei Jenny. Jenny ist ein sehr offener Mensch. Aber bei Verna? Solche Spielchen waren typisch für sie. Diese Frau liebte Geheimnisse, Mysterien.«

»Und was ist mit Max Owen?«

»Wie, was ist mit ihm?«

Ungeduldig sagte Jury: »Er muß doch gewußt haben, daß die beiden Frauen verwandt waren.«

Price schüttelte den Kopf. »Nein, ich glaube nicht. Jenny war Verna immer aus dem Weg gegangen. Ich glaube, sie hatte sie seit zehn, fünfzehn Jahren nicht mehr gesehen. Sie hatte über sie gelesen, zum Beispiel im Feuilleton der *Sunday Times*, sie wußte, daß Verna Max geheiratet und sich wieder von ihm hatte scheiden lassen. Aber das lag Jahre zurück. Sie war vollkommen überrascht, sie an dem Wochenende hier anzutreffen.«

»Woher wissen Sie das?«

Price war verblüfft. »Wie bitte –«

»Lady Kennington muß ihre Gefühle meisterhaft verborgen haben. Es wurde kein Wort über die Wiederbegegnung verloren. Nach allem, was ich gehört habe, zeigte sie sich gerade nicht überrascht, sondern so, als habe sie die Frau nie gesehen. Woher wissen Sie es dann also?«

»Sie hat es mir erzählt«, sagte Price einfach.

Jury wußte, daß sein Ärger völlig irrational war. »Und wann, bitte schön? Wann hat sie es Ihnen erzählt?«

»Wir haben vor dem Dinner zusammen was getrunken. Als die anderen nicht dabei waren, haben wir uns unterhalten.«

»Ich verstehe nicht, wie man der Polizei eine solche Information vorenthält. Sie alle beide.«

»Ich habe ja schon gesagt, weil sie sich nicht anmerken ließ, daß sie Verna kannte, wollte ich nicht dazwischenfunken. Und ich habe Ihnen ebenfalls gesagt, daß ich Jenny sehr mag.«

»Nein, haben Sie nicht. Kennen Sie sie gut?«

Price zuckte die Achseln. »Kommt darauf an, was Sie damit meinen. Auf einer freundschaftlichen Ebene, ganz bestimmt. Ich habe sie etwa ein halbes dutzendmal gesehen. Ich kannte ihren Mann, James.«

Ein paar Augenblicke verstrichen, dann brach Jury das (garantiert nur ihm) unangenehme Schweigen und brachte das Gespräch auf Dorcas Reese. »Kannten Sie die vielleicht auch besser, als Sie bisher zugegeben haben?«

»Superintendent, wenn ich mir die Bemerkung erlauben darf, Sie nehmen das Ganze offenbar ziemlich persönlich.«

Jury konnte sich gerade noch davon abhalten, »ja« zu brüllen, und sagte statt dessen: »Nur als Ermittler. Sie beide behindern nämlich unsere Ermittlungen.«

Wiggins blätterte eine Seite in seinem Notizbuch um und schaute Jury an. Derartige Ausfälle seines Superintendent war er nicht gewöhnt. Zu solchen verfahrensrechtlichen Drohungen ließ er sich sonst nicht herab, cool wie er war. Aber er hatte recht. So konnte man Zeugen überrumpeln.

Price fragte: »Ob ich Dorcas ›besser kannte‹? Fallen Sie etwa auch auf dieses Geschwätz herein? Auf ein paar Bauern, die in der Kneipe hocken, oder alte Damen, die bei einem Täßchen Tee einen Haufen Unsinn verzapfen? Ich bin ein paarmal zusammen mit ihr zurück nach Fengate gegangen. Schließlich haben wir beide dort gewohnt.«

»Dorcas hat mehreren Leuten erzählt, sie sei schwanger. Ihnen auch?«

»Ich war nicht ihr Vertrauter. Außerdem war sie nach Aussage der Polizei gar nicht schwanger.«

»Warum behauptete sie es aber dann?«

»Keine Ahnung. Ich kann Ihnen jedoch versichern, daß ich nicht der mutmaßliche Vater bin.«

»Julie sagt, daß sie ein Auge auf Sie geworfen hatte. Aber ich muß hinzufügen, Julie glaubt nicht, daß Sie derjenige sind, welcher.«

»Reizend von ihr.« Er hob das Glas in Julies Richtung. »Hören

Sie, ich spreche nicht gern schlecht über ein Mädchen, das tot ist, aber Dorcas war nicht gerade eine Traumfrau.«

»Der Meinung scheinen alle zu sein.« Nachdem Jury einen Moment darüber nachgedacht hatte, sagte er: »Sie gehen normalerweise immer über den Fußweg, stimmt das?«

Price nickte. »Ja. Es ist ein schöner Spaziergang vor dem Pub und danach. Da muß ich jeden Tag ein paar Kilometer laufen und habe die seltene Gelegenheit, mich zu bewegen. Aber leider gehen viele Leute über den Weg, sogar Max und Grace. Wenn Sie also wissen wollen, ob ich an dem Abend, an dem Dorcas ermordet worden ist, dort hergegangen bin, dann lautet die Antwort: Ja.«

»Ihre einzige Verbindung mit Dorcas war dann nur, daß Sie sie in Fengate und hier im Pub gesehen haben?«

»Im Haus habe ich sie kaum gesehen.«

Leise, aber mit bleischwerer Stimme, sagte Jury: »Sie wissen, daß Jennifer Kennington ein Motiv hat.«

»Um Verna umzubringen?« Price stieß ein schnaubendes Gelächter aus. »Haben wir das nicht alle? Sie war eine Hexe, ein boshaftes, intrigantes Weib, und wir können froh sein, daß wir sie los sind, Superintendent.«

»Aber normalerweise kulminiert eine allgemeine Abneigung nicht in einem spezifischen Motiv. Im übrigen besteht das Problem der Gelegenheit. Lady Kennington hatte sowohl ein Motiv als auch eine Gelegenheit. Dem Anschein nach.«

»Vielleicht.« Ruhig rauchte Price weiter. »Wenn das so ist, na ja ... dann war sie es ja vielleicht. Wie heißt es doch so schön?« Er stippte Asche auf die Pyramide, und sie fiel auseinander. »Wenn es wie eine Ente watschelt –«

»Sagen Sie es nicht.« Jury stand auf. »Danke schön. Vielleicht sehe ich Sie später noch einmal.«

Price salutierte. »Stets zu Diensten, Mr. Jury.«

Jury erwiderte den Gruß mit grimmiger Miene. Als er mit Wiggins zur Tür ging, sagte er: »Ich möchte, daß Sie nach Fengate fahren, Wiggins. Schauen Sie mal, was Sie herausfinden. Am besten fangen Sie mit den Angestellten an. Nehmen Sie das Auto. Ich treffe Sie dann dort.«

»Wenn ich bedenke, daß es nicht unser Fall ist, Sir...« Sein klagender Unterton verriet größtes Unbehagen darüber, daß sie formal nicht korrekt vorgingen.

»Keine Sorge. Die Leute in Fengate sind extrem kooperativ. Waren es zumindest bei mir. Nehmen Sie das Auto. Ich bin in ein, zwei Stunden dort.«

»Und Sie, Sir? Wo gehen Sie hin?«

»Ich mache einen Spaziergang«, sagte Jury.

## 21

Es war die schwebende Stunde am Nachmittag, bevor es dunkel wurde, ja, noch bevor es dämmerte. Die Fens schienen unter einer Schicht Sumpfgas zu schwelen. Im Westen war der Himmel eisig durchscheinend, der früh aufgegangene Mond ein blasses Dunstgespinst.

Jury trat unter dem Dach des Case Has Altered, den Zweigen alter Birken und einer Eiche, die ihre ersten Triebe zeigte, hervor und lief zu dem Fußweg. Hier war er matschig und zu beiden Seiten von Kreuzdorn und Salweiden bestanden. Zur Linken lagen die ordentlich gepflügten Felder, zur Rechten die überfluteten Wiesen. Jury fragte sich, wie weit entfernt der Welland oder der Ouse waren, ob sie immer noch über die Ufer traten und ob die überschwemmten Weideflächen hier wohl so aussahen wie die Marschen in uralter Zeit. Keine Wolken, kein Wind. Eine riesige Leere. Nichts bewegte sich außer Jury, als sei er das einzig Lebendige in einem zum Stillstand gekommenen Universum. Als treibe er in einem Boot ohne Segel und Ruder in völliger Flaute. Da stob auf einmal eine Schar Vögel aus einem fernen Gebüsch oder aus dem Wasser. Ihm war, als begebe er sich auf eine Reise, deren Ziel keine Küste mit funkelnden Lichtern, sondern der Rand eines in Nebel gehüllten Kontinents war. Er konnte die bange Ahnung nicht abschütteln, daß unheilvolle Ereignisse drohten. Beim Anblick des leeren, weißen Himmels und der grenzenlosen Felder wurde dieses Gefühl noch beklemmender.

Der Pfad war schnurgerade. Ob es einmal ein schmaler Wasserweg gewesen war, den die Fenmänner zum Schneiden des Riedgrases benutzt hatten? Nach etwa zweihundertfünfzig Metern breitete sich links von ihm das Wyndham Fen aus. Flach und weit, wie es war, und so plötzlich und unerklärlich auftauchend, sah es aus wie eine Landschaft in einem Traum.

Er dachte über Jack Price nach. Und insbesondere darüber, ob seine Beziehung zu Jenny intensiver war, als beide zugaben. Stärker als alles andere sprach gegen Jenny, daß sie der Kripo in Lincolnshire (und ihm) weder erzählt hatte, in welcher Beziehung sie zu Verna Dunn stand, noch daß sie Jack Price kannte. Vor Pete Apted konnte sie so etwas gewiß nicht geheimhalten. Gut, es waren alles nur Indizien, die sie belasteten, aber sie wäre nicht die erste, die in einem Indizienprozeß verurteilt würde.

Er verließ den Weg und bog in den Pfad ein, der um das Besucherzentrum führte. Dann ging er über die Promenade zu dem Kanal, der dem Gebäude am nächsten war. Dort hatte man Dorcas Reese' Leiche gefunden. Er hatte die Stelle ja schon einmal gesehen, aber nun verharrte er in fast ehrfürchtigem Schweigen. Nicht nur das tragische Ende des Mädchens, auch der Ort selbst berührte ihn. Was für ein ergreifender Schauplatz für einen Mord, dachte er, als er auf das ruhige Wasser hinunterschaute, die Besengräser und den gelben Wasserschlauch, das Schilfgras und den Schildfarn. Nicht weit entfernt hörte er Halme klicken und beobachtete, wie ein Fischreiher, den er aufgescheucht haben mußte, hochflatterte. Dann ging er über die Promenade zurück.

Wie ein versteinertes prähistorisches Untier, das mit dem Abschwellen der Flut gestrandet ist, parkte der weiße Polizeibus unweit des Besucherzentrums. Der Tatortbus, das provisorische Büro. Aus den kleinen, quadratischen Fenstern strömte grünliches Licht. Durch das Schilf und das Gras, an einem Weidengehölz vorbei, wo eine Stockente bei seinem Näherkommen losknarrte, ging er darauf zu. Irgendwo schrie eine Eule. Das Wasser in den Kanälen lag grau und reglos wie Blei. Die leuchtendgelbe Flatterleine, die sich um diesen Teil des Fens wand, schmerzte beinahe in den Augen. Heute waren natürlich keine Touristen da. Etwaige Besucher wurden von der Polizei vermutlich schon an der A17 zurückgeschickt.

Der grünliche Schimmer kam von den Computermonitoren, es wurde also gearbeitet. Der Bus war blau vom Rauch. Bannen rauchte gern Zigarren. Er war allein und hämmerte Daten auf seinen Bildschirm.

»Aha. Ich hatte doch so eine Ahnung, daß ich Sie bald wiedersehe.«

Jury wußte nicht, was das Lächeln bedeutete, jetzt genausowenig wie zuvor. Bannen hätte einen exzellenten Pokerspieler abgegeben, es wirkte immer so, als habe er noch ein As im Ärmel.

Diesmal sogar mehrere, oder war es nur wieder ein Bluff à la Bannen? Jury nickte, lächelte ein wenig und zog sich einen Klappstuhl heran. »Sam Lasko hat mir gesagt, Sie nehmen bald eine Verhaftung vor.«

»Ganz so habe ich mich zwar nicht ausgedrückt, aber –« Bannen nahm die Zigarre aus dem Mund, musterte sie, zündete sie wieder an und widmete sich dann Jury.

»Nein? Na, was soll das nun wieder bedeuten?« Bannens direktem Blick entnahm Jury, daß er sich darüber den Kopf bis ans Ende aller Tage zerbrechen konnte und es dennoch nicht herausfinden würde. Er kippelte mit dem Stuhl und versuchte, seine Aufregung zu zügeln. »Sie müssen mir verzeihen, wenn ich naseweis bin«, ach, bei diesem Polizisten sollte er auf kindische Ironie verzichten, »aber sie ist eine Freundin von mir.«

»Ja, das haben Sie mir gesagt. Jetzt klingt es so, als seien Sie sogar sehr mit ihr befreundet.« Bei diesem Satz zerfielen alle Schlußfolgerungen, die Jury bisher geäußert hatte oder noch äußern würde, zu einem armseligen Häuflein.

»Doch, schon. Aber ganz einerlei, wie sehr – Sie haben nicht die Bohne, um Sie festzunehmen.«

Bannen seufzte. »Na ja, das sollten wir lieber der Staatsanwaltschaft Ihrer Majestät überlassen.« Bannen fuhr mit der Hand über etliche Aktenordner und Papiere auf seinem Schreibtisch, als verhexten seine Zauberfinger sie alle in sichtbares Beweismaterial, auf Grund dessen er Jenny Kennington in Gewahrsam zu nehmen gedachte. »Mr. Jury«, er räusperte sich, »ihr Motiv war sehr stark, die Gelegenheit, die Tatumstände sprechen gegen sie. Sie hatte Zugang zur Tatwaffe. Und um allem die Krone aufzusetzen, hat sie hinsichtlich mehrerer Dinge gelogen, wie Sie sicher mittlerweile herausgefunden haben. Ich hoffe, Sie haben einen guten Anwalt für sie aufgetrieben.«

Was waren das für Dinge? Jury war nur eine Lüge bekannt. »Ich bitte Sie, warum sollte Lady Kennington die Dunn jetzt umbringen? Etwa fünfzehn Jahre nachdem sie sie zum letztenmal gesehen hat. Fünfzehn Jahre nachdem der Schaden geschehen ist – die Schäden, sollte ich sagen. Offenbar hat Verna Dunn – und das nicht nur im Zusammenhang mit Jenny Kennington – eine Menge Schaden angerichtet.«

»Wer sagt denn, daß der Schaden, den sie ihr vor fünfzehn Jahren zugefügt hat, der Anlaß war?« fragte Bannen mit sanfter Stimme.

Die Beine von Jurys Stuhl krachten zu Boden. »Was für ein Unheil hatte sie denn neuerdings angerichtet?«

Bannen zog es vor, Jurys Frage nicht zu beantworten. Er zuckte die Achseln. »Wenn nichts vorlag, wenn Jennifer Kennington keine Beweggründe hatte, warum hat sie dann nicht zugegeben, daß sie sie schon jahrelang kannte? Daß sie sogar verwandt waren?«

»Das ist nicht so wichtig.«

»Wie bitte? Na, dann möchte ich mal wissen, was Ödipus dazu sagen würde.«

»Warum hat Jack Price nicht erwähnt, daß er Lady Kennington kannte? Ich will nur darauf hinweisen, daß es vollkommen harmlose Gründe dafür geben kann, wenn man es nicht hinausposaunt, jemanden von früher zu kennen.«

»Hm. Na ja, aber Jack Price hat Verna Dunn nicht umgebracht.« Bannen lächelte kurz, aber falsch. »Es scheint eine Anzahl Leute zu geben, die Lady Kennington kannte, ohne es zuzugeben.«

Jury griff Bannens Überlegungen, die sich aus dem Verhältnis zu Jack Price ergaben, nicht auf. Das war auch Bannen klar. »Zwei. Keine Anzahl.«

In schierem Unglauben, daß der Superintendent so schwer von Begriff war, schüttelte Bannen den Kopf. Dann fuhr er sich mit der Hand über das spärliche Haar. »Wenn Jennifer Kennington zurück ins Haus gegangen und, sagen wir mal, in ihr Zimmer gestürmt wäre, weil sie wütend war, ja, ein solches Verhalten würde ich verstehen. Statt dessen läßt sie die Dunn stehen, brüskiert ihre Gastgeber und deren Gäste und begibt sich auf den weiten Weg zum Dorfpub. Nach zehn, fünfzehn Minuten merkt sie, daß im Case wahrscheinlich der Aufruf zur letzten Bestellung erfolgt ist und der Laden gleich schließt. Sie macht auf dem Absatz kehrt und geht zurück nach Fengate.« Bannen lehnte sich in seinem Drehstuhl zurück. »Finden Sie das Verhalten plausibel? Für jemanden, der unschuldig ist, meine ich.«

»Warum haben Sie dann das Vorverfahren noch nicht angestrengt?«

Ohne sich von der Frage aus der Ruhe bringen zu lassen,

schaukelte Bannen ein wenig in seinem Stuhl. »Ich halte mich bemerkenswert zurück. Ich übe Nachsicht.«

Jury schüttelte den Kopf. »Das bezweifle ich.« Dann deutete er in Richtung der Promenade und des Kanals. »Und was ist mit Dorcas Reese? Wollen Sie behaupten, daß Jenny sie auch umgebracht hat?«

Bannens Lächeln war aufreizend rätselhaft. »Ja.«

Nun überlief es Jury aber eiskalt. Hier hatte er mit Unsicherheit gerechnet. »Warum? Was für ein Motiv –«

Bannen seufzte wieder. »Dorcas Reese stellte eine Gefahr für sie dar.«

»Jetzt hören Sie mal zu! Gestern habe ich mit Jenny Kennington gesprochen. In Stratford. Und sie hat etwas Seltsames gesagt: Sie fragt sich nämlich, ob Verna Dunn hier war, als Grace Owens Sohn den Reitunfall gehabt hat.«

Mit gerunzelter Stirn schaute Bannen auf seinen Bildschirm. »Wenn Sie damit andeuten wollen, daß Grace Owen Verna Dunn für den Tod ihres Sohnes verantwortlich gemacht hat«, er ließ die Zigarre im Mund rollen, »warum um alles in der Welt erschießt sie sie ausgerechnet dann, wenn Leute zu Besuch sind? Es wäre doch viel vernünftiger, nach London zu fahren und sie in ihrem Haus abzuknallen, anstatt darauf zu warten, daß sie nach Fengate kommt. Das ergibt doch keinen Sinn.«

»Natürlich nicht. Nicht wenn der Mord geplant war. Vielleicht hatte Grace Owen es erst an dem Wochenende herausgefunden. Und wie oft traf sie überhaupt mit der Ex-Mrs. Owen zusammen?«

Schweigen. Dann sagte Bannen: »Lady Kenningtons Bemerkung zum Tod des Sohnes war pure Spekulation.«

»Na ja, das herauszufinden wäre ja kinderleicht.« Jury erhob sich. »Ich habe das Gefühl, daß Sie mehr wissen als ich.«

Bannen lachte. »Das will ich auch stark hoffen, Mr. Jury. Denn *Sie* wissen, um Ihre eigenen Worte zu benutzen, nicht die Bohne.«

# 22

Eine Weile lang betrachtete Jury das Haus, das nicht weit von ihm entfernt auf einer kleinen Anhöhe stand. Plant hatte gesagt, Parker nenne es »Toad Hall«. Ein Mann mit Schrullen. Ob er eine kindliche Ader hatte, eine Vorliebe für Tiergeschichten? Wie würde er wohl auf einen unangekündigten, inoffiziellen Besuch von Scotland Yard reagieren? Nach Plants Einschätzung mit Anstand.

Ein Angestellter war es nicht, der ihm die Tür öffnete, das war klar. Trotz der weißen, fast bodenlangen Schürze (ach ja, Parker kochte gern) würde man diesem großen Mann mit dem Schnurrbart und dem sich lichtenden Haar immer ansehen, daß er der Oberschicht entstammte. Das lag an seiner aufrechten Haltung, an der kaum wahrnehmbaren Selbstsicherheit, mit der er den Kopf neigte.

»Mr. Parker? Major Parker?«

Parker nickte und sagte mit leicht ironischem Lächeln: »›Mr.‹ reicht, glauben Sie mir, und einfach nur ›Parker‹ ist am besten. So nennen die Leute mich hier. Sind Sie der Bursche von Scotland Yard?«

Jury steckte das kleine Etui mit seinem Ausweis gleich wieder weg. »Woher –«

»– ich es weiß? Ach, in dieser Gegend verbreiten sich Neuigkeiten in Windeseile. Kommen Sie doch herein.« Parker trat einen Schritt zurück und machte eine einladende Armbewegung. Als Jury den Mantel auszog, nahm Parker die Schürze ab, warf sie über eine Bronzebüste und griff dann nach Jurys Mantel, den er etwas sorgfältiger über die Lehne eines ziemlich pompösen Sessels drapierte. Vielleicht ein Louis-quinze. (Das war der einzige Louis, an den Jury sich erinnerte.) »Hierher bitte, Mr. – ah, Ihren Namen kenne ich noch nicht.«

»Richard Jury. Ich bin bei der Abteilung für Verbrechensbekämpfung.«

Sie kamen in ein großes, gemütliches Zimmer, das deshalb so anheimelnd war, weil im Kamin ein prächtiges Feuer loderte und die Zusammenstellung des Mobiliars sich höchst eigenwillig gestaltete. So etwas hatte Jury noch nie gesehen: Jugendstiliges neben chinesischen Lackmöbeln, Tische und Gestelle aus massiver amerikanischer Kiefer und Eiche; Prachtstücke aus etlichen Perioden des einen oder anderen Louis – alles ziemlich beeindruckend. Noch mehr als Fengate quoll der Raum über von Kunstgegenständen, die alle ebensogut in einem Museum hätten stehen können. Doch nicht eins schien zum anderen zu passen. Alle Stücke waren gut gepflegt, die Tische schimmerten, Silber und Kupfer glänzten makellos. Und überall waren Bilder, die wenigsten allerdings an den Wänden, sondern an Mahagonibüfetts und Betttruhen gelehnt. Zwei Wetterfahnen in Gestalt von Pferd und Rehbock zierten eine Wand, Vasen und gußeiserne Tiere bevölkerten jeden Winkel, und neben einem Tisch mit Holzintarsien glänzten Kommoden mit solchen aus Perlmutt. Einige Bronzeskulpturen sowie ein Jadekopf und ein Elfenbeinpferd schmückten den Kaminsims.

Jury und Parker nahmen auf einander gegenüberstehenden, verblichenen kleinen Samtsofas Platz, zwischen die ein Hocker geschoben war, der als Kaffeetisch diente. Ein schweres Kristallglas mit einem Fingerbreit Whisky befand sich neben einem Buch, dessen aufgeschlagene Seiten nach unten lagen.

»Hoffentlich sind Sie nicht böse, daß ich Sie störe«, sagte Jury.

Parker lachte. »Die Unterbrechung ist mir höchst willkommen, das kann ich Ihnen versichern. Ich bin schon ganz rührselig geworden, wie ich hier getrunken und Swinburne gelesen habe. Mögen Sie Swinburne?« Ohne auf die Antwort zu warten, griff er zu dem Buch und las: ». . . daß nichts für immer lebt / Kein Toter sich erhebt / Sogar der müdeste Fluß / Strömt endlich doch ins

Meer.« Er schlug das Buch mit einer Miene zu, als habe er etwas geradezu Kosmisches von sich gegeben. »Eine meiner Lieblingsstellen. Daraus schöpfe ich Trost.« Er hob das Glas. »Trost aus Swinburne und einem guten starken Tropfen.«

»›Der müdeste Fluß‹ klingt aber nicht sehr tröstlich«, sagte Jury.

»Gut, aber der Punkt ist doch, daß er garantiert ins Meer fließt. Er verbindet sich mit etwas.«

Jury machte es sich in dem Sofa gemütlich, das viel bequemer war, als es aussah, und fühlte sich seltsamerweise, als sei er in Gesellschaft eines alten Freundes. Während sie schweigend dasaßen, ließ er seinen Blick durchs Zimmer schweifen.

»Sieht ein bißchen wie beim Trödler aus, was? Bei mir geht's nicht so fein zu«, sagte Parker.

»Wenn Sie es unfein nennen, umgeben von Jadebüsten, Elfenbeinschnitzereien und alten Gemälden zu wohnen, na gut, dann wohnen Sie eben unfein.«

Parker zündete sich die Pfeife wieder an und wedelte das Streichholz aus. »Max Owen erstickt in diesem Zimmer. Jedesmal, wenn er hier drin ist, tut er so, als kriegte er einen Asthma-Anfall. Aber ich glaube, er ist nur eifersüchtig.« Parker schaute sich um. »Max hat ein besseres Auge für Arrangements als ich.«

Der Kater Cyril auch, hätte Jury gern gesagt, aber er lächelte.

»Ich weiß es von meiner Zugehfrau.«

Jury wußte nicht, worüber er sprach. »Wie bitte?«

»Madeline, die Frau, die bei mir putzt – sie war im Case, als Sie dort waren. Deshalb weiß ich, wer Sie sind. Sie ist besser als jede Zeitung. Was kann ich für Sie tun? Oder eher«, Parker stand auf und ging zu einer Rosenholzanrichte, »was kann ich Ihnen anbieten?« Er nahm den Stöpsel von einer der mehrere hundert Pfund wertvollen Kristallkaraffen (oder war es Preßglas?). »Whisky? Cognac?«

»Whisky, bitte.« Bevor noch das schwere Gefäß in seiner Hand war, konnte Jury ihn schmecken. Das Glas fing das bernsteinfarbene Licht ein. Ein alter Whisky in einem alten Glas. Jury trank einen Schluck. Es lief ihm durch die Kehle wie brennende Seide. Bei der Wärme entspannten sich seine Muskeln, seine Adern weiteten sich. Aha, war er mittlerweile dem Alkoholismus verfallen? Er hatte das Rauchen aufgegeben (und versuchte krampfhaft, seinen Blick nicht immer wieder zu der Lackschachtel auf dem Kaffeetisch wandern zu lassen, die genau die richtige Größe für eine Zigarettenschachtel besaß), mußte er nun als nächstes Whisky aus seinem schmalen Repertoire an Lastern streichen? »Das ist der mildeste Whisky, den ich je getrunken habe.«

»Hmm. Ganz meine Meinung, das Zeug ist gut. Habe völlig vergessen, welcher es ist.«

»Da würde ich eher das Antlitz meiner Liebsten vergessen.«

Parker lachte und leerte sein Glas mit einem einzigen raschen Schluck. Dann steckte er sich die Pfeife wieder in den Mund und schmauchte ein bißchen.

Jury betrachtete die Pfeife und beobachtete, wie sich die Rauchwölkchen nach oben kringelten. Dann fragte er: »Haben Sie erst Zigaretten geraucht und sind dann zur Pfeife übergegangen?«

Als sänne Parker darüber nach wie über etwas weit Zurückliegendes, runzelte er ein wenig die Stirn. »Nein, eigentlich nicht.«

Eigentlich nicht? Lieber Gott, gab's denn so was? Man rauchte in seiner Jugend und vergaß es dann?

»Aber Sie haben geraucht, nehme ich an?« Parker lächelte durch den dicken, verführerischen Rauch.

»Eine Schachtel am Tag.« Eher zwei. Mindestens eineinhalb.

»Hm. Vermissen Sie es nicht?«

Jury blinzelte und schaute ihn an. Dann zuckte er die Achseln. »Ach, ich nehme es, wie's kommt. Wirklich.« Und mit der entsprechenden Handbewegung fügte er hinzu: »Ich lebe nach dem Motto: Comme ci, comme ça.«

Parker lächelte, als glaubte er ihm kein Wort. Dann sagte er: »Sie kennen Mr. Plant, nicht wahr? Er hat mit mir zu Mittag gegessen.«

Jury lächelte auch. »Das ist mir wohlbekannt. Er redet ja immer noch davon.« Da fiel ihm ein, daß seine Bekanntschaft mit Mr. Plant nur flüchtig war. Zu spät.

Parker freute sich aber so sehr über das Kompliment, daß er es nicht merkte. »Sagen Sie ihm, er ist jederzeit herzlich willkommen. Netter Bursche.« Einen Moment schwieg er. Dann kam er von selbst drauf. »Sie wollen doch sicher über diese beiden Frauen sprechen.«

»Oh, Verzeihung.« Jury richtete sich auf und stellte sein Glas ab, nicht ohne es zu bedauern.

Parker, ganz der aufmerksame Gastgeber, goß ihnen beiden noch einmal ein. Jury lehnte sich wieder zurück und trank. »Ja. Verna Dunn kannten Sie recht gut?«

»Jawohl. Und ich mochte sie nicht.«

»Das ist Mehrheitsmeinung. Als Sie sie kennengelernt haben, war sie noch Mrs. Owen?«

Parker nickte. »Verna war Schauspielerin. Immer! Sie war überaus geschickt, ihr wahres Ich zu verbergen. Wenn sie überhaupt ein ›wahres Ich‹ hatte. Ich neige zu der Ansicht, daß sie aus einer Reihe Schein-Ichs bestand.«

»Haben Sie irgendeine Vorstellung, worüber sich die beiden Frauen gestritten haben könnten? Hat man schon beim Dinner gemerkt, daß sie wütend aufeinander waren?« Nicht zum erstenmal fragte Jury sich, ob Max Owen wirklich die Ursache war. Das war das Problem: Wer einmal lügt, dem glaubt man nicht. Er mußte das Gesicht verzogen haben, denn Parker fragte:

»Ist was, Superintendent?«

»Nein, nein. Dieser Streit, was –?«

Parker schüttelte den Kopf. »Beim Essen haben sie kaum miteinander gesprochen. Obwohl das selbst ja schon etwas aussagt.

Ich habe natürlich gar nicht auf entsprechende Anzeichen geachtet, ich kann sie völlig verpaßt haben.«

»Falls ja, ging es allen anderen genauso. Welches Thema konnte so explosiv sein, daß Jennifer Kennington Verna Dunn erschoß?«

»Oh, hat sie sie denn erschossen?«

»Ich hätte ›mutmaßlich‹ sagen sollen. Ich bin mittlerweile schon so an die Version der Kollegen aus Lincoln gewöhnt.«

»Wo war dann aber um Himmels willen die Waffe – eine Schrotflinte noch dazu? Oder war es ein Kleinkalibergewehr? So leicht sind doch beide nicht in einer Handtasche zu verstecken.« Parker stand schon wieder auf, um ihnen nachzuschenken.

»Man könnte ja argumentieren, die Waffe, das Gewehr, sei schon im Auto gewesen oder am Wash hinterlegt worden.«

Parker ließ sich wieder auf dem kleinen Sofa nieder und fuhr ein paarmal mit dem Pfeifenreiniger durch die Pfeife. »Da ergibt sich aber meines Erachtens mehr als ein Schwachpunkt. Soweit ich die Geschichte kenne, sind Jennifer Kennington und Verna Dunn zusammen in Vernas Auto gestiegen und zum Wash gefahren. Genauer gesagt, zum Fosdyke's Wash. Bisher kannte niemand den Namen, und jetzt ist er so berüchtigt. Dort erschoß Lady Kennington Verna Dunn, stieg ins Auto, fuhr zurück nach Fengate und parkte es so weit weg in der Einfahrt, daß es niemand gehört hat. Dann tauchte sie irgendwann nach dreiundzwanzig Uhr wieder in Fengate auf, mit einer, wie die Kripo behauptet, eigenartig windigen Story, sie sei zum Case gegangen, das heißt fast bis zum Case, und dann wieder zurückgelaufen.«

Jury nickte. »So sieht Chief Inspector Bannen die Sache.«

»Also, ich finde Ihre Geschichte glaubwürdiger als die von Ihrem DCI Bannen.«

Jury lachte. »›Mein‹ DCI Bannen ist er nicht.« Er ließ den Whisky im Glas kreiseln und hielt es ein wenig in die Höhe, damit sich das safranfarbene Licht des Kaminfeuers darin einfing. »Aber er ist verdammt clever. Er nimmt sich selbst so weit zurück, daß man das leicht vergißt. Und Sie müssen bedenken, Sie haben Fengate um elf oder fünf nach elf verlassen. Warum sind Sie ihr dann nicht begegnet?«

Parker hörte mitten im Pfeifenstopfen auf. »Ja, stimmt. Warum nicht?«

»Und gibt es wirklich keinen anderen Weg? Woanders kann sie nicht zurückgegangen sein?«

Parker zog die Stirn in Falten. »Ach, den einen oder anderen ollen Pfad von hier nach dort gibt es schon. Aber warum hätte sie den nehmen sollen?«

»Spielt eh keine Rolle. Sie behauptet, sie ist über den Fußweg gegangen.«

Parker lehnte sich zurück. »Dann lügt einer von uns beiden.« Als Jury nur nickte, fragte Parker: »Sind Sie deshalb hier?«

Jury lachte kurz auf. »Nein. Ich sehe nicht, daß Sie eine großartige Gelegenheit hatten. Es sei denn ... Sie sind nach Hause geflitzt, sofort ins Auto gestiegen und zum Wash gerast.«

»Möglich wäre es, stimmt's? Der genaue Zeitpunkt des Todes steht noch nicht fest, oder?«

»Erste Frage ja, zweite Frage nein. Und es gibt lediglich ein Paar Reifenspuren. Und dann das Motiv. Verna Dunn war zwar nirgendwo beliebt, doch es gibt keine Beweise dafür, daß irgend jemand anderes ein Motiv hatte. Max, Grace – sie wären die wahrscheinlichsten Kandidaten, aber da mangelt es nun wirklich an der Gelegenheit. Zumindest im Fall von Max Owen.«

»Was ist mit Dorcas Reese? Wie paßt sie denn da hinein?«

»Das ist ein noch größeres Rätsel. Sie ist nicht erschossen, sondern erdrosselt worden. Stranguliert. Lady Kennington behauptet, sie sei in Stratford gewesen, aber natürlich hat die Kripo sofort darauf verwiesen, daß man mit dem Auto in ein paar Stunden von Stratford aus hier sein kann.«

»Aber damit stutzen sie sich die Dinge doch so zurecht, daß sie passen.«

»Sieht ganz so aus. Doch niemand hat eine bessere Idee.« Jury stellte sein Glas hin. »Ich habe natürlich gehofft, daß Sie sich an etwas erinnern, das uns weiterhilft. Jenny ist eine gute Freundin von mir. So, jetzt muß ich aber mal los.« Jury erhob sich, Parker ebenfalls. »Ich dachte, ich rede auch noch mit Ihrem ... Verwalter, ist das richtig? Peter Emery?«

Parker nickte und begleitete Jury zur Tür. »Sie wissen, daß Peter blind ist? Seit mehreren Jahren. Er hatte einen Jagdunfall. Schrecklich, Peter liebte das Leben im Freien. Er wohnt zusammen mit seiner kleinen Nichte ...« Parker hielt inne. »Ach, könnten Sie wohl etwas mitnehmen, das heißt, wenn Sie jetzt dorthin gehen?«

»Mit Vergnügen. Ich muß Sie aber nach dem Weg fragen. Ich weiß, das Cottage liegt etwas ab vom Fußweg.«

»Ich gebe Ihnen was Besseres. Eine topografische Karte. Einen Moment bitte.« Er ging schnell, um sie zu holen.

Jury lächelte und überlegte angesichts der Stücke, die die Eingangshalle verstopften, ob die Küche nicht Major Parkers wirkliche Domäne war. Die Halle war ziemlich groß und der Treppenaufgang so prachtvoll, daß man nicht viel Phantasie brauchte, um schöne Frauen in Ballkleidern herabschweben zu sehen.

»So, hier ist sie.« Parker kam mit der Karte in der einen und einem weißen Pappbehälter in der anderen Hand zurück. »Pflaumeneis. Ich habe versprochen, es heute vorbeizubringen, bin aber zu beschäftigt mit dem Abendessen. Ich experimentiere ein bißchen herum. Den Weg habe ich auf der Karte markiert. Im Prinzip ganz einfach.«

»Pflaumeneis. Klingt gut.« Jury nahm es. »Aber so gut wie der Whisky kann es nicht sein.«

Plant hatte ihm erzählt, daß Peter Emery blind war. »Treibt sich aber trotzdem noch draußen herum. Er hat ein so gutes Gedächtnis, daß er sich in dem Gelände nach wie vor zurechtfindet. Zudem ist er seit mindestens zehn Jahren bei Parker.«

Jury verließ den Weg und ging über das morastige Gras zum Cottage. Parker hatte recht, wenn man eine Karte hatte, war es ganz leicht. Wie fast alles.

Plant hatte ihn schon vor dem kleinen Mädchen, Zel, und ihrer Schreckensherrschaft gewarnt. Als sie jetzt die Tür aufriß, rechnete er schon damit, daß sie ihm prompt vor der Nase zugeschlagen würde. Von wegen. War wohl mal wieder eine von Plants üblichen Übertreibungen. Zel schaute zu ihm hoch und sagte: »O hallo!«

Jury erwiderte die Begrüßung und beugte sich auch zu Bob hinunter, der ihm im großen und ganzen wie ein ganz normaler Hund vorkam. Er ließ die Zunge heraushängen, hechelte und wedelte mit dem Schwanz. Warum ersann Plant immer solche wilden Stories?

Jury stellte sich vor und streckte Zel den Eisbehälter entgegen. »Ich bin der Lieferbursche.«

Das kleine Mädchen riß die Augen auf. »Mein Eis?«

»Pflaume.«

Daß er damit betraut worden war, eine solch wertvolle Fracht zu überbringen, ließ ihn eindeutig in ihrer Achtung steigen.

Es mußte ihr Onkel Peter Emery sein, der jetzt in die Tür des kleinen Wohnzimmers trat und Zeuge der Übergabe wurde. Jury stellte sich erneut vor und sagte, er komme gerade von einem Gespräch mit Major Parker. Offiziell sei er nicht für diesen Fall zuständig, und Emery solle sich keineswegs verpflichtet fühlen, mit ihm zu reden.

Zel antwortete. »Wir haben gern Besuch.« Dann drehte sie sich einmal um ihre eigenen Achse und rannte mit dem Eis in die Küche. Ihr rotgoldenes Haar wehte hinter ihr her.

Peter Emery lachte. »Das stimmt. Kommen Sie herein, und setzen Sie sich zu uns.«

Jury ließ sich in einem bequemen Sessel häuslich nieder. Als Zel zurückgekehrt war und es sich ebenfalls gemütlich gemacht hatte, begann er: »Ich habe gehört, daß Sie einmal Verwalter auf einem Gut oben in Perthshire waren. Herrliche Landschaft.«

Emery brauchte nur einen kleinen Anstoß. »Ay, ja. Das waren noch Zeiten...«

Jury ließ ihn eine Weile reden. Er fand es nur normal, wenn ein Mann, der nicht sehen konnte, gern in den Erinnerungen an die Orte und Dinge schwelgte, die er noch gesehen *hatte*. Zudem war Peter Emery ein wunderbarer Geschichtenerzähler. Auch wenn er nur einen Eisenbahnfahrplan vorgelesen hätte, seine wohlklingende Stimme hätte die Zuhörer in Bann geschlagen.

Während ihr Onkel redete, machte Zel heimlich kleine Seitwärtsbewegungen mit den Füßen – Zehen, Hacken, Zehen, Hakken – wie eine Tänzerin im Lido von Paris, immer näher auf Jurys Sessel zu, bis sie so nahe gerückt war, daß sie beide Hände auf dessen Lehne legen konnte und dort genug Halt fand, um wieder in die entgegengesetzte Richtung loszutänzeln. Zehen, Hacken, Zehen, Hacken. Aber als ihr Onkel sie ermahnte – »Hör auf damit, Zel« –, blieb sie stocksteif sitzen. Bereitwillig und direkt neben Jury, der sie, wenn auch nur leicht, weil er sich auf ihren Onkel Peter konzentrierte, anlächelte. Da sie nun sozusagen einen Fuß in der Bresche hatte, versuchte sie, Jurys Aufmerksamkeit voll und ganz zu erringen. Sie klopfte mit den Fingern die Sessellehne auf und ab, als übe sie Tonleitern. Ihre Hände waren gefährlich nahe an Jurys Hand. Den Kopf hielt sie gesenkt, als folge er dem Tun ihrer Füße oder Finger und als seien diese eine Quelle unendlicher Faszination.

Jury gelang es schließlich, Peter Emery von Schottland auf die Morde zu bringen. »Was für eine entsetzliche, entsetzliche Tragödie das doch alles ist«, sagte dieser.

»Mochten Sie sie?«

»Ach, sie war wahrscheinlich schon ganz nett.«

»Nein, war sie nicht, Onkel Peter. Das hast du selbst gesagt.«

Emery errötete und lächelte. »Kindermund tut Wahrheit kund.

Gut, ich habe gelogen. Zel hat recht, ich mochte sie nicht. Aber man will ja über Tote nicht schlecht sprechen.«

»Das hat bisher noch niemanden, mit dem ich geredet habe, gehindert, genau das zu tun«, sagte Jury lächelnd.

»Ich habe nicht schlecht über sie gesprochen«, mischte Zel sich ein.

Peter sagte: »Damals hieß sie Verna Owen. Mit Grace ist Max erst seit sechs, sieben Jahren verheiratet. Grace ist reizend. Aber Verna ... ich verstehe, daß er sich hat scheiden lassen –«

»Er? Wollte er die Scheidung?«

»Sie bestimmt nicht«, schnaubte Peter Emery. »Die nicht. Dazu hatte Max zuviel Geld. Sie verschob die Leute. Ich meine, sie schob sie hin und her wie Schachfiguren. Für sie war es auch so. Das Leben war ein Spiel.«

»Sie sind schon seit zehn Jahren hier, haben Sie gesagt?«

»Seit elfeinhalb. Seit elf Jahren und vier Monaten«, fuhr Zel dazwischen. Diese supergenaue Angabe mußte doch den Scotland-Yard-Beamten erfreuen.

»Kannten Sie Verna Owen gut? Ich meine, hatten Sie persönlich viel mit ihr zu tun?«

»Nein, nur soviel, daß ich sie nicht mochte.«

»Offenbar war sie nicht sehr beliebt.«

»Mit gutem Grund.«

»Zum Beispiel?«

»Sie machte alles kaputt. Wissen Sie –« Emery fiel ein, daß seine Nichte anwesend war, und er sagte: »Zel, du wolltest uns doch einen Tee machen.«

»Nein«, erwiderte sie und hielt sich damit wiederum streng an die Fakten. Nun stand sie mit dem Rücken zu Jurys Sessellehne, legte den Kopf so weit wie möglich zurück und schaute Jury verkehrt herum an. Dann aber dachte sie anscheinend, daß sie mit dem Tee Punkte machen konnte, und sagte zu Jury (und nur zu ihm): »Möchten Sie Tee?«

»Na, klar doch«, sagte er mit gewinnendem Lächeln. »Und kriegen wir wohl auch was von dem Pflaumeneis?«

Da wurde sie unsicher und schaute von ihrem Onkel zu Jury, der, wenig hilfreich, seine sachliche Miene beibehielt. »Es ist noch nicht fertig. Es muß noch gehen.« Sie überlegte. »Es muß sich vermischen.«

»Wirklich? Aber wenn ich mich recht entsinne, hat Major Parker gemeint, es sei schon gut durch. Zum unmittelbaren Verzehr geeignet. Jetzt. Sofort.«

»Zel!« Richtig böse war ihr Onkel nicht, es war ihm nur ein wenig peinlich. »Nennst du das Gastfreundschaft?«

Da rannte sie wie der Blitz in die Küche.

»Und wehe, du hängst an der Tür rum, Mädchen. Mach uns den Tee und bring das Eis mit!« rief der Onkel ihr nach.

Ein Höllenlärm erhob sich, Gläser klirrten, Metall, Teller und Tassen und Kessel klapperten, als wolle Zel ihrem Onkel kundtun, daß sie beschäftigt war und keine Zeit hatte, an Türen herumzuhängen.

Als sie außer Hörweite war, sagte Peter Emery: »Ich will nicht, daß sie sich an mir ein Beispiel nimmt, daß sie lernt, Menschen zu hassen. Zel ist so leicht zu beeindrucken.«

Jury lächelte. Das bezweifelte er ernsthaft. Aber Peter Emery wäre nicht der erste Erwachsene, der den ihm anvertrauten Schützling falsch einschätzte. »Sie haben gesagt, daß sie ›alles kaputtgemacht hat‹.«

»Ja, ja, so war sie. Sie pfuschte anderen Leuten einfach gern ins Leben, aus reiner Boshaftigkeit.«

»Und hat sie versucht, in Ihres zu pfuschen?«

Peter drehte sich mit dem Gesicht zu der blassen Glut des allmählich verlöschenden Feuers. »Versucht hat sie es, das bestimmt.«

Als er das nicht weiter ausführte, fragte Jury. »Sexuell?«

Peter antwortete nicht direkt. »Sie ist mehrere Male hier gewesen. Zuerst war es, schien es jedenfalls – völlig harmlos. Sie wollte Auskünfte über Mr. Parkers Land haben. Angeblich überlegte sie, ob sie ihn bitten solle, ihr ein paar Morgen zu verkaufen. Totaler Stuß. Dann wurde sie, hm, ziemlich freundlich.«

»Sie meinen, sie hat versucht, Sie zu verführen.«

Jury fand die Schlußfolgerung logisch, besonders weil Emery sehr verlegen wurde. Wahrscheinlich war er doch ein wenig prüde. Aber immer noch besser, als wenn er sich mit seinen Eroberungen gebrüstet hätte. Dabei war er sicher ein Frauentyp. Er war nicht nur hübsch, sondern hatte auch eine starke erotische Ausstrahlung.

»Diese Lady Kennington, die hier zu Besuch war, das scheint doch eine nette Frau zu sein. Warum sollte sie ...« Peter zuckte die Achseln und räusperte sich, als falle es ihm schwer, die richtigen Worte zu finden. »Warum sollte sie sie erschießen?« Er beugte sich vor. »Und warum, um Himmels willen, am Wash? Im Pub haben alle darüber geredet. Warum sollte sie sie umbringen?« fragte er noch einmal.

»Es ist ja auch sehr gut möglich, daß sie es nicht getan hat.«

Emery schüttelte den Kopf. »Das Gerücht hält sich aber hartnäckig. Dieser Kripobeamte aus Lincoln war hier. Hat nach Schußwaffen gesucht, Gewehren. Ich glaube, er hat jede 22er von hier bis Spalding einkassiert. Ich war ein guter Schütze.« Peter seufzte und sank tiefer in seinen Sessel. »Ich will mir nicht selbst schmeicheln, daß Frauen – Sie wissen schon – mich unwiderstehlich finden. Aber Verna Dunn ... meine Güte, war das peinlich. Wo sie doch Owens Frau war. Wenn eine Frau sich so verhält, was kann man da noch Gutes über sie sagen?«

»Mr. Emery, was –«

»Peter.« Er beugte sich weiter vor und flüsterte: »Sie haben nicht zufällig eine Fluppe? Die Kleine versteckt sie vor mir. Früher habe ich zwei Schachteln am Tag geraucht.«

Jury schüttelte den Kopf, und als ihm dann einfiel, daß Emery es nicht sehen konnte, sagte er: »Tut mir leid, nein. Aber weiß Gott, ich kann es Ihnen nachfühlen. Ich habe seit einem Monat keine mehr geraucht. Manchmal glaube ich, das Nichtrauchen bringt mich viel schneller um, als es das Rauchen je geschafft hätte.«

Sie lachten. Aber trotz der angenehm entspannten Stimmung kehrte Jury zum Thema Gewehre zurück. »Kann sich sonst noch jemand Zugang zu Ihrer Waffe verschaffen, Peter?«

»Das hat der Kripomensch aus Lincs auch gefragt. Die Antwort ist: ja, wahrscheinlich. Dieses Haus hier ist kein Gefängnis, wir sperren es nicht ab. Nur hat er dann am Ende eher zu viele Kandidaten als zu wenige. Und in ihrem Labor fällt es ihnen dann um so schwerer, den Richtigen herauszufinden.«

Nicht, wenn es ein Kleinkalibergewehr ist, dachte Jury. »Sie meinen, herauszufinden, ob die Waffe kürzlich benutzt worden ist.«

»Ja. Ich weiß nicht, wie viele sie zur Überprüfung mitgenommen haben. Sie haben bestimmt eine Hülse oder so was gefunden, wo sie erschossen worden ist. Doch wahrscheinlich ist jede Flinte, die sie sich angeschaut haben, erst kürzlich benutzt worden. Wenn der alte Suggins sich ordentlich einen angesoffen hat, ballert der die Eichhörnchen ab. Ah, da bist du ja, Zel.«

Zel stellte das Teetablett ab.

Peter fuhr fort. »Ich glaube auch nicht, daß die Polizei viel weiterkommt, wenn sie sich die betroffenen Leute näher anschaut.«

»Wie meinen Sie das?«

»Ich meine, hier kann so gut wie jeder eine Schrotflinte oder ein Jagdgewehr bedienen. Auch die Damen. Ich habe sogar Grace Owen Unterricht gegeben, als sie hierherkam. Dann Major Parker. Auch Max kann damit umgehen, selbst wenn er selten trifft.« Er schwieg, nahm von Zel eine Tasse Tee entgegen und trank. Dann schüttelte er den Kopf. »Der Tee ist gut, Mädchen«, sagte er. »Hast du Kekse mitgebracht?«

Zel stieß einen Seufzer aus. »Ich hol sie schon.«

Als sie weg war, beugte sich Peter zu Jury vor. »Ich sage Ihnen, was ich meine. Ich glaube, daß dieser Inspector es falsch anpackt, verkehrt herum. Wenn jemand so was drehen könnte, dann Verna Dunn. Es ist genau ihr Stil. Und aufs Schießen hat sie sich verstanden, das kann ich Ihnen versichern. Sie war besser als Max oder Parker. Ich sehe ja förmlich, wie sie irgendwo ein Gewehr versteckt und jemanden dorthin lockt.«

Das war zumindest eine neue Idee, dachte Jury. »Und der Jemand?«

Emery schüttelte den Kopf. »Verna –«

Zel kam mit einem Teller Keksen zurück, den sie Jury zusammen mit einem Glasschüsselchen gab – einem Minischüsselchen, in dem sich zwei Teelöffel Eis verloren.

Jury nahm es. »Nachtisch für eine Maus?«

Zel reagierte sehr ungnädig. »Ich habe nur genug zum Kosten mitgebracht. Vielleicht schmeckt es Ihnen ja gar nicht.« Ängstlich sah sie zu, wie er probierte. Als er sich lobend äußerte, aber meinte, er äße lieber Schokoladeneis, fiel ihr ein Stein vom Herzen. »Ich hab's Ihnen ja gesagt.« Triumphierend stellte sie die Schüssel auf das Tablett und reichte ihm eine Tasse Tee. Doch nun bat ihr Onkel sie, Bob zu suchen, und sie trollte sich, nicht ohne ihm ein paar böse Blicke zuzuwerfen.

»Ich war ein richtig guter Schütze, damals. Bis zu dem hier.« Emery gestikulierte in Richtung seiner Augen. »Die Leute sind einfach nicht vorsichtig genug, kein Wunder, daß es so schwer ist, einen Waffenschein zu bekommen.«

»Ja. Wie ist es denn passiert?«

»Es war vor ein paar Jahren – fünf, sechs –, und ich war mit dem Stechkahn in einem der schmalen Kanäle auf der anderen Seite des Windy Fen, vielleicht zu dicht am Windy Fen.« Er öffnete eine kleine Schublade in dem Tisch neben dem Sofa, tastete mit den Fingern darin herum, zog die Hand zurück und stöhnte. »Hier hatte ich noch ein paar Fluppen, aber Zel muß sie gefunden haben. Egal, an dem Morgen, als ich jagen gehen wollte, ach, es war herrlich, so eine neblige Morgendämmerung mit silbrigem Himmel und alles so gedämpft, und ich schipperte zu einem meiner Lieblingsplätze für Rebhühner. Durch den Flußnebel zu rudern ist wie eine Gespensterwelt zu durchqueren, man spannt alle Sinne an. Die Weiden und Hecken sind wie Geister, wie Schattengestalten, alles sieht so unwirklich aus. Schwer zu beschreiben, so ein Morgen.« Peter schüttelte den Kopf, als könne er es auch nicht. »Na gut, ich machte es mir in dem Stechkahn bequem, lag dort und hörte zu, wie die Vögel zwitscherten und der Wind rauschte und es im Ried raschelte. Da lag ich und beobachtete einen Schmetterling, einen dunklen Moorperlmutterfalter. Die sind sehr selten. Er saß auf einem langen, schwankenden Halm. Plötzlich höre ich rechts von mir jemanden rufen, und dann flattern ungefähr zweihundert Vögel auf. Stockenten, Krickenten, Pfeifenten. Ich stell mich in dem Stechkahn hin – das war dumm von mir – und nehme meine Flinte, um zu schießen. Gleichzeitig höre ich mindestens zwei Schüsse knallen und spüre, wie mir etwas heiß wie eine Rasierklinge in den Kopf schneidet. Das war's, dann war alles nur noch schwarz um mich herum.« Er behielt das Gesicht zum Feuer gewandt. »Komisch, woran ich mich am meisten erinnere, das sind nicht die Vögel, sondern der Schmetterling, wie er auf dem Sumpfgras schaukelt.« Er lehnte sich zurück und streckte seine langen Beine aus. »Derjenige, der geschossen hat, hat es überhaupt nicht gemerkt, weil ich keinen Laut von mir gegeben habe und mein Boot so gut verborgen war.« Peter zuckte die Achseln. »Na, ich sollte wahrscheinlich froh sein, daß die Kugel nur meine Sehnerven erwischt hat und nicht mein Gehirn.« Er lächelte erstaunlich fröhlich, als sei er der reinste Glückspilz.

Jury stellte seine Teetasse auf den Tisch. »Na ja, vielleicht ist das ja ein Grund zur Freude. Ich jedenfalls hätte nicht halb soviel

Lebensmut wie Sie.« Er erhob sich. »Danke schön für den Tee. Vielleicht sehen wir uns mal wieder.«

»Tut mir leid, wenn ich nicht hilfreicher sein kann«, sagte Max Owen. Er war gerade aus London zurückgekommen, und er und Jury saßen bei einem Glas Whisky im Wohnzimmer. »Es stimmt, Grace hat Verna eingeladen. Offenbar mag – mochte, meine ich – Grace sie. Ich weiß, daß Jennifer Kennington eine gute Freundin von Ihnen ist. Sie ist ein feiner Mensch, es kommt mir alles vollkommen unglaubwürdig vor. Alles.« Er schaute auf seinen Whisky hinunter und schüttelte den Kopf.

Jury nickte. »Ich finde es sehr anständig von Ihnen, daß Sie sich überhaupt die Mühe machen, mit mir zu reden. Sie und Ihre Frau sind es doch gewiß leid, daß die Kripo in Ihrem Haus Amok läuft.«

Max lachte. »Das ist leicht übertrieben. Können Sie sich vorstellen, daß Chief Inspector Bannen Amok läuft? Ich nicht.«

»Nein, ich auch nicht. Sie kennen Jenny schon seit einigen Jahren. Trifft das zu?«

Max betrachtete eine kleine, schwarzlackierte Schachtel, die er aus der Tasche gezogen hatte. Sie gehörte zu der Ausbeute der heutigen Auktion. »Ich kannte eigentlich Ihren Mann James. Jennifer habe ich nur fünf-, sechsmal eher beiläufig getroffen. Die längste Zeit, die ich mit ihr zusammen verbracht habe, war vor Jahren, als ich mal mit James jagen gegangen bin. Da kam Jennifer mit. Sie wohnten in Hertfordshire, in einem Haus mit Namen Stonington. Kennen Sie es?« Nun betrachtete Max eine kleine Elfenbeinschnitzerei, die er aus der anderen Tasche gezogen hatte. Noch mehr Beute.

»Ja«, erwiderte Jury. »Ich kenne es. Sie sagen, Jenny ging mit auf die Jagd. Wollen Sie damit auch sagen, daß sie eine Schrotflinte bedienen kann? Oder ein Kleinkalibergewehr?«

»O ja, sie ist sogar recht geschickt.« Plötzlich schaute Max auf und verzog das Gesicht. »Tut mir leid. Mr. Bannen hat mir dieselbe Frage gestellt, und da habe ich nicht ›geschickt‹ gesagt.« Er stöhnte. »Aber Sie sehen ja, was es gebracht hat.« Er stand auf und trank seinen Whisky aus. »Ich muß nach oben und den Londoner Dreck abschrubben.« Er steckte die elfenbeinerne neue Errungenschaft wieder in die Tasche und schaute sich um, als fehle ihm auf einmal seine Frau. »Ist Grace in der Küche? Hören Sie, bleiben Sie zum Essen, bitte.«

»Das ist sehr freundlich von Ihnen, aber ich muß zurück nach London. Ich habe morgen früh einen Termin. *Wir* müssen zurück. Mein Sergeant und ich. Wissen Sie zufällig, wo er ist?«

»Ich glaube schon, in der Küche.«

Jury lächelte. »Und warum überrascht mich das nicht?«

Er sah sie erst, als er fast den ganzen Raum durchquert hatte. Der Wechsel von der Dunkelheit zum Licht am Fenster erregte seine Aufmerksamkeit, und er schaute in die Schatten, um zu sehen, ob sich eine der kalten Damen bewegt hatte.

»Grace?« Der Vorname entschlüpfte ihm, bevor er Mrs. Owen sagen konnte, und jetzt fiel ihm auf, daß das auch viel natürlicher war. Er trat einen Schritt zurück. »Grace?«

Sie stand vor dem Fenster, dessen Vorhänge sie gerade zurückgezogen hatte, und rieb sich die Arme, als friere sie. Das Zimmer war kalt. Es war sicher immer kalt, es besaß eine Kälte, die mit der Dunkelheit einherzugehen schien. Wie traurig, daß Grace diesen Raum und dieses Fenster lieber mochte als alle anderen.

Sie drehte sich um, und er hatte ganz kurz den Eindruck, als erwarte sie, daß er ihr Fragen stellte. Sie sagte aber nur: »O hallo.«

Jury ging zum Fenster und trat neben sie. Die tiefe blaue Dämmerung sammelte sich im Wäldchen, und dann, so leicht, als schlage man eine Seite um, wurde es Nacht, und er sah den Mond hoch oben am Himmel schwimmen. Sein Licht streifte die Wassernymphe im Brunnen in der Einfahrt. Nach einigen Augenblikken Schweigen sagte Jury: »War es dort? Hat Toby dort den Unfall gehabt?«

»Ja.« Sie drehte sich nicht um. »Es war dort draußen.«

»Ich frage mich die ganze Zeit, ob Verna hier war, als es passiert ist.«

Über die Antwort mußte sie offenbar erst einmal nachdenken. »Ja, sie war hier.« Und nach einer langen Pause fragte sie: »Warum?«

In der Frage lag ein solches Gewicht, daß Jury nicht wußte, was er antworten sollte. »Anscheinend bringt – brachte – sie immer Unglück.«

»Aha«, sagte Grace, als sei ihr endlich etwas erklärt worden. »Doch ich glaube, mit Glück oder Unglück hatte das nichts zu tun.«

»Wie gut kannten Sie sie denn?«

Sie schwieg und rieb sich wieder die Oberarme. »So gut wie ich sie kennen wollte.«

Soviel zu Max Owens Bemerkung, seine Frau habe Verna Dunn »gemocht«, dachte Jury, als er sich zur Küche begab.

Wiggins saß mit den beiden Suggins, die sich offenbar in seiner Gesellschaft pudelwohl fühlten, an dem großen Tisch, dem der Angestellten. Als Jury zur Tür kam, hatten sie gerade ihr Essen unterbrochen und schütteten sich aus vor Lachen über etwas, das Wiggins zum besten gegeben haben mußte. ». . . da sag ich zu ihr: ›Schwester, wenn Sie das noch einmal machen, muß ich Sie leider des Einbruchs bezichtigen.‹« Er fuchtelte mit der Gabel herum, während seine Essensgenossen lauthals losprusteten. Suggins schlug ein paarmal mit der flachen Hand auf den Tisch, daß die Teller hochsprangen.

Jury stand in der Küchentür, lächelte und schüttelte den Kopf. Sergeant Alfred Wiggins, der große Märchenerzähler. So müßte das ewige Leben für ihn sein: plaudernd um einen solchen Tisch zu sitzen. Jury trat über die Schwelle und begrüßte Suggins und dessen Frau.

Prompt erhob sich Wiggins und riß sich die schneeweiße Serviette vom Hals. »Sir!« Es fehlte nur noch, daß er salutierte.

»Rühren, Sergeant! Nein, schon gut, ich wollte Ihnen nur sagen, daß wir losfahren können, wenn –«, er deutete auf die dampfenden Töpfe auf dem Herd, »wenn Sie fertig sind.«

Annie Suggins, die Serviette an den Busen gepreßt, sagte: »Wir essen normalerweise immer erst nach den anderen zu Abend, aber da Sergeant Wiggins einen solchen Hunger hatte – er hat ja den ganzen Tag keinen Bissen zu sich genommen –, da ...«

Ach, die Bohnen auf Toast im Happy Eater schon vergessen? dachte Jury und schaute Wiggins an. Der blieb ungerührt. Auch Jury verzog keine Miene. »Das Leben eines Kriminalpolizisten ist Kummer und Gram, Mrs. Suggins.«

»Ich und Mr. Suggins, wir haben uns jedenfalls entschieden, jetzt schon mitzuessen.«

Wiggins saß schon wieder und stopfte etwas in sich hinein, das wie goldener Yorkshirepudding aussah.

»Aber möchten Sie nicht eine Tasse Tee, Sir?« Annie goß ihm bereits aus der bauchigen Kanne auf dem Tisch ein.

Zur Abwechslung war auch Jury einmal bereit zu glauben, daß eine Tasse Tee alles richte. »Ich glaube, ja. Ja, bitte. Können wir, Mrs. Suggins, Sie und ich, uns wohl auch einmal unterhalten?« Nicht im geringsten aus der Ruhe gebracht, daß Scotland Yard geschäftlich mit ihr reden wollte, war Annie sogar angenehm überrascht. »Und Sie, Sergeant Wiggins, Sie könnten sich mit Mr. Suggins unterhalten!«

»Worüber? Aber ja doch, natürlich, wir waren ja gerade mitten im Gespräch, als Sie hereinkamen.«

»Hm, hm.« Mit der Tasse in der Hand folgte Jury Annie zu einem Stuhl am Herd. Küchenherde verströmten eine besondere

Gemütlichkeit. Sie verlockten die Leute dazu, sich die Schuhe auszuziehen, den Kragen zu lockern und mal so richtig aus sich herauszugehen. »Annie, Sie müssen mir helfen, bitte. Mit den wenigen Informationen, die ich bisher gesammelt habe, komme ich nicht weiter.«

Annie verschränkte die Arme, wiegte sich hin und her und konzentrierte sich auf Jurys Problem. »Manchmal hört man ja was, Sir. Und das war das Problem für Dorcas, das dumme Ding: Sie hat zuviel gehört, so wie ich die Sache sehe.«

Jury zog die Stirn in Falten. »Zum Beispiel?«

»Was genau, weiß ich nicht. Aber sie war einfach so neugierig, daß ich immer zu ihr gesagt habe, es würde sie eines schönen Tages noch mal schwer in die Bredouille bringen. Wie oft habe ich sie mit dem Ohr an einer Tür erwischt.«

»Hatte sie irgend etwas mit Lady Kennington oder Verna Dunn zu tun?«

»Aber ja doch. Sie hat ihnen beiden immer den Tee ans Bett gebracht und kleine Besorgungen übernommen. Da wir ja oben keine Hilfe haben«, Annies empörter Gesichtsausdruck verriet, was sie davon hielt, »mußte Dorcas auch bedienen. Nicht, daß es wirklich soviel Mehrarbeit war, und ich weiß auch, daß Miss Dunn ihr immer ein hübsches Sümmchen dagelassen hat, wenn sie wieder abfuhr. Sie war großzügig. Das muß ich ihr lassen.«

Jury lächelte und trank seinen Tee. »Und was lassen Sie ihr nicht? Sie kannten Sie ja schon, als sie noch Mrs. Owen war, stimmt's?«

»Ja, natürlich. Ich war hier schon Köchin, als er noch ein junger Mann war. Für ihn und Mr. Price.«

Etwas an der Art, wie sie es sagte, veranlaßte Jury zu fragen: »Was ist mit Mr. Price?«

»Mit ihm? Nichts, Sir. Nein, Mr. Owen und Mr. Price, die waren wie Brüder, immer. Nein, es lag an ihr.«

Annie meinte offenbar, er könne sich selbst zusammenreimen,

was das bedeutete. Er war aber völlig perplex. »Sie? Sie meinen, Verna Dunn hat auch zwischen ihnen für Ärger gesorgt?«

Annie seufzte, stand auf, stocherte im Feuer und kam immer noch seufzend zu ihrem Stuhl zurück. »Ja, das würde ich meinen, obwohl ich kein Mensch bin, der rumtratscht. Und ich möchte auch nicht gern etwas sagen, an dem Mr. Owen Anstoß nehmen könnte. Damals benutzte er dieses Haus eigentlich immer nur am Wochenende. Sonst war er in London. Mr. Jack war die ganze Zeit hier. Weil er so gern hier arbeitet.« Sie verstummte und strich die Schürze über ihrem Schoß glatt.

»Und Verna Owen war auch hier. Meinen Sie das?«

»Also, wenn ich das sage, Sir, wäre es nicht gelogen.«

»Meinen Sie, daß sie ... ein Verhältnis hatten?« Ein kurzes Nicken beantwortete diese Frage, und Jury bedachte es einen Moment. »Mr. Price kannte Lady Kennington offenbar auch.«

»Ich erinnere mich, daß ich sie vor Jahren einmal hier gesehen habe. Nur dieses eine Mal. Sie ist wirklich eine Dame, in jeder Hinsicht.« Annie seufzte wieder und schüttelte den Kopf. »Und eins kann ich Ihnen verraten, wenn Miss Dunn den Verdacht gehabt hätte, daß Lady Kennington und Mr. Jack ... na, die wäre ja stinkwütend geworden.«

»Ach, das meinte ich gar nicht.« Natürlich meinte er es! Es paßte ja wie die Faust aufs Auge zu all dem, was er von Jenny nicht wußte. Er wollte von Annie Suggins keine Bestätigung.

Vom Tisch her ertönte Gelächter. Suggins schlug sich auf die Knie.

»Nein, das wußte ich nicht«, sagte Jury, als habe Annie ihn gefragt. Lediglich ihre Haltung hatte diese Frage ausgedrückt. Er sammelte sich, so rasch er konnte, fühlte sich aber grauenhaft verletzlich. Wie er das haßte!

Suggins stand mit einer Kanne frischem Tee neben ihm. Jury schüttelte den Kopf. »Haben Sie das der Kripo in Lincolnshire erzählt?«

Annie rümpfte die Nase. »Nein. Man hat mich recht scharf darauf verwiesen, daß nicht meine Meinung gefragt war, sondern das, was ich wirklich wußte.« Sie nickte kurz und knapp, als habe sie ihre Rolle der Polizei gegenüber so gespielt, wie es verlangt wurde. »Ich bin von Natur aus keine Klatschtante. Ich habe es Ihnen nur erzählt, weil Sie mich um Hilfe gebeten haben.«

Vieles von dem, was sie gesagt hatte, war aber »wirklich«. Sie hatte Jenny Kennington schon vor Jahren hier gesehen, und zwar mit Jack Price. Jury stellte seine Tasse, ohne getrunken zu haben, auf dem Herd ab. Die ersehnte Geborgenheit hatte er hier nun doch nicht gefunden. »Danke schön, Annie. Es war sehr hilfreich.«

Sie beugte sich vor und legte ihm in einer vertraulichen Geste die Hand auf den Arm. »Wie die Polizei mit Burt umgesprungen ist, das hat mir nicht gefallen.« Sie deutete mit dem Kopf in Richtung des Tisches, wo Wiggins, noch einen Keks in der Hand, seine Amtspflichten schmählich vernachlässigte. »Wegen dem Gewehr, das Burt seit Ewigkeiten für die Jagd auf Eichhörnchen und Kaninchen benutzt. Sie dachten doch wahrhaftig, Burt hätte sie erschossen. Das ist so dumm, daß man gar nicht darüber nachdenken sollte. Also, ich helfe denen nicht mehr, als ich unbedingt muß. Ihnen kann ich es ja erzählen, das hat mich verletzt, wirklich.« Sie lehnte sich zurück und schaukelte heftig. »Die Fragen, die sie mir gestellt haben, habe ich beantwortet. Sie haben gefragt, ich hab geantwortet. Das war's.«

Gefragt und geantwortet.

»Und – noch was rausgefunden zwischen Rinderbraten und Keksen, Wiggins?«

»Leider nicht, Sir. Aber weil wir ja nicht offiziell an dem Fall arbeiten . . . da hab ich nicht so streng durchgegriffen.« Wiggins ließ den Motor warmlaufen und gähnte.

Zum erstenmal seit langer Zeit war Jury zum Lachen zumute.

»Was ist mit dem Kleinkalibergewehr? Wer hat es sonst noch benutzt?«

»Über die Jahre so ungefähr alle.«

»Ich rede über die letzte Zeit.«

»Suggins mußte einräumen, daß er es nicht genau wußte. Ich habe mir verkniffen zu sagen: ›Natürlich wissen Sie es nicht, Sie sind ja auch die ganze Zeit knülle.‹ Denn darauf läuft es ja hinaus. Das Gewehr ist immer in dem kleinen Abstellraum, und da kann jeder rein. Suggins kriegt gar nicht mit, wer da ein und aus geht. Und man kommt sowohl von draußen als auch von innen hinein. Jeder hätte es wegnehmen und wieder hinstellen können. Was ist denn mit den Fingerabdrücken?«

»Bei einem Gewehrlauf schwer. Mit den verborgenen sind sie dann völlig aufgeschmissen. Vielleicht haben sie was gefunden, aber ich bezweifle, daß es eindeutig ist. Es sei denn...« Jury glitt tiefer in den Beifahrersitz. Gott, war er müde. »Bannen weiß etwas, erzählt es mir aber nicht.« Sie fuhren die Einfahrt hinunter. Jury schloß die Augen und hielt sie auch die nächsten Kilometer geschlossen.

Plötzlich fuhr er hoch, als sei er aus dem Schlaf gerissen worden. Sie hatten den Case Has Altered schon hinter sich gelassen und fuhren auf das leuchtend orangefarbene Schild des Happy Eater zu. »Es kann natürlich sein, daß Chief Inspector Bannen mir vieles nicht erzählt, weil er will, daß *ich* ihm was erzähle. Ich weiß gar nicht, wieso ich nicht früher darauf gekommen bin, daß er *mich* benutzt.«

»Ach, Sir, das glaube ich nicht.«

»Sollen Sie ja auch nicht, Wiggins. Nein, wir halten nicht.«

Das leuchtend orangefarbene Schild schwand aus ihrem Blick wie eine zweite Sonne.

# 23

Richard Jury und Melrose Plant wurden von einem rundlichen kleinen Empfangsfräulein in das Büro des Anwalts geleitet und blieben wie angewurzelt stehen.

Die Überraschung stand ihnen wohl ins Gesicht geschrieben, denn Charly Moss zischte einen unverständlichen Kraftausdruck zwischen den Zähnen hervor und sagte dann: »Warum erzählt er es den Leuten nie?«

»Sie sind eine Frau«, sagte Jury.

Sie erhob sich von ihrem Schreibtischstuhl und stellte sich mit ausgestreckten Armen hin, als sei sie zur Anprobe beim Schneider. »Allem Anschein nach, ja. Manchmal glaube ich, er macht es aus lauter Jux und Tollerei.«

»Pete Apted, meinen Sie?«

Jury und Plant setzten sich auf die beiden harten Stühle, die sie ihnen mit einladender Geste anbot.

»Ja, Pete Apted.« Rasch ergriff sie einen randvollen Glasaschenbecher und knallte ihn so heftig an den metallenen Papierkorb, als wolle er sich nicht freiwillig leeren lassen. Als sie ihn wieder auf den Schreibtisch stellte, sah Jury, daß in der Mitte noch verkrustete schwarze Asche klebte, von letzter Woche, vielleicht vom letzten Monat oder Jahr. (Um die abzukriegen, brauchte man schon einen Meißel.) Sie nahm die Silk Cuts und bedachte ihre Besucher mit einem vorsichtigen Blick. Dann bot sie ihnen verschämt eine an und sagte: »Wahrscheinlich rauchen Sie nicht . . . ?« Die Einladung, die Schachtel gemeinsam zu plündern, blieb in der Luft hängen. Eitel die Hoffnung, daß irgend jemand auf dieser Welt heutzutage noch rauchte.

Melrose Plant half ihr aus der Verlegenheit und nahm eine. »O doch!« Er zückte sein Feuerzeug und hielt es ihr über den Schreibtisch hin. »Nur die Weicheier haben aufgehört.«

»Er meint mich, Weichei Güteklasse eins«, sagte Jury.

Plant lächelte – distinguiert. Anders konnte man es nicht nennen – es paßte zu Seidenkrawatten und Gamaschen. Und nun genoß er den Rauch, als goutiere er einen erlesenen Wein.

»Heute sind Anwältinnen ja nicht mehr so ungewöhnlich«, sagte Jury.

»Aber solche, die Charly heißen, durchaus. Wenn Sie sich also auf einen Mann eingestellt haben, müssen Sie Ihre Erwartungen – eventuell – korrigieren. Und manchmal glaube ich wirklich, daß die Leute mir nichts zutrauen, Klienten meine ich. Daß sie mir fachlich nichts zutrauen, weil ich eine Frau bin und – deswegen!« Sie wedelte mit der Zigarette. »Mittlerweile ist es so schlimm wie die Whiskypulle und das schmutzige Schnapsglas auf dem Schreibtisch.«

»Ich traue jedem, den Pete Apted empfiehlt«, sagte Jury. Sie lächelte offen. Sie sah nicht so umwerfend aus, dachte Jury, daß man beim ersten Anblick sprachlos wurde. Das Haar hatte sie (bis auf ein paar widerspenstige Locken) zurückgekämmt und mit einer Schildpattspange befestigt. Ein wenig aufregendes Braun, bis es vom Licht getroffen wurde wie jetzt von der Morgensonne, die plötzlich durchs Fenster strömte. Da leuchteten auch ihre hellbraunen Augen auf und wurden kupferfarben wie Pennymünzen. Von ihrem Lippenstift war nicht mehr viel übrig, man sah nur noch die Konturen, doch die Farbe paßte zu der dunkelorangefarbenen Seidenbluse. Dazu trug sie ein jagdgrünes Kostüm. Herbstfarben. Eine Herbstfrau. Je länger man sie betrachtete, desto mehr kam man wahrscheinlich zu dem Schluß, daß sie extrem hübsch war.

»Dann erzählen Sie mir doch mal«, begann sie, »um was es geht.«

Vielleicht war er nur hergebeten worden, um Charly Moss Feuer für die Zigaretten zu geben, dachte Melrose, der nicht sonderlich aufmerksam verfolgte, wie Jury die Fakten darlegte. Er kannte sie ja. Jury hatte ihn angewiesen, still zu bleiben, bis er, Jury, ihm das Zeichen gab zu reden.

»Wie Mindy, meine Hündin, meinen Sie? Und was belle ich, wenn Sie mir sagen, es ist soweit?«

»Ach, das merken Sie dann schon.«

Nun saß er also da und beobachtete, wie Charly Moss sich mit blitzartiger Geschwindigkeit Notizen machte und die Seiten des gelben Blocks so energisch zurückschlug, als gelte es, einen Rekord aufzustellen.

Dann hörte Jury auf zu reden.

Und sie hörte auf zu schreiben. »Uff«, sagte sie, stand auf und schaute aus dem Fenster hinter dem Schreibtisch. In einer sehr ähnlichen Haltung wie Apted. Sie hatte die Arme vor der Brust verschränkt und ihnen den Rücken zugewandt. »Uff!« sagte sie noch einmal. Dann lehnte sie den Kopf stirnrunzelnd an die sonnenbeschienene Scheibe. Jury sah das Rot in ihrem braunen Haar aufblitzen.

»Wie gut kennen Sie sie, Mr. Jury?«

Die Frage behagte Jury nicht. Wieder durchfuhr ihn diese stechende Angst. Er wußte, daß er Jenny nicht so gut kannte, wie die Leute immer meinten. »Ganz gut.« Mehr fiel ihm nicht ein.

Sie setzte sich wieder und beugte sich über den Schreibtisch. »So gut, daß sie sich Ihnen anvertrauen würde?«

»Ja –«

Nein, sagte ihr Blick. »Aber sie hat es nicht getan, Mr. Jury.«

Jury errötete heftig.

»Glauben Sie, sie würde mir die Wahrheit erzählen?«

»Wenn Sie meinen, sie hat sie mir nicht erzählt, wie kann ich Ihnen die Frage beantworten?« Wie er es haßte, immer so in die Defensive zu geraten.

»Vielleicht hat sie Ihnen ja, wenn auch verspätet, die Wahrheit erzählt. Ich kann nur unmöglich eine Strategie zur Verteidigung entwickeln, wenn Jennifer Kennington mir etwas verschweigt.

Darum geht's.« Dann wandte sie sich an Melrose. »Sie waren mit der Polizei in Stratford in ihrem Haus? Mit Detective Inspector –«, sie zog die Notizen zu Rate, »Lasko?«

Schuldbewußt sagte Melrose: »Ich? Hm, ja, mit dem Beamten. Sonst war keiner dabei.« Als mache »sonst keiner« die ganze Aktion informell.

Charly angelte sich den Block und schrieb etwas. »Mit einem Haussuchungsbefehl?«

Melrose rutschte unbehaglich auf seinem Stuhl. Warum fühlte *er* sich schuldig? Er war doch kein Polizeibeamter aus Stratford. (Daran hätte er natürlich auch denken können, als Lasko ihn mitgeschleift hatte.) »Hm ... äh ... ich weiß nicht genau.« Wußte er doch. Er erinnerte sich an Laskos Worte zu dem Kater. »Willst du den Durchsuchungsbefehl sehen? Hier.«

Sie schaute ihn streng an. »Es war illegal, Mr. Plant. Das wissen Sie doch, oder nicht?«

Abwehrend sagte er. »Meine Güte, es war doch nicht meine Idee.« Und fügte beleidigt hinzu: »Und ich bin auch nicht die Kripo in Stratford.«

Sie schaute von Plant zu Jury und wieder zurück zu Plant, als steckten sie unter einer Decke. Dann fragte sie Plant: »Haben Sie etwas gefunden? Etwas mitgenommen?« Den Blick auf den Schreibblock geheftet, schrieb sie wie wild.

»Also, *ich* habe nichts mitgenommen.«

»Detective Inspector Lasko?«

Melrose war so sehr beschäftigt gewesen, Hinweise darauf zu suchen, wo Jenny sein konnte, daß er nicht besonders auf Lasko geachtet hatte. Der war nach oben gestapft. Hatte er etwas mitgenommen? Blöde lächelnd zuckte Melrose die Achseln.

»Weil alles, was aus dem Haus entfernt worden ist, nicht als Beweis zugelassen wird.«

Herr im Himmel, sollte er hier nicht still sitzen und den Mund halten, bis Jury ihm grünes Licht gab? Aber nun saß Jury selbst mit hochgezogenen Brauen da und fragte sich offenbar, warum man ihm nichts über diesen Hausbesuch in der Ryland Street erzählt hatte. »Ich werde hier *verhört*«, sagte Melrose und hoffte, daß die Frau Anwältin nun erröten und sich entschuldigen würde.

»Da gewöhnen Sie sich dran«, sagte sie. »Selbstverständlich muß ich mich mit diesem Chief Inspector Lasko in Verbindung setzen. Jetzt zu dieser anderen Frau, Dorcas Reese.« Sie schaute so lange über ihre Köpfe hinweg in die Luft oder an die Wand, daß Melrose sich umdrehte, um nachzuschauen, ob jemand heimlich ins Zimmer gekommen war und stumm über den Teppich schlich. Der war (schätzte Melrose) weder tibetanisch noch kabistanisch, vielleicht zwei-, höchstens dreihundert Pfund wert und das einzige in dem Büro, dem ein Hauch von Luxus anhaftete. Der Schreibtisch war amtlich grau, die Aktenschränke desgleichen. Alles war angeschlagen und abgenutzt. Die dunklen Flecken auf der Schreibtischkante stammten von brennenden Zigaretten. Das versöhnte ihn ein wenig. Auch sie war menschlich.

Nein, war sie nicht. Sie nahm sie mit ihren kupferglänzenden Augen scharf ins Visier. »Das Mädchen am Tresen, diese Julie Rough, hat Ihnen erzählt, daß die Reese schwanger war?«

Jury schüttelte den Kopf. »Der Pathologe sagt, sie war es nicht.« Mit einem Kopfnicken zu Melrose fuhr er fort: »Mr. Plant war dabei, als DCI Bannen diese Neuigkeit kundtat.«

Charly Moss bedachte Melrose mit einem strengen Blick.

»Also, du liebe Güte. Ich bin nicht der mutmaßliche Vater. Diese kleine Information habe ich nur von den Owens. Mr. Bannen hat mich nicht verhört.« Im Gegensatz zu einigen anderen. Er hoffte, sie kapierte.

Charly Moss beugte sich zu ihnen vor. »Wenn sie ehrlich geglaubt hat, sie sei schwanger, dann stellt sich dennoch die Frage nach ihrer Befindlichkeit, ihrer Haltung. Wie ging es ihr? Wie verhielt sie sich?« Charly nagte noch ein bißchen Lippenstift von ihrer Unterlippe.

Jury schüttelte den Kopf. »Soweit ich gehört habe, normal. Froh oder aufgeregt, zumindest eine Weile lang. Ich glaube, für sie bedeutete es, daß sie nun definitiv einen Mann an der Angel hatte. Gleichzeitig hat sie aber wohl über eine Abtreibung nachgedacht, freiwillig.«

Charly schaute auf ihren Block hinunter und schob sich eine vorwitzige Haarsträhne hinters Ohr. »Alles konzentriert sich auf Verna Dunn. Dorcas Reese tritt dahinter zurück, als spiele sie nur eine Nebenrolle. Es ist natürlich sehr gut möglich, daß sie von jemand anderem umgebracht worden ist, sagen wir, zum Beispiel vom Vater des Babys, der nicht soviel Wert auf die Angel legte. Oder das Kind nicht wollte oder was dagegen hatte, daß seine Vaterschaft bekannt wurde. Ein Mann, der schon verheiratet oder prominent oder beides war. Oder jemand ganz anderes, in dessen Interesse es lag, dieses Kind zu beseitigen. Eine rachsüchtige Frau vielleicht? Trotzdem finde ich es merkwürdig, daß der Mord an Dorcas Reese immer soviel weniger beachtet wird. Wegen ihrer gesellschaftlichen Stellung? Wen interessiert schon ein Hausmädchen? Oder liegt es an etwas anderem?«

Jury öffnete den Mund, um zu antworten, doch sie hatte die Frage nur rhetorisch gemeint.

»Grace Owen sagt, sie ist um elf zu Bett gegangen. Wir können nicht herausfinden, ob das stimmt. Trotzdem, sie hätte das Auto nehmen müssen, um zum Wash zu fahren, und ihr Mann oder sonst jemand hätte das Auto wegfahren gehört. Und es war nur ein Auto dort. Es gab nur ein Paar Reifenspuren.«

»Man hätte zum Beispiel auch im Dorf Fosdyke ein Auto stehenlassen und den Rest des Weges zu Fuß gehen können.«

Charly Moss runzelte die Stirn. »Wenn sie nicht ganz woanders erschossen und die Leiche dorthin transportiert worden ist – nein, das hätte die Kripo in Lincs, der Pathologe, am Zustand der Leiche gemerkt.« Charly schüttelte den Kopf. »Wo ist Jennifer Kennington jetzt? In Stratford? Ist sie schon verhaftet worden?«

»Ich weiß es nicht.«

Charly schaute auf ihre Uhr, als könne die ihr Auskunft geben. »Aber sonst wäre sie in Stratford?«

»Ja.« Jury glitt auf die Stuhlkante. »Auf der Basis dessen, was wir Ihnen erzählt haben – was halten Sie von der Sache?«

Es gefiel ihm, daß Charly Moss Fragen nicht sofort beantwortete, sondern erst über die Dinge nachdenken mußte. Nun sagte sie: »Meines Erachtens beruhen die Vorwürfe gegen sie auf ziemlich spekulativen Indizien. Harte Beweise gibt es nicht. Die Waffe ist sehr problematisch. Jeder hätte sie wegnehmen und wieder hinstellen können – dennoch. Der Verantwortliche, dieser Chief Inspector aus Lincoln –«

»Bannen.«

Sie nickte. »Mr. Bannen hat vielleicht noch eine Menge Karten, die er bisher nicht ausgespielt hat. Er ist nicht verpflichtet, sie Ihnen zu zeigen, er muß nicht einmal mit Ihnen reden. Aber das wissen Sie ja. Geben Sie mir seine Nummer und Jennifer Kenningtons. Weiß sie, daß Sie mich beauftragt haben?«

»Sie weiß von Pete Apted, ja. Ich meine, sie weiß, daß ich mit ihm, aber nicht, daß ich mit Ihnen geredet habe.«

Charly klopfte sich mit dem Bleistift an die Zähne. »Sollte sie da nicht ein Wort mitzureden haben? Vielleicht will sie nicht, daß Apted mich hinzuzieht.«

»Ich glaube, doch.«

»Sie hat außerordentliches Glück – mit einem Detective Superintendent an der Seite!« Charly schaute Melrose an. »Und einem Antiquitätengutachter natürlich.«

Mit Bleistift und Kugelschreiber legte sie einen kleinen Trommelwirbel hin.

Melrose lächelte gekünstelt. Dann verneigte er sich ein wenig und nickte.

»Apropos beauftragen – das kostet Sie eine Stange Geld. Ich hoffe, einer von Ihnen hat genug.«

Bei diesen Worten vollführte Jury eine schwungvolle Geste in Richtung Melrose. Er hatte ja gesagt, er werde es schon merken.

»Ja, ich.«

»Darum ging's also. Sie wollten mich nur dabeihaben, um sicherzugehen, daß ich eine Hypothek auf Ardry End aufnehme.« Sie durchquerten die Inns of Court, und der feuchte Februarwind wehte ihnen eine beißende Kälte ins Gesicht.

»Nichts da«, lächelte Jury. »Ich wollte nur sicherstellen, daß Sie wissen, wofür Sie bezahlen.«

»Und Sie haben nie bezweifelt, daß ich zahle?«

»Natürlich nicht. Meinen Sie, ich würde je an Ihrer Großzügigkeit zweifeln?« Er grinste.

Seufzend stellte Melrose den Samtkragen seines eleganten einreihigen Mantels hoch. »Ich fahre zum Brown's zurück. Was ist mit Ihnen? Haben Sie schon gefrühstückt?« Er schaute auf die Uhr. »Es ist erst elf.«

»Warum nicht? Ich meine, wenn Sie genug Geld haben.«

»Ha, ha.«

Melrose rief ein Taxi.

Brown's war eins der feineren Londoner Hotels, erkennbar an der diskreten Bronzeplakette an der Backsteinfassade. Innen bewahrte es ebenfalls eine Atmosphäre von gelassenem, ja, fast würdevollem Understatement. Es stellte sich nicht offen zur Schau, aber die Velourstapete, die üppigen Samtbezüge des Mobiliars, die schwer verhangenen hohen Fenster in dem Raum, in dem das Hotel seine beliebten Nachmittagstees servierte, sprachen für sich.

Im Speisezimmer, das um diese späte Frühstückszeit recht leer war, verzehrten Plant und Jury in behaglichem Schweigen Eier und Schinken. Jurys Messer kratzte über den knusprigen Toast. Melrose schnitt seine Scheibe in schmale Streifen.

Jury runzelte die Stirn. »Was machen Sie denn da?«

»Reiterchen.«

»Gütiger Gott!«

Melrose focht das nicht an. Er hatte von seinem Dreiminutenei die Spitze abgeschlagen, und als er die Streifen zurechtgeschnitten hatte, stippte er einen hinein.

»Sie als erwachsener Mann!« Jury schüttelte den Kopf.

»Ich esse Eier und Toast immer so.«

»Wir reifen Erwachsenen schneiden unseren Toast normalerweise in zwei Hälften.«

»Ich reifer Erwachsener regrediere in Gesellschaft meiner Tante und fühle mich wieder wie beim Abendbrot mit dem Kindermädchen im Kinderzimmer.«

»Da kann ich natürlich nicht mitreden. Zu meinen Kindheitserfahrungen gehören weder Kindermädchen noch Teegelage in Kinderzimmern.« Er hatte seinen Schinken aufgegessen und beäugte Plants. »Essen Sie den nicht?«

Melrose schob ihm den Teller hin. »Bedienen Sie sich.«

»Kindermädchen will noch was.« Jury spießte den Rest Schinken auf und legte ihn auf seinen Teller. »Danke.«

Melrose schaute sich im Raum um und sah, daß mehrere Anwärter auf Lungenkrebs ihrem Laster frönten. »Wir sind im Raucherbereich. Stört Sie das nicht?«

»Nein.« Jury häufte Johannisbeergelee auf seine Toastscheibe. »Ich habe ja darum gebeten.«

Melrose hatte die Zigaretten schon draußen und angelte nach seinem Feuerzeug. »Das ist aber extrem großherzig von Ihnen. Und alles nur meinetwegen.«

»Nein, nicht um mich Ihnen gegenüber großherzig zu zeigen, sondern um mich überlegen zu fühlen.« Jury lächelte mit geleeverschmiertem Mund. »Wie fanden Sie sie?«

»Unsere emanzipierte Frau Anwältin?«

»Chauvinist!« Jury gestattete sich, die Nase in den Rauch zu halten, der langsam von Plants Zigarette aufstieg.

Melrose lächelte. »Verzeihung. Ich fand, sie wußte, was sie tat. Ein kluges Köpfchen.« Er rauchte.

Jury aß den Schinken auf. »Bannen weiß etwas über Dorcas Reese' Tod, das mit Jenny zu tun hat. Ich hatte den Eindruck, er ist ziemlich sicher, daß Jenny auch Dorcas Reese umgebracht hat.«

Verblüfft lehnte Melrose sich zurück. »Das klingt aber nicht so gut.«

»Sie sagen es.«

»Andererseits hat keiner der Betroffenen ein Alibi, außer Max Owen vielleicht. Alle, wie sie da sind, hätten reichlich Zeit gehabt, zum Wash zu fahren und wieder zurück.« Melrose steckte einen Finger durch einen blaßblauen Rauchring und sah zu, wie er sich im Mittagslicht auflöste. »Verna ist kurz nach zehn mit Jenny Kennington zum letztenmal gesehen worden. Weiter heißt es, daß das Auto zwischen Viertel nach zehn und halb elf gestartet ist.«

»Ob es ein anderes Auto war? An dem Abend zum Beispiel Max Owens? Und jemand fuhr Vernas Auto später zu der Stelle, wo die Leiche gefunden wurde?«

»Sollten wir uns nicht doch an die offenkundige Erklärung halten?« knurrte Melrose.

»Schon gut, ich spinne rum.«

»In Ordnung. Ab und zu dürfen Sie auch mal spinnen.«

»Danke.« Jury schaute auf seine Uhr. »O Schreck, ich muß zurück zur Victoria Street. Was machen Sie denn jetzt? Fahren Sie wieder nach Long Pidd?«

»Ich glaube schon. Was ist der nächste Schritt?«

»Der nächste Schritt ist, fürchte ich, daß Chief Inspector Bannen Jenny verhaftet.«

»Wir müssen aber noch mal über Price sprechen. Sie sagen, er war ein alter Freund von Jenny?«

»Ich fürchte, das spricht eher gegen Jenny als gegen Price. Noch eine Lüge. Aber er hat sowieso kein Motiv.«

»Keins, das uns bekannt ist. Wir haben gerade erst herausgefunden, daß Grace Owen eins hat. Das heißt, wenn sie dachte, Verna Dunn sei schuld am Tod ihres Sohnes.«

»Immer wieder lasse ich mir die Ereignisse durch den Kopf gehen: der Streit, das Auto, der Fußweg, der Wash, die Leiche ... Sie fügen sich nicht zusammen. Irgendwas stimmt da nicht, paßt nicht ins Bild.« Jury schüttelte den Kopf.

Der Speiseraum leerte sich, das letzte Paar außer Plant und Jury erhob sich und trug seine Zigaretten zwischen den Fingern, als seien es Diamanten. Jury seufzte und sehnte sich nach einer einzigen Silk Cut. Dann sagte er: »Glauben Sie nicht, daß jemand, dem Sie wirklich wichtig sind, Ihnen vertrauen würde?«

Melrose schob Jury mit den Fingerspitzen den Brotteller zu. »Essen Sie ein Reiterchen.«

## 24

Nachdem Jury es geschafft hatte, die düstere Stimmung von Lincolnshire abzuschütteln, wurde er jetzt von der düsteren Stimmung der Victoria Street eingeholt. Das Frühstück mit Plant hatte ein bißchen geholfen, ihn in bessere Laune zu versetzen. Aber die hielt nicht vor.

Jedenfalls war sie ihm vergangen, nachdem er mit Sam Lasko telefoniert hatte, der so anständig gewesen war, ihm Bescheid zu sagen. Vor kaum fünf Minuten hatte man Jenny Kennington in die Zentrale gebracht.

»Ich warte, daß Bannen zurückkommt und mir sagt, wann seine Leute sie abholen, um sie nach Lincoln zu bringen«, hatte Lasko gesagt.

»Von wo zurück?«

»Aus Schottland.« Er versuchte Jury ein bißchen aufzumuntern und erzählte ihm, er glaube nicht, daß Bannen genügend Beweise zusammenhabe. »Sonst würde er nicht am Loch Ness rumdödeln, oder?«

Jury konnte nicht anders, bei der Vorstellung mußte er lächeln. Nicht lange. »Genügend oder nicht, jedenfalls genug, um sie in Gewahrsam zu nehmen.« Jury erzählte Lasko von Charly Moss, während er winzige Kätzchen malte. »Diese Haussuchung bei ihr wirft auf die Polizei in Stratford natürlich kein gutes Licht.« Er zog sich einen Schreibblock heran und begann Laskos Brille zu zeichnen.

»Was für eine Haussuchung?«

»Sie wissen genau, was ich meine. Diese Haussuchung ohne Durchsuchungsbefehl, die Sie und Plant durchgeführt haben.«

Lasko schwieg und dachte nach. Dann sagte er: »Ich habe nicht ihr Haus durchsucht, Jury. Ich habe *sie* gesucht. Es wurde nichts aus den Räumlichkeiten entfernt.«

Jury lächelte. »So? Plant hat gesagt, Sie hätten oben rumgewühlt. Dachten Sie, Sie finden sie unterm Bett?«

»Sehr witzig. Ich habe nach Hinweisen auf ihren Aufenthaltsort gesucht.«

»Ihr gutes Recht. Wiederhörn, Sammy.« Jury legte auf, lächelte über seine Kritzeleien und beschloß, doch nicht zur Kunstakademie zu gehen, sondern bei der Kripo zu bleiben. Dann seufzte er, zerriß das Blatt Papier und schlug eine alte Akte auf.

»Gott sei Dank haben Sie ihr einen guten Anwalt besorgt. Alle Achtung«, meldete sich Wiggins zu Wort.

»Was?«

»Mit Pete Apted ist sie gut bedient.«

»Und ich bin gut bedient mit Racer. Soho ist wieder angesagt.«

»Hat er Ihnen das etwa schon wieder angehängt? Die Dan-Wu-Chose?« empörte sich Wiggins. »Sie wissen, das ist ein Fall fürs Rauschgiftdezernat, nicht für uns.«

»Na ja, aber Mr. Wu hat seine Geschäftstätigkeiten neuerdings auf die Entsorgung von Leichen in der Themse verlegt. Verzeihung, mutmaßlicher Leichen.« Jury schlug den Aktenordner zu, sortierte ein paar Fotos und stopfte sie in einen anderen. Dann starrte er auf die regenüberströmte, graue Fensterscheibe. Wo war die Sonne? Blöde Frage. Wo die Sonne immer war.

Da sagte Wiggins: »Sie haben getan, was Sie konnten, Sir.«

»Nein. Irgend etwas sehe ich nicht. Und Bannen weiß, was das ist.«

## 25

»Ich habe Theo Wrenn Browne gesagt, wenn er weiter an diesem hirnverbrannten Plan festhält, Adas Laden zu ruinieren, kann er sich auf ein Leben unter Verfolgung freuen, gegen das sich die spanische Inquisition ausnimmt wie ein Wochenende in Brighton.« Marshall Trueblood schürzte die Lippen und malte die Schrecken weiter aus: »Ich werde ihm sagen, daß er in einem feuchten kleinen Kellerloch am Meer landet, alte Playboy-Hefte und französische Pornopostkarten verscherbelt und Unterhemden mit Löchern und braune Strickjacken tragen wird.«

»Aha, alles klar«, sagte Melrose. Sie saßen in der Fensternische im Jack and Hammer. »Aber ist es nicht in Wirklichkeit Agathas Plan? *Sie* klagt vor dem Bezirksgericht.«

»Browne steckt dahinter. Sie ist nur seine Marionette. Er will die Räume in die Pfoten kriegen, damit er seinen Buchladen erweitern kann. Trinken wir noch einen.« Trueblood erhob sich und nahm ihre Gläser.

Über den Tisch fiel ein Schatten, und als Melrose sich umdrehte, sah er seine Tante draußen vor dem Bleiglasfenster. Unablässig klopfte sie nun mit ihrem beringten Finger dagegen. Dank der massiven Scheiben und eines barmherzigen Gottes drang ihr Gezeter nicht durch. Und das Getöse der Figur des Jack am Ende des Balkens über ihr, der die Stunde anschlug (oder jedenfalls so tat), tat ein übriges. Melrose machte sich einen Spaß aus ihrem fruchtlosen Gelaber und begann seinerseits, ein paar Worte mit dem Mund zu formen. Sehr erholsam, die Lippen bewegten sich ohne die dazugehörigen Laute. Zu reden, ohne die Verantwortung dafür übernehmen zu müssen, das war ja das ureigene Metier seiner Tante. Es war, als stelle man den Ton im Fernseher ab und schaue den flattrigen Bewegungen der Lippen zu, ohne die idiotischen Dialoge hören zu müssen. Agatha gab auf und überquerte die Straße.

»Der Verband ist ab«, sagte Melrose zu Trueblood, der mit den vollen Gläsern zurückkam. »Heißt das, der Knöchel ist nicht einmal gebrochen? Ich dachte, sie hätte ihn röntgen lassen. Herr im Himmel, hat sie einen Arzt, der keine Röntgenbilder interpretieren kann? Was wird dann aus ihrer Klage? Ich begreife immer noch nicht, warum dieser Pink auch nur einen Augenblick erwägt, einen solchen Fall zu übernehmen. Der Mann muß wahnsinnig sein.« Melrose ärgerte sich zu Tode, daß man eine so offensichtlich abgekartete Sache überhaupt vor Gericht zuließ.

»Pink-Bryce oder Bryce-Pink«, sagte Trueblood und nahm eine smaragdgrüne Sobranie aus der schwarzen Schachtel, die er auch Melrose anbot. Der lehnte dankend ab und zog seine eigenen Zigaretten heraus. Geschickt entzündete Trueblood ein Streichholz, indem er es an seinem Daumennagel rieb. Den Trick hatte er sich erst kürzlich beigebracht und liebte ihn heiß und innig. Er inhalierte tief und stieß eine Reihe kleiner Rauchringe aus. »Also, wissen Sie, Ihr Idealismus ist ja richtig beunruhigend. Offenbar glauben Sie, daß Recht und Gesetz mit der Wahrheit eine zarte Verbindung eingegangen sind.«

»Zugegeben, das glaube ich.« Nun sah er, wie Agatha auf der anderen Straßenseite mit Theo Wrenn Browne debattierte. Sie sprachen bestimmt ihre infernalischen Stories ab.

»Und genau da irren Sie sich, alter Kämpe. Ein Prozeß hat mit der Wahrheit nichts, mit Argumentation alles zu tun. Wenn Sokrates Anwalt gewesen wäre, hätte er jeden Rechtsstreit gewonnen.

›Und du Apollinaros, glaubst, weil die Reifen von Eumenides' Jaguar-Coupé exakt zu den Abdruckspuren auf dem Rücken des Opfers passen, daß der Jaguar es überfahren hat?‹

›Jawohl, Sokrates.‹

›Und daß das Opfer sich des Raubes an dem Beklagten, dem Fahrer des Jaguar-Coupés, schuldig gemacht, seine Frau vergewaltigt, seinen Ruf zerstört und seine Yacht in die Luft gesprengt hat?‹

›Das, Sokrates, ist bewiesen.‹

›Und daß diese Taten das Motiv seitens des Fahrers des Jaguar-Coupés darstellen?‹«

»Herr im Himmel«, sagte Melrose, »Sie brauchen ›Coupé‹ nicht dauernd zu wiederholen.«

»Doch, doch. Wenn Sokrates eins war, dann absolut präzise. ›Und du glaubst, daß diese Akte‹ blablabla, ich hab's ja eben gesagt, ›das Motiv darstellen?‹

›Allem Anschein nach ja, Sokrates.‹

›Und du glaubst des weiteren, daß die Resultate des DNS-Tests, daß nämlich das Blut auf dem Mantel des Fahrers des Jaguar-Coupés genau zu dem Blut des Opfers passen – du glaubst also, das begründet einen unanfechtbaren Beweis der Schuld des Fahrers –‹«

»›– des Jaguar-Coupés‹. Langsam klingt das ja wie *The Twelve Days of Christmas*.«

Trueblood hob die Hand und bat um Ruhe. Dann fuhr er fort: »›Also, Apollinaros, dann glaubst du, die Reifenspuren, der DNS-Test –‹«

»Das ist das Blöde bei Sokrates: Er resümiert immer alles. Jede zweite Aussage ist eine Zusammenfassung, als könne Apollinaros die einzelnen Punkte nicht eine Sekunde lang behalten.«

Trueblood seufzte. »Hätten Sie die Güte, mal still zu sein? ›– die Reifenspuren, der DNS-Test, die Windschutzscheibe –‹«

Melrose hörte auf, Kreise mit seinem Glas zu ziehen. »Windschutzscheibe? Wo kommt denn die Windschutzscheibe her?«

Ungeduldig sagte Trueblood: »Ich gebe nicht Sokrates' gesamte Argumentation wieder, sonst säßen wir den ganzen Tag hier.«

»Das Gefühl habe ich eh schon.«

»›Spuren – DNS – Windschutzscheibe –‹«, rasselte Trueblood herunter. »›Du scheinst anzunehmen, daß diese Ergebnisse darauf hinweisen, daß der Fahrer des Jaguar-Coupés und das Opfer zur gleichen Zeit an dieser Ecke der Greek Street waren.‹«

»Greek Street? Wie kommt die Greek Street in die Story? Ach, ist ja auch egal.«

Sokrates war nicht zu stoppen. »›Ich sehe nicht, wie es anders gewesen sein kann, Sokrates‹, sagte Apollinaros.

›Hier, Apollinaros, täuschst du dich.‹

›Inwiefern, Sokrates?‹

›Apollinaros, du scheinst der Meinung zu sein, daß der Sachbeweis sowie die Tatsache, daß das Opfer und der Fahrer des Jaguar-Coupés sich in unmittelbarer Nähe zueinander befanden – diese Gründe verleiten dich zu der Annahme, daß letzterer schuldig ist?‹

›Jawohl, Sokrates.‹

›Denk noch einmal nach.‹«

Flink wie ein Wiesel riß Melrose den Kopf hoch. »Waaas? ›Denk noch einmal nach‹ . . . und damit Ende der Diskussion?« Er beobachtete, wie Trueblood noch ein Streichholz anzündete.

Die schockpinkfarbene Sobranie im Mund, sagte Trueblood: »Weil Sie so ungeduldig geworden sind, habe ich gedacht, ich hör besser auf.« Er warf das Streichholz in den Metallaschenbecher. »Egal, ich bin auch nicht Sokrates.« Er blies noch ein paar Rauchringe.

Melrose biß die Zähne aufeinander. Er hätte Trueblood am liebsten eine runtergehauen. Oder irgend etwas auf dem Boden zertrümmert. Einen Moment schäumte er vor Wut, dann fiel ihm ein, daß Wutausbrüche Marshall Trueblood kaltließen. Er fragte: »Was ist nun mit Ada Crisp? Welchen Anwalt hat sie?«

»Soweit ich weiß, gar keinen. Ich glaube, die gute Frau ist so arm, daß sie sich gar keinen leisten kann.«

»Zum Kuckuck, dann besorge ich ihr einen.«

»Sehr anständig von Ihnen, Melrose. Aber Ada wird nicht zulassen, daß Sie ihn bezahlen. Für eine so schüchterne kleine Person hat Ada ein eisernes Rückgrat. An ihren Prinzipien hält sie fest.«

»Das sind keine Prinzipien. Das ist juristischer Selbstmord. Agatha und Pinkauge werden sie vernichten. Sie haben doch erlebt, wie übel Agatha dem Fleischer Jurvis vor ein paar Jahren mitgespielt hat. Und dieser Fall ist keinen Deut weniger an den Haaren herbeigezogen.«

»Da haben Sie natürlich recht.« Dann versank Trueblood in heftiges Grübeln. Langsam drehte er die schwarze Sobranieschachtel immer wieder um. Nach einer Weile lächelte er, und nach dem Lächeln lachte er.

»Was ist denn so witzig?«

»Mir ist klargeworden, daß die Anklage, wie Sie gesagt haben, vollkommen dämlich ist. Das Dumme ist, daß wir, als wir über Wahrheit und Argumentation gesprochen haben, ebenso angenommen haben, daß das Gesetz und die Vernunft automatisch Bettgenossen sind. In Wirklichkeit geht es lediglich darum, seine Gegner in Widersprüche zu verwickeln.«

Melrose zog die Stirn in Falten. »Wie meinen Sie das?«

»*Ich* verteidige Ada Crisp.«

»Wie bitte? Sind Sie verrückt?«

Trueblood kniff die Augen zusammen und schaute Melrose an. »Melrose, meinen Sie, ich könnte es nicht?«

»Verdammt noch mal, doch!« Melrose knallte sein Glas auf den Tisch.

Trueblood betrachtete das glühende Ende seiner Zigarette. »Meinen Sie, ich bin dazu nicht imstande, weil ich in der Vergangenheit nicht immer Erfolg mit meinen Plänen hatte?«

»Hört, hört!« rief Melrose ausgelassen.

»Weil ich das Problem mit Vivian und Graf Dracula immer noch nicht gelöst habe? Und immer noch nicht herausgefunden habe, wie viele Wochenendmenschen sich hier herumtreiben? Weil Sie finden, daß ich nicht sehr fix bin? Weder fix noch schlagfertig? Glauben Sie das, Melrose?«

»Jawohl, genau das!«

Trueblood lächelte durch den nach oben kringelnden Rauch. »Dann denken Sie noch einmal nach.«

# IV

# Das Blatt hat sich gewendet

# 26

Die Iden des März gestalteten sich für Melrose kaum erfreulicher als für Cäsar.

Einige Wochen waren ins Land gegangen. Der Dauerregen, der seine Tante vor ihrem eigenen Kamin hätte festhalten sollen, hatte sie perfiderweise zu seinem getrieben.

Agathas Angriff auf das britische Rechtssystem sollte in vier Tagen in einem Prozeß münden, der fast zeitgleich mit Jenny Kenningtons Erscheinen vor dem Lincoln Crown Court angesetzt war. Die Kanzlei von Agathas Anwalt hatte ihm ein Schreiben zustellen lassen. So absurd der Fall auch lag, er mußte der Vorladung wohl oder übel Folge leisten. Aber da es erst in ein paar Tagen soweit war, konnte er wenigstens morgen nach Lincoln fahren. Sie und ihr Nachttopf konnten ihm ohnehin gestohlen bleiben.

Aber vielleicht wurde es ja doch ganz amüsant. Marshall Trueblood hatte Ada Crisp tatsächlich angeboten, sie zu vertreten, und zu Melrose' Überraschung hatte Ada mit der geheimnisvollen Bemerkung angenommen, es sei doch immer das beste, wenn »so was in der Familie bleibe«. Wer von allen Beteiligten nun am verrücktesten war, würde sich bald herausstellen.

Trueblood als Vertreter der Angeklagten hatte zumindest einen sachdienlichen Effekt: Theo Wrenn Browne war sichtlich beunruhigt. Er befürchtete offenbar, daß ein Laie nicht als Anwalt fungieren würde, wenn er nicht etwas wußte, das sich seiner, Wrenn Brownes, Kenntnis entzog. Angestrengt versuchte er herauszufinden, was Trueblood für Beweismaterial aufgestöbert hatte.

Soweit Melrose informiert war, absolut nichts. Aber Melrose mußte zugeben, daß Marshall sich in den Job richtig hineinkniete. Er war stundenlang in der Bibliothek von Northampton untergetaucht und zweimal nach London ins Britische Museum und die London Library gereist. Er hatte sich sogar Melrose' *Mordsdeal!* ausgeliehen und so sehr darin verbissen, daß er es noch nicht zurückgegeben hatte.

Bryce-Pink würde Agatha vor dem verschlafenen alten Friedensrichter, Colonel Euston-Hobbes, vertreten. (Pete Apteds für dörfliche Zivilstreitigkeiten gab es nicht.) Euston-Hobbes konnte auf eine gewisse Erfahrung zurückblicken, denn er war eben der Richter, der (in seinen wachen Momenten) auch den Gipsschweinprozeß – Lady Ardry gegen den Fleischer Jurvis – geleitet hatte.

»Das Schwein«, sagte Marshall Trueblood, »kann ich nicht als Präzedenzfall benutzen. Den Prozeß hat Ihre Tante gewonnen. Unglaublich. Obwohl der Sachverhalt ja mehr oder weniger derselbe ist, finden Sie nicht auch? Damals hat sie das Schwein angeblich auf dem Bürgersteig angegriffen, diesmal der Nachttopf. Die Ähnlichkeit ist doch verblüffend.«

Melrose war baff. Trueblood hatte sich dem Studium der Gesetze so intensiv gewidmet, daß er völlig ernsthaft darüber reden konnte. Aber genau das war ja schließlich die Krux mit der Juristerei. »Mir ist völlig schleierhaft«, sagte Melrose, »warum Pinkauge sich bereit erklärt hat, Agatha zu vertreten. Soviel Geld hat sie doch nun auch nicht.«

»Nein, aber sie hat ihn vielleicht zu der Annahme verleitet, daß sie ein Vermögen erbt. Ihres.«

»Pustekuchen. Dazu müßte ich zuerst sterben.«

»Wahrscheinlich hat sie ihm auch das noch eingeredet.«

Dieses Gespräch hatte heute früh stattgefunden, als Melrose und Trueblood einen Spaziergang unternommen hatten. Genauer gesagt, einen Spazierbummel. Trueblood behauptete, ein Bummel sei kontemplativer. »Sie hören nie so lange zu reden auf, daß Sie irgend etwas kontemplativ betrachten könnten«, hatte Melrose eingewandt, nachdem sie die kleine Post, den Ententeich und den Friedhof »betrachtet« und vor Betty Balls Bäckerei haltgemacht und die köstlichen Scones, Kuchen und Brötchen im Schaufenster begutachtet hatten.

»Ich muß allerdings gestehen, daß ich es bewundernswert finde, wie Sie sich in die juristische Materie einlesen. Sogar ins Britische Museum sind Sie gegangen.«

»Juristische Materie? Lieber Himmel, wie kommen Sie denn darauf, alter Kämpe? Man soll die Dinge nicht verwechseln. Agatha hat gesagt, sie hätte am Tage des angeblichen Unfalls ihre Einkäufe getätigt.« Trueblood klopfte ans Schaufenster. »Rosinenbrötchen.«

»Was haben Sie denn studiert?«

»Antiquitäten.«

»Was? Bei Antiquitäten kennen Sie sich doch aus!«

»Nicht bei allen, alter Knabe. Wenn es auch manchmal so scheint.«

»Apropos, wann geben Sie mir *Mordsdeal!* zurück? Ich hätte es gern wieder. Es nützt Ihnen doch gar nichts. Die Nuttings treiben sich nur in Gesellschaft von Trickbetrügern herum.«

»Das stimmt. Und deshalb paßt es zur Rechtswissenschaft wie der Deckel auf 'n Pott. Ich finde es hochvergnüglich, die Rolle des Verteidigers zu spielen, denn es bedeutet, daß Pinkauge mir alles erzählen muß, was er weiß, ich ihm aber nichts, kein Sterbenswörtchen. Das schreibt das Gesetz über die Auskunftspflicht vor. Ich hätte Appetit auf ein Rosinenbrötchen. Was ist mit Ihnen?«

»Papperlapapp, Sie haben doch sowieso nichts, worüber Sie Auskunft geben könnten.«

»Seien Sie sich da mal nicht so sicher. Trinken wir einen Kaffee?«

# 27

»Rechnen Sie damit, als Zeuge für die Anklage aufgerufen zu werden«, sagte Pete Apted, langte in eine Papiertüte, förderte einen Apfel zutage und biß laut krachend hinein.

»Als Belastungszeuge? Aber ich bin Ihr Zeuge, *Ent*lastungszeuge!«

»Offenbar glaubt die Staatsanwaltschaft, Sie sind ihr Zeuge. Zumindest insofern, als Jennifer Kennington Ihnen ihre Geschichte und von ihrem Verhältnis zu Verna Dunn erzählt hat.«

»Das weiß Bannen doch alles.«

»Aber nicht die Einzelheiten. Außerdem geht es nicht nur darum, *was* sie erzählt hat, sondern ebensosehr um das *Wie*. Sie war höchst emotionsgeladen. Aus ihrer Schilderung konnten Sie schließen, daß sie das Opfer abgrundtief gehaßt hat.«

»Wie kann das zulässig sein? Ich meine, da würde ich doch Schlußfolgerungen über ihren psychischen Zustand ziehen?«

»Hmmm ... kann sein.«

Eine Stimme hinter Jury sagte: »Deshalb wollten wir Sie ja sprechen.« Die Stimme gehörte Charly Moss, die sich beinahe außer Sichtweite in einen Ledersessel drapiert hatte. Bisher hatte sie Jury nur freundlich »hallo« gesagt. Sonst nichts. Er wunderte sich, daß sie fähig war, neben Apted, dem Star, eine untergeordnete Rolle zu spielen. Es schien sie nicht zu stören.

Apted, in Hemdsärmeln und Hosenträgern, rieb den Apfel, den er gerade verzehrte, am Ärmel ab. »Jetzt möchte ich mal persönlich werden.« Er lehnte sich an den schweren Samtvorhang, der prompt eine geballte Ladung Staub abgab.

»Nur zu.«

»Sie und Jennifer Kennington.«

»Wir haben keine Liebesbeziehung. Falls Sie darauf hinaus wollen.«

»Will ich.«

»Wir sind Freunde. Sehr gute Freunde.«

Apted musterte ihn. »Ein bißchen weniger als Liebe, aber mehr als Lust? Meinen Sie das?«

»Wäre mir neu«, konterte Jury.

Apted lächelte. Langsam und ziemlich beunruhigend. »Bitte, Charly«, sagte er und nickte an Jury vorbei.

»Detective Inspector Lasko behauptet, Sie hätten verzweifelt versucht, sie zu finden, als sie für ein paar Tage ... ›verschwand‹«, sagte Charly Moss.

Jury drehte sich auf seinem Stuhl um und schaute sie an. »Er hat recht, aber ›verzweifelt‹ ist seine Ausdrucksweise. Ich würde vielleicht eher sagen –«

Charly hob die Hand und unterbrach ihn. »Er aber nicht. Seine Aussage lautet: ›Er muß mich ein halbes dutzendmal angerufen haben, um zu erfahren, ob ich sie schon gefunden hätte. Der Mann war ja völlig durch den Wind.‹«

Jury runzelte die Stirn. »Selbst wenn ... Ich sehe nicht, was das für eine Rolle spielt. Meine wie auch immer gearteten Gefühle für Jenny Kennington sind irrelevant. Selbst wenn ich ihr Geliebter wäre, bedeutet das etwa, ich würde lügen?«

Apted schüttelte den Kopf. »Wo Sie doch Detective Superintendent sind! Rechnen Sie jedenfalls damit, daß die Anklage auf Ihre Frage mit ›ja‹ antwortet.«

Jury ging in Verteidigungshaltung. »Ich wüßte gern, warum Sie es nicht schaffen, daß das Bezirksgericht diesen Fall aus formalen Gründen ablehnt? Sie hatten keinen Durchsuchungsbefehl.« Er kam sich ganz schön schäbig vor, denn »sie« bezog sich einzig und allein auf Sammy Lasko.

»Alle Beweismittel, die aus einer unrechtmäßigen Haussuchung stammen, werden nicht zugelassen, wie Sie sehr wohl wissen. Wie Sie ebenfalls wissen, aber offensichtlich nicht wahrhaben wollen, reicht das nicht, um eine Abweisung zu kriegen. Es würde uns höchstens als weiteres Beispiel für polizeiliches Fehlverhalten nützen.«

Jury zog die Stirn in Falten. »Was haben sie denn sonst noch verbrochen?«

»Nichts. Aber wir können ja noch auf etwas hoffen. Ich will mal ein bißchen weiter den Advocatus Diaboli spielen. Betrachten Sie die Fakten: Nach dem Abendessen am ersten Februar verlassen Jennifer Kennington und Verna Dunn das Wohnzimmer, um draußen eine Zigarette zu rauchen. Die anderen bleiben drin und vernehmen nach ein paar Minuten laute Stimmen. Weitere zehn Minuten verstreichen, und es ist zu hören, wie ein Auto angelassen wird und wegfährt. Sie nehmen an, daß die beiden Frauen eine Spazierfahrt machen. Fast eine Stunde später, etwa um elf Uhr fünfzehn, kommt Jennifer Kennington von ihrem Spaziergang zurück. Den habe sie unternommen, behauptet sie, weil sie wütend war und sich beruhigen mußte. Und weil sie noch was trinken wollte. Sie habe Verna Dunn verlassen, als diese in der Einfahrt bei dem Wäldchen stand und eine Zigarette rauchte. Als Jennifer Kennington beinahe am Case Has Altered ist, merkt sie, daß es kurz vor elf ist und das Pub gleich dichtmacht. Es liegt knapp anderthalb Kilometer vom Haus der Owens entfernt, bequem über den Fußweg zu erreichen, wenn es einen nicht stört, ein Stück zu laufen. Die Owens, die geglaubt haben, daß Verna Dunn und Jennifer Kennington zusammen irgendwo hingefahren sind, scheinen genauso überrascht wie Jennifer Kennington, als sie hören, daß Verna Dunn gar nicht ins Haus zurückgekommen ist, und glauben jetzt, daß Verna Dunn allein in ihr Auto gestiegen und weggefahren ist, vielleicht sogar nach London. Keiner der Anwesenden ist ernsthaft beunruhigt, denn die Dunn ist bekannt als kapriziöse Person, die tut, was ihr gerade einfällt.«

»Das weiß ich alles«, unterbrach Jury ihn.

»Selbstverständlich. Ich wollte nur sicher sein, daß *ich* alles weiß. Lassen Sie mich mit dem zweiten Mord fortfahren. Das

Opfer namens Dorcas Reese wird gesehen, wie sie den Case Has Altered am Abend des vierzehnten Februar kurz nach Feierabend verläßt und den Fußweg nimmt, auf dem sie normalerweise nach Fengate zurückkehrt. Irgendwann zwischen elf und halb eins – soweit der Gerichtsmediziner –, wird sie erdrosselt. Da wir wissen, daß sie etwa fünfzehn Minuten bis zum Besucherzentrum braucht, können wir den Zeitraum auf zwischen elf Uhr fünfzehn und halb eins einengen. Daraus folgt Theorie Nummer eins: Die beiden Frauen sind in Verna Dunns Auto zum Wash gefahren. Da jedenfalls wird die Leiche später gefunden. Jennifer Kennington erschießt sie, kehrt mit dem Auto nach Fengate zurück und erzählt ihr Lügenmärchen von dem Spaziergang. Theorie Nummer zwei: Dorcas Reese spioniert rum, entdeckt, belauscht oder findet etwas, das sie potentiell gefährlich für Verna Dunns Mörder macht. Wenn man Theorie Nummer eins akzeptiert, muß dieser Jemand Jennifer Kennington sein. Sie kontaktiert Dorcas, macht mit ihr ein Treffen auf dem Wyndham Fen aus und bringt sie um. So wird die Anklage vermutlich argumentieren. Auf die Frage, wie die Waffe zum Wash gelangt ist, haben sie sicher ebenso eine Antwort wie auf die Frage, warum der Mörder das eine Opfer erschossen und das andere stranguliert hat.«

Während des nun folgenden Schweigens hörte Jury hinter sich Seide rascheln. Charly Moss hatte sich auf ihrem Stuhl bewegt. Er hatte fast vergessen, daß sie dort war. »Ich warte auf Theorie Nummer drei, die Theorie, der zufolge Jenny Kennington nicht als Mörderin über die Fens geistert.«

Pete Apted ließ die Zugstange des Samtvorhangs fallen, an der er herumgespielt hatte, und ging wieder zu seinem Schreibtisch. Er setzte sich aber nicht, sondern starrte etliche Aktenordner und Papierstöße an. »Die Theorien, die ich gerade skizziert habe, erfreuen sich bei der Kripo in Lincolnshire größerer Beliebtheit. Mr. Bannen hat sie sicher beide mit zahlreichen Variationen aufpoliert.« Er kratzte sich hinterm Ohr und schüttelte den Kopf.

»Das kann man ihm kaum zum Vorwurf machen. Was Jennifer Kennington so verdächtig macht, ist, daß sie sich über ihre Beziehung mit der Dunn so lange ausgeschwiegen, dann einen lautstarken Streit mit ihr ausgetragen und den Schauplatz zur selben Zeit verlassen hat, zu der die Dunn verschwunden ist. Und fast eine Stunde wegblieb.«

»So war es aber.«

Pete Apted blätterte die Papiere und Akten auf seinem Schreibtisch durch und antwortete gedankenverloren, als sei er ganz woanders: »Nein, war es nicht.«

Verblüfft setzte Jury sich auf. »Was?« Er schaute um sich, sah Charly an, als könne sie ihm helfen. Aber sie schwieg.

Jurys Frage ignorierend, fuhr Apted fort: »Was ich nicht verstehe, ist folgendes: Da doch sonnenklar war, daß sie über ihren Verbleib Auskunft geben mußte, warum hat sie da nicht einfach gesagt: ›Ich war müde, ich bin in mein Zimmer gegangen, ohne mich von den anderen zu verabschieden, sehr unhöflich, ich weiß, aber mir ging's nicht gut.‹ Etwas in dem Stil. Das begreife ich nicht.« Er schüttelte den Kopf und blätterte weiter in den Papieren herum. »Ich verstehe nicht – Charly, lesen Sie den Teil des Gesprächs doch noch einmal.«

Charly Moss blätterte die obersten Seiten des Blocks in ihrem Schoß um und las: »›Ich war von ihrer Haltung so empört, daß ich – daß ich einfach wegging und sie stehenließ. Sie rauchte eine Zigarette.‹ Dann habe ich gefragt: ›Weswegen empört? Das ist nie deutlich geworden.‹ Jetzt lese ich einfach nur den Rest, die Fragen und die Antworten. JK: ›Wegen der Investition. Max war bereit, Geld in ein Pub zu stecken, das ich kaufen wollte. Sie hat gesagt, sie habe ihn davon überzeugt, daß er bei dem Unternehmen nur verlieren könne.‹ Ich: ›Aber warum denn das?‹ JK: ›Um mir Schwierigkeiten zu machen, um mir zu schaden. So war Verna immer. Einen anderen Grund brauchte sie nicht.‹ Ich: ›Reden Sie weiter. Sie sind weggegangen und ...‹ JK: ›Hm, ich ... hm, als ich auf dem Weg stand, beschloß ich, zum Case Has Altered zu laufen. Das ist ein Pub in der Nähe von Fengate. Ich –‹ Ich: ›Über den öffentlichen Fußweg sind das aber beinahe anderthalb Kilometer. Kam Ihnen das nicht ein bißchen weit vor, nur um was zu trinken? Wo Sie doch einfach nur ins Haus hätten zurückgehen müssen?‹ JK: ›Nein, nein!‹ Schüttelt den Kopf. ›Ich wollte mit niemandem reden und schon gar nicht Max Owen sehen. Ich hatte Angst, daß ich etwas sagen würde.‹ Ich: ›Ja, aber wenn Sie was trinken wollten, wie Sie sagen ... Neben Ihrem Bett stand eine Karaffe mit Whisky.‹«

»Woher wußten Sie das denn, Charly?« fragte Apted.

»Weil ich das zweite Gesicht habe. Und weil ich ihr Zimmer gesehen habe, als ich bei den Owens war. Zufällig ist das Zimmer in einem Teil des Hauses, zu dem sie gelangen konnte, ohne durchs Wohnzimmer gehen zu müssen. Wenn sie sich nicht wieder zu den Anwesenden dort hätte gesellen wollen, hätte sie es leicht vermeiden können.« Sie blätterte ihre Notizen um. »›... Karaffe mit Whisky. Wäre das nicht viel bequemer gewesen, als anderthalb Kilometer zum Pub zu laufen? Zumal es gar nicht mehr offen war?‹«

Apted hob die Hand, damit Charly Moss aufhörte zu lesen, und sagte zu Jury: »Finden Sie das plausibel? Sie haben gerade eine schlechte Nachricht bekommen, Sie wollen allein sein, weil Sie sich ausheulen wollen, Sie wollen aber auch einen Schluck Alkohol. Lösung: Sie gehen in Ihr Zimmer, machen die Pulle dort nieder, heulen in Ihr Kissen. Stimmt's?«

»Deshalb ist Jenny in Wirklichkeit«, Jury konnte seine Wut kaum bezähmen, »mit Verna in diesen Porsche gestiegen, zum Wash gefahren, hat sie dort erschossen und ist dann zurück nach Fengate gefahren. Das erscheint Ihnen vielleicht plausibel, mir aber nicht! Es ist verrückt. Der dämliche Wash –« Jury erinnerte sich an Bannens Beschreibung der Springflut. »Man muß schon von dort kommen, um über die Gezeiten Bescheid zu wissen!

Wenn Springflut geherrscht hätte, wäre die Leiche mit an Sicherheit grenzender Wahrscheinlichkeit ins Meer gespült worden. Woher hätte Jenny das wissen sollen?«

Apted zuckte die Achseln. »Warum nicht? Von Ebbe und Flut haben die meisten Leute schon mal gehört. Verlassen Sie sich drauf, so wird die Anklage auch argumentieren: Der Mörder hat damit gerechnet, daß jede Flut – nicht nur die Springflut – die Leiche ins Meer schwemmt. Oder daß der Treibsand die Leiche bedeckt und das Auffinden verzögert.«

»Wenn Sie überzeugt sind, daß sie schuldig ist, warum übernehmen Sie es dann?«

»Habe ich gesagt, daß ich sie für schuldig halte? Kann ich mich gar nicht dran erinnern. Ich habe nur, erstens, ein paar Theorien, mit denen die Polizei in Lincolnshire spielt, in die Debatte geworfen und zweitens gesagt, daß ich nicht glaube, daß Jennifer Kennington einen Spaziergang zum Pub gemacht hat.«

Jury lehnte sich zurück, seine Wut legte sich ein wenig. Trotzdem fühlte er sich, als werde mit ihm gespielt, als sei er schon im Gerichtssaal. »Also gut. Wo war sie dann?«

Apted stand immer noch mehr an seinem Schreibtisch, als daß er dort saß, massierte sich den Nacken und sagte: »Das Offensichtliche sehen Sie nicht.«

Wieder spürte Jury, wie es eiskalt durch seine Adern lief, als sei die Raumtemperatur plötzlich auf Null gefallen. »In Price' Studio?«

»Ecco! Jack Price ist kurz nach zehn in sein Studio zurückgekehrt. Just zu der Zeit, als die Kennington zu ihrem sogenannten Spaziergang aufbrach.« Apted zuckte die Achseln, und streckte in einer übertriebenen Geste die Arme aus. Da haben Sie's.

Jury tobte. »Aber . . . warum, bitte schön, soll sie nicht dorthin gehen? Sie kannte Price, und zwar schon lange.« Ihm fielen Annie Suggins' Worte ein. »Sie kannte Max Owen, und da ist es doch nur logisch, daß sie auch Price kannte.«

»Vollkommen richtig. Aber warum hat sie dann versucht, es zu vertuschen? Besonders in einer solchen Situation? Warum hat sie es geheimgehalten?« Endlich schob Apted seinen Drehstuhl herum und setzte sich. »Warum hat sie überhaupt etwas geheimgehalten? Ihre Verwandtschaft mit Verna Dunn, die Bekanntschaft mit Price?«

Jury schwieg.

Da sagte Apted: »Pech, daß Sie auf diese Weise etwas über die Vergangenheit Ihrer Dame herausfinden, aber –«

Seinen Ärger kaum verhehlend, sagte Jury: »Sie ist nicht ›meine Dame‹, Mr. Apted.« Er stand auf.

»Wie Sie wollen. Aber bitte, lassen Sie sich solche Sachen nicht zur Gewohnheit werden.« Er lächelte richtig freundlich, jedoch nur so lange, bis er Jurys Miene sah. Dann zuckte er die Achseln. »Habe ich was Falsches gesagt?«

»Hat er was Falsches gesagt?«

Als Charly Moss und Jury die Treppe von Apteds Büro hinuntergingen, spürte Jury immer noch, wie sehr ihn die Worte des Anwalts getroffen hatten.

»Ja. Er hält mich wohl für so blöde, daß ich jeder Femme fatale, die meinen Weg kreuzt, blind erliege. Wie Moose Malloy.« Jury lächelte grimmig.

»Dieser Trottel in dem Chandler-Krimi?«

»Ja, genau der. Mögen Sie Krimis?« Sie traten auf die Straße.

»Gute. Die meisten sind nicht gut. P.-D.-James-Krimis sind wunderbar. Und die, deren Heldinnen Anwältinnen sind.«

»Vielleicht hätte ich Jenny doch keinen Anwalt besorgen sollen«, knurrte Jury.

Charly grinste. »Oh, besten Dank.«

Jury grinste zurück. »Nicht gegen Sie persönlich gerichtet.«

Es war einer dieser seltenen Vorfrühlingstage, die sich sanft über der Stadt ausbreiten, sie reinigen und die scharfen Kanten der

Häuser weich machen. Die Luft war wie ein Gazeschleier und ließ die Themse in der Ferne perlfarben schimmern. Den pastellblauen Himmel betrachtend sagte Jury: »Er hat über einen Fall geredet, an dem ich vor drei Jahren gearbeitet habe. Einen kurzen, glorreichen Moment lang war ich verdächtig, weil ich der betroffenen Dame sehr nahestand und offenbar der letzte war, der sie lebend gesehen hatte.«

Sie waren auf dem Weg von Lincoln's Inn durch die Bell Yard Richtung Fleet Street. Charly schnappte hörbar nach Luft und blieb stehen. »Sie meinen, sie wurde ermordet?«

»Sie –« Er war überrascht, wie heftig seine Gefühle noch waren, obwohl er gedacht hatte, er habe sie begraben. Dabei hätte er ja eben auch noch Pete Apted am liebsten eine gescheuert, weil er Jane Holdsworth erwähnt hatte. Aber er merkte, daß sich in den Jahren seit ihrem Tod etwas verändert hatte. Der Kummer hatte sich immer mehr in Wut verwandelt. Er fühlte sich betrogen. Aber hatte er sich nicht von Anfang an so gefühlt: getäuscht, betrogen? Vielleicht empfand er es jetzt in reinerer Form, weil es nicht mehr durch die entgegengesetzten Gefühle von Verlust und Reue verhüllt war ... »Ach, hör doch endlich auf damit!«

»Okay«, sagte Charly und schaute ihn an. Sie legte die Hand an die Stirn, um ihr Gesicht vor dem plötzlich blendendhellen Licht zu schützen.

Jury riß sich aus seinen Gedanken und begriff, daß er laut gesprochen hatte. Er lachte. »Sie nicht, ich habe nicht Sie gemeint. Ich habe mit mir selbst geredet. Laut gedacht. Pete Apted macht mich immer entsetzlich nervös. Wahrscheinlich bin ich ein mieser Zeuge. Er ist zu clever.«

Charly lachte. »In dem Gewerbe kann man gar nicht clever genug sein.« Sie schaute wieder zu ihm hoch. »War er auch vor drei Jahren zu clever?«

Die Frage war so vage, daß auch eine Antwort nicht viel verraten würde. »Ja.«

Schweigend schlenderten sie weiter. Charly schlug vor, sie sollten über die Straße zu Dr. Johnsons Haus gehen. Als sie davor standen, schaute sie sich um. »Stellen Sie sich vor, wie das hier alles im achtzehnten Jahrhundert ausgesehen hat. Stellen Sie sich vor, Sie trinken morgens Ihren Kaffee, na ja Whisky, mit Johnson und Boswell und Oliver Goldsmith. Malen Sie sich das doch einmal aus.« Aufrichtig erstaunt schüttelte sie den Kopf, und sie gingen langsam zur Fleet Street zurück. »Vor gar nicht einmal so vielen Jahren waren hier die Zeitungen zu Hause. Jetzt sind hier nur noch Computer. Sie haben keine Verwendung mehr für die alten Gebäude.«

Als sie an einer Ecke standen und darauf warteten, daß die Ampel grün wurde, sagte Jury: »Sie selbst haben überhaupt noch nichts über Jenny Kennington gesagt. Glauben Sie auch, daß sie lügt?« Wenn seine Stimme doch nur nicht so besorgt klänge!

»Verbergen würde ich es eher nennen. Ja, ich glaube, sie verbirgt etwas.«

Jury lächelte schwach. »Läuft das nicht auf eins hinaus?«

Sie schüttelte den Kopf. »Nein, das glaube ich nicht.«

Jury sah, wie die Menschen aus den Büros strömten und sich hektisch an einer Bushaltestelle am Strand zusammendrängten. Er fand eigentlich immer, daß sie traurig, ja wahnsinnig aussahen. »Schon gut. Egal, wie man es ausdrückt, Jenny verschweigt etwas.«

Charly nickte kurz. »Haben Sie das nicht so empfunden?«

Die Ampel schaltete um, und sie überquerten den Strand, darauf konzentriert, immer wieder Autos auszuweichen, die sich nicht um Verkehrsregeln scherten. Auf der anderen Straßenseite redete Charly weiter. »Pete und ich haben es beide so empfunden.«

Jury sagte: »Ich hätte nicht gedacht, daß Apted viel auf Intuition vertraut.«

»Ich glaube, er nennt es bloß anders – ›Rationalität auf Bauchebene‹ oder etwas ähnlich Phantasievolles. Aber es ist Intuition. Er ist sehr intuitiv.« Charly drehte sich um und lief in komischen kleinen Kreuz-und-quer-seitwärts-Schritten so neben ihm her, daß sie ihm ins Gesicht schauen konnte. Die Handtasche hielt sie hinter dem Rücken fest.

Jury lächelte. Jetzt wußte er, an wen Charly ihn erinnerte: an Zel. Wenn Zel erwachsen war, wurde sie bestimmt wie Charly.

Die sagte: »Sie würden sich gern einreden, daß Sie ihn nicht sehr mögen, stimmt's?«

Jury blieb stocksteif stehen und schaute zum Himmel hoch. »Eine seltsame Art, es auszudrücken. Also, um die Wahrheit zu sagen, ich mag ihn nicht die Bohne.«

»Das stimmt nicht.« Sie lächelte. »Wissen Sie, Sie sind ihm sehr ähnlich. Wenn er auch nicht Ihren oberflächlichen Charme hat.« Das sagte sie todernst.

»Oh, besten Dank.« Als sie sich dem Leicester Square näherten, blieb er wieder stehen. »Herr im Himmel! Sind wir so weit gelaufen?«

»Ja, ein ganzes Stück.« Jury hatte die Nelsonstatue, die National Gallery, St. Martin-in-the-Fields durchaus registriert, aber überhaupt nicht gemerkt, wie die Zeit verging. Er war durch eine vertraute Stadtlandschaft gelaufen und hatte darüber, wenn auch nur ganz kurz, seine Ängste vergessen. Erstaunt merkte er, wie erleichtert er darüber war.

»Hören Sie, Sie haben wohl keine Lust, jetzt was zu essen? Ich weiß, es ist noch früh, aber –«

Charly unterbrach ihn. »Ich habe einen grauenhaften Hunger, ich habe nichts zu Mittag gegessen. Wir sind fast in Soho, und ich esse wahnsinnig gern Chinesisch.«

Jury lachte. »Und ich kenne das perfekte Restaurant dazu. In dem war ich schon oft.« Als er sie am Arm nahm, um sie durch den Rush-hour-Verkehr zu lotsen, sagte sie: »Aber ich bezahle. Sie sind ja sozusagen mein Klient.«

»Kommt nicht in Frage!«

»Ach, keine Sorge. Am Ende bezahlen Sie es so oder so. Oder Ihr Freund Melrose Plant.«

»Abgemacht. Er kann es sich leisten.«

## 28

Der Blue Parrot lenkte Melrose Plant leider nicht von seinen Problemen ab.

Er saß am Tresen, wartete darauf, daß Trevor Sly zurückkam, weil er noch ein Bier wollte, und überlegte, warum die Kneipe immer so isoliert wirkte, so unberührt von der Welt draußen und den unterschiedlichen Jahreszeiten. Im Jack and Hammer war das anders. Dort spürte man die feuchte Kälte des Winters, die weiche Frühlingsluft.

Der Blue Parrot war ein einziges Ödland. Wenn Weihnachten bevorstand, merkte man es nur daran, daß Trevor Sly das Pappmachékamel mit Glöckchen schmückte und ein paar Lichter in die verstaubte Palme hing.

Wenigstens, dachte Melrose, den großen Vogelkäfig an der Tür betrachtend, hatte Trevor Sly endlich diesen verdammten Papagei angeschleppt. Lange genug hatte es ja gedauert. Einen unechten mit kunterbunten Federn natürlich, der auf einer grellbemalten Stange hockte. Melrose ärgerte sich, daß er nicht blau war, aber er würde Trevor nicht den Gefallen tun, nach dem Grund zu fragen. Er hielt sich wohlweislich von dem direkt neben der Tür stehenden Tier fern. Denn es konnte sprechen, und jeder hereinkommende Gast bekam erst mal ein »Ahoi!« und eine anstößige Bemerkung zu hören, die Melrose nicht verstand. Vielleicht hatte Sly höchstpersönlich dem Papagei zu dem merkwürdigen Vokabular verholfen.

Apropos Gäste.

Wo waren sie? Die Bude war so leer wie eine gottverlassene Wüste, obwohl das Reklameband über dem Spiegel »16.00–18.00 Uhr: Happy Hour! Tapas gratis!« verkündete. Melrose war der einzige Gast weit und breit. Sein Gastgeber kam nun mit einem Teller dieser Häppchen durch den Perlenvorhang.

Trevor Sly war ein ungewöhnlich großer, dünner Mann mit Armen, lang wie auseinandergezogenes Karamel, und staksigen Storchenbeinen.

Er machte ein paar schleimige Kratzfüße und wickelte dann seine nicht enden wollenden Extremitäten um einen Barhocker. Melrose musterte die verdächtig aussehenden Köstlichkeiten, die nun auf dem Tresen vor ihm standen. Käse? Kartoffelbrei? Fischpaste? Einerlei, wenigstens versuchte Trevor Sly sich bei seinen Gästen beliebt zu machen, was man von Dick Scroggs nicht gerade behaupten konnte.

Sly meinte immer, er habe die meiste Kundschaft nach dem Dinner, nicht vorher. »Hauptsächlich spätabends. Zu uns kommt eher die Bohème, Bistrotypen, junges Volk, wissen Sie.«

Das wußte Melrose nicht. Das junge Volk, dessen er ansichtig geworden war, konnte eine Party auch in einer Mülltonne abhalten. Diese Leute dürften keinerlei Bedürfnis verspüren, ein Pub mitten in der Mojavewüste aufzusuchen und sich von einem Papagei beleidigen zu lassen.

Melrose schob Trevor sein Glas hin, damit der ihm noch ein Cairo Flame zapfte (war er verrückt?), und lud ihn auch auf einen Drink ein. Worauf der Mann wie ein Wasserfall vom Barhocker glitt, sich mit unterwürfigem Händereiben bedankte und drei Zentimeter eines fünfzig Jahre alten Single Malt Whiskys einschenkte. Dann nahm er den Zehnpfundschein von Melrose entgegen.

Als er wieder saß, schaute Melrose sich um und sagte: »Nicht gerade viel Betrieb«, als sei er echt erstaunt.

»Dienstags nie«, sagte Trevor.

Irgendeinen obskuren Grund für den Mangel an Gästen hatte er immer.

»Ich muß die Tapas aber trotzdem bereithalten, weil ich sie annonciert habe. Und man weiß ja nie, es könnte ja jemand kommen. Ich habe mit der Happy Hour gerade erst angefangen, und hier gehen Neuigkeiten langsam herum, wie Sie wissen.«

Langsam? Da kannte er wohl Agatha nicht. »Aber Sie haben doch Stammgäste aus der Gegend. Die Leute von Watermeadows?« (Sprich, Miss Fludd. Wegen Miss Fludd war Melrose schließlich hier.)

»O ja«, sagte Trevor Sly. Sendepause.

Melrose seufzte und trank sein Cairo Flame. Mußte er etwa noch eins zu sich nehmen, damit der Mann sich Informationen entlocken ließ? »Ausgetrunken, Mr. Sly? Dann noch einmal hoch die Tassen!« Das klang doch sehr kernig.

Sly lächelte geziert, entrollte sich und stelzte zu den Zapfhähnen. Warum, dachte Melrose, war der Mann verschlossen wie eine Auster, wenn man wirklich mal was von ihm wissen wollte? Beim Thema Fludds aus Watermeadows schwieg Sly hartnäckig. Weiß Gott nicht aus Diskretion, an der es ihm doch sonst gewaltig mangelte.

»Ich erinnere mich, daß Miss Fludd hier war, als Marshall Trueblood und ich mal hier saßen. Und da Watermeadows so nahe ist« (von wegen, es war nur näher an Slys Kneipe als an sonstwas), »gehören die Leute von dort doch bestimmt zu ihren Stammgästen.«

Trevor Sly gab Melrose sein Bier, holte wieder den teuren Whisky herunter, goß sich noch einmal drei Zentimeter ein und kassierte einen weiteren Zehner. Dann rollte er sich erneut um den Hocker, hob den Blick gen Himmel und bedachte den Wahrheitsgehalt von Melrose' Aussage. »Ja, das könnte man wohl sagen, hm.«

Melrose lachte gekünstelt. »Die Leute in Watermeadows sind

übrigens meine Nachbarn. Es ist neben Ardry End.« Wenn »neben« die Tatsache angemessen bezeichnete, daß bald ein Kilometer Land zwischen den beiden Häusern lag. »Also ist Miss Fludd, sind die Fludds, sozusagen meine Nachbarn. Ich habe sie aber noch nicht alle kennengelernt. Nur sie. Und sie scheint ja ein sehr netter Mensch zu sein. Meinen Sie nicht?«

»O doch, Mr. Plant, o doch. Ein sehr netter Mensch.«

Bleiernes Schweigen senkte sich herab.

Melrose zerbrach sich das Hirn darüber, wie er Sly zum Reden bringen konnte. Er hätte ihm nicht so schnell den zweiten Whisky spendieren sollen. Doch er bezweifelte, daß der Mann absichtlich schwieg. Wahrscheinlich wußte er einfach nichts. Er hätte Trueblood mitbringen sollen. Trueblood hätte was aus ihm herausgeleiert. Aber er war momentan so leidenschaftlich für das Studium der Gesetze entbrannt – genauer gesagt, für seine Interpretation derselben –, daß es schwer war, ihn für irgend etwas anderes zu interessieren.

Wie sich herausgestellt hatte, waren die Fludds (genaue Anzahl unbekannt) die Cousinen und Cousins von Lady Summerston, der Besitzerin von Watermeadows, die dort aber seit einigen Jahren nicht mehr wohnte. Miss Fludd war die einzige aus der Familie, die Melrose kennengelernt hatte. Sie hatte ihn so vollständig bezaubert, daß er sogar vergessen hatte, sich nach ihrem Vornamen zu erkundigen.

»Ein Jammer«, sagte Melrose, »daß Miss Fludd das Problem mit dem Bein hat.«

»Traurig, was? Sie trägt eine Schiene.«

Als sei Melrose blind. »Ja, das ist mir nicht entgangen. Wie das wohl passiert ist?«

»Das frage ich mich auch.«

»Kinderlähmung kann es nicht gewesen sein. Ich meine, die ist ja seit Jahrzehnten ausgerottet. Vor vierzig Jahren, ja, da hätte man doch zuerst an Kinderlähmung gedacht.«

Sly verzog die Lippen zu einem Schmollmäulchen. »Hm, da haben Sie recht, unbedingt. Ja, sicher, da muß ich Ihnen recht geben.«

Dieses Papageiengeplappers müde, hörte Melrose auf zu spekulieren und starrte die Rückstände in seinem Glas an. Stahlspäne vermutlich. Und er hatte drei getrunken. Das passierte einem Mann, der sich bezaubern ließ. Er seufzte. Aber warum hatte sie ihn am Wickel? Darauf kam er nicht. Sie war hübsch, aber nicht hübscher als zum Beispiel Polly Praed. Nicht so hübsch wie Ellen Taylor. Und schon gar nicht wie Vivian. Oder Jenny Kennington –

O Gott! Schluß mit diesen nichtigen Gedanken! Er sollte lieber über Jenny nachdenken. Arme Jenny! Er zog das kleine Spiralnotizbuch aus der Jackentasche, das er nun immer bei sich trug (es sah wie das von Jury aus), und öffnete es.

»Kopfschmerzen, Mr. Plant?«

»Was? O nein, Mr. Sly, wenn Sie nichts dagegen haben, nehme ich mein Bier mit zu einem Tisch und versuche an etwas zu arbeiten, über das ich die ganze Zeit nachdenke. Ich will nicht unhöflich sein, aber –«

Trevor Sly wedelte mit einer langfingrigen Hand Melrose' Entschuldigungen beiseite und sagte: »Nein, nein, kein Problem. Gehen Sie nur.« Er nahm den Teller mit den unberührten Häppchen. »Ich stell die mal ein paar Sekunden zum Heißwerden in die Mikrowelle.«

Melrose setzte sich in der generell im Blue Parrot herrschenden Düsterkeit an einen Tisch und blätterte die Notizen durch, die er sich gemacht hatte. *Burgundertisch. Isfahan. Verna Dunn.* Es waren eher nur Stichpunkte. *J. Price.* Bemerkungen zu J. Price. Er blätterte hin und her und war überrascht, daß das Buch fast voll war. *The Red Last.* Das Haus mit dem komischen Namen bei Cowbit. Der rote Leisten.

»Hallo.«

Er riß den Kopf hoch. Den Mund auf. Mit brechender Stimme erwiderte er den Gruß und erhob sich vom Stuhl.

»Ach bitte, lassen Sie sich durch mich nicht stören. Er«, Miss Fludd deutete mit dem Kopf auf Trevor Sly, »hat gemeint, ich soll Sie lieber nicht belästigen, weil Sie versuchen sich zu konzentrieren. Weil Sie an einem Fall arbeiten.«

Melrose lächelte in Richtung Sly, doch in Gedanken sann er auf Mord.

»Aber ich wollte wenigstens guten Tag sagen, vielleicht können wir uns ja ein anderes Mal unterhalten.«

»Nein, nein, gleich, ich meine, jetzt. Bitte setzen Sie sich doch. Nehmen Sie Platz.«

Wenn sie diese etwas seltsame Form der Begrüßung bemerkt hatte – flehentliche Bitten, Befehle, alles durcheinander –, zeigte sie es nicht. Wie, in Gottes Namen hatte er bloß ihr Eintreten verpaßt, ja, nicht einmal gehört, wie die Beinschiene über die Holzdielen geschleift war. Er sprang herzu, zog ihr einen Stuhl heran, holte ihr was zu trinken und stellte es behutsam auf den Tisch, als sei das Glas so zerbrechlich wie sie selbst. Sie trug wieder den dunklen Mantel, dessen zu kurze Ärmel ihr kaum über die Handgelenke reichten. Diesmal hatte sie das Haar locker mit einem schmalen schwarzen Band zurückgehalten und ein paar Blüten hineingesteckt. Kornblumen und Gänseblümchen.

Er setzte sich. »Hübsch, ihr Haar«, platzte er heraus.

Sie faßte an die Blumen. »Na, ich dachte, weil bald April ist, könnte ich ja mal was tun.« Dann zupfte sie eine Kornblume aus dem Sträußlein, langte über den Tisch und zog den Stiel durch das Knopfloch seines Jackettaufschlags. Diese Geste fand sie offenbar vollkommen natürlich, als gehöre sich das so. »Was für ein wunderschönes Jackett. Wolle mit Seide, stimmt's?«

Melrose öffnete es, als fände er dort das Etikett mit dem Namen des Herstellers oder der Angabe des Materials. Dann zuckte er die Achseln. »Keine Ahnung.«

»Doch. Ich kenne mich bei Stoffen aus. Eine sehr feine Qualität.«

»Ach, wirklich?«

Sie nickte und trank ihr Bier. Hoffentlich kein Cairo Flame.

Dann sagte sie: »Ich habe immer gehofft, daß Sie mal wieder hierherkommen. Es war so nett damals mit Ihnen zu reden. Allzu häufig habe ich keine Gelegenheit zu einem richtigen Gespräch –«

»Ich bitte um Entschuldigung, Sie beide um Entschuldigung.« Trevor Sly hing über ihnen, rieb sich die Hände und lächelte gepreßt. »Aber ich sehe, Sie haben nichts mehr zu trinken, Mr. Plant. Und Sie, Miss, haben auch fast ausgetrunken.«

»Noch zwei«, blaffte Melrose ihn an. Dieser Idiot. »Sind Sie aus London hierhergezogen?«

»Ja, ich habe in London gewohnt, in Limehouse. Als Tante Nora uns Watermeadows für ein Jahr angeboten hat, fand ich es toll. Viel Bewegung, Landluft und so weiter.«

»Tante Nora?«

»Lady Summerston. Eleanor. Sie ist meine Großtante. Eine angeheiratete Großtante.«

Melrose wich so erschreckt zurück, als hätte ihm Sly das Bier ins Gesicht geschüttet, statt es auf den Tisch zu stellen. Als der Wirt davonging, sagte Melrose: »Aber dann sind Sie auch verwandt mit –« Er wollte den Namen »Hannah Lean« nicht ins Gespräch bringen. Das war einfach zu traurig gewesen. Für Jury, nicht für ihn. Er betrachtete sein Glas, zog kleine Kreise damit.

Sie beugte sich ein wenig vor und wartete darauf, daß er den Satz zu Ende sprach. »Mit wem?« Als ihr plötzlich klar wurde, was Watermeadows für die Leute aus der Umgebung hier bedeutete, mündete das »Wem?« in einen langen Atemzug. »Ach, Hannah. Meinen Sie die? Hannah Lean? Tante Noras Enkelin?« Bekümmert schüttelte sie den Kopf.

Nun betrachtete auch sie ihr Bier oder was immer tief darin verborgen lag.

»Ich habe ... eine Geschichte ... gehört. Über ihren Mann. Ich habe ihn nie kennengelernt.« Erwartungsvoll schaute sie Melrose an, als könne er ihr die Geschichte erzählen.

Was er auch tat. Jedenfalls den Teil, den sie noch nicht kannte.

»Wie schrecklich.«

Sie tranken beide ihr Bier und schauten in verschiedene Richtungen in unbestimmbare Fernen. In ihrem Blickfeld lag die Wüstenei vor dem Fenster, in seinem das Filmplakat von *Lawrence von Arabien* neben dem der *Reise nach Indien.* Es war nun sechs, sieben Jahre her, aber der Gedanke an Hannah Lean (und Jury) bereitete ihm immer noch Kummer.

Mit welchem Gefühl sie wohl am Schauplatz einer solchen Tragödie wohnte? »Gefällt es Ihnen? Watermeadows, meine ich.« Er dachte, sie würde sofort antworten. Aber sie schaute nur stumm in ihr Glas Bitter. Eine ganze Weile. So lange jedenfalls, daß Melrose ein wenig unbehaglich wurde. O Gott, hoffentlich geriet er nicht gleich – wie so viele – in diese Nervosität, die einen in zu langen Redepausen beschleicht und veranlaßt, sie mit leerem Geschwätz zu füllen.

Aber sie schien sich der Stille gar nicht bewußt zu sein und sagte schließlich: »Ich weiß nicht. Es ist sicher sehr schön, das schönste Haus, das ich je gesehen habe. Die Parkanlagen und der See. Die Weidenbäume, die Statuen. Das meiste ist im italienischen Stil, glaube ich. Mit dem Gärtnern hab ich's nicht so.« Sie tätschelte die Schiene unter ihrem Knie. »Da muß man soviel knien, sich bücken und wieder aufstehen. Aber ich bin gut im Beschneiden. Ich kümmere mich um die Spaliere und die Rosenbüsche. Ich habe mein ganzes Leben in London gewohnt. Mit meinem Onkel. Wir haben ein schmales kleines Haus in Limehouse. Ein ›armseliges‹ kleines Haus, würden sicher manche Leute sagen. Das heißt ›armselig‹ vor der Luxussanierung von Limehouse, als ›armselig‹ noch nicht schick war. Jetzt sind die schäbigen alten Lagerhäuser alle Eigentumswohnungen. Mein Onkel hätte sein Haus für einen horrenden Preis verkaufen können. Aber er hat nur gelacht. Er macht sich immer einen Spaß daraus, die ausländischen Automarken zu zählen, und nennt die neuen Bewohner den ›Gin- und Jag-Set‹.« Sie lachte. »Egal, er hat das Haus jedenfalls nicht verkauft, und dann hat uns Tante Nora Watermeadows angeboten. Onkel Ned war gleich Feuer und Flamme, aber ich glaube eher um meinetwillen als um seinetwillen. Er wollte, daß ich aus London rauskomme. In die frische Luft und zu den Blumen.« Sie beugte sich vor und stützte das Kinn in die Hand. »Ich bin trotzdem froh, daß er es nur gemietet hat. Ich mag das Londoner Haus. Es unterscheidet sich in nichts von einer Million anderer Reihenhäuser, aber ich mag es. Wenn man auf den Dachboden will, muß man Bergsteigerqualitäten entwickeln, so mickrige kleine Treppen hat es. Aber von einem Fenster von dort oben aus kann man über die Themse schauen. Der Raum ist sehr dunkel und das Fenster rund, es erinnert mich immer an eine Camera obscura, weil es mehr wie ein Guckloch als wie ein Fenster aussieht und das Panorama dahinter eher wie etwas, das man durch ein Periskop oder wie ein Spiegelbild sieht. Es ist *so* dunkel, daß sich die Augen nie richtig daran gewöhnen. Durch das Fenster konnte ich die Isle of Dogs sehen. Die Leute meckern ja ständig, daß durch die Bauerei alles zerstört wird, aber die Umrisse sind noch da, die Fußspuren.« Plötzlich hörte sie auf zu reden und sagte dann: »Ich weiß nicht, was das bedeutet.« Diesen Nachsatz schien sie an sich selbst zu richten, nicht an Melrose.

Dann fuhr sie fort: »Aus dem Bodenfenster sah die Themse nicht wie ein echter Fluß, sondern wie die Abbildung eines Flusses aus, wie ein Film oder eine Reihe Fotos. Da hatte ich immer das Gefühl, als könnte ich mich aus der Realität heraushalten.« Sie zuckte mit den Schultern. »Ich weiß nicht. Ja, ich mag Watermeadows, aber ich glaube, nichts ist so schön wie das Haus, in dem man zu Hause ist. Geht es Ihnen bei Ardry End nicht genauso?«

Aus irgendeinem Grunde war Melrose überrascht, daß sie den

Namen kannte. »Ja, wahrscheinlich ja. Sie wissen, daß wir Nachbarn sind?«

»Ja. Ich finde Ihr Haus wunderschön. Ich bin bestimmt auch schon über ihr Land gelaufen. Man merkt oft nicht, wo man –«

»Vorsicht!« In gespieltem Schrecken hob Melrose die Hände. »Tragen Sie solche Neonstreifen wie Jogger, und passen Sie gut auf! Ich habe einen Aufseher. So nennt Momaday sich jedenfalls. Er hält sich für einen geschickten Schützen. Läuft mit der abgeknickten Knarre überm Arm herum – will ich zumindest hoffen. Zuweilen höre ich Schüsse in der Ferne und mache mir große Sorgen.«

Sie lachte. »Na, dann sehe ich mich besser vor. Gehen Sie auch viel spazieren?«

»Aber ja.« Diese Lüge kam Melrose glatt über die Lippen. Er modifizierte sie mit einem Stückchen Wahrheit. »Zum Jack and Hammer. Das ist ein angenehmer Spaziergang.« War es nicht. Es war sturzlangweilig. »Für meine täglichen Orgien. Ansonsten führe ich ein verhältnismäßiges ruhiges und im großen und ganzen nutzloses Leben.«

»Wie schön! Aber was ist mit den Ermittlungen, von denen Trevor Sly gesprochen hat? Sie sind doch nicht bei der Kripo?«

»Schenken Sie Mr. Slys Worten nicht allzuviel Glauben. Nein, ich bin nicht bei der Kripo. Ein Freund von mir, er heißt Jury, der ist Kriminalbeamter. Superintendent bei New Scotland Yard.«

»Wirklich? Und kommt er hierher, nach Northampton?«

»Watermeadows liegt in Long Piddleton. Ja, manchmal ist er hier. Wie zum Beispiel bei der Simon-Lean-Sache. Und vor Jahren, als hier eine ganze Reihe Morde geschah. Das fing alles an mit einem Pub namens Man With a Load of Mischief.«

»Den habe ich gesehen. Der steht oben auf dem Hügel und schaut aufs Dorf hinab. Aber er ist geschlossen.«

Melrose erzählte ihr die Geschichte. Sie rührte sich nicht, ja, sie atmete kaum. Sie lauschte wie gebannt. Dann sagte sie: »Das klingt ja, als sei er sehr intelligent.«

»Ja, er ist –« Melrose wollte gerade losschwärmen. Aber dann dachte er: Moment mal! Der Schuß könnte auch nach hinten losgehen. Er holte tief Luft, überlegte und sagte dann: »– zumindest war er das. Aber ein solches Leben verlangt seinen Tribut. Ich glaube, man altert dabei ziemlich früh.« Er nahm seine Zigaretten heraus. »Sie können Ihren Kopf nicht immer auf Hochtouren laufen lassen, ohne daß Sie den Preis dafür zahlen müssen. Und so intensiv, wie Jury arbeitet, hm, da sieht man bald auch ziemlich mitgenommen aus.«

»Ich habe ein Foto von ihm gesehen.«

Der Stuhl, mit dem Melrose gekippelt hatte, krachte mit den Beinen auf den Boden. »Wo? Wann?«

»Im *Telegraph*. Gerade, als Sie erzählt haben, ist es mir wieder eingefallen. Er wirkte überhaupt nicht mitgenommen. Eher ziemlich hübsch.«

»Jury ist sehr fotogen. Aber worum ging es denn?« Zum Teufel, Jury war weder der leitende noch offiziell überhaupt Ermittler bei dieser Sache in Lincolnshire.

Sie kniff die Augen zusammen und versuchte sich zu erinnern. »Es ging um ... einen Restaurantbesitzer in Soho. Aber das wissen Sie ja sicher.«

Melrose hatte keinen blassen Schimmer. Warum führte Jury dieses Doppelleben, während er, Melrose, in Pubs herumhockte und vergeblich Eindruck zu schinden versuchte? »Ja, teilweise. Nicht viel. Aber ich will Ihnen was erzählen.« Er beugte sich über den Tisch und schob den Streichholzhalter in Gestalt eines Kamels zur Seite. »Haben Sie von dem Doppelmord in Lincolnshire gelesen? In der Nähe von Spalding?«

»O ja. Die Frau war Schauspielerin oder so was. Und die andere Hausangestellte, stimmt's? Hatten Sie damit etwas zu tun?«

Alle Zeitungen hatten berichtet; er gab keine Information preis, die nicht veröffentlicht worden war, außer der über seine Rolle als »Gutachter«. Er erzählte ihr die Geschichte und malte dabei ein kleines Bild auf eine Seite seines Notizbuchs, einen Plan mit dem Haus und dem Pub. Auf einer weiteren Seite zeichnete er die Lage des Wash, während er versuchte, ihr die Ereignisse der Mordnacht zu schildern.

Eine Weile lang schwieg sie, stützte den Kopf auf die Hand und betrachtete seine Gemälde.

»Stimmt was nicht?« fragte Melrose, als das lange Schweigen an ihm nagte.

»Nein, ich denke nur nach.« Dann setzte sie sich zurück und starrte an die Zimmerdecke. Starrte unverwandt nach oben.

Die magnetische Anziehungskraft, die entsteht, wenn jemand auf etwas starrt, veranlaßte auch Melrose, hochzustieren, obwohl er wußte, daß dort nur der Deckenventilator war. »Haben Sie eine Idee?« Der große Ventilator drehte sich langsam und quietschte. Die weiße Kugel in der Mitte war von Falterleichen verschattet.

»Diese Frau, die ermordet wurde, hat das Haus und das Grundstück verlassen und ist zum Wash gefahren.« Sie verzog das Gesicht, runzelte die Stirn. »Ist es nicht merkwürdig, zum Wash zu fahren?«

»Ausgesprochen.«

»Wieso fiel die Wahl auf diesen Ort? Was glaubt die Polizei in Lincolnshire?«

»Damit die Leiche nicht so schnell entdeckt wurde. Da gehen die Leute nicht hin. Es ist keine besonders schöne Gegend, die die Touristen in Massen anzieht. Zum einen ist es ziemlich gefährlich, weil dort immer noch Minen aus dem Zweiten Weltkrieg herumliegen. Zum anderen ist die Stelle wegen der Gezeiten und des Treibsands geeignet. Da hätte die Leiche auch schnell zugedeckt werden können.«

Wieder schaute sie die Skizze an. »Was meinen Sie? Könnte sie es getan haben?«

Jetzt war er an der Reihe zu schweigen. Eigentlich hätte er die Frage sofort als zu lächerlich abweisen müssen. Aber er konnte es nicht. Chief Inspector Bannen fand es ja keineswegs lächerlich. »Um ehrlich zu sein – ich weiß es nicht.« Er schaute zum Tresen und sah die große Uhr mit den Palmenzeigern. Überrascht bemerkte er, daß es schon fast sieben war. »Hören Sie, würden Sie gern zu Abend essen?«

Ein Lächeln huschte über ihr Gesicht. »Ach, das ist sehr nett von Ihnen, aber ich habe schon gekocht. Obendrein zu einer besonderen Gelegenheit. Jemand hat Geburtstag.« Sie griff zu Mantel und Schal.

»Dann möchte ich Ihnen wenigstens anbieten, Sie nach Hause zu fahren.« Warum war er regelrecht eingeschnappt, daß er nicht zu der Party geladen wurde? Sie hatte auch das Geschlecht des Jemand nicht erwähnt. Er stand auf und ging um den Tisch herum, als sie sich mühsam erhob. Allerdings schaffte er es, ihr nicht den Arm anzubieten, damit sie sich darauf stützte. Er nahm ihr den Mantel ab und half ihr hinein.

»Dazu muß ich auch nein sagen. Sehen Sie, ich muß laufen. Das ist ja einer der Gründe, warum ich hierherkomme.«

Er war wahrhaftig gekränkt.

»Kann ich die Seite mitnehmen?« Sie nahm das Notizbuch. »Über dieses Rätsel würde ich gern noch ein bißchen nachdenken.«

»Natürlich.« Melrose riß das Blatt heraus und gab es ihr.

Sie drehte es um. »Auf der Rückseite sind noch Notizen. Brauchen sie die?«

»Nein, sie nützen mir jetzt nicht mehr viel.«

Sie runzelte leicht die Stirn und las vor: »›The Red Last‹. Was ist ›The Red Last‹?«

»Ein Pub in Lincolnshire. Das heißt, es war einmal eins, muß eins gewesen sein. Jetzt sieht es eher aus wie ein Privathaus. Einer dieser so beliebten schrägen Kneipennamen. Offenbar weiß keiner mehr, was es bedeutet. Es hat vielleicht was mit Schuhen zu tun. Mit dem ›Leisten‹ eines Schusters.«

Einen Moment schaute sie in die Dämmerung. »Oder mit ›last‹, ›zuletzt‹.«

»Wie bitte?«

»›Zum Schluß‹, wissen Sie, ›zuletzt‹, als wenn man sagt: ›Die Frauen zuerst, die Männer zuletzt‹ oder ›Die Weißen zuerst, die Roten zuletzt‹.« Sie schaute auf das Blatt Papier.

Melrose war erstaunt. »Meine Güte, natürlich. Warum bin ich nicht darauf gekommen?«

Sie zuckte die Achseln. »Wenn man sich einmal auf eine bestimmte Bedeutung versteift, kriegt man sie kaum wieder aus dem Kopf. Wenn Sie jemand bittet, das Pendant zu ›Mutter‹ zu sagen, sagen sie ›Vater‹. Die Antwort könnte genausogut ›Schraube‹ lauten. Zu einer Schraube kann eine Mutter gehören.«

»Was für eine glänzende Idee!« Es erinnerte ihn an etwas, aber er wußte nicht, was. Sie gingen zur Tür. Draußen verabschiedete sie sich von ihm. Melrose stand da, lehnte sich an den Türgriff und sah zu, wie sie langsam über den holprigen Weg davonging. Und dann fiel ihm plötzlich ein, daß er ihren Namen immer noch nicht kannte. Er richtete sich auf und rief ihr hinterher. »Haben Sie was dagegen, wenn ich Sie Nancy nenne?«

Sie drehte sich um und überlegte. »Nein, aber ich heiße Flora.«

## 29

»Chief Inspector Bannen, würden Sie dem Gericht bitte schildern, was Sie vorfanden, als Sie am Schauplatz –« Oliver Stant zeigte auf zwei große Fotos, eins von einem Teil des Wash und eins von dem Abschnitt, wo Verna Dunns Leiche gefunden worden war.

Außerhalb der Mauern von Lincoln Castle, wo das Gericht zusammengetreten war, war die Luft weich und seidig an diesem Vorfrühlingstag. Ein scharfer Kontrast zu dem trostlosen, kalten Inneren des Gebäudes. Es herrschte eine Atmosphäre, die geprägt war von der Anspannung, den Enttäuschungen und dem Kummer der Mühseligen und Beladenen, deren Angelegenheiten hier verhandelt wurden. Sofort bei seinem Eintreten hatte Melrose die Traurigkeit empfunden, die die Korridore verströmten.

Bannen nickte. »Wir haben die Leiche einer Frau gefunden. Sie lag im Watt in dem Teil des Wash, der Fosdyke Wash heißt. Das ist das Gebiet, das dem Dorf Fosdyke am nächsten liegt. Der ›Wash‹ ist, wie Sie wissen, eine seichte Bucht an der Küste von Lincolnshire und Norfolk. Solche seichten, weiten Buchten bilden das Gebiet zwischen Meer und Land, das einströmende Wassermassen aufnehmen kann. Sie verhindern Überschwemmungen, wenn auch nicht immer. Die Leiche wurde auf dem Sand gefunden. Sie lag mit dem Gesicht in einer kleinen Wasserpfütze. Sie war in die Brust geschossen worden.«

»Mit was für einer Waffe?«

»Einem Kleinkalibergewehr.«

»Und nach Ihren Schlußfolgerungen gelangte das Opfer Verna Dunn –«

»Mit dem Auto dorthin, ihrem eigenen Auto, einem Porsche. Weiter landeinwärts, vor dem Deich, haben wir die Reifenspuren gefunden. Der Mörder hat vermutlich die Leiche einfach liegengelassen und das Auto zurück nach Fengate gefahren. Das Auto«, fügte Bannen rasch hinzu, bevor Apted aufspringen konnte, »wurde jedenfalls gegen halb eins wieder am Ende der Einfahrt gesehen. Nach Aussage des Gärtners war es bewegt, das heißt von seinem ursprünglichen Platz entfernt worden.«

»Und wäre es innerhalb von fünfzig Minuten möglich gewesen, diese Fahrt zu machen, das Opfer zu ermorden und nach Fengate zurückzukehren?«

»Ja.«

»Ein unwahrscheinlicher Ort für einen Mord, meinen Sie nicht?«

»Ja, deshalb frage ich mich auch –«

Diese Gedankenführung unterbrach Oliver Stant sofort. »Könnte eine Erklärung darin bestehen, daß –«

Pete Apted sprang auf. »Euer Ehren, wir ziehen es vor, Erklärungen jedweder Art von dem Zeugen und nicht vom Herrn Staatsanwalt zu hören.«

Der Herr Richter zog es auch vor.

Stant formulierte die Aussage als Frage. »Warum wohl fiel die Wahl auf diesen Ort?«

»Ich würde sagen, wegen der Gezeiten und des Treibsands. Sicher hätte die Flut die Leiche ins Meer gespült. Oder der Treibsand hätte dafür gesorgt, daß sie nie gefunden wurde. Aber beides geschah nicht.«

»Die Beklagte hat zu Protokoll gegeben, daß sie Verna Dunn draußen in der Einfahrt verlassen und dann den öffentlichen Fußweg genommen hat, der an Fengate vorbei zu einem Pub namens Case Hase Altered verläuft.«

Bannen nickte. Im Vorgriff auf die nächste Frage sagte er: »Das Pub ist circa anderthalb Kilometer von Fengate entfernt, eintausendvierhundertundsieben Meter, um genau zu sein.«

»Die Beklagte behauptet, sie habe diesen Weg genommen, weil sie ›sich die Wut ablaufen‹ und das Pub aufsuchen wollte. Finden Sie das plausibel?«

Bannen gestattete sich den Anflug eines Lächelns. »Es ist nicht völlig unplausibel. Es war aber schon spät, und das Pub wäre geschlossen gewesen, bevor sie dort anlangte.«

»Sie sagen, das Pub ist etwa anderthalb Kilometer –«

»Etwas weniger, eintausendvierhundertundsieben Meter«, sagte Bannen eine Spur ungeduldig. Hatte er die korrekte Zahl nicht eben genannt?

Oliver Stant nickte. »Gut, können Sie uns sagen, wie weit der Wash von Fengate entfernt ist?«

»Vielleicht drei Kilometer.«

Der Vertreter der Anklage fuhr fort: »Mr. Bannen, war Jennifer Kennington vorher schon einmal über den Fußweg zum Pub gegangen?«

»O ja, meines Wissens ist sie zweimal mit den Owens dorthin gegangen. Das zweite Mal war noch an dem Nachmittag vor dem Mord, und zwar nach dem Lunch, hat sie – Lady Kennington – mir gesagt. Die Owens haben das bestätigt.«

»Die Beklagte wußte also, wie weit es war und wie lange es dauerte, zum Pub zu gelangen?«

»Vermutlich ja. Zumindest, was die Zeit betrifft. Wenn man nicht zu schnell läuft, dauert es etwa zwanzig Minuten. Auf die Sekunde genau zu beurteilen, wie lange eine bestimmte Person dorthin braucht, ist nicht möglich.«

Melrose hörte zu, wie Bannen die Ereignisse des Abends beziehungsweise der Nacht schilderte und der Reihe nach berichtete, was die Kripo unternommen hatte. Ein idealer Zeuge. Ruhig, systematisch, unbeeindruckt von seiner Umgebung und sich selbst. Melrose vermutete, daß Bannen nur in dem Moment beeindruckt war, wenn er auf die Wahrheit stieß. Und irgend etwas sagte Melrose, daß der Chief Inspector in diesem Fall nicht sicher war, ob er schon darauf gestoßen war. Melrose wandte seine Aufmerksamkeit Jenny zu, die auf der Anklagebank saß. Er spürte eine Abwesenheit: ihre Abwesenheit. Sie war da, aber auch nicht da. Als sei sie nur rasch hiergewesen und habe in einem Atemzug guten Tag und auf Wiedersehen gesagt.

»– so daß die Zeit, die es dauerte, zum Pub hin- und wieder zurückzulaufen, nur ein wenig kürzer gewesen wäre als die Zeit, die man gebraucht hätte, zum Wash und nach Fengate zurückzufahren. Und zwischendurch das Opfer zu erschießen.«

»Ja.«

»Mr. Bannen, welche spezifischen Umstände haben Sie dazu veranlaßt, Jennifer Kennington dieses Verbrechens anzuklagen?« Hier drehte sich Oliver Stant ziemlich theatralisch zu Jenny um und schaute sie an.

»Also, die Beweise sind natürlich nicht zwingend –«

Apted erhob sich rasch. »Sind nicht rechtserheblich, meinen Sie wohl!«

Der Einwurf fand vor dem Richter keine Gnade, und Oliver Stant feixte. Bannen jedoch lächelte und parierte. »Nicht zwingende Beweise sind per definitionem nicht rechtserheblich, sondern Indizien. Ich dachte, ich müßte nicht gesondert ausführen, daß Indizienbeweise nicht zwingend sind. Das erübrigt sich doch eigentlich.«

Melrose wurde bange. Bannen war ein ebenso cooler Zeitgenosse wie Apted.

»Bitte fahren Sie fort«, sagte Stant.

»Jennifer Kennington hatte die Gelegenheit, sie hatte ein Motiv – als einzige, soweit wir wissen –, sie war unseres Wissens die letzte, die Verna Dunn lebendig gesehen hat, und die Zeugen können uns berichten, daß die beiden einen hitzigen Streit hatten. Meines Erachtens liefert das hinreichende Verdachtsmomente, um die Beklagte des Mordes an Verna Dunn anzuklagen.«

»Gut, Chief Inspector, da Mr. Apted den Punkt schon angesprochen hat, können wir uns ihm vielleicht nun zuwenden: dem Problem von Indizienbeweisen und deren Zuverlässigkeit. Was liefert der Indizienbeweis nicht? Was bringt er nicht ans Tageslicht?«

»Er liefert keine Augenzeugen.«

»Bei wieviel Prozent Ihrer Mordfälle gibt es, grob geschätzt, einen Augenzeugen?«

Bannen überlegte eine Weile und sagte dann: »Bei etwa siebzig.«

Diese Antwort behagte Stant nicht. Er hatte sie auch nicht erwartet. Ein klassisches Beispiel, was passieren konnte, wenn man die Antwort zu der Frage, die man stellte, vorher nicht wußte. »Aber diese siebzig Prozent sind doch mit dem hier verhandelten Fall nicht vergleichbar?«

»Das ist korrekt, weil die meisten Morde nicht geplant werden. Es gibt die typischen bewaffneten Raubüberfälle, bei denen die Täter den Raubüberfall, nicht aber den Mord an einem zufällig Beteiligten planen. Es gibt Affekthandlungen, es gibt Fälle häuslicher Gewalt. Der größte Teil der Morde, mit denen ich zu tun habe, fällt in die drei genannten Kategorien. Und da haben wir Augenzeugen, oder wenn nicht, dann ist der Täter noch am Tatort – zum Beispiel der Ehemann, der den Streit mit seiner Frau mit einer Kugel oder einem Messer beendet hat. Der vorsätzlich geplante Mord ist im Vergleich dazu relativ selten. Wobei ich natürlich Terrorismus und politischen Mord nicht berücksichtige.«

»Lassen Sie mich das noch einmal in anderen Worten ausdrükken, wenn Sie gestatten, damit wir es alle verstehen: Dieser spezifische Mord ist nicht typisch für einen großen Prozentsatz an Mordfällen, mit denen Sie ansonsten beschäftigt sind.«

»So ist es.«

Stant stellte nun eine Anzahl nebensächlicher Fragen, um den Boden für die Tatsache vorzubereiten, daß Jenny ihre so schmerzliche Beziehung zu Verna Dunn verschwiegen hatte, was vielleicht genauso belastend war wie die Feststellung, sie habe Gelegenheit und Motiv gehabt (wenn auch beides nicht absolut gesichert war). Im Verlauf dieser Fragen kam die Sprache darauf, daß Jenny aber Jury von der Beziehung erzählt hatte. »Waren Sie nicht der Meinung, daß Superintendent Jury Beweismaterial unterdrückte?«

»Nein. Mr. Jury war offiziell nicht mit dem Fall betraut. Er war nicht verpfli–«

Hier unterbrach Stant Bannen sofort. Er wollte ja nicht, daß sich Bannens kollegiale Haltung (die ihm nicht paßte) günstig für Jury auswirkte. »Schon gut. Sie entdeckten aber noch rechtzeitig die Verwandtschaft zwischen der Beklagten und der verstorbenen Verna Dunn?«

»Das war nicht allzuschwer. Eine schlichte Untersuchung der Herkunft Lady Kenningtons erbrachte die Tatsache, daß sie Cousinen waren.«

Im Gerichtssaal wurde heftig getuschelt und geflüstert. Der Richter bat um Ruhe.

»Hat diese Entdeckung Sie überrascht, Chief Inspector?«

»Ja, natürlich. Sie hatte es ja nicht erwähnt. Niemandem gegenüber, außer offenbar später gegenüber Mr. Jury.«

»Dann wußte Max Owen während seiner Ehe mit Verna Dunn auch nichts von der Verwandtschaft mit Jennifer Kennington.«

Wieder sprang Apted auf. »Einspruch, Euer Ehren. Der Zeuge kann unmöglich wissen, was Max Owen wußte.«

Der Richter gab dem Einspruch statt.

Stant fuhr fort: »Ich versuche, auf die Tatsache zu kommen, daß die Beklagte die Verwandtschaft, ja, nicht einmal die Bekanntschaft mit Ms. Dunn erwähnt hat, obwohl sie sich nach einem guten Dutzend Jahren bei dieser Gelegenheit zum erstenmal wiedersahen.«

Apted vermittelte zwar den Eindruck, als erhebe er sich lässig, doch er war in einer Sekunde auf den Beinen. »Ist darin eine Frage verborgen?«

Der Richter wies Oliver Stant an, die Frage zu formulieren.

»Bestand nicht eine jahrelange Feindschaft zwischen den beiden?« Hier wurde er wieder von Apteds Zwischenruf »Ein Gerücht!« unterbrochen.

Aber es wurde klipp und klar deutlich: Jenny hatte die zumindest als bitter zu bezeichnende Beziehung wie ein tiefes Geheimnis gehütet.

»Und Ihrer Meinung nach macht diese Feindschaft einen großen Teil ihres Motivs aus? Der Streit an dem Abend war dann der unmittelbare Anlaß?«

Von seinem Platz aus sagte Apted: »Euer Ehren, ich würde es vorziehen, daß der Chief Inspector und nicht die Anklage die Schlußfolgerungen zieht.«

An Oliver Stant gewandt, sagte der Richter: »Mr. Stant, wenn Sie eine Frage stellen wollen, tun Sie das bitte. Wenn Sie die Schlußfolgerungen des Zeugen hören wollen, ziehen Sie sie nicht selbst. Das zumindest sollte doch hier selbstverständlich sein.« Der Richter schüttelte den Kopf und begann wieder, sich Notizen zu machen. Ungebärdige Jungs. Keine Disziplin.

»Würden Sie bitte dem Gericht erzählen, was Sie aus dem Stillschweigen der Beklagten für Schlüsse gezogen haben?«

»Ich habe es so interpretiert, daß die Beklagte ein Motiv hatte.«

»Ein Motiv für Mord?«

Bannen antwortete nicht sofort. Als er dann redete, war Stant alles andere als zufrieden. »Für etwas ganz bestimmt.«

Um seine Enttäuschung über diese Schlappe zu verbergen, sagte Stant: »Es geht ja völlig in Ordnung, daß Sie Ihre eigenen Schlüsse ziehen, Chief Inspector.« Er lächelte breit, um zu demonstrieren, daß Bannen nur aus dem Grund so geantwortet hatte.

Bannen wollte etwas sagen: »Aber ich –«

»Chief Inspector, wir sind Ihnen dankbar für Ihre ehrliche und faire Aussage. Das ist alles. Danke sehr.« Erfreut, daß er die Scharte von vorher ausgewetzt hatte, setzte Stant sich und verschränkte die Hände hinter dem Kopf.

»Ich möchte Sie eins fragen, Chief Inspector«, sagte Pete Apted. »In den zwei Wochen nach dem ersten Mord war Jennifer Kennington in Stratford. Trifft das zu?«

»Ja, das trifft zu.«

»Warum haben Sie sie nicht einfach nach dem Mord an Verna Dunn festgenommen? Warum haben Sie ihr erlaubt, nach Hause zu fahren?«

»Wir konnten sie nicht länger als vierundzwanzig Stunden festhalten.«

»Aber tatsächlich haben Sie sie achtundvierzig Stunden festgehalten, nicht wahr?«

»Ja. Dazu hatten wir die richterliche Genehmigung.«

»Und warum nicht länger? Noch vierundzwanzig Stunden?«

»Dafür haben wir keine Genehmigung bekommen.«

»Warum nicht?«

Bannen zögerte. Doch er hatte keine Wahl. »Wegen des Mangels an Beweisen und an einem Motiv.«

»Sie hatten nichts, mit dem Sie sie anklagen konnten, stimmt das?«

»In der Folge –«

»Danke schön, Chief Inspector.«

Oliver Stant stellte Grace Owen nur wenige Fragen. Er brauchte sie nur, um seinen vorherigen Punkt bestätigen zu lassen, daß Jenny Kennington »etwas verschwiegen« hatte. Grace sagte, sie habe keine Ahnung davon gehabt, daß sie verwandt gewesen seien. Dann übergab Oliver Stant Grace Owen an Pete Apted.

Apted erhob sich und lächelte. »Mrs. Owen, am Abend des ersten Februar waren Sie mit den anderen im Wohnzimmer?«

»Ja.«

»Sie haben uns erzählt, daß Sie und Ihre Gäste gegen zehn vom Tisch aufgestanden und sich ins Wohnzimmer begeben haben. In welcher Reihenfolge sind Ihre Gäste danach weggegangen?«

»Hm, als erstes natürlich Jennifer Kennington und Verna Dunn. Dann gegen Viertel nach zehn Jack – Jack Price. Er ist in sein Studio gegangen. Nach ihm, um elf Uhr, hat sich Major Parker verabschiedet.«

»Mr. Price ist in sein Studio gegangen, sagen Sie?«

»Ja, eigentlich ist es eine umgebaute Scheune, und er wohnt dort auch. Er braucht viel Platz zum –«

Apted hob die Hände. Er schnitt ihr nicht direkt das Wort ab, verhinderte aber durch diese Geste, daß er mehr hörte, als er wollte. »Danke schön. Und Major Parker hat sich um elf verabschiedet. Ist sonst noch jemand weggegangen?«

Sie schüttelte den Kopf. »Nein.«

»Sie haben gesagt, daß die Beklagte und Verna Dunn vor und während des Abendessens weder durch Worte noch Taten Anlaß zu der Vermutung gegeben haben, daß sie in Streit lagen. Können Sie außerdem sagen, ob sie etwas getan oder gesagt haben, an dem Sie ihre frühere Verbindung hätten erkennen können?«

»Nein, nein. Nichts.«

»Da waren Sie also extrem überrascht, als sie davon erfuhren.«

»Sehr überrascht, ja.«

»Mrs. Owen, war es Ihnen nicht unangenehm, daß die erste Frau Ihres Mannes bei Ihnen zu Besuch war?«

»Nein. Im Gegenteil, ich habe es ihm vorgeschlagen.«

»Sie?« Apted sagte es, als habe er von der Einladung noch nie gehört. »Aber warum?« Er zuckte die Achseln und schaute sich im Raum um, als sei er völlig perplex.

»Weil ich dachte, es sei bequem für Max, meinen Mann, weil er geschäftlich mit ihr zu tun hatte und mit ihr reden mußte. Verna wohnt – wohnte in London, und Max muß wegen geschäftlicher Dinge so oft nach London ...« Sie verstummte, als wisse sie nicht, wie sie ihre Aussage beenden solle.

»Was für geschäftliche Dinge hatte er mit Verna Dunn zu regeln?«

Sie zögerte. »Verna wollte in einem neuen Theaterstück auftreten, für das die Produzenten Geldgeber brauchten. Max war interessiert, Geld hineinzustecken. Als Investition.« Nun sprach sie schneller, sie umklammerte mit den Händen das Geländer des Zeugenstands. »Sie müssen wissen, daß mein Mann und Verna sich in gegenseitigem Einvernehmen haben scheiden lassen.«

Wobei bestimmt Geld nachgeholfen hatte, dachte Melrose.

Pete Apteds Lächeln legte den Gedanken nahe, daß er Melrose' Eindruck teilte. »Gibt es so etwas?«

Kaum hatte er die Frage ausgesprochen, war Stant auf den Beinen. »Richtet sich diese Frage an die Zeugin oder die Menschheit im allgemeinen, Euer Ehren?«

Der Richter schaute über den Rand seiner Lesebrille. »Offen gestanden sehe ich nicht, wo das hinführen soll, Mr. Apted.«

»Wenn Sie sich bitte noch einen Moment gedulden wollen«, sagte Apted. »Mrs. Owen, Sie haben also gesehen, wie Mr. Price ging, ist das richtig?«

»Ja«, antwortete Grace. »Er wollte ins Bett.«

»Meines Wissens haben Sie ausgesagt, daß Sie gesehen haben, wie er den hinteren Weg gegangen ist, der zu seinem Studio führt.« Als sie das bejahte, fragte Apted: »Aber im Wohnzimmer gibt es keine Fenster, die auf den Garten hinten hinausgehen. Wie konnten Sie ihn da sehen?«

Sie zögerte, wirkte überrascht. »Dann muß ich ihn von dem Fenster oben aus gesehen haben, aus meinem Zimmer.«

»Dann sind Sie also auch weggegangen, nicht wahr?«

»Aber – ja. Nur für einen Moment. Und richtig weggegangen bin ich ja nicht, nicht in dem Sinn –«

Fröhlich fragte Apted: »In welchem Sinn dann?«

»Ich meinte nur, daß ich das Haus nicht verlassen habe. Ich bin schnell nach oben gelaufen, weil ich mir etwas zum Überziehen holen wollte. Im Wohnzimmer war es kalt.«

»Aha. Sagen Sie mir bitte, Mrs. Owen, wann haben sie über das Stück gesprochen?«

»Wie –?«

»Ihr Mann und Verna Dunn.«

Sie reagierte völlig verdutzt, als ob sie nichts begriffe.

»Wann haben sie sich darüber unterhalten?«

»Wie bitte?«

»Sie haben gesagt, Sie hätten die Verstorbene eingeladen, damit

Ihr Mann sich mit ihr unterhalten konnte und nicht nach London fahren mußte, obwohl er ja oft dorthin reiste. Ich frage mich nur, wann die Gespräche stattgefunden haben.«

»Ich –«

Melrose sah, daß sie sehr nervös wurde. Warum wohl?

»Ja bitte, Mrs. Owen«, ermunterte Apted sie lächelnd.

»Ich weiß es nicht.«

»Vielleicht hatten sie ja wenig Gelegenheit, sich zu unterhalten, weil beide oder jeweils einer von ihnen immer in Gesellschaft von anderen oder Ihnen waren. Wenn Sie sie aber deshalb nach Fengate eingeladen hatten, warum ergab sich dann keine Gelegenheit?« Als Grace wieder nichts sagte, fragte Apted in das Schweigen hinein: »Hatten Sie vielleicht noch einen anderen Grund, Verna Dunn einzuladen?«

Grace war vollkommen durcheinander. Ihre konfuse Aussage, daß dem nicht so war, war gar nicht mehr wichtig. Die Frage selbst reichte, um bei den Geschworenen Zweifel hinsichtlich der Ermittlungen zu säen.

»Mrs. Owen, ich möchte gern ein paar Jahre zurückgehen, zu einem anderen Vorfall, und mich im voraus dafür entschuldigen, daß ich dieses schmerzliche Thema anschneide.«

Sie zuckte zusammen. Sie wußte schon, was jetzt kam.

»Der Tod Ihres Sohnes. Würden Sie so freundlich sein und dem Gericht erzählen, was an dem Tag in Fengate geschehen ist?«

»Einspruch! Ich sehe die Relevanz –« Oliver Stant sprang auf.

»Es *ist* hinsichtlich des Motivs relevant, Euer Ehren.« Mit Zustimmung des Richters wandte sich Apted nun wieder an Grace.

Sie wollte offensichtlich nicht über Toby reden. Melrose empfand großes Mitgefühl für sie, als sie stockend den Unfall schilderte.

»Toby – das ist mein Sohn – ritt gern, und er ritt auf einem Reitweg nicht weit von unserem Haus. Er hatte mir versprochen, nichts Unvernünftiges zu tun – etwas Riskantes meine ich, wie zum Beispiel über unsicheren Boden zu galoppieren. Denn Toby war Bluter, er mußte sehr vorsichtig sein. An dem Tag war er nicht vorsichtig, das Pferd stolperte und warf ihn ab. Für andere hätte ein solcher Unfall keine ernsten Folgen gehabt, aber für Toby –« Sie schaute auf ihre Hände, mit denen sie die Kante des Zeugenstands noch immer umklammerte, und beendete den Satz nicht.

»Wie alt war er zur Zeit des Unfalls?«

»Zwanzig«, flüsterte sie kaum hörbar.

»Es tut mir aufrichtig leid.« Apted klang, als meine er es ehrlich. »Könnten Sie uns erzählen, wer außer Ihnen sonst noch im Haus war, als es passierte?«

»Mein Mann und Jack Price und ... ich meine, sie haben nicht gesehen, was passierte – und Mr. Parker und –«

»Ja, fahren Sie fort.«

»Verna Dunn.« Als sie den Namen sagte, zuckte sie nur ein ganz kleines bißchen, ihre Lider flatterten, ihr Mund bebte – winzige Spuren ihres Schmerzes, der in all den Jahren nicht schwächer geworden war.

»Danke schön, Mrs. Owen.« Pete Apted drehte sich um und ließ sie hilflos im Zeugenstand stehen. Als müsse sie das ganze schreckliche Geschehen noch einmal durchleben, blieb Grace Owen wie angewurzelt stehen. Die Tränen strömten ihr übers Gesicht. Als sie immer noch keine Anstalten machte zu gehen, bat der Richter den Protokollführer, ihr zu helfen.

Es war ein bewegender Abschluß der Sitzung.

## 30

Am nächsten Morgen verbrachte Jury knappe fünfzehn Minuten im Zeugenstand und gab wieder, was Jenny Kennington ihm in Stratford-upon-Avon erzählt hatte. Für ihn waren es fünfzehn Minuten zuviel.

Oliver Stant faßte zusammen: »Die Beklagte hat betreffs ihrer Verwandtschaft mit Verna Dunn gelogen.«

»Das würde ich nicht unbedingt so sagen. Vielleicht war es mehr eine Unterlassungssünde.« Das klang schwach.

Stants Lächeln verriet, daß er der gleichen Meinung war. Er griff es nicht einmal auf. »Aber daß die Beklagte ihre Cousine haßte, war durchaus klar?«

Jury zögerte einen Herzschlag lang. »Ja, aber –«

Oliver Stant wollte keine nähere Erläuterung, er unterbrach Jurys Gegenrede. »Danke schön, Superintendent Jury. Ich habe keine weiteren Fragen.«

Jury und Charly saßen in einer dunklen Nische in einem Pub, den die Touristenmassen aus der nahen Burg bevölkerten. Wie ein Rudel Wölfe hatten sie sich offenbar alle in stillschweigender Übereinkunft in den Lion and Snake begeben. Die Luft war dick verqualmt von Zigaretten, Pfeifen, Zigarren – der Nichtraucherbereich war ein Witz –, und Jury fragte sich, wann er endlich nicht mehr den Wunsch verspüren würde, den Leuten die Marlboros und Silk Cuts aus dem Mund zu reißen.

»Ich wußte nicht, daß Jennifer Kennington Pete damals mit Ihrer Verteidigung beauftragt hat«, sagte Charly. Sie rauchte, anstatt den Ploughman's Lunch zu essen, den sie bestellt hatte. Oliver Stant hatte den Punkt ausgegraben, um zu demonstrieren, daß Jurys Aussage für Jennifer Kennington entweder von Liebe, Sex oder Verpflichtung beeinflußt war.

»Da war nicht viel dran, an meinem sogenannten Fall, meine ich. Und Jenny zeigte sich für einen Gefallen erkenntlich, den ich ihr vor Jahren getan hatte, als ich etwas wiederfand, das man ihr gestohlen hatte. Und jetzt zeige ich mich wieder erkenntlich.« Er lächelte. »Ob wir beide uns unser Leben lang gegenseitig Gefallen tun?«

Charly sah ihn lange an. »Vielleicht schon. Scheint mir schade um eine gute Beziehung zu sein.« Sie schaute auf die Uhr. »Bald zwei. Wir gehen mal besser zurück.«

»Sie haben nichts gegessen, keinen Bissen.«

»Prozesse schlagen mir immer auf den Appetit.«

Da kam Pete Apted ins Pub, und Charly winkte ihn wütend herbei. »Mein Gott, Pete! Hatters Aussage hat fast den ganzen Morgen gedauert und eine Menge Schaden angerichtet.«

»Nein, das stimmt nicht.« Apted beäugte ihren Teller. »Gibt's hier irgendwas Eßbares?«

»Pete! Nicht nur seine Aussage war vernichtend, sondern er selbst war auch einfach – ich weiß nicht, wie ich es sagen soll – unangreifbar. Ich habe die Geschworenen beobachtet, sie waren fasziniert, sie erstarrten geradezu vor Ehrfurcht.«

»Klar, das ist immer so, wenn es darum geht, welche Kugel aus welcher Knarre kommt. Das fasziniert selbst mich.«

»Und wo bleibt Ihr Sachverständiger, wenn ich fragen darf«, knurrte Charly. »Sie haben ja nicht mal jemanden mitgebracht, der seine Aussage widerlegt.«

Pete zuckte mit den Schultern und zog einen Apfel aus der Tasche. »Nein, weil ich Hatter nehme.«

Charly starrte ihn an. »Er ist der Zeuge der Anklage. Haben Sie das vergessen?«

»Wenn ich im Kreuzverhör nicht kriege, was ich will, schleppe ich jemanden an. Essen Sie das nicht mehr?«

Matthew Hatter war die Redlichkeit in Person, als er sagte, ja, er wisse, daß er noch unter Eid stehe. Seine Aussage an dem Morgen war besonders deshalb so vernichtend für die Verteidigung gewesen, weil er auf Grund der Untersuchungen der Kugel nicht den geringsten Zweifel hatte, welches Gewehr benutzt worden war. Es mußte das sein, das man im Abstellraum in Fengate gefunden hatte, das Suggins und Max manchmal benutzten, eben dasjenige, zu dem sich jeder Zugang verschaffen konnte.

»Aber damit können Sie doch nicht mit Sicherheit sagen, wer den tödlichen Schuß abgegeben hat.« Pete Apted kleidete es nicht mal in eine Frage.

»Nein.« Bemerkenswert an Hatter war, daß er sich nicht das geringste daraus machte, welche Verheerungen seine Untersuchungsergebnisse anrichteten. Er war Zeuge der Anklage, was nicht hieß, daß er an der Anklage per se interessiert war. Er war an seinem eigenen Ruf interessiert und natürlich gar nicht glücklich, wenn seine Ergebnisse angefochten wurden.

»Sie haben sich auf Grund der Untersuchungen der Kugel, die in Verna Dunn eingedrungen ist, für diese Waffe entschieden. Angeblich ist die Kugel aus dem hier als Beweisstück gezeigten Kleinkalibergewehr abgeschossen worden. Trifft das zu?«

Hatter gestattete sich ein winziges Lächeln. »Nicht ›angeblich‹, Mr. Apted. Diese Kugel stammt aus dieser Waffe.«

»Ich habe das Wort mit Absicht gewählt, Mr. Hatter. Sie haben also diesem Gericht erzählt, daß Sie Tests durchgeführt haben, um herauszufinden, ob die Kugel, die am Ort des Verbrechens gefunden worden ist, aus diesem Gewehr abgefeuert wurde.«

»Das ist korrekt. Ich habe dem Gericht die Fotos und die Ergebnisse der vergleichenden Tests vorgelegt. Waffen hinterlassen deutlich unterscheidbare Spuren. Ich habe die Kugel, die am Wash gefunden worden ist, mit einer Kugel verglichen, die in unserem Labor aus dieser Waffe abgefeuert worden ist – das sollte jeden Zweifel daran beseitigen, daß die beiden aus derselben Waffe kommen.«

»›Sollte‹?«

Hatter nickte kurz.

»Heute morgen haben Sie ausgesagt, eine Kugel beginne sich in dem Moment, in dem sie abgefeuert wird, zu verändern.«

»So ist es. Im Gewehrlauf sind mikroskopisch kleine Teilchen abgelagert«, sagte Hatter gelassen. Bei Kugeln konnte ihm keiner was vormachen.

Apted fuhr fort: »Und sie verändert sich noch weiter. Wäre es nicht extrem schwierig geworden, wenn die getestete Kugel sich beim Aufprall verformt hätte?«

»Ja. Aber ich habe davon gesprochen, daß man an der Spitze der Kugel sehen kann, was sie durchdrungen hat. Man kann nachverfolgen, ob die Kugel Fasern, Fleisch, Knochen, Organe durchschlagen oder Erde, Stein – einerlei, was – berührt hat. Wir haben zum Beispiel Fasern gefunden –«

Pete Apted unterbrach ihn. Leider schaffte Hatter es zum zweitenmal, mit seiner Aussage die Sache der Anklage zu unterstützen. »Ja, das verstehe ich. Mich interessieren eher die Veränderungen. Man hat ja auch schon erlebt, daß Kugeln kaputtgegangen sind.«

»Ja, aber dann könnte man immer noch anhand der Fragmente eine Reihe von Dingen bestimmen. Wie dem auch sei, die betreffende Kugel hier war in gutem Zustand.«

»Gut? In anderen Worten: Der Vergleich fand nicht unter idealen Bedingungen statt?«

»Nein, ideal nicht. Aber das sind die wenigsten Dinge in unserem Gewerbe.« Hatter entbot dem Gericht ein verkrampftes kleines Lächeln.

»Es ist also immer eine schmale Gratwanderung, meinen Sie?«

Hatter zuckte zusammen. »Nein, Sir, die Arbeit unseres Labors würde ich nicht als ›schmale Gratwanderung‹ bezeichnen.«

»Verzeihung. Ich wollte natürlich keinesfalls Ihre Arbeit in Zweifel ziehen. Es gibt mir ja nur Rätsel auf, warum Sie so absolut sicher sind, daß die Kugel aus diesem Gewehr kommt. Ich bin nicht so überzeugt wie offenbar Sie, daß die Kugel wie ein Fingerabdruck ist und ihre eigene DNS hat.«

Ein vernichtendes Lächeln von Fachmann zu Amateur. »Ich bin aber sicher, Sir. Keine zwei Gewehrläufe haben zum Beispiel denselben Zug.«

»Ja, aber in Ihrer Aussage heute morgen haben Sie festgestellt, daß man unmöglich sagen kann, ob ein bestimmtes Geschoß aus einem bestimmten Gewehr abgefeuert worden ist.«

»Hm ja, aber damit fängt es erst –«

Apted schnitt ihm das Wort ab und sagte (als sei er vollkommen verwirrt von dem, was er da gehört hatte): »Dann müssen wir also mit folgendem arbeiten, Mr. Hatter: Erstens, Kugeln verändern sich, wenn sie mikroskopisch kleine Teilchen in dem Gewehrlauf hinterlassen, durch den sie abgefeuert werden. Zweitens, alles, was sie durchschlagen – selbst etwas so Durchlässiges wie Stoff – verändert sie ebenfalls. Drittens, weitere Veränderungen treten hinzu, wenn sie durch Muskeln, Organe, Fleisch des Opfers gehen. Und dennoch können Sie eine Kugel, die alle diese Veränderungen erfahren hat, mit einer völlig neuen aus der verdächtigen Waffe vergleichen und mit hundertprozentiger Sicherheit behaupten, daß die Kugel aus ebendem Gewehr kam – dem einzigen, zu dem die Beklagte Zugang hatte – und daß dieses Gewehr die Mordwaffe war.«

Hatter umklammerte den Zeugenstand so fest, daß seine Fingerknöchel weiß wurden. »Wenn überhaupt ein Zweifel besteht, dann nur der Schatten –« Er sah aus, als hätte er sich am liebsten die Zunge abgebissen.

Apted lächelte. »– der Schatten eines Zweifels, wollten Sie sagen?«

Hatter warf ihm einen eiskalten Blick zu. »Drücken wir es so aus: Ich habe die fünfundneunzigprozentige Gewißheit, daß die Kugel, die am Fundort der Leiche gefunden wurde, aus der Waffe kommt, die als Beweisstück vorliegt.«

Als tue Hatter ihm leid, schüttelte Apted den Kopf. »Verdammt, immer diese vertrackten fünf Prozent, stimmt's? Ich bin fertig mit dem Zeugen, Euer Ehren.«

»Verna Dunns Porsche ebenso wie die Kleider, die die Beklagte und das Opfer getragen haben, wurden deshalb verschiedenen

Tests unterworfen, um festzustellen, wo das Auto hingefahren wurde und ob Jennifer Kennington darin gewesen ist. Ist das korrekt, Mr. Fleming?«

Arthur Fleming, ein weiterer Sachverständigenzeuge von der Kriminaltechnik, war Chef der Haar- und Fasernabteilung.

»In Verna Dunns Auto sind Fasern gefunden worden, die vom Kleid der Beklagten stammen. Von einem grünen Wollkleid, das sie am Abend des ersten Februar getragen hat.«

»Korrekt.«

»Welche Chance besteht, daß Sie sich irren?«

»Wenn überhaupt, eins zu einer Million.« Fleming war selbstbewußt, aber nicht arrogant. Er stellte nur Tatsachen fest.

»Na, das klingt ja sehr sicher, muß ich sagen. Aber wie sind Sie zu Ihren Schlußfolgerungen gekommen? Könnte es nicht eine andere Person gewesen sein, die auch ein grünes Wollkleid getragen hat?«

Fleming schüttelte entschieden den Kopf. »Nein. Nicht nur die Fasern sind identifizierbar, sondern auch die Farben. Jeder Hersteller hat seine eigenen Farben, und die Rezepturen sind geheim. Ist ja auch logisch, was? Keine zwei Hersteller produzieren Kleidung mit genau derselben Farbe. Mit bloßem Auge bei einer flüchtigen Prüfung erscheinen sie vielleicht identisch, aber sie sind es nicht. Darauf kann ich Ihnen mein Wort geben.« Fleming lächelte. »Darauf können Sie Gift nehmen, wie es so schön heißt.«

»Mr. Fleming«, begann Pete Apted, »Sie sagen, es besteht kaum ein Zweifel, daß das Auto, der Porsche des Opfers, am Deich in der Nähe des Tatorts war. Schmutzproben, das heißt der Sand, der unter dem vorderen Kotflügel festsaß, beweisen das.«

»Ja, das ist richtig.«

»Und Matsch-, Sand- und Schmutzspuren von dort wurden auch im Wageninneren auf der Matte unter dem Steuerrad, auf der Fahrerseite also, gefunden.«

»Ja.«

»Aber an den Schuhen der Beklagten haben Sie diese Proben nicht gefunden?«

»Nein.«

»Dann haben Sie das Auto selbst sowie die Kleidung der Beklagten und des Opfers deshalb verschiedenen Tests unterworfen, um festzustellen, wo das Auto gewesen ist und ob nur eine oder beide, das Opfer und die Beklagte, am Wash gewesen sind?«

»Ja.«

»Unterscheiden sich der Schlamm und der Sand am Wash ganz allgemein von denen einer anderen Meeresbucht – dem Cowbit Wash zum Beispiel?«

»Wir haben natürlich keine Proben von dort genommen, aber so aus dem Stegreif heraus würde ich sagen: Nein. Mit einer Einschränkung: In der Nähe des Cowbit Wash wird, glaube ich, gerade gebaut. Das könnte etwas an der Zusammensetzung des Erdbodens verändern, er könnte von anderen Materialien verunreinigt sein. Aber was die Bucht prinzipiell betrifft, nein.«

»Gut, dann der öffentliche Fußweg: Sie haben Bodenproben von verschiedenen Stellen dieses Weges genommen?«

»O ja, sicher. Etwa zehn Proben an fünf verschiedenen Stellen.«

»Und Sie haben an den Schuhen der Beklagten Erdbodenreste gefunden, die mit einer oder mehreren der Proben übereinstimmen?«

»Ja, definitiv. Verschiedene Reste des Lehms, den wir auf halbem Weg auf dem Pfad gefunden haben, und ein wenig von dem Kies, der in hundertfünfzig Metern Entfernung vom Haus liegt.«

»Dann würden Sie unmißverständlich sagen, daß es keinen Beweis gibt, daß die Beklagte erstens in dem Auto war, während oder nachdem es zum Wash gefahren worden ist, und zweitens, daß es einen Beweis gibt, daß sie über den Fußweg gegangen ist?«

Fleming schien sich durch dieses Argumentationsdickicht zu kämpfen, mußte aber zustimmen: »Ja zu beiden dieser Schlußfolgerungen.«

»Mr. Fleming, nur eine oder zwei Fragen.«

Oliver Stant war wieder auf den Beinen. Offenbar felsenfest überzeugt, wie diese beiden Fragen beantwortet werden würden. »Erstens, hinsichtlich dessen, ob die Beklagte in dem Porsche gewesen ist: Das Fehlen von Rückständen beweist nichts, trifft das zu? Denn dafür gibt es eine Reihe von Erklärungen. Eine mag sein, daß die Beklagte ihre Schuhe ausgezogen, verhüllt oder saubergemacht – oder sonstwie dafür gesorgt hat, weder Sand noch Schlamm im Auto zu hinterlassen. Das Fehlen solcher Spuren ist bestenfalls ein Entlastungsbeweis, nicht wahr?«

»Gewiß.«

Stant nickte. »Eine zweite Frage: Kann man erkennen, wann die Person, die die Schuhe getragen hat, diese Lehmteilchen von dem Fußweg aufgelesen hat?«

»Nein, nur wenn noch etwas anderes hinzukommt und man sich deshalb auf einen bestimmten Zeitpunkt festlegen kann.«

»Wie zum Beispiel?«

»Hm, ich habe ja schon Baumaterialien erwähnt. Sägemehl oder andere Materialien, die durch die Luft fliegen und sich mit dem Erdboden des Weges hätten vermischen können.«

»Aber nichts dergleichen, nichts, das die Bestandteile des Erdreichs hätte verändern können, hat sich ereignet.«

Fleming schüttelte den Kopf. »Meines Wissens nicht.«

»Also hätte die Beklagte sich diesen Lehm auf ihren Schuhen jederzeit holen können? Auch zwei Tage früher?«

»Ja.«

»In Anbetracht dessen kann man anhand der Partikel, die an den Schuhen der Beklagten hafteten, nicht feststellen, daß sie am ersten Februar zwischen halb elf und halb zwölf auf diesem Pfad war?«

»Nein.«

»Danke schön.«

Pete Apted erhob sich lächelnd. »Mr. Fleming, gilt nicht dasselbe für die Frage, ob Jennifer Kennington in Verna Dunns Auto war? Ich meine, das Vorhandensein von Fasern und Haar verrät nicht, *wann* die Beklagte in dem Auto war, selbst wenn sie beweisen, *daß* sie darin war. Sie haben ausgesagt, daß Sie grüne Fasern von dem Kleid gefunden haben, das Jennifer Kennington am Abend des ersten Februar, dem Abend des Mordes, getragen hat. Gut, Fasern und Haare können aber auf zahlreiche Arten übertragen werden. Korrekt?«

»Ja, natürlich.«

»Sie nehmen augenscheinlich an, daß die Beklagte auf dem Vordersitz gesessen hat, weil Sie dort die grünen Fasern gefunden haben.«

Fleming schüttelte den Kopf. »Ich nehme nichts an. Ich erzähle Ihnen, was wir gefunden haben.«

»Alles klar. Wenn also die beiden Frauen in physischen Kontakt gekommen sind, sagen wir, dicht nebeneinander gestanden oder einander gestreift haben, dann hätten die Fasern auf das Opfer übertragen werden können. Und das *Opfer* hätte auf dem Beifahrersitz des Autos sitzen können.«

»Durchaus möglich, ja.«

»Wenn wir also nicht mit Sicherheit sagen können, *daß* die Beklagte in dem Porsche war, dann wird das Wann obsolet, nicht wahr?«

Fleming lächelte ein wenig. »Das könnte man so sagen, ja.«

Apted lächelte zurück. »Ich sage es. Worauf Sie Gift nehmen können.«

Ohne seinen Unmut zu verhehlen, sagte Melrose im Lion and Snake: »Aber wenn Jenny an dem Abend mit Jack Price in seinem Studio war und nicht mit Verna zum Wash gefahren ist, wie zum Teufel ist sie dann dort hingekommen?« Er stellte ihre Getränke, seines, Charlys und Jurys, auf den Stehtisch.

»In ihrem eigenen Auto«, beschied Jury ihm kurz und bündig. »Es war auch am anderen Ende der Einfahrt geparkt.«

»Es gab aber nur ein Paar Reifenspuren.«

»Dann folgen Sie mal derselben Logik wie bei Grace Owen: Sie könnte es in der Nähe von Fosdyke stehengelassen haben und den Rest des Weges gelaufen sein. So weit ist es nicht. Aber Price könnte ihr auch nur ein Alibi bis kurz nach elf gegeben haben, bis zu der Zeit, als sie wieder auftauchte.«

»Trotzdem, warum hat er dann nicht von sich aus gesprochen?«

»Ich schätze, sie wollte nicht, daß bekannt wurde, daß sie bei ihm war. Aber ich würde schon gern wissen, warum Pete Apted Jack Price nicht als Zeugen aufgerufen hat.« Jury wandte sich an Charly, die bisher geschwiegen hatte. Auch jetzt antwortete sie nicht sofort. Jury tippte sie an. »Charly?«

Sie holte tief Luft. »Das wäre doch Wasser auf Oliver Stants Mühlen gewesen. Merken Sie denn nicht –« Sie brach ab.

»Was?«

»Was ich jetzt sage, entspricht nicht dem, was wir glauben.«

Jury nickte. »Gut. Dann erzählen Sie uns, was Sie nicht glauben.«

»Die Anklage hätte dann die Frage aufwerfen können, ob beide dahinterstecken.« Sie hob die Hände, als Melrose und Jury protestieren wollten. »Zwei Leute. Zwei Autos. Sie hätten beide ein Auto nach Fengate zurückfahren können.«

»Und *sein* Motiv?«

Sie schüttelte den Kopf. »Keine Ahnung. Ich bin aber sicher, daß Verna in der Vergangenheit eine Menge mit Jack Price zu tun hatte. Vielleicht sogar bis in die letzte Zeit. Pete will auf keinen Fall, daß Jenny in den Zeugenstand tritt. Das wäre unter Umständen verheerend. Sie ist mehrere Male beim Lügen ertappt worden; sie scheint völlig emotionslos; sie verschweigt Dinge – für Oliver Stant wäre sie ein gefundenes Fressen. Ist sie an dem Abend ins Studio gegangen? Das wissen wir immer noch nicht.«

»Seit wann ist Sex ein Motiv für Mord?« fragte Melrose gesenkten Hauptes.

Charly bückte sich, um ihn anschauen zu können. »Meinen Sie das ernst?«

# 31

»Er ist nicht der coole Bulle, für den die Leute ihn halten.« Jury redete über DCI Bannen. Er und Plant aßen in einem Restaurant in Lincoln zu Abend. Zu Backkartoffeln, Roastbeef und Yorkshirepudding tranken sie einen kräftigen brasilianischen Wein. Melrose hatte zum Nachtisch Mincepie ins Auge gefaßt.

Jury legte Messer und Gabel hin, an deren Zinken ein letztes Stückchen rohes Rindfleisch steckte. Er hatte gedacht, er könnte nichts essen. Aber dann hatte er wahnsinnigen Hunger bekommen. »Sowenig es uns auch behagt, alter Freund, wir müssen uns den Tatsachen stellen. Die Beweise deuten auf sie, und ihre Story hat viele Schwachpunkte.«

»Aber für den Mord an Dorcas Reese ist die Beweislage noch schwächer. Stimmt, es ist denkbar, sie hätte nach Lincolnshire zurückfahren können, aber das ist doch an den Haaren herbeigezogen.« Melrose wollte ihnen gerade wieder einschenken, hielt aber inne. »Überzeugender wäre allerdings gewesen, wenn sie behauptet hätte, sie sei in Price' Studio gewesen, ganz egal, warum. Es wäre ohnehin kein Geheimnis geblieben, daß sie ihn kannte. Warum auch nicht? Die Frage ist doch nur, warum sie auch das geheimgehalten hat. Warum verschweigen diese Leute soviel? Jenny, Verna, Price?«

»Sie haben alle zu viele Geheimnisse, das ist das Problem oder eines der Probleme.« Jury schob sich ein Stück vom Tisch ab, er lechzte nach einer Zigarette. »Was mir Sorgen macht, ist, daß sie nicht einmal Pete Apted alles erzählt.« Er schüttelte den Kopf, wieder überkam ihn Müdigkeit. »Wie zum Beispiel, worüber sie und Verna Dunn sich gestritten haben.«

»Dann glauben Sie nicht wegen Max Owen?«

Wieder schüttelte Jury den Kopf.

»Warum nicht?«

»Weil Max Owen nicht dumm ist. Er wäre in der Lage gewesen, Verna Dunns Machenschaften zu durchschauen. Sie wird ihn oft genug manipuliert haben.«

Der alte Ober kam und erkundigte sich, ob sie fertig seien. Als sie bejahten, nahm er ihre Teller und schlurfte davon.

Melrose dachte wieder nach. »Und was ist mit Parker?«

»Wie, was ist mit ihm?«

»Er hat Fengate um elf verlassen, stimmt's? Ich frage mich immer noch, warum er ihr nicht begegnet ist. Komisch, daß Oliver Stant ihn nicht vorgeladen hat.« Er wurde von einer jungen Frau mit schwarzen Haaren abgelenkt, die ihn an Miss Fludd erinnerte. »Sie hätten sich natürlich auch verabreden ... nein, das ergibt keinen Sinn. Sie hatte ihn ja gerade erst kennengelernt.«

»Sagt sie«, meinte Jury trocken. »Es ist nicht so einfach, zu erkennen, wen Jenny kennt und wen nicht.« Er nahm einen Tisch mit Zigarettenrauchern scharf ins Visier. Dann schüttelte er den Kopf. »Das Problem ist, sie ist bei zu vielen Lügen ertappt worden.«

»Die Geschichte mit dem Wash: Es ist möglich. Je länger ich darüber nachdenke ... Verna Dunn geht kurz nach Jenny von dem Wäldchen weg, steigt in ihr Auto, fährt die drei Kilometer zum Wash. Das hätte sie aber bestimmt nur getan, wenn sie dort jemanden hätte treffen wollen.«

»Na ja, gut, aber das wäre nicht Jenny gewesen.« Jury beobachtete, wie eine attraktive Frau ein silbernes Feuerzeug an ihre Zigarette hielt. »Ich glaube, da ist noch niemand aus dem Schneider. Mir gibt Grace Owen Rätsel auf«, sagte er, nachdem sie eine Weile geschwiegen hatten. »Wenn das, was Jenny angedeutet hat, stimmt, daß Verna Dunn etwas mit dem Tod von Grace' Sohn zu tun hat. Mein Gott, was reden wir da noch über ein Motiv ...«

»Aber Grace war mit Max und Parker zusammen.«

»Nicht die ganze Zeit. Nach elf Uhr nicht mehr. Ich traue den Kopfschmerzen nicht, deretwegen Sie bei Jennys Rückkehr geschlafen hat.«

»Wie wäre sie aber zum Wash gekommen? Es hätte noch ein Auto geben müssen.«

Jury fuhr fort. »Burt Suggins hat den Porsche am Ende der Einfahrt irgendwann nach Mitternacht gesehen. Wenn wir annehmen, Grace war nicht im Bett, hätte sie reichlich Zeit gehabt. Vielleicht ist sie mit ihrem eigenen Auto gefahren und hat es in Fosdyke gelassen.«

»Und die Sache mit den Gezeiten? Die Springflut kommt ungefähr alle zwei Wochen. Ich bin ja gern bereit zu glauben, daß man jemanden am Wash umbringt, weil die Leiche ins Meer geschwemmt würde. Was ich aber nicht verstehe, ist, warum man das mit den Gezeiten vermasselt. Schließlich gibt es Gezeitenpläne. Und der Treibsand, gut, der bewegt sich, aber darauf sollte man sich doch lieber nicht verlassen.«

»Stimmt.« Jury dachte einen Moment nach. »Suggins' Aussage entlastet Max Owen, nicht aber Grace.« Jury seufzte, er wollte einen Kaffee. Ihm schwirrte der Kopf vor lauter »hätte«, »würde« und »wenn«. Er wechselte das Thema. »Also, dann erzählen Sie mal von ihr.«

»Ihr?« Melrose verzog das Gesicht zu Cartoon-Reife.

»Sie wissen schon, von wem. Miss Fludd!«

»Ich habe Ihnen doch gesagt, sie ist mit Lady Summerston verwandt. Entfernt, ungefähr um hundert Ecken angeheiratet.«

Jury schaute ihn unbehaglich lange an. Melrose sah weg. »Lady Summerston hat ihr ... das Haus ...« Er wollte den Namen nicht nennen. »... für unbestimmte Zeit überlassen.«

Watermeadows. Den Namen brauchte Jury keiner zu nennen. Diese Episode, die nun beinahe sieben Jahre zurücklag, war ihm immer unmittelbar präsent. Da brauchte es nicht viel, und ein Schwall von Erinnerungen wurde losgetreten. Das Anwesen mit seiner elegischen Atmosphäre und den herrlichen, üppig blühenden Parkanlagen hatte ihn zutiefst beeindruckt. Es war, als existiere Schönheit hier in einem solchen Überfluß, daß man es sich leisten konnte, sie wild wuchern zu lassen und Wind und Wetter preiszugeben. Man hatte ihn damals geheißen, in einem großen, stillen Spiegelsaal zu warten, vermutlich einem Herrenzimmer, als die noch in Mode waren. Das einzige Mobiliar des Raumes hatte aus einer Seidenchaiselongue und einem schmalen Tisch bestanden, auf dem eine Vase mit Blumen stand. Watermeadows war ein Haus, dem man in Träumen begegnete. Leer, weil die Bewohner geflohen waren. Jury überlegte, ob solche Traumhäuser nicht Symbole des Ich waren. Er konnte geradezu hören, wie der Wind durch den großen, karg möblierten Raum, durch ihn selbst, wehte.

Seufzend hob er das nun wieder volle Glas mit Weißwein. Plant hatte noch eine Flasche bestellt. Er schmeckte nach Winter. Jury dachte an Nell Healy. Hannah Lean, Nell Healy, Jane Holdsworth. Jenny Kennington. »Was ist das mit mir und den Frauen?«

Melrose war zwar glücklich, daß nun nicht mehr die Rede von ihm und den Frauen war, aber dennoch überrascht. So sprach Jury nicht oft mit ihm.

»Bin ich zum Scheitern verurteilt? Ist jede Beziehung zum Scheitern verurteilt?«

»Sie nicht. Aber vielleicht die Frauen«, sagte Melrose traurig.

Jury lachte auf. »Ihnen geht's ja auch nicht besser, soviel ist sicher. Sie ignorieren sie ja selbst, wenn sie über Sie herfallen.«

»Was? Ich? Sie über mich herfallen? Sie spinnen! Die einzige, die sich je für mich interessiert hat, war Penny Farraday, und sie war vierzehn und hat sofort einen Rückzieher gemacht, als ich ihr erzählt habe, daß ich kein Graf mehr war.«

»Har, har«, lachte Jury.

»Was soll das heißen? Nennen Sie mir eine. Los, nennen Sie mir eine Frau, die Sie erwischt haben, wie sie über mich hergefallen ist.«

»Spaßvogel.«

Reichlich heftig schüttelte Melrose den Kopf. »Nein, überhaupt nicht. Ihnen fällt nur keine ein.«

»Polly Praed, Vivian Rivington, Ellen Taylor. Sogar Lucy St. John, erinnern Sie sich an die?«

Melrose schnalzte mit den Lippen, tat, als lache er ungläubig. »Nun mal langsam! Sie sagen Vivian Rivington. Nie im Leben haben Sie gesehen, daß Vivian über mich hergefallen ist.«

»Ich meine es ja nicht wörtlich. Aber ist Ihnen nie aufgefallen, daß sie sich in Ihrer Gegenwart alle gleich verhalten? Das sieht doch ein Blinder mit Krückstock.«

»Was? Wie denn?«

»Als könnten sie Sie nicht ausstehen.«

Melrose schaute den uralten Ober dümmlich an, der ihnen die Mincepies servierte und ein Schüsselchen mit Brandysauce zwischen sie stellte. »Daran soll ich merken, daß ich geliebt werde? Das soll gut sein?«

Gekränkt trat der Ober einen Schritt zurück. »Es tut mir schrecklich leid, Sir, aber wegen unserer Mincepies haben wir noch nie Beschwerden bekommen.«

Melrose wurde knallrot und entschuldigte sich weitschweifig. Als der alte Herr gegangen war, flüsterte Melrose fuchsteufelswild: »Das sind Ihre Beweise?«

»Allerdings.« Jury ließ sich sein Dessert schmecken.

»Allerdings? Was soll denn das bedeuten?«

Jury zuckte die Achseln und schnitt sich noch ein Stück von seiner Pie ab. »Hm, lecker, Brandysauce.«

Als Melrose merkte, daß Jury mehr nicht sagen würde, gab er auf. »Morgen muß ich los.«

Jury runzelte die Stirn. »Wohin? Warum?«

»Ich bin vor Gericht geladen. Darum.«

»O nein – bitte!«

»Doch, offiziell vorgeladen. Ich muß in der Sache Agatha gegen Hund und Nachttopf als Zeuge auftreten. Ich habe mit eigenen Augen gesehen, wie eine geifernde Bestie den Knöchel meiner teuren Tante attackiert hat.«

»Mein Gott, der Terrier ist doch nur fünf Zentimeter lang. Was kann denn der für einen Schaden anrichten?«

»Natürlich keinen.« Melrose zuckte die Achseln. »Fragen Sie mich nicht, warum Agatha meint, sie hätte auch nur den Hauch einer Chance zu gewinnen. Egal, Trueblood ist sehr zufrieden mit sich.«

»Trueblood ist immer zufrieden mit sich. Warum diesmal?«

»Ich dachte, ich hätte es Ihnen erzählt. Er ist Ada Crisps Rechtsbeistand.«

Jury entledigte sich schleunigst seines Happens brandysaucegetränkter Pie, sonst wäre er beim Lachen daran erstickt. »Das ist ja noch besser als Jurvis und das Gipsschwein. Ich kann immer noch nicht glauben, daß Agatha da gewonnen hat. So was gibt's doch nicht!«

»O doch! Kann ich bitte die Brandysauce haben?«

## 32

Obwohl Oliver Stant weder klug noch hinterhältig oder gerissen wirkte, er *war* alles drei, fand Melrose, als der Herr Staatsanwalt sich nun anschickte, seine nächste Zeugin zu befragen. Annie Suggins. Er begann mit der Feststellung, daß Mrs. Suggins seit zweiundzwanzig Jahren mit ihrem Mann Burt Suggins im Haus der Owens arbeitete. Im Verlauf der Befragung erklärte Mrs.

Suggins, daß sie wenig Kontakt zu der Beklagten gehabt habe und infolgedessen auch nichts über deren Kommen und Gehen aussagen könne. Ja, die Owens gingen gelegentlich zum Case Has Altered. Ein sehr nettes Pub, doch, das sei es. Richtig gemütlich, und es kämen nur angenehme, anständige Leutchen dorthin, nicht so ein Discopack, das man heute überall sehe. Zu den Geschehnissen am Abend des ersten Februar könne sie eigentlich nichts sagen, da sie lange in der Küche gewesen sei, und die liege im hinteren Teil des Hauses. Was draußen vorgehe, bekomme man dort nicht mit.

»Ich weiß nur, daß Burt auf einmal in die Küche kam und mich fragte, ob ich Miss Dunn gesehen hätte. Das war nach elf, nachdem Major Parker weg und Mr. und Mrs. Owen zu Bett gegangen waren. Na, so gegen halb zwölf. ›Nein‹, sag ich zu Burt, ›seit dem Abendessen nicht mehr.‹ Es gab natürlich einige Aufregung, als Lady Kennington zurückkam und Miss Dunn nicht bei ihr war.«

»Und wie reagierte man seitens der Owens?«

»Mr. Owen war schon beunruhigt. Aber er wollte Mrs. Owen nicht damit behelligen, weil sie Kopfschmerzen hatte und nach oben gegangen war. Er dachte, Miss Verna sei in ihr schickes Auto gestiegen und nach London zurückgefahren. Aber dann sah Burt mehr als eine Stunde später –«

»Das spielt jetzt keine Rolle, Mrs. Suggins. Sie haben aber nicht bei der Polizei angerufen?«

»Warum sollten sie? Es war ja beileibe nicht das erstemal, daß Miss Verna solche komischen Sachen machte.« Sie rümpfte die Nase.

Stant nickte lächelnd. »Die Owens haben sich gegen dreiundzwanzig Uhr zurückgezogen?«

»Wahrscheinlich, ja. Jedenfalls sind alle raufgegangen. Mr. Owen, der schlägt sich ja gern die Nächte um die Ohren. Da beschäftigt er sich mit seinen Antiquitäten oder liest was darüber in seinem Arbeitszimmer.« Sie lachte nachsichtig, als sei Max

Owen ein Kind, das mit seiner über alles geliebten elektrischen Eisenbahn spielte. »Und Mrs. Owen, hab ich ja schon gesagt, hatte Kopfschmerzen und ging sofort ins Bett und hat erst am nächsten Morgen alles erfahren.«

»Und was passierte wegen Verna Dunn am nächsten Morgen?«

»Zum Frühstück war sie nicht da. Mr. Owen rief bei ihr zu Hause in London an und sprach mit ihrer Haushälterin, glaube ich. Aber dort war sie nicht aufgetaucht. Als Burt jedoch dann den Owens das mit dem Auto erzählte, da gerieten sie ins Flattern, das können Sie sich ja vorstellen. Da riefen sie bei der Polizei an. Ich, also, ich habe immer noch gedacht, es wäre irgendein dummer Streich. Die ganze Zeit, während sie verheiratet waren, war ich Köchin bei Mr. Owen, und ich sage Ihnen ganz ehrlich: Der war alles zuzutrauen.« Sie reckte die Schultern und warf sich in Positur, um mit ihrer Haltung zu vermitteln, was sie von Verna Dunn hielt.

»Dann verstehe ich Sie also richtig«, sagte Oliver Stant wieder lächelnd, »wenn ich behaupte, daß Sie sie nicht sonderlich mochten.«

»Nein. Warum diese Frau wieder in Fengate aufkreuzte, ist mir ein Rätsel. Aber Mrs. Owen hatte nichts dagegen. Sie besitzt eine Engelsgeduld. Na ja.« Als Mrs. Suggins den Kopf schüttelte, hüpfte das kleine Früchtebouquet auf ihrem Strohhut mit. Sie trug ein besonders über dem Busen stramm sitzendes hellblaues Kostüm. Ganz klar, als Zeugin aufzutreten war für sie ein feierlicher Akt.

»Sie kennen die Beklagte«, Stant drehte sich zur Anklagebank, »Jennifer Kennington.«

Mrs. Suggins nickte. »Aber nur als Gast in Fengate, Sir.«

»Und haben Sie sie an dem Abend des ersten Februar gesehen?«

»Nein, Sir. Ich meine, nur ein-, zweimal flüchtig am Tisch, als Dorcas hineinging und das Essen auftrug.«

»Mit Dorcas meinen Sie die Küchenhilfe der Owens, die gelegentlich auch als Hausmädchen arbeitete. Ist das korrekt?«

»Ja, Sir.«

Nun wollte Stant auf den Tod von Dorcas Reese zu sprechen kommen. Annie Suggins gab dem Bild des toten Mädchens in der ihr eigenen Weise ein wenig Gestalt und Farbe: »Jammerte und greinte wie ein krankes Kalb.«

Oliver Stant lächelte. »Schön, wie Sie das ausdrücken, Mrs. Suggins.« Er hatte ihr schon ein Kompliment zu ihrem (neuen!) Hut gemacht, was sie zu schätzen gewußt hatte. »Hat sie Ihnen erzählt, warum sie so gejammert hat?«

Mit einer Miene, als halte sie den Fragenden für ein reichlich simples Gemüt, antwortete sie: »Ja, meine Güte, weil sie dachte, sie wäre verliebt. Das meinen die jungen Mädchen doch immer!«

»Aha, ich verstehe. Bei solchen Sachen, wissen Sie, sind Männer doch immer ein bißchen begriffsstutziger als Frauen –«

Pete Apted, an Oliver Stant nun gewöhnt, sprang auf. »Euer Ehren, sosehr ich mich auch bemühe, ich sehe hier keine Frage.«

Der Richter sah auch keine und ermahnte Oliver Stant einmal mehr. Der entschuldigte sich einmal mehr und machte dann frohgemut weiter.

»Was ich versucht habe zu fragen, Mrs. Suggins: Hat Dorcas sich Ihnen je anvertraut?«

Die Köchin schaute nach oben, als verhülfe ihr die gewölbte Decke des Gerichtssaales zu einer Eingebung. »Also, ›anvertraut‹ wäre zuviel gesagt, Sir. Schon wahr, sie hat mir erzählt, wenn sie wieder irgendeinen Burschen kennengelernt hatte, und ist mir in den Ohren gelegen, er wär der niedlichste Kerl der Welt und so. Das Mädchen dachte ja an nichts anderes – immer nur an Männer.«

»Ich verstehe. Ich habe auch eine Tochter.« Das brachte Stant ein wohlwollendes Lächeln von Annie Suggins und strenge Blicke vom Richter ein. »Meine Tochter erzählt unserer Köchin auch mehr als uns.« Wieder ein mißbilligender Blick vom Richterstuhl, aber Stant tat so, als merke er nichts.

»Wenn der Herr Staatsanwalt sich mit seinen Kommentaren auf das vorliegende Problem beschränken könnte?«

Stant verneigte sich ein wenig und murmelte eine Entschuldigung.

»Manchmal hat sie mir schon was erzählt – aber das war meist erfunden, glaube ich«, sagte Annie. »Doch wenn Sie das mit dem Kind meinen und so, nein, davon hat sie mir nichts erzählt.«

»Darauf kommen wir noch zurück. Einen bestimmten Mann hat sie nicht erwähnt?«

»Nein, Sir. Heute ging sie mit einem aus Spalding, morgen mit einem anderen. Dorcas, die war so flatterhaft. Die Suppe hat sie sich selbst eingebrockt. Und nach allem, was ich mitgekriegt habe, hat sie damit gerechnet, daß er sie heiratete. Sie war nicht hübsch, das Mädchen, weder das Gesicht noch die Figur. Sie hatte keine schönen Augen, keine schöne Haut oder Zähne und auch kein schönes Haar. Nichts davon war ihr in die Wiege gelegt.«

Melrose fand diese überraschende kleine poetische Wendung richtig liebenswürdig.

Nachdem nun also aktenkundig war, daß Dorcas eine flatterhafte und konfuse junge Frau gewesen war, fragte Stant die Zeugin, ob sie bemerkt habe, daß sich Dorcas vor ihrem Tod in irgendeiner Weise anders verhalten habe.

»Ja, Sir, das kann man wohl sagen. Eine Zeitlang – also, ein paar Monate – war sie quietschfidel. Das muß gewesen sein, als ein Mann ins Spiel kam. Dann, etwa eine Woche bevor – bevor sie sich hat umbringen lassen, hm, da wurde sie vollkommen anders, da war sie mürrisch und mißlaunig. Und ich wette, da hat sich der Mann verdrückt. Ist doch immer wieder dasselbe. Das alte Lied, das kenne ich.«

»Wohl wahr. Mrs. Suggins, sie hat einer Freundin und einer Tante erzählt, daß sie fast im dritten Monat schwanger war. Haben Sie irgendeine Vermutung, warum sie sich eine solche Geschichte ausgedacht haben könnte?«

Annie bewegte sich schwerfällig im Zeugenstand und setzte eine strenge Miene auf. »Wer sagt denn, sie hat sie sich ausgedacht? Das Mädchen konnte niemanden durch nichts beeindrukken, aber so, wie ich sie kannte, hätte sie eine solche Geschichte nur verbreitet, wenn sie überzeugt gewesen wäre, daß sie schwanger war.« Annie reckte sich und plusterte sich auf, als wolle sie mit ihrem Wissen hinauf zur Decke schweben. »Ich muß sagen, Sir, ich war schockiert. Wirklich. Aber sie war ja auch dauernd in dem Pub, und Gott weiß, was sie da trieb. Sie war immer so lange dort, daß ich dachte, vielleicht hat sie nachts noch eine Arbeit. Zündet die Sterne an oder so was.«

Da lächelte selbst der Richter. Melrose schrieb es auf, um es in Zukunft vielleicht auch einmal zu verwenden.

»Und dann haben Sie herausgefunden, daß sie tatsächlich einen Zweitjob dort hatte?«

»Ja, aber nur ein paar Stunden die Woche. Keine richtige Anstellung. Ich glaube, sie verbrachte bloß deshalb soviel Zeit dort, weil sie mit Männern rumpoussieren konnte. Womit ich nichts gegen die Männer sagen will, wenn Dorcas sich falsche Hoffnungen machte. Auf einen von den jungen Burschen da muß sie ein Auge geworfen haben.«

Oliver Stant schwieg, als zögere er, die nächste Frage zu stellen. Dann fragte er doch: »Hat Dorcas je davon gesprochen, daß sie für jemanden in Fengate besondere Gefühle hegte?«

Annie Suggins wich zurück. »Für Mr. Owen? Ach du liebe Güte.« Sie konnte sich gar nicht beruhigen vor Lachen.

»Ich dachte eher an Mr. Price.«

Mit nun tief gefurchter Stirn schüttelte Annie langsam den Kopf. »Leider, leider muß ich sagen: ja, ich glaube ja. Als sie an einem Morgen mal wieder rumträumte und schwärmte, wie nett er wäre, da habe ich zu ihr gesagt: Weißt du, Mädchen, du denkst vielleicht an ihn, aber ich kann dir eins sagen: Mr. Price denkt garantiert nicht an dich!«

Wieder wurde im Saal gelacht und gekichert. Der Richter sandte tadelnde Blicke in die Reihen der Zuhörer.

»Und woher wissen Sie das, Mrs. Suggins? Hat Mr. Price mit Ihnen über Dorcas gesprochen?«

»Nein, natürlich nicht. Wenn sie von heute auf morgen gekündigt hätte, hätte Mr. Price es nicht mal gemerkt. Verstehen Sie mich nicht falsch! Er war natürlich entsetzt über den Tod des armen Mädchens, aber nicht persönlich betroffen.«

Oliver Stant lächelte und nickte. »Ist sie abends immer so lange weggeblieben? Bis halb zwölf oder so?«

»Nein. An den meisten Abenden kam sie gegen zehn zurück. Na ja, schließlich mußte sie ja auch früh aus den Federn. Trotzdem mußte ich sie an so manchem Morgen aus dem Bett zerren. Ich habe mich sogar ein-, zweimal bei der Chefin beschwert, aber Mrs. Owen, sie würde nie jemanden rausschmeißen, nur weil er nicht aus dem Bett kommt oder wegen –«

Melrose fiel die Pause auf. Sicher dachte Annie Suggins an ihren Mann, den Mrs. Owen auch nicht entlassen würde.

»– persönlicher Eigenheiten. Solange es nicht stört.«

»Waren Sie überrascht, als Dorcas tot am Wyndham Fen gefunden wurde?«

Das kam so unvermittelt, daß sie zurückzuckte. »Was für eine Frage! Natürlich war ich überrascht! Egal, was das arme Mädchen angestellt hat, das war doch kein Grund, sie zu ermorden. Nein, das hatte sie nicht verdient! Und meinen Sie, am Windy Fen tauchen jeden Tag Leichen auf?«

Annie Suggins benahm sich, als plaudere sie mit einem Besucher beim Tee, und nicht wie eine Zeugin vor Gericht. Was Oliver Stants Fähigkeit bewies, dachte Melrose, eine Atmosphäre zu schaffen, in der der Zeugenstand zur Küchenbank wurde.

Auf die Frage der Köchin antwortete er nun mit den Worten: »Nein, das will ich gewiß nicht hoffen, Mrs. Suggins. Und bevor das passierte, war sie so wie immer?«

»Nein, war sie nicht. Das habe ich Ihnen ja schon gesagt. Sie jammerte mehr als sonst. Immer wieder hat sie gesagt: ›Das war falsch. Ich hätte nicht hören sollen.‹«

Nun entstand eine gewisse Unruhe im Raum, die sich schnell legte, als der Richter den Kopf hob.

Oliver Stant schien sich auf Mrs. Suggins zuzubewegen, obwohl er sich gar nicht von seinem Platz rührte. »›Ich hätte nicht hören sollen.‹ Und ›Das war falsch‹. So lauteten ihre Worte?«

Annie runzelte die Stirn. »Also, lassen Sie mich mal einen Moment nachdenken . . .« Sie legte die Fingerspitzen ans Gesicht und zog die Stirn in Falten, als sie sich zu erinnern versuchte. »Also, sie hat gesagt: ›Ich hätte es nicht tun sollen. Ich hätte nicht hören sollen.‹ Oder ›Ich hätte nicht hören dürfen‹. Ja, genau das.« Zufrieden warf sich Annie wieder in die Brust.

Stant wiederholte Dorcas' Worte und fragte dann: »Haben Sie sich etwas dabei gedacht?«

»Selbstverständlich, Sir, aber dann müßte ich schlecht über die Tote und so reden.« Nachdem sie das zu Protokoll gegeben hatte, war sie jedoch gern dazu bereit. »Dorcas hat immer an den Türen gestanden und versucht mitzukriegen, was dahinter passierte. Wie oft habe ich sie erwischt, wenn sie mit dem Ohr an einer Tür klebte.« Nun beugte sich die Köchin zu Stant und flüsterte, als wolle sie ihm etwas streng Vertrauliches mitteilen: »Dorcas war sehr neugierig.«

Da erhob der Richter aber Einspruch. »Mrs. Suggins, schön, wenn Sie meinen, daß Sie mit dem Herrn Staatsanwalt ein Geheimnis teilen.« Lächeln. »Aber wenn Sie gestatten: Wir alle möchten es mit Ihnen teilen.«

Annie errötete heftig. »Verzeihung, Sir. Ich habe ganz vergessen, wo ich bin.« Sie zog ihre hellblaue Kostümjacke zurecht und vielleicht auch noch das Korsett darunter und richtete sich hoch auf. Zurück zum Geschäftlichen. »Tut mir schrecklich leid.«

»Es ist ja sehr begreiflich. Ich verstehe, daß Sie das Gefühl haben, Sie unterhielten sich mal so richtig nett mit dem Herrn Staatsanwalt auf der Küchenbank.« Er warf Stant einen strengen Blick zu. Der senkte den Kopf, um sein Lächeln zu verbergen.

»Hat ihr Verhalten einen Hinweis darauf gegeben, daß sie etwas gehört hatte, das ihr von Nachteil war? Eventuell sogar etwas Gefährliches?«

Pete Apted äußerte den üblichen Einwand: Die Zeugin könne keine Gedanken lesen.

»Mrs. Suggins, wie lange war das vor dem Mord an dem armen Mädchen?« Nun redete auch Oliver Stant schon von dem »armen Mädchen«.

Die Köchin mußte überlegen. »Direkt davor, würde ich sagen. Ich meine, ein paar Tage davor, vielleicht eine Woche. Liebe Güte, hat sie sich merkwürdig benommen, selbst für ihre Verhältnisse, meine ich – sie lief in der Küche herum und murmelte vor sich hin. Hat immer wieder gesagt, sie ›hätte nicht hören sollen‹. Das habe ich Ihnen ja schon erzählt. Und als ich sie gefragt habe, was sie meinte, na, da wurde sie richtig patzig – ›Halten Sie sich da raus!‹ hat sie geschimpft, als hätte ich sie gedrängt, es mir zu erzählen. Dabei hatte *sie* doch die ganze Zeit herumgemurmelt. Und da habe ich gesagt: ›Wir machen alle schon mal das eine oder andere falsch, also am besten vergißt du es! Schau nach vorn!«

»›Ich hätte es nicht tun sollen. Ich hätte nicht hören sollen.‹« Stant sagte es nun zum drittenmal. »Haben Sie daraus geschlossen, Annie, daß die beiden Sätze etwas miteinander zu tun hatten?«

Apted erhob sich gelangweilt. »Euer Ehren . . .«

Aber Stant und nicht der Richter antwortete auf den Einspruch. »Euer Ehren, kann man gegen eine solche ›Schlußfolgerung‹ Einspruch erheben? Wenn mein Botenjunge hereinkäme, an einem Marmeladenfleck auf seinem Hemd kratzte und sagte: ›Verdammter Doughnut‹, wäre es gewagt, wenn ich daraus folgerte, die beiden Dinge hingen zusammen?«

Um den Mund des Richters zuckte es, aber er ließ den Einspruch des Verteidigers gelten.

Melrose war sich sicher, daß es unerheblich war. Die Geschworenen hatten zur Kenntnis genommen, daß Dorcas Reese etwas entdeckt oder gehört hatte, das ihr Leben in Gefahr brachte.

»Wenn wir noch einmal zu dem Abend des ersten Mordes zurückkehren könnten, Mrs. Suggins«, fuhr Oliver Stant fort. »Hatte Ihrer Kenntnis nach die Beklagte jemals einen Grund, in die Abstellkammer neben der Küche zu gehen?«

»Ja, Sir, sie ist ein- oder zweimal da durchgekommen. Ich erinnere mich, daß sie einmal gesagt hat, ihre Schuhe wären von dem Weg schmutzig und sie wollte den Dreck nicht ins Haus tragen.«

»Und hatte, wieder nur, soweit Sie wissen, die Beklagte gesehen, wo das Kleinkalibergewehr, das Max Owen gehört, aufbewahrt wurde?«

Annie verzog das Gesicht. »Das kann ich wirklich nicht sagen. Aber ich erinnere mich, daß sie an dem Samstag in der Küche war, als Mr. Owen Burt – das ist Mr. Suggins – Vorhaltungen machte, daß er die Waffe nicht im Kasten verschloß, wie es sich gehört.«

»Wo ließ Ihr Mann sie denn, wenn er sie nicht benutzte?«

»Also, es klingt schrecklich leichtsinnig von Burt, und das ist es ja wahrscheinlich auch, aber er hat das Gewehr einfach in der Ecke stehenlassen. Weil er es dauernd brauchte. Er liebt den Garten, wissen Sie, die Blumen und das Gemüse, und immer kommen die Kaninchen und die Eichhörnchen und was weiß ich, und fressen alles ratzekahl.«

»Aha. Also hätte jeder hineingehen können, entweder durch die Küche oder von außen durch die Tür des Abstellraums?«

Annie zuckte die Achseln. »Ja, das muß ich zugeben, jeder.«

»Und Mr. Owen, besaß der noch eine Handfeuerwaffe?«

Sie zuckte zurück, als halte ihr jemand eine vor die Nase. »Meine Güte, nein, das glaube ich nicht, Sir! Ich habe jedenfalls nie eine gesehen und auch nie von einer gehört. Es ist doch auch sehr schwer, überhaupt einen Waffenschein zu bekommen, und ganz besonders für so eine.«

»Es gab aber zwei Schußwaffen im Haus, ein Kleinkalibergewehr und eine Schrotflinte –«

Apted stand demonstrativ gelangweilt auf: »Euer Ehren, wir haben einen Waffenexperten hier. Außer über das Gewehr, das Mrs. Suggins selbst gesehen oder das ihr Mann benutzt hat, kann sie keine Aussage darüber machen, was für Waffen im Hause waren oder nicht.«

»Ich will darauf hinaus«, sagte Oliver Stant, »daß die Beklagte Zugang zu dem Kleinkalibergewehr hatte.«

»Das haben wir ja auch alle begriffen«, sagte Apted. Als er an der Reihe war, Annie zu befragen, verzichtete er vorläufig.

Als sie dann gebeten wurde, aus dem Zeugenstand zu treten, reagierte sie, als widerfahre ihr eine grobe Unhöflichkeit, als komplimentiere man sie hinaus, obwohl sie ihren Tee noch nicht ausgetrunken hatte. Doch als sie merkte, wo sie war, errötete sie, lächelte sowohl Oliver Stant als auch den Richter an und legte einen würdevollen Abgang hin.

Und in dem Moment erinnerte sich Melrose daran, was Jury gesagt, ja, was eine Reihe von Leuten gesagt hatte: »Warum vergessen wir immer wieder Dorcas Reese?« Nicht die Antwort darauf war wichtig, sondern die Frage selbst.

Melrose verließ den Gerichtssaal in der kurzen Zeit, in der Anwälte und Zeugen aufstanden und sich die Füße vertraten. Es war einiges los, denn viele Leute hielten es für eine nette Unterbrechung des grauen Alltags, einer Gerichtsverhandlung beizuwohnen, in der es um einen Mord ging, einen Doppelmord sogar. Melrose bemerkte drei Personen, die still und stumm auf einer Bank vor der Tür saßen und einander offensichtlich fremd waren. Zeugen? Und dann blieb er stehen, weil er die Buchstaben auf der Mütze sah, die der stämmige Mann in Händen drehte.

Straßenbauarbeiten! Melrose starrte ihn einen Moment an, aber der Bursche war so tief in Gedanken versunken, daß er nicht in Melrose' Richtung schaute. Als Melrose einen Schritt auf die Bank zuging, merkte es der Wachbeamte an der Tür und schüttelte den Kopf. Wirklich ein Zeuge? Melrose hatte den Mann natürlich nie gesehen, aber er erinnerte sich jetzt deutlich an die Umleitung, die er vor Loughborough hatte fahren müssen, um zur M6 zu kommen. Das war nur noch dreißig, vierzig Kilometer von Northampton entfernt gewesen. Danach mußte er auf die A46. Und wenn man an Northampton vorbeifuhr, kam man an der Abbiegung nach Stratford-upon-Avon vorbei ...

Oje, dachte Melrose. »Mittwoch, daran kann ich mich erinnern, weil meine Mutter da Geburtstag hatte«, hatte der Mann gesagt.

Wußte Apted das? Er hätte es zumindest wissen müssen. Hinsichtlich der Auskunftspflicht gab es eine Vorschrift, war das nicht so? Melrose nahm rasch das kleine Notizbuch aus seiner Tasche, kritzelte etwas auf eine Seite und riß sie heraus. Er ging zurück und machte Charly ein Zeichen. Als sie aufschaute, gelang es ihm, einen der Wachbeamten zu bitten, ihr den Zettel auszuhändigen.

Er hieß Ted Hoskins, nahm sichtlich nervös im Zeugenstand Platz und schaute sich um, als sei er hier der Angeklagte. Nachdem er vereidigt worden war, nannte er dem Gericht Namen, Adresse, Beruf.

»Bei dem Ding war ich Kolonnenführer.« Mit dieser Aufgabe schien er sehr zufrieden zu sein.

»Ist das der Verantwortliche?«

»Nich ganz. Das is der Baustellenleiter. Ich, ich war für meine Kumpels verantwortlich, wissen Sie, ein paar von den Jungs.«

»Mr. Hoskins, können Sie uns etwas von der Arbeit erzählen, mit der Sie betraut waren, und die am Mittwoch, dem fünften Februar dieses Jahres, begann?«

»Ja, Sir. Es war an dem Abschnitt der A6 in der Nähe von Loughborough, da, wo's in Richtung Leicester geht. Wir haben einen neuen Rastplatz angelegt. Was bedeutete, daß die Autos eine Umleitung von ungefähr anderthalb Kilometer auf der Nebenstraße machen mußten, fast bis Leicester, und dann ein bißchen zurückfahren. Ham die gemeckert!«

Stant wußte zu verhindern, daß Ted Hoskins sich lange darüber amüsierte. »Alles klar. Wann genau begannen die Straßenbauarbeiten?«

»Wie Sie schon gesagt haben, am fünften Februar.«

»Das war ein Mittwoch.«

»Ja, Sir, ich glaube, ja.«

»Nicht am Dienstag, dem vierten Februar.«

»Nein, definitiv am Mittwoch.«

»So daß jeder, der diesen Weg am Dienstag, dem vierten, gefahren ist, nicht über die Umleitung hätte fahren müssen?«

»Hm, nein, Sir. Es wäre alles ganz normal gewesen.«

»Mr. Hoskins, ist das der übliche Weg nach Northampton?«

»Würde ich schon sagen, ja. Von da bis zur M69 sind's noch ungefähr dreißig Kilometer.«

»Und wenn Sie nach Stratford-upon-Avon wollten, würden Sie auch diese Straße nehmen?«

»Höchstwahrscheinlich. Es gibt natürlich auch andere –«

»Die Beklagte behauptet, daß sie am vierten Februar diese Straße nach Stratford-upon-Avon gefahren ist und die Umleitung nehmen mußte, die sie beschrieben.«

Ted Hoskins lachte kurz auf. »Hm, da hat sie leider was durcheinandergebracht, denn am Dienstag war die Umleitung noch nicht da.«

»Wenn sie also den Weg gefahren ist, den Sie beschrieben haben, war es einen Tag später, keinesfalls aber früher, trifft das zu? Es hätte am Mittwoch sein müssen.«

Ted Hoskins nickte. »Ja, Sir.« Er schaute Jenny traurig an.

»Als Sie eben unterbrochen worden sind, wollten Sie, glaube ich, sagen, daß es nach Stratford-upon-Avon auch noch andere Strecken gibt.«

Hoskins nickte. »Natürlich.«

»Können Sie sagen, welchen anderen Weg die Beklagte hätte nehmen können?«

»Ja, Sir.« Ted Hoskins stieß einen erleichterten Seufzer aus, als habe es ihm gar nicht gefallen, daß Jenny seinetwegen als Lügnerin dastand. »Der kürzeste Weg wäre über Market Harborough weiter nach Royal Lemington Spa und dann nach Warwick –«

Bevor Stant Einspruch erheben konnte, meldete sich Apted zu Wort. »Ich glaube, wir müssen es bei der Route über Leicester nach Northampton belassen, da die Beklagte Leicester erwähnt hat.«

Hoskins rieb sich mit dem Daumen über die Stirn. »Hm, na ja. Sie könnte irgendwo in der Nähe von Syston oder Rearsby von der Landstraße abgefahren sein. Vielleicht hat sie sich verfranst. Kann ja jedem passieren.«

»Es könnten natürlich auch an jeder x-beliebigen Stelle auf dieser Strecke Straßenbauarbeiten gewesen sein, oder?«

Oliver Stant erhob sich rasch, um seinen Einspruch zu formulieren. Das seien doch lediglich Spekulationen seitens des Anwalts der Beklagten und des Zeugen.

Da war Apted aber anderer Meinung. »Ja, natürlich, Euer Ehren. Aber da ich von diesem Zeugen erst gestern abend erfahren habe, hatte ich noch keine Zeit, auf eine Karte zu schauen.«

Der Richter reagierte sehr streng. »Sie können sich glücklich schätzen, Mr. Stant, daß ich Sie nicht wegen Mißachtung des Gerichts rankriege. Sie wissen, daß die Vorschriften zur Auskunftspflicht besagen, daß Sie den Herrn Verteidiger unverzüglich in Kenntnis setzen müssen.«

»Das ist mir sehr wohl bekannt, Euer Ehren, aber ich habe erst gestern nachmittag von diesem Zeugen Kenntnis erhalten. Ich versichere Ihnen, daß ich dem werten Herrn Kollegen die Unterlagen nun so rasch wie möglich überstelle.«

Der Richter stieß ein »Tss, tss!« aus und bedeutete ihnen mit einer Handbewegung, fortzufahren.

Apted wandte sich wieder an Ted Hoskins. »Es ist ja anders als bei der Autobahn, Mr. Hoskins, nicht wahr? Es gab eindeutig eine Reihe verschiedener Landstraßen und infolgedessen eine Reihe verschiedener Abfahrten.«

»Richtig. Wir machen alle mal einen Fehler, Sir.«

Pete Apted lächelte. »In der Tat. Danke, das war's.«

Das Gericht ordnete bis vierzehn Uhr eine Pause an, und Apted, Charly Moss und Melrose standen draußen auf dem Flur.

»So, dann will ich mal. Muß mit meiner Klientin mal in aller Ruhe ein bißchen nachdenken.« Der Ton verhieß nichts Gutes. Apted ging. Die schwarze Robe flatterte hinter ihm her.

»Jetzt möchte ich nicht in ihrer Haut stecken«, sagte Charly Moss und schaute den Flur entlang.

»Nein.« Melrose schüttelte den Kopf. »Ich frage mich, wie der Staatsanwalt das spitzgekriegt hat. Das mit der Umleitung meine ich.«

»Vielleicht hat sie sich versprochen. Oder vielleicht rein zufällig. Informationen kriegt man auf die komischste Weise.« Charly richtete nun den Blick auf Melrose. »Was hat sie gemacht? Warum ist sie Dienstag nacht geblieben?«

Sie schlang die Arme um sich und schwieg einen Moment. Es herrschte eisige Kälte im Flur. Eine Kälte, wie nur Marmor sie verströmt. Melrose schaute sie an, dachte an die »kalten Damen«, eine Bezeichnung, die nie zu Charly Moss oder Flora Fludd gepaßt hätte. Er runzelte ein wenig die Stirn. Er grübelte immer noch darüber nach, was Flora im Blue Parrot gesagt hatte.

»Wo ist Richard?« fragte Charly.

»Er hat gesagt, er wolle nach Algarkirk. Nach Fengate.« Melrose schaute durch ein großes Fenster nach draußen. »Ehrlich gesagt bin ich froh, daß er nicht hier ist.« Die Weißen zuerst, die Roten zuletzt . . .

Charly schob sich das Haar aus dem Gesicht, schaute ihn an und fragte: »Stimmt was nicht?«

»Ich habe gerade über den Red Last nachgedacht.«

Sie war verwirrt. »Ich verstehe nicht.«

»Das ist ein Pub, ich meine, es war ein Pub.«

»Der rote Leisten? Nicht sehr witzig.«

»Aber das ist der Punkt: Man denkt automatisch an den Leisten eines Schusters, und –« Dorcas Reese' Worte kamen ihm wieder in den Sinn. *Das* war die Verbindung.

»Lieber Himmel. Sie sehen aus, als wenn – Ihnen gerade ein Licht aufgegangen wäre.«

»Gehen wir in Ruhe was trinken. Ich habe vielleicht eine Idee, von der Pete Apted erfahren sollte.« Melrose nahm ihren Arm und führte sie durch den kalten Flur.

## 33

Dem Kalender nach war Frühling, dachte Jury, aber heute herrschte wieder das Winterlicht der vergangenen Monate, und im Wald, durch den er ging, sah man die Spuren, die der Winter hinterlassen hatte. Es hatte gerade erst aufgehört zu regnen, und Jury war klatschnaß. Er hatte eine Stunde am Wash verbracht, hoffnungslos, in dem unbarmherzig anhaltenden Regen, der niederprasselte wie ein Kugelhagel. Vielleicht kam ihm dieses Bild deshalb in den Sinn, weil er hoffte, eine Kugel zu finden oder noch eine Hülse, egal, Hauptsache irgendwas. Er mußte an die begrabenen Wrackteile der Schiffe denken, die der Sand freigegeben hatte.

Wider besseres Wissen stocherte er auf gut Glück mit der

Schuhspitze im Boden herum. Im Grunde begriff er immer noch nicht, daß sich irgend jemand Jenny Kennington mit angelegter Flinte vorstellen konnte. Doch er wußte, es waren nur seine Gefühle, die diesen Gedanken abwehrten. Jenny hatte so vieles verschwiegen. Trotzdem, eigentlich war sie ein Mensch, der...

Jetzt nahm er sie schon wieder in Schutz. Dabei war er doch lange genug bei der Kripo, um zu wissen, daß letztendlich niemand über jeden Zweifel erhaben ist. Jenny nicht, Grace nicht. Obwohl es genauso verwirrend war, sich Grace als Mörderin vorzustellen.

Er fuhr zurück nach Fengate. Burt Suggins arbeitete an dem ovalen Blumenbeet vor dem Haus. Mit zusammengekniffenen Augen blinzelte der Gärtner ihn an. Das Gesicht ein einziges Fragezeichen, Burt war leicht zu durchschauen. Wer war das nun wieder? Und keiner von den Herrschaften da. Jury sagte ihm, er solle sich nicht verpflichtet fühlen, ihn herumzuführen.

Daß er die Macht hatte, eine Bitte zu erfüllen oder abzuschlagen, erfreute den alten Mann. Daran war er nicht gewöhnt. Er zögerte und überlegte, während er sich den Nacken mit einem Taschentuch abrieb. »Die sind alle in Lincoln, auch meine Frau.«

»Ich weiß. Annie ist sicher eine sehr gute Zeugin.«

Das sollte Burt überraschen. Immerhin mußten Zeugen die Hand auf die Bibel legen und schwören, die reine Wahrheit zu sagen. Annie Suggins war zwar beileibe keine Lügnerin, aber doch dafür bekannt, daß sie manchmal einen Zacken übertrieb. »Hm, Annie, die sagt, was sie denkt.«

»Hören Sie, Mr. Suggins –«

»Ach, nennen Sie mich ruhig Burt, das tun alle.«

Jury lächelte. »Burt, ich suche nichts Bestimmtes. Ich glaube, ich hoffe nur auf eine Eingebung.«

Burt runzelte die Stirn. Sonst suchten die Burschen von der Kripo doch eher Spuren wie zum Beispiel Fußabdrücke in Blumenbeeten.

»Irgendwo ist der Wurm in dieser Geschichte. Wissen Sie, was ich meine? Ich würde gern die Kammer sehen, in dem die Waffe steht.«

»Es ist bloß ein kleiner Hinterraum an der Küche. Da Sie Inspector von Scotland Yard sind, geht das sicher in Ordnung.«

Jury war es gewöhnt, von Zeugen degradiert zu werden. Chief Superintendent Racer prophezeite ihm ja auch immer, daß er irgendwann die Karriereleiter hinunterpurzeln werde. Jury korrigierte Suggins nicht, als sie zusammen zum Haus gingen.

Wie Burt gesagt hatte, war es ein kleiner Raum, der von der Küche abging, vollgestellt mit Gummistiefeln, Regenkleidung, Gartengeräten, Insektensprühzeug, Kalk zum Düngen des Bodens. Jury schaute sich den in der Wand verschraubten Stahlschrank an. Die Waffe, die hier hineingehörte, befand sich nun in Lincoln. »Das Ding hier ist immer abgeschlossen, Burt, oder?«

»Ja, Sir. Aber wie ich schon den anderen Polizisten gesagt habe, ich hole sie oft raus, wenn ich die verdammten Eichhörnchen und Kaninchen sehe.« Burt wurde rot. »Hm, an dem Abend, ich glaube, da habe ich . . . es verstößt gegen das Gesetz, sie einfach so stehenzulassen, aber . . .«

»Das interessiert mich jetzt nicht, Burt. Nur, daß jeder durch diese Außentür hätte kommen und sie nehmen können. Die betreffende Person brauchte keinen Schlüssel, um den Schrank aufzuschließen.«

Burt nickte. »Leider nein, Sir.«

»Es mußte auch keiner aus dem Haus sein. Ich nehme an, diese Tür ist normalerweise auch nicht verschlossen?« Er wußte selbst nicht, warum er das alles noch mal durchspielte. Oliver Stant hatte es doch schon weidlich ausgeschlachtet.

»Nein, ist sie nicht, Sir.«

Sie verließen die Abstellkammer und gingen zurück zur Einfahrt. Jury schaute über den Kies. »Den Porsche haben Sie irgendwann nach Mitternacht gesehen, richtig?«

»Ja. Es war ungefähr halb eins. Hab mich noch gewundert, warum er am Ende stand. Normalerweise hat Miss Dunn ihn direkt hier, hinter Mr. Owens Auto, geparkt. Ich gehe meistens sehr spät ins Bett.«

Da hast du noch ein bißchen Zeit, dir einen anzupicheln, dachte Jury. Konnte man ihm daraus einen Vorwurf machen, hier draußen in der Abgeschiedenheit? »Die Leute dachten, sie sei nach London zurückgefahren.«

Burt schaute die Einfahrt hinunter und schwieg.

Jury dachte nicht über Verna Dunn nach, sondern über Dorcas Reese. Warum vergaßen die Leute sie immer? Oder behandelten ihren Tod als Begleiterscheinung. »Sind Sie darauf gekommen, wer der Mann war, den Dorcas Reese heiraten wollte?«

Burt blinzelte, es fiel ihm sichtlich schwer, die Frage zu erfassen. »Eigentlich nicht. Um die Wahrheit zu sagen, ich habe nie geglaubt, daß es überhaupt einen gab. Dorcas war kein bißchen hübsch, verstehen Sie? Die hat doch nie ein Mann angeguckt.«

Immer dasselbe Lied. Alle beurteilten Dorcas Reese und ihre Chancen bei Männern gleich. »Glauben Sie denn, sie hat sich alles nur ausgedacht?«

Burt nahm die Mütze ab, kratzte sich am Kopf, setzte die Mütze wieder auf. Da mußte er erst eine Weile überlegen. »Hm, nicht völlig ausgedacht. Eher zurechtgeschustert.«

»Erinnern Sie sich an eine Zeitspanne, in der Dorcas glücklicher als sonst wirkte?«

Wieder machte Burt sich an seiner Kopfbedeckung zu schaffen. »Schwer zu sagen, ob sie glücklich war oder einfach überdreht wie üblich. Sie hat ja immer rumgekichert, als hätte sie ein Geheimnis. War richtig zufrieden mit sich selbst.«

»Wann war das?«

Burt kniff die Augen zusammen, so sehr konzentrierte er sich. »Ist gar nicht so lange her, aber bevor die Dunn sich hat erschießen lassen.«

Das hatte Annie auch gesagt. »Ihre Frau hat erzählt, daß Dorcas' Stimmung dann wieder umgeschlagen ist, und zwar, bevor sie ermordet wurde. Sie hat gesagt, sie hätte sich komisch benommen. Sei mürrisch, deprimiert oder so gewesen.«

»Ay, das ist wahr, ja, das stimmt. Glücklich war sie nicht, absolut nicht.« Burt schaute weg und schüttelte den Kopf.

»Kann es sein, daß der Mann, von dem sie dachte, er würde sie heiraten, ihr den Laufpaß gegeben hat?«

»Ja klar, ja. Ich hab ja gesagt, sie war kein Mädchen, auf das die Männer flogen. Auf die flog niemand.«

»Einer vielleicht doch.« Jury runzelte die Stirn. Hatten sie es, dumm, wie sie alle miteinander waren, geschafft, den gesamten Fall falsch herum zu betrachten?

»Ich hoffe, es stört Sie nicht, wenn ich hier uneingeladen hereinschneie.«

Peter Emery lächelte. »Wär nett, wenn das mehr Leute täten. Ganz schön einsam hier.« Er schwieg. »Waren Sie bei der Verhandlung?« Nach einer kurzen Pause runzelte er die Stirn und schüttelte den Kopf. »Verrückt. Glauben Sie, sie war es?«

Jury brauchte für die Antwort länger, als ihm lieb war. »Nein.« Er schwieg und fragte dann: »Sie waren hier, als Grace Owens Sohn gestorben ist? Toby.«

»Ay, wirklich netter Junge. Das Pferd hat ihn abgeworfen, hieß es. Aber er ist nicht an dem Sturz gestorben, sondern an der Krankheit. Er hatte doch so eine Krankheit.«

»Er war Bluter. Er ist innerlich verblutet. Verna Dunn war in Fengate, als es passiert ist.«

Peter nickte. »Seltsam, daß sie hier war, kurz nachdem er Grace geheiratet hat. Mr. Parker hat ja auch gesagt, daß sich Verna durch die Scheidung nicht davon abhalten lassen würde, Fengate zu besuchen. Aber anständig, wie Mrs. Owen ist, hat sie sich nie beschwert.«

Jury lächelte. »Parker hält Sie ja offenbar gut auf dem laufenden.«

Peter schaute in Jurys Richtung und lachte. »Doch, doch, das tut er schon. Wenn Sie mal einen rauhen Winter hier verbringen würden, da wüßten Sie auch ein gutes Feuer und ein gutes Gespräch zu schätzen, einerlei, mit wem oder worüber. Ich bin manchmal sogar schon soweit, daß ich mit dem alten Bob rede.«

Jury schaute sich um. »Wo ist er denn, der alte Bob? Und überhaupt, wo ist Zel?«

»Sie ist mit Bob draußen. Wo einer ist, ist der andere nicht weit.«

»Haben Sie Verna Dunn durch Major Parker kennengelernt?«

»Ay, aber Fengate ist so nahe, da hätte ich sie auf jeden Fall kennengelernt, durch irgend jemanden.«

Jury lächelte. »Ist Fengate so nahe, oder war Verna Dunn auch recht umtriebig? Damals, als sie noch Mrs. Owen war.«

Peters Miene bewölkte sich, wurde geradezu finster. »Beides.«

»Wissen Sie, ob sich Verna für Toby besonders interessierte?«

Peters Gesicht wurde noch finsterer. »Komisch, daß Sie das fragen. Eins steht fest: Verna war es vollkommen egal, ob ein Mann fünfzehn oder zwanzig Jahre jünger war. Toby war ein hübscher Bursche. Sah aus wie seine Mutter ...« Peter beugte sich vor. »Warum fragen Sie danach? Wollen Sie damit sagen, daß Verna den Unfall herbeigeführt hat?«

»Ich habe nur überlegt.«

Peter richtete seine Augen zum Fenster in das schwächer werdende Licht, das er nicht sehen konnte. Sein Gesicht war nun dunkel vor Zorn. »Ich habe es auch schon mal gedacht«, sagte er leise.

»Wirklich? Aber Sie haben es mit keinem Wort erwähnt.«

Peter lachte abwehrend. »Wer hätte mir denn geglaubt? Und wem hätte ich es erzählen sollen? Grace Owen? Wäre es ihr dann besser gegangen?«

»Nein, aber jetzt, der Kripo –«

»Was hätte ich denen denn erzählen sollen? Ich habe ja nur den Verdacht; wissen tu ich nichts. Und dann wären sie unter Umständen auf die Idee gekommen, Grace hätte Verna aus Rache umgebracht. Der Polizei zu dem Gedanken zu verhelfen, habe ich keine Lust.«

»Es wäre sicher ein starkes Motiv. Aber doch eher für die Zeit, als der Junge gestorben ist, und nicht Jahre später.« Jury schwieg. »Sie haben ein Kleinkalibergewehr, stimmt das?«

Peter nickte und stand auf. »Es ist da hinten, wenn Sie es sehen wollen.«

»Ja.« Jury widerstand dem Wunsch, ihm zu helfen. Sie gingen in die Küche. »Die Polizei hat fünf verschiedene Schußwaffen beschlagnahmt.«

Peter lachte. »Na ja, beschlagnahmt würde ich das nicht nennen. Sie sind registriert.«

»Klar! Waffenscheine gibt es hier im Dutzend billiger. Max Owen hat sie für die Schrotflinte und das Gewehr. Wie er das geschafft hat, begreife ich auch nicht.«

»Suggins ballert ziemlich viel in der Gegend herum.«

Die Kammer für Regenklamotten und Stiefel im hinteren Teil des Hauses sah fast genauso aus wie die in Fengate. Aber hier war das Gewehr in seiner Stahlkiste eingeschlossen. Ohne große Schwierigkeit griff Peter nach dem Schlüssel und schloß sie auf. Er fuhr mit der Hand über Schaft und Lauf und nahm die Waffe heraus. »In Ihrem Metier kriegen Sie wahrscheinlich mehr Pistolen zu sehen.« Peter knickte den Lauf ab und gab sie Jury.

Jury betrachtete sie, klappte sie wieder hoch und öffnete die Tür des Abstellraums. Er hob das Gewehr an die Schulter und zielte. Es dämmerte, um fünf Uhr nachmittags war es schon fast dunkel. Durch das Visier konnte er ein Stück von dem öffentlichen Fußweg und weiter weg in der blauen Ferne das Steintor von Parkers Haus sehen. Er senkte die Waffe, sicherte sie wieder und sagte:

»Am Wash muß es stockduster gewesen sein.« Er schwieg. »Sie haben gesagt, Verna Dunn konnte schießen.«

»O ja. Und sogar überraschend gut, wirklich.«

»Das muß man auch, wenn man in pechschwarzer Dunkelheit genau ins Ziel treffen will.«

Peter lächelte. »Entweder das oder verdammtes Glück haben. Oder vielleicht war Gott mit ihnen.«

Die Luft war klar und scharf wie Glas. Zel lag auf einem Baumstamm, einem Stück Sumpfeiche, das die Farmer aus der uralten Erde gezogen und noch nicht zu Feuerholz zerhackt hatten. Ihre Füße hingen über dem einen Ende, der Kopf über dem anderen. Die Hände hatte sie über dem Bauch gefaltet. Bob saß neben ihr und beobachtete sie wie nun auch Jury, der sich an eine zerbrökkelnde Mauer daneben lehnte.

In dieser unbequemen Lage mußte ihr das Blut nur so in den Kopf strömen. »Zel«, sagte er.

Sie richtete sich so weit auf, daß sie sehen konnte, wer da stand. Als sie Jury erblickte, sagte sie guten Tag und ließ den Kopf wieder nach hinten fallen.

»Was machst du denn da?« fragte er.

»Ich warte auf die Sterne.«

Der Himmel, zerfließend grau, als Jury ins Cottage gegangen war, wurde nun rasch schwarz. »Was dagegen, wenn ich mich setze?«

Sie ließ den Kopf hin und her rollen.

»Darf ich das als ›Nein, natürlich nicht‹ verstehen?«

»Ha ha.«

Jury wußte, wie ihr das alles zu schaffen machte. Zwei Morde in ihrer unmittelbaren Umgebung. Und die Kripo, sogar Scotland Yard, befragte ihren Onkel. Wie werden Kinder mit so etwas fertig? Er seufzte. Wie immer, vermutete er. Es nicht zur Kenntnis nehmen oder in etwas anderes verwandeln.

Nun aber schien sich Zel kopfüber hineinzustürzen. »Mir tut es nicht leid, daß sie tot ist«, stieß sie plötzlich aus, als wolle sie die Worte aussprechen, bevor sie das damit verbundene Risiko abwägen konnte.

Weil sie verkehrt herum lag, konnte Jury ihre Augen nicht sehen. »Wer? Miss Dunn?«

Ungehalten sagte sie: »Nein, Dorcas.«

»Hast du sie denn gut gekannt?«

Erst antwortete sie nicht. Dann hob sie wieder den Kopf und sagte: »Nein, nur ein bißchen. Sie hat ein paarmal hier gearbeitet, aber dann hat sie aufgehört.«

Das überraschte Jury. Er konnte sich nicht erinnern, daß Plant ihm etwas davon erzählt hatte. Aber vielleicht wußte Plant es nicht. »Was hat sie denn gemacht?«

»Geputzt und gekocht. Sie hat schrecklich gekocht. Sie konnte nicht mal Eier kochen. Und Onkel Peter mag es, wenn die Eier genau richtig sind. Und er mag gutes Essen.«

»Du bist ja sicher eine gute Köchin.«

»Jedenfalls besser als Dorcas.«

»Aber du mochtest sie nicht?«

Zel antwortete nur mit einem Kopfschütteln.

»Was war denn mit ihr? Was mochtest du nicht?«

»Sie war neugierig. Sie –« Zel hielt inne und versuchte, auszuknobeln, welche Worte Dorcas' Neugierde angemessen beschrieben. »Sie wollte *alles wissen*!« Als Jury nicht sofort antwortete, fügte sie hinzu: »Sie hat immer gefragt.«

Auch Annie Suggins hatte Dorcas als neugierig bezeichnet. Dann fiel ihm ein, daß Zel Plant erzählt hatte, sie habe gesehen, wie Dorcas in Linus Parkers Haus ging. »Hat sie dich über Mr. Parker ausgefragt?«

»Manchmal. Sie hat mich auch über mich ausgefragt.«

»Was denn?«

»Wo meine Mutter und mein Vater wären.«

»Was hast du ihr gesagt?«

»Daß ich es nicht wüßte. Stimmte ja auch.«

Jury fand unendlich traurig, wie sie jetzt ein wenig die Schultern zuckte, als sei das doch völlig selbstverständlich.

»Sie hat zu mir gesagt, ich wäre eine Waise. Da hab ich gesagt, das stimmt nicht, weil ich Onkel Peter hätte. Da hat sie gesagt, Onkels zählen nicht. Und sie hat mich ausgelacht, weil ich das nicht wußte. Sie hat gesagt, wenn mein Onkel stirbt, muß ich ins Waisenhaus.« Das kam alles in einem einzigen raschen Atemzug heraus. Dann weniger sicher: »Das Sozi kann nicht über mich bestimmen, oder?«

»Nein. Und wieso soll deinem Onkel was passieren?«

Ein tiefes Schweigen entstand.

»Ich war Waise«, sagte Jury.

Diese Antwort vernahm sie offenbar hocherfreut, denn sie richtete sich auf. Wenn es ihm, einem Mann von Scotland Yard, passierte, dann konnte es jedem passieren. Und schau an, aus ihm war ja auch was geworden. Sogar Bob mochte ihn, er döste zu seinen Füßen. Trotzdem schien sie nicht restlos überzeugt.

»Das Sozi könnte bestimmen, daß ich bei Leuten wohnen muß, die ich nicht mal kenne.«

»Zel, auf keinen Fall.«

»Woher wollen Sie das denn wissen? Vielleicht muß Onkel Peter als Zeuge hin.«

»Das glaube ich nicht, Zel. Das Gericht vernimmt die Leute als Zeugen, die an dem Abend im Haus waren.« Jury hatte nicht das Gefühl, daß er ihre Angst sehr besänftigen konnte.

»Ist ja auch egal«, sagte sie, in Gedanken immer noch bei den gefährlichen Machenschaften des »Sozi«. »Das Sozi kriegt mich nicht, weil Mr. Parker mich weiter hier wohnen läßt. Das weiß ich ganz genau.« Aber so sicher klang sie nicht.

»Du hast Mr. Plant erzählt, du hättest gesehen, daß Dorcas mehrere Male in Major Parkers Haus war.«

»Ja, kann sein.« Nun setzte sie sich richtig hin und warf ein durchgekautes Papierkügelchen in die Luft. Sofort sprang Bob auf und jagte hinterher.

»Warum wohl, was meinst du? Hat sie auch für ihn gekocht und saubergemacht?«

»Für Mr. Parker? Seien Sie nicht albern!«

Jury lächelte. »Was ist daran albern?«

»Ich hab doch gerade gesagt, daß sie überhaupt nicht kochen konnte. Glauben Sie, Mr. Parker hätte sie kochen lassen? Für ihn? Sie hätte nie im Leben Pflaumeneis gekonnt.«

»Was war mit Saubermachen?«

»Mr. Parker hat eine Putzfrau, Dorcas' Tante. Warum hätte er da Dorcas gebraucht?«

Ja, warum, überlegte Jury.

Sie schwiegen beide und betrachteten den Himmel. Dann fragte sie: »Müssen Sie schon mal auf Leute schießen?«

»Was? Nein, ich trage keine Waffe. Tut mir leid.«

Das fand sie unglaublich. »Aber Sie sind doch Polizist.«

»Tut mir leid, wenn ich dich enttäuschen muß, aber wir tragen nur eine Waffe, wenn wir wissen, daß wir in eine gefährliche Situation kommen. Und dann müssen wir ein Papier unterschreiben. Außerdem sind nur einige von uns ausgebildet, eine Waffe zu gebrauchen. Ich bin bei der Abteilung für Verbrechensbekämpfung. Es gibt eine bewaffnete Abteilung, und das sind die einzigen, die eine Waffe tragen dürfen. Und selbst die müssen sich von ihren Chefs die Erlaubnis holen, wenn sie sie gebrauchen wollen.« Bekümmert überlegte Jury, wie lange es noch dauern würde, bis alle Kollegen bis hinunter zum Streifenpolizisten gezwungen waren, ständig eine Waffe zu tragen. Er schaute Zel an. Das waren ja schrecklich enttäuschende Neuigkeiten von der Polizei. »Ich glaube, du hast zu viele amerikanische Krimis im Fernsehen gesehen.«

Zel legte sich wieder über den Baumstamm, und Bob, der sich

wunderte, daß die Jagd schon zu Ende war, ließ sich erneut zu Jurys Füßen nieder.

Zel schaute in den Himmel und deutete auf die Sterne. »Wie heißen die?«

»Plejaden, glaube ich.«

»Was sind das für welche?«

Jury durchforstete seine mageren astronomischen Kenntnisse und antwortete: »Die Töchter irgendeines Gottes. Sie wurden in Sterne verwandelt.«

Schweigend überdachte Zel ein solches Schicksal und starrte weiter in den Himmel. Nach einer Weile fragte sie: »Und wo ist Ihr Freund?«

Als sei auch Melrose Plant ein Sternbild. »Er mußte in Lincoln bleiben.«

Wieder schwieg sie. Dann sagte sie: »Er hat die ganze Zeit versucht herauszufinden, wie ich heiße. Er dachte, es sei ein Spitzname. Das glauben Sie vielleicht auch.« Sie drehte sich zu ihm um. »Sie glauben bestimmt, Zel ist ein Spitzname.« Ganz offensichtlich erwartete sie, daß Scotland Yard pfiffiger war als ihr neuer Freund Mr. Plant.

Nachdem Jury zwei, drei auf der Hand liegende Erklärungen angeboten hatte, entstand Schweigen. Dann sagte er: »Hazel.«

Nun war sie ganz bei der Sache. »Hazel? Ha-zel?« Sehr komisch. »So heiße ich nicht. Ich kenne nicht mal jemanden, der Hazel heißt«, sagte sie mit einer gehörigen Portion Verachtung.

»Es ist ein Londoner Name. Dort ist er sehr beliebt.« Nach einem Moment Nachdenken fragte Jury: »Hatte deine Mutter so Haare wie du, Zel?«

»Ja, nur leuchtender.« Sie zog sich eine Strähne über die Schulter, begutachtete sie und warf sie wieder nach hinten. Hier draußen in der Dunkelheit konnte sie die Farbe kaum gesehen haben. Dennoch machte sich deutlich Unmut auf ihrem Gesicht breit. Nicht so schön wie Mutters.

Da sagte Jury: »Schwer vorstellbar, daß es noch leuchtender war. Unmöglich.« Carole-annes Haar leuchtete vielleicht noch mehr, aber an Carole-anne war schließlich alles extrem.

»Sie sind Polizist. Sie sollten es doch raten können.«

»Was raten?«

Sie bedachte ihn mit einem Blick, der eine Kugel gestoppt hätte. »Meinen Namen. Darüber haben wir doch geredet.«

»Ich muß erst noch darüber nachdenken.«

»Den errät niemand. Nie.«

Sie stöhnte so untröstlich, als sei es wie in den Märchen, die sie gelesen hatte. Als werde sie von dem Bann, den ein böser Zauberer über sie gelegt hatte, nur erlöst, wenn jemand ihren Namen erriet.

## 34

»Mr. Bannen, lassen Sie uns nun über Dorcas Reese sprechen. Welches Motiv hatte die Beklagte, sie zu ermorden?«

»Das ist noch schwieriger. Soweit wir wissen, kannten die Beklagte und Dorcas Reese sich nicht, und ihre Beziehung in Fengate war lediglich die zwischen Gast und Hausangestellter.«

»Das legt doch den Schluß nahe, daß es kein Motiv gibt, nicht wahr?«

»Das habe ich nicht gesagt. Wir haben lediglich keines entdeckt. Das ist etwas anderes.«

»Glauben Sie, daß die beiden Frauen vom selben Täter ermordet worden sind?«

»Ja. Andererseits –«

Apted hob die Hand und schnitt Bannen das Wort ab. »Dann sollten wir nun wirklich über Dorcas Reese reden, denn wenn wir zeigen können, daß Jennifer Kennington keinen Grund hatte,

Dorcas Reese zu ermorden, wäre sie – Ihrer Argumentation folgend – auch unschuldig an dem Mord an Verna Dunn. Trifft das nicht zu?«

»Ich –«

»Haben Sie das nicht gesagt, Mr. Bannen? Daß diese Verbrechen von ein und derselben Person begangen worden sind?«

»Ja. Der Meinung bin ich.« Zum erstenmal sah Bannens Gesicht angespannt aus.

»Lassen Sie uns einen Moment über diese falsche Schwangerschaft sprechen. Dorcas Reese hat ihrer Tante und einer Freundin erzählt, sie sei im dritten Monat schwanger. Ob sie das war oder nicht, ob der mutmaßliche Vater des Kindes es geglaubt hat und es nicht wollte oder sie nicht heiraten wollte – dieser Mann kann also sehr wohl ein Motiv gehabt haben. Besonders, wenn er bereits verheiratet war.«

»Ja, sicher. Bisher haben wir aber leider nicht herausgefunden, wer dieser Mann ist.«

»Aha. Und was ist mit Eifersucht? Was ist mit einem anderen Mann, der feststellen mußte, daß Dorcas untreu gewesen war?«

Davon hielt Bannen eindeutig nichts. »Sie war kein Mädchen, das eine Menge Verehrer hatte oder jemanden eifersüchtig machen konnte.«

»Eine Menge muß es ja auch nicht sein, einer würde genügen.«

Da lächelte Melrose. Er schaute Jenny an und dann Jury, der gestern abend spät aus Algarkirk zurückgekommen war und nun neben ihm saß. Er lächelte nicht.

»Ja, natürlich«, sagte Bannen. »Aber die Zeugen, die wir vernommen haben – Familienangehörige, Freunde – waren sehr erstaunt, daß das Mädchen schwanger war. Die einzige, die wußte, daß Dorcas, wie sie sich ausdrückte, ›was Kleines erwartete‹, war eine junge Dame, die mit ihr im Pub gearbeitet hat. Reese hatte es ihrer Tante, Madeline Reese, erzählt. Und ihrer Freundin Julie –«

»Julie Rough, der jungen Frau, die gestern ausgesagt hat, daß sie keine Ahnung habe, wer ›der Kerl‹ sei?«

»Aber das heißt ja noch nicht –«

Wieder schnitt Apted ihm das Wort ab. Einen frei assoziierenden Zeugen wollte er unter keinen Umständen, und schon gar keinen so intelligenten wie den Chief Inspector. »Dann können Sie sich nicht dazu durchringen, das Motiv entweder in enttäuschter Liebe zu suchen oder in Dorcas' Forderung an den Mann, sie zu heiraten?«

»Nein. Aber sicher bin ich natürlich nicht.«

»Sie sind sehr fair, Mr. Bannen. Da wird also eine junge Frau, die in Fengate gearbeitet hat, erdrosselt und in einen Entwässerungsgraben auf dem Gelände des National Trust geworfen. Und das nur zwei Wochen nach dem Mord an einer bekannten, schillernden Frau, geschieden, zeitweise Schauspielerin, deren Name sogar manchmal in der Regenbogenpresse auftaucht. Das zweite Opfer Dorcas Reese hatte drei Tage lang die Aufgabe, den Leuten im Haus morgens Tee oder Kaffee zu servieren, den Owens, Lady Kennington, Verna Dunn. Bringen wir das jetzt in Zusammenhang mit Dorcas' seltsamen Worten, die sie in Gegenwart der Köchin Annie Suggins geäußert hat: ›Ich hätte es nicht tun sollen, ich hätte nicht hören sollen.‹ Und damit, daß Annie Suggins Dorcas als eine allzu neugierige junge Frau beschrieben hat, die ihre Nase überall hineinsteckte. Was schließen Sie aus all dem?«

»Ich schließe daraus, daß Dorcas im Verlaufe der Zeit, die sie Verna Dunn bedient hat, etwas zu Ohren kam, das extrem gefährlich war. Und daß eine dritte Person sie dabei erwischt oder sonstwie herausgefunden hat, daß Dorcas sie belauscht hatte. Verstehen Sie aber bitte, daß das nur *ein* Szenario ist. Es sind auch andere denkbar, wie zum Beispiel Erpressung.«

»Ja, aber ein Mensch, der erpressen will, macht sich selbst keine Vorwürfe. Ein Erpresser sagt wohl schwerlich: ›Ich hätte es nicht tun sollen.‹ Wenn wir das jedoch einen Moment beiseite lassen, so würden Sie doch sicher auch sagen, daß, unabhängig vom konkreten Szenario, zwei Dinge möglich wären: erstens, daß Dorcas etwas gehört hat, und zweitens, daß sie ermordet wurde, weil sie etwas wußte.«

Bannen nickte. »Diese Schlußfolgerungen erscheinen mir plausibel.«

»Nehmen Sie die erste, Mr. Bannen. Sie interpretieren ›Ich hätte nicht hören sollen‹ so, daß Dorcas auf irgendeine Weise – vielleicht, als sie mit dem Teetablett vor Verna Dunns Tür stand – ein Gespräch mitgekriegt hat.«

Bannen nickte, schien aber nicht zu begreifen.

»Warum?«

»Warum? Ich fürchte, da –«

»Hm, ich überlege nur, warum Sie ›Ich hätte nicht hören sollen‹ nicht so interpretieren, daß Dorcas meinte, sie hätte nicht auf eine Person, die mit ihr sprach, die ihr zum Beispiel einen Rat gab, hören sollen. Daß sie Probleme kriegte, weil sie den Rat annahm.«

Bannen räusperte sich. »Ich verstehe, was Sie meinen. Ja, natürlich ist das genausogut möglich.«

»Dorcas hätte also mitnichten etwas belauscht haben müssen, das mit Verna Dunn zu tun hatte?«

»Das ist richtig. Ja.«

»Um zu der zweiten Schlußfolgerung zu kommen, muß man nicht einmal voraussetzen, daß Dorcas Verna Dunn oder überhaupt jemanden belauscht hat. Dorcas kann ermordet worden sein, weil sie etwas wußte. Sie kam jemandem in die Quere und mußte beiseite geschafft werden.«

»Ich bin wirklich aufrichtig davon überzeugt, daß das das brauchbarste Motiv ist, ja.«

»Wieder: warum?«

Diesmal schwieg Bannen. Und dann sagte er mit kaltem Lächeln: »Erzählen Sie es mir, Mr. Apted.«

Der lächelte ebenfalls. »Ist Ihnen das kleine Dorf Cowbit bekannt?«

Bannen runzelte die Stirn, schaute vom Richter zu Stant, der ebenfalls die Stirn runzelte und, erwartete Melrose, jeden Moment aufspringen wollte. »Ja, aber ich weiß nicht, was –«

»Dort befindet sich ein Cottage namens ›The Red Last‹. Es war einmal ein Pub mit ebendem Namen. Jetzt ist es ein Privathaus. Was meinen Sie, was ›The Red Last‹ bedeutet?«

Oliver Stant schoß blitzschnell hoch. »Euer Ehren, ich sehe nicht, wo das hinführen soll.«

Der Richter auch nicht. »Mr. Apted, verbirgt sich in Ihrem Ausflug ins Pub eine relevante Frage?«

»Ja, Euer Ehren. Ich habe sie ja gerade gestellt. Sie ist sehr relevant. Wenn Euer Ehren sich noch einen Moment gedulden würden?« Ohne abzuwarten, ob der Richter wollte oder nicht, wandte er sich wieder an Bannen. »Was bedeutet es?«

Bannen fuhr sich mit dem Daumen über die Stirn und lächelte ein wenig. »Hm, es wird etwas mit Schuhen zu tun haben, Mr. Apted. Mit dem ›Leisten‹ eines Schusters. Warum einem roten, weiß ich nicht.«

»Wenn man die Worte außerhalb des Kontextes sieht, ist die Interpretation verständlich. Ich habe es auch so verstanden, als ich es zum erstenmal gehört habe. Aber wenn das Wort ›last‹ hier ›zuletzt‹ bedeutet oder ›der letzte‹? Wie man zum Beispiel beim Schachspielen sagt: ›Der Schwarze zuerst, der Rote zuletzt –«

»*Mister* Apted, wenn Sie fertig sind –«

»Ich bitte vielmals um Verzeihung, Euer Ehren, aber die Frage der Interpretation finde ich in diesem Fall überaus wichtig. Ich wollte nur demonstrieren, wie sich die Dinge verkehren können. Ich fahre mit meiner Frage fort.«

»Verbindlichsten Dank«, murmelte der Richter.

»Chief Inspector, die Frage lautet: Warum glauben Sie, daß es bei diesem Doppelmord in der Hauptsache um Verna Dunn geht?

Kann es nicht genau andersherum gewesen sein? Daß Verna Dunn ermordet wurde, weil sie etwas über Dorcas Reese wußte oder über Dorcas und eine andere Person? Daß es Verna war, die jemandem in die Quere kam?«

»Ja, natürlich, das ist möglich«, sagte Bannen. Sein Zögern war seiner Stimme und Haltung deutlich abzulesen. Er wirkte, als werde ihm der Zeugenstand ein wenig unbequem.

»Sie sind aber immer noch skeptisch, Chief Inspector. Wäre es wohl fair zu sagen, daß das eine ebenso leicht der Fall sein könnte wie das andere? Wie das, was Sie so gewissenhaft ermittelt haben?«

Bannen zog die Stirn in Falten. In der Feststellung steckte allemal mehr, als er gern zugeben wollte, nämlich, daß seine gesamten Ermittlungen möglicherweise auf der falschen Basis begonnen hatten und sich komplett in Wohlgefallen auflösen könnten. »Ja, ich muß sagen, es könnte beides möglich sein.«

Apted lächelte, breitbeinig stand er da, die Arme in die Hüften gestemmt, die Hände zu Fäusten geballt. Aber nicht aggressiv, nicht mit dem Lächeln. »Da sieht die Sache doch gleich ganz anders aus, würden Sie das nicht sagen?«

Bannens gespannte Haltung verriet, daß er sich sehr beherrschen mußte. Zum erstenmal, dachte Melrose, sah der Mann aus, als unterdrücke er eine ungeheure Wut. Bei der Arbeit mochte seine Selbstbeherrschung unschätzbar sein, seinem Blutdruck spielte sie aber sicher übel mit. »Wenn Sie damit sagen wollen, daß ich bei den Ermittlungen zu Dorcas Reese' Tod Beweise ignoriert habe, versichere ich Ihnen, daß dem nicht so ist.«

»Ich behaupte nichts weniger als das, Chief Inspector. Ich bin überzeugt, daß Ihre Ermittlungen in beiden Fällen sehr sorgfältig waren und daß Sie keineswegs Beweismaterial ignoriert haben, auf Grund dessen Sie anders gehandelt hätten.«

Bannen entspannte sich ein wenig und lächelte das Gericht ziemlich kühl an. »Dann begreife ich es nicht. Ich begreife nicht, daß sich alles ändert, wenn man Dorcas Reese als das Hauptopfer annimmt.«

Doch, doch, mein Freund, dachte Melrose.

»Nein?« fragte Apted und tat überrascht. »Was sich ändert, und zwar signifikant, ist der Standpunkt, von dem aus man die Ereignisse betrachtet. Was sich ändert, ist auch die Schlußfolgerung, zu der Sie gelangt sind. Die Schlußfolgerung ändert sich, weil die Beklagte Jennifer Kennington«, hier hielt er reichlich dramatisch inne und schaute Jenny an, »nun kein Motiv mehr hat, jedenfalls nicht nach dem, was bisher hier im Gericht dargelegt worden ist. Jennifer Kennington hat keinen Grund, Verna Dunn zu erschießen. Wenn Verna Dunn ihrem Mörder lediglich in die Quere gekommen ist, ist sie eindeutig nicht ermordet worden, weil sie an dem Abend ihrer Ermordung mutmaßlich ein altes Zerwürfnis oder einen neuen Streit mit der Beklagten austrug. Vielleicht wurde Verna Dunn ermordet, weil sie etwas über Dorcas Reese erfahren hatte. Und weiter: Wenn die Beklagte kein Motiv hat, bricht das ganze Beweisgebäude meines geschätzten Kollegen zusammen. Euer Ehren«, rasch verlagerte Pete Apted seine Aufmerksamkeit von den Geschworenen zum Richter, »ich behaupte, daß keine Anklage erhoben werden kann, und beantrage, daß der Fall wegen Mangels an Beweisen abgewiesen wird.«

Totenstille. Als sei die Szene im Standbild erstarrt. Oliver Stant konnte Apted nur noch anstieren und blinzeln. Selbst Charly Moss saß mit aufgerissenem Mund da. Baß erstaunt. Abgewiesen?

Unglaublich! Wie hatte Pete Apted das geschafft? Mit voller Breitseite getroffen, die Schachfiguren so geschoben, daß er Turm und Springer zu Fall gebracht und den König schachmatt gesetzt hatte. Da mußte auch Oliver Stant passen.

Außerdem hatte Apted es perfekt getimt, denn mittlerweile war es halb fünf, Zeit, hier zu verschwinden. Der Richter bat den Anwalt der Beklagten und den Staatsanwalt in sein Amtszimmer, entließ die Schöffen, sagte den Zuhörern, sie sollten nach Hause gehen, und erhob sich.

Alle erhoben sich mit ihm.

Außer Pete Apted. Der stand schon.

Jennifer Kennington wurde entlassen.

Der Richter zog sich in seine Gemächer zurück, Plant und Jury in den Lion and Snake. Sie standen wieder an einem der hohen Tische, und Charly Moss berichtete ihnen, was Apted ihr erzählt hatte. Er selbst war nach London zurückgefahren.

Die Abweisung der Klage gegen Jenny Kennington bedeutete nicht, daß Chief Inspector Bannen unrecht hatte; es bedeutete lediglich, daß die Strafverfolgungsbehörden nicht genug Beweise hatten, um den Prozeß zu eröffnen. Der Richter hatte nun doch erhebliche Bedenken hinsichtlich des Motivs – besser, des Mangels an einem Motiv – seitens der Beklagten. Oliver Stant hatte vorgebracht, daß die Gelegenheit in beiden Fällen dennoch überaus eindeutig gegeben sei und der heftige Streit der beiden Frauen immer noch genug Motive liefere. Woraufhin Pete Apted eingewendet hatte, man könne den Streit nicht als »heftig« bezeichnen, und Oliver Stant versucht hatte, es zu widerlegen.

Da hatte sich der Richter eingeschaltet. »Ich schlage vor, Mr. Stant, daß Sie herausfinden, welcher Art dieser Streit war. Wir wissen es nicht. Und in Ermangelung dieses Wissens und angesichts der nicht ordnungsgemäßen Durchführung der Haussuchung bei der Beklagten, bin ich der Auffassung, daß die Klage abgewiesen werden sollte.« Charly jubilierte.

Der Richter hatte allerdings nachdrücklich darauf verwiesen, daß die Akte nicht geschlossen sei. Der Fall werde in dem Moment wieder aufgerollt, wenn Anhaltspunkte bestünden, daß ein erneutes Verfahren gerechtfertigt sei.

»Was bedeutet«, sagte Jury, »daß es noch nicht vorbei ist. Es ist kein Freispruch.«

Charly nahm die Zigarette, die Melrose ihr anbot, und sagte: »Ich glaube doch, daß es für Jenny vorbei ist, Richard. ›*Ne bis in idem.*‹ Der Grundsatz, daß ein Beklagter nicht zweimal wegen derselben Sache verfolgt werden kann, gilt sicher auch hier. Theoretisch könnte der Fall wieder aufgerollt werden, ja. Aber praktisch geschieht das selten.« Sie beugte sich über Melrose' Feuerzeug. Das Licht der Flamme ließ ihr Haar aufleuchten, das sie sich aus dem Gesicht hielt.

Melrose sagte: »Wenigstens ist eins sicher: Sie wandert nicht für den Rest ihres Lebens ins Gefängnis. Los, Richard, das ist doch ein Grund zur Freude.«

Jury errötete. »Ja, natürlich.«

Obwohl das Pub schon zum Bersten voll war, quetschten sich immer noch Leute durch die Tür. Plant hatte für Charly einen Barhocker ergattert, aber es gab nicht einmal soviel Platz, daß sie sich darauf setzen konnte.

Er schüttelte den Kopf. »Sie kann es nicht gewesen sein. Selbst wenn sie gelogen hat und doch einen Tag länger geblieben ist –« Er hielt inne.

»Länger geblieben? Habe ich gestern was verpaßt?« Jury schaute sie abwechselnd an.

»Verpaßt?« sagte Charly und spielte das Unschuldslamm.

»Eine Zeugenaussage. Ich habe das Gefühl, daß ich was verpaßt habe, als ich in Fengate war.«

Schweigen im Walde.

»Ja, bitte?« ermutigte Jury sie.

Charly malte angelegentlich Kreise mit ihrem nassen Glas. »Hm ...«

Melrose sah aus, als sei ihm gerade etwas – natürlich total Unwichtiges – eingefallen. Er schnipste mit den Fingern. »Ach, Sie meinen den Straßenbauarbeiter?« Den wischte er mit einer Handbewegung vom Tisch.

»Was für einen Straßenbauarbeiter?«

Melrose steckte sich eine Zigarette an und betrachtete sie höchst interessiert. »Es ging darum, daß Jenny gesagt hat, sie wäre eine Umleitung gefahren . . . Wir mußten uns einen Haufen langweiliger Zeugenaussagen anhören.«

Jury schaute Charly an. »Fanden Sie sie auch langweilig?«

Charly schüttelte den Kopf. Dann erzählte sie es ihm.

Nach einer ganzen Weile sagte Jury: »Da war Pete Apted doch bestimmt stinksauer.«

»Worauf Sie sich verlassen können.«

Warum, überlegte er, war er eigentlich nicht überrascht? Weil er es nach seinem Gespräch mit Jack Price schon vermutet hatte. Charly und Melrose schienen beide darauf zu warten, daß er explodierte, daß er irgend etwas tat. Aber er fragte nur: »Wann lassen sie sie raus?«

»Haben sie schon.« Charly war verblüfft, daß sie es nicht wußten. »Sie hat gesagt, sie möchte zurück nach Stratford. Ich habe angenommen –«

Jury verzog das Gesicht, seine Stimme war heiserer, als ihm lieb war. »Nein. Wir haben sie nicht gesehen.«

»Ich dachte . . .« Charly schlug die Augen nieder, blickte wieder auf und schaute Melrose an. Er bezahlte doch hier die Rechnungen!

»Wie will sie denn nach Stratford kommen?« fragte Melrose. »Ich dachte, sie fährt mit mir. Wie doch peinlichst deutlich geworden ist, haben wir denselben Weg.«

»Ich glaube, sie wollte mit dem Zug fahren.«

»Um wieviel Uhr? Mehr als ein oder zwei kann es nicht geben, mit denen sie irgendwohin fahren kann, um eine Verbindung nach Stratford zu kriegen.«

»Ich weiß es nicht. Sie hat nichts gesagt.«

Jury entschuldigte sich, murmelte, er komme gleich zurück, und lief zur Tür.

»Wo will er hin?« fragte Charly.

»Also, ich tippe, zum Bahnhof.«

»Sehr erleichtert wirkt er aber nicht.« Charly schaute hinter Jury her.

»Doch, doch, ist er aber. Ehrlich gesagt, mache ich ihm nicht zum Vorwurf, daß er enttäuscht ist.« Plant zückte sein Taschentuch und wischte eine kleine Bierlache von Charlys Glas weg. »Sie haben Ihre Sache wunderbar gemacht. Sie beide.« Charly bedankte sich, aber er hatte den Eindruck, mehr für das Aufwischen als für seine anerkennenden Worte. Alle paar Sekunden drehte sie den Kopf zur Tür, durch die Jury verschwunden war, als käme er dadurch zurück. »Ich hätte Jenny liebend gern nach Hause gefahren«, sagte Melrose.

Nun schaute Charly Moss ihn an. »Ich weiß, das ist eine sehr persönliche Frage, aber Sie scheinen beide . . . hm . . . sie scheinen Jennifer Kennington alle beide sehr zu mögen. Handelt es sich um eine alte Freundschaft oder –«

»Liebe, meinen Sie?« Melrose hoffte, er klang überzeugend, sowohl für ihn als auch für Charly, als er sagte: »Nein, wir sind alte Freunde. Jedenfalls, was mich betrifft«, fügte er hinzu.

»Und Richard?«

»Oh, für ihn kann ich nicht sprechen.«

## 35

Das Bahnhofsgebäude war menschenleer. Er fand weder den Bahnhofsvorsteher noch jemanden am Fahrkartenschalter. Und als er endlich die an die Wand gehefteten Fahrpläne sah, verstand er wirklich nur noch Bahnhof. Zugfahrpläne mit ihren in zwei entgegengesetzte Richtungen zeigenden Pfeilen konnten Fahrpläne zum Himmel oder zur Hölle sein, wo man ankam, war völlig willkürlich. Wenn er jemals einen Fall übernehmen mußte, in dem ein Zugfahrplan die heißeste Spur war, würde er mit an Sicherheit grenzender Wahrscheinlichkeit ungelöst bleiben.

Er begriff, daß es keine direkten Züge nach Stratford-upon-Avon gab. Was ihn nicht überraschte. Wo aber konnte der Reisende auf dem Weg dorthin umsteigen? In Lemington Spa? Coventry? Warwick? Überall vermutlich. Sie mußte über London oder Birmingham und zwei-, dreimal umsteigen, überlegte er. Die Reise würde mehr als vier Stunden dauern, es war lächerlich. Besonders weil Melrose Plant heute abend nach Northampton zurückfuhr und Stratford praktisch auf dem Wege lag.

Aber darum ging es ja gar nicht. Warum hatte sie sich so aus dem Staub gemacht? Wollte sie ihn etwa bestrafen? Er hatte doch für sie getan, was er konnte. Und warum hatte er sich eben im Pub so danebenbenommen? Pete Apted und Charly hatten schließlich einen Mordscoup gelandet! Ach, er wußte nur zu gut, weshalb er so mieser Stimmung war. Jenny würde zwar nicht angeklagt werden, ein Freispruch war es aber auch nicht. Alle möglichen Fragen waren unbeantwortet geblieben.

Nun verstand er, warum Apted darauf gedrungen hatte, daß beide Anklagen zusammen verhandelt wurden. Denn wenn er die eine abschmetterte, brachte er damit auch die andere zu Fall. Und es war so simpel, so offensichtlich gewesen. Aber hinterher ist man ja immer klüger.

Jury riß die Tür zu den Gleisanlagen auf. Die Bahnsteige im grauen Abendlicht waren menschenleer, nur an einem Ende sah er einen Jugendlichen stehen. Jury lief hin und her, als sei auch er ein Reisender, der ungeduldig auf die Abfahrt wartet. Er sehnte sich danach, den Zug nach Irgendwo zu nehmen, den nächsten Zug, dessen Zielort er nicht kannte.

Was war sie undankbar! Melrose bezahlte die Anwaltsrechnungen, mein Gott, da hätte sie sich zumindest von ihrem Wohltäter verabschieden können, wenn schon nicht von ihm, Jury. Er seufzte. Aber so richtig empört war er nicht.

Der Junge saß auf der letzten Bank, schlug mit den Händen auf die Kante und starrte vor sich hin. Er trug einen Irokesenschnitt, blau und lila gefärbt, und hatte die übliche Punkerkluft an. Jury dachte, die Frisur und die Klamotten seien längst aus der Mode. Neben dem Jungen stand ein Ghettoblaster, wie sie Jury aus der Oxford Street und vom Piccadilly Circus kannte. In einer untypischen Geste der Rücksichtnahme auf seine Mitmenschen hatte der Junge sich die Kopfhörer eingestöpselt. Trotzdem sickerte Musik durch.

Jury schlug seinen Kragen hoch, als ihm der Wind einen Regenschleier ins Gesicht blies. Er setzte sich auf eine der zierlichen Bänke und schob die Hände tief in die Taschen seines Regenmantels. Er machte ganz den Eindruck eines Mannes, der warten kann. Und er war auch fest entschlossen dazu, obwohl er wußte, daß sie ihm davongefahren war. Und er sich die nächste Depression holte.

Während er düster darüber nachgrübelte, wo Jenny jetzt sein könnte, hörte er plötzlich ein französisches Lied im Hintergrund. Er schaute den Bahnsteig entlang, in die Richtung, wo die Musik herkam, und sah, daß der Junge die Kopfhörer abgenommen hatte, als wolle er auch den einsamen Unbekannten in den Genuß dieser *chanteuse* kommen lassen. Jury war verblüfft, daß der Knabe in diesem ausgeflippten Outfit nicht nur solch langsame und traurige Musik hörte, sondern obendrein traurige Musik in französisch.

Er stand auf, ging langsam den Bahnsteig entlang und vergewisserte sich, daß die Klänge wirklich von dem Jungen herüberwehten. Er lauschte und kriegte trotz seines spärlichen Schulfranzösisch hier und dort ein Wort oder einen Satz mit:

»... à l'amour ...«

Das verstand er ja nun doch.

»... Que je suis perdue ...«

Vorbei, verloren. Ja, das verstand er auch. Plant sollte hier sein und es ihm übersetzen, anstatt mit Charly im Pub Bier zu trinken. Aber Jury wollte es im Grunde gar nicht übersetzt haben; das Chanson wurde ja gerade dadurch so anrührend, daß er so wenig verstand. Der Junge auf der Bank drehte sich zu Jury um, nickte und hörte wieder zu. Dann beugte er sich vor, stützte die Ellenbogen auf die Knie und senkte den Kopf. Vielleicht fand er ja, dieses Lied vebinde sie.

Jury stand auf und ging zurück in die leere Bahnhofshalle. Die Musik konnte er dort immer noch hören, wenn auch ein wenig leiser – das klagende Klavier und die weinenden Violinen schienen sich in seinem Kopf einnisten zu wollen.

»Je t'aime ... adieu.«

Das war eindeutig. Aber die Worte dazwischen hätten von einem anderen Stern kommen können. Da stand er, starrte auf den geschlossenen Rolladen des Fahrkartenschalters, hob die Hand, um an die Scheibe zu klopfen, ließ sie sinken. Was hätte er denn fragen sollen?

»... Que j'ai fini.«

Ende. Die wunderschöne Stimme hörte einfach auf zu singen, bot ihren Zuhörern keine schützende Wärme mehr. Reglos blieb Jury stehen. Eiskalt wurde ihm klar, warum er und Jenny voneinander enttäuscht waren: Sie hatte nie auch nur einmal ihre Unschuld beteuert. Doch genausowenig hatte er ihr auch nur einmal gesagt, nachdrücklich versichert, daß er von ihrer Unschuld überzeugt war.

Weil er es nicht wußte, und sie wußte, daß er es nicht wußte.

Und er wußte es immer noch nicht. *Amour. Adieu. Fini.*
Jury verließ den Bahnhof.

»Ich muß mich bei Ihnen entschuldigen, Charly«, sagte er, zurück im Pub, der nun etwas leerer war. Sie hatten sogar Barhocker gefunden und konnten an ihrem Tisch sitzen.

Melrose hob sein Glas. »Prost!«

Jury hatte den Eindruck, daß Plant nicht ganz so geradeaus guckte wie sonst.

»Und jetzt singen wir!«

Charly Moss kicherte, hustete und unterdrückte ein Niesen. Alles gleichzeitig.

Melrose versuchte sich an Tonleitern. »Do-re-mi-fa-«, als singe er sich ein.

»Sie sind ja betrunken«, sagte Jury baß erstaunt. »Sie sind beide betrunken.« Er schaute von einem zum anderen. So hatte er Melrose noch nie erlebt.

Wieder machte Charly dieses Geräusch durch die Nase.

Jury schüttelte den Kopf, nahm sein Glas von vorher, ein Bierrest war noch drin, und ging zur Bar. Als er zurückschaute und sah, daß auch die anderen beiden Gläser leer waren, grummelte er: »Ach, was soll's!«, ging zurück und nahm sie mit.

Am Tresen beobachtete er, wie die hübsche, nette, leicht übergewichtige Besitzerin die Gläser füllte. Dann drehte er sich um und sah, wie eine bleiche junge Frau Münzen in eine Jukebox warf. Unmittelbar darauf, als hätte er hinter den Kulissen nur darauf gewartet, trat Frank Sinatra heraus und schmetterte *My Way*. Gab es überhaupt jemanden, der einen mehr bestärkte als der alte Blue Eyes? Jury schaute wieder zum Tresen, wo die Besitzerin die Schaumschicht von Charlys halbem Pint Guinness kappte. Sturzbetrunken würde sie von dem Stoff werden, na, war sie schon. Während er versuchte, die drei Gläser alle auf einmal zu umfassen, fielen Stimmen in Franks Gesang ein. Am Ende der

Zeilen glitten sie immer einen Takt zu spät hinein. Sie klangen verdächtig bekannt. Ja, Sinatras Chor saß an dem Tisch, den Jury gerade verlassen hatte. Seufzend ging er zurück. Bis Feierabend waren es immer noch ein paar Stunden, und die Herrschaften kamen gerade erst in Fahrt.

»... each and every byyyyyy-way
... da da da da... the record shows
I did it myyyyyy-waaaay.«

Hier im Lion and Snake wurde Frank überflüssig, denn die beiden hörten keineswegs auf zu singen, als Jury zurückkam. Sie schauten ihn an, als fragten sie sich, was dieser nüchterne Richter an ihrem Tisch verloren habe, und sangen fröhlich weiter.

»Die Leute gucken schon«, sagte Jury, kippte ein Drittel seines Glases hinunter und überlegte, wie lange er brauchte, um ihren Alkoholpegel zu erreichen.

»I chewed it up
And sssssspit it out!«

Sie spuckten mit. Jury zückte sein Taschentuch und wischte sich übers Jackett. Im Grunde war er froh, daß die beiden das ganze Geschwafel von Zusatzanträgen und Einsprüchen, Falschaussagen und Schuldbekenntnissen in Alkohol ertränkten. Er leerte sein Glas und wurde gleich ein wenig sorgloser, wenn auch noch nicht betrunken.

Charly hatte sogar eine sehr hübsche Stimme, sie klang, als sei sie ausgebildet. Melrose schleppte, er war derjenige, der den Text nicht ordentlich konnte und zwischendurch immer »la-la-la« sang. Aber den Schluß, den hatte er drauf, und als Frank den heraushaute, erhoben er und Charly sich halb von den Stühlen und stimmten mit ein. Dann ließen sie sich lachend zurückfallen.

Es sah nicht so aus, als führe Melrose heute abend noch nach Northants zurück.

Plötzlich klopfte ihm jemand auf die Schulter. Die Chefin oder Barfrau oder wer immer sie war bedeutete ihm diskret, daß seine »Freunde« ein winziges bißchen zu laut seien und andere Gäste sich beschwert hätten. Lächelnd zeigte Jury ihr seinen Ausweis. »Schauen Sie, sie feiern. Sie sind gerade von einem wirklich grausigen Verbrechen freigesprochen worden.«

»Haben sie gesungen?« Sie ging.

## 36

Kurz nach zehn war er in Stratford und eine Viertelstunde später in der Ryland Street. Das komplizierte Einbahnstraßensystem der Stadt hatte es in sich. Bog man einmal falsch ab, war man auf halbem Wege nach Warwick. Aber irgendwas hatten sich die Stadtväter ja ausdenken müssen, um den ewigen Touristenverkehr durchzuschleusen. Wenigstens fand er einen Parkplatz neben der Kirche, nicht weit von Jennys Haus.

Durch das Vorderfenster sah er, wie Jenny zwischen Küche und Eßtisch hin- und herging. Zum Essen war es ja eigentlich schon zu spät, aber vielleicht hatte sie im Zug nichts bekommen oder war noch nicht lange zu Hause. Sie hatte eine Schürze umgebunden und ein Glas Wein in der Hand und nahm einen Teller von dem Tisch, an dem sie vor nicht allzulanger Zeit zusammen gegessen hatten. Während er beobachtete, wie sie den Teller in die Küche trug, fiel ihm auf, wie gemütlich, ja fast schon klischeehaft heimelig die Szene wirkte.

Jury glaubte zwar, daß er mit einer bestimmten Absicht hierhergekommen war, aber nun zögerte er an der Tür. Wieder befielen ihn die unguten Gefühle, die er auch auf dem Bahnsteig empfunden hatte. Und allemal hatte er Bedenken, wie sie ihn empfangen würde. Wenn sie ihn hätte sehen wollen, hätte sie es schließlich nicht so eilig gehabt, Lincoln zu verlassen. Er klopfte.

Als sie die Tür öffnete und ihn sah, rief sie zwar höchst erfreut: »Richard!«, aber für seinen Geschmack tatsächlich zu überrascht. Sie sollte nicht überrascht sein, daß er ihr gefolgt war! Ihre beinahe trotzige Weigerung, seine Gefühle zur Kenntnis zu nehmen, ärgerte ihn maßlos, doch er bemühte sich, es nicht zu zeigen.

Ach, vergebens . . .

»Warum, zum Teufel, sind Sie weggelaufen?« sagte er noch in der Tür.

Sie band sich die Schürze ab. »Kommen Sie herein. Haben Sie schon gegessen?«

Hatte er nicht, aber verdammt noch mal, von Essen ließ er sich jetzt nicht ablenken. »Ja. Riecht aber gut.« Er spürte, wie steif sein Lächeln war.

*»Pot au feu«*, sagte sie und schloß lächelnd die Tür hinter ihm. »Geben Sie mir den Mantel. Meine Güte, sind Sie den ganzen weiten Weg gefahren . . . ?« Ihre Worte verloren sich, als wolle sie ihn etwas fragen, suche dann aber Zuflucht beim Üblichen. Sie bestand darauf, ihm Kaffee und einen Schnaps zu holen, als ob er sich plötzlich erkältet hätte. Hatte er ja vielleicht auch. Seine Finger fühlten sich wie Eiszapfen an. Er setzte sich an den Kamin, gegenüber dem Sessel, in dem sie gesessen haben mußte, bevor sie aufgestanden war, um sich in der Küche zu schaffen zu machen. Kurze Zeit später war sie mit einem Tablett mit zwei Tassen Kaffee, Karaffe und Gläsern zurück.

»Herrgott, was gäbe ich jetzt für eine Zigarette«, sagte Jury und nahm den Kaffee und den Cognacschwenker. Er trank einen Schluck. Aaah! Am liebsten hätte er die ganze Flasche niedergemacht.

Jenny langte zu einem Regal hoch und holte eine Porzellandose herunter. »Sie tun ja so, als würden sie nicht mehr hergestellt.« Lächelnd hielt sie ihm die Dose entgegen.

Blöde schaute Jury die Zigaretten an und schob die Schachtel brüsk zurück. »Nein, aber ich habe aufgehört, sie zu rauchen. Schon vergessen?« Er war ganz irrational wütend.

»Ja.« Sie legte die Dose wieder weg. »Sind Sie deshalb so gereizt?«

Er verschluckte sich fast an dem Cognac. Gereizt? Als er sich ein wenig gefaßt hatte, sagte er: »Nein, Jenny, nicht deshalb. Aber ich werde mit jedem Moment ›gereizter‹, wie Sie es zu nennen belieben. Wie können Sie so lächeln?« Das Lächeln verschwand wie bei einem Model, das auf Befehl ernst wurde. »Jenny, warum, zum Teufel, sind Sie weggelaufen?« fragte er zum zweitenmal.

»Ich wollte einfach nur hierher zurück. Deshalb. Weg aus Lincoln. Das verstehen Sie doch sicher.«

Jetzt ging sie auch noch zum Angriff über, stellte ihn als den unsensiblen Kerl hin, der seine Ansprüche an sie wichtiger nahm als ihre Bedürfnisse. Aber da lag ja der Hase im Pfeffer. Seine Bedürfnisse waren nicht identisch mit ihren. Ihr schien wirklich nicht klar zu sein, warum er oder Plant oder Charly oder sonstwer es seltsam finden mochte, daß sie nicht gewartet hatte. Ja, mehr – und vielleicht schlimmer – noch: Sie hatte offenbar gar nicht den Wunsch verspürt, sie zu sehen. »Es gibt ein paar Leute, die daran interessiert waren – und sind –, wie Sie sich nach der Verhandlung gefühlt haben.« Das war hoffentlich bombastisch und streng genug.

»Es tut mir leid.« Sie betrachtete ihren Cognacschwenker.

Glaubte sie nun, er sei aus Lincoln herbeigefahren, um ihr eine Entschuldigung abzutrotzen? Seine Hände waren immer noch kalt, Kaffee hin, Cognac her. »Wir wollten wissen, wie es Ihnen ging. *Ich* wollte es wissen.«

»Es bedeutet ja nicht, daß es vorbei ist«, sagte sie ziemlich verzagt.

»Es ist aber sehr unwahrscheinlich, daß die Staatsanwaltschaft von sich aus erneut gegen sie ermitteln wird.« Er redete schon wie Charly Moss. Einen Moment lang mußte er wider Willen lächeln. Aber auch wirklich nur einen Moment lang. Ihm war nämlich eingefallen, wie Melrose und Charly singend über den Bürgersteig getaumelt waren. Das Bild würde er so schnell nicht vergessen. Und weiter dachte er dann an das unglückliche Treffen in Stonington, als er Jenny und Melrose überrascht hatte. So harmlos es auch gewesen war, Melrose Plant hatte Jurys Befindlichkeit im Handumdrehen erfaßt. Nein, mehr: Er hatte Jurys Gefühle gefühlt. Er wußte, was los war. Jenny nicht.

»Das finden Sie lustig. Warum?«

»Wie bitte? Ach, es war nur was mit Melrose Plant.« Dann fragte er: »Meinen Sie nicht auch, daß Pete Apted seine Sache absolut großartig gemacht hat?« Kritisierte er sie nun, weil sie nicht dankbar genug war? Offensichtlich.

»Er ist wahnsinnig gut. Ich hatte ja nur gehofft, ich würde –« Sie zuckte ganz leicht die Schultern und beugte sich über das Glas.

»Daß Sie freigesprochen würden, ich weiß. Wer kann Ihnen das verübeln? Aber die Abweisung der Klage war das Nächstbeste, was passieren konnte. Ich sehe auch nicht, wie Sie in Ermangelung anderer Verdächtiger hätten freigesprochen werden können.«

Sie reagierte nicht sofort, sondern betrachtete ihn nachdenklich.

»Wenn ich irgend etwas herausgefunden hätte, hätte ich Bannen ganz gewiß darüber informiert.« Wie haßte er das Gefühl, daß er ihr nicht hatte helfen können.

Erneut schwieg sie. Dann sagte sie: »Ich glaube, ich sollte von hier verschwinden.« Über der Sessellehne hing ein seidiger Schal, sie nahm ihn und schlang ihn um sich.

Wieder empfand Jury die Kälte. »Das verstehe ich nicht.«

»Vielleicht würde es mir guttun, wenn ich einfach von hier wegginge.«

»Na gut, vielleicht von hier weggehen. Aber wohin? Das ist das Problem. Zumindest wäre es das für mich.«

Jenny zog den Schal so fest um sich zusammen, als sei er eine zweite Haut. Als wünschte sie es, weil die erste als Schutz nicht ausreichte. Ein Holzscheit sprühte Funken, zerbrach, fiel auseinander. Sie schob die glühenden Stückchen mit der Fußspitze zurück.

Genauso, fühlte Jury, zerbröckelte seine Entschlossenheit, das heißt eher seine Macht, Jenny umzustimmen. Hinter ihrer sanften, beinahe passiven Art besaß sie einen eisernen Willen. Er merkte, er spürte es, wie sie sich wie vor Jahren in Stonington zurückzog. Damals waren sie durch ein Grab voneinander getrennt gewesen, und er fürchtete, daß sie immer noch ein Grab trennte. Er wartete, daß sie wieder auf die Gerichtsverhandlung zu sprechen kam. Vergeblich. Mit ihrem Kaffee und Cognac blieben sie zu beiden Seiten des Kamins sitzen, Jenny starrte ins Feuer, er beobachtete sie. Er fragte sich, wie sie es schaffte, sich immer so von den Menschen abzuschotten.

Als er zurückzählte, stellte er fest, daß er sie in den etwa zehn Jahren ihrer Bekanntschaft im Grunde nur ein halbes dutzendmal gesehen hatte. Eigentlich wußte er wenig von ihr. Wieder wurde ihm eiskalt klar, daß das nun zwischen ihnen herrschende Schweigen nicht das behagliche Schweigen alter Freunde war, die nicht miteinander sprechen müssen, um sich einander nahe zu fühlen. Nun spürte er ihr Getrenntsein ganz besonders stark; das Schweigen zwischen ihnen war erfüllt von unausgesprochenen Worten – der Schuldzuweisung, der Hoffnung, der Verzweiflung. Wie weißes Rauschen.

Ob es ihr etwas ausmachte, konnte er nicht erkennen. Das war ja gerade das Problem. Er war auf ihre Gefühle nicht gepolt (wenn es denn Gefühle waren, die er immer gut hatte entziffern können). War das stets so gewesen? Vermutlich ja, aber überlagert von seiner eigenen Bereitschaft, über sich zu reden. Von Jenny war kein einziges Mal ein solcher Monolog gekommen, wie er ihn erst vor ein paar Wochen über seine Kindheit und den Tod seiner Eltern abgelassen hatte. Schockartig traf ihn nun die Erkenntnis, daß er über das unmittelbar Offensichtliche hinaus nichts von ihr wußte: Ihr Mann war gestorben, sie war aus Stonington weggezogen und hatte sich hier in Stratford niedergelassen.

Jury trank seinen Cognac aus und schaute sie weiter an. Ob sie es merkte? Sie zeigte es nicht. Sie schien vollkommen versunken in die Bilder, die die Flammen warfen. Unbehagen verwandelte sich in Hoffnungslosigkeit; was auch immer gewesen war, er spürte, wie es entglitt. Warum, wußte er nicht, und wenn er sie gefragt hätte, hätte sie ihn stumm überrascht angeschaut. Er konnte nicht auf eine lange, enge Verbundenheit mit ihr bauen. Sie war weder lang noch – mußte er sich nun eingestehen – eng, obwohl Jahre vergangen waren. Wahrscheinlich ließ ihn die Verzweiflung darüber aus dem Sessel aufstehen. Mit einem Schritt war er bei ihr. Er streckte die Hand aus, und mit einem wahrhaft unergründlichen Lächeln ließ sie sich von ihm hochziehen und – mehr als küssen, auch mehr als nur »ließ«. Dann holte sie tief Luft, umschlang ihn fester und legte den Kopf an seine Schulter. Er empfand sie als seltsam unkörperlich, als sei sie nicht aus Fleisch und Blut, sondern eine Gestalt in einem Magritte-Gemälde, die durch Wolkenbänke davongeht.

»Es spricht doch eigentlich nichts dagegen, daß wir uns miteinander beschäftigen, während du so heftig nachdenkst«, sagte sie.

Obwohl ihr Gesicht an seiner Schulter vergraben war, spürte er, wie sie lächelte. »Ganz meiner Meinung.«

So unkörperlich sie auch sein mochte, sie führte ihn nach oben.

Wenn sie miteinander schliefen (hatte er sich gesagt), würde die Distanz überbrückt, aber er hatte es damals nicht geglaubt und glaubte es auch jetzt nicht. Sie lagen auf dem Rücken und schauten zur Zimmerdecke.

Außer ein paar liebevollen Worten hatten sie einander nichts gesagt, und nun fragte er sich, ob sie nicht beide darauf warteten, daß der andere sprach, daß der andere herausfand, warum sie zusammen im Bett lagen. Es erklärte. Ihm fiel nur ein: »Geh nicht weg, Jenny.«

»Nach all dem habe ich das Gefühl, ich müßte.«

Kein Verhandeln, keine Diskussion.

Gestern, ja noch heute morgen hätte er vielleicht gesagt: »Bleib hier und heirate mich.« Jetzt nicht mehr. »Das verstehe ich nicht«, sagte er wieder, ebensosehr zu sich selbst wie zu ihr.

»Ich glaube, doch.« Sie drehte den Kopf und musterte ihn.

»Nein.« Er schüttelte den Kopf.

Wieder entstand ein langes Schweigen, und wieder wurde er sich des Problems bewußt: Sie hatte niemals, nicht einmal im Verlaufe der gesamten Verhandlung, gesagt, sie sei unschuldig. Er hatte sie auch nie gefragt. Während er darüber nachdachte, sprach sie es aus.

»Du wärest meiner nie sicher, über meine Beziehungen zu – anderen Männern. Du hättest nie Gewißheit, daß ich es nicht war.«

»Lächerlich.« Obwohl er das so inbrünstig sagte, wußte er, daß er log.

»Und warum fragst du dann nicht?«

Er wartete einen Moment. »Das sollte ich nicht nötig haben.«

»Du meinst, ich hätte es dir sagen sollen?«

Jury schloß die Augen. Das Schattennetz an der Decke verschwand. »Ich meine, das solltest *du* nicht nötig haben.«

Wieder und noch länger schwiegen sie. Jenny redete als erste. »Der Streit mit Verna? Willst du wissen, worum es da wirklich ging?«

»Natürlich.« Er konnte sich den Hauch Ironie nicht verkneifen. »Das hätte ich schon beim erstenmal, als du mir davon erzählt hast, gern erfahren.«

Sie ließ sich von seinem Ton nicht einschüchtern. »Weißt du, es fing mit Jack Price an. Bei ihm war ich auch, ich war nicht auf dem Weg. Deshalb hat Major Parker mich nicht gesehen.«

Verdammt, dachte Jury. Dann siegte der Ermittler in ihm, und er fragte: »Warum hat Price das denn in Gottes Namen nicht gesagt?«

»Ich wollte es nicht. Es hatte mit den Morden nichts zu tun und hätte mir auch kein Alibi verschafft.«

»Gott, wenn ihr Laien euch eure eigenen Regeln macht! Wenn Bannen das gewußt hätte, hätte er eine vollkommen andere –« Jury hielt inne und atmete tief durch. Was spielte es jetzt noch für eine Rolle?

»Ich wollte nicht, daß es jemand erfuhr. Das Recht habe ich doch, oder?«

Die Frage war rhetorisch. »Und Verna Dunn?«

»Hat mir erzählt, sie hätten eine Affäre, schon seit einiger Zeit. Hm, ich glaube, sie hat gelogen, Jack hat es jedenfalls bestritten –«

»Als ihr am Dienstag abend zusammen wart?« Sein Ton war bitter.

»Ja. Wir haben uns in Sutterton getroffen. Ich hatte das Gefühl, als . . . als brauchte ich – ich weiß nicht. Trost, Sicherheit – ich weiß es nicht. Ich kenne ihn schon sehr lange.«

»Bist du verliebt in ihn?«

»Ich . . . weiß nicht.«

Das ärgerte ihn mehr als ein schlichtes »Ja«. Er setzte sich hoch, streckte automatisch die Hand nach Zigaretten auf dem Nachttisch aus und merkte, daß es weder seiner war noch Zigaretten da lagen. Er stöhnte. Wie sollte er solche Momente ohne überstehen? Er stützte den Kopf in die Hände und war wahrhaftig unsicher, welches Bedürfnis stärker war: von Jenny zu hören, daß sie nicht in Jack Price verliebt war, oder eine Zigarette zu rauchen. »Wie kannst du das nicht wissen, Jenny?«

Sie antwortete nicht. Es gab auch keine Antwort. Statt dessen wischte sie die Frage mit der Hand weg, als vertreibe sie Rauch.

Jury setzte sich auf. »Warum die Geheimniskrämerei? Warum hast du nicht gesagt, daß du Verna Dunn kanntest, selbst wenn du nicht zugeben wolltest, daß du Price kanntest? Ich verstehe ja, daß sie es nicht gesagt hat, weil Lügen und Betrügen ihr täglich Brot waren. Aber daß du – es ergibt keinen Sinn. Du spielst doch solche Spielchen nicht.«

»Ich wollte herausfinden, was sie vorhatte.«

Er wußte, das stimmte nicht. Sie hatte es sich gerade ausgedacht. »Das glaube ich nicht, Jenny.«

Sie setzte sich und warf sich einen alten Chenillemorgenmantel über. Ihre Stimme hatte einen scharfen Unterton, als sie sagte: »Du meinst, ich lüge?«

»Ja.« Jury lag da und schaute sie an. Sie war wütend.

Aber sie stand schweigend auf, schlüpfte in den Morgenmantel und knotete ihn vorn zusammen. Dann sagte sie: »Du kennst die Antwort nicht, stimmt's? Ob ich unschuldig oder schuldig bin.«

»Hör zu, meine Liebe: Es ist mir scheißegal, wie die Antwort lautet. Die Tatsache, daß du sie mir vorenthältst – ja, das tut weh.« Er setzte die Beine aus dem Bett und blieb auf der Kante sitzen. Dann griff er nach seinem zerknüllten Hemd und der Hose, die von einem Stuhl gefallen war. Er zog die Hose an, dann die Socken. »Du vertraust mir wohl nicht sehr«, sagte er und war so unaussprechlich traurig, als habe er einen schweren Verlust erlitten.

»Vertrauen beruht auf Gegenseitigkeit. Du vertraust mir wohl auch nicht sehr«, sagte sie, ohne ihn anzuschauen.

»Nein. Ich glaube nicht.«

Das tat nun wirklich weh. »Wie war das noch mal damit, daß man nicht zweimal wegen derselben Sache angeklagt werden kann? Ich komme mir vor, als stünde ich noch einmal vor Gericht.«

Nun saß er auf einem kleinen Schemel und ließ einen Schuh am Finger baumeln. Traurig schüttelte er den Kopf. »Nein. Du solltest den Unterschied kennen, Jenny.«

»Zwischen was?«

»Zwischen Liebe und Justiz.« Er lächelte ein wenig, er wußte selbst nicht so genau, was er damit meinte. *Amour, adieu, fini.* Sein Hals war wie zugeschnürt. Lauter unausgesprochene Worte. Er schloß ganz fest die Augen.

»Ich weiß nicht, was du meinst.« Sie zog den Knoten an ihrem Morgenmantel so fest zusammen, als wollte sie sich in zwei Hälften teilen. »Möchtest du eine Tasse Tee?«

Das brachte es. Jury lachte schallend. Das war die britische Art, mit zerstörter Liebe, mit Verlust, mit Mehltau auf Rosen fertig zu werden.

*There'll always be an England,* dachte er.

V

# Ein Mordsdeal!

# 37

»Gestatten Sie, diese Antwort als vorsätzlich belastend zu betrachten, Euer Ehren«, beantragte Mr. Bryce-Pink, Anwalt der Klageführenden.

Meine Güte, dachte Melrose, nur weil er den blöden Bryce-Pink mit einer Aussage über sein eigenes eingeschränktes Sehvermögen abgeschmettert hatte. Und wer war denn Agatha gegenüber nicht belastend außer diesem heimtückischen Theo Wrenn Browne? Er war schließlich der einzige, der bei dieser Nachttopfaffäre was zu gewinnen hatte.

Melrose ließ seinen Blick durch den Gerichtssaal in Sidbury schweifen. Beinahe ganz Long Piddleton war im geblümten Sonntagsstaat erschienen, als sei der Fall Ardry gegen Crisp die Krönung des alljährlichen Blumenumzugs. Melrose hatte die Beine übereinandergeschlagen, wippte mit einem elegant beschuhten Fuß und wartete darauf, daß er als belastend betrachtet wurde.

Der Friedensrichter, Major Eustace-Hobson, hob die müden Lider und wedelte Bryce-Pink mit seiner kleinen weißen Hand zu als Zeichen, daß seinem Antrag stattgegeben sei.

»Ich möchte Sie noch einmal fragen, Lord Ardry, ob Sie, als Sie auf dem gegenüberliegenden Bürgersteig mit direktem Blick auf Lady Ardry standen, welche vor dem Laden der Beklagten stand, vor welchselbigem der Hund auf einem Stuhl saß und sich sonnte –«

Melrose wandte sich an den Richter. »Die Frage! Darf ich um die Frage bitten, Euer Ehren?« Pete Apted in Aktion zu erleben hatte seine Spuren hinterlassen.

Eustace-Hobson saß, den Kopf auf die Faust gestützt, die Augen im grellen Licht der *Un*gerechtigkeit halb geschlossen (so hätte Melrose es gern gesehen), und änderte auch seine Haltung nicht, als er sagte: »Lord Ardry, bitte vergessen Sie doch nicht, daß Sie als Zeuge und nicht als Anwalt hier sind. Da jedoch der Anwalt der Beklagten sein Einverständnis kundzutun scheint, jedwede Unregelmäßigkeit durchgehen zu lassen, erachte ich es im Moment als sinnvoll, Ihnen zu gestatten –«

Was war in diese Leute gefahren? Konnten sie ihre Meinung nicht innerhalb der Zeit formulieren, die man brauchte, um zu den Inns of Court zu kommen und wieder zurück?

»– nach der Frage zu fragen.«

Marshall Trueblood saß neben Ada Crisp. In Anzug und Weste aus feinem Wollseidengemisch von einem italienischen Modeschöpfer (zur Abwechslung mal nicht Armani) sah er absolut hinreißend aus. Armani, hatte Trueblood ihm anvertraut, wirke zu leger. Truebloods Hemd war von makellosem Weiß – Melrose wußte gar nicht, daß er ein normales weißes Hemd besaß –, und er trug eine graue Krawatte aus exquisiter Seide mit zarten, zerfließenden Farbflecken. Nicht einmal hatte Trueblood sich erhoben, um Einspruch anzumelden, auch nicht, als diese Giftschlange Theo Wrenn Browne steif und fest geschworen hatte, daß er schon zahlreiche Zwischenfälle erlebt habe, die von dem »Müll« vor Ada Crisps Laden verursacht worden seien, und daß der tagaus, tagein kläffende Köter auch schon nach Passanten geschnappt habe. »Eine Schande, eine Gefahr für uns alle, die wir den Bürgersteig benutzen. Lebensgefährlich!«

Blablabla.

Selbst die Verleumdung des armen Vierbeiners hatte Trueblood glatt durchgehen lassen. Wurde hier etwa dem Hund der Prozeß gemacht?

»... und nur in einer Entfernung von sechs Metern, Lord Ardry?«

»Hä?« Melrose gab sich einen Ruck und kam zurück in diese Schmierenkomödie. »Oh, Sie meinen einen klaren, unverstellten Blick direkt über die Straße?«

Bryce-Pink war auf der Hut. »Hm . . . in der Tat.«

»Ja, aber vergessen Sie nicht, daß es sich um die Hauptstraße handelt und dort Autos in beiden Richtungen vorbeirasen.«

»Papperlapapp!« rief Agatha und erhob sich halb von ihrem Stuhl.

»Meine Dame!« sagte der Richter und betätigte lautstark das Hämmerchen. »Würden Sie sich bitte dieser Ausbrüche enthalten!« Nicht zum erstenmal hatte Agatha ihren Einspruch in den Raum gerufen.

»Aber er versucht nur, die Dinge zu vermuddeln«, beschwerte sie sich. »Merken Sie denn nicht, daß er uns an der Nase herumführt?«

»Lady Ardry, setzen Sie sich hin!« Im Takt dazu knallte das Hämmerchen. »Bryce-Pink, bitte wirken Sie doch mäßigend auf Ihre Klientin ein.«

Sie war so rot wie eine Tomate. Das freute Melrose. Er sagte: »Ich habe mich lediglich bemüht, Euer Ehren, die Frage so ehrlich wie möglich zu beantworten.«

Eustace-Hobson war nicht wenig beeindruckt von Adelstiteln, obwohl Melrose seinen vor über zehn Jahren auf den Müllhaufen der Geschichte geworfen hatte. »Lady« Agatha schmückte sich dagegen vollkommen unberechtigt mit dem Titel, was der Richter sehr wohl wußte. Melrose' Onkel war ein »Honourable« gewesen, mehr nicht. Eustace-Hobson bedeutete Melrose mit einem Kopfnicken fortzufahren.

Melrose ertappte sich dabei, daß er schon genauso wurde wie die Bande hier: Er hatte vergessen, was er sagen wollte. Agathas Anwalt war schuld. »Bitte, stellen Sie Ihre Frage noch einmal, Mr. Bryce-Pink.«

Bryce-Pink verpaßte Melrose einen schneidenden Blick und

sagte, sie hätten darüber gesprochen, ob der Zeuge einen klaren Blick auf Ada Crisps Laden und folglich auf den »Unfall« gehabt habe. Und ob er wisse, welche Strafe auf Meineid stehe?

»Aber sicher doch!«

Wieder schaute Bryce-Pink ihn mißtrauisch an. »Bitte fahren Sie fort.«

»Womit?«

Der Anwalt fletschte die Zähne und erinnerte Melrose an den Hund Bob.

»Mit der Beschreibung Ihres Standorts in der High Street mit Bezug auf Ihre Tante. Und bitte –«, winselte er, »versuchen Sie nicht, uns weiszumachen, es sei eine gefährliche Kreuzung.«

»Schon gut, ich habe nur schon manches Mal gedacht, dort müßte ein Zebrastreifen hin. Das wäre eine große Hilfe für unsere älteren Mitbürger«, er lächelte Agatha an, deren Gesichtsfarbe davon nicht besser wurde, »und Frauen mit Kinderwagen.«

Bryce-Pink, der sich bisher wohlweislich in einer gewissen Entfernung von dem Zeugen gehalten hatte, bewegte sich nun auf ihn zu. »Mr. Plant, ich frage Sie noch einmal, und hoffentlich zum letztenmal: Haben Sie gesehen, wie Lady Ardry über einen Holzstuhl gestolpert ist, den die Beklagte auf dem Bürgersteig hat stehenlassen? Haben Sie gesehen, wie sie gestolpert und mit dem Fuß in einem Nachttopf hängengeblieben ist?«

»Hmmm... Ja, so etwas in der Art.«

Bryce-Pink kniff die Augen zusammen. »Nein, nicht ›etwas in der Art‹, sondern genau das!«

Warum, um Gottes willen, erhob Trueblood keinen Einspruch? Seit Bryce-Pink losgelegt hatte, hatte er noch keinen Muckser von sich gegeben. Völlig unbeteiligt saß er neben Miss Ada Crisp und strich seine Krawatte glatt. Da übernahm Melrose. »Euer Ehren, ich muß gegen den Versuch des Anwalts protestieren, mir die Worte in den Mund zu legen. Nennt man das nicht ›Zeugenbeeinflussung‹?«

»Bitte erlauben Sie dem Zeugen zu antworten, Mr. Bryce-Pink.«

Bryce-Pink murmelte ein paar devote Entschuldigungen und sagte dann: »Mr. Plant, eventuell sind Sie ja so freundlich, mit Ja oder Nein zu antworten. Mehr nicht. Diese simple Antwort reicht aus. Also: Haben Sie gesehen, wie Lady Ardry dieser Unfall zugestoßen ist?«

Melrose verdrehte die Augen, als dächte er heftig nach. »Hm, jaaa – ja, wenn Sie es so ausdrücken wollen.«

»Hm, entweder haben Sie es gesehen, oder Sie haben es nicht gesehen. Ich verstehe Ihr ›Ja‹ also dahingehend, daß es bedeutet, Sie haben es gesehen. Wiederum, eine simple Antwort genügt: Haben Sie gesehen, wie diese Dame«, er drehte sich um und deutete auf Agatha, »gestolpert und mit dem Fuß in dem Nachttopf hängengeblieben ist?«

»Schon, aber –«

»Das reicht, Mr. Plant.«

Melrose verließ den Zeugenstand. Allerdings nicht, ohne Marshall Trueblood einen rabenschwarzen Blick zuzuwerfen.

Dr. Lambert Leach trat in den Zeugenstand, schob seine Brille auf der Nase hoch und blinzelte hilflos durch den Raum. Zu Dr. Leach gingen die Dorfbewohner nur, wenn sie unmittelbar vor dem Exitus standen.

»Dr. Leach, Sie haben Lady Ardry, die Klägerin, kurz nach diesem unseligen Unfall behandelt. Trifft das zu?«

»Ja, das trifft zu.« Durch Brillengläser, die so dick waren, daß sie seine Augen vergrößerten, musterte der Arzt seine angebliche Patientin lange und eingehend. »Sie war ja in einem fürchterlichen Zustand. Gut, daß Sie mich überhaupt angetroffen haben. Ich war zwar gerade dabei, mein gekochtes Ei zu verzehren, aber meine Güte, ich bezweifle, ob sie die Nacht überst –«

Als Bryce-Pink spitzkriegte, daß Dr. Leach seine Fälle verwechselte, schaltete er sich rasch ein und übertönte dessen Worte. »Schon gut, schon gut, Dr. Leach. Nun beschreiben Sie uns doch bitte Lady Ardrys Zustand. Das heißt, den Zustand ihres Knöchels.«

In dem offensichtlichen Bemühen, sich zu erinnern, schaute Dr. Leach zu Agatha. »Schrecklich war es. Schrecklich«, sagte er.

»Verstaucht, meinen Sie?«

Trueblood, Einspruch!!

Nun war Dr. Leach im Bilde und nickte heftig. »Nie was Schlimmeres gesehn. Nie.«

»Und was mußten Sie zusätzlich verordnen, nachdem Sie den Verband angelegt hatten?«

»Schmerztabletten. O ja, ihr ging's entsetzlich schlecht. Ich habe ihr gesagt, sie dürfe nicht laufen und müsse den Fuß hochlegen.«

»Wie lange war sie derart behindert, Dr. Leach?«

»Tagelang.« Dr. Leach dachte noch einmal nach. »Wochen –« Aber bevor er es in »Monate« verwandeln konnte, dankte Bryce-Pink ihm und sagte: »Ihr Zeuge, Mr. Trueblood.«

Trueblood erhob sich, kühl bis ans Herz hinan. »Für's erste keine Fragen.« Er setzte sich wieder.

Melrose hätte Trueblood am liebsten erwürgt. Gütiger Himmel! Das nennen Sie ärztliches Gutachten? Fragen Sie doch wenigstens nach den Röntgenaufnahmen!

Aber Eustace-Hobson befand, daß sie nun alle Lunch brauchten, schlug kurz mit seinem Hämmerchen auf den Tisch und bedachte Trueblood mit einem unendlich liebenswürdigen Blick. Zu diesem Zeitpunkt hätte dieser durch Nichterscheinen gewinnen können.

»Sie haben nicht mal den alten Leach befragt, das gibt's doch nicht!« rief Melrose. Da sowohl der Jack and Hammer als auch die Pubs in Sidbury außer Frage standen, hatten er und Trueblood den Blue Parrot aufgesucht. Hier würde sie niemand sehen – zumindest niemand, der noch recht bei Trost war, hatte Trueblood gemeint.

Sie saßen so weit wie möglich von Trevor Sly entfernt, der aber ohnehin in der Küche ihren Lunch brutzelte.

Als Melrose merkte, daß er Trueblood nicht im geringsten aus dem Gleichgewicht bringen konnte, fuhr er fort: »Das Gedächtnis dieses Mannes ist atrophiert. Zuerst hat er nicht mal über Agatha gesprochen, sondern über einen Fall gelabert, der vermutlich fünfzig Jahre zurückliegt. Garantiert sein letzter – nein, das ist dieser hier.« Trevor Sly stellte ihnen ihr Essen hin. Was das wohl war? Melrose schob Trueblood das Kibbi-Bi Saniyyi – das angeblich arabische Gericht – hin.

»Vorsicht, die Teller sind heiß!« Die Topflappen von seinen zarten Fingern baumeln lassend, zog Sly sich summend zurück.

»Sie hätten Hackfleisch aus ihm machen sollen!« protestierte Melrose und deutete mit der Gabel auf Truebloods Teller. »Sie hätten Kibbi-bi-bla-bla-Mansch aus ihm machen sollen.«

»Kunststück«, sagte Trueblood, der sein Mahl ignorierte und sich eine türkisfarbene Sobranie anzündete. »Warum sollte ich mich auf das Niveau begeben, alter Kämpe? Das kann jeder.« Er inhalierte tief und blies den Rauch von Melrose weg.

»Sich auf das Niveau begeben? Wie bitte?« Melrose ließ sein Besteck fallen und hob die Hände gen Himmel. »Sind Sie des Wahnsinns fette Beute? Sie sollen Ada verteidigen!«

Trueblood schnipste ein wenig Asche von seiner Weste. »Dadurch, daß ich den armen alten Leach nicht mit Fragen durchlöchert habe, habe ich sehr menschlich gewirkt. Begreifen Sie das nicht? Ich meine, wenn ich es nötig gehabt hätte, diese Zeugenaussage in der Luft zu zerfetzen, hätte ich es getan. Aber ich hatte es nicht nötig.«

Melrose kostete vorsichtig ein Häppchen von seinem Lunch. Obwohl es Lammcurry sein sollte, war es, wie er vermutet hatte, Rinderhack. »Aber Sie nehmen ja überhaupt niemanden ins Kreuzverhör! Sie sitzen einfach nur da! Ich brauche Ketchup.«

Trueblood schob ihm die Plastikflasche zu. Sie hatte die Form einer Sphinx. »Sie kennen meine Sicht der Dinge ja noch gar nicht, alter Knabe. Warten Sie bis heute nachmittag. Ich wollte nur sehen, wie viele Eisen der alte Bryce-Pink im Feuer hat. Allem Anschein nach keins.«

»Keins? Mich! Und jede Wette, daß er mich noch einmal aufruft.«

»Ach, nun haben Sie sich mal nicht so! Trinken Sie ein Cairo Flame. Mr. Sly!«

## 38

Am nächsten Morgen saß Jury auf einer Bank in der Kripozentrale von Lincoln. Er wartete, daß Chief Inspector Bannen aufhörte zu telefonieren und ihn in sein Büro, genauer, an seinen Schreibtisch und das darum herum gruppierte Sammelsurium an Stühlen rief. Endlich legte er auf und winkte Jury zu sich.

»Mr. Jury, Sie sind ja immer noch hier!«

»Warum nicht? Es geht doch auch immer noch um dasselbe alte Problem, nur andersherum.«

Bannen lächelte. »Vielleicht. Schließlich kann sich Mr. Apted total geirrt haben.« Er zeigte keine Spur von Ironie oder Ärger.

»In Anbetracht der Umstände sind Sie ja bester Stimmung.«

»Welcher Umstände? Daß ich verloren habe, meinen Sie?«

»Nein, nein. Aber Sie sind doch gewiß froh, daß Sie die Ermittlungen erst mal abschließen können.«

Mehr aus Gewohnheit denn aus Verlegenheit kratzte sich Bannen mit dem Zeigefinger im Nacken. Nach einigem Schweigen sagte er: »Ich hätte es nicht so früh zum Prozeß kommen lassen sollen. Ich war voreilig.«

»*Sie*. Das war doch nicht Ihre Entscheidung, es lag an der Terminplanung des Gerichts.«

»Hmm. Ja, aber vielleicht hätte der Staatsanwalt eine Verschiebung in Erwägung gezogen, wenn ich sie angeregt hätte.«

»Und nun?«

»Ich mache natürlich weiter. Jetzt geht es darum, die Karten neu zu mischen.«

»Halten Sie Jenny Kennington immer noch für schuldig?«

»Sie?« Bannen schenkte Jury eins von seinen ironischen Lächeln. Sein undurchdringlicher Blick verriet nichts.

»Mit den Eltern der kleinen Reese haben Sie gesprochen?«

»Ja, natürlich, ganz am Anfang. Sie haben mich mit ihrer Aussage nicht gerade inspiriert.«

»Haben Sie was dagegen, wenn ich mit ihnen rede?«

»Nein, gar nicht, solange Sie mir alles Interessante mitteilen. Aber ich bin skeptisch.«

Spalding lag etwa fünfzehen Kilometer südlich von Fengate und war das Zentrum der Tulpenindustrie. Ansonsten war es wie jede andere mittlere Kleinstadt. Um einen zentralen Platz beziehungsweise ein Stück grünen Rasen versammelten sich Läden und Büros, die unabdingbaren Pubs und Cafés, eine Post und ein Krankenhaus. Der Welland floß durch einen Teil der Stadt und schied den hinein- und hinausströmenden Verkehr. Seine grünen Ufer sahen aus wie eine Kurpromenade, wie man sie in Badeorten findet, in Harrogate oder Leamington, wo die Leute ehedem ihre müden Glieder in heilende Wasser tauchten.

Die Familie Reese wohnte in einer Doppelhaushälfte mit einem tiefgezogenen spitzen Dach, das die halbrunden Fenster darunter fast bedeckte. Bis auf die Gartenzwerge sah es aus wie die anderen Häuser auf dieser Seite der Straße. Jury fragte sich, wes Geistes Kind man sein mußte, um Plastikzwerge und rosa Flamingos zu lieben, besonders neben Blumenbeeten, in denen in einem Monat flammendrote, aprikosen- und orangefarbene Tulpen glühen würden.

An der Tür empfing ihn Mrs. Reese, mit der er schon morgens telefoniert hatte. Sie war eine nicht besonders hübsche, untersetzte Frau, der man sofort ansah, daß sie Dorcas' Mutter war, so sehr ähnelten sie einander. Sie gehörte zu den Hausfrauen, die streng auf Regeln halten. Sie bat ihn, vor dem Eintreten zuerst von dem Schuhkratzer und dann der Matte Gebrauch zu machen. Denn wenn er auch ein Superintendent von Scotland Yard war, so klebte an seinen Schuhen doch derselbe Schmutz wie an denen eines jeden Normalsterblichen.

Im Verlaufe seiner Ermittlungstätigkeiten hatte Jury hundert Colleen Reeses kennengelernt. Aggressive, zänkische Frauen mit neugierigem Blick, aber geringer Intelligenz und roten Händen, die zuviel Geschirr abwuschen und das Haus zu sauber hielten, als daß man sich darin wohl fühlen konnte. Er schaute sich im Wohnzimmer um. Wie viele Male hatte er das schon gesehen: ausgebleichte Blümchenschonbezüge und -vorhänge, Regale mit buntem Porzellan, Fransenlampenschirme und glühende Plastikkohlen in einem sauberen kalten Kamin, die vermutlich erst kurz vor seinem Eintreten illuminiert worden waren, um Strom zu sparen. Das Zimmer war kalt.

Sie zeigte ihm, wo er sich hinsetzen sollte, und er ließ sich eine Tasse Tee und einen Keks geben, obwohl ihm eher nach starkem schwarzen Kaffee war. Zu seinem Pech kam hinzu, daß in diesem Haus geraucht wurde. Überall standen Aschenbecher. Angesichts Mrs. Reese' Reinlichkeitsfimmel überraschte ihn das. Aber vielleicht waren sie hier in der Raucherzone. Gerahmte Fotos zeigten Dorcas in verschiedenen Stadien ihres Lebens, und wieder wurde Jury abrupt darauf gestoßen, wie kurz dieses Leben gewesen war. Die von der Kamera eingefangenen Momente waren geisterhaft wie Schatten, flüchtig wie Licht.

Jury kam sich ein wenig feige vor, als er merkte, wie erleichtert er war, daß der Tod des Mädchens einen Monat zurücklag und Colleen Reese die schlimmsten Tränen bereits vergossen hatte.

Trotzdem wirkte sie auf ihn wie eine Frau, die sich nicht von ihren Gefühlen dominieren ließ.

Sie sagte, sie habe den Burschen aus Lincolnshire (i. e. der Polizei in Spalding und der Kripo aus Lincoln) schon alles erzählt, was sie von Dorcas wisse, aber da er, Jury, »ja nun Scotland Yard« sei, könne er vielleicht mehr damit anfangen. Eine weit großzügigere Meinung über Scotland Yard, als er gewohnt war.

Wenn man über ein totes Kind sprach, siegten die Emotionen immer über die Wahrheitsliebe, und Dorcas' Mutter machte keine Ausnahme. »Sie war ein braves Mädchen, unsere Dorcas« war schon mehrere Male gefallen, seit Jury hier saß und seinen Tee trank. »Ein braves Mädchen«, sagte Colleen nun wieder. »Leider kann ich das von unserer Violet nicht behaupten.« Dabei lächelte sie aber anzüglich, als habe Violet ihre Schwester in irgendeiner Weise ausgestochen. Jury vermutete indes, daß Dorcas' Bravheit und Violets Mangel an ebendieser eher daher rührten, daß die eine tot war und die andere lebte.

Colleen gab Jury eines der silbergerahmten Fotos, auf dem beide Mädchen abgebildet waren. Violet war hübscher, vermutete er, wenn auch nicht weniger langweilig. »Dorcas schüchtern, Violet nüchtern, das haben wir immer alle gesagt«, erzählte Colleen und vergaß nicht, ihn darauf hinzuweisen, daß es sich reimte.

Jury lächelte. Es reimte sich zwar, entsprach aber kaum der Wahrheit. Wenn Dorcas eines nicht gewesen war, dann »schüchtern«. Er tastete sich vorsichtig an den Punkt der angeblichen Schwangerschaft heran. Da wurde Colleens Miene völlig ausdruckslos, sie zeigte keinerlei Gefühlsregung mehr.

»Das paßte nicht zu unserer Dorcas.«

»Das glaube ich Ihnen. Vielleicht war es nur –« Nur was? fragte er sich. Nur das Ergebnis einer Nacht? Ein Unfall? Kann die verlorene Welt der unschuldigen Kindheit überhaupt »nur« irgend etwas sein? »Schicksal«, beendete er den Satz.

Jetzt wurde Colleen sehr kooperativ. »Genau das hab ich Trevor – das ist Mr. Reese – auch gesagt. Es hat so sollen sein, und wer weiß, vielleicht hat sie in ihrer Schwangerschaft ein Zeichen des Schicksals gesehen. Es erwischt immer die Guten, aber das wissen Sie in Ihrem Gewerbe ja bestimmt auch. Ich wollte gar nicht, daß sie obduziert wurde, weil ich nicht wollte, daß bekannt wurde, daß Dorcas –«

»Aber nun wissen wir, daß sie nicht schwanger war.«

Colleen preßte sich ein zusammengeknülltes Taschentuch vor den Mund. »Gut, aber warum sie gelogen und gesagt hat, sie wär schwanger, das versteh ich absolut nicht.«

»Vielleicht hat sie nicht gelogen, vielleicht hat sie es wirklich geglaubt. Oder es war Wunschdenken oder ein Mittel, den Mann, in den sie sich verliebt hatte, dazu zu bewegen, sie zu heiraten. Der Trick ist ja nicht gerade neu.«

Colleen rümpfte die Nase und setzte sich gerade hin. »Aber auch nicht sehr klug. Ich würde mich gar nicht wundern, wenn das der Grund ist, warum sie umgebracht worden ist. Ich habe Dorcas immer gesagt, wenn sie weiter so rumspinnt, kriegt sie eines Tages die Quittung.« Wieder quollen die Tränen. Jury schob ihr die Schachtel mit den Papiertaschentüchern zu. Sie bedankte sich und tupfte sich die Augen ab. »Rebellisch war sie, unsere Dorcas. Immer die Grenzen ausprobiert.«

Jury unterdrückte ein Lächeln. Colleen hatte wahrscheinlich Bücher über Pubertät gelesen. Doch Dorcas war ein bißchen zu alt dafür, ihre Grenzen auszutesten. »Inwiefern, Mrs. Reese?«

»Sie wollte zum Beispiel nicht mit der Familie nach Skegness. Das machen wir seit fünfzehn Jahren jedes Jahr. Immer wenn Trevor Urlaub hat. Und Vi, jetzt, wo sie auch berufstätig ist. Es ist so eine Art Tradition, verstehen Sie? Wir haben immer dieselben Zimmer im Seagull's Rest. Mrs. Jelley sagt, sie meint immer, es sind unsere Zimmer, die von niemand anderem, und wenn wir dort sind, reserviert sie sie uns schon fürs nächste Jahr. Gleiches

Zimmer, gleiche Verpflegung und nie mehr als hundertundsiebzig Pfund. Hochanständig, sage ich immer zu Trevor...«

Während sie sich lang und breit über die Vorzüge des Seagull's Rest ausließ, ging Jury durch den Kopf, wie unsäglich langweilig es sein mußte, derselbe alte Trott wie zu Hause, besonders für ein junges Mädchen, das in Discos gehen oder auf einer Kneipenterrasse ein Bier trinken möchte und Männer kennenlernen will. Natürlich blieb sie da lieber zu Hause, wo sie sich nicht ständig von Mami und Papi sagen lassen mußte, was sie zu tun und lassen hatte, und nicht mit Violet konkurrieren mußte. Daß Dorcas »revoltierte«, verstand er gut. Ausgerechnet Skegness. Da bliebe selbst er lieber zu Hause.

»... und Dorcas war nicht so wie Violet. Unsere Vi hat immer den einen oder anderen jungen Mann im Schlepptau. Ich will nicht schlecht über mein eigenes Kind reden, aber Sie müssen wissen, Dorcas war nicht hübsch. Hinter ihr waren die Männer nicht so her wie hinter Violet. Das ist nicht ihr richtiger Name. Richtig heißt sie Elspeth, nach Trevors Mutter. Aber sie haßt den Namen, hat ihn immer gehaßt, also erzählt sie uns eines Tages Knall auf Fall, daß sie von jetzt an ›Violet‹ heißt, Veilchen, ›aber nicht bescheiden, sittsam und fein‹, hat sie gleich dazugesagt. Vi ist die Nüchterne, sie weiß, was sie will.« Nun legte Colleen ausführlichst Violets viele Tugenden dar.

Jury ließ Zeugen immer ihren eigenen Gedankengängen folgen. Wenn sie einfach drauflosredeten, verrieten sie oft etwas. Violet hatte also an jedem Finger einen, Dorcas keinen einzigen.

»... und Sie können sich ja vorstellen, daß Dorcas manchmal ein bißchen eifersüchtig wurde.«

»Und trotzdem gab es doch einen Burschen. Vielleicht nicht der ihre – aber den sie sehr mochte.«

Colleen nickte heftig. »Da hat sie, glaube ich, nicht gelogen, Inspector. Was war sie vor einer Weile so fröhlich! Wochenlang, ganz anders als sonst.«

»Mrs. Suggins, die Köchin in Fengate, sagt auch, daß Dorcas eine Zeitlang mopsfidel wirkte, aber zuletzt dann doch ziemlich bedrückt und nervös. Fällt Ihnen etwas ein, das diesen Stimmungsumschwung erklärt?«

Sofort schüttelte sie den Kopf. »Nein, nur daß es ein Mann war. Aber wer, weiß ich nicht. Und was wirklich vorgefallen ist, keine Ahnung. Und es stimmt, ein, zwei Wochen vor ihrem – Tod war sie schrecklich schnippisch uns gegenüber. Eher wie die alte Dorcas. Ich dachte, sie und ihr Galan hätten sich gestritten. Ich meine, *wenn* es einen gab.«

»Würde ich schon sagen. Ich kann einfach nicht glauben, daß alles nur Wunschdenken war. Aber ob er wirklich wußte, was sie für ihn empfand, hm, das steht wieder auf einem anderen Blatt.« Draußen in der Küche pfiff ein Kessel.

Colleen schaute nach hinten. »Kein Problem. Der stellt sich von alleine ab. Ich weiß gar nicht, was ich gemacht habe, bevor wir diesen elektrischen hatten.«

»Ich will Sie nicht länger aufhalten«, sagte Jury und erhob sich.

Sie bedeutete ihm rasch, sich wieder zu setzen. »Nein, nein, es ist alles fertig, und Trevor muß jeden Moment nach Hause kommen. Violet auch. Sie kommen immer um diese Zeit zum Abendessen.« Sie machte eine Pause, schürzte die Lippen und überlegte. »Hören Sie, es ist genug da, und die Kripo muß ja nun essen wie alle anderen auch. Warum bleiben Sie nicht?«

»Das ist sehr freundlich von Ihnen, aber –«

»Na, Ihre bessere Hälfte kocht wohl besser als ich«, sagte sie mit koketter Kopfbewegung und einem eigenartigen Blick.

Fast hätte Jury gelacht. Aber er konnte sie beruhigen und ihr etwas Erfreuliches mitteilen. »Ich bin nicht verheiratet, Colleen.«

Prompt zwitscherte sie ein paar Schmeicheleien. »Was? So ein gutaussehender Mann wie Sie? Die Mädchen müssen blind sein!« Während sie weiter Süßholz raspelte, überlegte Jury, ob er ihre Einladung annehmen sollte, um noch mit Trevor und der Schwester zu reden. Aber es würde wohl weniger zu einem wirklich erhellenden Gespräch kommen, als vielmehr dazu, daß sie alle um den Tisch herumsaßen und die Mutter ein Loblied auf Violets Talente sang, die nur noch der Bewährung in der Ehe harrten.

»Übrigens kann Dorcas sehr wohl gedacht haben, sie sei schwanger, es gibt ja so was wie eine Scheinschwangerschaft.«

»Eine was?« Das schien Colleen neu zu sein.

»Frauen können sich eine Schwangerschaft einbilden. Und dann haben sie dieselben Symptome wie bei einer echten: morgendliche Übelkeit, Völlegefühl und so weiter.«

Colleen fuhr sich mit der Hand an die Wange, wo sich rosiges Erröten ausbreitete. »Neun Monate lang?«

»Das weiß ich nicht, ich glaube aber nicht.«

»Und Sie meinen, unsere Dorcas hätte vielleicht so was gehabt?«

»Keine Ahnung. Wenn sie sich selbst eingeredet hat, sie sei schwanger, zeigt das doch nur, wie sehr sie ein Kind wollte.«

Da mußte Colleen lachen. »Die nicht! Sie hat immer rumgemeckert, ihre Freundin Sheila hätte nur noch Windeln im Kopf und sei Tag und Nacht auf den Beinen. Nein, Dorcas war nie scharf darauf, Mutter zu werden.«

Jury beugte sich vor. »Aber auf irgend etwas muß sie sich gefreut haben, Colleen. Vielleicht die Ehe. Diesen Mann zu kriegen, den sie für den Vater hielt.« Er wurde von einem aufgeregten Schnattern an der Haustür unterbrochen. Das Gebrumm kam wohl von Trevor, dem Vater.

Violet wehte herein – dieser Ausdruck paßte, dachte Jury, nicht weil sie biegsam und geschmeidig war, sondern weil sie auf eigentümliche Weise beinahe körperlos wirkte. Sie flatterte von Ort zu Ort – vom Flurtisch, wo sie die Post durchwühlte, ob was für sie dabei war, in die Küche, um zu sehen, ob sie das Abendessen mochte, zum Spiegel über dem Kaminsims, um zu prüfen, ob ihr der Anblick gefiel. Ja, gefiel ihr. Sie warf sich das dünne hellbraune Haar über die Schultern. Sie hatte ein hübsches Gesicht, wenn auch ohne eine Spur von Charakter, genau wie auf den Fotos. Sie war mollig, besaß aber sozusagen keine Dichte. Schließlich tänzelte sie zum Sofa und ließ sich hineinplumpsen.

Trevor, die Sturheit in Person, blieb in der Tür stehen und ließ sich vorstellen. Gänzlich unbeeindruckt von Scotland Yard fragte er nur, ob das Abendessen fertig sei, und schlurfte von dannen.

Violet war für beide genug beeindruckt. »Ihr habt über Dorcas geredet, stimmt's? Also, damit eins klar ist: Es ist eine Schande, daß die Frau völlig unbehelligt davongekommen ist. Das möchte ich mal gesagt haben.« Dachte sie, Jury sei von der Presse?

Freundlich sagte er: »Es gab nicht genügend Beweise, sie anzuklagen. Vermutlich ist sie unschuldig.«

Violet machte eine verächtliche Handbewegung. »Die mit Geld werden nie verurteilt.«

»Vi, wir haben über –«, Colleen schaute sich um, ob jemand lauschte, »darüber gesprochen, daß Dorcas gesagt hat, sie wär schwanger, obwohl es nicht stimmte.«

»Also, ich glaube, es war bloß eine von ihren ewigen Geschichten.«

»Nein, sie kann es wirklich geglaubt haben.« Beinahe wortwörtlich wiederholte Colleen nun Jurys Geschichte von der Scheinschwangerschaft. Punkt für Punkt, was er ihr gar nicht zugetraut hätte.

In ihrem nervösen, affektierten Ton sagte Violet: »Ein Baby? Dorcas und ein Baby? Daß ich nicht lache! Alles, nur das nicht. Sie konnte Kinder nicht ausstehen. Sie hat immer gesagt, die sind nur gut zum Schreien und Verdreschen, basta.«

»Es überrascht Sie deshalb gar nicht«, sagte Jury, »daß sich nun herausstellt, daß sie nicht schwanger war?«

»Bei Dorcas überrascht mich nichts. Sie hat immer rumgesponnen. Sie war so was von nervig, ich konnte nie unterscheiden, was stimmte und was nicht. Schlaflose Nächte habe ich aber nicht darüber verbracht.«

Den Tränen nahe, sagte Colleen: »Schäm dich, Violet Reese, daß dir deine arme Schwester so egal ist.«

»O *Mum*«, stöhnte Violet, als Colleens Tränen nun reichlich flossen.

Um einem Familienkrach zuvorzukommen, sagte Jury: »Hat sie mal so von einem Mann gesprochen, daß Sie dachten, sie sei intim ... ich meine, daß sie mit ihm geschlafen hat?«

Vi glitt tiefer in die Sofakissen und brach in ersticktes Gelächter aus. Als sie sich endlich wieder aufrichtete, sagte sie: »Da sie ja in der Gesamtschule war, hatte sie einen gewissen Ruf.«

Colleen war empört. »Violet, jetzt paß aber auf, was du sagst!« schimpfte sie.

»Entschuldigung, Mum.« Dann schaute Vi Jury an und sagte: »Sie hat über fast jeden Mann so gesprochen.«

»Das verstehe ich nicht. Ich dachte, Dorcas habe, hm, auf Männer nicht so anziehend gewirkt.«

»›Anziehend‹? Wer sagt denn, daß man ›anziehend‹ sein muß, wenn man will? Sie war einfach mannstoll. Tut mir leid, Mum. Ich möchte dich nicht traurig machen, aber schließlich ist er Bulle – wenn Sie den Ausdruck entschuldigen«, sie verneigte sich ein wenig, »und der Kripo wollen wir doch nichts verheimlichen.« Zu Jury vorgebeugt: »›Arme Dorcas‹ ist schon ganz richtig. Sie ließ, kann man wohl sagen, alle ran. Die Jungs in der Schule haben immer gesagt ›Dorcas will‹. Das hatten sie aus einem Buch von – wie heißt er noch gleich?« Als sie nun ihre glatte Stirn runzelte, sah es beinahe so aus, als denke sie nach.

Jury half nach. »Charles Dickens. *David Copperfield*.«

»Genau, der! Dickens. Da kommt doch dieser alte Knacker drin vor, der fast nie was sagt. Der heißt Barkis. Als er dem Dienstmädchen einen Heiratsantrag machen will, schickt er ihr eine Nachricht: ›Barkis will.‹ Und die Jungs haben dann ihren Namen eingesetzt.«

Colleen wurde blaß, preßte sich das Taschentuch vor den Mund

und sagte: »Es steht dir nicht zu, das jetzt breitzutreten, Vi. Es geht um deine arme tote Schwester.«

Das hatte Violet oft genug gehört, sie ignorierte es. »Sie tat mir leid. Aber anders kriegte sie die Männer nicht dazu, sie auch nur ein bißchen zu beachten. Und ich will Ihnen ehrlich sagen: Nicht mal damit kriegte sie einen, ich meine, einen festen Freund. Trotzdem könnte ich Ihnen ein paar Namen nennen. Was nicht unbedingt heißt, es wären alle.«

»Vi! Wie kannst du so schrecklich über Dorcas reden!« Wieder ein Schwall Tränen. Als sie sie abgewischt hatte, sagte Colleen: »Ich geh mal besser und seh zu, daß dein Da sein Abendessen kriegt.« Sie stand auf, ging aus dem Zimmer und kam nach kurzer Zeit wieder zurück.

Offenbar war sie die einzige, die den Tod der Tochter betrauerte. Wieder empfand Jury Mitgefühl für sie. Violet hätte ihm ihr hartes Urteil über Dorcas ja auch unter vier Augen anvertrauen können. »Dorcas will.« Wäre Dorcas hübsch und verführerisch oder auch nur lieb und brav gewesen, wäre ihr Ende traurig genug gewesen, aber der Mangel an diesen Eigenschaften machte ihr unglückliches Liebesleben und ihren Tod um so schrecklicher.

»Warum haben Sie das nicht in Ihrer Aussage gegenüber der Kripo – Verzeihung, den Bullen erwähnt?« fragte er Violet.

»Sie lernen ja fix«, sagte sie und musterte ihn kokett von oben bis unten. »Eines kann ich Ihnen sagen«, fuhr sie fort. »Von hier war es keiner, ich meine, hier aus Spalding. Sie suchen besser dort, wo sie gearbeitet hat.«

»Fengate, meinen Sie?«

»Dort und im Pub. Im Case Has Altered. Kennen Sie das?«

Jury nickte. »Wieso sind Sie Ihrer Sache so sicher?«

»Weil sie so geredet hat. ›Diesmal hab ich mir einen richtigen Mann geangelt‹, hat sie gesagt. Womit die Typen hier in der Gegend ja wohl nicht in Frage kamen.« Vi kicherte. »›Ich kann den Tag nur loben, an dem ich den Job genommen habe.‹ Sie beließ es immer nur bei solchen Andeutungen. Aber damit muß sie Fengate oder den Case oder was in der Gegend gemeint haben.«

»Ihre Mutter sagt, Dorcas sei in den letzten Wochen vor ihrem Tod ›schnippisch‹ gewesen. Fanden Sie das auch?«

»Ay, das war Dorcas, wie sie leibte und lebte. Ich meine, wochenlang vorher hatte sie immer richtig gute Laune, und dann änderte sich das schlagartig.«

»Irgendeine Idee, warum?«

Violet zuckte die Achseln und sagte: »Vielleicht hat der Typ sie abserviert.«

»Wenn sie aber ehrlich geglaubt hat, sie sei schwanger –«

Das wischte Vi mit einer fahrigen Handbewegung beiseite. »Ach, kommen Sie, da hat sie genauso gelogen wie über ihre Erlebnisse mit all den Männern, die ihr den Hof machten.«

Jury lächelte über die altmodische Art, es auszudrücken. Den Wahrheitsgehalt ihrer Aussage bezweifelte er indes. Viel eher glaubte er, daß Dorcas tatsächlich eine Scheinschwangerschaft gehabt hatte. »Wer ist Ihr Arzt, Vi?« Jury zog ein kleines Ledernotizbuch aus seiner Innentasche.

»Dr. McNee. Aber bilden Sie sich bloß nicht ein, Dorcas wäre zu dem gegangen. Um Gottes willen!«

In dem Augenblick kam Trevor, der sein Abendessen eingenommen hatte und einen Zahnstocher im Mund rollte, mit einem dicken Buch ins Wohnzimmer. Mit dem Finger als Lesezeichen darin, setzte er sich und schlug es auf, keineswegs bereit, sich nun auf ein Gespräch mit der Polizei einzulassen. Die Frauen waren an seine schlechten Manieren offenbar schon gewöhnt. Colleen fragte ihn, ob ihm das Essen geschmeckt habe.

»Ay.«

Dann stellte sie Jury noch einmal als »Inspector« vor, was ihm ja nicht neu war.

Trevor warf dem »Inspector« über das Buch hinweg einen Blick zu. »Ay.«

»Er möchte uns eventuell ein paar Fragen stellen. Er ist von Scotland Yard, Da.«

Trevor nickte und las weiter. Jury nahm es nicht persönlich, denn mit seinen Angehörigen sprach Trevor ja auch im Telegrammstil.

Vi gab nicht auf. »Er meint, vielleicht wäre uns noch was eingefallen, seit der andere Polizist hier war. Vielleicht weißt du was.«

»Ich weiß nichts.« Trevor schüttelte den Kopf und hob nicht einmal den Blick von der Buchseite.

Überraschend fand Jury nur, daß er sich offenbar wirklich in das Buch vertieft hatte und es nicht einfach nur als Schutzschild gegen Scotland Yard benutzte. Man sah es an seinen Augenbewegungen. Jury konnte sich allerdings nicht vorstellen, daß er wirklich mitbekam, was er las, wenn drei Leute im Zimmer versuchten, ihn zum Reden zu bringen. Die mitfühlende Bemerkung, die Jury auf der Zunge gelegen hatte, blieb ungesagt. Trevor Reese brauchte sie allem Anschein nach nicht. Er war klein und hager, hatte dunkles Haar, einen Zahnbürstenschnurrbart und einen Teint von chaplinesker Blässe. Trevor wirkte nüchtern und ernst, als sei er kein Mann großer Worte. Eigentlich umfaßte sein Repertoire nur drei – »Ay«, »Nein«, »Nichts« –, und derer bediente er sich sparsam. Doch mit seinem kümmerlichen Vokabular schaffte er es durchaus, zu vermitteln, daß er sich nicht von irgendwelchen dahergelaufenen Bullen einschüchtern ließ, selbst wenn sie ihm die Pistole auf die Brust setzen würden. Sie konnten ihn mal kreuzweise.

Jury sah, wie er den Finger anfeuchtete, eine Seite umblätterte und weiterlas. »Sie wissen, daß Ihre Tochter – Dorcas – doch nicht schwanger war?«

Trevor ließ das Buch ein wenig sinken, behielt es aber in der Hand. »Ay.«

Die »Ays« kamen in verschiedenen Tonqualitäten, in diesem

Fall mißtrauisch, als sei Jury hier, um alles wieder aufzurühren und ihm zu erzählen, der Zustand der armen Dorcas werde in den *Daily News* verkündet.

»Gehen Sie auch manchmal in den Case?«

Die Überraschung gelang. Trevor stutzte und ließ das Buch auf den Schoß sinken. »Ay.«

»War Dorcas in jemand Bestimmten vernarrt? In einen von den Gästen dort?«

Trevor schürzte die Lippen und schien darüber sogar ein wenig nachzudenken. Seine Antwort überraschte Jury. »Ay. Diesen Price.«

»Der in Fengate wohnt?«

»Ay.« Hatte er das nicht gerade gesagt? Trevor schüttelte den Kopf und griff wieder zu dem Buch.

»Woher wußten Sie denn, daß sie Jack Price mochte?«

»Na, woher schon? Sie hat geflirtet.« Zur Verdeutlichung veranstalteten seine Augenbrauen ein witziges kleines Tänzchen. Dann begab er sich wieder an seine Lektüre, leckte einen Finger an und blätterte die Seite um. Sein Tonfall war seltsam melodisch. Die Sätze schwangen am Ende nach oben, als käme er aus Irland, doch die gekappten Konsonanten und vollen Vokale erinnerten an einen alten Bewohner der Fens.

Vi geriet nun so in Wut, daß sie in ein Kissen auf ihrem Schoß boxte. »Jetzt komm schon, Da! Du weißt mehr, als du zugibst. Und kannst du bitte mal das Buch weglegen, meine Güte!« Sie wandte sich an Jury. »Da liest wahnsinnig gern. Im Winter liest er uns manchmal vor. Mum backt was zum Nachtisch, Bratäpfel oder Kuchen, und wenn es fast fertig ist, macht sie die Ofentür auf, und wir setzen uns alle davor und hören Da zu. Dorcas hat das auch oft gemacht. Sie hatte eine sehr schöne Stimme zum Vorlesen, wirklich. Sehr angenehm für die Ohren.«

Diese hübsche Beschreibung einer Familienidylle überraschte Jury. »Sie haben sich laut vorgelesen? Daß es so was noch gibt!«

Vi wiederholte ihre Worte von vorher. »Da! Los. Ich wette, du weißt was, was du nicht sagst.«

»Also, Mädchen, komm du nicht her und erzähl mir, was ich weiß und was ich nicht weiß.«

Kopfschüttelnd über soviel Sturheit, stand Vi auf. »Also, ich esse jetzt.«

Da Trevors Antwort aus einem vollständigen Satz bestanden hatte, beschloß Jury, sein Glück weiter zu versuchen.

»Hat sie sich sonst noch jemandem gegenüber auf diese besondere Weise verhalten, Mr. Reese?«

Wieder bedachte der Mann die Antwort, entschied sich aber für ein »Nein«.

»Hören Sie, ich weiß, daß auch Sie herausfinden möchten, wer Ihre Tochter umgebracht hat –«

Jetzt kam das Buch aber herunter. »Mann, Sie haben keine Ahnung. Meinen Sie, wir wollen immer wieder daran erinnert werden, wenn wir mit Ihnen und Ihresgleichen reden?«

»Nein, das meine ich nicht. Aber sind Sie nicht gezwungen, immer und immer wieder und viel mehr daran zu denken, wenn der Mord an Dorcas nicht aufgeklärt wird?«

Darauf antwortete Trevor nicht. Er zuckte mit den Schultern und hob das Buch wieder hoch.

»Hat Jack Interesse für Ihre Tochter bekundet?«

»Der nicht. Der redet nicht viel. Bleibt für sich. An dem sollten sich andere ein Beispiel nehmen.« Sein unglücklicher Blick deutete an, daß so jemand hier in seinem Wohnzimmer saß.

»Haben Sie sie einmal zusammen gesehen?«

Er holte tief Luft. »Ja, natürlich. Ich habe Ihnen doch gerade gesagt, daß –«

»Ich meine nicht im Pub. Ich meine, ob sie manchmal zusammen nach Fengate zurückgegangen sind?«

Er schürzte die Lippen und überlegte. »Hm, kann sein, ich glaube, ja. Sie hatten ja denselben Weg, warum also nicht?«

»Sind Sie ganz sicher, daß es nicht noch jemand anderen gab?«

Diesmal legte Trevor das Buch beiseite. »Also, ich will ja über meine eigene Tochter nichts Schlechtes sagen. Aber Dorcas, sie ... die Burschen waren einfach nicht so hinter ihr her. Ich sage es nicht gern, aber Dorcas war ein unscheinbares kleines Ding. Sie hatte es schwer, sie war nicht so hübsch wie Violet.«

»Aber was ist mit ihrer guten Laune in den Wochen, bevor sie starb? Ihre Frau hat erwähnt, daß sie ganz anders war als sonst.«

»Ay. Eine Weile lang war sie wirklich wie ausgewechselt.«

»Und Violet hat gesagt, Dorcas habe ihr erzählt, sie habe einen ›richtigen Mann‹, und nun werde sich ihr Leben ändern.«

»Ich hab gedacht, sie träumt sich nur was zusammen. Das hat sie oft gemacht. Ist ja auch kein Wunder.«

»Aber wenn sich ihr Verhalten so drastisch geändert hatte, bedeutete das nicht, daß sie wirklich mit jemandem zusammen war? Selbst wenn es nur Wunschdenken war, ging es doch um einen realen Menschen, der ihr besonders am Herz lag.«

Trevor antwortete nicht. Er blätterte in dem Buch.

»Wenn Dorcas die Identität dieses Mannes nicht verraten wollte, mußte ihre Beziehung bestimmt geheim bleiben. Dabei hätte sie es angesichts ihres Pechs mit Männern sicher liebend gern hinausposaunt. Und noch lieber, wenn es Jack Price gewesen wäre. Er ist nett, klug und besitzt etwas noch Anziehenderes – er ist Künstler, Bildhauer, der eines Tages vielleicht sogar mal berühmt wird.«

»Und wegen all dieser Dinge ist es, verdammt noch mal, um so unwahrscheinlicher, daß er unserer armen Dorcas Hoffnungen gemacht hat.«

»Nein, aber vielleicht hat sie sich selbst einreden können, daß er an ihr interessiert war. Und wenn nicht Jack Price, wer dann? Vergessen Sie nicht, daß Dorcas manchen Leuten erzählt hat, sie sei schwanger –«

»Das vergesse ich, Gott weiß, nicht.«

»Also muß es jemanden gegeben haben.«

Trevor bedachte Jury mit ruhigem Blick. »Nein, gab es nicht. Sie vergessen, daß Dorcas sich alles ausgedacht haben kann.«

Jury lehnte sich zurück. »Ja, das ist möglich. Aber in Anbetracht ihres Verhaltens bezweifle ich das. Hat sie in den letzten Tagen, nachdem sie aus der rosaroten Wolke gefallen war, irgend etwas gesagt, worüber Sie sich gewundert haben? In die Richtung, ›sie wünschte, sie hätte es nicht gemacht‹? Oder daß sie einen schlechten Rat befolgt oder jemanden belauscht hätte?«

»Nein, nichts.«

Jury erhob sich und dankte Trevor Reese für seine Zeit und Geduld.

»Ach, schon gut. Es ist nur, uns geht's allen ziemlich schlecht, wegen dem, was mit unserer Dorcas passiert ist.« Trevor stand auch auf. Er warf das Buch auf den kleinen Tisch, der unter der zusätzlichen Last wackelte, deutete darauf und sagte: »Der ist ja jetzt völlig irre. Ich weiß gar nicht, was für ein dämliches Theater sie wegen dem Buch hier machen. Die dämlichen Russen, die quasseln sich immer den Mund fusselig. So einen Quatsch könnte ich auch schreiben.«

»Was denn? Welches Buch?«

»Das dämliche *Krieg und Frieden*.«

## 39

Marshall Trueblood, bei weitem die eleganteste Erscheinung im Raum, erhob sich geschmeidig. Er nestelte an seiner Westentasche, als werde er jetzt etwas zutage fördern, womit er diesen Fall knacken würde. Hervor zog er eine Uhr und begann, sie mit zermürbender Langsamkeit aufzuziehen. Aller Augen waren auf ihn geheftet, alle warteten, daß er etwas tat, das die Wende brachte. Denn gefühlsmäßig waren alle auf seiten Ada Crisps und ihres kleinen Hundes. Die beiden hatten schließlich schon lange zum Inventar des Dorfes gehört, als Lady Ardry ihren Fuß hineinsetzte. Einen amerikanischen obendrein, aus Milwaukee, Wisconsin. Sie hatte das Glück gehabt, Onkel Roberts Gunst zu erringen. Melrose' Onkel Robert war ein fröhlicher Taugenichts gewesen, der vermutlich nach einer durchzechten Nacht befunden hatte, daß eine amerikanische Gattin perfekt zu seiner Spielleidenschaft paßte. Da hatte sich der arme Mann allerdings gründlich geirrt.

»Die Verteidigung ruft Theo Wrenn Browne auf.«

Wenn der Zeuge mal nicht vorsätzlich belastend ist! dachte Melrose, der sich hinten im Raum niedergelassen hatte.

Marshall Trueblood zog lächelnd seine graue Seidenweste glatt und trat auf Browne zu. »Mr. Browne, Sie sind der Inhaber der Buchhandlung namens ›The Wrenn's Nest‹. Trifft das zu?«

»Sie wissen, daß das zutrifft«, höhnte der Angesprochene.

»Und dieser Laden befindet sich neben Miss Crisps Möbelladen.«

Browne nickte und sagte mürrisch: »Jawohl.«

»Sie haben ausgesagt, daß Sie am Tag des angeblichen Unfalls Ihren Buchladen verlassen und direkt davor gestanden haben, als Lady Ardry sich Miss Crisps Laden neben Ihrem näherte. Dann haben Sie gesehen, wie der Hund die Klägerin attackierte, diese stolperte und mit dem Fuß in den Nachttopf geriet. Ist das alles korrekt?«

»Ja-a«, versuchte Browne den Gelangweilten zu mimen. Erfolglos.

»Warum haben Sie Ihren Laden verlassen?«

»Um mit Lady Ardry zu sprechen, wie ich schon gesagt habe.«

»Gut. Und woher wußten Sie, daß Lady Ardry auf dem Bürgersteig vor dem Nachbarladen war?«

Browne seufzte theatralisch. »Weil sie an meinem Laden vorbeigegangen war. Ich habe sie durch das Schaufenster gesehen. Wie ich gesagt habe.«

Trueblood nickte. »Nun, es ist festgestellt worden, daß Lady Ardry im Dorf ein paar Besorgungen gemacht und ein Einkaufsnetz dabei hatte, in dem sich die Dinge befanden, die sie an dem Morgen gekauft hatte, als da sind, eine Rolle Bindfaden, Briefmarken und ein halbes Dutzend Rosinenbrötchen. Stimmen Sie dem zu?«

Browne drehte den Kopf und schien die Spinnweben an der Decke zu studieren. »Ja, ja.«

»Die sie trug, als sie an Ihrem Schaufenster vorbeiging?«

Browne riß den Blick von der Decke und sagte ungeduldig: »Hm, ich glaube, ja.«

»Das Schaufenster Ihres Ladens geht auf die High Street?«

»Natürlich.«

»Und wie oft ist sie vorbeigekommen?«

Browne erhob das Kinn von der Faust, auf der es geruht hatte, als er ob der Banalität dieser Fragen in ein barmherziges Koma gefallen war. »Was meinen Sie damit?«

»Ist sie einmal vorbeigekommen? Zweimal? Wie oft haben Sie sie an Ihrem Schaufenster vorbeigehen sehen?«

»Hm ... einmal ... Ich meine, sie ist nicht mit ihrem neuen Hut vor mir auf und ab stolziert.« Breit lächelnd schaute Browne sich um, ob sich der Rest der Anwesenden mit ihm an dieser witzigen Antwort ergötzte.

Auch Melrose schaute sich um. Nur seine Tante trug ein albernes Grinsen zur Schau. Theo Wrenn Browne war schon normalerweise kein beliebter Zeitgenosse.

»Dann ist sie also auf Miss Crisps Laden zugegangen, da sie nicht von der anderen Richtung her an Ihrem Fenster vorbeikommen konnte, das heißt, weg von Miss Crisps Laden, nachdem sie den Unfall hatte.«

Um zu demonstrieren, was er von dieser Frage Truebloods hielt, sank Browne tiefer in seinen Stuhl. »Sie sagen es. Vermutlich kam sie aus Richtung ihres Cottage.«

Trueblood lächelte. »Nein, das glaube ich nicht, Mr. Browne. Die beiden Päckchen, die sie hat fallen lassen, enthielten Briefmarken, eine Rolle Bindfaden und Rosinenbrötchen, wie ich gesagt habe. Die hatte sie nicht zwischen ihrem Cottage und Ihrem Laden gekauft. Den Bindfaden hat sie vielleicht in der Post erstanden, auf jeden Fall aber die Briefmarken. Die Rosinenbrötchen hat sie in Betty Balls Bäckerei gekauft. Denn sonst bekommt man sie nirgends. Sowohl die Bäckerei als auch die Post sind nördlich, nicht südlich von Ihrem Laden. Also muß sie von der anderen Richtung her gekommen sein, das heißt, sie hätte Ada Crisps Laden erreichen müssen, *bevor* sie an Ihrem Schaufenster vorbeigelaufen ist. Da hätte sie aber nicht vorbeilaufen können, weil sie an den grauenhaften Folgen dieses schweren Unfalls litt.« Trueblood wartete.

»Und ... und ... was ... um alles in der Welt macht das für einen Unterschied? Vielleicht war es früher, vielleicht später ... ich weiß es nicht«, geiferte Browne.

»Aber es kann weder früher noch später gewesen sein, weil Sie gesagt haben, sie sei unmittelbar, bevor sie den Unfall hatte, vorbeigekommen.«

Theo Wrenn Browne kratzte sich am Kopf und warf irre Blicke durch die Gegend. Melrose war entzückt.

Trueblood lächelte eine Weile und schwieg. Dann sagte er: »Was Sie veranlaßt hat, aus Ihrem Laden zu treten, Mr. Browne, waren die Schreie und das Kläffen von Lady Ardry und dem Hund –«

Herrlich, die Formulierung, fand Melrose.

»– und natürlich sind Sie hinausgerannt, um zu sehen, was da für ein Theater war –«

»Gut, vielleicht –«

»Und da das der Fall ist, haben Sie überhaupt nicht gesehen, was passiert ist. Sie haben nur die Nachwehen mitbekommen.«

Ja! Melrose reckte die Faust ein wenig in die Höhe. Bravo, Marshall!

Browne blinzelte, als sei er von Truebloods Lächeln geblendet. Dann fing er wieder an zu toben: »Also, der Hund rannte durch die Gegend und bellte wie ein Wahnsinniger –«

»Oh, daran habe ich keinen Zweifel. Aber wer sagt denn, ob das kleine Tier sich nicht verteidigt hat? Wer sagt denn, daß Lady Ardry die arme Kreatur nicht mit dem Spazierstock traktiert hat?«

Wie eine Rakete schoß Bryce-Pink von seinem Platz, nur Sekunden später als Agatha von ihrem. »Lügner! Lügner!« schrie sie. »Einspruch! Einspruch!« schrie er. Im Saal erschollen Gelächter und leise Hochrufe.

Eustace-Hobson ließ seinen Hammer niedersausen. »Madam, nehmen Sie Platz! Dem Einspruch wird stattgegeben, Mr. Trueblood. Sie spekulieren!«

Fröhlich erwiderte Trueblood: »Nicht mehr als der Zeuge, Euer Ehren.«

Mehr Lärm, mehr Gehämmer.

»Ich habe keine Fragen mehr.« Trueblood verbeugte sich.

Brownes Gesicht war fleckig vor Wut. Er war ertappt.

Fein, dachte Melrose, schon ist der Hauptbelastungszeuge weg vom Fenster. Nun blieb nur noch er als Zeuge. Und er war garantiert keine große Hilfe.

Würde Trueblood die Abweisung beantragen?

Nein. Er rief Melrose in den Zeugenstand.

»Lord Ardry«, sagte Marshall Trueblood, damit sich der Titel dem Hirn des Richters auch ja gut einprägte. Dann unterbrach er sich und sagte rasch: »Oh, ich bitte um Verzeihung. Sie ziehen die Anrede Mr. Plant vor, nicht wahr?«

»Sehr wohl, weil es zufällig mein Name ist.«

»Zu dem Zeitpunkt, als der Unfall sich ereignete, waren Sie auf der anderen Seite der Straße?«

»Jawohl.«

Marshall vollführte einen adretten kleinen Diener. »Und wir beide – Sie und ich – diskutierten, soweit ich mich erinnere, recht lebhaft über die Black Shirts, das neuseeländische Rugbyteam.«

Melrose überlegte ein wenig. Ja, ein paar Bemerkungen über das Team waren gefallen, wenn er auch die Diskussion nicht als »lebhaft« bezeichnet hätte. Aber er mußte keine falsche Zeugenaussage machen. »Ja, das ist wahr.«

»Mr. Plant, Sie sind recht solide bewandert in Antiquitäten, trifft das zu?«

Melrose erschrak. Also, nun wurde das doch nicht wieder aufgekocht! »Hm, solide würde ich es nicht nennen. Ich weiß das eine oder andere...« Mehr war es ja wirklich nicht. Hoffentlich war sein Ausdruck entsprechend bescheiden.

»Nehmen wir zum Beispiel einen... einen Halbmondtisch. Könnten Sie dem Gericht sagen, was das ist?«

Selbstverständlich war Bryce-Pink sofort auf den Beinen, um nach der Relevanz des Ganzen zu fragen. Trueblood erklärte, das werde sich gleich zeigen, und der Richter schlug sich frohgemut auf die Seite der Beklagten, weil die der Anklage ihn zu Tode gelangweilt hatte. Mr. Trueblood konnte fortfahren. Und Mr. Plant ebenfalls, der nun in gnadenlosen Einzelheiten einen Halbmondtisch beschrieb.

»Wunderbar. Und wie wär's mit...« Trueblood verschränkte die Arme, faßte sich ans Kinn, als denke er heftig nach. »Einem Aufsatzsekretär?«

Ach, Kumpel, so einen, wie Owen ihn hat? Lächelnd beschrieb Melrose auch den. Trueblood prüfte ihn auf Herz und Nieren mit noch zwei Teilen. Das eine war der Isfahanteppich, mit dem er in Fengate so schmerzlich vertraut geworden war. Bryce-Pink und seine Klientin saßen an ihrem Tisch und kochten vor Wut. Agatha besonders, weil sie ihres Komplizen Theo Wrenn Browne verlustig gegangen war.

Nachdem Trueblood die Kompetenz des Zeugen als Antiquitätengutachter demonstriert hatte, hielt er ein Buch hoch und fragte ihn, ob ihm das bekannt sei.

Melrose' Augenbrauen schossen in die Höhe, als er auf der Rückseite die Nuttings erkannte, wie sie um die Wette strahlten. Wie konnte Trueblood *Mordsdeal!* heranziehen? Doch der – ganz Sokrates – war schon voll zugange, da konnte er auch mitspielen. »Aber sicher doch. Habe mehr als einmal darin herumgeschmökert.«

»Und wie, Mr. Plant, würden Sie das Buch charakterisieren? Das heißt, wenn Sie es in ein, zwei Sätzen beschreiben müßten?«

Melrose fielen zuerst nur Sätze ein, die er in der Öffentlichkeit nicht wiederholen konnte, dann sagte er: »Es beschäftigt sich in erster Linie mit Auktionen, in zweiter mit Betrügereien.«

»Betrügereien?«

»Hm, ja, ich würde sagen –« Herr im Himmel, dachte Melrose, er wird doch nicht so dreist sein, anzudeuten . . . ? Er verfolgte den Gedanken nicht weiter und sagte dann voller Schadenfreude: »Betrügereien, ja. Die Autoren beschreiben (und mischen höchstwahrscheinlich auch kräftig mit, fügte er nicht hinzu) die diversen Tricks von Privatpersonen und Händlern – die Händler sollte ich eigentlich nicht miteinbeziehen, denn die meisten sind doch zumindest in bescheidenen Ausmaßen ehrlich.« Hier verneigte er sich ein wenig vor Trueblood, der ihm ein warnendes Lächeln schenkte. »Es handelt also von Individuen, denen es gelingt, Händler oder auch Auktionatoren hereinzulegen. Oder schlichte, ahnungslose Käufer. Es gibt zum Beispiel die alte Technik des ›Köderns und Unterjubelns‹.«

»Aha, und würden Sie dem Gericht erklären, um was es sich dabei handelt?«

Laut protestierend war Bryce-Pink wieder auf den Beinen. Agatha schaffte es, schäumend sitzen zu bleiben. Eustace-Hobson machte sich nicht einmal die Mühe, verbal zu reagieren. Ärgerlich winkte er Bryce-Pink auf seinen Stuhl hinunter. Unterbrach der doch eine Geschichte, die lustig zu werden versprach.

Melrose zupfte sich einen Fussel vom Jackett und fuhr fort: »Im Prinzip eine amerikanische Gepflogenheit (was ja kaum überraschend ist, wollte er eigentlich noch hinzufügen). Es geht um die Raffinesse, mit der die Besitzer von, sagen wir, antikem Silber, betrügen. Zum Beispiel die Cousinen Pointer aus Kentucky.« Melrose deutete mit dem Kopf auf das Buch. »Die Cousinen Pointer nannten eine sehr schöne, ziemlich wertvolle georgianische Bowle ihr eigen. Sie trugen sie zu einem Händler – mit Bedacht nicht zu einem wirklichen Spezialisten –, setzten sie auf die Ladentheke und verkündeten, sie wollten dieses Gefäß nebst einem Kaffeeservice und ein paar weiteren Silbergegenständen verkaufen. Der Ladenbesitzer inspizierte die Bowle, befand sie als wirklich sehr fein und machte ein faires Angebot. Dann schleppten sie eine Kiste mit noch mehr sogenanntem georgianischen Silber an, und da der potentielle Käufer die Bowle genau inspiziert hatte, überprüfte er die anderen Gegenstände nur noch flüchtig. Die waren blitzblank poliert und sahen vollkommen echt aus. Hinterher stellten sie sich natürlich als der letzte Schnickschnack heraus. Und natürlich brachten die Cousinen es dann doch nicht übers Herz, die georgianische Bowle zu verkaufen, tischten eine Story auf, ›sie gehörte unserer alten Oma‹ und so weiter und so fort und verscherbelten nur die Kiste mit dem Talmi.« Melrose grinste. »Ich fand sie eigentlich ganz pfiffig, besonders weil sie beide schon über neunzig waren.«

Eustace-Hobson fand sie offenbar auch ganz pfiffig. Jedenfalls gelang es Melrose, ihn wach zu halten. Er gluckste heiser und warf Agatha einen demonstrativen Blick zu. Die, fand Melrose, sah aus, als sei ihr Blutdruck so gestiegen, daß sie gleich hier im Gericht ihren letzten Seufzer zu tun drohte. Geschähe ihr ganz recht.

Trueblood blätterte durch *Mordsdeal!*, hielt an einer Seite inne und fragte dann: »Mr. Plant, erinnern Sie sich an die Geschichte von Piggy Arbuckle?«

»Piggy? O ja. Also, seinen Lieblingstrick haben die Nuttings den ›Faust in der Vase‹-Trick getauft. Mr. Arbuckle, der, nebenbei bemerkt, Peregrine hieß, aber Piggy genannt wurde, obwohl er dünn wie eine Bohnenstange und auch bald neunzig war – egal, Piggy pflegte in Antiquitätenläden aufzukreuzen und sich gründlich umzuschauen. Und zwar stets in Begleitung eines jungen Helfershelfers, der auf ein Zeichen von Piggy die Hand in ein wertvolles Teil steckte und dann prompt nicht mehr herausbekam. Was tun? Rein zufällig war auch ein Arzt im Laden, ein ›Dr. Todd‹, der sich erbot, den Burschen mit in seine Praxis zu nehmen, den Arm mit einer Salbe oder irgendeinem Fett einzuschmieren und dann aus der Meißener Vase, oder was sonst es war, zu befreien. Der Ladenbesitzer, der um sein teures Porzellan bangte, schloß sich dem Vorschlag natürlich stets an. War das eine Truppe! Übrigens lauter Arbuckles, der Junge ein Großneffe und ›Dr. Todd‹ ein Cousin. Sie reisten durch die Lande wie ein kleiner Wanderzirkus.«

Melrose war entzückt. Man brauchte kein Einstein zu sein, um zu sehen, daß der »Faust in der Vase«-Trick im Handumdrehen durch den »Fuß im Nachttopf«-Trick ersetzt werden konnte – auch wenn die beiden Fälle ansonsten keinerlei Ähnlichkeit miteinander aufwiesen.

Marshall Trueblood sagte: »Wo haben Sie dieses lehrreiche kleine Bändchen gefunden, Mr. Plant?«

Ach, darauf lief es hinaus! Wie wunderbar! Schuldzuweisung durch Analogieschluß! Melrose fiel es schwer, Fassung zu bewahren und mit gebührendem Ernst zu antworten. »Ach, das habe ich in The Wrenn's Nest gefunden, Mr. Brownes Buchhandlung.«

Schallendes Gelächter. Theo Wrenn Browne schoß aus seinem Stuhl hoch; Agatha sprang auf die Füße und keifte; Bryce-Pink schrie seine Einsprüche. Und zum erstenmal seit Wochen lächelte

Ada Crisp. Sie lächelte nicht nur, sondern hob die Arme und verschränkte die Hände zum Siegeszeichen wie ein Preisboxer.

Melrose strahlte.

Eustace-Hobson hämmerte mit seinem Hämmerchen.

Als sich der Tumult wieder gelegt hatte, ging Trueblood zu dem Tisch mit den »Beweisstücken«, wo in einsamer Pracht nur der zusammengeleimte Nachttopf stand, wenn man die schlichte Schüssel in dem grünlichen Farbton als »prächtig« bezeichnen wollte. Trueblood gab ihn Melrose. »Mr. Plant, würden Sie den bitte umdrehen und die Marke anschauen.«

Melrose tat, wie ihm geheißen. Er sah einen dicken, vorstehenden Klecks, aber keinen Namen, und verkündete es pflichtbewußt dem Gericht.

»Diese Marke datiert das Stück in die Ch'ein-lung-Periode. Es gehört zu der *›famille verte‹* – daher der blasse grünliche Schimmer – und ist recht wertvoll.«

Weiter so! dachte Melrose, als er sah, wie Trueblood einen Preiskatalog öffnete. Auch Eustace-Hobson hielt den Atem an.

»– neunhundert Pfund für diese Schüssel. Ich habe ihre Echtheit feststellen lassen. Es ist gar kein Nachttopf, es ist eine große Schale, womöglich für Obst.« Trueblood wandte sich nun an sein Publikum. »Aber ganz bestimmt nicht zum –« Er hielt inne. Alle warteten wie gebannt auf eine juristische Offenbarung. ». . . für etwas anderes gedacht, wenn Sie verstehen, was ich meine.« Er verbeugte sich.

Der Gerichtssaal tobte. Agatha und Theo Wrenn Browne sahen aus, als bedürften sie des Beistands von »Dr. Todd«. Selbst der alte Eustace-Hobson war eindeutig entzückt. Er hämmerte mit seinem Hammer (mehr, um den Schein zu wahren, als aus dem Wunsch heraus, wirklich zur Ordnung zu rufen) und bedeutete Bryce-Pink und Trueblood vorzutreten. Er richtete ein paar wohlformulierte Worte an sie, und als sie zu ihren Plätzen zurückgingen, verkündete er, die Klage gegen Miss Crisp sei abgewiesen. »Lächerlich, das Ganze!« schimpfte er und vergaß einen Moment lang sein Amt. »Verschwendung von Steuergeldern! Es würde mich gar nicht überraschen, wenn es eine Gegenklage gäbe, Mr. Bryce-Pink, wenn Ihre Klientin wegen Verleumdung belangt würde! Entweder deswegen oder wegen Absprache zur Irreführung des Gerichts oder beidem zusammen!« Und ärgerlich murrend verfügte er sich aus dem Saal.

Ada Crisp umarmte Trueblood und vollführte ein kleines Tänzchen am Tisch der Anklage. Sie winkte Agatha zu und hopste durch den Mittelgang zu ihren Bridgeklubdamen.

»Wahnsinn! Brillant!« rief Melrose und schlug Trueblood den Arm um die Schulter. »Darauf trinken wir ein Cairo Flame!«

## 40

Im Case Has Altered bat Jury Julie Rough um das Telefon, das unterm Tresen stand, und zog es an der langen Schnur zu einem etwas abseits stehenden Tisch, damit ihn niemand hören konnte. Pflichtbewußt wählte er die Nummer der Kripo in Lincoln. Als Bannen am Apparat war, sagte Jury: »Hören Sie, es läßt mir keine Ruhe. Dorcas' Stimmungsumschwung ist wichtig. Davor muß etwas Einschneidendes passiert sein.« Bannen schwieg so lange, daß Jury schon dachte, die Verbindung sei unterbrochen. »Hallo . . . sind Sie noch dran?«

Bannen sagte: »Wir wissen, daß ›etwas Einschneidendes passiert ist‹. Sie dachte, sie sei schwanger.«

»Außerdem etwas, meine ich. Auf *wen* hätte sie nicht hören sollen? *Was* hätte sie nicht tun sollen?«

»Ich würde sagen, sie hätte sich nicht unter den Rock fassen lassen sollen. Er hat sie abserviert. Das würde doch den Umschwung erklären, oder etwa nicht?«

Jury mußte Bannen widerwillig recht geben, nun war es an ihm, zu schweigen. Da ging die Tür auf, und die Frau, die er beim letztenmal hier gesehen hatte, kam herein und setzte sich an den Tresen. Madeline Reese, Trevors Schwester und die Person, der Dorcas sich anvertraut hatte. Sie sah Dorcas so ähnlich, daß Jury schon überlegte, ob ihrer beider Mangel an Schönheit eine so starke Bindung zwischen ihnen geschaffen hatte. Zu Bannen sagte Jury: »Ich begreife es einfach nicht. Ständig ist nur die Rede davon, wie unattraktiv Dorcas war. Die bloße Tatsache ihrer Schwangerschaft hat die Leute schon überrascht. Wer würde Dorcas dennoch attraktiv genug finden, um mit ihr ins Bett zu gehen?«

»Tut mir leid, aber ich habe noch nie gehört, daß ein hübsches Gesicht dafür das *sine qua non* sei.«

»Sie haben recht, aber Dorcas war insgesamt einfach nicht attraktiv. Können wir rein theoretisch nicht doch mal annehmen, daß der Mann, mit dem sie sich eingelassen hatte, etwas von ihr wollte, aber nicht sie selbst? Vielleicht wollte er sie nur zum Schweigen bringen?«

»Warum? Von all den Männern, mit denen wir gesprochen haben, ist Max Owen der einzige, für den diese ›Schwangerschaft‹ unangenehme Folgen hätte haben können. Für Price garantiert nicht; bei ihm würde man ein Auge zudrücken, denn er ist Künstler, und jeder weiß, daß diese Typen exzentrisch sind und an freie Liebe glauben. Und Major Parker ist Junggeselle. Er ist auch nicht der Typ, der sich erspressen läßt. Und Dorcas hatte keinen Grund, ihn zu erpressen. Sie ist schwanger, er ist der Vater, na und?«

Jury schwieg und beobachtete die einsame Frau am Tresen. Die Burschen am anderen Ende hatten sie begrüßt, aber keiner hatte sich zu ihr gesetzt. Da ging die Tür wieder auf, und ein alter Mann trat ein. »Mir fehlt ein Stein in dem Mosaik. Ich glaube immer noch, jemand wollte, daß sie schwieg.«

»Na, dann hat er ja gekriegt, was er wollte«, sagte Bannen und legte auf.

Den alten Mann hatte Jury beim letztenmal auch schon hier gesehen. Schwerfällig schleppte er sich zum Ende des Tresens, und Jury mußte an einen sturmgebeugten Baum denken. Er setzte sich zwischen Ian und Malcolm und legte seinen knorrigen Stock auf den Tresen.

Als Julie sah, daß Jury zurückkam, lächelte sie, zog ihren Pullover herunter und strich ihren kurzen Rock glatt. Jury bestellte ein Pint Adman's und sagte ihr, sie solle den dreien eine Runde von ihm spendieren, je nachdem, was sie wollten. Er überlegte, ob er auch Madeline Reese bedenken sollte, fand es dann aber besser, wenn er sich zuerst mit ihr bekannt machte.

Ian oder Malcolm – Jury wußte nicht, wer es war – stellte den alten Mann vor, der Thomas hieß. »Na, Sie sind wohl wegen den Morden hier, was?« sagte er.

»Ja.«

Tom rückte ihm unangenehm dicht auf die Pelle. »Mißbraucht worden, was?«

»Nein, unseres Wissens nicht.« Jury lächelte.

»Meistens ist es aber so. Bestimmt irgend so ein Perverser.« Er klopfte sich an den Kopf. »Der nur Sex in der Birne hat.«

»Da wir gerade von Sex sprechen«, sagte Ian und senkte die Stimme, »da ist die perfekte Braut für dich, Thomas.« Er zwinkerte Jury zu und deutete mit dem Kopf auf Madeline Reese.

Thomas blinzelte. »Wer kann das sein?«

»Da hinten.«

»Ich seh sie nicht, verdammt.«

»Mann, dann setz doch deine dämliche Brille auf.«

Thomas fummelte eine Drahtgestellbrille aus seiner Jackentasche und klemmte sich die Bügel hinter die Ohren. »Ach, du meine Güte, das ist doch die Reese. Da setz ich die Brille lieber wieder ab.« Gesagt, getan.

Malcolm stieß Thomas mit der Schulter an. »Nu mach schon, Thomas, greif zu!«

»Halt die Klappe, Mac. Da müßte man schon blind sein. Hör auf, mich zu verarschen.«

Madeline sah müde aus. Bestimmt ein chronischer Zustand bei ihr, dachte Jury. Sie war es sicher müde, in Männern nichts anderes als Hohn und Spott zu erregen. Er nahm sein Glas und ging zu ihr.

Sie wirkte aufrichtig überrascht, als er sich auf den Barhocker neben sie setzte und sie zu einem Drink einlud. Auch bei näherem Hinsehen gewann ihr Äußeres nicht. Ihr glattes braunes Haar war in der Mitte gescheitelt und hinter die Ohren zurückgestrichen. Ihre hellbraunen Augen waren wäßrig – vielleicht von einer Allergie? – und hatten die Farbe von nassem Sand. Sie wollte ein Shandy. Das hatte er seit Jahren niemanden bestellen hören. Auch ihr Kleid, ja, die ganze Maddy war veraltet, ein Überbleibsel aus früheren Zeiten. An manchen Frauen haftete die Vergangenheit wie eine Staubschicht.

War Madeline so, wie Dorcas geworden wäre? Die Zielscheibe von Scherzen, das Objekt gespielter Begierde von Männern, die sie nur ohne Brille anschauen konnten? Während Julie Rough ihnen die Getränke brachte, kondolierte Jury Madeline. Dann erläuterte er ihr seine Position, daß er nicht zu den offiziellen Ermittlern gehöre und nur einer Freundin helfen wolle. Als Maddy erfuhr, daß die Freundin die Frau war, über deren Prozeß die Lokalblätter so haarklein berichtet hatten, wurde sie richtig aufgeregt. Nun bekam sie Informationen aus erster Hand. Sie sagte, sie könne kaum glauben, daß »unserer Dorcas« so was passiert sei. Jury gefiel das besitzergreifende »unsere«. Die Mutter hatte sich ja auch so ausgedrückt. Maddy hatte alle Zeitungen gelesen und war froh, daß diese Kennington davongekommen war. Jury nahm das als Zeichen für einen herzlichen, großzügigen Charakter. Denn immerhin blieb damit der Mord an ihrer Nichte ungeklärt. Als er ihr das sagte, errötete sie. Komplimente war sie nicht gewöhnt.

Allerdings befürchtete sie, daß irgendwo da draußen ein Serienmörder sein Unwesen trieb. Jury versuchte sie zu beruhigen, doch ganz war sie nicht abzubringen von ihrer Idee. Vielleicht war ihr die Vorstellung deshalb so lieb und teuer, weil dadurch alles um so aufregender wurde. Die Menschen waren seltsam.

Während sie miteinander sprachen, fiel ihm auf, daß ihre Stimme besonders angenehm war. Sie hatte wie ihr Bruder Trevor diesen singenden irischen Tonfall, der sich immer wieder an dem lokalen Akzent stieß. Wenn Maddy nicht so unscheinbar gewesen wäre, hätte man ihre Stimme vielleicht sogar als verführerisch empfunden. Hatte nicht der Vater oder Vi, die Schwester, erzählt, daß Dorcas' Stimme so »angenehm für die Ohren« war, daß sie sie oft gebeten hatten, laut vorzulesen?

Ja, Madeline pflichtete ihrer Nichte Violet bei. Dorcas' Gemütsverfassung habe sich kurze Zeit vor ihrer Ermordung dramatisch verändert. »Meiner Meinung nach«, sagte Maddy, »hat ihr jemand übel mitgespielt.« Sie schnippte die Asche von ihrer Zigarette auf einen Metallaschenbecher. »Übel«, bekräftigte sie noch einmal. Wie das war, wußte sie wahrscheinlich zur Genüge.

Er wollte gerade etwas dazu sagen, da fiel ihm ein, daß Madeline manchmal für Major Parker arbeitete. Er fragte sie, seit wann.

»Seit Jahren, regelmäßig. Ich helfe auch, wenn er mal ein Abendessen gibt. Er ist ein großartiger Koch, hat Ihnen das schon jemand erzählt?«

»Das haben mir *alle* erzählt«, lachte Jury.

»Ich finde es schön, wenn ein Mann wie er so wunderbar kocht. Die meisten Männer würden das doch ums Verrecken nicht tun. Stellen Sie sich doch die Bande hier mal vor.« Sie deutete mit dem Kopf auf Malcolm und Ian und den alten Thomas. »Stellen Sie sich vor, wie sie über Cassoulets und Soufflés ihre Köpfe zusammenstecken. Schon bei dem Gedanken daran muß ich lachen. Major Parker, der ist da völlig in seinem Element.«

Jury fielen Zels Worte ein. »Haben Sie Dorcas je bei ihm gesehen?«

»Dorcas? Nein! Was hätte sie denn da zu schaffen gehabt?«

»Ich habe gehört, daß Dorcas Major Parker mehr als einmal besucht hat.«

»Wirklich? Was, um Gottes willen –« Sie lachte. »O nein, Sie wollen doch damit nicht sagen, Sie glauben, Major Parker ...? Hören Sie, der würde sich mit einem dummen kleinen Mädchen wie unserer Dorcas nie abgeben. Wenn Sie meinen, er ist derjenige, welcher ... Nein, nie im Leben. Dorcas besaß immer sehr wenig Anziehungskraft auf Männer. Ich muß es wissen, denn wir sehen uns sehr ähnlich. Sahen«, korrigierte sie sich traurig.

Obwohl in ihrer Stimme kein Selbstmitleid mitschwang, tat sie Jury leid. »Anziehungskraft ist aber doch sehr vielschichtig. Glauben Sie, daß Dorcas' Ruf als leichte Eroberung übertrieben war?«

Maddy schüttelte sich noch eine Zigarette aus dem Päckchen. »Ich weiß nicht. Ich weiß nur, daß sie schon als Schulmädchen mit Jungen ging.«

»›Dorcas will‹?«

Sie nickte. »Die Zeile haben die Kinder vielleicht als einziges aus ihrer Schulzeit mitgenommen. Aber selbst da wissen sie ja nicht einmal mehr, von wem sie ist.« Sie beugte sich mit ihrer Zigarette über das Streichholz, das Jury ihr hinhielt, inhalierte tief und stieß einen Rauchfaden aus.

Jury fand den träge dahinschwebenden Rauch überaus verführerisch. Er verfolgte seine zarte Spur bis zur Decke, wo er sich auflöste. Er erinnerte sich, wie er sich auf dem Dach des Hotels in Santa Fe am liebsten in die Arme der hübschen Frauen mit dem Martini in der einen und einer Zigarette in der anderen Hand gestürzt hätte. Nicht weil er Sex, sondern weil er rauchen wollte. Er überlegte, ob es wissenschaftliche Studien über die Beziehung zwischen Rauchen und Sexualität gab. »Wie vieles daran ist sexuell?«

»An Dorcas' Verhalten?«

»Nein. Am Rauchen.« Wahrscheinlich sah er jetzt so verschämt aus wie ein kleines Kind. Hier waren zwei Morde geschehen, und er redete über Zigaretten. »Ich versuche gerade aufzuhören.«

Sie schaute ihn mitfühlend an und blies den Rauch von ihm weg. »Es ist schwer, ich hab's auch versucht.« Nach einer Weile Nachdenken sagte sie: »Vielleicht hat sie bei irgendwas ausgeholfen. Dorcas, meine ich.«

Jury dachte an Zels Worte. »Sehr wahrscheinlich ist es nicht, oder, daß Dorcas beim Kochen ausgeholfen hat? Und für das Saubermachen sind Sie doch zuständig, stimmt's?«

»Einmal in der Woche. Mehr braucht er auch wirklich nicht. Er ist sehr ordentlich. Und große Teile des Hauses sind sowieso verschlossen. Es ist also nicht soviel Arbeit, wie es aussieht. Aber wie dem auch sei, wenn Major Parker gemeint hätte, er brauchte mehr Hilfe, hätte er bestimmt mich gebeten, jemanden zu suchen.«

»Dann haben Sie keine Ahnung, warum Dorcas dort hingegangen sein könnte?«

Maddy schüttelte den Kopf. »Wer hat Ihnen denn das überhaupt erzählt?«

Jury wollte es nicht sagen. Obwohl er glaubte, was Zel gesehen und erzählt hatte, akzeptierten andere vielleicht keine Informationen, die von einem kleinen Mädchen mit blühender Phantasie stammten. »Kannten Sie Verna Dunn?«

»Nein. Nur vom Sehen. Ich meine, ich weiß, wie sie aussah. Soweit ich gehört habe, war sie nicht sehr sympathisch.«

Jury schüttelte den Kopf.

»Haben Sie geglaubt, daß Ihre Freundin davonkäme?« fragte Maddy.

Wieder nickte Jury. »Sie hatte gute Anwälte.«

»Ich frage mich immer, wieso können es nicht zwei verschiedene Leute gewesen sein – die Mörder, meine ich. Das wäre viel logischer.«

»Warum meinen Sie das?«

»Weil mir einfach nicht in den Kopf geht, daß ein Mensch einen Grund hatte, sie beide umzubringen. Also, ich kann mir vorstellen, daß Dorcas zu dem Mann geht und ihm sagt, daß sie einen dicken Bauch hat. Und daß er nein zu einer Heirat sagt, und sie wird sauer und droht, sie erzählt es allen. Wenn er verheiratet ist, will er das natürlich nicht. Und wenn er nicht verheiratet ist, aber eine bestimmte gesellschaftliche Stellung hat, dann will er sie vielleicht loswerden. So schrecklich das alles ist, aber das kann ich mir vorstellen.«

»Ich auch.«

## 41

»Das war alles völlig harmlos, Superintendent«, sagte Parker. »Dorcas war eine schreckliche Köchin, ich habe ein paar Wochen lang versucht, ihr die Grundlagen des Kochens beizubringen. Gut, ich hätte diesem Kripobeamten aus Lincolnshire erzählen sollen, daß sie ein paarmal hier war. Aber ich sah einfach nicht ein, warum. Es war ja alles so unschuldig.«

»Das glaube ich Ihnen auch«, sagte Jury und trank noch einen Schluck von dem besten Kaffee, den er je gekostet hatte. »Das Problem ist nur, daß Dinge, die für den Fall völlig irrelevant erscheinen, oft doch sehr wichtig sind.«

»Wieso war die Tatsache, daß ich ihr ein paar grundlegende Dinge über das Kochen beigebracht habe, relevant für ihren Tod?«

»Das weiß ich nicht.«

Parker steckte sich die Pfeife wieder in den Mund, hielt aber den Blick auf Jury geheftet.

»Es geht eher um das Warum. Warum wollte Dorcas kochen lernen?« überlegte Jury.

»Das hat sie mir nicht gesagt. Sie hat nur gesagt, es liege ihr sehr am Herzen. Sie konnte ja nicht mal ein Rezept aus einem Kochbuch befolgen. Aber schon komisch, daß ich sie nie danach gefragt habe. Ich glaube, ich gehe eben wie selbstverständlich davon aus, daß alle kochen oder es zumindest gern würden.«

»Nach dem, was ich bisher gehört habe, Dorcas Reese nicht.«

Parker saß da und sog schweigend an seiner Pfeife. Manchmal hatte Jury den Eindruck, daß wirklich alle Menschen dieser Erde rauchten, nur er als einziger nicht. »Ich verstehe«, sagte Parker.

Sie redeten über die Gerichtsverhandlung. Parker erzählte, daß sie alle, er selbst und auch die Owens, über deren Ausgang höchst erleichtert gewesen seien, weil sie Jenny Kennington sehr mochten. Er habe nie geglaubt, daß sie schuldig sei, Max und Grace auch nicht. Die Anklage habe von Anfang an auf tönernen Füßen gestanden. Der Meinung war Jury nicht, aber er hatte jetzt keine Lust, über die juristischen Einzelheiten zu diskutieren.

»Also, ich begreife, was Sie meinen. Dorcas wollte kochen lernen, weil sie heimlich etwas vorhatte.« Er nahm die Pfeife aus dem Mund und schaute den Kopf nachdenklich an. »Wissen Sie, vor Jahren bin ich mal in so einen Cordon bleu-Kochkurs gegangen. Die meisten Teilnehmer waren Männer, nur zwei, drei Frauen waren dabei. Von den Männern wollten alle außer einem Köche werden. Von den Frauen haben zwei den Kurs mitgemacht, weil sie keine Ahnung vom Kochen hatten und heiraten wollten.« Er schaute skeptisch, als er sagte: »Vielleicht wollte Dorcas –?«

»Heiraten, ja. Wie oft war sie hier?«

»Ein, zwei Nachmittage in der Woche. Ungefähr fünf oder sechs Wochen lang, würde ich sagen.«

»Bis zum Zeitpunkt ihres Todes?«

»Nein.« Parker rieb sich mit dem Pfeifenstiel die Schläfe. »Auf einmal kam sie nicht mehr, was mich richtig überraschte. Sie war so fest entschlossen gewesen. Sie hat auch nicht angerufen.« Er zuckte die Achseln. »Das war, glaube ich, eine Woche oder zehn Tage vor ihrem Tod.«

»Ich habe mit den Reeses gesprochen, einschließlich der Tante, Madeline. Sie wußte nicht, daß Dorcas Sie besucht hat.«

»Maddy, ah. Sie kann es auch nicht wissen, nein. Dorcas kam an den Tagen, wenn sie nicht hier war. Vielleicht Zufall, vielleicht aber wollte Dorcas auch, daß ihr Unterricht geheim blieb.«

»Noch geheimer als ihre angebliche Schwangerschaft? Davon hat sie ja auch nur ihrer Tante und einer Freundin erzählt.«

»Und mir.«

Jury starrte ihn verblüfft an.

Parker schüttelte den Kopf. »Also gut, ich hätte es sicher diesem Chief Inspector Bannen mitteilen sollen. Doch Sie können sich ja jetzt gewiß vorstellen, warum ich es nicht getan habe. Allerdings, die Frage –« Diesen Satz ließ er unbeendet. »Dorcas war intelligenzmäßig doch ein arges Leichtgewicht«, fuhr er dann fort. »Schusselig, konnte sich nicht mal auf eine Sauce hollandaise konzentrieren. Sie war mit dem Blick immer schon bei dem fertigen Ergebnis – einer Mousse, einem Soufflé. Aber die dazu notwendigen Schritte, die schaffte sie nicht. Weder für ein perfektes Cassoulet noch das Birnenconfit à la Parker.« Verlegen hielt er inne. »Verzeihung, ich neige dazu, beim Thema Kochen ein bißchen abzuheben.«

Jury lächelte. »Klingt gut.« Er drehte sich um. »Riecht auch gut. Was kochen Sie?«

»Lammragout. Sie sollten mit mir essen. Besser gesagt mit uns, denn Zel kommt, um das Dessert zu machen. Meinen Sie wirklich, daß Sie nicht hierbleiben können?« Parker fragte ihn zum drittenmal mit einer fast kindlichen Hartnäckigkeit.

»Ich würde furchtbar gern, aber irgendwas geht mir im Kopf herum, ein Fitzelchen von einer Antwort, das beim Ragout verlorengehen könnte. Vorausgesetzt natürlich, daß Sie so gut kochen, wie es heißt.«

Parker lachte. »Vermutlich schon.«

Jury schaute Parker nachdenklich an. »Kann Dorcas nicht irgendwas gesagt haben, das damals – nochmal: irrelevant erschien, es aber in Wirklichkeit nicht war?«

»Also, so können Sie es nicht ausdrücken, Wertester.« Parker lachte. »Wenn es irrelevant schien, dann hätte ich es ja wohl nicht mitgekriegt, oder?«

»Nein, natürlich nicht. Aber erzählen Sie mir alles, worüber Sie sich gewundert haben.« Jury beugte sich vor. »Denn wenn wir wissen, wer der Mann ist, dann wissen wir vielleicht auch, wer sie umgebracht hat. Ich muß immer wieder daran denken, was sie gesagt hat: ›Ich hätte nicht hören sollen. Ich hätte es nicht tun sollen.‹ Auf wen gehört? Was getan? Redete sie von ihrer Schwangerschaft? Angenommen, sie hat dem Mann erzählt, sie sei schwanger.«

»War sie aber nicht.«

Jury schaute ihn wieder nachdenklich an und sagte dann: »Das spielt keine Rolle, solange sie dachte, sie sei es. Der angebliche Vater hätte ihr schließlich geglaubt. Dorcas hätte ihn davon überzeugt, wenn er daran gezweifelt hätte. Sie war wild entschlossen.«

»Und als er es spitzgekriegt hat, hat er sie aus dem Weg geräumt?« Parker rieb sich wieder mit dem Pfeifenstiel die Schläfe. »Als Motiv beeindruckt mich das nicht sonderlich. Heutzutage nicht mehr. Es gibt doch praktisch kaum noch ein Verhalten, an dem wir uns stoßen. Und ledige Mütter gibt es viele. Ich weiß nicht, warum Dorcas sich mir anvertraut hat. Aber ich wußte auch nicht, warum sie mich gebeten hat, ihr Nachhilfeunterricht im Kochen zu geben. Ich hoffe, Sie glauben mir. Ich hatte überhaupt keine Beziehung zu Dorcas. Ich habe keine Ahnung, warum sie mir erzählt hat, sie sei schwanger. Eines Tages platzte sie damit heraus. Sie war ziemlich aufgeregt.«

»Waren Sie es vielleicht, auf den sie ›nicht hätte hören sollen‹?«

»Wie meinen Sie das?«

»Haben Sie ihr irgendeinen Rat gegeben, als sie Ihnen erzählt hat, sie sei schwanger? Dachte, daß sie schwanger sei, meine ich.«

Parker schüttelte traurig den Kopf, nahm die Brille ab, legte sie auf den Tisch und versank in Betrachtung des feinen silbernen Gestells. Nahm Schnupftabakdose und Tabatière zur Hand und legte sie wieder hin. Dann sagte er: »Ich gebe nie Ratschläge. Ich kann das nicht. In Krisen bin ich hilflos. Deshalb bin ich ja wohl auch allein, lebe ich allein.« Sein Blick schweifte durch das Zimmer, blieb an den eleganten, willkürlich zusammengefügten Stücken hängen – dem arabischen Kabinettschränkchen, der Mahagoni-Etagère, einem venezianischen Spiegel über einem georgianischen Schreibtisch aus russischem Rosenholz, den Kiefernschränkchen aus dem achtzehnten Jahrhundert.

»Vielleicht hat sie es Ihnen erzählt, weil Sie den Eindruck erwecken, daß man Ihnen vertrauen kann.« Jury stand auf.

Parker auch, er nahm seine Brille, massierte sich den Nasenrükken und setzte sie wieder auf. Sorgfältig legte er sich die Metallbügel um die Ohren.

Jury schaute ihn an. Geste und Brille erinnerten ihn an den alten Thomas, der Maddy am anderen Ende des Tresens nicht hatte anschauen wollen. »Da müßte man schon blind sein.« Jury erstarrte. Geblendet von der Klarheit. Wie betäubt sagte er noch einmal: »Ich muß gehen, tut mir leid.«

Er stand in der purpurfarbenen Dämmerung auf dem Fußweg und ging noch einmal alles durch. Es mußte Peter Emery sein. Peter war der einzige Mann, der sich nicht von Dorcas' Aussehen hätte abschrecken lassen und der von ihrer Stimme, wenn sie ihm vorlas, angetan gewesen wäre. Jury lauschte auf das frühe Schreien einer Eule, die zarten raschelnden Bewegungen, die aus dem Rotdorn kamen, und ging dann ein Stück über den Weg.

Dorcas hatte geglaubt, sie werde ihn heiraten. Dummes Ding.

Zwischen ihnen standen ein Dutzend Jahre versteinerter Gefühle, Verbitterung über den Verlust seines Augenlichts. Er war hundert Jahre älter als Dorcas Reese, wenn Erfahrungen ein Maßstab für Alter waren. Eine Affäre mit Dorcas? Ja, aber den Rest seines Lebens mit ihr verbringen? Nein, das glaubte Jury nicht.

Er holte tief Luft und blieb bewegungslos stehen, lauschte – endlich Ruhe! – und dachte, wie wunderschön das rekultivierte Wyndham Fen war. Es war wiedergewonnen, so, wie Max Owen oder Parker ein Möbelstück restaurieren ließen und wiedergewannen. Und er wünschte sich – obwohl er wußte, daß es romantischer Quatsch war –, er könnte die Zeit zurückdrehen und die ganze Grafschaft so sehen, wie sie gewesen war, als die alten Bewohner der Fens ihr ihren Lebensunterhalt abgerungen hatten. Oder noch früher – wie mußte diese Landschaft ausgesehen haben, als hier nur Inseln waren: Ely, Ramsey, Whittlesey, March. Städte und Dörfer von Wasser umgeben, sonst nur Sumpf und Reetfelder. Aber auch das war eine viel zu romantische Vorstellung, denn es gab wilde Bäche und Flüsse, die Uferböschungen wegrissen, die erbarmungslose, zerstörerische Kraft des Wassers... Sogar der müdeste Fluß / Strömt endlich doch ins Meer..., hörte er Parker Swinburne zitieren.

Jury seufzte. Über diese Dinge dachte er ja nur nach, damit er nicht über etwas anderes nachdenken mußte. Jenny war unschuldig, und nun wußte er es. »Du hättest nie Gewißheit«, hatte sie gesagt. Aber jetzt hatte er sie, und es war zu spät, weil sie beide ihre Ängste nicht ausgesprochen hatten. Sie hatten sich gegenseitig auf Abstand gehalten. Sie hatten einander nicht vertraut, nicht einmal auf so simple Weise, wie Dorcas Parker vertraut hatte. Der müdeste Fluß / Strömt endlich doch ins Meer.

Plötzlich wurde aus dem Ideenfünkchen blendende Helligkeit. Sie breitete sich vor ihm aus wie Wasser, das die Fens überflutete. Und ihm war auch, als dächte nicht er selbst, sondern eine Macht für ihn.

Allein konnte er nichts unternehmen. Er mußte in Lincoln anrufen, er mußte mit Bannen sprechen und tun, was der DCI sagte. Er drehte sich um und ging zutiefst traurig den Weg zu Parkers Haus zurück.

»Ah! Dann haben Sie sich das mit dem Ragout doch noch einmal überlegt!« Parker riß die Tür weit auf und winkte Jury mit einer Hand, in der er ein Glas Wein hielt, hinein.

Jury lächelte. »Eigentlich brauche ich erst mal Ihr Telefon. Ich muß in Lincoln anrufen.« Parker führte ihn in ein kleines Zimmer, das angenehm verwohnt aussah. Es war die Bibliothek, nach den Büchern zu urteilen, die nicht nur die deckenhohen Regale füllten, sondern auch in Stapeln auf dem Boden standen. Als Parker sich umdrehte, um wegzugehen, hielt Jury ihn zurück. »Können Sie mir noch einmal die topografische Karte geben, die Sie mir beim letztenmal geliehen haben?«

»Ja, natürlich.« Parker ging an ein Regal und kam mit der Karte in der Hand zurück. »Hier ist sie, bitte.« Dann hob er die Brauen und schaute Jury nachdenklich an. »Sie haben eine Idee. Stimmt's?«

Jury lächelte. »Die erste nach langer, langer Zeit, das kann ich Ihnen sagen. Swinburne hat geholfen.«

»Ach, wirklich?« Parker lachte. »Ich habe schon öfter festgestellt, daß Swinburne einem über schwierige Zeiten hinweghilft. Wir trinken übrigens einen exzellenten Medoc.« Er hob sein Glas. »Wollen Sie einen?«

»Später, ja bitte.«

»Ah, dann bleiben Sie. Gut, nehmen Sie sich Zeit.«

Jury schob Papiere und Illustrierte beiseite und breitete die Karte auf dem großen Schreibtisch aus. Während er die Wasserwege durch die Fens studierte – breite und schmale, wie viele verliefen kreuz und quer durch das Land! –, verfolgte er den Verlauf des Flusses Welland, der, das sah er nun, durch Spalding floß. Bis hin zum Wash.

»Was? Sie sind ... also, so was sagt man ja ungern. Aber Sie sind verrückt«, meinte Ian Bannen in seinem Büro in Lincoln. »Man zögert, aber es muß heraus: Sie sind verrückt, Mr. Jury.« Dann folgte ein freudloses Lachen.

»Das glaube ich nicht. Überlegen Sie doch mal in Ruhe. Wenn man Emery kennt, ist es vollkommen logisch. Er ist hier aufgewachsen und kennt die Wasserwege.«

»Peter Emery ist blind, Mann. Und wenn es auch durchaus möglich ist, daß ein Blinder einen Menschen erdrosselt, wie soll er ihm mitten ins Herz schießen? Und offenbar auch noch beim ersten Versuch?«

»Aber ich habe ja gar nicht gesagt, daß *er* sie erschossen hat.«

Bannen war mucksmäuschenstill, während Jury erklärte, was er meinte. Dann sagte er: »Vielleicht sind Sie doch nicht vollkommen verrückt. Wir brauchen eine Stunde dorthin. Und wehe, Sie unternehmen etwas, bevor wir da sind.«

Die Drohung war gespielt, das wußte Jury. Bannens Stolz war verletzt. Natürlich dachte der Mann, er hätte es erkennen müssen; er war schließlich auch an all den Flüssen, Kanälen und Entwässerungsgräben hier aufgewachsen – an all dem Wasser. Er hatte ja genau wie Jury den Stechkahn gesehen, der am Cottage lehnte. »Verlassen Sie sich drauf, Chief Inspector, ich will auch gar nichts unternehmen.« Jury legte auf. Schmerzhaft durchfuhr ihn der Gedanke an Zel. Und als sei der Name eine Zauberformel, ertönte plötzlich eine Befehlsstimme. Er drehte sich um.

»Sie müssen zum Abendessen bleiben! Ich habe jede Menge gekocht!«

Es war Zel. Sie hatte einen Holzlöffel in der Hand und trug eine von Parkers weißen Schürzen, die kilometerlang und mehrmals umgerollt war, damit sie nicht stolperte. Die Zipfel schleiften hinter ihr her wie eine Schleppe.

»Zel! Was machst du denn hier?« Dann fiel ihm ein, daß sie kommen sollte, um den Nachtisch zuzubereiten. Nur wenige

Male in seinem Leben war er so froh gewesen, jemanden in Sicherheit zu sehen wie jetzt Zel in Toad Hall.

Parker trug auch eine lange weiße Schürze. Er wedelte mit seinem Tranchiermesser wie mit einem Krummsäbel. »Jetzt wird's ernst, Superintendent. Sie müssen bleiben!«

Jury lachte. »Ich hoffe, das Messer brauchen Sie nicht, um das Lamm zu schlachten.«

»Warten Sie, bis Sie meinen Nachtisch gekostet haben! Schokoladensoufflé!« Als Zel wieder in die Küche lief, dachte Jury, daß Dorcas schon allein deshalb hätte kochen lernen müssen, damit sie nicht von einem zehnjährigen Kind überflügelt wurde. Mit fliegenden Schürzenzipfeln und flammendem Rotschopf rannte Zel über die Marmorfliesen des riesigen leeren Raums.

Rapunzel, dachte Jury. Kein anderer Name kam in Frage.

## 42

Jury und Bannen standen am Deich in der Nähe mehrerer Flußarme, die komischerweise »The Cots«, die Bettchen, hießen. Unweit der Stelle, wo die Leiche Verna Dunns gefunden worden war, schauten sie hinaus auf den Wash, auf den Schlick, den Sand und die Wassermassen, zur Nordsee. Bannen hatte den Dienstwagen neben der Fosdyke Bridge geparkt. Den Rest des Weges waren sie gelaufen. Warum, wußten sie beide nicht. Wenn jemand sie gefragt hätte, hätten sie sicher gesagt, es sei der Schauplatz eines Verbrechens und dorthin ziehe es einen bekanntlich immer wieder zurück.

»Trostlos, stimmt's?« sagte Bannen. »Oder friedlich, je nachdem, wie man sich selbst gerade fühlt.«

»Erzählen Sie mir doch bloß, wie er entdeckt hat, daß es Verna Dunn war! Nach all den Jahren?«

»Sie hat sich leider einmal versprochen. An dem Wochenende, als sie in Fengate war, hat sie ihn natürlich besucht. Die Verna Dunns dieser Welt lassen nichts und niemanden in Ruhe. Emery sagt, sie hätten dagesessen und über die Entenjagd gesprochen und darüber, ob Peter schon mal Stahl- statt Bleigeschosse ausprobiert hätte. Sie wissen schon, man soll das Wasser nicht mit Blei vergiften. Da kam auch wieder das schreckliche Unglück zur Sprache. Verna Dunn hat sich ganz dumm versprochen. Sie hat zu Peter gesagt, er hätte nicht diese ›dunkle Barbourjacke‹ tragen sollen, weil ihn deshalb andere Jäger nicht hätten sehen können. Aber die hatte er sich erst einen Tag zuvor gekauft. Sie war neu. Und Verna konnte es nur wissen, wenn sie dort gewesen war. Ich habe den ›Unfall‹ ja schon immer für sehr eigenartig gehalten, ich meine, es hat sich nie jemand gemeldet und zugegeben, daß er es war.«

Jury schüttelte den Kopf. »Sie haßte ihn so sehr, weil er Schluß gemacht hatte?«

»Wieder: Die Verna Dunns dieser Welt schätzen es nicht, verlassen zu werden. – Gott sei Dank, das ist vorbei«, fuhr Bannen fort. »Und ich bin froh, daß ich mich geirrt habe. In Jennifer Kennington.«

»Ich habe mich manchmal gefragt, ob Sie wirklich geglaubt haben, sie sei schuldig.« Jury schaute zu dem dunklen Himmel hoch, der Mond hatte einen Hof, die wenigen Sterne waren nur stecknadelkopfgroße Lichtpunkte. Ob ein Sturm aufzog?

»Es war sehr schwer, sie in Verbindung mit dem Mord an Dorcas Reese zu bringen. Das schon.« Bannen schüttelte den Kopf. »Wenn sie doch nur die Wahrheit gesagt hätte. Wenn sie die Dinge offen auf den Tisch gelegt hätte. Wenn sie nicht gelogen hätte. Dann bezweifle ich sehr, ob ich sie vor Gericht gebracht hätte.« Er kratzte sich mit dem Daumennagel am Kinn, über die Bartstoppeln. Seltsam, wie laut es in der Totenstille klang. Wie Schmirgelgeräusche.

»Ich finde, Sie können ihr eigentlich nicht vorwerfen, daß sie verbergen wollte, daß sie wegen Jack Price noch einen Tag hiergeblieben ist«, sagte Jury. Aber *er* warf es ihr vor. Zum Teil aus demselben Grund wie Bannen. Weil sie vor der Wahrheit weggelaufen war, weil sie nicht zu dem gestanden hatte, was war. Und sie hatte sich Jack Price anvertraut, nicht ihm. Au, Mann, vergiß es endlich.

»Sie hat nie deutlich gesagt, was sie für eine Beziehung haben. Da muß man annehmen –« Bannen schwieg.

Nett von ihm, dachte Jury, Rücksicht auf meine Gefühle zu nehmen. Aber er sprach es aus. »Da muß man ja wohl annehmen, es ist eine Liebesbeziehung.«

»Ist sie von Natur aus immer so geheimniskrämerisch? Das hat ihr doch nur geschadet. Das Hotel in Sutterton herauszufinden, wo sie in der Nacht von Dienstag auf Mittwoch gewesen sind, war nicht schwer.«

»Ja, ich glaube, es gehört zu ihrem Charakter«, sagte Jury grimmig. »Es kann sein, daß sie schon sehr früh lernen mußte, nichts zu erzählen, weil sie in der ständigen Angst lebte, daß Verna ihr die Dinge, die ihr wertvoll waren, wegnahm.« Er stellte seinen Mantelkragen hoch und schob die kalten Hände tiefer in die Taschen. »Aber das ist bloß Wald-und-Wiesen-Psychologie. Und es erklärt auch ihr Verhalten nicht. Nein, ich glaube, wirklich nicht.«

Bannen schienen die Frühjahrswinde und die Nordseeluft nichts auszumachen. Er hielt mit den Armen seinen dunkelbraunen Mantel auf, als wärme er sich vor einem Kamin. »Ich bin gar nicht glücklich, daß Peter Emery schuldig ist. Das will ich Ihnen nicht verhehlen. Wegen des kleinen Mädchens, Zel. Was passiert mit ihr? Ich finde Pflegestellen grauenhaft.«

»Ach, ich glaube, das wird kein Problem.«

»Nein?«

Jury lächelte. »Nein. Sie und Linus Parker sind längst ein Herz und eine Seele. Parker, der regelt das schon mit dem Sozi.«

Bannen lächelte auch und überlegte. »Wissen Sie, bei ihm ist sie ohnehin besser aufgehoben. Die Bürde, mit einem Blinden zu leben, na ja, das ist auch nicht so leicht für ein Kind.«

Eine Weile lang schwiegen sie und folgten ihren eigenen Gedanken. Jurys waren düster wie die Landschaft um sie herum.

Bannen drehte sich um und schaute zurück zu dem schmalen Kanal hinter ihnen, in den der Welland sich auf seiner Reise hierher verwandelt hatte. »Sie haben den Stechkahn in einen Bach in der Nähe des Wyndham Fen gebracht und von dort die Bäche und Kanäle bis zum Welland benutzt.«

»Peter kann natürlich mit einem Stechkahn gut umgehen. Und es erklärt, warum er sich für den Wash entschieden hat. Nicht wegen der Gezeiten, sondern weil er mit dem Kahn dorthin kam.«

»War aber trotzdem viel Mühe.«

»Für ihn vermutlich nicht. Und auf diese Weise gab es auch keine Fußspuren, stimmt's? Die zu vermeiden wäre ja selbst jemandem, der sehen kann, in diesem Boden schwergefallen.« Jury schaute auf die Schlammebenen hinaus. »Und ob die arme Dorcas Fußspuren hinterließ, war ihm garantiert einerlei. Schauen Sie doch: Dorcas nimmt das Gewehr der Owens. Dorcas schießt. Dorcas fährt das Auto zurück. Mein Gott, Emery selbst bleibt unsichtbar, wie ein Phantom.«

»Und trotzdem hat er sie umgebracht.«

»Vielleicht hatte er einfach nur die Schnauze voll von ihr. Er hatte nie die Absicht, sie zu heiraten, das ist klar.«

Bannen schüttelte den Kopf und schaute zur Mündung des Welland. »Dort muß das Boot angelegt haben. Sie hat vom Boot aus geschossen.«

»So haben die Fenmänner auf die Vögel geschossen. Damals hatten sie aber ein spezielles Gewehr dafür. Egal, allein hätten sie es beide nicht geschafft. Er brauchte ihre Augen, sie brauchte seine Planung und seine Nerven.«

»Ich habe noch vergessen, Ihnen zu erzählen«, sagte Bannen,

»daß ich mich oben in Schottland mal umgesehen habe. Ich bin nach Perthshire gefahren. So wie ich die Sache sehe, war Emery möglicherweise doch des Mordes an dem Mädchen schuldig. Die Brücke war aus Holz und nur für Fußgänger. Das Wasser war schon tief, aber versehentlich kann das Mädchen da keineswegs hineingefallen sein. Jedenfalls meiner Einschätzung nach nicht. Da hat einer nachgeholfen.«

Jury staunte. »Sie haben Emery verdächtigt? Dabei waren Sie doch so verblüfft, als wir vorhin telefoniert haben.«

»War ich ja auch. Ich konnte mir nicht vorstellen, daß er Verna Dunn erschossen hat, aus dem einfachen Grund, weil er blind ist. Trotzdem ist er mir nicht aus dem Kopf gegangen. Wenn einer ein Motiv hatte, dann doch Emery. Das Leben im Freien bedeutete ihm alles – ein Gut zu managen, das Schießen, das Jagen. Ja, die schiere Freude des Sehens. Wenn einem eine rachsüchtige Frau das alles nimmt . . .« Bannen schüttelte den Kopf. »Dann kam mir auch wieder seine Braut in Perthshire in den Kopf, schwanger und tot. Wie unsere Dorcas.«

Jury lächelte. Selbst Bannen nahm sie nun in Besitz. »Das arme Mädchen. Es muß für Emery ziemlich schwierig gewesen sein, sie dazu zu überreden.«

»Angeblich überraschend leicht. Sie hätte alles getan, nur um ihn zu kriegen. Und sie wollte auch, daß Verna Dunn starb. Sie war verständlicherweise eifersüchtig. Daher ihr Stimmungsumschwung.«

»Das oder die Einsicht, daß sie es ›nicht hätte tun sollen‹. Einen Menschen zu erschießen, sollte ja eigentlich ausreichen, einem die Stimmung zu vermiesen.« Jury stocherte mit der Schuhspitze ein bißchen Schlick hoch. »Nur eine Kugel? Sie muß ja verdammt zielsicher gewesen sein.«

»Vielleicht, vielleicht auch nicht. Ich glaube, daß mindestens noch eine Kugel im Sand vergraben ist. Und vergessen Sie nicht, sie hatten den Kahn sehr dicht rangefahren.« Bannen rieb sich mit dem Daumen über die Stirn. »Was für ein groteskes Stelldichein, meinen Sie nicht auch?« Bannen schien nun zum erstenmal die Kälte zu spüren. Er blies sich in die Hände. »Der Herr bewahre mich vor Liebe, wenn sie so verzweifelt endet.«

Jury sagte nichts.

»Gehen wir. Ich weiß überhaupt nicht, warum wir hierhergefahren sind.« Bannen drehte sich abrupt um und trottete zurück zum Auto. Als sie den Damm hochkletterten, blieb Jury stehen und schaute zurück zu dem Streifen Mondlicht auf dem Sand. Vielleicht gab es doch keinen Sturm.

»Ich weiß nicht, warum wir hierhergefahren sind«, sagte Bannen noch einmal. »Ich muß hier immer an den Krieg denken. Der Krieg, das waren die Küsten, der Strand. Man war so schutzlos. Ich war siebzehn und habe dieses Gebiet verteidigt. Jedesmal habe ich gedacht, ich sterbe.« Dann sagte er wieder: »Ich weiß nicht, warum wir hierhergefahren sind. Warum?«

»Ich glaube, es gibt Orte, die einen magisch anziehen, und man kann sich erst aus ihrem Bann befreien, wenn man auch ihre harmlose Seite betrachtet.« Das helle Mondlicht spielte auf den glänzenden Schlammflächen.

»Herrgott, das ist ja fast poetisch.«

Jury lächelte ein wenig. »Ich tue mein Bestes.«

Bannen knallte die Autotür zu und ließ den Motor an. »Mann, ich bin froh, daß es vorbei ist. Jetzt aber Schluß damit. Sagen wir *fini* zu dem Job, und gehn wir in das verdammte Pub und trinken ein Pint.«

Jury nickte. »Ich bin dabei. *Fini.*«

# Die Frau im Pelzmantel

Roman

Deutsch von Cornelia C. Walter

Für Travis und Kent
und Roanoke –

*Sterngucker allesamt.*
*25. April 1998*

Far in the pillared dark
Thrush music went –
Almost like a call to come in
To the dark and lament.

But no, I was out for stars:
I would not come in.
I meant not even if asked,
And I hadn't been.

Robert Frost

# PROLOG

*Sankt Petersburg*
*Februar*

Der Schnee sah in der Dämmerung blau aus. Durch die frisch gefallenen Flocken führte ein Pfad in den dichten Nebel hinaus, der den Schloßplatz und die Alexandersäule verhüllte. Ein Eismantel umschloß die hohen Bäume am Rand des Newski-Prospekts, wo sich die Autos mutig durch die winterliche Dunkelheit schlängelten. Der Neuschnee dämpfte die Geräusche und ließ das Knacken und Krachen des Eises auf der Newa wie Gewehrschüsse klingen. Von hier oben aus konnte sie die schneebedeckten Dächer von Sankt Petersburg erkennen, die Trommeln und Kuppeln der Isaakskathedrale und die vereisten Brücken. Sie liebte die Brücken von Sankt Petersburg fast genausosehr wie die von London. Solange sie im Museum gewesen war, hatte es erneut geschneit. Beim Überqueren des Flachdachs über dem Restaurant hatte die Eisschicht, dünn wie Spitzengaze, unter ihren Füßen leise geknackt.

Zum Glück hatte sich wenigstens der schneidende Wind gelegt. Ihr Atem hing wie regloser Rauch starr in der frostigen Luft. Ihre Finger waren steifgefroren, und die hauchdünnen Lederhandschuhe fühlten sich wie eine glatte Eisschicht an. Durch dickeres Material hätte sie aber mit dem Gewehr nicht umgehen können.

Die Waffe war mit Zielfernrohr und Nachtsichtgerät ausgestattet. Sie hatte sie schon oft benutzt, aber nicht damit gerechnet, daß sie heute abend zum Einsatz käme. Heute abend mußte sie improvisieren. Das tat sie ungern, aber nicht etwa weil sie dazu nicht in der Lage war, sondern weil bei ihr immer alles perfekt ablaufen mußte, was gewöhnlich der Fall war.

An diesem Nachmittag war ihr jedoch ein Fehler unterlaufen. Sie hatte sich vergewissert, daß niemand in den Toiletten war, aber überhaupt nicht mehr an die Hausmeisterin gedacht, die in dem Moment hereinkam, als sie gerade am Waschbecken stand und die Gehhilfe auseinanderschraubte. Auf diese Frau wartete sie nun. Alles – das Personal, das Gebäude – hatte sie schon wochenlang beobachtet. Sie hatte daher die Putzfrau gleich erkannt, als diese mit Lappen und Eimer die Toilettenräume betrat. Die Frau war später dran als sonst, weil an diesem Abend alle Angestellten von der Polizei befragt wurden, bevor sie nach Hause gehen durften.

Da ihr Russisch schlecht, ihr Französisch dagegen ausgezeichnet war, hatte sie ihre französischen Papiere vorgezeigt. Der gefälschte Paß – ausgestellt auf *Cybil Odéon, Paris, VI. Arrondissement, Blvd. Saint Germain* – war nur einer von vielen, die sie besaß. Was blieb der Petersburger Polizei anderes übrig, als die fast taube französische Rentnerin weiterzuwinken, die nur mit einer Gehhilfe vorwärtskam? Und die sowieso nicht recht wußte, was eigentlich geschehen war, weil ihre Brille so dicke Gläser hatte, daß ihre Augen dahinter wie versunken aussahen und Haarsträhnen sich wie Seetang in den Bügeln verfingen.

Das Personal war nach und nach herausgekommen, immer ein oder zwei Leute auf einmal. Sie stopfte sich die Hände in die lammfellgefütterten Taschen, um sie einen Augenblick zu wärmen, weil sie sonst die Waffe nicht hätte halten können. Nun nahm sie sie wieder auf und spähte am Lauf entlang auf die Statuen an den Wehrgängen des Winterpalais. Sie rückte das Gewehr ein wenig nach links, bis ihr Blick auf die Alexandersäule fiel. Hoch oben auf der Spitze schwebte der Engel auf eisigen Flügeln. Die Säule war ein vollkommen harmonisches Bauwerk, das von seinem eigenen Gewicht getragen wurde. Den Ausdruck hatte sie irgendwo gelesen, und er gefiel ihr: *vom eigenen Gewicht getragen.* Ganz allein und wie vom Rest der Welt losgelöst stand sie da.

Genauso fühlte sie sich in diesem Moment. Zwar hätte sie eine weniger eisigkalte Abgeschiedenheit vorgezogen, doch störte sie ihr persönliches Unbehagen nur insofern, als es sie an der perfekten Ausführung ihres Plans hinderte. Sie hatte sich angewöhnt, alles Unangenehme zu verdrängen. Doch es fiel ihr leichter, körperliche Beschwerden zu ignorieren als unbehagliche Gedanken aus ihrem Kopf zu vertreiben. Sie hob den Blick und schaute zu den Sternen empor. Während ihrer Studienzeit hatte sie einmal gelesen, daß die Bewegung der Sterne auf der Fusion von Atomen beruhe: Fusionslehre. Faszinierend daran war die Vorstellung, daß die Menge der einströmenden Energie der Menge der ausströmenden Energie entsprach. Die Gleichung lautete: Q = 1. Das, so stellte sie es sich vor, war also das perfekte Gleichgewicht – wie bei der Alexandersäule. Ihr angestrebtes Ziel war das perfekte Gleichgewicht, mehr nicht. Sie wollte jenen Punkt erreichen, an dem es keinen Widerhall gab, an dem die Vergangenheit keinerlei Einfluß mehr auf die Gegenwart hatte, wo alles wie mit einem Hobel geglättet sein würde. Menschen kamen dabei nicht ins Spiel, die gehörten nicht zur Gleichung. Die paar Beziehungen, die sie gehabt hatte, waren von kurzer Dauer gewesen, und sie hatte dabei den Ton angegeben, wovon ihre Partner aber nichts gemerkt hatten. Es war erstaunlich, wie leicht sich Menschen hinters Licht führen ließen, wie leicht sie sich – sogar aus freien Stücken – hereinlegen ließen.

Q = 1. Aus ihr wäre bestimmt eine gute Physikerin geworden, wenn sie nicht von ihrem Studium abgekommen und statt dessen zur Mörderin geworden wäre.

Die Leute kamen nacheinander nach draußen, einer nach dem anderen wurden sie endlich aus der Vernehmung entlassen – aus dem Verhör durch den Sicherheitsdienst des Museums, die

Staatssicherheit und die Sankt Petersburger Polizei, die ihre Arbeit wahrscheinlich nicht miteinander abgesprochen hatten. Scheinbar endlos waren die Spielarten polizeilicher Willkür, denen sich der russische Bürger ausgesetzt sah. Der Polizei konnte man die Schuld jedoch kaum zuschreiben, wenn man bedachte, was soeben verlorengegangen war. Ein paar Männer und Frauen schoben sich hier und da durch den Haupteingang, nur um draußen im Freien von den Wachen an den Eingangstüren erneut angehalten zu werden.

Durch das Fernrohr konnte sie die Museumstüren erkennen. Dort kamen die Putzkolonnen heraus. Im Waschraum hatte der Blick der Hausmeisterin sie gestreift, doch offenbar hatte diese die betagte Französin mit der Gehhilfe nicht recht wahrgenommen. Ganz sicher war sie sich nicht bei diesen Russinnen, die sich jahrzehntelang antrainiert hatten, keine Gefühle auf ihren Gesichtern zu zeigen. Diesen Charakterzug hatte sie schon immer bewundert. Die Hausmeisterin würde über die kurze Begegnung wohl erst später richtig nachdenken und wahrscheinlich nicht sofort zur Polizei in den Vernehmungsraum stürzen, sondern nach Hause in ihre Wohnung gehen, die sie zweifellos mit einem Dutzend Mitbewohnern teilte, und sich dann ihre Gedanken machen.

Es war so kalt, daß sie es nicht lange in der gleichen Stellung aushielt. Sie mußte die Waffe ablegen, sich in die Hände hauchen, mit den Füßen stampfen, den Kopf in den Nacken legen und dabei wieder in den inzwischen dunkler gewordenen Himmel schauen. Eine helle Sternennacht brach herein. Sie hatte eine starke Affinität zu Sternen, zu ihrer Losgelöstheit, ihrer fernen, eisigen Gleichgültigkeit.

Sie nahm das Gewehr wieder in die Hand und spähte durch das Zielfernrohr. Die Tür ging auf. Die Hausmeisterin kam heraus, eine Tasche in der Hand. Die Alte war in einen schwarzen Schal eingewickelt wie in ein Leichentuch. Sie nahm die Frau ins Fadenkreuz und drückte den Abzug. Ein Nervenkitzel durchströmte sie.

Das war ihre Belohnung, dieser Nervenkitzel. Wie ein schwarzer Vogel fiel die Frau in den Puderschnee und ließ weiße Wölkchen auffliegen. Sie richtete sich auf und sah zum Schauplatz des Geschehens hinüber. Es schneite wieder. Durch die treibenden Flocken beobachtete sie, wie sich ein Grüppchen bildete – die Wachen am Museumseingang, ein paar Leute, die in der Umgebung herumstanden. Sie stellte sich ihr Entsetzen vor – kleine, schwarze Gestalten, die wild umherfuchtelten und durch die leise und verträumt fallenden Schneeflocken auf die zusammengesunkene Frau zueilten, als zöge eine magische Kraft sie an. Der Tod weckte in ihr tief schlummernde Erinnerungen an ihre Kindheit, an Schnee, Felder, Berge; Bilder, die sie nicht einordnen konnte und die ebenso rasch wieder verschwanden, wie sie erschienen waren.

Wie vorher die Gehhilfe montierte sie nun das Gewehr auseinander und verstaute den Schaft in ihrem Rucksack und den Lauf im Instrumentenkasten. Dann ging sie in ihren eigenen Fußstapfen über das knackende Eis wieder über das Dach und mehrere Treppen hinunter ins Restaurant zurück.

Sie kehrte an den Tisch zurück, von dem sie vor zwanzig Minuten aufgestanden war. Im Saal war es inzwischen lauter geworden, und der Raum füllte sich nun mit Gästen zum frühen Abendessen. Ihr Wodkaglas war nachgeschenkt worden; bevor sie aufgestanden war, hatte sie den Kellner darum gebeten. Er hatte breit lächelnd genickt.

Als er wieder an ihren Tisch trat, wies er mit dem Kinn auf den Stuhl neben ihr und wollte wissen, ob sie im philharmonischen Orchester Querflöte spiele. Nein, erwiderte sie lächelnd, Oboe. Dann bestellte sie Brassen mit einer Füllung aus Buchweizengrütze und zum Nachtisch Marmeladeplinsen.

Als der Kellner gegangen war, betrachtete sie den Oboenkasten ein wenig wehmütig und wünschte, sie hätte mehr Zugang zur Musik.

# 1

*London*
*November*

Samstagabend. Kein Abend, den man allein und mit Busfahren verbringen sollte. Früher, als Schüler, wäre ein Samstagabend, an dem er nicht mit einem Mädchen oder wenigstens zu wilden Späßen aufgelegten Klassenkameraden verabredet gewesen wäre, wäre ein allein verbrachter Samstagabend ein Grund gewesen, sich zu schämen. Wer wollte an einem Samstagabend schon beim Alleinsein ertappt werden... *Warum machst du dir eigentlich etwas vor, Jury? So war das Leben doch nicht, so nicht.*

Wegen einiger Besorgungen in South Kensington war er mit der Untergrundbahn von Islington bis South Ken gefahren und direkt vor der Station in einen Bus Richtung Fulham Road gestiegen. Er war schon lange nicht mehr in dieser Gegend von London gewesen, obwohl er hier einen Teil seiner Kindheit verbracht hatte, jenen Teil, der die Bezeichnung »Kindheit« verdiente. Er war auch schon lange nicht mehr mit dem Bus gefahren. Nachdem der Schaffner ihn mit einem dieser leicht mißtrauischen Blicke gemustert hatte, zu denen Schaffner abgerichtet werden, nahm Jury die Stufen zum Oberdeck etwas rasanter, als selbst für die flinke Jugend ratsam gewesen wäre, und davon war er ja nun weit entfernt. Die einzigen Fahrgäste außer ihm waren ein Junge und ein Mädchen, die die Hände nicht voneinander lassen konnten, eine alte Dame, die mit dem Kinn auf der Brust dasaß und schlief, und ein dunkelhaariger Mann im Smoking. Komisch, daß der mit dem Bus fuhr. Jury überlegte, wo die Party wohl stattfand. Er war fast froh über sein streng reglementiertes Leben – keine eleganten Soupers, keine Champagnerpicknicks in Ascot. Nein, für ihn gab es nur die Arbeit, sein Zuhause und seine Stammkneipe.

Die Fulham Road wurde auf beiden Seiten von kleinen Geschäften gesäumt, teuren kleinen Läden wie Smallbone, dem protzigen Küchenausstatter. Wer, fragte sich Jury, besaß eigentlich eine Smallbone-Küche? Er hatte jedenfalls noch keine bei anderen Leuten gesehen. Muffige, verstaubte kleine Elektroläden, ein Oddbins-Supermarkt, dann die obligatorische Espressobar, offensichtlich als Ersatz für die ehemaligen Cafés. Traurige Geschichte. Gemüsehändler mit hohen Preisen, Kleidergeschäfte mit hohen Schaufenstern, die bis auf ein oder zwei seltsam schräggestellte, kopflose Schaufensterpuppen in pilzbraunen, lockerfallenden Kleidern leer waren. Ein paar elegante kleine Antiquitätengeschäfte, deren Fassaden wie auf römische Münzen geprägt aussahen.

Jury hatte sich eigentlich in die erste Reihe setzen wollen, wo man durch das breite Fenster einen ungehinderten Ausblick auf die Straße hatte und sich vorkam, als würde man darüberschweben. Doch waren diese Sitze schon von ein paar Halbwüchsigen mit kurzrasierten Haaren und gnädigerweise leiser gestelltem Ghettoblaster in Beschlag genommen worden. Also hatte er sich in sicherem Abstand weiter nach hinten gesetzt.

Er hatte die nächtliche Straße schon immer gemocht. Als er noch Uniform trug, hatte er sich immer für den Spätdienst einteilen lassen. Er war gern an den abgesperrten Läden vorbeigegangen und hatte in schwach erleuchtete Durchgänge gespäht. Vielleicht konnte man sich in der Nacht einfach gut verstecken – irgendwo in einem Durchgang, in einer Türnische.

Seit einigen Jahren trug sich Jury nun schon mit dem Gedanken, aus London wegzugehen oder sich auf irgendeine Dienststelle auf dem Land versetzen zu lassen, etwa nach Exeter. Macalvie würde ihn sicher mit Handkuß nehmen. Oder in die verschneiten Moore von Nord-Yorkshire hinauf. Oder nach Stratford-upon-Avon. Für Sam Lasko wäre es das Höchste. Jury arbeitete ja jetzt schon recht oft an Laskos Fällen mit. Beim Gedanken an Stratford überlegte er, wo Jenny Kennington wohl steckte. Sie war schon vor Monaten weggegangen, gleich nach ihrem Prozeß. Er konnte immer noch nicht begreifen, was zwischen ihm und Jenny schiefgegangen war, warum sie sich gegenseitig nicht mehr recht vertrauten. Er war sich einmal so sicher gewesen, daß sie zusammenbleiben würden. Nicht zum ersten Mal sinnierte er über seine Probleme mit Frauen nach. Nun ja, einen Todesfall konnte man wohl kaum als »Problem« bezeichnen. Jane Holdsworth… Helen Minton… Molly Singer… Nell Healey. Wenigstens Nells Rettung hätte ihm gelingen müssen… *Rettung.* Ein seltsamer Gedanke in dem Zusammenhang. Nicht bloß seltsam, auch arrogant. Hatte Jenny ihn nicht einen Mann genannt, der »Frauen aus brennenden Gebäuden ziehen« will?

Er sah aus dem Fenster auf eine kleine Menschenansammlung vor einem Geschäft, das Pelze verkaufte. Die Demonstranten blockierten die Tür. Was wollten sie eigentlich abends hier, der Laden hatte doch geschlossen? Sie trugen Pappschilder mit schrecklichen Bildern von Tieren, die in Laborkäfigen eingesperrt oder in Fußangelfallen eingeklemmt waren. (Waren solche Fallen denn inzwischen nicht gesetzlich verboten?) Die Passanten mußten um die Gruppe herumlaufen und dabei zwangsläufig auf die Schilder sehen.

Der Bus fuhr an den Tierschützern vorbei.

Sein Leben ähnelte dieser Busfahrt, dachte er und verwarf den ebenso rührseligen wie gefühlsduseligen Gedanken gleich wieder. Die Ziellosigkeit dieser Fahrt war daran schuld; er wußte nicht einmal, wohin er fuhr. Wahrscheinlich nach Putney, denn es war ein 14er, der an der nächsten Haltestelle an einen anderen 14er heranfuhr, vor dem noch ein Bus stand. Die Nummer konnte er aber nicht sehen. Es gab eine ziemlich lange Schlange, offensichtlich hatten die Leute schon lange gewartet. Er stellte Betrachtungen über die Gesetzmäßigkeit von Busfahrplänen an, dergemäß sich drei identische Busse hintereinander an einer Haltestelle drängten. Wieso gab es so was? Erst wartete man eine verdammte Ewigkeit, und dann kamen gleich drei an. Sergeant Wiggins hätte bestimmt eine Antwort parat. Hatte er meistens, wenngleich selten eine überzeugende. Jury mußte lächeln.

Fahrgäste kamen die Treppe hochgepoltert. Zwei davon verstauten raschelnd ihre Päckchen auf dem Sitz hinter ihm. Eine der beiden Frauen war offenbar Amerikanerin, denn sie erzählte ihrer britischen Freundin lang und breit von Thanksgiving, dem amerikanischen Erntedankfest. Ob sie wohl rechtzeitig nach Hause kam, um sämtliche Vorbereitungen zu treffen? Sie erzählte von ihrer weit verstreuten Verwandtschaft, die immer aus anderen Bundesstaaten angereist kam, um den engsten Familienkreis zu besuchen, der sich mit Eltern, Großeltern, Tanten, Onkel, Kindern und Babys an sich schon riesig anhörte. Letztes Jahr an Thanksgiving (erzählte sie ihrer Freundin, die zur Unterhaltung lediglich ab und zu ein »Aha«, »So so« oder »Was du nicht sagst!« beisteuerte) waren sie bei Tisch dreiundzwanzig Leute gewesen. Sie beschrieb das Essen – den Truthahn, das Gemüse, die verschiedenen Brotsorten, Kuchen und Torten… Für Jury hörte es sich an wie das reinste mittelalterliche Festgelage.

Die Frau war völlig enthusiastisch, was diesen Feiertag anging. Warum bloß? Wie konnte jemand Lust darauf haben, ein derart gigantisches Essen für so einen Haufen Leute zuzubereiten? An einem Feiertag wollte er nichts tun außer schlafen, lesen und sich im Angel ein Extrabierchen genehmigen. Oder mehrere. Ihre Stimme hob und senkte sich inmitten des übrigen Stimmengewirrs, der halblaut geführten Unterhaltungen und gedämpften Geräusche, die von der Fulham Road hereindrangen. Wenn sie doch bloß den Mund halten würde. Er hatte die Nase voll von ihr. Ihre Freundin ebenfalls, konnte er sich denken.

Jury schloß die Augen und stemmte das Kinn in die Hand. Endlich standen die beiden Frauen auf, wobei die Amerikanerin beim Zusammenklauben von Päckchen und Regenschirm einen Riesenwirbel veranstaltete. Ohne ihren Redefluß zu unterbrechen, ging sie hinter ihrer Freundin die Treppe hinunter zum unteren Deck.

Da er auf der linken Seite saß, konnte er die Fahrgäste aussteigen sehen. Hier an der Haltestelle Chelsea und Westminster Hospital war er einen kurzen Augenblick verwirrt und überlegte, ob es das Krankenhaus war, in dem er geboren worden war. Etwa ein halbes Dutzend Leute stieg aus, in der Mehrzahl Frauen, so daß er nur raten konnte, welche davon die Amerikanerin war. Die Große, entschied er, die mit den meisten Päckchen, umweht von einem Flair von Haute Couture – gutgeschnittener Mantel, modische Schuhe mit klobigen Absätzen. Ja, das mußte sie sein. Sie wandte sich einer kleinen, unscheinbar gekleideten Frau zu und redete beim Weitergehen auf sie ein.

Nachdem er die Amerikanerin abgehakt hatte, sah Jury auf der gegenüberliegenden Straßenseite ein paar Leute aus einem Pub namens The Stargazey kommen. Der Name – Sternguckerchen – gefiel ihm. Er glaubte, ihn schon einmal irgendwo gesehen zu haben, und überlegte, ob es wohl mehr als ein Stargazey gab. Während der Bus noch an der Haltestelle stehenblieb – wohl weil er eine Minute zu früh dran war –, beobachtete Jury eine Blondine im luxuriösen, eleganten dunklen Pelzmantel, die gerade die Straße überquerte. Nachdem er sie kurz aus den Augen verloren hatte, sah er sie gleich darauf vorn um den Bus herumgehen und einsteigen. In den paar flüchtigen Sekunden hatte er sich einen Eindruck von ihr verschafft: sehr blond und attraktiv. Wie attraktiv, hatte er nicht feststellen können, dazu hatte er ihr Gesicht nicht lange genug gesehen. Der Bus fuhr ruckend vom Randstein und rollte die Fulham Road hinunter.

Ein Hauch von Parfum zog an ihm vorüber. Er hob den Blick und sah, daß sich die Blonde ein paar Reihen vor ihm hinsetzte. Er genoß es, dasitzen und sie anstarren zu können, wenn auch nur von hinten. In den folgenden acht bis zehn Minuten drehte sie gelegentlich ihren Kopf, um aus dem Fenster auf die Straße zu sehen, so daß er einen Blick auf ihr Profil erhaschen konnte. Ihr schulterlanges, straff zurückgekämmtes Haar war so hell, daß man den Mond durchscheinen sah, das Profil von einer Zerbrechlichkeit, wie es offenbar nur sehr hellhäutigen Menschen vergönnt war. So fuhren sie etwa zehn Minuten, wobei er jedesmal, wenn sie sich dem Fenster zuwandte, ihren Rücken, ihr Haar, ihr Profil studieren konnte.

Kurz bevor der Bus gegenüber der U-Bahn-Station Fulham Broadway anhielt, stand sie auf und ging unsicher schwankend den Gang hinunter. Er wollte ihr direkt ins Gesicht sehen, aber aus Angst, dabei ertappt zu werden, wagte er nicht einmal einen flüchtigen Blick. Sie ging an ihm vorüber.

Entgegen seiner Vermutung, sie würde in den Bahnhof gehen, setzte sie ihren Weg in Fahrtrichtung des Busses fort. In potentieller Fahrtrichtung, hätte an dieser Stelle nicht ein Chaos aus Autos und Bussen geherrscht. Hier flossen zwei Hauptverkehrsadern zusammen, von denen keine breit genug war, den Verkehr aufzunehmen. Der Bus kam einfach nicht weiter. Es war einer dieser unvermeidlichen Verkehrsstaus, bei denen ein Gewirr von Autos, Lastwagen und Bussen sich mit den Straßenbauarbeiten darum streitet, wer das größere Durcheinander anrichtet. Zu Fuß kam man schneller voran, wahrscheinlich war die Frau im Pelzmantel auch deshalb ausgestiegen.

Der Bus bog erneut ab, diesmal auf eine wenig befahrene Strecke, und fuhr zügig zwei Straßen weiter, während sie etwas zurückfiel. Jury reckte suchend den Hals, doch ein Sainsbury-Laster nahm ihm die Sicht. Dann kam sie wieder ins Blickfeld, nachdem sie, als der Bus an einer roten Ampel, einem Zebrastreifen und einem weiteren Verkehrsstau hatte warten müssen, Zeit aufgeholt hatte. Ihr schulterlanges, üppiges Haar wurde im Nacken von einer Silberspange gehalten, die über dem dunklen Fell ihres Mantels glitzerte. Wohin um alles in der Welt lief so eine Frau in so einem Mantel wohl? Sie hätte unten in einem Jaguar oder BMW vorbeifahren sollen, womöglich in Gesellschaft des Mannes im Smoking. Dann raste der Bus wieder knapp fünfzig Meter weiter, vorbei an einem Pub namens The Sporting Rat und ein paar Cafés, die sogar jetzt im November im Bemühen um ein wenig Pariser Rive-Gauche-Flair ihre Kaffeehausstühle und -tische auf dem Bürgersteig draußen aufgestellt hatten. Die Blonde holte den Bus wieder ein, als er an einem Zebrastreifen warten mußte, bis ein uraltes Pärchen die Straße überquert hatte: sie mit Gehhilfe, er sie nach Kräften unterstützend, obwohl er aussah, als könnte er selbst eine Krücke gebrauchen. Wahrscheinlich waren sie miteinander verheiratet, und das schon seit hundert Jahren. Jury sinnierte – es mußte sich wie eine zweite Haut anfühlen, so eine Bindung, die schon immer existiert hatte.

Jury sah die Frau im Pelzmantel weitergehen und hatte plötzlich ein ganz verklärtes Bild vor Augen: Er malte sich aus, der Bus sei ein Boot, das einer Langstreckenschwimmerin mit etwas Abstand folgt, jederzeit bereit, ihr zu Hilfe zu kommen.

An der nächsten Haltestelle stand das turtelnde Pärchen drüben auf der anderen Gangseite auf und lief mit lauten Schritten die Treppe hinunter, gefolgt von dem Mann im Smoking. Hier fand also die Party statt. Jury sah sie abspringen, noch bevor der Bus ganz zum Stehen gekommen war, sah auch den Schaffner, der sich an der Haltestange festhielt und den Blick schweifen ließ. Überrascht bemerkte er, daß die blonde Frau an der Haltestelle gegenüber einem Pub namens The Rat and Parrot wieder einstieg – Fulham hatte es anscheinend mit Ratten. Vor ihr gingen eine Mutter und ein etwas verdrießlich dreinblickendes Kind. Als der Junge sich von der Hand der Mutter losreißen wollte, packte sie ihn am

Arm und schüttelte ihn, als wollte sie Knitterfalten aus einem Kleidungsstück herauskriegen. Der Junge brüllte los. Der Bus fädelte sich wieder in den schwächer gewordenen Verkehr ein.

Sie kam nicht nach oben.

An den nächsten beiden Haltestellen stiegen wieder Leute aus. Dann, an der dritten – Fulham Palace Road – sah er sie erneut aussteigen.

Jury stand rasch auf und manövrierte sich, von der Busfahrt wie benommen, die halbkreisförmige Treppe hinunter. Er wunderte sich, daß bei dem ruckartigen Halten und Anfahren nicht mehr Leute stürzten. Dann sprang er auf die gleiche Art ab, die bei den anderen sein Mißfallen erregt hatte.

Im Nu erreichte er die Straße, in die sie eingebogen war: Bishop's Avenue. Überrascht stellte er fest, daß es der Weg in Richtung Fulham Palace war. Es war neun Uhr vorbei und bereits seit einigen Stunden dunkel. Überraschender fand er allerdings die Tatsache, daß er ihr folgte. Er hielt sich ein gutes Stück hinter ihr und kam an ein paar Tennisplätzen und einem Teilstück des Parkgeländes vorbei.

Vor dem hohen Eisentor, das den Eingang zur Anlage bildete, blieb sie stehen. Das durchscheinende Licht einer nahen Laterne verlieh dem dunklen Pelz einen silbernen Glanz.

In einiger Entfernung blieb er ebenfalls stehen. Was um alles in der Welt hatte sie hier zu suchen? (Was um alles in der Welt hatte *er* hier zu suchen?) Er hatte eigentlich angenommen, die Parkanlage sei zu dieser Uhrzeit bereits geschlossen, doch dann sah er sie durch das immer noch offenstehende Tor hineingehen. Als er die etwa fünfundzwanzig Meter bis zum Eingang zurückgelegt hatte, war sie verschwunden. Außer der trüben Finsternis im Hintergrund war nichts zu sehen. Die Laterne warf einen schwachen Lichtfleck auf den Boden. Jury stand da und überlegte eine Weile, warum er nicht einfach hineinging. Doch er tat es nicht. Er stand nur da. *Wie ein Riesentrottel.* Er war sich darüber im klaren, daß es immer viel einfacher war, sich über sich selbst zu ärgern, als sein eigenes Handeln zu verstehen. Jedenfalls stand er nun unter der Laterne und ärgerte sich.

Daß die Frau, und was immer sie vorhatte, ihn absolut gar nichts anging, war es nicht, was ihn davon abhielt, den Park zu betreten, dessen war er sich sicher. Es hatte ihn schließlich auch nicht davon abgehalten, sie bis hierher zu verfolgen. Was war es dann? Er ging vor dem schwarzen Eingang zur Parkanlage auf und ab.

Jury gelüstete nach einer Zigarette, obwohl er seit fast einem Jahr nicht mehr geraucht hatte (na ja, seit zehn Monaten). Heutzutage mußten Raucher sich bei jedem Wind und Wetter in den Eingängen von Bürogebäuden herumdrücken und verstohlen hektisch an ihren Zigaretten ziehen – wie Außenseiter, Ausgestoßene. Ihre Kollegen weigerten sich schlicht, das Büro mit ihnen zu teilen. Jury brauchte keine Kollegenschar, die Druck auf ihn ausübte; ihm reichte Sergeant Wiggins.

Plötzlich wußte er, wie er sich fühlte: ausgestoßen. Aber wovon und von wem?

## 2

Der nächste Tag war ein Sonntag, und Jury beschloß, sich ein wenig Muße zu gönnen. Er machte die Post auf, die Rechnungen warf er nach einem kurzen Blick in die Schreibtischschublade. Ein persönlicher Brief von Melrose Plant war auch dabei. Er legte ihn beiseite, um ihn später zu lesen. Dann schlug er die Sonntagszeitung auf, die er oben vor Stan Keelers Wohnungstür stiebitzt hatte. Stan war wie so oft gar nicht da. Stans Hund Stone wurde von Carole-anne und Mrs. Wassermann gefüttert und von Jury oder Carole-anne Gassi geführt. Gelegentlich gingen sie auch gemeinsam mit Stone spazieren.

Bei einer Tasse Tee und etwas Toast las er die Zeitung zu Ende. Dann beschloß er auszugehen. Er wollte ins Museum, vielleicht in die Tate. Sonntags »ging man« doch ins Museum, jedenfalls bevor die Pubs aufmachten. Er zögerte. Bezüglich der Tate stritten sich zwei Seelen in seiner Brust. Also vielleicht doch lieber in ein anderes Museum – ins Victoria and Albert vielleicht oder zum Trafalgar Square und in die Nationalgalerie. Schließlich fuhr er doch mit dem Bus am Embankment entlang, stieg an der Tate aus und sagte sich die ganze Zeit, während er die breiten weißen Stufen hochtrabte, es sei vielleicht doch keine gute Idee.

Eine Stippvisite in der Tate Gallery hatte in jüngster Vergangenheit einige recht dramatische Folgen gehabt, die ihn Anfang des Jahres, im Januar, in die Staaten geführt hatten, nach Baltimore. Kurze Zeit, also ein paar Wochen später, war er dann in Santa Fe, New Mexico, gelandet. Die Tate war ein gefährlicher Ort, besonders die Abteilung mit den Präraffaeliten.

Und genau dorthin zog es ihn natürlich, vor den Chatterton. Dort fand er sich jedesmal ein (und stellte sich die unerhebliche Frage, ob das Bild nun kitschig war oder nicht), um in Erinnerungen zu schwelgen. Vielleicht gelang ihm dadurch eine Art Teufelsaustreibung. Vielleicht, wer konnte das wissen.

Abgesehen von der Bitte um ein Pint hier und da sprach er den ganzen Tag mit keiner Menschenseele. Jury ging selten auf Kneipentour und beschränkte sich gewöhnlich auf den Angel in Islington oder auf eins der Lokale in St. James in der Nähe von New Scotland Yard.

Eher zufällig landete er per Bus und U-Bahn in der Fulham Road, die parallel zur King's Road verlief. Falls er in diesem Bus (einem 14er in Richtung Putney Bridge) sitzen blieb, kam er wieder zum Fulham Palace. Nein, befahl er sich und stieg am Chelsea and Westminster Hospital kurzentschlossen aus, um ins Pub an der Ecke zu gehen. Ein Kompromiß, wie er fand. Er hatte der Versuchung widerstanden, zum Fulham Palace zu fahren.

Unter dem schwarz-goldenen Schild wirkte das Stargazey eigentlich recht einladend und überhaupt nicht schmuddelig. Bevor er auf ein Pint hineinging, kaufte er an einem Kiosk eine neue Sonntagszeitung für Stan, falls der – wie so oft – plötzlich wider Erwarten doch nach Hause kommen sollte. Das Pub war recht ansehnlich und hübsch eingerichtet. Unschlüssig, ob es in Chelsea oder schon in Fulham war, kam er zu dem Schluß, daß es direkt auf der Grenze liegen mußte. Fulham hatte sich im Verlauf der letzten dreißig Jahre zu einem ziemlich feinen Viertel gemausert. Es war überhaupt nicht mehr das »faulige Fulham« (wie einer seiner Freunde bei der Polizei es getauft hatte). Es hatte fast etwas Blumiges, Aufblühendes an sich. Jedenfalls besaß es sämtliche Wesensmerkmale einer Gegend, in der die Yuppiegesellschaft gedeihen würde: rasant in die Höhe schnellende Immobilienpreise, Cappuccinobars, teure Boutiquen und Antiquitätenläden, schicke Gemüsehändler, die mit kunstvollen Früchtearrangements und Gänseleberpastete in ihren Schaufenstern aufwarteten.

Islington hatte den gleichen Weg eingeschlagen, nur schon früher. Das mehrstöckige Reihenhaus, in dem Jury eine Wohnung hatte, brächte heutzutage wahrscheinlich mindestens eine Viertelmillion Pfund ein. Immobilienpreise gehörten offenbar zu den Hauptthemen im Angel, und die Leute mit den Mobiltelefonen waren wahrscheinlich Häusermakler. Vor dem Pub draußen gingen sie auf und ab, das Mobiltelefon ans Ohr gepreßt. Er nannte sie »Trottoir-Tänzer«.

Gleichzeitig waren manche Gegenden in einem anhaltenden Abwärtstrend aber noch weiter abgerutscht. Der Stoff, aus dem das Leben gewebt ist, war für viele immer noch zerschlissen. Die Kluft zwischen Reich und Arm machte sich zusehends bemerkbar. Aus einer ausgefransten Stelle am Saum war ein Riß geworden, und Tony Blair würde einen Teufel tun, ihn auszubessern. Mit einem Seufzen schlug Jury Stans druckfrische Zeitung auf, um die Teile zu lesen, die er zu Hause überschlagen hatte.

Im Pub war es rappelvoll und verraucht, und in der Luft lag der vertraute Geruch sonntäglicher Hoffnungslosigkeit. Sonntage waren irgendwie konturlos. Zeitungslektüre, Pub – das war so ziemlich alles. Jury schob sein Glas über den Tresen und machte dem Barkeeper ein Zeichen, ihm nachzuschenken. Dann schlitzte er das Kuvert mit Melrose Plants Brief auf. Zwei Seiten in Plants eleganter Handschrift auf festem, cremefarbenem Papier, das die Tinte so gut aufnahm, daß es aussah wie eingraviert. Das alte Briefpapier trug immer noch sein Wappen und die abgelegten Titel. Das Wappen galt noch, doch die Titel waren durchgestrichen. Beim Lesen mußte Jury ununterbrochen lachen. In Northants war mal wieder wie üblich »gar nichts los«, doch wenn es überhaupt einen Menschen gab, der wie Mutter Natur ein Vakuum füllen konnte, dann Melrose Plant. Dieser Mensch war imstande, das berühmte Schwarze Loch zu füllen und das große Nichts zu leeren. Jury lachte noch einmal und steckte den Brief wieder in die Hosentasche. Er würde ihn später zu Hause beantworten.

Als er den Blick hob, bemerkte er, wie die Frau, die hinter dem Tresen arbeitete, eine Whiskyflasche vom Regal nahm, sie abwischte und wieder hinstellte. Mit der nächsten Flasche verfuhr sie genauso, wischte sie sorgfältig ab und stellte sie zurück an ihren Platz. Offenbar hatte sie vor, sämtliche Regale so durchzuarbeiten, bis jemand einen Drink verlangte oder das Telefon klingelte oder sonst etwas ihre Zuwendung erforderte. Jury sah ein Weilchen zu, wie behutsam sie mit den Flaschen umging, besonders mit dem Cognac, einem Rémy Martin. Sie lächelte bei der Arbeit, und Jury mußte beim Zusehen ebenfalls lächeln. So liebevoll wischte sie die Flaschen ab, so stolz schien sie auf ihr Werk zu sein. Sie wirkte sanftmütig, eine Frau, nach der sich die Männer zwar nicht umdrehen würden, die aber auf ihre unaufdringliche Art hübsch war.

Er saß am unteren Ende des Tresens neben einem Holzpfosten,

an den einige Postkarten geheftet waren, von denen er sich eine nun etwas genauer ansah. Die Hälfte der Vorderseite nahm die Abbildung eines Pubs namens The Stargazey ein. Es war allerdings nicht dieses Lokal. Er las den kleingedruckten Text. Das Pub lag in einem von diesen am Steilhang gelegenen Dörfchen in Cornwall, von denen man quasi ins Meer rutscht, die aber höllisch schwer zu erklimmen sind. Vielleicht war er tatsächlich einmal dort gewesen und hatte den Namen gesehen. Die andere Hälfte der Karte zeigte eine merkwürdig aussehende Fischpastete, vielleicht die Spezialität des Hauses.

»Darf ich Sie mal was fragen, meine Liebe?« wandte sich Jury an die Frau, die die Flaschen abstaubte.

Sie drehte sich mit einem fragenden Lächeln um.

»Verkaufen Sie diese Postkarten? Ich hätte gern eine von denen da.« Er deutete auf die Karte, die er gerade eingehend studiert hatte.

Sie sah mit angestrengt zusammengekniffenen Augen hin und sagte: »Ja, die haben wir mal verkauft. Moment, ich schau mal nach …« Sie zog mehrere Schubladen unter dem Tresen auf und hielt schließlich triumphierend die Karte hoch. »Na, haben Sie aber ein Glück! Es ist die letzte!«

Es war das erste echte Lächeln, das Jury an dem Tag erntete. Ihr Entzücken über den bescheidenen Schatz war ungewöhnlich. Es bedurfte nicht viel, um diese Frau zu erfreuen, dachte Jury. Hatte das nicht der Herzog von Ferrara über seine vom Unglück verfolgte Gemahlin gesagt?

»Hier.« Sie schob sie ihm über die Theke. »Nehmen Sie sie einfach mit.«

»Danke, aber ich bezahle gern den –«

»Nein. Ich kann mich nicht erinnern, daß mal jemand eine haben wollte. Die meisten Leute bemerken so kleine Dinge gar nicht. Man verpaßt viel im Leben, wenn man dafür kein Auge hat.« Sie nahm ihre Tätigkeit wieder auf (irgendwie schien dahinter echte Hingabe zu sein), holte eine Flasche Sapphire-Gin vom Regal und fuhr mit dem Tuch darüber.

Jury erwiderte: »Ich kann mich aber auch an kein Pub erinnern, das so gepflegt ist.«

Sie errötete. »Ach, finden Sie? Bißchen dumm, ich weiß – und ihm paßt es gar nicht.« An dieser Stelle warf sie einen kurzen Blick auf den Barkeeper, Geschäftsführer oder Besitzer. »Ist aber doch recht hübsch, wie die Flaschen da vor dem Spiegel stehen, nicht? Sehen Sie mal diese hier.« Sie hielt die Ginflasche hoch, damit Jury sie eingehend betrachten konnte. »Haben Sie schon mal so ein Blau gesehen? So was Hübsches –«

»Kitty, komm mal her«, rief der Barkeeper.

Kitty wurde rot, stellte den Sapphire-Gin wieder an seinen Platz und hauchte Jury einen Abschiedsgruß zu.

Er trank sein Pint vollends aus, zog einen Stift aus der Brusttasche und schrieb auf die Rückseite der Karte: *Ich wette zehn Pfund, daß Sie das Rezept nicht finden.* Das tiefe Geräusch in seiner Kehle interpretierte er als kichernden Gluckser.

Dann legte er das Geld für sein letztes Pint auf die Theke und ging. Draußen vor dem Pub hielt er nach einem Briefkasten Ausschau, konnte aber keinen finden und wollte gerade die Straße überqueren, als der 14er Bus Richtung South Ken Station nicht weit von ihm auf der Pub-Seite der Straße heranfuhr. Rasch reihte er sich in die kurze Warteschlange ein. Der Bus hielt an, er stieg ein; nachdem er sich gesetzt hatte, warf er noch einmal einen Blick auf die Karte und mußte wieder lachen. Das war das zweite Mal an dem Tag.

Aus dem Fenster bot sich der gleiche Anblick wie auf der Hinfahrt zum Pub. Eigentlich hatte er ja in entgegengesetzter Richtung zum Fulham Palace fahren wollen. Es war beinahe ein Bedürfnis, ein Drang, dessen Ursprung er nicht genau ergründen konnte. Er fühlte sich in der Zugkraft der Gezeiten gefangen, in der Anziehungskraft des Mondes (keins von beiden, besann er sich, konnte gegenwärtig einen Einfluß auf ihn haben). Trotzdem beschlich ihn ein gewisses Gefühl von schicksalshafter Unausweichlichkeit.

Eigentlich widerstrebte ihm der Gedanke, da er an keinerlei Vorbestimmung im Leben eines Menschen glaubte. Trotzdem blätterte er spaßeshalber so lange in Stans Zeitung herum, bis er die Seite mit den Horoskopen gefunden hatte. Sein Horoskop forderte ihn auf: »Lassen Sie sich bloß nicht in etwas hineinziehen, selbst wenn die Aussicht noch so verlockend ist.«

Zum Teufel. Schon gut, er hatte sich ja nicht hineinziehen lassen, oder? Er war nicht noch einmal hingefahren. Sie ging ihn nichts an.

Das war am Sonntag.

## 3

Sergeant Alfred Wiggins redete (näselte) daher, als wäre er der einzige Mensch auf der Welt, der sich eine Erkältung eingefangen hatte. Seine Kommentare waren rein erkältungsspezifisch: »Auf mich haben sie es abgesehen, mehr als auf andere Leute. Sehen Sie sich doch an … Sie schütteln sie einfach ab und gehen weiter Ihrem Tagwerk nach, Ihnen können sie nichts anhaben« – als ob Erkältungen es auf Jury nicht auch abgesehen hätten. »Nur mich trifft es. Wie diese hier« – Wiggins fuhr sich zum Nachdruck mit einem Taschentuch unter der Nase hin und her – »die ist eine wahre Heimsuchung. Jetzt haben wir November, und Sie kennen ja den Spruch: ›Erkältung im November zieht sich hin bis Ende Dezember.‹ Die kriegt man nur schwer wieder los.«

Bestimmt hatte er das mit Dezember gerade erfunden, dachte Jury, weigerte sich jedoch, sich auf Wiggins' Verseschmiederei einzulassen, die weit schlimmer war als Wiggins' Prosa. Im Laufe der an Erkältungen und Grippeanfällen reich gesegneten Jahre war ihm Wiggins' Geleier allerdings ein beinahe beruhigender Singsang geworden, ein Holzblasinstrument als Kontrapunkt zu Chief Superintendent Racers blecherner Trompeterei und seinen griesgrämigen Lageberichten. Über einem davon brütete Jury nun gerade, die Arme verschränkt und in seinem Bürodrehstuhl zurückgelehnt. Ohne den Blick von seinem Bericht zu heben, erkundigte er sich gähnend: »Schon beim Arzt gewesen, Wiggins?«

Der setzte eine fast beleidigte Miene auf. »Ich gehöre doch nicht zu denen, die wegen jedem Wehwehchen zum Doktor rennen. Im Gegensatz zu gewissen anderen Leuten.«

Der Gesichtsausdruck des Sergeant schien andeuten zu wollen, daß Jury ein himmelschreiender Hypochonder war, der sich ständig in Arztpraxen und Notaufnahmestationen herumtrieb. Dabei konnte sich Jury schon gar nicht mehr daran erinnern, wann er zuletzt in einer gewesen war. Er überhörte daher die Bemerkung und konzentrierte sich auf die Fläschchen, die Wiggins vor sich auf dem Schreibtisch aufgereiht hatte und deren Deckelchen er gerade aufschraubte. Der Sergeant zog einen Tropfenzähler aus einer klaren Flüssigkeit, lehnte sich zurück und hielt ihn sich an die Augen.

»Daneben.«

Wiggins klimperte ein paarmal mit den Lidern auf und ab, um das Zeug zu verteilen, und schaute ihn finster an. »Was heißt daneben?«

»Sie haben es in die Augen gekriegt statt in die Nase.«

»Ha, ha, sehr witzig. Es sind natürlich Augentropfen.«

Wiggins glaubte, ihm mit seinen Hahas immer kräftig eins auszuwischen. Um es ihm heimzuzahlen, erkundigte sich Jury: »Sagen Sie, wie geht es eigentlich Schwester – äh – Miss Lillywhite?« Den Vornamen von Wiggins' Damenbekanntschaft hatte er vergessen. Was ihn auf die Idee gebracht hatte, Lillywhites Liebe hätte Wiggins kurieren können, wußte er auch nicht, da keine irdische Macht dies zuwege brächte.

»Gut, sehr gut. Ist nach Portugal zu ihrer Freundschaft gefahren.«

Da Wiggins offensichtlich nicht im geringsten darüber verschnupft war, nahm Jury an, daß es sich bei der Freundschaft um eine weibliche Person handelte. Den Bericht beiseite schiebend, wandte er sich wieder der Lektüre der Morgenzeitung zu, die er sich von Stan Keelers Türschwelle geholt hatte, nachdem er drinnen Stone gefüttert hatte, den Mrs. Wassermann seines Wissens später in ihre Kellerwohnung mitnehmen würde.

Plötzlich kippte er seinen Stuhl lautstark nach vorne und saß stocksteif da. Eine Meldung auf einer der mittleren Zeitungsseiten war ihm unvermittelt ins Auge gesprungen: Die Distriktpolizei von Hammersmith und Fulham bat alle Personen, die sich am Samstag abend zwischen sechs Uhr und Mitternacht in der Nähe von Fulham Palace aufgehalten hatten, um sachdienliche Hinweise bezüglich einer in Fulham Palace erschossen aufgefundenen Frau.

»Was ist los, Sir? Sie sehen ja aus, als sei Ihnen gerade ein Gespenst begegnet.«

»Kann gut sein.« Jury hätte nie damit gerechnet, einmal einer solchen Bitte nachkommen zu müssen. Schon wählte er die angegebene Nummer der Polizei in Fulham.

Bestimmt suchte die Polizei jemanden, der das Opfer identifizieren konnte. Was schwierig war, da in der Zeitung weder ein Foto abgebildet war noch irgendwelche besonders hervorstechenden Merkmale erwähnt wurden. Bis auf den Pelzmantel. Den Mantel und den Fundort: Fulham Palace.

Als sich ein Polizist meldete, nannte er den Grund seines Anrufs und bat, den zuständigen Ermittlungsbeamten zu sprechen. Der Wachtmeister meinte, er wolle sich zuerst die Einzelheiten notieren. Jury teilte ihm – nicht ohne gewisse Verlegenheit – mit, welche Rolle er selbst bei der Sache gespielt hatte, und schloß mit dem Zusatz: »Ich bin aber nicht hineingegangen.«

»Sie sind ihr den ganzen Weg hinterhergelaufen und haben dann aufgegeben.« Es klang nicht wie eine Frage, sondern eher wie eine Verurteilung.

Jury kniff die Augen zu, als störte ihn plötzlich das helle Licht. »Hören Sie mal, Ihre Bemerkungen können Sie sich sparen, wenn Sie an einer Zusammenarbeit interessiert sind.«

Der Wachtmeister war ein fixer Bursche. »Sicher werden Sie verstehen, daß wir alles überprüfen müssen –«

Jury schnitt ihm das Wort ab. »Wie ist Ihr Name?«

»Chance.«

Jury griff höchst ungern zu diesen Mitteln. Er schaltete um: »Wer führt in dem Fall die Ermittlungen?«

»Inspektor Ronald Chilten.«

»Gut, stellen Sie mich zu ihm durch.« Chilten. Der Name kam ihm bekannt vor. Nach mehrmaligem Knacken wurde Jury gebeten, am Apparat zu bleiben. Die Hand über der Sprechmuschel fragte er Wiggins: »Erinnern Sie sich an einen Chilten bei Hammersmith und Fulham? Haben wir mit dem schon mal zusammengearbeitet?«

Wiggins unterbrach das Herumrühren in seinem Hexenkesselchen gerade so lange, wie der Griff nach seinem Rolodex dauerte. »Fulham, Fulham. Hier haben wir es. Chilten, Ron. Das war dieser scheußliche Fall mit der Hausangestellten da draußen in der North Road.«

»Alle Hausangestellten sind scheußlich. Jetzt fällt es mir auch wieder ein. Pfiffiges Bürschchen.«

»›Pfiffiger, als ihm guttut‹, sagten Sie damals, glaube ich. ›Läßt einen gern in der Luft hängen‹, haben Sie auch gesagt.«

Daß Chilten einen tatsächlich gerne »in der Luft hängen ließ«, war Jury nicht entfallen. Er wandte sich wieder dem Hörer zu und vernahm eine Stimme, die ein gewisses Maß an Autorität besaß und zu einem gewissen Inspektor Chilten gehörte. »Ich habe da einige –« Erst in dem Moment fiel Jury ein, wie absurd seine Angaben klingen würden. Zu spät. »Ich weiß nicht, ob Sie sich noch an den Fall erinnern, den wir gemeinsam –«

»Klar erinnere ich mich.«

»Es geht um die Sache in Fulham Palace.« Jury machte eine Pause. Chilten wartete ab, ohne ihm zu Hilfe zu kommen. »Haben Sie sie schon identifiziert?«

Chilten ließ Jury auf die Antwort warten, womit dieser aber gerechnet hatte. »Nein. Keine Handtasche, keine besonderen Kennzeichen – nicht gerade viel für eine Zeitungsmeldung – außer ein paar Aufnahmen aus der Leichenhalle. Die kommen vielleicht rein, wenn ich nichts Besseres auftreiben kann.«

»Sie wurde erschossen – hat man die Waffe gefunden?«

»Nein.«

»Aus welcher Entfernung?«

»Zwei Meter etwa, jedenfalls unter vier. Aus nächster Nähe, nach den Rückständen an der Einschußstelle zu schließen.«

»Sie tippen, daß die Tat zwischen sechs Uhr abends und Mitternacht begangen wurde?«

Erneutes Schweigen. Chilten hatte die Angewohnheit, die direkte Antwort zurückzuhalten oder aber eine mysteriöse Bemerkung zu machen, die einen zwang, nochmals nachzufragen. »Wir hoffen, den Zeitraum noch weiter eingrenzen zu können, wenn die Pathologin fertig ist.«

»Da kann ich Ihnen gleich weiterhelfen. Es war nach neun, nicht nach sechs. Ich habe sie vor dem Eingang zum Park gesehen.« Jury glaubte zu hören, wie mit einem dumpfen, lauten Geräusch etwas umfiel oder auf den Boden krachte. Zur Abwechslung hatte er Chilten diesmal überrascht.

»*Gesehen?* Dann kennen Sie diese Frau also?«

»Nein. Ich habe nur gesehen, wie sie die Fulham Road hinunterging.«

»Erzählen Sie.«

Jury tat es. Von dem Moment an, als sie ihm auffiel, als sie vor dem Chelsea and Westminster Hospital in den Bus stieg, bis zu der Stelle, als er ihr die Bishop's Avenue hinunter bis ans Tor folgte.

»Wenn Sie sie beschattet haben, warum sind Sie dann dort stehengeblieben? Warum sind Sie nicht hineingegangen?«

Jury seufzte. Diese unvermeidliche Frage hatte er schon erwartet. »Ich habe sie nicht ›beschattet‹. Und ich habe keine Ahnung, warum ich nicht hineingegangen bin.«

Es entstand eine längere Pause. Chilten war sehr geschickt im Verteilen von Pausen. Jury hätte ihm am liebsten eine reingehauen.

Nach einer Weile meinte Chilten: »Was hatten Sie in einem 14er Bus zu suchen?«

Verärgert darüber, daß nun anscheinend sein eigenes Alibi unter die Lupe genommen werden sollte, versetzte Jury: »Das tut hier nichts zur Sache. Ich meine, es ist nicht relevant.« Beim Gedanken daran, wie oft er einen Tatverdächtigen diesen Satz bei einer Vernehmung hatte sagen hören, seufzte er.

Chilten schien mit Jurys Antwort nicht zufrieden zu sein. Dann sagte er: »Reden wir denn überhaupt von derselben Frau?« Chilten kaute beim Sprechen; das Geräusch kannte Jury. Er hatte oft genug zugehört, wie Sergeant Wiggins sich am anderen Ende der Leitung mit schwarzen Keksen verarztet hatte. Als könne er Gedanken lesen, sagte Chilten: »Hab' heute noch nicht gefrühstückt, da hab' ich mir ein paar gefüllte Doughnuts besorgt. Also, wie können Sie sie beschreiben?«

»Hellblond, etwa einssiebzig, einsfünfundsiebzig groß, würde ich mal schätzen. Sehr attraktiv, leicht geschminkt, wenn überhaupt. Und dann der Mantel. Lang, dunkler Pelz – vermutlich Nerz.«

»Zobel. Na gut, wahrscheinlich ist es dieselbe. Was war eigentlich mit dem Verkehr los, wenn Sie sie die ganze Zeit bis zur Fulham Palace Road im Auge behalten konnten? Das ist doch ein strammer Spaziergang.«

»Wie gesagt, sie ist wieder eingestiegen und ein Stück gefahren.«

Chilten kaute eine Weile. »Äußerst seltsames Gebaren.«

Jury war sich nicht sicher, ob er ihn meinte oder die Frau. Wahrscheinlich beide. Er gönnte Chilten einen Augenblick, um diese Angaben zusammen mit seinem Doughnut zu verdauen. Er machte sich Hoffnungen auf eine Einladung; aber nachdem er in dieser Hinsicht auf Chiltens Schweigen stieß, lud er sich kurzerhand selbst ein. »Also, ich will Ihnen ja nicht ins Handwerk pfuschen, aber ich würde wirklich gern mal die Mise-en-Scène in Augenschein nehmen.«

»Menschenskind, was soll denn das wieder heißen?«

Jury errötete und war froh, daß Chilten ihn nicht sehen konnte. Aus irgendeinem Grund hatte er gezögert, »Mordschauplatz« zu sagen, und statt dessen den etwas ausgefallenen Ausdruck benutzt. Es klang tatsächlich recht affektiert. »Vielleicht kann ich ja helfen; ich meine, ich könnte vielleicht etwas beisteuern. Oder auch nicht.« Jury zuckte die Achseln, als wäre Chilten im Raum und könnte sehen, wie er die Angelegenheit lässig abtat.

»Ich erinnere mich dunkel, daß wir beide vor ein paar Jahren mal aneinandergeraten sind, und zwar hatten Sie da auch einen von diesen Ich-will-Ihnen-nicht-ins-Handwerk-pfuschen-Anfällen.«

Jury stieß ein kurzes bellendes Gelächter aus. »Aneinandergeraten? *Mit mir?* Da verwechseln Sie mich sicher mit meinem Sergeant. Wiggins heißt er.« Jury sah zu Wiggins hinüber, der, als er seinen Namen hörte, seine Ablutionen unterbrach und herüberstarrte. Jury zuckte die Achseln in Wiggins' Richtung, als ob er sagen wollte: Ist diesem dämlichen Hohlkopf denn noch zu helfen? »Also, was meinen Sie dazu, Roy?«

»Ronnie, nicht Roy.«

Jury lächelte. Es war Absicht gewesen. »Sorry.« Er wartete.

»Wenn Sie heute nachmittag nach Fulham kommen wollen, können Sie ja einen kurzen Blick auf Ihre Mise-en-Scène werfen.

Wir treffen uns am Parktor.« Mit einer Prise Sarkasmus fügte er hinzu: »Wo das ist, wissen Sie ja wohl.«

»Im Kräutergarten. In der Zeitung steht, daß sie in einem Lavendelbeet gefunden wurde.« Jury runzelte die Stirn ob der Ironie der lieblichen Szenerie. Der Mise-en-Scène. Er lächelte.

»Na ja, dagegen hätte Linda Pink wohl einiges einzuwenden.«

Chilten spendete Auskünfte wie andere Menschen Blut – tropfenweise. Jury hielt die naheliegende Frage – Wer ist Linda Pink? – zurück und meinte nur gelassen: »Dann bis in einer Stunde, Roy, und vielen Dank.« Er legte auf und brummte: »Mit deiner Linda Pink kannst du mir gestohlen bleiben.«

Wiggins hob fragend die Augenbrauen. »Wer ist Linda Pink?«

»Das werden wir vielleicht nie erfahren.« Jury lehnte sich zurück und gestattete sich, wenn auch nur für ein paar Augenblicke, verdattert zu sein, sich in Traurigkeit zu hüllen. »Ich hätte doch hineingehen sollen.«

»Verzeihung, Sir? Wo hätten Sie hineingehen sollen?«

Jury blieb ihm die Antwort schuldig. Statt dessen stand er auf. »Kommen Sie, Wiggins. Marsch, marsch.«

Voll abgrundtiefen Widerwillens stand Wiggins ebenfalls auf, schluckte das eklige Zeug in seinem Glas hinunter und fragte: »Sind Sie sicher, Sir? Fürchten Sie nicht, ich könnte wieder mit jemandem aneinandergeraten?«

Entschlossen schlüpfte Jury in die Ärmel seines Trenchcoats. »Nie. Sie würden doch niemals den gleichen Fehler wiederholen.«

## 4

Mit Inspektor Ronald Chilten verhielt es sich folgendermaßen: Er umspann Rätselhaftes zu gern mit anderen Rätseln. War nichts Rätselhaftes zur Hand, so schuf Chilten eine Atmosphäre, ein

Ambiente – sozusagen seine eigene kleine Mise-en-Scène –, mit denen er seine Mitmenschen dann in Spannung hielt. Ob es um drei in einen Auffahrunfall verwickelte Autos ging, um die Farbe eines am Tatort gefundenen Haarbandes oder um Anzahl und Art der Bücher, die ein Teenager bei sich hatte, der auf dem Nachhauseweg Opfer eines Raubüberfalls wurde, Chilten schaffte es immer wieder. Und wenn er einen schon unter Spannung halten konnte, wo es eigentlich gar keine richtige Spannung gab, dann schaffte er es weiß Gott mit einer in den Parkanlagen von Fulham Palace gefundenen Leiche. Jury war seit dem Anruf vor einer knappen Stunde zähneknirschend damit beschäftigt, seinen scheinbar unerschöpflichen Vorrat an Geduld zu mobilisieren und sich dabei immer wieder in Erinnerung zu rufen, daß Chilten ja im Grunde ein ausgezeichneter Polizist war.

Daß ihr Zielort ein Kräutergarten war, hatte auf Sergeant Wiggins einen äußerst heilsamen Effekt. Es wirkte wie eine seiner Tinkturen, spülte diese ganze Geschichte mit dem »Aneinandergeraten« gleichsam hinweg und verwandelte ihn in einen angenehmen Gefährten.

Nun durchschritten die drei Beamten – Jury, Wiggins und Inspektor Chilten – die Parkanlagen von Fulham Palace. Sie kamen an einer Reihe von Steineichen und einer Silberlinde vorbei und passierten Zedern-, Kastanien-, Ahorn- und Walnußbäume und einen riesigen kalifornischen Redwood – für Jury eine vollkommen unbekannte Baumwelt. Chilten war derjenige, der sie darauf aufmerksam machte, zu Jurys großer Überraschung, der ihm keine gärtnerischen oder ästhetischen Neigungen zugetraut hätte. »Ist das nicht wunderschön?« sagte er, blieb stehen und hob den Blick zum regelmäßigen Astwerk einer Steineiche empor. »Ein Wunder, daß dieser Park nicht bekannter ist, wenn man bedenkt, was für große Gartenliebhaber wir Engländer sind. Auf diesen paar Morgen Land sind bestimmt mehr Baumarten vertreten als irgendwo sonst auf den Britischen Inseln.«

Beim Weitergehen warf Jury einen Blick zurück auf die strenge georgianische Fassade des Palace. Er erinnerte sich etwas undeutlich an eine Geschichte, die er als Junge gehört hatte: Früher hatten Bischöfe angeblich immer in »Palaces« gewohnt, so daß der Begriff lediglich eine beschönigende Umschreibung für »Haus« war. »Seit wann wird er nicht mehr als Residenz benutzt?«

»Von den Bischöfen? Seit den siebziger Jahren vielleicht.«

»Aber genutzt wird er doch noch.«

»Der Bezirk vermietet die Räumlichkeiten als Büros.«

»Sie meinen Fulham?«

»Hammersmith und Fulham, jawohl.« Inzwischen waren sie an eine Steinmauer gelangt, die äußere Begrenzung des Parks, vermutete Jury. Chilten sagte etwas zu einem der beiden uniformierten Kollegen, die offenbar zum Wachdienst eingesetzt waren, woraufhin beide nickten.

Mit einer knappen Kopfbewegung auf eine Einbuchtung in der Ziegelmauer deutend, sagte Wiggins: »Bienenbolle.«

Jury erwartete, daß der Sergeant seine Bemerkung vervollständigte, doch es kam nichts mehr. Wiggins und Chilten, dachte Jury, würden sich bestimmt prächtig verstehen.

Am beeindruckendsten war die unglaubliche Stille, die hier herrschte. London hätte sich um sie herum in Luft auflösen können – in den kleinen Kräutergarten, der innerhalb der Außenmauer vom übrigen Parkgebiet abgegrenzt war, drang kein Verkehrslärm, kein Schreien oder Rufen.

Beim Anblick der Ranken stellte sich Jury vor, wie die Glyzinien wie Schleier im Frühlingswind erbebten und sich an dem langen Zaun zur Linken entlangwellten. Rechts befand sich ein verfallenes Gewächshaus, eine Art Treibhaus für Weinreben, wie an den kräftigen Ranken zu erkennen war. Das Dach war mittlerweile eingebrochen. Ein Jammer, dachte Jury, daß so ein hübsches Fleckchen Erde von der Regierung nicht bezuschußt wurde, während man anderswo viel Geld verschwendete. Die alte Geschichte.

Im Zentrum des ummauerten Gartens lag ein großes, tropfenförmiges, in kleine Segmente unterteiltes Beet, in dem verschiedene mittlerweile verdorrte Kräuter wucherten. Es hatte die verschlungene, gewundene Gestalt eines typischen »knot garden« aus dem achtzehnten Jahrhundert und war mit Thymian, Rosmarin und Lavendel sowie einem Dutzend anderer Kräuter bepflanzt, die Jury nur anhand des Museumsplans auseinanderhalten konnte.

Bei dem Blick, mit dem Wiggins auf die braun verkrauteten, winterdürren Pflanzen hinuntersah, hätte man meinen können, er statte den Gräbern der Toten einen Besuch ab. Betrübt umkreiste er das mittlere Beet, das mit einem leuchtendgelben Band mit der Aufschrift POLIZEI – NICHT BETRETEN abgesperrt war, damit der Schauplatz des Mordes in möglichst unverfälschtem Zustand belassen wurde.

Wiggins war in seinem Element, aber nicht, weil es sich um Polizeiarbeit, sondern um Herbalistik handelte. »Das da ist Mutterkraut.« Er deutete auf das vorderste Beetsegment. »Ich glaube, das habe ich außer auf dem Regal in meinem Reformhaus noch nirgends gesehen.«

Das Wrack der *Titanic* hätte keine größere Ehrfurcht hervorrufen können. Jury konsultierte den Plan. »Lavendel.« Er deutete mit dem Kinn auf die Stelle neben dem Mutterkraut. »Haben Sie sie hier gefunden?« Er beobachtete, wie Chilten stehenblieb und ein Päckchen Chiclets hervorholte.

Der Inspektor dehnte die Pause lange genug aus, um sich einen Kaugummi in den Mund zu stecken und ihn krachend zu zerbeißen, als sei sogar das Chiclet ein wesentlicher Bestandteil des allgemeinen Mysteriums. Schließlich nickte er. »Ganz recht. Mit dem Gesicht nach oben im Lavendel.« Er trat zurück an die Glyzinienranken. »Von hier aus vermutlich, der Flugbahn des Geschosses nach zu schließen.« Er trat wieder ans Lavendelbeet. »Sie wurde Samstag abend vor Mitternacht gefunden. Zu dem Zeitpunkt hat der *Parkwächter* sie entdeckt, sagt er. Aber Sie haben sie ja um neun oder halb zehn gesehen.«

Jury wartete ab. Nichts. »Wer hat sie gefunden? Der Parkwächter?«

Ein weiteres Stück Kaugummi fand den Weg in Chiltens Mund. »Hm, hm«, meinte er kauend. »Jedenfalls hat er beim Verhör angegeben, *er* habe sie etwa um Mitternacht gefunden.«

Wiggins half ihm auf die Sprünge. »Das hört sich an, als wollten Sie andeuten, der Parkwächter habe sie gar nicht gefunden?«

»Nun, ja und nein.« Mit einem Anflug von Lächeln kaute Chilten weiter.

Jury hätte die Wände hochgehen können.

»Ja und nein, Sir? Was soll das heißen?«

»Laut Parkwächter hat Linda Pink sie gefunden.«

Aha, dachte Jury. Jetzt kommen wir endlich auf diese Linda Pink zu sprechen. Er seufzte. »Hören Sie, Ron. Sie wissen genau, daß wir keine Ahnung haben, wer Linda Pink ist, also klären Sie uns doch bitte auf, ja?« Man mußte Chilten direkt auf etwas ansprechen. Das war der Preis, den man für seine Auskünfte zahlen mußte.

»Ach, habe ich Ihnen das nicht gesagt? Linda Pink wohnt drüben an der Bishop's Park Road. Nach dem, was der Parkwächter sagt, verbringt sie quasi Tag und Nacht hier im Park. Miss Pink fand die Leiche, behauptet *sie*, etwa um halb acht, Viertel vor acht. Aber sie hat niemandem davon erzählt. Erst heute früh, als sie den Parkwächter im Portiershäuschen bei einer Tasse Tee antraf. Behauptete, sie habe in der Zeitung gelesen, daß man die Frau im Kräutergärtchen gefunden habe. Ich vermute mal, sie hat nur deshalb was verlauten lassen, weil sie einen Streit vom Zaun brechen wollte.« Ein rascher Blick in Jurys Richtung, dann verstummte Chilten und besah sich angelegentlich das Tatortband.

Jury wartete ab. Darin war er gut.

Wiggins aber platzte der Kragen. »Einen Streit vom Zaun brechen? Ich verstehe nicht ganz.«

»Linda Pink behauptet, sie habe sie in der Eberraute gefunden, nicht im Lavendel. Aber der Parkwächter ist sich sicher, daß es im Lavendel war.«

Jury runzelte verständnislos die Stirn. »Eberraute? Was –«

Wiggins kam ihm zu Hilfe. »Ein Heilkraut gegen Nervenleiden.«

»Ist doch egal, wogegen. Wo ist das?« Jury sah auf den Lavendel hinunter.

»Genau hier.« Chilten tippte mit seiner braunen Schuhspitze in eine wild verkrautete, dürre Pflanze, die kein bißchen anders aussah als die Pflanzen im Umkreis. »Das hier ist Eberraute.« Er zuckte die Schultern. »Schwer voneinander zu unterscheiden.«

»Dann«, sagte Jury, »ist es doch ganz einfach, nicht? Der Parkwächter kennt die Kräuterbeete auseinander, und Miss Pink irrt sich.«

»Ach ja?« Chilten zündete sich eine Zigarette an. Er hatte immer noch den Kaugummi im Mund. »Erzählen Sie das mal Miss Pink.«

»Was dagegen, wenn ich mich mit ihr unterhalte?«

»Mitnichten. Sie ist zehn.«

Verblüfft sah Jury den reumütig dreinblickenden Wiggins an. Als suche er nach einem Kraut, das für seine Gemütsstimmung herhalten könnte, sah er sich nach der Gartenraute um, dem Sinnbild der Reue. »Ron. Die Tote wurde von einem *Kind* entdeckt?«

»Hmmm, hmmm.« Sichtlich vergnügt ließ Chilten den Klang mitschwingen, während er einen dünnen Rauchstrahl ausblies und dabei Jurys Gesichtsausdruck beobachtete.

Diesmal scherte sich Jury keinen Deut darum, ob jemand anderes sich das Rauchen erlauben durfte und er nicht. Während Chilten vor sich hinpaffte, sagte Jury in gespielt süßlichem Ton: »Lassen Sie sich ruhig Zeit, Ron.«

»Ach, ich dachte, das hätte ich schon gesagt: Linda wohnt drüben an der Bishop's Park Road« – er sah Wiggins Notizen machen, nannte ihm die Hausnummer und fuhr fort – »bei ihrer Tante. Vielmehr, Großtante. Das Haus gehört natürlich der Tante. Dresser heißt sie.« Er rückte noch einige weitere, sogar kostenlose Details heraus, dann deponierte Wiggins seinen Stift in seinem kleinen Notizbuch. »Der Pelzmantel auch. Das wird Sie vielleicht überraschen.«

Nach dem »überraschen« kam ein definitiver Schlußpunkt. Keine Pause, kein Husten, Niesen oder eine plötzliche Unterbrechung durch Chiltens Funkruf oder Mobiltelefon. »*Was*, verdammt noch mal?« Jury bemühte sich, das »verdammt« nicht allzu gereizt ertönen zu lassen.

Chilten hob erstaunt die Brauen. »Habe ich das nicht gesagt? Der Mantel gehörte Mona Dresser.«

Jury fiel die Kinnlade herunter. »Reden Sie jetzt von der *Tante* dieser Linda Pink?«

»*Hmm*, hmm.« Wieder wurde eine Zigarette aus der Packung geschüttelt. »Das ist eine lange Geschichte, Jury.«

Jury mahlte mit dem Kiefer und brachte ein gekünsteltes Lächeln zustande. »Lange Geschichten sind mein Metier, Ronnie.«

Wiggins schien zusehends verschnupft, dem Inspektor die Antworten aus der Nase ziehen zu müssen. »Nun geben Sie uns doch eine kurze Zusammenfassung, Mr. Chilten«, sagte er etwas spitz und zog erwartungsvoll sein Notizbüchlein hervor.

»Okay. Der Pelzmantel gehörte ursprünglich Ms. Dresser. Die vererbte ihn ihrer Stieftochter Olivia, die ihn später einem Geschäft in – wie heißt das noch gleich? – in Kommission gab. Wie er von dort auf den Leib der Toten gelangt ist, wissen die Götter.«

»Wir sind«, sagte Wiggins, nachdem Chilten anscheinend fertig war, »aber keine Götter. Meinen Sie, wir könnten uns die Leiche mal ansehen?«

»Na, dann los.« Ungehalten sah Chilten zwischen Jury und

Wiggins hin und her, als hätten die beiden ihn mit diesem Zwischenstopp im Kräutergarten nur aufgehalten.

Jury hatte sich schon immer gewundert, daß Gerichtsmediziner und ihre Gehilfen – also alle, die hier arbeiteten – einem den Eindruck vermitteln konnten, sie fühlten sich in einem Leichenschauhaus völlig entspannt und ungezwungen. Warum aber auch nicht? Es war ihr Revier, und sie mochten ihre Arbeit. Er wußte, daß eine Obduktion für einen Mediziner eine gewisse Herausforderung darstellte, doch die lässige, unbefangene Art, in der die Pathologen Organe und deren Beschaffenheit nacheinander abhakten, versetzte ihn doch in höchstes Erstaunen. Die hiesige Ärztin, in Fulham, benannte die Teile beinahe ebenso liebevoll wie die Puppen, die sie als kleines Mädchen auf ihrem Bett aufgereiht hatte.

Bei dieser Obduktion war er allerdings nicht gewesen; Chilten hatte sich die Ehre gegeben. Zum Glück war Wiggins ebenfalls nicht gekommen. Soweit sich Jury erinnern konnte, hatte Wiggins nur ein einziges Mal einer Autopsie beigewohnt. Ob es dieses schicksalhafte Ereignis gewesen war, das zur angeblich immer anfälliger werdenden Gesundheit des Sergeant geführt hatte?

Temperatur und Ausstattung des Raumes waren kalt: weißer Lackfarbenanstrich, Edelstahl, gleißendes Licht. Der Assistent hatte nach einem Anruf von Chilten die Leiche wieder auf einen der Metalltische gelegt. Sie war in ein Laken gehüllt, das der Mann auf Chiltens Nicken hin nun zurückschlug.

Ein totes Gesicht sieht anders aus als ein lebendiges. Das mag eine Binsenweisheit sein, die die meisten Menschen jedoch außer acht lassen. Ein totes Gesicht ist eines, aus dem sich jegliche Regung verflüchtigt hat.

Jury sah hin, nickte bestätigend, es handelte sich um die Frau, und der Assistent wollte ihr Gesicht schon wieder zudecken, als

Jury seine Hand festhielt und das Laken zurückzog. Für geraume Zeit, während der Chilten füßescharrend herumstand, sah Jury auf die Tote hinunter: der lange Hals, das blonde Haar, das der haltenden Spange entschlüpft war, das mittlerweile seltsam getönte Gesicht, dessen bloße Ausdruckslosigkeit einem natürlich einen Streich spielen konnte. Doch das glaubte er nicht. Vielleicht lag es an der Nase.

Jury schüttelte den Kopf. »Das ist sie nicht.«

Dem Gehilfen, der daraufhin die Hülle wieder über das Gesicht zog, war es sichtlich egal, ob »sie« es war oder nicht.

Doch Chilten war völlig außer sich. »Was? Ihre Beschreibung paßt doch – blond, schön, Größe, Gewicht, Fulham Palace, *Zobelmantel.* Herrje. Wer soll es denn sonst sein?«

Jury sah ihn an. »Ich weiß es nicht.«

Was ihn beinahe mehr beunruhigte als die Tatsache, daß die Tote auf dem Obduktionstisch nicht diejenige war, für die sie sie hielten, war seine Erleichterung darüber.

## 5

Jury kannte nur ein Empfangszimmer, das es an Düsternis mit dem von Mona Dresser aufnehmen konnte – das von Melrose' Tante Agatha. In Mona Dressers Haus – wenngleich um einiges größer als Lady Ardrys – kam man sich wie in einen Kokon eingesponnen vor, was von dem spärlichen Licht und den vielen Dingen herrührte, mit denen es vollgestopft war – Möbeln, Kissen, Vögeln und manch anderem Getier, das dem Präparator in die Hände gefallen war. (Hier war jemand leidenschaftlicher Jäger, dachte Jury.) Selbst wenn die langen Samtvorhänge, die sich am Boden schoppten, vollkommen aufgezogen wären, litte der große Raum immer noch unter schlechter Beleuchtung, denn das Haus bekam nicht viel Sonne ab. Mehrere Lampen aus bleigefaßtem rubinroten Glas brannten schwächlich, und das Feuer im offenen Kamin war zu ein paar aschebedeckten Kohlen heruntergeglommen. An der Wand einander gegenüber hingen zwei Ölgemälde. Das eine war ein Porträt von Mona Dresser persönlich (ihrer heutigen Erscheinung bemerkenswert ähnlich), auf dem anderen war die imposante Gestalt eines Herrn im langen schwarzen Cape zu sehen. Das Ganze strahlte eine gewisse Stille aus, die Jury an Fulham Palace erinnerte, aber mehr noch an die Ruhe im Theater, kurz bevor sich der Vorhang hebt. Es wirkte insgesamt ziemlich theatralisch. Trotzdem glaubte er nicht, daß Mona Dresser diese Wirkung beabsichtigte.

Seinen Dienstausweis konnte sie (wie sie ihm bei der Begrüßung an der Haustür mitgeteilt hatte) in Ermangelung ihrer Brille nicht entziffern. »Wenn Sie also der Flitzer von Fulham sind, bin ich Ihnen wohl auf Gedeih und Verderb ausgeliefert. Kommen Sie herein, kommen Sie.« Die wischende Armbewegung und ihr ungeduldiger Tonfall suggerierten, daß Jury sich endlich von der Schwelle rühren möge.

Sie war eine Frau in den späten Siebzigern mit fludrigem Kräuselhaar und dunklen Äuglein, nicht direkt dick, aber doch recht wohlgepolstert. Wie ihr Haus besaß auch sie selbst eine gewisse Ähnlichkeit mit Lady Ardry, wobei Jury hoffte, daß sich diese in körperlichen Merkmalen erschöpfte. Sie trug ein weites schwarzes Gewand mit Blumenmuster, von dem sich eine lange Perlenkette abhob, sowie ein herunterbaumelndes Monokel, das sie durchaus zum Lesen seines Ausweises hätte heranziehen können. (Statt dessen hatte sie es jedoch vorgezogen, die witzige kleine Bemerkung zum besten zu geben.) Außerdem trug sie einen schwarzen Spitzenschal und Turnschuhe. Jury fand die Zusammenstellung unwiderstehlich.

Während sie mit einer weiteren Wischbewegung eine große gelbbraune Katze von einem Roßhaarsessel fegte, hörte Jury sich beim Hinsetzen überrascht sagen: »Meine Mutter war ganz vernarrt in Ihre Filme.«

Sie hatte ein blaues Garnknäuel aufgehoben (das die Katze habgierig beäugte) und war gerade dabei, es aufzuwickeln, als Jury es sagte. Ihr Lächeln war reinstes Entzücken. »Oh, danke!«

»Wirklich. Ich war damals noch klein, erst drei oder vier, aber ich kann mich noch genau erinnern, wie sie ihre schwarze Stroh-Pillbox aufsetzte, eine Haarnadel durchsteckte und sagte: ›Also, Richie, ich geh jetzt zu Mona‹, und sich in ein Kino an der Fulham Road aufmachte. Oder vielleicht am Leicester Square unten. Sie fand Sie wundervoll, sie sprach von Ihnen, als gehörten Sie zur Familie.«

Mona Dresser blinzelte ein paarmal gerührt und fuhr sich mit einem Spitzentaschentuch, das sie aus dem Ärmel gezogen hatte, verstohlen über die Nase. Sie räusperte sich. »Wirklich nett von Ihnen, daß Sie das sagen. Ja, das war damals meine Glanzzeit. So um die Kriegsjahre herum.« Ihr Blick richtete sich auf das Porträt der schwarzbemantelten Gestalt. »Mein verstorbener Mann – ist im Krieg gefallen. Der gute alte Clive.« Erneut kam verschämt das Taschentuch zum Einsatz. Dann sagte sie unvermittelt: »Ach, da schwelgen wir beide in Nostalgie, und dabei weiß ich, daß Sie wegen der Geschichte in Fulham Palace gekommen sind. Ich nehme an, Sie möchten mit Linda sprechen. Und dann ist da noch die Sache mit dem Mantel.« Sie seufzte.

»Dreimal ja, Ms. Dresser.« Jury lächelte.

»Mona. Schließlich gehörte ich für Ihre Mutter zur Familie.«

Bei dem Lächeln, das sie ihm zuwarf, begriff Jury sofort, weshalb seine Mutter und so gut wie ganz England in Mona Dresser vernarrt gewesen waren. Sie mochte alt sein und ziemlich reizlos, aber ein Haufen junger Schauspieler hätte für ein solches Lächeln alles gegeben. Erst machte es einen neugierig, und dann wurde man um den kleinen Finger gewickelt.

»Ich kann Ihnen auch nicht mehr sagen als dem Bezirkspolizisten – wie hieß er gleich noch?«

»Inspektor Chilten.«

»So ein herrischer Mensch. Der führte sich auf, als sei *er* der Besitzer des Mantels. Das ging so weit, daß ich mich nicht gewundert hätte, wenn er in dem Mantel hier hereinstolziert wäre. Mehr kann ich Ihnen dazu auch nicht sagen.«

»Nein, aber erzählen Sie es mir noch einmal. Vielleicht ist irgend etwas, irgendein kleines Detail untergegangen, das ist fast immer so.«

»Ich habe ihn meiner Stieftochter Olivia geschenkt. Wie er von Olivia zu der Fremden gelangt ist, keine Ahnung, tut mir leid. Haben Sie mit den Fabricants schon gesprochen? Die wohnen nicht weit von hier in Chelsea. Aber Olivia gehört nicht zu denen.« Mona hatte ein Stück gefälteltes Zeitungspapier zur Hand genommen, eine Art selbstgebastelter Fächer, vermutete Jury, der ihr beim Fächeln zusah. »Sie ist die Tochter meines Mannes aus erster Ehe. Clives Tochter.« Seufzend sprach sie seinen Namen aus. »Ich frage mich, ob Ihre Mutter uns mal zusammen gesehen hat.«

»Heißt das, Ihr Gatte war auch Schauspieler?«

Sie lachte. »Ach, du lieber Gott, bin ich froh, daß Clive das nicht gehört hat! Und ob er Schauspieler war. Ein ganz ausgezeichneter, viel besser, als ich es je war. Wir sind in einigen Theaterstücken gemeinsam aufgetreten. So habe ich ihn übrigens kennengelernt, wissen Sie. Wir haben ziemlich viel Komödien zusammen gespielt. Oliver Goldsmith' *Sie erniedrigt sich, um zu erobern* war unser Lieblingsstück. Wir waren wundervoll – Junker Hardcastle und Mrs. Hardcastle. Wir waren in Paris und Wien auf Tournee. Sogar in Rußland, in Stalingrad. Nein, inzwischen hieß es ja schon Wolgograd. Chruschtschow hat doch alles umbenannt, Sie wissen ja.« Sie hob das von der gelbbraunen Katze übel zugerichtete Garnknäuel vom Boden auf. »Na, also weißt du, Horace!«

Horace warf ihr einen dieser lässigen Blinkblicke zu, die Katzen auf Lager haben, um einen ihre Gleichgültigkeit so richtig spüren zu lassen. Dann sprang das Tier auf die Couch, um sich zu putzen.

»Aber zurück zu dem Mantel. Ich nehme ja an«, fuhr Mona mit ihren Ratschlägen an Jury fort, »daß Sie noch andere Dinge überprüfen? Sie hatte unter dem Mantel ja vermutlich noch was an? Oder war sie etwa nackt? Es gibt doch Etiketten, Reinigungszettelchen und so. Dem Mantel auf die Spur zu kommen muß doch ziemlich einfach gewesen sein, nachdem ja meine Initialen drinstanden: M.D. Ich habe in mehreren Kriminalfilmen mitgespielt – Sie wissen schon, so mit Polizei, Detektiven, dem ganzen Kuddelmuddel.«

Horace startete einen Angriff auf das Garn, worauf sie ihm mit demselben eine Kopfnuß verpaßte. Er rutschte vom Sofa und machte einen würdigen Abgang.

Mona legte seufzend die Hand auf ihren Busen und sagte: »Oder glauben Sie, daß Ihnen die Antwort auf dem Silbertablett serviert wird? Ich meine, Sie und Ihre Leute sind doch mit diesen ganzen komplizierten gerichtsmedizinischen Gerätschaften ausgestattet und haben Scharen von Experten. Kaum zu glauben, daß Sie nicht einmal mit dem *Namen* dieser bedauernswerten Person aufwarten können. Gewebefasern, DNA, Fingerabdrücke ...« Mona schüttelte den Kopf, als könne sie die Inkompetenz der Polizei gar nicht fassen.

Jury wollte gerade etwas entgegnen, als aus dem dunklen Innenleben des Hauses ein Donnerknall ertönte. Erst ein Knall, dann Geräuschfetzen, dann Stille.

Mona hievte sich halb vom Sofa herunter, ließ sich aber gleich wieder schwerfällig fallen. »Ach, was soll ich nachsehen? So geht es hier dauernd zu.« Als Jury sich anschickte, aufzustehen, um selbst die Ermittlungen aufzunehmen, fügte sie hinzu: »Aber Sie als Kriminalbeamter haben es wohl im Blut. Na los, gehen Sie schon.« Sie schlenkerte die Hand in seine Richtung. »Da drin ist das Eßzimmer und gleich dahinter die Küche.« Als er bereits an der Tür war, rief sie ihm hinterher: »Ach, wenn Sie schon mal draußen sind, setzen Sie doch gleich den Teekessel auf, ja?«

Die Ursache des Lärms im Eßzimmer war klar: ein hölzerner Wandschirm, reich verziert mit Schnitzereien und in orientalischer Art aufwendig bemalt, war umgefallen. Ein Mahagonitisch stand ebenfalls umgekippt da. Allerdings war der Tisch nicht zufällig umgefallen, sondern absichtlich so plaziert worden, denn auf der Oberkante saßen der Größe nach angeordnet lauter Puppen und Figürchen. Die kleinsten schienen einem Weihnachtsdiorama entlehnt: Sänger, winzige Schlittschuhläuferinnen auf einem Spiegelteich, schlittenfahrende Kinder. Der Tisch diente der bunten Flüchtlingsschar offenbar als Schutzschild. Wer immer der Urheber dieses Arrangements gewesen war, hatte den Wandschirm offensichtlich zu einem ähnlichen Zweck zurechtrücken wollen. Zweifellos für ein Kriegsspiel. Der Inhalt eines Legokastens lag auf dem Fußboden verstreut, und zwischen dem Tisch und der untersten Strebe eines Stuhles war eine Brücke konstruiert worden, über die (stellte Jury sich vor) der Flüchtlingsstrom verlaufen sollte. Er richtete den Wandschirm wieder auf, ließ den Tisch aber bis auf weiteren Befehl der Heeresleitung stehen.

Im Gegensatz dazu war die Küche ordentlich aufgeräumt, geräumig und hell. Die günstiger gelegene Westseite des Hauses bekam die Nachmittagssonne ab. Davor lag ein großer Garten. Zwar leicht verwildert, aber Jury mochte solche Gärten. Er nahm den elektrischen Teekessel, füllte ihn, stellte ihn wieder in den Untersatz und schaltete das Gerät ein. Dann kehrte er ins Wohnzimmer zurück, wo Mona Dresser inzwischen ihre Zigaretten gefunden hatte und sich gerade eine anzündete. Manchmal hatte Jury den Eindruck, alle Welt würde rauchen. Er berichtete Mona vom Ergebnis seiner Ermittlungen im Eßzimmer.

Seufzend sagte sie: »Das war wieder Linda. Ich bin zu alt, um dauernd hinter ihr herzujagen. Immer führt sie irgendwas im Schilde.«

»Aber wo steckt sie denn?«

»Wer weiß? Wenn ihr danach ist, wird sie schon kommen.«

»Inspektor Chilten sagte, sie ist Ihre Nichte.«

»So so, sagte er das? Sie ist eigentlich meine Urgroßnichte. Ihre Mutter ist sehr jung gestorben und – ach, das ist eine lange Geschichte, die Sie wohl kaum interessieren wird. Sie kommt bestimmt gleich herein und tut, als könne sie kein Wässerchen trüben. Warten Sie's ab.«

Die Aufforderung war offensichtlich wörtlich gemeint. Er lehnte sich wie Mona bequem im Sessel zurück, und bei dem einzigen Geräusch im Haus, dem Ticken einer Standuhr, warteten sie ab.

Nach ein paar Minuten kam das kleine Mädchen – Kater Horace vorneweg – hereingeschlendert, und beide sahen aus, als hätten sie nie im Leben Strickgarn oder Mobiliar übel zugerichtet.

Jury konnte sich denken, daß es nicht leicht war, diesen Ausdruck völlig ahnungslosen Erstaunens auf Linda Pinks Gesicht hervorzurufen, und doch war ihm genau das gelungen. Sie hatte sich für ihre Tante Mona eine Maske zurechtgelegt, die Anwesenheit einer zweiten Person jedoch nicht einbezogen.

Ihr Ausdruck verwandelte sich in genau der Zeit, die ihre Tante für die folgende Frage brauchte: »Linda, was hast du denn wieder angestellt?«

»Nichts.«

Jury wollte loslachen. Die Standardantwort aller Kinder dieser Welt: nichts, *nothing, niente, nada* – das multikulturelle Ableugnen.

»Nichts? Und was war das für ein Höllenlärm, den wir da vorhin gehört haben? Ich mußte diesen Gentleman losschicken – übrigens ein *Kriminalbeamter,* Linda, du weißt hoffentlich, was das bedeutet. Also, von Scotland Yard mußte *extra* ein Polizist kommen und nachsehen, was los war. Überleg dir jetzt eine schlaue Ausrede, sonst landest du nämlich im Kittchen.« Mona zupfte das Mädchen zärtlich am Ohr.

Über die Sofalehne gebeugt sagte Linda: »Dem anderen Polizisten hab ich gesagt, sie lag in der *Eberraute.* Da lag sie nämlich, nicht im *Lavendel.*« Sie begann ein bißchen herumzuturnen, wie alle Kinder, wenn sie einen vom Inhaltlichen ablenken wollen, damit man sich besser auf ihre Darbietung konzentriert. Es war so eine Art Trick. Linda verschränkte die Arme über dem Kopf und begann sich zu drehen.

Jury sah ihr eine Weile zu und machte dann: »Uff!«

Sie unterbrach ihr Gewirbel und sah ihn mißmutig an. Die Dramatik ihrer Eberrautenentdeckung verdiente sicherlich mehr als ein *Uff.* »Also, *ich* hab sie zuerst gesehen. *Vor* den anderen.« Skeptisch betrachtete sie Jurys unveränderte Miene. Inzwischen war sie zu seiner Sessellehne hinübergerutscht. »Ich glaub', Sie kennen den Unterschied zwischen Eberraute und Lavendel ... auch nicht.«

»Und ob. Eberraute ist gut gegen Nervenleiden.« Ein Hoch auf Wiggins und sein enzyklopädisches Kräuterwissen. »Lavendel ist gegen Kopfschmerzen und Muskelkater. Stimmt's?«

Linda überlegte. »Manchmal schon.«

Jury ignorierte den Einwurf. »Aber um diese Jahreszeit sehen beide wie braunes Gebüschel aus Stengeln und Ästchen aus. Sogar nebeneinander kann man sie kaum unterscheiden.«

»*Ich schon.* Ich bin andauernd im Kräutergarten.« Sie rückte näher heran. »Wissen Sie dann auch, was Bienenbollen sind?«

Er hätte, als sich die Gelegenheit geboten hatte, fragen sollen. »Egal, es war aber doch dunkel, oder?«

Mona entriß ihr Garnknäuel den Pranken von Horace. Sie sagte: »Es hat keinen Zweck, Mr. Jury. Sie kennt den Garten *tatsächlich* in- und auswendig. Sie ist immer am Palace drüben, obwohl ich es ihr nach Sonnenuntergang verboten habe. Und – also, ich dachte, Harry geht mit dir in den Film. Den mit dem Dalmatiner.«

»Er ist nach Hause.«

»Aber er sollte doch zum Abendessen bleiben.«

»Er war gereizt.«

Jury spielte im Geiste die Szenarien durch, die für Harrys Reizbarkeit verantwortlich sein konnten, und wünschte, Mona Dresser hätte nicht das Thema gewechselt.

»Aber Harry – der ist doch lammfromm und so geduldig.«

Jetzt schwang Linda die Unterarme auf und nieder, so daß sich die Ellbogen vor ihrem Gesicht trafen. Dadurch konnte sie Jury Blicke zuwerfen, die ihn nicht beruhigen sollten, sondern die Grenzen seines Wissens abschätzten und prüften, wie dies alles auf ihn wirkte. »Ist er aber nicht. Er… ist wirklich… ein Dickkopf…« (durch ihr Geflatter geriet sie ganz außer Atem) »und… so… stur.«

Hatte sie diese Ausdrücke erst heute morgen aufgeschnappt, oder gehörten sie zum üblichen Sprachschatz des jungen Harry?

»Jedenfalls… an… dem… ganzen… Krach… war… bloß… Horace… schuld.« Ihre Worte hüpften wie ihre Füße auf und ab.

Tante und Kater musterten sie gleichermaßen ungläubig. »Horace? Was redest du da für dummes Zeug! Horace veranstaltet doch keinen solchen Höllenlärm.«

Nachdem der Übeltäter dingfest gemacht war, verlegte sich Linda auf lautstarken Protest. »Er ist auf Harry draufgesprungen, und Harry ist gegen den Tisch geplumpst, und da ist er umgekippt. Und dann ist er auf den Wandschirm gehopst, und der ist auch umgefallen.«

»Halt mal still.« Mona packte sie am Gürtel ihres hellblauen Overalls, unter dem sie ein weißes T-Shirt trug. Auch Linda trug Turnschuhe, allerdings ohne Socken.

Als der Teekessel pfiff, rannte Linda hinaus und rief, sie würde den Tee machen.

Mona sagte: »Ich weiß, Superintendent, es ist schwer, so einem

Kind Glauben zu schenken, aber wenn sie behauptet, sie hat es so gesehen –« Sie zuckte die Achseln.

»Das fällt mir eigentlich überhaupt nicht schwer. Allerdings bin ich nicht die hiesige Polizei. Ich habe die Leiche ja nicht gefunden. Aber um noch bei Linda zu bleiben – warum hat sie es denn keinem erzählt? Warum hat sie nicht losgeschrien, als sie diese Frau gefunden hat? Sie ist doch bestimmt zu Tode erschrocken.«

»Wahrscheinlich. Da haben Sie Ihre Antwort!«

»Daß sie vor lauter Angst nichts getan hat?«

»Moment mal, sie *hat* ja etwas getan, sie ist losgerannt, um den Parkwächter zu holen – sie kennt ihn, meint wahrscheinlich, er ist ihr Freund. Aber er war ja nirgends zu finden. Na ja, irgendwo war er wohl, aber sie konnte ihn nicht auftreiben. Fulham Palace beschäftigt nur eine Vollzeitkraft, und der gute Mann kann ja nicht überall gleichzeitig sein. Als sie ihn nicht finden konnte, lief sie nach Hause.«

»Warum hat sie es denn dann nicht *Ihnen* erzählt?«

»Ich war ja nicht da. Ich war zum Abendessen ausgegangen. Bloß die Köchin war da. Nun werden Sie fragen, wieso hat sie es *ihr* nicht erzählt? Die Frage kann ich Ihnen nicht beantworten, Mr. Jury.«

»Aber als Sie nach Hause kamen, hätte sie es Ihnen doch sagen können.«

»Ich wundere mich, daß Sie in Ihrem Beruf von den Leuten erwarten, daß sie sich rational verhalten.« Mona warf ihm ihr unvergeßliches Lächeln zu, damit er merkte, daß sie ihm keine Vorhaltungen machte, sondern sich tatsächlich nur wunderte.

Jury kam sich ziemlich dumm vor und äußerte sich in dem Sinn. »Ich habe einfach drauflos geredet. Sie haben natürlich recht. Nur Linda selbst weiß, weshalb sie sich so verhalten hat.«

»Im Endeffekt *hat* sie ja mit der Polizei gesprochen, nicht wahr? Als sich herausstellte, daß die Geschichte falsch in der Zeitung stand.«

Jury mußte grinsen. »Das hat Linda aber auf die Palme gebracht.«

Mona versetzte den Sofakissen einen Klaps, woraufhin sich sonnenbeschienene Staubwölkchen erhoben. »Ach, zum Teufel mit dem Tee – mir ist jetzt nach einem kräftigen Schluck Whisky. Was ist mit Ihnen? Oder stimmt das blöde Geschwätz von wegen, ein Polizist trinkt nicht im Dienst? Ach, was soll's – Sie sind hier ja nicht im Dienst, sondern tun nur den Kollegen von Fulham einen Gefallen, stimmt's?« Mit diesen Worten steuerte sie bereits auf ein altmodisches Waschtischchen in der dunklen Ecke neben der Standuhr zu, das als Hausbar fungierte.

»Recht haben Sie. Ich trinke gern einen Tropfen mit.« Während sich Mona mit Geklirr und Geklapper an den Getränken zu schaffen machte, fragte Jury: »Und was ist mit dem Zobel?«

»Ach, das schon wieder. Den habe ich Olivia geschenkt, die ihn offenbar ein paar Monaten später bei einem Second-hand-Laden in Kommission gegeben hat«, erwiderte Mona achselzuckend. »Die Arme brauchte wohl Geld. Ich verstehe gar nicht, wieso Olivia bei den Fabricants wohnt – sie ist ganz anders. Vielleicht behalten sie sie, weil sie es mit Pansy alleine nicht aushalten würden.«

»Pansy?«

»Sebastian Fabricants Tochter. Sie ist dreizehn.«

Wie Billardqueues reihte Mona nach und nach sämtliche Familienmitglieder auf. »Olivia ist von der ganzen Bagage noch die beste. Sie ist wirklich nett, muß man sagen. Die Tochter meines Mannes aus erster Ehe – habe ich Ihnen das schon erzählt? Kam ziemlich spät noch, da war er schon über vierzig. Olivia muß jetzt – ja, Anfang Vierzig sein, glaube ich. Hat sich schon vor Jahren scheiden lassen, die Ehe war sehr unbefriedigend, und jetzt lebt sie bei den Fabricants. Das ist meine angeheiratete Verwandtschaft. Die beiden Söhne, Sebastian und Nicholas – sie sind Halbbrüder – haben in Mayfair eine Galerie. Läuft recht gut, habe ich gehört. Die Mutter der beiden – also, die müssen Sie unbedingt kennenlernen. Clives zweite Ehefrau. Die erste kannte ich gar nicht, aber falls Olivia ihr ähnelt, muß sie einfach eine goldige Person gewesen sein. Ilona würde ich nicht direkt als goldig bezeichnen. Beeindruckend, aber nicht goldig. Keine Ahnung, was Sebastians Vater für einer war – Sebastian ist Ilonas Sohn aus erster Ehe. Michel, der Vater, wurde kurz vor Stalins Machtergreifung als Verschwörer von der Tscheka, der Geheimpolizei, erschossen. Er war natürlich unschuldig, aber das waren sie ja alle, nicht?«

Sie setzte die Flasche kurz ab und wandte sich zu Jury um.

»Das meine ich aber nicht zynisch. Hat es je ein blutrünstigeres Regime gegeben als das von Stalin? Ist doch praktisch, nicht, wenn man sich die Häuser und Datschen der reichen Familien unter den Nagel reißen will? Man kreidet ihnen einfach irgendwas an und schafft sie aus dem Weg. Die Regierung hat die gesamte Habe von Ilonas Familie konfisziert: Geld, Tafelsilber, sogar den Flügel. Und die Kunstwerke. Sie hatten jede Menge Gemälde.«

Sie reichte Jury ein Glas.

»Was Frauen betraf, hatte Clive wohl einen recht liberalen Geschmack. Der Gute hat weiß Gott nicht immer das Ebenbild seiner Mutter geheiratet. Oder aber seine Mutter muß ein ganz ausgefallenes Weibsbild gewesen sein.« Mona stellte ihren Drink vor sich hin und nahm wieder die Zeitung zur Hand, um sich Luft zuzufächeln.

»Und außer Ihnen beiden ist sonst niemand im Haus?«

»Doch, meine Köchin Edna und das Hausmädchen Janie. Die Linda-Brigade. Zu dritt und mit vereinten Kräften gelingt es uns meistens, die Kleine aufzuspüren. Lassen Sie sich von Linda aber nicht täuschen, Superintendent. Sie wirkt wie ein Dickkopf, ist aber in Wirklichkeit ganz gefügig.«

Jury nickte, als wollte er seine Zustimmung ausdrücken, doch handelte es sich seiner Meinung nach hier um einen Fall, in dem Schein und Sein wie zwei ungleiche Brüder aufeinandertrafen. Gefügigkeit war nicht im Spiel. Er hielt Lindas beliebiges Kommen und Gehen für ziemlich problematisch.

»Sie meinen, sie irrt sich, wenn sie glaubt, sie hätte die Leiche woanders gesehen.«

»Nicht unbedingt. Vielleicht haben Linda und die Polizei beide recht. Zwischen Lindas Aufenthalt im Garten und dem Fund der Leiche ist einige Zeit verstrichen. Etwa fünf Stunden. Der Wächter behauptet, er habe die Tote um Mitternacht entdeckt.«

»Ach so. Also genug Zeit für die Frau, um aufzustehen und sich aus der Eberraute zu verdrücken.«

Jury lächelte. »Nicht ganz. Es wurde wohl nachgeholfen.«

»Aber dann muß ihr Mörder zurückgekommen sein. Glauben Sie das?«

»Schon möglich.«

Mona Dresser hatte ihr leeres Glas erhoben und äugte nun hinein, als hätte sich die darin befindliche Flüssigkeit auf magische Weise verflüchtigt. Kopfschüttelnd stand sie wieder auf. »Ich brauche noch einen kräftigen Schluck von dem Zeug. Was ist mit Ihnen, mein Guter?«

»Bevor ich mich schlagen lasse.« Er hielt ihr sein Glas hin.

## 6

Das Haus in Chelsea, im King-George-Stil gebaut, hatte rote Backsteinmauern, weiße Stützpfeiler und einen Messingtürklopfer in Form eines Fischs, den Jury mehrmals betätigte. Die Türglocke, einen weißen Porzellanknopf, drückte Jury, als auf den Messingfisch hin kein Geräusch von herannahenden Schritten zu hören war. Zwar machte ihm immer noch niemand auf, doch deuteten das offene Fenster im Erdgeschoß und der in der Kiesauffahrt geparkte Wagen – ein Jaguar – darauf hin, daß jemand zu Hause war.

Er ging die kleine Außentreppe hinunter, um über den kunstvoll verzierten, schmiedeeisernen Zaun zu spähen, der von weißen Heckenrosen fast vollständig überwuchert war. Nur an ein paar Stellen war das Buschwerk so ausgedünnt, daß Jury einen weitläufigen Garten mit Beeten und Rabatten, Hecken und Wegen erkennen konnte. Er sah eine Frau, den Kopf unter einem Segeltuchhut verborgen, neben einer Eibe knien und mit Gartengerät hantieren. Jury machte sich bemerkbar.

Sie hob den Kopf und stand auf, schob den Hut in den Nacken und wischte sich mit dem Hemdärmel die Stirn ab. Der überdimensionale Kittel war eins von diesen Kleidungsstücken, die manche Leute gern zum Herumwerkeln im Garten tragen. Während sie auf ihn zukam, korrigierte er seinen Eindruck über ihr Aussehen: In ihrem dunklen Haar schimmerten rötliche Strähnchen, und trotz ihres mittleren Alters besaß sie einen Teint, der die unbeschnittenen Rosen, die in Schulterhöhe hinter Jury über die Hecke hingen, vor Neid hätte erblassen lassen. Zartrosa strahlte ihre Haut über den Wangenknochen.

Jury zeigte ihr seinen Dienstausweis, und nach einem Ausruf des Erstaunens öffnete sie ihm lächelnd das Törchen im Zaun, das zu den Treppenstufen führte. Sie stellte sich nicht vor, entweder weil sie es einfach vergessen hatte oder aber annahm, er als Polizist wüßte bereits, wen er vor sich hatte. Daß sie ihn hereinließ, ohne sich zuvor zu erkundigen, was ihn herführte, deutete darauf hin, daß sie eine besonders gute Kinderstube gehabt hatte. Entschuldigend sagte sie, sie habe die Glocke nicht gehört.

»Ich war gerade beim Umgraben. Die Blumenzwiebeln machen einem ja soviel Mühe. Ich grabe immer zwanzig Zentimeter tief, aber das soll man ja, nicht? Sonst werden sie taub.«

Jury hatte keine Ahnung, wovon sie sprach. Taub? »Ich bin kein Gärtner.«

»Sehr klug von Ihnen. Manchmal denke ich mir, ich würde gern in einem Wüstenstaat leben, in Arizona zum Beispiel, wo Kaktusse und das alles einfach so vor sich hin wachsen.«

Im Inneren des Hauses herrschte jene kühle, schattige, dezente Atmosphäre, die Jury immer mit Reichtum assoziierte. Das Haus wirkte förmlich benommen vor Geld: Ein riesiger, abgetretener Perserteppich lag in der weitläufigen Eingangshalle auf dem Fußboden aus Travertin. Die Einrichtung war wertvoll, ohne protzig zu wirken. Gegenüber von einem großen Ölgemälde mit dem Porträt eines Ahnen – offensichtlich im Kriege hochdekoriert – hing ein zweites Ölbild, das eine atemberaubend schöne Frau in schwarzem Samt und Perlenkette zeigte. Jury fühlte sich an das Bild in Melrose Plants Speisezimmer erinnert. »Ihre Mutter?« fragte er.

»Du liebe Güte, nein. Das ist Ilona – Ilona Kuraukowa, die zweite Frau meines Vaters. Sie hat allerdings den Namen ihres ersten Mannes behalten, wahrscheinlich ihm zu Ehren, der Arme hatte ja so ein elendes Leben und Sterben. Das Bild wurde natürlich vor vielen Jahren gemalt, als sie noch in Sankt Petersburg lebte.« Sie streckte ihm die Hand hin. »Verzeihung, ich habe ganz vergessen, mich vorzustellen – Olivia Inge.«

Sie zog eine der beiden Schiebetüren auf und führte ihn in einen Salon; es war der Raum mit dem offenen Fenster. Zartgetöntes Licht reflektierte von der weißen Wand, dem blankpolierten dunklen Holz und der üppig verzierten, klassizistischen Stuckdecke, die jedoch die heitere Gelassenheit, die der Raum ausstrahlte, nicht minderte. Eine Terrassentür führte in den rückwärtigen Teil des Gartens hinaus, wo ein kleiner Seerosenteich, ein schattiger Weg und ein von Alpenveilchen umstandener Baumstrunk zu sehen waren. Auch hier gab es einen kunstvoll mit Kastenhecken angelegten »knot garden«, dessen Ähnlichkeit mit dem von Fulham Palace Jury nun erwähnte.

»Sie sind bestimmt wegen der Toten hier, nicht wahr? Die meinen Mantel anhatte?« Er nahm in dem tiefen Ohrensessel Platz, auf den sie gedeutet hatte. Sie sagte: »Ich hätte Lust auf einen Drink, und Sie?«

Jury mußte lächeln. Daß die Fabricants mit ihren Spirituosen knauserten, konnte man nicht behaupten. »Ich habe gerade einen bei Ihrer –« Sollte er sagen, Stiefmutter? Die Beziehungen in dieser Familie waren etwas kompliziert. »Bei Miss Dresser bekommen.«

Sie lachte. »Na, den hatten Sie wohl nötig. Und jetzt bekommen Sie einen bei mir.« Sie lächelte ihn an. Jury staunte über das tiefe Gefühl von Vertrautheit, das in ihrem Lächeln lag, wenngleich sie es bestimmt nicht darauf anlegte. Doch sie strahlte so eine Ruhe und Gelassenheit aus, daß er sich bequem zurücklehnte, die Beine streckte und sagte: »Ich hätte gern etwas Sodawasser, wenn das geht.«

Nachdem sie eingeschenkt, ihm sein Sodawasser gereicht und es sich in einem Sessel gemütlich gemacht hatte, sagte sie: »Mit Mona haben Sie also gesprochen. Sie war eine fabelhafte Schauspielerin.«

Jury richtete sich auf. »Ja, meine Mutter hat sich ihre Filme gleich mehrmals angesehen.«

»Aber haben Sie sie denn einmal *zusammen* gesehen? Mona und Clive?«

»Ihr Vater?«

Sie nickte. »In Komödien und Stücken à la Noel Coward war er besonders gut. Comedy of manners – das war seine Stärke.«

Jury lehnte sich in den Sessel zurück und dachte wieder an den Zweck seines Besuchs. »Die Frau, die man da gefunden hat –«

»Haben Sie schon herausgekriegt, wer es ist?«

»Nein, sie hatte keine Papiere bei sich, nichts. Nur die Initialen im Mantelfutter.«

»Daran haben Sie gesehen, daß er Mona gehörte. Ich meine, daß er ursprünglich Mona gehörte.«

Jury nickte. »Zu Inspektor Chilten sagten Sie, Sie hätten ihn verkaufen wollen und in einem Laden in Kommission gegeben.«

»Ja, ich brauchte damals Geld. Außerdem bin ich zu dem Entschluß gelangt, daß man heute besser keine Pelze trägt, Sie wissen schon, die Tierschützer und ihre Proteste. Ich habe ihn in ein Geschäft in der Brompton Road gegeben. Das ist aber schon eine Weile her, ich weiß gar nicht, ob es noch existiert.«

»Es existiert noch.«

Sie sah ihn fragend an. »Aber, warum –?«

»– unterhalte ich mich dann mit Ihnen statt mit den Leuten in dem Laden?«

»Genau. Verstehen Sie mich nicht falsch, ich habe nichts dagegen. Aber nachdem die letzte Spur in den Laden –«

»Die Nachforschungen haben zu nichts geführt. Die Käuferin hat bar bezahlt. Offenbar eine ziemliche Stange Geld.«

»Ja, es –« Olivia wurde vom Geräusch eines vorfahrenden Wagens unterbrochen, eines – wie es sich anhörte – teuren Sportwagens. Sie erhob sich etwas aus ihrem Sessel und lugte über Jurys Kopf hinweg nach draußen. »Das ist bestimmt Seb«, sagte sie und setzte sich wieder. »Sebastian Fabricant. Wenn Sie noch mit ihm sprechen wollen…?«

Durch die Terrassentür trat ein hochgewachsener, etwas dünner Mann im besten Alter, aber immer noch recht ansehnlich, was Jury seiner guten Statur zuschrieb. Als Olivia die beiden bekannt machte, schob Sebastian Fabricant ihm kurz die Hand hin und bat Olivia um einen Drink. Während sie aufstand, um ihm einen zu holen, ließ er sich mit einem Seufzer der Erleichterung auf das Sofa sinken.

»Hattest du einen schweren Tag, Seb?« fragte sie.

»Ach, du weißt schon. Die verdammte Galerie.« An Jury gewandt, sagte er: »Ich habe eine Galerie in Mayfair.« Mit einem Stirnrunzeln schien er andeuten zu wollen, daß einem allein diese Lage schon Kopfschmerzen bereiten mußte.

Jury entging die Andeutung. »Klingt nach anständiger, ruhiger Gegend. Vor Ihnen sitzt einer, der sich die meiste Zeit im weniger vornehmen und lauten Nordlondon herumtreibt.«

»Im Augenblick aber nicht.« Sebastian runzelte abermals die Stirn, die einzige Geste, mit der er Jurys Gegenwart zur Kenntnis nahm.

»Nein.« Jury mußte lächeln. Interessant, wie sehr seine Anwesenheit für diese Leute schlicht Bestandteil der alltäglichen Routine war, quasi mehr oder weniger unvermeidliches Beiwerk.

Sebastian bedankte sich bei Olivia für den Whisky, erhob das Glas in Jurys Richtung, ohne ihm richtig zuzuprosten, und nahm einen Schluck. »Ah, das tut gut! Der Norden von London ist wahrscheinlich tausendmal interessanter.« Bevor er die Packung auf den Tisch fallen ließ, nahm er sich eine Marlboro (und machte dadurch Jurys Hoffnung zunichte, dieses Haus sei rauchfreie Zone). Er nervte Jury mit dem unablässigen Klicken des Zünders an seinem goldenen Feuerzeug. Endlich kam eine Flamme, er steckte sich eine Zigarette an, zog mehrmals daran und lehnte sich dann mit einem Seufzer äußersten Wohlbehagens zurück. Jury, der seit zehn Monaten nicht mehr geraucht hatte, genehmigte sich nun aber eine kleine Bauchpinselei, indem er höflich ablehnte, als Sebastian ihm die Packung hinhielt. Hoffentlich merkte man nicht, daß es ihm schwerfiel, eine gewisse Lässigkeit an den Tag zu legen.

Sebastian antwortete mit der üblichen Phrase: »Ach Gott, wenn ich das nur schaffen würde«, und blies gleich wieder dicke Rauchringe in die Höhe, denen Jury aufmerksam nachsah. An Jury gewandt, sagte er dann: »Verzeihung. Fast hätte ich vergessen, daß Sie ja als Polizist hier sind.«

Soviel zum Thema Bauchpinselei. »Schon gut. Das geht vielen so. Da sind Sie nicht der einzige.«

Daraufhin Olivia: »Das müßte Ihnen doch schmeicheln.«

Jury wußte eigentlich nicht, warum. »Wie Sie sich sicher denken können, unterhielten wir uns gerade über die Frau, die im Park von Fulham Palace gefunden wurde.«

»Ah, geht es um den unerfindlichen Zobel?«

»Eigentlich eher um die unerfindliche Frau. Wir konnten sie bislang noch nicht identifizieren.«

»Ach«, war alles, was Sebastian dazu einfiel. Er fläzte sich noch mehr in seinen Sitz und streckte, wie Jury vorhin, die Beine aus. Mit seinen einsachtzig war er etwa so groß wie Jury. Dann fügte er, höfliches Interesse heuchelnd, hinzu: »Schon merkwürdig, das gestehe ich Ihnen zu.«

Jury fragte sich, was Sebastian Fabricant ihm wohl nicht zugestehen würde. »Mona Dressers Mantel ist im Augenblick tatsächlich das einzige, was wir haben.«

»Nun«, sagte Seb und studierte eingehend die Stuckarbeiten an der Decke, »es war aber doch kein Raubüberfall, oder? Ich kann mir nicht vorstellen, daß sich ein Räuber in den Parkanlagen von Fulham Palace herumtreibt.« Mit seinem Grinsen wollte er Jury wohl den Eindruck jovialer Heiterkeit vermitteln, als träfen sie sich hier fast täglich auf einen Drink.

»Nein. Miss Dresser hat Ihnen also den Mantel geschenkt?« Er hatte sich wieder Olivia zugewandt.

»Und ich habe ihn in Kommission gegeben.«

Darauf Sebastian: »Nicht gerade die lukrativste Verkaufsmethode. Das habe ich Libby aber schon gesagt.«

Jury konnte sich denken, daß Seb es Libby nicht nur einmal gesagt hatte. Er konnte sich sogar denken, daß Sebastian ihr vieles nicht nur einmal sagte. Der herablassende Bruder – beziehungsweise Halbbruder. Clive Fabricant war ja dreimal verheiratet gewesen.

Falls es sie ärgerte, ließ sie sich jedenfalls nichts anmerken. »Einen Zobelmantel wollte ich nicht in der *Times* inserieren. Dann hätte ich zwar mehr dafür bekommen, aber wir hätten auch sonst mehr bekommen, als uns lieb gewesen wäre.«

»Libby meint, es hätte sich vielleicht jemand gemeldet, der Interesse vorspiegelt, um Zutritt zu einem Haus zu bekommen, in dem Leute sich Zobelmäntel leisten können. Und der sich bei der Gelegenheit vielleicht ein bißchen umgesehen hätte, was wir uns sonst noch alles leisten können. Das Risiko wollte sie denn doch nicht eingehen.« Mit einem kurzen bellenden Gelächter wischte er Olivias Bedenken beiseite.

»Sie hat recht. Diese Gefahr besteht tatsächlich.«

Olivias Gesicht errötete in einem Anflug von Freude darüber, daß jemand sie verteidigte. Sie nahm einen Schluck Whisky und fragte, ob sie nachschenken sollte.

»Ich bitte darum«, sagte Seb und streckte ihr sein Glas hin.

»Möchten Sie noch ein Wasser?« fragte sie Jury.

»Ich habe noch, danke.« Er zog das Foto der Toten aus der Tasche und reichte es Sebastian. »Wissen Sie, wer das ist?«

Sebastian warf einen Blick darauf und schüttelte den Kopf. Olivia kam von der Hausbar zurück und sah ihm, die Karaffe mit Whisky in der Hand, über die Schulter. »Nie gesehen«, sagte Sebastian und gab Jury das Bild zurück.

»Mrs. Inge?« Jury wandte sich an Olivia.

Sie drehte sich zu ihm um und verneinte ebenfalls kopfschüttelnd. »Nein. Ich habe sie noch nie gesehen.«

»Das haben wir mit dem anderen Polizisten doch schon alles besprochen. Und wieso ermittelt eigentlich Scotland Yard in der Sache?«

Jury lächelte. »Wir gehören nun mal auch zur Londoner Polizeibehörde. Ich weiß, Sie haben alles vermutlich mehr als einmal durchgekaut, aber oft taucht beim Wiedererzählen Überraschendes auf –«

Er wurde vom Eintreten eines jungen Mädchens unterbrochen. Olivias anfängliche Verwirrung darüber legte sich jedoch gleich, und man machte sich miteinander bekannt. »Das ist Sebs Tochter Pansy.«

Pansy Fabricant fiel zweifellos unter die Rubrik »Überraschendes«, das einfach »auftaucht«. Ein derart selbstgefällig wirkendes Kind (falls Kind überhaupt der passende Ausdruck war) hatte Jury noch nie gesehen. Es lag nicht nur daran, daß sie älter aussah. Sie betrachtete Jury aus Augen, die von vermeintlicher Erfahrung erleuchtet schienen. Wenn nicht von bereits gemachter, dann sicher von späterer Erfahrung. Ihr langes Haar leuchtete, als würde es gleich Feuer fangen und Funken sprühen. Es war nicht direkt blond, eher von einer Farbe, die nur für Pansy bestimmt war. Sie trug ein eisblaues Kleid mit einem modischen Chemisette-Oberteil aus schimmerndem Stoff, der jedesmal aufblitzte, wenn ein Lichtstrahl darauffiel. Es paßte zu ihrem Haar.

Sie murmelte »hallo« in Jurys Richtung und deutete ein Lächeln an. Das Lächeln behielt sie bei, während sie sich an der Armlehne des Sofas stehend über ihren Vater beugte, der teilnahmslos dasaß. Er legte eine Hand auf ihren Unterarm und blickte mit dem Kopf im Nacken zu ihr hoch. Die Geste verriet Jury, daß Pansys Vater völlig unter ihrer Fuchtel stand. Den anderen Arm stützte das Mädchen auf die Rückenlehne des Sofas und neigte den Kopf leicht auf die Schulter. In dieser Pose betrachtete sie Jury, wie ein Sachverständiger ein Gemälde betrachtet, um dessen Wert zu ermitteln.

Welchen Wert? überlegte er und rief sich in Erinnerung, daß Pansy – was hatte Mona Dresser gesagt? – vierzehn war. Oder war es dreizehn gewesen?

Nichts in ihrem Gesicht drückte auch nur eine Spur von Unbehagen darüber aus, daß sich in ihrer Gesellschaft ein Kriminalbeamter befand. Ihre Hauptbeschäftigung im Leben bestand offenbar darin, ihre Wirkung auf andere zu testen. Und mit ihrem für ein Kind (das mußte man sich immer wieder in Erinnerung rufen) weiß Gott attraktiven Äußeren gelang es ihr beinahe mühelos, Eindruck zu machen. Doch der Blick, den Pansy Jury zuwarf, zeugte davon, daß sie mehr wollte als nur Aufmerksamkeit; sie wollte der Situation etwas Verschwörerisches und Geheimnistuerisches, ja vielleicht sogar etwas Tragisches verleihen.

Er sah durch die Terrassentür in die winterliche Dämmerung hinaus. Es kam ihm vor, als sei die Temperatur im Raum gesunken, und das vordem bleiche Sonnenlicht lag nun wie eine dünne Eisschicht über dem Teppich. Er konnte den säuberlich angelegten »knot garden« ausmachen: den Teich, die Kastenhecke. Ganz hinten im Garten flog ein Starenschwarm auf, ein Schatten aus dunklen Schwingen. Beim Anblick der fliehenden Vögel kroch in Jury eine alte panische Angst hoch. Die Stille im Zimmer ließ eine bedrückende Stimmung entstehen.

Er wünschte, Wiggins wäre hier und würde ihm als Gegenmittel zu seiner überaktiven Phantasie etwas gesunden Menschenverstand verabreichen. All diese Gedanken waren ihm in der kurzen Zeit durch den Kopf gegangen, in der Sebastian sein Whiskyglas erhoben und es wieder abgestellt hatte. Mit einer abrupten Geste griff Jury nach dem Foto auf dem Tisch und reichte es Pansy.

Sebastian wollte gerade sagen: »Pansy weiß doch nicht –«, als ein Blick von Jury ihn zum Schweigen brachte. Er zuckte nur die Achseln.

An ihrem Gesichtsausdruck ließ sich nicht feststellen, ob sie die Frau wiedererkannte oder nicht. Aus augenscheinlicher Lust am Theatralischen hielt sie das Bild ein paar Sekunden länger vor sich als jemand, der einen wildfremden Menschen betrachtet. Ein raffinierter, geschickt einstudierter Zug in ihrem Gesicht verhinderte, daß sie sich auf eine bestimmte Reaktion festlegte. Schließlich schüttelte sie den Kopf.

Olivia bat, das Foto noch einmal sehen zu dürfen, und sagte, als sie es in der Hand hielt: »Sie war außergewöhnlich hübsch.« Sie sah fragend zu Jury hoch, wie um sich zu vergewissern, daß er ihre Trauer über den Verlust dieser hübschen Frau teilte.

Das tat er, glaubte es jedenfalls. Wer auch immer für Pansys selbstsüchtige Art verantwortlich war, ihre Tante war es nicht. Olivia, überlegte er, würde Betroffenheit und Mitgefühl großzügig verteilen. Jedenfalls war sie ehrlich bemüht, ihm weiterzuhelfen. »Ich frage mich, ob vielleicht Nick oder Ralph –?«

»*Rafe*«, erwiderte Pansy kühl. Sie betrachtete eingehend ihre Fingernägel. »Es heißt Rafe, nicht Ralph.«

Jury war etwas überrascht. Als sie endlich etwas zur Unterhaltung beisteuerte, war es etwas derart Banales, dabei hatte sie doch vorhin soviel Mühe darauf verwandt, Eindruck zu schinden.

Olivia quittierte ihr Genörgel mit einem Lächeln. »Ach, das kommt mir immer so affektiert vor.«

»So will er es aber haben, Tante Olivia. Es ist schließlich *sein* Name.« Sie erzählte Jury, Rafe sei Maler und stelle gerade in der Galerie der Fabricants aus. »Seine Arbeiten sind sehr experimentell, nicht wahr, Daddy?« Sie sprach den Namen so deutlich aus, daß es fast gereizt klang.

»Sehr. Sie sollten sich die Galerie mal ansehen, Superintendent. Rafe hat ein paar hervorragende Sachen gemacht. Abstraktes, Minimalistisches. Mögen Sie so was?« Sebs Lächeln war herablassend.

»Ich versuche immer noch, die Impressionisten zu begreifen.« Jurys Lächeln war echt und ehrlich.

Pansy, die spürte, daß sie nicht mehr die erste Geige spielte, ging im Raum umher und ließ sich versuchsweise an verschiedenen Stellen nieder: am Kamin, bei den hohen Fenstern, die auf die Straße gingen, auf einem mit indischem Atlasholz eingelegten Beistellstuhl unter einem interessanten Stilleben, das ein Musikinstrument darstellte, dessen Name Jury nicht wußte.

»Nick und Ralph, oh, Entschuldigung –« Olivia sprach den Namen wie gewünscht aus – »holten das Geld in dem Geschäft in der Brompton Road ab. Der Laden behält dreißig Prozent für sich. Ich finde das ganz in Ordnung, die müssen die Sachen schließlich auch verkaufen.«

»Daß Nick hingegangen ist – was besagt das schon, Libby«, meinte Seb wenig hilfreich und ließ die halb geschmolzenen Eiswürfel in seinem Glas klirren.

»Wir wissen nicht, welcher Hinweis weiterhilft und welcher nicht«, gab Olivia scharf zurück. »Wenn die Polizei bloß den Dingen nachgehen würde, bei denen sie sich ganz sicher ist, würden weniger Morde aufgeklärt werden.«

»Aber so ist es doch«, sagte Seb bemüht jovial.

Jury wollte gerade loslachen, als sich alle Köpfe dem Geräusch zuwandten, mit dem ein weiterer Wagen reifenquietschend auf dem Kiesweg draußen vorfuhr. (Die Fabricants verfügten also über mindestens drei Fahrzeuge.) Zwei Türen wurden nacheinander zugeschlagen, dann Stimmen, Gelächter.

»Das sind sicher Nick und Ilona«, sagte Olivia.

Die Terrassentür ging wieder auf, und ein Mann – Sebastians Bruder oder Halbbruder, vermutete Jury – trat ins Zimmer.

»Hier ist die andere Hälfte der Galerie«, sagte Sebastian. »Nicholas ist fürs Gesellschaftliche zuständig, ich fürs Geschäftliche und die Einkäufe.« Damit ließ er keinen Zweifel daran, daß sein Bruder eine entschieden unbedeutendere Rolle spielte als er selbst.

Pansy, die immer noch unruhig umhergestreift war, ließ sich neben Nick nieder, nahm seinen Arm und legte ihn sich besitzergreifend um die Schulter, die er zärtlich ein bißchen drückte.

Nicholas Fabricant war etwa zehn Jahre jünger als Sebastian und um einiges attraktiver. Sein Gesicht besaß jene klaren klassischen Züge, die man auf alten Münzen findet. Das gesträhnte blonde Haar war an den Schläfen kurz geschnitten, oben aber lang und glatt, so daß es ihm immer wieder keck in die Stirn fiel und er es zurückstreichen mußte. Der dicke, grobgestrickte Fischerpulli und die zerknitterten grauen Hosen vervollständigten sein jugendliches Aussehen.

Nachdem sich sonst niemand anschickte, übernahm Olivia

wieder die gegenseitige Vorstellung und fügte hinzu: »Superintendent Jury ist wegen der Frau hier, die man in Fulham Palace gefunden hat.«

Nicholas zuckte lächelnd die Schulter. »Die Polizei war doch –«

Jury sprach seinen Satz zu Ende. »– schon hier, ich weiß.«

Er reichte Nicholas das Foto hinüber, der einen kurzen Blick darauf warf und dann den Kopf schüttelte. »Nie gesehen.«

»Würden Sie es sich bitte genauer ansehen, Mr. Fabricant?«

Nick blieb bei seinem Urteil: nein. Er gab Jury das Foto zurück.

Seb fragte: »Wo ist denn Ilona? Ist sie nicht mit dir hergefahren?«

»Sie hat den vorderen Eingang genommen. Sie wollte mit Hedda noch etwas besprechen –«

Er wurde unterbrochen, als die Tür erneut aufging und ein weiteres Mitglied der Familie Fabricant eintrat.

»Hallo, Mum.« Seb stand auf und nutzte die Gelegenheit, sich an der Hausbar noch einen Drink einzuschenken. Jury erhob sich ebenfalls, nein, er fühlte sich wie magisch aus dem Sessel hochgezogen. Wie eine typische Mum sah diese Frau wirklich nicht aus. Sie war unsäglich schön, die dreißig Jahre ältere Version der Frau auf dem Gemälde in der Eingangshalle. Doch hatten die seither vergangenen Jahre kaum Spuren an ihr hinterlassen. Wenn sie Sebastians Mutter war, mußte sie jetzt in den Siebzigern sein, doch ihr straffer Körper hatte nichts von der gebeugten Haltung, die oft mit fortgeschrittenem Alter einhergeht. Nun war ihm auch klar, woher Pansy ihr ungewöhnlich helles Haar hatte. Das ihrer Großmutter schimmerte weißgolden wie das bleiche Sonnenlicht, das den Fußboden nun wieder hell beschien. Kein Wunder, daß die Männer in dieser Familie so verdammt gut aussahen. Ilonas Lippenstift hob sich jugendlich grell und rot von ihrer elfenbeinfarbenen Haut ab. Sie trug ein langärmliges schwarzes Kleid. Über einem Ärmel lag eine Art Schärpe, die schräg über die Brust drapiert und oben an der Schulter mit einer üppigen Diamantnadel festgesteckt war. Auch ohne einen genauen Blick war erkennbar, daß es sich nicht um Modeschmuck handelte.

Sie sagte: »Tituliere mich bitte nicht mit dieser absurden Anrede.« Sie sagte es in wegwerfendem Ton und sah dabei nicht Sebastian, sondern Jury an. Ihr Akzent klang ausgesprochen osteuropäisch. Nach dem, was Mona Dresser und Olivia gesagt hatten, mußte sie Russin sein.

»Ha, schon wieder Polizei? Ich bin Ilona Kuraukowa. Mum.« Ihr Lächeln besaß einen ironischen Zug. »Ich trage den Namen meines ersten Mannes; nicht aus mangelndem Respekt Nicholas' Vater gegenüber, aber ich fühle …«

Doch was sie fühlte, sagte sie nicht. Sie hatte sich immer noch nicht hingesetzt und hatte es offensichtlich auch nicht eilig damit. Aufrecht dazustehen war vielleicht ihre Art, mütterliche Autorität zu demonstrieren.

Mit den drei Generationen von Fabricants vor sich, war Jury etwas mulmig zumute; er fühlte sich verletzbar, schutzlos, entwaffnet. Insbesondere Ilona war entwaffnend. Berühmt dafür, hätte er gewettet.

Sie musterte sämtliche Anwesenden mit einem scharfen Blick. »Sind wir jetzt vollzählig?« Es klang, als hätte Jury – oder sie selbst – die Fabricants endlich mit Mühe zusammengetrommelt. Die Versammlung hatte tatsächlich etwas von einer Inszenierung, bei der ein Darsteller nach dem anderen auftrat und ein paar Sätze zu sagen hatte. Ist es ein gutes Stück? schien ihr ironisches Lächeln zu fragen.

Wie zuvor Olivia, nahm sich Ilona ausgiebig Zeit, das Foto der Toten zu betrachten. Zuerst hielt sie es auf Armeslänge entfernt vor sich (um ihre Sehschwäche auszugleichen) und nahm dann eine kleine, goldgeränderte Brille zu Hilfe, die sie sich auf die Nasenspitze setzte. (Jene Nase, die Nicholas, der Glückspilz, geerbt hatte.) »Fast.« Sie gab Jury das Foto zurück.

»Verzeihung, Madame Kuraukowa – fast?«

»Ja, ich hätte sie *fast* erkannt. Aber nein.« Achselzuckend streckte sie mit einer Geste des Bedauerns die Handflächen nach oben.

»Was kommt Ihnen an ihr bekannt vor?«

»Das ist ja das Problem. Ich weiß es nicht, Inspektor.«

Jury steckte das Foto wieder ein und lächelte. »Superintendent, bitte.« Normalerweise machte er sich nicht die Mühe, den Fehler zu korrigieren, denn er wußte, daß die meisten Leute »Inspektor« bloß als Sammelbegriff für sämtliche Polizeibeamte betrachteten, die nicht »Wachtmeister« waren. Doch diese Fabricants waren derartig blasiert und herablassend, daß er die Degradierung nicht auf sich beruhen lassen wollte.

»Ah«, versetzte Ilona und neigte entschuldigend das Haupt. Er bezweifelte, daß sie sich besonders oft für etwas entschuldigte. »Waren Sie schon bei Mona Dresser? Aber natürlich, es war ja ihr Mantel. Ein wunderschönes Stück. Ich kenne russischen Zobel. Ich besitze selbst einen.«

Olivia wandte sich an Nicholas. »Nicholas, erinnerst du dich noch, wie du das Geld für den Zobel abgeholt hast? An den Laden in der Old Brompton Road?«

»Ja, natürlich.« Er sah zu Jury hinüber. »Warum?«

»Ich dachte«, sagte dieser, »vielleicht hat die Verkäuferin, oder mit wem Sie sonst gesprochen haben, etwas gesagt, was uns helfen könnte, die Identität der Toten ausfindig zu machen. Vielleicht hat sie einen Hinweis auf die Käuferin gegeben«, sagte Jury.

»Die Käuferin muß ja nicht unbedingt das spätere Mordopfer gewesen sein«, meinte Olivia.

Jury nickte. »Hat die Verkäuferin etwas zu Ihnen gesagt?«

Nick tat, als würde er überlegen. »Nein, nur daß ihr auffiel, wie schnell der Mantel wegging. Sie hatten ihn gar nicht lange im Fenster, nur einen Tag. Erstaunlich, sagte sie, wenn man bedenke, wie teuer das Kleidungsstück gewesen sei.« Er schob eine Strähne zurück, die ihm in die Stirn gefallen war.

»Das hast du mir gar nicht erzählt, Nicholas«, sagte Olivia.

Er zuckte die Achseln. »Ich dachte, es wäre nicht so wichtig.«

»Nikolai.« Pansy machte sich wieder für Namen stark. »Nicht Nicholas.«

Jury überlegte, daß Pansy ihn sogar mit »Superintendent« angeredet hätte, wenn man sie gelassen hätte.

Sebastian bemerkte: »Nick betont gern seine russische Herkunft, nicht wahr?«

»Wie der Zobel«, erwiderte Ilona Kuraukowa.

Nicholas wirkte verlegen. »Ach, wie lustig!«

Ilona hob theatralisch eine Augenbraue. »Nun hab dich nicht so, mein Lieber!« Zu Jury gewandt sagte sie, während sie gleichzeitig eine Zigarette in eine lange Spitze aus Ebenholz steckte: »Wissen Sie, Superintendent Jury, diese Geschichte mit dem Zobel – das ist ein sehr dünner Faden, an den Sie sich da halten.«

»Ich weiß nicht, Madame Kuraukowa. Immerhin hat er mich zu Ihnen geführt.« Er lächelte.

Sie unterbrach ihre Bemühungen, die Zigarette anzuzünden, und schien von seinem Lächeln und dem Kompliment gleichermaßen überrascht. Zumindest betrachtete sie es als Kompliment. Wie wahrscheinlich das meiste. Sie schien Komplimente geradezu in sich aufzusaugen.

Jury stand auf, um Sebastian seine Visitenkarte zu überreichen, und nahm seine und die seines Bruders entgegen. Er sah sie alle nacheinander an: Sie boten eine seltsam einmütige Front, wie sie da vor ihm standen – trotz der internen Vernichtungskriege, die sie wahrscheinlich untereinander führten. Dann verabschiedete er sich von Olivia (die aufgestanden war, um ihn hinauszubegleiten), meinte, er würde den Weg schon allein finden, und ging.

# 7

*»Die Fische werden im ganzen in die Form gelegt und überbacken, so daß die toten, starren Fischaugen nach oben zeigen und die Kruste durchbrechen.«* Melrose Plant warf einen verstohlenen Blick über den oberen Rand des Kochbuchs. Er wußte, jetzt würde sie gleich sagen, es sei abscheulich und er habe sich das ausgedacht.

Daraufhin Agatha: »Das ist absolut abscheulich.«

(Volltreffer.)

»So was ißt doch kein Mensch. Das hast du dir ausgedacht.«

(Wieder Volltreffer.)

»Hier steht es wortwörtlich« (das mit den »toten« Fischaugen hatte er dazugedichtet). Er tippte mit dem Finger auf die Seite. »Sterngucker-Pastete. So heißt das hier.«

Sie bestrich sich noch ein Scone mit Orangenmarmelade. »Statt den ganzen Tag damit zu verbringen, dir Unsinn auszudenken und mich zum besten zu halten, solltest du dich lieber um den verlotterten Garten kümmern« – sie deutete mit einer ruckartigen Kopfbewegung auf die großzügige Gartenanlage von Ardry End – »und ein paar Sachen anpflanzen. Da hast du dir diesen Momaday angestellt, aber der geht doch nur spazieren.«

Melrose klemmte sich das Buch zwischen Stuhllehne und Oberkörper und griff nach seiner Tasse. »Na und, *ich* spaziere schließlich auch nur herum – außer wenn ich herum*sitze* –, und da tröstet mich der Gedanke, jemanden zum Mitspazieren zu haben, wenn auch nur im Traum.«

»Ich habe keinen blassen Schimmer, wovon du redest. Ich sage dir das doch nur zu –«

(deinem Besten.)

»– deinem Besten, Melrose.«

(Wieder Volltreffer.)

Agatha hatte ihre Drohung, nie wieder mit ihm zu sprechen (nach der Affäre mit dem Hund und dem Nachttopf), leider nicht wahrgemacht. Wie sehr wünschte er sich in den kleinen Gerichtssaal zurück, um Marshall Truebloods hervorragendem Plädoyer für Ada Crisp zu lauschen. Was *war* das für ein unverhoffter Genuß gewesen! Agatha hatte die arme Miss Crisp vor den Kadi gezerrt, und zwar nicht nur um deren Trödelladen der Aufstellung von Waren auf dem Bürgersteig (Tischen, Stühlen und Nachttöpfen) zu zeihen, die angeblich eine Gefahr für Leib und Leben darstellten. Sie beschuldigte auch Ada Crisps kleinen Terrier, er sei auf sie losgegangen. Marshall Trueblood, der sich zum Verteidiger der Angeklagten aufgeschwungen hatte, zerriß die Argumente von Agathas Anwalt in der Luft. Melrose wünschte sich, Agatha würde noch einmal jemanden vor Gericht zerren. Vielleicht konnte er sie ja dazu bewegen, *ihn* zu verklagen. Nun, er müßte wohl erst tot umfallen, dann könnte sie das Testament anfechten. Bloß hätte er dann nichts mehr davon.

Er nahm Jurys Postkarte und steckte sie als Lesezeichen in das alte Kochbuch. Er hatte seinen alten Diener Ruthven das Rezept heraussuchen lassen, um das Jury zehn Pfund mit ihm gewettet hatte, daß er es nicht finden würde. Selbstverständlich würde Ruthven (der seit ungefähr hundert Jahren zum Dienstpersonal im Hause Ardry-Plant gehörte) die zehn Pfund bekommen.

Agatha unterbrach sich beim Vorlesen der vermischten Nachrichten aus Melrose' *Telegraph*, um sich noch ein Scone mit Marmelade zu bestreichen und dann einen Blick in die Zeitschrift *Country* zu werfen, die sie auf Armeslänge entfernt vor sich hinhielt (wozu hat sie, fragte sich Melrose, eigentlich ihre Bifokalbrille?). Sie las einen Artikel über den Kunstraub vor, der sich vor einigen Monaten in einem Museum zugetragen hatte.

»– *das bislang nicht aufgefundene Gemälde von Marc Chagall, eine Neuerwerbung der Eremitage, von dem man annimmt, daß der Künstler es Anfang der zwanziger Jahre vor seiner Flucht nach Paris gemalt hat. Es handelt sich bei dem Bild mit dem Titel* Flügellose, Flügellose Engel *um den einzigen Chagall des Museums. Vermutlich gehörte es zu den Beutestücken, die während der Revolution aus den Häusern wohlhabender Leute entwendet wurden.«*

»Einfach aus dem Rahmen an der Wand in der Eremitage rausgeschnitten. Sieh dir das an.« Agatha drehte die Zeitschrift einen Augenblick zu Melrose um und dann wieder zu sich. »Was für ein absurdes Bild. Da schweben ja lauter Leute herum, und da ... sogar eine Katze. Ich kann mir nicht vorstellen, was sich der Mensch dabei gedacht hat. Diese ganze moderne Kunst ist mir einfach zuviel. Da nehm' ich doch lieber einen Rubens.«

»Na ja, das hat sich der Dieb wahrscheinlich auch gesagt: ›Da nehm' ich doch lieber einen Chagall.‹«

»Ich gäbe keinen Hosenknopf dafür – solche Bilder, das sind doch bloß kleine Farbkrakel auf großen breiten Vierecken, weiter nichts –«

»Meinst du jetzt Mr. Pollock oder Mr. Rothko?«

»Wo ist denn da der Unterschied? Ein Bild sollte etwas *darstellen,* meinst du nicht?«

»Das würden Mr. Pollock und Mr. Rothko von *ihren* Bildern allerdings auch behaupten.« Wieso beteiligte er sich eigentlich an diesem blödsinnigen Geplänkel? Dessen Fortsetzung hatte er sich ganz allein zuzuschreiben.

»Es wird auf eine knappe Viertelmillion geschätzt, steht hier.« Agatha versetzte dem Magazin einen leichten Schlag, als wollte sie es wegen Eigensinnigkeit verhauen.

»Der Chagall? Hmmm. Nicht eben viel, dafür so ein großes Risiko einzugehen, nicht?«

»Das mußt *du* gerade sagen!«

Melrose hob überrascht den Blick. Aber wieso sollte er überrascht sein? Jeder Versuch, mit Agatha eine ganz normale Unterhaltung zu führen, war zum Scheitern verurteilt. »Das muß *ich* gerade sagen? Entschuldige, aber ich verstehe dich nicht ganz.« Chagall inspirierte Melrose zu ein paar eigenen kunstvollen Strichen. Er nahm einen Bleistift zur Hand und begann kleine Fischköpfe zu zeichnen, mit großen, ausdruckslosen Augen.

»Schön und gut für diejenigen unter uns, die Geld haben –«

(Wobei Agatha natürlich nicht zu »uns« gehörte.)

»– so eine Summe als *nicht eben viel* zu bezeichnen.«

Melrose ignorierte sie und zog eine bogenförmige Linie, um die Pastetenform zu beschreiben. »Du überschätzt meine finanziellen Möglichkeiten. Ich habe Martha übrigens angewiesen, an unserem Speiseplan einige Abstriche vorzunehmen. Sonntag abend gibt es Fischpastete.«

Sie zog die Lokalzeitung aus ihrer bauchigen Tasche, nachdem sie die weltbewegenden Themen, wie sie in den überregionalen Zeitungen berichtet wurden, abgehakt hatte. Melrose fiel auf, daß sie heute morgen Berge von Zeitungen mitgeschleppt hatte. Normalerweise verließ sie sich auf ihre eigenen sensationellen Berichte. Den *Sidbury Star* schüttelte sie aus, als hätte er Flöhe. »Da ist wieder Diane Demorneys Horoskop-Schwadroniererei.«

Melrose fand die Bezeichnung Horoskop-*Schwadroniererei* eigentlich recht gelungen. Die Vorstellung, Diane Demorney wäre in der Lage, überhaupt über etwas zu schwadronieren (das Mengenverhältnis zwischen Wermut und Wodka in ihrem Martini inbegriffen), fiel ihm natürlich schwer. Dazu war sie viel zu träge. »Na ja, ihre Horoskope haben die Zeitung ziemlich aufgepeppt.« Als ob man einer Mumie neues Leben einhauchen könnte. »Es Schwadroniererei zu nennen ist aber übertrieben, finde ich.«

Agatha versetzte der Zeitung ein paar Hiebe. »Hör mal zu – hier steht folgendes über ›Fische‹:

*Es heißt ja so schön: ›Alles zu seiner Zeit‹ – aber damit ist jetzt Schluß! Wachen Sie endlich auf, unternehmen Sie etwas, packen Sie's an! Anstatt dauernd darüber zu jammern, was die anderen*

*Ihnen antun, denken Sie lieber mal darüber nach, was* Sie *für die anderen tun können – um den Spruch von John F. Kennedy etwas abzuwandeln. Der Mond steht in Neptuns Haus, und da könnte es Probleme geben, also machen Sie sich selber keine. Schluß mit dem Gejammer!«*

»Ein guter Rat, findest du nicht? Ich jedenfalls würde es mir zu Herzen nehmen, wenn es mein Sternzeichen wäre«, sagte Melrose etwas nebenbei, während er sich genüßlich zurücklehnte und seine Fischskizze mit den Fischen auf Jurys Postkarte verglich. Ziemlich gut. Vielleicht war er doch zu etwas berufen. Nicht zur Kunst, aber zur Herstellung von Fischpasteten. Er hielt Agatha seine Zeichnung hin, damit sie sich wenigstens an dem Anblick ergötzte, da er ziemlich sicher war, daß sie ihren Gaumen nicht daran zu ergötzen gedachte.

Agatha unterbrach ihre eigene Schwadroniererei, um ihr Scone mit einem dicken Klacks Sahne zu krönen. »Was hast du da über das Sonntagsessen gesagt? Was für eine Fischpastete? Es klingt absolut gräßlich.«

»Sterngucker-Pastete. Heute früh habe ich Martha schon die Fischlein putzen sehen. Es ist eine ihrer Spezialitäten.« Er beschloß, noch einen Fischkopf durch die Kruste zu bohren. Schade, daß er keine Buntstifte hatte.

Im Brustton tiefster Abscheu sagte sie: »Melrose –«

(Sei doch kein Kindskopf.)

»– sei doch kein Kindskopf.«

(Wieder Volltreffer.)

# 8

In der Shoe Lane, wohin Melrose sich begeben hatte, nachdem Agatha die Teller leergeputzt hatte, verriet ihm die duftgeschwängerte Luft, daß er sich dem Cottage von Miss Alice Broadstairs näherte. Sie arbeitete wie gewöhnlich im Garten, während ihr dämlicher Kater Desperado faul auf einer der steinernen Säulen lag, die ziemlich protzig zu beiden Seiten ihres kurzen gepflasterten Gartenweges aufgestellt waren. Melrose hatte schon zum wiederholten Male versucht, das Vieh zu reizen, allerdings ohne Erfolg. Ebensowenig geglückt war es Mindy und Miss Crisps Jack-Russell-Terrier (von nachttöpflichem Ruhm). Miss Broadstairs dagegen war außerordentlich reizbar, selbst wenn man es gar nicht darauf anlegte. Die Reizbarkeit schien ihr buchstäblich in den Knochen zu stecken; sie war eine zittrige, etwas verhuschte Frau, dürr und trocken wie das Laub unter ihren Füßen. Sie und Lavinia Vine gewannen beim alljährlichen Blumenkorso in Sidbury regelmäßig die gold-blauen Kokarden.

»Man kann gar nicht früh genug anfangen, Mr. Plant!« rief sie in bezug auf ebendieses Frühlingsspektakel und kam herüber, um sich über die sauber gestutzte Hecke hinweg mit ihm zu unterhalten.

Was Melrose betraf, so brauchte man überhaupt nicht anzufangen. Doch er lächelte ihr auf die allerfreundlichste Art aufmunternd zu. Sie sprach leise und machte ein geheimniskrämerisches Gesicht: die Lippen zusammengepreßt, mit hortensienfarbenen Augen, die hin- und herhuschten, als sondierten sie die menschenleere Straße nach Blumendieben. »Ich ziehe nämlich Gartenwicken.«

Melrose blinzelte in Verlegenheit einer Antwort auf diese wenig aufregende Eröffnung etwas unschlüssig. »Wohin ziehen Sie sie denn?«

Das schien Alice Broadstairs nun für den größten Witz aller Zeiten zu halten und lachte sich schief. »Ich habe eine neue – das entzückendste Pink, das Sie sich vorstellen können.«

*Schwupps!* – verschwand sie aus seinem Blickfeld, als sei sie plötzlich unter dem allzu berauschenden Duft der Gartenwicken ohnmächtig geworden oder aber einem fingierten Schwächeanfall zum Opfer gefallen (was ihm einleuchtete, denn bei Miss Broadstairs schien es wahrscheinlicher, daß sie einem Leiden des neunzehnten Jahrhunderts erlag). Melrose versuchte gerade, über die Hecke zu spähen, als sie – *schwupps!* – schon wieder da war. Triumphierend schwenkte sie eine korallenrosa Gartenwicke hin und her.

»Ach!« sagte er. »Die ist ja wunderhübsch. Wirklich, eine ganz bezaubernde Farbe.«

»Aus meinem kleinen Gewächshaus. Ich habe ein ordentliches Beet davon angelegt.« Und schon verschwand sie erneut und tauchte gleich wieder auf, diesmal mit einer himmelblauen Gartenwicke. »Die hier ist mir nicht besonders geglückt, Mr. Plant. Ich hatte an einen etwas leuchtenderen Blauton gedacht. Aber hier – nehmen Sie sie!« Sie streckte sie ihm hin.

Offensichtlich hatte sie ihn zum Empfänger eines ihrer züchterischen Mißgeschicke erkoren. Er kam sich vor, als hätte Dr. Frankenstein ihm eine funktionsuntüchtige Hand verehrt. »Oh… vielen Dank, Miss Broadstairs.« Die Blume war zu groß für sein Knopfloch. Er steckte sie trotzdem durch und setzte seinen Weg fort.

Wrenns Büchernest lag an der Ecke neben Ada Crisps Trödelladen und gegenüber vom Jack and Hammer. Der einzige Mensch, mit dem Theo Wrenn Browne, der Besitzer, um den Titel des größten Unruhestifters im Dorfe in edlem Wettstreit lag, war Melrose' Tante.

Nachdem seine Versuche, Ada Crisp in den Bankrott oder einen

Nervenzusammenbruch zu treiben, fehlgeschlagen waren, hatte er sich darauf verlegt, die Schließung der kleinen Bücherei von Long Piddleton zu erzwingen, indem er dem Lesepublikum die Gelegenheit bot, neue Bücher druckfrisch über ihn zu beziehen. Miss Twinny, die hiesige Bibliothekarin, die deswegen womöglich ihre Stelle verlieren würde, konnte sie längst nicht so schnell beschaffen. Diese Dienstleistung hatte Browne im Lauf der Jahre noch ausgebaut. Um auch die Leute anzulocken, die nie Bücher kauften, hatte er eine umfangreiche Zeitschriftenabteilung eingerichtet – mit Tisch und Stühlen sogar, damit es gemütlicher wirkte (was nicht stimmte) – und Eiswasserspender und Süßwarenständer aufgestellt. Melrose erkundigte sich, wann mit einem Spielautomaten zu rechnen sei.

Der einzige Mensch, den Browne noch mehr haßte als Melrose Plant, war Marshall Trueblood. Diese beiden besaßen untereinander alles, was Browne sich auf Erden wünschte: Ländereien, Geld, Titel, gutes Aussehen, einen exquisiten Geschmack, eine geistreiche Art und ein gefälliges Wesen. Obwohl er die ersten vier Eigenschaften schwerlich beeinflussen konnte, hätte Theo sich mit den drei letzteren etwas Mühe geben können, doch die hielt Browne hinter einer Mauer verborgen, die etwa mit Montresors unverrückbar gemauerter Wand bei Poe vergleichbar war. Er war vulgär, er war banal, er war gemein, und er war so ein Angeber, daß er an seinen Namen sogar ein »e« angehängt hatte (wohl in der Hoffnung, sich dadurch von den landläufigen Browns abzuheben).

Der kleine Junge, dem Theo Wrenn Browne gerade über die Ladentheke hinweg die Leviten las, war bestimmt nicht älter als drei oder vier. Der staubbedeckte kleine Bengel war offensichtlich mit dem Auftrag losgeschickt worden, ein Buch in Brownes »Leihbücherei« zurückzubringen. Browne überrumpelte ihn nun mit der Nachricht, daß das geliehene Buch überfällig war, und zwar nicht um Tage, sondern um *mehr als ein halbes Jahr*! Begriff der

Knabe eigentlich, daß das Buch nagelneu gewesen war, und daß andere Leute schon darauf warteten? Melrose, der inzwischen am Zeitschriftenständer nach Astrologischem stöberte, kam das zur Debatte stehende Buch bekannt vor.

Er sah zur Ladentheke hinüber und entzifferte mit zusammengekniffenen Augen den Titel… Ja! Es war *Patrick, das blaue Schwein,* genau das Buch, für das die kleine Sally vor ein paar Monaten schon einmal eine Standpauke geerntet hatte. Melrose hielt still und hörte zu, wie Browne den kleinen Pechvogel ausschimpfte. Er war jünger als Sally, wahrscheinlich ihr Bruder Bub – ein winziges, blasses Kerlchen mit steckendürren Armen und Beinen. Melrose' Kaminholz war in besserer Verfassung.

»Und hier – eine zerrissene Seite« – Theo Wrenn Browne schüttelte das Buch – »und der Fleck hier sieht mir ganz nach Fingerfarben aus… Na, du siehst ja, es ist beschädigt, also mußt du zahlen. Sag deiner Mum, es macht zwölf Pfund fünfzig. Soviel kostet mich ein neues.« Er klappte das Buch geräuschvoll zu. Bub, schon weiß wie die Wand, wurde noch weißer.

Melrose (der dachte, daß es doch noch einen gerechten Gott gibt) schnappte sich eine Zeitschrift, nahm einen Schokoriegel vom Süßigkeitenständer und trat mit dem KitKat und der frohen Kunde an die Ladentheke. »Verzeihen Sie, wenn ich unterbreche, Mr. Browne. Ich nehme eins von den Dingern und die Zeitschrift hier.« Melrose legte das Geld für Zeitschrift und Schokoriegel auf die Theke. Den Riegel wickelte er aus und biß bedächtig ein Stück ab, bevor er ihn Bub weiterreichte, der aussah, als könnte er unter den Umständen einen Schuß Koffein vertragen. »Gibt's etwa Probleme mit einem entliehenen Buch?«

Browne sah aus, als würde er gleich Gift und Galle spucken. Mit einem gehässigen Ton in der Stimme sagte er: »Das geht doch nicht, daß mir meine Bücher total zerrissen und verschmiert zurückgebracht werden.«

»Nein, ganz bestimmt nicht.« Melrose betrachtete das Buch eingehend auf unverkennbare Beschädigungen hin und fand auch einige, an die er sich von Sallys Debakel mit *Patrick, dem blauen Schwein* her deutlich erinnerte. Dann sagte er, den Geschmack seiner Worte köstlicher als Schokolade auf der Zunge spürend: »Nur, daß dieses Buch –« Melrose hielt es hoch und wiegte es hin und her – »daß dieses Buch Ihnen gar nicht gehört, Mr. Browne.« Melrose konnte sich kaum erinnern, jemals mehr in Versuchung gewesen zu sein, einen Luftsprung zu machen und die Hacken zusammenzuschlagen. Doch er behielt die Füße fest am Boden.

»Und ob. Hier hinten drin ist doch meine Ausleihkarte.« Browne blätterte zur hinteren Klappe, wo er eine Tasche für das Ausleihregister angebracht hatte.

»Nun ja, es *war* mal Ihres. *Ursprünglich.* Aber haben Sie denn vergessen, als Sally es vor ein paar Monaten zurückbrachte – leider ebenfalls verspätet –, daß ich es *Ihnen* abgekauft und *ihr* geschenkt habe?«

Browne klappte den Mund mehrmals auf und wieder zu und stand sprachlos da. Schließlich sagte er: »Na, und warum bringt es dann Bub, dieser Bengel, wieder zurück?«

Bub, dieser Bengel, war inzwischen Geschichte. Sobald er gemerkt hatte, daß ein Erwachsener als Prügelknabe verfügbar war, hatte er Fersengeld gegeben.

»Ich vermute mal, seine Mum hat es gefunden, hatte keine Ahnung, daß es schon jemand gekauft und bezahlt hatte, und weil Bub gerade greifbar war, um die Schelte einzustecken, hat sie ihn rasch damit hergeschickt. Das ist natürlich bloß eine Vermutung, aber tut das denn etwas zur Sache?«

Theo Wrenn Browne fand offensichtlich, daß es das tat. Seine Gesichtsfarbe changierte von gesprenkelt dunstigem Grau über blasses Erdbraun zu einem Anflug von Rosa, während das Blut ihm wie der Sonnenaufgang über den Norfolk Broads zu Kopfe stieg. »Na, wissen Sie, so ein Lumpenpack – die ganze Familie. Jeder Halbaffe brächte seinen Kindern bessere Manieren bei als diese Mutter!«

Melrose sinnierte einen Augenblick über Halbaffen nach, während Theo Wrenn Browne den Preis von Melrose' Zeitschrift in seinen Computer eintippte und ihn mit einem schrägen Grinsen daran erinnerte, daß er sich auch ein KitKat genommen hatte – als bliebe Melrose danach nichts anderes übrig, als sich mit dem Bettelnapf an die nächste Straßenecke zu stellen. Er fummelte nervös am Computer herum, und Melrose fand es schlicht erstaunlich, daß eine Maschine, die einem doch alle möglichen tüftligen Aufgaben erleichtern sollte, zur Bewältigung einer ganz einfachen länger brauchte als Bub mit Kopfrechnen in einem Zehntel der Zeit. Der Computer schickte dem Drucker seine Bytes an Information, worauf der Drucker eine Quittung von der Länge der Magna Charta ausspuckte.

Rachelüstern warf Browne einen Blick auf die Zeitschrift und meinte: »Ich hätte gar nicht gedacht, daß Sie sich für so was interessieren.« Er schüttelte eine braune Tüte aus, verstaute die minderwertige (und grellfarbige) Astrologiezeitschrift darin und fügte hinzu: »Ich hätte erwartet, Sie halten es eher mit Cäsar.« Er lächelte Melrose verkniffen an.

Melrose hatte keine Ahnung, wovon er redete.

»Du liebe Güte, Mr. Plant, ein so *belesener* Mensch wie Sie müßte *das* doch wohl kennen: ›Nicht durch die Schuld der Sterne, lieber Brutus, durch eig'ne Schuld nur sind wir Schwächlinge.‹ Ist doch ein guter Rat, nicht?«

Melrose nahm achselzuckend seine Tüte an sich. »Keine Ahnung, ich bin ja kein Schwächling.«

Ein paar unzusammenhängende Töne vor sich hin pfeifend überquerte er die Straße in Richtung Jack and Hammer, der inzwischen sicher geöffnet hatte. In Long Piddleton war man noch nicht dazu übergegangen, die Londoner Schankzeiten einzuhalten, und würde es wohl auch nie tun. Im Pub hielt man sich an die alte Öffnungszeit um elf Uhr. Es war nun fast Mittag, und vor Tisch hatte Melrose das Bedürfnis nach einem Old Peculier.

Dick Scroggs war wie gewöhnlich beim Zeitunglesen. Während Melrose den Pegel seines Old Peculier im Glase steigen sah, teilte Scroggs ihm mit, es sei geradezu »eine Schande«, was Browne, dieser üble Bursche, dem Bibliothekswesen und damit Miss Twinny, der Bibliothekarin, antat.

»Sie führt unsere kleine Bücherei doch nun schon seit vierzig Jahren, stimmt's? Und als sie nach einem Grund gesucht haben, sie zu schließen, kam ihnen dieser Browne gerade recht.« Dick sah Melrose über das halbe Pint dunklen Gebräus hinweg grimmig an und fuhr fort: »Also, der Job ist ihr *Leben,* oder nich? Klar, sie kriegt ihre Rente – wenn *überhaupt* einer eine kriegt, heutzutage kann man ja nie wissen, hab' ich recht? Aber Miss Twinny geht's ja gar nich ums Geld.«

Melrose fragte sich, wieso Dick, der die Frau noch nie auch nur mit einem Sterbenswörtchen erwähnt hatte, mit Miss Twinny plötzlich auf freundschaftlichem Fuße stand. Vielleicht hatte es mit dem Leserbrief zu tun, der in der Lokalzeitung mit der Aufforderung zu einer »Bibliotheksreform« erschienen war. Wahrscheinlich hatte sich Theo Wrenn Browne als Ghostwriter versucht.

Dick stellte ihm das Glas hin, und Melrose sagte: »Und ein Gläschen mit Wasser, bitte.«

Dick guckte erstaunt. »Wofür?«

»Für meine Gartenwicke.« Dick beäugte ihn, als hätte Melrose einen Sonnenstich, knallte ein Schnapsglas vor ihm hin und füllte es mit Wasser. Melrose bedankte sich und ging zu seinem Lieblingstisch, dem Fensterplatz mit Ausblick auf die Straße. Das Fenster war kreuz und quer von den Stämmen der weißen Kletterrosen überwuchert, deren Blütenränder die Novemberkälte braun verfärbt hatte. So üppig rankten sie sich über die Fassade des Lokals, daß sie letzthin fast den Mechanismus der Jack-and-Hammer-Figur abgewürgt hätten: der hoch oben angebrachten Holzfigur im türkisfarbenen Jäckchen, die immer zur vollen Stunde den Hammer hob und auf den Amboß senkte, um Glockenschläge anzudeuten. Jetzt verharrte der Hammer starr mitten in der Luft, als seien Jack und alle Gäste hier unten Gefangene in einem verwunschenen Dorf.

Die Tür ging auf und ließ Diane Demorney und einen kalten Luftstrom herein, den seine Nähe zu Diane noch kälter machte. Ihre arktische Ausstrahlung wurde durch ihre weiße Haut und die weiße Kleidung noch beträchtlich verstärkt. Sie trug stets Schwarz und Weiß und war stets wie ein Paradepferd herausgeputzt; nicht ein Fitzelchen ihres schwarzen, mit dem Rasiermesser getrimmten Haars war am falschen Platze, kein Fältchen in ihrem Kleid, kein Fingernagel oder Schuh unpoliert. Melrose hatte immer den Eindruck, Dianes kantige Art-déco-Erscheinung sei aus der Luft um sie herum ausgeschnitten, so daß im Kontrast alles andere schlampig und schludrig aussah. Wenn sie einen Raum durchschritt, hatte er hinterher jedesmal den Drang, spontan aufzuräumen.

Leider erstreckte sich diese scharf umrissene Klarheit nicht auf ihren Verstand. Dianes Gedanken senkten sich wie trübe Ablagerungen in einen finsteren Gletschersee und wurden nur gelegentlich aufgewirbelt, wenn jemand ein Bröckchen pikanten, verlogenen Klatsch hineinwarf. Melrose fand es erstaunlich, daß manche Leute sie für außerordentlich intelligent hielten, Leute, für die Intelligenz gleichbedeutend mit Wissen war, und Diane wußte tatsächlich einiges. Lauter obskures Zeug. Um ihr schwerfälliges Denken zu kompensieren, hatte sie sich zu jedem vorstellbaren Thema – oder zumindest zu jedem Thema, das in der alkoholgeschwängerten Atmosphäre feuchtfröhlicher Partys zur Sprache kommen könnte – eine einzige, meist geheimnisumwitterte Tatsache gemerkt. Da sie sich obskure Fakten aussuchte – wie zum Beispiel, daß der Schriftsteller Stendhal beim Anblick bedeutender Kunstwerke jedesmal in Ohnmacht gefallen war –, nahm man an, sie wüßte alles übrige über den Mann ebenfalls. Dabei konnte sie nicht einmal ein Buch nennen, das er geschrieben hatte. Im Moment hatte sie sich auf die Sterndeuterei verlegt, und das Interessante daran war, daß das, was sie darüber schrieb – nun, interessant war.

Melrose stand auf und rückte ihr einen Stuhl zurecht. Solche kleinen Aufmerksamkeiten betrachtete Diane immer als Selbstverständlichkeit.

In bezug auf eine bestimmte Zeitungskolumne sagte Dick: »Der ›Blick in die Sterne‹ ist diese Woche ja ziemlich aufschlußreich, Miss Demorney.«

»So, so«, meinte Diane ohne jeden Enthusiasmus, während sie eine Zigarette in eine fünfzehn Zentimeter lange, elfenbeinerne Zigarettenspitze steckte. Sie ließ sich von Melrose Feuer geben und rief dann zu Dick Scroggs hinüber, der immer noch über seine Zeitung gebeugt dastand: »Ich bekomme dann das übliche, wenn ich bitten darf. Wieso muß ich das eigentlich zweimal sagen?«

Dick war gekränkt. »Zweimal? Sie sind doch gerade erst reingekommen. *Einmal* haben Sie's gesagt.«

»Gestern mußte ich es auch wiederholen, nicht?«

Diane trank am liebsten Büffelgraswodka, den sie immer selbst mitbrachte. Trotzdem bezahlte sie Scroggs den vollen Preis. Knauserig konnte man Diane also nicht nennen. Neben Melrose und Marshall Trueblood war sie die einzige in Long Piddleton, die den Fonds zur »Rettung unserer Bücherei« unterstützte.

»Und ich nehme bitte auch noch ein halbes Pint, Dick. Es eilt aber nicht.«

»Warum bestellen Sie eigentlich immer bloß *halbe* Pints, Melrose? Da muß man doch andauernd nachschenken.«

»Dagegen habe ich nichts.«

Dick war mit Dianes Martini – im Verhältnis zwölf zu eins gemixt – an ihren Tisch gekommen und hatte den *Sidbury Star* gleich mitgebracht. Bevor er Melrose' Glas abräumte, schlug er den »Blick in die Sterne« auf und fragte: »Na, was ist denn Ihr Sternzeichen, Lord Ardry?«

»Jack and Hammer.« Melrose erhob feierlich sein Glas.

Diane antwortete: »Steinbock.«

Melrose sah sie mißbilligend an. »Woher wissen Sie das? Sind Sie nun außer unter die Horoskopschreiber, oder wie sich das schimpft, auch unter die Hellseherinnen gegangen? Verströmt mein Leib etwa steinböckische Schwingungen? Besitze ich all die schrägen Merkmale des Steinbockismus, wie zum Beispiel halbe statt ganze Pints zu trinken?«

Diane musterte ihn kühl. »Sie haben mir Ihr Geburtsdatum gesagt.«

»Ach! Mein Bier, Dick!« Melrose hielt ihm das Glas hin.

»Es ist das Zeichen des Ziegenbocks«, sattelte Diane noch drauf.

»Aha, wie konnte mir das bloß entfallen?«

Dick beachtete überhaupt nicht das Glas, das Melrose ihm ungehalten hingeschoben hatte. Er schien ganz mit Melrose' Sternzeichen beschäftigt zu sein. »Jetzt hören Sie mal zu, Lord Ardry –«

Obwohl Melrose seine Adelstitel nicht mehr trug, waren einige Leute offenbar versessen darauf, alles beim alten zu lassen. Dick Scroggs Angewohnheit, ihn mit »Mylord« anzusprechen, hatte er ihm nicht abgewöhnen können – und mittlerweile gab er sich auch keine Mühe mehr.

»*Üben Sie diese Woche äußerste Vorsicht! Da der Mond im Widder steht, spielt sich in Ihrem Sexleben sogar noch weniger ab als sonst. Sie verlassen sich allzusehr darauf, daß die Zeit und die Sterne die Probleme für Sie lösen, besonders was Ihren hasenfüßigen Umgang mit dem anderen Geschlecht betrifft. Packen Sie's endlich an!*«

Dick (der noch nie gewußt hatte, wen er sich besser warmhalten sollte) kugelte sich vor Lachen und fügte hinzu: »Ah, da haben Sie ihn gut getroffen, Miss Demorney.« Er kehrte unter Mitnahme von Melrose' Glas wieder zu seinen Zapfhähnen und Spirituosen zurück.

»›Packen Sie's endlich an‹? Woher habe ich bloß das Gefühl, daß eine waschechte Astrologin so was *nicht* sagen würde?«

»Weil die meisten die Leute nicht verärgern wollen.« Diane würde nie zögern, ebendies zu tun, wenn es ihr auch nur einen Hauch von – wie sie es nannte – »Amüsement« verschaffte. Sie hatte die Horoskopspalte des *Sidbury Star* eher zufällig übernommen. Im Anzeigenteil besagter Zeitung (beim Überfliegen der Heiratsannoncen in der Hoffnung auf einen *gutaussehenden Mitteleuropäer, groß, alterslos, reiselustig, Feinschmecker, finanzkräftig*) war sie auf ein Stellenangebot gestoßen, in dem für die Frau, die in Pension ging und ihre Kolumne – »Der Blick in die Sterne« – verwaist zurückließ, eine Nachfolgerin mit *Erfahrung... Klugheit... und der Fähigkeit zum Umgang mit Menschen* gesucht wurde. All dies konnte Diane selbstverständlich nicht abschrecken, sich zu bewerben.

Und sie wurde auch noch vom Fleck weg engagiert, denn wer konnte schon der soignierten, so kühl und beherrscht auftretenden, teuer gekleideten, schönen Diane widerstehen? Dianes Vorhersagungen waren immer niederschmetternd und reichten von griesgrämig bis diabolisch. Für die fröhliche Kunde üblicher Tageshoroskope war kein Platz: keine Rede von Erbschaften, gutaussehenden zufälligen Bekanntschaften, Beförderungen, einer neuen Arbeitsstelle, Geld. Die Botschaft war entweder schlecht, oder der Leser bekam eine Moralpredigt verpaßt. Doch offensichtlich gefiel das den Leuten, denn die Auflage war, wie Melrose gehört hatte, um gut zwanzig Prozent gestiegen, seit Diane »mit von der Partie« war.

»Ich dachte mir, es gefällt Ihnen«, sagte sie und schwenkte ihre Olive in Wodka. »Ich habe es eigens für Sie geschrieben.«

Melrose wollte gerade darauf hinweisen, daß es bei solchen Horoskopen nicht um »eigens für Sie« gehen konnte, da flog die Tür erneut auf, und eine steife Brise wehte Marshall Trueblood herein, als ob die Natur draußen ihn verstoßen hätte. Dabei sah er, in seinen üblichen schillernden Farben gewandet, Alice Broadstairs Garten ungemein ähnlich. Könnte man dieses Hemd anders nennen als efeugrün? War dieser Schlips nicht wickenpink? Und dieser Mantel von Armani im Farbton einer beschlagenen Fensterscheibe: was konnte es anders sein als Hahnenfußblau?

Trueblood war in seiner typischen Stimmung für einen Campari-Limone, den er Dick bat, ihm zu bringen. Campari paßte zu Langeweile und dem Gefühl der Nutzlosigkeit. Er gähnte und fragte dann in die Runde: »Was meint ihr, soll ich nach Oxford gehen und Jura studieren? Vielleicht bin ich dazu berufen – zum Anwalt, meine ich.« Solche Töne waren seit seiner brillanten Nachttopfverteidigung vor Gericht des öfteren von ihm zu vernehmen. »Ja, vielleicht ist die Juristerei am Ende doch mein Schicksal, und ich habe all die Jahre mit Antiquitäten sinnlos vergeudet.« Er zupfte sich die Gartenwicke aus dem Schnapsglas und hielt sie an seinen Schlips. »Paßt perfekt.« Seufzend steckte er sie wieder ins Wasser und bedankte sich bei Dick, der ihm gerade den Drink hingestellt hatte.

Diane machte ein entsetztes Gesicht, als Trueblood »studieren« und »Oxford« erwähnte. »Das ist doch nicht Ihr Ernst! Das wäre ja eine Unmenge Arbeit, nicht, Melrose? Da wären Sie ja vielleicht ein Jahr, ach was, länger, in diesem grauen Grab von einer Schule in der Versenkung, umgeben von kreischenden Würmern, die Ihnen den letzten Nerv rauben.«

»Verträumten Türmen, Diane«, korrigierte sie Melrose.

»Na, *Sie* haben ja die passende Arbeit gefunden, Diane«, entgegnete Trueblood. »Ihre Kolumne ist wirklich unterhaltsam.«

»*Arbeit?* Behüte! Ich bin froh, daß mir das Ganze keinerlei Arbeit macht.«

»Ist ja auch nicht schwer, wenn man von Astrologie keinen blassen Schimmer hat«, sagte Melrose, der immer noch an seinem Steinbockhoroskop laborierte.

»Natürlich. Aber bisher habe ich meinen Job zur allgemeinen Zufriedenheit ausgeführt, auch ohne an irgendeiner Universität etwas *studiert* zu haben.« An Trueblood gewandt sagte sie: »Wirklich, Marshall, schlagen Sie sich das aus dem Kopf. Nun tut es mir fast leid, daß ich Ihnen so ein hübsches Horoskop geschrieben habe.«

»Sie schreiben doch für keinen ein hübsches Horoskop, Diane. Das ist ja das Gute dran.«

»Ach, ab und zu schon.« Sie drehte sich um und rief nach Dick. »Dick, lesen Sie doch mal den kleinen Absatz unter Wassermann vor, ja?«

»Mit Vergnügen«, sagte Dick, glücklich über den Auftrag, etwas beisteuern zu dürfen. Er schüttelte die Zeitung glatt und stellte sich mit der Autorität eines Geschworenensprechers in Pose:

»*Man weiß, daß Wassermänner echte Individualisten sind! Weniger bekannt ist ihre äußerst wohltätige Ader. Dies wird sich erweisen –*«

Trueblood unterbrach ihn. »Wohltätige Ader? Ha, die ist deshalb weniger bekannt, weil ich verdammt noch mal gar keine habe.«

Diane brachte ihn zum Schweigen. »Pst! Lesen Sie weiter, Dick.«

»Gut.« Er räusperte sich.

»*– wird sich erweisen, wenn der Mond diese Woche im Saturn steht und Sie die Lieferung einer Reihe von* objets d'art *in Empfang nehmen –*«

»Moment mal! Halt!« protestierte Trueblood. »Meinen Sie damit etwa die Vase aus der Mingdynastie, die Sie so unbedingt haben wollen? Sie denken wohl, da können Sie ein Schnäppchen machen? Ha! Das können Sie sich gleich abschminken, Diane.«

»Du liebe Güte, Marshall, wenn Horoskope *so* präzise wären, kämen sie bei der breiten Masse doch gar nicht an!«

»Na, und wie viele Leute nehmen denn heute eine Lieferung von *objets d'art* in Empfang?«

Ungerührt strich sich Diane über ihr dunkles Haar, um zu glätten, was bereits glatt wie Glas und schwarz wie ihr Herz war, und sagte dann: »Eigentlich habe ich nicht direkt *d'art* gemeint, sondern eher Gebrauchswaren und Möbel. Dort drüben zum Beispiel – Ada Crisp.« Sie deutete mit der Zigarettenspitze in Richtung Fenster. »Und Theo, nicht zu vergessen.«

Draußen vor Wrenns Büchernest stand ein Lastwagen. »Das sind aber Bücher, keine Kunstgegenstände«, wandte Trueblood ein.

Diane sagte: »Wenn man vom Teufel spricht.«

»Für den Vergleich würde sich der Teufel aber bedanken«, erwiderte Trueblood und beobachtete Browne und den Lastwagenfahrer auf dem gegenüberliegenden Bürgersteig. »Bringen Sie mir noch einen Campari, Mr. Scroggs, und ein Glas Eiswasser, das ich mir über den Kopf schütten kann.«

Theo Wrenn Browne schritt majestätisch über die Straße, die Krawatte über die Schulter geschwungen (von ihm eigenhändig und nicht vom Wind dort plaziert, da war sich Melrose sicher). Er sah sich vorsichtig nach links und rechts um, als kämen ihm aus beiden Richtungen gleichzeitig bedrohlich viele Autos entgegen. Melrose konnte bloß einen Jungen auf einem Fahrrad sehen. Theo legte Wert darauf, daß alle glaubten, er lebe hochgefährlich.

Er trat ein, bellte Dick Scroggs seine Bestellung entgegen und kam an ihren Tisch herüber. In letzter Zeit rasierte er sich nur noch zwei- bis dreimal pro Woche, weil er fand, mit dem Stoppelbart sähe er aus, als hätte er gerade einen Fototermin für Hemdenmode bei *Elle* hinter sich. Dabei sah er mit dem Dreitagebart bloß aus wie ein Tippelbruder.

Während er sich niederließ, informierte ihn Diane: »Wir sprachen gerade über Ihre verrückte Idee, die Bücherei zu schließen.« Diane ergriff jede Gelegenheit zum Streiten beim Schopf.

»Verrückt? Daran ist aber doch nichts verrückt. Sie dürfen nicht vergessen, es ist *unser* Geld, mit dem der Twine ihr Gehalt gezahlt wird.«

»Twinny«, verbesserte ihn Trueblood. »Wenn Sie schon ihr Leben ruinieren wollen, dann sprechen Sie wenigstens ihren Namen richtig aus.«

»Sie tun ja so dramatisch«, erwiderte Browne. »Die steht doch sowieso kurz vor der Rente.«

»Würde sie aber nicht, wenn Sie nicht für zwanzig Pence pro Tag Bücher verleihen würden.«

»Wenn die Leute bereit sind zu zahlen –«

»Sie sind gegenüber der Bücherei im Vorteil«, fuhr Trueblood fort, »weil Sie die frischgedruckten Bestseller kriegen und Una Twinny warten muß, bis ihre Sachen die üblichen Kanäle durchlaufen und in der Bücherei von Sidbury und dem gesamten Bibliothekssystem von Northants waren. Wenn Una die Bücher schließlich bekommt, haben Sie sie bereits an halb Long Piddleton verliehen und ihr das Geschäft weggeschnappt.«

Theo nickte Dick zu, als der ihm seinen Single Malt hinstellte, dazu Truebloods Campari und Eiswasser. »Ich biete der Öffentlichkeit eine Dienstleistung –«

»Ach, Quatsch«, sagte Melrose. »Ich könnte ja noch verstehen, wenn Sie mit einem anderen Buchladen konkurrieren würden. Aber Sie haben ja keinen Dillon's oder Waterstone's nebenan.«

»Was ist dabei eigentlich drin für Sie, Theo, alter Kämpe?« wollte Trueblood wissen. »Wieso dieser ganze Umtrieb, nur um die zwei Räume der Bücherei zu schließen und Una Twinny um ihren Job zu bringen?«

»Gar nichts. Ich versuche nur, dem Steuerzahler Geld zu sparen.«

»Also vollkommen selbstlose Motive?«

Theo, der noch nie besonders beliebt gewesen war, merkte, daß sein Beliebtheitsgrad weiter sank. Er schüttete den Rest Whisky hinunter und stand auf. »Ich muß los, eine Lieferung mit Büchern.« Er verdrückte sich so schnell, wie er hereingeschneit war.

»Wir könnten privatisieren. Das ganze Land geht doch sowieso in die Richtung«, schlug Melrose vor.

»Dazu bräuchten wir eine Marketingstrategie, müßten Öffentlichkeitsarbeit machen... Könnte Twinny Lotteriescheine verkaufen? Videos verleihen?... Was zu trinken?« erkundigte sich Trueblood bei Diane.

»In einer Bücherei darf kein Alkohol ausgeschenkt werden«, sagte Diane. »Leider.«

»Nein, nein, meine Liebe. Ich wollte wissen, ob Sie noch was trinken möchten?«

Melrose schlug krachend mit der Faust auf den Tisch, daß die Gläser hüpften. »Das ist es! Ich hab's! Ein Café – Espresso, Cappuccino. Wie in den großen Buchläden in den Staaten. Ich wundere mich, daß Browne für *seinen* Laden noch nicht auf die Idee gekommen ist.«

Trueblood hatte offensichtlich die nächste Runde vergessen und ließ sich die Idee im Kopf herumgehen, während er sich eine jadegrüne Sobranie ansteckte. »Das klingt ja recht interessant, alter Kämpe, muß ich schon sagen. Könnte sogar funktionieren. Da ist doch noch dieser Nebenraum, den Una Twinny als Lager benutzt, aber nachdem es nicht viel zu lagern gibt, könnte vielleicht das Café reinpassen. Ich könnte eine Espressomaschine organisieren. Ein Kühlschrank ist auch da, das ist also kein Problem. Die Einrichtung – Tresen, Barhocker, Tische und Stühle – kann ich bei einer von diesen Wohnungsauflösungen auftreiben. Die Kosten trage ich, die alten Möbel sind spottbillig. Und Sie stiften die Verpflegung – Kaffee, Milch, Kekse. Sicher steuert Betty Ball Scones und Croissants bei. Una Twinny ist mit ihr gut befreundet.«

»Und wer betreibt es? Wer macht den Kaffee? Dafür hätte Miss Twinny doch gar keine Zeit.«

»Die Bücherei ist nur an drei Tagen in der Woche geöffnet.« Trueblood tat die Schwierigkeit wegwerfend ab. »Das kann doch jemand aus dem Dorf machen ...« Dabei blickte er Diane an.

Die seinen Blick erwiderte.

Trueblood fuhr fort: »Ach, irgend jemand macht das schon. Na klar – Vivian! Sie ist genau die Richtige!«

»Sie ist in Venedig«, wandte Melrose ein.

»Im *Moment* ist sie dort. Aber sie kommt bald wieder.«

»Wenn sie nicht den Canal Grande mit Schleppnetzen nach ihr absuchen.« Diesen munteren Gedanken wußte Diane beizusteuern. »Ich habe vor ihrer Reise versucht, sie davon abzuhalten. Neptun steht gerade in ihrem Haus.«

»Ist das schlimm?« fragte Melrose.

»Entsetzlich. Jedenfalls ist sie«, fuhr Diane fort und wischte sich etwas Asche von ihrem weißen Ärmel, »falls nichts schiefgeht, nächste Woche wieder da. Freitag oder Samstag.«

»Steht das in ihrem Horoskop?«

Diane verdrehte über Melrose' Begriffsstutzigkeit die Augen. »Nein, das hat *sie* gesagt. Die Sterne können schließlich nicht jedes winzige Detail vorhersagen.«

»Nein?« machte Trueblood. »Meine *objets d'art* aber offenbar schon. Jetzt aber zu unserem Café. Wir brauchen noch eine Katze oder einen Hund.«

»Eine Katze? Wozu um alles in der Welt brauchen wir eine Katze oder einen Hund? Sollen die den Cappuccino machen?«

»Jede Bücherei hat einen Vierbeiner, alter Kämpe. Die sollen herumliegen und ein zufriedenes Gesicht machen.« Trueblood lutschte an einem Eisstückchen. »Wir könnten ja einen aus dem Dorf leihen. Was ist mit Desperado?« Der Broadstairsche Kater malträtierte ständig die anderen Dorfkatzen.

»Desperado? Soll das ein Witz sein?« sagte Melrose. »Der

würde alles in Reichweite fressen und uns dabei im Ringkampf zu Boden zwingen. Und sich sämtliche Bücher über Gewichtheben ausleihen.«

Trueblood wiegelte ab: »Egal, das kriegen wir schon geregelt.«

»Und was ist, wenn wir damit gegen das Gesetz verstoßen? Ich meine, im Bibliothekswesen gibt es doch auch gewisse Geschäftsbedingungen, oder?«

Trueblood rückte sich auf seinem Stuhl zurecht, streckte die Beine von sich und starrte zur Decke. »Wißt ihr was, vielleicht muß ich dann notgedrungen doch Jura studieren, wenn so was Blödes passiert.«

Diane rollte die Augen. »Ach, reden Sie doch nicht schon wieder *davon.* Ihnen beiden zuzuhören ist wirklich nervig. Dick!« Sie schwenkte ihr Martiniglas vom Ausmaß eines Eislaufplatzes in Scroggs Richtung.

Der war schon wieder über seine Zeitung gebeugt und sah gar nicht hoch. »Verzeihung, Miss Demorney. Wir sind wodkalos.«

Diane wirbelte in ihrem Stuhl herum. »Glücklos«, »chancenlos«, »zeitlos«, »fassungslos« waren alles Worte, mit denen sie umgehen konnte. »Wodkalos« gehörte nicht dazu. Sie begann, ihre geräumige Ledertasche auszuräumen: Lippenstift, Puder, Kassenbelege, Füllfederhalter, Samtbeutelchen –

»Was ist da drin?« fragte Melrose und stieß mit dem Zeigefinger auf den Samtstoff.

»Meine Perlenkette.«

»Wieso tragen Sie sie herum? Muß sie zur Reparatur?«

Den Kopf über die Tasche gebeugt, erwiderte sie: »Nein, sie ist wertvoll, und zu Hause will ich sie nicht lassen.« Es ging weiter: Nagellack, zwei Taschentücher, Pistole, silberner Bleistift –

Trueblood schnellte vorwärts. »Allmächtiger, Diane! Das ist ja eine Pistole!«

Sie sagte gar nichts, sondern fuhr fort, die scheinbar unerschöpfliche Tasche zu plündern. Noch ein Lippenstift, ein Heftchen mit Briefmarken –

»Na, was ist? Heraus damit!« insistierte Melrose. »Wieso schleppen Sie eine Waffe mit sich herum?«

»Weil ich meine Perlenkette dabeihabe und zu meinem eigenen Schutz. Ah, da sind sie ja.« Zwei Wodkafläschchen kamen zum Vorschein, die sie mit einem Lächeln nebeneinander aufstellte und Dick zurief, er könne sie sich holen.

»Seit wann haben Sie eine Pistole, Diane?« Melrose stupste das Ding vorsichtig an. Es war klein, wahrscheinlich eine 22er, mit Perlmuttgriff.

Sie steckte wieder eine Zigarette in ihre Zigarettenspitze und wedelte herum, damit einer von ihnen ihr Feuer gab.

»Zu Ihrem Schutz? Seit wann brauchen wir hier auf dem Lande Schutz?« erkundigte sich Trueblood. »Soll das heißen, Sie können mit dem verdammten Ding umgehen?«

»Natürlich. Seit ich im Journalismus tätig bin, habe ich mir angewöhnt, sie mitzunehmen. Und hier ist auch mein Piepser.« Sie wedelte mit einem kleinen schwarzen Gegenstand herum. »Sie wissen ja, als Reporterin lebt man gefährlich.«

»Liebe Güte, Diane, Sie schreiben *Horoskope*!«

»Aber welche, die die Leute nicht hören wollen. Feuer?« Sie deutete auf ihre Zigarette.

Trueblood zündete ein Streichholz an. »Wofür zum Teufel brauchen Sie einen Piepser?«

»Um *erreichbar* zu sein – wofür sonst? Bei Notfällen und so.«

Melrose sah an die Decke. »Ein Notfall in Sachen Sternzeichen. Das kenne ich schon.«

»Sie wird ihn nicht heiraten«, sagte Diane.

»Wer?« Melrose sah sie verwirrt an.

»Vivian. Sprechen wir nicht gerade von ihr?«

»Den Grafen Dracula?« sagte Trueblood. »Haben Vampire eigentlich Sternzeichen?«

# 9

Falls Long Piddleton eine Schokoladenseite hatte, lag Plague Alley, das wußte Melrose, auf deren Kehrseite. Oder vielleicht war die »Kehrseite« eher die Reihe von Armenhäusern, in denen der Withersby-Klan hauste. Armenhäuser fand man heutzutage »malerisch«, und sie wurden von Stadtbewohnern aus London, die mit dem Geld für kostspielige Renovierungen nur so um sich warfen, begierig aufgekauft. Northampton lag aber nicht im magischen Gürtel um Chelsea, und so überließ man Long Piddletons Armenhäuser dem Zahn der Zeit. Die »Gesellschaft zum Erhalt von Baudenkmälern« wäre höchst zufrieden zu erfahren, daß diese Häuser immer noch ihrer ursprünglichen Bestimmung dienten.

In Plague Alley nun lebte Agatha in einem lichtlosen Cottage, das man getrost ebenfalls malerisch nennen konnte, da es mit seinen bleiverglasten Fensterchen, verdunkelt vom überhängenden Reetgras, das sich vom Dach gelöst hatte, die meisten Kriterien hierfür erfüllte. Licht drang nur spärlich herein, das Wohnzimmer war in Dunkelheit getaucht. Melrose nannte es die Twilight Zone.

Er war gerade damit beschäftigt, bestimmte Gegenstände auszumachen (während seine Tante den Tee bereitete). Inwieweit ihm dies gelang, war ein Test, ob er neue Brillengläser brauchte oder nicht. Auf dem verrosteten Gestell dort drüben – ursprünglich für einen Vogelbauer gedacht – hockte die ausgestopfte Eule, deren kupferrot brennende Augen in der Dunkelheit noch stärker leuchteten. Er hatte sich oft gefragt, wie es E. A. Poe ergangen wäre, falls der Dichter sich als Inspiration eine Eule erwählt hätte. Insgesamt hätte Agathas Cottage wohl durchaus Poes Gefallen gefunden. Drüben auf dem Sims über dem offenen Kamin standen folgende Gegenstände: ein Kerzenhalter, zwei kleine Schäferinnen aus Keramik, billiger Limoges-Abklatsch – Moment mal, nein, womöglich kein Abklatsch, sondern eine der echten Limoges-Figurinen aus dem Besitz der Gräfin von Caverness. Der Gräfin Lady Marjorie, seiner Mutter. Hier in Plague Alley hatte Melrose so manches Stück aus der Sammlung von Ardry End wiederentdeckt. Er könnte nun zum Kaminsims hinübergehen und sich vergewissern, hatte jedoch keine Lust, sich mühselig aus dem Polstersessel hochzuwuchten.

Aus der Küche drang Geklirr und Geklapper. Agathas Ungetüm von einer Katze kam hereingewankt, ein seltsames Geschöpf, das immer an irgendeinem seiner Gliedmaßen ein Gebrechen zu haben schien. Es schlich sich an Melrose heran, blieb glotzend stehen und sprang dann auf einen der Stühle, um sich niederzulegen. Es hatte höchst eigenartige, farblose Augen, die im Dunkeln wie silberne Scheiben glühten. Falls alle Stricke reißen sollten, würde Trueblood das Vieh vielleicht für das Café in Erwägung ziehen.

»Melrose!«

»Ja?« Er hatte es noch nie ausstehen können, wenn quer durchs Zimmer nach ihm gerufen wurde.

»Ach, schon gut.« Der entnervte Tonfall ließ den Eindruck entstehen, Agatha hätte ihn schon stundenlang inständig um einen Gefallen gebeten und nur kühle Ablehnung geerntet.

»Na gut, dann eben nicht.«

Wacker schleppte sie ein Teeservice herein, das ebenfalls einmal der Gräfin gehört hatte. Die unleserlichen, ineinander verschlungenen Initialen könnten für alles mögliche stehen – Marjorie, Gräfin von Caverness. Lady Agatha Ardry. Tote Maus in Soße.

»Warte, laß dir helfen, liebe Tante.«

»Ach, es geht schon.« Sie stieß ihn unsanft beiseite. »Du machst es doch immer falsch.«

Konnte man Tee *falsch* einschenken?

Sie klapperte mit Tassen und Untertassen und Kuchentellern

herum und hielt dann inne, um das silberne Sahnekännchen zu inspizieren und sich darüber zu beklagen, daß Mrs. Oilings es wieder nicht richtig blankgeputzt hatte. »Ich weiß gar nicht, was ich mit dieser Person eigentlich will. Die ist ihr Geld doch bei weitem nicht wert.«

»Danke«, sagte Melrose und nahm den Tee in Empfang, der – überhaupt kein Zweifel – in einer der Crown-Derby-Tassen seiner Mutter kredenzt wurde. »Ich kann mir nicht helfen, aber ich finde, die Oilings paßt perfekt hier herein.«

Agatha beäugte ihn argwöhnisch. »Wieso?«

»Jedesmal, wenn ich die sehe, lehnt sie auf einem Besen, pafft eine Gitane und heckt düstere Gedanken aus. Passend zu der Eule.« Wo Mrs. Oilings sich hinstellte, malte er sich aus, wuchsen Spinnweben.

»Du redest mal wieder Unsinn, wie üblich. Ich muß sagen, ich bin etwas überrascht, dich zu sehen.«

»Warum? Du siehst mich doch andauernd.« Melrose zögerte kurz, ob er sich ein steinhartes Plätzchen vom Teller nehmen sollte, und ließ es dann darauf ankommen. »Ich wollte dir nur mitteilen, daß ich nach London fahre.«

»Was soll das heißen?«

Melrose fand, daß er sich eigentlich ziemlich klar ausgedrückt hatte. Er wiederholte es. »Ich fahre nach London.«

»Fein, ein Tag bei Harrods kommt mir gerade recht.«

Ob man bei Harrods die Freude teilte? »Du kannst gern mitfahren, wenn es dir nichts ausmacht, auf einem Stapel alter Steppdecken hintendrin zu sitzen.«

»Wo hintendrin?«

»Wir nehmen Truebloods Kombi.« Er wußte, sie würde ablehnen. Sie würde sogar aufs Paradies verzichten, wenn es bedeutete, von Trueblood hinchauffiert zu werden. »Bei Sotheby's findet eine große Auktion statt, und da braucht er den großen Wagen für seine Neuerwerbungen.«

»Ich habe nicht die Absicht, mit Marshall Trueblood irgendwohin zu fahren.« Sie überlegte einen Moment. »Aber wenn du schon mal bei Sotheby's bist, könntest du mir doch einen Kommodensekretär besorgen.«

Melrose sah sich im Zimmer um. Überall standen Möbel dicht beieinander, kein Quadratzentimeter war mehr Platz. »Und wo beabsichtigst du ihn aufzustellen, etwa im Vorgarten?«

Sie sah an die Zimmerdecke. »Oben, in meinem Schlafzimmer. Ich brauche einen Tisch, an dem ich meine Korrespondenz erledigen kann.«

»Aber warum denn einen Kommodensekretär? Das ist doch ein *secrétaire à l'abattant,* und die sind normalerweise recht groß. Und hoch, mit Fächern für Bücher und so weiter. Warum begnügst du dich nicht mit einem zierlichen Queen-Anne-Möbelchen oder einem kleinen Schreibtischchen?« Wieso er ihr eigentlich half, dieses Cottage mit den – offensichtlichen – Schätzen von Ardry End auszustaffieren, wußte er auch nicht.

»Weil das keine Fächer und Schubladen und Eckchen und Winkelchen hat, darum.«

»Bei so einer Auktion sind die Sachen aber immer ganz schön teuer, meine Liebe.«

Sie machte eine wegwerfende Handbewegung, als wollte sie sagen, Geld spiele keine Rolle, was auch zutraf, solange es sich nicht um ihr eigenes handelte. »Ich erstatte dir die Auslagen.«

»Ich bezweifle sehr, ob Trueblood bereit ist, für so ein großes Stück in seinem Lieferwagen Platz herzugeben.«

»Wieso um alles in der Welt fährst du eigentlich nach London?«

Melrose überlegte einen Augenblick und schwindelte: »Um Mr. Beaton einen Besuch abzustatten. Du weißt doch, meinem Schneider.«

Sie war baß erstaunt. »Bei dem warst du doch erst im Februar.«

»Na, deswegen – ich muß zur letzten Anprobe hin.«

»So lange hat der gebraucht, um einen Anzug zusammenzustoppeln?«

»Wäre das nicht so, wie wenn man sagen würde, Pissarro hat einen Haufen verwischte Strichelchen zusammengestoppelt? Mr. Beaton nimmt sich Zeit, er ist Perfektionist, und… habe ich es denn je schon einmal eilig gehabt? Schneider wie Beaton sind seltene Vögel und heutzutage sehr gefragt. Später habe ich vor, in meinem Klub vorbeizuschauen.« Melrose nahm sich eine Scheibe kalten Toast.

»Klub? Was denn für ein Klub?«

Er steckte offenbar voller Überraschungen. »Der Klub, in dem mein Vater und mein Onkel Robert – du erinnerst dich doch an Onkel Robert? – Mitglied waren. Und vor ihnen ihr Vater. Und die Väter ihrer Väter –«

»Ach, hör doch auf. Robert war nie Mitglied in einem Londoner Klub.«

Robert war so schlau gewesen, ihr nicht zu erzählen, wo er hinging. Im Gegensatz zu Melrose.

Sie ließ nicht locker. »Welcher ist es denn? White's? Boodle's?«

»Nein. Boring's.«

Sie schüttelte den Kopf. »Nie gehört.«

Damit war Boring's dann wohl erledigt. »Er ist sehr exklusiv.«

Agatha schnaubte verächtlich. »Diese Herrenklubs. Die sind doch steinzeitmäßig, die lassen ja nicht mal Frauen zu.«

»Nun, das ist wohl eines der Kriterien eines Herrenklubs, würde ich meinen.«

»Jedenfalls ist es völlig unzeitgemäß.«

»Das würde ich aber eher als Vorzug betrachten. Ich habe die Einwände der holden Weiblichkeit gegen die Exklusivität von Herrenklubs sowieso nie begriffen. Ich hätte absolut nichts dagegen, wenn Frauen einen Frauenklub aufmachen möchten, in dem ich nicht zugelassen bin.«

»Darum geht es doch gar nicht.«

»Worum denn dann?«

»*Melrose*, es ist die Idee, die dahintersteckt. Ein Herrenklub ist doch ein *Symbol* für –«

»Das einzige, was ich darin erkennen kann, ist eine Einrichtung, die in ihr Qualm-und-Kognakschwenker-Milieu keine Frauen reinläßt.«

»Genau.«

»Genau *was*?« Wieso stritt er sich eigentlich mit ihr herum? »Das ist kein Symbol, liebe Tante, das ist eine Tatsache. Es ist eine Einrichtung, die es nicht zuläßt –«

»Ach, du gehst mir auf die Nerven.«

»Und vielleicht schaue ich dann noch bei Superintendent Jury vorbei.« *Das* würde sie aber ärgern!

»Was? Du kannst doch nicht einfach bei Scotland Yard vorbeischauen! Außerdem wird er sowieso viel zu beschäftigt sein, um mit dir herumtändeln zu können.«

»Ach, ich weiß nicht. Jury ist immer für ein bißchen Abwechslung zu haben. Wir gehen bei Brown's essen. Das tun wir meistens, wenn ich in London bin.« Brown's war seit jeher sein Lieblingshotel, wahrscheinlich weil ihn seine Mutter auf den gemeinsamen Londonausflügen zu seinem höchsten Vergnügen dorthin mitgenommen hatte. Zum höchsten Vergnügen für sie alle beide, hatte sie immer gesagt. Seine Mutter hatte Kinder niemals herablassend behandelt; das war eine ihrer besonders liebenswerten Eigenschaften gewesen ...

Melrose durchfuhr ein schmerzlicher Stich. Er stellte seine Tasse hin.

Er hatte einen Anruf nach New Scotland Yard durchstellen lassen und erwartete nun den Rückruf, während er im Wohnzimmer saß und versuchte, seine Augen an das Licht zu gewöhnen. Nach Agathas Cottage blendete es ihn hier geradezu.

Seine alte Hündin Mindy lag vor dem offenen Kamin, in dem

ein Feuerchen anheimelnd flackerte, und schlief. Er saß mit einem Glas Sherry vor ihr und stellte Überlegungen über Mindys Alter an. War sie zwölf? Dreizehn? Neunzig? Schwer zu sagen, da er nicht wußte, wie alt sie war, als er sie damals hinter dem alten Pub namens Man with a Load of Mischief gefunden hatte. Demnach war sie bestimmt schon vierzehn oder fünfzehn. Oder noch älter. Gelegentlich schlug jemand vor, Mindy einschläfern zu lassen. (Melrose fand den umschreibenden Ausdruck widerlich.) Wieso? fragte er dann. Um sie von ihrem Elend zu erlösen.

Von welchem Elend?

Ruthven kam mit dem Telefon an der langen Schnur herein. Melrose hatte im Wohnzimmer keinen Anschluß anbringen lassen, da er sonst keine Ausrede mehr gehabt hätte, den Raum zu verlassen, wenn Agatha zugegen war.

»Ist es Superintendent Jury?«

»Nein, Sir, Miss Demorney.«

Wieso rief sie ihn an? »Diane. Hallo.«

»Ich saß gerade hier und habe überlegt, wenn Sie und Marshall morgen nach London fahren, könnte ich doch mitkommen.«

»Wir haben eigentlich keinen Platz, Diane. Trueblood nimmt den Kombi, und der hat nur vorne Sitze. Vielleicht noch einen Klappsitz, aber da bin ich mir nicht sicher.«

»Es ist doch ein *Lieferwagen,* Melrose. Zum Transport von *Möbeln,* nicht? Dann ist hinten jede Menge Platz, sogar für einen Liegesessel. Ich bringe meine Kühlbox mit, dann können wir ja was trinken.«

Melrose war skeptisch. »Ich finde, wir sollten auf der Fahrt lieber keinen Umtrunk veranstalten. Noch dazu, wo Sie eine Waffe in der Handtasche haben.«

Ein tiefer Seufzer. »Ach, Melrose, was sind Sie doch für ein Fossil! Und überhaupt, der einzige, der nicht trinken sollte, ist der Fahrer. Das schließt mich also auf jeden Fall aus. Ich bezahle aber gern das Benzin.«

Er rutschte tiefer in seinen Sessel und sah zu der Stuckverzierung an der Decke empor. »Wieso wollen Sie eigentlich nach London?«

»Um nach Paris zu fahren natürlich.«

»Warum?«

»Braucht man für *Paris* einen Grund?«

In dem Punkt mußte er ihr recht geben. »Na, jedenfalls ist es Truebloods Wagen und Truebloods Sessel, nicht meiner, Sie müssen also ihn fragen.«

»Er geht nicht ans Telefon«, schmollte sie.

»Dann ist er bestimmt unterwegs. Haben Sie es schon im Laden probiert?«

»Marshall sollte überhaupt nicht aus dem Haus gehen, wo doch« – Papier raschelte – »wo doch sein Sternzeichen gerade die Venus passiert. Wissen Sie übrigens, zu welcher Uhrzeit Richard Jury geboren ist? Ich habe ihm womöglich die falsche Auskunft gegeben.«

Sollte er versuchen, sich darauf einen Reim zu machen? »Ich weiß ja nicht einmal, in welchem *Jahr* er geboren ist – 1888? Was für eine falsche Auskunft?«

»Hmmm.«

Das mußte als Antwort genügen. Höchstwahrscheinlich inhalierte sie gerade eines ihrer speziellen Hausmittelchen.

»Treffen Sie ihn in London?« erkundigte sie sich.

»Jury? Wahrscheinlich. Ich habe vorhin einen Anruf zu ihm durchstellen lassen. Er versucht es vielleicht gerade.«

»Ich frage mich, wieso er nie geheiratet hat. Und Sie auch nicht.«

»Wie kommen wir jetzt vom Liegesessel auf Jurys und meinen Familienstand?«

»Nachdem ich selbst viermal verheiratet war, kann ich Ihnen natürlich eins sagen: Am besten einigt man sich von Anfang an darauf, sich gegenseitig in Ruhe zu lassen.«

Melrose nahm den Hörer vom Ohr und sah ihn erstaunt an. Dann sagte er: »Diane, widerspricht das denn nicht dem Zweck der Übung?«

»Welcher Übung? Ach, leider muß ich jetzt Schluß machen, mein Piepser meldet sich gerade. Adieu.«

Sie hatte kaum aufgelegt, als es klingelte. Melrose griff rasch nach dem Hörer. »Ardry End am Apparat.«

»New Scotland Yard am Apparat«, meldete sich Jury. »Ihre Leitung war besetzt.«

»Ich sprach gerade mit Diane Demorney. Sie will wissen, zu welcher Uhrzeit Sie geboren sind. Wußten Sie, daß sie eine Waffe hat? Wußten Sie, daß sie für das hiesige Käseblättchen Horoskope schreibt? Es ist zum Schreien – warten Sie mal.« Melrose wurstelte in der Zeitung herum, die zu seinen Füßen lag, bis er die richtige Seite gefunden hatte. »Okay, sagen Sie mir Ihr Sternzeichen?«

»Löwe. Warum um Himmels willen hat Diane eine Waffe? Woher hat sie die?«

»Aufgepaßt, hier ist Ihr heutiger ›Blick in die Sterne‹: *Herumgrübeln bringt nichts. Anstatt trübsinnig im Haus –*«

»In der Wohnung.«

»*– in der Wohnung herumzuhängen, sollten Sie sich lieber bei Ihren Freunden melden, zusammen Essen gehen. Los jetzt, packen Sie's an!* Das rät sie uns immer: ›Packen Sie's an.‹«

Jury lachte. »Und so will sie Leser gewinnen?«

»Was ich gerade vorgelesen habe, ist noch harmlos. Da sollten Sie mal die anderen hören. Ich glaube, diese Horoskope dienen einzig und allein dem Zweck, ihren Bekannten sarkastische Botschaften zukommen zu lassen.«

»Meins hat sie jedenfalls gut getroffen. Na bitte, ich packe es an.«

»Richtig, Sie gehen mit mir essen.«

»Mit Vergnügen, aber wo?«

»In London.« Er erzählte Jury von der geplanten Fahrt.

»Vielleicht habe ich in meinem Vergnügungskalender sogar noch etwas Platz.«

»Gut, haben Sie auch ein Lieblingsplätzchen?«

»Ja, in meinem Ohrensessel sitzen und etwas vom Inder essen.«

»Was halten Sie davon, wenn wir bei Brown's dinieren?«

»Einverstanden. Steigen Sie dort ab?«

»Nein, in meinem Klub.«

Kurzes Schweigen, dann fragte Jury: »In Ihrem *Klub*?«

Melrose seufzte auf. Wollten sich jetzt alle an seinem Klub festbeißen? »Ja. Der liegt in Mayfair. Moment, ich gebe Ihnen die Nummer.«

»*Sie* sind Mitglied in so einem Herrenklub?«

»Was ist daran denn so schlimm? Du meine Güte, Sie tun ja, als würde ich mit dem Schießgewehr auf Waisenkinder losgehen.«

»Es ist bloß – es *paßt* gar nicht zu Ihnen – deshalb.«

»Wieso paßt es nicht zu mir, im Sessel zu sitzen, Portwein zu trinken und die *Times* zu lesen? Was glauben Sie eigentlich, daß ich den ganzen Tag mache – morgens zur Frühschicht in die Konservenfabrik gehen?«

»Die sind doch so elitär. Die Fortführung eines anachronistischen Lebensstils. Völlig unzeitgemäß.«

»Sie hören sich an wie Agatha.« *Das* würde ihn aber zum Schweigen bringen! »Es ist nur ein Ort, wo man sitzen, Zeitung lesen und etwas trinken kann.«

»Dann setzen Sie sich doch auf eine Parkbank am Leicester Square. Der einzige Unterschied ist der: Sie trinken Ihr Getränk aus einer braunen Papiertüte, umgeben von einem Haufen anderer Leute mit braunen Papiertüten.«

»Sehr witzig.«

»Ich kenne Sie jetzt seit über zehn Jahren, aber von Ihrem Klub habe ich Sie nie reden hören. Wann waren Sie zum letzten Mal dort?«

Melrose überlegte einen Augenblick. »Mit meinem Vater damals.«

»Ihr Vater ist seit zwanzig Jahren tot. Und seit zwanzig Jahren waren Sie nicht mehr dort?«

»Wenn ich recht überlege, noch länger. Damals mit meinem Vater war ich noch ziemlich klein.«

»Woher wissen Sie überhaupt, ob er noch in Mayfair ist?«

»Solche Institutionen ziehen nicht um.«

»Stehen Sie denn noch im Mitgliederverzeichnis?«

»Selbstverständlich. Man wird wahrscheinlich erst gestrichen, wenn man etwas verbrochen hat.«

»Wie ist das Essen?«

»Ach, Sie wissen schon – klubmäßig. Roastbeef, gegrilltes Lamm, Fisch. Salzkartoffeln. Nachtisch. Zuckersiruptorte. Solche Sachen.«

»Hmmm. Ich würde lieber dort essen. Dann sind Sie ja in Mayfair. Das ist praktisch.«

»Wieso ist das praktisch?«

»Da ist eine Galerie, die Sie sich mal ansehen sollten.«

Melrose wurde mißtrauisch. »Ach ja? Warum?«

Jury blieb die Antwort schuldig und sagte nur: »Was hier los war, erzähle ich Ihnen, wenn wir uns sehen. Geben Sie mir die vollständige Adresse. Wie heißt der Klub denn nun?«

»Boring's.«

»Klingt richtig schön langweilig.«

# 10

Wiggins öffnete eine neue Packung mit schwarzen Keksen und redete übers Fernsehen.

»Es ist so ziemlich das Beste, was ich seit Jahren gesehen habe. Und Sie?«

Jury hatte seinen eigenen Gedanken nachgehangen. »Was?«

»Ob Sie diese amerikanische Fernsehserie gesehen haben? Sie heißt *Morddezernat: Das Leben auf den Straßen* und spielt in Baltimore. Allein schon deshalb sollte sie uns wohl besonders gefallen. Ich meine, nachdem wir ja dort waren, nicht wahr?«

»Ich dachte, wir sollten uns eher auf das Geschehen in Fulham konzentrieren, Wiggins, wenn Sie nichts dagegen haben. Nachdem wir ja ebenfalls dort waren, nicht wahr?«

»Äh, Entschuldigung, Sir.« Wiggins teilte Jury daraufhin die Auskünfte mit, die er über die von der Stadtverwaltung vermieteten Büros erhalten hatte: »Ein paar Versicherungsgesellschaften, ein kleines Architekturbüro, ein Priester, Pater Charles Noailles – mit dem ich noch nicht gesprochen habe, weil er in Frankreich ist, er schreibt ein Buch über die Bischöfe von London – und ein gewisser Captain Bread, der den Siddons Trust verwaltet. Da hatte ich ziemliches Glück, Sir. Der Siddons Trust ist ein Fonds für ältere Seemänner, gestiftet von einem alten Marineoffizier namens Siddons und heute verwaltet von einem ebendieser älteren Seemänner, für die er ursprünglich eingerichtet wurde. Mit dem habe ich gesprochen. War gar nicht so leicht, ihn auf Kurs zu halten, der wollte lieber über sich und die See reden. Es war der reinste Reisebericht.« Wiggins kicherte. »Ich habe mehr über die Paradiesinsel erfahren, als einem lieb und zuträglich ist. Wußten Sie, daß der Bestand an Papageientauchern –«

Jury unterbrach den Reisebericht. »Wie heißt dieser alte Seemann?«

»Captain Neville Bread. Buchstabiert wird es B.R.E.A.D., aber ausgesprochen wird es mit einem langen E. Er reagiert höchst pikiert, wenn man es falsch ausspricht.«

»Ich schicke Pansy vorbei, die soll dafür sorgen, daß es seine Ordnung hat.«

»Wie bitte?«

Jury winkte ab. »Nur ein kleiner Witz. Weiter.«

»Bread entscheidet, welcher verdiente pensionierte Seefahrer – seine Worte – was von dem Geld bekommt.« Wiggins mampfte einen schwarzen Keks und fuhr fort, die Geschichte des Siddons Trust zu erzählen.

Wieso richtete eigentlich keiner einen Fonds für ältere Kriminalbeamte ein? »Und worin besteht jetzt Ihr ziemliches Glück?«

»Sir?« Wiggins war verwirrt.

Jury seufzte. War alle Welt taub und schwer von Begriff? »Sie sagten was von ziemlich Glück bei diesem Fonds.«

»Ach, Verzeihung. Captain Bread hat an dem besagten Abend im Büro gearbeitet. Kurz nach neun machte er Schluß, schloß ab und ging zum Parkplatz – nicht zu dem großen gegenüber vom Eingang, sondern dem kleinen, der auf einer Seite des Palace am Museum –«

»Ich weiß, wo er ist«, sagte Jury und schloß genervt die Augen.

»Er machte gerade sein Auto auf, als er sie sah.«

»Sie *sah*?«

Wiggins nickte. »Ganz recht.«

»Und? Weiter!« Jury machte eine rasche Handbewegung.

»Er ist sich ziemlich sicher, daß sie es war, die Frau, die in der Zeitung beschrieben war. Er behauptet, er hat sie kurz nach neun gesehen, etwas um Viertel nach. Sagte, er hätte sie deutlich sehen können – es war natürlich der Mantel. Bei dem Zobel konnte er sich nicht irren. Nachdem er in der Zeitung davon erfahren hatte, wollte er schon bei der Polizei in Fulham anrufen. Mit meinem Besuch hat sich das dann erübrigt.«

Jury wartete schweigend ab. Als Wiggins aber einfach seinen Keks weiteraß, fragte er: »*Und?*«

»Na, und dann stieg Captain Bread in sein Auto und fuhr durchs Haupttor davon.«

»Aber – fand er es denn nicht komisch, daß die Frau da herumspazierte, eine Unbekannte im Zobel, im Park von Fulham Palace?« Jury ignorierte das Klingeln des Telefons.

»Ja, natürlich.«

Das »ziemliche Glück« war ziemlich spärlich gewesen; dieser Captain Bread bestätigte lediglich, was Jury schon wußte.

Als das Telefon klingelte, hob Wiggins ab. »Der Chef will Sie sprechen, Sir.«

Der Chef hatte wie üblich einen Tobsuchtsanfall.

Chief Superintendent Racer packte einen Stapel Akten und knallte sie auf den Tisch, als wäre Jury an dem ganzen Papierkram schuld. »Drei Fälle kriege ich heute morgen auf dem Tablett serviert. Suchen Sie sich was aus… Nein, noch besser, Sie können alle drei übernehmen.«

»Danke. Alle drei gleichzeitig?«

Racer ging nicht darauf ein. »Einer in Northumberland, einer in Cornwall, einer in Armagh.«

»Armagh? Das ist doch in Nordirland!«

»Verdammt, ich weiß, wo Armagh ist, Jury.«

»Da stecken doch bestimmt politische Motive dahinter, nicht wahr? ›Mord‹ und ›Nordirland‹ läuft immer auf dieselbe Sache hinaus.«

»Serienkiller gibt es überall. Die existieren Seit' an Seit' mit den Söldnern. Verdammtes Land. Wachen Sie endlich auf! Womit wir bei Ihrer totalen Untätigkeit in der Geschichte mit Danny Wu wären. Dem sogenannten Restaurantbesitzer in Soho«, fügte Racer voller Verachtung hinzu.

Matt gab Jury zurück: »Das ist eigentlich Sache des Rauschgiftdezernats. Der Mord letzten Monat läßt sich nicht mit Wu in Verbindung bringen.«

Racer musterte ihn stirnrunzelnd. »Wo steckt das Biest überhaupt?«

Jury wirkte verdattert. »Danny Wu? Den würde ich nicht als Biest –«

»Nein, nein, nein.« Racer sah aus, als würde er demnächst Feuer speien. »Der verdammte *Kater,* meine ich.« Mit einem Nicken in Richtung Vorzimmer und Fiona fügte er hinzu: »Sie versteckt ihn irgendwo, das weiß ich.«

Jury zuckte die Achseln. Kater Cyril hatte in Racers Hirn natürlich Vorrang vor Armagh und Danny Wu. Der Kater war der Fluch seines Lebens. Vielleicht noch ein Jahr, wenn sie Glück hatten, und der Kater würde ihn in den Wahnsinn treiben. Sie konnten alle nur hoffen.

Jury verließ Racers Büro.

»Also, hier haben wir was Interessantes, Sir«, sagte Wiggins. Er ließ die Zeitung sinken, um nachzusehen, wie Jury es aufnahm, und war offensichtlich zufrieden. »TIERMEDIUM LIEST FIFFIS GEDANKEN. Das ist die Überschrift. Passen Sie auf:

*»Miss Imogen Loy, ehemalige Manikürekosmetikerin der Hair-Today-Filiale in Mile End, widmet sich nun ganz der Tiertherapie. ›Als ich feststellte, daß ich diese, äh, Gabe hatte, mit Hunden und Katzen zu kommunizieren, dachte ich mir, dann könnte ich sie doch gleich auch behandeln, wissen Sie, so als Psychologin, oder so.‹ Beim Vergnügungspark für Tierfreunde ist Miss Loy als Beraterin angestellt, und sie sagt, sie sei inzwischen vielbeschäftigt. ›Wir sind doch alle an die Gehirnwellen anderer Leute angeschlossen, wir wissen's bloß nicht.‹*

*›Woher haben Sie diese einmalige Fähigkeit, bei einem Tier Gedanken zu lesen?‹ fragten wir sie.*

*›Oh, ich habe nie behauptet, die sei einmalig, oder? Wenn sich die Leute bloß mal mit Scrappy oder Ginger hinsetzen und mit ihnen in Kontakt treten würden, könnten sie eine Menge herausfinden. Man muß sich einfach drauf einlassen, man muß dranbleiben und darf nicht den Mut verlieren, wenn das Haustier wegläuft. Denken Sie dran, sie – unsere Haustiere – sind ja jahrelang diesbezüglich vernachlässigt worden und sträuben sich vielleicht am Anfang. Wenn das Tier unverändert erscheint, muß das nicht heißen, daß Sie nicht zu ihm durchgedrungen sind.‹*

*›Sie beschäftigen sich also hauptsächlich mit Verhaltensproblemen, ist das korrekt?‹*

*›Das ist korrekt, ja. Wenn Kitty sich weigert, ihr Katzenklo zu benutzen, und Spot nicht die Zeitung hereinholen will – mit solchen Sachen beschäftige ich mich.‹*

*Auf die Frage, was sie für diese Dienstleistung verlange, antwortete Miss Loy, so um die dreißig bis fünfzig Pfund. Für eine Stunde. Es käme auf die Schwere des Problems an. Eine telefonische Beratung sei günstiger, denn ›da muß ich nicht extra hinfahren und spare dadurch Benzinkosten‹.*

*Auf die Frage, wie eine telefonische ›Beratung‹ ablaufe, sagte Miss Loy: ›Ach, ganz einfach – der Besitzer hält dem Haustier den Hörer ans Ohr, und ich rede mit ihm oder ihr. Mit der Katze oder dem Hund.‹ Woher weiß sie, ob das Tier das Gesagte aufgenommen hat? ›Nun, man merkt es den Tieren vielleicht nicht sofort an, aber man weiß es, wenn Kitty ihr Katzenklo wieder benutzt.‹*

*Ist die Wirkung durchschlagend? ›Normalerweise nicht. Gewöhnlich dauert es ein paar Tage oder gar Wochen. Am besten man übt sich in Geduld.‹«*

Wiggins faltete die Zeitung zusammen. »Aber wenn man Geduld hat, verschwindet das Problem auch ohne Gedankenlesen, nicht?« Er stellte die Frage ganz im Ernst.

»Geben Sie mal her! Nicht die ganze Zeitung, bloß die Seite

da.« Jury zog sein Jackett vom Stuhl, stopfte die zusammengefaltete Seite in eine Innentasche, nahm seinen Mantel von dem wackeligen Mantelständer und teilte Wiggins mit, er gehe zum Lunch aus.

Den er, im Pub an der Fulham Road sitzend, in Form eines Drinks einnahm.

Es war das Pub, aus dem die blonde Frau gekommen war, als er sie das erste Mal gesehen hatte. Es war Mittwoch morgen und das vierte Mal, daß er dort war.

Wie kam er darauf, daß die Frau, die er im Bus gesehen hatte, das Stargazey wieder aufsuchen würde, nachdem sie an jenem Samstag abend vielleicht nur zufällig hier auf einen Drink hereingekommen war? Wieso nahm er an, sie würde zurückkommen?

Aus dem einfachen Grund, daß er nirgendwo sonst nach ihr Ausschau halten konnte. Aber vielleicht war die Mühe ja vergebens. Irgendwann würde die Identität der Toten festgestellt werden. Das gelang in den meisten Fällen, und dann hätten sie hoffentlich mehr in der Hand.

Kitty hatte er sprechen wollen. Sie sei in Brighton, aber bald wieder zurück. Er hatte das Polizeifoto bei allen Mitarbeitern des Stargazey herumgezeigt, aber sicher war sich keiner. Kitty war allerdings anders. *Man verpaßt viel im Leben, wenn man für die kleinen Dinge kein Auge hat.* Kitty bemerkte gewisse Details, wie das Licht, das auf die Sapphire-Gin-Flasche fiel. Falls sie hier gewesen war, würde sich Kitty vielleicht an die Frau erinnern.

Daß er so wenig über sie wußte, daß es ihm nicht gelungen war, herauszufinden, wer sie war, machte Jury zutiefst unzufrieden. Natürlich würden ihm alle einreden, er habe gar keinen Grund, sich zerknirscht zu fühlen, das sei doch irrational. Ja, das wußte er, glaubte er jedenfalls zu wissen. Davon hatte er aber auch nichts. An die Theke gelehnt, bestellte er sich ein Pint Lager und überlegte, ob er die Frau nicht einfach heraufbeschwören konnte, wie einen Flaschengeist.

Große Hoffnungen hegte er nicht; es war alles so nebulös – die einzige Verbindung zwischen der Toten und den Fabricants war Mona Dressers Zobelmantel. Nein, wie ihm alle immer wieder gern bestätigten, sehr viel in der Hand hatte er nicht.

Es hatte sich eine beträchtliche Schar von Gästen zum Mittagessen eingefunden, die Sandwiches und Salate verzehrte. Er war müde, und als er drei Leute von einem kleinen Tisch aufstehen sah, nahm er ihn in Beschlag und überließ einem Vierertisch, der nicht genügend Sitzgelegenheiten hatte, einen Stuhl.

Kaum saßen sie, zogen sämtliche vier Tischnachbarn Zigaretten, Streichhölzer und Feuerzeuge hervor und steckten sich in einem aufreizenden und verführerischen Ritual eine an. Das also war der Dank dafür, daß er ihnen seinen Stuhl gegeben hatte? Er konnte nicht umhin, den Blick an dem dünnen Strahl lavendelfarbenen Rauchs hinaufwandern zu lassen, der der Zigarette des Rotschopfs entströmte, um sich mit den emporschwebenden Schwaden der Blonden zu verflechten und sich schließlich mit der darüber lagernden Rauchdecke zu vermengen.

Mit einem Seufzer schlug Jury das Revolverblatt auf, das er sich unterwegs besorgt hatte, und hielt nach dem Tageshoroskop Ausschau. Diane Demorney hatte ihn zu dem alleinigen (behauptete sie) Zweck angerufen, ihm mitzuteilen, daß er Löwe sei und, nachdem der Mond »gerade in Ihrem Zeichen steht«, er daher wohl besser seine Ernährung umstellte. Also weniger Kaffee und mehr Saft trinken sollte. Jury hatte sie mit der Bemerkung unterbrochen, sie habe da ja wohl eher Sergeant Wiggins' Horoskop im Sinn. Sie gab ihm einen Haufen gute Ratschläge und legte auf.

*Es besteht aller Grund zu der Annahme, daß eine lange unentschiedene geschäftliche Transaktion nun Früchte tragen wird, vorausgesetzt Sie sehen sich vor* – das also blühte ihm, dem Horoskop dieser Zeitung nach zu schließen. Gut zu wissen, dachte Jury. Als er zwei junge Frauen sehnsüchtig nach einem Platz Ausschau halten sah, faltete er die Zeitung zusammen, stand auf und bedeutete ihnen, sie könnten den Tisch haben. Sie reagierten so erleichtert, als hätten sie sich in der Wüste verirrt.

Müde, durstig... Fata Morgana... Ah!

## 11

Trueblood hatte es fertiggebracht, auf der etwa siebzig Meilen langen Strecke nach London dreimal anzuhalten. Diese Vorliebe für Rastplätze war Melrose an Trueblood bisher verborgen geblieben und offenbarte ihn als ziemlich egalitären Gesellen. *Das* war tatsächlich eine Überraschung gewesen. Natürlich war der Egalitarismus durch Truebloods Fröhlichkeit darüber, sich »unter ihresgleichen« zu befinden, aber nicht »zu ihresgleichen zu gehören«, sofort wieder beträchtlich gedämpft worden. *Finden Sie es denn nicht großartig, daß Sie kein Lastwagenfahrer sind?*

Trueblood gehörte zu jenen Menschen, die sich an kleinen Scheußlichkeiten ergötzten, weil sie gottlob nichts mit ihnen zu tun hatten. Zu Zeiten der Pest hätten ihn vermutlich mit einem X markierte Türen in eine fröhliche Stimmung versetzt, solange er sich nicht hinter einer von ihnen befand. Sowohl er als Joanna Lewes lasen mit Hochgenuß schlechte Bücher, um sich dann an deren Niveaulosigkeit gütlich zu tun. Schlechte Bücher, schlechte Filme, schlechte Theaterstücke. Alles, außer schlechtem Essen. Dieses Vergnügen an Schlechtem leitete sich zumindest teilweise aus der Gewißheit ab, jederzeit das Buch zuklappen oder das Kino verlassen zu können. Einfach rauszugehen. Diese Erfahrung schien ungemein befreiend zu wirken.

Dies alles ging Melrose im Kopf herum, als er durch die schwere Tür bei Boring's trat, wo die Stille nur vom Ticken einer Standuhr und dem Geflüster der Schuhe des Portiers unterbrochen wurde, der gleich einem knapp über dem Teppich dahinschwebenden Luftkissenboot auf Melrose zuzugleiten schien. So still war es, daß Melrose schon dachte, es sei alles ausgestorben, hätte er nicht durch einen großen, von mehreren Topfpalmen flankierten Torbogen ein halbes Dutzend Klubmitglieder gesehen, die in Ledersesseln sitzend lasen oder etwas tranken oder beides gleichzeitig taten.

»Sie sind Mitglied, Sir«, sagte der alte Mann mit leiser, einnehmender Stimme, deren Tonfall keine Alternativen zuließ. Wer wäre wohl so dumm, auch nur einen Fuß in Boring's setzen zu wollen, wenn er *nicht* Mitglied wäre? Daß der Alte Melrose nicht erkannte – was er gar nicht tun konnte –, tat offensichtlich nichts zur Sache.

Melrose überreichte ihm eine der Visitenkarten, die er aus einem staubigen Kabüffchen hervorgekramt hatte, und brummte etwas von »Familie« und »Vater« und »Earl of Caverness«. »Sie werden sich erinnern, ich rief gestern an. Ich weiß nicht mehr, mit wem ich gesprochen habe.«

»Ach ja, ja. Sie sprachen mit dem jungen Higgins. Jawohl, wir haben Sie für drei Nächte eingetragen. Ist das richtig?«

»Ja. Wenn es ein oder zwei Tage mehr werden, läßt sich das doch arrangieren, nicht?«

»Gewiß, Sir. Wenn Sie bitte hier herüberkommen möchten?«

Er folgte dem alten Portier an einen Empfangstresen aus Mahagoniholz. Der Mann hob die Klappe hoch, trat dahinter und schleppte dann ein riesiges Buch an, das er eingehend studierte. »Higgins hat es notiert… ah ja, da haben wir's ja. Lord Ardry, nicht wahr?«

Melrose nickte. Es war einer von mehreren Titeln, die Melrose vor einiger Zeit aufgegeben hatte. Ardry und Caverness waren manchmal aber doch verteufelt praktisch. Mit schwungvoller Gebärde unterschrieb er in dem Buch, das zu diesem Behufe für ihn umgedreht worden war. Dann förderte der Portier einen Schlüssel zutage, der Napoleons Gefängniszelle auf Elba hätte aufsperren können. »Es wäre mir sehr recht, wenn Sie dafür sorgen könnten, daß diese Tasche auf mein Zimmer gebracht wird. Ich gehe dann ins Foyer, um etwas zu trinken.«

»In unseren Klubraum. Selbstverständlich. Ich lasse sie Ihnen vom jungen Higgins hinaufbringen. Budding ist mein Name, Sir, falls Sie etwas brauchen sollten.«

Melrose hatte den Eindruck, daß der junge Higgins hier die ganze Arbeit machte.

Im Klubraum flackerten, angenehm bei dem kühlen Novemberwetter, zwei Kaminfeuer. Sie boten, fand Melrose, ebenso viel Atmosphäre wie Wärme. Hier drin war es sicher immer ein bißchen kalt, dachte er. Der Raum entsprach ziemlich genau seinen Erwartungen: um niedrige Tischchen gruppierte Lederklubsessel und Ohrensessel, von denen einige etwas näher an die Kaminfeuer gerückt standen, sowie mehrere Chesterfieldsofas, die Rücken an Rücken in der Mitte des Raumes angeordnet waren. Das gesamte Mobiliar war mit weichem, feinnarbigem Leder in braunen und dunkelgrünen Herbsttönen bezogen und wirkte wunderbar abgenutzt, als hätte es eine weich behandschuhte Hand ausgiebig blankgerieben und aufpoliert.

Etwa ein halbes Dutzend ältere Männer saß in einer Art Nach-Lunch-Beschwipstheit herum. An Geräuschen waren nur das Knistern der Flammen und das Wenden der Zeitungsseiten zu vernehmen. Er konnte nicht sämtliche Gentlemen sehen, von manchen gewahrte er lediglich einen Schuh oder eine Schulter hinter einer Sessellehne und eine zeitungshaltende Hand. Das waren also die Männer, die, hätten sie nicht Geld und Privilegien vorzuweisen gehabt, in einem dieser zu Altersheimen umgebauten Herrenhäuser gelandet wären. Alt werden ist die Hölle, dachte

Melrose. Er fragte sich, ob ihre Töchter, Söhne oder anderen Familienmitglieder sie in der Hoffnung auf eine Erbschaft je besuchten. Dabei war ihm natürlich klar, daß er sich dabei im Grunde nur fragte, ob jemand *ihn* besuchen würde, falls er sich in ebendieser Situation befände.

So richtig schön in Selbstmitleid versunken, suchte sich Melrose einen Ohrensessel neben dem Kaminfeuer auf der anderen Seite von zwei vor sich hin dösenden alten Herren aus. Er war sich nicht sicher, ob man hier rauchen durfte. Dabei sinnierte er darüber nach, daß die in den vergangenen paar Jahrzehnten vor sich gegangene Umwandlung in Nichtraucherräume bestimmt herzlich wenig Wirkung auf Boring's gezeitigt hatte, falls man bei Boring's von der Existenz derartiger Räume überhaupt gehört hatte. Kurzentschlossen zog Melrose daher sein Zigarettenetui hervor, entnahm ihm eine Zigarette, klappte das Etui mit einem genüßlichen *Klick* wieder zu und steckte sich mit seinem alten Zippo eine an.

Er machte dem weißbejackten jungen Mann, vermutlich einem weiteren Portier – womöglich der junge Higgins? – ein Zeichen, woraufhin der Junge unverzüglich zu ihm kam. Es folgte die Frage nach Melrose' Wünschen und seine Antwort. Er bestellte einen doppelten Whisky.

Von diesem kurzen Gespräch wachten die beiden alten Klubmitglieder auf, die auf der anderen Seite des Kaminfeuers saßen und beide Ende Siebzig oder gar in den Achtzigern zu sein schienen. Beide trugen Tweedjacketts und gestärkte weiße Hemden. Der eine besaß einen Zwicker, der ihm aus dem Auge fiel, als er geräuschvoll erwachte, der andere hatte eine kleine Taschenuhr, die er hervorholte, konsultierte und geistesabwesend aufzog, während sich sein starrer Blick an Melrose' Gesicht festmachte.

Melrose sagte etwas aufgekratzt: »Guten Tag auch.«

Der eine Alte beugte sich ein wenig nach vorn und stieß ein paar kehlige Laute aus: »Ahh … wah … eh …«

Ein Gespräch, überlegte Melrose, gehörte nicht zu den Dingen, die sich bei Boring's so ohne weiteres bewerkstelligen ließen. Man mußte erst miteinander warm werden.

Der andere versuchte erst gar nicht, ein Wort herauszubringen, sondern spähte mit scharfen, blauen Augen unter seinen wilden, weißen Brauen hervor, deren Intensität vielleicht lediglich von der Tatsache herrührte, daß sie in einem faltigen, zerfurchten, alten Gesicht saßen.

Melrose machte stellvertretend für alle drei weiter, indem er die Hand ausstreckte. »Plant ist mein Name ... Lord Ardry eigentlich. Sehr erfreut!«

Offensichtlich bereit, sich darauf einzulassen, sagte der mit den weißen Brauen: »Ah ... ja. Äähh ... Major Champs«, – dabei beugte er sich vorwärts und justierte seine Brille, wahrscheinlich um Melrose besser taxieren zu können – »und das hier ist Oberst Neame.« Er deutete auf seinen Freund hinüber. »Aber *Champs* mit weichem *Ch*, wenn ich bitten darf. Sie sind neu hier, nicht?« fragte der Major und zog seine Taschenuhr auf. »Kann mich nicht erinnern, Sie schon mal hier gesehen zu haben.«

»Stimmt. Sehen Sie, das hier war der Klub meines Vaters.« Melrose hatte nicht die geringste Ahnung, was an dieser Eröffnung zu sehen sein sollte, die beiden aber offenbar schon, denn sie stießen zustimmende und verständnisvolle Laute aus.

»Und woher?«

»Aus Northants, genaugenommen. Kleines Dorf außerhalb von Northampton.«

»Tatsächlich? Was sagen Sie dazu, Neame?«

Oberst Neame machte ein paarmal *oh-ho-ho* – was wohl Gelächter gleichkommen sollte – und begann, mit dem Arm grabende Gesten zu vollführen. Melrose beobachtete ihn dabei und überlegte, was es zu bedeuten hatte. Gar nichts wahrscheinlich.

»Northants! Northampton hat als Stadt ja nicht gerade viel zu bieten.«

Melrose lächelte. »Es liegt eine Stufe über Sheffield, das muß man ihm lassen.«

Major Champs stieß ein wieherndes Gelächter aus und haute dem Obersten auf den Arm. »Haben Sie das gehört, Joss?«

Humor mußte hier ja spärlich gesät sein, wenn sie diese Bemerkung witzig fanden.

Nachdem Champs sich wieder beruhigt hatte, fragte Melrose: »Wie steht's, Gentlemen, darf ich Sie zu einer Runde einladen?« Jeder hatte ein leeres Glas vor sich stehen.

Wieder folgten ein paar unverständliche *Ahhs, Ähhs* und *Ehhs,* in die ein *potz Blitz, aber gern, freundlich, so gut* eingestreut waren. Melrose machte dem jungen Higgins wieder ein Zeichen, woraufhin dieser angeschossen kam. Dem Service konnte Melrose jedenfalls keine schlechten Noten geben. Er bestellte eine weitere Runde, und der Kellner eilte davon.

»Sagen Sie, Gentlemen, können Sie das Essen hier empfehlen?«

Wieder hängten sie Melrose mit ihrer labyrinthisch verschlungenen Antwort ab, indem sie ihre Eindrücke über den mäßigen Erfolg der Lammkeule des Vorabends miteinander verglichen, schließlich jedoch zu einem Kompromiß gelangten. Der Major sagte: »Manchmal ja, manchmal nein. Die Suppe ist allerdings gut.«

»Windsorsuppe... recht schmackhaft«, fügte Oberst Neame hinzu. »Ja, wenn's hart auf hart ging, hat mir ein gutes Windsorsüppchen doch gefehlt.«

Melrose fragte sich, ob *Major* und *Oberst* tatsächliche militärische Ränge mit Dienst im Felde oder einfach Redensarten waren, angehängte Etiketten, die ihre jetzige Stellung im Leben beschrieben. Ähnlich wie die Adelswürde auf Lebenszeit, verliehen von der Monarchie als Dank dafür, daß man (in vielen Fällen) nicht die Bohne geleistet hatte. Er fand es manchmal schade, daß in den Vereinigten Staaten keine Adelstitel ausgeteilt wurden, und man sich statt dessen auf das bisweilen ruinöse Verfahren verlegte, hohe Regierungsämter wie Almosen zu verteilen, um Wahlversprechen einzulösen. Lieber Baronet als Trottel.

Nein, diese beiden Alten waren wahrscheinlich echt, doch ob sie tatsächlich auf dem Schlachtfeld waren, mußte sich erst noch erweisen. War der *Major* einer jener von Siegfried Sassoon beschriebenen »Scarlet Majors«? Oder war er an Kampfhandlungen beteiligt gewesen? »Also, meine Herren, wo haben Sie gedient?« Militärs erzählten gewöhnlich gern, was sie so alles erlebt hatten.

Major Champs brummte einige unverständliche Sätze, bevor er sich auf das eigentliche Gespräch einließ: »Unser guter Oberst Neame war bei den Dambusters, die sind Ihnen doch sicher ein Begriff? Nein, das war wohl vor Ihrer Zeit. Teufelskerle waren das, was, Joss? Haben dem Tod in den Rachen geschaut, jeden Tag, jede Stunde. Gute Männer.« Sein Blick ruhte auf Oberst Neame, der statt einer Antwort sein Monokel aufsetzte und Melrose auf eine Art zu mustern schien, als wundere er sich, ob dieser ein würdiger Empfänger dieses Berichts wäre. Dann fiel der Zwicker wieder heraus und baumelte über seinem Schoß. Oberst Neame schaute zu Boden und verschränkte die Finger.

Major Champs erzählte weiter. »Ich war mit der Achten Armee in Afrika, mit Montgomery, wissen Sie. In El Alamein. Später dann in Arnheim, wo wir versucht haben, eine Brücke zu sichern –«

»›Die Brücke von Arnheim‹«, sagte Melrose und schämte sich gleich darauf ein bißchen, denn er selbst war nie näher am Sterben drangewesen als am Tod-durch-Langeweile beim Tee mit Agatha.

»Richtig. Richtig.« Major Champs schüttelte sein weißes Haupt. »Ja, das war was.«

Seinem Tonfall war jedoch anzumerken, daß er es wohl lieber vergessen wollte.

Er erzählte weiter, und während er redete, fummelte Neame die ganze Zeit mit seinem Monokel herum. Der Oberst setzte es wieder auf und blickte finster drein, als sei er gezwungen, sich eine besonders scheußliche Szene anzusehen, woraufhin er eine Augenbraue hob und das Monokel wieder herausfiel. Dann verschränkte er mit gesenktem Blick mehrmals die Finger, während Champs weiter über Gefechte, Strategien, Siege und Niederlagen redete.

Melrose lauschte Major Champs und beobachtete Oberst Neame und schämte sich noch mehr, weil er von den Landschaften, die Champs ihm beschrieb, nichts gesehen hatte. Dünkirchen. Anzio. Arnheim. Nagasaki. Das einzige, was Melrose zur Unterhaltung beigetragen hatte, war die kindische Bemerkung über den Filmtitel »Die Brücke von Arnheim« gewesen.

»... und nachdem unser guter Joss das Victoriakreuz bekommen hatte –«

Melrose rutschte noch tiefer in seinen Ohrensessel. Mein Gott. Das Victoriakreuz.

»– verließ er die Truppe und ging nach Bletchley Park. Und womit man sich dort befaßte, wissen Sie ja.«

Jetzt war Melrose derjenige, der undeutlich vor sich hin brummte. Bletchley, Bletchley. Es lag ihm auf der Zunge.

»Entschlüsselung. Codebrecher. Die haben den Geheimcode der Deutschen geknackt. Menschenskind, das war vielleicht was! Es heißt, daß der Krieg dadurch um mindestens ein Jahr verkürzt wurde. Können Sie sich vorstellen, wie viele Menschenleben gerettet wurden?«

Melrose fragte: »Dann ist Ihr Fach also die Mathematik, Oberst?«

Neame nickte. »Hhhmmm.«

»Er hat neununddreißig in Oxford gelehrt. Hat sich gleich zum Wehrdienst gemeldet. Ich übrigens auch. Nach Kriegsende bin ich nach Birma. Für uns war der Krieg nicht vorbei. Noch ein Jahr oder mehr, hieß es. Aber dann kam Hiroshima, und das war das Ende« – Champs sah Melrose aus seinen leuchtend blauen Augen an – »vom Krieg als romantisches Abenteuer.«

Joss Neame lachte herzhaft. »Krieg als romantisches Abenteuer. Mein *lieber* Mann! *Krieg als romantisches Abenteuer!* Da haben Sie recht.«

## 12

»Sie beobachteten sie also die ganze Zeit?« Melrose ließ seinen Löffel sinken. Sie saßen gerade bei Boring's im Speisezimmer und aßen Windsorsuppe.

Jury nickte. »Die ganze Strecke bis zum Eingangstor am Park.« Er sah sich in dem anheimelnd beleuchteten, walnußgetäfelten Speisezimmer um. »Ich bin ihr gefolgt.« Jury hatte Melrose Plant bereits alles berichtet, verweilte aber auf diesem Punkt.

Melrose legte den Kopf schräg und wartete ab.

Jury seufzte. »Ja, ich weiß, es klingt komisch.« Er blickte, inzwischen nicht mehr hungrig, auf seine Suppe hinunter.

»Habe ich behauptet, daß es komisch klingt? Erzählen Sie weiter.«

Um sich zu beschäftigen, löffelte Jury etwas dunkelbraune Suppe. Paßt farblich zum Speisezimmer, dachte er. Außerdem dachte er – zum hundertsten Mal –, daß er sich nicht verständlich machen konnte. Also versuchte er es noch einmal. »Ich … glaube, ihr Verhalten hat mich fasziniert. Oder ihr Aussehen, vergessen Sie nicht ihr Aussehen. Der Zobelmantel. Was« – er sah von der Suppe zu seinem Freund auf – »sollte das eigentlich, dieses Ein- und Aussteigen im Bus? Und was hatte sie um diese Uhrzeit im Park verloren?«

»Sie haben aber doch herausgefunden –«

»Einen Dreck habe ich herausgefunden, nur, daß die Frau, die gefunden wurde, nicht die ist, die ich gesehen habe.«

»Sie wissen nicht –«

»Ich kenne weder die Identität der einen noch die der anderen. Chilten meint natürlich, ich müßte mich irren, der findet vermutlich, ich gebe einen lausigen Zeugen ab.« Jury lächelte.

Melrose sagte: »Vielleicht wollten Sie nicht.«

Jury runzelte die Stirn. »Es nicht wissen?«

Mit einem leichten Achselzucken beugte sich Melrose über seine Suppe.

Sie saßen schweigend vor ihren leeren Tellern, bis der Hauptgang aufgetragen wurde. Der Kellner, der sie bediente, war so alt, daß seine Haut fast durchscheinend wirkte. Dies war (hatte Melrose baß erstaunt festgestellt) der junge Higgins, nicht der schnellfüßige Diener, der ihm im Klubraum zu Diensten gewesen war. Der alte Kellner stellte ihnen die Teller hin. Lamm und eine silberne Schüssel mit neuen Kartoffeln, Erbsen und Karotten.

»Die Runde mit dem Lamm gewinnen Sie.«

Sie hatten eine Münze geworfen. Melrose hatte auf Kotelett getippt. Ja, das Menu entsprach so ziemlich dem, was der Major vorausgesagt hatte. Beim Gedanken an ihn und Oberst Neame lenkte Melrose das Gespräch von Fulham auf den Krieg um. »Wurden Sie eigentlich evakuiert? Ich meine, Sie waren damals doch noch ein Kind, und Kinder wurden doch evakuiert, nicht wahr?«

»Ich war damals noch sehr klein«, erwiderte Jury nachdenklich. »Ich kam mit einer Cousine aufs Land. Nach Cheshire, glaube ich, Warwickshire, irgendwo in die Ecke. Meine Cousine, sie lebt heute in Newcastle, war älter als ich und kann sich noch besser erinnern. Sie erzählte mir später alle möglichen Geschichten über die Familie, bei der wir wohnen mußten, wie zusammengepfercht wir waren, wie hart es war. Aber wir haben durchgehalten, es ging ja nicht anders.«

Melrose war sich nicht sicher, ob er es ertragen würde, sich noch mehr Kriegserinnerungen anzuhören, vor allem nicht, wenn sie trostlos und voller Entbehrungen waren. Major Champs und

Oberst Neame hatten ihn am Ende dermaßen in Betrübnis versetzt, daß er nach oben auf sein Zimmer gegangen war, sich auf sein Bett gelegt und an die Decke gestarrt hatte.

»Wir hatten nichts zum Spielen, keine Spielsachen, so daß uns nur unsere Phantasie blieb ...«

Das war vielleicht schlimmer als alle Kämpfe und Gefechte: Kinder, die sich mit Ruinen als Spielplatz zufriedengeben mußten und als Rugbystöcke abgebrochene Besenstiele benutzten. Geschichten über tapfere Knirpse, die feindliche Schiffe in die Irre führten, indem sie von der Küste her mit Spiegeln blitzten oder Kurzwellenradios funktionsunfähig machten. Melrose schüttelte diese Phantasien unwillig ab. Dabei erzählte Jury eigentlich bloß von seinen kleinen Cousinen und wie wenig sie sich um die Mühen des Krieges scherten.

»Was wir damals gemacht haben –«

*Bester Freund hin oder her, wenn du mir eine weitere Heldengeschichte erzählst, leere ich dir meinen Topf über dem Kopf aus.*

»Hören Sie mir überhaupt zu?«

Melrose rüttelte sich aus seinen Gedanken auf. »Was? Selbstverständlich, jedes Wort.«

»Aha. Also, dann sage ich Ihnen, was Sie tun sollen. Ich will, daß Sie dieser Galerie einen Besuch abstatten und einen Haufen schlaue Sachen von sich geben.«

»Entschuldigung, aber Sie scheinen immer zu denken, daß ich etwas von Dingen verstehe, von denen ich nun wirklich keine Ahnung habe. Die Malkunst gehört dazu.«

Als habe Melrose nichts gesagt, fuhr Jury fort: »Die Besitzer sind zwei Brüder namens Sebastian und Nicholas Fabricant. Eigentlich steht ›Nikolai‹ auf seiner Karte. Seine Mutter ist Russin, und ursprünglich heißt er so. Der Maler ist ein gewisser Ralph Rees, der Vorname wird aber Rafe ausgesprochen.«

»Ach, du liebe Güte. Was soll denn das? Haben Sie seine Sachen gesehen?«

»Nein. Ob es hier vielleicht noch ein paar Brötchen gibt?« Jury reckte den Hals. »Wo ist denn unser Kellner hin?«

»Der läßt sich wahrscheinlich gerade einen dreifachen Bypass verpassen. Wieso waren Sie noch nicht in dieser Galerie?«

»Das wäre zu viel Polizeipräsenz, vor allem, weil sich absolut keine Verbindung zwischen diesen Leuten und der Toten herstellen läßt, abgesehen von Mona Dresser und ihrem Pelzmantel. Das ist herzlich wenig und rechtfertigt es wohl kaum, daß ihnen die Polizei zu nahe rückt. Nein, ich will nicht, daß diese Leute etwas spitzkriegen.«

»Was führt Sie zu der Annahme, sie könnten durch mich *nichts* spitzkriegen? Ich gehe also rein, sehe mir die Bilder an und erkundige mich dann angelegentlich nach dem fünfzehnten November?«

»Nein, so doch nicht. Erst wenn Sie sie ein bißchen besser kennengelernt haben.«

Melrose war skeptisch. »Wie meinen Sie das?«

»Na, die werden Sie vermutlich auf einen Drink einladen, nachdem Sie ein oder zwei Bilder kaufen.«

»*Kaufen?* Sie meinen, ich soll mich nicht nur in Gefahr begeben, sondern für das Vergnügen auch noch zahlen? Da haben Sie sich ja was Cleveres ausgedacht.«

Jury zuckte die Schultern. »Was für eine Ausrede hätten Sie sonst? Wenn Sie etwas kaufen, freuen die sich, wenn Sie wiederkommen und – da wette ich mein mickriges Gehalt drauf – laden Sie auf einen Drink, vielleicht sogar zum *Abendessen,* ja vielleicht sogar zum Abendessen zu sich *nach Hause* ein. Dann können Sie sich alle miteinander genau ansehen.«

»*Wenn* sie mich zum Abendessen einladen.«

»Natürlich tun sie das.«

»Bin ich denn so unwiderstehlich?«

»Nein. Aber Sie sind eine Geldquelle für die Fabricants und dienen der Selbstbestätigung des Künstlers.«

»Und wie hoch soll mein finanzieller Einsatz denn sein?«

»Keine Ahnung. Aber wenn man bedenkt, daß die Galerie in Mayfair liegt, der Heimat teurer Hotels, protziger Showrooms für Jaguar und Rolls Royce« – Jury sah umher – »sowie exklusiver Herrenklubs, dann, denke ich, können wir von ein paar tausend ausgehen.«

»Was heißt hier, *wir*? *Ich* darf die Chose bezahlen. Scotland Yard unter die Arme zu greifen, ist ganz schön kostspielig. Ich bin doch kein Robin Hood.«

Ohne auf den Einwurf zu achten, fuhr Jury fort. »Sie sollen aber nicht wie sonst immer einfach herumsitzen und sich Sachen ausdenken. Und wenn Sie sich bei den Fabricants und ihrem hauseigenen Maler gut eingeführt haben, nehme ich Sie vielleicht sogar mit zu Mona Dresser.«

»Mona Dresser, der Name kommt mir irgendwie bekannt vor. Wo habe ich den schon gehört?«

»Sie war Schauspielerin. Eine großartige *comédienne.*«

»Aber *natürlich.* Meine Mutter war begeisterte Anhängerin –«

»Ihre auch?« Jury lächelte. »Meine auch. Ich wette, sie hätten sich gemocht, Ihre Mum und meine.«

Melrose nickte, sagte aber nichts. Eine Zeitlang aßen sie schweigend. Dann fragte Melrose: »Wie meinen Sie das eigentlich, ich soll mir nicht wie sonst immer Sachen ausdenken?«

»Sie wissen schon, damals der Antiquitätengutachter ... der über Perserteppiche schwafelt und so weiter.«

»Na, wie hätte ich die Leute denn sonst überzeugen sollen?«

Jury lächelte. »Ich sage ja nur, fangen Sie nicht wieder mit einer verschrobenen Geschichte über Ihre Jahre in Paris an und die Kunstakademie und daß Sie zahllose Stunden im Musée d'Orsay beim Studium der Impressionisten verbracht haben. Nur das. Ach, warum streiten wir uns eigentlich darüber?«

»Wir *streiten* doch nicht. Sie haben behauptet, ich denke mir verschrobene Geschichten aus. Sie sind auch nicht besser.«

Jury wirkte überrascht. »*Moi?* Nie. Dazu fehlt mir die Phantasie.«

»Ach? Und was ist mit Jimmy Poole?«

Jury runzelte die Stirn. »Mit wem?«

Melrose deutete mit dem Finger auf ihn. »Sehen Sie, *sehen Sie*? Das war so verlogen, daß Sie sich nicht mal mehr an den Namen erinnern! Jimmy Poole war Ihr erfundener kleiner Kindheitsfreund, der Sachen klaute und über den Sie Emily Louise Perk alles erzählt haben!«

Jury lehnte sich kopfschüttelnd zurück. »*Du lieber Himmel!* Emily Perk – das ist doch mehr als zehn Jahre her. Daß Sie sich so was merken können!«

»Gewiefte Lügner können sich immer alles merken. Zeit für den Nachtisch.« Melrose hatte eine Münze aus der Tasche gezogen, die er nun warf.

»Kopf«, sagte Jury.

Kopf. Melrose sagte: »Okay, Sie dürfen zuerst sagen.«

»Dann sage ich … Zuckersiruptorte.«

»Und ich sage, eine Art Pudding.«

Als hätten sie alle Gedanken an Mord und Krieg zeitweilig ad acta gelegt, blieben die beiden still sitzen, bis sich der junge Higgins mit dem Tablett näherte. Nachdem er ihre Teller auf einem Serviertischchen abgestellt hatte, plazierte er mit zitternder Hand Pudding und Vanillesauce vor ihnen.

Melrose sagte: »Gewonnen, es ist Fruchtpudding!«

Jury schüttelte den Kopf. »Nicht gewonnen. Fruchtpudding haben Sie nicht gesagt.«

»So genau mußte die Antwort auch gar nicht sein. Sie hätten ja Einspruch erheben können, als ich sagte ›eine Art Pudding‹. Jetzt ist es zu spät.«

Jury zog seine Brieftasche hervor, fingerte einen Zehner heraus und knallte ihn auf den Tisch. »Kümmelspalter! Pedant!«

»Sie als Polizist aber doch auch, würde ich denken.« Melrose hielt den Zehnpfundschein ins Licht eines Wandleuchters und schnippte damit.

»Haha, sehr witzig«, sagte Jury und versetzte der Hand mit dem Geldschein einen Klaps.

»Man kann gar nicht vorsichtig genug sein, stimmt's?« Melrose faltete den Schein zusammen und steckte ihn ein. »Nehmen wir einmal an, die Leute in der Galerie –«

»Fabricant. Sebastian und Nicholas. Das sind die offiziellen Besitzer, obwohl es mich überraschen würde, wenn Mum nichts beigesteuert hätte. Ich habe den Eindruck, sie hat das Geld. Und außerdem ist sie außerordentlich clever. Schlauer als ihre Söhne. Sie ist in den Siebzigern, aber eine gutaussehende Frau. Der man ihr Alter nicht ansieht.«

Melrose gab Vanillesauce über einen Bissen Pudding. »Nun, es gibt ja Leute, Frauen, die erst in den Siebzigern richtig erblühen.« Er verspeiste den Bissen Pudding. »Sehen Sie sich doch Agatha an.«

Jury lachte. »Von wegen erblühen.«

## 13

Am nächsten Morgen um zehn stand Melrose vor der Galerie der Fabricants und bewunderte das Bild – dessen Wirkung dadurch gesteigert wurde, daß es für sich gehängt war und dadurch das Rampenlicht mit keinem anderen zu teilen brauchte. Das heißt, Melrose *sah aus,* als würde er es bewundern, da an dem Bild herzlich wenig Bewundernswürdiges war. Es glich einem müden Picasso-Abklatsch, auf dem Körperteile ziellos über die Leinwand streiften, statt sich zu einem (oder auch zwei) ganz gewöhnlich aussehenden Menschen zu vereinigen.

Die Galerie lag an einem Sträßchen in der Shepherd-Market-

Ecke von Mayfair in W1, einer etwas teureren Gegend von London. Hierher zog es wohlbetuchte Touristen, die auf Shopping-Tour waren oder die Theater im West End besuchten.

Ein Türöffner, laut genug, um bei einem Gefängnisausbruch Alarm zu läuten, kratzte wie eine Säge an Melrose' schmerzendem Kopf (er hätte doch nicht die zweite Flasche Château Boring trinken sollen – ach, der wohlfeile Genuß wohlfeilen Weines!), doch linderte ein leises *Klick* alsbald die Kopfschmerzen, und er durfte die ruhigeren Gefilde eines ziemlich kleinen Raums betreten, der als düster beleuchtetes Foyer fungierte. Hinter einem weißen Türbogen sah er einen langgestreckten Korridor. Die Galerie war größer, als es von außen den Anschein hatte.

Man kam nicht sofort herbeigeeilt, um sich um ihn zu kümmern, worum er eigentlich ganz froh war. Der Teppichboden und der menschenleere Raum trugen zu der ehrfürchtigen Stille bei, die sich über ihn senkte, sobald er ein Kunstwerk betrachtete. Es würde ihm allerdings (so hoffte er) nicht wie dem armen Stendhal ergehen, der nach allzuviel Kunstgenuß in Ohnmacht gefallen war.

Der dicke, honiggelbe Teppich dämpfte alle Geräusche, so daß jemand spukhaft und ohne Vorwarnung plötzlich an seiner Schulter auftauchte. »Kann ich Ihnen behilflich sein?«

Melrose fuhr verschreckt zusammen. »Ach, guten Tag! Ich hatte Sie gar nicht kommen hören. Ich sehe mich nur ein bißchen um.« Er sprach mit einem außerordentlich gutaussehenden, jüngeren Mann, der vom Typ her farblich sehr dem Teppich ähnelte. Honiggelbes Haar, bernsteinfarbene Augen in einem gutgeschnittenen Gesicht mit hohen Wangenknochen, kräftig gebaut, sich aber etwas saft- und kraftlos gerierend, eine Haltung, die er, wie Melrose vermutete, kultiviert hatte, weil er Kunsthändler war. Sein verhangener Blick und das schläfrige Lächeln verliehen ihm einen verträumten Zug, der wenig Hang zum Pragmatischen erkennen ließ.

Recht umgänglich gab er sich auch. »Nun, wir freuen uns, daß Sie hereingeschaut haben. Lassen Sie sich ruhig Zeit.« Er winkte mit geschmeidiger Hand. Das »wir« gemahnte unter den gegebenen Umständen an königliche Usancen, da zu seiner Unterstützung sonst niemand im Raum war.

Zwei Räumen auf der linken Seite war offensichtlich die Präsentation der Kunst vorbehalten, und von dort führte ein Durchgang an einem großen Schreibtisch vorbei, an dem das Geld den Besitzer wechselte. Dort stand ein Computer. Die Bilder, die an den in gebrochenem Weiß gehaltenen Wänden aufgehängt waren, stammten aus ziemlich unterschiedlichen »Schulen« (was immer das heißen mochte) oder Stilrichtungen oder Genres. Vor ihm hing ein Stilleben mit taubenetzten Birnen und Äpfeln. Für Stilleben hatte er nie viel übriggehabt, außer es waren Speisen abgebildet, bei deren Anblick ihm das Wasser im Mund zusammenlief. Er ging weiter zum nächsten, wieder ein Stilleben. Diesmal waren es Blumen, eine Schale mit Pfingstrosen, an deren Blütenblättern ebenfalls Wasserperlen hafteten. Beide Bilder waren prätentiös und unrealistisch, obwohl sie vollkommen gegenständlich waren. Doch diese Früchte und Blumen konnten nur in einem taufeuchten Garten so aussehen. Auf einer kobaltblauen Platte oder einem Mahagonitisch arrangiert, war das schlicht ummöglich. Wieso um alles in der Welt machte er sich eigentlich die Mühe, dies alles auszuklamüsern? Und wieso malte keiner ein Stilleben mit einem Glas Portwein oder Whisky oder einem von Diane Demorneys Martinis? Das wäre doch eine Herausforderung! Melrose war der festen Überzeugung, daß Martinis nur deshalb so beliebt waren, weil sie schön anzuschauen waren. Gin und Wodka wie klares Seewasser in einem zarten, dünnstieligen Glas, in dessen Tiefe eine grüne Olive auf und ab hüpfte oder an dessen Oberfläche ein gekräuseltes Scheibchen Zitronenschale schwebte …

»Gefällt Ihnen dieses denn?«

Wieder zuckte Melrose beim plötzlichen Auftauchen des jungen Mannes vor Schreck zusammen.

»Sie schienen ja sehr ergriffen, fast hingerissen!«

»Ach. Aber man kommt ja nicht umhin, nicht?« Obwohl das natürlich überhaupt nichts aussagte, würde dieser im Schoße der Zweideutigkeit existierende Galeriemensch so gut wie allem beipflichten.

Der gutaussehende Kunsthändler schob die Hände in die Taschen seines weizengelben, dekonstruktivistischen Jacketts (für dessen weiche, italienische Silhouette Trueblood wahrscheinlich liebend gern zum Mörder geworden wäre) und legte den Kopf schräg. »Hmmm. Ja, ich denke, da haben Sie recht.«

Recht? Womit? Melrose kam der Gedanke, daß sie den ganzen Tag hier herumhängen und bedeutungsleere Wörter austauschen könnten. »Sind Sie Mr. Fabricant? Ich meine, wie im gleichlautenden Namen der Galerie?«

»Genau. Der eine davon. Mein Bruder und ich sind Kompagnons. Nikolai Fabricant. Guten Tag, freut mich!« Er streckte die Hand aus.

Melrose schüttelte sie und stellte sich – beziehungsweise was er gewesen war – vor und überreichte dem anderen seine Visitenkarte. Nikolai (den Melrose schon beschlossen hatte, bei erstbester Gelegenheit »Nick« zu nennen) Fabricant ließ sie auf sich wirken, betrachtete sie eingehend, las lautlos ein paar Titel ab, bevor er, Melrose' Anwesenheit sichtlich goutierend, aufblickte. Egal, für welche egalitären Überzeugungen Lippenbekenntnisse abgelegt wurden – britisches Klassenbewußtsein ließ sich nicht einfach ausradieren (oder umschiffen). Mit einer wegwerfenden Geste zum gemeinen Volk hin, sagte Melrose: »Ich brauche immer ziemlich lang, um ein Bild zu betrachten.« Ach, wie prätentiös! Was für ein Snob! Ja!

Fabricant war jedoch ganz auf seiner Seite. »Das sollten Sie auch. Ich wünschte, es gäbe mehr Leute wie Sie. Dann lasse ich Sie jetzt allein.« Melrose nickte lächelnd und wandte sich, während der andere lautlos über den Teppich davonglitt, der Betrachtung einer schamlosen und amateurhaften J.M.W.-Turner-Imitation zu: Der Canal Grande in Venedig entweder bei Sonnenaufgang oder Sonnenuntergang. Das Licht in dieser Arbeit wirkte völlig beliebig und schien – in einem armseligen Versuch der Darstellung von Licht à la Turner – am unteren Ende des Kanals zu explodieren. Melrose wurde trotzdem bekümmert, weil es ihn an Vivians Abwesenheit erinnerte.

Er wandte sich dem nächsten Bild zu, von dem er annahm, daß es vom gleichen Künstler wie das im Fenster stammte. Der einzige Unterschied, den er feststellen konnte, bestand darin, daß die Körperteile hier anders arrangiert waren. Draußen saß das Auge auf der Stirn, hier schwebte es in den unteren Regionen herum. Gütige Götter, hoffentlich war das nicht der Künstler, dessen Bilder er kaufen sollte! Er trat näher, um das Hinweisschildchen zu lesen: nein, der Künstlername lautete nicht Ralph Rees, sondern Carol Brick. Carol hatte ihre Arbeit *Nachmittag im Wald* genannt, und die Gebrüder Fabricant wollten zweitausend Pfund dafür haben. Melrose konnte sein Entsetzen kaum verbergen und schlug sich mit dem Handteller an den Kopf, als ließe sich dadurch sein Blick und Verstand von diesem Unsinn läutern und mit einer etwas vernünftigeren Summe aufwarten: etwa zwanzig Pfund. *Nachmittag im Wald?* Carol, da hast du doch bestimmt deine Schildchen durcheinandergebracht, oder die Galeriemenschen waren es. Melrose versuchte krampfhaft, etwas Waldiges darin zu entdecken, doch so sehr er sich auch anstrengte, er konnte weder in den Körperteilchen noch in den grellen, banalen Farben einen Baum ausmachen. Das kleine, violette Ding könnte ein Glas Portwein sein und das braune, längliche vielleicht ein halbes Pint. Sie sollte es in *Nachmittag im Jack and Hammer* umbenennen.

Er ging weiter. Und wieder blieb er überrascht stehen, aber aus einem völlig anderen Grund: Er war auf ein echtes, wahrhaftes

Bild gestoßen. Eine kleine Arbeit, eine Szene, von der man schwerlich den Blick abwenden konnte. Melrose konnte tatsächlich nicht wegsehen, obwohl er es gern getan hätte, denn das Bild war unendlich traurig: Zwei in Dunkelgrau gekleidete Frauen, eine alt, die andere jung, standen auf einer Felsplatte am Meer, in der (dem Licht und Wasser nach zu schließen) Ruhe nach einem schrecklichen Sturm. Strandgut und Treibholz waren zu sehen. Die Frauen hätten einander angeblickt, wären ihre Köpfe nicht gesenkt gewesen. Erstaunliche Farben. Wie viele Varianten von Grau und Braun es gab, war ihm noch nie aufgefallen. Er trat auch hier näher, um das Schildchen zu lesen, und hoffte, daß es von Ralph war: wieder nicht. Es hieß *Der Sturm*, und die Künstlerin hieß –

Beatrice Slocum.

Melrose machte ein paar Schritte zurück, weil er sicher war, seine Augen hätten ihm einen Streich gespielt. Beatrice Slocum? Es mußte sich um »seine« Beatrice handeln, denn wie viele davon gab es, die ebenfalls Malerinnen waren?

Er war völlig perplex. Sie, die J.M.W., wie sie Turner bezeichnete, so liebte. Er blickte von *Der Sturm* zu der venezianischen Szene hinüber und fand es äußerst seltsam, daß das venezianische Bild so offenkundig ein Abklatsch war und ihres, trotz ihrer eingehenden Betrachtung von J.M.W. Turners Gemälden in der Tate, nicht.

Er schüttelte den Kopf. Bea Slocum. White Ellie. Ash the Flash. Er hatte zwar schon erfahren, daß sie »malte«, aber keine Ahnung gehabt, daß sie eine Arbeit zustandebrachte, die alles bisher Gesehene übertraf. Rees' Bilder hatte er noch nicht gesehen, doch sie mußten verdammt gut sein, um den *Sturm* zu übertrumpfen, der für – wieder konsultierte er das Schildchen – mickrige fünfhundert Pfund zu haben war. Nur fünfhundert, während das scheußliche Zeug von vorhin für Tausende verkauft werden sollte?

Der Schatten von Mr. Fabricant schien in einem anderen Raum unschlüssig zu verharren. Er rief ihn herüber.

»Haben Sie eins gefunden, das Ihnen gefällt?«

»Zunächst mal dieses hier.«

»Ach, Slocum. Hübsches, kleines Ding, nicht?« stimmte Nicholas Fabricant ihm heiter zu.

Melrose hätte ihm am liebsten einen Kinnhaken verpaßt. Herablassender ging's ja wohl nicht! Er verteidigte das Bild. »*So* würde ich es nicht sagen. Dazu ist es viel zu stark. Ich habe übrigens eine Frage: Wieso kostet das hier fünfhundert, während einige von den anderen, die mir überhaupt nicht zusagen und – Sie werden verzeihen – nicht annähernd so gut sind, den fünffachen Preis kosten?«

»Ach, wissen Sie, das hat mit Angebot und Nachfrage zu tun.« Fabricant nahm das Slocum-Bild genauer ins Visier, einen Ausdruck der Verblüffung auf dem attraktiven Gesicht, wie von *Ist-mir-da-vielleicht-was-entgangen*?

»Ja, das ist mir schon klar. Aber das umschreibt eigentlich nur meine Frage. *Warum* besteht mehr Nachfrage nach den Sachen dieser Brick oder dem kitschigen Venedigabklatsch als nach diesem Bild?«

»Äh. Carol Brick ist außerordentlich beliebt.« Das war immer noch keine Antwort.

»Mein Hund auch, das heißt aber noch lange nicht, daß er malen kann.«

Nicholas Fabricant ließ sich auf keine Diskussion ein. »Ach, wissen Sie, entweder gefällt ein Bild oder es gefällt nicht.«

Das besagte im Grunde gar nichts, dachte Melrose. Kunsthändler waren wie Horoskope – Dianes Prophezeiungen natürlich ausgenommen: für jeden war etwas Nettes dabei.

»Die *Kritiker* scheinen Bricks Arbeiten zu mögen«, fügte Nicholas zur Abfederung des Galeristenstandpunktes hinzu.

Kritiker? Melrose nickte bloß. Es war offensichtlich, daß er keine vernünftige Antwort bekommen würde. Womöglich wußte Fabricant es selbst nicht, er war schließlich nicht für den allgemeinen Geschmack zuständig. Melrose war so sehr von den beiden graugekleideten Frauen ergriffen gewesen, daß er ganz vergessen hatte, weshalb er eigentlich hier war. Er wollte nicht direkt nach Ralph Rees fragen, denn das hätte den Eindruck gemacht, als sei er nur hergekommen, um sich dessen Arbeiten anzusehen, und er wollte ja, daß sein Besuch zufällig und spontan wirkte. »Ich würde mich gern weiter umsehen, wenn Sie nichts dagegen haben.«

»Dagegen? Aber nicht doch.« Fabricant lachte. »Lassen Sie sich Zeit. Ich mache Ihnen das hier nur fertig. Möchten Sie es irgendwohin geliefert haben?«

»Nein, nein. Ich nehme es selbst mit.«

Nicholas hängte das Bild behutsam ab, und dann kam es: »Ich weiß nicht, ob es Sie interessiert... wir haben hier noch einige Arbeiten von Ralph Rees ausgestellt. Vielleicht möchten Sie sich die mal ansehen?«

*Touchdown. Tor. Oder wie immer man es nennen wollte.* »Ich fürchte, ich kenne seine Sachen gar nicht.«

»Er kommt gerade groß heraus. Die Ausstellung hat ein paar phantastische Besprechungen bekommen. Wir haben sie dort hinten« – Nicholas deutete mit einer Kopfbewegung – »in dem anderen Raum. Vor zwei Wochen zur Eröffnung hatten wir sie erst hier vorne. Wir haben sie gerade umgehängt.«

»Ja, natürlich, ich würde sie mir gern einmal ansehen.«

»Gut. Folgen Sie mir.«

Melrose folgte ihm über den kleinen Durchgang, in dem der Schreibtisch und der Computer standen. Nicholas wandte sich um, in der Hand immer noch Bea Slocums Gemälde. »Hier drin. Mich würde interessieren, was Sie davon halten.«

»Gut. Danke.«

Als er den Raum betrat und einen raschen Blick umherwarf, fiel ihm das Herz in die Hose und der letzte Tropfen Adrenalin rutschte hinterher. An drei Wänden hingen fünf Bilder. Und alle waren, abgesehen vom Unterschied in der Größe, gleich. Buchstäblich.

Wieder schlich Nicholas sich von hinten an, nachdem er sich des *Sturmes* entledigt hatte. Offensichtlich wollte er Melrose' Reaktion nicht verpassen.

Pech für ihn. »Diese Bilder«, sagte Melrose, »sind weiß. Allesamt.«

Nicholas entging der vorwurfsvolle Ton, so versessen war er darauf, sie ihm vorzuführen. »Ja, bemerkenswert, nicht wahr? Die originellste Sammlung, die wir seit langem dahatten.«

Obwohl er ein ziemlich guter Lügner war (in bezug auf dieses Thema war er mit Jury einer Meinung), fragte sich Melrose, ob er sich in diesem Fall dazu überhaupt aufraffen könnte. Wie zum Teufel sollte er die für den Kauf eines dieser weißen Rechtecke nötige Begeisterung aufbringen? Das einzige, worin sie sich voneinander unterschieden, war die Größe. Moment – auf dem letzten (es war als Nr. 5 tituliert) bemerkte er in einer Ecke eine dünne, schwarze, kaum wahrnehmbare Linie. Es sah eher aus, als hätten Bub oder Sally, kichernd vor Begeisterung, das Bild versaut, als nach dem Versuch des Künstlers, es zu – ja, was? Wie hoch war der Verkaufspreis? Er traute sich gar nicht nachzusehen.

Nicholas deutete Melrose' entgeisterte Miene fälschlicherweise als Ausdruck, wie ihn beispielsweise Balboa bei der Entdeckung des Pazifik zur Schau getragen hatte. Staunen. Entzücken. Entdeckung.

Entsetzen. Die Hände auf dem Rücken, ging Melrose von einem zum anderen, nicht weil er herausfinden wollte, was die Galerieleute in dem Ganzen sahen (denn es gab nichts herauszufinden), sondern um sich etwas zurechtzulegen, was er sagen könnte. Auch war seine Angst vor den Preisen berechtigt gewesen. Keines lag unter tausend Pfund, und eines, an dem er gerade vorbeigegangen war, kostete gar dreitausend. Wie waren sie auf diese Abstufungen gekommen? Wer veräppelte hier eigentlich wen?

Nicholas verwechselte Melrose' verdatterte Miene mit der eines Bewunderers, dem es im Angesicht von Brillanz die Sprache verschlagen hat.

Nun, gewissermaßen hatte er recht: Melrose hatte es die Sprache verschlagen. Er konnte sich beim besten Willen nicht vorstellen, wie jemand dieses Zeug bewundern konnte, konnte sich nicht vorstellen, daß ein Maler so etwas allen Ernstes produzierte und eine Galerie es sich an die Wand hängte. Auf jedem dazugehörigen Schildchen standen ein Name und eine Zahl. Die Zahlen variierten, der Name nicht – *Sibirischer Schnee: Fünf Sichtweisen.*

Nicholas Fabricant sagte: »Es kann gut sein, daß wir hier einen neuen Ryman oder gar Rothko entdeckt haben.«

Der war ja schlimmer als Agatha. Seinem blinden Tantchen konnte Melrose verzeihen, aber nicht diesem Galeristen, dem Kunstkenner. Entsetzt über dieses Ensemble, kniff Melrose die Augen zu. Obwohl er Rothko nie begriffen hatte, hätte er in diesem Augenblick gern eine Pilgerfahrt ins Museum of Modern Art gemacht, um sich als Wiedergutmachung für die eben gehörte Beschimpfung vor seinen Bildern zu verneigen. Doch mußte er die scharfen Entgegnungen, die ihm sofort in den Kopf schossen, hinunterschlucken. Ihm war schließlich der Auftrag erteilt worden, eines von Ralphs Bildern zu kaufen, und dazu mußte er seinen ganzen Mut zusammennehmen. Jury hatte sie nicht gesehen, andernfalls hätte ihm Melrose nie verziehen.

Dicht neben seinem Ellbogen ließ sich Nicholas vernehmen: »*Sibirischer Schnee.* Das ist die Serie.«

Es stimmte, daß er ein guter Simulant war, aber –

Da kam ihm eine kleine Erleuchtung. Diane Demorney – die Meisterin, die Herrin über alles Weiße. Ihr Haus war weiß, ihr Wohnzimmer war vollständig weiß – Möbel, *objets d'art,* Kissen –, ihre Katze war weiß, ihr Wagen war weiß: alles weiß. Diane hatte ja überhaupt ein weißes Bild über ihrem weißen Kaminsims hängen: ein Gemälde so weiß wie Ralphs weißestes – Teufel auch, womöglich *war* es von Ralph.

Während er die Bilder angeschaut hatte, war Melrose außer dem verdammten, zweigartigen Ding auch eine leichte Pigmentabstufung in der schmalen Einfassung des fünften aufgefallen. Er konnte gerade noch ausmachen, wie das Weiß zu kremfarben wurde, knochenfarben. Unbedeutende Nuancen, schloß er.

Diane wußte Weiß wenigstens zu schätzen.

»Ich habe da eine Freundin –« Melrose hielt inne, um die Ankündigung so richtig auszukosten. Die Wirkung, die sie auf Nicholas Fabricant ausübte, war vorauszusehen: Ihm stockte vor Erwartung der Atem.

»Ja?« soufflierte Nicholas.

»– die diese Arbeit einfach *göttlich* finden würde. Doch ich frage mich …«

Wieder half ihm Nicholas auf die Sprünge. »Ja?«

»Was für Auswirkungen es hätte, da es sich ja um eine Serie handelt, eines herauszunehmen? Ich meine, würde es die Wirkung des Ganzen nicht schlicht zerstören? Und dann wiederum – würde nicht ein Bild für sich die Bedeutung des Ganzen gar nicht wiedergeben können?« Eigentlich gehörte er dafür erschossen, daß er das üble Spiel mitspielte. Doch er genoß den Anblick, wie Fabricant sich mit dem Daumen immer wieder höchst verdattert über die Stirn fuhr, als wäre ihm diese Idee noch gar nicht gekommen.

Melrose ließ nicht locker. »Vielleicht sollte man einfach die ganze Serie kaufen.« *Man hat schon Pferde kotzen sehen!* Ach, er sollte zu dem armen Kerl nicht so grausam sein.

Nicholas blieb die Antwort erspart, als plötzlich ein zweiter Mann über den Teppich geglitten kam. Man hörte hier einfach nichts, wenn einer auf einen zusteuerte.

Beflissen stellte der junge Mann seinen Bruder vor. Es war

offensichtlich, daß Sebastian Fabricant höchst erfreut (und ebenso erwartungsfroh wie sein jüngerer Bruder) auf den »Lord Ardry«-Teil der Vorstellung reagierte.

»Lord Ardry überlegt gerade, ob man überhaupt ein Bild aus der Serie herauslösen kann.« Nicholas wiederholte, was Melrose gesagt hatte.

»Ah«, gab Sebastian gelassen zurück. »Doch, doch, jedes ist nämlich eigenständig. Jedes hat sein ganz eigenes Wesen. Jedes –«

Ist verdammt noch mal *weiß*, wollte Melrose herausschreien.

»– spricht für sich.«

Worüber Melrose sich allerdings nicht im klaren war, war die Frage, ob die beiden Brüder selbst glaubten, was sie da sagten, oder ob das Ganze einfach ein übler Schwindel war. Er gelangte zu dem Schluß, daß sie es glaubten. Niemand könnte das sagen, was Sebastian eben von sich gegeben hatte, ohne lauthals zu lachen.

»Nun, dann nehme ich eines«, sagte Melrose, als stünde er an einem Obststand und suchte sich eine Banane aus. Wäre ihm auch lieber gewesen.

»Welches, Lord Ardry?« erkundigte sich Nicholas.

Die Frage war überflüssig, was Lord Ardry anbelangte. Er wollte schon sagen, Nummer fünf, aber da war dieser Zweig, der allmählich zu einer fixen Idee wurde. Er beschloß, sich vom Preis leiten zu lassen, und wählte das in der mittleren Preisklasse zu zweitausend Pfund aus: Nummer vier.

»Eine ausgezeichnete Wahl«, sagte Sebastian.

Woher wußte Melrose, daß er genau das sagen würde? »Aber eine schwierige Wahl, Mr. Fabricant. Schwierig.« Wohl wahr.

»Eine interessante Technik, die Rees da benutzt. Er verwendet eine ganz dünne Sorte Sandpapier als Auflage auf der Leinwand. Daher diese rauhe Struktur. Ich sehe, Sie nehmen auch die Slocum.«

Was für eine Erleichterung, echten Enthusiasmus zum Ausdruck bringen zu können. »Sie ist beeindruckend.«

»Wir versuchen es mal mit ihr.«

Melrose wollte sagen, *wie edel-weiß von Ihnen,* hielt sich dann aber zurück. »Ich hoffe, Sie haben noch so eins, das Sie statt dessen zeigen können.«

Sebastian lachte. »Er hat aber doch nicht lauter gleiche gemalt.«

Ach, wirklich nicht? Mir hätten Sie's weismachen können! Melrose sagte: »Ich meine nicht ihn, ich meine sie. Beatrice Slocum.«

Nicholas sagte, neben dem großen weißen Bild stehend: »Doch, doch, hinten haben wir noch zwei oder drei von ihr. Möchten Sie den Rees geliefert haben –?«

Melrose gab ihm die Adresse von Boring's. »Es ist ein Geschenk für eine Freundin.« (Dianes Glückstag.) Was Melrose nicht verstand – nachdem er das Bild von Beatrice Slocum gekauft und weiteres Interesse bekundet hatte – war, daß die Gebrüder Fabricant nicht gleich loslegten und sämtliche anderen Bilder von ihr anschleppten, die sie verfügbar hatten. Wenn Ralph noch ein paar von den weißen herumliegen hätte, wären sie todsicher losgeflitzt, um sie zu holen. Inzwischen stand man in dem kleinen Durchgang um den Schreibtisch herum, und Melrose hatte schon sein Scheckheft gezückt. »Meinen Sie, ich könnte die anderen Slocum-Bilder vielleicht mal sehen? Falls sie gerade greifbar sind?«

Sebastian Fabricant runzelte leicht die Stirn, als könnte er das Ansinnen nicht begreifen. »Äh, ja, ich denke schon. Nicholas?« Genau in diesem Moment ließ das Telefon sein saft- und kraftloses Galeriegepiepse ertönen, und Sebastian ging dran und Nick nach hinten.

Nick war anscheinend Mädchen für alles. Als Strafe dafür, der jüngere Bruder zu sein? Melrose fragte sich, wie hier eigentlich der Gewinn verteilt wurde. Seit er vor über einer Stunde hereingekommen war, hatte es keine weitere Kundschaft gegeben, allerdings war dies hier auch nicht Marks and Spencer's. Um hier zu kaufen, mußte man recht gut gepolstert sein. Aber wie sollte er sich so lieb Kind bei ihnen machen, daß er sich dem Busen der Familie nähern konnte? Was brauchte es, um mit diesen beiden auf eine kumpelhafte Ebene zu gelangen, auf die Ach-kommen-Sie-doch-zum-Abendessen-Ebene? Da mußte Melrose an Ralph denken. Während er sich diese Idee durch den Kopf gehen ließ, legte Sebastian den Hörer auf und Nicholas trat mit Beas anderen Bildern auf sie zu.

Noch bevor sie ihm vorgelegt wurden, wußte Melrose, daß er sie kaufen würde. Wenn es überhaupt jemand verdiente, daß man ihr unter die Arme griff, dann Bea Slocum. Allerdings, wenn er beide kaufte, bliebe ein leerer Fleck an der Wand zurück, also entschied er sich für eines. Und sobald er das kleinere von beiden sah, wußte er, welches er nehmen würde. Eine Londoner Straßenszene, eine Straße in Nordlondon, die Melrose – noch bevor Nicholas es von der auf die Rückseite geklebten Karte ablas – erkannte.

»Das hier heißt *Catchcoach Street.* Hübsch, nicht?« Nicholas spähte von oben über den Rand, als könnte er aus dieser Perspektive das Bild beurteilen.

Melrose lächelte. War es denn zu fassen? »Hübsch« – mehr brachte er nicht heraus. Obwohl sie die kleine Häuserreihe nicht spezifiziert hatte, war das Pub am unteren Ende der Straße unverkennbar, das Anodyne Necklace, und er könnte schwören, diese Knirpse mit ihren Hulareifen und Bällen – oder waren es Steine und Kriegsbeile? – waren die Sprößlinge der Familie Cripps. Wie auch immer man die Atmosphäre der Catchcoach Street nennen mochte, Bea hatte sie haargenau getroffen: heruntergekommene Häuser hinter Gärten, die man mühsam zu pflegen versuchte, die aber trotzdem verdorrten. Die liebenswerte Schäbigkeit, die an Dickens gemahnende Glücklosigkeit der Catchcoach Street. Er lächelte. »Ich denke, ich nehme dieses hier mit. Vielleicht könnten Sie dann das andere in meinen Klub schicken, zusammen mit dem – äh, *Sibirischen Schnee.*« Beas

Werk kostete nur dreihundert Pfund und hätte es mit jedem anderen Bild hier zehnmal aufnehmen können – außer mit dem anderen Slocum.

Er schrieb einen Scheck aus, und eine doch recht beträchtliche Summe wechselte den Besitzer. Trotz der verschwendeten Zweitausend für das Rees-Bild gab Melrose das Geld frohen Herzens aus. Es freute ihn, daß Bea Slocum Erfolg hatte. Das allein war schon viel wert. Er hatte das Gefühl, sie könnte noch erfolgreicher sein, wenn mehr von ihren Bildern dort hingen. Wieso eigentlich nicht? fragte er sich erneut.

Melrose riß den Scheck heraus und überreichte ihn Sebastian, während Nicholas ein quadratisches Stück Pappe über Beas Bild legte und es dann in braunes Packpapier einschlug.

»Wissen Sie was«, sagte Sebastian, »es ist gleich Zeit zum Lunch. Was halten Sie davon, wenn wir irgendwo eine Kleinigkeit essen gehen?«

»Gern, mit Vergnügen! Haben Sie ein Lieblingslokal?«

»Gehen wir doch in den Running Footman. Gleich oben an der Ecke.«

The Running Footman! Erinnerungen, Erinnerungen. Mit der *Catchcoach Street* unterm Arm fühlte sich Melrose recht getröstet, obwohl er keine Ahnung hatte, wieso. Vielleicht, weil so selten offenbar wurde, daß doch noch Gerechtigkeit auf der Welt herrschte und daß die, die es verdienten, belohnt wurden. Er tätschelte sein in braunes Papier gepacktes Bild und dachte sich, was für Unbill ihm auf Betreiben der Fabricants auch noch widerfahren mochte – es hätte sich bereits gelohnt.

# 14

Nachdem er ein halbes Pint Lager an der Theke lehnend bestellt hatte, fühlte Jury sich schon fast als Stammgast. Wie oft war er bereits hier gewesen? Bestimmt schon ein halbes dutzendmal. Auf der Wanduhr im Stargazey war es halb fünf. Er überlegte, wie es Plant wohl in der Galerie ergehen mochte. Er war nicht besonders hoffnungsvoll. Wie alle ihm nur zu gern immer wieder bestätigten, hatten sie bisher nicht viel in der Hand. Kitty, die ein paar Tage gefehlt hatte, war immer noch nicht da. Jury schob dem Barkeeper sein Glas hin.

Hinter der Bar befand sich ein hoher Spiegel, und als er hineinsah, bemerkte er eine blonde Frau im schwarzen Mantel, die sich durch die Menge einen Weg zur Tür bahnte. Er überlegte, ob er von dem einen Pint Lager schon betrunken war, denn er bekam so ein komisches, etwas seekrankes Gefühl, als er sie beim Gehen beobachtete. Als hätte sich der Pub plötzlich in die Fulham Road verwandelt, und sie ginge wieder den Gehweg entlang, und er säße im Bus und folgte ihr. Das Ganze spielte sich in wenigen Sekunden ab, während Jury wie versteinert sein frisches Lager hochhob. Dann riß er sich zusammen, warf ein paar Münzen auf die Theke und trat rasch auf die Straße hinaus.

Im schwindenden Licht und unter Regenschleiern, die sich auf dem Gesicht wie Spinnweben anfühlten, spähte Jury die Fulham Road auf und ab, sah nichts und ging an die Straßenecke: immer noch keine Spur von ihr. Aber auch keine Spur von einem abfahrenden Bus, also mußte sie irgendwo sein. Oder aber sie war in ein Taxi gesprungen.

Und dann sah er den schwarzen Mantel und das helle Haar etwas weiter entfernt an der nächsten Bushaltestelle, an die eben ein Bus herangefahren kam. Er würde es nicht rechtzeitig bis zur Haltestelle schaffen, doch wenn er rannte, konnte er die nächste etwas weiter oben erreichen. Er verfiel in einen Laufschritt und gelangte kurz nach dem Bus, der am Straßenrand noch verweilte, zur Haltestelle.

Unten saß sie nicht, also nahm er die Stufen zum Oberdeck und setzte sich einige Reihen hinter sie. Die einzigen anderen Fahrgäste außer ihr waren ein paar Teenager in Schuluniform, wahrscheinlich auf dem späten Nachhauseweg von der Schule.

Sie fuhren in Schlangenlinien durch South Kensington und Brompton und Knightsbridge. Er achtete darauf, ob sie Anstalten machte, auszusteigen. Harrods lag in diesem Straßenzug, besser gesagt, Harrods *war* dieser Straßenzug. Nein. Der Bus reihte sich in die Prozession von Bussen ein, die alle in Richtung Hyde Park und Piccadilly fuhren.

Wieso er nicht einfach nach vorn gegangen war, sich neben sie gesetzt und seinen Dienstausweis vorgezeigt hatte, wußte er auch nicht. Eine widerstreitende Stimme in ihm sagte: Nun, er wollte sie eben nicht in Verlegenheit bringen. Wie denn in Verlegenheit bringen? Die Teenager würde es nicht mal jucken, wenn der Schaffner plötzlich durchgehen und verkünden würde, die nächste Haltestelle sei der Rote Platz. Um bei denen Aufmerksamkeit zu erregen, brauchte es mehr als einen versprengten Polizisten.

Warum also? Er gestand sich ungern ein, daß er tatsächlich unschlüssig war, was er tun sollte. Er hatte alle Veranlassung, sie festzuhalten. Juristisch hieb- und stichfeste Gründe. Sie war am Tatort gewesen. Er ließ es sich immer wieder durch den Kopf gehen, während der Bus um Piccadilly Circus herumfuhr.

Sie stand auf.

Aus dem Fenster sah Jury, daß der Bus gerade die Shaftsbury Avenue entlangfuhr. Nachdem sie die Treppe hinuntergegangen war, folgte er ihr und wartete auf halber Höhe, bis der Bus anhielt. In dem Moment, als der Bus vom Straßenrand losfuhr, sprang er ab.

Auf der einen Seite der Shaftsbury Avenue reihten sich mehrere Theater aneinander. Vielleicht war das ihr angepeiltes Ziel. Für die Abendvorstellung war es noch zu früh. Vielleicht wollte sie Karten kaufen, obwohl es im Computerzeitalter schwer zu glauben war, daß sich noch jemand auf den Weg machte, bloß um Karten zu kaufen.

Sie war auf der anderen Straßenseite und ging gerade durch die Türen des Lyric Theatre, wo kürzlich ein amerikanisches Stück Premiere gehabt hatte. Er trat nicht ins Foyer, sondern wartete vor den Glastüren, solange sie drinnen zugange war. In kurzer Zeit war sie fertig und steckte sich ihre Sachen wieder in die Handtasche. Die Karten überprüfte sie, während sie langsam auf die Tür zuging, hinter der Jury stand, und die sie nun aufstieß, ohne hinzusehen, da sie den Blick auf die Karten gerichtet hielt.

»Madam.«

Sie fuhr zusammen, trat unwillkürlich einen Schritt zurück und stieß gegen die Tür. »Was?«

Jury hatte seinen Ausweis schon bereit und hielt ihn ihr hin. »Superintendent Jury. Scotland Yard, Abteilung Verbrechensbekämpfung.«

Sie wirkte völlig entsetzt, eine Reaktion, die Jury nicht zum ersten Mal sah, gewöhnlich auf den Gesichtern von Unschuldigen. Manche dachten, er sei gekommen, um sie unter Anklage zu stellen, andere, um ihnen eine schlimme Nachricht zu überbringen. Weder im einen noch im anderen Fall ein glückliches Zusammentreffen.

»Wenn ich Sie vielleicht kurz sprechen könnte?« Aus der Nähe konnte er nun sehen, daß sie haselnußbraune Augen hatte, die im sich verändernden Licht changierten. An diesem Abend trug sie Make-up, Lippenstift in einem Kupferton und sehr zarten, braunen Lidschatten.

»Sprechen? Tut mir leid, aber – wieso sollte ich –?«

Sie schüttelte den Kopf, und ihr hellblondes Haar, diesmal nicht hinten zusammengebunden, wirbelte herum, als ob sie zusammen tanzten und er sie gerade herumgedreht hätte.

Es unterschied sich von dem Haar der Toten nur in der Schattierung von Blond, in seiner durchscheinenden Leuchtkraft. Was bedeutete, es war völlig anders, nur mußte man vielleicht lange hinsehen, um dies zu erkennen. Jury hatte lange hingesehen.

An dem ungläubigen Blick, den er erntete, konnte er sehen, daß ihm einiges bevorstand. »Es sind Ermittlungen im Gange, und ich hatte gehofft, Sie könnten uns dabei behilflich sein. Ich habe Grund zu der Annahme, daß Sie uns helfen könnten.«

»Welchen Grund denn?«

Es hatte wieder angefangen zu regnen, oder vielleicht hatte es auch gar nicht aufgehört. Es war die Art von Regen, an die man sich gewöhnt und die man selten bemerkt. »Wissen Sie was, da drüben auf der anderen Seite ist das St. James Pub. Würden Sie etwas mit mir trinken gehen?«

»Ich wußte gar nicht, daß das bei Polizisten üblich ist – Leute auf einen Drink einzuladen, die ›bei den Ermittlungen helfen‹.« Ihr Lächeln wirkte etwas verschlagen. »Sagen Sie so was wirklich, ja?«

Wenigstens konnte er eine Spur von Humor heraushören. »Nein, normalerweise nicht.«

»Sie sind auch bestimmt Polizist?«

»Bestimmt.«

Sie schien sein Lächeln wohl abzuwägen. »Also gut, warum nicht?«

Das Pub wirkte einladend warm und heimelig, in den Fenstern schien bronzefarbenes Licht durch den Rauch, den Rauch endloser Zigaretten.

Das St. James war relativ groß, mit einer langen, ovalen Theke und Tischen, die im Schummerlicht oder hinten in völliger Dunkelheit standen. Jury wählte einen der besser beleuchteten und ging dann zur Theke. Wie er aus den Augenwinkeln beobachten konnte, schien sie ruhig und arglos. Er stellte ein Pint Lager und ein halbes Guinness auf den kleinen, feuchten Tisch und sagte, nachdem er sich gesetzt hatte: »Fangen wir mit Ihrem Namen an.«

Das überraschte sie. »Den wissen Sie nicht?«

»Nein. Ich erkläre es Ihnen gleich.« Doch es ging hier nicht darum, daß er ihr etwas erklärte. Sie hatte hier die Fragen zu beantworten.

»McBride. Kate.«

»Und Sie wohnen –?« Jury hatte sein kleines Notizbuch hervorgezogen.

»South Kensington. In Redcliffe Gardens. Das ist an der Grenze zu Fulham. Würden Sie mir bitte sagen, worum es hier geht?«

»Wenn Sie Zeitung gelesen haben, wissen Sie ja, daß im Park von Fulham Palace eine Frau erschossen aufgefunden wurde.«

»Ja, ich habe etwas darüber gelesen. Es kam mir merkwürdig vor, bizarr. Aber was –«

»Sie besuchen häufig ein Pub in der Fulham Road namens The Stargazey?«

Sie sah ihn verständnislos an und wirkte noch perplexer. »Ja, da war ich schon. Ist diese Frau –?«

»Erinnern Sie sich, an dem besagten Abend dort gewesen zu sein?« Er verschanzte sich hinter der steifen Formulierung.

Inzwischen hatte sie das Kinn fest zwischen ihre Fäuste plaziert und hielt die Augen auf ihn gerichtet, als hätte sie gerade entdeckt, daß er faszinierend war. »Welchen besagten Abend meinen Sie denn?«

»Der Abend des fünfzehnten November. Ein Samstag.«

»Nein.«

»Sie waren nicht dort, im Pub?«

»Nein. Ich meine, ich kann mich nicht erinnern.«

»Es ist noch keine Woche her. Könnten Sie es versuchen?«

Sie schien sich ehrlich darum zu bemühen, während sie sich

zurücklehnte und zur Decke blinzelte. »Lassen Sie mich mal überlegen. An dem Abend hat mich eine Freundin wegen einer Dinnerparty angerufen … dann habe ich zu Abend gegessen … Später habe ich mit einer alten Dame, die oben wohnt, Tee getrunken … Ja, das war am Samstag. Letzte Woche.«

»Aber Sie können sich nicht erinnern, ins Pub gegangen zu sein?«

Sie zuckte die Achseln. »Vielleicht schon. Das Stargazey liegt ganz in der Nähe meiner Wohnung. Allerdings wäre ich dort erst später gewesen.«

»Später?«

»So etwa um zehn, denke ich.«

»Und dann?«

»Bin ich wohl nach Hause gegangen.«

»Sie sind nicht in einen Bus gestiegen?«

Sie schüttelte den Kopf. »Nein.«

Jury ließ einige Sekunden verstreichen. Er sagte: »Eine Frau, die Ihnen so ähnlich sieht, daß sie Ihre Zwillingsschwester sein könnte, *ist* vor dem Stargazey in einen Bus gestiegen und die Fulham Road hinuntergefahren.«

»Dann sollten Sie mit ihr sprechen, mit derjenigen, die aussieht wie ich.« Sie hatte ihren schwarzen Mantel abgelegt und den Kragen ihres perlgrauen Kostüms zurechtgerückt. Es war elegant geschnitten, dachte Jury.

Er lächelte ein wenig zu grimmig. »Ja. Das Problem ist – daß *Sie* es waren, Ms. McBride.«

»Ich habe diese Frau erschossen und bin dann weggerannt?«

»Bis dahin habe ich noch nicht weitergedacht.«

Sie öffnete den Mund, doch es schien, als käme nur leere Luft. Ihre Hand fuhr in die lederne Handtasche, tastete herum und brachte ein Zigarettenetui zum Vorschein. Die Hand war schmal und feingliedrig, dünnhäutig mit langen, fast zarten Fingern. Das Etui war aus Silber und ebenfalls fein und zart. Welch beruhigende Wirkung das Rauchen doch hatte! Jury verspürte schreckliche Sehnsucht danach.

Allerdings klappte sie das Etui nicht auf. Sie sagte: »Um sich so sicher sein zu können, daß ich in dem Fulham-Bus saß, brauchen Sie einen äußerst zuverlässigen Augenzeugen. Haben Sie den?«

»Ja. Mich.«

Plötzlich verfärbte sich ihr zarter, elfenbeinfarbener Teint und wurde kreideweiß, ihre Wangenknochen traten hervor. Es war das erste Anzeichen dafür, daß dieses Gespräch ihr *tatsächlich* zusetzte. Ihre Haltung veränderte sich. Unmerklich krümmte sie sich etwas, wie ein Schilfrohr im Wind. Doch ihr Ausdruck veränderte sich keinen Deut. Sie blieb vollkommen gefaßt, starr wie das marmorne Antlitz einer Statue.

Jury überlegte, ob sie es sich selbst anerzogen hatte, keinerlei Regung zu zeigen.

»Sie irren sich.« Sie sagte es kategorisch, ohne jede Modulation.

»Besitzen Sie einen Pelzmantel? Einen Zobel oder Nerz?«

Sie lachte. »Du liebe Güte, nein. Hat die, die Sie gesehen haben, einen getragen? Ich war es jedenfalls nicht, Superintendent. Sehen Sie«, sagte sie ernsthaft, »Sie haben sich schlicht und einfach geirrt. Ein flüchtiger Blick auf eine Frau, die in den Bus ein- und dann wieder ausgestiegen ist. Es ist doch leicht möglich –«

»Es war mehr als ein flüchtiger Blick. Sie sind ausgestiegen –«

»*Sie* ist ausgestiegen. Warum akzeptieren Sie nicht einfach die Erklärung, die am plausibelsten ist? Wieso beharren Sie bloß auf Ihrer unwahrscheinlichen Version?«

»Weil sie nicht unwahrscheinlich ist.«

»Wie lautet denn dann in Gottes Namen Ihre Theorie?« Sie drehte das silberne Etui zwischen den Fingern hin und her.

»Ich habe keine Theorie. Doch die Tatsache, daß Sie dort waren, muß durchaus näher in Betracht gezogen werden.«

»Wenn ich *tatsächlich* dort war – was nicht zutrifft, was würde das denn bedeuten? Daß ich sie erschossen habe, weil sie mir ähnlich sah?«

»Ich habe keine Ahnung, was das Motiv für den Schuß war.«

Jury bemerkte an ihren Bewegungen, daß sie sich zum Gehen anschickte.

Sie sagte: »An diesem Punkt sollte ich jetzt wohl sagen, daß ich einen Anwalt brauche.«

Ohne etwas zu erwidern, sah er zu, wie sie ihr Zigarettenetui und das Feuerzeug in die Ledertasche steckte. Als sie sich bewegte, ergoß sich das Licht, das über ihr helles Haar gefallen war, wie Wasser über die Schultern ihres grauen Seidenkostüms.

Sie nahm ihren Mantel und sagte: »Also, ich gehe jetzt, Superintendent. Sie wissen ja, wo ich wohne. Im übrigen –« sie hielt die Karten hoch, die sie vorhin gekauft hatte – »wissen Sie auch, wo ich heute abend sein werde. Adieu.«

Jury stand mit ihr auf. »Sie können damit rechnen, daß wir uns bei Ihnen melden. Beziehungsweise die Kollegen von Fulham.«

Ihr Blick verriet ihm nicht, was sie dachte, er war wie an eine leere Wand gerichtet.

Jury sah ihr nach, während sie sich durch die Menge und den Qualm einen Weg zur Tür bahnte, die hinter ihr zuschwang. Er wußte nicht, was er sich erwartet hatte, nur daß er zutiefst enttäuscht war.

Ihm blieb nur eins zu tun: Er bestellte noch einen Drink und beobachtete den Rauch, der sich nach oben schlängelte und sich über den Köpfen der an der Theke Stehenden verdichtete.

Kaum eine Stunde später fand Jury sich auf dem Polizeirevier von Fulham ein.

Ron Chilten hätte Jurys Begegnung mit dieser Frau überrascht, wenn seine Mannen nicht am selben Nachmittag die Identität des Opfers festgestellt hätten. »Nancy Pastis, so heißt die Tote. Wir checken das gerade durch.«

»Wie haben Sie das herausgefunden?«

»Eine kleine alte Dame namens Verna – nein, Vera«, Chilten blätterte ein paar Papiere durch, »Vera Landseer wohnt im gleichen Haus und hat ihr Foto in der Zeitung erkannt, glaubte sie jedenfalls. Hat eine Wohnung in Mayfair – Shepherd Market – im gleichen Gebäude wie Ms. Pastis. So weit sind wir bisher. Zwei von meinen Leuten sehen sich die Wohnung gerade an. In Zusammenarbeit mit der Kripo. Milderd, kennen Sie den?«

»Flüchtig.«

Chilten kippte mit dem Stuhl nach hinten und rieb sich den Knöchel, der über dem anderen Knie lag. »Ich dachte ehrlich gesagt, Sie hätten sich bezüglich der Frau, die Sie im Bus gesehen haben, getäuscht. Sie erinnern sich, zuerst haben Sie die Tote für die Frau gehalten, der Sie gefolgt waren, und daher dachte ich –« Chilten zuckte die Achseln.

»Jetzt wissen wir, daß es zwei verschiedene Frauen waren. Nancy Pastis und Kate McBride.«

»Ja. Aber die, die Sie gesehen haben, hätte doch das Opfer sein können. Andernfalls ist Kate McBride, falls es Kate McBride war, die Sie gesehen haben… Wieso hatte sie den Mantel der Pastis an? Außer es sind auch zwei Zobel im Spiel.«

»Die McBride muß die Mäntel vertauscht haben.«

Chilten sah zu der gestopften Stelle in seiner Socke hinunter. »Manchmal ist die plausibelste Erklärung –«

»Lassen Sie mich mit dem Holmes-Zitat in Ruhe.«

Chilten zuckte erneut die Achseln. »Okay, aber warum zieht sie dann ihren Mantel aus und den der Toten an?«

»Gute Frage.«

Chilten brachte seinen Stuhl krachend zu Boden. »Jury, Augenzeugen liegen in den meisten Fällen falsch.«

»Ich glaube, das weiß ich auch, schließlich habe ich schon reichlich viele vernommen.«

# 15

»Es war die gleiche Frau«, sagte Jury.

Kurz nach neun Uhr neigte sich das Abendessen bei Boring's allmählich dem Ende zu oder zumindest schien das halbe Dutzend Speisende, das an den Tischen verteilt saß, über Käse und Keksen einzunicken.

Jury trank Kaffee, Melrose nahm einen exzellenten Whisky zu sich und fragte sich, ob er betrunken war. Im Running Footman hatte er sich mit den Fabricants am Nachmittag mehrere Drinks genehmigt. Und nun saß er da und hörte Jury behaupten, auf der Fulham Road wandelten Tote. Es hörte sich an wie die affektierte Version eines John-Carpenter-Films.

»Wohlgemerkt, ich habe nicht gesagt, daß die Tote plötzlich umherwandelte«, entgegnete Jury leicht gereizt. »Sie sieht lediglich aus wie die Frau, die man in Fulham Palace gefunden hat, sagte ich.«

Die beiden saßen am Kaminfeuer in den gleichen Ohrensesseln, die zuvor Oberst Neame und Major Champs okkupiert hatten. Melrose fühlte sich bei Boring's inzwischen richtig heimisch. Geradezu eingekrustet und alteingesessen – seine Jury und dem uralten Diener zugemurmelten Antworten hörten sich schon fast an wie bei Champs oder Neame. Er kippte sein Glas mit dem letzten Fitzelchen Whisky, dem »Quentchen«, das er sich von Higgins hatte bringen lassen. Was nun davon noch übrig war, war allein der weiche Tau, aus dem dieser hervorragende Whisky sich in der Werbung rühmte, hergestellt zu sein.

Etwas ausgelaugt nach den Mühen des Tages, lehnte Jury sich im Sessel zurück. »Wenigstens haben Sie nicht gesagt, ich hätte Halluzinationen. Das meinte nämlich Chilten: ›Jury, die Geschichte ist Ihnen ja ganz schön in die Nase gestiegen.‹ Was für eine seltsame Metapher!« Er nippte an seinem Kaffee und erklärte, er sei kalt.

Melrose machte dem jungen Higgins ein Zeichen, der in ihre Richtung steuerte und die Bestellung für weiteren Whisky und Kaffee aufnahm. Melrose verzehrte sich nach einer Zigarette, fand aber, es wäre nett von ihm, sich keine anzustecken. Doch dann besann er sich anders und holte die Zigaretten hervor. Jury hatte oft gesagt, er wolle nicht, daß die anderen aufs Rauchen verzichteten, bloß weil er damit aufgehört hatte. Er behauptete, er käme sich dann vor wie in einem Bestattungsinstitut. Diese ganze Verkrampftheit, die künstliche Stille, das Gefühl, sich am liebsten kurz verdrücken zu wollen – dies alles mochte er nicht.

»Also gut«, fuhr Melrose fort, während er einem verschrumpelten, feinen alten Herrn dabei zusah, wie er sich aus den Tiefen eines Ledersofas hochhievte. »Die beiden Frauen sind entweder verwandt – womöglich Zwillinge – oder sehen genau gleich aus. Na, das versteht sich von selbst. Doppelgängerinnen.«

Jury nickte.

»Lassen Sie mich die Szenerie noch mal Revue passieren: Sie – die Frau, die Sie an dem Abend damals sahen – verläßt das Stargazey, steigt in den Bus, fährt etwa zehn Minuten, steigt dann aus – wo?«

»Fulham Broadway. Ungefähr eine Meile von Fulham Palace beziehungsweise dem Park entfernt.«

Melrose nickte. »Und Sie beobachten sie, wie sie auf der Straße weitergeht. Sie steigt aber wieder *ein*, und dann kommt der Bus an der Kreuzung Fulham Palace Road an. Woraufhin sie wieder aussteigt und Sie ebenfalls den Bus verlassen und ihr zu Fuß zum Fulham Palace folgen. Wie weit war das?«

»Ein kurzes Stück. Nicht mehr als fünf Minuten zu Fuß.«

»Sie sehen sie durch das Eingangstor gehen.« Als Jury nickte, wiederholte es Melrose. »Sie *haben* sie doch durch das Eingangstor gehen sehen?«

»Ja. Das Tor war nicht geschlossen. Offenbar bleibt es die meiste Zeit offen.«

»Bis hierher erhebt sich nur die eine Frage, abgesehen von Ihrem Verhalten –« Melrose lächelte.

»Danke.«

»– nämlich, wieso sie zwischendrin zu Fuß ging, wo sie doch genausogut hätte fahren können. Erste Möglichkeit: sie war sich nicht sicher, wo Fulham Palace war, und ist an der falschen Haltestelle ausgestiegen. Zweite Möglichkeit: sie hat im Bus beschlossen, doch nicht dorthin zu fahren und ist ausgestiegen, hat es sich dann aber wieder anders überlegt und ist wieder eingestiegen.«

»Dritte Möglichkeit: sie wollte, daß man sich an sie erinnerte. Ich meine, sie wollte, daß man sich an das *Opfer* erinnerte.«

Sie schwiegen einen Augenblick.

Dann sagte Melrose: »Die Frau im Bus und die Tote sind nicht identisch. Es gibt nicht eine, sondern zwei Frauen. Jeder andere, der sich bei der Polizei gemeldet hätte, um bei den Ermittlungen zu helfen, wie Sie sagten, hätte behauptet: ›Ja, das ist sie, das ist die Frau, die ich auf der Fulham Road gesehen habe. *Ich erinnere mich an den Mantel.*‹ Niemand wäre je auf die Idee gekommen, es könnte sich um zwei Frauen handeln. Stimmt's?«

Beide starrten versonnen ins Feuer. Dann brachte Jury das Gespräch wieder auf die Galerie der Fabricants. Melrose erzählte ihm von Rees' nichtssagender Bilderserie mit dem Titel *Sibirischer Schnee.*

»Das Ganze ist einfach scheußlich. Nicholas mag darin Genie erkennen, aber er ist ja auch Ralph Rees' ganz spezieller Freund, glaube ich. Seine bessere Hälfte sozusagen. Liebe macht blind. Aber dieser Sebastian ist doch eigentlich ziemlich clever, was Malerei betrifft.« Melrose zuckte die Achseln. »Irgendwas ist faul dran.«

»Ich kann mir denken, daß am Anfang auch viele Jackson Pollock für Beschiß hielten. Vielleicht ist es einfach Geschmackssache.« Auf Melrose' skeptischen Blick hin sagte Jury: »Und wie kommen Sie darauf, daß an der Sache etwas faul ist?«

»Keine Ahnung. Vielleicht will man die Kunstwelt ein bißchen aufwirbeln?«

»Und das soll so einfach gehen?« Jury zuckte die Schultern.

»Aber jetzt kommt die Überraschung: Raten Sie mal, wen sie noch ausstellen? Beatrice Slocum.«

»Sie machen wohl Witze!«

»Ihr Bild hing mittendrin zwischen zwei anderen – scheußlichen.«

»Ich dachte, Beatrice' ehemalige bessere Hälfte, Gabe Merchant, wäre der Maler.«

»Ich auch. Das dachten alle. Ich auch, bevor ich mit ihr Abendessen ging –« Melrose hatte es noch nie erwähnt und biß sich jetzt auf die Zunge.

»Abendessen? Wo?«

»In Bethnal Green. Das war, als Sie nach Santa Fe abgezischt sind.« Melrose sah verstohlen hinüber, ob Jury vielleicht ein herablassendes Lächeln aufsetzte. Tat er nicht, tat er allerdings sowieso nie. »Sie redete über ihre Malerei, die sie ihre ›blaue Periode‹ nannte. Allerdings nicht wie bei Picasso. Behauptete, sie habe Depressionen, aber Depressionen ohne Talent.« Melrose lachte. »Man sollte es nicht meinen, wenn man sie sieht oder reden hört, aber sie ist äußerst bescheiden, oder vielleicht« – Melrose fand, daß es der Wahrheit entsprach – »weil sie einfach sehr gut in dem ist, was sie macht, hat sie es nicht nötig, ihr Talent zur Schau zu stellen. Wie Sie.« Mit diesem hübsch gerahmten Kompliment wollte Melrose ihn von Beatrice Slocum ablenken.

Es funktionierte natürlich nicht. »Wie ich mich erinnere, stand sie auf der Liste.«

Melrose schützte Unwissenheit vor. »Auf welcher Liste?«

»Auf der, die Sie in Ardry End aufgestellt haben, mit den Namen aller Frauen, die Ihrer Meinung nach gute Zeuginnen abgeben würden.«

Gütiger Himmel, vergaß dieser Mensch eigentlich nie etwas?

»Ach, die. Na, jedenfalls hatten sie noch zwei Bilder von ihr irgendwo hinten im Depot. Auf dem einen ist die Catchcoach Street dargestellt. Das ruft doch alte Erinnerungen wach, nicht wahr?«

»Nicht direkt. Schließlich haben wir die ganze Rasselbande, diese Cripps, erst letzten Februar besucht.«

»Ich wußte gar nicht, daß Sie alles so wörtlich nehmen.«

Jury lächelte.

»Da fällt mir ein« – Melrose stellte seinen Drink auf dem Piecrust-Tisch zwischen ihren Sesseln ab und beugte sich vor. »Beatrice weiß bestimmt etwas über die Galerie und Ralph und die beiden Brüder. Bevor Sie kamen, habe ich bei ihr angerufen, aber sie war nicht da. Ich versuche es morgen noch mal.«

»Versuchen Sie's bei den Cripps. Dort ist sie oft.«

»Mach' ich. Wonach suchen wir eigentlich?«

»Keine Ahnung.«

»Sehr hilfreich. Also« – Melrose sprach in ernstem Ton – »das einzig Handfeste, das die Fabricants und die Dresser mit Ihrer mysteriösen Frau oder Ihren mysteriösen Frauen verbindet, ist der Zobelmantel.«

Jury nickte und sah schläfrig ins Feuer.

»Das klingt außerordentlich dür–«

»Dürftig. Ja. Dieses Wort bekomme ich oft zu hören.« Er gähnte.

»Was hat Ihr Mann von der Kripo Fulham vor?«

»Sie zum Verhör vorzuladen, was er vielleicht schon getan hat.« Jury schaute auf seine Uhr. »Ich muß ihn unbedingt anrufen.«

»Nachdem Sie ihr gesagt hatten, Sie hätten sie gesehen, konnten wir ja schlecht damit aufwarten, daß es einen Zeugen gibt, was?« Chilten klang stinksauer.

Die Kollegen von Fulham hatten sie kurz zuvor in ihrer Wohnung in Redcliffe Gardens abgeholt. Chilten teilte Jury mit, sie sei in Soho Abendessen gewesen und erst nach acht nach Hause gekommen. Sie war verständlicherweise geschockt.

»Und sie hat ein Alibi. Sie hatte oben bei der alten Dame ein Täßchen Tee getrunken.«

Jury überlegte. »Haben Sie das schon überprüft?«

»Ich schicke gerade jemanden hin.«

»Sie saß um neun Uhr in dem Bus, Ronnie.«

»Das *Opfer* saß vielleicht in dem Bus, Jury. Die McBride behauptet steif und fest, Sie irren sich.«

»Ich irre mich nicht, Ronnie. Wie heißt die alte Dame?«

Chilten wandte sich vom Hörer ab und sagte irgend etwas zu irgend jemandem. »Laidlaw. Wohnt im ersten Stock, direkt über McBride.«

»Hätten Sie was dagegen, wenn wir uns mit dieser Mrs. Laidlaw unterhalten?«

»Bitte sehr.«

»Und was ist mit der Wohnung der McBride?«

»Haben Sie einen Durchsuchungsbefehl? Ich auch nicht, noch nicht. Kate McBride führt ein ziemlich ruhiges Leben. Verwitwet. Keine Verwandten, außer auf der Seite ihres Mannes, die sie aber nie sieht. Sie leben in den Staaten – ›nördlich von New York‹, sagte sie. Sie arbeitet nicht, muß sie auch nicht, ihr Mann hat vorgesorgt. Ist nicht reich, hat aber genug zum Leben. Er war an der Botschaft, ein paar Jahre lebten sie auch in Paris.« Achselzucken. »Das wär's. Sie will Sie sprechen.«

Etwas packte ihn. Es fühlte sich fast wie Angst an. »Warum?«

»Hmmm, Jury, das hat sie mir nicht verraten. Könnten Sie morgen vormittag herkommen?«

»Ja.« Er überlegte einen Augenblick und fragte dann: »Wieso hat sie sich nicht gemeldet, als das Foto veröffentlicht wurde?«

»Wahrscheinlich dachte sie, dann würde sie in irgend etwas hineingezogen. Die Sache ist die, Jury, es hakt zusehends an Ihnen. Sie sind derjenige, der sie am Tatort gesehen haben will.« An Chiltens Ende war Papierrascheln zu hören. »Der einzige«, fügte er hinzu. »Sie sind sich ziemlich sicher, es war nicht das Opfer selbst, das Sie gesehen haben.«

Jury zögerte. »Ich höre da eine Frage heraus. Ich bin mir ziemlich sicher.«

»Keinerlei Zweifel?«

Jury seufzte. »Zweifel gibt es immer.«

Chilten stieß ein leises, abruptes Knurren aus. »Das gilt wohl verdammt noch mal nicht für Sie, oder? Passen Sie auf, R. J., wir können die Frau nicht bis in alle Ewigkeit dabehalten, ohne Anklage zu erheben. Und an guten Gründen dazu haben wir nicht die Bohne.«

Jury lächelte. »Ach, ich weiß nicht, Ronnie. Sie haben doch *mich.*«

Chilten stieß ein tiefes Gurgeln aus und legte auf.

## 16

Phyllida Laidlaw bat sie in dem großen Apartmentkomplex Redcliffe Gardens in ihre Küche und sagte: »Ich setze nur schnell Wasser auf, dann haben wir gleich unseren Tee.« Das Lächeln in dem neunzigjährigen Gesicht wirkte entrückt, als seien Jury und Wiggins gerade in ihre Tagträumerei hineinspaziert.

Wiggins setzte sich auf einen Holzstuhl und teilte ohne lange Umstände gleich gute Ratschläge aus. »Vielleicht sollten Sie sich mal diese neuen Teekocher anschauen. Meiner ist aus Plastik und kocht das Wasser dreimal so schnell.«

»Wirklich? Ich mag aber kein Plastik. Und die aus Metall sind so teuer.«

In der Hoffnung, Wiggins von weiteren Ratschlägen abzuhalten, sagte Jury: »Mrs. Laidlaw, kennen Sie Kate McBride?«

»Aber ja doch. Die anderen Polizisten haben mich auch schon nach ihr gefragt. Die hätten es Ihnen doch sagen können, dann hätten Sie sich den ganzen Aufwand gespart. Damit will ich aber nicht sagen, daß ich mich über Ihren Besuch nicht freue.« Der Kocher schrillte, als wollte er Wiggins' Kommentar von wegen »dreimal so schnell« Lügen strafen.

Wiggins legte ihr, als sie aufstehen wollte, die Hand auf die Schulter und sagte, um den Tee würde er sich schon kümmern.

»Ich habe aber leider nur Teebeutel – da, in der Blechdose. Der Zucker ist im Schrank. Milch ist im Kühlschrank.« Nachdem dieser entscheidende Schritt getan war, faltete sie die Hände im Schoß und sah Jury aus wasserblauen Augen an, um ihm zu bedeuten, er solle doch mit dem trivialen Thema voranmachen, dessentwegen er gekommen war.

»Mrs. McBride war am Samstag abend zum Tee bei Ihnen. Wissen Sie noch, wie spät es war, als sie hier war?«

»Na ja, es war kurz vor *Morddezernat*.«

»Wie bitte?«

Wiggins klärte ihn auf, während er Wasser über die Teebeutel goß. »Ich habe Ihnen davon erzählt, erinnern Sie sich? Sie haben die Serie nicht gesehen. Hier bei uns ist sie gerade erst angelaufen. Sie ist – äh, so lebensnah.«

»O ja, das ist sie – für mich bitte nur einen Löffel. Die haben ja so *interessante* Darsteller. Also, dieser wunderbare schwarze Inspektor –«

Wiggins stellte ihnen die drei Henkeltassen hin. »G.«

Sowohl Jury als auch Mrs. Laidlaw sahen ihn fragend an.

»G, so heißt der Inspektor.«

»Wir haben noch keine Kekse«, sagte Mrs. Laidlaw vorwurfsvoll.

»Stimmt. Bring' ich sofort.« Als hätte er die Küchenschränke eigenhändig gefüllt, holte er eine Packung Rich Tea Biscuits heraus und legte ein paar davon auf einen Teller.

»So legen Sie also die Uhrzeit fest, Mrs. Laidlaw?«

Sie sah ihn an, als würde er Sand ins Getriebe streuen und Sinniges durch Unsinnigkeiten unterbrechen. Wiggins rührte in seinem Tee und bedachte ihn mit einem ähnlichen Blick.

Jury räusperte sich. »Kate McBride, Mrs. Laidlaw. Sie war hier, während diese Fernsehsendung –«

»*Morddezernat.*«

»*Morddezernat.*«

Sie sagten es gleichzeitig, und Mrs. Laidlaw freute sich wie eine Schneekönigin, daß zumindest einer von Englands Polizisten auf dem laufenden war.

»Richtig. Und wann ist Mrs. McBride wieder gegangen?« Jury ließ den Blick durch den Raum schweifen.

»Ach, so etwa zwanzig nach neun. Kurz vor halb zehn. Inzwischen hatte ich das meiste von *Morddezernat* schon verpaßt –«

»Ich hab's auch verpaßt.«

Jury funkelte ihn an. Wiggins hielt den Mund.

»Na, dann schaute ich mir diese läppische Quizsendung an, aber fragen Sie mich *bloß* nicht danach, also wenn ich Rechenschaft über meine Zeit ablegen muß …« Sie hob mit einem leichten Achselzucken die Hände. Ihr Lächeln wirkte fast beseelt.

Jury lächelte ebenfalls. »Nein, Ihre Aussage scheint mir recht glaubwürdig zu sein. Nur über eines bin ich mir nicht ganz im klaren. Als Mrs. McBride zu Besuch war, haben Sie dann hier in der Küche Tee getrunken?«

»Ja. Ich trinke ihn immer hier drinnen.«

»Mir ist aufgefallen, daß Sie keine Armbanduhr tragen, und ich sehe hier auch sonst keine Uhr. Woher wußten Sie, wann Ihre Sendung kam?«

»Na, sie hatte doch eine. Eine Armbanduhr, meine ich. Daher wußte ich doch, daß es nach neun war. Sie hat es mir gesagt.«

Als die Wachtmeisterin sie im Polizeigebäude von Fulham in den Vernehmungsraum führte, saß Jury schon am Tisch. Er hatte den Regenmantel noch nicht abgelegt, wodurch er den Eindruck vermittelte, daß er sich nicht sehr lange hier aufhalten wollte. Er war sich nicht im klaren darüber, ob dies stimmte oder nicht. Er wußte nur, daß Kate McBride ihn ganz schön aus der Fassung brachte.

Sie sah genauso aus wie gestern, als er mit ihr im St. James an der Shaftsbury Avenue gewesen war – dasselbe Kostüm, dieselbe Frisur –, doch wie hätte es auch anders sein können, nachdem Chilten sie ja gestern abend abgeholt hatte. Chilten hatte sie, zusammen mit seinen Kollegen, natürlich bereits vernommen und ihre Aussage auf Band aufgezeichnet. Nach einem Anwalt hatte sie nicht verlangt. Sie war sich ihrer sofortigen Entlassung so sicher gewesen, daß sie nicht damit rechnete, einen zu brauchen.

Kate McBride nahm gegenüber von Jury auf einem der unbequemen Klappstühle Platz und sagte: »Ich bin Ihnen sehr verbunden, daß Sie gekommen sind.«

Auch die Stimme war dieselbe. Sie zitterte nicht, sie war nicht ängstlich angespannt, ihr war nichts anzumerken außer dem Vertrauen in die Tatsache, daß dies alles ein schrecklicher Irrtum war, der sich leicht aufklären ließe, wenn sie nur der richtigen Person sagen konnte, worin der Irrtum bestand. Jury war offenbar die richtige Person.

Ihre »Verbundenheit« überging er kommentarlos und neigte als Antwort nur leicht den Kopf. Dann fragte er: »Warum wollten Sie mich sprechen?«

Kate McBride antwortete nicht sofort. Sie ließ den Raum, von dem er angenommen hätte, daß er ihr mittlerweile recht vertraut war, eine Zeitlang auf sich wirken. Es war eigentlich kaum ein Ort, den man sich ins Gedächtnis hätte einprägen wollen. Dann sagte sie: »Würden Sie mir sagen, was Sie an jenem Samstag abend gesehen haben – gesehen zu haben glauben?«

»Das habe ich Ihnen doch schon gesagt.«

»Sie sahen mich auf der Fulham Road in einen Bus einsteigen. In dem Sie bereits saßen.«

»Ja.«

»Und?«

Falls sie dachte, es würde ihr helfen, wenn er es noch einmal erzählte, wollte er ihr den Gefallen tun. »Etwa zehn Minuten später stiegen Sie an der U-Bahn-Station Fulham Broadway aus und gingen zu Fuß weiter. Vielleicht wegen des Verkehrsstaus. Sie dachten sich vielleicht, zu Fuß kämen Sie rascher an Ihr Ziel. Der Bus blieb noch mindestens zehn Minuten im stockenden Verkehr hängen, wegen der vielen Baustellen. Später, als der Bus vor einem Pub namens The Rat-und-irgendwas hielt, stiegen Sie wieder ein. An der Fulham Palace Road stiegen Sie aus und gingen in Richtung Fulham Palace.«

Sie wartete. Als Jury nicht weitersprach, sagte sie: »Sie sind ihr gefolgt.«

»Ich bin *Ihnen* gefolgt.« Er lächelte unmerklich.

Seltsamerweise erwähnte sie ihre Nachbarin nicht und brachte auch das Alibi nicht zur Sprache. War sie sich ihrer Sache so sicher, daß sie es nicht brauchte?

Sie sagte: »Und Sie meinen nicht, es lag an dem Mantel, den ich angeblich trug, daß Sie mich mit – ihr – verwechselt haben?«

»Nein.«

»Sie sind sich ja sehr sicher.«

Jury wandte den Blick kurz ab, was ein Fehler war. Er hatte das Gefühl, bereits in der Defensive zu sein.

Sie nützte sein Zögern sofort aus: »Sie sind es nicht, stimmt's?«

»Wollten Sie deswegen mit mir sprechen? Um mir zu sagen, daß ich mir nicht sicher bin, was ich gesehen habe?«

»Nein. Aber ich verstehe nicht, wie das, was angeblich geschehen ist, irgendeinen Sinn ergeben sollte.«

»Tut es auch nicht. Mein Ziel ist es, dafür zu sorgen, daß es einen Sinn ergibt.«

Es entstand eine Pause. Er beobachtete ein fahles Lichtband, das über ihrem Haar spielte.

Sie sagte: »Ich habe diese Frau nicht getötet.«

»Ah, das habe ich auch gar nicht *behauptet*. Sie hatten vielleicht einen Grund, dorthin zu gehen – obgleich es ein seltsamer Ort für ein nächtliches Stelldichein ist. Und auch ein seltsamer Ort für eine Verfolgung.«

»Eine Verfolgung?«

Jury zuckte die Achseln. »Ich hatte auch diese Möglichkeit in Betracht gezogen. Aus Ihrem Verhalten ließe sich ja auch schließen, daß Sie jemanden auf eine falsche Fährte locken wollten.«

Ihr kurzes, keuchendes Gelächter deutete an, daß seine Vermutung etwas zu weit hergeholt war. »Sie haben ja eine blühende Phantasie.«

»Nicht direkt. Ich bin eigentlich ein ziemlich phantasieloser Geselle. Aber als Polizist habe ich es natürlich darauf abgesehen, die Beweggründe für Ihr Verhalten herauszufinden. Wie ich schon sagte, was hat jemand bei Nacht an einem Ort wie Fulham Palace verloren? Dorthin verirren sich auch bei Tag nur wenige Touristen. Der Park ist eines von Londons bestgehüteten Geheimnissen.« Als sie darauf nichts erwiderte, fragte er: »Leben Sie allein? Kann niemand Ihre Geschichte bestätigen? Ihr Mann?«

»Ist tot. Michael ist an Leukämie gestorben. Er war erst vierzig.«

»Das tut mir sehr leid.«

Sie sprach weiter, als hätte sie ihn nicht gehört. »Er stammte aus Norfolk, von den Norfolk Broads. Obwohl er halb Amerikaner war, seine Mutter war von dort. Ich dachte, er wollte vielleicht wieder hierher zurück, doch er wollte in Paris sterben. Er liebte Paris.« Sie lächelte einem fernen Bild zu. »Er konnte sich an Paris berauschen. Von unserem Fenster aus sahen wir nachts auf die Straßenlaternen in der Rue Servandoni hinunter, und Michael –

aber ich schweife ab. Entschuldigung.« Sie legte die Hand auf ihre Stirn, wie um dadurch die Erinnerungen zurückzuhalten.

»Nein. Erzählen Sie weiter.«

Sie erzählte weiter und beschrieb die Cafés an den Boulevards Saint-Germain und Saint-Michel, in denen sie oft stundenlang saßen, die Spaziergänge und Blumen im Jardin du Luxembourg und in den Tuilerien, die naß glänzenden Pflastersteine in der Rue Servandoni und auf der Ile Saint-Louis, den Pont Neuf im Nebel, die breiten Avenuen voller Lichter wie die Champs-Elysées.

Ihre Stimme nahm Jury gefangen. Sie schien in seine Muskeln einzudringen und ihn wie eine Droge zu beruhigen.

»Sieben Jahre haben wir dort gelebt, in Saint-Germain-des-Près. Michael hatte früher eine Stellung bei der Regierung, er war Staatssekretär, und wir waren gut versorgt, nachdem er gestorben war. Michael selbst, damit meine ich seine Familie, hatte Geld. Sagen wir, es ging uns gut, obwohl wir keinesfalls reich waren. Er mußte sterben, aber ich war so froh, daß er starb, bevor das mit Sophie passierte.« Sie hielt inne und wandte sich ab. Außer der leeren Wand gab es nichts zu sehen.

»Sophie?«

Sie nickte. »Unsere Tochter. Kurz nachdem wir nach Paris zogen, wurde sie geboren. Ich weiß nicht, wen von uns dreien Michael mehr liebte: mich, Sophie oder Paris.« Ihr Lächeln bekam einen boshaften Zug. »Manchmal glaube ich, es war Paris. Aber Sophie liebte er abgöttisch.« Wieder verfiel sie in Schweigen. Jury konnte jemanden vor der Tür sprechen hören, vielleicht Chilten, der sie jetzt öffnete.

»Sie sagten, etwas passierte mit Sophie. Was?«

Kate stand auf, als sich die Tür öffnete, und sagte: »Sie verschwand.«

Sie drehte sich zu der Wachtmeisterin und Ron Chilten um. Die Polizistin führte sie hinaus.

»Ihr Timing ist wirklich grandios«, sagte Jury zu Chilten, während er sich den Paß besah, den Chilten ihm gerade ausgehändigt hatte. Sie standen auf dem Korridor vor dem Vernehmungsraum. »Wieso sehen eigentlich die Leute auf solchen Fotos immer wie Leichen aus?«

»Das hier *ist* eine Leiche. Nancy Pastis.«

»Entschuldigung.« Er betrachtete das Gesicht, den gleichmütigen Ausdruck ohne Lächeln, die hohe Stirn mit dem glatt zurückgestrichenen Haar. Ihm fiel ein, was Plant gesagt hatte: *Doppelgängerinnen.*

Chilten musterte ihn. »Ziemlich leicht zu verwechseln, die beiden. Könnte jedem passieren.«

»Ich bin aber nicht jeder, Ronnie.« Jury blätterte nach hinten zu den Visumeintragungen. »Hier sind die letzten drei Jahre: Argentinien, Frankreich, Dänemark, Rußland. Aber vor fast einem Jahr hört es auf. Dem Paß nach zu schließen, hat Ms. Pastis seit zehn Monaten keine Reise mehr gemacht.«

»Ach ja? Vielleicht hatte sie die Nase voll davon.« Er deutete mit einem Kopfnicken auf den Raum, in dem Jury bis vor kurzem mit Kate McBride gesessen hatte. »Haben Sie was Brauchbares aus ihr rausgekriegt?«

Jury schüttelte den Kopf. »Ausschmückungen dessen, was Sie schon wissen: Ehemann an der Botschaft in Paris, lebte sieben Jahre in Paris, hatte eine Tochter. Wußten Sie eigentlich, daß die verschwunden ist?«

Chilten runzelte die Stirn. »Das hat sie mir gar nicht erzählt. Was ist da passiert?«

»Ich war gerade dabei, es zu erfahren, als Sie reinkamen.« Die Tür zu dem Raum, den er eben verlassen hatte, stand offen. Er sah den Stuhl an, auf dem sie gesessen hatte, und starrte auf den kahlen, dürren Baum vor dem Fenster. »Bis dann also.«

# 17

Ein gelangweilter Wachtmeister hielt am Eingang zu dem eleganten Gebäude an der Curzon Street Wache. Jurys und Wiggins' Dienstausweise quittierte er mit einem Nicken und sagte, sie sollten reingehen, die Wohnung sei im ersten Stock und es gebe einen Aufzug. Es war einer von diesen golden angemalten Käfigaufzügen, der rumpelnd zum Stillstand kam.

Es war kein Tatortband zu sehen, die Wohnung war nicht abgesperrt worden – trotzdem wunderte sich Jury, daß neben Nancy Pastis' Tür kein Polizist postiert war.

Die Wohnung war, nach der Quadratmeterzahl zu urteilen, eher klein. Wohnzimmer, Schlafzimmer, Bad und Küche. Doch fand Jury, daß sie einen geräumigen Eindruck vermittelte. Die Decken waren hoch, und die Stuckverzierung – weißgetüncht, wie die Wände – war wunderschön. Jury und Wiggins fingen im Wohnzimmer an, in dem an zwei Wänden Bücherregale bis zur Decke standen. Es gab eine Bibliotheksleiter, mit der die höher gelegenen Regale zu erreichen waren. Vor den vollgestopften Regalen stapelten sich die Bücher, die wohl vergebens auf ein Plätzchen warteten. Es handelte sich offensichtlich um Bücher, die gelesen wurden und nicht nur zur Dekoration dort standen.

Das gesamte Mobiliar schien aus Antiquitäten zu bestehen, mit Ausnahme eines elegant gestylten Sofas in gebrochenem Weiß und eines tiefen, bequemen Sessels mit Schonbezug – das Sofa wahrscheinlich italienisches Design, der Sessel dagegen gutes, altenglisches Klubzimmer. Unter diesen Stücken lag ein Perserteppich, der in Rittersspornblau gehalten war. Es gab auch einen schweren Klappsekretär, vor dem ein zierlicher, vergoldeter Stuhl stand, französisch, vermutete Jury. Eine wulstige, verglaste Vitrine beherbergte Porzellan aus Sèvres und Limoges. Überall verteilt standen Lampen in verschiedenen Stilen und Höhen.

Daß diese unterschiedlichen Stilrichtungen sofort einen angenehmen optischen Eindruck beim Betrachter hinterließen, lag vielleicht daran, daß man das Gefühl bekam, jedes einzelne Stück sei von der Besitzerin allein deshalb ausgewählt worden, weil es ihr gefiel und nicht als Teil einer Sammlung oder mit dem Ziel, den Raum als Ensemble zu inszenieren. Durch die Kunstlosigkeit wurde eine kunstvolle Wirkung erzielt, die ein Innenarchitekt nicht erreicht hätte.

Die beiden anderen Wohnzimmerwände waren mit Bildern dicht behängt, und während Wiggins herumging und Schubladen aufzog und die kleinen Accessoires und Utensilien eines ganzen Lebens begutachtete, genehmigte sich Jury einen ausführlichen Blick auf die Gemälde. Soweit er sehen konnte, handelte es sich um Originale oder zumindest um ausgezeichnete Reproduktionen. Auf einem ziemlich kleinen Bild war die lichtgetränkte Küste von Cornwall zu sehen. Daß es Cornwall war, erkannte Jury an dem Titel *St. Ives.* Das schräg einfallende Licht verlieh dem Städtchen ein unwirkliches Leuchten und tüpfelte das Meer mit hellen Strahlen. Das größte Gemälde war eine ziemlich verblüffende, moderne Darstellung einer schmalen Bucht oder eines Jachthafens, übersät mit kleinen Fischerbooten oder Segeljachten. Nancy Pastis hatte offenbar eine Schwäche für Meeresszenen oder zumindest für Wasser: Lagunen, Seen, Meeresansichten, Flüsse. Ein anderes Bild stellte wohl Sankt Petersburg mit seinem berühmten Fluß dar, dessen Name Jury entfallen war. Wie auch immer er lautete, das Bild war jedenfalls wunderschön. Das kleinste Bild war ebenfalls erstaunlich: die Miniatur eines schwarzen Sandstrands mit türkisblauem Meer, eingefangen bei Sonnenuntergang – oder war es Sonnenaufgang? Jury war klar, daß er nie einen guten Maler abgeben würde, wenn er nicht einmal diesen Unterschied erkannte. Das kleine Bild lebte vom Licht.

Er ging ins Schlafzimmer, einen recht düsteren Raum mit schweren Vorhängen und schwerem Bettüberwurf, aber ebenso wie das Wohnzimmer äußerst ordentlich und aufgeräumt. Wiggins kam gleich hinterher und machte sich an Frisiertisch, Schreibtischchen und Kommode zu schaffen.

In der Küche, einem wahrhaft wundersamen Ort, fand sich so ziemlich jedes moderne Küchengerät, das gegenwärtig auf dem Markt war: Espressomaschine, Cuisinart, Pastamaschine, an einem kupfernen, von der Decke hängenden Rundhalter angebrachte Kupfertöpfe und ein sagenhafter (blitzender) Herd von professionellen Restaurantküchenausmaßen, mit acht Kochstellen und einem Backofen, der genug Platz für einen ganzen Ochsen bot. Hier schien jemand die Kunst des Kochens sehr ernst zu nehmen, ebenso wie das Lesen und die Malerei.

Unter dem Dutzend Kochbüchern auf der mit spanischen Kacheln gefliesten Arbeitsfläche waren zwei auf französisch und eins auf deutsch. Jury zog sie heraus und blätterte lange genug darin, um festzustellen, daß sie tatsächlich benutzt worden waren und daß Nancy Pastis mehr als nur Englisch beherrschte. Aus ihrem Paß war ersichtlich, daß sie häufig reiste. Häufig und gerne, dachte er.

Er ging gerade wieder ins Wohnzimmer, als er im Flur draußen Stimmen hörte, eine Männer- und eine Frauenstimme. Wiggins hatte einer älteren Dame geöffnet sowie dem Wachtmeister, den Chilten, wie Jury vermutete, hier postiert hatte. Bei Jurys Anblick lief der Wachtmeister ziegelrot an. Mit der Hitzewallung hätte man ein Kohlenfeuer in Gang bringen können.

»Oh, Verzeihung, Sir. Ich wollte gerade… ich war bloß fünf Minuten weg.«

Scherzhaft scheltend meinte Jury: »In fünf Minuten kann sich aber allerhand Gesindel hier einschleichen. Wie Sie sehen.« Er lächelte.

Die ältere Dame kam dem Mann zu Hilfe. »Es ist *ganz allein* meine Schuld. Der Wachtmeister war so freundlich, mir einen Tisch tragen zu helfen, und da habe ich ihm ein Täßchen Tee angeboten. Gehören Sie zur Familie? Mein herzliches Beileid.«

Jury mußte lächeln; was für ein unschuldiges Leben sie führte, wenn sie zwei Polizisten für etwas anderes als für Polizisten hielt.

Wiggins meinte, nein, sie gehörten nicht zur Familie, und holte seinen Ausweis hervor. »Scotland Yard, Madam.« Obwohl sich die Worte steif und förmlich anhörten, gelang es Wiggins immer, sich – oder sie beide – so vorzustellen, daß es klang, als wenn ein Nachbar seinen Hund spazierenführte. Also richtig liebenswürdig.

Jury (der Hund) trat vor und zeigte seinen Dienstausweis, hieß den Wachtmeister, an der Tür zu bleiben, und bat die Frau ins Zimmer. »Sind Sie Mrs. Landseer?«

»Vera Landseer, ganz richtig. Ich wohne nebenan.« Sie knetete ein zartes Leinentüchlein in den Händen.

Sie trug ein schickes, hellgrünes – fast chartreusefarbenes – Kostüm mit Gagatbrosche am Kragen und echter Perlenkette. Sie hatte die zarte, papierdünne Haut alter Menschen, die wie gepudert wirkt. Ein würzig waldiger Parfümduft umgab sie, und ihr Haar war außergewöhnlich gut gestylt, höchstwahrscheinlich von Toni & Guy an der Ecke.

»Sie waren mit Nancy Pastis befreundet. Sie haben der Polizei von Fulham geholfen –«

»Ja, aber eine richtige Freundin war ich wohl nicht.« Vera Landseers bekümmerter Blick ließ erkennen, daß sie sich hätte mehr Mühe geben sollen und nun keine Gelegenheit mehr dazu haben würde. »Ich war ein paarmal bei ihr in der Wohnung. Einmal hat sie mich zum Tee eingeladen. Wie schön das alles ist, finden Sie nicht? Was wird nun daraus? Aus den Büchern und der Kunst?«

Jury schüttelte den Kopf. »Das weiß ich auch nicht. Wenn wir die Verwandten ausfindig machen, können die sich vielleicht darum kümmern.«

Vera Landseer sah auf die Bilder an der Wand hinter ihnen. »Ich hatte immer so ein Gefühl, daß da niemand mehr ist. Keine Verwandten, meine ich. Ich weiß auch nicht warum, aber irgendwoher muß dieser Eindruck doch kommen, meinen Sie nicht?«

Wieder nickte Jury lächelnd. Ihm gefiel die Art, wie sie kombinierte. »Als Sie bei ihr zum Tee waren, haben Sie sich doch unterhalten. Vielleicht hat sie da etwas gesagt.«

Sie blieb reglos stehen und überlegte. Dann sagte sie: »Ich erzählte ihr, daß meine Familie in Kent lebt. Sie sagte, ihre Leute hätten sich die letzten zehn Jahre ihres Lebens irgendwo in Europa niedergelassen. Offensichtlich sind ihre nächsten Verwandten also tot. Sie war nicht verheiratet – nun, das ist ja auch ziemlich offensichtlich, ich meine, wenn man sich hier umsieht.« Ihr Arm wischte in großer Geste durch den Raum. »Sie sprach ein bißchen über ihre Reisen. Ich glaube, an dem Wochenende war sie damals gerade zurück aus« – Vera Landseer kniff sich in die Stirn, als fiele ihr dadurch der Name ein – »aus Irland, Nordirland. Aus Armagh, sagte sie, glaube ich.« Sie hielt ihre schmale Hand mit der gazedünnen Haut an die Kehle und spielte mit den Perlen, die um ihren Hals lagen.

»Die Wohnung ist sehr ordentlich aufgeräumt, obwohl sie ja vollgestopft ist mit Möbeln und Büchern«, bemerkte Jury. »Ich war noch nie in einer derart – makellosen Wohnung.«

»Ja. Das war sie immer, jedenfalls die paar Male, die ich hier war. Wirklich sehr ordentlich.« Vera Landseer nestelte nervös an ihrer Perlenkette herum. »Wenn Sie mich jetzt entschuldigen wollen, ich habe eine Verabredung.«

Jury hielt ihr seine Visitenkarte hin. »Wenn Ihnen noch etwas einfällt, was uns helfen könnte, wäre ich Ihnen sehr verbunden, wenn Sie mich anrufen würden.«

Sie besah sich die Karte und nahm dann ihn in Augenschein, als suchte sie nach einer Übereinstimmung oder einem Erkennungszeichen. »Ja, natürlich. Also dann, guten Tag.« Mit diesen Worten ging sie über den Flur auf den Käfigaufzug zu.

»Ich bin froh, daß Vera hier war« sagte Wiggins. Bei ihm dauerte es nicht lange, und er war mit Zeugen, Opfern und Tätern auf du und du. »Ehrlich gesagt, war es mir direkt unheimlich.«

»Was denn?« Der goldene Aufzug kam stotternd zum Stehen.

»Daß da so wenig Sachen waren.«

»Was?« Jury lachte. »Hier wimmelt es doch nur so von ›Sachen‹.«

»Nein, ich meine kleine, persönliche Sachen: keine Post, keine Fotos, keine Schnappschüsse. Ich weiß, Nancy ist viel gereist, aber man sammelt doch Dinge an, ich jedenfalls. Gibt's denn überhaupt eine Menschenseele, die *alles* wegschmeißt, was sie nicht mehr braucht? Es gab auch keine Papiere oder Fotos in Schuhkartons oben in den Schrankfächern.«

»Vermutlich haben Chiltens Leute ein paar Sachen mitgenommen.« Doch dann fiel Jury wieder ein, daß Chilten gesagt hatte, sie hätten außer Paß, Kontoauszug und einigen Rechnungen nichts aufgetan. Jury nahm an, er hätte es im übertragenen Sinne gesagt, doch vielleicht hatte Chilten es wortwörtlich gemeint. Das Fazit war jedenfalls ein großes Nichts. Jury sagte: »Stimmt, das ist seltsam.«

Wiggins schüttelte den Kopf. »Also, nein. Wenn Vera nicht hereingekommen wäre – also, ich dachte allmählich schon, wir jagen hier einem Gespenst hinterher.«

Das grellblaue Neonschild des Starrdust schoß kometengleich quer über das schmale Gebäude in Covent Garden. Sie hatten fürs erste genug Verbrecher gejagt, und da Homöopathie und *Morddezernat* Wiggins' kostbare Zeit im Moment nicht beanspruchten, ließ er sich bereitwillig zu einem kleinen Abstecher überreden.

Das Starrdust war Wiggins' absolutes Lieblingsplätzchen, wahrscheinlich von ganz London. Später konnten sie seinetwegen ruhig wieder Racers Phantom hinterherjagen, nach Soho fahren und in Danny Wus Restaurant sozusagen auf Wildgänsejagd gehen, wo gar keine Wildgänse waren. *Enten,* witzelte Jury bei sich, *wir gehen höchstens auf Wildentenjagd.* Wu servierte die beste Ente von ganz London.

Nachdem Wiggins den polizeieigenen Ford unerlaubterweise auf der gegenüberliegenden Seite geparkt hatte, stiegen sie aus und gingen über das Straßenpflaster hinüber. Auf dem Gehsteig vor dem Schaufenster blieben sie stehen, um sich zu einem Dutzend Knirpsen zu gesellen, die wie hypnotisiert in das riesige Fenster des Starrdust starrten. Dort war immer etwas los, die Szenerie wechselte ohne große Ankündigung. Die Schaufensterdekorateurinnen Meg und Joy, Andrew Starrs Verkäuferinnen, hatten sich von einem Freund, der wohl Elektroingenieur war, alle möglichen Flaschenzüge und beweglichen Teile und mechanischen Gleise bauen lassen, mit deren Hilfe sie alles in Bewegung setzten. Gemeinsam hatten die drei das wahrscheinlich gelungenste Schaufenster von ganz London gestaltet. Harrods und Selfridge's waren überhaupt keine Konkurrenz.

Die heutige Szene stellte einen nächtlichen Wald dar. Am linken Rand kamen zwei kleine Kinder einen Pfad entlang, als plötzlich eine Hexe mit hocherhobenen Armen und Krallenfingern ruckartig hinter einem Baum hervorschoß. Der Mond hellte sich auf, die Sterne funkelten stärker, und aus seiner Höhle trat Merlin, der Zauberer, mit spitzem Hut und sternenübersätem Umhang, um die Hexe mit seinem Stab zu vertrimmen, bis sie wieder verschwand. Dann wurde der Wald dunkler, während sich mehrere Waldwesen aus ihren Verstecken hervorwagten. Schließlich wurde es so finster, daß nur noch Augen und Sterne in dem kleinen Fenstertheater hingen, bis der ganze Schauplatz kohlrabenschwarz war.

Alles im Starrdust schien das Werk unsichtbarer Hände zu sein.

»Mister, sagen Sie mal, wie die das gemacht ham«, wollte ein winziges Mädchen wissen, das selbst als Porzellanpüppchen hätte auftreten können. Sie sah zu Jury empor und hielt dabei die Hände über dem Kopf, als könnte ihr der in dem Windstoß gleich wegfliegen, der gerade die Flower Street hinuntergefegt kam.

»Merlin, der Zauberer, der macht das. Der mit dem hohen Hut.«

Von der duldsam leidenden Sorte war der Blick, den er daraufhin erntete. »*Mis*-ter.« Sie verdrehte die Augen, als wollte sie sagen, der müßte es eigentlich besser wissen, und wirbelte davon wie ein vom Windstoß fortgetragenes Blatt.

Es war ein Wunderwerk, mußte Jury zugeben, obwohl er fand, daß das »Wie-die-das-gemacht-ham« weniger wichtig war als das »Warum«.

Das »Warum« lag irgendwo tief im Hirn von Andrew Starr verborgen. Er war der Merlin-im-Walde, der alles steuerte, ohne selbst in den Vordergrund zu treten. Momentan stand er über einen alten Jägertisch gelehnt, der als Ladentheke diente. Darauf thronten ein Computer und eine Registrierkasse, außerdem hatte Andrew gerade noch etwas vor sich ausgebreitet liegen: höchstwahrscheinlich ein Horoskop. Andrew war Astrologe, der ernsthaft seinem Handwerk nachging und eine hingebungsvolle Gefolgschaft hatte, die von Hausfrauen bis hin zu berühmten Persönlichkeiten reichte. Obwohl er höllisch teuer war, schimpfte niemand über den Preis, denn Andrews wahrsagerische Kräfte waren erstaunlich.

Der Laden schien in einem immerwährenden Dämmerschein zu liegen, wobei es immer schattiger und finsterer wurde, je weiter man sich nach hinten bewegte. Wiggins steuerte unverzüglich nach hinten, wo gewöhnlich die Kinder vor dem Horror-Scope versammelt waren, einem Spielhaus, aus dem beglücktes und ängstliches Gekreische ertönte.

Jury blieb wie jedesmal stehen, um die abgehängte Decke zu bewundern, die Meg und Joy mit ihrem Ingenieur als absolutes Wunderwerk von einem Nachthimmel gestaltet hatten, mit einem Mond, der zu- und abnehmen konnte, und Planeten, die heller und dunkler werden konnten. Je nachdem, wie der Zeitschalter eingestellt war, wurde das Licht der Venus spärlicher, wenn Merkur funkelnd erstrahlte. Sterne, Mond und sämtliche Sternzeichenplaneten tauchten auf und wieder ab. Es war einfach prächtig – dank Meg, Joy und ihrem Ingenieur. Und dem Erfindungsgeist von Andrew Starr.

Der Laden war einfach märchenhaft, inklusive der Musik: alte, verkratzte Lieder ertönten von uralten Schallplatten, die der Besitzer über die Jahre zusammengetragen hatte. Hoagy Carmichaels Interpretation von »Stardust« gehörte ebenso zur Grundausstattung wie Glenn Millers »Moonlight Serenade«. Jury stand da und starrte versonnen an die Decke, während er der dahinplätschernden Klaviermelodie lauschte und versuchte, den Song einzuordnen. Es war eine dieser Melodien, die einen verrückt machten, weil sie Erinnerungen wachriefen. Man kannte sie, kam aber nicht darauf und wußte, daß sie einen traurig machen würden, wenn man doch drauf kam.

»›Stella by Starlight‹«, sagte Andrew und sah lächelnd von seiner Arbeit auf.

Gedankenlesen konnte er also auch noch, dachte Jury. Er war überzeugt, daß Andrew Starr einen sechsten oder gar siebten Sinn besaß. Falls überhaupt so etwas wie ein verträumter Geschäftsmann existierte, war Andrew dessen Verkörperung. Seinen cleveren Spürsinn fürs Geschäftliche hatte er bereits bewiesen, indem er Meg und Joy engagiert hatte. Er hatte, lange bevor sie selbst darauf gekommen waren, erkannt, daß ihre fast märchenhafte Präsenz ausgezeichnet fürs Geschäft wäre. Sie waren nicht blutsverwandte, sondern vom Schicksal füreinander bestimmte Zwillinge. Ähnlich wie der Zauberer Merlin sprangen Meg und Joy gleichsam hervor und verjagten sämtliche Probleme. Gegenwärtig schwebten sie in der Nähe des Horror-Scopes herum, eines Gebildes von den Ausmaßen eines kleinen Raumes mit niedriger Decke, aus dem die Geräusche von Unwetter ertönten, einem von Blitzen durchzuckten Himmel, unheimlichen Lauten und einem

»Phänomen« (wenigstens nannte Wiggins es so), und man mußte zwanzig Pence berappen, um herauszufinden, worin dieses Wunder bestand. Jury hatte sich nie einen Blick ins Innere des Horror-Scopes gestattet, und Wiggins weigerte sich, ihn einzuweihen.

Eines der »Phänomene«, das er nur zu gut kannte, war Carole-anne Palutski, Jurys Nachbarin aus der Wohnung über ihm. Dieses spezielle Phänomen mit den amethystblauen Augen und dem rotgoldenen Haar kam nun in Wolken von pinkfarbenem und lachsrotem Chiffon auf ihn zugeströmt und hatte irgendwo um sich herum, wahrscheinlich um die Fesseln, unzählige kleine Glöckchen gebunden. Ein Turban aus Silberlamé quetschte ihr rotgoldenes Haar zusammen und ließ rund um ihr Gesicht kleine Löckchen entstehen. Bei ihrem Anblick mußte Jury unwillkürlich an ein hübsches, kleines Mädchen auf einem holländischen Gemälde denken. Auf einem Tellerchen trug sie ein Riesenstück Kokosnußkuchen, bei dem jeder, außer Carole-anne natürlich, allein schon vom Ansehen dicker wurde.

»Super!« rief sie in herzlichem Tonfall, gleichzeitig zur Begrüßung und als Frage, wo um alles in der Welt er denn die ganze Zeit gesteckt hatte, obgleich sie erst morgens zusammen ihr Müsli gegessen hatten. Dann fiel ihr wieder ein, daß er zu ihrer Verabredung im Pub nicht erschienen war. »Wollen Sie sich etwa aus der Hand lesen lassen?« Handleserei war »Madame Zostras« Stärke, zusammen mit Botschaften aus dem Reich der Toten, die sich per Laser in ihre Kristallkugel einschlichen. »Wenn ja, können Sie sich die Mühe sparen. Es ist immer noch das gleiche.«

»Nein, das war gar nicht meine Absicht. Aber soll das etwa heißen, einmal Handlesen gilt fürs ganze Leben?«

»Bei Ihnen schon.« Sie zerquetschte mit der Gabel ein paar Kuchenkrümel.

Wenn er seine Hoffnungen drauf setzte, daß sie lange Reisen und Liebesaffären in seiner Handfläche entdeckte, konnte er es gleich vergessen. Jury fragte sich, weshalb er eigentlich von Leuten umgeben war, die an Sturheit nicht zu übertreffen waren: Carole-anne, Wiggins, Mrs. Wassermann. Selbst der Kater Cyril schien flexibler zu sein als diese Zeitgenossen.

»Nun, meine Liebe, ich möchte Sie ungern enttäuschen, doch tragen sich in meinem Liebesleben Dinge zu, die von Ihrer hastigen Handleserei im Januar nicht abgedeckt sind.« Wieso in drei Teufels Namen konnte er sich daran erinnern, daß es im Januar gewesen war? fragte er sich. Der Tatbestand trug ungemein zur Vergrößerung seiner Irritiertheit bei. Es war weiß Gott keine Weissagung, die einem im Gedächtnis haften blieb, hauptsächlich weil sie sich auf kein konkretes Ereignis bezog. Wieso erinnerte er sich dann daran? Es konnte nur an Carole-anne selbst liegen, die auf ihn weit mehr Eindruck machte als ihre Botschaften.

»Liebesleben? Wer behauptet denn, daß Sie eins haben?« Sie stopfte sich noch einen Bissen Kuchen in den Mund und formte drumherum ihre Worte: »Ich nich, cho viel ich klar.« Sie stellte ihren Teller auf der Theke ab und sagte: »Ich bin bloß rausgekommen, um das Schnurlose zu holen.« Sie griff unter den Ladentisch, um das Gerät hervorzuholen, und fügte hinzu: »Ich muß unbedingt Stan anrufen.« Sie bedachte Jury mit einem herablassenden Blick. »Wir sind verabredet.« Carole-anne hatte so eine Art, Stan Keeler als Maßstab für Jurys Eifersuchtsquotienten zu benutzen.

»Soso, dann fahren wir also nach Berlin?«

»*Wie bitte?*« Sie legte den Kopf schief, als wäre es eine Zumutung, sich Jurys sinnlos dahergestammelten Silbensalat anzuhören.

»Stan ist in Berlin zu seinem Auftritt.«

Eines fand Jury an Carole-anne bewundernswert, und das war ihre Fähigkeit, Informationen blitzschnell zu verarbeiten. Schlagfertig konterte sie: »Ich hab nicht gesagt, daß wir *aus*gehen. Wir haben abgemacht, wann ich ihn *anrufen* soll, wollte ich damit sagen.«

»Ach. Nun darf ich in bezug auf mein eigenes Liebesleben vielleicht anmerken – daß Sie mir keins weissagen, muß nicht unbedingt heißen, ich hätte keins.«

Andrew genoß diesen Schlagabtausch. »Das führt aber den ganzen Sinn von Weissagungen ad absurdum, nicht wahr, Superintendent?« Sein glückseliges Lächeln war voll und ganz auf Carole-annes Seite. Andrew glaubte keine Sekunde daran, daß sie weiter in die Zukunft sehen konnte als bis zu ihrer nächsten Maniküre. Er war sich Carole-annes spiritualistischer Grenzen wohl bewußt, trat aber jederzeit für sie und die Anliegen, denen sie sich verschrieben hatte, ein.

Falls sich Carole-annes Stirn umwölkt hatte, klärte sie sich bei diesen Worten ihres Chefs umgehend auf. »Also, was wollen Sie?«

»Daß Sie was für mich tun.«

Sie versuchte, nicht allzu erfreut dreinzusehen, als Jury ihr die Seite aus dem *Mirror* überreichte, die in seiner Tasche gesteckt hatte. »Was ist das?« Carole-anne spießte wieder einen Bissen Kuchen auf die Gabel.

»Lesen Sie es mal.« Und als sie ihm ihren pein- und mühsalbeladenen Blick zuwarf, fügte er hinzu: »Wenn Sie eine Minute erübrigen können. Dann reden wir darüber.«

Überheblich ihr Kinn hebend, gab sie zurück: »Wie Sie möchten«, und schwirrte wieder in ihr Seidenzelt zurück. Kuchen und schnurloses Telefon hatte sie vergessen.

Beseeltes Gelächter schwebte ihnen aus dem Horror-Scope entgegen. Wiggins saß immer noch dort hinten. »Wiggins!«

Augenblicklich verstummte jegliches Geräusch, denn Wiggins und die anderen Kinder wollten nicht zur alltäglichen Routine zurückbeordert werden.

Nur durch die Aussicht auf ein Essen bei Danny Wu ließ sich der Sergeant zum Verlassen des Starrdust bewegen. »Wiggins«, rief Jury noch einmal, »sind Sie bereit für Danny Wu?«

Zuerst erschien Wiggins' Gesicht an der Tür des Horror-Scopes, dann kam der ganze Kerl den verdunkelten Gang herunter. Wie vorhin Carole-anne fiel es ihm schwer, sich nicht den Mantel des Märtyrertums umzuhängen.

»Ich war die ganze Zeit schon bereit, Sir. Ich hab' bloß auf Sie gewartet.«

Ruiyi – so hieß Dannys Restaurant – war, nach Meinung der Gäste, Restaurantkritiker und – hauptsächlich – seiner Landsleute, das beste Restaurant in ganz Soho. Jury und Wiggins waren höchst erfreut über diese Tatsache, denn aufgrund der gerade laufenden Ermittlungen, die sich mit Mr. Wus mutmaßlichem Nebenerwerb im Drogengeschäft und nun auch mit Mord befaßten, saßen die beiden ein paarmal im Monat an einem von Danny Wus Tischen.

Die Ermittlungen wären im Normalfall in die Zuständigkeit des Rauschgiftdezernats gefallen (wofür diese Leute ja offensichtlich da waren), hätte Chief Superintendent Racer nicht darauf bestanden, daß Jury die Sache übernahm. Jury beschäftigte sich normalerweise nur mit Mordfällen, was Racer allerdings nicht interessiert hatte. Und nachdem der Drogenmixtur mittlerweile eine Leiche beigefügt worden war, wollte Racer in der Sache Danny Wu so schnell wie möglich Ergebnisse sehen.

Danny Wu war ein eleganter, einnehmender, in italienisches Tuch gekleideter Mann von Anfang Vierzig, der von europäisch-chinesischen Eltern abzustammen schien. Er war aber Kantonese, in der Provinz Kwangtung geboren, später nach Peking umgezogen. Als seine Mutter – die ihn allein aufgezogen hatte – gemerkt hatte, wie elend es dort war und wie schwer man es in Peking zu etwas brachte, hatte sie mehrmals ihr Leben aufs Spiel gesetzt, um mit ihm nach Hongkong oder Shenzhen oder wieder zurück nach Kwangtung zu gelangen. Seine Mutter stammte aus einem alten Geschlecht adliger Grundbesitzer und war eine Schönheit gewesen, von der Art, wie nur wahrhaft mutige Menschen schön sein können. Was sie, wie Jury sich sicher war, gewesen war. Man brauchte sich nur Dannys Gesicht anzusehen, um es zu wissen. Ihr Bild hatte er auch gesehen. Seinen Vater hatte Danny allerdings nie gekannt. »Er hätte also«, meinte Danny, »eine von euch Knollennasen sein können.«

»Nicht bei Ihrer Nase, Chef«, hatte Jury ihm lachend entgegnet.

Von hohem Geblüt, aber arm, hatte Danny jeden Job angenommen, den er kriegen konnte, und am Ende als Tellerwäscher in einem Hotel in Shenzhen gearbeitet. Die Geschicklichkeit der Köche, die einen ganzen Kohlkopf in kaum der Zeit zerteilen konnten, die es brauchte, um das Wort auszusprechen, faszinierte den jungen Mann. Nach und nach hatte er sich zum Gemüsekoch und dann zum stellvertretenden Küchenchef emporgearbeitet und schließlich den Stacheldraht überwunden, der Shenzhen von Hongkong trennte. Fünf Jahre verbrachte er als Küchenchef in einem Hotel in Hongkong, bevor er nach London kam. Als Küchenchef in einem der ersten Londoner Restaurants hatte er genug Geld verdient, um Grundstücke und Immobilien zu kaufen, und mit den Gewinnen daraus hatte er wiederum dieses wertvolle Eckgrundstück in Soho erstanden und sein eigenes Lokal aufgemacht. Er hatte es Ruiyi genannt, nach seiner Mutter.

Die hingebungsvoll ausgeübte Kochkunst hatte er im Laufe der Jahre durch sporadische Arbeitsaufenthalte auf einer Schlangenfarm und ein bißchen Werkspionage in Shenzhen unterbrochen. (»Es ist leichter, die Kronjuwelen aus dem Tower von London zu stehlen als eine in China gefertige Barbiepuppe von Mattel, Inc.«)

Jury war zu dem Schluß gekommen, daß es sich bei Danny Wu um den größten Lügner seit Homer handelte. »Wieviel von dem Zeug glauben Sie ihm?« hatte Wiggins einmal gefragt. »Nur die Schlangen und die Mutter«, hatte Jury geantwortet und sich gleich korrigiert: »Nur die Mutter.« Daß Danny bezüglich seiner

Mutter die Wahrheit sagte, war für Jury so offenkundig wie der Regen, der nun gerade gegen die Fenster peitschte, ein gänzlich unenglischer Regen, ein Regen, der anderswo überlaufende Flüsse oder urplötzliche Überschwemmungen zeitigen würde.

Sooft Jury und Wiggins hier auftauchten, wurden sie ebenso flink wie die kleinen Figuren auf der elektrischen Schiene im Fenster bei Starrdust hereinbugsiert. Wenn die Polizei Wu ebensogut observierte wie Danny Wu sie, wären sämtliche Drogengeschäfte längst aufgedeckt. Kein Zauberer hätte einen Tisch schneller abräumen können, als dies für Jury und Wiggins bewerkstelligt wurde.

»Bitte sehr«, sagte der ehrwürdige, alte Kellner, während er lächelnd auf und ab hüpfend mit dem Ärmel über einen Tisch wischte, der, wie Jury hätte schwören können, Sekunden zuvor noch vollgestellt gewesen war. Der Kellner zog beide Stühle hervor und bedeutete ihnen, Platz zu nehmen. Sie setzten sich. Jury sah durch den kleinen Raum zu der Menschenschlange hinüber, die sie übersprungen hatten, und erntete im Gegenzug versteinerte Blicke. Er konnte es ihnen kaum verübeln. Bei Ruiyi mußte man immer Schlange stehen.

Man reichte ihnen die Speisekarten, und der Kellner wies auf die speziellen Tagesgerichte hin. Jury nahm immer ein Tagesgericht, las sich aber trotzdem gern die Karte durch. Wiggins geriet bei deren Anblick in Verzückung, denn sie schien an sich schon ein Quell der Nahrung oder der Faszination.

»Superintendent!« Danny Wu umgab immer ein ganz eigenes Flair. Er reicherte die ihn umgebende schwere, verrauchte Luft mit einer kühlen, seidigen Freundlichkeit an, von der Jury nie recht wußte, ob sie echt war. Er trug maßgeschneiderte Hemden und Designeranzüge. Einen Armani konnte Jury gewöhnlich als solchen erkennen, im übrigen war er bezüglich derartiger Kleidungsstücke ungebildet. Wiggins hatte einmal die Bemerkung geäußert, an Danny Wu sehe alles, egal von welcher bescheidenen

Herkunft, wie Armani oder Zegna aus, fügte aber gleich hinzu, sie würden wahrscheinlich nie herausbekommen, ob es stimmte, da Danny Wu nie etwas von bescheidener Herkunft trug.

Dies traf am heutigen Abend zweifellos zu. Zu seinem butterkremfarbenen Hemd mit den Umschlagmanschetten gesellte sich eine ausgefallene, lila Krawatte mit passendem, in die Brusttasche gestecktem Seidentüchlein. Der Anzug war aus einem Seide-Wolle-Gemisch und von einem so tiefen Schokoladenbraun, daß es fast schwarz wirkte. Jury mußte an den Zobelmantel denken.

»Hallo, Danny. Der Laden brummt ja wieder wie gewöhnlich. Sie sollten erweitern.«

»Aaach! Das ist die dümmste Idee, die ich heute gehört habe.«

Wiggins kicherte hinter seiner Speisekarte, die er immer noch eingehend studierte. Er las die Karte immer ganz genau, obwohl sich außer den vom Küchenchef empfohlenen Tagesgerichten daran nie etwas änderte.

»Na, jedenfalls danke für den Tisch. Das wollte ich, glaube ich, damit sagen.«

»Aber bitte sehr, es ist mir wie immer ein Vergnügen. Betrachten Sie diesen und die vielen anderen Abende, an denen Sie sich hier verlustiert haben, als fortlaufende Bestechungsversuche.«

Jury lachte. »Sind wir Ihnen mit der Limehouse-Geschichte auf den Wecker gegangen?«

»Ja, *in der Tat*. Wissen Sie, ich finde es doch sehr erstaunlich, wenn Sie einen Mord in Limehouse haben – oder in den Docklands, wie es heute heißt –, dann krallen Sie sich einen chinesischen Ehrenmann wie mich. Ich meine, lebt Scotland Yard denn immer noch in den Zeiten der Opiumhöhlen, dem wilden Gemorde zwischen Nebeln, Werften und Ratten –«

»Wenn wir dann bestellen wollen, ich bin soweit, Sir.« Kein Opium und keine Ratten konnten Wiggins von seiner Speisekarte ablenken. Er breitete sich seine Serviette auf den Schoß, um sich den anstehenden, wirklich wichtigen Geschäften zuzuwenden.

Danny Wu sagte: »Ich an Ihrer Stelle würde den knuspriggebratenen Fisch an brauner Sauce nehmen, Sergeant. Besonders wenn Ihnen Ihre Schleimhäute zu schaffen machen.«

Wiggins hatte seine Schleimhäute mit keiner Silbe erwähnt, *noch nicht*.

Sie waren mitten im Essen, als Wiggins plötzlich den Priester zur Sprache brachte. »Noailles. Das wollte ich Ihnen noch sagen. Er ist wieder aus Paris zurück.« Wiggins weichte seinen Reis üppig in Sojasoße ein.

»Sie haben meine volle Aufmerksamkeit, Wiggins. Und?«

»Ich habe wieder angerufen, um herauszufinden, ob er schon zurück ist, und ihn dabei gefragt, ob er an dem besagten Samstag abend etwas gesehen hätte. Nein, sagte er. *Aber* –« Er hielt inne, um etwas soßengetränkten Reis auf die Gabel zu häufen.

Jury sah ihn starr an, um ihn per Gedankenübertragung dazu zu bringen, aufzuhören. Es klappte nicht. Wiggins angelte seinen Fisch von den Gräten, als hätte er eine Angelrute in der Hand. Jury seufzte. *»Aber?«*

»Er hat das in der Zeitung gelesen, daß eine Frau der Polizei bei den Ermittlungen behilflich sei. Er kannte jemanden dieses Namens in Paris, meinte er. Glaubte er zumindest. Er kannte einen gewissen Michael McBride und glaubte, seine Frau hieße Kate. Könnte natürlich Zufall sein. Jedenfalls sagte ich zu ihm, wir würden heute abend mal bei ihm vorbeischauen, und er hatte nichts dagegen.«

Jury wollte gerade einwenden, sie hätten doch vorbeischauen können, als sie beim Starrdust waren, oder auf jeden Fall jetzt, statt hier beim Essen zu sitzen. Doch zog er es vor zu handeln. Er stand auf, nahm sein Jackett von der Rückenlehne des Stuhls und sagte: »Gehen wir.«

»*Sir!* Wir haben noch nicht fertiggegessen!«

»Wir können ja wiederkommen. Danny bleibt geöffnet. Marsch, marsch, Wiggins!«

Widerstrebend begann sich Wiggins aus seinem Stuhl zu schälen. »Ich soll mich eigentlich nicht direkt nach dem Essen körperlich betätigen, Sir. Das behindert –«

Jury kam herum und hakte einen Finger unter Wiggins Kragen, wodurch sich die beiden von Angesicht zu Angesicht so nah kamen wie vielleicht sonst nie. »Dann trage ich Sie den ganzen Weg nach Fulham, wenn's sein muß.«

# 18

Obwohl der Raum mit dunklen, schweren Möbeln vollgestellt war, die, so nahm Jury an, noch aus dem Mittelalter stammten, besaß er eine dunstig duftige Atmosphäre. Die Luft war mit einer Mischung süßer Gerüche geschwängert, die gleichzeitig verwirrend und doch vertraut war. Jury hatte sie tief eingesogen und dabei gedacht, daß man es doch nicht vergißt, auch nicht nach langer Zeit – den bitteren Duft des Weihrauchfäßchens, den moschusartigen Geruch von welkenden Blumen, Kampfer und Kerzenwachs. Jury war lange nicht mehr in einer Kirche gewesen. Wann wohl zum letzten Mal? Es war schon Jahre her, und dann auch nur wegen eines Falles, an dem er gerade gearbeitet hatte.

Es sah aus, als habe Pater Charles Noailles einige Anstrengungen unternommen, den Raum heimelig oder womöglich kirchenmäßig zu gestalten. An der Wand hinter dem Priester hing eine stilisierte, hölzerne Madonna, deren blauer Kapuzenumhang bis auf das ursprüngliche Holz abgegriffen war. Sie war lang und dünn wie eine Skulptur von Modigliani. Jury staunte immer voller Ehrfurcht, was für eine Friedlichkeit vom Ausdruck solcher Figuren ausging.

Pater Noailles war ein hochgewachsener Mann Ende Vierzig, der es verstand, anderen ihre Befangenheit zu nehmen. Bei ihrer

Ankunft hatte er neben dem Fenster gestanden, das auf den weitläufigen Rasen vor dem Palace hinausging. Von diesem Fenster aus überblickte man den üppigen Baumbestand, der dort und weiter östlich in Richtung des umfriedeten Gärtchens gepflanzt worden war. Unter dem Fensterbrett stand eine Truhe, eine Art alte Seemannskiste, an deren Kanten das Holz teilweise versengt war. Einen Augenblick überlegte Jury, welche Meere Noailles wohl überquert und was für Feuersbrünste er wohl überstanden hatte. Vermutlich hatte er die Kiste für ein paar Pfund auf dem Flohmarkt an der Portobello Road erstanden. Von dort könnte auch die wurmzerfressene Eichenholzkommode an der Wand stammen, die auf dem etwas unebenen Fußboden stand. Etwas Weißes – ein Streichholzbriefchen oder ein quadratisch zusammengefaltetes Stück Papier – war unter einen der dicken, runden Füße der Kommode geschoben worden. An der gleichen Wand stand sogar ein schmales Eisenbett, auf dem eine graue Decke lag. Der interessanteste Gegenstand im Raum war vielleicht das Teleskop auf einem Ständer, das zum Fenster hoch zeigte und auf den Himmel gerichtet war.

»Sie bewohnen dieses Büro also tatsächlich, nicht wahr?« Aus Angst, es könnte blasiert klingen, fügte Jury hinzu: »Ich wünschte, mein eigenes Büro wäre etwas wohnlicher.« Er lachte. Sein Büro war heimeliger als ihm lieb war; dafür hatte Wiggins schon gesorgt.

Wiggins starrte ihn, ohne sich auf eine verbale Auseinandersetzung einzulassen, nun auch an, als ob er sagen wollte: Na, was wollen Sie denn noch? Wir haben unsere Teekochgarnitur und sogar eine kleine Spüle, und dazu so ziemlich jedes Pillchen und Püderchen, das Sie für Ihre Kopfschmerzen oder Ihre Schlaflosigkeit brauchen könnten. Außer gegen Griesgrämigkeit – dagegen haben wir nichts. Wiggins schniefte, als hätte er es laut gesagt und hoffte, der Superintendent nähme es sich zu Herzen.

»Eigentlich wohne ich gar nicht hier«, sagte Pater Noailles,

»obwohl es danach aussieht. Bitte setzen Sie sich doch, ja? Da, der Stuhl hier ist gut.« Er klemmte sich einen Stapel Papiere und Zeitschriften unter den Arm und deponierte sie auf einem an die Wand gerückten Tisch, der bereits so voll war, daß der Stapel sich gefährlich neigte.

Jury nahm den alten, zerkratzten und abgenutzten, ochsenblutroten Ledersessel, der ausgeleiert, aber bequem war. Er ließ sich hineinsinken und fand ihn überraschend komfortabel. »Sie sind Astronom, Pater?«

Noailles schien beinahe froh, daß Scotland Yard bei ihm eingefallen war, um ihn von einer langweiligen, beschwerlichen Beschäftigung zu erlösen. »Amateur, reiner Amateur.«

Wiggins machte die Runde im Raum, begutachtete hier einen Stuhl, dort ein Porzellanfigürchen, besah sich dies und das (als sei er auf Spurensuche, was er aber nicht war). Jury war klar, daß er sich auf das Teleskop zuarbeitete, das er daraufhin auch mit Beschlag belegte. Er tat dies mit der Verstohlenheit einer Katze, die sich an ein Schüsselchen Rahm heranschleicht.

»Und was ist mit Ihnen, Sergeant Wiggins«, sagte Noailles, »sind Sie ein Amateursternengucker?«

»O ja. In meinen jüngeren Jahren war ich begeisterter Teleskopist.«

Jury sah einen Augenblick an die Decke, als sei er in einem Planetarium, während Wiggins kurz das Himmelszelt durchquerte. Als er fertig war, verkündete Wiggins: »Es hat ja doch einiges für sich.« Sein Ton war salbungsvoll.

»Was denn?« wollte Jury wissen.

»Nun, der Nachthimmel, die Stellung der Planeten zueinander, der Mond –«

»Danke, Wiggins. Sie brauchen uns nicht zu sagen, was alles drin ist. So viel wissen wir nämlich auch.« Mit einem Lächeln wandte sich Jury an Noailles: »Wir sind aber eigentlich nicht hergekommen, um die Sterne zu betrachten, Pater.« Mit einem Blick auf die Ablagen mit Büchern und wild durcheinanderliegenden Papieren entschuldigte sich Jury, ihn unterbrochen zu haben, da er ja offensichtlich sehr beschäftigt sei.

Noailles hob abwehrend die Hände. »Bitte, keine Entschuldigungen. Mir wäre fast alles lieber als das Schreiben hier.«

»Sprechen Sie jetzt von Ihrem Buch, Sir?« Wiggins nahm, getreu der Wigginsschen Gesundheitsregeln, auf dem Stuhl mit steifer Rückenlehne Platz und zog sein Notizbuch hervor.

»*Bischöfliches Leben* soll es heißen. Es geht um die Bischöfe von Fulham Palace. Eigentlich um die Geschichte des Palastes. Dabei hatte ich mir wohl gedacht, der Palast selbst wäre ein guter Platz zum Arbeiten. Sie verstehen – inspirierend.«

Jury lächelte. »Und – hat sich das bestätigt?«

»Nein, natürlich nicht. Nicht mehr und nicht weniger als auf einer Parkbank in Montparnasse oder am Leicester Square zu sitzen und zu schreiben. Es macht doch wirklich keinen Unterschied, in welcher Umgebung man ist, oder?«

Wiggins nickte weise. »Ich habe das auf jeden Fall bestätigt gefunden.«

Jury zwinkerte, wiederum höchst verwundert über die Vielzahl der Nebenberufe seines Sergeant. »Wie lange haben Sie dieses Büro schon, Pater?«

»Fast ein Jahr. Aber ich bin sicher, Sie sind nicht hergekommen, um über meine schriftstellerische Arbeit zu reden.«

Wieder lächelte Jury. »Das habe ich nicht vor.« Weil Wiggins gerade den Mund aufmachte, um ebendies zu tun, schnitt Jury ihm das Wort ab und sagte: »Meinem Sergeant sagten Sie, daß Sie Kate McBride kennen beziehungsweise kannten.«

»Möglicherweise. Ich kannte einen Michael und eine Kate McBride in Paris. Zumindest *ihn* kannte ich. Michael arbeitete an der britischen Botschaft.«

Jury wartete ab. »Sprechen Sie weiter.«

»Genauer gesagt, ich habe sie auf Aruba kennengelernt.«

Jury nickte. Noailles schweifte zwar ab, doch war Jury der Ansicht, man solle Zeugen ihre Geschichte erzählen lassen, wie sie es für richtig hielten.

»Es war an einem von diesen sagenhaften Stränden, die sich bogenförmig um die ganze Insel schmiegen, ein rosigweißer, schmaler Sandstrand, der aussah wie eine Perlenkette. Sie waren gerade auf Kurzurlaub dort, und als wir feststellten, daß wir beide in Paris im sechsten Arrondissement wohnten, sahen wir es als Wink des Schicksals, das uns zusammengeführt hatte, zumindest sah Michael es so. Jedenfalls kamen wir ins Gespräch. Es war eine gute Unterhaltung, wissen Sie, von der Art, die sich nicht lange mit den üblichen Fragen aufhält: Was machen *Sie* denn so beruflich? Und so weiter. Deshalb dachten sie wohl auch, als wir uns im Hotel zum Abendessen trafen, sie seien angeführt worden.«

Jury sah ihn fragend an. »Angeführt?«

»Als sie erkannten, was ich war. Da trug ich nämlich mein Bäffchen.« Als wollte er die beiden Polizisten in die geheimnisvollen Sitten des Priestertums einführen, deutete er auf seinen Hals, an dem an diesem Abend kein Bäffchen saß. »Das hatte ich am Strand natürlich nicht um.«

»Hat es die beiden gestört?«

»Ach, das glaube ich nicht. Jedenfalls Michael nicht, denke ich. Aber da seine Frau nie besonders gesprächig gewesen war, weiß ich es nicht.«

»Ihn haben Sie näher kennengelernt, sie aber nicht?«

»Ganz recht. Ich glaube nicht, daß Kate jemanden näher an sich heranließ.«

Den Kommentar, der ja von einem Priester kam, fand Jury etwas merkwürdig, lächelte aber dabei.

»Wie ich schon sagte, kannte ich eher ihren Mann. Meine Kirche lag in Saint-Germain-des-Près. Saint-Sulpice. Sie wohnten in der Nähe, hatten eine Wohnung nicht weit von der Rue de Vaugirard in der Rue …« Noailles runzelte die Stirn und kam nicht darauf.

»In der Rue Servandoni?«

»Ah, ja.« Noailles war die Überraschung darüber anzumerken, daß die Polizei es wußte, doch er sagte nichts. »So hieß sie. Michael kam manchmal ganz frühmorgens zur Morgenandacht. Er machte auf mich einen recht frommen Eindruck.« Noailles hielt eine Weile inne, vermutlich zogen Pariser Straßenszenen wie die Seiten eines Fotoalbums an ihm vorüber.

»Ja?« spornte Jury ihn an fortzufahren.

»Ach, Verzeihung. Ich dachte gerade an Saint-Germain. Ich war sehr gern in Paris. Ich sagte Ihnen ja schon, daß ich Kate eigentlich nicht gut kannte, ich war ihr nur begegnet, als wir drei uns kennengelernt hatten, und danach sah ich sie ab und zu zusammen mit Michael.«

»Sagen Sie mir alles, was Sie noch über sie wissen. Über Aruba zum Beispiel. Ich nehme an, damals haben Sie sie am längsten gesehen?«

»Ja.« Noailles führte die Hand ans Kinn und überlegte. »Ich kann mich an den großen Sonnenhut erinnern, den sie immer trug. Er hatte eine riesige Krempe, die sie beschattete.«

Jury kam es so vor, als amüsierte Pater Noailles dieses Bild, und wunderte sich. Doch er sagte nur: »Und weiter?«

»Um ehrlich zu sein, Superintendent, *weiter* gibt es da nichts.« Seine Hand vollführte eine Geste, als wedelte sie Rauch weg. »Ich sagte ja schon, sie sonderte sich immer ziemlich ab.« Er machte eine Pause.

»Waren Sie letzen Samstag abend hier?«

Noailles druckste ein bißchen herum, bevor er antwortete. »Ja. Am Sonntag bin ich nach Paris gefahren. Ich bin eigentlich die meiste Zeit hier. Abends und nachts meistens. Es war abends, nicht wahr, als die Frau ermordet wurde?«

»Irgendwann zwischen sechs und etwa zehn. Dann waren Sie also den ganzen Abend hier?«

»Ja. Es war eine der Nächte, die ich hier verbracht habe.« Noailles stand auf, ging im Zimmer herum und rieb sich dabei die Schultern, als ob sie schmerzten.

Jury beobachtete ihn. »Als Sie die Fotos der Toten sahen, waren Sie da überrascht?«

»Sie meinen, ob ich dachte, es sei Kate? Ich glaubte sie zu erkennen, ja.«

Jury wandte sich an Wiggins. »Haben Sie die Aufnahme aus dem Leichenschauhaus da?«

»Äh, ja, Sir.« Wiggins zog ein Bild aus seiner geräumigen Regenmanteltasche und reichte es Noailles hinüber.

Der betrachtete es stirnrunzelnd. »Die Frau sieht tatsächlich aus wie Kate McBride... aber nicht ganz.« Er kniff die Augen zusammen, konzentrierte sich, doch dann schüttelte er den Kopf. »So oft habe ich sie nicht gesehen, als daß ich mir da ganz sicher sein könnte.« Noailles gab das Foto zurück.

»Was ist mit den anderen Büros? Haben Sie sonst noch jemanden gesehen?«

»Nein – doch, den alten Bread. Captain Bread, wie er sich nennt. Der war noch hier. Ist er öfter. Ziemlich fanatisch ist er mit diesem Seeleutefonds, den er hier verwaltet.«

»Kennen Sie noch andere Leute, die hier Büros gemietet haben?«

»Ein paar. Man wünscht sich guten Morgen, guten Abend. Mehr aber nicht.«

Jury legte einen Pause ein. »Dann kam sie also nicht her, um Sie zu besuchen?«

Zuerst schien der Priester nicht zu verstehen, was Jury meinte. Als er es begriffen hatte, wurde er blaß, ob vor Aufregung oder Ärger, wußte Jury nicht. »Ich sagte es Ihnen doch, Superintendent. Ich sagte Ihnen, was geschehen ist.« Sein Ton war kalt.

Nun war Noailles in der Defensive, und es war fraglich, ob noch etwas aus ihm herauszubekommen wäre. Jury versuchte, es wiedergutzumachen, indem er sagte, es handelte sich nur um eine

Routinefrage. »Wir sind Ihnen wirklich sehr verbunden, daß Sie sich gemeldet haben.« Er stand auf. »Dann lassen wir Sie jetzt wieder an Ihre Arbeit.«

Wiggins stand, die weitentfernten Planeten offensichtlich ungern im Stich lassend, ebenfalls auf.

An der Tür blieb Jury stehen und drehte sich um. »Was ist mit dem kleinen Mädchen? Der Tochter der McBrides. Kannten Sie sie?«

Der Priester schüttelte den Kopf. »Nein. Nur ihn, Michael. Er sprach nicht über sie, es bestand aber natürlich auch kein Grund, ihre Kinder ins Gespräch zu bringen. Wir haben über sein spirituelles Dilemma gesprochen, nicht über seine Familie. Jedenfalls, wie ich schon sagte, kannte ich seine Frau nicht –«

»– sehr gut.« Lächelnd beendete Jury den Satz für ihn, und sie gingen.

## 19

Ralph Rees entsprach nicht gerade dem, was Melrose erwartet hatte. Er trug nicht die gelangweilte Malerattitüde zur Schau, die mit mangelnder Begabung so oft einhergeht. Von seiner Kleidung her erfüllte er jedoch ganz das Stereotyp – schwarzer Rollkragenpullover unter einem kremfarbenen Wolljackett mit hängenden Schultern und mehrfach aufgekrempelten Ärmeln – und kultivierte auch ziemlich den typischen Künstlerlook: dünn, ein bißchen spitznasig, mit beinahe schulterlangem Haar und der nervösen Angewohnheit, es sich aus dem Gesicht zu schütteln.

Seine Freude über die Begegnung mit Melrose war jedoch unverkennbar. In seiner überschwenglichen Begeisterung für dieses Exemplar der britischen Aristokratie zerquetschte er Melrose' Hand fast zwischen seinen beiden eigenen. Er war regelrecht überwältigt vor Entzücken, daß die Galerie eines seiner Bilder verkauft hatte und daß sich darüber hinaus ein Kunde gefunden hatte, der es zu schätzen wußte.

»Die Serie erntet bei manchen Leuten verständnislose Blicke.«

Mich inbegriffen, dachte Melrose. Doch wirkte Ralph Rees in dem, was er sagte, so absolut aufrichtig und unbefangen, daß Melrose der glanzlose Maler allmählich sympathisch wurde. Seiner eigenen Arbeit gegenüber empfand Ralph Rees offenbar die gleiche Begeisterung wie ein Vier- oder Fünfjähriger, der mit seinem neuesten Fingerfarbenbild von einem Baum oder Haus zu seiner Mum gelaufen kommt. Melrose überlegte und fragte dann: »Sie haben wahrscheinlich auch noch anders gearbeitet, Mr. Rees?«

»Nennen Sie mich Ralph. Ich spreche es R A F E aus, das ist die alte Aussprache. Wie Sie wollen.« Ein Lächeln erstrahlte in Melrose' Richtung.

»Gut. Ich sage gerade, Sie haben bestimmt auch noch in anderen Stilrichtungen gemalt.«

»O ja, aber so epigonale Sachen eben, wissen Sie.«

Sebastian schaltete sich ein: »Porträts und venezianische Kanäle und die Schweizer Alpen.« Er tat Rees' frühere Bemühungen mit einem verächtlichen Lächeln ab.

»Wirklich? Ich hatte immer etwas übrig für Porträts, und J.M.W. Turner hat sich ja auch nicht vor Venedigbildern gescheut, die später als epigonal abgestempelt wurden.« Er war froh um den Whisky in seiner Hand, den ihm Olivia umgehend besorgt hatte, mit einem ziemlich aufgekratzten Blick, wohl um anzudeuten, daß er nur damit das Dinner unbeschadet überstehen könnte.

Sie lachten ganz unterschiedlich. Rees klang ehrlich, Olivia anerkennend. Die Gebrüder Fabricant weniger begeistert.

In diesem Moment glitt die Schiebetür zum Wohnzimmer beiseite, und Ilona Kuraukowa trat ein. Melrose wußte gleich, daß sie es war, Jurys Beschreibung nach konnte es gar niemand anderes sein. Nicholas und Sebastian begrüßten sie beide mit »Mum«. Sie war weit entfernt von Melrose' Vorstellung von einer solchen. Sie sah eher aus, als sei sie von einem dieser Jugendstilplakate herabgestiegen, einen Wolfshund an ihrer Seite und in der Hand einen Pernod.

Es schien nur zu naheliegend, daß sie einen Nerz trug – oder war es Zobel? – (aus dem Nicholas ihr nun half). Darunter kam ein taubengraues Kleid aus weichem Stoff zum Vorschein, der sich sanft um Busen und Hüften schmiegte und ihre (vielleicht graublauen) Augen noch grauer erscheinen ließ. Ihr helles Haar war hinten zu einer französischen Rolle eingeschlagen, einer Frisur, die Melrose schon ewig nicht mehr gesehen hatte. Ilona Kuraukowa könnte diese Mode jedoch mühelos wieder einführen. Und für solche Wangenknochen wären Fotomodelle über Leichen gegangen. Kaum vorstellbar, daß Sebastian ihr Sohn war. War sie denn schon so alt? Ende Sechzig, vielleicht Anfang Siebzig? Womöglich war sie in Agathas Alter! Er wünschte, er könnte ein paar Polaroidbilder mit nach Hause bringen. *Also, liebe Tante, auf wie alt schätzt du denn meine Freundin Ilona Kuraukowa?*

Nach dem Mantel kam der Drink – Wodka, der offenbar schon vorsorglich wie eine Eisscholle gefroren worden war, denn die Flasche steckte tief im Eis. Sie ließ ihn sich von Seb (wie sie ihn nannte) pur servieren, setzte sich neben Nikolai (wie sie *ihn* nannte) nieder und tätschelte sein Knie. Dann lehnte sie sich mit ihrem Drink zurück und entschuldigte sich wortreich für ihre Verspätung. Als sie eine Zigarette in einen kunstvoll gearbeiteten Halter schob, sprang Melrose blitzartig auf, um ihr Feuer zu geben. Ihre Augen musterten ihn durch einen Rauchkringel.

Er setzte sich wieder, und um zu verhindern, daß Ralphs Bilder als Thema fallengelassen wurden und man sich anderen, banaleren Themen zuwandte, sagte er: »Wir sprechen gerade über Kunst. Über Mr. Rees' – Ralphs« – Melrose neigte den Kopf höflich zu Rees hinüber – »*Schnee*-Serie.«

»Ah, ja.« Ilona Kuraukowa nickte. »Etwas ganz anderes, eine ziemliche – wie sagt man dazu? – Abweichung! Ja.«

Melrose interessierte sich für diese Abweichung. Anders ausgedrückt, er interessierte sich dafür, sich weiter über die Kunst zu unterhalten, von der Ralph Rees *abwich*. Er wollte gerade etwas in der Richtung sagen, als die Tür wieder aufging und ein junges Mädchen eintrat: Pansy, das letzte Mitglied der häuslichen Gemeinschaft.

Melrose überlegte, ob spätes Eintreffen etwa Pansys Masche war: spät und als letzte anzukommen, um sich und ihrem Auftritt eine gewisse Dramatik zu verleihen, obwohl dies eigentlich kaum nötig war. Sie war auf eine ganz eigenwillige Art in ihrer Jugend ebenso betörend wie Ilona in ihrem Alter. Das Mädchen war ihre Enkelin. Melrose überlegte, welche der beiden sich über diese Beziehung mehr ärgerte. Er konnte sich gut vorstellen, daß die Konkurrenz unter diesen Herrschaften ziemlich heftig war, wenn nicht absolut irrsinnig.

Hier war also Pansy – wohl bereit, jeden Neuankömmling in Staunen zu versetzen, und wurde nun von Melrose, dem Neuankömmling mit Adelstitel, ausgestochen. Ja, Pansy war prächtig, ein herrliches Blumengesteck für die festliche Tafel, doch Melrose war der Kerl, für den diese Tafel gedeckt worden war, der mit dem Geld, den Titeln, den Ländereien und den Adelsprivilegien. Sie schien sich im unklaren, ob sie das alles von der Hand weisen oder den Kampf mit ihm aufnehmen sollte. Ihn amüsierte es. Pansy müßte sich schon gewaltig anstrengen – vermutlich unerforschtes Terrain für sie. Amüsant fand er auch zu beobachten, wie sie ihn taxierte. Jury hatte behauptet, sie sei dreizehn oder vierzehn, sie sah aber um einige entscheidende Jahre älter aus: vielleicht wie siebzehn oder achtzehn. Als sie sich in einer Ecke des Sofas niederließ, das am dichtesten beim Kaminfeuer stand, also ihm am nächsten, nahm sie dabei eine majestätische Haltung ein, die sie sich bei ihrer Großmama abgeguckt haben mußte. Dann sah sie ihn direkt an und wollte wissen, ob er auf seinem Gut in Northamptonshire auch Pferde hatte.

»Nein. Da gibt's nur das Haus, auch keine Nebengebäude, keine Koppel oder sonst etwas in der Art.«

»Das hasse ich an London, daß es nicht auf dem Land liegt«, sagte sie, fältelte dabei ihren seidenen Rock zwischen den Fingern und hörte sich an, als haßte sie jeden Zentimeter davon. Sie sah sich streitsüchtig im Zimmer um.

Vor ihm saß Schönheit, unbefleckt von auch nur einem Fitzelchen Intelligenz. »Ja, das ist mir an London auch aufgefallen. Nun, Ardry End würde dir ebenfalls ziemlich unländlich vorkommen, so ohne Pferde hat es doch diese hassenswerte Eigenschaft mit London gemeinsam. Du hältst dich also besser davon fern.« Er strahlte.

War ihr da etwas entgangen? Ihre Augen weiteten sich unsicher und überrascht, als hätte er eine Einladung ausgesprochen, sie davon aber ausgeschlossen. »Ich –«

Melrose schnitt ihr einfach das Wort ab. Er hatte hier etwas zu erledigen, und auf ein Mädchen einzugehen, das sowieso zu sehr von sich eingenommen war, gehörte nicht dazu. »Sie erwähnten Ralphs Abweichung«, wandte er sich an Ilona. »Meinen Sie damit die Porträt-und-Venedig-Sache?«

Über ihre Zigarette in dem langen, schwarzen Halter hinweg betrachtete Ilona ihn kühl. Seine Anwesenheit im Hause der Familie – oder war es allein ihres? – erschien ihr fragwürdig. »Sie interessieren sich also für die *Sibirischer Schnee*-Serie?«

Ralph Rees sprang erklärend ein. »Madame Kuraukowa, Lord Ardry –«

»Nennen Sie mich doch bitte Melrose. Das ganze ›Lord‹-Zeug wird doch allmählich langweilig.«

»– Melrose hat eins von den Bildern gekauft.«

Der Halter in ihrer Hand verharrte in der Luft. »Aber das ist ja – ganz wunderbar.« Dann inhalierte sie und fragte: »Welches?«

»Die Nummer vier.« Hoffentlich hatte es sich nicht wie ein Doppeldeckerbus angehört, dachte er. Doch konnte er sich nicht vorstellen, daß eine Menschenseele außer dem Künstler und den Galeristen diese Bilder ernst nahm.

»Mum malt auch«, sagte Nicholas. »Hat sie jedenfalls früher einmal. Die waren sehr gut, ihre Sachen. Warum hast du eigentlich aufgehört damit?« Die Frage schien ihm gerade erst in den Sinn gekommen zu sein.

Ilona lachte leise auf. »Red doch keinen Unsinn, Nicky.«

Er akzeptierte es als Antwort.

Dann sagte Olivia: »Ich fürchte, ich schlage hier aus der Art. Vergib mir, Ralph, aber ich mochte deine Landschaften wirklich sehr. *Und* deine Porträts. Ganz besonders das von Mona. Diese neue, weiße Progression von dir verstehe ich nicht.«

Melrose wollte hurra rufen.

Ralph Rees reagierte recht gutmütig. »Ich werde mich dazu nicht äußern, Libby. Ich zähle mich eben zu den ›Kritikern‹.«

Ach du Schande, dachte Melrose. Rees war also der »New Criticism«-Bewegung zugetan, die vor einigen Jahrzehnten so Furore gemacht hatte. Empson, I.A. Richards – die textuellen Puristen, die das Leben eines Autors als völlig losgelöst oder anders gelagert von dem Werk betrachteten, das er produzierte. Melrose hatte diese literaturkritische Haltung immer als exquisites Beispiel für Humbug angesehen. Wenn also Ralph Rees nicht wußte, was zum Teufel er da machte, waren sie zu dritt, Olivia inbegriffen.

Über ihre Stellung im Hausverband war er sich nicht im klaren. Als Tochter von Clive Fabricant hatte sie vielleicht nicht viel zu melden. Eine Halbschwester aus Fabricants erster Ehe war vermutlich nicht besonders hoch angesehen. Allerdings hatte er keine Ahnung, wie die Dinge hier lagen. Sicher übte sie einen ausgleichenden Einfluß auf Pansy aus (die, hatte Melrose den Eindruck, absolut nicht zu bändigen war), falls Pansy einem derartigen Einfluß überhaupt zugänglich war, was er bezweifelte.

Er lachte (etwas überdreht). »Aber Sie hatten doch eine gewisse Inspiration, diese fünf Bilder zu malen. Sie mußten also *irgendeine* Auffassung von Ihrer Arbeit gehabt haben. Im übrigen dürfen Kritiker durchaus ihre eigene Meinung äußern.« (Nein, dürfen sie nicht. Dafür sind sie ja Kritiker.) »Und überhaupt, gehe ich denn recht in der Annahme, daß sich Ihre *Schnee*-Serie gar nicht näher erschließen läßt? Ich meine, daß sie sich der Analyse und Interpretation verschließt?« Wovon zum Teufel redete er da eigentlich? Wenn man Geld hatte, durfte man alles sagen, und kein Hahn krähte danach. Und wieso war ihm der New Criticism in den Sinn gekommen? Empson – nun gut, der waberte ja immer herum, aber Richards? Grundgütiger Himmel, an den hatte er seit hundert Jahren nicht mehr gedacht, seit er den letzten Kurs über die romantischen Lyriker gehalten hatte. Nun trug er dick auf. »Sie ist eine Metapher für Leere. Mir hat Ihre« – hier richtete er sich an Olivia – »Bemerkung über die ›weiße Progression‹ gefallen. Obwohl ich es eher als Regression sehen würde.« *Bla, bla, bla, bla.* Wie konnten sie ihm nur zuhören? Müßige Reiche, Münzen mit dem Mundwerk prägend.

In diesem magischen Augenblick kam eine beschürzte Frau mittleren Alters ins Zimmer und wisperte Madame Kuraukowa zu, das Abendessen sei angerichtet. Sie war ziemlich dünn und von einer maushaft braunen Unscheinbarkeit, die sie nahtlos mit der Tapete oder den Schatten, oder was sonst immer zur Hand war, verschmelzen ließ. Sie war offensichtlich sehr scheu, denn als Ilona sagte: »Danke, Hedda«, drehte sie sich um und ging aus dem Zimmer, ohne mit den anderen im Raum Blickkontakt aufgenommen zu haben.

Melrose glaubte sich gerade auf dem besten Wege, sich als übersinnlicher Langweiler im Gedächtnis der anderen einzuprägen. Diese Maskerade kristallisierte sich mehr und mehr heraus, je länger er drauflosplapperte. Da kam ihm ein Gedanke: Das mürrische Zweiergespann Neame und Champs würde nie Verdacht erregen, bei anderen nie Fragen aufkommen lassen – *Aha! Was führen die denn im Schilde?* –, solange sie ihr Spiel gekonnt weiterführten.

Rees fand Melrose natürlich überhaupt nicht langweilig. Weit gefehlt. Er betrachtete Melrose wohl als einen Quell der Weisheit, weil der sich über sein Werk ausließ. Und so überraschte es auch kaum, daß ausgerechnet Ralph ihm zum Weitersprechen ermunterte, als sie sich nach kurzem Durcheinandergewusel schließlich hinsetzten und die Servietten umbanden.

»Wie gesagt, ich habe so ein Gefühl, es ist wie ein Faustschlag in den Solarplexus« – hier tat Melrose so, als würde er sich einen Stoß versetzen –, »daß die ganze Serie mehr ist als die Summe ihrer Einzelteile.«

Rees nickte eifrig. »Alle in einem Schwall aufnehmen, so sollte man es machen. Deshalb bin ich Seb und Nick ja so dankbar, daß sie mir einen Platz zur Verfügung gestellt haben, wo ich alle hängen kann.«

Ilona ließ sich vom unteren Tischende her vernehmen (Sebastian saß ganz oben): »Es muß doch wohltuend sein, Ralph – diese Begeisterung. Merke bitte vor, daß ich mir unbedingt auch eines kaufen will. Das habe ich dir schon gesagt.«

Dies fand Melrose einigermaßend überraschend. Sie konnte diese weißen Bilder doch unmöglich *bewundern*. Er erkundigte sich lächelnd: »Welches?«

In dem Lächeln, das Ilona ihm daraufhin schenkte, und in der unmerklichen Neigung des Kopfes – als wollte sie in einem Punkt etwas eingestehen – glaubte Melrose etwas mehr als nur einen Funken Ironie zu entdecken, als ob sie in seiner Frage eine Wiederholung ihrer eigenen sähe. »Oh« – sie wischte seine Frage beiseite –, »ich habe mich noch nicht ganz entschieden.«

Melrose ging kommentarlos über diese verwirrende Art der Kunstbetrachtung hinweg. Denn nun konzentrierte er sich auf das offensichtlich exzellente Stubenküken, das von der farblosen

Hedda gerade reihum serviert wurde. Sie schien wie in ein Märchen verbannt, in das sie sich, wenn man sie allzu offen und unverblümt ansah, wieder verflüchtigen würde. Ihre Existenz beruhte auf ihrer Unsichtbarkeit. Nun, wenn die Exzellenz des Hähnchens sich mit der der Suppe messen konnte, hatte er einen wahren Leckerbissen vor sich. Und als er eine von den karamelisierten, neuen Kartoffeln probierte, hoffte er nur, daß niemand so dämlich war, Hedda anzustarren, und sie womöglich in einem Rauchwölkchen verpuffte. Für solche Kochkunst würde mancher zum Mörder werden.

»Dann aber zu, Mutter. Die gehen weg wie warme Semmeln!«

Sowohl die abgedroschene Redensart als auch der Ton, in dem Sebastian es sagte, klangen derartig hohl, daß Melrose zum ersten Mal der Gedanke kam , daß er von den *Schnee*-Bildern überhaupt nicht begeistert war. Genausowenig begriff Melrose den eigentlichen Inhalt seiner Bemerkung. Waren denn außer dem an ihn noch weitere Bilder verkauft worden? erkundigte er sich.

Nicholas antwortete: »Eventuell noch zwei. Es gibt mehr als einen Interessenten, und wir hoffen sehr.« Er lächelte Ralph warmherzig zu.

Bevor er etwas sagte, ließ sich Melrose einen Bissen von dem jungen Brathähnchen im Munde zergehen. Er nahm einen Schluck Wein, woraufhin dieser und das Hähnchen in einem köstlichen Zusammentreffen von Aromen miteinander verschmolzen. Er fand Hedda ungenügend gewürdigt, da niemand das Essen kommentierte. Die Köchin wohlweislich nicht ansehend (die ein paar heiße Brötchen hereingebracht hatte und diese nun herumreichte), sagte er: »Diese Hähnchen sind noch inspirierter als Ihre Malerei, Ralph. Wenn es vier weitere Spielarten gäbe, sie zuzubereiten, bräuchten wir alle keine Kunst mehr.« Er hielt den Blick lächelnd auf seinen Teller geheftet, und von irgendwoher ertönte ein Kichern. Als er den Blick hob, sah er nur noch die Tür zur Küche nach geisterhafter Berührung leise schwingen.

Daraufhin meinte Olivia, Hedda sei tatsächlich eine wunderbare Köchin, und sie hoffte, daß keiner die Frau für eine Selbstverständlichkeit hielt. Sie sollten wirklich noch jemanden finden, der ihr wenigstens beim Servieren helfen könnte. »Einige unserer Freunde haben schon versucht –« In dem Moment kam die Köchin durch die Schwingtür wieder herein, um ins Wohnzimmer hinüberzugehen. Olivia wartete ab, bis sie aus dem Zimmer war, und fuhr dann im Flüsterton fort: »Unsere Freunde wollten sie uns abspenstig machen, indem sie ihr einen viel höheren Lohn angeboten haben.«

»Ach?« Herzhaft verkündete er: »Na, dann können sie keine Freunde sein, und genug Geld können sie auch nicht haben.« Das war geradezu vulgär, fand er, noch dazu von einem mit Adelstitel.

Erwartungsgemäß lachten alle in sich hinein. War es nicht schrecklich, daß die gesellschaftlichen Konventionen sie zwangen, sich das Grobe, Seichte, Vulgäre und – am schlimmsten von allem – das Langweilige gefallen zu lassen? Er hätte gute Lust gehabt, das Gedicht laut zu deklamieren, das ihm gerade durch den Kopf ging: *My wife and I have asked a crowd of craps / To dine with us*… Melrose lächelte… Philip Larkin. *Das* war einer, der die entsetzlichen Seiten von Cocktailpartys und Dinners kannte.

Äußerst frustiert war er darüber, daß ihm nichts einfiel, womit er das Gespräch auf den Mord von Fulham Palace bringen konnte. Da sah er bei einem Blick durch den Torbogen ins Wohnzimmer plötzlich, daß Hedda gerade Ilonas Mantel über den Arm nahm, wahrscheinlich um ihn in einem Schrank zu verstauen. Wenn sie bloß am anderen Ende des Speisezimmers vorbeigehen würde… Ah! Sie tat es!

Ilona sah es ebenfalls. »Hedda, lassen Sie ihn doch draußen, ja?«

Ein schwaches »Ja, Madam« kam aus der Eingangshalle.

»Pelz ist heutzutage nicht sehr beliebt, nicht wahr?«Sie sagte es in fast herausforderndem Tonfall, für den Fall, daß sich unter den Dinnergästen irgendwelche Jagdsaboteure befanden.

Melrose bezweifelte stark, daß militante Tierschützer Ilona Kuraukowa in irgendeiner Weise beeinflussen könnten. Er machte sich den kleinen Zwischenfall zunutze. »Das ist ein außergewöhnlich schöner Pelz, Madame Kuraukowa. Nerz, nicht wahr? Oder Zobel?«

»Zobel. Ein Geschenk meines verstorbenen Gatten.« Hier errötete sie leicht, als wüßten alle, inklusive Melrose, über Mona Dressers Zobel Bescheid und daß Clive Fabricant Pelzmäntel mit vollen Händen verteilte.

Leider durfte sich Melrose nicht derartig informiert zeigen, konnte nicht gelesen haben, daß der bei der Toten gefundene Mantel Fabricants letzter Ehefrau – Mona Dresser – gehört hatte, denn in den Zeitungsmeldungen war dieser Umstand nicht erwähnt worden. Ihm blieb daher nur ein indirektes Manöver. »Jedesmal, wenn ich heutzutage einen Pelzmantel sehe (guter Gott, das war ganz schön plump!), muß ich unwillkürlich an diesen merkwürdigen Mordfall denken. Haben Sie davon gelesen? Von der Frau, die man im Park von Fulham Palace gefunden hat?« Melrose kam es so vor, als müßten ihn alle durchschauen können: daß er ein Maulwurf war, ein Agent, den die Polizei hier in ihr Haus eingeschleust hatte. Trotzdem trampelte er munter weiter. Ihm fiel keine geschicktere Überleitung ein. »Wir sind ja hier gar nicht weit von Fulham, nicht wahr? Ist das hier South Kensington?«

»Chelsea.« Eine Spur von Fassungslosigkeit, daß jemand die drei verwechseln konnte.

»Oh, na ja, ich nehme an, solche Nachrichten dringen über die Stadtteilgrenze herüber, nicht?« Er war sich nicht ganz sicher, hatte aber das Gefühl, als betrachtete Olivia ihn mit etwas verengtem Blick. Sie hatte aufgehört zu essen und sah ihn, das Kinn in die Hand gestützt, an. »Jedesmal, wenn ich an Zobel denke« –

selten genug – »fällt mir dieser Film ein, *Gorki Park*. Haben Sie den gesehen?«

Pansy, die fast nichts gesagt und fast nichts gegessen und bloß dauernd ihre Gabel herumgedreht hatte, sagte: »Den hab ich auf Video gesehen. Ich fand ihn schrecklich öde.«

»An den vielen Schnee und die Zobel erinnere ich mich. Lee Marvin, was für ein unterschätzter Schauspieler.«

»Der war aber doch unheimlich *alt*, finden Sie nicht?« sagte Pansy.

Verdammt, bei dem Versuch, wieder alle zu langweilen, merkte er, daß das Gespräch auf etwas völlig anderes hinauslief und er es wieder an sich reißen mußte. »Alt? Er war doch erst fünfzig oder so, nicht?«

Pansy wandte sich achselzuckend ab. »Mein' ich ja.«

»Er prägte sich einem jedenfalls auf bewundernswerte Weise ins Gedächtnis ein, wie er da mit der Waffe in der Hand im Schnee stand. Wurde sie erschossen? Ich weiß es gar nicht mehr.«

»Wurde wer erschossen?« Sebastian musterte ihn mißmutig.

»Die Frau in Fulham Palace.«

»Ja«, sagte Nicholas und sah verlegen aus. »Wir hatten den ganzen Tag die Polizei –«

»Nikolai«, sagte Ilona tadelnd, um ihn zum Schweigen zu bringen. Doch er hatte das Zauberwort bereits ausgesprochen.

»Polizei? Guter Gott! Wieso denn das?« Melrose simulierte Erstaunen.

Pansy verkündete, sie sei »total ausgerastet«. Sebastian warf Nicholas einen fiesen Blick zu, weil dieser das Thema zur Sprache gebracht hatte.

Olivia war es, die ihm gelassen den Grund mitteilte. »Wegen des Mantels, wissen Sie. Es war nämlich meiner.«

Melrose schnappte nach Luft. »*Ihrer?*« Er blickte in die Tischrunde, als traute er seinen Ohren nicht und wollte, daß es ihm bitte jemand erklärte.

Ilona Kuraukowa sah aus, als würde sie ihn eher erschießen als informieren.

»Sie machen Witze!« Er spielte das Spiel weiter.

Olivia nahm einen Schluck Wein, betrachtete ihn über den Rand ihres Glases hinweg und sagte mit einem bekümmerten Kopfschütteln: »Nein, es ist wirklich so. Ursprünglich war es gar nicht mein Mantel. Er gehörte Daddys letzter Frau, Mona Dresser. Sie hatte ihn schon seit Jahren nicht mehr getragen und schenkte ihn schließlich mir.«

Melrose wiederholte den Namen. »Mona Dresser, Mona Dresser: Wieso kommt mir der Name bekannt vor?«

»Weil sie ein Filmstar war«, sagte Nicholas. »Ziemlich berühmt in den vierziger und fünfziger Jahren.«

»Natürlich«, sagte Melrose. »Sie hat den Mantel also Ihnen geschenkt?«

»Und nach einer Weile – na ja, ich mag Pelz eigentlich nicht besonders und habe ihn dann in Kommission gegeben. In einem kleinen Laden in der Brompton Road.«

Da sie abzuschweifen drohte, half ihr Melrose nach. »Ja?«

Olivias Achselzucken sah wie ein Frösteln aus. »Die haben ihn verkauft. Vermutlich an diese Frau.« Olivia lächelte matt.

Ilona schaltete sich ein: »Das Ganze ist gräßlich, aber so ist es nun mal.« Ihr Ton versuchte es abzutun, doch lag eine gewisse Anspannung darin.

»Ich frage mich, weshalb Sie ihn nicht zu Christie's oder Sotheby's gebracht haben«, sagte Melrose unvermittelt. »Der Mantel hat immerhin einmal Mona Dresser gehört.«

»Ja, da haben Sie recht.«

Melrose fand sein Interesse an der Zobelgeschichte vielleicht doch etwas zu dezidiert, rückte deshalb davon ab und ließ den pedantischen Lord Ardry zum Zuge kommen. »Christie's sind da recht gut. Ich habe einige meiner *objets d'art* dort unter den Hammer gebracht.« Er lachte affektiert auf. »Ein *bureau du roi* hat mir ein hübsches Sümmchen eingebracht.« Und er fuhr fort, das *bureau* in den pingeligsten Details zu beschreiben, dazu die Wäschetruhe und das Damenschreibtischchen (samt und sonders im Besitz seines Freundes Max Owen in Lincolnshire, wo er Anfang des Jahres als Antiquitätengutachter einen recht passablen Eindruck gemacht hatte).

Pansy bemühte sich nicht, ihre Langeweile zu verbergen, Sebastian warf einen verstohlenen Blick auf seine Uhr, und Ilona besah eingehend ihre zartgliedrigen Hände. Nicholas füllte die Weingläser nach. Nur Olivia und Ralph hörten zu. Falls er wieder hierher eingeladen werden wollte, sollte er sie lieber nicht zu Tode langweilen, also hörte er auf. Auf den Zobelmantel kam er allerdings nicht zurück. Er beschloß, sich gleich nach der köstlichen Zitronenmousse zu verabschieden, die ihm von Hedda gerade vorgesetzt worden war. Gefroren und von Himbeersoße umgeben.

»Diese Mousse ist hervorragend«, sagte Melrose.

»Eins unserer Lieblingsdesserts«, erwiderte Sebastian, der dazu einen Sauternes kredenzt hatte.

»Und dieses Hähnchen! Aber wo treibt Ihre Köchin bloß Lavendelblüten auf? Ich kann mich nicht erinnern, je etwas mit Lavendel Verziertes verspeist zu haben.«

Olivia sagte: »Hinter dem Haus ist ein Kräutergarten.«

Pansy spielte immer noch mit ihrer Gabel herum und gähnte. »Dort haben sie sie gefunden. Im Lavendel.« Als sich sämtliche Blicke auf sie richteten, wirkte sie etwas angewidert, als hätte sie sich als einzige die Mühe gemacht, der Konversation bei Tisch zu folgen. »Na, die *Tote*. In Fulham *Palace*.«

# 20

Schläfrigkeit legte sich wie ein Umhang über Melrose Plant, als er am nächsten Morgen in einem der klubeigenen Ohrensessel Platz nahm, um sein komplettes englisches Frühstück zu verdauen und über die neue Aufgabe nachzugrübeln, die Jury ihm verpaßt hatte: einen Besuch bei Mona Dresser und ihrer Nichte Linda Pink.

Nachdem er beschlossen hatte, sie am selben Nachmittag zu besuchen, machte er sich an die Lektüre des Kunstteils von *The Times*. Da seine Augenlider bei diesem Unterfangen jedoch nicht kooperieren wollten, schloß sich sein dösiges Hirn der Meuterei an, und er nickte ein.

Nach einigen Minuten wurde er von einer Schimpfkanonade aus dem Schlaf gerissen, die hinter einer anderen Zeitung hervortönte, wo ein Klubmitglied gerade lautstark »Quatsch, Quatsch, Quatsch, Quatsch« deklamierte, mit einer Stimme nicht unähnlich der König Lears, während er über die weiten Moore der Bühne wandelte und sein Geist sich immer mehr verfinsterte. Melrose richtete sich auf und wartete das finale »Quatsch« ab.

»Quatsch!« Die Zeitung neigte sich vor dem Gesicht eines Klubmitglieds in der Altersgruppe Sechzig bis Achtzig nach unten. Melrose erwartete hier inzwischen längst nicht mehr, einen jüngeren Zeitgenossen zu treffen, doch dieses Gesicht wirkte weit lebhafter als die der meisten anderen Mitglieder. Sein Besitzer sprach Melrose ohne lange Vorrede an.

»Haben Sie schon die sogenannten ›Kunst‹-Seiten gelesen? Sie haben da doch die *Times*.« Dies wurde in einem anklagenden Ton gesagt, wie um anzudeuten, wenn Melrose die Zeitung schon hätte, dann hätte er sie verdammt noch mal auch lesen sollen.

»Äh. Ich muß wohl eingenickt sein, bevor ich zu dem Teil …« Unter der dunkel umwölkten Miene des Mannes, dem hervorspringenden, grauen Felsgestein seiner Augenbrauen, hatte Melrose das Gefühl, Ausreden seien völlig inakzeptabel.

Der Gentleman vor ihm schüttelte langsam den Kopf. »Das ist das Problem bei euch jungen Männern. Keine Ausdauer. Ich lese es Ihnen vor.« Er schüttelte die Zeitung ein paarmal zurecht, um zu zeigen, wer hier der Herr war, und las: »*Die aufsehenerregende Schau von Charlie Chambers.* Klingt eher nach einem Steptänzer als nach einem Maler.

*Chambers Werk beginnt mit gegenständlichen Porträts, gefolgt von einer neoklassischen Aktperiode und mündet schließlich in einen postabstrakten Realismus, der mittels Acrylfarben, Fingerfarben und – besonders ungewöhnlich – bunten Gummibärchen bewußt verzerrt wird.*«

Wieder kam die Zeitung wie ein Bleiballon herunter. »Was sagen Sie dazu?«

Ach, Kunst, Kunst, Kunst… Nun fühlte Melrose sich wie König Lear. »Ich würde sagen, das ist Quatsch!«

Falls sich der alte Mann von ihm veräppelt fühlte, schien es ihm jedenfalls nichts auszumachen. »Dann stimmen Sie mir also zu. Ich habe die Ausstellung mit den sogenannten ›neoklassischen Akten‹ gesehen, und wissen Sie was – lieber würde ich eine Tiefkühlkammer besichtigen. Bevor ich meinem inneren Drang nachgegeben habe, mir eine Farbsprühdose zu besorgen, bin ich gegangen. Ich heiße übrigens Pitt, Simeon Pitt.«

»Freut mich, Sie kennenzulernen, Mr. Pitt.« Melrose streckte die Hand über den Abstand zwischen ihnen. »Melrose Plant.« Wieder die Titel abzuspulen war ihm zu öde. »So schlimm war es also?« Mr. Pitt war ihm gleich von Anfang an sympathisch, und er fragte sich, was das über seine eigene Toleranzgrenze aussagte. Lag sie bei Null?

»*So schlimm* ist gar kein Ausdruck dafür. Ich würde dem sogenannten Künstler zu viel Ehre antun, wenn ich sein Werk als ›anarchisch‹ oder ›avantgardistisch‹ oder ›post-Warhol‹ bezeichnen würde. Menschenskind, selbst Warhol (den ich ablehne, aber nicht *so* rigoros) hatte wenigstens noch eine Vorstellung von dem, was er tat – nämlich die Konsumgesellschaft kommerziell zu verwerten. Der da« – mit diesen Worten knüllte er die Zeitung zusammen, als wolle er die gesamte Pressewelt zerquetschen – »hat in etwa so viel Ahnung von Farbe wie ein Zweijähriger. Dieser Chambers könnte nicht einmal eine Kuh malen, die in einer Schafherde für ihn Modell steht. Und jetzt lobt der alte Phinny Fogg die verdammte Ausstellung in den Himmel. Eine Schande ist das.« Er schmiß die zusammengeknüllte Papierkugel zum Kaminfeuer hin. »Quatsch!« Dann lehnte er sich im Sessel zurück und ließ den Blick langsam durch den Raum schweifen, als wollte er sehen, ob sein Ausbruch die Luft gereinigt hatte. »Ich nehme jetzt einen Whisky. Woll'n Sie auch einen? Oder ist es für Sie noch zu früh?«

»Ist es dafür je zu früh?« Melrose genoß seine neue Bekanntschaft. Es war ein Gespräch, das gleich *in medias res* gegangen war, also eine Art, aufeinander zuzugehen, die ihm schon immer zugesagt hatte. White Ellie Cripps war darin eine wahre Meisterin, weil sie ohne Umschweife auf das zu sprechen kam, was sie im Augenblick bewegte.

Mr. Pitt ließ ein Lachen ertönen, das in etwa so klang, wie wenn ein Ertrinkender verzweifelt nach Luft schnappte. Er sog Luft ein pustete sie geräuschvoll wieder aus. »Bravo! Also Whisky? Oder für Sie was anderes?« Er machte dem jungen Higgins mit zwei erhobenen Fingern ein Zeichen, der daraufhin nickte und sich zu seiner unendlichen Reise in die Mitte des Raumes anschickte, als säßen die beiden irgendwo auf den Äußeren Hebriden.

»Whisky ist in Ordnung.« Melrose nutzte die kurze Gesprächspause (die voraussichtlich nicht lange anhalten würde), um einen Blick in sein Exemplar des Kunstteils zu werfen. Offenbar war dieser Phineas Fogg tatsächlich der Kunstkritiker der *Times*... Nun, Melrose hätte es sich denken können. Die besagte

Ausstellung fand in einer kleinen Galerie statt, und der Künstler, um den es ging, war dieser Charlie Chambers. Melrose hatte noch nie von ihm gehört, doch konnte dieser Umstand die Karriere von Mr. Chambers wohl kaum negativ beeinflussen.

Nachdem der junge Higgins endlich zu ihnen gelangt war, nahm er die Bestellung auf und klärte noch den einen oder anderen verwirrenden Punkt bezüglich des Getränks.

Mr. Pitt bestellte Whisky mit Soda und verlegte sich darauf, die künstlerischen Ansichten des alten Phinny Fogg zur Schnecke zu machen. »Diese Ausstellung, die Fogg auf so *sublime*« – er konsultierte wieder den Artikel –, »nein, auf so beseligende Weise schön findet –« Pitt schloß kopfschüttelnd die Augen. »Hat es seit Turner je einen Künstler gegeben, über den sich das behaupten ließe?«

»Sie meinen J. M. W. Turner?«

Simeon legte den Kopf schief. »Wie viele Turners gibt's denn?«

Melrose lächelte. Wie erfrischend. Mr. Pitt war kein Freund rhetorischer Fragen. »Nur einen, glaube ich.« Er dachte an Bea Slocum. »Ich frage mich –«

»Die abgrundtiefe Verzweiflung, die einen beim Anblick der sogenannten Kunst dieses Chambers überkommt, kann man überhaupt nicht in Worte fassen. Er steht für vieles, was einen an der aktuellen Kunstszene so anwidert.« Pitts Finger trommelten auf die Armlehne seines Sessels. Seinem rundlichen, pausbäckigen Aussehen und dem dünnen Schleier weiß gewordenen Haars nach zu urteilen, der seine ansonsten kahle Platte bedeckte, mußte Simeon Pitt mindestens Ende Sechzig sein. Er gab sich eher wie sechzehn, denn bei ihm spielte sich nichts ab, das nicht körperlichen Nachdruck erforderte. »Und *deswegen* erntet der jetzt diese ganz Lobhudelei.« Er nahm die Kunstseite und schüttelte sie, als ließen sich dadurch die Worte des furchtbaren Fogg herausschütteln. »Die Leute werden in seine Ausstellung strömen und ihn hochjubeln, weil ihnen eingeredet worden ist, er sei gut, während einer, der es wirklich verdient hat, sich das Geld für die Malfarbe zusammenkratzen muß.«

Melrose lächelte. »Ich hatte den Eindruck, es *gäbe* gar niemanden, der es wirklich verdient hat.«

»Falsch, ganz falsch! Es gibt ein paar, allerdings wenige. Wir haben Glück, wenn alle zehn Jahre mal einer auftaucht. Ah, da kommt ja Higgins.«

Jedesmal, wenn der junge Higgins mit einem Tablett den Raum durchquerte, wirkte er auf Melrose wie die ältliche Ausgabe des Jungen, der beim Kricketspiel die Schläger versorgt. Der Inhalt der Sodasiphonflasche schwappte zwar über und die Gläser rutschten klirrend hin und her, doch im allgemeinen kam das Tablett wohlbehalten an.

»Danke, Sir«, sagte Pitt und signierte schwungvoll den Kassenbon. »Nein, nein, lassen Sie nur, ich spritze das Zeug selbst in die Gläser... Sonst sitzen wir heute abend noch hier«, fügte er hinzu, nachdem Higgins davongeschlurft war. Pitt hantierte mit dem Siphonhebel wie mit einem Feuerlöscher. Er reichte Melrose seinen Whisky. »Worüber sprachen wir gerade? Ach, ja. Wissen Sie, was mich zur Weißglut bringt, ist die Tatsache, daß unter uns vielleicht noch mehr wahre Künstler leben, die es aber nicht schaffen, die sich mühsam in einem Atelier mit Oberlicht durchschlagen und nicht einmal genug Geld für ein Stück Brot haben.«

Melrose fand ihn amüsant. Simeon Pitts Vorstellung von verkanntem Genie entsprach dem stereotypen romantischen Ideal.

»Vor ein paar Jahren gab es mal einen, einen gewissen Jeremy Grey, von dem Sie aber nie gehört haben, weil ihn von diesen Galerieheinis keiner hereinnehmen wollte. Folglich haben wir Kritiker ihn nie zu sehen gekriegt. Und als ich sein Werk schließlich sah, war er tot. Und wo habe ich drei von seinen Bildern gesehen? Im Pub. Ganz recht, in einem Pub. Vermutlich hatte der Pubbesitzer die Bilder im Austausch für Drinks genommen. Bemerkenswerte Arbeiten. Ich habe einen Zweispalter über Grey geschrieben, einen ganzen Monat habe ich über ihn berichtet.«

Da fiel bei Melrose der Groschen. Simeon Pitt! »Ach, *der* Pitt sind Sie. Der Kunstkritiker für die *Times*. Vor Fogg.« Melrose glaubte sich dunkel erinnern zu können, daß dieser Kritiker mehr als einmal als »Pitt-Bull« bezeichnet worden war. »Wie dumm von mir, wieso bin ich nicht gleich drauf gekommen?«

»Keine Ahnung, Mann. Wie konnten Sie bloß?«

Pitt sah Melrose über den Rand seines Glases hinweg forschend an. Er wirkte so erheitert, daß Melrose lachen mußte. Dann fragte er: »Kennen Sie die Galerie Fabricant?«

»Und ob. Ich kenne die meisten, obwohl – ich komme inzwischen nicht mehr soviel herum – heißt es nicht so ähnlich in einem alten Lied?« Er tippte mit dem Zeh den Takt und summte ein Weilchen vor sich hin. Dann hörte er auf und sprach weiter. »Als ich den Job da hatte« – bei diesen Worten schnippte er mit dem Finger an die Anstoß erregende Zeitung – »machte ich immer pflichtschuldig die Runde. Heute spare ich mir meine Zeit und meine Füße lieber für einen Besuch in der Tate auf, in der National Gallery oder in der Royal Academy. Ein Wiedersehen mit alten Freunden, ja, alten Freunden. Manchmal denke ich an Matisse, und dann fällt mir Vuillard wieder ein und van Gogh. Ach, ein Genuß, ein Genuß ist das; ich brauche mich bloß aus dem Sessel zu wuchten und los geht's. Und da sind sie alle wieder! Ja, da sind sie.« Pitt seufzte, als staunte er darüber, daß die Bilder unverändert und verläßlich die Zeit überdauerten.

Diese Vorstellung war ein fast ebenso erhebendes Erlebnis für Melrose wie offensichtlich für Simeon Pitt. *Alte Freunde, alte Freunde*. Matisse, Vuillard, van Gogh. Melrose konnte sich die vier vorstellen – die fünf, falls er auch mit von der Partie war –, die fünf, wie sie hier bei Boring's in den tiefen Ledersesseln saßen, Whisky einschenkten und Sodawasser spritzten. Das Gute, die wahre Kunst versetzte einem den Schock des Wohlvertrauten, sie konfrontierte einen auf trügerische Weise mit dem Fremdartigen, dem scheußlichen Zeug, das den Betrachter hilflos machte. Wahre Kunst war einladend.

Zum Kuckuck, das war es doch, was einen an dem Schwindel mit der weißen »Serie« von Ralph Rees so in Rage brachte! Genau das: daß es ein *Schwindel* war.

»Mr. Pitt –«

»Sie waren ja gerade tief in Gedanken versunken, Mr. Plant.«

»Stimmt. Wir sprachen von der Galerie Fabricant.«

»In Mayfair, ja.«

»Waren Sie letztens mal dort?«

»Nein.«

»Würden Sie gern hingehen?«

»Was? Heute, meinen Sie?«

»Ich meine, gleich jetzt.«

»Mann, wir haben es uns mit unserem Whisky doch gerade gemütlich gemacht!« Pitt hob den seinen zum Beweis empor.

»Sie würden mir damit einen persönlichen Gefallen erweisen, Mr. Pitt, und dann kommen wir wieder und machen es uns gemütlich und genehmigen uns einen Doppelten.« Melrose setzte sein spezielles Lächeln auf, von dem er eigentlich nicht wußte, daß er es besaß, das aber einnehmend war wie das Lächeln eines kleinen Kindes. Es war, wie das Werk von Matisse, Vuillard und van Gogh – es war das einzig Wahrhafte. Es war einladend.

»Ausgezeichnet! Ich nehme Sie beim Wort. Auf einen richtig schön langen Aufenthalt bei Boring's!« Sie prosteten einander zu. »Wie lange bleiben Sie, Mr. Plant?«

»Ich bin mir noch nicht sicher, Mr. Pitt. Vermutlich ein paar Tage.«

»Na, es ist angenehm und weiß Gott ruhig hier. Eigentlich vermisse ich den Lärm und die Schinderei bei der Zeitung nicht, gar nicht. Ich habe meine Wohnung in Chelsea, ganz für mich, bis auf meinen Hund und meine Katze. Klingt wahrscheinlich recht einsam, ist es aber nicht. Um ehrlich zu sein, ich bin gern für mich.«

Melrose lächelte. Ganz wie er gedacht hatte. Simeon Pitt war eine nette Gesellschaft, nicht nur für andere, auch für sich selbst, was noch wichtiger war. »Dann haben Sie nicht viel Verwandtschaft, nehme ich an?«

»Nein, überhaupt nicht. Ein paar Vettern in West Country. Und Barbara, meine Nichte, mit der ich mich ab und zu zum Mittagessen treffe, meistens bei Ivy's. Am Dienstag kommt sie übrigens hierher. Dann ist Damentag.« Er gluckste vergnügt. »Können Sie sich das vorstellen? Damentag in der heutigen Zeit? Es ist aber vermutlich Boring's einziges Zugeständnis an den Wandel der Zeiten.« Er trank seinen Whisky vollends aus, knallte das Glas auf den Tisch und sagte: »Ich bin soweit, wenn Sie's sind, Mr. Plant.«

»Dann los, Mr. Pitt!«

Sebastian hielt als einziger in der Galerie die Stellung, als Pitt und Melrose eine halbe Stunde später dort eintrafen. Aber selbstverständlich kenne er Simeon Pitt, scharwenzelte Sebastian, und Melrose fragte sich, wieso, nachdem Pitt ja keine Kritiken über Galerieausstellungen mehr schrieb. Vielleicht gehörte Pitt zu jenen Mächten, die nie beseitigt wurden, oder vielleicht war er einer von denen, deren geneigte Meinung immer noch gefragt war, auch wenn er keinen Schaden mehr anrichten konnte.

Sie machten ein bißchen Smalltalk, den Pitt aber abschnitt, woraufhin ihn Melrose in den Raum mit den *Sibirischer Schnee*-Bildern führte.

Pitt warf einen kurzen Blick darauf und trat einen Schritt zurück. »Was zum Teufel ist das?«

»Eine Bilderserie mit dem Titel *Sibirischer Schnee*. Der Künstler heißt Ralph Rees.«

Pitt brachte ein schneeblindes Blinzeln zustande. »Das soll wohl ein Witz sein, Mr. Plant. Das ist nicht Sibirien, und das ist auch kein verdammter Schnee. Was soll das sein, Minimalismus? Wie Reinhardt und Robert Ryman?«

»Die Schule ist mir nicht vertraut. Falls es eine ist.«

»Na ja, diese Künstler bevorzugen Weiß, besonders Ryman. Weiß ist pur und rein, eine Nichtfarbe. Aber in der Farboberfläche lassen sich Abstufungen erkennen. Dahinter steht als Ausdruck die Idee von purer Kunst. Ich verstehe es eigentlich auch nicht, aber eins kann ich mit Sicherheit sagen – *das hier* taugt nichts!«

»Die Galerie Fabricant findet offenbar, daß es – äh – sehr wohl etwas taugt.«

»Blödsinn, es taugt *nichts*. Niente. Nada. Null. Zero.«

Pitt zog etwas aus seiner Westentasche, was wie ein Okular aussah. Es handelte sich um ein Vergrößerungsglas, das er nun an das dritte Bild hielt und hin und her bewegte. »Seltsame Struktur. Haben Sie eine Ahnung, worauf es gemalt ist?«

»Sandpapier, sagte er, glaube ich.« Die Quadrate schimmerten gespenstisch durch.

»Ist dieser Maler ein Freund von Ihnen?« Pitt wirkte verlegen. »Verzeihung, ich wollte nicht –«

Melrose schüttelte den Kopf. »Nein, nein, kein Freund. Ich kenne ihn nur flüchtig. Wie erklären Sie sich, daß es mindestens eine gute Besprechung bekommen hat?«

»Ich würde es so erklären – die Besprechung hat seine Mutter geschrieben. Als was wurde das Werk denn bezeichnet?«

»Der Ausdruck war, glaube ich, *verwegen*.«

»Gut gesagt. Dem würde ich zustimmen. Im Sinne von: Wie kann jemand bloß so *verwegen* sein, der Öffentlichkeit so etwas anzudrehen?«

Melrose näherte sich dem fünften Bild. »Zunächst meint man, sie sind alle gleich weiß. Aber im letzten der Serie hier ändert sich das Weiß.«

»Wieso bestehen Sie darauf, daß es eine Serie ist?« Melrose zuliebe hielt Pitt jedoch sein Vergrößerungsglas an das letzte Bild.

»Ich vermute, es ist eine leichte Variation. Damit lassen sich aber nicht alle fünf erklären.« Pitt schüttelte den Kopf. »Das kapier' ich nicht. Ich kapier's einfach nicht«, wiederholte er.

Auf den Gedanken, es gäbe etwas zu kapieren, war Melrose noch gar nicht gekommen. Er sagte: »Sehen wir uns doch um. Es gibt hier noch ein paar gute Sachen.« Was Melrose betraf, so gab es nur eine »gute Sache«, zu der er Pitts Kommentar hören wollte.

Als sie in den kleinen Nebenraum hinübergingen, sah Sebastian von seinen Schreibarbeiten hoch und folgte ihnen mit den Augen. Er war schlau genug, um zu wissen, daß einer wie Pitt nicht vom Kunsthändler begleitet werden wollte. Sie standen jetzt in dem Raum, in dem Beas drittes Bild hing, eine Ansicht von Nordlondon, die der Catchcoach-Street-Szene glich. Es war dasjenige, das Melrose nicht gekauft hatte. Er hob es nicht gesondert hervor und hoffte nur, Pitt würde darauf aufmerksam werden und es gut finden.

Pitt kommentierte ein großflächiges, geometrisches Ölgemälde, das Melrose nicht entschlüsseln konnte, indem er sagte, es sei gar nicht schlecht, vielleicht nicht ganz ausgearbeitet, ein bißchen zu offensichtlich von Picasso beeinflußt. Dann, als er Bea Slocums Bild daneben erblickte, sagte er: »Na, *hier* haben wir aber was Gelungenes!«

Melrose atmete erleichtert auf. »Mir gefällt es auch. Dazu muß ich sagen, ich habe eins von dieser Malerin.«

»Bravo! Dann verzeihe ich Ihnen die weißen Dinger!«

Melrose' Antwort ging ein Lachen voraus. »*Ich* habe sie doch nicht gemalt!«

»*Niemand* hat die gemalt!«

Das war nun doch ein bißchen harsch, dachte Melrose.

Außerdem dachte er, es wäre vielleicht doch besser, Simeon Pitt nicht zu erzählen, daß er eines besaß.

# 21

»Noch vierundzwanzig Stunden, dann müssen wir gegen sie Anklage erheben, Jury.« Chilten war die ganze Sache sichtlich unangenehm. »Was mich überrascht, ist die Tatsache, daß sie sich immer noch keinen Anwalt genommen hat. Behauptet, sie bräuchte keinen, sie hätte ja nichts verbrochen. Ganz schön naiv! Aber immerhin halten wir sie schon seit Donnerstag abend hier fest; das läßt sich doch niemand so ohne weiteres gefallen.«

»Außer, sie ist extrem clever.«

»Vor allem, nachdem ihr die alte Lady das Alibi entkräftet hat.«

»Das mein' ich ja. Kate McBride hat es nicht für sich ins Feld geführt.«

Chilten stieß einen gedehnten Seufzer aus. »Vielleicht haben Sie sich auch geirrt. Kann ja mal passieren.«

Jury lächelte. »Stimmt. Bloß daß es in dem Fall nicht so ist.«

Chilten zuckte die Achseln und begann, geräuschvoll die Schubladen auf- und zuzuziehen.

»Ich werde noch mal mit ihr reden, Ronnie.«

*Sie ist verschwunden.* Jury hatte es den ganzen Tag mit sich herumgeschleppt. Es ging ihm nie ganz aus dem Kopf, auch nicht in der Wohnung von Nancy Pastis oder in der Galerie Fabricant. Was war mit diesem Kind, Sophie, passiert?

Als die Wachtmeisterin sie in den Raum brachte, stand Jury an dem kleinen Fenster, das auf den dürren Baum und das Fleckchen gefrorenes Gras hinauszeigte, auf dem der Baum stand. Als er sich umwandte, um sie zu begrüßen, überkam ihn plötzlich das Gefühl, als hätte er das alles schon einmal erlebt. Vermutlich lag es daran, daß ihr Treffen am selben Ort stattfand: Fenster, Tisch, Stühle waren genauso wie am Vortag. Oder hatte es mit diesem Déjà-vu-Erlebnis noch etwas anderes auf sich?

Sie sagte hallo, entbot ihm ein erschöpft wirkendes Lächeln und nahm am Tisch Platz.

Jury setzte sich auf denselben Platz wie am Tag zuvor, schließlich gab es nicht gerade viel Auswahl. Er fragte: »Sind Sie dorthin gegangen, um sich mit jemandem zu treffen?«

Ihre Augen weiteten sich überrascht. »Wohin? Was wollen Sie damit sagen? Mit wem sollte ich mich treffen?«

»Mit dem Priester. Charles Noailles.« Er wollte sehen, ob sich in ihrem Gesicht eine Reaktion zeigte, doch es blieb reglos wie die stille Wasseroberfläche auf einem See. »Er hat ein Büro im Palace, um dort zu schreiben.«

Sie sah ihn mit einem Lächeln an, das man vermutlich resigniert nennen konnte. »Sie haben nicht mich gesehen, Superintendent. Sie haben die andere Frau gesehen.«

Jury ignorierte den Einwurf. »Er sagte, er habe Ihren Mann recht gut gekannt, als Sie noch in Paris wohnten. *Sie* kannte er nicht sehr gut.«

Sie senkte den Kopf und schien eingehend ihre Hände zu betrachten. Eine Weile schwieg sie. »Michael, mein Mann – stimmt, er war mit diesem Priester recht gut befreundet. Ich kannte ihn eigentlich gar nicht. Michael brauchte damals ziemlich viel Zuspruch. Er war todkrank. Leukämie.«

Für eine Weile herrschte Stille im Raum.

»Das tut mir leid. Erzählen Sie mehr über Ihre Tochter Sophie.«

Mit einem traurigen Blick sah sie ihn an. »Wollen Sie es hören?«

»Ja, natürlich.«

Sie blickte ihn unverwandt an. »Es geschah in Paris. Ich wohnte weiterhin dort, nachdem Michael gestorben war.«

»In Saint-Germain-des-Près.«

Sie nickte. »Es passierte eines Tages im Madeleine-Viertel. Dort ist dieses berühmte Feinkostgeschäft, Fauchon. Eine stinkvornehme Markthalle, wo sie die Lebensmittel richtig aufwendig präsentieren und es jedes Obst und Gemüse zu kaufen gibt, das man sich nur vorstellen kann. Das Geschäft besteht aus mehreren Gebäuden und war Sophies Lieblingsplatz. Wenn wir einen Ausflug dorthin machten, ging es zuerst in die Tuilerien, dann auf eine heiße Schokolade zu Annabelle's in die Rue de Rivoli und danach mit der Métro zur Madeleine und zu Fauchon. Dort gab es einen Leierkastenmann, der sein Plätzchen immer direkt vor der Tür zu Fauchons Obst- und Gemüseabteilung hatte. Sophie war begeistert. Er hatte einen Hund bei sich und eine Katze und einen Kinderwagen, in dem die beiden schliefen – stellen Sie sich das mal vor! Manchmal waren sie aber auch wach und vollführten ein paar Kunststückchen.

Fauchon ist sehr groß, sehr elegant und sehr teuer. Wir waren in der Obst- und Gemüseabteilung, und ich kaufte gerade Aprikosen und Pfirsiche. Sophie bat ich, Kartoffeln zu holen. Das tat sie, gewissenhaft füllte sie eine Tüte mit kleinen Kartoffeln, jede einzelne begutachtete sie ganz genau. Als ich mich nach ein paar Minuten wieder umdrehte, war Sophie verschwunden. Nun, zunächst geriet ich nicht in Panik, ich dachte, sie sei vielleicht nach nebenan geschlendert oder zu den Bonbons und Patisserien auf der anderen Straßenseite – das durfte sie eigentlich nicht, aber es war ganz nah, und auf der Straße waren im Grunde nur Fußgänger und kaum Autos. Wir waren schon so oft bei Fauchon gewesen, daß sie sich in jedem Gebäude gut auskannte.

Ich ging hinüber in die Patisserie, aber dort war sie auch nicht. Dann dachte ich mir, ich hätte sie in der Gemüse- und Obstabteilung vielleicht übersehen, und ging dorthin zurück. Ich wartete fünf oder zehn Minuten, und dann erst setzte echte Panik ein. Ich fing an, sämtliche Abteilungen durchzukämmen. Schließlich fand ich einen Polizisten, dem ich sagte, daß meine Tochter verschwunden sei, und der holte einen Kollegen, und zusammen durchsuchten sie eine halbe Stunde lang die Markthalle. Sophie war weg –

einfach so. Die Polizisten meinten, ich solle eine Vermißtenanzeige erstatten und mich an die britische Botschaft wenden.

Als ich schließlich nach Hause in die Rue Servandoni kam, rechnete ich immer noch damit, daß Sophie einfach plötzlich wieder auftauchen würde. Ich war mir sicher, daß sie zu Hause war, sie konnte doch nicht einfach spurlos verschwinden.« Kate wandte den Blick ab. »Aber natürlich war sie nicht da. Es war der schlimmste Tag meines Lebens – der schlimmste. Wenn einem so etwas in einem fremden Land passiert…«

»Wann war das? Wann ist es passiert?«

»Vor etwas über einem Jahr. Die Polizei tat ihr Möglichstes – na ja, davon bin ich ausgegangen, woher sollte ich es wissen? Als ich vor ein paar Monaten wieder in Paris war, um zu sehen, ob man in der Zwischenzeit etwas herausbekommen hatte, wurde mir gesagt, es gäbe gar keine Akte mit dem Bericht über den Vorfall.«

»Keine Akte? Wieso nicht?«

»Sie sagten, viele Unterlagen seien bei einem Feuer auf dem Revier verbrannt. Mich überkam ein scheußliches Gefühl: als sei Sophies Existenz vollkommen vernichtet, ausgelöscht worden.

Damals, als es passiert war, als sie gerade verschwunden war, versuchte ich herauszufinden, wieso jemand sie hätte entführen wollen. Ich schlug mir den Gedanken aus dem Kopf – anders ging es nicht –, daß etwas Sexuelles im Spiel war, ein Pädophiler, aber andere Möglichkeiten fielen mir nicht ein. War sie gekidnappt worden? Würde jemand ein Lösegeld fordern? Wir lebten in recht ordentlichen Verhältnissen, Michaels Familie hatte Geld, aber wohlhabend waren wir bestimmt nicht.

Die folgenden zwei Tage blieb ich die ganze Zeit zu Hause und hoffte, das Telefon würde läuten. Dann ging ich noch einmal zu Fauchon. Es war Zeitverschwendung, aber ich glaube, man klammert sich an die Hoffnung, daß jemand da ist, wo man ihn verloren hat. Daß es alles doch nur ein Traum ist.

Die Polizei, möchte ich einmal annehmen, hat ihr Bestes getan. Ich habe nicht gefragt, was normalerweise geschieht, wenn ein Kind vermißt wird, ich wollte die Antwort nicht hören. Oder sagen wir, ich wußte Bescheid über das übliche Szenario und wollte es einfach nicht bestätigt bekommen. Obwohl ich annehme, daß die Polizei mit Spekulationen sehr vorsichtig ist – nicht wahr?« Sie stand auf und trat ans Fenster.

Von ihrer Bewegung mußte die Luft aufgewirbelt worden sein, denn ein leichter Hauch streifte über Jurys Gesicht. Von woanders konnte er nicht herkommen in diesem düsteren Raum mit den schmutzigen Fenstern.

»Ich konnte mich zu nichts aufraffen, ich konnte mich nicht entscheiden, was ich weiter unternehmen sollte. Es gab im Grunde nichts, was ich hätte tun können, um etwas zu ändern – oder doch? Es dauerte noch zwei Wochen, bis ich den ersten Brief bekam.«

»Brief?«

»Auf einem Computer geschrieben, nehme ich jedenfalls an. Es sei sehr schwer, etwas Computergeschriebenes zurückzuverfolgen, sagte man mir. Er war ganz knapp. Darin stand, wenn ich Sophie wiedersehen wollte, müßte ich tun, was sie mir sagten. Alle Briefe waren in Paris aufgegeben worden. In verschiedenen Arrondissements, aber alle in Paris.«

»Heißt das, es gab mehr als einen?«

Sie nickte. »Der Gedanke, daß Sophie am Leben war und unversehrt – dieser plötzliche Umschwung von Verzweiflung zu Hoffnung – überlagerte den merkwürdigen Inhalt des Schreibens so sehr, daß ich gar nicht erst versuchte zu verstehen, was der Verfasser eigentlich in Gottes Namen wollte. Oder was *sie* wollten. In den darauffolgenden Botschaften hieß es immer *wir*.

Ich nehme an, es waren Lösegeldforderungen, oder jedenfalls sollte ich das wohl denken. Insgesamt waren es drei. Im ersten Brief hieß es, ich solle nach Zürich fahren, in Zürich würde ich

Sophie wiedersehen, nach Übergabe von fünfhunderttausend Francs. Ich hatte aber viel mehr. Wie ich schon sagte, die Familie meines Mannes hatte Geld, und wir waren recht gut gestellt. Deshalb wunderte ich mich über die bescheidene Lösegeldforderung. Das sind doch bloß etwa einhunderttausend amerikanische Dollars, nicht? Ich sollte zu einem Kaffeehaus namens Le Métro gehen und mich mit dem Geld in einer Fauchon-Einkaufstüte an einen Tisch draußen hinsetzen. Ich mußte also eine von diesen Tüten mitnehmen. Das tat ich auch: Ich setzte mich draußen vor Le Métro an ein Tischchen und trank Kaffee. Den ganzen Nachmittag verbrachte ich da, am nächsten Tag ging ich wieder hin und am übernächsten, bis mir klarwurde, daß niemand kommen würde.

Ich fuhr wieder nach Paris. Während der folgenden acht Monate kamen noch zwei Briefe an, genau wie der erste mit Computer geschrieben, nehme ich jedenfalls an. Der zweite war so kurz wie der erste und darin stand, ich solle nach Sankt Petersburg fahren und in ein Café auf dem Newski-Prospekt gehen. Es hieß Balkan.«

Als sie erneut innehielt, half ihr Jury nach. »Und – sind Sie hingefahren?«

»Natürlich. Was blieb mir anderes übrig?«

Jury machte eine aufmunternde Handbewegung. »Und dort ist das gleiche passiert?«

»Nicht ganz. Wie beim ersten Mal saß ich da und wartete fast zwei Stunden. Dann kam jemand, eine ganz gewöhnlich aussehende Frau. Sie nahm am Nebentisch Platz und schlug ein Buch auf. Ich starrte hinüber. Schließlich hob sie den Blick und stand auf. Ich dachte, jetzt käme sie auf mich zu, doch sie ging einfach weg…« Ihre Stimme erstarb.

»Es hätte also irgendwer sein können.«

»Es hätte irgendwer sein können, ja.«

»Und beim dritten?«

»Diesmal sollte ich nach Brüssel fahren. Die Anweisungen waren die gleichen: in ein Café auf der Grande Place zu gehen. Ich war zuvor noch in keiner dieser Städte gewesen, Zürich, Brüssel, Peter – Sankt Petersburg, meine ich –, es war also schwierig. In dem Brief wurde wieder das gleiche verlangt: Fauchon-Tüte, Geld, Tüte neben den Tisch gestellt.

Ich dachte, ich habe vielleicht einen Feind, irgendein furchtbar grausamer Mensch spielt mit mir. Doch dann verwarf ich diesen Gedanken gleich wieder. Was da vor sich ging, war zu bizarr. Was hätte jemand davon, so etwas nur alle drei oder vier Monate zu tun? Jedesmal kehrte ich danach in die Pariser Wohnung zurück, weil ich Angst hatte, den einen Brief zu verpassen, der mir Sophie wiederbringen würde. Denn wie konnte ich es mir leisten, nicht auf die Forderungen dieser Briefeschreiber einzugehen? Wie konnte ich dieses Risiko eingehen?

Nun gut. Kennen Sie Brüssel? Die Grande Place ist dieser wunderschön beleuchtete Platz, den van Gogh auch gemalt hat. Er ist umringt von Lichtern, und auf die Mitte des Platzes zu zerfließt das Licht sozusagen. Aber Licht ist trügerisch, nicht wahr?« Dann sagte sie: »Ach, in Paris und in der Wohnung hielt ich es einfach nicht mehr aus. Also kam ich vor vier Monaten hierher, nach Hause. Außerdem ist da noch die Sache mit der Immobilie: Michaels Onkel hat ihm ein großes Haus in Wales vermacht.« Sie wirkte plötzlich etwas nervös. »Nächste Woche soll ich diesbezüglich mit einem Anwalt sprechen. Am Donnerstag. Bis dahin kann ich aber hier raus, nicht wahr?«

»Das kommt auf Inspektor Chilten an.« Das stimmte natürlich nicht. Es kam auf das Gesetz an, demgemäß niemand ohne Haftbefehl in Gewahrsam gehalten werden durfte. »Aber ich denke doch, ja.« Sie schien sich mehr Sorgen um das Haus zu machen als um ihre mißliche Lage. Was aber auch einfach bedeuten konnte, daß sie sich ihrer mißlichen Lage nicht so recht *bewußt* war.

»Es liegt in den Black Mountains, nicht weit von Abergavenny, falls Sie Wales kennen. Ich liebe die Beacons, ich gehe zum Klettern gern dorthin. Allerdings sind sie trügerisch, scheinbar leicht zu erklimmen, aber dann plötzlich vom Dunst verhüllt.« Sie lächelte Jury an. »Eine Herausforderung.«

Jury beugte sich nach vorn. »Ist Ihnen je der Gedanke gekommen, jemand hätte Sie vielleicht in Paris festhalten wollen oder zumindest weg von England und Ihnen deshalb immer wieder falsche Hoffnungen auf Ihre Tochter gemacht?«

»Lieber Gott, nein.« Ihre Worte verloren sich in einem Lachen. Doch das Lachen erstarb oder blieb an etwas hängen, das ihr offenbar in dem Moment wieder einfiel. »Außer, es hat etwas mit dem Testament zu tun. Dem Testament von Michaels Onkel. Ich muß dieses Haus bis Weihnachten in Besitz nehmen. Und ich muß mich am siebenundzwanzigsten November mit dem Anwalt treffen. Das ist Thanksgiving in Amerika. Aber bis dahin bin ich hier wieder raus.«

Dann waren wie am vorausgegangenen Morgen Geräusche vor der Tür zu hören. Sie ging auf, die Wachtmeisterin kam herein. Jury stand auf und sah zu, wie Kate McBride sich ebenfalls erhob und die Wachtmeisterin sie am Arm nahm – sie sanft am Arm nahm, wie Jury fand. Kate McBride war eine Frau, die die Fürsorge ihrer Mitmenschen verdiente, dachte er.

Beim Hinausgehen drehte sie sich um und sagte: »Danke, daß Sie gekommen sind.« Sie wandte sich wieder um und dann noch einmal zurück. »Würden Sie mir Zigaretten mitbringen, wenn Sie wiederkommen?«

Jury nickte. Er konnte sich gut denken, daß er wiederkommen würde. Sie jedenfalls dachte es.

# 22

Melrose erkannte sie, sobald er sie im Türrahmen stehen sah: Mona Dresser sah aus, als sei sie von einem der riesigen Plakate herabgestiegen, die die Fassade des Filmpalastes geschmückt hatten, in den Melrose als Kind gegangen war. So weit er sich erinnern konnte, war es sein erstes Kinoerlebnis gewesen: am Ende von Mona Dressers Laufbahn und am Anfang seiner eigenen. Ach, dieses Lichtspieltheater! Goldglänzendes Foyer, Kronleuchter, roter Plüsch und Samt. Ein heutiger Kinobesucher, der nur die kleinen, sterilen Vorführkästen kannte, konnte sich überhaupt keine Vorstellung davon machen.

»Miss Dresser«, sagte er, übers ganze Gesicht strahlend. »Ich bin Melrose Plant.« Als sie ihn bloß verwirrt ansah, überlegte er, wie Jury ihn ihr wohl beschrieben hatte. »Superintendent Jury sagte Ihnen, daß ich komme, nicht wahr? Er sagte vielleicht – Lord Ardry.«

»Und welcher sind Sie nun?«

»Eigentlich beide. Obwohl mir Melrose Plant lieber ist.«

»Hm. Waren Sie mal Schauspieler?« Sie standen immer noch in dem dunklen Türbogen.

Melrose freute sich wie ein Schneekönig, für einen Schauspieler gehalten zu werden. »Nein, nie. Warum?«

»Weil Sie diese Ausstrahlung und besondere Anziehungskraft haben wie viele Schauspieler – und diese vielsagende Schauspielerallüre. Sie sind bestimmt ein glänzender Parleur. Und gutaussehend dazu.«

Melrose war sich nicht mehr so sicher, ob er für einen Schauspieler gehalten werden wollte. Die Sache mit der »vielsagenden Allüre« war ihm nicht so geheuer. Trotzdem verbreiterte er sein Lächeln zu einem (wie er zu meinen beliebte) noch »anziehenderen«. »Normalerweise tue ich – eigentlich gar nichts. Ich sitze in meinem großen Haus am Kaminfeuer, trinke Port und sehe meiner alten Hündin zu, wie sie schläft.«

»Das hört sich ja so an, als wären wir aus dem gleichen Holze geschnitzt. Kommen Sie rein.« Ihre Hand vollführte eine kleine Pirouette, mit der sie ihn in ihren Salon winkte.

So nannte sie es jedenfalls. Bei diesem Ausdruck erstanden vor Melrose' geistigem Auge immer kleine Gasfeuer, durchdringende Kälte, Roßhaarsessel und ein zum Imbiß gedeckter Tisch mit knallig bunten Tassen und Tellern, auf denen die Namen von Seebädern standen. Diese Beschreibung traf auf den Raum aber überhaupt nicht zu, in dem sie jetzt standen und der ihm eher wie ein Bühnenbild vorkam. Nein, wie ein Filmset, denn er konnte sich eine Kamera vorstellen, die im langsamen Schwenk über die Wände fuhr, an denen die Gemälde so dicht an dicht hingen (war das etwa ein echter Matisse?), daß von dem darunterliegenden Putz buchstäblich nichts mehr zu sehen war. Schonbezüge mit Blumenmuster, die im Schein des Kaminfeuers glänzten, Lampen, die ihr staubig-goldenes Licht über den Teppich warfen, dunkle Samtvorhänge, die in ihren Falten eine noch größere Dunkelheit bargen. Der Raum war relativ lang und mit Chaisen, Sofas, Lehnsesseln, ausladenden Ottomanen und Fußbodenkissen ausgestattet – Mona Dresser hätte hier glatt eine Nachthemdenparty abhalten können.

Es war ein luxuriöses, betörendes Set, in das sie selbst gar nicht hineinpaßte mit ihrer etwas pummeligen Figur, ihrem runden, liebenswürdigen Gesicht, dem ungebändigten grauen Haar und der hellbraunen Strickjacke über dem dunkelblauen Trägerkleid, auf dessen Brustteil – tatsächlich – eine Häschenfamilie aufgedruckt war. Da sie selbst sich in dieser Umgebung offensichtlich nicht recht wohl fühlte, taten es ihre Besucher paradoxerweise um so mehr und bemühten sich um eine gewisse Lockerheit.

»Nun, Mr. Plant, nehmen Sie Platz und sagen Sie mir, wer Sie sind. Oder nicht sind. Ich mag ein bißchen Geheimniskrämerei.

Ich glaube, Portwein habe ich da, aber keinen Hund. Ich könnte mir allerdings den von meinem Nachbarn ausleihen.«

Melrose hatte sich für einen pludrig ausladenden, mit Pannésamt bezogenen Sessel entschieden. Das Angebot bezüglich des Hundes schlug er jedoch dankend aus. »Nein, nein, nicht nötig. Den Hund können Sie später holen. Miss Dresser, lassen Sie mich eins sagen: Sie waren die erste Schauspielerin, die ich je gesehen habe, und daran erinnere ich mich heute noch. Ich glaube, ich weiß, worin das Geheimnis Ihrer Anziehungskraft liegt –«

»Weil ich brillant war?« Sie wackelte kokett mit den Augenbrauen.

»Nein, weil Sie wildfremden Menschen das Gefühl gaben, sie schon ihr Leben lang zu kennen. Und das ist schauspielerisches Genie.«

Errötend fummelte sie am Ärmel ihrer hellbraunen Strickjacke herum. »Oh, das ist viel netter, als mit der Polizei von Fulham zu reden.« Sie überlegte einen Augenblick. »Obwohl dieser Superintendent – unser gemeinsamer Bekannter – also, der hatte definitiv einen gewissen Charme.«

Melrose schniefte. Wenn einer bei Mona Dresser einen Stein im Brett hatte, dann wohl er und nicht Jury. »Irgendwie schon, ja, für einen Polizisten. Er bat mich, herzukommen und Sie zu fragen, ob Ihnen vielleicht noch etwas eingefallen ist. Und auch, um mit Ihrer Nichte zu sprechen.«

Sie sah etwas skeptisch drein. »Mit Linda? Ach, tut mir leid, aber ich weiß gar nicht so recht, wo Linda steckt. Das muß aber nicht heißen, daß sie nicht wieder auftaucht. Sie kann jeden Moment hier hereingesaust kommen.«

*Hereingesaust.* Das hörte Melrose eigentlich nicht so gern. Erwachsene »sausen« normalerweise nicht. Hatte Jury ihm da etwas verschwiegen?

»Dann sind Sie also Privatdetektiv? Schnüffler?«

»Nein, nein, wo denken Sie hin!«

»Also einer, der sonst nichts Besseres zu tun hat?«

Melrose kratzte sich am Ohr.

»Nun, Ihre Freunde, die echten Polizisten, denken anscheinend, Linda irre sich in dem, was sie gesehen hat.« Sie hielt die Hand hoch, als wolle sie jeden Einwand abwehren. »Wenn Linda es sagt, dann ist es so.«

Melrose lächelte. »So verläßlich ist sie also?«

»I wo, Linda ist überhaupt nicht verläßlich. Ich will damit nur sagen, wenn Linda Ihnen etwas berichtet, wenn sie eine Sache beschreibt, etwas, das sie gesehen hat, dann ist es exakt so – bis hin zum letzten Grashälmchen um die Grabstätte oder die Farbe der Handvoll Erde, die auf den Sarg geworfen wird.«

(Mona hatte es anscheinend mit grusligen Metaphern.)

»Sie hat eine ziemlich spektakuläre Beobachtungsgabe, eine bessere als der Fulhamer Polizist, der hier war.« Sie zuckte die Achseln. »Mehr weiß ich dazu auch nicht zu sagen. Sie gehen am besten hin und fragen die Familie.«

»Dort war ich gestern abend zum Essen.«

Mona staunte. »Soll das heißen, Sie kennen sie? Die Fabricants? Diese trübselige Russin?«

Melrose brach in Gelächter aus. »Also, trübselig würde ich Madame Kuraukowa nicht gerade nennen. Nein, auf keinen Fall.«

»Ach ja, gut aussehen tut sie ja schon, aber unterhalten kann man sich nicht mit ihr. Absolut nicht. Das meinte ich damit. Was weiß ich, wieso Clive sie überhaupt geheiratet hat. Vermutlich wegen ihres Aussehens. Jetzt weiß ich aber immer noch nicht, woher Sie sie kennen.« Sie beugte sich nach vorn, zog ihren Rock weiter nach unten und umklammerte ihre Knie wie ein Schulmädchen, das darauf wartet, ein bißchen Klatsch zu erfahren.

»Ich lernte die Brüder kennen – Ihre Neffen?«

»Nicholas und den alten Seb? *Meine* Neffen sind das nicht, das möchte ich schon betonen; die sind nur angeheiratet. Ich sehe sie allerdings selten. Weiter.«

»Ich habe sie in ihrer Galerie kennengelernt. Als ich dort war und mich ein bißchen umgesehen habe.«

»Und das alles ganz unabsichtlich?«

Melrose schürzte die Lippen. »Zufällig, sozusagen. Jedenfalls ist es mir gelungen, zum Dinner eingeladen zu werden.«

»Aber wie? Die Fabricants sind zwar ein bißchen wunderlich, aber sie laden bestimmt nicht Hinz und Kunz, die gerade in ihre Galerie laufen, zu sich nach Hause zum Abendessen ein.«

»Ich hatte wohl einen Stein im Brett: Ich habe drei Bilder gekauft. Und wohl den Eindruck vermittelt, daß bei mir noch mehr zu holen ist. Offensichtlich haben sie geglaubt, ich hätte einen Haufen Geld.«

»Und – haben Sie?«

»Ja.«

»Was haben Sie gekauft?«

»Kennen Sie Ralph Rees? Eins von seinen Bildern.«

»Aber nicht eins von diesen *Schnee*-Dingern? Doch nicht eins von *denen*?« Sie drückte sich mit gespieltem Entsetzen die Hand an die Stirn. »Nicht zu fassen. Sie scheinen mir ansonsten recht vernünftig.«

»Bin ich auch. Ich habe es für eine Bekannte gekauft, die weiß bevorzugt.«

»Na, das muß man in dem Fall wohl. Eine Bewunderin alles Jungfräulichen, was?«

»Kaum.«

»Von dem allem bekomme ich Durst. Möchten Sie einen Tee? Oder einen Drink?« Als Melrose dankend ablehnte, setzte sie sich bequem hin und fummelte an einem Garnknäuel herum. »Der arme Junge«, seufzte sie.

»Wie bitte?«

»Ralph Rees. Der tut mir wirklich leid.« Sie schüttelte den Kopf.

»Warum? Weil er nichts kann?«

»O nein, weil er *in der Tat* was kann. Sehen Sie da das Porträt von mir? Kurz bevor Clive gestorben ist, sagte er, er hätte gern ein Porträt von mir in der Rolle, die ich in unserer letzten Inszenierung gespielt habe.« Bei der Erinnerung seufzte sie auf.

Melrose stand auf, um sich das Bild an der gegenüberliegenden Wand anzusehen. »Kaum zu glauben!«

»Verständlich, wenn man mich jetzt anschaut. Damals war ich jünger.« Mona stand auf und kam zu ihm herüber.

»Nein, nein. Ich meine Rees' Malerei.«

»Ach stimmt, Sie haben ja außer dem lächerlichen Zeug in der Galerie nichts von ihm gesehen. Also, das geht wirklich über meinen Horizont. Ich konnte mir nicht helfen, ich mußte ihm einfach sagen, daß er da einen falschen Weg eingeschlagen hat.«

»Ich verstehe gar nicht, wieso er sich so radikal geändert hat.«

»Er behauptet, seine Porträts seien ohne Tiefgang. Zu gegenständlich.«

»Das sollen Porträts aber im allgemeinen doch sein«, gab Melrose trocken zurück. »Was würde er dann zu John Singer Sargent sagen? Ohne Tiefgang? Zu einfach?«

»So ähnlich habe ich es auch gesagt. Sehen Sie das kleine da, die Ansicht von Surrey? Die ist auch von Ralph.«

Es war ein traditionelles, britisches Landschaftsbild, Schafe auf einer Sommerwiese, ein Heuwagen. »Ja, so etwas würde ich mir auch jederzeit hinhängen. Kennen Sie ihn gut?«

»Nein, eigentlich nicht. Als ich ihm am Neujahrstag ganz zufällig begegnete, sagte er mir, er arbeite an etwas ganz anderem.«

»Falls er damit seinen *Sibirischen Schnee* meinte, war es bestimmt nicht gelogen. Haben die Gebrüder Fabricant denn großen Einfluß auf ihn?«

»Sicher. Schließlich haben sie eine Galerie.«

»Na ja, aber ein anständiger Maler verändert doch nicht seinen ganzen Ansatz, bloß damit er seine Arbeiten ausstellen kann.«

»Warum nicht? Schriftsteller verdingen sich doch auch als Schreibknechte, um Bücher verkaufen zu können, oder nicht?«

Melrose schüttelte den Kopf. »Dann waren sie vermutlich von vornherein Schreibknechte.« Er trat näher an das Bild heran, um die ländliche Szene genauer zu betrachten. »Jedenfalls wäre es in diesem Fall ja genau andersherum, nicht? Die weißen Bilder sind kommerziell nicht durchsetzbar, seine anderen Sachen aber schon. Für dieses schöne Bildchen hier würde sich rasch ein Käufer finden.«

»Da haben Sie wohl recht. Seine Porträts wurden gut aufgenommen. Und er war ja noch so jung – etwa Mitte Zwanzig –, als er meins gemalt hat.«

Eine Zeitlang standen sie schweigend in die Betrachtung der Bilder an der Wand versunken. »Ist der Matisse hier ein Original?«

»Ja. Die Mary Cassatt allerdings nicht. Das ist eine sehr gute Kopie, ein Selbstporträt.«

Melrose nickte und begutachtete ein weiteres impressionistisches Gemälde, möglicherweise Monet oder Manet, auf dem zahlreiche Leute unter freiem Himmel versammelt waren. Er war verblüfft über die Ähnlichkeit zwischen einigen der Dargestellten, etwa der beiden kleinen Mädchen in der Mitte des Bildes. »Von wem ist das?«

»Von Manet. Es heißt – ach, irgendwas in den Tuilerien.«

Eine Zeitlang sagten sie nichts. Er überlegte, wie er es anstellen sollte, das Thema Mord anzuschneiden, als sie ihm zu Hilfe kam.

»Mein Zobelmantel bei einem Mordopfer.« Sie erschauderte leicht. »Unfaßbar.«

»Kann ich mir vorstellen. Aber … warum haben Sie ihn Olivia Inge denn geschenkt?«

»Sie brauchte Geld, ich konnte ihr aber nicht einfach das Geld zustecken. Ich sagte zu ihr, wenn sie sich nicht so viel aus Pelz machte, sollte sie ihn doch einfach verkaufen. Olivia ist finanziell nicht so gut gestellt, und ich wußte, daß sie von mir kein Geld annehmen würde, also dachte ich mir, so was ließe sich ja zu Bargeld machen.«

»Dann hat es Sie also nicht überrascht, als sie ihn verkaufte.«

»Überhaupt nicht. Ich an ihrer Stelle hätte ihn allerdings nicht in Kommission gegeben. Das hat mich dann doch überrascht. Sie bekam zwei- oder dreitausend dafür. Und der Laden bekam natürlich seine Prozente. Trotzdem würde man doch aber nicht denken, daß jemand, der so viel Bargeld locker hat, überhaupt in *so* einen Laden geht. Das überrascht mich nun doch.«

»Dann haben Sie also nicht viel mit den Fabricants zu tun?«

»Nein, wieso sollte ich? Es wäre doch seltsam, wenn ich mich mit Clives zweiter Frau abgeben würde. Insbesondere mit einer wie Ilona Kuraukowa. Aber so uninteressiert an mir, wie sie tun, sind sie gar nicht. Sie jubeln mir ganz gern Pansy unter.«

Melrose sah sie verständnislos an. »Ich verstehe nicht ganz?«

»Geld, mein lieber Junge, Geld. Die rechnen sich wohl aus, daß ich einen Großteil davon Pansy vermache. Wegen Clive, verstehen Sie. Offensichtlich sähen sie es gern, daß ich Pansy als Clives Enkelin betrachte, was sie gar nicht ist. Seb hat den Namen Fabricant angenommen, als seine Mutter Clive heiratete. Dadurch wird Pansy aber nicht blutsverwandt mit mir, sie bedeutet mir gar nichts. Sie kann mich nicht mal leiden.« Sie wurde vom furchterregenden Geklopfe an einer Tür außer Sichtweite unterbrochen. »Das ist bestimmt der Lebensmittellieferant. Der Knabe macht immer einen Höllenlärm. Entschuldigen Sie mich bitte.«

Melrose nickte und sah ihr nach. Dann vertiefte er sich in die Betrachtung der Leute auf dem Tuilerienbild. Ihm fiel auf, daß es sich offenbar um ein Gruppenporträt handelte und – wie vorhin bereits – wie sehr diese Männer mit ihren Zylindern und Bärten einander ähnlich sahen, ebenso wie die beiden kleinen Mädchen in ihren mit Schleifen besetzten Kleidern.

Seine Gedanken wurden jedoch vom Eintreten eines neun oder zehn Jahre alten Mädchens unterbrochen, das sich unverzüglich daranmachte, ihm gegenüber unter einen Sessel zu spähen. Dann erhob sie sich, seine Anwesenheit völlig ignorierend, in einer umständlichen Prozedur aus ihrer flach hingestreckten Position, um sich erneut niederzulassen und unter das Sofa zu spähen.

»Was machst du da?« Melrose beschloß, die Sache direkt anzugehen.

»Ich such' meinen Kater. So ein rotbrauner ist es.«

»Es gibt jede Menge reizender Flächen, auf die er sich legen könnte. Wieso sollte er sich also unter einen Sessel oder ein Sofa quetschen?«

Immer noch in Bauchlage entgegnete sie: »Keine Ahnung. Ich bin keine Katze. Er heißt übrigens Horace.« Sie stand auf und kreiste, die Hände in die Seite gestemmt, langsam mit dem Kopf, um die reizenden Flächen in Augenschein zu nehmen. Dann ließ sie sich wieder fallen, um unter dem anderen Sessel mit Schonbezug nachzusehen.

Da ihre Mißachtung so unverkennbar war, konnte Melrose nur annehmen, daß sie ins Zimmer gekommen war, um ihn zu begutachten. »Du bist doch wohl nicht etwa ganz unerwarteterweise, durch den allerunglaublichsten Zufall, die vageste Vermutung und entsprechend meinem üblichen Riesenglück – Linda Pink?«

»Ja!« Das Wort wurde unter dem Sessel hervorgeschrien, an der Stelle, wo sich ihr Kopf befand.

»Bei aller Bewunderung für deine Selbstbegeisterung, aber würdest du jetzt wohl vom Boden aufstehen?«

Das tat sie, und zwar so flink, daß die Luft von ihrer Anwesenheit zu erbeben schien.

Im gleichen Moment kam ein riesenhafter, schmutzigbrauner, zerraufter Kater, der offensichtlich den Nachbarskatzen ins Gehege gekommen war, herein und bezog neben ihr Stellung.

»Horace, wo hast du denn gesteckt?«

»In einer Mülltonne, so wie es aussieht.«

Horace zog, das Kinn hoch in die Luft gereckt, beleidigt ab.

»Warum setzt du dich nicht?« fragte Melrose.

»Weiß ich auch nicht.«

Wieso nahmen Kinder immer alles so wörtlich? »Es war eigentlich keine Frage, Miss Pink. Es war eher eine Aufforderung. Damit ich dir ein paar Fragen stellen kann.«

»Sind Sie auch Polizist?« fragte sie, ohne sich hinzusetzen.

Melrose erwog eine Lüge, entschied sich aber dann, nachdem er deren Vor- oder Nachteile nicht erkennen konnte, dagegen. »Nein. Aber mein bester Freund ist einer von denen, mit denen du schon gesprochen hast.« Er war schon immer der Ansicht gewesen, daß die »Beste-Freund«-Masche bei Kindern toll ankam.

»Ist er einer von denen von Scotland Yard?«

»Ja.«

»Der ist mein Lieblingspolizist.«

»Meiner auch.« Melrose sah sich über die Schulter. »Was ist eigentlich aus deiner Tante geworden?«

»Die ist draußen in der Küche und redet mit Billy. Der hat immer solche Probleme und quatscht unheimlich viel. Was für Fragen denn?«

»Ach, über den Kräutergarten, wo du die Lei – äh, die Dame gesehen hast. Es scheint da noch ein paar Unklarheiten zu geben, wann du sie gesehen hast und wo sie lag.«

»In der Eberraute. So etwa um sieben, glaub' ich.«

»Sind wir hier nicht in der Nähe von Fulhalm Palace?«

»Ja, das ist gleich dort drüben.« Sie deutete in eine unbestimmte Richtung. War er überhaupt den Aufwand wert?

»Paß auf – wenn deine Tante einverstanden ist, würdest du dann gern einen Spaziergang dorthin machen? Vielleicht finden wir unterwegs auch einen Eisverkäufer. Ich bin sicher, es gibt einen Kiosk, bei all den Touristen.«

Sie blieb wie angewurzelt stehen und starrte ihn ungläubig an. Liebe Güte, *und ob* er es wert war!

Melrose unterbreitete Mona Dresser seinen Plan für einen Spaziergang, und sie erklärte sich einverstanden. Melrose meinte, er habe vollstes Verständnis, falls sie fand, es sei für Linda nicht gut, zum Tatort zurückzukehren. Der sei wahrscheinlich immer noch mit Tatortband abgesperrt, so daß sie sich nicht allzunah heranwagen könnten.

Außer Hörweite vertraute ihm Mona an, nachdem Linda schon von so vielen Polizisten befragt worden sei und natürlich von fast nichts anderem mehr rede, habe sie nichts dagegen einzuwenden. »Ich glaube allerdings nicht, daß Sie etwas Neues erfahren werden. Sie ist sich ihrer Geschichte sehr sicher, und Linda kann sehr dickköpfig sein.«

Tatsächlich? Melrose zog fragend die Augenbrauen hoch.

»Du führst«, ordnete Melrose an, als sie draußen waren.

Bestand irgendein Zweifel, daß Linda etwas anderes tun würde? Sie war ihm schon ein gutes Stück voraus.

»Warte am Randstein!« befahl er.

Worauf er einen Blick erntete, der für Idioten reserviert war.

»Wo sind wir?« Er warf nervöse Blicke um sich, als hätten sie die Zivilisation inzwischen hinter sich gelassen.

»Auf der Bishop's Park Road«, antwortete sie, schon vorausrennend.

Wann hatten sie die Fulham Road verlassen? Melrose hatte es schon immer amüsiert, daß in London der Name einer Straße ohne ersichtlichen Grund einfach wechselte. Die Fulham Road lag ungefähr zwischen der King's Road und der Brompton Road. Fulham lag im Distrikt SW6 und war auf den meisten Plänen von Londons Stadtzentrum gar nicht verzeichnet; es hatte es fast geschafft, aber doch nicht ganz und war daher ins Hinterland verbannt worden, das von Touristen nicht besucht wurde. Es hatte weder das schicke Flair von Belgravia, wo sich die strahlende Sonne über die Gehwege ergoß und wie Goldmünzen glänzte, noch den Schwung von Chelsea oder gar den heruntergekommenen Charme des benachbarten, blumenübersäten South Kensington.

»Hier sind wir!« rief Linda, als wären die imposanten, steinernen Torpfeiler für ihn unsichtbar. Dann rief sie, in eine andere Richtung davoneilend: »Wir können uns ein Eis holen!«

Der Kiosk befand sich nicht weit vom Tor. Melrose fragte: »Möchtest du dein Eis jetzt oder wenn wir gehen?« Daraufhin verzog sich ihr Gesicht in einem Ausdruck von gequälter Unentschlossenheit derart, daß er wußte, sie würden noch den ganzen Tag dastehen, wenn er nicht sagte: »Oder beides?«

Beglückt über diese Lösung bestellte sie sich eine Tüte Schokoladeneis, schaute dabei aber so sehnsüchtig zu dem großen Glas mit den Zuckerstangen hinüber, daß er ihr davon auch noch eine kaufte. Sie gingen wieder zum Tor und betraten das Parkgelände. So wie Linda an ihrer Eistüte schleckte, erinnerte ihr entrückter Gesichtsausdruck an eine Katze, die ein Schälchen Milch ausschlabbert.

Als sie zwischen den Torpfosten hindurchgingen, glaubte Melrose in eine andere Welt einzutauchen. Tore hatten diese Symbolkraft, die einen spüren ließ, daß man eine völlig neue Umgebung betrat. Zunächst einmal waren sämtliche vertrauten Geräusche wie Kindergeschrei, Verkehrsbrausen, Martinshörner und Glocken so gedämpft, daß sie einem wie ein Teil der alten, verschlissenen Welt vorkamen, die sich langsam auflöste.

Neben ihm war Linda mit dem sorgfältigen Modellieren ihrer Eistüte so beschäftigt, als sei sie Rodin in seinem Atelier. »Das Palace Museum liegt ein bißchen weiter oben an diesem Weg.«

»Ich weiß nicht –«

»Wir müssen uns Karten besorgen.«

»Ist das hier etwa unerschlossenes Gelände?« fragte Melrose. »Na, du weißt jedenfalls, wo alles ist.«

»Fast. Aber Sie wollen doch wissen, wie der Kräutergarten angelegt ist, nicht wahr?«

Als ob sie es nicht im Gedächtnis gespeichert hätte, dachte er und folgte ihr in die Kühle des kleinen Museums, das in einem ehemaligen Seitenflügel des Palace in zwei bis drei Räumen untergebracht war. Das Gebäude selbst war so unscheinbar – lediglich ein großer, eckiger Backsteinbau –, daß er hoffte, die Leute kämen nicht in der Hoffnung her, hier ein zweites Hampton Court oder Versailles vorzufinden. Aber natürlich würden sie Fulham nicht deshalb besuchen – er glaubte, was auf dem Plakat stand, an dem man auf dem Weg ins Museum vorbeikam: LONDONS BESTGEHÜTETES GEHEIMNIS.

Sie gingen hinein und kamen in einen Raum, der von einer freundlich aussehenden Frau beaufsichtigt wurde, für die Linda offensichtlich keine Unbekannte war. Sie saß bei den Reiseführern, Postkarten, Broschüren und Stadtplänen und begrüßte Linda, als gehöre sie zur Familie: *Hal-lo, mein Liebes, ist das ein Freund von dir?*

Wie schade, daß ich kein Spielzeug mitgebracht habe, dachte Melrose etwas pikiert und überlegte, ob die Entdeckung einer Leiche dort draußen im »knot garden« dem Geschäft einen Dämpfer versetzt hatte. Vermutlich hatte der Vorfall das Geschäft aber eher belebt. Er erkundigte sich danach.

Die Dame schien entrückt, als stünde sie mit einem Fuß im Museum und mit dem anderen in einer viel besseren Welt. *Ach, ein paar Tage schon. Aber Sie wissen ja, wie schnell man solche Dinge vergißt, wie vergänglich und flüchtig alles ist.* In diesem Stil redete sie weiter, bis Melrose sich allmählich fragte, ob die Geister sämtlicher Bischöfe von London sie vielleicht als Kanzeldeckel benutzten. Doch schien ihr Auge recht zufrieden auf ihrer Umgebung (Vater Chronos und ihre beiden Gesprächspartner inbegriffen) zu ruhen, und sie sprach vom Kommen und Gehen der Jahreszeiten und Menschen, als hätte sie dieses Jammertal bereits hinter sich gelassen und schönere Gestade erreicht. Melrose dankte ihr, faltete einen Zwanzigpfundschein zu einem winzigen Quadrat zusammen und steckte ihn in die Sammelbüchse für den Fulham-Palace-Fonds.

Draußen führte ihr Spaziergang sie an allen möglichen Baumarten vorbei. Ohne den Baumplan des botanischen Gartens hätte er bis auf die Rieseneiche und – nur dem Gattungsbegriff nach – die Kiefern keinen einzigen benennen können. Sie kamen an Zedern, Eichen, mehreren Ahornarten, einem gigantischen Redwood und einem Amberbaum vorbei, und auf der anderen Seite drüben waren wahrscheinlich noch ein Dutzend andere.

»Hier ist es gleich«, sagte Linda, die rückwärts lief.

»Hier sind ja bestimmt vierzig oder fünfzig verschiedene Baumarten versammelt«, sagte Melrose.

»Stimmt. Kommen Sie.«

Nachdem die Baumfrage solchermaßen abgehakt war, folgte er ihr in einen großen, umfriedeten Garten, der nun im November ungepflegt, dürr und verbraucht aussah und mit vertrocknetem Strauchwerk überwuchert war. Der »knot garden«, der in diesem seltsamen Fall eine so herausragende Rolle spielte, lag vor ihnen. Links davon befand sich ein langer, mondsichelförmiger Zaun, an dessen voller Breite und Länge Glyzinienranken hochkletterten. Im Frühling mußte der Duft einfach himmlisch sein, besonders wenn sich das vom Kräutergarten herüberdringende Aroma damit vermengte. Rechts davon stand ein Glashaus, das früher wohl als Gewächshaus gedient hatte, mit seinen zerbrochenen Scheiben und seitwärts geneigten oder zerfallenden Mauern aber mittlerweile ganz verwittert war. Kein Wunder, daß es den Fonds zur Geldbeschaffung gab. Ein Treibhaus war ebenfalls vorhanden, in dem knorrige, alte Rebstöcke, so hart und widerspenstig wie Hanf, standen.

Der Garten selbst hatte die Form eines Fisches, lief auf beiden Seiten an den Enden spitz zu und war in der Mitte am breitesten. Wo der Kopf des Fisches gewesen wäre, stand eine Gewürzpflanze namens Mutterkraut. (Melrose hatte noch nie davon gehört und nahm sich vor, Sergeant Wiggins danach zu fragen.) Am anderen Ende, am Schwanzende sozusagen, war ein dreieckiges Thymianbeet angelegt. Melrose hielt die Zeichnung vor sich, wobei ihm auffiel, daß sich die verschiedenen Kräuterbeete der einen Seite in Form und Art auf der anderen Seite wiederholten. Von jeder Sorte gab es zwei Beete, die jeweils am oberen und unteren Ende spiegelbildlich angeordnet waren. Linda riß ihn aus seinen Betrachtungen über die Konstruktion dieser Anordnung.

»Hallo!«

Über ein kreisrundes Beet mit Gänsefingerkraut hinwegblikkend, sah er sie im braunen Strauchwerk liegen. Er ging hinüber und erkundigte sich, was zum Teufel sie da eigentlich machte.

»Ich bin jetzt die Leiche.« Sie lag mit ausgestreckten Armen und dem Gesicht nach oben da.

»Du solltest aber nicht da liegen in dem –« Er konsultierte den Kräuterplan.

»In der Eberraute. Warten Sie«, sagte sie. »Ihre Augen waren offen. So.« Makaber riß Linda ihre Augen weit auf.

»Du hast eine glänzende Zukunft als Tatortzeugin vor dir.«

»Die haben gesagt, im Lavendelbeet, aber das stimmt nicht.«

Melrose kniete sich hin und besah sich das Beet mit der Eberraute. »Hör mal, die Polizei ist sehr genau, die machen Fotos und messen alles ab und so. Könnte es sein, daß du dich geirrt hast?«

»Nein.« Sie wischte sich ein paar kleine Stengel und Laubblätter aus den Haaren.

»Ich gehe mal kurz da rein.« Er deutete mit einem Kopfnicken auf das Treibhaus mit den Reben.

Er ging im Inneren des verwitterten Glashauses umher – zumindest in dem, was vom »Inneren« übrig war, denn es war fast völlig der Unbill der Witterung ausgesetzt. Nebenan stand eine Schutzhütte mit einem kleinen Anbau, der früher als Geräteschuppen gedient hatte. Er trat auf Tonscherben und Glasstückchen, blieb dann stehen und drehte einen halben Blumentopf um, wohl wissend, daß er nichts finden würde, da die Polizei von Fulham bestimmt alles gründlich durchforstet hatte.

Das Problem bei diesen Polizisten war, daß sie nur ihren eigenen Erkenntnissen trauten. Verständlicherweise, mußte man wohl sagen, denn der Aussage einer Zehnjährigen trauten sie ganz sicher nicht.

Und doch. Wenn sie so nah herangekommen war, daß sie die offenstehenden Augen gesehen hatte, wenn sie sich so sicher war und überhaupt keinen Zweifel hatte, wollte Melrose gern glauben, daß sie wußte, wo die Leiche gelegen hatte und wann sie dort gelegen hatte.

## 23

Melrose fand es kaum überraschend, daß die Cripps nicht am Telefon hingen, oder – wenn er es recht überlegte – eigentlich überraschte es ihn doch. Mittlerweile mußte Ashley Cripps nämlich ausklamüsert haben, wie er die Telefonleitung seiner Nachbarn anzapfen konnte, nachdem er den Strom ja bereits auf diese Weise bezog. Mit Leitungen kannte er sich aus. Doch hätte das vielleicht bedeutet, auf einen Mast hochklettern zu müssen, und übermäßig strapazieren wollte Ash sich nicht.

Melrose hatte es im Spielzeugmuseum versucht, wo Bea Slocum arbeitete, und erfahren, daß sie an Samstagen nur halbtags da war. Sollte Bea in ihrer Wohnung in Bethnal Green Telefon haben, stand sie jedenfalls nicht im Telefonbuch. Der nächste Schritt auf seiner Suche nach ihr war die Familie Cripps – obwohl der Begriff »Familie« hier nicht für die vom Sozialamt intendierte gesellschaftliche Einheit stehen konnte. Bea war eine Art entfernter Cousine mit (falls ihre Malerei darauf schließen ließ) einer Schwäche für die Catchcoach Street.

Im Moment saß Melrose in einem Sandwichlokal im Canary Wharf auf einem Barhocker und starrte in die Themse, die stillzustehen schien und sich damit im offenkundigen Einklang mit seinem persönlichen Geisteszustand befand. (Im Vorspiegeln von Selbstmitleid war Melrose groß und holte sich sein Mitgefühl, wo er es eben kriegen konnte.) Er hatte mit dem Gedanken gespielt, eines der fest in Zellophan verpackten Sandwiches zu essen, die da hinter Glas aufgetürmt waren, sich dann aber mit einem Tee begnügt. Und überhaupt – wie kamen die tapferen Büroangestellten eigentlich dazu, eine sonnengetrocknete Tomate in ihrem Cheddar-Sandwich haben zu wollen? Hier handelte es sich offenbar um die *Nouvelle Cuisine* der Imbißgerichte.

Während er über den Besuch in Fulham Palace nachdachte, wurde sein Tee allmählich kalt. Er hatte geglaubt, seine erlahmende Hirnleistung auf einem gemütlichen Spaziergang durch die herausgeputzten Docklands wieder auf Trab bringen zu können, doch ihm war nichts eingefallen. Ebensowenig wie sich die Themse auch nur einen Zentimeter weiterbewegt hatte. Er fragte sich, was Wordsworth daran eigentlich derart in Aufregung versetzt hatte. Schließlich verließ er die Sandwichbar, um einen Zeitungskiosk ausfindig zu machen, wo er sich die Taschen mit Tüten voller Zuckerzeug vollstopfen konnte.

Die Crippsschen Sprößlinge tollten wie Maulwürfe und Taschenratten wild und ausgelassen vor dem Haus im »Garten« (in diesem Fall ein Euphemismus) herum, obwohl es schon fast dunkel war. Oder vielleicht gerade deswegen, da die Lebensweise der Cripps wohl am besten ins Dunkle verbannt gehörte. Wenigstens brachten Maulwürfe und Taschenratten die meiste Zeit unter der Erde zu.

Melrose verharrte ein paar Meter vom Haus entfernt auf dem Bürgersteig und sah ihnen bei ihren greulichen Spielen zu, von denen gerade mehrere im Gange waren. Da sie zu siebt waren, gab es dafür ja Kinder genug.

Der Kinderwagen war nicht weit von der Haustür abgestellt

und dann von Mutter Cripps vergessen worden, die damit das Baby seinem Schicksal überließ. Zwei von den Kindern, ein Junge und ein Mädchen, schaukelten das Gefährt – aber nicht, um das Baby zu beruhigen (das ein helles, dünnes Wimmern ertönen ließ), sondern im edlen Wettstreit darum, auf welche Seite es zuerst umkippen würde. Jeder Nicht-Crippsianer hätte, bevor er sich auf einen solchen Unsinn eingelassen hätte, zuerst dafür gesorgt, daß der Wagen leer war. Die Crippssche Brut dagegen sorgte erst einmal dafür, daß er voll war.

Ihre Namen hatte Melrose größtenteils vergessen (aus Erbarmen mit sich selbst), erinnerte sich aber daran, daß zwei von den Mädchen Amy und Alice hießen. Er glaubte, in der am Kinderwagen mit ihrem Bruder Kämpfenden Alice zu erkennen. Melrose fand es erstaunlich, daß in der Familie Cripps überhaupt ein Baby überlebte. Doch, sieh einer an, sechs davon hatten es tatsächlich geschafft – sieben, wenn man das Baby mitzählte. Vorerst jedenfalls.

Ein anderer Junge von etwa fünf oder sechs Jahren, Zwillingsbruder eines der Mädchen, war leicht zu identifizieren: Piesel-Pete. Im Moment stand er mit heruntergelassener Hose da und pinkelte in das Plastikvogelbad. Seine Schwester Amy (oder Alice) bildete quasi sein Gegenstück. Ihr Lieblingstrick bestand darin, ihr Röckchen hochzuheben und jeden Interessierten wissen zu lassen, daß sie keine Unterhose anhatte. Ein anderer Junge war an einen Baum gefesselt, während der Älteste mit einer brennenden Fackel, die in der herannahenden Dunkelheit unheimliche Schatten warf, um ihn herummarschierte. Guter Gott, wozu waren denn die ganzen Zeitungen und das Anzündholz zu seinen Füßen aufgeschichtet?

Die Position des Kinderwagens wurde zusehends prekärer, das Geheul des Babys immer beängstigender, worauf die beiden damit beschäftigten Gören natürlich nur noch lauter lachten. Melrose schlug alle Vorsicht in den Wind (nicht ohne vor dem Herannahen das Zuckerwerk griffbereit zurechtzulegen) und ging auf das Haus zu.

Der Älteste, wie sein Dad kräftig, gedrungen, kampfeslustig und mit den typisch Crippsschen sandfarbenen Haaren und Augenbrauen und der käsigbleichen Haut, entdeckte Melrose als erster. Er ließ die Fackel fallen (zum Glück nicht auf das Anzündholz, sondern in eines der zahlreichen Erdlöcher) und stieß einen gellenden Schrei aus. Alle unterbrachen ihre Tätigkeiten (bis auf den, der an den Baum gefesselt war) und glotzten herüber.

»Elroy! *Elroy!*« Er wandte sich zum Haus um und schrie noch lauter: »Ey, Mum, Elroy is da!«

Dann fielen alle über ihn her, alle außer Piesel-Pete, der sich an sein bestes Teilchen faßte, aber nicht wie es kleine Jungen sonst tun, um ihre Aufgeregtheit kundzutun, sondern mit der offenkundigen Absicht, sein Männchen auf den Besucher zu richten.

*»Was has'n da, Elroy?« »Gib uns 'n paar Bonbons, Elroy, los!« »Guck ma, ich hab drunter nix an!« »Komm schon, Elroy, gib uns was Süßes!«*

Melrose holte die Tütchen hervor, begann sie zu verteilen und versuchte gleichzeitig, sich eine Auskunft zu verschaffen. »Sagt mal, ist Bea Slocum hier?«

Nachdem er sich die größte Tüte voller Zitronenbrausebonbons unter den Nagel gerissen hatte, konnte der Älteste und zugleich Kräftigste sich die Begrüßungsformalitäten schenken. »V'lleich ja, v'lleich nein. Wer will's wissen?«

»Na, ich offensichtlich.«

Nachdem er Melrose das letzte weiße Tütchen, das Gummibärchen enthielt, aus der Hand gerissen hatte, stolzierte Piesel-Pete nun im Garten umher und sang: »Bea, Bea, piesel, piesel, piesel.«

»Das würde ich an deiner Stelle aber schön bleiben lassen. Wenn du im Leben noch mal ein Pissoir zu Gesicht kriegen willst.« Aber dann fiel Melrose ein, daß das Fehlen eines Pissoirs

Piesel-Pete nicht abschrecken konnte. Diese ungenierte Zurschaustellung seines Geschlechtsteils hatte er anscheinend von seinem Vater Ashley geerbt, der in Polizeikreisen seit langem als Ash the Flash, Ash der Flitzer, bekannt war.

Dann flog die Tür auf, und White Ellie füllte sie mit ihrem mächtigen, schlaffen, beschürzten Körper, einen Spachtel schwingend, völlig aus. »Na, schau mal einer an, wer da is! Grade letzthin sag' ich zu Ash, ›wär doch schön, wenn Melrose öfter mal vorbeischauen würde.‹ Tust du den Rock da runter, Mädel!« Letzteres galt Alice (oder Amy).

Melrose trat durch die Tür und meinte: »Sagen Sie ruhig Elroy zu mir.«

White Ellie stieß ein kehliges Kichern aus, während sie den Kinderwagen ins Haus schob und das Baby heraushob, das dadurch wieder für ein paar Minuten aus der Gefahrenzone war. »Das is unser Robespierre, kennen Sie den noch?«

»Aber sicher«, erwiderte er mit einem Blick in das ruhige, Cripps-untypische Gesichtchen des Babys, das groß und dick war. Vage erinnerte er sich daran, den Kleinen schon mal in den Armen gewiegt zu haben. Der Cripps-Haushalt übte eine seltsame Wirkung auf einen aus, auf ihn jedenfalls.

Als die sechs Kinder an ihnen vorbei ins Wohnzimmer abdampften, bellte White Ellie ihnen vergeblich nach, sie sollten sich aber gefälligst benehmen. Dann ließ sie das Baby wieder in den Kinderwagen plumpsen, versetzte dem Gefährt ein mütterliches Schuckeln und steuerte auf die Küche zu. »Ich mach' grade Ashley sein Abendbrot. Der wird wohl bald heimkommen, denk' ich. Bea is auch da. Im Wohnzimmer. Sie erinnern sich doch an Bea?«

Beatrice Slocum lag ausgestreckt auf dem ausgeleierten Sofa mit Kohlkopf-Rosen-Muster und glotzte in einen riesigen, ziemlich mitgenommenen Fernseher. Nachdem sie Bea lauthals davon in Kenntnis gesetzt hatten, Elroy sei da, ließen sich die Kinder vor der Mattscheibe nieder und begannen ihre Süßigkeiten zu vertilgen. Da die trügerische Stille bloß zwei Minuten anhalten würde, hoffte Melrose, Beas Aufmerksamkeit solange fesseln zu können.

»Na, mich laust der Affe«, sagte Bea. »Guck mal, wer da is. Hat's etwa wieder einen Mord gegeben?« Sprach's und wandte sich wieder der Glotze zu.

Tat jedenfalls so. Melrose fand, daß ihre aufgesetzte Gleichgültigkeit sie einige Mühe kostete, denn das hirnlose Zeug, das sich auf der Mattscheibe abspielte, gelangte nicht bis zu ihren Augen, die für gewöhnlich von einem kühlen Grün waren, heller und weniger intensiv als seine. Wenn sie sich freute, konnte man das an ihren Augen ablesen. Diese Vergnügtheit konnte sie nun auch nicht verhehlen, als eines der Gören sein Geschwister so mit einem Sofakissen traktierte, daß die anderen Kinder ebenfalls dazu aufgestachelt wurden. Kissen wurden geschmissen und weggezogen, was die ganze Bande plötzlich dazu animierte, im Kreis zu marschieren und lauthals zu singen.

»Ja, es hat tatsächlich wieder einen gegeben.«

Bea war dabeigewesen, als in der Tate Gallery eine Frau gestorben war, und von Jury und Melrose bei einem angenehmen Abendessen in einem französischen Restaurant als Zeugin dazu befragt worden. Er hatte gehofft, sie würde den Mord vergessen und sich nur an das Abendessen erinnern.

»Ach du meine Schande!« rief sie laut. »Dann machen Sie und Ihr Kumpel mir jetzt wieder die Hölle heiß.« Gespieltes Gähnen.

»Wieso sollten wir? Diesmal waren Sie ja nicht dabei. Trotzdem können Sie uns vielleicht helfen.«

»Ach ja, und darauf bin ich ja superscharf, was?« Sie fischte die Fernbedienung hervor und zappte durch sämtliche Sender, gegen den lautstarken Protest der kreischenden Knirpse auf dem Fußboden, die aber überhaupt nicht hingesehen hatten.

»Ich dachte mir, wir könnten vielleicht wieder essen gehen. Wir könnten in meinem Klub dinieren.«

»In Ihrem *wat?*«

Sie legte so viel Nordlondon in diese Silbe, daß man meinen könnte, sie hätte geübt. Bea konnte ihren Akzent so spielend leicht verändern wie Alice die Position ihres Röckchens.

»So 'n muffliger Altherrenklub, was? Nich mit mir.« Sie rutschte noch tiefer ins Sofa. »Und überhaupt werden da keine Frauen zugelassen.«

»Das hat sich alles geändert.«

»Aber nich für Leute wie mich, wetten?« Sie sagte es selbstgefällig, als könnte man stolz darauf sein, von einem Klub abgewiesen zu werden.

Melrose fand ihre Genugtuung amüsant. »Vielleicht nicht gerade so, wie Sie im Moment daherkommen –«

Bea schmiß die Fernbedienung von sich und musterte ihn mit offenstehendem Mund, erstaunt, daß er es wagte, sich abfällig über ihre Aufmachung zu äußern, und richtete dann den Blick auf ihre Springerstiefel und die abgeschnittenen Jeans. Sie zupfte ihren schwarzen Rollkragenpullover ein Stückchen hoch. »Ich hab doch Stil, hab ich. Im *Telegraph* hab ich letztens ein Foto gesehen von einem Laufstegmodel, die hatte fast genau das gleiche an, außer daß ihre Stiefel mit Nägeln beschlagen waren und sie 'nen Straßgürtel umhatte. Und Hängeohrringe auch aus Straß, Riesenklunker. Also, ich find', das sieht ordinär aus.« Während sie diesen knappen Einblick in die Welt der Mode zum besten gab, hatte sie irgendwo unter dem Wäschehaufen neben sich eine *Elle* hervorgezogen, einen Finger befeuchtet und blätterte nun die Hochglanzseiten um.

»Machen Sie, was Sie wollen«, sagte Melrose. Den Ausdruck benutzte Bea immer, um mangelndes Interesse zu bekunden.

Nun bekam sie aber Angst, er würde seine Einladung zurückziehen, und sagte: »Warten Sie 'n Moment, ich kann mir doch von White Ellie was borgen.«

Na, das wäre bestimmt eine Verbesserung globalen Ausmaßes,

dachte Melrose, während Bea sich vorbeugte und Ellies Namen schrie.

Schreien war aber gar nicht nötig, denn in diesem Augenblick kam White Ellie herein und brachte Tee in dicken, weißen Bechern mit. »Da habt ihr was Nasses.« Nachdem sie Melrose und Bea je einen Becher ausgehändigt hatte, ließ sie sich, den Becher hocherhoben, in einer aufwirbelnden Staubwolke auf einem benachbarten Sessel nieder.

Bea sagte: »Ich überleg' gerade, ob ich vielleicht das ärmellose Oberteil leihen könnte, was du bei Bring 'n' Buy gekauft hast?«

»Das orangene Ding? Aber daß du man bloß keine Flecken draufmachst.«

Melrose horchte auf. »Bring 'n' Buy gibt's hier in der Gegend? Die haben doch auch immer einen Stand auf dem Kirchenbasar.«

»Na, wir ham – he, ihr Blagen, raus jetzt. Laßt mal die Großen unter sich reden.« Alle rappelten sich mit Gepolter und Gerassel hoch (womit machten sie eigentlich einen derartigen Krach?), Piesel-Pete erleichterte sich in einen an strategischer Stelle plazierten Eimer, der das von der Decke tropfende Wasser auffangen sollte, während Alice wieder ihr Röckchen hob. Ellie versetzte den beiden je einen tüchtigen Klaps auf den Hintern. Das spornte natürlich die übrigen vier dazu an, im Kreis zu marschieren und lauthals zu intonieren:

*»Piesel-Pete, Piesel-Pete*
*Pieselt über Elroys Füß'!«*

Melrose warf einen blitzschnellen Blick auf seine Schuhe hinunter. Seine hatte der Knabe verfehlt, aber Beas Stiefel hatte es erwischt.

»Du elender kleiner Satansbraten!« kreischte Bea und zog einen Lumpen, der einstmals wohl ein Unterhemd gewesen war, aus dem Wäschehaufen, um ihre Stiefelspitze abzuwischen. »Bin gleich wieder da«, verkündete sie und jagte, zwei Stufen auf einmal nehmend, die Treppe hinauf.

White Ellie schrie den skandierenden Kiddies hinterher, die alle sechs hintereinander im Gänsemarsch aus dem Wohnzimmer trampelten: »Und der heißt nich *Elroy!* Wie oft soll ich euch das noch sagen?«

Der Singsang ertönte inzwischen an der Haustür.

Melrose' Frage beantwortend, erklärte White Ellie: »Wir ham jeden zweiten Sonntag so 'ne Basare. Gleich da drüben in St. Ignatius. Das war Ash seine Idee. Is 'n schlauer Kerl, mein Ash.« Sie schnalzte anerkennend mit der Zunge. »Wenn er bloß damit aufhör'n würde, sich auf öffentlichen Toiletten rumzutreiben.« Dieser wunde Punkt an ihrem Ashley wurde mit einem Seufzer bedacht. »Na, jedenfalls ist das so 'n Markt, wie sie da unten in Algiers haben, mit lauter Pakis und Kanaken. Also, er und Eddie – Sie kennen doch Eddie –, die verdienen sich da so 'n kleines Zubrot, wissen Sie, wo sie Sachen abholen, die die Leute nich mehr wollen –«

(Aus geparkten Autos und aus Häusern, deren Bewohner gerade nicht zu Hause sind, sinnierte Melrose.)

»– und das Zeug müssen sie natürlich dann irgendwo verkaufen.«

Melrose schaute skeptisch. »Ist das nicht ein bißchen gefährlich? So in aller Öffentlichkeit?«

Das fand White Ellie nun aber köstlich und schlug sich lachend auf den mächtigen Schenkel. »Das is ja grad der Witz! Meinen Sie, die Polente guckt auf'm Bring 'n' Buy nach Ware? Die kann man da offen auslegen, hat Ash gesagt.« Sie tippte sich an die Schläfe. »Is 'n heller Kopf, mein Ashley. Bißchen daneben, aber helle.«

In diesem Moment kam Bea die Treppe herunter, angetan mit Ellies Ausbeute vom Bring-'n'-Buy-Basar.

Melrose staunte. Das sogenannte »orangene Ding« war nicht direkt Orange, sondern hatte eine ins Kupferrot gehende, gedeckte Farbe. Es handelte sich um eine lange, gürtellose Samtweste, die fast bis zum Boden reichte und Beas Erscheinung völlig veränderte. Sie trug nun außerdem ein dezenteres Make-up und hatte den lila Lidschatten durch hellbraunen ersetzt und etwas Rouge aufgelegt. Ihre veränderte Haarfarbe mit den herbstlich schattierten Strähnchen im Haar wurde von der kupferroten Weste noch betont. Es hätte Melrose kaum überrascht, wenn er dieses ziemlich gewagte Ensemble aus kupferner Weste, abgeschnittenen Jeans und Stiefeln in der Herbstkollektion eines Designers entdeckt hätte. Bea hatte recht – es könnte durchaus den Lauf über den Laufsteg wagen.

»Sie passen hervorragend ins Boring's«, sagte Melrose.

## 24

Boring's hatte in der Tat einige seiner strengen Regeln gelockert, so daß nun auch Frauen Zutritt hatten. Das Vorstandskomitee hatte sich bei diesem Thema ziemlich gewunden, denn das Problem war nicht so sehr, Frauen den Zutritt zu gewähren, als vielmehr die Frage, was man mit ihnen anfangen sollte, wenn sie erst einmal den Klub betreten hatten. Mindestens ein Klubmitglied war der Ansicht, daß eine Dame sich nicht mehr als einen Meter achtzig vom Eingang entfernen und dort solange warten sollte, bis der mit ihr verabredete Herr zum Verlassen des Leseraums und, mit der Dame im Schlepptau, des Klubs selbst bereit war.

Zu diesem Punkt erhoben sich Gegenstimmen. Diese Regelung entsprach ja wohl kaum dem Geiste des »Hereinlassens« weiblicher Personen. Man konnte eine Frau doch nicht einfach sich die Beine in den Bauch stehen lassen. Zumindest mußte ein Stuhl neben der Tür plaziert werden, damit sie sich setzen konnte.

Es gab auch ein oder zwei Herrschaften, die quasi in einem Rundumschlag die Türen des Speisezimmers für weibliche »Gäste« aufreißen wollten. Dieser Vorschlag wurde vom jüngsten Mitglied des Komitees unterbreitet, einem jungen Mann, dem die Mitgliedschaft verweigert worden wäre, hätte sein Name nicht von Geburt an auf der Liste gestanden, als gesetzlicher Erbe (oder »entsetzlicher Erbe«, wie manch ein Spaßvogel zu scherzen beliebte) eines Grafen und selbst Träger des Adelstitels eines Viscount. Selbstverständlich war der alte Graf Mitglied, gesundheitlich jedoch selten in der Lage, nach London zu kommen. Also einigte man sich allerseits auf einen Kompromiß und beschloß, für einen Probezeitraum von zehn Jahren Frauen als »Gäste« zuzulassen und, sollte sich das Arrangement als zufriedenstellend erweisen, die neue Regel sodann festzuschreiben. Zehn Jahre müßten reichen, »um sämtliche Macken auszubügeln«.

Dies alles hatte Melrose am Vorabend, während er auf Jury gewartet hatte, vom Viscount persönlich erfahren.

»Dann hat es also zur Zufriedenheit der Mitglieder funktioniert?«

»Anscheinend«, meinte der Viscount. »Es sind naturgemäß aber nur sehr wenige, die auf Damengesellschaft Wert legen.«

An diesem Punkt ließen beide den Blick über die Herren in unterschiedlichen Stadien der Hinfälligkeit schweifen, die die ledernen Ohrensessel und Sofas okkupierten. Dann lehnte sich der Viscount zurück und schmauchte seinen Stumpen, und Melrose nippte an seinem gutgekühlten, sieben-zu-eins gemixten Martini und dachte an Diane Demorney.

So gesehen hätte Bea Slocum in ihren Stiefeln und der langen Weste wohl einen ziemlichen Aufruhr verursacht, vorausgesetzt, hier hätte irgend jemand aufgerührt werden wollen. Sie blickte umher, sagte ein paar dutzendmal »meine Fresse« und fügte dann hinzu, genauso habe sie es sich vorgestellt. Auf einen weißhaarigen Herrn deutend, der mit seitlich gelegtem Kopf über Zeitungen und Portwein eingeschlafen war, sagte sie: »So seh'n Sie dann ja wohl mal aus.«

»Bestimmt. Möchten Sie einen Aperitif?«

»Nein, aber gegen einen Drink hätte ich nichts. Ich nehm' einen Whisky.«

Melrose machte dem jungen Higgins ein Zeichen, der mit seinem Silbertablett wie ein Schild gegen die Brust gepreßt angezittert kam und ihre Getränkebestellung aufnahm. Als Bea meinte, es müsse aber unbedingt ein Single Malt sein, lüpfte er unmerklich eine graue Augenbraue, nicht weil die Bemerkung von einer langen Bekanntschaft mit Drinks zeugte, sondern mit Drinks von geringerer Qualität, als man bei Boring's gewöhnt war. Dann machte er sich im Zickzack davon.

»Okay, also was soll ich mir jetzt ansehen?«

Melrose stand auf und sagte: »Warten Sie hier, ich bin gleich wieder da.«

Er ging die elegante, ausladende Treppe hoch und mußte dabei an Bea in ihrer Bing-'n'-Buy-Weste denken und daran, daß sie ihm wieder einmal ein völlig verändertes Bild bot. Es war ihm schon einmal so ergangen, damals, als er entdeckt hatte, daß sie malte und nicht bloß das oberflächliche, junge Ding aus Nordlondon war, das sie ihm vorspiegeln wollte. Bei Steak und Pommes frites hatte sie über J. M. W. (wie sie Turner nannte) geredet. Und daß sie ihn für seine Darstellung von Licht verehrte. Und nun hatte sie sich wieder verwandelt, von einer, die malte, in eine Malerin.

Das von Melrose erworbene Bild lehnte an der Wand, wo das bernsteingelbe Licht eines Wandleuchters über den oberen Teil des Gemäldes fiel, aber nichts zur Erhellung der Pigmente beitrug, die von innen bereits so leuchteten, daß das Lampenlicht nichts zur Sache tat. Melrose trug es nach unten.

Er lehnte es an den Sessel, in dem er vorhin gesessen hatte, und beobachtete, wie sich Staunen über Beas Gesicht breitete.

Die Faust gegen ihr Brustbein gepreßt, sah sie von dem Gemälde zu Melrose hin und wieder zurück. Als sie endlich etwas sagte, klang ihre Stimme schwach. »Mich laust der Affe.« Sie machte den Mund auf, als wollte sie etwas sagen, nahm statt dessen dann aber, um Zeit zu gewinnen, einen tüchtigen Schluck von dem Malt-Whisky, den ihr der alte Kellner während Melrose' Abwesenheit gebracht hatte.

»Es ist großartig«, sagte Melrose.

Bea stieß ein leises, ungläubiges Gelächter aus. »Ich hätte nie damit gerechnet, eins zu verkaufen. Und Sie haben tatsächlich fünfhundert Mäuse dafür gezahlt?«

»Ehrlich gesagt, Bea, meiner Meinung nach wurde es unter Wert verkauft. Es ist das Beste in der ganzen Galerie.« Daß er den *Sturm* ebenfalls erstanden hatte, verschwieg er; es sollte nicht so aussehen, als wollte er sie gönnerhaft behandeln.

Bea beugte sich nach vorn und begutachtete ihr Bild, wobei sich in ihrem Gesicht alle möglichen Ausdrücke widerspiegelten: Zweifel, als gäbe es auch jetzt noch Dinge richtigzustellen, und Freude über das, was tatsächlich *gelungen* war. Sie schien ihre Umgebung zusehends zu vergessen. Ihr Blick hing völlig an dem Bild.

Das hier, war sich Melrose sicher, war die wahre Beatrice Slocum.

Die Vorgeschobene erstand blitzschnell wieder zum Leben. Wie um jede Verbindung zu dem Gemälde abzustreiten, lehnte sie sich zurück und meinte, den Kopf etwas schräggelegt: »Ich hab schon bessere gesehen.«

»Ich auch, bloß waren die nicht zu verkaufen.«

Sie machte eine wegwerfende Handbewegung. »Ach, hör'n Sie auf.«

»Beatrice, Ihr Bild ist *mit Abstand* das beste, was die Fabricants zu bieten haben.«

Bevor sie etwas erwidern konnte, kam der junge Higgins, um sie zum Abendessen zu bitten. Er trug ihre Drinks auf einem Tablett für sie hinüber. Bea nahm das Bild.

Die Speisekarte gefiel Bea, weil Filet Mignon zur Auswahl stand sowie Pommes frites, eine besondere Lieblingsspeise von ihr. Bea wies Melrose darauf hin, daß sie genau das gleiche im Dotrice, dem kleinen französischen Restaurant, gegessen hatte.

Der junge Higgins kam herüber, um ihre Bestellung entgegenzunehmen, und zuckte nicht mit der Wimper, als Bea »Steak und Pommes« bestellte, während der französische Kellner im Dotrice ihr einen Blick zugeworfen hatte, mit dem allein man das Steak hätte in Scheiben schneiden können. Nun, dachte Melrose, hier zeigt sich eben die gute Kinderstube. Er war ziemlich stolz auf den jungen Higgins und beschloß, ihm ein stattliches Trinkgeld zukommen zu lassen.

Bea fragte: »Wie meinen Sie das, unter Wert verkauft? Ich weiß bloß eins: Ich kann froh sein, daß die Brüder Fabricant meine Sachen aufhängen.«

»Nein, die können froh sein, daß Sie sie lassen. Was ich nicht verstehe, ist die unglaubliche Geschmacksverirrung, die sie befallen haben muß, Ralph Rees' Bilder aufzuhängen.«

»Das weiße Zeugs.«

»Das weiße Zeugs, genau.« Während sie bestellten, waren weitere Gäste zum Abendessen hereingekommen. Melrose grüßte lächelnd zu Major Champs und Oberst Neame hinüber. Sie bedachten Bea mit einem ungläubig erstaunten Blick, als hielten sie es nicht für möglich, daß es einmal so weit kommen würde. Besteck klapperte, Gläser klangen, Servietten wurden vernehmlich aufgefaltet. Melrose fand diese Geräusche immer sehr beruhigend. Das Speisezimmer war üppig beleuchtet, und der Kronleuchter warf einen funkelnden Schein über die schneeweißen Tische.

Dies brachte Melrose auf das Thema zurück. »*Sibirischer Schnee.*« Er schüttelte den Kopf.

»Das ist, glaub' ich, weil Ralph Nicks Na-Sie-wissen-schon ist.«

»Die Galerie Fabricant gründet ihren Ruf aber nicht auf solche ›besonderen‹ Beziehungen. Nein. Da muß noch etwas anderes sein.« Melrose erzählte von seinem Besuch am Vortag, bis der junge Higgins den Wein brachte, einen Bordeaux, von dem er ihnen mit der Bemerkung, er sei ein wenig zu lebhaft, abgeraten hatte. Mit ernster Miene erwartete er nun Melrose' Urteil über die »Lebhaftigkeit« des Weines. Melrose versicherte ihm, sich nach Kräften zu bemühen, nicht auf dem Tisch zu tanzen, und bat ihn einzuschenken.

Beas Aufmerksamkeit verlagerte sich nahtlos vom Wein auf das Essen, als ihre Suppe kam. »Kürbis. Ich hab noch nie Kürbissuppe gegessen.« Sie löffelte los. »Hmm, schmeckt gut.« Nach mehreren Löffeln sagte sie: »Es hat aber doch jeder einen schwachen Punkt.« Sie sah ihn an.

»Schauen Sie mich nicht an, als wäre ich einer von Ihren, besten Dank.«

Sie wandte sich lächelnd wieder ihrer Suppe zu. »Ich mein', die Galerie. Über Geschmack läßt sich streiten.« Sie nahm noch ein bißchen Suppe und tippte mit dem Löffel leise an ihren tiefen Teller, als wollte sie die Suppengeister heraufbeschwören.

»In dem Fall aber nicht. Wenn die beiden Fabricants so voreingenommen sind, sind sie ihren Job nämlich bald los.«

Eine Zeitlang aßen sie in kameradschaftlicher Stille.

Dann brachte der junge Higgins ihre Steaks und Beas Pommes frites. Er nahm die Suppenteller weg, stellte die Platten hin und fragte Melrose, ob er vorab noch einen Wunsch hätte. Melrose meinte, nein, sie hätten alles.

Er sah zu, wie Bea ihr Steak in Mausebissen zerschnitt, die sie sich dann – eins, zwei, drei – mit der Gabel in den Mund schob, kaute und schluckte. Dann sagte sie: »Wissen Sie was? Vielleicht ist es die alte Schachtel.«

Melrose unterbrach das Schneiden seines eigenen Filets und warf ihr einen fragenden Blick zu.

»Die alte Schachtel. Na, Sie wissen schon, die Mutter von Seb und Nick.«

»Ach! Ilona Kuraukowa würde ich aber kaum in die Kategorie alte Schachtel einordnen. Was ist mit ihr?«

»Bloß, daß sie einen Haufen Geld in die Galerie reinsteckt.«

Melrose wunderte sich. »Wie haben Sie denn das rausgekriegt?«

»Durch Ralph. Nachdem sie mich in der Galerie akzeptiert haben, hat er mich zum Feiern ins Pub eingeladen. Bei so was ist er echt nett, der Ralph. Jedenfalls redete er dann dauernd davon, wie gut ihm meine Sachen gefallen, obwohl seine ja ein bißchen avantgardistischer sind, und daß ich eher Realistin wäre, was auch immer er damit gemeint hat.«

»Wahrscheinlich, daß wir Kunstbanausen etwas darin erkennen können.«

Das mußte sich Bea offenbar erst einmal durch den Kopf gehen lassen. Sie zuckte die Achseln. »Jedenfalls hatte Ralph mit der Zeit ziemlich einen in der Krone und fing an von wegen, wie großzügig die alte Scha –. Wie heißt die jetzt noch mal?«

»Kuraukowa.«

»Er sagte, mehr als die Hälfte für die Galerie läßt *sie* springen.«

Das war interessant. Das erklärte vielleicht den Eindruck, den er von Ilonas Einfluß über die anderen gewonnen hatte, nicht nur über Olivia Inge, die von der älteren vermutlich nur gnädig geduldet wurde. »Hat er auch was davon gesagt, ob sie ihnen vorschreibt, welche Kunst an den Wänden hängen soll?«

»Nein. Ich mein', davon hat er nichts gesagt.« Mit gezierter Gebärde, als sei sie sich ihrer schlechten Tischmanieren wohl bewußt, aber unsicher, wie man sich korrekt verhielt, nahm sie ein strohhalmförmiges Kartoffelstück und steckte es sich in den Mund. Nachdem sie es hinuntergeschluckt hatte, sagte sie: »Es ist doch so, wenn wir uns in dieser Kunstrichtung nicht auskennen, wie sollen wir dann wissen, ob Ralphs Sachen gut sind oder nicht?«

»Und mit diesem abschließenden Urteil stürzte sie die Kritik eines ganzen Jahrhunderts in totale Finsternis.«

Bea verzog das Gesicht. Ihre Ähnlichkeit mit einem Affenbaby war entzückend. »Waaas?«

»Zuerst entsteht ein Kunstwerk, dann die Kunstrichtung.«

»Sie müssen es ja wissen.«

»Das sagt einem der gesunde Menschenverstand. Aus den Bildern leitet man eine bestimmte Kunstrichtung ab, nicht umgekehrt. Oder glauben sie etwa, Monet stand eines Morgens auf und sagte: ›Ach, vielleicht probiere ich heute mal was Neues aus, wie wär's mit Pointillismus.‹«

»Sie meinen – Seurat.«

Er lächelte. Sie hatte ihn ganz automatisch korrigiert, nicht aus Angeberei. Es fiel ihr schwer, Unwissenheit vorzutäuschen, obwohl sie es offensichtlich darauf angelegt hatte.

»Hören Sie, Bea, ich könnte wirklich Ihre Hilfe gebrauchen.«

Bea hob den Blick von ihrem Steak. »Was haben Sie denn angestellt?«

»Nichts.« Seine Freude über ihren beunruhigten Gesichtsausdruck überraschte ihn. »Ich spreche von den Fabricants. Und speziell von Ralph. Sie haben zu der Galerie eher Zugang als ich –«

»Sie wollen, daß ich was klaue, stimmt's?«

»Aber natürlich nicht.« Sein selbstgerechter Ton rührte von der Tatsache her, daß er durchaus einige unausgereifte Pläne in dieser Richtung hegte. »Ich meine damit nur, Sie haben einen Grund, dort herumzuhängen.«

Sie kaute und sah ihn mit einem verständnislosen Kuhblick an, von dem er sich sicher war, daß sie wußte, wie sehr er ihn ärgerte, und daß er ihr gerade deshalb Spaß machte. »Na?« sagte sie schließlich. »Herumhängen und was?«

»Und Horchen. Ich interessiere mich speziell für Ralphs Schneeserie.«

»Das weiße Zeugs.«

»Ja. Sie sind doch Malerin. Worin liegt da die Kunst?«

»Keine Ahnung. Ich kann keine darin erkennen.« Sie war

fertig mit Essen und schob ihren Teller weg. »Hmm, war das gut.«

»Auch schwer zu glauben, daß Sebastian Fabricant das Ganze für Kunst hält.«

»Na ja, vielleicht irren wir uns auch. Irgend jemand müssen die Dinger gefallen, weil sich mindestens ein Käufer für ein paar davon interessiert. Das gibt mehr Geld, als ich das ganze Jahr über reinhole, wenn Ralph die alle verkauft.«

»Ja, das habe ich gehört.«

»Hmm. Ralph sagte, es ist ein Sammler, Amerikaner, glaub' ich.«

»Den Mann möchte ich kennenlernen.«

»Ich weiß bloß, daß Ralph fast ausflippt vor Freude.« Bea verrenkte den Hals, um einen besseren Blick auf den Dessertwagen zu erhaschen. »Nehmen Sie auch was Süßes? Der Pudding sieht klasse aus.« Sie sah zu, wie das Wägelchen zwischen den Speisenden die Runde machte.

Melrose gab dem jungen Kellner mit den Stachelhaaren, der damit betraut war, ein Zeichen. »Da die Bilder – angeblich – als ›Progression‹ zusammengeschweißt sind, könnte man doch meinen, er hätte was dagegen, daß sie getrennte Wege gehen.« Daß er selbst eines erworben hatte, erwähnte er nicht, vielleicht weil er befürchtete, dann dächte Bea, er verfolge mit dem Kauf *ihres* Bildes eine Geheimstrategie.

»Ralph sagt, jedes könne unabhängig für sich stehen.«

»Na, so ein entgegenkommender Künstler ist mir noch nie begegnet.« Melrose schüttelte den Kopf, als der Dessertwagen herüberrollte.

»Hmm. Die Schokotorte da sieht auch nicht schlecht aus.« Stirnrunzelnd betrachtete sie die reiche Auswahl. »Was ist das für ein Pudding?« fragte sie und deutete mit dem Finger auf einen schlagsahnebeladenen, üppig aussehenden Pudding in Kuppelform.

»Das ist Queen of Puddings.« Der junge Kellner klang etwas

atemlos, als hätte er auf so eine Chance nur gelauert. »Und hier haben wir eine Pflaumen-Haselnuß-Torte. Das da ist eine schwimmende Insel.« Sein Finger wanderte zur unteren Etage des Wägelchens. »Hier ist eine Limonen-Grieß-Torte. Und natürlich die Schokotorte und hier die Schokoladenmousse à la Boring's.«

Melrose, der gar nicht gewußt hatte, daß Boring's einen hauseigenen Nachtisch servierte, bat darum, während Bea hin und her überlegte. Er wünschte nur, sie würde dem Thema Fabricant ebensoviel hingebungsvolle Aufmerksamkeit widmen.

»Also, ich nehm' das.« Sie deutete auf die Queen of Puddings.

Glückselig machte sich der Kellner daran, ihnen großzügige Dessertportionen aufzutischen, nahm Melrose' Bestellung für den Kaffee im Foyer auf und ging.

Melrose frage sie: »Also, wenn Sie eine Bilderserie gemalt hätten, und man würde diese dann wieder auseinanderreißen, hätten Sie da nicht das Gefühl, man würde ein Baby zweiteilen?«

»Ich wollte aber noch nie eine malen. Das ist lecker, wie ist Ihr's?« Sie zeigte mit der Gabel auf Melrose' Mousse.

»Himmlisch. Verdient zu Recht den Namen Boring's.« Er hatte überhaupt noch nicht probiert. »Diese Bilder im Lagerraum. Ist es eigentlich üblich, einen Stapel Bilder herumliegen zu lassen, bis sie gebraucht werden? Ich meine, bis die Galerie sie braucht?«

»Ich glaube, die bewahren sie da auf, damit sie, wenn eins verkauft wird, gleich wieder eins hinhängen können. Von mir haben sie auch noch zwei da hinten.« Sie leckte den Pudding von ihrem Löffel und legte eine Hand auf den Rahmen des Bildes, das sie vorhin unbedingt mit ins Speisezimmer hatte nehmen wollen, als sei es ebenfalls hungrig.

Doch mit keinem Wort hatte sie gesagt, sie hätte gern, daß er sich die beiden anderen »da hinten« auch noch ansah, als habe er schon mehr für sie getan, als sie von ihm erwarten wollte. Als Melrose sie zärtlich den Rahmen tätscheln sah, hätte er fast gedacht, er habe das Bild nicht gekauft, sondern adoptiert.

# 25

Sie kam herein und setzte sich, und er schob ihr die Zigaretten über den Tisch. Sie bedankte sich. Nachdem er ihr Feuer gegeben hatte, sagte er: »Brüssel. Sie sprachen von dem Licht auf dem Platz. Sie nannten es trügerisch.«

Kate McBride lächelte. »Sie haben ein erstaunlich gutes Gedächtnis.«

»Sie auch. Und deshalb bin ich mir sicher, daß ich Sie letzten Samstag gesehen habe.«

Sie sah ihn direkt an. »Und deshalb bin ich mir sicher, daß Sie mich nicht gesehen haben!«

Jury lächelte. »Also, das Café.«

Nach kurzem Schweigen fragte sie: »Haben Sie etwas dagegen, daß ich es so erzähle? Ich meine, genau wie es war?«

»Tun Sie das, bitte.«

Sie mußte sich trotzdem rechtfertigen. »Es hilft mir nämlich, damit fertigzuwerden. Wenn ich die Einzelheiten noch einmal erzählen kann.«

Jury nickte und sah zu, wie sie die Zigarettenasche in den billigen Blechaschenbecher schnippte.

Sie begann zu sprechen. »Ich saß im Café – ich meine, an einem der Tische draußen auf dem Trottoir. Bei Nacht ist er wirklich strahlend schön, dieser Platz. Ich muß gestehen, eine Zeitlang ließ ich alle meine Sorgen los und sah nur umher. So viele Sterne und dann die Straßenlaternen …« Sie nahm einen Zug. »Ich saß an dem kleinen Tisch und wartete. Und kam mir so hilflos vor.« Ihr Schulterzucken schien eine weitere Niederlage anzudeuten.

»Aber dann?«

»Dann kam ein Mann, ein ganz gewöhnlich aussehender Mann im braunen Mantel und Filzhut. Er trug eine Brille mit Metallgestell und hatte schütteres Haar. Er setzte sich an den Nebentisch, genau wie die unscheinbare Frau damals. Sie hätten Bruder und Schwester, sie hätten Zwillinge sein können. Ich hätte ihn sonst keines weiteren Blickes gewürdigt, doch ich sah mir ja alle Leute genau an. Er bestellte einen Cassis und schlug eine Zeitung auf. Er sagte: ›Schauen Sie über den Platz.‹ Sie können sich vorstellen, daß ich ruckartig den Kopf nach ihm umwandte, so überrascht war ich. Er würdigte mich aber keines Blickes. Ich sah auf die andere Seite des Platzes. Dort hinüber.« Sie hob die Hand, wie um hinzudeuten.

Völlig mitgerissen folgte Jurys Blick ihrem ausgestreckten Arm.

»Dort stand eine dunkelhaarige Frau mit einem Kind. Es war Sophie.«

Jury war verblüfft. »Waren Sie sich sicher? Wie –«

Sie beugte sich herüber, verschränkte die Arme auf dem Tisch. Ihre Augen flackerten. Durch die Mischung aus bernsteinfarbenen, orangenen und blauen Flecken sahen sie aus, als hätten sie tatsächlich Feuer gefangen. Sie fragte: »Haben Sie Kinder?«

»Nein.« Die Antwort machte ihn traurig, als sei sie das Eingeständnis, versagt zu haben.

Sie fügte nichts hinzu, sondern sah ihn nur an und lehnte sich wieder zurück.

Jury sagte: »Entschuldigen Sie. Als dieser Mann sprach, war er Belgier? Franzose?«

»Keine Ahnung. Er hatte überhaupt keinen bestimmten Akzent oder eine Dialektfärbung, an der sich ein Land oder Ort festmachen ließe. Neutral, verstehen Sie?«

»Aber – Sophie? Sie erkannten *sie*, aber hat sie –?«

»*Mich* erkannt? Ich weiß nicht, ob sie mich gesehen hat. Wenn ja, hätte sie bestimmt etwas gerufen oder sonst etwas getan.« Kates Stuhl rutschte laut scharrend zurück, als sie aufstand, hin und her ging und dabei nervös an dem Ring an ihrem Finger zerrte. »Sie taten nichts, sie gaben kein Zeichen, ob sie mich gesehen hatten. Dann sagte *er*, und seine Stimme war dabei völlig gefühllos: ›Wir wollten Ihnen nur zeigen, daß es ihr gutgeht, das ist alles.‹

Ich sagte: ›Nehmen Sie das Geld, und lassen Sie sie um Gottes willen gehen!‹ Er erwiderte, Hysterie sei jetzt fehl am Platze. Dabei lächelte er sogar. Es war ein grimmiges, kleines Lächeln eines grimmigen, kleinen Mundes. Dann sagte er: ›Wir haben es nicht auf das Geld abgesehen, Mrs. McBride.‹ Ich fragte ihn, warum in Gottes Namen ich es dann hatte mitbringen sollen. Er sagte: ›Um zu sehen, ob Sie es tun würden, um zu sehen, ob Ihnen zu trauen ist.‹ *Trauen!* Du lieber Gott! Er sagte: ›Was wir wollen, sind seine Papiere.‹

Michael hatte eine exponierte Stellung und redete nie über seine Arbeit. Ich wußte, daß er in einem Safe in unserem Wohnzimmer, den ich jedoch nie geöffnet hatte, einige Papiere aufbewahrte. Das sagte ich diesem Unbekannten. Er sagte: ›Ich meine das Manuskript, Mrs. McBride. Wir wollen das Manuskript.‹« Sie fuhr sich mit den Fingern durchs Haar und schüttelte noch eine Zigarette aus dem Päckchen. »Michael hatte an einem Buch geschrieben, wissen Sie. Einem Roman, hatte er mir erzählt. Gelesen hatte ich aber nichts. Ich fragte den Mann, warum um alles in der Welt er es haben wollte. ›Warum wollen Sie es haben? Warum wollen Sie seinen Roman?‹ Als er sich daraufhin umwandte und mich ansah, hatte er wieder dieses Lächeln aufgesetzt. ›*Das* hat er ihnen also gesagt, was?‹

Ich starrte ihn bloß an. Ich war wie vor den Kopf gestoßen. Ich dachte, jetzt verstehe ich überhaupt nichts mehr. Was ging da vor sich? Er musterte mich eine Weile und sprach dann weiter. ›Außerhalb von Aix-en-Provence befindet sich ein Schloß, das Château Noailles –«

Jury richtete sich in seinem Stuhl auf. »Noailles?«

»Bitte«, sagte sie und hob die Hand, um ihm zu verstehen zu geben, er solle sie nicht unterbrechen. »Er sagte: ›Ein herrliches Schloß auf etwa zweihundert Morgen Land mitten in der schönsten Gegend der Provence. Die Familie – genauer gesagt, Edouard Noailles – gehört zu den mächtigsten in Frankreich, sicherlich zu den wohlhabendsten.‹ Er hatte wieder dieses hämische Lächeln aufgesetzt. ›Wie ich bereits sagte, Mrs. McBride, wir haben keinerlei Interesse an Ihrem Geld. Edouard Noailles ist, neben vielem anderen, Kunstsammler. Er besitzt eine der größten Privatsammlungen der Welt. Einzelheiten brauchen Sie nicht zu wissen. Nur soviel – Ihr Mann war über Noailles und seine Angelegenheiten bestens informiert.‹

›Was hat aber Sophie damit zu tun? Warum tun Sie uns das an?‹ Ich war kurz davor zu schreien. ›Warum?‹

›Es wäre eigentlich nicht nötig gewesen. Sie waren diejenige, die zur Gendarmerie gegangen ist – und Sie sehen ja, was es Ihnen eingebracht hat, Mrs. McBride.‹ Da bewegte er sich zum ersten Mal, indem er sich über den Tisch beugte und sagte: ›Nun nehme ich aber doch an, daß Sie nicht wieder die Polizei einschalten? Es handelt sich um eine einfache Bitte. Wir verlangen nur das Manuskript und ihr Stillschweigen. Das heißt, falls Sie so unbesonnen sein sollten, es vor der Übergabe zu lesen.‹

Und dann stand er einfach auf, sagte: ›Wir melden uns wieder‹, und ging weg. Ging einfach weg«, wiederholte sie kopfschüttelnd.

Die ungerauchte Zigarette war fast bis zu den Fingern, die sie hielten, heruntergebrannt. Jury nahm sie ihr aus der Hand und schnippte sie in den Aschenbecher.

Als sie den Kopf hob und ihn anblickte, war es fast, als erwarte sie von ihm eine Erklärung für die ganze gespenstische Episode. Sie wirkte verzweifelt; sie sah aus, als fehlte nicht viel, und sie würde wahnsinnig werden.

»Dieser Priester –« Er hielt inne. Sie sah ihn erwartungsvoll an. »Wenn Sie ihn aufsuchen würden –«

Sie schüttelte sofort den Kopf. »Es würde nichts nützen. Ich hatte nie mit ihm zu tun, nach dem Urlaub auf der Insel habe ich ihn kaum gesehen.«

»Wann fand dieses Treffen in Brüssel statt?«

Sie überlegte einen Augenblick. »Vor über vier Monaten. Bevor ich nach England zurückkehrte.«

»Und sind Sie noch einmal zur Polizei gegangen?«

»Nein, ich hatte Angst. Und ich war mir nicht sicher, ob es etwas nützen würde. Sie erinnern sich, ich hatte Ihnen erzählt, daß es ein Feuer gegeben hatte, in dem einige Akten verbrannt waren, darunter meine – das heißt, Sophies.« Sie blickte Jury bekümmert an. »Es gab keinerlei Aufzeichnungen über das, was geschehen war.« Sie seufzte. »Es schien irgendwie unausweichlich. Das Schicksal, will ich damit wohl sagen.«

Jury sah sie lange schweigend an.

Sie schüttelte den Kopf. »Diese Frau«, sagte sie dann, »die ermordet wurde, wenn sie mir wirklich so ähnlich sah –«

»Hat jemand sie mit Ihnen verwechselt? Schon möglich.«

»Es kann doch wohl kaum Zufall sein, daß sie dort war.«

»Die Frage ist doch – wie kommt es, daß Sie *beide* dort waren?«

Sie stand erschöpft auf und sah ihn regungslos an. »Sie glauben immer noch, daß Sie *mich* gesehen haben, stimmt's?«

Als er sie ansah und merkte, unter welchem Druck sie stand, bekam er fast Gewissensbisse, es auszusprechen. »Ich *weiß*, daß ich Sie gesehen habe, Kate.«

## 26

Das Kratzen an Jurys Wohnungstür, das ihn aus schwerverdienten drei Stunden Schlaf schreckte, erinnerte ihn an ein beherrschendes Motiv seiner Kindheitsträume – skeletthafte, scharrende Finger, deren Besitzer er nie zu Gesicht bekam. Er war (zum Glück) jedesmal aufgewacht, bevor dieses spezielle Detail aus seinem Unterbewußtsein nach oben geschwommen war.

Jury lag in einem Bett, das aussah, als sei es von ein paar Polizisten mit Durchsuchungsbefehl auseinandergenommen worden, und überlegte verschlafen, ob er immer noch sechs Jahre alt war und alles, von dem er glaubte, daß es sich in den letzten paar Jahrzehnten ereignet hatte, nicht mehr als das gewesen war – ein Traum.

Er befreite sich aus seinen zerwühlten Bettüchern, was ihn noch zusätzlich deprimierte, da sich die abgeworfenen Laken nicht mit der Anwesenheit einer Frau, mit der er sich in der Nacht zuvor wild geliebt hatte, rechtfertigen ließen.

Das Kratzen ertönte wieder, diesmal begleitet von einem Pauken- und Trommelkonzert. Inzwischen war er auf den Beinen und in seinen verfilzten, wollenen Morgenmantel geschlüpft und ging barfuß zur Tür. Er wußte natürlich, wer es war. Wieso war sie eigentlich um – er sah auf die Wanduhr – halb acht an einem Sonntagmorgen schon auf? Vor allem an einem Sonntagmorgen, an dem ihm genauso trübselig zumute war wie am vergangenen Sonntagmorgen. Womöglich noch trübseliger. Er war der Lösung der Fulham-Palace-Geschichte keinen Deut näher als am vorigen Sonntag.

Als er die Tür aufmachte, senkte Stone – der für das Kratzen verantwortlich war – seine Pfote und neigte mit beschämter Miene den Kopf, als wollte er sagen: Die hat mich dazu gezwungen, Chef.

»Die« war Carole-anne (und für das Getrommel verantwortlich). Sie stand mit einem Einkaufsnetz in einem Kegel von Sonnenlicht, dessen Ursprung Jury nicht zurückverfolgen konnte und daher zu dem Schluß kam, es müsse von Carole-anne selbst ausgehen. Das Licht mußte aus ihrem leuchtend honigroten Haar aufgeblitzt sein und den Augen, die von Tiefblau zu fast Violett changieren konnten und Jury an die Farbabstufungen einer Meeresbucht in Florida erinnerten, die er einmal gesehen hatte. Strahlend stand sie da in einem sonnenblumengelben Kleid. Einem Minikleid. Sehr Mini, selbst für Carole-anne.

Er schüttelte verwundert den Kopf. »Sie sehen aus wie die aufgehende Sonne über Key West.«

Mit fliegenden Fahnen betrat Carole-anne Jurys Bleibe. »Im Februar sagten Sie, ich seh' aus wie die untergehende Sonne in Santa Fe. Hier.« Sie hielt ihm das Einkaufsnetz hin. »Ich habe für Sie was zum Frühstück eingekauft.«

Jurys Augenbrauen schossen hoch. Nicht wegen des Einkaufsnetzes, sondern wegen der Tatsache, daß sie sich an das Kompliment nicht nur erinnert hatte, sondern auch noch genau wußte, wann er es ihr gemacht hatte. Dann sagte er: »Seit wann frühstücken Sie eigentlich um halb acht an einem Sonntagmorgen? Und welcher Laden hat um die Zeit geöffnet?« Er sah Stone an, der immer noch geduldig – ja, sogar höflich – an der Tür wartete.

Carole-anne marschierte in die kleine Küche. »Der Pakistani, Mr. Mashead, Sie wissen doch, der Laden an der Ecke. Der hat rund um die Uhr geöffnet.«

Jury zog eine Schreibtischschublade auf und holte den Rohlederknochen heraus, den er für Stone dort aufbewahrte, obwohl er fand, daß Stone etwas Vornehmeres verdient hatte. »Wenn wir Stones Manieren hätten, würden wir alle an königliche Höfe eingeladen.«

Jury begab sich in die Küche, wo Carole-anne den Wasserkocher eingesteckt hatte und gerade den Inhalt des Einkaufsnetzes auf der Arbeitsfläche deponierte. »Seit wann waren Sie schon mal in Key West?«

Jury gähnte. »Noch nie.«

»Woher wollen Sie dann wissen, daß ich wie die aufgehende Sonne in Key West aussehe?«

»Wegen des Applauses. Leute, die dort den Sonnenaufgang beobachten, applaudieren vor Begeisterung. Habe ich jedenfalls gehört. Hemingway hat dort gelebt. In Key West.«

»Na, irgendwo mußte der ja wohl leben.« Sie wickelte die

Würstchen aus. Außerdem gab es einen halben Laib Brot, eine Packung Orangensaft und sechs Eier.

Jury verschmachtete fast. »Gott, ich könnte eine Tasse Tee vertragen.«

»Na, schneller kann ich's auch nicht kochen lassen, oder?«

»Blasen Sie mal drauf.«

Wie auf Kommando fing der Kocher an zu pfeifen. Carole-anne goß Wasser in die angeschlagene Teekanne, schüttete es wieder aus und streute einige lose Teeblätter hinein.

»Teebeutel gehen schneller.«

Sie sah ihn bloß schweigend an. Dann gab sie etwas Butter und Öl in die Bratpfanne und schaltete die Flamme ein.

»Jetzt ist er bestimmt fertig.« Sehnsüchtig betrachtete er den Tee.

»Ach, du meine Güte. Der ist doch noch nicht mal richtig naß. Sie haben heute früh aber eine Laune! Und wenn Sie sich einbilden, ich mache Ihnen das *jeden* Morgen, dann haben Sie sich ganz schön geschnitten. Wo ist meine Schürze?« Carole-anne hatte immer eine am Haken in Jurys Küche hängen.

Er mußte unwillkürlich lächeln. Wie rührend! »Hmmm? Keine Ahnung. Vielleicht in der Wäsche?«

»Wäsche? Was wissen Sie denn von Wäsche? Ich glaube, ich habe Sie noch nie im Waschsalon gesehen. Das macht doch Mrs. Wassermann alles für Sie.« Sie strich sich das Kleid glatt. »Ich will es nicht schmutzig machen. Es ist nämlich neu.«

»Es ist sehr hübsch.« Sah Carole-anne jemals anders aus?

»Armani – reduziert.«

Jury runzelte die Stirn. Wenn er überhaupt einen Designer kannte, dann Armani. Das kam vom Umgang mit Marshall Trueblood. »Armani macht aber gar nichts Gelbes, oder?«

»Seit er in Key West war, wahrscheinlich schon.«

»Ha.« Jury machte einen Schrank auf, in den Mrs. Wassermann immer gern die Geschirrtücher stapelte, und sah die Schürze säuberlich zusammengefaltet dort liegen, ein mit Rüschen und Volants besetztes, geblümtes Ding. Er zog sie hervor und stülpte Carole-anne das Oberteil über den Kopf.

»Danke, Super. Und binden, bitte!« Wie ein Kind streckte sie die Arme aus.

Das Gefühl, Carole-anne so nah zu sein, so nah, daß er den zarten Zitrusduft in ihrem Haar riechen konnte, war alles andere als unangenehm. Allzu überstürzt trat er zurück und stieß dabei den Milchkrug um, der aber zum Glück nicht voll war. Carole-anne wirbelte herum, schnappte sich ein paar Küchentücher und fing an, das Verschüttete aufzuwischen. »Keine Sorge, ich hab's gleich.« Während sie die Anrichte abwischte, musterte sie ihn kritisch. »Sie sehen ja ziemlich geschlaucht aus, Super. Sie sollten sich erst mal ein bißchen hinlegen.«

»Ein bißchen hinsetzen werde ich mich. Ah. Herzlichen Dank.« Carole-anne hatte den Tee in eine bereits mit Milch und zwei Stückchen Zucker gefüllte Henkeltasse eingeschenkt. Nett, jemanden um sich zu haben, der wußte, wie man seinen Tee haben wollte. Er blinzelte in die grell aufblitzende Sonne, die plötzlich durch das Küchenfenster auf ihr Haar strömte.

»Alles okay?« Sie schaute etwas besorgt von den Würstchen hoch, die sie mit einer Gabel wendete.

»Häh? Ja. Ich setze mich ein bißchen zu Stone.«

Stone lag, halb wach und mit dem Kopf auf dem Knochen, in einer Art hundemäßigem Schwebezustand da. Jury setzte sich in seinen Lieblingssessel, der mit seinen im Laufe der Jahre arg mitgenommenen Sprungfedern ebenfalls in einem halb Halt bietenden, halb keinen Halt bietenden Schwebezustand verharrte.

Teetrinkend sah er zum Fenster hinüber, ohne jedoch hindurchzublicken. Ihm war, als sei er von einer dieser Schwellen zurückgetreten, die Margritte immer gemalt hatte, bei denen jenseits der offenen Tür nur der hohe, blaue Himmel oder das abgrundtiefe Meer liegt – unbekannt und unendlich blau.

Die Würstchen spritzten im heißen Fett. Gab es einen verführerischeren Duft als den von Würstchen? Nun ja, vielleicht diesen Zitrusduft, der ihn an den Milchkrug hatte taumeln lassen.

Stone mußte es ebenfalls gerochen haben, denn er knurrte leise, als hätte der Würstchengeruch seinen Schwebezustand durchdrungen und die Oberhand gewonnen. Er kam hoch, schüttelte sich und trabte in die Küche, um Carole-anne zu beaufsichtigen.

Wohlbehütet in seinem sonnen- und würstchenseligen Zuhause, schloß Jury die Augen und zwang sich, an gar nichts zu denken, was jedoch bloß dazu führte, daß die Gedankengänge beschleunigt wurden und ihm die Bilder der letzten Woche wie in einem schnell vorwärts gespulten Film durch den Kopf schossen.

Er wollte nicht über Kate McBride nachdenken, nicht über die Fabricants, nicht über Eberraute und Lavendel und nicht über Linda Pink.

Nein. Er lächelte. Nein, über Linda Pink nachzudenken, dagegen hatte er gar nichts. Allmählich sah es so aus, als ruhte die Lösung dieses ganzen Durcheinanders auf seinen und Lindas Schultern. Sie wichen als einzige von der gängigen Doktrin ab. Sie hatte fest auf ihrer Geschichte beharrt und Jury auf seiner, obwohl ihn dabei eine böse Vorahnung beschlich, ähnlich der Unruhe, die er bei Kates Anblick im Bus verspürt hatte.

Mit dem Kopf auf der Rückenlehne des Sessels ruhend, hielt er die Augen geschlossen und ging Kates Bewegungen im Geiste nacheinander durch. Fast hatte er vergessen, daß er hier in seiner Wohnung saß und nicht in einem Bus auf der Fulham Road, als er plötzlich spürte, wie sich jemand über ihn beugte.

»Super. Haben Sie geschlafen?« Sie hielt ihm einen Teller mit seinem Frühstück hin. »Da.«

Er nahm ihn. »Wunderbar. Das sieht ja wunderbar aus. Diese Würstchen haben den perfekten Braunton. Kann ich noch eine Serviette haben? Sie sollten Küchenchefin werden.«

Sie reichte ihm eine Papierserviette und ließ sich, ihren eigenen Teller in der Hand, auf dem Sofa nieder.

»Wieso haben Sie mehr Würstchen als ich?« Trotzdem hielt er Stone eins hin, der es mit erstaunlicher Anmut nahm.

Ohne den Blick von ihrem Teller zu heben, erwiderte sie: »Weil ich heute morgen schon einen Dauerlauf gemacht habe, wie üblich. Ich brauche eine Menge Treibstoff.«

Jury kullerten fast die Würstchen herunter, so mußte er lachen. »Carol-anne, wenn Sie eins nicht brauchen, dann Treibstoff. Sie sind bereits entzündbar genug. Dauerlauf? Dauerlauf *wie üblich*? Seit wann machen Sie denn Dauerlauf? Seit wann treiben Sie überhaupt Sport?«

Carole-anne inspizierte ein Würstchen nach dem saftigsten Bissen. »Na, Sie sehen mich natürlich nicht. Sie treiben ja selbst keinen, sonst wüßten Sie's. In der High Street in Islington hat letzte Woche ein neues Fitneßstudio aufgemacht. Ich überlege, ob ich Mitglied werden soll. Könnte Ihnen auch nicht schaden.«

»Ja, ich sehe mich schon das eine oder andere Stündchen auf dem Stepmaster verbringen. Danke, sprich: nein danke.«

»Oh, aber es wäre gar nicht schlecht, um attraktiv zu bleiben. Momentan mögen Sie ja vielleicht noch ganz ansehnlich sein, aber wer weiß, wie Sie in fünf Jahren daherkommen.«

Jury war überrascht. »Ich? Ansehnlich? Momentan? Lieber Himmel, jetzt fühle ich mich aber geschmeichelt.«

»Geschenkt. Aber tun Sie doch mal was, damit Sie in Form bleiben.«

»Ich tu' ja was. Ich verbringe meine Freizeit im Angel.«

Jury hörte im Treppenhaus etwas klappern und sah Stone erst ruckartig den Kopf und dann seinen ganzen Körper heben und an die Tür gehen. Er setzte sich davor und sah sie unverwandt an. Er bellte sogar einmal auf. Stone bellte sonst nie. Ein bellender Stone war fast ein außer Rand und Band geratener Stone.

Carole-anne hüpfte vom Sofa. »Das ist Stan.«

Mit seinem Geknurre vorhin hatte der Labrador vermutlich darauf reagiert, daß Stan aus der U-Bahn-Station Angel gekommen war. Waren sowohl Carole-anne als auch Stone mit dem Zweiten Gesicht gesegnet, das ihm selbst versagt geblieben war? Wahrscheinlich. Auch behagte ihm die Begeisterung nicht besonders, mit der Carole-anne gerade fast ihren Teller fallen gelassen hätte und nun hinüberrannte, um die Tür aufzumachen.

Es war tatsächlich Stan Keeler, der ganze einsachtzig große, mit schmelzendem Blick schauende, gitarrentragende, talentierte Stan Keeler. Stan war von einer Intensität, die für zehn Mann gereicht hätte, und manchmal wünschte sich Jury, er würde mit einem flotten Riff ein bißchen davon in seine Richtung schicken.

Nachdem er Stone das Fell gezaust und Carole-anne ein Küßchen auf die Wange gedrückt hatte – (Jury nahm zur Kenntnis, daß es sich nur um die Wange handelte, denn er hatte sich schon oft gefragt, ob Carole-anne und Keeler vielleicht was miteinander hatten) –, salutierte er vor Jury, als sei dieser der Kompaniechef auf seinem Stützpunkt. »Melde gehorsamst, RJ. Danke, daß Sie auf den guten Stone aufgepaßt haben.«

Das sagte Stan immer, obwohl er gar nie darum gebeten hatte. Nur sein innerer Laserstrahl wies auf sein Kommen und Gehen hin. Er verriet RJ und C-A nie, wann und wohin er ging. Das sickerte in die drei anderen Wohnungen nur in Form von Postkarten und manchmal Telegrammen durch. (Jury kannte außer ihm niemanden, der noch Telegramme verschickte. Eigentlich fand er es rührend von Mr. Guitar, daß er sich diese Mühe machte.) Stan war, ungewöhnlich für eine derartige Kultfigur, schlicht und einfach ein netter Kerl. Jury wünschte bloß, er hätte nicht diese verdammt magische Ausstrahlung.

»Wo waren Sie in Deutschland?«

»In München, Frankfurt, Berlin. In so ganz kleinen Klubs. Irgendwie bin ich dort anscheinend richtig angesagt.«

Jury lachte. »Sie sind doch überall angesagt. In Prag waren Sie ein Riesenhit, wie mir mein Sergeant sagte. Wie lange bleiben Sie diesmal in London?«

»Ich hab versprochen, ein paar Gigs im Nine-One-Nine zu spielen. Ich habe die Jungs einen Monat nicht gesehen.« *Die Jungs* waren die drei anderen Musiker in Stans kleiner Band. Manchmal gingen sie mit auf Tournee, manchmal nicht. »Ich geh' später rüber, wenn ich meine Sachen abgeladen hab. Stone, wie wär's mit 'nem Spaziergang?«

Bei dem Stichwort begann Stone wie ein Biber mit dem Schwanz auf Jurys hölzerne Fußbodendielen zu klopfen.

»Wie steht's mit dir, C-A? Willst du mit? Willst du mir beim Üben zuschauen?«

Jury fand die Vorstellung, die Band würde »üben«, köstlich. Als ob sie es nötig hätten.

Carole-anne und Stone waren schon auf und beinahe davon. An der Tür drehte sich Carole-anne noch einmal um und sagte: »Bis dann, Super.«

Stan salutierte wieder. »Wir seh'n uns, Super.«

Sie gingen, und Jury spürte trotz des Sonnenscheins, trotz der Würstchen eine Leere.

## 27

Er versuchte sich einzureden, seinem Gedächtnis auf die Sprünge helfen zu können, indem er noch einmal mit dem Fulham-Bus fuhr. Lieber hätte er sich gesagt, er suchte dabei eigentlich nach Anhaltspunkten. Doch er wußte, das war gelogen. Er hatte es darauf abgesehen, es noch einmal zu durchleben. Es war eine Fahrt, die er noch einmal unternehmen wollte, ein Abend, in den er sich zurückversetzen wollte, obwohl er nicht um alles in der Welt hätte sagen können, weshalb. Die Fahrt am letzten Samstag abend war beileibe keine erfreuliche Fahrt gewesen, denn er hatte seinen trübseligen, verdrießlichen Gedanken nachgehangen. Ihm war, als hätte er einen von diesen Tischkalendern vor sich, die man in Filmen oft sieht. So schnell wie die Kalenderblätter wegflatterten, verstrich auch die Zeit; Tage innerhalb von Sekunden, ein Jahr in einer Minute.

Jury war nicht weit von der U-Bahn-Station South Kensington an der Kreuzung Brompton Road in einen 14er Bus gestiegen. An der Haltestelle vor dem Krankenhaus gegenüber vom Stargazey war er ausgestiegen.

Im Pub war diesmal mehr Betrieb, der Rauch hing schwerer in der Luft, doch so war es an Sonntagen gewöhnlich in den Pubs, weil die Leute nicht recht wußten, was sie sonst mit sich anfangen sollten. Diesmal war Kitty da. Er setzte sich wie damals auf den Barhocker am unteren Ende der Theke, wo sie gerade seifige Gläser abwusch, mit klarem Wasser nachspülte und sie mit leicht skeptischem Blick auf Fingerabdrücke untersuchte, die der Seife und dem Wasser entgangen waren. So beschäftigt war sie damit, daß sie es gar nicht merkte, als er sich hinsetzte.

»Sie gäben eine gute Fingerabdruckexpertin ab, Kitty. Sie heißen doch Kitty, nicht wahr?«

»Ach, hallo!« Sie sagte es mit echtem Enthusiasmus, als hätte sie in der ansonsten feindseligen Menge endlich ein freundliches Gesicht endeckt.

»Ziemlich viel los heute.«

Sie seufzte. »Sonntags immer. Wenn die Leute mal nicht in ihrem Büro sind, wissen Sie einfach nichts mit dem Tag anzufangen. Traurig, was?« Dann errötete sie, als wäre ihr gerade eingefallen, daß sie damit auch Jury zu dieser traurigen Gruppe gerechnet hatte. »Was darf's denn sein?« Sie trocknete sich die Hände ab.

»Nichts zu trinken, danke. Nur eine Auskunft. Ich habe mich noch gar nicht vorgestellt.« Er zeigte Kitty seinen Dienstausweis. »Ich heiße Richard Jury.«

Ihre Augen weiteten sich erschrocken. »Ach, von Scotland Yard auch noch?«

»Ja.« Bisher war ihm noch nie aufgefallen, daß Kitty Irin war, und nun fragte er sich, wie ihm der melodische Akzent hatte entgehen können; er fragte sich, wie aus einem Land mit nie endenwollenden Problemen eine so musikalische Phrasierung kommen konnte, als hätte die Entstehung von sprachlichen Modulationen mit Freude oder Kummer zu tun. Jury nahm die Polizeifotos aus dem braunen Umschlag – das von der Ermordeten und das von der Frau, der er gefolgt war. Allerdings legte er sie nicht nebeneinander, weil er das zu suggestiv gefunden hätte.

»Erkennen Sie diese Frau wieder?« Er drehte das Foto des Opfers so hin, daß sie es sehen konnte.

Kitty stützte sich mit beiden Händen an der Theke auf und blinzelte, als wollte sie eine tief schlummernde Erinnerung wachrufen. Sie sagte: »Sieht aus wie eine von unseren Gästen, ist aber nicht regelmäßig gekommen.« Kitty starrte ihn erschrocken an. »Ist sie tot? Was ist passiert?« Sie betrachtete noch einmal das Foto. »Sie schien immer ein bißchen – ich weiß nicht – ein bißchen traurig, als läge das Gewicht der Welt auf ihren Schultern.« Kitty schloß die Augen, als stellte sie sich das Gewicht der Welt vor. »Manchmal kam sie auf einen Drink rein, manchmal um zu telefonieren. Hatte zu Hause wohl kein Telefon. Bezahlt hat sie die Anrufe immer beim Chef. Sie hat nie lang geredet. Also, ich sag' Ihnen, meine Schwester, *die* ist vielleicht eine Quasselstrippe –«

»Wann haben Sie sie das letzte Mal gesehen, Kitty?«

Sie runzelte die Stirn und dachte konzentriert nach. »Vor einer Woche vielleicht, zehn Tage. Ich hab hier nur eine halbe Stelle, also fragen Sie vielleicht noch jemand anders.«

»Habe ich schon.« Er legte das zweite Foto auf den Tresen. »Und was ist mir ihr?«

Kitty sah verwirrt von dem Foto zu Jury und wieder zurück. »Aber das ist doch die gleiche, oder nicht?«

»Wirklich?«

Kitty hielt sich das Foto dichter vor die Augen und blinzelte wieder. »Na ja... vielleicht ist sie *doch* anders. Die Gesichtsform vielleicht.«

»Sie könnten nicht sagen, ob *beide* schon hier waren?«

»Bloß wenn sie gleichzeitig reingekommen wären. Oder wenn ich nach zwei verschiedenen Frauen Ausschau gehalten hätte.« Kitty zog sich das Geschirrtuch von der Schulter und begann, die Gläser abzutrocknen. »Ich weiß nicht. Sind Sie sicher, daß es nicht dieselbe Person ist, einmal lebendig, einmal tot?«

Diesmal war er der einzige, der an der Haltestelle wartete. Er ließ einen Bus durch und kam sich dabei absurd vor. Er ließ ihn vorbeifahren, weil es einer von den neueren Bussen war, ein einstöckiger, in dem man das Fahrgeld beim Einsteigen entrichtete. Er wartete auf einen Doppeldecker. Er wartete eine Viertelstunde. Dumm.

Die Nacht schien mit jedem Tag, der verging, früher und rascher einzusetzen. Um halb sechs war es bereits stockdunkel gewesen, und inzwischen war es halb sieben. Jury schlug seinen Jackenkragen hoch und schob die Hände in die Hosentaschen. Er sah die Straße hinunter in Richtung Redcliffe Gardens. Er hatte Chilten angerufen und erfahren, daß Kate entlassen worden war oder bald entlassen werden würde. Jury fragte sich, ob sie inzwischen schon zu Hause war und gerade mit der alten Mrs. Laidlaw eine Tasse Tee trank.

Als endlich ein Doppeldecker heranfuhr, schwang sich Jury auf die Plattform, nickte dem Schaffner zu und ging die Treppe hoch. Diesmal waren es außer ihm nur vier weitere Fahrgäste, die alle im hinteren Teil des Busses saßen. Er setzte sich ganz vorn hin, von wo man die Straße überblicken konnte, die den Lichtschein von Geschäften und Cafés widerspiegelte und vom spätnachmittäglichen Regen noch feucht war.

Der Bus blieb an der Ecke stehen, wo der Blumenhändler seine üppige Auswahl ausgebreitet hatte, einen leuchtenden Blumenteppich. Als der Bus vom Randstein losfuhr, hörte Jury Schritte heraufkommen und hektische, aufgeregte Frauenstimmen. Sie ließen sich hinter ihm nieder. Es hätte ihn nicht gewundert, wenn es wieder die Amerikanerin mit ihrer Freundin gewesen wäre, die immer noch über Thanksgiving redete.

Als sie gegenüber von der U-Bahn-Station Fulham Broadway halt machten, hatte er plötzlich ein derart unheimliches, starkes Gefühl, der letzte Samstag abend spielte sich noch einmal ab, daß er hinunterblickte, um nachzusehen, ob nicht vielleicht eine Frau im Zobelmantel aus dem Bus stieg.

Er lehnte sich wieder zurück, immer noch mit diesem unruhigen Gefühl, das er den ganzen Tag unterdrückt hatte. Wieso war er sich so sicher, daß er Kate McBride gesehen hatte und nicht die Frau, die tot im Kräutergarten lag? Wo doch die anderen – der Schaffner und die Leute, die an jenem Abend neben der Tür gesessen hatten – behauptet hatten: Ja, das ist sie, die Frau, die im Bus ein- und ausgestiegen ist.

Er erklärte es sich damit, daß er Kate McBride ja über einen viel längeren Zeitraum gesehen hatte. Er (und nicht die anderen) hatte sie beobachtet, seit sie eingestiegen war, bis er selbst ausstieg und ihr folgte. Er hatte sie über einen gewissen Zeitraum hinweg immer wieder gesehen und die anderen nicht. Und er war überzeugt – was die Aufmerksamkeit der anderen erregt und gefesselt hatte, war der berühmte Zobelmantel gewesen und nicht die Frau selbst. Nicht ihr Gesicht. Obwohl sie behauptet hatten, sie anhand ihres Gesichtes identifiziert zu haben. Aber eigentlich war es der Mantel gewesen, nicht wahr?

Jury war der Meinung, sie irrten sich, oder – genauer gesagt – der Meinung war er früher gewesen. Inzwischen schwankte er. In diese Überlegungen versunken, hätte er beinahe die Haltestelle an der Fulham Palace Road verpaßt und mußte rasch die Treppe hinuntergehen und sich vom Bus schwingen, als dieser bereits wieder angefahren war. Der Schaffner wies ihn zurecht und rief ihm von der Plattform herauslehnend zu, auf die Art würde man sich das Bein brechen.

Jury winkte ihm zu und ging die Fulham Palace Road entlang zur Bishop's Avenue und von dort auf das Parkgelände von Fulham Palace.

Es war beinahe sieben, als er den Eingang erreichte. Ein richtiger Filmregen setzte ein; es goß in Strömen, mit Donnerkrachen und Blitzen ganz in der Nähe. Er hoffte, es bis zum Hof und in Noailles' Zimmer zu schaffen, bevor es richtig losging.

Hatte er von Charles Noailles etwas anderes erwartet als das, was er nun sagte?

»Ich habe keine Ahnung, wovon Sie reden, Superintendent.«

»Sie sind sich ganz sicher«, sagte Jury, wieder in dem heruntergekommenen Ledersessel sitzend. »Sie haben keinerlei Verbindung – keine familäre Verbindung – zu diesem Château in der Nähe von Aix-en-Provence?«

Noailles stand an der Wand und spielte mit einem Kompaß herum. »Wie ich schon sagte, nein.«

»Hat Michael McBride mit Ihnen über dieses Buch gesprochen, an dem er schrieb?«

Noailles schüttelte den Kopf. »Er hat es mir gegenüber nicht erwähnt, nein.«

»Hätte er es Ihnen gesagt?«

»Hätte er –?« Nun mußte der Priester doch lachen. »Ich bin kein Gedankenleser, Superintendent.«

»Nein, natürlich nicht. Meine Frage ist, glauben Sie, daß er sich so vertraut mit Ihnen fühlte, daß Sie so privat miteinander umgingen, daß er Ihnen von etwas so Brisantem erzählt hätte, von einem Exposé sozusagen, über das er noch mit keinem anderen gesprochen hatte?«

Der Priester dachte darüber nach, eine Hand auf die Fensterbank gestützt, in der anderen Hand immer noch den Kompaß. »Ja, ehrlich gesagt, ich glaube, das hätte er. Obwohl er mir so gut wie nichts über sein Privatleben erzählte, seine Frau, seine Tochter – ich wußte nicht einmal, daß er ein Kind hatte. Das klingt jetzt vielleicht merkwürdig, aber es kam eben nicht zur Sprache.«

Jury informierte ihn kurz über Sophies Entführung. »Das alles trug sich natürlich erst nach Michael McBrides Tod zu.«

»So eine schlimme Geschichte habe ich, glaube ich, noch nie gehört, Superintendent.«

Jury hatte das Gefühl, er meinte es ehrlich. Er stand auf. »Danke, daß ich Sie sprechen konnte, Pater. Ich melde mich wieder.« An der Tür drehte er sich noch einmal um und fragte: »Worüber *haben* Sie denn mit Michael McBride gesprochen?«

»Über Gott.«

»Das wären für mich dann zwei Sackgassen an einem Tag. Leben Sie wohl.«

Er atmete die vom Regen noch mehr abgekühlte Luft ein, nachdem der Sturm inzwischen abgezogen war. Er blickte zum nächtlichen Himmel hoch, zu den kaum erkennbaren Sternen und fragte sich wieder, weshalb er eigentlich hergekommen war. Er hatte sich von dem Priester nicht viel Hilfe versprochen. Nichts Neues war zu sehen, nichts würde sich beim nächsten Blitzstrahl offenbaren. Die einzige Antwort, die er sich geben konnte, war, daß er ein Gefühl von Verpflichtung verspürte, von Verbundenheit, als versuche jemand oder etwas, ihn zu erreichen und für sich zu reklamieren. Er lehnte sich an den steineren Stützpfeiler und lauschte dem Gewittersturm, der seinen willkürlichen Lauf bereits geändert hatte und sich anderswo zusammenbraute.

*Einmal lebendig, einmal tot. Sind Sie sicher, daß es nicht dieselbe Person ist?*

Was gefiel ihm daran nicht?

Er trat aus dem Eingang. Das Gefühl, daß ein Ort einen Anspruch auf ihn reklamierte, hatte er anderswo und unter anderen, ebenso seltsamen Umständen schon empfunden. Es fühlte sich an wie eine unterschwellige Sehnsucht. Was war es, ein Gefühl von Verlust? Aber wovon, wußte er nicht, nur daß es etwas gab, was ihm fehlte.

Jury blieb in der Stille stehen, und die Gefühle begannen sich wie der Regen allmählich zu verziehen. Obwohl sie schmerzlich waren, wollte er sie behalten. Ich schnappe über, dachte er. Es war, wie wenn man eine Stimme in der Telefonleitung hört, die zittert und sich immer weiter entfernt, bis sie ganz verstummt.

Offensichtlich wollte er sich darauf einlassen, sich in diese Erfahrung hineinversetzen, und doch hielt ihn irgend etwas – der Zufall, wie er sich gern eingeredet hätte (das Blatt auf der Hand, das Rollen des Würfels, das Glücksspiel), die eigene Feigheit, wie er jedoch eher befürchtete – davor zurück.

## 28

Simeon Pitt und Melrose Plant saßen gerade in zwei von Boring's alten rindsledernen Klubsesseln und lasen Zeitung, als Pitt Plant auf einen Artikel aufmerksam machte, der sich mit den *Sibirischer-Schnee*-Bildern in der Galerie Fabricant befaßte.

»Mit diesen Pseudobildern, meinen Sie wohl.« Pitts Kommentar war nicht an Melrose, sondern an den Artikel gerichtet. »Ich kann mir nicht vorstellen, daß Sebastian Fabricant dieses Zeug für Kunst hält. Fabricant war eigentlich immer eine anständige Galerie. Verläßlich, meine ich, und auch nicht so unverschämt mit den Preisen. Sie entdecken immer mal wieder neue Künstler, wie diese Slocum. Starker Einfluß von Turner, aber das kommt ja ganz klar heraus.« Simeon Pitt rückte seine Brille zurecht und schüttelte seine Zeitung.

»Turner ist ihr Lieblingsmaler.«

»Das Licht ist es, das Licht. Hören Sie mal zu, ja? Hier haben wir Jonathan Betts: ›Ralph Rees' gewagte Serie *Sibirischer Schnee*, die gegenwärtig in der Galerie Fabricant in Mayfair gezeigt wird, ist einen Besuch wert, falls Sie nicht schon – *bla, bla, bla, bla*, nun mach schon, du Idiot – ›eine Bildergruppe, die an den Minimalismus eines Robert Ryman oder an Newmans abstrakten Expressionismus erinnert.‹ Wovon redet der eigentlich – abstrakter Expressionismus? Der Mann ist gerade mal vierzig und schon senil. So lange, wie der braucht, um auf den Punkt zu kommen, hätte er Anwalt werden sollen.« Wie um das Gedruckte dadurch aufzulockern, schüttelte Pitt die Zeitung wieder und fuhr fort. »›Es verlangt von einem Künstler wohl einigen Mut, die leidenschaftliche Leere einer Szene beizubehalten –‹ Die *was* einer *was*? Pitt starrte Melrose fassungslos an. »Sind Sie schon mal von ›leidenschaftlicher Leere‹ beeindruckt worden, Mr. Plant?«

»Ja, einmal, aber ich habe mich bald wieder erholt.«

Pitt kicherte und las weiter vor. »›– Leere einer Szene beizubehalten und dabei solche Farbnuancen zu bieten, solche Metonymie in der Linienführung, solche räumliche Klarheit.‹« Pitt falzte die Zeitung in der Mitte durch. »Wenn ich nicht wüßte, daß der Kerl weniger Humor hat als ein Stier beim Anblick des roten Tuches, würde ich sagen, er schreibt das alles mit einem ironischen Augenzwinkern. Fabricant hat bestimmt ein paar Freunde in der Redaktion sitzen.«

»Ihr Genossen seid also käuflich?«

»Soll das ein Witz sein? Natürlich. Ich kannte mal einen Restaurantkritiker, der sich eine Kolumne mit einem anständigen Essen bezahlen ließ, und einen Theaterkritiker, den man mit einem Sitzplatz in der dritten Reihe überzeugen mußte.«

»Aha«, seufzte Melrose. »Was für eine Enttäuschung.«

»Wieso? Brauchen Sie einen, der Ihnen sagt, was Ihnen zu gefallen hat?«

Melrose lächelte. »Oh, so jemanden habe ich schon!« Er widmete Agatha eine Gedenkminute. »Aber Sie selbst, Mr. Pitt, tun das gleiche – oder haben es getan.«

Pitts tadelnder Zeigefinger wackelte vor Melrose' Gesicht herum. »Falsch. Falsch. Ich habe Ihnen gesagt, was *mir* gefällt. So lange ich mir am Ende der Woche meinen Scheck abholen konnte, war es mir schnurzpiepegal, was den *anderen* gefiel. Wo bleibt denn der alte Kellner? Ich brauch' was zu trinken.«

»Higgins? Da drüben bei Oberst Neame.«

»Der soll mal herkommen, ich möchte einen Whisky. Soviel ich weiß, schulden Sie mir noch einen.«

Melrose erhaschte den Blick des Kellners und winkte ihn herüber. »In der Tat.«

Pitt strich seine Zeitung glatt und las mit stummen Lippenbewegungen weiter, gestört nur von Higgins, der unsichtbar zwischen den Sesseln herangeschlichen kam.

»Mr. Pitt, was darf ich Ihnen bringen?«

»Einen Whisky Soda.«

Nachdem der alte Diener lautlos wie Rauch davongehuscht war, las Pitt weiter aus der Rezension vor. »›Man kann sich in der neueren Malerei nichts Gewagteres vorstellen als die flamboyante Serie *Sibirischer Schnee.*‹ Na, jetzt aber mal halblang! Gewagt! Flamboyant?« Pitt knallte seine Zeitung auf den Boden.

Eigentlich beneidete Melrose den Mann, weil Simeon Pitt an seiner eigenen Gesellschaft so viel Spaß hatte. Er schien sich eher mit sich selbst zu unterhalten als mit Melrose.

»Hier haben wir was Gewagtes!« Pitt hob die Zeitung wieder auf. »Hier haben wir was Flamboyantes, wenn Sie darauf aus sind!« Pitt zeigte mit dem Finger auf Melrose, als habe dieser ihn gerade zu einem »Flamboyanz«-Wettbewerb aufgefordert. Dann tauchte der Finger zum unteren Teil der Seite hinunter. »Der Dieb, der das Bild glatt aus dem Rahmen geschnitten und sich damit aus dem Staub gemacht hat!«

Wo hatte Melrose schon davon gehört?

»Hier ist ein Artikel über die Eremitage.« Pitt wedelte mit der Kunstseite. »Wissen Sie nicht mehr? Das hat im Februar ziemlich Furore gemacht, alle Welt hat davon geredet.« Er las vor: »›– der unverfrorene Raub eines erst kürzlich erworbenen Gemäldes von Marc Chagall mit dem Titel *Flügellose, Flügellose Engel*, das bisher noch nicht wiedergefunden wurde. Der Verlust wiegt doppelt schwer, da es sich bei dem Gemälde um den einzigen Chagall des Museums handelt –‹ Komisch, nicht, wenn man bedenkt, daß er Russe war. Liebe Güte, unterstützten die eigentlich ihre eigenen Künstler nicht?«

Ach, natürlich, Agatha. Kein Wunder, daß er sich nicht mehr erinnerte. Es kam so selten vor, daß eine von Agathas Bemerkungen in einem späteren Gespräch eine Rolle spielte. »Ist es das Gemälde aus der Eremitage?«

Pitt nickte. Der Raub eines Gemäldes bereitete ihm sichtlich mehr Vergnügen als die Rezension desselben. »Dieser Dieb, heißt es, kann auftauchen und wieder verschwinden wie unser guter Higgins hier.« Er wandte sich wieder der Zeitung zu. »Nennt sich Dana. Hmpf! Ist das ein Vorname? Männlich? Weiblich?« Pitt zuckte die Achseln. »Steckbrieflich gesucht in – oh, Gott – ›Argentinien, Spanien, Zypern und Kairo wegen schweren Diebstahls und Mord –‹ Man merke, daß sie den schweren Diebstahl zuerst nennen, ha. Mord ist offenbar sein oder ihr Spezialgebiet. Diebstahl ist nur das zweite Standbein.« Pitt ließ die Zeitung sinken und stieß einen tiefen Seufzer aus. »Wäre es nicht angenehm, so anonym zu sein? Die Welt zu durchschweifen, unterwegs ab und zu ein bißchen Arbeit aufzutun, wenn es sich so ergibt und jemand das Honorar zahlt? Hier ein paar Francs, da ein paar Yen, ein paar Pesos, einen Hut voll Rubel.«

»Ach, ich weiß nicht. Mord kann ein ganz schön kniffliges Geschäft sein.«

»Hm. Ich frage mich, wieviel er verlangt. Oder sie. Das wäre doch ein Ding, wenn es eine Frau wäre. Hier herein käme sie aber nur am Damentag!« Pitt lachte schallend.

»Woher weiß man, daß dieser Dana der Täter war? Und wie Sie schon sagten, es könnte sich ja auch eine Frau dahinter verbergen. Dana ist ein ziemlich neutraler Name, nicht? Es gibt einen Richard Henry Dana, den Schriftsteller. Und einige Filmschauspieler, sowohl Frauen wie Männer, die mit Vornamen Dana heißen.«

Pitt knurrte. »Zu der Frage, ob es sich nur um eine Person handelt: Anscheinend tragen die Verbrechen alle seine – oder ihre – Handschrift.« Sein Blick fiel auf eine andere Meldung. »Ah, hier steht etwas Interessantes ... äh, danke, Sir!«

Melrose legte Geld auf das silberne Tablett, von dem der Kellner die zwei Whiskys und eine Siphonflasche genommen hatte.

Der junge Higgins schenkte ihnen sein typisches, frostiges Lächeln und machte sich davon.

Pitt kehrte wieder zu seinem Nachrichtensammelsurium zurück, von dem er vor dem Auftauchen des Dieners hatte berichten wollen. »Hören Sie mal zu: ›Die Allerseelenkirche in Oake Holyoake in Cornwall –‹« Er runzelte die Stirn. »Wo zum Teufel liegt das? Nie gehört. Na ja, liegt ja schließlich in Cornwall. Das ist wie ein anderes Land, da gibt's bestimmt Dutzende von kleinen Ortschaften, von denen noch nie einer was gehört hat. Also:

›In Holyoake ereignete sich am frühen Sonntag morgen etwas Seltsames. Eine mit einem Smoking bekleidete männliche Leiche wurde von Miss Principia Soames entdeckt, als diese wie an jedem Sonntag frühmorgens die Kirche mit Blumen schmücken wollte. ›Diese Kirche wird unter der Woche nicht viel benutzt, und da denk' ich, der hätt' hier schon ein paar Tage rumliegen können. Hab ich einen Schreck gekriegt, wie ich den mit dem Gesicht nach unten da hab liegen sehen, das können Sie mir glauben.‹ Mit diesen Worten deutete Miss Soames in Richtung Altar.

›Allerseelen ist ein Kirchlein im Tudorstil‹, erfuhren wir von Hochwürden Brinsley, dem Pastor, der des weiteren ausführte, obwohl es fast verfallen sei, bemühe er sich, es zu erhalten, denn ›Allerseelen hat ein paar interessante Details zu bieten. Sehen Sie sich einmal das Fenster dort drüben an, das könnte doch ein signierter Tiffany sein –‹«

Simeon Pitt lachte und hustete.

Melrose rutschte tiefer in seinen Ohrensessel. »Ob die noch mal auf die Leiche zu sprechen kommen?«

Pitt hielt abwehrend die Hand hoch und las weiter:

»›– und wir haben eine schöne Miserikordie aus dem sechzehnten Jahrhundert.‹ (Pitt lachte wieder). ›Mr. Bertram Missingham, Sheriff von Oake Holyoake – ein Ehrentitel, da es im Dorf keine Polizeipräsenz gab –, eröffnete uns: ›Die Verbrecherquote in Oake Holyoake war noch nie so niedrig wie seit ich hier Sheriff bin, und das sind jetzt bald zehn Jahre. Wie sind hier friedliche Leute, und wir haben eine Partnerschaft mit einem Ort fast gleichen Namens in Süddeutschland, der Holioke heißt.‹ Zu seiner Meinung befragt, was der Leiche im Abendanzug im Altarraum widerfahren war, verkündete er, dazu könne er sich nicht äußern. Miss Soames bemerkte: ›Es ist ein schönes Stück Arbeit, Drogen und solche Sachen aus Oake Holyoake rauszuhalten, aber wir haben bisher unser Bestes getan. Das ist doch ein Londoner, der muß irgendwie mit der Mafia verbandelt sein. Ich weiß bloß, der ist mit seinem BMW hergefahren und dann tot umgefallen.‹«

In ihre Sessel versunken, lachten Pitt und Melrose nun alle beide.

Melrose sagte: »Ich habe einen Freund bei New Scotland Yard. Ich finde, er sollte mal hinfahren und in der Sache ermitteln, was meinen Sie?«

Pitt tupfte sich gerade ein tränennasses Auge mit dem Taschentuch trocken. »Und wenn er damit fertig ist, sollte er mal bei diesen Bildern ermitteln. Ich wette, da ist Betrug im Spiel.«

»Ach?« gab Melrose auf diesen undurchsichtigen Kommentar hin zurück.

»Aber natürlich, Mr. Plant –« Pitt unterbrach sich. Tiefe Denkfalten durchfurchten auf einmal seine Stirn. So wie Simeon Pitt ihn beäugte, hätte Melrose selbst in diese Verschwörung verstrickt sein können – aber in was für eine?

»Sagte er Sandpapier?«

»Rees' Arbeitsunterlage für die Bilder? Ich glaube, ja.«

»Wissen Sie – nein! Kein Wort mehr, bis ich jemanden Bestimmtes in die Sache eingeweiht habe. Wo ist das Telefon? Pitt sah sich fast wütend um, als hätte man alle verfügbaren Telefonapparate seinem Zugriff entfernt. »Higgins!« Pitt trommelte ungehalten auf die Armlehne seines Sessels. Der betagte Kellner kam herbeigeeilt, so schnell er konnte, aber nicht schnell genug. Pitt rief ihm zu, er solle ein Telefon auftreiben und es ihm bringen.

»Sie haben eins von den Bildern gekauft.«

»Ich bekenne mich schuldig.«

»Könnten Sie es beschaffen?«

»Sie meinen, ob ich es abhängen lassen könnte? Ja. Fabricant wollte meines hierher liefern.«

Higgins kam mit dem Telefon, das er Pitt aushändigte und in die Steckdose in der Wand einsteckte. Pitt rieb sich die Hände und tippte eine Nummer ein.

Melrose lauschte dem mysteriösen Gespräch zwischen Pitt und der Person am anderen Ende der Leitung namens Jay. Pitt legte auf, lächelte genüßlich wie ein Kater vor dem Rahmtopf und sagte: »Ich gehe dann vielleicht mal rüber und wechsel ein Wörtchen mit Fabricant.«

# 29

Montags war die Galerie für Besucher nicht geöffnet, was für Scotland Yard jedoch nicht galt. Das taten Öffnungs- und Schließzeiten selten.

Sebastian hatte Jury und seinen Sergeant an der Tür gesehen und ihnen mit aufgekrempelten Ärmeln aufgemacht. »Nun ertappen Sie uns doch tatsächlich bei der Arbeit. Entschuldigung.« Er hatte ein breites Lächeln aufgesetzt.

Das Jury erwiderte. »Sie uns auch.«

Bei dieser Antwort verwandelte sich Sebastians Lächeln in ein ziemlich unsicheres Hüsteln. Er fing sich aber gleich wieder: »Verstehe. Na ja, aber arbeiten tut ihr Burschen doch immer.«

»Nicht immer, Sir. Manchmal gehen wir auch in Urlaub«, ließ sich Wiggins vernehmen, der wie üblich alles wörtlich nahm. »Das ist aber ein arg trockener Husten, den Sie da haben, Sir.«

Wiggins wurde vorgestellt, und Sebastian wurde sichtlich entspannter. Es fiel schwer, einen Abwehrwall aufzubauen, wenn Sergeant Wiggins mit von der Partie war. Er schaffte es, ihn mit seiner Besorgtheit und seinen guten Ratschlägen Stein für Stein wieder abzutragen. »Nehmen Sie ja nicht diese handelsüblichen Arzneien, das ist rausgeschmissenes Geld. Was bei einem wirklich trockenen Husten hilft, ist einzig und allein Zitronensaft, Honig und Ingwerwurz, so stark Sie's eben vertragen, mit ein bißchen heißem Wasser, um das Ganze aufzulösen. Aber je weniger Wasser, desto besser. Klappt jedesmal bestens.« Wiggins' kostenloser Rat war tatsächlich ein unschätzbarer Verbündeter – wie viele Goldklümpchen an nützlichen Informationen waren schon geschürft worden, wenn Wiggins im Rahmen der Ermittlungen ein Stockwerk tiefer bei einer Tasse Tee mit dem Küchenpersonal zusammengehockt war. Wenn er sich Mühe gab, schaffte Jury es auch. Wiggins aber gelang es ohne weitere Anstrengung.

Sebastian führte sie über den Korridor in einen der Ausstellungsräume, wo Nicholas gerade ein großformatiges Bild in schwerem, vergoldetem Rahmen aufhängte. Es war ein traditionelles Schäfer-mit-Herde-Motiv, und Jury war überrascht, es in dieser Galerie zu sehen, die mehr der Avantgarde und dem Abstrakten zugetan schien.

Ralph Rees war im Nebenraum und baute gerade seine *Schnee*-Serie ab. Nachdem er dem Künstler vorgestellt worden war, sah Wiggins ihm dabei mit todernster Miene zu. Den einen Arm über die Brust gelegt, das Kinn auf der anderen Hand aufgestützt, schien Wiggins bereit, das Ganze ernst zu nehmen. Ausnahmsweise diesmal nicht aufgrund von Wiggins' feinfühliger Art, sondern aufgrund von Jurys Vorgabe: »Nicht lachen, wenn Sie sie zu Gesicht kriegen. Bleiben Sie todernst.«

Diese Anordnung überraschte Wiggins einigermaßen, der es unmöglich gefunden hätte, jemanden auszulachen, der sich tapfer daran versuchte, zu malen, zu schreiben oder ein Musikinstrument zu spielen. Der Befehl war überflüssig.

Nun war Wiggins' düster begutachtender Blick auf Ralphs *Sibirischer-Schnee*-Serie alles, was Jury sich hätte erhoffen können. Und mit Sicherheit alles, was sich Rees erhoffen konnte. Wiggins trat einen Schritt zurück, trat wieder näher, trat noch weiter an das Bild heran, bildete aus Zeigefinger und Daumen einen Halbrahmen und besah sich einige weiße Bilder auf diese Art, nickte mehrmals mit dem Kopfe und stieß den einen oder anderen anerkennenden, kehligen Laut aus. »Nun, ich muß schon sagen, Mr. Rees, das hier ist eine interessante Serie. Außerordentlich gewagt, nicht?«

(Jury hoffte, er würde jetzt nicht in Plants Angewohnheit verfallen, sie »dieses weiße Zeugs« zu nennen.)

Als Ralph von Wiggins wissen wollte: »Inwiefern?« – eine Frage, die den beiläufigen Schwindler sofort vom Feld gescheucht hätte – antwortete Wiggins: »Es so zu malen, wie es aussieht. Besonders das mit dem gefallenen Zweig –«

Jury war etwas verwirrt, bis er Wiggins auf das Bild mit der dünnen, schwarzen Linie in einer Ecke deuten sah. Zweig?

Aber Ralph nickte nur verständnisvoll. »Jeder scheint etwas anderes darin zu sehen, Sergeant.«

Wiggins stieß ein leises, verächtliches Lachen aus. »Ach, das sind die, die Äpfel nicht von Birnen unterscheiden können. Die lassen wir mal beiseite. Wann waren Sie dort?«

Jury, der sich abgewandt hatte, um sein Lächeln zu verbergen, drehte sich verblüfft wieder um. Als er mit Melrose Plant über diese Bilder geredet hatte, war Jury nie auf den Gedanken gekommen, daß Ralph ja *dort gewesen* war. In Rußland. Es hätte genausogut Schnee in Montana oder in den Mooren von Nordyorkshire sein können.

»Zweimal war ich dort, nicht in Sibirien, sondern in Sankt Petersburg. Dort habe ich auch die Fabricants kennengelernt.«

Jury fragte: »Wann waren Sie dort, ich meine, das letzte Mal?«

Ralph rechnete nach. »Hm. Letztes Frühjahr. Im März, glaube ich. Wir – Ilona – Seb –«

»Was ist mit Seb?« fragte Sebastian, der aus den hinteren Lagerräumen zurückgekommen war.

»Ich erzählte Mr. Jury gerade, daß wir nach Sankt Petersburg gefahren sind. Ilona fährt mehrmals pro Jahr hin. Na ja, es ist ja auch ihre Heimat, nicht wahr?«

Sebastian pflichtete ihm bei. »Eigentlich lebt sie ja in Sankt Petersburg. In ihrem Herzen, in ihrer Seele.«

Das fand Jury in Anbetracht der Tatsache, daß Michel Kuraukow von der Tscheka hingerichtet worden war, nun doch erstaunlich.

Wiggins, immer noch der Ansicht, er habe in diesen Bildern etwas entdeckt, deutete mit einem Kopfnicken darauf. »Haben Sie die alle gemalt, als Sie dort waren?«

»Zwei davon, ja. Die anderen – äh, an denen habe ich im Lauf des letzten Jahres gearbeitet. Wie Sie sich denken können.«

Ein Glück, daß er diese Bemerkung an Wiggins richtete, der es sich vermutlich in der Tat vorstellen konnte. Jury konnte es nicht. »Könnte ich Sie vielleicht« – Jury hatte sich Sebastian zugewandt – »kurz sprechen, Mr. Fabricant?« Die anderen wollte er ebenso sprechen, aber einzeln.

Sebastian führte ihn ins Büro hinüber, einen ziemlich kleinen Raum, in dem ein weiterer Computer, das Faxgerät und ein Schreibtisch standen sowie zwei schicke Eames-Stühle gegenüber einem ledernen Freischwinger, in dem Sebastian nun Platz nahm.

»Kennen Sie eine Frau namens Nancy Pastis?« Er sah, daß Sebastian sich die Frage zumindest scheinbar durch den Kopf gehen ließ, und vielleicht (dachte Jury) tat er es auch tatsächlich. Jury traute ihm nicht recht.

»Nein. Nein, ich glaube nicht.« Sebastian warf einen Blick auf seine Uhr. »Tut mir leid, wenn ich Sie unterbrechen muß, es ist nur so, ich erwarte jetzt gleich einen Kunden.«

»Keine Sorge, Sie unterbrechen mich nicht«, sagte Jury zweideutig. »Aber heute ist doch Montag. Montags haben Sie doch nicht geöffnet.«

Sebastians Pause war unwesentlich und seine Wangenröte unmerklich, aber gerade lang genug und rot genug, um anzudeuten, daß der »Kunde« möglicherweise eine Erfindung war. Dann sagte er: »Wenn es sein muß, mache ich montags schon manchmal Termine. Es handelt sich um einen guten Kunden.«

Jury fuhr einfach fort. »Nancy Pastis wohnt in der Curzon Street und hat eine ganze Wand voller Bilder. Es würde mich sehr wundern, wenn sie noch nicht in Ihrer Galerie gewesen wäre, da sie ja in der Nähe wohnt.«

»Kann schon sein, daß sie hier war. Ich sehe ja nicht alle Leute, die hier hereinkommen, und merke mir auch nicht alle, außer wir haben ihnen etwas verkauft. Wer ist diese Person? Wieso interessieren Sie sich für sie?«

»Sagen wir einfach, ich interessiere mich eben für sie.« Jury lächelte. »Sie haben doch sicher eine Verkaufsliste, nicht wahr? Und einen Postverteiler?«

»Ja, natürlich. Aber –«

»Sehen Sie nach.«

Sebastian zog sich einen der beiden Rollodexe her, die auf seinem Schreibtisch standen. Er flippte nur kurz durch und schüttelte dann den Kopf. »Niemand mit diesem Namen.« Er sah Jury an. »Das ist der Postverteiler, wir versuchen immer, alle auf den Verteiler zu setzen, die schon einmal etwas bei uns gekauft haben.«

»Und die verkauften Bilder? Was ist mit der Liste?«

Es war nicht zu übersehen, daß Sebastian höchst ungern aufstand und das schwere Handbuch mit den Eintragungen vom Regal holte. Er setzte sich wieder und schlug den Ordner auf. »Hören Sie, ich kann ja wohl kaum die ganze Liste durchgehen. Die geht fünfzehn Jahre zurück.«

»Wenn das hier der Ordner mit dem letzten Jahr ist, fangen wir doch damit an.«

Sebastian seufzte. »Das wird aber dauern.«

»Ich könnte die Ordner auch mitnehmen.« Jury lächelte. Es lief unterschwellig auf einen Durchsuchungsbefehl hinaus, zumindest auf die Andeutung eines solchen.

Seb schüttelte den Kopf. »Dann fange ich also hinten mit dem letzten Verkauf an.«

Jury nickte und beobachtete ihn, wie er mit dem Finger über eine Seite hinunterfuhr, umblätterte und auf der nächsten weitermachte. Er gehörte zu den Leuten, die beim Lesen die Lippen mitbewegen.

»Ah, Sie haben recht, Mr. Jury. Nancy Pastis … da ist sie. *St. Ives.* Das war im Februar. Am neunundzwanzigsten Februar.«

Jury fragte: »Ist es ein sehr kleines Gemälde in einem Eschenholzrahmen?«

Seb überlegte. »Ja. Ziemlich klein. Von St. Ives.«

»Das liegt in Cornwall.« Jury lächelte. »Es sieht eigentlich eher wie ein Hafen im Paradies aus.«

»Hilft Ihnen das weiter?«

»Ja, aber noch mehr würde es mir helfen, wenn Sie sich entsinnen könnten, sie bedient zu haben.«

Er tippte auf die Seite. »Das ist die Schrift meines Bruders. Wir machen beide Eintragungen. Wollen Sie ihn fragen?«

»Ja.« Jury stand auf und folgte Sebastian einen schmalen Korridor entlang in einen Raum im rückwärtigen Teil der Galerie, der sehr groß und gut beleuchtet war.

»Wir haben Oberlichter einbauen lassen«, erklärte Sebastian und fragte Nicholas nach dem Verkauf an Pastis.

Nicholas dachte eine Weile stirnrunzelnd nach. »Ich dachte eigentlich, ich kann mir alle Leute merken, die bei uns etwas gekauft haben.« Er lächelte zerknirscht. »Kann ich aber doch nicht. An das Bild erinnere ich mich auf jeden Fall. Aber nicht an die Kundin. Tut mir leid.«

»Vielleicht kann ich Ihrem Gedächtnis auf die Sprünge helfen. Erinnern Sie sich an das Foto, das ich Ihnen bei Ihnen zu Hause gezeigt habe?« Jury hatte eins von den Polizeifotos aus der Innentasche seines Regenmantels gezogen.

»Ist das nicht die ermordete Frau? Die Sie in Fulham Palace gefunden haben?«

Jury sagte: »Doch.«

»Guter Gott! Ja, ich glaube schon, daß ich sie gesehen habe. Wenn ich das Foto beim ersten Mal in diesem Zusammenhang gesehen hätte, wäre ich vielleicht –« Er sah reumütig drein. »Kann sein, daß sie hier war, bevor sie das Bild gekauft hat. Höchstwahrscheinlich sogar. Die Leute kaufen normalerweise nicht gleich beim ersten Mal. Sie wollen sich das Bild erst durch den Kopf gehen lassen. Ich kann mich eben nur nicht erinnern, sie danach noch mal gesehen zu haben.«

»Wie hat sie bezahlt? Mit Scheck oder Kreditkarte?«

»Bar, glaube ich. Ach, es war gar nicht so viel. Fünfhundert Pfund. Andere Leute haben schon viel höhere Summen in bar auf den Tisch gelegt.«

Jury gab Nicholas eine Visitenkarte. »Wenn Ihnen doch etwas zu ihr einfällt, melden Sie sich bitte, ja?«

Nicholas nickte. »Selbstverständlich.«

»Danke für Ihre Mühe. Ich schau' mal, wo mein Sergeant steckt. Er schien ja ganz fasziniert von Mr. Rees' Bildern.«

»Das ist jeder«, sagte Sebastian. »Wir überlegen gerade, was wir an diese Wand hängen und wie wir die beiden übrigen am besten präsentieren. Bis jetzt haben wir drei verkauft.«

Wiggins saß tatsächlich auf einem Holzstuhl, den Ralph ihm beschafft hatte, und die beiden betrachteten eingehend die Schneeserie. Ralph hatte diejenigen Bilder, die er abgenommen hatte, so nebeneinander aufgestellt, daß es eine fortlaufende Reihe ergab. Zumindest kam es Jury so vor. Was um Himmels willen sah eigentlich Wiggins in dem Ganzen? Wiggins war sonst in allem, was sich außerhalb seiner kleinen Welt aus Allergien und Schmerzmitteln befand, ein pragmatischer Typ.

An Ralph gewandt, sagte Jury: »Dann haben Sie also schon ein paar aus der Serie verkauft?«

»Ja, ich bin ganz begeistert. Diese beiden« – er deutete auf die, die an der Wand lehnten – »an einen Amerikaner. Und letzte Woche eins an einen britischen Adligen.«

Jury warf Wiggins einen Blick zu, der sich mit einem verkniffenen, kleinen Lächeln gerade vornüber gebeugt hatte, um weiß Gott was am unteren Bildrand zu beäugen. Jury sagte: »Einen Adligen? Nun, Sie kennen ja diese Aristokraten. Die müssen immer die Nase vorn haben bei … allem.«

Doch Ralph interpretierte die Bemerkung zu seinen Gunsten. »Soviel Aufmerksamkeit gibt mir enormen Auftrieb.«

Ralphs Lächeln war so aufrichtig, so unbefangen, daß es Jury einen besorgten, ja beschämten Stich versetzte, sein Werk um ein Haar beleidigt zu haben. Der arme Kerl glaubte anscheinend wirklich an das, was er tat. »Der kommt bestimmt wieder.«

»Wer?«

»Ihr britischer Adliger. Diese Leute sind nie zufrieden mit nur einer Sache, wenn davon noch mehr zu haben ist. Ich kenne einen, der einen Rolls *und* einen Bentley fährt.«

Ralph sah ihn skeptisch an. »Das hat er nicht gesagt.«

Jury lächelte. »Verlassen Sie sich darauf.«

## 30

Melrose Plant begab sich am Dienstag vor dem Mittagessen zum Empfang, um seine Rechnung zu begleichen, während er immer noch über die am wenigsten unerfreuliche Transportmethode heim nach Long Piddleton hin und her überlegte. Trueblood, der behauptet hatte, er müsse zurück ins Geschäft, war schon vor einigen Tagen abgereist.

Er könnte mit dem Zug bis Sidbury fahren und dann mit dem Taxi nach Long Piddleton oder aber Diane anrufen und sie bitten, ihn am Bahnhof von Sidbury abzuholen. Sie war dieser Tage häufig im Redaktionsbüro des *Sidbury Star* zugange, so daß es hier keine Umstände machen würde. Diane schien es zu genießen, für Melrose ab und zu kleine Gnadenakte zu vollbringen; immerhin war er noch zu haben, reich und sogar – die höchste Tugend im Demorney-Kanon – »amüsant«. Ihren vierten Gatten hatte sie bereits vor Jahren abgelegt und fand es inzwischen so auf sich gestellt etwas langweilig.

Melrose kam plötzlich der Gedanke, daß Diane das absolute Gegenteil von einem wie Simeon Pitt darstellte: Sie war unfähig, ihre eigene Gesellschaft erträglich zu finden, während Pitt an der

Gesellschaft von anderen wenig Erträgliches fand und sich ohne Ende mit sich selbst amüsieren konnte.

Da sie über keinerlei innere Ressourcen verfügte, überraschte es Melrose, daß Diane die Inhalte ihrer Kolumne gänzlich aus sich selbst bezog. In den Sternkreiszeichen fand sie sie nämlich ganz bestimmt nicht. Sie machte sich nicht die Mühe, etwas zu *recherchieren.* Vielleicht war Diane eine weit vielschichtigere Person, als er es ihr zugestanden hätte. Diese Betrachtungen stellte er auf dem Weg zum Telefon an. Nun, zumindest so vielschichtig wie die Marmelade auf dem gestrigen Marmeladenbrötchen.

Im Klubraum sah er die übliche Abfolge von Gesichtern – eigentlich nicht von Gesichtern, sondern von Zeitungen und Händen, die diese hielten, von darunter ausgestreckten Beinen, Ellbogen, Füßen, Fesseln. Der Klubraum war eher eine Ansammlung von Körperteilen als von Körpern. Dort saß Neame hinter seinem *Daily Mirror,* hier ragten Pitts blankgeputzte Schuhe unter dem Ohrensessel hervor, dessen Rückenlehne Melrose zugewandt war. Es betrübte ihn, ans Abschiednehmen denken zu müssen.

Als Dianes gelangweilte, jedoch wohltönende Stimme aus der Leitung kam, sagte Melrose: »Diane! Hören Sie, seien Sie doch so nett und holen Sie mich am Bahnhof in Sidbury ab, ja? Ich nehme den Dreiuhrzug, ich komme also rechtzeitig an, um Sie zu einem Drink einzuladen.« Das müßte wirken!

»Zug? Um Gottes willen, Melrose! Was ist mit Ihrem Bentley passiert?« Hätte er einen Auffahrunfall verkündet, an dem zehn Autos beteiligt waren, sie hätte nicht entsetzter sein können. Öffentliche Verkehrsmittel waren für das mittellose Volk gedacht – also die Bentley-losen, Rolly-Royce-losen. Sie selbst hatte zwei davon im Stall.

»Diane, Sie haben es offenbar schon vergessen: Trueblood hat mich letzte Woche nach London chauffiert. Wir sind mit seinem Kombi gefahren, erinnern Sie sich? Also, holen Sie mich ab?« Ein

Geräusch wie Papierrascheln ertönte an seinem Ohr. »Was tun Sie da?«

»Melrose, ich merke gerade, daß Sie Ihre Horoskope verpaßt haben.«

*Horoskope?* Wie viele hatte es denn gegeben?

»Ich lese Ihnen das hier vor.«

»Bitte, machen Sie sich nicht die Mühe.«

»Ach, aber es ist doch überhaupt keine Mühe. Also, lassen Sie es mich nur finden... Steinbock, Steinbock...«

Es tat ihm leid, daß er ihr sein Geburtsdatum verraten hatte.

Sie las vor: *»Mit Charme werden Sie in diesem Durcheinander nichts erreichen. Obwohl Sie daran gewöhnt sind, problemlos durchzusegeln, werden Sie sich einem stärkeren Gegner gegenübersehen, als selbst Sie bezwingen können.«*

»Was um Himmels willen prophezeien Sie denn da?«

Ihr Seufzer hätte ein ganzes Klatschmohnfeld einebnen können. »*Mel*-rose. Wann begreifen Sie endlich, daß Ihr Schicksal in der Konstellation der Sterne liegt? *Ich* kann Ihnen doch nicht sagen, was passieren wird.« Sie las weiter. *»Da Sie im allgemeinen recht autark sind, fallen Sie oft dem Egozentrizismus anheim und –«*

»Dem Ego*was*?«

»Zentri-zismus. Das bedeutet, Sie sind im großen und ganzen zu selbstgerecht. Nehmen Sie's nicht persönlich. Es gilt für Steinböcke im allgemeinen, und da können Sie ja nicht dafür, stimmt's?

*Während der Mond die Venus passiert, werden Sie feststellen, daß alte Freundschaften doch die besten sind.«* Sie machte eine vielsagende Pause und meinte dann: »Was jetzt kommt, stellte ich ein bißchen um: *Packen Sie und fahren Sie nach Hause. Und vor allem: Passen Sie gut auf!«*

Da sie das letzte sozusagen herausschrie, fiel Melrose fast vom Hocker. Dann dachte er erst, die Leitung wäre unterbrochen worden, bis er das Knistern von, wie es sich anhörte, Zellophan vernahm, daraufhin ein Bellen und eine schreiende Stimme.

»Ich nehme mir nur gerade eine neue Zigarette. Sorry.«

»Diane, ich habe Ihre Privatnummer angerufen. Haben Sie sich einen Hund angeschafft?«

»Nein. Ich bin natürlich beim *Star* im Redaktionsbüro. Ich habe einen Abgabetermin.«

»Aber ich habe Ihre Privatnummer angewählt.«

»Ich habe doch den Durchstellservice. Nicht zu vergessen meinen Piepser, falls Sie mich mal schnell erreichen müssen. Habe ich Ihnen eigentlich die Nummer gegeben?« Sie las sie ihm vor.

Melrose war es erst zu dumm, sie sich aufzuschreiben, dann tat er es aber doch. Vielleicht ließe sich der eine oder andere Jux damit machen. Er steckte die Kappe wieder auf seinen Stift.

»Bevor ich's vergesse, Melrose, wieso waren Sie eigentlich eine ganze Woche in London?« Ihre Stimme klang ein bißchen weinerlich, als betrachte sie seine Abwesenheit als persönlichen Affront.

»Kein besonderer Grund. Bißchen Einkaufen bei Harrods, das eine oder andere für Richard Jury erledigen.«

»Aha, Richard *Jury*!«

Apropos noch zu haben, dachte Melrose. Aber geldlos, titellos und landbesitzlos.

Erneute Pause, während der sie irgend etwas fummelte. »Er ist Löwe.«

»Ach ja? Woher wissen Sie das?«

»Marshall hat es mir gesagt. Marshall weiß alles.«

»Reden wir hier von ein und demselben Marshall?«

»Ich sollte Richard ein Exemplar des *Star* von dieser Woche schicken. Wie lautet seine Adresse?«

»Scotland Yard, wie gehabt.«

»In welcher Straße liegt das?«

»Ich glaube zwar nicht, daß die Straße so wichtig ist, aber es ist in der Victoria Street, glaube ich.«

»Hmm.« Stille. Wahrscheinlich schrieb sie es sich auf. »Also, jetzt weiter mit Steinbock«, sagte sie.

Gütige Götter, er könnte sich genausogut selber eine anstecken.

»Schauen wir mal, bei der Warnung waren wir. Hier: *Wenn Sie nicht aufpassen, sehen Sie sich vielleicht bald mit etwas ganz Schrecklichem konfrontiert.*«

»Das sind ja ziemlich düstere Aussichten, nicht?«

»Wenn Sie finden, Steinbock ist schlimm, dann sollten Sie mal das ein oder andere Sternzeichen sehen. Also dann, ich muß Schluß machen. Abgabetermin. Adieu.«

Melrose legte den Hörer auf, schüttelte sein Ohr frei und schlenderte wieder in den Klubraum, wobei er fast mit einer kräftig gebauten Frau an zwei Krückstöcken mit Silberknauf zusammenstieß, die ihn verächtlich musterte, als sei sie gerade einem wilden Raser zum Opfer gefallen. Weil sie offensichtlich daran gewöhnt war, daß ihr Platz gemacht wurde, stellte sich Melrose abseits, streckte den Arm aus und deutete einen leichten Diener an, um ihr den Vortritt zu lassen. Da fiel ihm wieder ein, daß es ja Dienstag war, Damentag. Hoffentlich war diese Frau nicht Pitts Verwandte. Nein, die da war keine Nichte, oder?

Sie saßen immer noch wie vorher, Neame senkte kurz seinen *Mirror*, um Melrose in Augenschein zu nehmen und ihm zuzuwinken. Melrose nickte lächelnd zurück und ging hinüber zu dem Ohrensessel gegenüber von Simeon Pitt. Mit dem Kunstteil auf der Brust, hielt Simeon Pitt gerade sein gewohntes Nickerchen. Nun, er würde bald aufwachen. Melrose machte dem jungen Higgins ein Zeichen, der sich wie von starkem Rückenwind getragen herüberbewegte.

»Bringen Sie bitte Kaffee, Higgins.« Melrose bemerkte die Tasse auf dem Tisch neben Pitt. »Und genug, daß es auch für Mr. Pitt reicht.«

»Jawohl, Sir. Ich bringe ihm eine frische Tasse.«

Melrose sah dem jungen Higgins mit der üblichen bangen

Frage nach, ob er es bis zur Theke schaffen würde oder nicht, und wandte sich dann seinem *Telegraph* zu. Nachdem er die Meldungen des Vortags gelesen hatte, kam er zu der Erkenntnis, daß Montag für die meisten Leute stinklangweilig gewesen sein mußte, und legte das Blatt beiseite.

Ein Weilchen beobachtete er Simeon Pitt. Die Zeitung bewegte sich nicht.

Er neigte den Kopf, um Pitts gesenktes Gesicht sehen zu können. Melrose erstarrte. Denn Pitts Augen waren nicht friedlich im Schlaf geschlossen, sondern standen halb offen.

Ohne nachzudenken, riß Melrose die Zeitung weg und warf sie zu Boden. Wie gelähmt stand er da, jeder mögliche Laut blieb ihm im Hals stecken. Er merkte nicht einmal, daß der alte Kellner mit seinem Tablett hinter ihn getreten war.

Tassen und Kaffeepresse schlitterten gefährlich umher, als Higgins das Ganze beinahe fallen ließ. »Oje! Oje!« sagte Higgins und seine krächzende Stimme ging ein paar Tonlagen höher. »Ein Schlaganfall, oje, der Herr da hatte –«

»Einen Arzt. Rufen Sie die Polizei.« Melrose erkannte seine eigene Stimme nicht wieder.

Der junge Higgins beeilte sich, so sehr er konnte. Melrose blickte ihm nach und dann wieder auf den Leichnam von Simeon Pitt hinunter. Das Blut um die Wunde in seiner Brust wäre für einen mit Higgins' Augenlicht fast unsichtbar. Wegen des dunkelbraunen Schottenkaros von Pitts Weste war es beinahe auch Melrose' Blick entgangen. Die Blutung mußte hauptsächlich innerlich stattgefunden haben.

Als Melrose sich aufrichtete, bemerkte er, daß seine Hände fast so schlimm zitterten wie die des jungen Higgins.

Für einen kurzen Augenblick hörte er Dianes Stimme: *Passen Sie gut auf!*

# 31

Im Klubraum breitete sich eine gewisse Wachheit aus, wenn nicht geradezu Aufgeregtheit über den Tod von Simeon Pitt. Es war noch nicht verlautbart worden, daß Mr. Pitt keineswegs an Herzstillstand gestorben war, sondern an Stichwunden – beziehungsweise einer einzigen, kunstvoll ausgeführten, knapp oberhalb des Brustbeins plazierten Stichwunde.

»Da war ein Spezialist am Werk«, sagte Phyllis Nancy und streifte ihre Gummihandschuhe ab. »Es sind fast ausschließlich innerliche Blutungen, die Lungen sind voll mit Blut.«

Wiggins fragte: »Wieso um Gottes willen tut jemand so was hier vor allen diesen Leuten?«

Jury schüttelte den Kopf. »Eine einzige Stichwunde. Das ist doch unglaublich.«

»Wie gesagt, jemand wußte, welche Waffe am besten geeignet war. Hätte ein Stilett sein können. Lang, dünn. Präziser kann ich es nicht sagen.«

Melrose hatte Jury angerufen, der mit Sergeant Wiggins kurz vor Inspektor Milderd und Sergeant Webber von der Polizeidivision C eingetroffen war. Ihnen wiederum waren mehrere Polizisten vorausgegangen, die praktischerweise am Straßenrand neben einem Wäschereiwagen gestanden hatten, dessen Fahrer sie offenbar gerade vernahmen. Als jemand von Boring's Personal sie aufgeregt herbeigerufen hatte, waren sie im Laufschritt gekommen.

Jury hatte nicht nur Wiggins mitgebracht, sondern auch seine Lieblingspathologin Phyllis Nancy, wohl wissend, daß er damit womöglich den Kollegen von der C-Division auf die Hühneraugen trat. Inspektor Milderd hatte er es so erklärt, daß Dr. Nancy gerade bei ihm gewesen sei, als er den Anruf erhalten hatte, und da habe er sie gleich mitgebracht.

Dr. Nancy entging nie etwas. Einmal hatte sie an einer Leiche einen Einstich, der für einen winzigen Nadelstich gehalten werden konnte, als Kanal für Gift entlarvt (später stellte sich heraus, daß es Ricin gewesen war), nachdem ein anderer Arzt als Todesursache bereits Herzversagen diagnostiziert hatte. Das Herz hatte in der Tat versagt, allerdings war daran das Gift schuld, das mittels einer starken Sticknadel verabreicht worden war, die man später im Nähkästchen der Cousine des Opfers gefunden hatte. Jury hatte schon immer bewundert, wie Dr. Nancy bestimmte Zusammenhänge begriff, die weniger fähige Pathologen sich nicht zusammenreimen konnten. Sie war darüber hinaus auf eine bezaubernde Weise feminin und hatte auch nichts dagegen, wenn man es ihr auf die eine oder andere Weise sagte.

Nein, Phyllis Nancy entging nichts. Nur daß einem beim Brustkorb des armen Pitt auch nichts entgehen konnte. Sie sagte, der Tod sei innerhalb der letzten drei, eventuell vier Stunden eingetreten, und fragte, ob jemand hier es genauer eingrenzen könne.

Melrose konnte nur mit dem Hinweis helfen, er habe Simeon Pitt beim Frühstück noch gesehen. Das war etwa um Viertel nach neun oder halb zehn gewesen, als Melrose heruntergekommen war. Pitt schien ihm ganz wie gewöhnlich. Er hatte die Angewohnheit, sich nach dem Frühstück manchmal den ganzen Vormittag in den Klubraum zu setzen, um die verschiedenen Zeitungen zu lesen.

Inspektor Milderd fragte Melrose: »Bekam er öfter mal Besuch?«

»Nein«, sagte Melrose. »Das heißt, ich habe ihn nie mit jemandem gesehen, obwohl er einmal eine Nichte erwähnte. Heute ist hier im Klub Damentag. Ich glaube, er sagte, sie würde mit ihm zu Mittag essen.«

Milderd fragte: »Hat er sonst noch was über sie gesagt?«

»Nein, das war alles.«

Sergeant Webber wollte wissen: »Standen Sie mit Mr. Pitt auf freundschaftlichem Fuße?«

»Hm, ja. Ich mochte ihn wirklich gern. Er war der Kunstkritiker für die –« Melrose verstummte. Im Zuge der morgendlichen Ereignisse hätte er fast Pitts gestrigen Telefonanruf vergessen.

»Ja, Sir?«

»Es hat wahrscheinlich nichts zu bedeuten, aber gestern tätigte Mr. Pitt einen Telefonanruf.« Melrose berichtete ihnen darüber.

»Dieser Mensch namens Jay, hat Pitt auch den Nachnamen erwähnt?«

Melrose hatte von diesen beiden, die ihm wie Kletten an der Tweedjacke klebten, die Nase voll. »Nein. Hören Sie«, meinte er, »ich habe Simeon Pitt erst letzte Woche kennengelernt. So gut kenne ich ihn wirklich nicht.«

»Schon, Lord Ardry, aber –«

Aha! Darin lag also das Problem. An der Art, wie er es gesagt hatte. Polizisten haßten die Aristokratie.

»– aber drei andere Herren, die mit Mr. Pitt selten mehr als einen Gruß wechselten, behaupteten, Sie hätten sich oft angeregt miteinander unterhalten und zusammen etwas getrunken«, sagte Milderd.

Webber fügte hinzu, während er Melrose langsam (und selbstgefällig) mit den Wimpern zuklimperte: »Und an manchen Tagen seien Sie gemeinsam mit ihm unterwegs gewesen.«

»Dreimal! So oft saßen wir hier zusammen. Und bezüglich des gemeinsamen Unterwegsseins ist festzustellen, daß wir einmal nicht weit von hier eine Kunstgalerie besuchten.« Während Milderd weiterredete, hörte Melrose schon gar nicht mehr zu. Statt dessen dachte er über Pitts Anruf und die Galerie Fabricant nach. Daß Milderd das Wort an ihn richtete, riß ihn aus seinen Überlegungen.

»Lord Ardry?«

»Was?«

»Wie ich gerade *sagte* –«

(Die Aristokratie paßt aber doch auch nie auf.)

»– hat der Kellner bestätigt, daß Sie mit Mr. Pitt oft bei einem Drink zusammensaßen. Ein gewisser Mr. Higgins.«

Melrose sah hinüber zum jungen Higgins, der seit dem Mord sichtlich munterer geworden war. Sieh mal einer an! Dort drüben hatte er mit Neame und Champs die Köpfe zusammengesteckt und stellte ihnen gerade dar, was er erlauscht hatte, als er in der Nähe der Pathologin herumgestrichen war. Seine Hände umklammerten ein unsichtbares Messer, das er sich in die Brust stieß. Herrje! Noch ein Mord, und er würde wie Fred Astaire steptanzend aus der Küche kommen. Gott sei Dank, daß Jury endlich ankam.

Als sie sahen, daß Melrose ein Bekannter von Jury war, betrachteten ihn Milderd und Webber plötzlich mit anderen Augen – und bedeutend weniger Interesse. Webber steckte seinen Stift ein und klappte sein Notizbuch zu. Mit diesem Burschen zu reden war Zeitverschwendung.

Ihren abziehenden Rücken nachsehend, sagte Melrose zu Jury: »Warum zum Teufel verbringen die ihre Zeit nicht etwas sinnvoller, anstatt mich in den Schwitzkasten zu nehmen?«

»Sie müssen zugeben«, erwiderte Jury, »daß Sie sich dafür momentan hier am besten eignen.« Die schwungvolle Geste, die sein Arm durch den Raum beschrieb, bezog die kräftige Frau mit den beiden Krückstöcken und zwei weitere ältere Frauen mit ein, die sich zum Damentag-Lunch eingefunden hatten. Die drei hatten sich zusammengesetzt und sich, seit die Polizei da war, nicht von der Stelle gerührt. Vier ältere Herren (Neame und Champs inbegriffen) hatten sich um Higgins geschart, der sich mittlerweile seine spillerigen Finger um die Gurgel gelegt hatte, um die volle Bandbreite seines Wissens über Mordmethoden vorzuführen.

»Gott, ich kannte Simeon Pitt erst seit ein paar Tagen.« Hier verflog Melrose' Irritiertheit und machte echtem Kummer Platz. »Wir saßen bei Kaffee und Drinks zusammen. So ein unterhaltsamer Typ ist mir selten begegnet.« Beschrieb dies etwa das ganze Ausmaß ihrer Freundschaft?

»Es tut mir leid«, sagte Jury mitfühlend.

»Ihr Inspektor Milderd dachte anscheinend, ich würde demnächst aus Pitts Testament gestrichen. Ich habe denen gesagt«, fügte er hinzu, »daß er seine Nichte erwartete – eine Barbara Sowieso. Verdammt, ich glaube, den Familiennamen hat er mir gar nicht gesagt. Jedenfalls ist sie aus Oxford oder von irgendwo da in der Nähe ... Ach, da ist ja der Portier!«

Mr. Budding, der für eine Dreiviertelstunde ausgegangen war, um ein paar Besorgungen zu machen, war weiß wie ein Gespenst. Er nahm es offenbar persönlich, daß in seiner Abwesenheit ein Mord begangen worden war. Ja, er könne bestätigen, daß eine junge Dame (bei Boring's konnte damit jede Frau zwischen fünfzehn und fünfzig gemeint sein) Mr. Pitt etwa um die Mittagszeit besucht habe – nein, früher, so um elf war es gewesen –, da Mr. Pitt auch gleich eine morgendliche Tasse Kaffee für sie bestellt habe. Budding stand inzwischen hinter dem Empfangstresen und schlug das Anmeldungsbuch auf.

Jury sah ihn erstaunt an. »Aber weder Mr. Higgins noch Ihr junger Kellner können sich an eine Besucherin erinnern.«

»Das können sie auch nicht, wissen Sie, nachdem ich den beiden den Kaffee serviert habe. Da haben wir es!« Er wirbelte das Gästebuch auf dem Drehkarussell herum, damit Jury es lesen konnte: *Mrs. Amons für Mr. Pitt.* »Ich erinnere mich, ihr gesagt zu haben, daß er seine Nichte erwarte und ob sie Mrs. Amons sei. Sie bejahte und unterschrieb im Gästebuch.« Er tippte mit einem zittrigen Finger auf die Stelle.

»Beschreiben Sie sie doch bitte!« sagte Wiggins, sein Notizbuch gezückt.

»Warten Sie mal. Attraktiv war sie, gut gekleidet. Ziemlich groß, helles Haar. Ich entsinne mich aber, daß sie nur zwanzig Minuten hier war, wenn überhaupt.«

»Haben Sie sie weggehen sehen?«

»Sicher. Sie sagte, ihr Onkel sei eingeschlafen und sie wolle ihn nicht stören. Wenn Sie mich bitte entschuldigen, Sir, ich glaube, da will jemand etwas von mir.« Mr. Budding huschte zu dem jungen Kellner hinüber, der ihm gerade ein Zeichen gemacht hatte.

Melrose sagte: »Eingeschlafen? Das ist doch lächerlich. Der Mann wäre doch nicht mitten im Besuch seiner Verwandten eingeschlafen. Dafür war er zu aufgeweckt.«

Mr. Budding war wieder da und sah noch bleicher aus als vorher. »Man hat mich gerade über etwas äußerst Seltsames informiert. Unser Mr. Neal da drüben« – er deutete mit dem Kopf auf den jungen Diener mit den Stachelhaaren – »hat mir gerade gesagt, während meiner Abwesenheit habe eine Mrs. Amons angerufen und eine Nachricht für Mr. Pitt hinterlassen. Sie sagte, sie habe Probleme mit dem Wagen und warte auf die Pannenhilfe.« Mr. Budding holte ein großes Taschentuch aus seiner hinteren Hosentasche und wischte sich damit über die Stirn. »Ich verstehe gar nicht, wie das möglich ist, Sir, denn die Frau, die um elf hier war, hat behauptet, *sie* sei Mrs. Amons. Ich muß schon sagen, ich bin äußerst bestürzt über diese Sache.«

Jury nickte verständnisvoll. »Das glaube ich Ihnen, Mr. Budding. Sie hatten Mrs. Amons vorher aber noch nie gesehen, nehme ich an, woher sollten Sie es dann wissen?«

Solchermaßen etwas beruhigt, verließ Mr. Budding die beiden.

»Überrascht mich das? Wohl kaum. Ich werde es Milderd sagen.«

Jury ging hinüber, um sich mit Milderd zu besprechen, und überließ Melrose seinen eigenen Gedanken. Sie waren alles andere als angenehm. Melrose ließ sich schwer in einen Sessel fallen und versuchte, sich Pitts Telefongespräch noch einmal vollständig ins Gedächtnis zurückzurufen. Wer war der »Experte«, den er anrufen wollte? Worin war er »Experte«? Hatte es etwas mit Kunstschwindel zu tun? Er hatte eine gewisse Person namens »Jay« erwähnt.

Vom Gedanken, Diane noch einmal anzurufen und ihr zu sagen, sie solle ihn nicht am Zug abholen, wurde Melrose kurz durch den Anblick von Pitts in einen schwarzen Leichensack gehüllten Leichnam abgelenkt, der gerade auf eine Trage gehoben wurde. Er ging zu Jury hinüber.

»Hören Sie.« Er nahm Jury beiseite. »Da ist noch etwas, was vielleicht wichtig sein könnte oder auch nicht.« Er berichtete ihm von Pitts Anruf und dessen Absicht, »vielleicht mal zu Fabricant rüberzugehen und ein Wörtchen mit ihm wechseln« zu wollen.

Jury überlegte kurz. »Hat Fabricant also jemanden rübergeschickt, der ein Wörtchen mit Pitt wechseln sollte?«

# 32

Jury stand vor dem Gartentor und sah Olivia Inge zu, die mit einer Gartenschere, die sich geschmeidig durch die störrischen Äste grub, den Rosenbusch zurückschnitt. Eine Zeitlang blieb er stehen, um über sie nachzudenken und zu überlegen, was eine solche Frau dazu bewog, sich als die bedürftige, arme Verwandte zu betrachten. Olivia war ihm ein Rätsel. Ihre kurze, frühe Ehe hatte ihr in finanzieller Hinsicht oder an moralischer Unterstützung offenbar wenig eingetragen. Doch hatte sie als Clive Fabricants Tochter ebensoviel Recht auf Clives Hinterlassenschaft wie Nicholas, auf jeden Fall aber mehr als Sebastian, hätte Jury gedacht. Trotzdem schien sie sich auf die Rolle des Anhängsels zurückgezogen zu haben. Stieftochter von Ilona Kuraukowa – keine beneidenswerte Position.

»Mrs. Inge.«

Sie war so sehr auf ihre Tätigkeit konzentriert gewesen, daß sie offenbar beim Klang ihres eigenen Namens erschrak. Sie wandte sich um.

»Olivia«, sagte Jury. Der Vorname war ihm unwillkürlich herausgerutscht. Vornamen gingen ihm nicht so lässig von den Lippen wie Sergeant Wiggins.

»Oh!« Sie preßte sich ihre behandschuhte Hand an die Brust. »Haben Sie mich erschreckt!«

Er lächelte. »Entschuldigung.«

»Die anderen sind gar nicht hier. Wollten Sie –?«

»Eigentlich mit Ihnen sprechen. Geht das?«

»Ja, natürlich. Gehen wir ins Haus. Hier draußen ist es zu kalt, außerdem wird es gleich dunkel. Und was meinen Namen betrifft, ist mir der Vorname lieber. Der hört sich nicht so nach einer Verdächtigen an.«

»Einer Verdächtigen? Habe ich gesagt, daß Sie eine Verdächtige sind?«

»Das brauchen Sie gar nicht.«

Als sie ihre Handschuhe abstreifte, fühlte sich Jury an Phyllis Nancy erinnert. Beim Gedanken an eine Autopsie wurde er trübsinnig. Es mußte sich in seinem Gesichtsausdruck widergespiegelt haben, denn Olivia fragte: »Stimmt etwas nicht?«

Er hielt ihr das Gartentörchen auf. »Irgend etwas stimmt immer nicht. Das gehört zu meinem Job.«

Drinnen im Haus empfing sie wohlige Wärme. Und irgend jemand (vermutlich Hedda) hatte auch Tee aufgetragen. »Das ist ja wunderbar! Heddas Timing ist immer perfekt. Oder sie kann Gedanken lesen.« Sie nahm seinen Mantel und fragte, ob er gern einen Tee trinken würde.

»Ja, gern.«

Jury nahm auf dem Sofa Platz, hinter dem Ilona Kuraukowa letzthin gestanden hatte. Er konnte ihre Gegenwart hinter sich beinahe spüren. Als er sich zurechtgesetzt hatte, reichte ihm Olivia seinen Tee in einer hauchdünnen Porzellantasse.

Sie setzte sich ihm gegenüber in den Lehnsessel und erhob ihre Tasse. »Zum Wohl.«

»Zum Wohl.« Er nahm einen Schluck Tee und fühlte sich schon besser. »Wieso sollte ich Sie verdächtigen?«

Sie zuckte die Achseln. »Keine Ahnung, ich habe schließlich nichts verbrochen.«

»Wo waren Sie heute am späten Vormittag, am frühen Nachmittag?«

»Jetzt kommt's.« Ihre Stimme wurde theatralisch. »*Und wo waren Sie zu der Zeit, als der alte Chalmers erschossen wurde?*«

Jury lächelte. »Nicht Chalmers und nicht erschossen.«

Sie betrachtete ihn spöttisch.

»Er hieß nicht Chalmers.«

»Soll das heißen, es ist wieder jemand ermordet worden?«

Er nickte.

Ihr Blick schweifte hilfesuchend durch den Raum. »Ich war den ganzen Tag hier. Allein. Ich habe ein bißchen im Garten gearbeitet.«

»Bekommen Sie hier die *Times*?« Als sie offenbar noch verwirrter nickte, fragte er: »Lesen Sie den Kunstteil?«

»Natürlich. Normalerweise immer als erstes.«

»Schon mal von Simeon Pitt gehört?«

Ihr nachdenkliches Stirnrunzeln wirkte ziemlich echt. »Nein ... warten Sie, doch. Ja. Er hat früher mal eine Kolumne geschrieben, nicht?«

»Hochangesehen in der Kunstszene. Ihrer Szene.«

»Sie meinen, der meiner Brüder, Superintendent. Kurz vor Ralphs Ausstellung habe ich Seb über irgendwas in einer Besprechung lachen hören, die er gerade las. Er meinte: ›Zum Glück ist dieser Pitt weg.‹« Rasch hielt sie ihre Hand an die errötete Wange. »Ach, du lieber Gott. Soll das heißen, der ist es? Dieser Simeon Pitt?«

»Ja.«

Sie sah auf ihre Tasse hinunter. »Das ist –« Sie zuckte hilflos die Achseln.

»Diese Besprechung. Ihr Bruder wußte, daß Pitts Kommentar negativ sein würde. Hatte Pitt schon vorher Ausstellungen in der Galerie Fabricant für schlecht befunden?«

»Ein- oder zweimal. Ich hatte immer den Eindruck, daß Mr. Pitt neuen Malern gewöhnlich sehr hart zusetzt – zusetzte.«

»Was ist mit den Kritiken zu Rees? Waren die gut? Oder schlecht?«

»Eine oder zwei waren gut. Ich würde eine schlechte Kritik aber kaum als Mordmotiv sehen.«

Darauf ging Jury nicht ein. Er stellte Tasse und Untertasse auf dem Silbertablett ab und ging hinüber an die Wand, an der ein großformatiges Gemälde hing, ein Stilleben mit Blumen, Früchten und einem dreieckigen, gitarrenähnlichen Instrument. »Was ist das für ein Instrument?«

»Eine Balalaika. Diese Musik mochte ich schon immer sehr gern.«

»Ich glaube, ich habe sie noch nie gehört.«

Sie lachte. »Na, wenn Sie nach Rußland gingen, würden Sie's tun. Der Klang einer Balalaika hat etwas Nostalgisches an sich. Ähnlich wie die Zither in dem Orson-Welles-Film. Etwas Unheimliches.«

Er sah sie nachdenklich an. »Fahren Sie mit den anderen dorthin? Nach Rußland, meine ich.« Er betrachtete immer noch das Stilleben.

»Ein paarmal bin ich mitgefahren.«

Er wandte sich um. »Nach Sankt Petersburg?«

Jetzt war sie an der Reihe, ihn über den Rand ihrer Tasse zu mustern. »Steht das im Zusammenhang mit Ihren Ermittlungen, Mr. Jury?« Ihr Lächeln war leicht ironisch. »Unsere Ferien?«

»Ja.« Er sagte es leichthin und lächelte dabei.

Ihr Lächeln verflog sofort. »Warum?«

Achselzuckend wandte sich Jury wieder dem Gemälde zu. »Ich bin mir nicht sicher.«

»Sie sind sich nicht sicher, aber es scheint Ihnen ziemlich wichtig zu sein.«

Er wandte sich wortlos ab und sah von einer Wand zur anderen. »Wer hat diese Kunstwerke ausgesucht?«

»Die anderen – Sebastian, Nicholas und Ilona natürlich. Das ist eins von ihren. Ich meine, sie hat es gemalt.« Olivia deutete auf dasjenige, das er gerade eingehend betrachtet hatte.

»Tatsächlich?« Jury sah es noch einmal an. »Es ist wunderschön.«

»Lassen Sie das bloß nicht Ilona hören.«

»Wer kann denn etwas gegen Schönheit haben?«

»Für sie bedeutet es nur dekorativ.«

»Seicht?«

»Ja, so würde sie es wohl nennen.«

Jury sah sich immer noch das Bild an. »Was mir nicht klar ist, wieso kann Madame Kuraukowa immer noch solche – nun ja, großzügigen Gefühle gegenüber Rußland hegen, nachdem das mit ihrem Mann passiert ist.« Er drehte sich zu Olivia um. »Michel – so hieß er doch?« Als Olivia nickte, fuhr er fort: »Seine Hinrichtung war natürlich kein Einzelfall, aber das ist ein schwacher Trost.«

»Da stimme ich Ihnen voll und ganz zu. Der Kommunismus war mörderisch. Aber, wissen Sie, für den größten Teil ihres Lebens war Sankt Petersburg ihre Heimat.«

Jury nickte. Er stand immer noch im Raum und nahm nacheinander jedes Bild in Augenschein. »Hier hängt kein einziges schlechtes Gemälde.« Er dankte ihr für den Tee, den sie ihm nachgeschenkt hatte.

Sie lachte. »Hätten Sie das vielleicht erwartet?«

»In Anbetracht der Rees-Ausstellung, ja, eigentlich schon. Ich finde es seltsam, daß diese Bilder die einzigen sind, die höchst fragwürdig sind. Dabei glaube ich gar nicht einmal, daß es nur an mir und meiner mangelnden Wertschätzung liegt. Rees' Bilder kann man doch nicht für Kunst halten –«

Sie unterbrach ihn. »Sie sind vielleicht nicht gegenständlich, obwohl man das gleiche über Mark Rothko gesagt hat.«

»Damit wollen Sie doch nicht etwa behaupten, zwischen den beiden bestünden Ähnlichkeiten.«

Olivia lächelte unmerklich, fast entschuldigend. »Wohl kaum.«

»Rothkos Sachen fesseln mich auf beklemmende Weise. Und bei Rees komme ich mir für dumm verkauft vor.« Er ging an seinen Platz zurück und nahm einen Schluck von seinem Tee. »Wirklich komisch ist, daß Rees' Sachen nicht bloß bei einem von ihnen Anklang findet – bei Nicholas etwa wäre es ja verständlich –, sondern bei allen dreien. Nicholas mag bei Ralph schwach werden, aber die anderen beiden müßten ja wohl schwach*köpfig* sein. Was sie offensichtlich nicht sind.«

»Aber vielleicht wollen sie einander auch nur nicht zu nahetreten. Immerhin sind sie miteinander verwandt.«

Jury schüttelte den Kopf. »Nein. Dazu ist Sebastian ein zu cleverer Kunsthändler und hat den Ruf, einen guten Geschmack zu haben. Wieso sollte er riskieren, einer Laune seines Bruders und dessen Freunden nachzugeben? Und daß Madame Kuraukowa der Laune vor irgend jemandem nachgibt, werden sie mir nicht weismachen. Es muß einen anderen Grund geben.« Er sah ihr direkt in die Augen, deren Glanz vom Schein des Kaminfeuers sanft verschwommen wirkte. »Was halten Sie davon, wenn wir zum Essen gehen?«

Olivia lachte. »Das ist aber ein schneller Themenwechsel.«

»In der Old Brompton Road ist ein guter, kleiner Inder.«

»Ja – gut, das ist bestimmt nett.« Sie stand auf. »Und der andere Grund, den es Ihrer Meinung nach geben muß?«

»Was?«

»Dafür, daß die Fabricants Ralphs Arbeit unterstützen.«

Jury hatte sich schon gefragt, ob sie ihn darauf zurückbringen würde.« »Wenn ich das wüßte. Gehen wir.«

# 33

Am Nachmittag fand die Besichtigungstour im Palace statt, und Linda bestand darauf, daß sie teilnahmen. »Da werden Sie eine Menge lernen.«

Melrose war sich nicht sicher, ob ihm die Andeutung, es gebe bei ihm in der Abteilung Wissen ein paar Defizite, gefiel. Dabei hatte er ihr gerade eben ein Eis gekauft und darauf gezählt, daß sie damit nicht so schnell entwischen konnte. Ein Witz. Kurze Zeit später hatte er sie aus den Augen verloren und wußte nicht, wohin sie verschwunden war. Dann machte er sie aber aus, als sie gerade über den Rasen auf eine Besuchergruppe zurannte, die auf den Haupteingang und den Innenhof zustrebte.

Melrose nahm seufzend die Verfolgung auf.

Die Tourführerin erzählte etwas über Ziegelwerk im Tudorstil. Sie wies darauf hin, daß die schwarzen Ziegeldreiecke auf drei Seiten des Hofes von den eigentlichen Kanten der Ziegel gebildet wurden. Auf der vierten Seite war dazu passend das schwarze Muster aufgemalt worden; ständig der Witterung ausgesetzt, verwischte es sich allmählich. Zufrieden mit ihrem Prolog, trieb die Führerin ihre Herde in Richtung Haupteingang, als Linda plötzlich wissen wollte: »Erzählen Sie ihnen denn nicht das mit dem dreckigen Pförtchen?«

Die Führerin sah sie verständnislos an. »Ich glaube, ich kann nicht ganz –« Dann begriff sie es und lächelte. »Ach, ja. Das Dreieckpförtchen. Nicht *dreckiges* Pförtchen, mein Schatz. Ja, wie Sie sehen, ist die Pforte so gestaltet, daß durch diese kleine Tür hier nur eine Person auf einmal durchpaßt. Damit man feststellen konnte, ob es Freund oder Feind war und nicht das ganze Tor öffnen mußte und ein Bataillon von berittenen Männern durchließ.« Sonnenlicht fiel auf die Brille der Führerin. Die Gläser reflektierten mit einem blendenden Gleißen, wodurch die Frau unheimlich aussah. Bevor sie sich wieder der großen Eingangstür zuwandte, drehte sie sich noch einmal um und sagte zu Linda: »Das essen wir aber nicht da drin, mein Schatz, ja?«

Tun wir aber doch, wenn es uns paßt, dachte Melrose und sah zu, wie Linda an ihrer Eistüte leckte, genauso wie wir das Pförtchen auch weiterhin »dreckig« nennen.

Nach einigen Bemerkungen über die Wandvertäfelungen und Kastendecken in der geräumigen Eingangshalle lenkte die Führerin sie in einen großen, leeren und sehr kalten Raum. An die Nachzügler in der Gruppe (und an Melrose, den Obernachzügler) gerichtet, sagte sie: »Jetzt wollen wir aber alle zusammenbleiben.«

*Nein, wollen wir nicht.* Melrose haßte Besichtigungen von Innenräumen. Er sah zu Linda hinüber, die hingerissen lauschte, als die Führerin die Architektur des Raumes und den großen Kamin beschrieb, der mit Keramikkacheln und holzgeschnitzten Obstschalen auf dem Kaminaufsatz geschmückt war.

Nachdem sie ihr Eis verputzt hatte, hielt Linda ihre Hände nun fast andächtig vor dem Bauch verschränkt, und ihr Mund stand halb offen, als hätte sie Schwierigkeiten, durch die Nase zu atmen. Warum, fragte sich Melrose, hörte sie so intensiv zu und bewegte die Lippen mit, als nähme sie die Worte durch den Mund auf? Warum hörte sie zu, wenn sie doch offenkundig besser Bescheid wußte als die Führerin? Er konnte sich denken, daß sie wußte, was der Gärtner wußte, was die Führerin wußte, was der Museumsaufseher wußte und womöglich auch, was die Bischöfe von London wußten. Ein Gedanke kam ihm in den Sinn (und machte ihn traurig): Fulham Palace war Lindas zweite Heimat und ihre Zufluchtstätte. Die Wege, Pfade und Rabatten waren ihr so vertraut wie der Grundriß des Hauses ihrer Tante. Das war auch der Grund, weshalb Linda alles über den Palace hören wollte, es war, wie wenn man seine Lieblings-Gutenachtgeschichte immer und immer wieder hören will. Und wehe, die Geschichtenerzählerin war nicht auf Draht! Dann wurde ihr jede

Abweichung, jede Lücke in der Erzählung sofort unter die Nase gerieben.

Und ebendies tat Linda nun, nachdem sie die Aufzählung der Gaben gehört hatte, die die verschiedenen Bischöfe von London für diesen Raum – den großen Saal – beigesteuert hatten. Sie konnte nicht an sich halten: »Erzählen Sie uns von den Folterungen. Die Bischof Bonner gemacht hat.« Aus der Besuchergruppe war vereinzeltes Kichern zu hören, und das Gesicht der Führerin errötete ein wenig und wurde verkniffen.

Offensichtlich hatte die Führerin Bischof Bonners Missetaten unter den Tisch fallen lassen wollen – wieso, war Melrose nicht ganz klar, da diese bisher das Interessanteste waren –, denn schon lenkte sie die Gruppe aus der Tür quer durch die Eingangshalle und einen schmaleren Durchgang entlang. Das Gebäude hatte etwas Abweisendes an sich, als sei es an Pilgerscharen gewöhnt. Trotzdem blieb Melrose bei der Stange. Sie wurden in eine kleine, recht hübsche Kapelle geführt. Melrose trat an den vorderen Rand des Grüppchens und stellte sich neben Linda, scheinbar um ihr Betragen zu kontrollieren, wohl aber eher (hatte er sich im Verdacht), um mehr von der Führung mitzubekommen. Sie erfuhren einige Einzelheiten über das Ostfenster und den Vierpaß, und als einer der Pilger sich erkundigte, wozu die Kapelle heute benutzt wurde, bekamen sie gesagt, der Pfarrer von Allerheiligen müsse für etwaige Trauungen oder Taufen erst seine Erlaubnis erteilen.

»Wird er aber nicht«, beschied Linda der Versammlung mit einem so innigen Seufzer, daß man hätte meinen können, ihre eigene Taufe stünde auf Messers Schneide.

»Vielleicht«, meinte Melrose, als sie wieder den Korridor hinuntermarschierten, »könnten wir dem Pfarrer von Allerheiligen in Sachen Gefährdung deines Seelenfriedens einen Besuch abstatten.«

Lindas verkniffenes Gesichtchen beäugte ihn von unten herauf und sah aus wie ein riesiger Karfunkelstein. »Von was reden Sie da?«

»Keine Ahnung.«

Der nächste Raum war hell und luftig, aber ebenfalls unmöbliert, jedenfalls ohne historische Möbel. Melrose hörte einige Augenblicke nicht zu (er konnte ja danach immer noch Linda fragen), sondern dachte statt dessen an Simeon Pitt. Sein Tod war zu unerwartet, seine Ermordung zu kühn und zu unverfroren. Warum hatte der Täter nicht gewartet, bis Pitt den Klub verlassen hatte? Noch dazu schien es das Werk einer Frau zu sein. Sie hatte Pitt mit chirurgischer Präzision erstochen; es hatte keine Anhaltspunkte dafür gegeben, daß Pitt Hände und Arme in Selbstverteidigungsabsicht erhoben hätte. Melrose konnte die Frau vor sich sehen, wie sie von ihrem Stuhl aufstand und zu Pitt hinüberging, sich über ihn beugte, anscheinend um etwas in der Zeitung zu sehen oder ihm etwas zu geben. Aber da die Frau zweifellos *nicht* seine pummelige Nichte Barbara Amons war, wie hatte sie sich dann unauffällig ihrem Opfer nähern können?

Kannte Pitt sie? (Es bestand ja kein Grund zu der Annahme, daß es eine wildfremde Person sein mußte.) Was war mit den Künstlern, die er so hart angegangen war? Diese Gedanken führten ins Leere, da Melrose weder wußte, wen Pitt kannte, noch welche Künstler er fertiggemacht hatte – Jay? Es hätte sowohl ein Mann als auch eine Frau sein können. Melrose zwickte sich in den Nasenrücken. Warum bloß hatte er nicht wie Linda sein können und jedes Wort von Pitt aufgesogen?

Melrose konnte immer noch nicht verwinden, mit welcher Verwegenheit die Sache durchgeführt worden war, sogar noch verwegener als der Mord im öffentlichen Parkgelände von Fulham Palace.

Er blieb blind für die Stuckverzierungen, taub für die Worte der Führerin und dachte darüber nach, warum der Mörder die Leiche woandershin gelegt hatte. Wenn Jury Linda glaubte, tat er es auch.

Er wollte noch einmal in den Kräutergarten und war froh, daß dieser Raum auf der Besichtigungstour der letzte war. Er flüsterte: »Wir müssen gehen.«

»Es ist aber noch nicht zu Ende. Jetzt kriegen wir Tee und Kekse. Sie müssen warten.«

Genervt versprach Melrose: »Tee und Kekse kriegst du später.«

Ungerührt wollte sie wissen: »Wo?«

»Im Ritz. Aber komm jetzt endlich, wir müssen noch mal in den Garten.«

Als sie merkte, daß es sich um die Leiche drehte, stellte Linda sich nicht länger quer, und sie verließen das Palastgebäude.

Draußen knöpfte Melrose sie sich vor und sagte so streng wie möglich: »Linda, du darfst dich auf gar keinen Fall – ich wiederhole, auf *gar keinen* Fall – noch einmal von mir entfernen! Lauf nicht wieder weg wie vorhin.«

Sie kratzte sich am Hals und sagte: »*Sie* haben sich ja von *mir* entfernt. Sie sind nicht nachgekommen.« Sie sah umher, als wollte sie gleich wieder hineingehen und ein paar Leute holen, die sein liederliches Verhalten bezeugen konnten.

»Du weißt, was ich meine. Da, halte meine Hand fest.«

»Ich will aber nicht. Dann kann ich ja gar nichts allein machen.«

»Das sollst du auch gar nicht, verstanden? Jedenfalls nicht, wenn ich dabei bin.« Biß sich diese Katze nicht in den Schwanz? »Also gut, du brauchst meine Hand nicht zu halten, wenn du versprichst, daß du nicht wegläufst. Sonst passiert dir noch das gleiche wie der armen Sophie.« Sie gingen gerade an dem gigantischen Redwood vorbei.

»Wer ist die arme Sophie?«

»Die kennst du nicht. Als sie noch jünger war als du jetzt, hat sie sich in einem Laden von ihrer Mum entfernt –«

»In was für einem Laden denn?«

»In einer Markthalle. Einer eleganten Markthalle in Paris.«

»Ich war noch nie in Paris.«

»Das gehört jetzt nicht hierher.«

»Wie sah sie aus?«

Melrose runzelte die Stirn. »Ich weiß nicht. Das ist doch auch egal.«

Linda seufzte, als hätten Erwachsene keine Ahnung, was wichtig war und was nicht. »Was ist mit ihr passiert?«

Er ärgerte sich über sich selbst, weil er Sophies Mißgeschick hatte verlauten lassen. Dies zeugte von äußerst schlechtem Urteilsvermögen, denn er wußte, daß Linda nun nicht mehr lockerlassen würde; sie wollte erfahren, was sich zugetragen hatte. »Na ja, jemand hat sie mitgenommen, als sie gerade Kartoffeln in eine Tüte einfüllte.«

Linda war wie vor den Kopf gestoßen. Nicht, weil jemand Sophie mitgenommen hatte, sondern wegen der Beschäftigung, der sie nachgegangen war. »Wieso hat sie Kartoffeln in eine Tüte gefüllt?«

Ihm blieb wohl nichts anderes übrig, als ihr zumindest den Anfang von Sophies Geschichte zu erzählen. Seine Erzählung wurde mehr als einmal durch Bitten unterbrochen, noch mehr über Katze und Hund und Babywagen des Leierkastenmanns zu erfahren. Daß Sophie ein schreckliches Schicksal widerfahren war, schien sie kalt zu lassen. Das kam von der ganzen Gewalt im Fernsehen, vermutete er. Desensibilisierung nannte man so was.

Lindas zum hundertsten (und, wie er inständig hoffte, letzten) Mal gestellte Frage drehte sich nicht um Sophies verlorene Mutter, nicht um die Kidnapper und nicht um die möglichen Gefahren, die dem Kind in seinem Mißgeschick dräuten, sondern um die Kartoffeln.

»Was für eine Sorte war es?«

»Ist das nicht schnurzpiepegal? Mußt du denn jedes einzelne Detail kennen? Du lieber Gott, mit dir ergeht es einem ja wie mit Proust. *N'allez pas trop vite.*«

»Was soll das heißen?«

»Das heißt… Rose Clouds und Yukon Golds waren es.« Er war zufrieden mit sich, *die* Kartoffeln hatte er praktisch aus dem Hut gezaubert!

»Kenn' ich nicht. Wo sind sie mit Sophie hin, nachdem sie sie entführt haben?«

Nun war Melrose besorgt, daß sie sich *doch* Gedanken machte. »Ins Kino.«

Linda schleckte an der Zuckerstange herum, die sie ihm wieder abgeluchst hatte, und schien nachzudenken. »Also, ich bin froh, daß Sophie nicht in meiner Nähe wohnt.«

Was für eine seltsame Bemerkung. »Warum?«

»Die scheint ja total langweilig zu sein.«

»Langweilig? Was meinst du damit?«

»Na ja, wenn Sie Sophie wären, würden Sie dann Kartoffeln klauben, wenn es draußen einen Leierkastenmann gibt und eine Katze und einen Hund, die Kunststückchen vollführen?«

Melrose blieb stirnrunzelnd stehen, als sie gerade die Mauer umrundeten, an der im Frühling die Glyzinien üppig wuchern würden. Als Linda auf den Kräutergarten zurannte, bekam seine Stirn noch tiefere Furchen.

Er stand da und blickte auf das dreieckige Beet hinunter, das als Eberraute erkenntlich war, und hinüber zu dem, das mit Lavendel beschildert war. Er fragte Linda noch einmal, ob sie sich sicher sei, daß die Leiche hier gelegen hatte – er deutete auf die Eberraute.

»Das hab' ich allen doch schon tausendmal gesagt, ja.«

»Kann sein, aber mir hast du's nicht tausendmal gesagt.«

»Dann soll ich mich wohl wieder reinlegen.«

»Aber ja nicht. Das habe ich überhaupt nie gewollt.« Was waren Kinder für makabere Unholde.

Zwei Dinge, schlußfolgerte er, waren für den Mörder schiefgegangen: Jury hätte nicht in dem Bus sitzen sollen, und Linda hätte nicht in diesem Garten sein sollen. Dies ließ er sich durch den Kopf gehen, während er sie in das zerfallene Treibhaus gehen sah.

Und wenn die Leiche dort drin aufbewahrt worden war? Aber warum sollte jemand das tun?

Um die Entdeckung hinauszuzögern. Ganz gleich, wie er es anging, er kam immer wieder auf das *Warum?* zurück.

Melrose ließ sich auf einem Steinbänkchen vor den Glyzinienranken nieder, dachte an Kate McBride und Sophie und – vor allem – an Simeon Pitt. Er beugte sich, die Arme auf die Knie gestützt, vornüber, und betrachtete die dunkle Erde zu seinen Füßen. Unter der Simeon Pitt bald begraben sein würde. Melrose fühlte aufrichtige Trauer um ihn. Es kam so selten vor, daß einem jemand begegnete, der keinen Blödsinn redete oder einem die Ohren mit unerheblichem Zeug vollquatschte.

Er blickte hoch, sah Linda nicht und stand rasch auf. Er rief nach ihr. »Linda!«

Keine Antwort. »Linda!«

Da ertönte eine Antwort. »*Wa-as?*«

»Nichts.« Er setzte sich wieder hin und dachte weiter über Simeon Pitt nach. Künstler, denen er an den Karren gefahren war, Kolumnenschreiber, die nicht so erfolgreich waren wie er – aber doch sicher nicht von der gigantischen Leidenschaft besessen, die es brauchte, um einen Menschen zu töten.

»Linda!« rief er wieder.

»*Was?*« kam die Antwort wieder.

»Was machst du?«

»Nichts.«

Hatte er mit einer anderen Antwort gerechnet? Dachte er etwa, sie saß da drinnen und übersetzte *Das verlorene Paradies* ins Slowakische oder entdeckte eine Brieftasche voller Ausweispapiere, die der Mörder dort zurückgelassen hatte?

Pitt hatte über die Galerie Fabricant etwas herausgefunden und stand kurz davor, etwas zu unternehmen. Sein Tod mußte damit etwas zu tun haben. Zumindest ging Melrose von dieser Annahme aus. Es mußte mit diesen verdammten weißen Bildern von Rees zu tun haben.

»Linda!«

»*Waaaas?*«

»Ich finde, du solltest jetzt da rauskommen.« Er kramte in seinem Gedächtnis nach einem Grusel im Gewächshaus. »Vielleicht gibt's dort Schlangen. Und Spinnen.«

»Okay.«

Er sah auf die Tür. Glaubte er wirklich, sie würde auftauchen?

»Linda!« Er stand auf.

»Was?«

Himmel noch mal aber auch! Er ging zu dem zerfallenen Glashaus hinüber und trat durch die Tür, beziehungsweise deren Überreste. Da stand sie und betrachtete etwas in ihrer Hand, um das sie bei seinem Anblick blitzschnell eine Faust ballte.

»Was ist das?«

»Was?«

Er deutete mit einem Kopfnicken auf ihre geschlossene Hand.

»Nichts.«

»Stimmt nicht.«

»Ein *Geheimnis.* Müssen Sie eigentlich *alles* wissen?« Sie drehte sich um, nicht ohne ihn zuvor mit einem Blick angesehen zu haben, als sei er leicht bekloppt.

Nun, er würde sich hüten, sie auszuquetschen. »Wenn du etwas gefunden hast, das mit diesem Verbrechen in Zusammenhang steht, ist dir wohl klar, da du die Justiz behinderst und die Polizei dich dafür zur Rechenschaft zieht«, sagte er gereizt und muffig. »Ich warte draußen auf dich.«

Im Handumdrehen war sie zur Tür hinaus und stolzierte geradewegs an ihm vorbei. Als er stehenblieb, drehte sie sich um und sagte: »Na, nun *kommen* Sie schon«, als sei er der Justizbehinderer, dem die Polizei schon noch auf die Schliche kommen würde.

# 34

Als sie in ihrer Wohnung in Redcliffe Gardens an die Tür kam, sah Kate anders aus, jünger und, falls das überhaupt möglich war, verletzlicher. Auf jeden Fall war sie gelöster und vermutlich gottfroh, Chilten und dem Polizeirevier in Fulham den Rücken gekehrt zu haben. Wohl auch deshalb war die Farbe auf ihre Wangen zurückgekehrt, oder vielleicht lag es auch an dem Rosé der Seidenbluse, die sie trug.

Nachdem sie Jurys Mantel aufgehängt hatte, führte sie ihn ins Wohnzimmer, das von der Wärme des Kaminfeuers wohlig durchdrungen war. Der Raum war – sehr im englischen Stil – mit blumengemusterten Schonbezügen und Gardinen hübsch eingerichtet, eher klein, aber für eine Person durchaus großzügig. Es gab nur ein Schlafzimmer.

Sie bot ihm Kaffee an. »Mit einem Schuß Brandy, was halten Sie davon?«

»Sie können anscheinend Gedanken lesen.«

Sie blieb zögernd in der Tür stehen. »Das bezweifle ich.«

Während sie den Brandy holte, sah Jury sich im Zimmer um. Gerahmte Plakate in deutsch und französisch. Jury war nicht klar, ob sie gutem Geschmack oder ausgedehnten Reisen ihren Platz an der Wand verdankten. Keine Fotos, ein paar Regale mit Büchern. Eine umfangreiche Sammlung von CDs, von denen gerade eine aufgelegt war. Mozart, überlegte er und ermahnte sich zum hundertsten Mal, daß er eigentlich nicht raten, sondern es wissen sollte. Er ließ sich auf einem Sessel nieder und spürte, wie sich sein Rücken entspannte. Erst als er sich gesetzt hatte, merkte er, wie müde er gewesen war. An der Wand gegenüber sah er ein Gemälde, offenbar eine Waldszene, und stand auf, um es sich genauer zu betrachten. Es war eigentlich ein Haus, das aber nur teilweise zu sehen war. Der Rest war von der Waldung im Vordergrund und den dahinter aufragenden Bergen verdunkelt. Was für herrliche Wälder und Berge! Das Licht, das durch die Bäume schien, hätte auf die idealisierende Sicht des Malers hindeuten können, vielleicht aber auch nicht. *Blaen-y-glyn* stand am unteren Rand auf einem Messingschildchen.

»Wunderschön, nicht? Das Haus und das Grundstück – es sind hundert Morgen Land. Es ist ein Traum!«

Er hatte sie hinter sich nicht kommen hören. »Ist das der Besitz in den Black Mountains?« Auf ihr Nicken hin fragte er: »Warum hat der Onkel Ihres Mannes in seinem Testament die Bedingung gestellt, daß Sie bis Weihnachten einziehen?«

»Ich weiß nicht. Vielleicht wollte er das Anwesen nicht so lange unbewohnt lassen. Oder verhindern, daß es verkauft wird. Michaels Mutter war Amerikanerin, und ich glaube, er wollte, daß Michael nach Hause kommt. Wobei mit ›nach Hause‹ der Norden des Staates New York gemeint ist.«

»Wieso vermachte er Ihrem Mann dann den Besitz in Wales, wenn er wollte, daß Sie in den Staaten lebten?«

»Keine Ahnung. Er ist vor kurzem gestorben, der Gute. Am ersten Thanksgiving nach seinem Tod sollten wir in einer Anwaltskanzlei in den Inns of Court die Verträge unterzeichnen.«

»Das ist übermorgen.«

»Ja. Vielleicht sollte Michael dadurch an seine amerikanische Herkunft erinnert werden. Sein Onkel war wohl ein bißchen verschroben. Setzen wir uns doch.«

Auf einem schwarzen Lacktablett, auf das eine Schale Rosen gemalt war, hatte sie Kaffee, eine Bleikristallkaraffe und zwei Kognakschwenker hereingebracht. Er dankte ihr für die Tasse, die sie vor ihn hinstellte. Dann beugte er sich vor, das Glas in den Händen, und war schon vom üppigen Aroma des exzellenten Kognaks leicht benommen. Jury fiel wieder ein, daß sie es gewesen war, die ihn gebeten hatte herzukommen. »Warum wollten Sie mit mir sprechen, Kate?«

Zögernd befühlte sie die Karaffe. »Zunächst einmal: Wollen Sie mich immer noch unbedingt an jenem Abend gesehen haben?«

Jury antwortete nicht sofort. Nach einer Weile sagte er: »*Unbedingt* ist nicht der richtige Ausdruck. Das klingt so, als hätte ich gern, daß es wahr ist. Es ist aber umgekehrt: Ich will *nicht*, daß es stimmt; mir wäre tausendmal lieber, Sie wären meilenweit weg von dem verdammten Palace gewesen.«

Sie ließ den gläsernen Stöpsel auf die Karaffe zurückgleiten. Das klinkende Geräusch hallte im stillen Zimmer wider. Sie nahm ihm gegenüber auf dem Sofa Platz. »Sie hatten recht.«

Er war nicht versucht zu sagen, ich weiß. Statt dessen spürte er jene Kälte in der Magengrube, die einen überkommt, wenn man eine Diagnose bestätigt hört, als sei man sich nicht schon die ganze Zeit sicher gewesen und brauchte nur die Bestätigung. Wie auf der Suche nach einer frischen Wärmequelle hielt er seine Tasse in beiden Händen und wartete ab.

»Es gab noch einen« – sie blickte zu Jury hinüber – »noch einen Brief. Ich sollte zum Fulham Palace fahren. Mir wurde sogar gesagt, ich solle an der Haltestelle Fulham Broadway aussteigen und zu Fuß weitergehen und dann wieder in denselben Bus einsteigen oder einen anderen nehmen. Sobald ich zur Fulham Palace Road gelangte, sollte ich aussteigen und – na, der Rest ist ja klar. Ein kleiner Plan des Parkgeländes und des umfriedeten Gärtchens war aufgezeichnet. Ich habe nicht die leiseste Ahnung, weshalb dieser Ort ausgewählt wurde, genausowenig wie bei den anderen.«

»Und als Sie dort eintrafen?«

Sie legte den Kopf schräg und verzog den Mund zu einem unmerklichen Lächeln. »Sie sind wirklich durch nichts aus der Fassung zu bringen, Superintendent; es überrascht Sie anscheinend gar nicht.«

»Bitte nennen Sie mich doch Richard. Und nebenbei bemerkt bin ich sehr wohl aus der Fassung zu bringen – und überrascht bin ich auch. Obwohl ich durchaus schon damit gerechnet habe, es könnte sich um einen weiteren Versuch – aber sprechen Sie weiter.«

Als sie es sagte, war ihre Stimme so trocken, als sei sie selbst emotional völlig ausgelaugt. »Diese Frau lag einfach – da, in dem Zobelmantel. Mit dem Mantel hatten Sie übrigens ebenfalls recht. Ich trug einen – Nerz.« Sie schüttelte den Kopf, ungläubig und verwundert darüber, daß sie sich plötzlich am Schauplatz eines Verbrechens wiederfinden sollte. »Das war alles. Das war *absolut* alles.« Ihre prekäre Rolle in dieser ganzen Geschichte mußte ihr wie ein Schlag vor die Brust plötzlich schrecklich bewußt geworden sein, denn nun brach sie in Tränen aus und warf sich auf dem Sofa zurück.

»Kate.« Jury setzte sich zu ihr auf das Sofa, legte den Arm auf ihren ausgestreckten Arm und drückte seine Wange an ihr Haar. Es roch nach Lavendel. »Kate«, wiederholte er, die Worte von ihrem Haar gedämpft, und umschlang ihre Finger.

Sie drehte sich zu ihm her und legte den Kopf an seine Brust. Sie sagte: »Manchmal glaube ich, ich halte es nicht mehr aus, das Alleinsein.«

»Das Gefühl kenne ich.«

Sie rückte von ihm ab, und er ließ los. Sie stand auf und trank ihren Kognak aus. Dann begann sie im Zimmer umherzugehen und Kissen zurechtzurücken, die nicht zurechtgerückt zu werden brauchten.

Er lehnte sich zurück und beobachtete sie. »Er war also anders als die anderen, dieser Treffpunkt. Und die Nachricht? Haben Sie sie aufbewahrt?«

»Ja.« Sie ging zu einem Schreibtisch mit Knieausbuchtung hinüber und zog eine Schublade auf. Dann trat sie wieder ans Sofa, gab ihm das Blatt und setzte sich. »Sie ist kürzer als die anderen, abgefaßt in einem …« Sie sah unsicher umher, als hingen die Wörter in der Luft und sie brauchte sich nur das richtige zu holen. »Einem anderen Ton, könnte man vielleicht sagen.«

Es war die Hälfte einer weißen Papierseite, aber dicker als das übliche Schreibmaschinen- oder Druckerpapier, das Jury sonst kannte. Die Nachricht war kurz: *Ihr Treffpunkt ist Fulham Palace, im Kräutergarten.* Dann Uhrzeit, Datum und die Haltestellen, an denen sie ein- und aussteigen sollte.

Jury sagte: »In allen anderen wurde Sophie erwähnt.«

Sie nickte. Ihr Ellbogen lag auf ihrem Knie, ihr Mund war auf die zur Faust geballte Hand gepreßt.

Jury hielt das Blatt gegen das Licht. »Es ist nicht auf einem Computer geschrieben, sondern mit Schreibmaschine getippt.«

Sie drehte sich herum und las es noch einmal. »Das ist mir gar nicht aufgefallen. Wie dumm von mir. Ich wußte, etwas war anders. Die ganze Sache ist anders.«

Jury steckte den Zettel in einen Umschlag und sagte: »Es sieht so aus, als hätte man Sie in eine Falle gelockt, Kate.«

Sie sah ihn fassungslos an und rang nach Worten. »Aber – *warum,* Richard? Und woher hätte jemand über Sophie Bescheid wissen können – ich meine, über die anderen Treffpunkte in Brüssel und Petersburg?«

»Wem haben Sie davon erzählt?«

»Niemandem. Außer in Paris der Polizei natürlich.«

Jury sah sich das Stück Papier an, auf dem der Weg von den Steinpfeilern bis zum »knot garden« eingezeichnet war. »Der Plan ist durchgepaust.« Er kam ihm bekannt vor. Jury faltete ihn zusammen und steckte ihn ebenfalls in den Umschlag, den er in seiner Tasche verstaute. »Kate, Sie müssen es jemandem gesagt haben. Vielleicht haben Sie es vergessen, oder ohne es zu beabsichtigen –«

»Um Himmels willen, Richard, ich rede doch nicht leichtfertig daher, daß mein Kind entführt wurde!«

»Sie haben recht, tut mir leid … aber was ist mit dem schrecklichen Tag, an dem es passierte?«

Sie überlegte einen Augenblick. »Ja, natürlich, ich habe eine

Menge Leute gefragt, ob sie Sophie gesehen haben. Ich war ja vor Angst fast wahnsinnig.«

Jury fiel der Priester ein. »Was ist mit Charles Noailles?«

Sie wandte sich um und sah ihn verständnislos an. »Aber das war doch viel früher; ich meine, Michael hatte lange Zeit vor Sophies Entführung Kontakt zu diesem Mann. Und Sie sagten doch, er wußte nicht einmal, daß Michael eine Tochter hatte.«

»Seine Kirche war gleich in der Nähe der Rue Servandoni. Saint-Sulpice. Sie sagten doch, Sie konnten von Ihrer Wohnung aus den Kirchturm sehen. Das ist ein unglaublicher Zufall, finden Sie nicht? Dieser Mensch aus Ihrer Vergangenheit, der Ihren Mann sehr gut kannte, taucht plötzlich in einem der Büros in Fulham Palace auf. Ich traue solchen Zufällen nicht.« Sie sagte nichts, und er hielt ihr Schweigen für Kummer. »Es tut mir leid, Kate, es tut mir wirklich leid.«

Sie kam herüber, um sich wieder neben ihn zu setzen, und er zog sie an sich, zog ihren Kopf an seine Brust. »Wissen Sie, Scotland Yard verfügt über gewaltige Ressourcen. Wir holen sie zurück.« Jury glaubte es selbst nicht, doch die Lüge kam ihm so leicht über die Lippen. Lügen war immer der einfachere Weg, und er schämte sich ein wenig. Er rieb ihren Rücken und hätte ihr gern etwas Wahres und Tröstliches gesagt.

»Es gibt da etwas, worüber ich mir schon die ganze Woche Gedanken mache«, sagte sie, ohne ihre Position zu verändern oder ihn anzusehen. »Sie sind mir den ganzen Weg bis zum Palace gefolgt, aber dann haben Sie am Eingang haltgemacht. Warum nur? Warum sind Sie nicht in den Park hineingegangen?«

Er rief es sich wieder ins Gedächtnis, diesmal mit der Frage, was in dem Fall wohl geschehen wäre, welche Tragödie dann möglicherweise hätte verhindert – oder erst herbeigeführt – werden können. Wäre durch seine Anwesenheit alles anders gekommen? Von der Lage der Toten über Kate, wie sie am Tisch im Polizeirevier von Fulham gesessen hatte, bis zu dieser Vase mit Rosen, den

Zeitschriften in diesem Ständer, dem unter einem Lampenschirm aus Milchglas hervorquellenden Licht – wäre das alles dann anders gewesen? Über Kates Schulter hinweg sah er fast kalt und ungerührt im Zimmer umher, obwohl er innerlich völlig aufgewühlt war. Auch wunderte er sich, weshalb dieses Zimmer nicht einfach auseinanderflog: die Bilder und Plakate von den Wänden fielen, die Bücher von den Regalen flogen, die Lampen umkippten. Er fühlte sich gespalten und sah, wie sich allmählich wie ein schwacher Lichtschimmer eine Antwort auf ihre Frage abzeichnete: daß es, selbst wenn er hineingegangen wäre, so gewesen wäre, als sei er nicht hineingegangen, daß er keine Fußspuren oder Fingerabdrücke hinterlassen hätte zum Beweis, dort gewesen zu sein. Als er schließlich antwortete, glaubte er, sie hätte die Frage bereits vergessen.

*Weil ich nicht dazu aufgefordert wurde.* Doch das klang so seltsam, daß er es nicht aussprach. Er begnügte sich damit: »Schicksal, vermute ich mal. Es stand eben nicht in den Sternen.«

Das schrecklich Paradoxe: etwas, das er ablehnte, lehnte ihn ab.

## 35

»Ist sich Ihre Pathologin absolut sicher, daß die Wunde von der austretenden Kugel stammte?« fragte Melrose. Sie saßen gerade im Klubraum und tranken ihren Morgenkaffee.

»Dr. Nancy? Nein. So einfach, wie man denkt, läßt sich nicht sagen, ob jemand von hinten oder von vorn erschossen wurde. Aber anhand der Position der Leiche im Lavendel und des Bluts und des Schußbilds wurde Nancy Pastis aus nächster Nähe in die Brust geschossen.«

Melrose betrachtete eine Weile versunken den Hirsch über

dem Kaminsims und grübelte über blutrünstige Sportarten nach. »Aber Sie sagten doch, Sie glauben, daß Linda die Leiche *tatsächlich* in der Eberraute gesehen hat, was ist denn damit?«

»Sie wissen, was damit ist. Der Mörder hat die Leiche von dort weggeschafft.«

»Ja, ja.« Melrose war irritiert, weil Jury seine Gedanken nicht lesen konnte. »Aber warum?«

»Ich nehme an, weil er sie verstecken wollte. Aber Sie wollen doch auf etwas Bestimmtes hinaus. Nur zu, schießen Sie los. Wollen Sie noch Kaffee?«

»Meinetwegen.«

»Tun Sie sich wegen mir keinen Zwang an.« Jury machte dem Kellner ein Zeichen.

»Es ist eigentlich keine Theorie, es ist gar nichts Großartiges. Ich frage mich nur, ob die Leiche vielleicht woanders hingeschafft wurde, um den Eindruck zu erwecken, die Kugel sei aus einer anderen Richtung gekommen. Zum Beispiel aus dem Palace selbst.« Melrose war zufrieden mit sich. Es hörte sich recht gut an.

»Ach, Sie haben wohl den Priester im Verdacht, diesen Noailles?«

Melrose runzelte die Stirn. »Na ja, sagten Sie nicht, daß Kate McBride ihn kannte?«

»Stimmt. Aber ich bin mir nicht sicher, worauf Sie hinauswollen. Kannte Nancy Pastis ihn? Er behauptet jedenfalls, er kannte Michael McBride, aber seine Frau nur sehr flüchtig.«

»Es muß aber irgendeine Verbindung zu der Pastis geben. Daß beide Frauen dort auftauchen, an diesem doch recht ungewöhnlichen Ort, Fulham Palace bei Nacht – Sie müssen doch zugeben, unter Aufbietung aller Phantasie ...«

»Sie glauben, es hat etwas mit Noailles zu tun.«

»Bisher wußte ich nicht, daß die Pastis aus nächster Nähe erschossen wurde. Ich dachte, sie wäre vielleicht aus einiger Entfernung erschossen worden, vielleicht aus dem Palace.«

»Das ging mir auch durch den Kopf, als ich bei Noailles war. Von seinem Fenster aus ist der Kräutergarten aber nicht zu sehen. Selbst wenn man annimmt, daß er ein Gewehr mit Nachtsichtgerät hatte.« Jury lächelte. »Sorry.«

Melrose seufzte. »Da habe ich nun hin und her überlegt …«

»Das ist doch gute Übung.«

»Aha, soso. Und wenn ich gut genug bin, geben Sie mir einen Sheriffstern und einen geladenen Revolver?«

»Vielleicht.«

»Aber kommen wir zu einem anderen Punkt. Der Schaffner des Busses auf der Fulham Road und noch ein paar andere Leute haben die Tote irrtümlicherweise als die Frau identifiziert, die sie im Bus gesehen hatten. Wenn die Frau im Bus tatsächlich diese Pastis war –«

»War sie aber nicht. Es war Kate McBride.«

»Sind Sie sich da immer noch so sicher?«

»Vergessen Sie nicht, ich habe sie an dem Abend mit eigenen Augen gesehen. Und zwar über einen längeren Zeitraum hinweg.« Jury zuckte die Achseln, wie um das Folgende lässig abzutun. »Außerdem hat sie es mir gesagt.«

»Gesagt? Wann? Warum?« Melrose schmiß seine Serviette wie einen Fehdehandschuh, mit dem er Jury zum Duell herausforderte, zu Boden. »Mich laust der Affe. Nachdem sie es die ganze Zeit abgestritten hat … Wieso hat sie es denn nicht schon vorher zugegeben?«

»Weil damit nun klar ist, daß sie am Tatort war, und das bringt sie in eine heikle Lage.« Jury löffelte Zucker in seine Tasse und war froh, daß Wiggins nicht dabei war, um ihn wegen seiner Zähne zu ermahnen. »Wir haben sonst niemanden ausfindig gemacht, der dort war. Verstehen Sie nicht? Es sieht nicht gut für sie aus!«

»Aber natürlich verstehe ich. Ich sehe schon, dieser Fall droht meiner Wenigkeit zusehends zu entgleiten. Und warum hat sie es Ihnen eigentlich gesagt?«

Jury lächelte. »Um ihr Gewissen zu erleichtern, oder so was in der Richtung.«

»So was in der Richtung, in der Tat!« Melrose nahm einen von den Keksen, die zum Kaffee serviert worden waren, und betrachtete ihn so eingehend, als sei in Runenschrift eine Botschaft eingraviert. Dann meinte er: »Sie sagten, *Ich habe sie gesehen*, was so viel heißt wie, Sie haben überhaupt nie daran gezweifelt, daß sie dort war. Sie wußten die ganze Zeit, daß sie es war. Stimmt's?«

»Kann schon sein.«

Melrose legte den Keks wieder hin, nachdem er alles Wissenswerte darüber erfahren hatte. »Sie wußte, daß Sie es wußten und von diesem Wissen nicht abrücken würden.« Der Blick, den er Jury zuwarf, war vielsagend. »*Deshalb* hat sie es zugegeben, alter Knabe, alter Super.« Zumindest diesen Punkt konnte Melrose für sich beanspruchen.

Jury wollte ihn ihm aber nicht gönnen. »Was für einen Unterschied macht das schon?«

»Was für einen Unterschied? Der Unterschied ist, ob Sie an der Nase herumgeführt werden oder nicht.«

»Ich finde, Kates Argumentation ergibt durchaus einen Sinn. Immerhin steht sie jetzt unter Verdacht. Und die Rolle spielt wohl keiner gern.«

»Ihr *sie steht unter Verdacht* klingt nicht besonders überzeugt. Und überhaupt, was in drei Teufels Namen hatte sie eigentlich bei Nacht in Fulham Palace verloren? Wollte sie den Priester besuchen? Den Burschen, den sie angeblich nicht besonders gut kennt?«

Jury schüttelte den Kopf. »Um jemanden zu treffen. Jemanden, der dann aber gar nicht aufgetaucht ist.« Er berichtete Melrose von der Nachricht.

»Soll das heißen, wieder so ein abgeblasenes Treffen?« Auf Jurys Nicken hin fragte Melrose: »Aber wieso hat sie das nicht schon vorher der Polizei oder Ihnen gesagt?«

»Sie dachte, wir würden ihr nicht glauben.«

Melrose fuhr sich mit der Hand über die Stirn. »Gute Götter, das Schlamassel scheint ja eher größer als kleiner zu werden. Jetzt sind wir praktisch wieder da, wo wir angefangen haben – bei dem Mordopfer: Nancy Pastis.«

»Nicht ganz. Ihre Wohnung ist in Shepherd Market – in Mayfair – teure Lage, die Wände voller teurer Gemälde.«

»Ah-ha. Dann wohnte sie also nicht weit von der Galerie Fabricant und hat dort vielleicht sogar was gekauft?«

»Hat sie.«

»*Hat* sie? Und die haben sie nicht fürstlich bewirtet – wie mich?«

»Nein. Nicht jeder wird so behandelt wie Sie.«

»Ich habe eben diesen gewissen unwiderstehlichen Charme.«

»Ach, doch nicht deswegen. Sie haben eins von Rees' Bildern gekauft. Die sind sicher ganz schön schwer loszuschlagen. Ganz zu schweigen von den beiden von Bea. Sie haben denen doch auf einen Satz drei Bilder abgekauft.« Jury nippte an dem starken Kaffee. »Die kannten Nancy Pastis. Nach einer Weile hat sich Nicholas an sie erinnert. Ehrlich gesagt, ich kann mir nicht vorstellen, wie man jemanden vergessen kann, der da kauft – mein lieber Schwan, bei den Preisen. Für mich wäre das ein ganzes Monatssalär.«

»Die einzige und sehr dürftige Verbindung zwischen Ihrer Kate McBride und den Fabricants und Nancy Pastis *und* Mona Dresser ist ein Zobelmantel, der immer wieder herumgereicht wird… Moment mal! Der Mantel! Was ist denn mit *dem?* Wenn Ms. McBride ihn anhatte, wie zum Teufel ist er dann zu Ms. Pastis gekommen?«

»Ist er gar nicht.«

»Ist er nicht? *Ist* er nicht?«

Jury schüttelte den Kopf. »Es gab – es gibt – zwei Mäntel.«

Melrose stieß sich auf seinem Barhocker von der Theke ab, als sei diese plötzliche Ansammlung unmöglicher Zufälle nicht mehr auszuhalten. Er hielt die Hände empor, die Handflächen nach außen gekehrt, als wolle er alles von sich weisen. »O nein, o nein. Beide Frauen trugen russischen Zobel? O, bitte nicht.«

»Trugen sie nicht. Kate McBrides Mantel ist ein Nerz. Jemand, der sich mit Pelz auskennt, hätte im Dunkeln vielleicht den Unterschied feststellen können. Ich könnte ihn nicht mal bei Licht erkennen. Meine Erfahrung mit Pelzen beschränkt sich auf das, was diese Tierschutzprotestler auf ihre Plakate malen. Oder wie sich meine Zunge nach einer Nacht im Angel anfühlt.«

»Dann hatte die Pastis also Mona Dressers Mantel an?«

»Ja. Hat ihn vermutlich in dem Second-hand-Laden gekauft.«

»Und was ist passiert, nachdem Kate McBride am Fulham Palace ankam? Wer war ihre Kontaktperson?«

»Niemand. Sie fand bloß eine Leiche, die ihr eine Heidenangst einjagte. Nicht nur, weil die Frau tot war, sondern weil sie wie Kate selbst aussah und einen Pelzmantel trug.«

Melrose sah finster drein. »Könnte es sich dann vielleicht um einen Fall von Verwechslung handeln?«

»Ja. Ich glaube allerdings, jemand will ihr diesen Mord in die Schuhe schieben.«

Melrose nahm seinen Kaffee und hielt ihn so in der Hand, daß es aussah, als wolle er jemandem zuprosten. Nach einer kleinen Pause sagte er: »Da haben wir jetzt alle diese Leute – den Fabricant-Clan, Ralph, den verstorbenen Simeon Pitt, Mona Dresser, Kate McBride und Nancy Pastis – und keinen Deut haben sie gemeinsam. Der Pelzmantel ist das Verbindungsglied zwischen Nancy Pastis und Mona Dresser und Olivia Inge. Aber nicht zu den Fabricants. Die Brüder wiederum kennen Nancy Pastis aufgrund des Gemäldes, das sie ihnen abgekauft hat, sie haben aber nichts mit Kate McBride zu tun. Und Simeon Pitt hatte als Kunstkritiker ausschließlich Kontakt zur Galerie Fabricant, vielleicht auch zu Ralph, obwohl Pitt schon in Rente war, als Ralph die

Kunstszene betrat – sonst hätte es eine Besprechung gegeben, die ich mir nicht hätte entgehen lassen wollen!« Melrose verstummte plötzlich tief betrübt und trank schweigend seinen Kaffee.

»Sie hatten ihn wirklich gern, nicht?«

Melrose räusperte sich. »Ja.« Er sah Jury offen an. »Wenn ich an Pitt denke, empfinde ich Trauer und Wut zugleich. Es macht mich einfach wütend, daß ein Mensch nicht in Ruhe und Frieden in seinem Klubsessel sitzen kann und dort in Sicherheit ist. Ich werde rasend, wenn ich dran denke: Da kann so ein Killer einfach daherkommen und einem ein Messer reinjagen. Ihm.«

»Ich weiß. Es tut mir leid.«

Nach einer weiteren Pause fragte Melrose: »Könnte ich mir die Wohnung der Pastis mal ansehen?«

»Ich wüßte nicht, was dagegen spräche. Suchen Sie was Bestimmtes?«

»Nein. Ich will einfach nur sehen, ob mir etwas auffällt, was alle diese Leute miteinander verbindet. Im Moment sehe ich nämlich nichts dergleichen.« Er stellte seine Tasse ab.

»Doch, etwas gibt es.« Jury sah zu dem Sessel hinüber, in dem zuvor Simeon Pitt gesessen hatte.

»Was?«

»Sankt Petersburg.«

## 36

Die Polizei hatte das gelbe Tatortband entfernt, und bei Boring's lief das Leben weiter wie gewohnt – falls man bei Oberst Neame und Major Champs und den beiden alten Herren, die Melrose sich nicht erinnern konnte, schon einmal im Klub gesehen zu haben, und die über ihren Büchern und Zeitungen dahindösten, überhaupt von »Leben« sprechen konnte. Von Neame und Champs waren die üblichen unbeholfen formulierten Beileidsbezeigungen gekommen, die sich anhörten, als handele es sich bei Melrose um den Letzten der Familie Pitt. Es war vielleicht etwas makaber, hier gegenüber von Pitts leerem Sessel zu sitzen, neben dem, den Jury gerade freigemacht hatte, doch Melrose saß trotzdem da.

*Keine einzige Menschenseele,* hatte Simeon Pitt gemeint, als es um private Freundschaften in seinem Leben gegangen war. Er hatte es in triumphierendem Ton gesagt, als sei es das Erstrebenswerteste, unbelastet von Familie und sogar Freunden durchs Leben zu wandeln. Ja, Simeon Pitt war der selbstgenügsamste Mensch gewesen, dem Melrose je begegnet war.

Sankt Petersburg. Dort waren sie alle gewesen.

Die Eremitage.

Pitt hatte die Meldung über das gestohlene Gemälde vorgelesen. Welches war es? Wie hieß es noch gleich? Melrose suchte auf dem Tisch zwischen den beiden Klubsesseln nach der Zeitung, aus der Pitt zitiert hatte. Sie war weggeräumt worden; in einem Herrenklub, zu dessen obersten Prioritäten die Tageszeitung gehörte, war die Zeitung von gestern ein Anachronismus. Melrose sah sich suchend nach einem Kellner um. Er machte dem jungen Higgins ein Zeichen, der von der Persona des Geschichtenerzählers, die der Mord in ihm zum Vorschein gebracht hatte, wieder zu seinem wahren, sich im Schneckentempo fortbewegenden Selbst regrediert war. Higgins kam schließlich, und Melrose erkundigte sich, ob die gestrigen Ausgaben von *Times* und *Telegraph* vielleicht noch irgendwo herumlagen, und bat ihn außerdem, ihm einen Kaffee zu bringen.

Higgins fand den gestrigen *Telegraph,* wirkte aber etwas konsterniert darüber, daß er die *Times* nicht auftreiben konnte. Er ging den Kaffee holen.

Melrose sah die Zeitung aufmerksam durch. Hier war der Artikel über Oake Holyoake, dem Schauplatz des Mordes an irgendeinem Idioten mit Smoking und BMW, der in der Dorfkirche Station gemacht hatte (aus für Melrose absolut unerfindlichen Gründen) und dafür erschossen worden war. Dem Vikar hatte viel mehr daran gelegen, sich über seine Ecksteine und Bodenfliesen auszulassen, als über einen, der im Altarraum tot umgefallen war. Die Dorfbewohner interessierten sich mehr für Touristenwerbung als für Mord.

Melrose blätterte zum Kunstteil weiter. Da war sie, die Meldung, die ihm Simeon Pitt vorgelesen hatte: über das aus der Eremitage gestohlene Bild, das so geschickt und rasch aus dem Rahmen geschnitten worden war, daß niemand auf den Gedanken gekommen wäre, es habe je in dem Rahmen gesteckt. *Flügellose, Flügellose Engel*, hieß es. Der einzige Chagall des Museums.

Sankt Petersburg. Wie viele Inkarnationen hatte es schon durchlebt? Erst Sankt Petersburg, dann Petrograd, dann fast ein Dreivierteljahrhundert im festen Griff Lenins.

Pitts Freund – Jay. Hatte er eigentlich am Ende mit ihm gesprochen? Diesen Menschen ausfindig zu machen, wäre bestimmt unmöglich. Vielleicht konnte Jury dem Klub die Spürhunde von British Telecom auf die Fersen heften und die Telefonate überprüfen lassen, die von Boring's aus gemacht wurden, oder selbst alle Leute aufstöbern, die Pitt gekannt hatte, doch erschien ihm diese Aufgabe gewaltig.

Der junge Higgins, der unbemerkt hinter ihn getreten war, ließ ihn aufschrecken.

»Sind Sie mit der von gestern fertig, Sir? Bereit für die von heute?«

Weder, noch, wollte Melrose sagen, den Blick auf den Sessel seines toten Freundes geheftet. Doch dann bat er Higgins, ihm ein Telefon zu bringen. Er hatte das Bedürfnis, mit Bea Slocum zu sprechen, was ihn überraschte, da er selten das Bedürfnis verspürte, anderen seine Gedanken mitzuteilen.

Vielleicht sollte er darüber einmal nachdenken, wenn er Zeit hatte, darüber nachzudenken.

In ihrer Wohnung ließ er es zehn-, zwölfmal klingeln, bevor er wieder auflegte. Bea hatte keinen Anrufbeantworter. Braves Mädchen. Längst begraben waren die Bilder von schwarzen Telefonapparaten in leeren Häusern, die hoffnungsvoll läuteten und nicht abgehoben wurden. Ach, heute war ja alles sooo bequem! Schrecklich bequem, und einher mit der Bequemlichkeit ging – wie so oft – die Leere. Keine gespannte Vorfreude mehr, kein Träumen vom Moment, wenn es stattfinden sollte, kein im Korridor widerhallendes Telefongeklingel. Melrose seufzte. Vielleicht war es Melancholie, zumindest aber ein Wunschtraum – und für Wunschträume war in der heutigen Welt wohl kein Platz mehr.

Melrose rief im Spielzeugmuseum an und erfuhr, daß Bea gerade weggegangen war. »Sie sagte, sie geht zu einem Kirchenbasar, da, wo ihre Freunde wohnen. Im Osten von London, sagte sie, glaub' ich.«

Melrose bedankte sich bei der Frau und legte auf. Es war bestimmt die Kirche, von der White Ellie gesprochen hatte, wo Ashley und sein Freund ihre Waren verscherbelten. Oder die Waren von wer weiß wem.

Er würde sie vielleicht später suchen. Im Moment hatte er vor, sich nach Shepherd Market aufzumachen. Er hievte sich aus dem Sessel und teilte dem jungen Higgins mit, er sei zum Mittagessen nicht da.

Gleich nachdem er Ron Chilten darüber informiert hatte, in welchem Zusammenhang es aufgetaucht war, hatte Jury das Blatt mit der Botschaft an Kate McBride ins Fulhamer Revier geschickt. Es bestand kaum eine Chance, die Herkunft des Papiers zurückverfolgen zu können. Chilten meinte, er würde Kate noch einmal holen lassen. Jury hatte sich nach dem Zweck der Übung erkundigt, nachdem sie ihnen ja bereits gesagt hatte, was sie gesehen hatte.

»Weil sie Ihnen gerade gesteckt hat, daß sie am Tatort war, Mann.«

»Ihrer Meinung nach ist das ja nichts Neues.«

»Sie meinen, *Ihrer* Meinung nach, Jury.«

»Hinterher sind wir immer alle schlauer, Ron. Sie haben sie trotzdem so behandelt, als wäre sie dort gewesen.«

Beim ersten Mal hatte sie ihnen nichts in die Hand gegeben. Chilten hatte sie in der Annahme vernommen, sie sei an jenem fatalen Samstag abend in Fulham Palace gewesen. Sie hatten vermutet, daß sie dort gewesen war, und folglich stand sie unter Verdacht – sie war die einzige Verdächtige, die sie hatten.

Jury saß an seinem Schreibtisch und blätterte ruhelos die Seiten um, tief in Gedanken an Kate McBrides Vergangenheit versunken. Er grübelte vor sich hin. Was ihn an der Sache störte, war nicht das Eingeständnis, zu dem sie sich schließlich durchgerungen hatte (denn er brauchte es nicht noch gesagt zu bekommen), sondern die Hölle, die sie hatte durchmachen müssen und immer noch durchmachen mußte. Er hatte diesbezüglich noch vor dem Telefonat mit Chilten bei der Polizei in Paris angerufen, sich erkundigt und – nachdem er eine halbe Stunde lang überallhin durchgestellt worden war – schließlich erfahren, daß ein Feuer alle Akten vernichtet hatte, wie Kate gesagt hatte. Der Fall war an einem absolut toten Punkt angelangt, und die Pariser Kollegen hörten sich an, als machten sie sich nicht gerade viel Hoffnung auf einen erfolgreichen Abschluß. Und besonders viel Begeisterung zeigten sie auch nicht.

Jury konnte sich an keinen Fall erinnern, der an so vielen Punkten in eine Sackgasse geraten war; es war wie der Weg durch ein Labyrinth, bei dem man von einem Gang in den nächsten geschickt wird und sich am Ende doch vor einer grünen Hecke wiederfindet.

Das Rascheln der Seiten des *Daily Mirror* begleitete Jurys Gedanken – wie gefallenes Herbstlaub, das über das Kopfsteinpflaster eines Pariser Sträßchens schlittert. Es ließ ihn nicht los: Der Grund für seine gegenwärtige düstere Stimmung war nicht diese beunruhigende Geschichte mit Kate. Wirklich beunruhigend fand er den Gedanken, was er am Ende getan hätte, wenn er in Kates Haut stecken würde und die kleine Sophie *seine* Tochter wäre. Er hätte für sie getötet.

Und das war am Ende die glatte, grüne Hecke, vor die er sich unausweichlich gestellt sah.

## 37

Er wußte weder, was er vorzufinden erwartete, noch wonach er eigentlich Ausschau hielt. Allerdings war sich Melrose sicher, noch nie so viele exotische Gegenstände auf so kleinem Raum versammelt gesehen zu haben. Er nahm ein chinesisches Pferdchen aus Jade von einem Couchtisch, der in der Mitte mit Türkissteinen und Gagat eingelegt war.

Die Gegenstände zeugten nicht nur von Geld, sondern auch von Reisetätigkeit. Melrose bezweifelte, daß sich der Kriegerspeer oder die *makishi*-Maske bei Harrods auftreiben ließen. Beide hingen an der Wand rechts neben dem Kamin. Wenn sie in einem Land wie Sambia gewesen war (woher die Maske vermutlich stammte), dann war sie weit gereist.

Melrose begann, sich noch andere Kunstgegenstände mit Blick auf ihren Ursprung anzusehen. Dem Teppich unter seinen Füßen konnte er eine bestimmte Herkunft zuordnen, den hätte sie auch bei Harrods erstehen können, allerdings für eine gehörige Stange Geld. In der Glasvitrine an der Wand befand sich eine Sammlung von Porzellan- und Jadefigürchen, mit deren Gegenwert ihre Besitzerin, wie es aussah, noch viele Jahre bequem über die Runden gekommen wäre. Auf der anderen Seite des Kamins hing ein russisches Ikonentriptychon, auf dem mehrere Heilige grimmig unter ihren verzierten Heiligenscheinen hervorsahen.

Überall standen und hingen Fotografien herum, aber nicht von Menschen, sondern von Orten. Hier ein paar Schnappschüsse von einer tropischen Szenerie, deren schwarzer Sand auf Tahiti hindeutete. Andere zeigten Gruppen von Eingeborenen, drei davon mit kunstvollen Masken angetan, wahrscheinlich Polynesier. Auf einem anderen war ein breiter Fluß mit zwei Gestalten zu sehen, die sich als schwarze Silhouetten gegen die Sonne abhoben, die eine breite Bahn ins Wasser schnitt und die Oberfläche aussehen ließ, als würde sie qualmen. Melrose konnte das zischende Geräusch der Ruder fast hören, die Wellenbrecher und den Wind, der durch die Palmwedel strich.

Melrose setzte sich, immer noch im Mantel, auf das Sofa und fuhr mit der Hand über das geschmeidige Leder. Es wirkte alt, war aber vermutlich nur abgenutzt. Trotzdem fühlte es sich fließend weich an wie Samt.

Er stand auf, um sich die Wand mit den Bildern anzusehen. Jury hatte recht: Um so viele über die ganze Wand verteilt zu hängen, mußte sie Kunstliebhaberin gewesen sein. Sein Blick schweifte über eine Reihe von Gemälden verschiedener Perioden und Stilrichtungen und verharrte an der prächtigen Darstellung einer tief verschneiten Stadt. Rußland oder vielleicht die Tschechoslowakei. Zwiebeltürme schwebten wie Perlen schimmernd über den schneebeladenen Gebäuden. In dem dunklen Holzrahmen und dem noch dunkleren Passepartout schienen Eis und Schnee auf ihn zuzuströmen, so daß er fast ein Frösteln verspürte. Er las die Inschrift am unteren Rand: *Newski-Prospekt.* Sankt Petersburg.

Jury hatte recht – es war anscheinend überall.

Der kräftige Duft von Vetiveröl drang ihm in die Nase. Es roch ein wenig wie Asche; es wäre schwer begreiflich zu machen, daß der Geruch von Asche so verführerisch wirken konnte.

»Ach, hallo.«

Er fuhr erschrocken zusammen, als er hinter sich an der offenen Tür eine Stimme hörte. Die Frau, die dort stand, hielt eine volle Einkaufstüte im Arm, die offensichtlich viel zu schwer für sie war. Sie war eine von diesen älteren Damen, bei deren Anblick er immer an Valentinskarten denken mußte, an die alten, die man in Antiquitätenläden noch finden kann: auf Häkeldeckchen aufgeklebte, mit Spitzen besetzte, goldumrahmte, ausgebleichte Herzen.

Melrose kam sofort an die Tür, um ihr die schwere Einkaufslast abzunehmen. »Kommen Sie, ich helfe Ihnen.«

»Ach. Na gut, vielen Dank. Ich wohne gleich hier nebenan.« Sie sah sich suchend im Korridor um. »Wo steckt denn Wachtmeister Beane?«

»Keine Ahnung. Ich habe nur da draußen den Polizisten gesehen.«

Sie schmunzelte, und Melrose hoffte nur, sein Hilfsangebot habe sich nicht etwa gönnerhaft angehört. Immerhin hatte sie ihre Tüte bis hierher getragen. Doch schien sie auch erfreut, also gab es auf der Welt vielleicht doch noch ein Plätzchen für Ritterlichkeit.

Er folgte ihr in ihre Wohnung und brachte die Tüte in die Küche, wo sie ihn fragte, ob er gern zum Tee dableiben würde.

»Ein Täßchen Tee wäre wunderbar«, antwortete er und hatte plötzlich Durst.

Er sei gleich fertig, versicherte sie und bat ihn, es sich gemütlich zu machen. In ihrer Wohnung schien diese Anweisung angebracht, denn hier konnte man es sich tatsächlich richtig gemütlich machen. Diese Wohnung stand im krassen Gegensatz zu der von Nancy Pastis. Einrichtung und Ausstattung waren zwar keineswegs luxuriös, aber durchaus auch nicht ärmlich. Sofa und bequeme Sessel mit Schonbezügen, Eckschränkchen, die kein chinesisches Porzellan, sondern Reiseandenken enthielten – *Souvenir aus Brighton* stand in geschwungener Schrift auf einer Untertasse, emaillierte Döschen schworen Liebe und ewige Freundschaft, ein paar alte Jahrmarktsgewinne – das alles war so ausgesprochen »englisch«, daß Melrose vor Sentimentalität beinahe triefte.

Er setzte sich. Er wußte schon, wie das Teetablett aussehen würde, und verspürte ein irgendwie tröstliches Gefühl. Eine geblümte Teekanne mit passenden Tassen und Untertassen, ein Teller mit Keksen und einer mit Kümmelkuchen. (Den Kuchen hatte er nämlich oben aus der Tüte herauslugen sehen.) Nancy Pastis hätte, falls sie jemanden zum Tee eingeladen hätte, wahrscheinlich Samowar und Gläser in metallenen Haltern benutzt.

Das Teetablett erschien, groß, silbern, und er stellte erfreut fest, daß er die einzelnen Artikel haargenau erraten hatte. Er stand wieder auf, um ihr zu helfen, stellte das Tablett auf dem ovalen Tisch ab und sagte: »Das ist ja schrecklich nett von Ihnen. Ich wäre schon beinahe verschmachtet.«

Sie steckte sich eine Haarsträhne in den Nackendutt zurück. »Hoffentlich ist der Kuchen in Ordnung. Ich war noch nie in dieser speziellen Konditorei und dachte mir, ich probiere sie einfach mal aus.« Sie schenkte Tee ein. »Möchten Sie etwas Toast? Darauf kann man sich wenigstens verlassen.« Sie schnitt den Kuchen in Scheiben.

»Nein. Das ist wunderbar.«

Sie lehnte sich schwungvoll vom Tablett zurück. »Ich habe ganz vergessen, mich vorzustellen. Ich heiße Vera Landseer. Sind Sie auch Polizist?«

Er lachte. »Du liebe Güte, nein. Melrose Plant, Freund eines Polizisten. Er war schon hier.«

»Ach, dieser nette, gutaussende Mensch? Superintendent, nicht wahr? Drury oder –«

»Jury. Sie haben ein gutes Gedächtnis. Er sagt, die Leute degradieren ihn immer zum Inspektor.«

»Ich nicht.«

»Da haben Sie aber Eindruck gemacht. Ja, er hat mir von Ihnen erzählt.«

Darüber schien sie hoch erfreut. »Wenn ich nur noch mehr helfen könnte bei dieser scheußlichen Geschichte. Obwohl ich gleich nebenan wohne, habe ich Nancy selten gesehen. Ein- oder zweimal hat sie mich zum Tee eingeladen …«

Fast hätte Melrose gefragt, ob Miss Pastis dafür den russischen Samowar benutzt hatte.

»… und einmal hatte ich sie auch hier bei mir. Es ist nur so, sie war selten da. Sie war viel auf Reisen. In alle möglichen exotischen Gegenden! Gegenden, von denen die meisten Menschen nur träumen können. Seltsam fand ich allerdings, daß sie immer allein fuhr. Ich hatte den Eindruck, sie war *immer* allein. Das ist doch recht tapfer und ungewöhnlich, finden Sie nicht? Frauen unternehmen doch eigentlich nicht gern etwas allein, oder? Wie oft sieht man eine Frau schon allein im Theater oder im Restaurant? Ach, ich glaube, ich werfe hier die Frauenrechte – oder wie das heißt – um Jahrzehnte zurück.«

Melrose kaute seinen Keks und überlegte; er ging nicht oft aus, außer in den Jack and Hammer oder manchmal mit Jury irgendwohin, wo dieser seine Anwesenheit für hilfreich hielt. Er hatte selten Gelegenheit, allein in einem Restaurant zu speisen, und nie die Gelegenheit, allein ins Theater zu gehen, da es im Umkreis von Long Piddleton keines gab. Dies sagte er nun aber nicht, weil er dachte, Vera Landseer könnte ihn für einen Langweiler halten. »Nein, Sie haben ganz recht. Ich sehe Frauen eigentlich kaum einmal allein etwas unternehmen. Miss Pastis hatte nicht sehr oft Besuch, nehme ich an.«

Vera schüttelte den Kopf. »Ich habe jedenfalls nichts davon gemerkt. Es kommt mir seltsam vor, so über sie zu sprechen … ich meine, nachdem sie ja tot ist.« Ein kurzer Schauer durchfuhr sie.

Melrose runzelte die Stirn. Ihm fiel wieder ein, daß die Polizei weder Angehörige noch Freunde von Nancy Pastis hatte ausfindig machen können, geschweige denn Liebhaber. Vera Landseer war womöglich der einzige Mensch, der sie auf einer auch nur annähernd privaten Ebene gekannt hatte. Zumindest hatte sie mit der Pastis ab und zu Tee getrunken. Er fand es merkwürdig, daß die Tote keinerlei Bekannte gehabt hatte. So sehr man sich auch abschotten mochte, war es doch unwahrscheinlich, durchs Leben zu wandeln, ohne eine Spur zu hinterlassen oder eine Reihe von Verwandten und Freunden. Das ging doch eigentlich gar nicht. Sogar der selbstgenügsame Simeon Pitt hatte eine Verwandte, an der er sehr hing, und zahlreiche Bekannte, auch wenn er deren Gesellschaft selten suchte.

»Stimmt etwas nicht, Mr. Plant?«

»Was?« Melrose war in Gedanken verloren gewesen. »Nein. Nein, ich dachte nur gerade über etwas nach.«

»Intensiv anscheinend. Darf ich fragen, worüber?«

»Ja. Darüber, daß Nancy Pastis keine Bekannten hatte. Wie Sie schon sagten, hat sie alles allein unternommen, und doch war sie offensichtlich keine Einsiedlerin, bei all den Reisen, die sie gemacht hat. Sie haben sich doch mit ihr unterhalten, wenn auch nur oberflächlich.« Melrose stellte seine Teetasse ab und nahm seinen Teller mit dem Kümmelkuchen. »Haben Sie sich eine Meinung über sie gebildet?«

Vera sah an ihm vorbei aus dem Fenster in das schwächer werdende Licht. »Das tut man doch über jeden Menschen – unwillkürlich. Aber über sie – ich kann nur sagen, sie war sehr reserviert. Unnahbar. Ich meine, man will sich ja nicht aufdrängen oder neugierig sein, also spürt man – wie Sie, wie der sympathische Superintendent von Scotland Yard –, man spürt, ob man willkommen ist oder nicht. Verstehen Sie mich recht, ich rede nicht von der übertriebenen Vertraulichkeit, die heute allenthalben vorherrscht. Die neue Sprechstundenhilfe bei meiner Ärztin nannte mich letzthin Vera, wo selbst die Ärztin noch Mrs. Landseer zu mir sagt. Na ja, wenigstens hat sich bei uns noch nicht diese plump vertrauliche amerikanische Sitte eingebürgert, überall ein ›Schönen Tag noch‹ dranzuhängen. So etwas meine ich aber gar nicht. Mit Willkommensein meine ich Zugänglichkeit. Ach, ich drücke mich so unklar aus. Verstehen Sie, was ich meine?«

Melrose nickte.

»Oberflächlich betrachtet, fand ich sie freundlich, aber kühl. Kalt.«

»Was glauben Sie, war sie menschenscheu?«

Vera Landseers versonnener Blick schweifte wieder zum Fenster und zu dem trüben Himmel dahinter. »Das, oder –« Sie zuckte die Achseln, als könnte sie es nicht recht erklären. »Es war, als hätte ihr eine bestimmte Fähigkeit gefehlt. Wenn wir miteinander redeten, hatte ich so einen seltsamen Eindruck, sie tat es nicht.«

Melrose wartete ab. Als sie es nicht weiter ausführte, fragte er: »Was tat sie nicht?«

»Reden. Sie beteiligte sich gar nicht am Gespräch, obwohl sie mich ja zum Tee eingeladen hatte. Es war, als sei diese ganze Sache mit dem Tee –« sie schwenkte den Arm über das Tablett – »für sie bloß ein sinnloses Ritual. Nein, eher ein Anachronismus. Als wäre sie gar nicht – wie sagt man? – auf einer Wellenlänge mit der anderen Person. Menschenscheu, ja, vielleicht, oder eher fliehend. Wissen Sie, auf der Flucht.«

Komisch, es so auszudrücken, dachte Melrose, als er wieder in Nancy Pastis' Wohnung war. Er befand sich in dem Raum, den sie offenbar als Arbeitszimmer benutzt hatte. Wie Wiggins gesagt hatte, gab es keinerlei Hinweise auf ihre Aktivitäten. Wurfsendungen, Kontoauszüge, Kataloge von Harrods und Liberty's, aber keine Briefe. Und vor allem »kein Durcheinander, Sir«, hatte der Sergeant gesagt. Kein Durcheinander – das war wohl wahr. So aufgeräumte Räumlichkeiten hatte er noch nirgends gesehen, ausgenommen im Museum.

Etwas fehlte. Er blickte von den Bücherregalen zum Schreibtisch, zu den Regalen und wieder zum Schreibtisch. Das war's: ein

Computer. Wo konnte man heutzutage noch ein Arbeitszimmer betreten oder einen Schreibtisch sehen, ohne daß der Blick gleich auf einen Computer fiel? Vielleicht gab es einen Laptop. Melrose sah auf den Regalen nach, konnte aber keinen entdecken.

Er stand eine Weile da, sah sich um und ließ sich durch den Kopf gehen, was Vera Landseer über Nancy Pastis gesagt hatte.

Er hatte das Gefühl, daß noch etwas fehlte. Sie fehlte.

## 38

»Nancy Pastis«, sagte Ronnie Chilten, »ist 1960 gestorben.«

Jury wartete, wohl wissend, daß Chilten an seinem Ende der Leitung auf der Polizeistation Fulham ebenfalls wartete. Er wartete auf eine Reaktion, ein »was?« oder »was soll das heißen?« Jury, wußte Chilten, wartete auf eine Erklärung.

Schweigen. Dann hielt es Jury nicht mehr länger aus. »Okay, Ronnie, ich tappe im dunkeln. Schießen Sie los.« Er zog die unterste Schreibtischschublade heraus und legte die Füße hoch.

»Sie war vier Jahre alt, als sie starb.«

Jury hielt den Hörer etwas von seinem Ohr weg wie jemand, der gerade etwas Bestürzendes erfahren hat. Dann drückte er ihn wieder ans Ohr und wünschte, Chilten würde sich keinen solchen Spaß mit diesen verdammten Nervenspielchen machen. Aus Chilten Informationen herauszukriegen, war, als wollte man Blut aus einem Stein pressen. »Erklären Sie mir's jetzt endlich, Ron, oder soll ich rüberkommen und es aus Ihnen rausprügeln?«

Wiggins, der sich in der anderen Ecke gerade etwas zusammenbraute, das wie blaue Mundspülung aussah, hob beim Ton seines Chefs erstaunt die Augenbrauen. Er war zu sehr an Jurys unendliche (wie es bisweilen schien) Geduld gewöhnt.

»Anders gesagt, Rich, Nancy ist nicht die, die Nancy behauptet – pardon, behauptete – zu sein. Oder gewesen zu sein.«

»Weiter.«

Chilten redete ungern weiter, ohne seinem Gegenüber nicht wenigstens ein überraschtes Luftschnappen abzulocken, besonders wenn es sich dabei um einen Vorgesetzten handelte. »Unsere Personenüberprüfung hat nichts Neues ergeben: Banküberweisungen, Kreditkarten, Hypothekenzahlungen – gibt's keine, sie hat bar gezahlt – British Telecom, Gas und Strom, et cetera, et cetera. Sie würden staunen, was wir alles können.«

(Jury war ja schließlich selber kein Polizist.)

»Da sind wir aber aufgelaufen. Tot. Mehr als drei Jahre zurück konnten wir sie nicht verfolgen.«

»Da hat sie sich die Wohnung in Mayfair gekauft.«

»Nichts. Zero. Null. *Nada, nada, nada.*«

Jury schaukelte in seinem Drehstuhl vor und zurück und scharrte dabei mit einem Fuß an der Schubladenkante. Er sah Wiggins mit dem Teelöffel an die zähflüssige, blaue Mixtur tippen. »Das kleine Mädchen, das gestorben ist: Nancy Pastis … Es muß doch noch ein paar andere Frauen mit diesem Namen geben, Ronnie.«

»Gibt's auch. Drei haben wir gefunden. Biographische Angaben liegen vor und lassen sich bis zur Geburt zurückverfolgen.«

»Wollen Sie damit sagen …«

»Damit will ich sagen, daß unsere Fulham-Lady nicht Nancy Pastis ist. Sondern jemand anderes.«

Diesmal glaubte Jury nicht, daß Chilten eine Pause machte, um Eindruck zu schinden. »Jemand brauchte eine Geburtsurkunde, um …«

»… um sich einen Paß und andere Dokumente zu beschaffen. Sie haben's erfaßt.«

»Bis hierher jedenfalls.« Jury beugte sich über seinen Schreibtisch und sah zu, wie Wiggins eine weitere Zutat in sein Glas fallen ließ, die in weißem Schaum aufblühte, und gleichzeitig aufmerksam Jurys Telefongespräch lauschte. »Wie sieht's davor aus? Ich meine, was haben Sie sonst noch über sie in diesen drei Jahren herausgefunden? Sie brauchte einen Paß, offensichtlich, weil sie reisen wollte. Nach Rußland, Frankreich – wohin noch?«

»Argentinien, noch mal Rußland, Französisch-Polynesien, Papua-Neuguinea –«

»Das ist in Melanesien.«

»Ja, okay. Die standen jedenfalls in dem Paß, den Sie gesehen haben. Es waren lauter Kurzbesuche. Ein paar Tage, höchstens eine Woche.«

Jury sagte: »Sie waren doch in ihrer Wohnung. Die Frau muß die meiste Zeit auf Reisen gewesen sein. In den zwei Jahren, die dieser Paß abdeckt, muß sie doch noch woanders gewesen sein. Hat die Landseer nicht gesagt, sie sei gerade wieder aus Nordirland zurückgekommen?« Irgend etwas störte ihn plötzlich; er fuhr sich mit der Hand an die Stirn. Dann sah er zu Wiggins hinüber und bedeutete ihm, den Telefonhörer auf seinem Schreibtisch abzuheben. »Ich lasse Wiggins hier mithören.«

»Okay. Worauf deutet das Ihrer Meinung nach hin?«

»Ronnie, Schluß jetzt mit den Spielchen. Es deutet darauf hin, daß Nancy Pastis unter falschem Namen mit einem gefälschten Paß reiste, zu Zwecken, die wir nicht kennen, die uns aber nicht gefallen werden, wenn wir sie erfahren. Was haben Sie sonst noch?«

»Sie muß aber noch andere Pässe gehabt haben, und ich nehme an, daß sie sich die auf die gleiche Weise hat ausstellen lassen. Wir checken das also durch, und zwar unter verschiedenen Gesichtspunkten. Ziemlicher Mammutjob für unsere Anlage.«

Die Polizei in Fulham hatte ebenso ungehinderten Zugang zum Computersystem von Scotland Yard wie alle anderen Abteilungen der Metropolitan, doch das sagte Jury nicht. Immerhin war Chilten mit seinen Auskünften äußerst entgegenkommend gewesen.

Jury überlegte einen Augenblick. »Sie wollen überprüfen, welche Geburtsurkunden beantragt wurden – für Kinder, Babys, die gestorben sind –, und dann herausfinden, ob entsprechende Pässe existieren. Aber, du liebe Güte, das wäre ja ein Riesensuchprojekt, Ron. Haben Sie denn irgendwelche Parameter, irgendwelche eingrenzenden Anhaltspunkte?«

»Frauen, die Ende der fünfziger Jahre geboren sind und jetzt etwa in ihrem Alter wären, wenn sie am Leben geblieben wären. Dem Paß nach ist sie einundvierzig.«

»Überprüfen Sie gestohlene Pässe.«

»Bin gerade dabei. Das kapier' ich nicht. Sagen wir, sie hatte sich einen anderen Paß beschafft, vielleicht mehrere. Warum hat sie den von Nancy Pastis dann in ihrem Schreibtisch gelassen?« Als Jury nicht antwortete, sagte Chilten: »Es muß noch einen Paß geben.«

»Auf einen anderen Namen. Vielleicht sogar den richtigen.«

## 39

»Nur herein«, sagte White Ellie und winkte Melrose durch die Haustür. »Es gibt Tee.« Sie gab ihm zu verstehen, daß er ihr in die Küche folgen sollte.

Im Haus herrschte beinahe Grabesstille. Bei einem verstohlenen Blick ins Wohnzimmer (normalerweise der Schauplatz ausgelassener Lärmerei) glaubte Melrose ein Baby unter einem hohen Wäscheberg hervorkrabbeln zu sehen. Er hatte sich dem Haus vorsichtig und mit den üblichen kleinen Tütchen voller Süßigkeiten beladen genähert. Verwundert hatte er festgestellt, daß der Vorgarten bis auf die Spuren der letzten Schlacht (Keulen, Steine, Glasscherben) leer war.

Er setzte sich auf einen wackligen Stuhl an den Küchentisch, während Ellie einen Teebeutel in einen Becher schmiß, mit heißem Wasser auffüllte und das Ganze mit Milch aus einem Karton auf der Anrichte begoß, bevor sie es ihm hinstellte. Von ihrer Zigarettenspitze war ein bißchen Asche an der Außenseite des Bechers heruntergetröpfelt. Sie sagte: »Hier is Zucker.«

Wie läßt sich Vollkommenheit denn noch verbessern? dachte Melrose und schob die Dose mit der Fingerspitze von sich. Nicht etwa, daß er sonst keinen Zucker nahm; doch traute er dem kleinen Ding nicht so recht, das er gerade im Sturzflug in dessen Mitte hatte purzeln sehen.

»Und da sag' ich zu ihm, ›Frankie, jetzt verarsch uns aber bloß nich, und zieh' Ashley nich in deine Garage mit rein.‹ Die Bullen schaun scheint's jede Woche bei Frankies Garage vorbei.« Die zuletzt geäußerte Bemerkung sollte Melrose' Verständnis für das beschleunigen, was Frankie so trieb, wer auch immer Frankie sein mochte. White Ellie fuhr fort, ihre Geschichte zu erzählen, die sie wie gewöhnlich *in medias res* begonnen hatte. »Na, also letzten Monat hat er solche Emailledöschen geholt, tausend Pfund wert, wo er so einem hochherrschaftlichen Haus einen Besuch abgestattet hat. Kennen Sie ihn?« fragte sie, ohne die Antwort recht abzuwarten, da sie sich ziemlich sicher war, daß ein Freund von ihr inzwischen auch ein Freund von Melrose sein mußte. »Der hat Grips, unser Frankie.« Als ob Ash Cripps nicht genug Grips hätte, sich selbst aus anderer Leute Garagengeschäften herauszuhalten. »Aber jetzt passen Sie auf, was der macht – der bunkert das gute Zeug nämlich hinten, damit Blind Ollie – das is der Bulle da um den Dreh, wo Frankie wohnt –, damit der so scharf auf das Zeugs vorne is, also wie zum Beispiel die kleinen Döschen, daß er hinten gar nich mehr guckt. Also, Hut ab vor Frankie, der hat Köpfchen. Na, jedenfalls –«

Während Ellies Ausführungen war das pummelige Baby aus der Wäsche in die Küche gekrabbelt, wurde von Ellie aber überhaupt nicht beachtet, die tief in ihr halbkoscheres Geschichtchen über Ash und Frankie abgetaucht war. In Anbetracht der zahlreichen Fallstricke, die auf das Kind lauerten – Gliederamputation durch das auf dem Fußboden herumliegende Hackmesser, Verbrühung an dem gefährlich auf dem Herd plazierten Teekessel, tödlicher Stromschlag durch mehrere Drähte, die in eine Wasserschüssel führten (Ash Cripps unpatentierte Mausefalle), Vergiftungen aller Art durch das Zeug in verschiedenen Behältern, die von kleinen Fingern leicht gegrapscht und unverzüglich einverleibt werden konnten – in Anbetracht all dieser Möglichkeiten staunte Melrose nicht schlecht, daß das Kind überhaupt so lange überlebt hatte.

Ellie schrie, als das Krabbelkind nach der Lauge griff: »Robespierre, raus da!«, worauf das Baby selig glucksend auf das Hackmesser zusteuerte.

Melrose kommentierte voller Erstaunen, Robespierre sei ja so gewachsen.

»Groß geworden isser, nich? Neun, zehn Monate is er jetzt. Und Ashley wie aus 'm Gesicht geschnitten, nich?«

Robespierre war jedem im Cripps-Clan wie aus dem Gesicht geschnitten – alle hatten sie die ginblassen, wimpernlosen Augen, die hefige Haut und den kompakten, gedrungenen, wasserhydrantenförmigen Körperbau – alle bis auf White Ellie, deren Figur ihr den Spitznamen Elephant eingebracht hatte (Ellie war davon nur die Abkürzung und nicht ihr tatsächlicher Name. Wie der lautete, war Melrose schleierhaft.) Ja, es war definitiv ein typischer Look, so unverkennbar wie der von Armani oder Ralph Lauren oder Issey Miyake. Und auf dem Laufsteg wäre der »Cripps-Look« schneller ins Auge gesprungen als der von Versace.

»In der Tat«, erwiderte Melrose, »wie aus dem Gesicht geschnitten. Aber wenn Sie ihm nicht das Messer da wegnehmen, hat er bald nicht mehr Ashleys Nase.«

»He! Du kleiner Satansbraten!« Ellie riß Robespierre das Messer weg, das dieser gerade mit seinen fetten, kleinen Fingern hatte packen wollen, und schmiß es auf die Anrichte. »Sie wollen wahrscheinlich Beatrice sprechen. Also, geh'n wir rüber zu St. Iggy. Das is ein netter Spaziergang. Ich zieh' bloß schnell die Hosen da aus und 'n Rock an.« Sie war von ihrem Stuhl aufgestanden und zur Tür hinaus, bevor Melrose recht sagen konnte: »Und was ist mit Robespierre?«

Sie rief über die Schulter: »Der hat seinen Sportwagen!«

Während er wartete, betrachtete er Robespierre und überlegte, wie so ein junger Wilder, zehn Monate alt oder nicht, in einem Sportwagen in Schach gehalten werden sollte. Gegenwärtig kaute er auf einer Brotkruste herum, die er dem diamantharten Laib abgetrotzt haben mußte. Melrose sah in der Küche umher, zündete sich eine Zigarette an und genoß seinen kleinen Ausflug. Im Gegensatz zu Sergeant Wiggins, in dessen Augen das Ambiente der Crippschen Küche nur noch von dem bei Hempels unterm Sofa übertroffen wurde, gefiel es Melrose eigentlich recht gut hier, so wie ihm alles gefiel, was jeder Beschreibung spottete. Er war der geborene Kandidat für eine Führung durch die Abtei von Woburn in Gesellschaft eines Dutzends alter Damen oder für eine Woche Ibiza in einem Nullsternehotel oder für eins von diesen unsäglichen Feriencamps, in denen man statt Geld Wertmarken benutzen mußte.

Ellie kam in einem weiten, geblümten Kittelkleid zurück, dessen Blumenmuster dem auf der Tapete ähnelte (deren Blumen von den Mitgliedern der Familie Cripps aufgemotzt worden waren, die in ihnen eine Ähnlichkeit mit Genitalien erkannt hatten). Sie trug einen Strohhut mit wippenden Wachsbeeren, in der Hand hielt sie einen kleinen Fotoapparat.

»Wenn Sie so nett wären und den Robbie in seinen Sportwagen setzen. Und sich das in die Tasche stecken.« Sie gab ihm die Kamera.

Melrose hatte ebenfalls einen Fotoapparat mitgebracht. Offensichtlich hatten Ellie und er die gleiche Wellenlänge. Nun führte er das Oberkommando über beide Kameras und das stämmige Baby, das er in den bonbonfarben gestreiften Sportwagen setzte. Robbie hampelte herum, schlug wild um sich und heulte, da er für sein kleines Segeltuchgefängnis nichts übrig hatte. Ellie versetzte ihm einfach eine Ohrfeige, woraufhin er aufhörte und lächelte.

Kaum waren sie aus der Tür und den Gartenweg entlang, wurde Melrose der Sportwagen überlassen, Ellie hakte sich bei ihm unter und lenkte den kleinen Trupp in Richtung St. Ignatius. Die spätnachmittägliche Sonne, die den Bürgersteig blankwusch, fiel auf Robespierres Haar und verwandelte es in feinfaserige Fädchen wie Löwenzahnblätter. Sie erleuchtete die Beeren auf Ellies Hut und ließ die lederbezogenen Knöpfe an Melrose' Kaschmirmantel aufglänzen, dessen Taschen von Süßigkeiten und Fotoapparaten ganz ausgebeult waren.

Als sie um die Ecke bogen, sagte White Ellie: »Es wär' wirklich nett, wenn Sie mal ein Wörtchen mit den Kindern reden, wo die doch so Respekt vor Ihnen haben.«

Respekt? *Respekt?* Melrose hob das Kinn, ein Lächeln auf dem Gesicht, und sog die frische, kühle Novemberluft ein. White Ellie gehörte wohl kaum zu jenen Müttern, die ihre Brut vergötterten, doch haben wohl alle Eltern irgendwann mal einen Aussetzer. Das einzige, was die Cripps-Kinder respektierten, waren Geld vorneweg und ein Tritt hinten rein.

Indem sie die Stimme zu einem Flüstern senkte und ängstlich zu den Reihenhäusern hinübersah, als hätten diese Augen und Ohren und kümmerten sich mehr als einen feuchten Kehricht um das, was dieses Trio im Schilde führte, sagte White Ellie: »Und ich hätt' auch gern, daß Sie die kleine Alice mal ins Gebet nehmen. Das is doch nich gut, wie die den Rock hochhebt, wo sie doch keine Unterhosen anhat. Wo die das herhat, möcht' ich wissen.«

Ja, woher wohl, wenn man einen Vater hat, der regelmäßig ins Kittchen wandert, weil er sich in öffentlichen Toiletten unzüchtig gezeigt hat? Melrose versicherte White Ellie, sein Bestes zu tun, tätschelte den Arm, der so zutraulich auf seinem ruhte, und beschloß, daß jemand sie alle drei fotografieren mußte, bevor die Kamera zwangsläufig Pornographisches ablichten würde.

Ach, Alice!

Der »gesellige Nachmittag«, der dem großen Schild im Innenhof von St. Ignatius zufolge einmal im Monat abgehalten wurde, war erstaunlich gut besucht, und zwar nicht nur von den multikulturellen Bewohnern des Viertels (was das Ganze wie ein Treffen der Vereinten Nationen aussehen ließ), deren kreischende Knirpse lautstark nach Eiskrem und Zuckerwatte verlangten. Es gab darüber hinaus auch einige recht gut betuchte Gestalten, und Melrose fragte sich, ob das Ereignis sich wohl inzwischen bei den Antiquitätenhändlern herumgesprochen hatte. White Ellie watschelte davon, um nach Ashley Ausschau zu halten, und überließ Melrose den Sportwagen und Robespierre.

Überall waren »Stände« aufgebaut, in diesem Fall große Tische, von denen manche von einer Art improvisiertem Zelt überdacht waren. Melrose erhaschte einen Blick auf etwas, das ihm ganz nach seiner eigenen Derbyware aussah, und war bei einem genaueren Blick überrascht zu sehen, daß seine Vermutung zutraf – zwar war es nicht sein eigenes, hoffte er jedenfalls, aber authentisches Derbywaregeschirr. Ein alter Mann, ein Rentner – oder auch nicht, nach seinen Preisen zu schließen – pries das Zeug an, und als Melrose fragte, wie er zu den Sachen gekommen sei, sagte er: »Hat meinem alten Tantchen gehört. Sie hat's mir vermacht, die Gute, Gott hab sie selig.« Melrose erwarb eine Tasse und einen Unterteller zu einem horrenden Preis – wenngleich auch nicht mehr, als Trueblood wahrscheinlich dafür verlangt hätte –, als Ersatz für die beiden Teile, die seine Köchin Martha zerschlagen hatte, die die schmerzliche Lücke im Service jedesmal mit einem Kopfschütteln quittierte. Er verstaute das Päckchen in der Babytragetasche am Sportwagen, und Robespierre heulte kurz auf.

Am nächsten Stand wurden Schmuckstücke aller Art, Löffel, militärische Orden und anderer Kleinkram verkauft. Dann kamen mehrere Antiquitätenstände: Schreibtische, Standuhren, Statuen, Gemälde. Die Anbieter dieser durchaus schätzenswerten Stücke hörten sich alle an wie Ashley Cripps oder wie Tipgeber beim Pferderennen. Schließlich fand er Ashs eigenen »Stand«, den er zusammen mit einem anderen Burschen, vermutlich diesem Frankie, betrieb. Ash war hoch erfreut, Melrose zu sehen, und kugelte ihm bei der Begrüßung vor Begeisterung fast den Arm aus.

»Ich seh, Sie haben unsern kleinen Robbie dabei. Der Apfel fällt nich weit vom Stamm, was?« Indem er Frankie »meinen Freund, Mel« vorstellte, versetzte er Melrose einen derartigen Schlag auf den Rücken, daß dieser fast über den Sportwagen geflogen und in einem Stand mit Spitzenbettwäsche gelandet wäre.

Frankie, hatte Melrose den Eindruck, war ein ziemlich seltsamer Umgang für Ashley Cripps, mit seinem militärischen Gehabe und dem gewichsten Schnurrbart, der Weste und den Gamaschen. Frankie hatte sich offensichtlich auf Edelsteine spezialisiert. Nach eingehender Begutachtung des Schmucks kam Melrose zu dem Schluß, daß es sich weder ausschließlich um Modeschmuck handelte, noch daß es lauter Halbedelsteine waren. Während seines Intermezzos als Antiquitätengutachter, ein Fach, das ihm von Marshall Trueblood vor einigen Monaten unbarmherzig eingepaukt worden war, hatte er sich beiläufig auch mit alten Steinen, viktorianischen Medaillons und Ringen beschäftigt, in die kleine geflochtene Löckchen eingefaßt waren, sowie mit Kamee- und Gagatbroschen. Ein kurzer Vortrag über Edelsteine war ihm ebenfalls gehalten worden, unter anderem über Diamanten und Smaragde. Auf diese beiden letztgenannten richtete sich nun Melrose' Neugier. Der Ring da in der Mitte der Reihe hatte einen Diamanten mit mindestens einem Karat, möglicherweise mehr. Umgeben war er allerdings von Stücken von weit geringerem Wert. Melrose nahm einen ziemlich schweren, häßlichen Aquamarin heraus.

»Hochwertigste Qualität ist das«, sagte Frankie. »Den hat mir meine alte Tante vererbt, eine Frau mit ungewöhnlich viel Geschmack. Ich glaube, es war der Verlobungsring der lieben Dame. Ein Jammer, daß ich ihn jetzt für einen Bruchteil des Werts verkaufen muß.«

Ash fügte hinzu: »Den überlassen wir Ihnen für fünfundzwanzig Mäuse.«

Melrose sah ihn strafend an. Der war nicht mal fünf wert, was Melrose auch sagte.

Ash quittierte es mit einem Achselzucken. »Wie wär's mit zehn, wo Sie doch 'n Kumpel von mir sind? Weiter runter kann ich aber nich.«

»Ach, ich glaube schon.« Melrose legte den Ring wieder hin und griff nach dem Diamanten. »Fünfundzwanzig für den hier? Fünfundzwanzig würde ich zahlen.«

Flink zupfte Frankie ihm den Ring aus den Fingern. »Ich fürchte, der ist schon vergeben.«

»Dann vielleicht den hier?« Melrose nahm den Smaragd.

Ash wurde nervös. »Der is auch schon weg, Kumpel.«

»Aber wieso haben Sie sie dann in der Auslage?«

Ashley blieb die Antwort schuldig. Er sah quer über den Hof und machte Frankie ein Zeichen. »Verdammte Bullen, lassen einen auch nie in Ruh'. Blind Ollie, da isser wieder.«

Über Köpfe hinweg erspähte Melrose einen hochgewachsenen Polizisten, der zwischen den Ständen umherschlenderte. Er hatte sich gerade vom Bring 'n' Buy abgewandt und schien nun auf sie zuzusteuern.

Frankie versetzte Ash einen Rippenstoß, den Ash in Musketiermanier an Melrose weitergab nach dem Motto: Alle für einen, einer für alle.

»Passen Sie auf«, sagte Ash, »bleiben Sie einfach so stehn und tun Sie, wie wenn Sie einen kaufen wollen.« Ash grabschte den Diamanten und steckte ihn Melrose zu. In weitaus kräftigerem, vollmundigerem Ton begrüßten Ash und Frankie *ihren* Polizisten – denn für Melrose stand außer Zweifel, daß er ihre Eskapaden lange genug verfolgt hatte, um zu wissen, was die beiden im Schilde führten.

»Na so was, wenn das nich unser Wachtmeister Ryland is. Wie geht's 'n so, Ollie?«

Der Wachtmeister nickte, die Hände auf dem Rücken, warf einen kurzen, wenig interessierten Blick auf die mit schwarzem Samt bezogene Auslage und sagte: »War grade bei Ihnen zu Hause drüben, Frankie. Ihre Missis hat mich in die Garage gucken lassen, die Sie da haben.«

»Aber gern, jederzeit, Mr. Ryland. Was verschafft mir die Ehre? Oder fühlen Sie sich in meiner Garage einfach sauwohl?« Wie ein Schurke alter Schule strich sich Frankie mit dem Zeigefinger über den Schnurrbart.

»Es hat wieder einen Einbruch gegeben. In Highgate. Winnington. Das ist doch ungefähr Ihr Revier, stimmt's, Frank?«

»Ich weiß überhaupt nicht, wovon Sie reden, Wachtmeister. Mein Revier, wie Sie es nennen, erstreckt sich kaum über meinen Vorgarten hinaus.«

»Na, jedenfalls fehlt aus dem Haus in Highgate ein Haufen Zeug. Porzellan, Silber, Schmuck, sogar eine Smokingjacke. Komisch, nicht?« Ryland sah von einem zum anderen, nicht ohne auch Melrose kurz zu mustern. Er nickte. »Ein Freund von euch, Jungs?«

»Ach, woher denn?« sagte Frankie. »Ein Kunde. Und wenn Sie nichts dagegen haben, würden wir jetzt gern mit unserem Geschäft weitermachen.«

Ryland brummte und wirkte außerordentlich irritiert über die Tatsache, daß er ihnen (Melrose inbegriffen) nicht auf der Stelle Handschellen anlegen konnte. Statt dessen zog er ab.

Als er außer Sicht- und Hörweite war, begannen Ash und Frankie, sich gegenseitig (und Melrose) in die Schulter zu boxen und sich halb schlappzulachen. Ash mußte sich mit dem Taschentuch die Augen trockenwischen. Dann nahm er Melrose den Diamanten aus der Hand und sagte unter winselndem Gelächter: »Hab ich Ihnen nich gesagt, das beste Versteck is herzeigen. Wie sagt unser Frankie: ›Willste 'n Diamant verstecken, tu ihn in ein Diadem.‹« Sprach's und versetzte Melrose' Schulter erneut einen tüchtigen Hieb.

Weil er die Vorliebe der Crippsschen Kinder für schnelle Resultate kannte, hatte Melrose in weiser Voraussicht eine Polaroidkamera mitgebracht. Zuerst ließ er Frankie ein Foto von White Ellie, Robespierre und sich machen, als Kleinfamilie posierend. Dann mehrere von den Kindern, wobei Alice sich wieder nicht anständig benehmen wollte. Als nächstes eins von Bea und Melrose (Bea vor der Kamera Grimassen schneidend) und schließlich eins von der ganzen Bande. Die Aufnahmen waren reizend. Melrose hatte sich noch nie so vergnügt dreinschauen sehen. Als Bea bemerkte, wie dämlich sie auf dem Foto mit Melrose aussah, ließ sie Ash noch eins machen, auf dem sie reichlich Bein zeigend auf einem niedrigen Steinmäuerchen saß und Melrose sich dagegenlehnte.

»Ach, is das nich goldig?« White Ellie redete daher, als wären sie alle auf einer Hochzeitsfeier. »Ihr seht so süß mit'nander aus.« Sie betrachtete das frisch entwickelte Polaroidfoto von Melrose und Bea auf dem Mäuerchen.

Melrose konnte ihre Begeisterung nicht recht teilen. »Sehen Sie mal, wie sie die Mundwinkel runterzieht. Und das nennen Sie süß?«

Aber Ellie ließ sich nicht beirren und behauptete, sie würde es sofort mit heimnehmen und aufhängen, »sobald mein Ashley seinen Plunder eingepackt hat«.

Melrose sah sich in Gedanken in Nancy Pastis' Wohnung die Wand voller Gemälde betrachten. Und da fiel bei ihm der Groschen.

# 40

Jury trank sein Pint vollends aus und stellte das Glas auf die Theke, dabei zwinkerte er Kitty zu und bedeutete ihr mit einem Nicken, ihm und Kate nachzuschenken.

Er hatte Melrose Plant vom Stargazey aus angerufen und ihm mitgeteilt, daß er nicht mit ihm bei Boring's zu Abend essen würde, worauf Plant erwiderte, dann würde er nach Northants zurückfahren, um sich nach einem Kunstrestaurator umzusehen. Jury wollte wissen, was das heißen solle, doch Plant ließ sich nicht weiter darüber aus und begann ihm statt dessen kurz auseinanderzusetzen, weshalb er, Jury, die Galerie Fabricant durchsuchen lassen sollte.

»Sie gehen mit Ihren Knaben in die Galerie und sehen sich – wie man es bei euch euphemistisch ausdrückt – ein bißchen um.«

»Geht nicht. Dazu besteht keine ausreichende Veranlassung.«

»Was? Einer von denen hat Simeon Pitt ermordet!«

»Selbst wenn das stimmt …«

»Verdammt, natürlich stimmt es! Er ist ihnen auf die Schliche gekommen.«

»Können Sie sich vorstellen, daß einer von denen auf diese Art tötet? Es braucht schon ein gehöriges Maß an – gelinde gesagt – Impertinenz, den Klub zu betreten und einem in aller Öffentlichkeit ein Messer reinzujagen. Ich kann im Moment nur eins tun – wieder hingehen und sie noch mal befragen. Und vergessen Sie nicht den anderen Mord.«

Plant hörte ihm anscheinend überhaupt nicht mehr zu; seine Gedanken waren ganz woanders. Jury legte den Hörer auf und nahm die beiden Gläser, die Kitty nachgeschenkt hatte.

Sie sah hinüber zu der Bank, auf der Kate saß, und sagte: »Ich sehe, Sie haben sie gefunden.«

Jury lächelte. »Stimmt, Kitty.«

Beim Hinübergehen wurde er ständig angerempelt und hätte um ein Haar das Bier verschüttet.

»Danke«, sagte Kate, als er die Gläser abstellte. Nachdem er sich gesetzt hatte, hakte sie sich bei ihm ein und rückte näher. »Die Luft steht ja hier vor Rauch. Macht Ihnen das nicht zu schaffen?«

»Ach, irgendwie schon, aber es ist ja gut fürs Gemüt – der Versuchung zu widerstehen.« Er sah sie an und lächelte. »Na, wenigstens hin und wieder.« Er griff nach seinem Glas. »Was macht eigentlich ein Kunstrestaurator?«

»Ich würde jetzt mal ganz kühn behaupten, er restauriert Kunst. Warum?«

»Ach, ein Freund von mir, der mir manchmal inoffiziell unter die Arme greift. Der aus Northants. Ich habe Ihnen schon von ihm erzählt.«

»Der Ex-Earl aus dem kleinen Dorf?«

»Genau der. Ich habe gerade mit ihm telefoniert. Er sagt, er sucht einen Kunstrestaurator.«

Kate überlegte einen Augenblick. »Aha.« Dann fragte sie: »Ist das der, der seinen Titel aufgegeben hat?«

»Mehrere. Er hatte eine ganze Latte davon. Earl of Caverness, Viscount Sowieso-von-Sowieso, Marquis of Glengarry and Glen Ross. Und so weiter und so weiter.«

Kate lachte. »Richard, *Glengarry Glen Ross* ist ein Theaterstück von David Mamet.«

Jury zuckte die Achseln. »Na ja, ein paar solche schottischen Titel sind auch dabei.«

»War es wegen der Politik? Wollte er Bürgerlicher werden, um für das Unterhaus kandidieren zu können?«

Jury lachte. »Du liebe Güte, nein, er doch nicht. Er interessiert sich für alles mögliche, aber nicht für Politik.« Jury trank einen Schluck. Plant hatte ihn beunruhigt. Ihm war nicht ganz wohl zumute.

»Stimmt was nicht?« Sie legte die Hand auf seine Wange.

Er sah sie lächelnd an. »Nein, ist schon gut. Nur ...« Er trank sein Glas fast halb aus. »... Ich muß gehen. Sehen wir uns heute abend? Bei Ihnen? Oder brauchen Sie einen Tapetenwechsel? Würden Sie gern ins Kino gehen?«

»Das ist doch wohl nicht Ihr Ernst.« Kate lachte.

# 41

Melrose saß in seinem Klubsessel, ließ den Morgenkaffee kalt werden und nagte am Daumen. Diese Angewohnheit, der er bereits seit seiner Kindheit frönte, hatten weder seine Mutter noch sein Kindermädchen ihm austreiben können. In diese Angewohnheit verfiel er immer dann, wenn er tief in Gedanken versunken war. Nun ging es in seinen Gedanken darum, das Gespräch, das er soeben mit Jury geführt hatte, noch einmal abzuspulen. Melrose hätte etwas mitteilsamer sein sollen, hätte seinem Freund genauer sagen sollen, was da in seinem Kopf Gestalt annahm. Doch lag vielleicht genau darin das Problem; es war alles immer noch amorph, hatte noch keine Gestalt angenommen.

Sie waren in Sankt Petersburg gewesen, die Fabricants, zur gleichen Zeit wie Ralph. *Flamboyant.* Den Ausdruck hatte Pitt im Zusammenhang mit dem Raub des Chagall verwendet.

Melrose wollte nicht, daß der Mord an Simeon Pitt wegen des Mordfalls Nancy Pastis in der Versenkung verschwand.

Was zum Teufel war eigentlich mit »ausreichender Veranlassung« gemeint? Er war sich vollkommen sicher, daß die Fabricants Pitts Tod zu verantworten hatten.

Melrose kaute wieder am Daumen. Nun, Jury konnte ja nichts dafür; schließlich konnte er mit seinen Mannen nicht einfach daherkommen und den Laden auseinandernehmen. Um einen Durchsuchungsbefehl ausgestellt zu bekommen, mußte vermutlich ein begründeter Verdacht gegen die Galerie oder die Fabricants selbst vorliegen, was offensichtlich nicht der Fall war.

Wenn er nicht unverzüglich etwas unternahm, waren die verdammten Bilder verschwunden. Wahrscheinlich wurden sie just in diesem Moment im Lagerraum der Galerie in Kisten verpackt...

Der Lagerraum.

Bea. Natürlich.

Wie vorhin bei Jury blieb es am anderen Ende der Leitung still, bis sie schließlich sagte: »Wie kommen Sie denn auf die Idee?«

»Gestern, bei dem Kirchenbasar. Frankie hat sozusagen einen Lob geschlagen, oder wie das beim Tennis eben heißt, und seinen Gegner elegant ausgetrickst. ›Willst du einen Diamanten verstecken, tu ihn in ein Diadem‹, meinte er.«

»Stimmt! Echt schlau. Selbst wenn sie's nicht gemacht haben, sind Sie's, daß Sie drauf gekommen sind.«

Aus dieser Satzstellung wurde Melrose nicht recht schlau und bemühte sich auch gar nicht weiter. »Sie wissen ja, daß die Fabricants die Bilder zum Verschicken fertigmachen. Haben sie sie schon in Kisten verpackt?«

»Ein paar schon, glaube ich. Jedes kommt ja in eine eigene Holzkiste.«

»Okay, wie sind sie verpackt?«

»Was meinen Sie damit?«

»Na, genau das. Sind sie in Packpapier eingeschlagen und mit Schnur verpackt? Mit Bindfaden?«

»Ja, in Packpapier mit Bindfaden.«

Melrose schlug sich die Faust an den Kopf, wie um dadurch seinen Denkprozeß zu beschleunigen.

»Hey? Hey? Sind Sie noch dran?«

»Entschuldigung, ich versuche gerade, mir unser weiteres Vorgehen zu überlegen – Moment, haben Sie vielleicht ein Bild, das

Sie kurz mal einpacken könnten –« Melrose' Blick fiel auf den *Telegraph*, den er eigentlich hatte lesen wollen – »das Sie in Zeitungspapier einpacken und hierherbringen könnten?«

»Ich bin in Bethnal *Green*, mein Lieber.«

»Weiß ich. Aber Sie könnten sich doch ein paar Stunden von Ihrer Arbeit freimachen, nicht? Sie brauchen nicht mehr als eine halbe Stunde, um hierherzukommen. Die Galerie ist bloß zehn Minuten von hier.«

»Na ja, ich denk' schon, daß das geht.«

»Und noch eins, Bea. Was wir hier vorhaben, ist zweifellos Diebstahl. Aber falls wir geschnappt werden, trickse ich das so hin, daß Sie unschuldig sind und von mir mit in die Sache hineingezogen wurden, von mir – Langfinger Plant.«

»Sie sind vielleicht 'ne Nummer. *Mich* in etwas hineinziehen? Daß ich nicht lache, Langfinger.« Sie legte auf.

In weniger als einer Minute war Melrose mit der Zeitung oben auf seinem Zimmer. Keine fünf Minuten dauerte es, bis er sein bereits von der Galerie eingepacktes Schneebild darin eingewickelt hatte. Er brachte es nach unten zu seinem Klubsessel und machte dem jungen Higgins ein Zeichen, indem er auf seinen kalten Kaffee deutete. Als die dampfende Kanne ankam, bat er den Kellner, nach einem Gast Ausschau zu halten, er erwarte innerhalb der nächsten halben Stunde eine junge Dame.

Es war schwer zu sagen, ob er mit seinem Ansinnen bei dem jungen Higgins einen Herzstillstand herbeiführte, da dieser sowieso die meiste Zeit aussah, als litte er unter einem solchen. Schließlich brachte er ein frostiges »Sehr wohl, Sir« hervor.

Schließlich war heute kein Damentag.

Solange er auf Bea wartete, schlenderte er ins ehemalige Billardzimmer hinüber, mittlerweile die düster beleuchtete, mit dunklen, ledergebundenen Bänden angefüllte Bibliothek, ein Raum, in dem immerwährendes Zwielicht herrschte. An einer Anschlagtafel hing eine Mitteilung der Geschäftsführung, auf der die Aufnahme eines neuen Klubmitglieds angekündigt wurde. Melrose erinnerte sich, daß sein Vater, der alte Earl of Caverness, ihm einmal erzählt hatte, ein Kandidat müsse zehn oder sogar zwanzig Jahre warten, bis über ihn abgestimmt werde. Melrose fragte sich, ob es immer noch so war, daß ein Bewerber mit einer einzigen Gegenstimme abgelehnt werden konnte. Er ergötzte sich an der Vorstellung, daß die Klubmitglieder sich in Reih und Glied aufstellten und eine weiße oder schwarze Kugel in die Kiste fallen ließen. Als er sich umdrehte, starrte ihm von der gegenüberliegenden Wand ein Porträt Wellingtons kalt entgegen.

In den Regalen standen mehrere, mit Stempeln verzierte Bände über die Geschichte Europas, auf denen eine dicke Staubschicht traurig auf mangelnde Benutzung schließen ließ. In einem der untersten Regale standen Reiseführer in kitschigen Einbänden einträchtig neben ledergebundenen, offenbar hundert Jahre alten Ausgaben. Griechenland und die Türkei – die er nun herauszog – hatten sich im Lauf der Zeit jedoch wenig verändert. Während er in den Büchern blätterte, bekam er Lust zu reisen, die Fähre nach Delos zu nehmen oder in Athen einen Flohmarkt zu besuchen.

Melrose machte sich zwar nichts aus Einkäufen – was hatte er schon groß einzukaufen, nachdem Mr. Beaton seine Kleidung schneiderte und Ruthven und Martha für sein leibliches Wohl sorgten? Aber er las gern darüber. Von Rhodos aus – so stellte er sich vor – könnte er einen Abstecher in die Türkei machen und auf dem großen Bazar von Istanbul einkaufen, du meine Güte, in dreitausend Läden, die auf sechzig Straßen verteilt waren! Oder wie wär's mit diesem Titel: *Großwesir von Süleiman dem Prächtigen* (also, den würde er in Null Komma nichts gleich wieder ablegen). Ob er unter diesen Umständen je in den Klub aufgenommen worden wäre, überlegte er.

Er streifte ein bißchen durch die Türkei und machte dann einen

Ausflug nach Marokko. Marrakesch. Da könnte er über den Djemaa-el-Fna-Platz schlendern und den Jongleuren, Seiltänzern und Schlangenbeschwörern zusehen – mit anderen Worten: Covent Garden. Auf dem Suk könnte er um Kupfertöpfe und Teppiche feilschen. Ach, was für schöne Teppiche! Und dann nach Casablanca rüber, wo er sich vorstellte, eingenebelt in eine Qualmwolke in Rick's American Café zu sitzen mit dem ebenfalls eingenebelten Claude Reins, der seinen Paß sehen wollte. Von dort dann nach Tanger – ach, hier war die Luft schon süßlich und schwer –, wo er für einen läppischen Preis einen Teppich oder ein Kamel erstehen würde. Nun, ein Kamel würde im Blue Parrot, Trevor Slys Pub, sicher eine Attraktion sein. Er sah sich schon, einen Fez auf dem Kopf, in fremden Zungen parlierend mit den Händlern um Silber und Lederwaren feilschen.

Über die Straße von Gibraltar nach Südspanien war es bloß ein Katzensprung, aber dafür müßte er einen anderen Reiseführer suchen. Er stellte den Marokkoband wieder ins Regal und entdeckte den grellbunt aufgemachten Fodor's sowie Nicholsons Parisführer, erinnerte sich an den vornehmen Lebensmittelmarkt, den Sophie McBride so geliebt hatte, und schlug ihn im Stichwortverzeichnis nach.

*Fauchon… Lebensmittel und Feinkost für Milliardäre… berühmt für seine kunstvollen Obst- und Gemüsearrangements… freundliches Verkaufspersonal…* Während er weiterlas, vertieften sich allmählich seine Stirnfalten. Er schlug noch im Nicholson nach. Dann sah er an die Wand hinüber, als erhoffte er sich vom Eisernen Herzog eine Erklärung, las es noch einmal und schrak hoch, als Higgins sich scheinbar aus dem Nichts an ihn heranschlich, um ihm mitzuteilen, sein Gast sei angekommen.

Melrose betrachtete es als gutes Omen, daß Nicholas im Laden die Regie übernommen hatte, da Sebastian einen Kunden zum Mittagessen ins Ivy ausführte. Der Typ sei ein alter Langweiler, meinte Nicholas, und er selbst habe dankend abgelehnt. An Beatrice gewandt, sagte er: »Schön, dich zu sehen, Schätzchen.«

Melrose dachte für sich, wenn die beiden bereits so vertraut miteinander waren, war Bea zu einem unschätzbaren Trumpf geworden.

»Ich glaube, wir haben ihm dein Limehouse-Bild verkauft, Süße. Sebs besagtem Kunden.«

»Dem alten Langweiler? Paßt ja genau für eins von meinen, stimmt's?«

Ungeachtet ihres scheinbar lässig-soignierten Gehabes konnte Melrose ihre freudige Erregung spüren.

»Und was soll das heißen, du glaubst?« wollte Bea wissen.

»Ich bin mir ziemlich sicher. Er kommt nach dem Essen wieder her und sagte, ich soll es auf jeden Fall abhängen. Siehst du?« Nick zog Beas Bild unter dem Ladentisch hervor.

Wieder war Melrose beeindruckt von der Frische des Gemäldes. Beas Bilder hatten etwas an sich, das beim Betrachter den Eindruck hervorrief, er sehe die Szene zum ersten Mal.

»Hast du was dagegen, wenn er die beiden hier nach hinten in den Lagerraum nimmt? Ich will sie bloß neben die beiden anderen stellen, die ich gestern gebracht hab, und sehen, ob sie überhaupt mithalten können. Ich bin mir noch nicht so sicher, besonders bei dem größeren.« Sie tippte an dasjenige, das Melrose unterm Arm hatte, und übergab diesem das kleinere, das ebenfalls in Zeitungspapier eingepackt war. »Kann er die schnell mal mit zu meinen anderen stellen?«

Nicholas winkte Melrose bereitwillig zum rückwärtigen Teil des Gebäudes durch, woraufhin dieser sich mit beiden Gemälden durch den Korridor nach hinten begab.

Als Beatrice sah, daß Nicholas ihm folgen wollte, sagte sie: »Bloß ganz kurz noch, Nicholas, ja? Wir sollten noch das mit den Rahmen besprechen. Der, den du jetzt dranhast, der gefällt mir nicht so recht.«

Melrose konnte sie im Hintergrund freundlich miteinander diskutieren hören, als er den Lagerraum betrat. Unmittelbar fiel sein Blick auf die einzeln dastehenden Kisten. Zwei von den Bildern steckten bereits, in braunes Packpapier eingepackt, in ihren Holzkisten, die aber noch nicht zugenagelt waren. Die beiden anderen – die, wie Melrose hätte wetten können, armen Vettern – lehnten an der unverputzten Wand. Ihm war klar, daß er jetzt nur raten konnte, doch rechnete er sich aus, daß die Chancen besser als fifty-fifty standen, falls sich seine Annahme als richtig erwies. Er brauchte jetzt nur eins herauszuziehen, das Zeitungspapier von dem größeren mitgebrachten Bild zu entfernen und dieses statt dessen in die Kiste zu stecken. Das herausgenommene stellte er neben dem etwas abseits stehenden Gemälde eines in die Jahre gekommenen Spaniels ab – was hatte *das* denn bei den Gebrüdern Fabricant zu suchen? –, streifte das Zeitungspapier von Beas kleinerem Bild ab, das nur etwa halb so groß war wie das von Ralph, und stellte es neben das aus der Holzkiste. Dann verließ er den Raum. Das Ganze hatte nur eine Minute gedauert. Nicholas würde nicht auf die Idee kommen, er habe sich dort hinten unnötig lange aufgehalten.

Auf die beiden zutretend, sagte er: »Ich finde, das kleine ist wunderschön, Beatrice. So gut wie das andere, wenn nicht besser. Gehen Sie mal und schauen Sie sich's an. Zigarette?« Melrose klappte sein goldenes Etui auf und hielt es Nicholas vor die Nase.

Beatrice empfahl sich. Als sie fast am anderen Ende des Korridors angelangt war, rief Melrose: »Ach, einen Moment noch, *Schätzchen.*« (Er hatte die Szenesprache ziemlich flott drauf.) Schnell war er bei ihr, meinte: »Neben dem sterbenden Hund steht es« und kam ebenso schnell gerade rechtzeitig zurück, um Nicholas Feuer zu geben. »Wo liegt denn das Problem bei ihrer Flußszene, möchte ich gern wissen? Das Bild ist doch ausgezeichnet.« Mit diesen Worten hob Melrose es hoch und hielt es mit ausgestrecktem Arm vor sich hin.

Nicholas blies einen dünnen Rauchstrahl aus, der sich vor Beas sonnendurchtränktem Wasser in Lavendelblau verwandelte und pflichtete ihm bei. »Mann, diese Leute sind solche Perfektionisten.«

Melrose lachte und lachte immer noch, als Bea mit einem in Zeitungspapier eingewickelten Bild und ihrem kleineren, nun unverpackten, angetrottet kam. Sie übergab Melrose das größere und ließ Nicholas das kleinere genau begutachten. »Ich mag es, aber an dem großen muß ich noch was tun, Nickylein.«

Nickylein? Grundgütiger Himmel, er würde es keine Sekunde in der Kunstszene aushalten. Melrose mußte zugeben, daß Nicholas das Bild tatsächlich eingehend begutachtete, bevor er sich in Komplimenten erging. Die Fabricants waren schließlich ernsthafte Kunstliebhaber. Zu ernsthaft wahrscheinlich. Melrose kam der Gedanke, daß Nicholas vielleicht gar nicht eingeweiht war. Melrose hegte sogar gewisse Zweifel, ob Ralph selbst eingeweiht war, obwohl er sich nicht erklären konnte, wie sie den Trick dann überhaupt bewerkstelligt hatten. Vorausgesetzt, es handelte sich um einen »Trick«. Er konnte auch völlig danebenliegen.

»Wir sollten jetzt aber los, wenn wir da noch hinwollen«, sagte Melrose, »wenn wir die Ausstellung bei Bingham's noch sehen wollen.« Im Kunstteil der Zeitung, in die das Bild unter seinem Arm eingewickelt war, wurde eine Avantgarde-Ausstellung angekündigt.

Nicholas machte ein angewidertes Gesicht. »Ach, da wollen Sie hin? Ich kann Ihnen versichern, da sehen Sie nichts, das ist reine Zeitverschwendung.«

Melrose lachte, während sein Blick erneut zu der Anzeige hinunterglitt. »Er gehört zu den Lieblingen meiner Tante. Shamus Neeley.«

Nick musterte ihn argwöhnisch. »Neeley ist der Galerist, nicht der Künstler.«

»Ich weiß.« Idiot, hör auf, den Oberschlaumeier zu spielen.

»Meine Tante geht in alle seine Ausstellungen. Sie ist eine große Gönnerin seiner Galerie.«

Nicholas lächelte. »Na, wenn das so ist, sagen Sie ihr doch, wo wir sind, ja?«

»Mach' ich. Kommen Sie, Beazy.«

Bea blinzelte ihn schräg an. *Beazy?*

Draußen blieb Melrose einen Augenblick stehen und lehnte sich an ein Schaufenster. Er zog sein Taschentuch hervor, überrascht, daß er ganz schön ins Schwitzen geraten war. »Lieber Himmel.«

»Der Hund sah gar nicht aus, als ob er gleich sterben würde. Ich hätte ihn glatt übersehen.«

Melrose blickte sie fassungslos vor Bewunderung an. »Ja, stimmt. Na, jedenfalls waren Sie grandios. *Gran-di-os.* Ich hätte Sie in die Arme nehmen können!«

Sie schlängelte sich an ihn heran. »Na, dann geben Sie der alten Bea doch wenigstens ein Küßchen, so ist's brav.« Er tat es. Engumschlungen standen sie an die Wand gelehnt, bis beide wieder Luft holen mußten. »Wir kommen noch zu spät zu Bingham's«, sagte Melrose.

»Bei mir zu Hause hab ich bessere Kunst.«

»Mich laust der Affe.« Er küßte sie noch einmal.

## 42

»Seit sie von der Schule heimgekommen ist, sitzt sie da und bläst Trübsal.«

Jury versuchte, sich Linda beim »Trübsalblasen« vorzustellen, was ihm jedoch nicht recht gelang. Er lächelte.

»Keine Ahnung, weshalb sie mit Ihnen sprechen will, Superintendent.«

Mona Dresser winkte ihn ins Wohnzimmer.

Dort herrschte wie zuvor ein sympathisches Durcheinander. Wie eine nicht mehr ganz so junge Halbweltdame bemühte sich der Raum redlich, seinen einstigen Glanz zu bewahren, was ihm jedoch nicht recht gelang. Über sämtliche Möbelstücke waren Kleidungsstücke, Tücher und seidene Überdecken geworfen. Angenehm überrascht stellte Jury fest, daß der Raum noch genauso aussah, wie er ihn damals verlassen hatte. Nicht einmal die Schatten an den Wänden hatten sich verschoben. Bevor er sich in dem Sessel niederließ, den er beim letzten Mal okkupiert hatte, entfernte er ein Seidentuch und eine Handtasche von der Sitzfläche.

»Ach, schmeißen Sie die einfach irgendwo hin, Superintendent. Großartige Hausfrauen sind wir hier nicht, wie Sie ja schon wissen.«

Jury lächelte. Daß er es »bereits wußte«, enthob Mona Dresser offensichtlich der Pflicht, Einzelheiten zu schildern. »Wo ist denn Linda?«

»Sie will, daß Sie mit ihr zum Palace gehen. Fragen Sie mich nicht, warum.«

»Okay, ich laß es. Aber ein paar Fragen habe ich doch an Sie.«

»Selbstverständlich.«

»Es hat noch einen Mord gegeben. Es stand auch in den Zeitungen, ich nehme also an, daß Sie –«

»Simeon Pitt, meinen Sie? Ich kannte ihn.«

»Wirklich?«

»Zwar nicht besonders gut, aber er ist anscheinend ein Weilchen für den Theaterkritiker eingesprungen. Oder vielleicht war es auch nur dieses eine Mal. *Sie erniedrigt sich, um zu erobern*, das Stück, mit dem wir auf Tournee waren, wissen Sie.«

»Mit dem Sie in Sankt Petersburg gastierten.«

»Ja, unter anderem in Petersburg.«

»Wie kam er dazu, über ein Stück zu schreiben, das auf dem Kontinent gastierte?«

»Keine Ahnung. Wahrscheinlich irgend so eine komische Idee von seiner Zeitung. Er hat es recht großzügig gelobt; ich glaube, die Leute wußten gar nicht, welche – also, was für ein Mensch er eigentlich war. Ich habe mich bei ihm für die Rezension bedankt und ihn dadurch auch so ein bißchen kennengelernt. Er hat überhaupt nicht alles grundsätzlich niedergemacht und zerrissen – bei einem Goldsmith wäre ihm das wohl auch kaum gelungen, was? Er hatte es nicht drauf abgesehen, sich zu verkaufen oder zu beweisen, wie schlau er war.« Sie seufzte. »Wenn Sie mich also fragen, ob blinde Raserei mich dazu trieb, den Ärmsten umzubringen –« Mona griff nach dem Zigarettenkistchen aus Schildpatt.

»Nein, auf Sie als Mörderin hätte ich nicht direkt getippt.«

Sie wackelte ihm mit den Augenbrauen zu, während sie sich für ihre Zigarette ein Streichholz anzündete. »Sie glauben doch nicht etwa, ich hätte den Mumm, in diesen Herrenklub zu marschieren und einem ein Messer reinzujagen?«

»Für so dumm halte ich Sie eigentlich nicht.« Jury lächelte. »So etwas ist ja verdammt riskant.«

Mit konzentriertem Blick kräuselte sie die Lippen um ihre Zigarette, drehte sie und sagte: »Es muß also jemand sein, dem so was Spaß macht – Risiken einzugehen, meine ich. Haben Sie jemanden auf Ihrer Liste mit einem Hang zum Melodramatischen? Ich meine, abgesehen von mir?« Sie strahlte ihn an.

Sie erwartete ihn an den steinernen Säulen, und er mußte ihre ernsthaften Absichten für dieses Treffen anerkennen, da sie sonst wohl in dem Häuschen gewartet hätte, wo Tee, Kekse und Eiscreme angeboten wurden.

»Hallo, Linda«, sagte er und verbannte passend zu ihrer ernsten Miene ebenfalls jedes Lächeln aus Gesicht und Stimme. »Du wolltest mich sprechen?«

Sie hatte einen von Hunden ziemlich zerbissen aussehenden,

harten Gummiball dabei, den sie immer wieder in die Luft warf und auffing.

Schweigend führte sie ihn durch den Park in den umfriedeten Garten und von dort in den Kräutergarten. In dem verfallenen Treibhaus nahm sie etwas von der verwitterten Fensterbank. »Das hab ich hiergelassen, weil ich weiß, daß man nichts wegnehmen darf. Die Halskette.« Es war eine Kette mit einem Medaillon, das im Laufe der Jahre stumpf geworden war. »Ich hab's aufgeklappt. Gucken Sie mal.«

Die kleinen schwarzweißen Porträtfotos zweier Kinder, eines Mädchens und eines Jungen in altmodischer Kleidung, schienen in den winzigen Rähmchen zu schrumpfen. Das Gesicht des Jungen war noch von einem kreisrunden Glasscheibchen bedeckt, das des Mädchens am Untergrund klebengeblieben. Beide sahen ernst und traurig drein, wie Kinder früher immer ein bißchen aussahen. Und vielleicht immer noch aussehen.

»Es sind wahrscheinlich ihre Kinder.«

Jury schüttelte den Kopf. »Nein, das kann nicht sein. Dieses Medaillon liegt sicher schon ewig hier, Linda. Das hat ja schon Grünspan angesetzt.«

Linda sah ihn aufmerksam an, inspizierte ihn fast, als würde auf seiner Haut gleich ein Mal aufblühen, als Hinweis auf den Bruch in der Kette der Wahrheiten. Jury fragte sich, ob sie glauben wollte, es seien die Kinder der Frau, deren Leiche sie gefunden hatte, oder ob sie es nicht glauben wollte. Er war sich nicht sicher. Wirkte sie erleichtert? Darüber war er sich ebenfalls nicht sicher.

Dann wirbelte sie davon wie ein Haufen Laub im Wind und fing an, den zerkauten Ball auf und ab hüpfen zu lassen. Weil er dazu aber schon zu kaputt war, warf sie ihn in die Luft. Sie hat noch etwas im Busch, dachte Jury.

»Das Medaillon hab ich gefunden, als ich mit dem Mann hier war, der Sie kennt.«

Jury sah sie fragend an. »Du meinst Mr. Plant?«

»Wir haben die Führung mitgemacht. Er hat aber gar nichts gewußt über den Palace.«

»Das geht den meisten so. Es ist eins von Londons Geheimnissen, heißt es doch.«

»Na, und das bleibt es auch, wenn die Leute keinen Tourführer kriegen, der sich besser auskennt.« Sie fing den Ball und warf ihn wieder in die Luft.

Jury lächelte. »In ein paar Jahren kannst du dich doch um den Job bewerben.«

An Komplimenten war sie momentan nicht interessiert. »Er wollte, daß ich mich in die Eberraute lege, wo die Leiche war.«

»Mr. Plant?« Jury bezweifelte es.

»Jedenfalls beinah.« Der Ball landete an Jurys Bein. »Ich glaub', Sie denken auch, ich hätte mich getäuscht.«

»Nein, das denke ich nicht, Linda. Ich kann mir nur einfach nicht erklären, warum die Leiche zum Lavendel geschafft wurde, das ist alles.«

Schweigen. »Wenn ich die einzige bin, die weiß, daß die Frau ursprünglich woanders lag, dann kommt wahrscheinlich jemand und schnappt mich, so wie er gesagt hat, daß sie Sophie geschnappt haben.«

Jury war völlig perplex. »Sophie? Wer hat dir denn davon erzählt?«

Linda berichtete ihm, was Melrose gesagt hatte. »So dumm wie Sophie bin ich aber nicht. Ich hau' denen einfach ab.«

Darum ging es also. Daß sie entführt wurde wie die arme Sophie.

Jury kniete sich vor sie hin und zog ihre hochgestreckten Hände herunter. »Linda, *niemand* – verstehst du, *niemand* – wird dich schnappen. Das lassen wir nicht zu. *Ich* lasse das nicht zu. Und denk doch mal: Du warst vielleicht *am Anfang* die einzige, die gewußt hat, daß die Frau zuerst woanders lag, aber jetzt wissen es alle Polizisten. Da müßte doch jemand uns alle stehlen, und das wäre ein Riesenjob, stimmt's? Die gesamte Polizei von Fulham und ein Teil von Scotland Yard, und das soll ein einziger Mensch schaffen? Stell dir das doch mal vor!«

Erst sah Linda ernst aus, dann zuckte es verdächtig um ihren Mund, und schließlich fing sie an zu lachen. Als Jury ihre Hände wieder losließ, schlug sie sie sich hastig vor den Mund.

Jury stand auf, und ihr Blick folgte ihm verstohlen. Dann fiel ihm wieder ein, was sie gesagt hatte, und er fragte: »Und wieso war Sophie dumm?«

»Die hat sich echt dumm benommen.« Linda ging hinüber und nahm das Medaillon wieder in die Hand. »Wenn ich irgendwo gewesen wäre, wo es draußen einen Leierkastenmann gab und einen dressierten Hund und eine Katze, hätte ich doch keine Kartoffeln geklaubt. Ich wäre zu denen rausgegangen. Sie auch, wetten?«

Jury lächelte. Irgendwie war er zu der Ehre gekommen, in die kindlichen Heerscharen aufgenommen zu werden.

»Wie hat sie ausgesehen?«

»Wer?«

»Sophie.« Sie hielt ihm das Medaillon hin. »Sind Sie sicher, daß sie das nicht ist?«

»Ganz sicher. Dazu ist es viel zu alt. Diese Bildchen stammen aus der Zeit von Queen Victoria.« Jury hauchte sich in die Hände. Es mußte um etwa fünfzehn Grad kälter geworden sein. Er schlug seinen Kragen hoch. »Ich glaube, wir gehen lieber wieder zurück. Es ist kalt und wird schon dunkel.«

Linda sah wieder auf das Medaillon hinunter. »Vielleicht waren es Queen Victorias Kinder.« Sie warf ihm einen skeptischen Blick zu. Doch er brauchte es weder zu bestätigen noch zu bestreiten. Der Schuß, besagte ihr Ausdruck, war ziemlich danebengegangen. Sie rannte den Weg entlang, drehte sich um und rief: »Es waren jedenfalls die Kinder von *irgend jemand*!«

Ihre Stimme klang frostig herüber, und Jury spürte gleichzeitig ihre Unruhe und seine eigene und den herannahenden Regen.

Nachdem er Linda wieder in die Bishop's Park Road gebracht hatte, nahm Jury den Bus auf der Fulham Palace Road. Er hatte das (absurde) Gefühl, daß sich Lindas Fröhlichkeit im gleichen Maße gesteigert hatte, wie seine eigene verschwunden war.

Erklären konnte er es sich nicht und merkte nur, daß ihn die hereinbrechende Dämmerung vereinnahmt hatte. Beim Anblick der Leute, die einkauften oder von der Arbeit heimkehrten, merkte er, wie sich seine Laune zunehmend verschlechterte.

Er saß auf dem oberen Deck und sah hinunter, und als ein anderer Doppeldecker in entgegengesetzter Richtung angefahren kam, blickte er direkt hinüber zu dem allein dasitzenden Mann in einem Mantel ähnlich dem, den er selbst anhatte, und mit einem bekümmerten Gesichtsausdruck, der seinem eigenen vermutlich ziemlich ähnelte. Es vermittelte ihm das etwas unheimliche Gefühl, sich selbst zu sehen, wie er vor fast zwei Wochen in dem anderen Bus gefahren war.

Bevor sich das alles zugetragen hatte. Und er rechnete fast damit – nachdem der Bus wieder von einer Haltestelle angefahren war –, daß das Getrappel und die Stimmen, die die im Halbkreis geschwungene Treppe hochkamen, sich als die der Amerikanerin und ihrer Freundin entpuppten. Im Moment wäre ihm die laute, aufdringliche Amerikanerin gerade recht, denn sie hätte ihn vielleicht am Grübeln gehindert.

Er dachte an Linda und an Sophie. Als der Bus anhielt und andere Fahrgäste die Treppe herauf- und hinuntergingen, dachte Jury ans Reisen. *Zürich, Basel, Paris, Sankt Petersburg. Petersburg. Peter.* Zwei Haltestellen vor dem Stargazey stieg er aus. Er wollte zu Fuß gehen, er mußte den Gedanken, der ihm zwischenzeitlich gekommen war, zu Ende führen.

Unterwegs fiel ihm ein, daß in Amerika heute Thanksgiving gefeiert wurde.

Als er an der Theke Platz nahm, wo heute weniger Betrieb herrschte als beim letzten Mal – vermutlich waren inzwischen alle zum Abendessen nach Hause gegangen –, tröstete ihn der Anblick der schimmernd und glänzend aufgereihten Flaschen. Es gab ihm einfach das Gefühl, daß sich hier jemand Mühe gab.

Kitty kam auf ihn zu und wischte dabei mit dem Lappen an der Theke entlang, jede Gelegenheit zur Verschönerung nutzend. Im blitzblanken Tresen spiegelten sich die darüberhängenden Lampen wieder. »Hal-lo, da sind Sie ja wieder!«

Jury nickte und bat um einen Whisky. »Verdammt kalt ist es geworden, Kitty.«

»Für November war's ja bisher recht warm, da hatten wir wohl Glück.« Als sie die Whiskyflasche herunternahm und ihm ein Glas holte, rieb sie gleich noch die Flasche blank.

Jury lächelte. »Schenken Sie mir ruhig einen doppelten ein.«

Sie tat es. »Ist es wieder so ein Tag, was?«

Da er schweigend dasaß und sich anscheinend nicht unterhalten wollte, ließ sie ihn in Ruhe und begann, Flaschen vom Regal zu nehmen und sorgfältig abzureiben. Außer ihm saß nur noch ein halbes Dutzend anderer Gäste da, die sich schon reichlich alkoholisiert an ihren Getränken festhielten. Jury sah an dem hölzernen Pfosten hinauf – er saß wieder am selben Platz – zu den Postkarten und dachte an die, die er Plant geschickt hatte. Er hatte ganz vergessen, ihn nach dem Rezept zu fragen. Dann kippte er seinen Drink hinunter, blieb aber sitzen. Noch einen wollte er nicht. Eine Zeitlang blieb er so sitzen und sah zu, wie Kitty die Flasche mit dem Sapphire-Gin besonders gewissenhaft blankrieb.

»Kitty.«

Sie drehte sich lächelnd zu ihm um. »Noch einen?«

Er schüttelte den Kopf. »Haben Sie Kinder?«

»Ich? Aber ja.« Sie sah sich um, als suchte sie ein Foto von ihnen. »Zwei hab ich. 'n Jungen und 'n Mädchen.«

»Wie sehen sie aus?«

Es wunderte sie, daß jemand danach fragte, insbesondere ein Superintendent von Scotland Yard.

Alfie und Annie, ihre Kinder, wurden in schier endlosen Details beschrieben.

Jury legte reichlich Trinkgeld auf die Theke und sagte: »Das dachte ich mir.«

Ihr Blick, mit dem sie ihm bis an die Tür folgte, war verwirrt.

# 43

Am nächsten Morgen saß Jury in seinem Büro und dachte darüber nach, was Kitty gesagt hatte; dabei beobachtete er die Uhr, als bräuchte er die Zeit nur zurückzustellen, um alle Sorgen loszusein. Niedergeschlagen wie er war, machte sich Jury dann daran, eine Nachricht zu entschlüsseln, die Wiggins notiert hatte, eine Nachricht von Carole-anne.

Eigentlich war es eine Nachricht, die Melrose Plant in Jurys Wohnung hinterlassen hatte, wo Carole-anne oft das Telefon abhob. Für eine Götterbotin würde Carole-anne bestimmt nie gehalten werden, und Jury würde lieber eine am Strand angeschwemmte Flaschenbotschaft lesen.

*SCHAUEN SIE BEI FODOR'S NACH FUTONS. ODER VIELLEICHT BEI HARVEY NICHOLS.*

Jury starrte an die Wand. Harvey Nichols, das elegante Betten- und Wäschegeschäft? Verkauften die auch Futons?

Dann hatte das Telefon geklingelt und ihn wieder in die Realität zurückbefördert.

Wie sich herausstellte, war Ron Chilten am Apparat. Jury riß sich nicht darum, sich von Chilten das zarte Geflecht seiner bisherigen Ermittlungen zerstören zu lassen.

»Argentinien«, sagte Chilten und wartete ab.

Obwohl es bestimmt irgend etwas Wichtiges mit »Argentinien« auf sich hatte – auch wenn Jury keine Ahnung hatte, was dies sein könnte –, brachte er heute morgen keine Geduld für einen von Chiltens Fortsetzungsromanen auf. Leise fluchend kniff er die Augen zu und sagte: »Ja, von dem Land hab ich auch schon gehört.«

»Und Muerte del Sol? Kommt Ihnen das bekannt vor?«

Wenn er Chilten das nächste Mal begegnete, würde er *ihn* vielleicht mit *muerte* etwas näher bekannt machen. »Jetzt passen Sie mal auf, Ron; machen wir's doch einfach kurz, und Sie rücken raus damit. Mal sehen, ob ich's begreife.«

»Muerte del Sol, Sie erinnern sich, ist – oder war – diese Guerillagruppe, die sich vom Militär abgespalten hat, so etwa vor vier Jahren, und ein Jahr später bei einem Putschversuch auseinanderfiel, weil ihr Führer, ein gewisser –« Chilten raschelte mit Papieren – »Juan Asunción ermordet wurde. Von gedungenen Mördern. Jemand mit einem Heckenschützengewehr und ruhiger Hand.«

Jury wartete. »Diese Lektion in südamerikanischer Geschichte ist ja ganz interessant, läßt mich aber leider kalt. Was zum Teufel hat das eigentlich mit unserem Fall zu tun?«

»Geduld, Geduld, ich will Sie nur auf den neuesten Stand bringen.«

»Toll, aber über *was* genau?« Jury beobachtete Wiggins, der gerade höchst bedächtig irgendein organgegelbes, zähflüssiges Zeug aus einer gedrungenen Flasche abmaß. Lieber würde er das trinken, als Chilten weiter zuzuhören.

»Das, worüber wir gesprochen haben, Ricardo. Haben Sie's schon vergessen? Pässe, weitere Pässe.«

Jury lehnte sich interessiert zurück. »Soll das heißen, Nancy Pastis ging nach Argentinien?«

»Oder, sagen wir, Justine Cordova? Noch so ein totes Baby, Jury. Das vor sechs Jahren einen Paß beantragt hat. Gerade wie ich die argentinische Polizei kontaktiere, stelle ich fest – Überraschung, Überraschung –, daß die ihr wegen was anderem auf den Fersen sind. Die suchen seit Jahren nach einer heißen Spur.«

Jury schluckte so heftig, als nähme er tatsächlich das orangegelbe Zeug von Wiggins ein. »Nancy Pastis, sagen Sie? Diese Cordova ist auch – war auch Nancy Pastis.«

»Ähm. Ja und nein.«

Jury konnte Chiltens Lächeln fast hören. »Wie denn das, Ron?«

Und wieder bekam er sehr zu seinem Leidwesen keine richtige Antwort auf seine Frage. Chilten fuhr fort: »Können Sie sich noch erinnern, etwas von dem Mord an dem britischen Geschäftsmann gelesen zu haben, der, glaube ich, für IBM arbeitete? Vor ein paar Jahren in Moskau?«

»Nein.«

»Anscheinend war wieder so ein totes Kind in Rußland unterwegs – genau wie Nancy Pastis –, nur daß es diesmal Amanda Walker hieß, ein irisches Mädel. Ein totes irisches Mädel, meine ich.«

Chilten machte eine Pause, und Jury half ihm auf die Sprünge. »Weiter.«

»Damit wären wir bei totem Kind Nummer drei: Eve Fellowes. Eve war in Frankreich, als ein Franzose namens Jules Pointier getötet wurde, wieder durch eine Kugel aus einem Heckenschützengewehr.«

»Moment mal, Ron. Selbst wenn Nancy Pastis in diese Länder gereist ist, benutzten die drei Genannten doch Pässe auf ihren eigenen Namen und nicht den Paß von Nancy Pastis.«

»Jury.« Chilten machte eine Pause. »Es geht doch darum – alle Opfer wurden von jemandem ermordet, der die Identität eines toten Kindes angenommen hatte. Na, kommt ihnen das denn nicht komisch vor?«

Jury sagte nichts, sondern saß nur da und starrte ins Leere.

Also sagte Chilten es noch einmal. »Sie wurden alle quasi von Toten ermordet. Und wer weiß, vielleicht ist diese Frau mit mindestens drei gefälschten Pässen ansonsten unter dem Namen Nancy Pastis herumgereist?«

»Was ist bei Papua-Neuguinea rausgekommen?«

»Gar nichts. Vielleicht hat Nancy da bloß Urlaub vom Morden genommen. Menschenskind, verdient hatte sie sich's.«

»Falls da eine Verbindung besteht.«

»Das paßt aber doch verdammt gut zusammen, was? Stellen Sie sich mal den Streß vor, wenn einem ein halbes Dutzend Länder ihre Polizei auf den Arsch hetzt.«

»Da komme ich jetzt nicht ganz mit.«

»Ach, ich dachte, Sie blicken durch. Dana. Sie wissen schon, das Wesen, dem bisher niemand ein Gesicht verpassen konnte. Von dem man glaubt, es hätte den Kunstraub da in Sankt Petersburg durchgezogen, den Chagall. Der Dieb, der professionelle Attentäter. Dana.«

## 44

Melrose öffnete ein Auge – und zwar das, das nicht von dicken Daunenkissen verdeckt wurde – und spähte zum Fenster hinüber. Was er da erblickte, so hoffte er, war Tageslicht und nicht erst die Morgendämmerung. Er war schließlich und endlich um zwei Uhr nachts in Long Piddleton angekommen und redete sich schon ein, kaum etwas Schlaf bekommen zu haben, bis ihm wieder einfiel, daß er im Laufe der Nacht mehrmals von seinem eigenen Schnarchen aufgewacht war.

Die eine Gesichtshälfte auf die Kissen gepreßt, hörte er mit dem anderen zur Verfügung stehenden Ohr Gelächter im Treppenhaus herauftönen. Er runzelte die Stirn. Dann erkannte er das Gelächter: Trueblood. Truebloods Gegacker gekreuzt mit Ruthvens dumpfem Gejohle. Was um alles in der Welt hatten die hier in aller Frühe zu lachen, und was hatte Trueblood in Ardry End zu suchen?

Er fürchtete, es schon gleich herauszubekommen, als er hörte, wie sich Schritte näherten und gleich darauf ein lautes Pochen an seiner Tür ertönte.

»Melrose!« ließ sich Trueblood laut vernehmen.

»Verschwinden Sie!«

»Kommen Sie raus, alter Kämpe. Es gibt viel zu tun!«

»Ich will aber nichts tun. Gehen Sie weg.«

Das Gegenteil war der Fall. Trueblood öffnete die Tür und kam herein. »Ich dachte schon, Sie lägen im Koma.« Er zog einen antiken Hocker aus Walnußholz ans Bett herüber, nicht ohne dessen abgewetzten, aufwendig bestickten Sitz zu betrachten, bevor er sich darauf niederließ, und sagte: »Hübsches Stück. Sie sollten es mal aufarbeiten lassen. Dieses Knotenholz sieht aus –«

Daraufhin drehte sich Melrose doch um. »Muß ich mir jetzt als erstes eine morgendliche Vorlesung über Knotenholz anhören? Eher würde ich mich duellieren. Morgendämmerung hätten wir ja schon.« Er drehte sich wieder weg und machte die Augen zu.

Da hörte er ein Streichholz zischen. »Von wegen Morgendämmerung. Zigarette?«

»Nein, *danke.* Ich bin keiner von denen, die morgens gleich als erstes rauchen müssen.«

»Wir haben Nachmittag. Ziehen Sie sich an.«

Als er hörte, daß es schon Nachmittag war, fühlte sich Melrose auf einmal gar nicht mehr so schläfrig. »Wo ist mein Tee?«

»Ach, auch so einer, der ohne sein Täßchen nicht in die Gänge kommt? Ich werde es Ruthven sagen.«

Ruthven brauchte es allerdings nicht gesagt zu bekommen. Er stand bereits vor der offenstehenden Tür und kam – das Silbertablett wie eine Galionsfigur vor sich haltend – ins Zimmer gesegelt. Aus der gedrungenen Silberkanne zog ein dampfendes Band aufwärts an Melrose' Nase vorbei. »Ah!« machte er, während Ruthven einschenkte.

Mit einer dezenten Verbeugung zu Trueblood, als hätten die beiden nicht weiß Gott wie lange im Korridor herumtrompetet, erkundigte sich Ruthven: »Zucker, Sir?«

»Ach ja, etwa fünfzehn Klümpchen, bitte«, gab Trueblood zurück.

»Sir«, antwortete Ruthven und begann sie abzuzählen.

»War nur ein Scherz, Ruthven. Zwei sind genug.«

»Sir.« Als vielleicht der letzte und sicherlich beste Verfechter der alles-fraglos-hinnehmenden Schule hätte Ruthven auch keine Miene verzogen, wenn Trueblood nach fünfzehn Klumpen Kohle verlangt hätte. Er hätte sie abgezählt. Als er mit dem Teeausschenken an diese beiden hilflosen Kreaturen fertig war, verbeugte sich Ruthven erneut, machte auf dem Absatz kehrt und rauschte ab.

»Ach Gott, also, wenn Sie jemals erwägen sollten, Personal abzubauen, kriege ich ihn, ja? Er ist einfach wunderbar.«

»Das *Personal* in Ardry End besteht aus lediglich drei Leuten, mehr nicht. Ruthven und Martha und Wyatt Earp. Momaday können Sie jederzeit gern haben.« Melrose gähnte ausgiebig.

»Jetzt aber los, Mann! Wollen Sie denn nicht sehen, was ich in den letzten zehn Tagen getrieben habe?«

Melrose trank seinen Tee aus und zog die Beine unter den warmen Decken hervor. Er glaubte zwar nicht, daß das, was Trueblood getrieben haben mochte, sich mit dem messen konnte, was er selbst getrieben hatte, sagte es aber nicht.

Er vergewisserte sich kurz, daß das in braunes Packpapier eingeschlagene Bild immer noch an der Wand stand, wo er es hingestellt hatte.

Rasiert, angekleidet und mit reichlich Tee und Toast versorgt, stand Melrose vor dem Spruchband, das sich über der Tür zur Bibliothek von Long Piddleton spannte: AUSRUHEN, LESEN UND MILCHKAFFEE IN DER BIBLIOTHEK!

»Absolut spitzenmäßig!« sagte er.

Als sie hereinkamen, hatte Una Twinny, die Bibliothekarin, buchstäblich alle Hände voll zu tun. Ein Dutzend Kunden warteten schon, um Bücher ausleihen zu können, und ebenso viele schlenderten zwischen den Regalen umher. Für die kleine Bücherei stellte dies bereits einen Menschenauflauf dar.

»Kommen Sie«, sagte Trueblood und führte ihn in den anderen Raum hinüber.

Das neue Bibliothekscafé öffnete, wie auch die Bücherei selbst, pünktlich um neun. »Wie um alles in der Welt haben Sie das alles in zehn Tagen hingekriegt?«

»Vor allem mit der tatkräftigen Hilfe von Ada Crisp. Sie hat sämtliche Stühle und drei Tische gespendet.«

Ada Crisp hielt auf Marshall Trueblood die größten Stücke, seit dieser bei dem berüchtigten Nachttopfprozeß vor Gericht ihre Verteidigung übernommen hatte.

»Aus dem Pfarrhaus haben wir noch zwei zusätzliche Tische akquiriert, und Betty Ball hat einen fünften aus der Bäckerei zur Verfügung gestellt, ganz zu schweigen von all den Backwaren hier, die sie gestiftet hat.« Trueblood vollführte eine großzügige Armbewegung über die Platten mit Scones, Croissants und Rosinenbrötchen sowie einer wunderschön mit Veilchen verzierten Torte mit Vanillekremguß. »In London habe ich eine Espressomaschine aufgetrieben und auch eine Kiste mittelprächtiges Geschirr. Und dieses glasierte Steingutzeug, das eigentlich recht ordentlich ist. Die anderen Teile stammen aus meinem Geschäft, und der Frauenverein von Sidbury hat die karierten Tischdecken und Servietten gestiftet. Wirklich, es hat schon eine gewisse Atmosphäre. Ein paar von den hiesigen Jungs haben ehrenamtlich gestrichen und die Kacheln um den Kamin erneuert. Und der Blumenhändler in Sidbury hat es sich nicht nehmen lassen, diese herrlichen Blumen zu spenden.«

Auf einer auf Hochglanz polierten Kommode (gestiftet von »Trueblood Antiquitäten«) stand ein üppiges Arrangement aus Rosen, Rittersporn und Anemonen. Vor den elektrischen Scheiten des Kaminfeuers schlief ein großer Hund. »Woher haben Sie denn den – Moment mal! Was macht denn meine Hündin hier?«

»Mindy? Ach, die haben wir uns nur mal kurz ausgeliehen. Bis wir richtig eingerichtet sind. Jeder Laden braucht doch eine Katze oder einen Hund. Alle Pubs haben einen –«

»Das ist aber *mein* Hund. Mindy!« rief Melrose ziemlich scharf.

Die Hündin reagierte überhaupt nicht, sondern wandte bloß ihr Gesicht den warmen Scheiten zu, wobei Melrose wieder an die wohlige Wärme seines Betts denken mußte, die er am heutigen Morgen so genossen hatte. Sie ließen sich an dem Tisch neben dem Hund nieder. Trueblood ging zur Theke hinüber, um Milchkaffee zu holen, und kehrte auch gleich mit randvollen, schaumgekrönten Tassen zurück. »Köstlich«, sagte Melrose und leckte sich den Schaum von der Oberlippe. »Ein paar von den Leuten hier kenne ich nicht. Sollte Mr. Brownes Ruf gar über Long Piddleton hinausgedrungen sein? Hat seine Niedertracht inzwischen schon Sidbury oder sogar Northampton erreicht?«

»Er ist, kann man sagen, nicht gerade ein beliebter Mitspieler. Sie können sich ja vorstellen, was er von dem Ganzen hält. Alle, die in Long Piddleton ihre Bücher bisher bei Browne ausgeliehen haben, gehen jetzt woanders hin. Theo hat schon damit gedroht, einen Prozeß anzustrengen.«

Melrose' Miene hellte sich auf. »Wieder ein Gefecht vor Gericht?«

»Der behauptet alles mögliche. Zum Beispiel, daß wir wegen

Schädlingsbefall vom Gesundheitsamt Ärger bekommen könnten. Angeblich hat er gesehen, wie hier drei Mäuse herumgerannt sind. Na ja, ich habe die Kammerjäger gerufen, die auch gleich kamen und sagten, es sei alles in Ordnung. Dann hat Browne behauptet, in der Gemeindesatzung sei die Bücherei nicht als Einzelhandelszone ausgewiesen.«

»Als *was*? Mein Gott, dann dürfte die Bruchbude von Mrs. Withersby überhaupt nirgends stehen.«

»Nein, sie müßte abgerissen werden.«

Wenn man vom Teufel spricht… Melrose drehte sich genau in dem Moment um, als Mrs. Withersby (von den Anonymen Apathikern) mit Eimern und Mop bewaffnet zur Tür hereinkam. Im Mundwinkel hing eine Zigarette.

»Ah, da ist ja die Withers, unser braves Mädel«, meinte Trueblood.

»Braves Mädel? Was soll denn das wieder heißen?«

»Das soll heißen, daß die Withers hier im Café ehrenamtlich putzt.«

Melrose, der gerade einen Schluck Kaffee zu sich genommen hatte, japste und spuckte einen kurzen Tröpfelregen in die Luft. »*Ehrenamtlich?* Das klingt, als hätte ein Franziskanermönch seine Lou-Reed-Plattensammlung gespendet. Withersby macht überhaupt nichts umsonst. Sie will doch nur Kaffee und Zigaretten schnorren.« Mit diesen Worten zog Melrose sein Zigarettenetui hervor. »Ich zähle jetzt auf zehn. … sechs… sieben…«

»Ach, das sind doch die Gebrüder Cray, die sich ihr Schutzgeld abholen kommen. Hätten Sie vielleicht 'ne extra Kippe, Hochwohlgeboren?«

Melrose stand höflich beflissen auf und offerierte ihr sein Etui. Mrs. Withersby war so frei und nahm sich fünf oder sechs. Aber, aber, wer wollte denn nachzählen? »Gern geschehen.« Er setzte sich wieder.

Mop und Eimer bei Fuß, immer noch in ihrem alten Mantel

und dem geblümten Kopftuch, kam Mrs. Withersby nun zum Geschäftlichen. »Ich nehm' dann so einen Espresso.«

»Aber selbstverständlich«, sagte Trueblood mit vollendetem Charme. Er hob die Hand, um die Frau an der Kaffeemaschine aufmerksam zu machen, und deutete auf Mrs. Withersby, die, nachdem sie Kippen und Kaffee abgestaubt hatte, von dannen zog. Trueblood erzählte weiter. »Die Leute haben sich darum gerissen zu helfen. Die Mutter unserer kleinen Sally McVittie ist die Dame dort drüben an der Espressomaschine. Macht einen erstklassigen Cappuccino. Ich habe sie schon düstere Prophezeiungen ausstoßen hören über das Schicksal des ›Wucherers und Kinderschänders‹ – damit meinte sie Mr. Browne.«

»Ach, die kleine Sally, die kenne ich doch.« Melrose lachte. Er sah hinüber zu einem hohen Kirschholzregal, in dem etwa dreißig bis vierzig Neuerscheinungen standen. »Wo hat denn Miss Twinny all die neuen Bücher her? Gibt's etwa inzwischen ein besseres Bibliothekssystem?«

»Die habe ich aus London mitgebracht. Bin einfach in einen Buchladen, habe einen Schwung neuester Literatur verlangt und gefragt, ob sie mir Rabatt geben. Die neuen werden pro Tag für fünf verliehen, sind also mindestens fünfundsiebzig Prozent billiger als bei Theo. Die Bibliothek hat seiner blödsinnigen Ausleiherei natürlich das Geschäft versaut.«

»Großartig! Trueblood, was soll ich da noch sagen?«

»Sie können sagen, noch zwei Cappuccinos. Ein Pfund die Tasse, was billiger ist als bei Emporium Espresso in Sidbury.«

Als Melrose zwei Tassen Nachschlag holen ging und mit Sallys Mum ein freundliches Schwätzchen über Sallys und Bubs Lesegewohnheiten gehalten hatte – daß Miss Twinny nämlich bezüglich Bubs Fleckenspritzerei auf Büchern offenbar weitaus toleranter war als Theo Wrenn Browne je sein würde –, meinte sie schließlich im Vertrauen: »Also, meine Sally, Mr. Plant, die findet Sie ja absolut spitze.«

Dies brachte ihn ganz durcheinander. Er erging sich in einer Reihe von Abwiegelungen (aber nein … das hab ich doch gar nicht alles … da tut sie mir aber zuviel Ehre an), nahm die Cappuccinos und zwei Rosinenbrötchen und kehrte an seinen Tisch zurück.

Trueblood rauchte eine von seinen buntstiftfarbenen Zigaretten und fummelte an einem Schildchen herum, auf dem RAUCHERBEREICH zu lesen stand. »Ich hab uns das hierhergestellt«, meinte er verlegen. »Wie war das gerade mit einem Kunstrestaurator?«

»Sie wissen mir bestimmt einen, ja? Sie kennen sich doch da aus.«

»Hmmm. Ich kenne sogar mehrere. Es gibt da eine Frau in Northampton. Sie haben mir aber immer noch nicht gesagt, worum es geht. Ich bin ganz Ohr. Was war denn in London?«

Melrose berichtete ihm von Simeon Pitt. »Erstochen, vor aller Augen mitten im Klub.«

»Ach, du lieber Gott«, sagte er immer wieder. Als Melrose sich nicht weiter darüber ausließ, meinte Trueblood: »Na los, raus damit, alter Kämpe. *Warum?* Wie lautet Ihre Theorie?«

Melrose schwieg einen Augenblick. »Macht es Ihnen was aus, wenn ich es Ihnen jetzt noch nicht sage? Ich möchte es lieber erst von einem Spezialisten begutachten lassen. Und zwar sofort, weil –« *weil Seb oder einer von denen vielleicht merkt, daß das Bild weg ist,* fügte er allerdings nicht hinzu. »Wenn Sie also sogar in Northampton jemanden wissen –«

»Abgemacht, alter Knabe. Sobald ich im Geschäft bin, rufe ich an.« Als plötzlich ein helles Piepsen ertönte, drehten sich alle zu ihnen herüber. »Es ist bloß das Ding hier.« Und schon hatte Trueblood in seine Westentasche gegriffen und einen Funkrufempfänger hervorgezogen. Er überprüfte die Nummer und steckte das Gerät wieder ein.

»Sie auch? Sie haben auch einen Piepser? Diane hat so ein Ding.«

»Ganz recht, alter Kämpe. Sollten Sie sich auch zulegen. Es ist ein Riesenspaß. Diane und ich piepsen uns andauernd an. Natürlich unter unserer geschäftlichen Nummer, dort sind wir ja meistens zu erreichen. Leute wie wir sind eben vielbeschäftigt.«

»Vielbeschäftigt? Diane Demorney?«

»Na ja, sie hat doch diesen Job bei der Zeitung.«

»Du meine Güte, das klingt ja, als würde sie über ein heißes Pflaster wie Algerien berichten und sei dauernd im Einsatz. Ich meine, wie viele Notfälle auf der Milchstraße kann's schon geben? Wissen Sie was, geben Sie mir mal Ihre Nummer. Die von Diane habe ich schon.« Melrose zückte sein Adreßbüchlein. »Ich werde Diane anrufen und ihr etwas auf den Wecker gehen.«

»Sie müssen nur, sehen Sie, ihre Nummer anrufen, die erscheint dann auf dem Piepser, und sie ruft Sie dann unverzüglich zurück... mehr oder weniger. Unverzüglich tut Diane ja überhaupt nichts.«

»Ich *weiß*, wie es funktioniert.«

»Sie sollten sich eins zulegen. Withersby hat auch eins.«

»*Withers* hat auch eins? Das darf doch nicht wahr sein.« Er sah zu Mrs. Withersby hinüber, die auf ihren Mop gelehnt dastand, sich mit Sallys Mutter unterhielt und dabei mit abgespreiztem, kleinem Finger an ihrem Espresso nippte. »Da könnte man dem Glöckner von Notre-Dame ja auch gleich eins verpassen.«

Trueblood schnaubte lachend. »Sie sollten sich eins anschaffen.«

Melrose schnaubte zurück, um seine Verachtung für solche Kinkerlitzchen kundzutun. »Nur über meine Leiche.«

# 45

»Richard! Ich hatte Sie schon vor Stunden erwartet.« In Kates Tonfall lag kein Vorwurf, nur Besorgnis und Überraschung.

»Ich wurde aufgehalten. Das passiert oft. Wie heißt es so schön? Die liebe Arbeit.« Er sah sich im Wohnzimmer um. »Dieser Raum« – er wandte sich lächelnd zu ihr her – »paßt nicht zu Ihnen.«

Sie wirkte etwas verblüfft. »Bisher hatten sie daran doch auch nichts auszusetzen.«

»Nun, das liegt vielleicht daran, daß ich ihn noch nie eingehend betrachtet habe.«

Über die Rückenlehne des Sofas hatte sie die Jacke ihres grauen Kostüms geworfen, das sie getragen hatte, als sie »festgehalten« worden war. Er nahm die Jacke und las vom Etikett ab: »Max Mara. Sehr schön, richtig Upper Sloane Street.« Er legte die Jacke wieder hin. »Max Mara und dieses Zimmer hier passen nicht zusammen.«

Nun schien sie vollends beunruhigt. »Was ist eigentlich los?«

»Gar nichts«, erwiderte er und warf seinen Mantel mit einem Schwung auf das Sofa. »Es gibt sogar ein paar gute Nachrichten.« Er betrachtete sie lange mit einem ziemlich flauen Gefühl, als würde etwas in ihm langsam entgleiten und in ein Flußbett absinken, bis auf den tiefen Grund.

»Gute Nachrichten? Los, erzählen Sie schon. Will mich die Polizei in Fulham etwa wieder abholen? Das wäre wirklich eine gute Nachricht.«

»Das ist es nicht, nein. Ich habe gerade mit einem Inspecteur LeGrand in Paris telefoniert. Die Akten über die Entführung sind zwar verbrannt, aber es gibt eventuell neue Hinweise auf Sophie. Er wußte aber nicht recht, wie Ihre Tochter aussieht. Wie sah sie denn aus?«

Kate lehnte sich mit einem unfreiwilligen Kopfschütteln zurück. Ihr Schweigen, die winzige Pause, entging Jury nicht. »Ach.« Kate zuckte die Achseln. »Sie war blond. Wie ich.«

Als sie vom Sofa aufstand und auf die kleine Kommode zuging, auf der Whisky und Sherry standen, mußte Jury an Kitty denken, an den nicht endenwollenden Bericht über ihre beiden Kinder. Er konnte nicht glauben, daß »Ach, blond« und ein Achselzucken alles war, was eine Mutter über ihr Kind zu sagen hatte.

»Hier sind auch gar keine Bilder von ihr. Schmerzt Sie die Erinnerung zu sehr?« Er drehte sich auf dem Sofa zu ihr um. »Die ganze Geschichte war gelogen, stimmt's?«

Eiswürfel fielen klirrend in die Gläser. Als sie nicht antwortete, sprach er weiter. »Es war grandios ausgedacht, doch ein paar Sachen fehlten. Sie haben sie nie beschrieben – wie sie aussah, was sie anhatte, wie sie war – und konnten doch Ihre Umgebung in den minuziösesten Details beschreiben: Fauchon, den Leierkastenmann, die Tiere. Das zweite war – jemand hat mich darauf hingewiesen –, daß sich ein kleines Kind nicht wie Sophie verhalten würde. Ich hätte das alles merken sollen, als Charles Noailles sagte, Michael McBride habe nie etwas von einer Tochter erwähnt. Ihr Mann war eng befreundet mit Noailles. Es wäre fast unmöglich gewesen, ihm *nicht* von einer Tochter zu erzählen, in die er ›vernarrt‹ war. So haben Sie es doch ausgedrückt, nicht wahr?«

»Sie phantasieren sich da etwas zusammen. Wieso um alles in der Welt hätte ich mir das alles ausdenken sollen?« Sie kam herüber und gab ihm das Whiskyglas in die Hand.

Doch er sah sie dabei nicht an und wollte es auch nie wieder tun, weil er wußte, sie würde die gleichen harten Kanten annehmen wie die Möbel, das Silber, das Porzellan. Er hätte eine andere vor sich. »Aus sehr guten Gründen, möchte ich meinen. Vor allem, weil ich als einziger mit Sicherheit sagen konnte, daß Sie am Schauplatz des Verbrechens waren. Alle anderen dachten, ich hätte mich getäuscht, nachdem Sie beide sich so ähnlich sahen. Es sollte mein Mitgefühl erregen, ich sollte Ihnen glauben *wollen*. Und davon abgesehen, diese ganze verschlungene Geschichte mit den Treffen und den Anweisungen, in fremde Städte zu fahren – nun, falls ich nicht umgekippt wäre und Sie hätten zugeben müssen, daß ich recht hatte, hätten Sie immerhin einen Grund gehabt, zum Fulham Palace zu gehen. Dann wäre es eben noch so ein merkwürdiges Treffen gewesen, das Ihre Verfolger Ihnen abverlangt hätten. Mit dem Feuer hatten Sie sogar eine Erklärung für die Tatsache, daß es keine Unterlagen über Sophies ›Entführung‹ gab, mit einem Feuer, das tatsächlich stattgefunden hatte. Und wenn Sie mir jetzt Kate McBrides Paß zeigen würden, könnte ich sehen, daß sie in Zürich, Belgien und Sankt Petersburg war, und zwar genau zu den Zeiten, zu denen Sie sagten, daß Sie dort waren. Sogar daran haben Sie gedacht. Der einzige Ausrutscher war, daß sie es ›Peter‹ genannt haben. Nur wer mit der Stadt sehr vertraut ist, würde sie so nennen.«

Während der letzten Worte stand Jury auf, trank noch einen Schluck Whisky, der ihm aber keine Erleichterung verschaffte, und wandte sich zu ihr um. In dem Moment hörte er das wohlvertraute, metallische Klicken. Die Waffe überraschte ihn kaum mehr als der Anblick einer völlig veränderten Frau. Die schwere Handfeuerwaffe, eine Walther, hielt sie, das Handgelenk mit der anderen Hand abgestützt, so professionell, als wüßte sie damit umzugehen, als sei sie schon damit umgegangen.

Schon oft, dachte er sich. »Es ist ihre Wohnung, nicht wahr? Kate McBrides? Die in Mayfair, wie ich vorhin sagen wollte, paßte viel besser zu Ihnen. Warum haben Sie sie umgebracht?«

Ihr Lächeln war nur eine Lippenbewegung, kein richtiges Lächeln, Stimme und Augen blieben davon unberührt. Ihr Lachen klang abrupt und atemlos. »Warum? Für einen, der so schlau ist wie Sie, sollte das doch eigentlich klar sein.«

»So schlau bin ich ja offensichtlich gar nicht.«

»Ich wollte eine richtige Identität. Keine zusammengeschusterte mit gefälschten Pässen und Führerscheinen, sondern eine, die tatsächlich *existierte.* Vor ein paar Monaten kam ich zufällig in dieses Pub. Dort hielt mich jemand für Kate McBride. So kam ich überhaupt auf die Idee. Ich beobachtete sie dann lange – wo sie hinging, was sie machte, wie sie aussah. Ich verschaffte mir Zutritt zu ihrer Wohnung, sah mich um, las in ihren Tagebüchern und Briefen. Und so erfuhr ich alles, was ich wissen mußte. Einmal, als ich die Tür abschloß, sah ich Mrs. Laidlaw. Sie dachte auch, ich sei Kate.« Wieder lächelte sie. Die Waffe blieb starr auf ihn gerichtet. »Das Haus in Wales. In dem hätte ich gern gewohnt, wirklich gern.«

»Woher wußten Sie darüber Bescheid?«

»Die dumme Kuh hat im Pub telefoniert. Ich saß direkt daneben. Erstaunlich, was man von den Leuten alles erfährt, ohne groß danach fragen zu müssen. Und wegen dieses Hauses mußte ich sie natürlich dann auch sofort verschwinden lassen. Sie vereinbarte nämlich einen Termin, und wenn *sie* zu dem Anwalt gegangen wäre, konnte *ich* dort ja schlecht als Kate aufkreuzen, nicht? Ich bin müde. Geld zum Leben habe ich mehr als genug. Ich will mit diesem Versteckspiel aufhören, ein neues Leben beginnen, einfach eine ganz normale Engländerin sein.«

»Das können Sie wohl kaum. Sie können nicht einfach irgend etwas anderes sein. Sie sind nicht einmal Nancy Pastis.«

»Das war mein zweiter Grund, Kate McBride zu töten. Ich wollte mir Nancy vom Hals schaffen. Dadurch wurde die Sache ein bißchen kompliziert. Ich hätte natürlich einfach weggehen können, nachdem das kleine Mädchen die Leiche gefunden hatte. Aber als nichts passierte und sie keine Anstalten machte, etwas zu unternehmen, folgte ich einfach meinem ursprünglichen Plan und ging noch einmal hin. Mrs. Laidlaw ist ja eine süße, alte Dame, aber nicht besonders hell.«

»Sie wollten, daß man die Leiche identifizierte. Und zwar als Nancy Pastis. Wieso haben Sie ihr nicht den Paß dagelassen?«

»Also bitte, Richard. So schlau seid ihr Polizisten doch auch. Es hätte doch so ausgesehen, als sei er extra dort hingelegt worden.«

»Und Noailles«, sagte er verwirrt. »Den kannten Sie überhaupt nicht. Wie –«

»Selbstverständlich kannte ich ihn nicht. Sie waren derjenige, der ihn zur Sprache gebracht hat, wissen Sie noch? Sie haben mir von ihm erzählt. Ich sagte ja schon, was man von den Leuten alles erfährt, ist erstaunlich.«

»Sie haben es sogar geschafft, daß ich ihn im Verdacht hatte. Dieses ganze Lügenmärchen mit dem Château Noailles. Mein Gott, was bin ich dumm.«

»Oh, in der Nähe von Aix-en-Provence gibt es tatsächlich ein Château Noailles. Ich bemühe mich, möglichst nah an der Wahrheit zu bleiben. Und Sie sind alles andere als dumm, Richard. Ihr Problem ist, glaube ich, daß Sie Glas sehen und meinen, Sie hätten Diamanten vor sich. Zu viele Facetten, zu viele Schichten, zu viele Möglichkeiten. So viele, daß Sie nichts unternehmen. Ist es vielleicht das Hamlet-Syndrom?«

»Nancy Pastis, nehme ich an, war nicht einfach eine stinknormale Engländerin? Wer sind Sie?«

Mit einem Achselzucken wehrte sie ab. »Was tut das schon zur Sache?«

»Simeon Pitt wurde zwei Tage, nachdem die Polizei in Fulham Sie freigelassen hatte, ermordet. Mein Freund –« Er unterbrach sich. Je weniger über Melrose Plant gesagt wurde, desto besser. »Was haben Sie mit den Fabricants zu tun?«

Sie antwortete nicht; sie hatte eine Hand weggenommen, um sich die Max-Mara-Jacke anzuziehen, und wechselte die Waffe jetzt in die andere Hand, um sich ihren Mantel zu greifen. Die Waffe hatte die ganze Zeit auf ihn gezeigt, auch als sie zum Schreibtisch hinübergegangen war, die oberste Schublade aufgezogen und einige Papiere zusammengerafft hatte, die sie sich tief in die Manteltasche steckte. Ein paar Schritte, dann schwang sie sich ihre Tasche über die Schulter.

Jury verspürte eine ungewohnte Gelassenheit, die ihm merkwürdig vorkam. Eigentlich sollte das Adrenalin jetzt wie wahnsinnig pochen. »Die Frage könnten Sie mir noch beantworten.«

»Hatten Sie eine gestellt?«

»Simeon Pitt.«

»Ich kannte ihn gar nicht.«

»Haben Sie ihn getötet? Denn wer immer es getan hat, ist verdammt noch mal einfach kaltblütig.«

»Sie hatten nur eine Frage. Ich habe sie beantwortet.«

»Sie werden mich doch erschießen; dann kann ich es keinem mehr sagen.«

»Wie kommen Sie darauf, daß ich Sie erschieße, Richard?«

»Irgendwie hatte ich so den Eindruck«, sagte Jury trocken. Buchstäblich trocken. Sein Mund fühlte sich an, als hätte er Speichel nie gekannt.

Sie lächelte. »Ich glaube nicht, daß ich das könnte. Sie sind zu –« Sie wandte sich einen Augenblick ab, als schmerzte sie sein Anblick zu sehr.

»Sie erschießen mich also nicht?« Jury mußte unwillkürlich lachen. »Mein Gott, Sie haben was in den Drink getan, stimmt's?«

»Nicht viel. Nur genug, um Sie für ein paar Stunden ruhigzustellen. Es wird Sie umhauen, ganz schnell. Warten Sie's ab.«

»Wer solche Risiken eingeht wie Sie, meine Liebe, wird zwangsläufig zu Fall kommen.«

»Dann doch am besten durch Sie, meinen Sie nicht?«

Unvermittelt hörte er plötzlich Carole-annes Stimme: *Ist das wieder so eins von Ihren Komplimenten?*

Er lächelte und mußte sich hinsetzen, weil ihm schummrig wurde. »Ist das ein Kompliment?«

Ihre Hand lag auf dem Türknauf, die Waffe hatte sie unmerklich gesenkt. »Vielleicht. Ich mache nicht sehr viele.«

»Verdammt, allzu viele Gelegenheiten haben Sie dazu auch nicht. In einen Herrenklub zu marschieren, ein Stilett rauszuholen und eins der Mitglieder zu erstechen. Sie müssen ja fürstlich bezahlt werden, Kate.«

»Ich mache es nicht für Geld, nicht *mehr.*«

»Weshalb dann?«

»Weil mich der Nervenkitzel reizt.«

Sie war verschwunden.

Es haute ihn um. Ganz schnell.

## 46

Melrose erwog bereits, selbst ein Messer zu holen und sich über die oberste Schicht herzumachen – Sandpapier, hatte Rees gesagt. Er verging fast vor Neugier. Doch der Schaden, den er möglicherweise anrichten würde, machte ihn so nervös, daß er davon absah. Hätte er bloß Ruthven und Martha nicht den Abend freigegeben; nun war keiner da, dem er die Ohren vollschwatzen oder dem er etwas vorjammern konnte. Jury konnte er nicht erreichen – also, das war nun wirklich einer, der unbedingt einen Piepser haben sollte. Da fiel ihm der von Diane ein, und er blätterte in seinem Adreßbüchlein herum, bis er ihre Nummer fand, und rief an. Als er sie von London aus mit der Mitteilung angerufen hatte, er werde sich ein Auto mieten, hatte sie ihn bemitleidet, weil er sich mit einem Mercedes begnügen mußte.

Als der besänftigende Diskantton der Türglocke ertönte, hätte sich Melrose im Moment sogar über einen Besuch von Agatha gefreut. Er öffnete die Tür daher in der Erwartung, sie zu sehen, und machte einen unfreiwilligen (und wohl auch abweisend wirkenden) Schritt zurück, als er die Frau dort stehen sah.

Sie lächelte ihn an. »Mr. Plant?« Aus der Handtasche holte sie ihren Geldbeutel und hielt ihn ihm hin, wohl damit er ihren Ausweis sehen sollte. »Ich heiße Posy.«

Als er einfach dastand und sie anstarrte, lächelte sie wieder und legte den Kopf schräg, als warte sie darauf, daß bei ihm der Groschen fiel.

Da dämmerte es ihm. »Ach, Trueblood! Das hatte ich vollkommen vergessen. Er sagte ja, er kennt jemanden, der mir bei dem Bild helfen könnte.«

Sie nickte. »Ja, Mr. Trueblood hat mich angerufen.«

»Kommen Sie doch herein! Sie sind also aus Northampton?«

»Richtig. Nein, danke, ich behalte den Mantel an – ich habe schon den ganzen Tag diesen Schüttelfrost. Hoffentlich ist es keine Grippe. Was für ein außergewöhnliches, schönes Haus.« Sie stand mitten in der riesigen Eingangshalle mit dem Marmorfußboden und sah rings umher. »Ein paar wunderschöne Gemälde haben Sie da. Ist das ein Stubbs?« Sie deutete mit dem Kopf zu einer Zeichnung mit Stuten und Fohlen hinüber.

Melrose wußte es gar nicht so recht. »Mehr oder weniger. Hören Sie, das Bild, das Sie sich ansehen sollten, ist hier – im Wohnzimmer.« Er ging voraus. »Ich möchte das Gemälde eigentlich nicht direkt restauriert haben, sondern die oberste Schicht entfernen lassen.«

»Das ist ein ziemlich kompliziertes Verfahren. Dafür gibt es natürlich Lösungsmittel, aber man muß technisch auch sehr versiert sein, um das hinzukriegen.«

Melrose war zum Rollschrank hinübergegangen, hinter dem er das Bild verstaut hatte. »Sind Sie das?«

»Versiert? O ja.« Sie lachte.

Lächelnd zog er das Bild hervor, brachte es herüber und lehnte es an eine hölzerne Sitzbank. »Ich glaube, das hier ist kein Fall für Lösungsmittel.«

»Das ist also der Kandidat für die Restaurierung?« Sie betrachtete es schweigend. Dann sagte sie mit kaum verhaltenem

Lachen: »Ich verstehe gar nicht, weshalb Sie die oberste Schicht entfernt haben möchten.«

Trueblood hatte ihm eigentlich eine Kunstrestauratorin schicken sollen und keine Alleinunterhalterin. »Ich auch nicht.« Sie mußten beide lachen.

Sie fragte: »Aber – was ist es denn?«

»Schnee, Rußland, Sibirien – sagt der Künstler. Befühlen Sie mal die Oberfläche.« Als sie mit der Hand darüberfuhr, sagte er: »Sandpapier. Bei dieser Technik hat der Mensch, der es gemalt hat, eine dünne Schicht Sandpapier über das darunterliegende Gemälde gelegt.«

Sie nickte. »Davon habe ich auch schon gehört. Es ergibt eine interessante Oberflächenstruktur.« Sie hatte sich vor das Gemälde gekniet und erhob sich nun wieder. »Dann geht es also nicht darum, die weiße Farbe zu entfernen, sondern das Sandpapier, stimmt's?«

»Ist das nicht einfacher?«

»Auf jeden Fall.« Sie öffnete den Lederbeutel, den sie auf der Holzbank abgestellt hatte, und holte etwas heraus, das wie eine Uhrmacherlupe aussah. Sie klemmte sie sich in ihr rechtes Auge und beugte den Kopf dicht über das Bild; dabei fuhr sie erneut mit der Hand über die Oberfläche.

Melrose wußte nicht recht, weshalb sie es vergrößert haben wollte. »Es ist nichts weiter als ein einfaches, weißes Quadrat. Welches Detail versprechen Sie sich denn so zu sehen?«

»Hmm. Ich untersuche damit nicht das Bild, sondern die Struktur und die Dicke.« Sie machte ihre Augen weit auf und ließ die Lupe in ihre Hand fallen, drehte das Bild dann um und fuhr mit den Fingern an einer Kante entlang. »Interessieren Sie sich für das, was unter dem Sandpapier liegt?«

Er nickte. »Ein zweites Gemälde. Obwohl ich mir da nicht ganz sicher bin.«

»Dann sehen wir es uns doch mal an.« Aus dem Lederbeutel

zog sie diesmal ein Spachtelmesser, wie es von Anstreichern benutzt wird. Sie setzte es an der unteren Ecke auf und hob vorsichtig ungefähr fünf Quadratzentimeter des Sandpapiers hoch.

Melrose kniete sich neben sie und sah aufmerksam zu. »Ja. Ich kann nichts sehen. Nehmen Sie noch etwas mehr ab.«

»Es muß aber ganz langsam gemacht werden; ich fürchte sonst, ich könnte das Gemälde beschädigen. Glauben Sie, es ist wertvoll?«

»Es hat schon genug Probleme verursacht, um unbezahlbar zu sein.«

Sie lächelte. Sorgfältig fuhr sie fort, die oberste Schicht zu entfernen, bis sie etwa ein Viertel der Oberfläche des Bildes freigelegt hatte. Sie hielt inne. »Wie kommt jemand auf so eine Idee?« Sie erhob sich aus der Hocke und musterte ihn neugierig.

Melrose wollte es ihr nicht sagen und entschied sich für: »Mein Onkel Soames. Er ist allmählich etwas wirr im Kopf.«

»Wirklich?« Sie griff wieder in den Lederbeutel.

Melrose versuchte etwas zu entziffern, das wie eine Signatur aussah: »Könnte das hier vielleicht der Name des ursprünglichen Malers sein?«

»Das sollte ich meinen.«

»Wie haben Sie –« Er drehte sich um und erblickte den auf ihn gerichteten Revolver. Er war sprachlos.

»Tut mir leid, Mr. Plant.« Es klang recht freundlich; sie fügte hinzu: »Und wenn Sie sich jetzt einfach dort hinstellen« – sie machte eine Bewegung mit der Waffe –, »dann packe ich kurz alles ein und verschwinde.«

Melrose war zurückgewichen und eigentlich mehr schockiert als ängstlich. »Wer zum Teufel sind Sie?«

»Das tut nichts zur Sache.« Sie steckte ihre Sachen in den Beutel zurück.

»Woher wußten Sie, daß ich das Gemälde hatte?«

»Na ja, irgend jemand *mußte* es aus der Galerie Fabricant entwendet haben. Und Sie sind eigentlich der einzige Kandidat, soviel wir wissen.«

»*Wir?*«

»Ilona und Sebastian. Sie und Ihre Freundin, die Malerin –«

Melrose vergaß die Waffe. »Hören Sie, lassen Sie Bea Slocum aus dem Spiel, sie hat damit überhaupt nichts zu tun.« Das Klingeln des Telefons, das sich in Melrose' Ohren eher nach einem Kreischen anhörte, unterbrach ihn.

»*Gehen Sie dran!*« zischte sie. »Bevor Ihr Personal aufwacht.«

Gott sei Dank waren Ruthven und Martha nicht im Haus. Wieso merkte sie nicht, daß er ohne Dienstpersonal war? Schließlich hatte er ihr die Tür persönlich aufgemacht. Die Waffe war in seine Rippen gedrückt. »Nehmen Sie ab; halten Sie den Hörer so, daß ich mithören kann.«

Ja, wunderbar, schoß es ihm durch den Kopf. Wenn sie die andere Person reden hört, wie soll ich dann eine Nachricht übermitteln? Es ist Jury! Bitte, lieber Gott, laß es Richard Jury sein! Laß es Jury sein! Er kann Gedanken lesen.

»Melrose? Melrose? Was gibt's denn?«

Diane! Teufel noch mal! Wie kann ich ihr eine Nachricht durchgeben? »Diane … Liebling! Danke dir, daß du anrufst, Liebes.«

Kurze Pause, während der Diane aus den Kosenamen schlau zu werden versuchte, die er ihr gegenüber noch nie benutzt hatte. Dann sagte sie ziemlich zögernd: »Ja, ich …«

Laß sie nichts sagen. *Sagen Sie nichts, Diane!* Melrose konnte den warmen Atem seiner Henkerin an der Wange spüren. Den Revolver spürte er ebenfalls. »Hör zu, Diane. Liebes. Ich wußte, du wolltest gleich Bescheid wissen über Mildred.« Diane schwieg eisern. Lieber Gott, war es denn *möglich*, daß Diane merkte, daß bei ihm etwas nicht stimmte? »Es geht ihr nicht gut, Liebling, es geht ihr gar nicht gut.«

Schweigen. Und dann antwortete Diane. »Ach, Schatz. Das ist ja schrecklich, Liebling. Was ist es denn diesmal?«

Guter Gott! Diane Demorney konnte denken, konnte tatsächlich einen vernünftigen Gedanken fassen! »Ich fürchte doch, daß es langsam zu Ende geht, Diane.«

»Das ist ja furchtbar, mein Lieber.«

»Ja. Ich überlege, ob du nicht vielleicht bei ihr vorbeischauen könntest. Drüben an der Northampton Road. Fahr doch rüber und sieh mal nach der Ärmsten.«

»Ja, natürlich. Ich fahre sofort los.«

»Denk aber dran, wie nervös sie ist. Nicht, daß sie dein Auto hört, sonst kriegt sie gleich wieder einen Anfall.«

Die Waffe grub sich in seine Rippen. »Diane, ich muß jetzt Schluß machen.«

Melrose legte auf. Wo war sie? Im Jack and Hammer? Zu Hause? Solange sie nicht in Sidbury war, konnte sie in ein paar Minuten hier sein.

Die Waffe dirigierte ihn ins Wohnzimmer zurück. »Ich habe Sie nach Beatrice Slocum gefragt. Ist mit ihr alles in Ordnung?«

»Wahrscheinlich. Ich habe sie nicht gesehen.« Sie hatte Plastikfolie aus dem Beutel gezogen und begann nun mit der umständlichen Prozedur, das Bild mit einer Hand zu verpacken.

»Wie haben Sie mich gefunden?«

»Ihr Freund Superintendent Jury sagte etwas von einem Freund, der einen Kunstrestaurator suchte. Sein Freund, der Ex-Earl, sagte er. Ein Aristokrat, der in Northants wohnt und alle seine Titel aufgegeben hat, war im Handumdrehen gefunden.«

»Aber Trueblood. Woher kannten Sie *ihn* denn?«

»Von ihm habe ich noch nie gehört. Den haben Sie ins Spiel gebracht.«

Schweigend sah er zu, wie sie das Bild bedächtig einpackte und dann, den Blick gelegentlich von ihm abwendend, die Schutzhülle festklebte. »Die Fabricants haben Sie dafür bezahlt, daß Sie das Bild zurückholen? Hat man Sie denn nicht schon einmal für den Diebstahl aus der Eremitage bezahlt?«

»Sie verstehen nicht ganz. Jetzt gehört das Bild mir.«

Melrose staunte. »Das war Ihr Honorar?«

Sie klemmte sich das Gemälde unter den Arm. »Nein, ursprünglich nicht. Das hier ist meine Belohnung dafür, daß ich es noch einmal stehlen mußte, und natürlich dafür, daß ich mich um Mr. Pitt gekümmert habe. Sebastian sagte, der Mann sei drauf und dran gewesen, ihn auffliegen zu lassen.«

Es war einer der seltenen Augenblicke seines Lebens, in denen Melrose blind vor Wut war. Als er einen Schritt auf sie zutrat, hörte er ein leises, klares *Klick,* es klang wie ein knackender Zweig.

Es war aber nicht ihre Waffe.

»Ich hoffe, ich störe nicht.«

Dianes Stimme ließ beide erstarren. Dana fuhr zur Terrassentür herum. Diane feuerte los, die Pistole einhändig haltend streckte sie sie schräg von sich wie ein herumballernder Teenager. Sie schoß daneben, traf den Tisch mit den Getränken und zersplitterte die Flasche mit dem Stoli-Wodka.

»*Scheiße!*« fluchte sie.

Die Frau feuerte zweimal und zertrümmerte den Wandleuchter und die Tiffanylampe. Es wurde stockfinster im Raum.

»Diane!« rief Melrose zwischen Prasselregen und davoneilenden Schritten. »Ist alles in Ordnung?«

Nach ein paar Sekunden hatten sich seine Augen an die Dunkelheit gewöhnt, und er fand eine funktionierende Lampe. Er zog an der Strippe, und sanftes Licht durchflutete diesen Teil des Raumes. Da, wo sie gestanden hatte, war die Frau nicht mehr.

»Sie ist direkt an mir vorbeigerannt!« sagte Diane.

Inzwischen war Melrose neben ihr, und beide starrten reglos in den Regen hinaus. Diane hatte eine Hand auf die Brust gelegt, mit der anderen hielt sie die Pistole, die nach oben in den Sternenhimmel zeigte.

»Sie halten die Pistole wie einen Martini. Runter damit.«

»Apropos« – sie sah zu den zerbrochenen Flaschen hinüber – »wenn das Ihr *letzter* Wodka war, erschieße ich mich. Bloß so eine Redewendung, Mildred.« Sie ließ die Waffe in Melrose' Hand fallen und steuerte auf das Büfett zu, auf dem die Flaschen standen. »Wer war eigentlich diese entsetzliche Frau?« fragte sie in einem Tonfall, in dem weitaus weniger Interesse für die Person mitschwang als für die Suche nach einer Flasche Wodka. Auf Knien stöberte sie unter dem Büfett herum und schob Flaschen hin und her. »Melrose, soll das etwa heißen, Sie versuchen mit *einer* Flasche auszukommen?«

Es gab Zeiten, sinnierte ein verblüffter Melrose, in denen Dianes langmütig-einschläfernde Art ein Segen war. Er staunte, wie rasch sie sich vorhin bewegt hatte. »Mein Gott, Diane!« Melrose trat auf sie zu, zog sie hoch und umarmte sie überschwenglich. »Wie haben Sie denn bloß die mysteriöse Nachricht über Mildred entschlüsselt?«

Diane hob eine Augenbraue. »Mildred? Ach, das war es eigentlich gar nicht. Nein, es steht in Ihrem Horoskop, Melrose: *Unter dem Deckmantel einer neuen Freundschaft lauert Gefahr: Lassen Sie niemanden zur Tür herein.* Nun, ich wußte, es war nicht *Mildred*, die Sie hereingelassen hatten. Ach, da hinten ist ja eine! Und der Wermut. Gut. Möchten Sie einen Drink?« Sie maß Wodka und einen Hauch Wermut in einen Cocktailshaker ab und rührte um. »Wo ist das Eis?« Sie fand es in einem Kübel und gab ein paar Würfel in ein kompaktes Glas. »Ich werde ihn wohl ›on the Rocks‹ nehmen müssen. Aaahh.«

»Fühlen Sie sich wie zu Hause, Diane.«

»Danke«, sagte sie und ließ sich in Melrose' Lieblingsohrensessel sinken, Martini und Zigarette so fest im Griff wie vorhin die Pistole. »Sie haben mir immer noch nicht gesagt, wer sie ist. Eins muß ich aber sagen, einen guten Kleidergeschmack hat sie.«

»Ich weiß nicht, wer sie ist. Ich rufe jetzt die Polizei von Northants an.«

»Bißchen spät, meinen Sie nicht? Aber was hatte sie denn hier zu *suchen?* Ehrlich, Melrose.« Es klang, als hätte er es in sträflichem Leichtsinn unterlassen, sich die Leute, die er hereinließ, vorher genau anzusehen.

»Sie hat ein Bild abgeholt.«

Dianes fein gezogene Augenbraue hob sich unmerklich. »Bild?« Ihr Blick schweifte fast meditierend durch den Raum und schnellte dann zu Melrose zurück, der mit dem Telefonapparat dastand. »Sagen Sie bloß nicht, sie ist mit *meinem* Bild verschwunden!«

»Ich fürchte, ja. Hallo, hallo?« Er sprach in den Hörer. »Hören Sie, hier ist ein Unfall passiert – äh, eigentlich eher ein Zwischenfall.« Er gab dem Wachtmeister die Informationen durch, legte auf und wählte die Nummer von Scotland Yard. Jury war weder dort, noch wußte jemand, wo er steckte. Melrose bekam Wiggins an den Apparat, berichtete ihm in kurzen, knappen Sätzen, was geschehen war, und ließ den Hörer auf die Gabel fallen. »Einen Drink, einen Drink.« Er goß drei Fingerbreit Whisky in ein Glas und plumpste aufs Sofa. »Mein Gott.« Als er gerade nach dem Zigarettenkistchen greifen wollte, fiel es ihm wieder ein. »Diane. Wieso haben sie mich eigentlich angerufen?«

Nun gingen beide Augenbrauen in die Höhe. »Na, der Piepser. Sie hatten mich angepiepst, erinnern Sie sich?«

Melrose rutschte tiefer in die Sofakissen. »Gott sei Dank habe ich das.« Er strahlte sie an. »Sie waren brillant.«

»Ja, aber *nächstes* Mal, Melrose, stellen Sie sich besser etwas cleverer an, ja?«

Jetzt gingen seine Augenbrauen in die Höhe. »Ich dachte eigentlich, ziemlich clever gewesen zu sein.«

# 47

Jury kämpfte gegen Strömungen an, die ihn immer wieder zurückwarfen und am Auftauchen hinderten. Als er in die Tiefe sank, merkte er, daß er den Kampf gar nicht gewinnen wollte. Denn knapp an der Oberfläche zu treiben, war besser, ja geradezu angenehm.

Er hatte einen Traum: Er war auf einem Rummelplatz. Auf dem Karussell saß Wiggins rittlings auf einem gelben Pferd. Chief Superintendent Racer war oben auf dem Riesenrad, reglos vor einem schwarzen, sternlosen Himmel. Melrose Plant hatte Jurys Autoskooter gejagt, ihm einen tüchtigen Stoß verpaßt und ihn aus dem Gefährt geschmettert. Nun lag er da, die Räder neben ihm drehten wild durch, doch er war außer Gefahr. Autos kamen näher und wichen dann wie Wellen wieder zurück. Er blieb liegen, bis der Kater Cyril ihm auf die Brust sprang und ihm seine Pfoten auf die Augen drückte. Es gelang ihm nicht, Cyril abzuschütteln.

Jury wachte in der Wohnung in Redcliffe Gardens auf, sah, daß es dunkel war, und wandte den Kopf, um auf seine Uhr zu sehen. Er war fast sieben Stunden außer Gefecht gewesen. Es war morgens – ein schwarzer Morgen, aber doch immerhin ein Morgen. Er verspürte pochende Kopfschmerzen, schien ansonsten aber keinen Schaden erlitten zu haben.

Zum Glück hatte sie das Telefon nicht gekappt. Er rief bei Scotland Yard an und gab einen Fahndungsaufruf durch. Viel Hoffnung hatte er nicht, daß sie in Heathrow oder Victoria Station auftauchen würde, jedenfalls nicht nach sieben Stunden, aber man konnte ja nie wissen! Sie hatte genügend Zeit gehabt, außer Landes zu gehen. Pässe hatte sie ja weiß Gott genug.

Er rief bei der Polizei in Fulham an und bekam Ron Chilten an den Apparat, der ihm sagte, er und Wiggins hätten ihn unter allen erdenklichen Nummern zu erreichen versucht, und wo zum Teufel er eigentlich gesteckt hätte?

Dann kam Wiggins dran, um ihm zu sagen, vor ein paar Stunden habe Mr. Plant angerufen und ihm das mit der Frau erzählt. Es sei jetzt alles in Ordnung bei ihm. Nichts Schlimmes passiert, außer daß das Bild weg sei.

Im Pelz, mit einer langen Kette aus russischem Bernstein, hatte Ilona Kuraukowa Jury und Wiggins in Chelsea die Haustür geöffnet. Es schien fast, als hätte sie die beiden erwartet. Nun saß Ilona Kuraukowa zigarettenrauchend auf der Polizeistation in Fulham, ihr gegenüber Wiggins und Jury, neben ihr das eingeschaltete Tonband. Sebastian Fabricant saß mit Chilten und seinem Sergeant in einem anderen Raum.

»Weder Nikolai noch Ralph wußten etwas darüber«, sagte sie.

»Wie konnte Rees nichts wissen? Er hat sie doch gemalt«, entgegnete Jury.

»Vier malte er und dachte nur, er hätte das fünfte auch gemalt. Du meine Güte, ich bin auch Malerin. Glauben Sie wirklich, es wäre schwer, Ralphs ›Stil‹ bei diesen Bildern zu imitieren? Sebastian konnte es natürlich erkennen, aber nicht Nicky. Also, lassen Sie ihn in Ruhe. Bitte.«

*Bitte,* ja, es klang allerdings eher wie ein sanfter Befehl als wie eine dringende Bitte.

Sie sprach weiter. »Eins muß ich diesem Land lassen – bevor Sie einen König töten, stellen Sie ihn vor Gericht. Aber in Rußland? Die Zaren wurden von Verbrechern ermordet. Nikolaus, Alexandra und ihre Kinder wurden von der Tscheka hingerichtet, auch alles Verbrecher. Bis zu Stalins Tod wurde Rußland immer von Verbrechern regiert.«

Sie saß da und redete über russische Geschichte. Sie hatte ohne Umschweife zugegeben, daß der Raub des Chagall auf ihre Veranlassung hin geschehen war und daß sie eine gewisse Dana dafür bezahlt hatte. Was den Mord an Kate McBride betraf, so hatte sie damit nichts zu schaffen. »Das hat Dana von sich aus gemacht. Eine ziemlich bemerkenswerte Frau.« Dabei hatte Ilona gelächelt.

Jury hatte das Lächeln nicht erwidert. »Und Simeon Pitt?«

Sie zuckte die Achseln. »Er drohte damit, Sebastian und die Galerie auffliegen zu lassen.« Sie schwieg. »Die Oktoberrevolution und deren Nachwirkungen waren schuld an der Ermordung der Männer in meiner Familie. Solche Revolten werden gewöhnlich – und übrigens recht ungeschickt – von Fanatikern durchgeführt. Lenin lief mit einer Perücke herum, um unerkannt zu bleiben, aber sie verrutschte ständig. Sie fiel ihm immer wieder herunter, und in der Nacht des Aufstandes vergaß er, sie aufzusetzen. Trotzkij, Lenin, Stalin und dieser absolut wahnsinnige Polizeichef Dserschinskij – mehr braucht es nicht für eine Revolution: Irrsinn und Fanatismus und Sadismus. Und der Sturm auf das Winterpalais?«

Als ob sie danach gefragt hätten. Sie ließen das Band weiterlaufen. Jury hatte es nicht so eilig. Wiggins stand mehrmals auf und setzte sich wieder hin, ohne sie allerdings zu unterbrechen.

»Es war völlig willkürlich. Die Minister fanden das Ganze bloß lachhaft und unternahmen nichts. Die Bolschewiken wußten nicht, was sie da anrichteten. Michel, mein Mann, war auch dabei. Damals war er ein junger Mann. Viel später half er als einer der Kuratoren des Museums mit, all die Kunstwerke in Kisten zu verpacken und zu verschicken, um sie vor der Zerstörung zu retten. Er wurde aus dem Winterpalais abgeführt und exekutiert. Und wissen Sie, warum? Weil er die Bilder so gut kannte und sie so anschaulich beschreiben konnte, daß man sie vor sich sah. Kunst war sein Leben.

Die Revolutionäre ersetzten Mord, Plünderung, Diebstahl, Vergewaltigung, Beutezüge und Aufstände durch Mord, Plünderung, Diebstahl, Vergewaltigung, Beutezüge und Aufstände. Aufstände eines Pöbels, der auf keiner Seite stand als auf der eigenen. Die Roten begingen Greueltaten, die Konterrevolutionäre – die Weißen – veranstalteten Pogrome. Rußland hat imer nur neue Ignoranten hervorgebracht. Im großen vaterländischen Krieg war mein Vater bei den Entschlüsselern. Telefonleitungen waren rar, also wurden die Befehle per Radio übermittelt. Signalbücher waren ebenfalls rar, also wurden die Befehle unverschlüsselt gesendet. Tausende von Russen in der Armee hatten keine Waffen und mußten warten, bis einer ihrer Kameraden starb, um seine zu nehmen.

Es gab Massaker und immer noch mehr Massaker. Lenin haßte die Kulaken, die Bauern. Stalin haßte alle und jeden. Wen er als Bedrohung empfand, den ließ er hinrichten. Kirow, der Leningrader Parteichef – seine Ermordung wurde natürlich von Stalin angeordnet, der über diese, wie er es nannte, grauenvolle Tat später öffentlich Tränen vergoß. Kirows Tod löste die Säuberungsaktionen aus, die bald darauf einsetzten. Mein Onkel war einer von Kirows Leibwächtern. Er kam auf ungeklärte Weise bei einem Autounfall ums Leben.

Mein Bruder wurde in einem von Stalins Schauprozessen verurteilt, dem Schaktijprozeß. Wie übrigens ein Dutzend andere mit ihm, alle unschuldig. Ihre Geständnisse hatte man durch Folter erzwungen. Diese Prozesse! Wenn man die Schuld am eigenen Versagen von sich ablenken will – und Stalin hatte durchaus versagt –, veranstaltet man einen Schauprozeß.«

Wiggins unterbrach sie. »Und diese Dana. Wie sind Sie auf die gekommen?«

Ilona Kuraukowa bedachte Wiggins mit einem Blick, als sei er schwachsinnig. »Ich kannte sie. Natürlich nicht als Dana, ich kannte sie schon als Mädchen.«

»Wie heißt sie?«

»Ich nehme an, Sie meinen, wie sie richtig heißt? Anna Kerenskij. Ihren richtigen Namen zu kennen wird Ihnen allerdings nicht viel nützen.«

»Ist sie Russin?«

»Weißrussin. Sie wurde Waise, als ihr Vater öffentlich verhört und als Spion vom NKWD ausgepeitscht und erschossen wurde. Ihr ganzes Dorf wurde ausgerottet. Ihr Onkel war dort Priester und hatte seine Gemeinde in der kleinen Kirche versammelt. Ein heiliger Ort, eine Zufluchtsstätte? Er muß ein schlichtes Gemüt gehabt haben. Die Bolschewiken nahmen uns alles weg, unsere ganze Einrichtung, aber vor allem unsere Kunst. Wenn ich *ein* Gemälde stehle, ist das wohl kaum eine Entschädigung.

Vor Gericht gestellt, geschlagen, gefoltert, ermordet. Mein Vater, mein Mann, mein Bruder, mein Onkel: alle ermordet.« Ilona Kuraukowa nahm einen tiefen Zug an ihrer Zigarette, die sie in die lange Spitze aus Ebenholz gesteckt hatte, und blies einen dünnen Rauchstrahl aus.

»Das Problem bei solchen Plänen ist, daß sie oft mehr nach sich ziehen, als ursprünglich beabsichtigt ist. Kate McBride. Simeon Pitt. Eine alte, russische Putzfrau. Gerechtigkeit beginnt bei jedem einzelnen, oder nicht?«

Sie wandte den Blick kurz von seinem Gesicht und sah ihn gleich wieder an. »Ah, das *klingt* aber gut, Mr. Jury.« Sie schüttelte den Kopf.

»Mütterchen Rußland.« Dann verstummte sie.

# 48

»Ich kann es nicht glauben«, sagte Jury, der sich den gleichen Hocker herangezogen hatte wie Trueblood erst am vorvorigen Morgen, ohne allerdings eine Bemerkung über dessen etwas lädierten Zustand zu machen.

»Mich besuchen anscheinend dieser Tage alle im Bett. Können es nicht mal erwarten, bis ich meinen Tee getrunken habe«, sagte Melrose gereizt.

Jury war frühmorgens bei ihm aufgetaucht. Du lieber Himmel, war es erst *acht* Uhr? Bestimmt war die Uhr stehengeblieben. Melrose nahm sie und schüttelte sie ein paarmal, damit sie weiterlief. »Sie müssen ja bei Tagesanbruch in London abgefahren sein.«

»Bin ich. Wäre schon früher gekommen, wenn ich die Nachricht bekommen hätte.«

»Wo zum Teufel haben Sie denn gesteckt? Keiner wußte, wo Sie waren.«

»Ich war… ausgeschaltet, könnte man wohl sagen.« Jury sah interessiert an die Stuckdecke.

»Ha! Wenigstens hatten *Sie* Ihren Schlaf. Was ich von mir nicht behaupten kann.« Melrose tat etwas umständlich, als gähnte er, und strich das Laken und die Bettdecke über seiner Brust ordentlich glatt. Er kam sich ein bißchen wie ein Angehöriger der königlichen Familie vor, dem Bittsteller in seinem Schlafgemach ihre Aufwartung machen, weil er selbst sich nicht dazu durchringen kann, aufzustehen.

»Sie sehen aus wie Wiggins.«

*Das* kam allerdings gar nicht gut an. Noch gereizter meinte Melrose: »Dazu kann ich bloß eins sagen: Wo bleibt die Polizei, wenn man sie einmal braucht?«

»Glauben Sie mir, es tut mir wirklich leid.« Jury legte eine Hand auf Melrose' Schulter. »Wenn es irgendeine Möglichkeit gegeben hätte –« Er ließ die Hand wieder sinken.

Jurys Tonfall klang so von Herzen kommend und ehrlich, daß Melrose sich schämte. Er hörte mit seinem Getue auf und schwang die Beine aus dem Bett. *»Aarrh.«* Er hielt mit beiden Händen seinen Kopf fest. »Diane und ich haben ein bißchen was getrunken. Und ein Martini Demorney ist teuflisch stark, müssen Sie wissen.«

»Nun, auf den Wodka hat sie ja offensichtlich nicht gezielt. Schade, daß sie nicht getroffen hat.«

»Wollen Sie einen Tee?« Melrose zog an dem bestickten Klingelzug neben seinem Bett.

Jury nickte. »Frühstück auch. Ich habe nämlich noch nichts gegessen.«

»Ach, Martha zaubert uns bestimmt was Köstliches zusammen, darauf können Sie sich verlassen.« Melrose war aufgestanden und band sich gerade seinen Morgenmantel zu.

Dessen Stoff Jury aufmerksam begutachtete. »Kaschmir?«

»Ist heute doch alles, nicht? Ich muß mich waschen.« Melrose tappte in sein Bad.

»Wenn wir noch ein bißchen trödeln, ist es bald Zeit für den Jack and Hammer.«

»Es ist doch erst kurz nach neun«, erwiderte Jury, der gerade seinen zweiten Teller Eier mit Speck verdrückte. Er sah zu Melrose hinüber; tap-tap-tap, schlug er sein weichgekochtes Ei auf. Vor ihm lagen längliche Toaststücke, die Melrose sich fein säuberlich zurechtgeschnitten hatte.

»Jetzt, wo wir etwas gestärkt sind, müssen Sie mir ein paar Fragen beantworten.«

»Zuerst beantworten Sie mir eine. Sie haben mir da eine Nachricht hinterlassen...«

»Ach ja. Hat sie Ihnen was genützt?«

»Hätte sie vielleicht, bloß wurde sie leider von Carole-anne entgegengenommen. Was soviel heißt wie: Sie hätten sich den Anruf auch sparen können. Es hatte irgend etwas mit Futons zu tun. Nach denen sollte ich bei Fodor's schauen. Behauptete Caroleanne jedenfalls.«

Melrose ließ den Kopf in beide Hände sinken und stöhnte leise auf. Dann richtete er sich wieder auf. »Nicht *Futons,* Menschenskind, *Fauchons.*«

Jury betrachtete eine Weile angelegentlich sein Ei. »Das hätte ich aber wirklich rauskriegen können.«

»Sie hätten es gar nicht rauskriegen *müssen.*«

Jury sah ihn erstaunt an. »Ach?«

Melrose kaute seinen knusprigen Toast und schluckte. »Nun, diesem Reiseführer nach ist Fauchon so ein stinkvornehmer Laden, in dem gilt ›Hände weg von den Waren!‹ Sie wissen schon, so wie bei Fortnum, wenn man ein bißchen die Birnen drückt. Die Kundschaft bedient sich nicht selbst.«

»Also hat Sophie...«

Melrose nickte. »Also hat *Sophie.* Die kleine Sophie konnte überhaupt keine –«

Jury lehnte sich kopfschüttelnd zurück. »– Kartoffeln in die Tüte stecken.«

»Jetzt sagen Sie mir eins: Was ist mit dem Mantel? Und der Leiche? Daß sie woanders hingelegt wurde, meine ich.«

»Den Zobel trug sie aus dem gleichen Grund, aus dem sie im Bus ein- und ausstieg. Sie wollte, daß man sich an sie erinnerte. Doch sie wollte nicht, daß sich die Leute ihr *Gesicht* einprägten, daher der knöchellange, hochelegante und höchst umstrittene Pelz, den die Leute sich natürlich gemerkt haben. Und ihre Rechnung ging auf, denn *daran* haben sich die Zeugen erinnert. Die beiden sahen sich ja auch ähnlich genug, um keine Unstimmigkeiten aufkommen zu lassen. Was die Leiche anbelangt, die hat sie ein paar Stunden versteckt, um ein Alibi zur Hand zu haben, *falls* Kate McBride – also sie selbst – je in Verdacht geraten würde. Das wäre sie aber nie, wenn ich nicht in dem Bus gesessen hätte.«

»Sie haben sich das Gesicht ebensogut gemerkt wie den Pelz.« Melrose tauchte ein längliches Toaststückchen in sein Ei und sah Jury erwartungsvoll an.

Jury nickte, sagte aber nichts.

»Sie wußten, daß sie es war«, half ihm Melrose auf die Sprünge.

»Sagen wir, ich wußte, daß es *jemand Bestimmtes* war.«

»Sie wissen schon, was ich damit sagen will.«

Jury redete weiter, als hätte er ihn nicht gehört. »Aber nicht Kate McBride. Sie nicht, sie war nämlich tot.«

Melrose machte eine kleine Pause. »Diese Frau – wie nennt sie sich eigentlich?«

»Dana.«

»Die Polizei *sollte* kombinieren, daß es sich bei der Toten um Nancy Pastis handelte, und daß Nancy Pastis in Wirklichkeit Dana war. Damit sie fröhlich von dannen ziehen konnte und nicht weiter gejagt wurde. Warum hat sie es Ihnen dann so schwer gemacht, es herauszufinden? Ich meine, warum hat sie nicht einfach einen Ausweis bei der Leiche gelassen – zum Beispiel Nancy Pastis' Paß? Bestand zwischen der toten Kate McBride und dem Paßbild nicht genug Ähnlichkeit?«

»O doch. Erstaunlich, wie sich durch ein paar Tricks mit Haaren und Make-up die Unterschiede verwischen lassen, wenn bereits eine grundlegende Ähnlichkeit existiert. Nein. Gute Frage. Ich würde sagen, weil ein Ausweis bei der Leiche zu offensichtlich gewirkt hätte. Die Frau besitzt einen messerscharfen Verstand. Sie manipuliert andere gern. Und sie ist berechnend.« Jury stand auf und ging zur Anrichte hinüber, wo er eine Warmhaltehaube hochhob und sich eine Scheibe Schinkenspeck auf den Teller tat. »Außerdem glaube ich, daß ihr langweilig war.«

Melrose wirbelte auf seinem Sitz herum und sah Jury entgeistert an. »Langweilig? Soll ich Ihnen etwa abnehmen, sie hat meinen Freund Pitt aus *Langeweile* ermordet?«

»Nein.« Jury setzte sich wieder hin. »Weil Pitt dahintergekommen ist, daß die Fabricants in die Sache verwickelt waren. Seb oder Ilona Kuraukowa haben sich mit ihr in Kontakt gesetzt, mit Dana.« Der Name lag ihm so ungewohnt auf der Zunge wie der Geschmack einer exotischen Honigmelone von einer dieser Pazifikinseln. Er schüttelte den Kopf, wie um den Namen abzuschütteln. »Ich würde sagen, es war Ilona Kuraukowas Idee; sie kam darauf, als sie sah, was Rees in Sankt Petersburg machte.«

»Wissen Sie, ich kann mir eigentlich kaum vorstellen, daß Ralph Rees bei so etwas mitmacht. Sein Gemüt, irregeleitet wie es sein mag, scheint mir eigentlich doch recht unschuldig.«

»Oh, er war ja auch gar nicht eingeweiht.«

»Und wie hätte das denn gehen sollen?«

»Man befestigt Sandpapier über dem gestohlenen Gemälde und malt es an. Ilona ist doch Malerin. Sie hätte es ohne Schwierigkeiten hingekriegt. Außer, man hält das weiße Zeugs natürlich für das Werk eines Genies. Solche Leute mag es ja geben. Ich glaube übrigens auch nicht, daß Nicholas eingeweiht war. Jedenfalls nicht, wenn sein Freund Ralph es nicht war.«

Melrose klopfte mit dem Löffel ein weiteres Ei auf. »Aber wie um alles in der Welt hat sie es dann aus der Eremitage herausbekommen?«

»Das wissen sie dort immer noch nicht. Es wurde aus dem Rahmen geschnitten –«

»Du liebe Güte, die haben doch Wachen! Die haben doch ein Sicherheitssystem.«

»Kurz bevor der Schaden entdeckt wurde, wurden die Wachen anscheinend von etwas abgelenkt, das sich irgendwo anders zutrug. Und was das Hinausschaffen betrifft, es war ja kein großes Bild. In der Eremitage glaubt man, daß es möglicherweise zusammengerollt und in etwas hineingesteckt wurde, zum Beispiel in einen hohlen Spazierstock.«

»Solche Sachen – Spazierstöcke, Krücken – muß man doch an der Tür abgeben, bevor man hineingeht, nicht?«

Jury zuckte die Achseln. »Das hätte ich auch gedacht, aber nachdem die Polizei sofort zur Stelle war und niemand das Gebäude verlassen durfte und sie alle durchsucht haben…« Er zuckte erneut die Achseln.

Melrose tunkte wieder ein Toaststückchen ein. »Es ist also immer noch verschollen. Und sie auch.«

»Ist es, und ist sie. Ja.«

Als Jury und Plant kurz nach elf im Jack and Hammer eintrafen, sprang Trueblood von seinem Platz neben Diane Demorney auf, um Melrose kräftig die Hand zu schütteln und den beiden kundzutun, dies sei ja die aufregendste Geschichte seit der Entdeckung der zerstückelten Leiche in dem *secrétaire à l'abattant*.

»Oder seit der Geschichte im Man with a Load of Mischief.«

Jury lächelte Diane zu. »Sie waren brillant, nur ...«

Diane rollte die Augen, als würde sie gleich einen vernichtenden Langeweileanfall erleiden. »Jetzt wollen Sie sicher wissen, ob ich einen Waffenschein für das Ding habe, Superintendent.«

»Nein. Ich wollte gerade sagen, was Sie da getan haben, war äußerst gefährlich –«

»Also ein Verstoß gegen das Gesetz über ›fahrlässige Mißachtung von Leib und Leben‹?«

Jury lachte. »Schon gut, schon gut.«

»*Also*«, Diane lehnte sich ganz dicht zu ihm herüber und neigte dabei den Kopf, so daß eine kohlrabenschwarze, rasiermesserscharfe Locke über einen wohlgeformten Wangenknochen fiel, »nachdem *gewisse Leute* ja nicht verfügbar waren, um unseren Freund Melrose Plant zu beschützen, mußte man eben improvisieren.« Diane lehnte sich wieder zurück, steckte eine Zigarette in den elfenbeinernen Halter und wedelte damit herum, bis ihr jemand Feuer gab. Mit einer Pistole wollte sie wohl herumfuchteln, aber bestimmt nicht mit einem Streichholz. Trueblood zündete ihr eines an. Dann sagte sie: »Trinken wir jetzt was, oder haben hier alle Abstinenz geschworen?«

»Wir überlegen nur noch, wer den Vorsitz übernimmt und einen ausgibt.«

Ohne jedes Zögern blieben drei Augenpaare auf Jury haften.

»Schon kapiert«, sagte er und rief zu Dick Scroggs hinüber, der rasch herbeigeeilt kam, als seien ihm plötzlich Flügel gewachsen. Er mochte Jury gut leiden.

Die Hände unter der Schürze sagte Dick: »Sir, Sie brauchen gar nicht zu bestellen. Ich weiß schon ungefähr, was jeder nimmt. Martini mit einem Spritzer... halbes Pint Old Peculier... Campari mit Absenz...«

»*Absinth*, alter Knabe. Menschenskind, Sie wollen Wirt sein und wissen nicht mal, was Sie ausschenken?«

Diane sah Dick mit einem Blick an, als hätte sie einen Marsbewohner vor sich. »Dick, Sie wissen doch, daß ich erst Martinis trinke, wenn die Sonne über dem Talkegel steht.«

»Rahsegel«, sagte Melrose.

»Egal. Wenn sie jedenfalls da ist, wo sie um Mittag sein soll.«

»Okay, verpatzt, was nehmen Sie dann?«

Diane hob den Arm, um ihre brillanten- und perlenbesetzte Armbanduhr zu konsultieren. »Achtundzwanzig Minuten.«

»Wissen Sie was«, sagte Trueblood, »gehen wir doch alle in die Bibliothek hinüber und trinken einen Kaffee.« Er war bereits aufgestanden.

»*Kaffee?* Um *diese* Uhrzeit?« erkundigte sich Diane.

»In dem neuen Café.« Melrose stand ebenfalls auf und zupfte Jury am Ärmel. »Das müssen Sie sich ansehen.«

»Was denn für ein Café?« fragte Jury.

Niemand antwortete, weil alle gleichzeitig aufstanden.

»Heute ist aber doch Sonntag!«

Niemand antwortete, und alle marschierten hinaus.

»Eigentlich ist das ja illegal, wissen Sie«, sagte Theo Wrenn Browne, an einem Tisch im Caféstübchen sitzend, neben sich Agatha, die in ihrem schicken, dunklen Pelzjäckchen wie ein Seehund aussah, bereit zum Kampf mit den Tierschützern.

Das Kleeblatt nahm an dem einzigen, unbesetzten Tisch Platz, der leider neben Melrose' Tante und Browne stand.

»Und dieser Espresso«, nach einem Schluck verzog Browne angewidert das Gesicht, »ist nicht mal gut. Schmeckt irgendwie bitter.«

Bitter? Melrose warf einen verstohlenen Blick zu Sallys und Bubs Mutter hinüber. Hoffentlich ließ Agatha ihn in Ruhe.

Doch sie fiel schon über ihren Neffen her: »Diese Frau, Melrose, die dich beinahe erschossen hätte –«

(Von wegen ›in Ruhe lassen‹.)

»– was um alles in der Welt hattest du denn mit ihr zu schaffen? Aber du hast es ja noch nie verstanden, einer Gefahr aus dem Weg zu gehen.«

Es war natürlich seine Schuld, daß er beraubt und fast ermordet worden war.

»Wo ist eigentlich Vivian?« fragte Jury. »Ich habe sie schon lange nicht mehr gesehen.« Er spähte in die Bibliothek hinüber, als hätte sie sich vielleicht zwischen den Regalen versteckt.

»Was wir also eruiert haben, ist folgendes«, sagte Agatha, die damit die latente Gefährdung ihres Neffen bereits ad acta gelegt hatte. »Theo und ich haben eruiert, daß dieses ›Café‹ alle möglichen Gesetze übertritt. Sie haben dafür nämlich keine Genehmigung von der Stadtverwaltung. Und in der Satzung steht, daß die Bücherei *nicht* als Umschlagplatz für Speisen und Getränke genutzt werden darf. Und außerdem hat es ja auch keine Kontrolle durch das Gesundheitsamt gegeben.«

»Trotzdem ißt du, wie ich sehe, eins von Betty Balls nichtinspizierten Scones«, konterte Melrose.

»Damit haben Sie Una Twinny keinen Gefallen getan«, sagte Browne und bemühte sich, betroffen zu wirken, brachte jedoch bloß ein blödes Grinsen über beide Backen zustande. »Also, wenn ihre Vorgesetzten davon erfahren, wird sie bestimmt gefeuert.«

»Nur über meine Leiche«, ließ sich Trueblood vernehmen.

Agatha rückte ihren Seehundkragen zurecht und sagte: »Oh, über Ihren Hang zu recht merkwürdigen Auftritten wissen wir ja bestens Bescheid, Mr. Trueblood. Das überrascht mich also gar nicht.«

Ihre Überraschung wurde von der aller anderen in den Schatten gestellt, als plötzlich Vivian ganz aufgeregt durch die Tür hereingestürmt kam und ausrief: »Melrose!«

Und zur allgemeinen Verblüffung (außer Dianes, die sich ihre Zigarette selber anzünden mußte) warf sich Vivian Melrose buchstäblich um den Hals, nachdem er zu ihrer Begrüßung aufgestanden war. »Ach, du lieber, guter Gott, Sie wären ja fast *umgebracht* worden!« Feuchten Auges und mit erhitztem Gesicht machte sie einen Schritt zurück und schüttelte ihn ein bißchen. »Was *machen* Sie denn für Sachen!«

Wie üblich war er wieder schuld.

»Sie!«

Aha, nicht er war schuld, sondern Jury.

Die Hand in die Seite gestützt, wackelte Vivian Jury mit dem Finger so vorwurfsvoll vor der Nase herum, daß er auf seinen Stuhl zurücktaumelte. »Warum ziehen Sie ihn auch immer wieder in Ihren Polizeikram mit rein?«

Jury zuckte mit den Schultern. »Weil er gut ist.«

Das war, weiß Gott allein, keine Antwort (obwohl sie Melrose sehr behagte). Über die sinnlose Gefährlichkeit der ganzen Geschichte leise erschauernd, ließ sich Vivian auf einen der Stühle fallen, die von drei älteren Damen soeben freigemacht worden waren, denen das neben ihnen stattfindende Geschehen alles andere als erholsam vorkam.

Melrose war entzückt, daß er in Vivian derart ungezügelte Emotionen erweckt hatte. Daß sie Richard Jury anschnauzte, bereitete ihm unerwarteten Genuß.

»Wer war diese – diese *Person*, die Sie beinahe erschossen hätte?«

»Ach je, wir sind vor Urzeiten mal zusammen zur Schule gegangen.«

Vivian war aufgesprungen und trommelte mit den Fäusten auf ihm herum, kam dann aber ebenso schnell wieder zur Vernunft und setzte sich errötend hin.

»Eins kann ich Ihnen über sie verraten«, meinte Diane und ratschte mit dem Zündstein ihres silbernen Feuerzeugs herum.

Fünf Augenpaare schwenkten abwartend in Dianes Richtung hinüber.

»Das Kostüm war von Chanel.«

Alle blinzelten verständnislos, schiffbrüchig auf dem Meere der Demorneyschen Belanglosigkeiten.

»Nein.«

Die fünf Augenpaare schwenkten zu Jury herum, der es gesagt hatte.

»Von Max Mara.«

Melrose fand, daß er es furchtbar traurig gesagt hatte, als käme Max, der einst unter ihnen geweilt hatte, niemals wieder.

# Minette Walters bei Goldmann

Mehr Informationen unter www.goldmann-verlag.de

GOLDMANN